SCIENCE FICTION

Herausgegeben
von Wolfgang Jeschke

Ein Verzeichnis weiterer im Heyne Taschenbuch erschienener Bücher des Autors finden Sie am Schluß des Bandes.

C. J. CHERRYH

GEKLONT

Roman in 3 Teilen

DIE CYTEEN-TRILOGIE
in einem Band

Aus dem Amerikanischen von
MICHAEL K. IWOLEIT

WILHELM HEYNE VERLAG
MÜNCHEN

HEYNE SCIENCE FICTION & FANTASY
Band 06/5287

Titel der amerikanischen Originalausgabe
THE CLONING-PROJECT ARIANE EMORY
CYTEEN: THE BETRAYAL
CYTEEN: THE REBIRTH
CYTEEN: THE VINDICATION

Deutsche Übersetzung von Michael K. Iwoleit
Das Umschlagbild ist von Rallé
Die Karten zeichnete Christine Göbel

Umwelthinweis:
Dieses Buch wurde auf chlor- und
säurefreiem Papier gedruckt

Redaktion: Wolfgang Jeschke

Die einzelnen Bände erschienen 1990 als Heyne SF # 4710, 4711 und 4712
Printed in Germany Mai 1998
Umschlaggestaltung: Atelier Ingrid Schütz, München
Technische Betreuung: M. Spinola
Satz: Schaber Satz- und Datentechnik, Wels
Druck und Bindung: Ebner Ulm

ISBN 3-453-14012-5

Inhalt

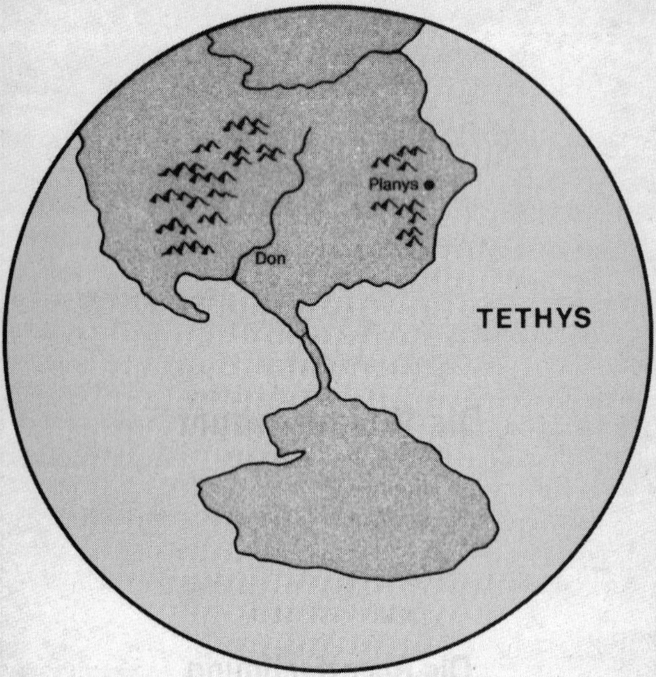

Planys
Don
TETHYS

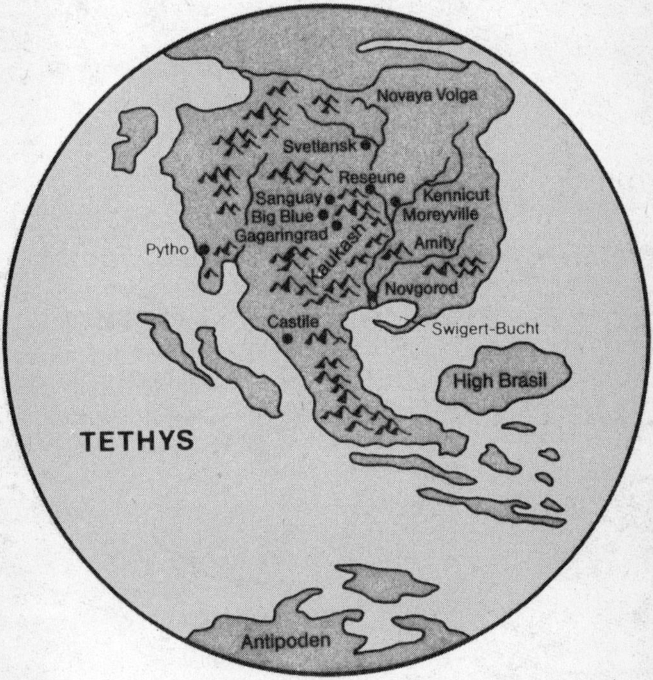
Novaya Volga
Svetlansk
Reseune
Kennicut
Sanguay
Big Blue
Moreyville
Gagaringrad
Pytho
Kaukash
Amity
Novgorod
Castile
Swigert-Bucht
High Brasil
TETHYS
Antipoden

ERSTER TEIL

Der Verrat

Verbaltext aus:

DIE MENSCHLICHE REVOLUTION

›Die Konsortiums-Kriege‹: Teil 1

Reseune Bildungsprogramm: 4668-1368-1
zugelassen für 80 +

Stellen Sie sich die ganze Vielfalt der menschlichen Rasse auf eine Welt beschränkt vor, eine Welt, die mit den versteinerten Knochen der Vorläufer des Menschen übersät ist, ein Planet, gesprenkelt mit den Ruinen von zehntausend Jahren vergessener menschlicher Zivilisationen – ein Planet, auf dem zu der Zeit, da menschliche Wesen erstmals ins All aufbrachen, noch immer Menschen eine Vielzahl von Tieren jagten, Wildpflanzen sammelten, nach uralten Methoden Ackerbau betrieben, in Handarbeit Naturfasern sponnen und über Holzfeuern kochten.

Die Erde schuldete einer Vielzahl von Vorsitzenden, Räten, Königen, Ministern und Präsidenten ihre Untergebenheit; Parlamenten und Kongressen und Ausschüssen, Republiken, Demokratien, Oligarchien, Theokratien, Monarchien, Hegemonien und politischen Parteien, die sich seit Tausenden von Jahren in aller Fülle entwickelt hatten.

Dies war die Welt, die zum ersten Mal die Sternsonden hinausschickte.

Eine Sol-Station existierte bereits, eine sehr viel primitivere Sol-Station, aber alles in allem autark; und begünstigt durch ein System von Steuererleichterungen als Gegenleistung für wissenschaftliche Errungenschaften nahm sie eine Reihe ehrgeiziger Projekte in Angriff, darunter die erste Großturbinen-Sternsonde, und schließlich die erste bemannte Schubschiff-Formation auf dem Weg zu den nächsten Sternen.

Das erste der Schub-Module war natürlich die ehrwürdige Gaja, *deren Aufgabe darin bestand, die Alpha-Station-Komponente zu dem Stern zu bringen, der damals als Barnards Stern bekannt war, und dreißig Wissenschaftler und Techniker, die sich freiwillig gemeldet hatten, in einer zu dieser Zeit unvorstellbaren Isolation zurückzulassen. Sie sollten ihre Station aus dem Gewirr an Fels und Eis errichten, das im Orbit des Sterns vermutet wurde, wissenschaftliche Untersuchungen durchführen und über die enormen Entfernungen hinweg den Kontakt mit der Erde aufrechterhalten.*

Die erste Konzeption hatte einmal verwendbare Schubschiffe vorgesehen, kaum mehr als robotische Sternsonden; aber die menschlichen Passagiere votierten für eine Möglichkeit, Nutzlast abwerfen und zurückkehren zu können, was schließlich dazu führte, daß man sich unter Berücksichtigung aller denkbaren Katastrophen auf eine uneingeschränkte Rückflugmöglichkeit einigte. Dies war der Ausgangspunkt für die Idee eines bemannten Schub-Moduls, das in Bernhards Sonnensystem verbleiben sollte, falls der Stern nicht genügend Rohstoffe zur Verfügung stellte, um die Autarkie des Alpha-Moduls zu sichern; in diesem Fall würde Gaia *sich einige Jahre dort aufhalten, dann die Station bis auf die notwendigsten Aggregate demontieren und die Mission zur Erde zurückbringen. Wenn der Stern sich als eine dem Leben förderliche Heimat für die Station herausstellte, würde* Gaia *nur etwa ein Jahr bleiben, bis das Alpha-Station-Modul reibungslos funktionierte und sich in seinem Orbit stabilisiert hatte. Dann würde sie mit ihrer kleinen Restmannschaft nach Sol zurückkehren und das* Gaia*-Modul einer zweiten Mission übergeben, die nach der Neuausrüstung mit solchen Vorräten wie Spurenelementen und Materialien, die der jungen Station nicht zur Verfügung stehen mochten, wieder hinausfliegen würde. Ebenso wichtig wie die Vorräte, lautete eine Theorie dieser frühen Pioniere, war die menschliche Bindung, die Beruhigung durch den persönlichen Kontakt mit anderen menschlichen Wesen über die Weiten des Weltraums hinweg, die damals noch unvorstellbar einsam waren.*

Auf der Erde, wo man dank des ständigen Datenflusses von Gaia *und der Alpha-Station schon Jahre im voraus wußte, daß die*

Mission außerordentlich erfolgreich war und Gaia *sich auf dem Rückflug befand, wurde eine Ersatzmannschaft ausgebildet und pflichtgemäß die Folgemission vorbereitet.*

Aber die Mannschaft der Gaia, *die aufgrund des relativistischen Effekts einem Informationsfluß entgegenflog, der auf immer größere Veränderungen auf der Erde hindeutete, die sie verlassen hatte, fühlte sich inzwischen mehr auf dem Schiff zu Hause als in der Hauptströmung einer terranischen Kultur, die ihnen sehr fremd geworden war. Ihr vorübergehender Aufenthalt in der Sol-Station verlief äußerst unangenehm, und sie nahmen* Gaia *in einer überraschenden Aktion wieder in Besitz, die die Verantwortlichen der Station außerordentlich bestürzte, ihnen aber schließlich ihr Schiff sicherte und die Folgemannschaft dazu degradierte, auf das nächste Schubfahrzeug zu warten.*

Andere Mannschaften späterer Missionen gelangten zu derselben Entscheidung und betrachteten sich als unaufhörlich Reisende. Sie sahen ihre kleinen Schiffe als ihr Zuhause an, hatten Kinder an Bord, und als immer mehr Sternstationen und begleitende Schubschiffe den Betrieb aufnahmen, erbaten sie von der Erde und den Stationen lediglich Treibstoff, Proviant und Verbesserungen ihrer Schiffe in Form größerer Kabinen oder modernerer Triebwerke – was auch immer seit ihrem letzten Ankoppeln verfügbar geworden war.

Sternstationen im Orbit eines halben Dutzends Sterne standen miteinander durch den regelmäßigen Verkehr solcher Schiffe in Verbindung. Aber in der Isolation der damaligen Zeit, in der Nachrichten gerade mit Lichtgeschwindigkeit unterwegs waren, und Schiffe noch sehr viel langsamer, hinkte jede Station in der Zeit mindestens vier oder fünf Jahre hinter jedem anderen menschlichen Lebensraum her, sei es ein Schiff oder eine Station, und lernte in diesem seltsamen Fließen der zeitlichen Bezugspunkte zu existieren, das der breiteren Öffentlichkeit der Erde unendlich fremd war.

Die Entdeckung von intelligentem Leben auf einem Planeten von Pells Stern, den man auf der Erde einmal Tau Ceti genannt hatte, lag schon über zehn Jahre zurück, als die Nachricht die Erde erreichte. Menschen hatten bereits zwei Jahrzehnte Erfah-

rung im Umgang mit den Bewohnern von Downbelow, den Downern, ehe die sorgfältig ausgearbeiteten Anweisungen von der Erde Pell erreichen konnten; und noch sehr viel länger dauerte es, bis terranische Wissenschaftler auf Pell eintreffen konnten, über die lange Route, die sie von Station zu Station in eine menschliche Kultur führte, die ihnen fast so fremdartig wie die der Downer erschien.

So wie es aus unserer Sicht schwierig ist, sich die Erde in der damaligen Zeit vorzustellen, so war es für Erdbewohner praktisch unmöglich, die Gedankengänge von Raumfahrern nachzuvollziehen, die sich weigerten, ihre Schiffe zu verlassen, und ihrerseits die (ihrer Ansicht nach) überfüllten Korridore der Sol-Station chaotisch und erschreckend fanden. Es war selbst für Leute in der Sol-Station so gut wie unmöglich, das Leben ihrer Zeitgenossen in den Tiefen des Drüben zu verstehen – Zeitgenossen, deren Kultur auf einer Geschichte und Erfahrungen und Legenden fußte, die viel mehr mit der Härte des Lebens in abgelegenen Stationen und berühmten Schiffen zu tun hatte als mit Ereignissen in einer grünen und chaotischen Welt, die sie nur von Bildern kannten.

Die Erde, die unter einer Überbevölkerung und politischen Krisen litt, die in beträchtlichem Maße ihren uralten Rivalitäten zuzuschreiben waren, hatte trotzdem eine Zeit der Blüte erlebt, während sie im Brennpunkt der menschlichen Entwicklung stand. Der unerwartete Ansturm von Stationspersonal auf neue Einrichtungen im Orbit von Downbelow, den die Aussicht auf reichlich vorhandenes Biomaterial ausgelöst hatte, eine Bevölkerung primitiver und freundlich gesonnener Eingeborener und verwertbare Ressourcen, die frei im Orbit kreisten, sorgten für panikartige Völkerwanderungen. Stationen zwischen der Erde und dem Pell-System stellten den Betrieb ein, schädigten den Handel im Großen Kreis und riefen auf der Erde und in der Sol-Station ein ökonomisches Chaos hervor.

Die Erde reagierte mit Versuchen, Einfluß zu nehmen – mit einer zeitlichen Verzögerung von zehn Jahren: Terranische Politiker konnten sich nicht unmittelbar ein Bild von der ökonomischen Stärke machen, die die verbliebenen Stationen in Anbetracht der Vereinheitlichung der Bevölkerung zu erreichen versprachen, die der Ansturm auf Pell geschaffen hatte. Die Konzentration der Bevölkerung und die Entdeckung umfangreicher Ressourcen im Verein mit dem psychologischen Antrieb zur Erforschung liefen darauf hinaus, daß die inzwischen zwanzig Jahre alten Instruktionen von der Erde in einer in solch raschem Wandel begriffenen Situation eintrafen, daß selbst eine Verzögerung von einem Monat bedeutsam gewesen wäre.

Die Erde geriet in zunehmende Isolation, litt unter dem internen Druck eines wankenden Handelssystems und verhängte in einer verzweifelten und unbesonnenen Aktion einen Strafzoll, der zu Schmuggel und einem florierendem Schwarzmarkt führte; welcher wiederum für eine plötzliche Verschlechterung des Handels verantwortlich war. Die Antwort der Erde bestand in der Erklärung eines Bevorzugten-Status für bestimmte Schiffe; was unweigerlich in bewaffnete Auseinandersetzungen zwischen Schiffen von der Erde und solchen mündete, die nicht auf der Erde gebaut worden waren und keinerlei Bindungen mit ihrer verwickelten und sehr vielgestaltigen Politik unterhielten.

Darüber hinaus kam man auf der Erde zu dem Schluß, daß die Emigration von Wissenschaftlern und Ingenieuren aus dem Sol-System die Raumfahrer-Kulturen mit den Besten und Klügsten ausstattete und die Erde ihrer größten Talente beraubte, und erließ deshalb in einem Gewaltakt ein Emigrationsverbot, das nicht nur für Reisen von der Erde und der Sol-Station, sondern auch für Beförderungen von Bürgern in bestimmten Berufen von Station zu Station galt.

Gaia unternahm ihre letzte Reise zur Erde im Jahr 2125 und verließ sie mit dem festen Entschluß, nie mehr zurückzukehren.

Eine allgemeine Welle von Rebellion und Auflehnung erfaßte die Sterne; Stationen wurden ausgeschlachtet und verlassen; Sonden und Missionen erforschten jetzt nicht mehr nur aus ökonomischen Motiven entferntere Sterne – sondern weil immer mehr Menschen darauf brannten, auszuwandern, politische Freiheit suchten, bevor die Restriktionen sie trafen.

Die Viking-Station und Mariner entstanden spontan, als für die Bewohner der Stationen selbst Pell zu angreifbar im irdischen Einflußbereich lag und Pells inzwischen etablierte Wirtschaft we-

niger Gelegenheit für hochprofitable Investitionen in gerade in Angriff genommene Projekte bot.

Um 2201 begründete eine Gruppe kritischer Wissenschaftler und Ingenieure, die von Geldgebern auf Mariner unterstützt wurden, eine Station auf Cyteen, einer Welt, die sich von Downbelow im Pell-System in erheblichem Maße unterschied. Die brillante Arbeit eines dieser Wissenschaftler im Verein mit der ökonomischen Stärke von Cyteens neuen Industrien brachte im Jahre 2234 die erste überlichtschnelle Sonde von Cyteen aus auf den Weg, ein Ereignis, das einen neuen Zeitmaßstab für Raumflüge setzte und die Grundlagen von Handel und Politik für immer veränderte.

Cyteens frühe Jahre waren nicht nur durch ein explosionsartiges Wachstum und eine Flut von Erfindungen gekennzeichnet, zu denen es in der Geschichte der Menschheit keine Parallele gibt, sondern ironischerweise auch durch die Wiedereinführung lang nicht genutzter Technologien aus den Schiffsarchiven: Verbrennungsmotoren, gravitationsabhängige Verfahren, die alle einer weichen Landung der enormen Materialmengen dienten, die für eine Entwicklung im irdischen Maßstab erforderlich waren. Darüber hinaus kamen für Cyteen charakteristische planetengestützte Techniken zum Einsatz, um Enklaven mit atembarer Atmosphäre in der ansonsten tödlichen Umgebung zu schaffen – all diese Anstrengungen erfolgten aus dem Grund, weil Cyteen eine einmalige biologische Chance für die menschliche Rasse darstellte. Es gab dort keine intelligenten Eingeborenen. Cyteen verfügte über ein mannigfaltiges und vollkommen fremdartiges Ökosystem – aufgrund der extremen Isolation seiner beiden Kontinente im Grunde sogar über zwei Ökosysteme, die sich deutlich voneinander und ganz erheblich von der Erde und Downbelow unterschieden.

Es war ein Paradies für Biologen. Und dank des Fehlens von intelligentem Leben bot es der menschlichen Zivilisation die erste neue Wiege seit der Erde selbst.

Es war nicht allein die Politik, die zu den Konsortiums-Kriegen führte. Es war die plötzliche Beschleunigung des Handels und der Mobilität der Bevölkerung, der hartnäckige Einsatz einer von der Zeit überholten Politik durch terranische Vertretungen, die keinen Kontakt mehr mit den Regierten hatten, und schließlich war es die

Loyalität einer Handvoll besonders bevorzugter terranischer Handelskapitäne, die ein im Verfall begriffenes Handelsimperium im Dienste einer Mutterwelt zusammenzuhalten versuchten, die im von Menschen durchmessenen Raum an den Rand gerückt war.

Die Anstrengung erwies sich als vergeblich. Cyteen nicht mehr allein im Drüben, sondern seinerseits Mutterwelt für die Esperance-, Pan-paris- und Fargone-Stationen, erklärte im Jahre 2300 seine Unabhängigkeit vom Erd-Konsortium und veranlaßte die Erde mit diesem Schritt, über den jetzt mit der Geschwindigkeit der überlichtschnellen Schiffe berichtet wurde, zum Bau und zur Entsendung überlichtschneller Kriegsschiffe, die die abtrünnigen Stationen wieder in die Linien einreihen sollten.

Handelsschiffe mieden bald die Routen in nächster Nähe von Pell, wodurch weniger Vorräte verfügbar waren, während die Erde selbst, nicht einmal mit Hilfe überlichtschneller Technik, keine Möglichkeit fand, das erforderliche Material für ihre Flotte über solche Entfernung hinweg bereitzustellen. Über einen Zeitraum von einigen Jahren degenerierte die Flotte des Erd-Konsortiums zu Piraten und Gewalttätern, die die Handelsschiffe endgültig abschreckten, was schon immer ein Fehler des Erd-Konsortiums gewesen war.

Die Bildung der Handelsschiff-Allianz im Pell-System begründete die zweite Handelsmacht im Drüben und setzte den Versuchen der Erde, ihren verstreuten Kolonien Vorschriften zu machen, ein Ende.

Ohne Zweifel stellen die ironischeren Folgen des Krieges, der Pakt von Pell und die daraus hervorgegangenen ökonomischen Verflechtungen von drei menschlichen Gesellschaften die von drei höchst unterschiedlichen Ökosystemen zehren, heute die treibenden Kräfte einer neuen ökonomischen Struktur dar, die an Bedeutung über alle Politik und Systeme hinausgeht.

Handel und gemeinsame Interessen haben sich am Ende in menschlichen Angelegenheiten als machtvoller erwiesen als alle Kriegsschiffe, die je gebaut wurden.

1. KAPITEL

I

Aus der Luft zeigte sich die Unwirtlichkeit des Landes am deutlichsten: ausgedehnte Landstriche, an denen die Menschheit bisher noch nichts geändert hatte, von niemandem beanspruchte Wüsten, kahl wie Monde, Dürrbaum- und Wollholzdickichte, die lediglich vom Orbitradar erkundet worden waren. Ariane Emory blickte durchs Fenster darauf hinab. Sie hielt sich im Passagierabteil auf. Ihr Augenlicht, so mußte sie zugeben, war nicht mehr gut genug, ihre Reflexe nicht mehr schnell genug für den Jet. Sie hätte nach vorn gehen können, den Piloten von seinem Sitz stoßen und das Steuer übernehmen: Es war ihr Flugzeug, ihr Pilot, und der Himmel öffnete sich weit. Manchmal tat sie das. Aber es war nicht dasselbe.

Nur das Land war noch dasselbe, der Großteil des Landes zumindest. Und wenn sie aus dem Fenster sah, glaubte sie ein Jahrhundert in die Vergangenheit zu blicken, als die Menschheit sich vor weniger als hundert Jahren auf Cyteen niedergelassen hatte, noch niemand an die Union dachte, der Krieg nur grollende Unzufriedenheit war, und das Land überall genauso aussah.

Vor zweihundert Jahren hatten die ersten Kolonisten diesen unwahrscheinlichen Stern erreicht, mit dem Aufbau der Station begonnen und waren auf dieser Welt gelandet.

Etwas mehr als vierzig Jahre später trafen die unterlichtschnellen Schiffe ein, vereinzelt und einsam, um zu versuchen, ihre Konstruktion und ihren Betrieb auf Überlichtgeschwindigkeit umzubauen; und die Zeit beschleunigte sich, raste mit Translichtgeschwindigkeit dahin, brachte so rasche Veränderungen, daß unterlichtschnelle Schiffe andere Schiffe trafen, die sie für nichtmenschliche hielten – aber das stimmte nicht: Es gab noch schlechtere Neuigkeiten für sie.

Es waren menschliche Schiffe. Und das Spiel hatte sich von Grund auf geändert.

Die Sternschiffe drängten hinaus wie Samen aus einer Schote. Die genetischen Labors oben am Fluß in Reseune züchteten Menschen so schnell, wie sie sie aus den Bruttanks entbinden konnten, und jede Generation züchtete weitere und arbeitete in den Laboratorien, die immer mehr hervorbrachten, bis es genug Leute gab, wie Arianes Onkel gesagt hatte, um die leeren Räume zu füllen, die Welt zu kolonisieren, weitere Stern-Stationen einzurichten: Esperance, Fargone. Jeder Ort mit seinen eigenen Labors und seinen eignen Mitteln, um zu züchten und zu wachsen.

Die Erde hatte versucht, ihre Schiffe zurückzurufen. Dafür war es längst zu spät. Die Erde hatte versucht, ihre Kolonien zu besteuern und mit eiserner Hand zu regieren. Dafür war es bei weitem zu spät.

Ariane Emory erinnerte sich an die Sezession, den Tag, an dem Cyteen sich und seine eigenen Kolonien für unabhängig erklärt hatte; den Tag, an dem die Union gegründet wurde und sie alle plötzlich Rebellen gegen ihre ferne Mutterwelt waren. Sie war siebzehn gewesen, als von der Station gemeldet wurde: *Wir haben Krieg.*

Reseune züchtete daraufhin Soldaten, grimmige, zielstrebige und intelligente Männer, o ja: züchtete, verfeinerte und schliff sie, bis sie durch Berührung und Reflexe wußten, was sie nie im Leben gesehen hatten, vor allem wußten, was ihre Aufgabe war. Lebende Waffen, die eingleisig dachten und planten. Ariane hatte geholfen, diese Muster zu entwerfen.

Fünfundvierzig Jahre nach der Sezession war der Krieg noch immer im Gange, manchmal im Verborgenen, manchmal so weit entfernt im Raum, daß er wie eine historische Tatsache erschien – nur nicht in Reseune. Andere Einrichtungen konnten die Soldaten und Arbeiter züchten, nachdem Reseune einmal die Muster festgelegt hatte, aber nur Reseune verfügte über die Forschungskapazitäten und hatte den Krieg auf seine eigene verborgene Art ausgefochten, unter Ariane Emorys Direktorat.

Vierundfünfzig Jahre ihres Lebens – sie hatte das Ende der Konsortiums-Kriege erlebt, die Teilung der Menschheit, neue Grenzziehungen. Die Flotte des Erd-Konsortiums hatte Pells Stern, die Station im Orbit von Downbelow, besetzt, aber die Handelsschiffe der neugebildeten Allianz hatten sie übernommen und zu ihrer Basis erklärt. Sol hatte seine demütigende Niederlage zu ignorieren und sich in anderer Richtung zurückzuziehen versucht; die übriggebliebenen Schiffe der alten Konsortiums-Flotte hatten sich der Piraterie zugewandt und überfielen noch immer Handelsschiffe, wie sie es immer schon getan hatten, während die Allianz und die Union sie gleichermaßen verfolgten. Aber das war nur ein Zwischenspiel. Der Krieg war wieder zu einem kalten geworden. Er ging an Konferenztischen weiter, wo Unterhändler Linien zu ziehen versuchten, die die Biologie nicht zog, und im grenzenlosen, dreidimensionalen Raum Grenzen errichteten – um einen Frieden zu bewahren, der in Ariane Emorys ganzem Leben nie geherrscht hatte.

All das schien noch nicht geschehen zu sein. Sie schien sich hundert Jahre in der Vergangenheit zu befinden, sah sie davon ab, daß sie in einem schnittigen und eleganten Flugzeug saß, nicht in dem zusammengenieteten Wrack, das zwischen Novgorod und Reseune Frachtgut transportiert hatte: In jenen Tagen hatte jeder auf Plastikballen oder Saatcontainern gesessen oder was immer gerade befördert wurde.

Damals hatte sie gebettelt, an den staubigen Fenstern sitzen zu dürfen, und ihre Mutter hatte ihr gesagt, sie sollte trotzdem ihren Sonnenschutz aufsetzen.

Nun saß sie, einen Drink in Reichweite, in einem Ledersitz in einem Jet, in dem es angenehm warm war und der einwandfrei gewartet wurde, während ihre Assistenten über Geschäftliches sprachen und ihre Notizen durchgingen, ein Geräusch, das im Turbinenlärm soeben zu hören war.

Heutzutage gab es kein Reisen mehr ohne einen Wust an Assistenten und Leibwächtern. Catlin und Florian befanden sich hinten, verhielten sich ruhig, wie man es ihnen beigebracht hatte, und deckten ihr den Rücken, selbst hier in zehntausend Metern Höhe und unter Reseune-Personal, dessen Aktentaschen voller geheimer Unterlagen waren.

Ganz anders als in den alten Tagen.

Mama, darf ich am Fenster sitzen?

Sie war etwas Ungewöhnliches, ein Kind zweier Eltern, Olga Emorys und James Carnaths. Sie hatten die Laboratorien in Reseune gegründet, den Prozeß in Gang gesetzt, der die Union selbst formen sollte. Sie hatten die Kolonisten und die Soldaten hinausgeschickt. Ihre eigenen Gene waren in Hunderte von ihnen eingegangen. Arianes Quasi-Verwandten waren über Lichtjahre hinweg verstreut. Aber das traf in diesen Tagen auf jeden zu. Im Laufe ihres Lebens hatten sich selbst die Grundlagen des menschlichen Denkens verändert: Biologische Abstammung galt als eine triviale Verbindung. Die Familie zählte, je größer, um so weiter verbreitet – um so sicherer und wohlhabender.

Reseune war ihr Erbe. Deshalb auch dieser Jet, eben keine kommerzielle Verkehrsmaschine. Nicht einmal ein Charterflugzeug oder ein Militärjet. Eine Frau in ihrer Position konnte auf derlei verzichten und bevorzugte weiterhin Mechaniker, die dem Haushalt angehörten, einen Piloten, dessen Psycho-Muster sie sich sicher sein konnte, und Leibwächter, die zu Reseunes besten Entwürfen gehörten.

Der Gedanke an eine Stadt, die Untergrundbahnen, ein Leben unter den Angestellten, Technikern, Köchen und Arbeitern, die einander anrempelten und ihren Zeitplänen nachhetzten, um sich Anerkennung zu verdienen – das fand sie ebenso erschreckend wie den luftleeren Weltraum. Sie bestimmte den Weg von Welten und Kolonien. Der Gedanke, sie könne in einem Restaurant eine Mahlzeit zu kaufen versuchen, sich durch die Menge kämpfen, die in eine Untergrundbahn drängte, oder einfach nur oben auf irgendeiner Straße stehen, wo der Verkehr lärmte und ringsum Leute in Bewegung waren – erfüllte sie mit einer irrationalen Panik.

Sie wußte nicht, wie man außerhalb von Reseune lebte. Sie wußte, wie sie einen Flug arrangierte, die Flugpläne überprüfte, ihr Gepäck bestellte, ihre Assistenten, für ihre Sicherheit sorgte, jedes kleinste Detail – und hielt öffentliche Flughäfen für eine Qual. Einen wirklich ernsthaften Fehlschlag. Aber jedem standen ein paar Abneigungen zu, und diese Dinge waren alles andere als ihre Hauptsorge. Es war unwahrscheinlich, daß Ariane Emory jemals eine Untergrundbahn in Novgorod oder das offene Deck einer Station zu Gesicht bekommen würde.

Es dauerte sehr lang, bis sie den Fluß und die erste Pflanzung sah. Das schmale Band der Straße und schließlich die Kuppeln und Türme von Novgorod – einer unvermittelt, bemerkenswert unvermittelt erscheinenden Metropolis. Unter den Flügeln des Jets breiteten sich die Pflanzungen aus, die Türme der elektronischen Schirme und Niederschlagsanlagen beschatteten die Felder, und der Verkehr kroch in erdgebundener Geschwindigkeit über die Straße.

Lastkähne reihten sich auf der Volga bis zum Meer hintereinander, Lastkähne und Schubschiffe säumten die Flußdockanlagen hinter den Pflanzungen. Novgorod hatte noch immer in beträchtlichem Maß etwas Rohes und Industrielles an sich, ungeachtet all der Pracht des Neuen. Dieses Gesicht der Stadt hatte sich in hundert Jahren nicht geändert, es war nur gewachsen. An die Lastkähne und den Verkehr hatte man sich gewöhnt, beides stellte keinen seltenen und wunderbaren Anblick mehr dar.

Schau mal, Mama, da ist ein Lastwagen.

Das Blau des Wollholzdickichts flirrte unter dem Flügel hinweg. Der Asphalt und die Endstreifen der Landebahn schossen vorbei.

Die Räder setzten weich auf, und der Jet kam rollend zum Halt, indem er eine Wende nach links zum Terminal machte.

In dieser Phase wurde Ariane Emory von einer leichten Panik erfaßt, obwohl sie wußte, daß sie nie in die überfüllten Hallen gelangen würde. Draußen warteten Wagen. Ihre Mannschaft würde das Gepäck ausladen, den Jet sichern, all diese Dinge. Sie befanden sich nur am Rande der Stadt; und die Wagenfenster erlaubten zwar Blicke nach draußen, aber keine ins Innere.

All diese Fremden. All diese richtungslose und chaotische Bewegung. Aus der Ferne mochte sie es. Es war ihre eigene Schöpfung. Sie kannte die Bewegungen ihrer Massen, wenn auch nicht die ihrer Individuen. Aus der Entfernung, als ein Gesamtzusammenhang betrachtet, vertraute sie ihr.

Aus der Nähe machte sie ihre Hände schwitzen.

Bremsende Wagen und eine Traube aufgeregter Wachen im Sicherheitseingang der Staatshalle verrieten, daß hier nicht bloß Senatoren eintrafen. Mikhail Corain, der auf dem Balkon vor der Ratskammer saß, flankiert von seinen Leibwächtern und Assistenten, machte eine Pause und blickte auf den widerhallenden Stein des unteren Stockwerks mit seinen Springbrunnen, den Bronzegeländern seines großen Treppenaufgangs und seinem goldenen Emblem mit den vielen Sternen an der grauen Steinwand hinab.

Ein aufwendiger Rahmen für aufwendige Vorhaben. Und die Hauptarchitektin dieser Vorhaben hatte gerade ihren Auftritt. Die Rätin von Reseune, in Begleitung des Ministers für Wissenschaft. Ariane Carnath-Emory mit ihrem Gefolge. Spät, zuverlässig spät, weil die Rätin sich ihrer Mehrheit verdammt gewiß war, und sie hatte sich nur zu einem Besuch herabgelassen, weil ein Rat persönlich seine Stimme abgeben mußte.

Mikhail Corain starrte sie an und spürte diese Beschleunigung seines Herzschlages, die zu vermeiden ihm seine Ärzte geraten hatten. Beruhigen Sie sich, hätten sie jetzt gesagt. Es gibt Dinge, die sich ihrer Kontrolle entziehen.

Damit meinten sie, nahm er an, die Rätin von Reseune.

Cyteen, die bei weitem bevölkerungsreichste Kolonie in der Union, hatte es geschafft, ständig zwei Plätze in der Exekutive, dem Rat der Neun, zu besetzen. Es war logisch, daß einer der beiden der des Bürgeramts war, in dessen Zuständigkeit Arbeit, Landwirtschaft und kleine Geschäfte fielen. Es war nicht so logisch, daß die wahlberechtigten Vertreter der Wissenschaftler, die weit über die Lichtjahre umspannende Ausdehnung der Union verstreut lebten, darauf bestanden, Ariane Emory wieder zum Regierungsamt zu verhelfen.

Mehr als das. In eine Position, die sie seit fünfzig Jahren innehatte. *Fünfzig verdammte Jahre,* in denen sie einflußreiche Kreise auf Cyteen und in jeder Station der Union und (laut Gerüchten, die nie bestätigt wurden) sogar der Allianz und Sol bestochen und tyrannisiert hatte. Wollte man etwas erledigt haben? Dann fragte man jemanden, der es von der Rätin für Wissenschaft arrangieren lassen konnte. Was war man bereit zu zahlen? Was hatte man anzubieten?

Und die verdammte Wahlvertretung der Wissenschaftler, die sich aus angeblich intelligenten Menschen zusammensetzte, wählte sie immer wieder, ganz gleich, welche Skandale sie verschuldete, ganz gleich, ob die Reseune-Laboratorien praktisch ihr gehörten, die nach geltendem Recht auf einer Stufe mit einem ganzen Planeten in den Händen der Unionsregierung standen und hinter deren Mauern Dinge geschahen, an deren Enthüllung zahllose Untersuchungen (aus technischen Gründen) gescheitert waren.

Geld war nicht die Antwort. Corain hatte Geld. Es war Ariane Emory selbst. Es war die Tatsache, daß der Großteil der Bevölkerung von Cyteen, der Bevölkerung der Union überhaupt, auf die eine oder andere Weise aus Reseune stammte; und jene, auf die das nicht zutraf, benutzten Bänder – die Reseune konzipierte.

Die diese Frau konzipierte.

Die Sauberkeit der Bänder zu bezweifeln, war paranoid. Oh, es gab durchaus einige, die sich weigerten, sie zu benutzen; und höhere Mathematik und Wirtschaft ohne sie studierten, und die nie eine Pille schluckten und sich hinlegten, um das zu träumen, was die Massen überall in der Union träumten, wenn Wissen sich in ihre Köpfe ergoß, so viel sie in ein paar Sitzungen aufzunehmen vermochten. Ein Drama – ebenso erfahren wie gesehen – mit sorgfältig abgestimmter Intensität. Bestimmte Fertigkeiten – erworben auf der Ebene von Gewebe und Nerven. Man benutzte die Bänder, weil der Konkurrent es auch tat, weil man sich auszeichnen mußte, um in der Welt voranzukommen, weil es die einzige Möglichkeit war, sich Dinge schnell genug anzueignen, auf genügend hohem Niveau, umfassend genug, und die Welt in der Lebenszeit eines Menschen grundlegende Veränderungen durchmachte, sich unaufhörlich veränderte.

Das Amt für Information untersuchte diese Bänder. Experten prüften sie. Es gab keine Möglichkeit, daß ihnen irgendwelche unterbewußt wirkenden Impulse entgingen. Mikhail war keiner dieser Extremisten, die die Regierung des Aushorchens der Kommunikationswege verdächtigten, die Allianz der Vergiftung von Frachtgut, und auf den Unterhaltungsbändern unterbewußte Impulse vermuteten, die einen geistig versklavten. Diese Art von Puristen konnten auf eine Rejuvenilisierung verzichten, mit fünfundsiebzig Jahren alt sterben und ihren Lebensunterhalt mit Jobs im öffentlichen Dienst verdienen, denn sie waren Autodidakten der Unkenntnis.

Aber verdammt, *verdammt noch mal,* diese Frau wurde immer wieder gewählt. Und er konnte das nicht verstehen.

Dort ging sie, ließ allmählich die Schultern etwas hängen und erlaubte einer kleinen grauen Strähne, sich in dem schwarzen Haar zu zeigen, während jeder wußte, der zählen konnte, daß sie älter als die Union war, eine Rejuvenilisierung über sich ergehen ließ und unter der Tönung silbergraues Haar hatte. Assistenten umschwärmten sie. Kameras wurden auf sie gerichtet, als gäbe es kein anderes Zentrum des Universums. Verdammtes dürres Weibsbild!

Wollte man sich einen Menschen wie einen Zuchtbullen entwerfen lassen, dann fragte man Reseune. Wollte man Soldaten, wollte man Arbeiter, wollte man ein starkes Kreuz und einen einfältigen Geist oder ein perfektes, garantiertes Genie, dann ging man zu Reseune.

Und Senatoren und Räte kamen gleichermaßen, um sich

zu verbeugen, bei ihr anzubiedern und höfliches Geschwätz von sich zu geben. Lieber Himmel, jemand hatte ihr sogar *Blumen* mitgebracht!

Mikhail Corain wandte sich angewidert ab und bahnte sich einen Weg durch seine Assistenten.

Zwanzig Jahre lang hatte er als Kopf der Minoritätspartei im Rat der Neun gesessen, zwanzig Jahre lang war er gegen den Strom geschwommen, hatte dann und wann eine kleine Schlacht gewonnen, alle großen verloren, so wie sie die jüngste verloren hatten. Stanislaw Vogel von der Wahlvertretung der Händler war gestorben, und mit Hilfe der Allianz, die den Pakt so schnell verletzte, wie sie ihre Handelsschiffe bewaffnen konnte, hätten die Zentristen in der Lage sein müssen, den Platz an sich zu reißen. Aber nein. Die Wahlvertretung der Händler hatte Ludmilla deFranco, Vogels Nichte, gewählt. Eine entsetzlich gemäßigte Frau, die nur einen vorsichtigen Kurs steuerte. Sie war nicht weniger Expansionist als ihr Onkel. *Irgend etwas* hatte die Richtung geändert. Irgend jemand war gekauft worden, irgend jemand hatte die Andrus-Gesellschaft zu deFrancos Gunsten beeinflußt, und die Zentristen hatten ihre Chance verpaßt, ein fünftes Mitglied im Rat der Neun unterzubringen und zum ersten Mal in der Geschichte die Mehrheit der Exekutive zu stellen.

Es war eine niederschmetternde Enttäuschung.

Und dort, dort unten in der Halle, inmitten der Speichellecker und all der klugen jungen Gesetzgeber, befand sich diejenige, die an den Fäden gezogen hatte, an denen man mit keinem Geld der Welt ziehen konnte.

Also ein politischer Vorteil. Jenes ungreifbare, unauffindbare Gut.

Davon hing das Schicksal der Union ab.

Er hegte nicht zum ersten Mal die erschreckendste aller Wahnvorstellungen, daß es irgendeinem Verrückten gelingen mochte, mit einer Pistole oder einem Messer die Treppe draußen hinaufzustürmen und ihr aller Problem auf einen Schlag zu lösen. Bei diesem Gedanken empfand er eine tiefgehende Beunruhigung. Aber das würde die Union neu formen. Es würde der Menschheit eine Chance geben, bevor es für immer zu spät war.

Ein Leben – in diesen Maßstäben wog es sehr wenig.

Er atmete tief durch. Er ging in die Ratskammer und plauderte höflich mit den wenigen, die gekommen waren, um die Verlierer zu bedauern. Er knirschte mit den Zähnen und ging hinüber, um Bogdanovitch artig zu gratulieren, der als Inhaber des Sitzes für das Staatsamt im Rat den Vorsitz führte.

Bogdanovitch bewahrte einen vollkommen sanften Gesichtsausdruck. Seine freundlichen Augen unter den weißen Brauen entsprachen ganz dem Bild, das jeder von einem durch und durch vornehmen und kultivierten Großvater hatte. Nicht eine Spur von Triumph. Wäre er so gut gewesen, als er die Vereinbarung mit der Allianz aushandelte, wäre die Union jetzt im Besitz des Codes für Pell. Bogdanovitch war bei kleineren politischen Angelegenheiten immer besser. Und er war auch jemand, der sich hielt. Seine Wahlvertretung bestand aus lauter Fachleuten, den Konsulen, den Beamten, den Einwanderern, den Stationsverwaltern – eine winzige Anzahl von Leuten, um ein Büro zu besetzen, das mit weit weniger Einfluß begonnen hatte, als ihm schließlich zuwachsen sollte. Gott, was hatten die Gestalter der Verfassung sich dabei gedacht, mit dem politischen System schöpferische Spielchen zu spielen? Das ›neue Modell‹ hatten sie es genannt; ›eine Regierung, die von einer sachkundigen Wahlvertretung zusammengesetzt wird‹. Und sie hatten zehntausend Jahre menschlicher Erfahrungen über Bord geworfen, ein elender Haufen von Sozialtheoretikern, einschließlich – *einschließlich* – Olga Emory und James Carnath, damals, als Cyteen fünf Sitze im Rat der Neun und die meisten im Rat der Welten innehatte.

»Bist ein zäher Bursche«, sagte Bogdanovitch, schüttelte ihm die Hand und tätschelte sie.

»Nun ja, die Wahlvertretung will das so«, erwiderte Corain. »Dagegen kann ich nicht an.« Er lächelte völlig beherrscht. »Immerhin haben wir den bisher größten Stimmenanteil gehabt.«

Eines Tages, du alter Pirat, eines Tages werde ich die Mehrheit haben.

Und du wirst noch auf der Welt sein, um das zu erleben.

»Die Wahlvertretung will das so«, sagte Bogdanovitch und lächelte noch immer, und Corain lächelte, bis ihm die Zähne schmerzten, dann wandte er sich von Bogdanovitch Jenner Harogo zu, auch einem von dieser Bande, der den mächtigen Sitz für Innere Angelegenheiten besetzte, und Catherine Lao, die das Amt für Information betreute, welches alle Bänder untersuchte. Natürlich.

In diesem Moment stolzierte Emory herein, und sie ließen ihn mitten im Satz stehen, um sich ihrer Claque anzuschließen. Corain tauschte einen schmerzlichen Blick mit dem für die Industrie zuständigen Nguyen Tien von Viking aus; und mit dem fürs Finanzwesen zuständigen Mahmud Chavez von der Voyager-Station, beides Zentristen. Der Inhaber ihres vierten Sitzes, Admiral Leonid Gorodin, stand drüben im Gewühl seiner eigenen uniformierten Assistenten, denen man ihre Verstimmung anmerkte. Das Verteidigungs-Ressort war ironischerweise das am wenigsten verläßliche – Gorodin neigte am ehesten dazu, seine Position zu überdenken und ins Lager der Expansionisten überzuwechseln, wenn er Gründe fand, die halbwegs dafür sprachen. Gorodin war so einer, Zentrist nur aus dem Grund, weil er die neuen Militärtransporter der Excelsior-Klasse im nahen Weltraum halten wollte, wo er sie benutzen konnte, nicht, wie er es ausdrückte, »draußen am Arsch der Welt, während die Allianz noch ein verdammtes Embargo verhängt. Wollt ihr, daß eure Wahlvertretungen euch die Türen einschlagen, weil sie Vorräte brauchen, wollt ihr noch einen heißen Krieg, Bürger, dann laßt uns diese Transporter einfach ganz weit nach Drüben schicken, und wir sind von den Handelsschiffen der Allianz abhängig.«

Wobei er natürlich nicht den Pakt von Pell erwähnte, in dem vereinbart worden war, daß die Handelsschiff-Allianz

Frachtgut transportieren und keine Kriegsschiffe bauen sollte; und daß die Union, die eine beträchtliche Anzahl dieser Frachter gebaut hatte, seine Flotte behalten, aber keine Schiffe bauen durfte, die mit den Handelsschiffen konkurrierten – dies zu verschweigen, war ein diplomatischer Loskauf, ein Lösegeld, um die Versorgung mit Vorräten wieder in Gang zu bringen. Bogdanovitch hatte das allen klargemacht, und selbst Emory hatte dagegen gestimmt.

Die Stationen hatten es durchgehen lassen. Der ganze Generalrat hatte darüber abgestimmt, und es ging um Haaresbreite durch. Die Union war des Kriegs müde, das war alles, müde des unterbrochenen Handels, der Knappheit an Vorräten.

Jetzt wollte Emory eine neue Welle der Erforschung und Kolonialisierung in die Tiefen des Drüben in Gang setzen.

Jeder war sich vollkommen darüber im klaren, daß man dort draußen auf Schwierigkeiten stoßen würde. Worauf Sol am anderen Ende des Weltraums gestoßen war, bewies das deutlich genug. Es hatte Sol wieder der Allianz in die Arme getrieben, um Handel und Märkte betteln lassen. Sol hatte Nachbarn, und ihr gedankenloses Umhertappen würde in den Hinterzimmern der Allianz und in unmittelbarer Nähe des Raums der Union wahrscheinlich für Ärger sorgen. Gorodin mühte sich unaufhörlich mit dieser Angelegenheit ab. *Und* verlangte einen größeren Anteil am Budget für das Verteidigungsressort.

Gorodins Position war die schwächste. Er war anfällig für ein Vertrauensvotum. Sie konnten ihn verlieren, wenn es ihm nicht gelang, die Schiffe zu bekommen, die die Flotte wollte, in den Zonen, auf die es ankam.

Und die Neuigkeiten aus der Wahlvertretung der Händler traf sie wie ein Schlag, ein schwerer sogar. Die Zentristen hatten geglaubt, sie hätten diesmal gewonnen. Sie hatten wirklich geglaubt, sie hätten eine Chance, Emory aufzuhalten, und sie konnten jetzt nichts mehr tun, als einen Tagesordnungspunkt durchzusetzen, den Rat davon zu überzeugen, keine Stimme für das Hope-Projekt abzugeben, weil es die Bereitstellung von Schiffen und eine baldige Entscheidung über ein beträchtliches Budget erforderte, ehe deFranco aus Esperance eintreffen und ihren Platz einnehmen konnte.

Oder – sie konnten die beschlußfähige Mitgliederzahl nicht zustandekommen und den Rat der Welten über die Sache abstimmen lassen. Emorys Clique würde das einen Schreck einjagen. Die Repräsentanten waren wesentlich unabhängiger, vor allem Cyteens großer Block, der zum Großteil aus Zentristen bestand. Sollten sie sich doch an einem derart komplizierten Antrag, mit dem die Neun noch nicht fertig geworden waren, die Zähne ausbeißen, dann wären sie monatelang beschäftigt, würden Veränderungsvorschläge raufschicken, gegen die die Neun ihr Veto erhoben, und so würde es die ganze Zeit weitergehen.

Sollte doch Gorodin noch einmal versuchen, die Expansionisten davon zu überzeugen, die Abstimmung hinauszuschieben. Gorodin verhielt sich neutral, er war der mit den Orden, der Kriegsheld. Sollte er sich doch mit ihnen auseinandersetzen und sehen, ob er sie umstimmen konnte. Wenn nicht, dann würden die Zentristen gehen, alle vier. Es hatte politische Folgen, schwerwiegende Folgen, die beschlußfähige Mitgliederzahl nicht zustandekommen zu lassen und die Zusammenkunft zu beenden.

Aber sie brauchten Zeit, Zeit, um die maßgeblichen Lobbyisten für sich zu gewinnen, Zeit, um herauszufinden, ob sie ein paar Fäden ziehen und ob sie deFranco, wenn sie ankam, dazu bringen konnten, so gemäßigt zu sein, wie sie vorgab – oder zumindest im Hinblick auf einen Antrag, der für ihre Wählerschaft so kritisch war, für die Seite der Zentristen zu gewinnen. Vielleicht – *vielleicht* – würde sie am Tisch ihre Entscheidung fällen.

Die Räte schritten auf ihre Plätze zu. Emorys Gruppe kam zuletzt. Vorhersehbar.

Bogdanovitch klopfte mit dem antiken Hammer.

»Die Ratssitzung ist eröffnet«, sagte Bogdanovitch und fuhr mit den Wahlergebnissen fort und der offiziellen Bestätigung von Ludmilla deFranco als Rätin für das Handelsamt.

Catherine Lao und Jenner Harogo wirkten bewegt und erhielten Beistand. Emory saß ausdruckslos da. Sie vollführte niemals gewohnheitsmäßige Bewegungen. Der gelangweilte Ausdruck in ihrem Gesicht, die langsamen Drehungen des Stifts in ihren mit langen Nägeln besetzten Fingern bezeugten eine einstudierte Nachsicht für die Formalitäten.

Keine Diskussion. Eine höfliche Runde pro forma abgegebener Ja-Stimmen, die in die offiziellen Protokolle eingingen.

»Nächster Punkt der Tagesordnung«, sagte Bogdanovitch. »Annahme von Denzill Lals stellvertretendem Stimmrecht für Seherin deFranco, bis sie eintrifft.«

Dieselbe Prozedur. Noch einmal gab die Runde gelangweilt ihre Ja-Stimmen ab, eine kleine Neckerei zwischen Harogo und Lao, etwas Gelächter. Keine Reaktion von Gorodin, Chaves und Tien. Emory bemerkte das: Corain sah, daß sie kurz lachte und dieses Schweigen mit einem Seitenblick zur Kenntnis nahm. Der Stift hielt in seinen Umdrehungen inne. Emorys Blick war jetzt wachsam und scharf, während sie Corains Verhalten beobachtete und ein nachsichtig-mildes Lächeln aufsetzte, das einem zufälligen Blickkontakt das Peinliche nehmen konnte.

Aber ihre Augen lächelten überhaupt nicht. *Was* wirst du tun? fragten sie. Was hast du vor, Corain?

Es gab nicht viele Möglichkeiten, und ein Verstand von Emorys Format würde nur kurze Zeit brauchen, um alle zu durchdenken. Ihr starrer Blick haftete an ihm, durchschaute ihn, bedrohte ihn wie eine versteckte Klinge. Corain haßte sie. Er haßte alles, wofür sie stand. Aber, großer Gott, wenn man mit ihr zu tun hatte, war das wie ein telepathisches Experiment: Er starrte sie ungerührt an, gab die Bedrohung zurück, hob spöttisch eine Braue, um sie wissen zu lassen: Du kannst mich an den Rand drängen. Ich werde dich zu Fall bringen. Ja, das werde ich tun. Zersplittere den Rat. Paralysiere die Regierung.

Ihre halb geschlossenen Augen, die Zärtlichkeit ihres Lächelns erwiderten: Ein guter Angriff, Corain. Bist du dir sicher, daß du diesen Krieg willst? Es kann sein, daß du nicht darauf vorbereitet bist.

Die Zärtlichkeit seines Lächelns bestätigte: Ja. So läuft die Sache, Emory. Du willst Krisen, genau dann, wenn über zwei deiner wertvollen Projekte entschieden werden soll, und du kannst sie haben.

Sie blinzelte, senkte kurz den Blick auf den Tisch und sah ihn wieder an, das Lächeln angespannt, die Augenbrauen gewölbt. Krieg also. Das Lächeln wurde breiter. Oder verhandeln. Beobachte meine Schritte, Corain: Du würdest einen ernsthaften Fehler begehen, wegen dieser Sache einen offenen Bruch zu verschulden.

Ich werde gewinnen, Corain. Du kannst mich aufhalten. Du kannst dahin drängen, daß zuerst gewählt wird, verdammter Idiot. Und damit wirst du mehr Zeit verschwenden, als wenn du auf deFranco wartest.

»Wir kommen zur Bewilligung von Mitteln für die Hope-Station«, sagte Bogdanovitch. »Zuerst die vorgesehene Referentin, Sera Lao ...«

Emory und Lao gaben sich ein Zeichen. Corain konnte Laos Gesicht nicht sehen, nur die Rückseite ihres blonden Schopfs, die geflochtene Krone, die ihr Markenzeichen war. Lao machte fraglos einen verwirrten Eindruck. Emory rief mit einer Handbewegung einen Assistenten zu sich, sagte ihm etwas ins Ohr, und das Gesicht des Assistenten spannte sich an, der Mund wurde zu einer dünnen Linie, und die Augen spiegelten Bestürzung wider.

Der Mann ging zu einem von Laos Assistenten, und dieser trat heran, um ihr etwas ins Ohr zu flüstern. Die Bewegung von Laos Schultern und ihr tiefes Atemholen waren ebenso verräterisch wie ihr nun im Profil sichtbares, erstarrtes Gesicht.

»Ser Präsident«, sagte Catherine Lao. »Ich stelle den Antrag, die Debatte über das Projekt der Hope-Station zu verschieben, bis Sera deFranco ihren Platz persönlich einnehmen kann. Der Handel ist von diesem Faktor zu grundlegend betroffen. Bei allem Respekt vor dem verdienstvollen Herrn von Fargone, dies ist eine Angelegenheit, die warten sollte.«

»Stattgegeben«, sagte Corain scharf.

Ein erschrockenes Murmeln ging durch die Reihen der Assistenten, Köpfe wurden zusammengesteckt, selbst die von Räten. Bogdanovitchs Mund stand offen. Es kostete ihn einen Augenblick, bevor er reagierte und mit dem Hammer für Ruhe sorgte.

»Dem Antrag, die Debatte über die Hope-Station zu verschieben, bis Sera deFranco ihren Platz persönlich einnimmt, ist hiermit stattgegeben. Irgendwelche Einwände?«

Betont beiläufig empfahl Emory den Herrn von Fargone als Stellvertreter. Lao stimmte zu.

Corain bat feierlich ums Wort, um Lao beizupflichten. Er hätte sie etwas necken können. Manchmal taten sie das, Expansionisten mit Zentristen, mit einem ironischen Unterton, wenn die Dinge geregelt waren.

Diese Sache war es nicht. Diese verdammte Emory hatte ihn seiner Waffen und seines Themas beraubt, ihm gegeben, was er verlangte, und sie sah ihn unverwandt an, als er seine ermüdende kleine Liebenswürdigkeit an Denzill Lal losgeworden war und wieder seinen Platz eingenommen hatte.

Beobachte mich ganz genau, sagte dieser Blick. Das wird Folgen haben.

Das Votum fiel einstimmig aus, Denzill Lal nahm selbst als Stellvertreter an der Abstimmung teil, die ihm die Bewilligung von Mitteln für das Hope-Projekt aus den Händen nahm.

»Damit ist die Tagesordnung abgeschlossen«, sagte Bogdanovitch. »Wir hatten drei Tage für Debatten angesetzt. Der nächste Antrag auf der Liste stammt von Ihnen, Sera Emory, Nummer 2405, ebenfalls zur Bewilligung von Geldern, an das Amt für Wissenschaft. Möchten Sie den Termin ändern?«

»Ser Präsident, ich bin bereit fortzufahren, aber ich möchte unter keinen Umständen auf einen Beschluß drängen, ohne daß meine Kollegen Zeit gehabt haben, sich angemessen auf die Debatte vorzubereiten. Mir wäre es durchaus recht, sie auf morgen zu verschieben, wenn meine geschätzten Kollegen keine Einwände haben.«

Ein höfliches Murmeln. Kein Widerspruch. Corain murmelte dasselbe.

»Sera Emory, würden Sie das bitte als förmlichen Antrag vorbringen?«

Stattgegeben und erledigt.

Antrag auf Vertagung.

Stattgegeben und erledigt.

In dem Raum brach mehr als das übliche Durcheinander aus. Corain blieb schweigend sitzen, spürte das Gewicht einer Hand auf seiner Schulter und blickte auf in Mahmud Chavez' Gesicht. Chavez sah zugleich erleichtert und besorgt aus.

Was ist passiert? fragte dieser Blick. Aber laut: »Das war eine Überraschung.«

»Wir treffen uns in meinem Büro«, sagte Corain. »In einer halben Stunde.«

Das Essen bestand aus Tee und Sandwiches, die von den Assistenten herbeigetragen wurden. Das Treffen war über das Büro hinausgewachsen und füllte den Konferenzraum aus. In einem Anfall von Paranoia hatten die militärischen Assistenten den Raum nach Wanzen und die übrigen Assistenten und die Wissenschaftler nach Recordern durchsucht, während der Admiral mit verschränkten Armen dasaß und in verdrießlichem Schweigen abwartete, bis alles vorbei war. Gorodin war entschlossen gewesen, den Sitzstreik durchzuhalten. Jetzt hatten die Dinge eine unerwartete Wendung genommen, und der Admiral brütete besorgt und wortlos vor sich hin, während sich zeigte, daß sie Emory mit dem Budget für den Hope-Korridor in die Enge getrieben hatten und vielleicht ein Ultimatum stellen konnten.

»Wir brauchen Informationen«, sagte Corain und nahm von einem Assistenten ein Glas Mineralwasser entgegen. Vor ihm, vor ihnen allen und den meisten der Assistenten lagen in gebundenen Kopien achthundert Seiten mit Erläuterungen und Zahlen, die das Wissenschafts-Budget darstellten, bestimmte Abschnitte darin unterstrichen: Es befanden sich Zentristen im Wissenschaftsamt, und es gab beständig Gerüchte über langfristige Auswirkungen des Antrags. Die gab es immer. Und in jedem Jahr standen nicht wenige davon in Zusammenhang mit Reseune. »Diese verdammten Idioten dort bitten ja nicht selbst um Gelder; das einzige, was wir ihnen aufbürden konnten, ist die Versteuerung des Bruttogewinns, und warum, zum Teufel, will Reseune für einen zwanzig Jahre alten Chemiker auf Fargone den Status einer Sonderperson? Und wer, zum Teufel, ist Benjamin P. Rubin?«

Chavez sortierte die Papiere auf seinem Tisch, nahm eins, das ihm ein Assistent unter die Hand schob, und nagte an seiner Lippe, während er dem Finger des Assistenten über die Seite folgte. »Ein Student«, erklärte Chavez. »Keine besonderen Angaben.«

»Ist es denkbar, daß das etwas mit dem Hope-Projekt zu tun hat? Wenn wir unsere Phantasie etwas anstrengen?«

»Es ist auf Fargone. Es liegt auf der Route.«

»Wir könnten Emory fragen«, sagte Chavez säuerlich. »Es könnte verdammt gut sein, daß wir das müssen, wenn die Debatte läuft, und uns mit allen Unterlagen zu befassen haben, die sie vorlegt.«

Von allen Seiten sah man ihn streng an. »Wir haben keinen Sinn mehr für Scherze«, sagte Gorodin.

Lu, der Verteidigungsminister, räusperte sich. »Es gibt einen Kontaktmann, dem wir vertrauen können, zumindest hat er Zugang zu Kontaktleuten. Unser neuer Kandidat fürs Wissenschafts ...«

»Er ist Xenologe«, wandte Tien ein.

»Und ein persönlicher Freund von Dr. Jordan Warrick von Reseune. Dr. Warrick ist anwesend. Er kam als ein Mitglied von Rätin Emorys Spitzenpersonal. Er hat durch Byrd um ein Treffen mit ... nun ja, bestimmten Leuten aus den Kreisen der Wissenschaftler gebeten.«

Wenn Lu mit solcher Bestimmtheit redete, sagte er oft mehr, als er offiziell mit so vielen Worten sagen konnte. Corain sah ihn unverwandt an, und Gorodin widmete ihm volle Aufmerksamkeit. Der Admiral hatte seine Teilnahme an militärischen Operationen für diese Zusammenkunft unterbrochen, würde wieder zu militärischen Operationen zurückkehren und die administrativen Details des Amts für Verteidigung dem Minister und seinem Personal überlassen: Das stand von vornherein fest – die Räte mochten auf ihren jeweiligen Gebieten Experten sein, aber die Minister lenkten den Apparat, und die Abteilungsleiter wußten genau, wer mit wem gerade schlief.

»Gehört Byrd dazu?«

»Sehr wahrscheinlich«, sagte Lu steif und schloß den Mund.

Notier dir das, dachte Corain.

»Sind sie schon lang befreundet?« fragte Tien mit gedämpfter Stimme.

»Etwa zwanzig Jahre lang.«

»Wie sicher ist das für Warrick?« wollte Gorodin wissen. »Was setzen wir aufs Spiel?«

»Sehr wenig«, sagte Lu. »Bestimmt nicht Warricks Freundschaft mit Emory. Warrick hat sein eigenes Büro, betritt selten ihres und umgekehrt. Zwischen ihnen herrscht sogar eine beachtliche Feindseligkeit. Er hat innerhalb von Reseune Selbständigkeit beansprucht. Die ist ihm zugestanden worden. Es gibt *keine* Zentristen in Reseune. Aber Warrick ist – kein Anhänger von Emory. Er ist sogar hier, um das Amt um eine Versetzung zu bitten.«

»Er gehört zu den Sonderpersonen«, erklärte Corain denen, die nicht von Cyteen stammten und sich vielleicht nicht völlig bewußt waren, wer Warrick war. Ein beglaubigtes Genie. Ein nationaler Wert, von Gesetz wegen. »Über vierzig und kein Freund Emorys. Er hatte ein Dutzend Gelegenheiten, Reseune zu verlassen und seine eigenen Institute zu gründen, und sie legt ihm im Amt ständig Steine in den Weg und schließt ihn aus, wenn er an der Reihe wäre.« Er hatte eine persönliche Studie von Reseune *und* Emory angefertigt. Es war nur vernünftig. Aber an einige Informationsfetzen kam man einfacher als an andere, und wie Lu Verbindungen aufspürte, gehörte dazu. »Kann Byrd mit ihm Kontakt aufnehmen?«

»Die Zeitpläne sind völlig durcheinandergeraten« sagte Lu sanft, auf seine gelehrtenhafte Art. »Die Tagesordnung wird wohl ganz neu aufgestellt werden müssen. Ich bin sicher, daß sich da etwas machen läßt. Möchten Sie, daß ich mir das notiere?«

»Auf jeden Fall. Hören wir jetzt auf damit. Das Personal soll sich jetzt an die Arbeit machen.«

»Dann treffen wir uns morgen früh«, sagte Tien.

»Meine Leute werden hier sein«, erklärte Corain. »Es ist schon sehr spät. Wenn sich etwas ergibt, womit wir ...« Er zuckte die Achseln. »Wenn sich etwas in der Art ergibt – Sie verstehen schon, worüber wir Bescheid wissen sollten ...« *Streik* war kein Wort, das sie offen benutzten, und nicht alle vom anwesenden Personal wußten, daß einer zu erwarten war, insbesondere die Sekretäre nicht. »Meine Leute werden sofort mit Ihnen Kontakt aufnehmen.«

Und als alle anderen hinausgingen, um die Büros und Personalzusammenkünfte in ihren eigenen Ämtern und Abteilungen aufzusuchen, nahm er Gorodin und Lu stillschweigend zur Seite.

»Können Sie Warrick bekommen?«

»Lu?« fragte Gorodin, und Lu, wobei er die Schultern wie ein Sekretär hob, sagte:

»Ich denke schon.«

II

Er stellte sich als ein ganz gewöhnlicher Mann heraus, als er im Konferenzraum der Staatshalle erschien, war mit einem braunen saloppen Anzug bekleidet und trug eine Aktentasche, die so aussah, als sei sie einmal zu oft durch die Gepäckbeförderung geschickt worden. Corain hätte ihn aus keiner Menschenmenge herausgreifen können: ein braunhaariger, gutaussehender, sportlicher Typ, der nicht unbedingt wie sechsundvierzig wirkte. Aber diesen Mann hatten Leibwächter begleitet, ehe die Militärpolizei ihn in ihre Obhut genommen hatte, und sehr wahrscheinlich nahmen ihm Dienstboten alles bis auf das Anziehen ab und begleitete ihn Personal bei alltäglichen Erledigungen. Mit Sicherheit war Jordan Warrick in keiner kommerziellen Maschine eingetroffen, und bestimmt hatte niemand von der Gepäckabteilung diese Aktentasche in die Hände bekommen.

Emory war eine Sonderperson. Es gab drei bei Reseune, die größte Anzahl in einer einzelnen Einrichtung. Zu ihnen gehörte dieser Mann, der Psychobandstrukturen, wie behauptet wurde, im Kopf entwarf und überarbeitete. Wenn ein sehr wichtiges Bandprogramm entwickelt oder bearbeitet werden mußte, gaben sie es Jordan Warricks Leuten, und wenn ein Problem auftrat, mit dem einzelne oder alle von ihnen nicht fertig wurden, ging es an Warrick selbst. Soviel begriff Corain davon. Der Mann war ein beglaubigtes Genie und ein Schützling des Staats. Wie Emory. Wie die anderen zwölf Sonderpersonen.

Und wenn Emory diesen Status einem zwanzig Jahre alten Chemiker auf Fargone verschaffen und, wie die Gerüchte verlauteten, dort ein Büro eröffnen wollte, um ihn dem Personal von Reseune anzuschließen, und wenn sie gleichzeitig vorzuhaben schien, diesem Projekt einen Vorrang einzuräumen, der seinen Wert etwa in die Maßstäbe ihres mit Eifer betriebenen Kolonisierungsvorhabens hob, dann gab es dafür wahrscheinlich verdammt gute Gründe.

»Ser Lu«, sagte Warrick und schüttelte die Hand, die ihm Lu hinhielt. »Admiral Gorodin. Es ist mir ein Vergnügen.« Und ein besorgter, aber ganz und gar freundschaftlicher Blick, als er Corain bemerkte und ihm die Hand anbot. »Rat Corain. Mit Ihnen hatte ich gar nicht gerechnet.«

Corains Herz machte einen Sprung und schlug etwas

schneller. Gefahr, warnte es. Warrick, erinnerte er sich, war keiner dieser hellen Köpfe, die in irgendwelchen nebligen Reichen der abstrakten Logik agierten, die dem Rest der Menschheit nicht zugänglich waren; er war ein Psychochirurg, seine Arbeit bestand im Manipulieren, und wenn er Menschen bis auf ihre tiefsten Beweggründe entblößte, war er ganz in seinem Element. All das verbarg sich hinter dieser nüchternen Freundlichkeit und diesen Augen, die jünger als vierzig wirkten.

»Sie haben vielleicht schon vermutet«, sagte Lu, »daß es hier um mehr geht, als ich Ihnen gesagt habe.«

Warricks Gesicht drückte eine Spur von Besorgnis aus.

»Rat Corain wollte Sie sehr dringend sprechen – ohne allgemeine Aufmerksamkeit zu erregen. Dies ist eine politische Angelegenheit, Dr. Warrick. Es ist sehr wichtig. Wenn Sie natürlich lieber das andere Treffen besuchen möchten, zu dem Sie sonst zehn Minuten zu spät kämen – wir hätten Verständnis dafür, daß Sie sich nicht mit unseren Fragen auseinandersetzen wollen, und ich hoffe, Sie würden in diesem Fall meine persönlichen Entschuldigungen annehmen. Es ist mein Beruf, verstehen Sie, ein Hang zu Intrigen.«

Warrick atmete tief durch, trat ein paar Schritte zum Konferenztisch zurück und stellte seine Aktentasche darauf. »Hat es etwas mit der Rätin zu tun? Macht es Ihnen etwas aus, mir die Sache zu erklären, bevor ich mich entscheide?«

»Es geht um den nächsten Antrag. Der Antrag zur Bewilligung von Geldern aus dem Wissenschaftsamt.«

Warricks Kopf hob sich nur so wenig, als wollte er ›Aha‹ sagen. Ein leichtes Lächeln überflog sein Gesicht. Er verschränkte die Arme und lehnte sich gegen den Tisch, in jeder Hinsicht ein entspannter Mann. »Was ist mit dem Antrag?«

»Was steht drin?« fragte Corain. »In Wirklichkeit?«

Das verstohlene Lächeln wurde breiter und verhärtete. »Sie meinen, was verbirgt er? Oder etwas anderes?«

»Hat ... – was er verbirgt – hat das auf irgendeine Weise mit dem Hope-Projekt zu tun?«

»Nein. Nichts in dem Budget hat damit etwas zu tun. Nichts, wovon ich wüßte. Nun, es wird nach nicht-menschlichen Intelligenzen gesucht. Aber das ist ziemlich allgemein.«

»Was ist mit der Ernennung zur Sonderperson? Ist Reseune daran interessiert?«

»Das könnte man sagen. Wollen Sie etwas über Fargone im allgemeinen wissen?«

»Ich bin an allem interessiert, was Sie zu sagen haben, Dr. Warrick.«

»Ich kann mir die zehn Minuten Zeit nehmen. Ich brauche noch nicht einmal so lang, um Ihnen zu erklären, was vor sich geht. Ich kann es Ihnen in einem Wort sagen. Psychogenese. Seelen-Cloning, wie es die Boulevardpresse nennt.«

Das war nicht die Antwort, die Corain erwartet hatte. Es war mit Sicherheit nicht das, was das Militär erwartete. Gorodin schnaubte verächtlich.

»Was steckt dahinter?«

»Nichts steckt dahinter«, erwiderte Warrick. »Nicht das Verfahren, über das die Boulevardpresse schreibt. Es geht nicht um exakte Duplikate, sondern um die Duplizierung von Fähigkeiten. Das ist nicht so wichtig für … nehmen wir einmal an, ein Kind, das über den Verlust eines Elternteils hinwegzukommen versucht. Aber im Fall einer Sonderperson zum Beispiel, deren Fähigkeiten man zu erhalten versucht … Ihnen ist doch sicher der Versuch bekannt, Bok wiederherzustellen.«

Estelle Bok. Die Frau, deren Arbeit zum überlichtschnellen Antrieb geführt hatte. »Sie haben es versucht«, sagte Corain. »Es hat nicht funktioniert.«

»Ihr Clon war sehr intelligent – aber eben nicht Bok. Sie war eine bessere Musikerin als Physikerin und dank ihrer Berühmtheit verzweifelt unglücklich. Sie setzte immer mehrere Tage ununterbrochen mit ihrer Rejuvenilisierung aus, bis ihr die Folgen zu schaffen machten und sie dazu gezwungen war. Auf diese Weise hat sie sich selber kaputtgemacht und ist schließlich mit zweiundneunzig gestorben. Während ihrer letzten paar Lebensjahre verließ sie nicht einmal mehr ihr Zimmer.

Damals verfügten wir noch nicht über die Verfahren, die uns heute zur Verfügung stehen; und die Aufzeichnungen. Dr. Emorys Arbeit im Krieg, wissen Sie, die Studien zum Lernprozeß und zur Körperchemie …

Der menschliche Körper besitzt ein internes Regulationssystem, der ganze Komplex, der die Sexualität, das Wachstum und die Infektionsabwehr steuert. Bei einer Replikation ist der genetische Code nicht das einzig Entscheidende. Erfahrungen verformen das chemische System, das vom genetischen Code aufgebaut wird. Das ist alles in wissenschaftlichen Zeitschriften nachzulesen. Ich könnte Ihnen die Originalquellen vorlegen …«

»Sie machen das ganz gut«, sagte Corain. »Bitte.«

»Sagen wir, wir wissen jetzt Dinge, die wir nicht wußten, als wir Bok clonten. Wenn das Programm zudem in Lage ist, was sich Emory davon erhofft, können wir nach einem entsprechenden Verfahren die Fähigkeiten wiederherstellen. Es umfaßt Genetik, Endokrinologie und eine umfangreiche Reihe an physiologischen und psychologischen Tests; und die Aufzeichnungen müssen vorliegen. Ich weiß nicht alles darüber. Es ist Dr. Emorys Projekt, es ist geheim, und es wird in einem anderen Flügel daran gearbeitet. Aber ich weiß, daß es ernst ist und nicht extrem weit über den gegenwärtigen Stand der Technik hinausgeht. Ein bißchen spekulativ vielleicht; aber Sie müssen sich klarmachen, daß unsere Wissenschaft auf besondere Weise unter Druck steht; der Wissenschaftler selbst muß lang genug leben, um seine Schlußfolgerungen ziehen zu können; und Dr. Emory ist nicht mehr jung. Jede Azi-Versuchsreihe dauert mindestens fünfzehn Jahre. Das Rubin-Projekt wird mindestens zwanzig beanspruchen. Sie verstehen die Schwierigkeit. Sie wird einige kleine Risiken eingehen müssen.«

»Gesundheitliche Probleme?« fragte Corain ruhig, wobei ihm die subtile Veränderung der Hauttönung und der Gewichtsverlust wieder in den Sinn kamen. Eine Rejuvenilisierung zog sich über eine unabsehbare Zahl von Jahren hin. Wenn ihre Wirkung anfing nachzulassen – dann fingen die Probleme an. Und ein beschleunigter Alterungsprozeß begann mit seiner Rache.

Warricks Blick wich seinem aus. Er würde auf diese Frage nicht freimütig antworten, vermutete Corain, noch ehe er etwas sagte. Er war zu aufdringlich geworden.

»Die Sterblichkeit gewinnt immer mehr Bedeutung«, erwiderte Warrick, »bei jedem Menschen in ihrem Alter, in unserem Beruf. Es ist das, was ich sagte: die *Zeit*, die das Projekt braucht.«

»Wie schätzen Sie das Projekt ein?« fragte Gorodin.

»Es ist sehr wichtig für sie: all ihre Theorien, ihre Kenntnisse, ihre ganze persönliche Arbeit, ob zum endokrinen System oder zur Genetik, zu Psychostrukturen – all das hat sie darauf zugeführt.«

»Sie ist eine Sonderperson. Sie kann so ziemlich alles verlangen, was sie braucht ...«

»Außer dem Sonderstatus, der ihr Versuchsobjekt vor dem bewahren würde, was mit Bok geschehen ist. Ich stimme mit ihr darin überein, nicht jemanden innerhalb von Reseune zu benutzen. Der Clon wird sich in Reseune aufhalten, aber es wird nicht Rubin sein. Rubin ist jung. Das ist eine Vorbedingung. Er ist ein brillanter Kopf, er wurde in einer Station geboren, und jeder Schritt, den er je gemacht hat, sei es nur, daß er sich an einem Automaten ein Getränk zog, ist in den Stationsaufzeichnungen dokumentiert. Er ist außerdem mit einer Immunschwäche auf die Welt gekommen, und es gibt ausführliche medizinische Aufzeichnungen, die bis in seine Kindheit zurückreichen. Das ist das Allerwichtigste. Ari kann es ohne die Genehmigung des Rats tun; aber sie kann Fargones lokale Regierung nicht davon abhalten, etwas zu tun, das ihre Ergebnisse kompromittieren könnte.«

»Ist es denkbar, daß Rubin etwas davon ahnt?«

»Er wird ahnen, daß er ein blindes Werkzeug für ein

Experiment in Reseune ist. Wichtiger ist, daß sein Clon nicht wissen wird, daß Rubin existiert, bis er Rubins jetziges Alter erreicht hat.«

»Meinen Sie, es sei ein lohnendes Projekt?« fragte Corain.

Warrick schwieg einen Augenblick lang, dann sagte er: »Ich glaube, ob das eine das andere nun aufwiegt oder nicht, ist der wissenschaftliche Nutzen nicht von der Hand zu weisen.«

»Sie haben Vorbehalte«, bemerkte Lu.

»Ich mache mir wenig Sorgen um Rubin. Er ist Wissenschaftler. Er kann durchaus begreifen, was es heißt, ein blindes Werkzeug zu sein. Ich wäre gegen jedes Treffen der beiden, zu jedem zukünftigen Zeitpunkt. Ich werde das zu Protokoll geben. Aber ich würde mich nicht gegen das ganze Programm stellen.«

»Es ist nicht Ihres.«

»Ich war mit keiner persönlichen Arbeit daran beteiligt.«

»Ihr Sohn«, sagte Corain, »arbeitet eng mit Dr. Emory zusammen.«

»Mein Sohn ist Student«, erwiderte Warrick ausdruckslos, »und beschäftigt sich mit Bandentwürfen. Ob er damit zu tun haben wird oder nicht, hängt von Dr. Emory ab. Es wäre eine einzigartige Gelegenheit. Vielleicht hat er Interesse an dem Fargone-Büro, wenn es durchgeht. Das würde mir gefallen.«

Warum? überlegte Corain und wünschte, er hätte gewagt, es zu fragen. Aber es gab Grenzen bei einem bislang freundlichen Informanten, und es machten hartnäckige Gerüchte über Emory die Runde, die niemand bestätigen konnte.

»Wenn man Student bei Reseune ist«, sagte Lu, »steht man schon etwas über einem Studenten an der Universität.«

»Ja, ganz erheblich«, bestätigte Warrick. Alle Lebendigkeit war aus seinem Gesicht gewichen. Es wirkte jetzt beherrscht, äußerst vorsichtig mit seinem Ausdruck und seinen Reaktionen.

»Was halten *Sie* von dem Hope-Projekt?« fragte Corain.

»Ist das eine politische Frage?«

»Es ist eine politische Frage.«

»Sagen wir, ich halte mich bei politischen Angelegenheiten heraus, außer zu Studienzwecken.« Warrick senkte den Blick und hob ihn wieder, sah Corain direkt ins Gesicht. »Reseune ist nicht mehr vom Azi-Handel abhängig. Wir könnten ganz gut von unseren Forschungsarbeiten leben, ob Kolonisten hinausgeschickt werden oder nicht – für das, was *wir* tun, wird weiterhin ein Bedarf bestehen, ungeachtet des Schicksals der anderen Labors –, die könnten uns keine Konkurrenz machen. Wir haben einen zu großen Vorsprung auf anderen Gebieten. Gut, wir wären nicht so reich. Aber wir kämen ganz gut zurecht. Die wirtschaftlichen Aspekte machen mir keine Sorgen. Irgendwann sollten wir uns einmal ausführlich darüber unterhalten.«

Corain blinzelte. So etwas hatte er nicht erwartet, eine Annäherung von einem Wissenschaftler von Reseune. »Kann Dr. Warrick dieses Treffen versäumen – ohne daß es deshalb zusammenbricht?«

»Kein Problem«, sagte Lu; und fügte hinzu: »Wenn Dr. Warrick es versäumen möchte.«

Warrick tat einen tiefen Atemzug, dann stellte er die Aktentasche auf den Boden und zog einen Stuhl an den Konferenztisch zurück. »Ich bin bereit«, sagte er und sank auf den Stuhl.

Corain setzte sich. Gorodin und Lu besetzten die Stühle am Tischende.

Warricks Gesicht blieb noch immer ausdruckslos. »Ich kenne diese Herren«, bemerkte er mit einem Seitenblick auf den Admiral. »Ich weiß, welchen Ruf Sie haben, Rat Corain. Ich weiß, daß Sie ein aufrichtiger Mann sind. Was ich Ihnen sagen werde, könnte Folgen für mich haben – ganz erhebliche Folgen. Ich hoffe, Sie werden damit umzugehen wissen – und es nur im Hinblick auf seine Konsequenzen verwenden, und ich hoffe, Sie werden es keiner persönlichen Abneigung zuschreiben. Dr. Emory und ich hatten unsere Differenzen. Sie verstehen – wenn man bei Reseune arbeitet, muß man eine Vielzahl kritischer Entscheidungen fällen.

Wir arbeiten mit Menschenmaterial. Manchmal sind die ethischen Probleme einer Situation … ah … ohne Präzedenzfall. Wir handeln nur auf der Grundlage unserer persönlichen Einschätzung, und manchmal weichen diese Einschätzungen voneinander ab.

Dr. Emory und ich hatten – mehr als die übliche Zahl an Auseinandersetzungen. Ich habe Arbeiten geschrieben, die sich gegen sie wandten. Wir vertreten einander zuwiderlaufende Ansichten über … ah … bestimmte Aspekte ihrer Arbeitsweise. Wenn sie also herausfindet, daß ich mit Ihnen geredet habe, wird sie glauben, ich hätte versucht, ihr Schaden zuzufügen. Aber ich hoffe bei Gott, daß Sie dieses Programm für Fargone genehmigen werden. Es kostet der Regierung nichts, aber dieser Sonder …«

»Es würde einen gefährlichen Präzedenzfall schaffen, einen Sonderpersonenstatus zu erklären, nur um ein Forschungsprojekt zu stützen. Nur um ein Versuchsobjekt in Reichweite zu halten.«

»Ich möchte, daß ich und mein Sohn aus Reseune versetzt werden.«

Corain hielt für einen Moment den Atem an. »Sie sind eine Sonderperson, genau wie sie.«

»Ich bin kein politischer Mensch. Ich habe nicht ihre Anziehungskraft. Sie wird darauf pochen, daß ich unbedingt erforderlich bin, unter eben jenen Bedingungen, die mich zu einer Sonderperson machen – mir bleibt nichts anderes übrig, als dort zu bleiben, wo die Regierung mich braucht. Und bisher hat sie es so arrangiert, daß sie mich bei Reseune braucht. Jetzt gerade arbeitet mein Sohn aus zwei Gründen an Aris Programm mit: erstens, weil es sein Fachgebiet ist und sie die Beste darin; zweitens, weil er mein Sohn ist und Ari mich binden will, und die Politik innerhalb von Reseune läßt mir keine Möglichkeit, etwas dagegen zu tun. Ich kann noch einmal versuchen, dort herauszukommen, und wenn ich nicht mehr unter ihrer Leitung arbeite, kann ich ersuchen, daß mein Sohn unter den Bedingungen eines persönlichen Härtefalls in das andere Projekt versetzt wird. Das ist ein Grund, warum es mir sehr wichtig ist, daß diese Einrichtung auf Fargone gebaut wird. Es wäre das Beste für den Staat. Es wäre das Beste für Reseune. Gott weiß, daß es das Beste für Reseune wäre.«

»Vielleicht würden sich einige Dinge herausstellen. Wollten Sie das sagen?«

»Ich stelle keine Forderungen. Ich möchte mit nichts von dem an die Öffentlichkeit gehen. Was ich sage, ist, daß Ari einfach zuviel Macht hat, innerhalb und außerhalb von Reseune. Ihre Verdienste als Wissenschaftlerin stehen außer Frage. Als Wissenschaftler habe ich nichts an ihr auszusetzen. Ich weiß nur, daß die Politik innerhalb des Hauses und die Politik außerhalb davon die einzige Möglichkeit ist, um mich einer Situation zu entziehen, die immer – immer explosiver wird.«

Man mußte vorsichtig sein, sehr vorsichtig. Corain hatte nicht zwanzig Jahre lang in der Regierung gesessen, um alles nach dem äußeren Schein zu beurteilen. Oder um einen hilfreichen Zeugen zu erschrecken. Darum fragte er leise: »Was möchten Sie, Dr. Warrick?«

»Es wäre mir recht, wenn das Projekt durchgeht. Dann werde ich mich versetzen lassen. Sie wird versuchen, das zu verhindern. Ich brauche Unterstützung – wenn ich Einspruch erhebe.« Warrick räusperte sich. Er hatte die Finger verschränkt, die Knöchel waren weiß. »Bei Reseune stehe ich enorm unter Druck. Alles, was ich will, ist – eine Versetzung. Ich sage Ihnen folgendes ... Ich bin nicht einverstanden mit diesem Kolonisierungsvorhaben. Ich stimme mit Berger und Shlegey darin überein, daß es einfach nicht gut sein kann, die Menschheit in diesem Ausmaß, diesem Tempo zu zerstreuen. Wir haben gerade eine soziale Katastrophe hinter uns; wir sind keine Pioniere der Erde, wir sind keine Pioniere der Ehren-Station, wir werden nichts sein, was unsere Vorväter sich erhofft haben; und wenn wir einen weiteren Vorstoß unternehmen, wird es zu einer kritischen Differenz zwischen uns und unseren Nachfahren kommen – dann wird es kein Wunder geben, keine Estelle

Bok, keine große Erfindung, um diese Kluft zu schließen. So sehe ich das. Als Angestellter von Reseune kann ich mich auf diese Weise nicht äußern.«

»Dr. Warrick, wollen Sie damit sagen, Ihre Meinungsfreiheit sei dort eingeschränkt?«

»Ich will damit sagen, daß es Gründe gibt, weshalb ich diese Auffassung dort nicht vertreten kann. Wenn Sie etwas über dieses Gespräch an die Presse durchsickern lassen, werde ich Reseunes offizielle Position verteidigen müssen.«

»Heißt das, Dr. Warrick, daß Sie auf dieser Versetzung bestehen?«

»Auf der Versetzung, Rat. Ich. Und mein Sohn. Dann hätte ich keine Bedenken, zu meiner Meinung zu stehen. Verstehen Sie mich? Die meisten Kollegen auf diesem Gebiet, die sich mit Autorität gegen das Hope-Projekt aussprechen könnten – arbeiten bei Reseune. Ohne Stimmen aus den Kreisen der Wissenschaft, ohne publizierte Unterlagen – verstehen Sie, ohne dergleichen haben diese Ideen keine Breitenwirkung. Die Xenologie ist stark zerstritten. Die zwingendsten Auseinandersetzungen finden in unserem Fachgebiet statt. Sie haben *keine* Mehrheit in den neun Wahlvertretungen, Rat. Sie müssen die Wissenschaftler knacken, Ari Emorys eigene Wahlvertretung. *Diese Sache*, dieses Psychogenese-Projekt liegt ihr sehr am Herzen – sie hat sich sogar derart damit identifiziert, daß sie ihre Assistenten nicht daran mitarbeiten läßt. Da kommt wieder der Zeitfaktor ins Spiel. Auf der einen Seite ist eine Lebenszeit so knapp. Auf der anderen Seite – kommt es in einem Projekt, das sich mit einem menschlichen Leben befaßt, zu so vielen Leerläufen, so vielen Phasen, in denen nur die Zeit die Lösungen bringen kann.«

»Das heißt, wir werden weiterhin mit ihr zu tun haben.«

»Solange sie lebt, werden Sie mit Sicherheit im Rat mit ihr zu tun haben. Aus diesem Grund ist das Fargone-Projekt für uns beide von Nutzen. Ich würde mich gern öffentlich auf Ihre Seite stellen. Eine Opposition aus den Reihen von Reseune, wie die Dinge liegen, insbesondere von einer anderen Sonderperson – wäre bei den Wissenschaftlern von besonderer Glaubwürdigkeit. Aber so, wie es steht, kann ich es nicht jetzt tun.«

»Abgesehen davon«, sagte Gorodin, »ist die entscheidende Frage: Ist es *wahrscheinlich,* daß das Rubin-Projekt funktioniert? Ist es machbar?«

»Es ist sehr wahrscheinlich, daß es funktionieren wird, Admiral. Es ist ganz gewiß ein viel lohnenderes Vorhaben als es das Bok-Projekt war. Sie wissen vielleicht, daß wir für Entwürfe nicht routinemäßig auf die Gensets der Sonderpersonen zurückgreifen. Selbst unser Genmaterial ist durch unseren Status geschützt. In praktischer Hinsicht ist es die alte Geschichte von dem ›schmalen Grat‹ – Sie wissen schon, zwischen Genie und Wahnsinn. Das ist keineswegs Unsinn. Wenn wir Azis entwickeln, erfordern die aus der Alpha-Klasse weit mehr Tests und Verbesserungen. Statistisch betrachtet natürlich. Mit Boks Clon ging das schief, was mit Boks Clon schiefgehen konnte, abhängig von ihren besonderen Erfahrungen und Einflüssen, über die wir keine Aufzeichnungen haben. Unsere Chancen, eine gegenwärtig lebende Sonderperson wiederherzustellen, sind wesentlich besser. Wir verfügen über bessere Aufzeichnungen, verstehen Sie? Bok kam als Kolonistin hierher, ihre Aufzeichnungen verschwanden mit ihrem Schiff, und es war eine dieser Fehlkonstruktionen; zu viel ging verloren, und zu viel wurde gar nicht erst aufgezeichnet. Ich bin mir nicht sicher, ob wir jemals Boks Talent zurückgewinnen werden, aber gewiß wird es nicht im gegenwärtigen Projekt sein. Andererseits – wollten wir zum Beispiel Kleigmann wiederherstellen ... wer war er, was hat er gemacht? Holen wir ihn hundertfünfzig Jahre in die Zukunft ... das wäre von wirklichem Nutzen.«

»Oder Emory selbst«, sagte Corain im Flüsterton. »Mein Gott. Ist sie *darauf* aus? Unsterblichkeit?«

»Nur insofern, als sich jeder Mensch Nachkommen wünscht, die so wie er sind. Es ist keine Unsterblichkeit, ganz sicher kein Gefühl von Identität. Wir reden von mentaler Ähnlichkeit, zwei Individuen, die sich mehr ähneln, als das bei eineiigen Zwillingen gewöhnlich der Fall ist, und ohne daß es einen dominanten Zwilling gibt. Im Kern geht es um die Wiederherstellung einer Fähigkeit, die in der Schnittfläche zwischen dem Genset und dem, was wir das Band in einem Azi nennen, latent vorhanden ist.«

»Benutzt man ein Band dazu?«

Warrick schüttelte den Kopf. »Das *kann* man mit keinem Band machen. Nicht nach dem gegenwärtigen Verständnis.«

Corain durchdachte es noch einmal. Und noch einmal.

»Das heißt«, sagte Gorodin, »daß unser führender Rang in der Genetik und rekonstruktiven Psychologie uns die Möglichkeit gibt, lebendige wie tote Sonderpersonen zu replizieren.«

»Die Möglichkeit besteht«, erwiderte Warrick ruhig, »wenn bestimmte Gesetze geändert werden. Ich würde mich dagegen aussprechen. Ich verstehe, warum sie mit einem anfangen. Aber es kann sehr leicht zu psychologischen Komplikationen kommen, selbst wenn durch die Sicherheitsmaßnahmen eine Begegnung der beiden verhindert wird. Selbst tote ... Wenn ich ein solches Versuchsobjekt wäre, würde ich mir über meinen Sohn Sorgen machen, und dieses Individuum – das in keinem irgendwie bedeutungsvollen Sinne sein Bruder wäre; oder sein Vater. Verstehen Sie? Es ist sehr kompliziert, wenn man mit menschlichem Leben zu tun hat. Die Neun haben ein starkes Interesse an dem Bok-Fall gezeigt. Ein zu starkes Interesse. Bis dahin stimme ich Dr. Emory zu: Nur das Wissenschaftsamt, vor allem nur Reseune sollte irgendwelchen Kontakt mit den beiden Versuchspersonen haben dürfen. Das ist es, was sie auf Fargone vorhat. Wir reden nicht über ein Büro oder ein Labor. Es geht um eine Enklave, eine Gemeinschaft, die Rubin nicht verlassen wird, es sei denn so, wie ich Reseune verlasse: selten und mit Eskorten zu seinem Schutz.«

»Mein Gott«, sagte Gorodin. »Fargone wird dagegen stimmen.«

»Eine separate Anlage, die im Orbit kreist. Das hat sie

Harogo versprechen müssen. Ein unterteilter Nutzraum. Reseune wird den Bau bezahlen.«

»Dann wissen Sie also, welche Vereinbarungen sie getroffen hat.«

»Ich weiß zufällig von dieser. Es könnte weitere geben. Das bedeutet einen dicken Vertrag für gewisse Baufirmen auf Fargone.«

Das hörte sich plausibel an. Von vorn bis hinten. Corain nagte an seiner Lippe.

»Lassen Sie mich eine andere Frage stellen«, sagte er. »Wenn es weitere Informationen gäbe ...«

»Ich würde Sie darüber in Kenntnis setzen.«

»Wenn sich noch weitere Informationen ergeben sollten ...«

»Sie wollen wissen, ob ich Ihr Informant sein möchte.«

»Sie sollen ein Mann sein, der seinem Gewissen folgt. Sie kennen meine Prinzipien. Ich kenne Ihre. Wir scheinen einiges gemeinsam zu haben. Hat Reseune einen Anspruch auf Ihr Gewissen?«

»Nicht einmal der Admiral ist imstande gewesen, mich für sich zu beanspruchen. Ich bin ein Schützling des Staats. Mein Amtssitz muß von der Unionsregierung gebilligt werden. Das ist der Preis, den man bezahlt, wenn man eine Sonderperson ist. Der Admiral kann es Ihnen bestätigen: Reseune wird mich für unbedingt erforderlich erklären. Das sind automatisch fünf Stimmen unter den Neun. Das heißt, ich bleibe bei Reseune. Ich sage Ihnen, was ich tun werde, Rat. Ich werde Admiral Gorodin ein Ersuchen um eine Versetzung zukommen lassen, *sobald* Rubin der Sonderstatus zugesprochen wird und *bevor* über die Bewilligung von Geldern für die Hope-Station abgestimmt wird. Offiziell – dann wird es passieren.«

»Mein Gott! Meinen Sie, Sie sind einen solchen Handel wert?«

»Rat – Sie können die Abstimmung über die Hope-Station nicht gewinnen. Ari hat deFranco in der Tasche. Oder ihr Bankkonto, über die Hayes-Industrien. Es ist folgendes vereinbart worden: deFranco wird sich zu enthalten versuchen, damit sie für ihre Wählerschaft wenigstens ein bißchen Rückgrat zeigt. Vergessen Sie, daß Sie das von mir gehört haben. Aber wenn Sie die Abstimmung *nicht* unentschieden ausgehen lassen und die Sache an den Generalrat übergeben, ist es unausweichlich. Kaufen Sie mich und meinen Sohn aus Reseune frei, Rat – und ich werde reden. Es wäre noch sehr viel mehr wert – nicht unter ihrer unmittelbaren Aufsicht, in Reseunes Anlage auf Fargone. Vielleicht bekommt sie die Hope-Station. Aber man kann sie aufhalten, Rat. Wenn Sie eine Stimme in den Reihen der Wissenschaftler brauchen, könnte ich das sein.«

Es dauerte einen Augenblick, bevor Corain wieder Herr seines Atems war. Er warf einen Blick auf Lu, dann auf Gorodin, versuchte sich plötzlich zu erinnern, wie Lu ihn in dieses Treffen hineinmanövriert hatte, und hegte einen Verdacht gegen diese beiden dunklen Würdenträger, die hinter einem Wall von Heimlichkeiten ihr Spiel trieben.

»Sie sollten in die Politik gehen«, sagte er dann zu Warrick und erinnerte sich plötzlich zu seiner Beunruhigung daran, mit wem er sprach: daß dies einer der Psychomeister von Reseune war, und daß sein Geist zu jenen zwölf gehörte, die die Union als zu wertvoll erachtete, um sie zu verlieren.

»Die Psychologie ist mein Beruf«, erwiderte Warrick, mit einer beunruhigenden Direktheit in seinem Blick, die nicht mehr gewöhnlich oder harmlos oder durchschnittlich erschien. »Ich möchte sie nur ohne Belästigung praktizieren. Ich bin mir der politischen Umstände vollkommen bewußt, Rat. Ich versichere Ihnen, bei Reseune vergißt man sie nie. Und man wird nicht von ihnen vergessen. Helfen Sie mir, und ich helfe Ihnen. So einfach ist das.«

»Einfach ist das bestimmt nicht«, widersprach Corain, aber Warrick sah es so. Wer auch immer ihn in dieses Treffen gedrängt hatte – sei es Lu, sei es Gorodin – sei es Warrick …

Er war sich plötzlich nicht mehr sicher, ob es nicht Emory

gewesen war. Ein Mensch konnte den Verstand verlieren, wenn er mit dem Potential der Sonderpersonen zu tun hatte, vor allem jenen Sonderpersonen, die mit Wahrnehmungen und Vorstellungen selbst handelten.

Manchmal mußte man einfach jemandem vertrauen. Sonst gelang nichts.

III

»Der erste Antrag auf der Tagesordnung ist die Nummer 2405 für das Wissenschaftsamt. Alleiniger Sponsor Ariane Emory im Hinblick auf die vorschriftsmäßige Bewilligung von Mitteln für das Wissenschaftsamt nach den Bestimmungen des Unions-Statuts 2595, Abschnitt 2 …«

Emory blickte in Corains Richtung. Nun? fragte der starrende Blick ihrer halb geschlossenen Augen. Wirst du mir bei einer solchen Routineangelegenheit Schwierigkeiten machen?

Corain lächelte. Und ließ das Weibsbild sich den Kopf zerbrechen.

Der Hammer fuhr nieder, wieder sehr früh. »Die Sitzung wird unterbrochen«, sagte Bogdanovitch. Das Murmeln in der Ratskammer klang gedämpft.

Ariane Emory atmete schließlich tief durch. Die erste Stufe war genehmigt worden. Rubin hatte seinen Status, wenn nicht noch ein Veto vom Rat der Welten dazwischenkam, aber es würde keins geben. Vielleicht arrangierte Corain hinter den Kulissen etwas, um sie hereinzulegen, aber das würde er sich für etwas Wichtiges aufheben. Etwas, das *Corain* für wichtig hielt. Das Projekt der Hope-Station konnte bis dahin als ein Köder dienen. DeFranco würde sich vielleicht enthalten wollen. Doch sie würde es nicht tun, wenn es hart auf hart ging.

Assistenten drängten zur Tür, begleiteten ihre Räte. Die Presse wurde, Gott sei Dank, unten von der Kammer ferngehalten, solange die Sitzung noch nicht vertagt worden war. Zwei Stunden Mittagessen und anschließend Diskussionen über die Erteilung der restlichen Genehmigungen für das Wissenschaftsamt, eine ermüdend lange Liste von Genehmigungsanträgen, die auf dieselbe Weise wie so viele Angelegenheiten im Regierungsgeschäft klein und bequem begonnen hatten und innerhalb einer einzigen Lebenszeit zu einem administrativen Monstrum angewachsen waren, mit dem die Neun in der Exekutive klarkommen sollten, das in Wirklichkeit aber auf die Ministerebene abgewälzt worden war, wo solche Genehmigungen inzwischen routinemäßig erteilt wurden.

Dennoch würde sie erst wieder frei atmen können, wenn dieser Antrag genehmigt worden war – wenn der vernebelte Umstand, daß um die Erlaubnis für die Benutzung des Gensets einer lebenden Sonderperson gebeten wurde, gemeinsam mit der Liste von Reseune-Projekten, die routinemäßige Genehmigungen erforderten, durchgegangen war.

Sie machte sich Sorgen. Sie hatte sich die ganze Zeit Sorgen gemacht, seit sie von ihren Informanten erfuhr, daß die Zentristen einen Streik erwogen. Corains plötzliche Bereitschaft zu einer Einigung beunruhigte sie.

Und wenn es nicht den Eindruck unangemessener Eile erweckt hätte, wäre sie froh gewesen, den Vorsitzenden darum zu bitten, sich noch vor Mittag dem Antrag aus dem Wissenschaftsamt zuzuwenden. Für ihren Geschmack fielen die Hindernisse gegenwärtig zu schnell, liefen die Dinge zu gut, funktionierte alles wie geschmiert. Was vorher nach einer langatmigen Sitzung ausgesehen hatte, würde mit einem Dreitagesprotokoll enden und die Neun wieder für mindestens sechs Monate in ihr bürgerliches Leben zurückschicken.

Es war als ein Mittel zur Beschleunigung der Regierungsgeschäfte geplant worden, daß die Neun sich regelmäßig trafen und gemeinsam alle Maßnahmen absprachen, die ihre unterschiedlichen Interessensphären berührten, um dann dem Personal der Ämter und den gewählten Repräsentanten im Rat der Welten und den verschiedenen Senaten und Räten die Abwicklung der routinemäßigen und der alltäglichen administrativen Details zu überlassen.

Weil er sich aus Vollprofis zusammensetzte, leistete der Rat der Neun tatsächlich gründliche Arbeit. Sie trafen sich kurz, taten ihren Job, und trennten sich, um wieder zu sein, was sie vorher waren – aber einige von ihnen übten eine enorme Kontrolle über die Ämter aus, denen sie vorsaßen, verfügten über eine Macht, die die Väter der Verfassung ebensowenig vorhergesehen hatten, wie sie Reseunes Arbeit im Krieg vorhersehen konnten, oder die Tatsache, daß die Bevölkerung zu dem werden würde, was sie jetzt war, oder dem Bruch von Pell mit Sol und der Union gleichermaßen und die Entwicklungen, die dies nach sich gezogen hatte. Man hatte sich vorgestellt, daß Profis im diplomatischen Dienst das Staatsamt mit Bedacht leiten würden; aber die Entfernungen hatten es in immer größere Abhängigkeit von genauen Berichten gebracht, die das Verteidigungsamt über Situationen abgab, von denen es sich nicht selbst vor Ort ein Bild machen konnte.

Das Wissenschaftsamt, das sich über die Entdeckung von fremden intelligenten Rassen auf anderen Planeten als dem von Pells Stern Gedanken machte, mußte diplomatische Aufgaben übernehmen und potentielle Kontaktfachleute dafür ausbilden.

Das Bürgeramt war zu einer unverhältnismäßig großen Wahlvertretung geworden und hatte einen fähigen und gefährlichen Mann gewählt, der noch immer ein Gefühl dafür hatte, wann er in der Falle saß.

Möglicherweise wußte Corain nicht, daß sie deFranco fest in der Hand hatte. Das würde seine Bereitschaft erklären, mit einem Streik sein politisches Leben zu riskieren. Sicher glaubte er nicht, es gäbe für ihn irgendwelche Hoffnung, die Handelsliga Pan-paris, die Lao beherrschte, für sich zu gewinnen. Er konnte nichts tun, außer der Regierung Geld zu kosten, wofür andere Beteiligte kein Verständnis hätten. Es war gewiß nicht wahrscheinlich, daß er einen Einwand gegen den Antrag des Wissenschaftsamts hervorrufen würde.

Bestimmt nicht.

»Dr. Emory.« Trotz ihrer Assistenten und Leibwächter gelang es jemandem, sie am Arm zu berühren, und Catlin war sofort zur Stelle, ihr Körper angespannt und ein verblüffter Ausdruck im Gesicht, weil sie kein Assistent eines anderen Rats berührt, sondern Admiral Gorodin sie persönlich zur Seite geschoben hatte. »Kann ich Sie kurz sprechen?«

»Ich bin sehr in Eile.« Sie hatte nicht den Wunsch, mit diesem Mann zu sprechen, der mit ihr, obwohl ihm schon ein beträchtlicher Anteil am Budget zur Verfügung stand und obwohl seine eigene Abteilung Unsummen verschwendete, über die Abzweigung von zehn Schiffen für das Hope-Projekt stritt – *und* für Corain Partei ergriff. Sie hatte andere Kontaktleute im Verteidigungsamt und machte Gebrauch von ihnen: Ein nennenswerter Anteil der Leute vom Geheimdienst und die meisten von den Sonderdiensten waren auf ihrer Seite, und eine Neuwahl innerhalb des Militärs mochte sowohl Gorodin wie Lu um ihre Ämter bringen: Sollte Corain doch besser darüber nachdenken, wenn er auf eine Auseinandersetzung aus war.

»Ich werde Sie begleiten«, sagte Gorodin, ließ sich nicht abschütteln, und seine Assistenten mischten sich unter ihre.

»Einen Augenblick, Ser«, fuhr Catlin dazwischen. Florian war eingetreten. Sie waren nicht bewaffnet. Die Militärs waren es. Aber das hinderte sie nicht: Sie waren Azis und gehorchten ihr, nicht der Logik.

»Schon gut«, sagte Ariane und hob eine Hand als ein Zeichen, das ihre Worte bestärkte.

»Aus zuverlässiger Quelle weiß ich«, begann Gorodin, »daß Sie die Stimmen für das Hope-Projekt sicher haben.«

Verdammt! Ihr Herz raste. Aber laut erwiderte sie mit stoischer Ruhe: »Nun gut, vielleicht hat Ihr Informant recht. Aber ich verlasse mich nicht darauf.«

»Corain ist außer sich. Damit wird er sein Gesicht verlieren.«

Was, zum Teufel, hat er vor?

»Sie wissen, daß wir das hinausschieben können«, bemerkte Gorodin.

»Wahrscheinlich können Sie das. Aber es würde Ihnen nichts einbringen. Wenn Sie recht hätten.«

»Wir haben einen Informanten unter deFrancos Personal, Dr. Emory. Wir haben recht. Wir haben auch jemanden in der Andrus-Gesellschaft; und bei Hayes Industries. Verdammt gutes Aktiengeschäft. Werden die beiden dort draußen am Ende die Konstruktion übernehmen?«

Mein Gott!

Gorodin hob eine Braue. »Wissen Sie, Hayes hat Verträge mit dem Verteidigungsamt.«

»Ich weiß nicht, was Sie vorhaben, aber ich möchte nicht über Finanzen reden, ehe zur Abstimmung aufgefordert wird. Und sollten Sie einen Recorder mit sich herumtragen, wäre ich sehr dagegen.«

»Das wäre ich in Ihrem Falle auch, Sera. Aber wir reden nicht über Finanzen. Wie es sich so ergibt, hatte ich meine Leute beauftragt, sich mit Angestellten von Hayes zu unterhalten, als wir davon hörten. Und wir wissen sehr gut, daß der Ausbau von Reseune mit dem Rubin-Antrag verbunden ist, *und* als mein Personal die letzte Nacht damit verbrachte, die Reseune-Charta durchzuarbeiten, stieß ein sehr hilfreicher junger Assistent in den Artikeln auf eine versteckte Klausel, die Reseune das einzigartige Recht gibt, jede untergeordnete Einrichtung zu einem Teil ihres Hoheitsgebietes zu erklären. Das heißt, was Sie auf Fargone bauen werden, wird *nicht* unter Fargones Kontrolle stehen. Sondern unter Ihrer. Ein unabhängiger Teil der Union. Und Rubin hat etwas damit zu tun.«

Soviel hätte er nicht allein herausfinden können. Aber verdammt, er hat es herausgefunden. Irgendwer hat etwas ausgeplaudert, und er nennt immer wieder Hayes und Andrus. Sie sind es wohl, die ich dafür verantwortlich machen kann.

»Das ist alles sehr kompliziert«, brummte sie. Sie hatten die Kreuzung der Galerie und des Flurs zu den Ratsbüros erreicht, wohin sie wollte. Sie hielt inne und sah dem Admiral ins Gesicht. »Reden Sie weiter!«

»Wir glauben, daß dies von militärischem Interesse ist. Eine Reseune-Anlage auf Fargone birgt Sicherheitsrisiken.«

Für einen Augenblick blieben alle stehen. Es kam nicht aus der Richtung, die sie erwartet hatte. Es war nicht vernünftig. Allenfalls insofern, als jemand sich um Kontakte mit den Handelsschiffen Sorgen machte.

»Wir reden nicht über Laboratorien, Admiral.«

»Worüber reden wir denn?«

»Rubin wird dort arbeiten. Es wird vor allem sein Labor sein.«

»Sie setzen ein enormes Vertrauen in diesen jungen Mann.«

Eine Falle! Mein Gott, wie will er mich reinlegen? »Er ist ein sehr wertvoller junger Mann.«

»Ich würde gern über die Sicherheitsaspekte dieser Angelegenheit diskutieren. Noch vor der Abstimmung an diesem Nachmittag. Können wir uns unterhalten?«

»Verdammt noch mal, nein! Ich habe eine Verabredung zum Essen.«

»Dr. Emory, ich möchte diese Sache wirklich nicht an den Ausschuß weiterleiten. Ich versuche kooperativ zu sein. Aber ich habe das Gefühl, daß das Ganze viel zu schnell durchgezogen wird. Mir machen noch andere Dinge Sorgen, und ich nehme an, daß es Ihnen nicht recht wäre, wenn ich sie hier erwähnte.«

Jemand hat geredet. Er ist an jemanden herangekommen.

Aber laut zu Florian: »Sag Yanni, daß ich von einer dringenden Sache aufgehalten worden bin. Sag ihm, er soll für mich einspringen. Ich werde hinkommen, sobald ich kann.« Sie sah den Admiral an, ruhiger jetzt, und rechnete damit, daß es wie eine Abmachung klang, nicht wie ein Torpedo in die Seite. »Bei mir oder bei Ihnen?«

»Danke«, sagte Ariane, als sie den Kaffee von Florian entgegennahm, der wußte, wie sie dieses Getränk schätzte. Es war ihr Büro, ihr Konferenzraum, und ihre Leibwächter waren zugegen, während die Militärassistenten draußen warteten, was der Admiral selbst angeboten hatte.

Zur Versöhnung vielleicht.

Der Admiral trank seinen Kaffee schwarz. Das taten die meisten, die ihn bei besonderen Gelegenheiten zu kosten bekamen. Er war selten und echt, den ganzen weiten Weg von Sol importiert und stammte aus der südlichen Hemisphäre der Erde. Er gehörte zu Arianes kultivierten Lastern. Und sie trank ihren weiß. Echte Milch. Eine zweite Extravaganz.

»AG arbeitet noch daran«, sagte sie. »Eines Tages ...« Cyteen war eine silikatverdreckte Hölle gewesen, als sie in den tiefgelegenen Tälern, wo Kuppeln und Niederschlagsanlagen klimatische Kleinräume schaffen konnten, mit der Landwirtschaft begonnen hatten.

Wieder blitzte kurz eine Erinnerung auf: so viel Braun, so viel Blau-Grün auf den Hügeln. Die Linien spannten sich wie das Werk einer Netzfliege über das Tal. Die großen Spiegel fingen Licht aus dem Weltraum ein und warfen Energie die Hügel hinunter. Und die Wettermacher im Orbit jagten Stürme über das Land, schreckliche Stürme ... *Wir sind sicher, Ari,* hatte Mama immer gesagt. *Es ist nur Lärm. Es ist das Wetter, das ist alles ...*

Leonid Gorodin nippte mit gelassenem Blick an seinem Kaffee. Und lächelte. Und sagte: »Das Gerücht im Amt besagt, daß das Rubin-Projekt Ihres ist. Persönlich. Es gibt nichts, was Sie tun, das nicht das Gleichgewicht zwischen uns und der Allianz und uns und Sol verändert. Ich habe mit Lu gesprochen. Wir sind sehr besorgt deswegen.«

»Wir können selbst für unsere Sicherheit sorgen. Wir haben immer selbst dafür gesorgt.«

»Sagen Sie mir eins, Dr. Emory. Wird das Projekt, das Sie da durchzuführen gedenken – in irgendeiner Hinsicht von strategischer Bedeutung sein?«

Eine Falle! »Admiral, ich nehme an, die Entwicklung eines neuen Toilettensitzes ist für einige Ihrer Berater von strategischer Bedeutung.«

Gorodin gluckste amüsiert und wartete.

»Es stimmt«, sagte sie ruhig. »Uns wäre die Unterstützung Ihres Amtes bei der Abstimmung sehr willkommen. Sie wollen, daß wir die Anlage anderswo errichten. Wir werden sie anderswo errichten, und sei es in der Cyteen-Station. Wir sind sehr entgegenkommend. Wir wollen nur Rubin nicht verlieren.«

»Ist er so wichtig?«

»Er ist so wichtig.«

»Ich mache Ihnen einen Vorschlag, Dr. Emory. Sie haben eine Tagesordnung. Sie möchten, daß sie angenommen wird. Sie möchten, daß diese Dinge durchgehen, Sie möchten, daß sie mit einem von der Finanz sauber bestätigten Antrag durchgehen, Sie möchten mit Sicherheit keine langen Verzögerungen. Sie möchten zurück nach Reseune. Ich möchte zurück zu meinem Kommando. Ich habe dort draußen zu tun, und, unter uns gesagt, ich bin hier gegen etwas teuflisch allergisch, und ich hasse den Trubel.«

»Ich kann es auch kaum erwarten, wieder zu Hause zu sein«, sagte sie. Es war ein Tanz. Er würde nach Gorodins Takt zu dem führen, wozu er führen sollte.

»Sie sind mit mir einer Meinung«, sagte Gorodin, »über das Fargone-Projekt.«

»Sagen wir, es geht um Genetik. Es ist experimentell.«

»Werden Sie dort draußen moderne Labors haben?«

»Nein. Einen medizinischen Flügel. Analysen. Verwaltungsarbeit. Nichts von dem Geheiminventar.«

»Das heißt, Sie forschen nur, Sie produzieren nichts.«

»Das kann man so sagen. Keine Geburtslabors.«

Gorodin blickte in die leere Tasse und zu den beiden Azis und hielt sie ihnen hin.

»Florian«, sagte Ariane, und der Azi nahm mit einem ruhigen Nicken die Kanne vom Sideboard und goß sie voll. Gorodin folgte Florians Bewegungen mit den Augen, während seine Gedanken weiterarbeiteten.

»Sie können sich auf ihre Diskretion verlassen«, beruhigte ihn Ariane. »Es ist alles in Ordnung. Sie sind nicht auf Diskussionen eingestimmt. Reseunes beste Arbeit. Nicht wahr, Florian?«

»Ja, Sera«, erwiderte Florian, der ihr eine zweite Tasse vorbereitete. Er bot sie ihr an.

»Schön und klug«, sagte Ariane und lächelte mit dem Mund, aber nicht mit den Augen. »Die Allianz wird keine Geburtslaboratorien entwickeln. Sie haben keine Welten zu bevölkern.«

»Noch nicht. Wir müssen darüber nachdenken. – Wer wird die Einrichtung auf Fargone leiten?«

»Yanni Schwartz.«

Gorodin runzelte die Stirn und nippte nachdenklich an seiner unangemessen kleinen Tasse.

Ah, dachte Ariane. *Jetzt, jetzt kommen wir der Sache näher.*

»Ich sage eines, Dr. Emory. Ein Haufen meiner Leute verlassen sich auf das Psycho-Hospital auf Viking. Ausschließlich aus politischen Gründen wünsche ich mir eine Einrichtung, die sehr viel näher an der Route zur Hope-Station liegt, die Sie unterstützen. Ich wünsche mir einen Ort, wohin ich einige meiner schlimmsten Fälle schicken kann – damit Cyteen ihnen nicht die Einrichtungen in der Station zumuten kann.«

»Haben Sie einen besonderen Grund dafür?«

»Wir reden über Spezialoperationen. Leute, deren IDs sich verändern. Leute, deren Gesichter ich, Sie verstehen schon, niemanden sehen lassen möchte. Es sind Leute, die ein ängstliches Leben führen. Sie fühlen sich in den großen Stationen bloßgestellt. Sie würden sich gleich sehr viel besser fühlen, wenn es eine Möglichkeit gäbe, in eine Einrichtung von Reseune zu kommen – die sich nicht auf Cyteen befindet.«

Ariane runzelte die Stirn und versuchte nicht, ihre Verwirrung zu verbergen. Es klang halbwegs vernünftig.

»Was ich will«, sagte Gorodin, »ist ein Zugang. Eine Einrichtung, wo meine Leute – sich sicher fühlen. Von der ich weiß, daß sie dort sicher sind. Ich möchte etwas von dem laufenden Etat dort investieren. Etwas Personal hinschicken.«

»Kein Militär.«

»Wir reden über eine einmütige Unterstützung für diese Einrichtung. Ich kann für die nötigen Stimmen sorgen.«

»Kein Militär. Personal von Reseune. Und es müßte schon

eine verdammt große Investition sein. Es wird ein Umbau erforderlich sein. Ich werde bei meinem Projekt kein Entgegenkommen zeigen, damit Ihre Leute nicht durchs Territorium von Reseune spazieren. Es wird eine strikte Trennung zwischen einem Militärhospital und unseren Büros geben.«

»Damit könnten wir leben. Aber wir wünschen uns eine Verbindung zwischen Ihrer und unserer Seite, in die wir Vertrauen haben. Jemanden, mit dem wir zusammengearbeitet haben.«

Der Gedanke traf sie wie Eiswasser. Es war schwer, keine Reaktion zu zeigen, die Finger entspannt am zerbrechlichen Henkel der Tasse zu lassen. »Wen haben Sie im Sinn?«

»Dr. Warrick. Er hat die Trainingsbänder entworfen. Wir wollen ihn, Dr. Warrick.«

»Will er Sie denn?« Ruhig. Sehr ruhig.

»Wir können ihn fragen.«

»Ich glaube, ich kenne Ihren Informanten, Admiral. Ich bin mir verdammt sicher, daß ich Ihren Informanten kenne. Was hat er Ihnen sonst noch gesagt?«

»Ich glaube, Sie ziehen voreilige Schlüsse.«

»Nein, das tue ich nicht. Ich habe so etwas befürchtet. Sie wollen ihn, ja? Sie wollen einen Mann mit Ihren höchsten Sicherheitsaufgaben betrauen, der ohne Bedenken meine Interessen verraten hat.«

»Ich habe Ihnen meine Quellen genannt.«

»Natürlich haben Sie das. Sie haben überhaupt nichts dagegen, daß bei Hayes der Kopf von irgendeinem Angestellten rollt, einem armen Schwein von einem Ingenieur, den sie sicher irgendwie dafür verantwortlich machen werden, wenn ich ihnen aufs Dach steige. Sie wollen Jordan Warrick. Hat er Ihnen gesagt, warum?«

»Er hat mir überhaupt nichts gesagt.«

»Admiral, Sie können verdammt gut pokern, aber denken Sie daran, wie ich mein Geld verdiene. Denken Sie daran, wie er seins verdient. Was hat er gemacht? Hat er angeboten, mit seinen Ansichten an die Öffentlichkeit zu gehen? Können Sie mir deshalb Corain garantieren?«

»Dr. Emory, Sie wissen, daß ich mein Versprechen einhalten kann.«

»Natürlich können Sie das. Und Jordan Warrick verspricht Ihnen meinen Kopf auf einem Tablett. Er verspricht Ihnen, daß er die Abstimmung im Wissenschaftsamt beeinflussen kann. Ich sage Ihnen, was ich tun werde. Sie können ihn haben. Ich werde ihn und sein ganzes verdammtes Personal versetzen. Wenn Sie ihn mit der Leitung einer streng geheimen Einrichtung beauftragen wollen, nur zu! Wenn er gegen meine Politik Reden halten und Artikel schreiben will – gut!« Sie setzte die Tasse ab. »Sind wir uns einig, Admiral? Wir könnten diese verdammte Stadt Tage früher verlassen, wenn das der Fall ist. Sie werden mich bei meinem Ersuchen unterstützen, über den Hope-Antrag geheim abzustimmen, und wenn Sie mir garantieren, daß alle einstimmig dafür sein werden, wird niemand von uns hier auftauchen, um eine Frage zu stellen. Einverstanden?«

»Ich glaube, damit können wir leben.«

Sie lächelte. »Wunderbar. Wenn Sie Warricks Abteilung auf Fargone wollen, muß das schriftlich festgelegt werden. Ich verlasse mich dabei auf Ihr Personal. Meins ist beschäftigt. Aber das muß warten, bis eine sichere Anlage installiert ist. Und ich verlasse mich darauf, daß Sie wissen, wie man Warrick anfaßt, damit er das Ersuchen unterzeichnet.«

Gorodin schluckte ziemlich hastig seinen Kaffee hinunter und stellte die Tasse ab. »Danke, Dr. Emory. Ich bin mir sicher, das wird zur Zufriedenheit aller funktionieren.« Er erhob sich und hielt ihr die Hand hin.

Ariane stand auf und tauschte einen festen Händedruck aus. Und lächelte ihn an, bis er durch die Tür verschwunden war.

Die Azi Catlin schloß sie, ihr Gesicht so ausdruckslos wie das eines jeden wachsamen Soldaten.

Florian hob die Tassen auf und versuchte Ariane auch nicht anzusehen.

Sie wußten, wann sie Angst haben mußten.

Verbaltext aus:

MUSTER DES WACHSTUMS

Ein Bandstudium der Genetik: Teil 1
›Ein Reseune-Almanach: 2396‹

Reseune Ausbildungsprogramm: 8970-8768-1
zugelassen für 80 +

CHARGE AL-5766: VIER EINHEITEN:

Der Techniker beginnt mit einem Routineverfahren, dem Transfer bereits replizierten genetischen Materials. Zehn Einheiten von AL-5766 verbleiben unbenutzt in der Genbank, das Standardarbeitsverfahren für kommerziell und experimentell genutztes Material.

AL-5766 ist weiblich, Alpha-Klasse. Alpha, die höchste Intelligenzstufe in der A-Z-Nichtbürgerlichen-Klassifikation, die von 150 auf der Reznor-Skala bis zu einem gegenwärtig bekannten Höchstmaß von 215 reicht. AL-5766 kommt auf 190, was an Genialität grenzt. Alphas werden nur selten zu anderen Zwecken als für bestimmte exekutive Aufgaben, experimentelle Studien oder Kolonisierungsvorhaben gezeugt, die durch eine minimale Bevölkerungsdichte und einen beträchtlichen Spielraum für selbständige Urteile gekennzeichnet sind. Alphas ohne frühe Sozialisation neigen zu Persönlichkeitsstörungen: Die besten Erfolge sind bei nichtsozialen Alphas mit einer Rückkopplung in der frühen Ausbildung und einem beschleunigten frühen Bandstudium erzielt worden, das sich aus Weltkenntnis, Lesen und mathematischen Übungen mit nur minimalen Eingriffen außer zur Belohnung zusammensetzt. Die zuverlässigsten Alphas sind jene, die unmittelbar nach ihrer Geburt einer menschlichen Familie anvertraut wer-

den: In solchen Fällen entsprechen die Verhaltens- und Sozialstatistiken denen bürgerlich geborener Individuen von gleichem Reznor-Wert. Es sollte immer berücksichtigt werden, daß die Merkmale eines Azi-Gensets und in gewissem Maße die Klassifikation von dem Band bestimmt werden, das spezifisch für dieses Genset entworfen wurde; und daß die anfänglichen Fehlschläge mit Alphas offenbar auf das Banddesign zurückgingen.

AL-5766 hat in menschlichen Familien Entwicklungsmuster gezeigt, die sich in einem akzeptablen Rahmen bewegen, die aber auf einen Hang zur Aggression hindeuten. Innerhalb von Azi-Gemeinschaften sind die AL-5766-Statistiken vollkommen unakzeptabel und umfassen Gewalttätigkeit, Verstimmtheit und abnorme und irrationale Ängste. Einmal aufgetretene Störungen lassen sich bei AL-5766 nicht durch ein Band abmildern und nur selten durch vermittelnde Beratung erleichtern, obwohl in zwei Fällen durch Versetzung in militärische Einheiten, die extreme physische und psychische Anforderungen stellten, Verbesserungen erzielt wurden.

In beiden Fällen aber ist das hohe mathematische Potential der AL-5766er nicht genutzt worden, und seit 2353 hat man von AL-5766-Gensets nicht einmal experimentellen Gebrauch gemacht. Nun allerdings glaubt Reseune über eine Band-Kategorie für dieses Problem zu verfügen, was von besonderem Interesse ist, weil AL-5767 sich als zugehörig zur Beta-Klasse herausstellte und der Merkmale entbehrt, der die 5766er sowohl ihre Brillanz wie ihre Störungen verdankten.

Es gibt vier Sets in dieser Gruppe, weil ein Banddesign-Team zwei Kategorien entwickelt hat, die sich subtil voneinander unterscheiden. Zwei ermöglichen jeweils unter einander entsprechenden Bedingungen einen Vergleich für einen ersten Durchlauf. Es besteht keine Notwendigkeit, das Originalband zur Kontrolle zu benutzen: Die AL-5766er haben sechsundvierzig Jahre an Daten hinter sich, und niemand muß beweisen, daß die alten Bänder fehlerhaft waren.

Die Eier verfügen über keinen eigenen Code, bis ihnen das vollständige diploide AL-5766-Set eingepflanzt wird. Das ist der Standard für die Replikation von Azis und Bürgern.

Jedes Ei wird in eine bioplasmische und kontraktile künstliche Gebärmutter eingesetzt, deren Bedingungen einer bestimmten natürlichen Schwangerschaft sehr nahekommen, die Reseune seit neunundvierzig Jahren dienlich gewesen ist: Sie reproduziert all die Bewegungen, die Laute, die chemischen Zustände und die interaktiven Zyklen einer lebenden Gebärmutter.

CHARGE EU-4651: ZEHN EINHEITEN:

Die AL-5766-Einheiten sind einen Tag eingenistet, vier lebendige Partikel mit identischen Gencodes, die sich im Dunkel der Gebärmutter eifrig teilen und wachsen. Die männlichen EU-4651er haben einen identischen Start; und es verbleiben die üblichen zehn Einheiten in der Gebärmutter:

EU-4651 ist ein alter Typ der Eta-Klasse, zwischen 90 und 95 auf der Reznor-Skala und außerordentlich stabil, einer der erfolgreichsten Etas im industriellen und militärischen Einsatz und nicht auf Cyteen beschränkt, aber in all seinen Sets und abgeleiteten Sets patentiert. Im Normalfall hat Reseune einfach die erforderlichen Eier in jeder vom anfordernden Labor gewünschten Anzahl verkauft, aber folgendes ist eine neue Anwendung für die EU-4651er, die zumeist im militärischen Dienst eingesetzt werden: Ein EU-4651 hat eine ungewöhnlich und spät entwickelte Begabung in einer Notsituation gezeigt, die eine Neuklassifikation oder eine Höherstufung des Typs bedeuten könnte, wenn ein Bandprogramm sie sich entweder bei existierenden Individuen oder zukünftigen EU-4651ern zunutze machen könnte.

CHARGE RYX-20: ZWANZIG EINHEITEN:

Dieses Set gehört zur Rho-Klasse, Reznor 45 und darunter. Rho ist die niedrigste der Azi-Klassen, die Reseune bewußt auf einer kommerziellen Basis konstruiert. Azis der Rho-Klasse arbeiten sehr gut mit positiver Rückkopplung und minimalen Eingriffen, wobei sie wenig zur Abweichung vom Programm neigen. Ihre Fähigkeit, sich von schädlichen und sogenannten schlechten Bändern zu erholen, macht sie zu wertvollen Initialversuchsobjekten für jede neue Bandkultur, was neben ihrer allgemeinen Arbeit die Nützlichkeit dieser zwanzig Azis in Reseune begründet. Weil sie während ihres ganzen Lebens eine Veranlagung für physische Beanspruchungen haben, werden sie wie die Klassen N bis P in der Regel keiner Rejuvenilisierung unterzogen, die natürlich wenig zur Behandlung von Skelettschäden beiträgt; aber ihnen wird eine Wertstruktur mitgegeben, die sehr zufriedenstellend den Fortbestand des Genotypus sichert.

CHARGE ZIV-*-**-**-**-****: EINE EINHEIT:

ZIV--**-**-**-**** geht direkt von der Verarbeitung in die Kühlkammer und wird von einem Jet der Gesellschaft zu einem Kurierdienst in Novgorod geflogen, damit die planmäßige Fähre am Wochenende starten kann, wenn das Wetter es erlaubt.*

Reseune betreibt einen Sonderdienst für die breitere Öffentlichkeit, wodurch bestimmte Steuererleichterungen erreicht werden und das Inventar während der betriebsarmen Stunden genutzt werden kann.

ZIV--**-**-**** stammt aus einer Gewebeprobe eines sieben Jahre alten Kindes, das einen tödlichen Sturz erlitten hat. Das Freigabeformular hat die Eltern darüber in Kenntnis gesetzt, daß keine Identitätsübertragung vorgenommen wird: Das Replikat muß von Gesetz wegen einen besonderen Rechtsbeistand haben, aber nach dem Willen der Eltern darf der Clon den Namen und muß die Zivilnummer der Verstorbenen tragen, weil er ein posthumes Replikat des Kindes ist, der geliebten Tochter von Susan X. (Wirklicher Name und Nummer bekannt.) Der Embryo wird sich in ***s Labor entwickeln, lediglich belastet mit der minimalen Frachtgebühr, die ein so winziger Kanister auf einem planmäßigen Militärtransporter erfordert. Zur gegebenen Zeit wird sie aus dem Bruttank in die Arme ihrer genetischen Mutter abgeliefert werden.*

CHARGE ZIV-*-**-**-****PR: EINE EINHEIT:

Individuen zu clonen, die sich einen persönlichen Zwilling statt einen genetisch vermischten Nachkommen wünschen, ist für die gewöhnlichen Labors zu einem einträglichen Geschäft geworden, da die Kosten ab 500 000 Credits betragen; aber Reseune als ein Forschungs- und Entwicklungslabor hat an dieser Praxis, die gelegentlich Eitelkeits-Cloning genannt wird, kein Interesse, außer bei dem seltenen Genotypus, den Reseune für kommerziell oder experimentell interessant hält. Dies ist ein solcher Fall: ein Fötus kurz vor der Entbindung. Reseune hat sogar alle Kosten für diese Replikation übernommen, die die Bezeichnung ZIV--**-**-****PR trägt: Das Elternsubjekt ist außergewöhnlich begabt und bereit, sowohl seine genetische Einzigartigkeit für ein Replikat zu verkaufen als auch eine Vollmacht zu unterzeichnen, die alle Informationsaufzeichnungen anwendbarer Art Reseune überläßt: Reseune wird diese Daten für zukünftige Entwicklungen des Gensets speichern, aber das Genset nicht eher als fünfzig Jahre nach dem Tod des Elternteils und des Replikats für den kommerziellen Gebrauch freigeben.*

*Reseune gibt zehn Gensets unter A**-1 ins Depot.*

CHARGE AGKULT-789X: EINE EINHEIT:

AGKULT-789X befindet sich seit einem Tag in einem Bruttank in einem großen Gebäude ein Stück entfernt von der letzten Anlage. AGKULT-789X, experimentell, wie die X-Kennzeichnung anzeigt, ähnelte stark den RYX-20ern oder den EU-4651ern, nur daß die genetischen Codes der RYX-20er und der EU-4651er zwei Füße erkennen lassen, während es bei AGKULT-789X vier sind, und daß die RYX-20er und die EU-4651er Codes auf eine glatte Haut hindeuten, der von AG-KULT-789X dagegen auf ein glänzendes kastanienbraunes Fell und eine überragende Fähigkeit zum Laufen.

AGKULT-789X stellt außerordentlich seltenes Material terranischen Ursprungs dar, ein weiterer Versuch mit einer Spezies, mit der Cyteen nur begrenzten Erfolg hatte. Die AG-KULT-789X-Programme die nicht nur tierische Spezies umfassen, sondern auch botanische Studien, hatten weit mehr Erfolg mit den Algen und dem unteren Ende der Nahrungskette, die eines Tages die Nachkommen der terranischen Spezies unterstützen könnten. In einer vielfach angekündigten Geste an den Frieden hat die Erde Cyteen mit Gensets und Daten über die ganze Bandbreite terranischer Spezies ausgestattet, mit besonderer Betonung auf die gefährdeten oder ausgelöschten Arten, zusammen mit menschlichen Gensets, in denen genetische Informationen enthalten sein könnten, die im Genpool der Union oder der Allianz fehlen.

Als Gegenleistung hat die Union den terranischen Genarchiven repräsentative Gensets der Unionsbevölkerungen überlassen, was im Rahmen eines Austauschprogramms geschah, um einen wertvollen Vergleich zwischen den beiden Bevölkerungen zu ermöglichen, und um für den Fall einer globalen Katastrophe oder eines unvorhergesehenen Kontaktabbruchs Bezugsmaterial zur Verfügung zu haben.

Von den beiden Welten, die gegenwärtig menschliche Kolonien ernähren, ist Downbelow natürlich ein Protektorat, und es kann nicht die Rede davon sein, die Umgebung jemals in einem solchen Ausmaß umzuwandeln, daß die einheimischen Arten dadurch ausgelöscht würden: Die Menschheit bleibt ein Besucher auf Downbelow.

Cyteen als ein weit unwirtlicherer Planet, der keine höher entwickelten Spezies als die vielgestaltigen Platytheren und Ankylodermen beherbergt, war weit eher für eine radikale Terraformung geeignet, und Cyteens Möglichkeiten, genetisches Material vor unabänderlichen klimatischen und atmosphärischen Veränderungen geschützt zu lagern, erweckt schließlich Hoffnungen auf selektive Wiederansiedlungen in bestimmten geschützten Lebensräumen, sollten die Veränderungen ihr intendiertes Ausmaß überschreiten.

Während sie unter vielen eingeborenen Spezies Verheerungen anrichtet, bietet die Terraformung die einzigartige Gelegenheit, Zwischenbereiche zu studieren und adaptive Veränderungen an terranischen und einheimischen Arten zu vergleichen, um unsere Kenntnisse der katastrophalen Veränderungen zu vertiefen, die über geologische Zeiträume auf terranische Spezies eingewirkt haben, und das Ausmaß der Veränderung, dem die menschliche Rasse angesichts der radikalen Veränderungen ihres Lebensraums entgegensieht.

In der Einsicht, daß genetische Veränderungen unausweichlich, aber nicht immer wünschenswert sind, hat die Erde begonnen, Cyteen als eine Fundgrube für genetische Informationen über Spezies zu betrachten, die vom Aussterben bedroht sind. Einige der ambitionierteren Projekte umfassen Lebensräume für Großsäugetiere, vom unteren Ende der Nahrungskette aufwärts. Ironischerweise ermöglichen die Erfahrungen durch die Terraformung Cyteens, so zerstörerisch sie für Cyteens einheimische Lebensformen gewesen ist, die Wiederherstellung bestimmter bedrohter Ökosysteme auf der Erde und den Aufbau empfindlicherer Systeme auf dem Mars, dem vierten Planeten des Sol-Systems.

Gewiß sind die beabsichtigten zukünftigen Austauschprojekte durchaus ambitioniert.

Die Erde ist besonders auf den Erfolg von Walen und höheren Primaten auf Cyteen bedacht. Sie hat ein gemeinsames Studienprogramm vorgeschlagen, sobald das Walprojekt in Gang ist, um die Walentwicklung zu studieren und die Walgesänge auf Cyteen und auf der Erde zu vergleichen.

Cyteen findet solche Projekte für die Zukunft auch interessant. Aber gegenwärtig konzentriert sich die Terraformung und Wiederherstellung in weit stärkerem Maße auf die unmittelbaren Auswirkungen großräumiger atmosphärischer Veränderungen und auf Probleme wie die Zwischenbereiche, etwa den hohen Salzgehalt und die Spurenelemente in der Swingert-Bucht, dem Delta der dicht besiedelten Novaya Volga, das besonders günstige Bedingungen für eine marine Aquakultur im großen Maßstab bietet …

2. KAPITEL

I

Aus der Luft war Reseune ein grüner Fleck im tiefen Tal der Novaya Volga, ein geschützter, tiefliegender Streifen, der sich jedes Jahr länger am Fluß entlang erstreckte, weiße Gebäude am Ende und die AG-Gehege, die Kasernen, der wuchernde Komplex von Reseune übersichtlich unter dem Fenster an der linken Seite ausgebreitet, das immer für sie reserviert war. Ariane Emory nahm ihre Papiere in die Hand, gerade rechtzeitig, als das Tempo gedrosselt wurde, und Florian erschien neben ihrem Sitz, um vorübergehend ihr Handgepäck in Verwahrung zu nehmen.

Die Aktentasche behielt sie.

Immer.

Der Jet setzte auf, unter den Deltaflügeln hob sich der Beton; die Maschine bremste und rollte ruhig aus, bis sie am Reseuner Terminal stand, während das Bodenpersonal sich an die Arbeit machte, Personentransporter, Leute fürs Gepäck, für die Reinigung, Mechaniker, eine zügige und einfache Abwicklung von der Dekontamination bis zum Andocken, die sich mit allem messen konnte, was Novgorod anzubieten hatte.

Sie alle waren Azis, das ganze Personal war für Reseune geboren worden. Ihre Ausbildung ging weit über das hinaus, was Novgorod für ausreichend erachtete. Aber das traf auf den Großteil des Stabs in Reseune zu.

Es waren bekannte Gesichter, bekannte Typen und alles über sie war in den Datenbanken enthalten.

Zum ersten Mal seit Tagen fühlte sich Ariane Emory sicher.

Der Sicherheitsdienst hatte keine Schwierigkeiten gehabt, den Verkehr umzuleiten, und bis zu den Reseuner Büros waren in dem Moment Kontrollen eingerichtet worden, als

Giraud Nyes Büro die Nachricht erreichte, daß die *Reseune Eins* in Novgorod abgehoben hatte – mit gerade einer Stunde Vorankündigung. Aris Bewegungen erfolgten gewöhnlich spontan und unplanmäßig, und sie gab nicht einmal ihm, dem Leiter des Reseuner Sicherheitsdienstes, immer vorher Bescheid – aber das war von rekordverdächtiger Spontaneität.

»Benachrichtige das Personal!« hatte er Abban befohlen, seinem Leibwächter, der sich unverzüglich darum kümmerte, daß Betriebstagebücher und Berichte hergebracht wurden. Er selbst hatte seinen Bruder Denys in der Administration angerufen, und Denys benachrichtigte den Flügel Eins, sobald sich das Flugzeug im Anflug befand.

Der Rest war Routine, das übliche Vorgehen, wenn Ariane zurückkehrte, wann immer die *Reseune Eins* lärmend landete und Ariane Emory es sich an dem Ort bequem machte, der ihr gehörte, in ihrem Flügel, ihrer Residenz.

In den Nachrichten war tags zuvor gemeldet worden, daß das Hope-Projekt zurückgestellt worden sei, und der Aktienmarkt hatte mit einem Schock reagiert, der sich durch die Länge und Weite des Raums auszubreiten versprach, auch wenn Analytiker es als eine verfahrensrechtliche Verzögerung bezeichneten. Als gute Nachricht folgte ein kurzer Bericht mit biographischen Skizzen, die den Akten des Wissenschaftsamtes entstammten, über einen obskuren Chemiker auf Fargone, dem der Sonderstatus zugesprochen worden war: Wenigstens *dieser* Antrag war durchgegangen. Und der Rat hatte sich in eine Marathonsitzung verwickelt, die sich bis in die frühen Morgenstunden hingezogen hatte: noch mehr Aufruhr auf dem interstellaren Aktienmarkt, der Ungewißheiten mehr verabscheute, als plötzliche Kehrtwenden in der Politik. Die Nachrichtenämter aller Mitglieder der Union hatten in einer gemeinsamen Sendung die Entwicklung kommentiert und analysiert, planmäßige Sendungen am Morgen ausfallen lassen, und erfahrene Berichterstatter über die Gesetzgebung taten ihr Bestes, um Interpretationen anzubieten, frustriert darüber, daß selbst Oppositionsräte sich weigerten, Interviews zu geben.

Ianni Merino, der Führer der Abolitionisten-Fraktion in der Koalition der Zentristen, hatte sich zu einem bereit erklärt: Sein weißes Haar stand wie üblich wirr ab, sein Gesicht war stärker gerötet und seine Rhetorik extremer denn je gewesen, als er eine allgemeine Vertrauensfrage an den ganzen Rat gefordert und mit einer Abspaltung von der Zentristen-Partei gedroht hatte. Er verfügte nicht über die Stimmen, um eine solche durchzusetzen: Das andere mochte ihm aber durchaus gelingen, und Giraud Nye hatte dagesessen und zugehört, während er mehr wußte als die Kommentatoren und sich dennoch ebenso wie die Nachrichtenämter fragte, welch eine Vereinbarung man überhaupt getroffen hatte und warum Mikhail Corain bereit gewesen war, sich darauf einzulassen.

Ein Triumph für Reseune?

Eine politische Katastrophe? Ein Verlust von etwas?

Ariane hatte nicht die Angewohnheit, während der Sitzungen in Novgorod Rücksprache zu halten, außer in dringendsten Notfällen, jedenfalls nicht telephonisch, nicht einmal über die amtlichen Kanäle; aber das Personal stellte jederzeit Boten und Flugzeuge zur Verfügung.

Daß sie sie nicht geschickt hatte, bedeutete – daß sie die Situation unter Kontrolle hatte, trotz dieser überstürzten Vertagung – so hoffte man.

Der gesellschaftliche Zeitplan war völlig durcheinandergeworfen worden, die Räte hatten alle möglichen Zusammenkünfte abgesagt, und die Räte von Russel und Pan-paris hatten sich rasch zurück auf die Cyteen-Station bringen und einen Platz in einem Schiff nach Russels Stern reservieren lassen, um sofort abzureisen. Ihre Minister waren als Stellvertreter zurückgelassen worden, von denen man annahm, daß ihnen eindeutige Anweisungen für die Abstimmungen vorlagen.

Es war mehr als das Protokoll, das Giraud Nye und seinen Bruder Denys auf den kleinen Bus warten ließ, als er in dem Kreisverkehr vor Reseune zum Stehen kam.

Die Bustür öffnete sich. Es war vorhersehbar, daß zuerst die Azi Catlin in der schwarzen Uniform des Reseuner Sicherheitsdienstes ausstieg. Ihr Gesicht war bleich und ließ Schwierigkeiten ahnen: Sie schritt herunter und griff hinter sich, um Ari zu stützen, als sie den einen Schritt machte – Ari in Blaßblau trug ihre Aktentasche wie üblich selbst und zeigte kein sichtbares Anzeichen eines Triumphs oder einer Katastrophe, bis sie Giraud und Denys geradewegs ins Gesicht sah, mit einem Ausdruck, der echte Schwierigkeiten ankündigte.

»In Ihr Büro«, sagte sie zu Denys. Hinter ihr sah Giraud mit dem Rest des Personals Jordan Warrick aussteigen, der eigentlich nicht mit diesem Flug hätte eintreffen sollen, da er vor fünf Tagen mit der *Reseune Eins* gestartet war und erst Ende der Woche mit einer Sondermaschine der *Reseuneair* zurückkommen sollte.

Es gab also Schwierigkeiten. Wenn Warrick in Aris Gesellschaft eintraf, war das ein ebenso großer Schock, als hätten sich Zentristen und Expansionisten plötzlich zusammengetan. Warricks Personal war nicht bei ihm, nur der Chef des Anhangs, der Azi Paul, der mit einem nüchternen, bedachten Blick neben ihm herging und das Fluggepäck trug.

Abban konnte vielleicht etwas von dem Klatsch des Personals aufschnappen, von denen, die zur Familie gehörten und frei reden konnten. Giraud gab Abban den Befehl und schloß sich Ari und Denys an, während der ruhige Florian in dem Moment in den linken Flur vorging, als sie die Türen öffneten; Catlin und Denys' Azi Seely folgten.

Kein Wort fiel, bis sie sich in Denys' innerstem Büro befanden; Denys wandte sich dem Gerät zu, das den Raum schalldicht abschirmte.

»Wir haben ein Problem«, sagte Ari und öffnete die Aktentasche sehr vorsichtig, sehr korrekt auf dem teuren importierten Furnier von Denys' Schreibtisch.

»Gibt es Ärger mit dem Hope-Projekt?« fragte Denys und nahm den Fiche, den sie ihm gab. »Oder ist es Jordan?«

»Gorodin verspricht eine einstimmige Genehmigung für die Hope-Station – wenn Jordan einen dauerhaften Posten in einem militärischen Psychohospital auf Fargone erhält, das wir aus unserem Budget finanzieren sollen, ohne daß es jemand merkt.«

»Mein Gott«, sagte Giraud und setzte sich.

»Heißt das, Sie kaufen Mikhail Gorodins Stimme, und Jordan Warricks Versetzung ist Teil dieser Abmachung?«

Giraud hatte keine Zweifel. Ari hatte ganz sicher keine.

»Er wird zu einem Problem«, sagte Ari.

»Wir können ihm nichts anhaben«, erwiderte Giraud. Panik stieg in ihm hoch. Manchmal vergaß Ari, daß *auch sie* Grenzen hatte, oder ihr Verstand vergaß es.

»Darauf zählt er, was?« Ganz, ganz ruhig. Ari machte es sich in dem verbliebenen Stuhl bequem. »Es muß noch abgestimmt werden. Es braucht nicht abgestimmt zu werden, ehe die Einrichtung existiert. Und wir hatten gerade die Mittel bewilligt bekommen.«

Giraud schwitzte. Er widerstand dem Drang, sich das Gesicht abzuwischen. Der Schallschutz verursachte ihm Zahnschmerzen, aber im Moment hatte er ein besonders unangenehmes Gefühl im Bauch.

»Nun, so schlimm ist das nicht«, meinte Denys und neigte seinen Stuhl nach hinten, indem er die Hände über seinem stattlichen Bauch faltete. »Wir können uns darauf einrichten. Jordie ist ein Idiot gewesen. Wir können seinen Flügel gleich wieder der Administration unterstellen, sein Personal übernehmen und seine Aufzeichnungen beschlagnahmen, das nur für den Anfang.«

»Er ist kein Idiot«, sagte Ari. »Ich will wissen, ob Akten vermißt werden.«

»Meinen Sie, er hat etwas in Novgorod gelassen?«

»Wer hätte ihn aufgehalten?«

»Verdammt«, brummte Giraud. »Ari, ich habe Sie gewarnt. Ich habe Sie gewarnt!«

Ari neigte den Kopf und betrachtete ihn von der Seite. »Ich sage Ihnen eins: Selbst wenn er geht, sein Sohn Justin wird nicht gehen.«

»Wir müssen noch fünf weitere Jahre unser Budget durchkämpfen! Was, zum Teufel, sollen wir machen, wenn Jordie dort draußen vor den Kameras steht?«

»Machen Sie sich darüber keine Sorgen.«

»Was soll das heißen, ›machen Sie sich darüber keine Sorgen‹?«

»Er ist hier, nicht wahr? Er hat seine Assistenten, sein Personal, alle außer Paul, in Novgorod zurückgelassen. Ich habe ihn wegen der undichten Stelle nicht zur Rede gestellt. Ich habe einfach Florian zu ihm geschickt, um ihn zu informieren, daß man ihn wollte. Er weiß schon, was er getan hat, und auch, daß ich weiß, wer's getan hat.«

»Wenn Sie ihm Ärger machen ... Hören Sie mir zu! Er hätte das nicht ohne Vorbereitung gemacht. Weiß Gott, welchen Schaden er uns zufügen kann. Oder welche Art von Informationen er hier herausgeschmuggelt hat. Mein Gott, ich habe das nicht kommen sehen.«

»Jordan und seine kleinen Fehden. Seine Ersuchen um Versetzung. Wie er sich um Personal zankte. Oh, wir gehen noch immer freundlich miteinander um. Wir haben unsere kleinen politischen Debatten. Wir hatten auf dem Heimflug eine. Und haben uns über den Drinks gegenseitig angelächelt. Warum nicht? Es besteht ja immer noch die Möglichkeit, daß ich Gorodin *geglaubt habe.*«

»Er weiß verdammt gut, daß Sie ihm nicht geglaubt haben!«

»Und er weiß, daß ich weiß, daß er weiß, und so weiter und so fort. Deshalb lächeln wir uns an. Ich sage Ihnen etwas: Ich mache mir keine Sorgen. Er ist sich sicher, daß ich nichts unternehmen werde, bis ich weiß, was er bekommen hat. Er nutzt die Situation aus. Unser Ausbildungsfachmann glaubt, er sei der Beste, den's gibt. Er setzt alles aufs Spiel dafür, daß die Dinge so laufen, wie er das vorhersagt. Er wird mir bald ein Gegenangebot machen. Und ich werde meins machen. Und so werden wir die Monate hinter uns bringen. Er ist sich sicher, er könne mich Zug um Zug ausspielen. Wir werden sehen. Ich gehe jetzt in meine Apartments. Ich bin mir sicher, Florian hat inzwischen seine Überprüfungen durchgeführt. Ich werde mich duschen, eine Weile die Füße auf den Tisch legen und die Betriebstagebücher lesen. *Und* etwas Anständiges essen. Das formelle Essen findet heute abend statt. Wir feiern doch das Ende einer Sitzung, nicht wahr? Catlin kann das Menü bestätigen.«

»Ich werde dem Personal Bescheid geben«, sagte Denys. Der Gedanke ans Essen drehte Giraud den Magen um.

»Es ist nicht ausschließlich von Nachteil«, erklärte sie. »Haben Sie die Nachrichten gesehen? Die Zentristen-Koalition zeigt heute morgen Risse. Corain hat Ianni Merino ganz schön aufgeregt. Ein alter Hase wie Corain – das geht viel zu schnell für ihn. Corain hat seine Leute auf dem Sprung gehabt, jetzt sollen sie wieder Haltung bewahren – die Abolitionisten werden einen Verrat vermuten ... nicht wahr? Sollen sich die Abolitionisten doch lossagen und darüber zu reden anfangen, die Labors wieder zu demontieren. Das wird den Gemäßigten sicher ein wenig Angst einjagen.«

»Dabei kann Jordan den meisten Schaden anrichten! Wenn er sich an die Presse wendet ...«

»Oh, Sie glauben doch nicht, daß die Abolitionisten einer Stimme aus Reseune Glauben schenken werden.«

»Wenn er das Richtige sagt, kann das verdammt gut sein.«

»Dann müssen wir etwas tun, was seine Glaubwürdigkeit in Frage stellt, meinen Sie nicht? Denken Sie doch mal darüber nach, Gerry. Corain wird sich am Ende darein fügen – nein, *er wird dafür stimmen* –, daß unmittelbar an der Route zur Hope-Kolonie ein Reseune-Labor eingerichtet wird. Die Abolitionisten sind nicht vernünftiger geworden, nur ruhiger; und wir haben in ihrem Haufen unsere Zeitbomben gelegt. Corain soll ruhig auf seinem eigenen Boden eifrig die Feuer austreten. Für Gorodin ist der ganze Lärm vielleicht ein bißchen mehr, als er will: Wir können ihm immer eine Abmachung vorschlagen: Er steht immer mit den Füßen auf beiden Seiten der Linie. Lu ist das Problem, dieser hinterhältige Gauner. Aber wir können ihn überzeugen. Diese Anlage könnte genau das Richtige dafür sein. Ich möchte, daß Sie in dieser Angelegenheit Erkundigungen einziehen – wie diskret, brauche ich Ihnen wohl nicht zu sagen. Nutzen Sie Ihre militärischen Kontakte. Das Wissenschaftsamt schickt gerade ein Schiff los, um Rubin über seinen neuen Status zu unterrichten. Sie werden auch dafür sorgen, daß ihm eine bewachte Residenz in Fargones Blauer Zone eingerichtet wird; das Team wird sich Sonntag auf den Weg machen, wenn die *Atlantis* nach Fargone startet.«

»Wird Harogo an Bord sein?« fragte Denys.

»Mit Sicherheit. Sie werden auf kein Hindernis stoßen. Er wird unser Personal ohne Schwierigkeiten durch den Zoll bringen, und die *Atlantis* fliegt mit Lichtgeschwindigkeit.«

»Das Militär kann sie erwischen.«

»Das ist die einzige Sorge. Aber Harogo ist in seiner Station eine viel größere Nummer, und er bringt das zweitgrößte Bauprojekt nach Hause, auf das Fargone jemals scharf gewesen ist. Das *größte* ist natürlich der Hope-Korridor. Sie werden auf kein Hindernis stoßen. Wenn die Zentristen etwas gegen Rubin zu unternehmen versuchen, kann Harogo sie fertigmachen, keine Frage. Wir können solche Art von Munition gebrauchen. Verstehen Sie den Trick? Rubin ist ein blauäugiger Einfaltspinsel. Nichts als Wissenschaft im Kopf und sonst leicht angreifbar. Ich dachte mir, das kam uns ganz recht.«

»Sie können uns das auch zurückgeben«, sagte Giraud.

»Wir können uns auf Harogo verlassen, glaube ich. Zu bestimmten Zeiten muß man die Dinge laufen lassen.«

»Selbst Warrick?«

»Wenn sie ihn dann noch haben wollen.«

II

Ari lächelte sanft über den Tisch hinweg, über den Salat mit Vinaigrette, ein Erzeugnis aus Reseunes eigenen Gärten, und bestreute ihn großzügig mit einem Löffelvoll Keis, einem synthetischen Käse, einer gesalzenen Hefe, eigentlich eine Vorliebe der Raumfahrer. Ihre Mutter hatte ihn verwendet. Ari mochte noch immer seinen scharfen Geschmack und ließ ihn unter einigen kleinen Schwierigkeiten aus anderen Welten importieren.

Der Großteil der Familie verabscheute ihn.

Sie befanden sich im formellen Speisesaal: ein langer Tisch für die Familie und ein großer U-förmiger Tisch an der Außenseite für die Azis, die mehr als Verwandte und etwas zahlreicher waren, etwa im Verhältnis zwei zu eins.

Sie selbst am Kopfende: Das war der Fall gewesen seit dem Tag, an dem Onkel Geoffrey gestorben war. Rechts von ihr saß Giraud Nye, links von ihr sein Bruder Denys; dann Yanni Schwartz an der rechten Seite, links wiederum seine Schwester Beth; und ihr gegenüber Beths Sohn bei Giraud Nye, der junge Suli Schwartz mit seiner langen Nase und dem schmalen Gesicht, der wie üblich geistig abwesend wirkte, sechzehn Jahre alt und gelangweilt; als Nächster links und dann rechts und wieder rechts Petros Ivanov und seine zwei Schwestern Irene und Katrin, dann Katrins gegenwärtiger Schwarm, der dunkelhäutige Morey Carnath-Nye; die alte Jane Strassen sah in Schwarz und einer prunkhaften Menge an Silber wie eine betagte Herrscherin aus; ihre Tochter Julia trug ein grünes Kleid mit einem wahrhaft aufregenden Dekolleté; der liebe Vetter Patrick Carnath-Emory, der *weit mehr* ein Carnath als ein Emory war, und vollkommen ungeschickt – er wischte sich schon den Schoß ab; Patricks olivhäutige und hübsche Tochter Fideal Carnath und ihr zweiunddreißig Jahre alter Sohn Jules, den sie für Girauds Sprößling gehalten hatten, bis sie seine Gene untersuchten und herausfanden, daß ausgerechnet Petros sein Vater war. Dann Robert Carnath-Nye und seine junge Tochter Julia Carnath; und natürlich auf den hintersten Plätzen Jordan und Justin Warrick, die ganz wie Vater und Sohn aussahen, außer wenn man Jordan vor dreißig Jahren gekannt hatte und wußte, daß sie Zwillinge waren.

Eitel, eitel.

Jordan hatte seine Verhältnisse gehabt. (Wer hatte das nicht?) Aber wann immer es so weit kam, daß er sein Erbmaterial zur Verfügung stellen sollte, hatte er der Natur nicht vertraut. Oder den Frauen. Vielleicht war es die Versuchung, ein Gott zu sein. Oder der Glaube, daß er als eine Sonderperson verpflichtet war, eine andere hervorzubringen.

Ein replizierter Bürger war kein Azi. Es bestanden erhebliche rechtliche Unterschiede zum Beispiel zwischen dem jungen Justin und dem gepflegten, rothaarigen Grant an der zweiten Tischreihe, so viel sie auch in jeder Hinsicht gemeinsam hatten – geboren in demselben Labor mit nur einem bedeutungslosen Tag Unterschied. Aber der dunkelhaarige Justin mit seinen breiten Kinn, dieser gutaussehende, breitschultrige Siebzehnjährige, der Jordans jüngerem Ich so sehr ähnelte … er war ZIV 976-88-2355 *PR*, mit diesem alles entscheidenden Bürger-Präfix und dem kostspieligen Parentalreplikat-Suffix – ein genaues Replikat bis auf die Spuren kleiner Unfälle wie der Knick in Jordans Nase, die kleine Narbe an Justins Kinn und, oh, natürlich, die Persönlichkeit *und* die Fähigkeiten. Als Justin ein winziges Teilchen in einem Bruttank gewesen war, war das Bok-Projekt gerade gescheitert – aber Jordan (Ari amüsierte das) hatte die Vorstellung gehegt, daß seine Bänder und seine Gene mit allen Schwierigkeiten fertig werden konnten.

Der Junge war ein kluger Kopf. Aber er war nicht Jordan. Gott sei Dank.

Grant trug dagegen die Nummer ALX-972, also die eines Experimentellen: einer ihrer eigenen Entwürfe, in höchstem Maße ästhetisch und mit einem erstklassigen Vorläufer – er stammte vom Genset einer anderen Sonderperson ab, an dem sie aber aus bestimmten rechtlichen Gründen einen genetischen Defekt korrigiert hatte, indem sie nebenbei die rezessiven Gene einiger ästhetischer Merkmale in einem Maße freisetzte, daß die legitimen Nachkommen eines gewissen leicht kurzsichtigen, braunhaarigen, unsportlichen Biologen mit einer Herzschwäche – ziemlich erstaunt gewesen wären.

Grant war auch kein Biologe, sondern ein ausgezeichneter Student, der sich mit dem Entwurf von Bändern beschäftigte, ein Alpha, der an den Strukturen arbeiten konnte, die ihn zu dem gemacht hatten, was er war – Strukturen, in denen der rechtliche Unterschied begründet lag, *nicht* in dem Austausch bestimmter Sequenzen des Gensets, *nicht* in den künstlichen Gebärmüttern, in denen sie heranreiften.

Ein Säugling war seinem Vater in die Arme gelegt worden, um in einer Wiege in einem Haus zu liegen, in dem er – manchmal überhaupt nichts hörte; oder um sich mit der Tatsache abzufinden, daß Jordan Warrick zum gegebenen Zeitpunkt vielleicht beschäftigt war und spät gegessen wurde, oder ein Geräusch ihn erschreckte …

Der andere war in eine Wiege gelegt worden, wo in regelmäßigen Abständen menschliche Herzschläge von einer beruhigenden Stimme unterbrochen wurden, wo seine Aktivität überwacht, sein Schreien gemessen, seine Reaktionen registriert und gestoppt wurden – dann die umfassende Bandbehandlung und die dreijährige Ausbildung, bis Ari Jordan gebeten hatte, sich des Jungen anzunehmen, was nichts Ungewöhnliches war: Sie bevorzugten in der Regel die vielversprechendsten Alphas, und in diesen Tagen waren die Beziehungen zwischen ihr und Jordan stürmisch, aber professionell gewesen. Ein Mitglied des Hauses mit einem Sohn im selben Alter war etwas Natürliches, und ein Alpha als Begleiter galt als Auszeichnung eines hohen Status, selbst in Reseune.

Ich habe volles Vertrauen in Justin, hatte sie Jordan an jenem Tag gesagt. Es ist eine so natürliche Paarung. Ich bin ohne Einschränkungen bereit, dies geschehen zu lassen, auf einer persönlichen Basis, du verstehst schon, solange ich an meinen Bändern und meinen Tests mit Grant weiterarbeiten kann.

Was bedeutete, daß der Azi, wenn er aufwuchs, in Justins Obhut übergehen, sein Begleiter werden könnte – wobei sie darauf vertraute, daß der junge Justin zu der kleinen Gruppe gehören würde, die die Genehmigung hatte, mit Alphas zu arbeiten – daß Justins eigene Ergebnisse alphaäquivalent sein würden.

Nicht ganz zu ihrem Erstaunen hatte es sehr gut funktioniert. Die Korrektur war ein geringfügiger Routineeingriff, der die Intelligenz des Azis wahrscheinlich nicht beeinflußte – obwohl das innerhalb bestimmter Parameter kein Hauptanliegen bei der Entwicklung dieses Sets gewesen war.

Es verhielt sich so günstig, daß eine Verbindung entstand, die Jordan in diesen Jahren einige Mühe bereitete, nicht was Informationen anging, weil ein zehn-, ein dreizehn Jahre alter Azi kaum etwas über das Haus wußte, was *sie* nicht wußte.

Aber man wußte nie – wenn es nützlich sein konnte.

Sie aß den Salat auf und plauderte mit Giraud, während das Bedienungspersonal die Teller abräumte und den nächsten Gang servierte: guter Schinken. Terrestrische Schweine wurden in Reseune auf dem Abfall aus den Gärten in hinreichender Zahl gezüchtet, um andere Farmen mit Samenvorräten zu versorgen. Schweine und Ziegen, die ältesten und widerstandsfähigsten Nahrungslieferanten der Menschheit, die klug genug waren, sich nicht mit einem herangewehten Zweig des einheimischen Strauchwerks zu vergiften.

Pferde und Rinder hatten diesen verdammten Hang zur Selbstzerstörung.

»Weißt du«, sagte sie über dem Dessert, einem einfachen Eis, das scharf und angenehm schmeckte. »Wir werden weitreichende Umstellungen im Personal vornehmen müssen.«

Erstaunlich, wie viele Ohren am Tisch aufmerksam

zuhörten und wie ruhig es in einem Raum werden konnte, wenn sie nur mit Denys sprach.

»Ich erwarte wirklich keine Schwierigkeiten mit dem Antrag für das Hope-Projekt.« Sie hörten jetzt alle zu, wollten es aber nicht erkennen lassen. Sie lächelte ihre Familie an, legte den Löffel hin und nahm die kleine Tasse starken Kaffee in die Hand. »Du weißt, wie das zu deuten ist. Kein Problem. Vergiß die Nachrichtensendungen. Es läuft alles in etwa nach Plan, und wir haben für die Zukunft sehr aufregende Aussichten ... bestimmt sehr aufregende Aussichten, ein militärisches Psychohospital auf Fargone – noch darüber hinaus. Was für die Arbeit hier einen wirklichen Unterschied bedeuten wird. Du kannst Jordan dafür gratulieren, daß er die Grundlagen geschaffen hat – wirklich einfach für alles, was uns die Hope-Route in den Schoß legen könnte; *und* die neuen Labors; einfach alles. *Das* ist es, was vor sich geht. Jordan hat sich dafür einiges auf dem Konto verdient.«

Jordans Gesicht war vollkommen ausdruckslos. »Hören wir doch mit dem Getue auf. Wir sind *zu Hause,* wir stehen nicht vor den Kameras.«

Ari lächelte ihm zu. »Jordan, ich habe nicht den geringsten Grund, dir böse zu sein. Es tut mir leid, wenn ich dir damit zu nahe trete, aber du hast Reseune – und mir – einen großen Gefallen getan. Ich mißgönne dir wirklich nicht die Belohnung dafür.«

»Zum Teufel!«

Ari lachte unbeschwert und nahm noch einen Schluck Kaffee. »Lieber Jordie, ich weiß, daß du mich damit gern in den Hintergrund gerückt hättest, aber es ist nun einmal so, daß Gorodin zu *mir* gekommen ist, und ich werde dir alles, was du verlangst, auf einem Tablett servieren. Du wirst deine langerwartete Versetzung endlich bekommen, du und jeder in deinem Flügel, der nach Fargone gehen möchte, sobald das offizielle Ersuchen um eine militärische Zusammenarbeit über die Kanäle kommt.«

»Was soll das heißen?« fragte Yanni Schwartz.

»Ich sage nicht, daß es schlecht wäre«, fuhr Ari ganz offen

fort und lächelte noch immer. »Ich bereite euch keine Überraschungen, Yanni – Jordan hat *mir* diese Überraschung bereitet. Ich glaube, alle sollten darüber nachdenken, ob sie es nun vorziehen, sich in die Grenzbereiche zu begeben, oder ob sie lieber weiterhin die Annehmlichkeiten von Reseune genießen – und, bei Gott, ich könnte mir *einige* vorstellen, die Schinken und frische Früchte vermissen würden. Aber die Möglichkeiten dort draußen sind es wert, darüber nachzudenken.« Noch ein langsamer und bedächtiger Schluck Kaffee, während sie Jordan wie eine Fechterin in die Augen sah. »Der Ausbildungsflügel hier wird natürlich fortbestehen. Es gibt einige von euch, die wir nicht versetzen können, das werdet ihr verstehen. Wir werden hier alles neu organisieren müssen, ziemlich wahrscheinlich sogar den ganzen Flügel replizieren …« Ein etwas breiteres Lächeln. Es war ein Scherz. Suli Schwartz wachte auf und blickte rasch in die Runde, um festzustellen, ob an dieser Stelle gelacht werden sollte. »Jordie, du wirst einige Vorschläge unterbreiten müssen.«

»Natürlich«, sagte Jordan. »Aber ich bin mir sicher, daß du deine eigene Liste benutzen wirst.«

Sie lachte, damit es höflich blieb. »Du weißt verdammt gut, daß ich das tun werde. Aber ich möchte deine Empfehlungen berücksichtigen, wo immer ich kann – schließlich darf ich doch annehmen, daß jeder auf deiner Liste versetzt werden *will*, und ich darf annehmen, daß du sie haben willst. Yanni, du wirst das mit Jordie absprechen.«

Hinter den aufmerksamen Gesichtern verbarg sich zunehmend Wachsamkeit. Der junge Suli schien schließlich verstanden zu haben, was vor sich ging, hatte vielleicht zum ersten Mal in seinem Leben begriffen, was es bedeutete, bei familiären Anlässen in diesem Raum zu sitzen, und nicht bei den Jugendlichen am anderen Ende des Flurs. Niemand rührte sich, weder die Familienmitglieder, noch die Azis an den Tischen ringsum.

Ein geräuschvolles Räuspern von Denys. »Nun«, sagte er, »nun, Ari, schließlich …« Noch ein Räuspern. »Könnten wir vielleicht ein paar von diesen kleinen Keksen bekommen, die wir gestern abend hatten, hmmm?« Sehnsüchtig.

»Ja, Ser«, sagte ein Diener nah an der Tür und schlüpfte hinaus, während Denys Zucker in seinen Kaffee löffelte.

»Hm. Das ist wohl das Wichtigste in Reseune, was? Ari, Jordie, Yanni, wirklich, uns liegt doch allen dasselbe am Herzen, die Freiheit, unsere Arbeit zu tun. Wir hassen alle dieses administrative Durcheinander, wir alle. Das ist für uns eine solche Zeitverschwendung, und auf unseren Schreibtischen liegen viel wichtigere Dinge als ein Haufen kleiner regionaler Behörden, die sich in Novgorod andauernd streiten. Ich bin davon überzeugt, daß es wichtig ist, ob Stationsverwalter in ihren eigenen Stationen Vorräte lagern können oder nicht, aber das ist einfach nicht die Art von Dingen, über die wir uns die Köpfe zerbrechen sollten – ich meine, die ganze Idee der Ämter war nie dafür gedacht, wertvolle Leute vollkommen von der Arbeit abzuhalten. Der Rat ist bestimmt keine große Unannehmlichkeit für Corain oder Chavez oder, weiß Gott, für Bogdanovitch, aber es bringt wirklich nicht viel, Gorodin an der kurzen Leine zu halten, und das Wissenschaftsamt, mein Gott, das ist wirklich eine Katastrophe – ich meine, wirklich, Ari, du verschwendest damit furchtbar viel Zeit und Energie …«

»Ich weiß nicht, warum«, sagte Jordan von seinem Ende des Tisches und hob gequält sein Weinglas, eine Rivalität, so alt wie ihr Dasein in Reseune, Witzeleien beim Essen. »Ari betrachtet doch das ganze verdammte Universum als ihre Provinz.«

Ari lachte zum Schein. Alle waren erleichtert. Alle lachten, denn etwas anderes zu tun kam einem Zwischenfall gleich, wie man es nannte, und niemand wollte das, nicht einmal Jordan.

»Nun, du wirst deine Chance haben, nicht wahr?« sagte sie. »Die Hope-Route führt unmittelbar an Fargone vorbei, und du wirst mit alten Freunden arbeiten, also ist es nicht so, als würdest du dort draußen allein sein. Wenn ich jünger wäre, Jordie, verdammt, dann würde ich mich darauf stürzen; aber Denys hat recht. Die Politik ist erledigt, der ganze Kurs ist festgelegt, und ich bin sicher, ich bin genauso ungeduldig, mit meiner Arbeit weiterzukommen, wie ihr, eure Arbeit in Gang zu bringen. Es ist mir wirklich zuwider, euch noch einen administrativen Job in den Schoß zu legen, aber ich brauche einfach euren Sachverstand. Ihr müßt hier noch einen Ausbildungsflügel einrichten, und das ist für dich eine wirklich gute Gelegenheit, uns ein Vermächtnis zu hinterlassen, Jordie, das meine ich ganz ernst ...«

»Mein Vermächtnis habe ich in der Kühlkammer zurückgelassen«, erwiderte Jordan. Wieder machte ein wenig ängstliches Gelächter die Runde. »Brauchst du noch eine Probe?«

Ari kicherte und nahm einen Schluck Kaffee. »Was? Jordie, ich dachte, du hättest das anders gemacht. Aber wir haben noch eine zweite Quelle.«

Justin wurde rot. Die Leute wandten sich ihm zu, um es mitzubekommen. Ein weiteres, viel zu dünnes Lachen war zu hören.

»Ich bin mir sicher, daß Jordie behilflich sein wird«, sagte Denys, um einzugreifen, bevor schwere Geschütze aufgefahren wurden: Das war die uralte Regel in diesem Raum – bloß nichts Unangenehmes. Man schlug hier auf intelligente Weise zurück, nichts anderes, und man ging nicht zu weit.

»Davon bin ich überzeugt«, erwiderte Ari. Und ernsthaft: »Wir haben eine Neuorganisation vor uns. Ich werde einiges von meiner Ratsarbeit von einem Stellvertreter erledigen lassen; ich könnte mir vorstellen, daß es jetzt etwas friedlicher zugehen wird, nachdem wir die Hauptprojekte ausgearbeitet haben. Es dürfte eigentlich keine Schwierigkeiten geben. Ich denke, ich könnte runterfliegen, wenn sie mich brauchen, aber Denys hat ganz recht: ich bin hundertzwanzig Jahre alt ...«

»Es sind schon noch ein paar mehr«, unterbrach Denys.

»O ja, aber ich sehe noch, was vor mir liegt.« In dem Raum war es wieder still. »Das Rubin-Projekt wird den Großteil meiner Zeit beanspruchen. Ich leide noch nicht an

Altersschwäche. Aber ihr wißt, und ich weiß, daß nicht unbegrenzt Zeit zur Verfügung steht, um diese Sache in Gang zu bringen. Ich werde die Montage auf Fargone hauptsächlich dir überlassen, Yanni. Ich werde umgehend Daten von dieser Abteilung anfordern und so weiter. Aber den Verlauf der Arbeit möchte ich selbst überwachen – nur eine Sehnsucht, selbst Hand anzulegen. Vielleicht ein wenig Eitelkeit.« Sie kicherte leise. »Ich werde an meinem Buch schreiben, mich ein wenig der Forschungsarbeit widmen – einige Dinge vorbereiten. Mich einfach zurückziehen, meine ich.«

»Zum Teufel«, sagte Jordan.

Sie lächelte und bedeckte ihre Tasse mit einer Hand, als ihr der Servierer noch mehr Kaffee eingießen wollte. »Nein, mein Lieber, ich habe genug Coffein intus, um in meine Räume zu finden. Dahin sollte ich nämlich gehen, solange ich das Gefühl habe, daß sich der Boden noch immer auf und ab bewegt – wir hatten einen Haufen Turbulenzen über dem Kaukash, nicht wahr? Und ich glaube nicht, daß ich in Novgorod wirklich geschlafen habe. Catlin?«

Ein Stuhl wurde bewegt, und Catlin war zur Stelle, und Florian mit ihr. Catlin zog für sie den Stuhl zurück.

»Guten Abend, alle zusammen«, sagte sie; und leise zu Florian, als Stühle zurückgeschoben wurden und die Leute den Raum zu verlassen begannen: »Sag Grant, daß ich ihn für mich beanspruche!«

»Sera?«

»Ich brauche ihn«, erklärte sie. »Sag ihm, daß ich ihm eine neue Aufgabe zugeteilt habe. Jordan hatte nie eine legale Verfügungsgewalt über ihn. Das begreift er sicher.«

III

»Einen Augenblick«, sagte der Azi Florian, als Justin und Grant im allgemeinen Gedrängel der Familienmitglieder und Azis, die ihrer unterschiedlichen Wege gingen, Jordan und Paul durch die Tür folgen wollten.

»Später«, erwiderte Justin. Sein Herz fing zu hämmern an, so wie jedesmal, wenn er zu anderen Anlässen als kühlen Geschäften in die Nähe von Ari oder ihrer Leibwächter kam, und er nahm Grant am Arm und versuchte ihn durch die Tür zu schieben, als Florian Grant den Weg verstellte.

»Es tut mir sehr leid«, beharrte Florian und wirkte dabei, als meinte er es ernst. »Die Sera hat gesagt, sie will Grant. Er ist jetzt ihr zugeteilt.«

Einen Moment lang begriff Justin nicht, was er gehört hatte. Grant stand sehr ruhig in seinem Griff da.

»Er kann seine Sachen holen gehen«, erklärte Florian.

»Sag ihr *nein.*« Sie hinderten die Schwartzes am Hinausgehen. Justin bewegte sich verwirrt in den Flur und zog Grant mit sich, aber Florian blieb bei ihnen. »Sag ihr – sag ihr, verdammt, wenn sie will, daß ich an irgend etwas mitarbeite, dann muß er bei mir bleiben!«

»Es tut mir schrecklich leid, Ser«, erwiderte Florian – immer mit weicher Stimme und unschuldigen Augen. »Sie hat gesagt, es sei schon geregelt. Verstehen Sie doch! Er soll seine Sachen holen. Catlin und ich werden so gut auf ihn aufpassen, wie wir können.«

»Das wagt sie nicht«, sagte Justin zu Grant, als Florian in den Speisesaal zurückschlüpfte, wo Ari sich noch Zeit ließ. Ihm war durch und durch kalt. Sein Abendessen lag ihm unangenehm im Magen. »Warte hier!« Sein Vater wartete mit Paul ein Stück weiter im Flur, und Justin brachte die Strecke mit einem Dutzend langer Schritte hinter sich, das Gesicht gelöst, um hoffentlich nicht mehr als einen verständlichen Ärger zu zeigen; und hoffentlich, o Gott, war es nicht blaß, wie er befürchtete. »Es hat sich noch etwas wegen einem Projekt ergeben«, erklärte er Jordan. »Ich muß mich darum kümmern.«

Jordan nickte, hatte vielleicht Fragen, aber die Erklärung schien ihm zu genügen; und Justin ging zurück zur Tür, wo Grant wartete. Er legte Grant im Vorbeigehen eine Hand auf die Schulter und ging hinein, wo Ari noch mit Giraud Nye redete.

Er wartete die paar Sekunden, bis Ari nachdenklich zu ihm hinübersah, eine schweigende Aufforderung; sie schien etwas zu sagen, um Giraud zu entlassen, weil auch er zurückblickte und dann ging.

Ari wartete.

»Was soll das mit Grant?« fragte Justin, als er ihr direkt gegenüberstand.

»Ich brauche ihn«, sagte Ari, »das ist alles. Er stammt vom Genset einer Sonderperson ab, er ist von Bedeutung für das, woran ich arbeite, und ich brauche ihn jetzt, ganz einfach. Es ist nichts Persönliches.«

»Doch, das ist es.« Er verlor die Kontrolle über seine Stimme, ein Siebzehnjähriger, der einer Frau gegenüberstand, die so schrecklich wie sein Vater war. Er wollte sie schlagen. Aber die Wahl hatte er nicht. In Reseune konnte Ari alles tun. Mit jedem. Das hatte er gelernt. »Was willst du? Was willst du wirklich aus mir herausholen?«

»Ich habe dir gesagt, es ist nichts Persönliches. Nichts dergleichen. Grant kann seine Sachen holen, er kann ein paar Tage haben, um sich zu beruhigen ... Du wirst ihn sehen. Es ist doch nicht so, als würdest du nicht im selben Flügel arbeiten.«

»Du willst ein Band an ihm ausprobieren!«

»Dafür ist er doch da, oder? Er ist ein Experimenteller. Mit solchen Tests verdient er sich seinen Lebensunterhalt ...«

»Er verdient sich seinen Lebensunterhalt mit Entwürfen, verdammt noch mal, er ist keines deiner elenden Versuchsobjekte, er ist ...« *Mein Bruder,* sagte er fast.

»Es tut mir leid, wenn du in dieser Sache deine Objektivität verloren hast. Und ich würde vorschlagen, daß du dich jetzt erst einmal abregst. Du hast noch keine Genehmigung, um mit einem Alpha zu arbeiten, und du wirst sicher keine bekommen, wenn du deine Emotionen nicht besser unter Kontrolle halten kannst. Wenn du ihm Versprechen gemacht hast, die du nicht halten kannst, dann hast du ihn *mißhandelt,* verstehst du mich? *Du* hast ihn verletzt. Gott weiß, was du noch getan hast, und ich sehe jetzt schon, daß wir uns einmal sehr eingehend unterhalten sollten – darüber, was ein Alpha ist, und was du mit ihm angestellt hast, und ob du deine Genehmigung bekommen wirst oder nicht. Dazu braucht man mehr als nur Köpfchen, mein Junge, dazu braucht man die Fähigkeit, über das hinauszudenken, was man selber will und glaubt, und es wird Zeit, daß du das lernst.«

»In Ordnung, in Ordnung, ich werde tun, was du willst. Er auch. Du sollst ihn nur bei mir lassen!«

»Beruhige dich, hörst du? Beruhige dich! Ich werde ihn in diesem Zustand bei niemandem lassen. Außerdem …« Sie klopfte ihm auf die Brust. »Du hast mit *mir* zu tun, mein Lieber, und du weißt, daß ich gut darin bin, meinen Willen durchzusetzen: Du weißt, daß man immer ins Hintertreffen gerät, wenn man seinem Gegner soviel zeigt, vor allem einem Profi. Wisch dir die Tränen ab, bring dich in Ordnung, und nimm Grant mit nach Hause und kümmere dich darum, daß er mit allem herkommt, was er braucht. Beruhige ihn vor allem, und erschrecke ihn nicht noch mehr. Wo ist dein Einfühlungsvermögen?«

»Verdammt noch mal! Was willst du überhaupt?«

»Ich habe bekommen, was ich wollte. Tu einfach das, was ich dir gesagt habe. Du arbeitest für mich. Und am Morgen wirst du dich wieder höflich und respektvoll melden. Hast du mich verstanden? Jetzt geh und kümmere dich um deine Arbeit.«

»Ich …«

Ari drehte sich um und ging durch die Tür, die in den Dienstbereich und zu einem Aufzug nach oben führte; Catlin und Florian versperrten ihm den Weg, Azis, die nicht anders konnten.

»Florian«, rief sie aus einiger Entfernung ungeduldig, und Florian ließ Catlin stehen und eilte hin, um die Tür aufzuhalten – was das Schlimmere war, weil Catlin keine solche Bedenken wie Florian hatte. Catlin würde ihn schlagen, und sie würde hart zuschlagen, wenn er einen Schritt mehr tat, als es ihre Warnung erlaubte.

»Gehen Sie in die andere Richtung, junger Ser«, sagte Catlin. »Andernfalls werden Sie unter Arrest gestellt.«

Er drehte sich ruckartig um und ging zurück zur Tür, wo sehr blaß und sehr ruhig Grant stand, der alles mitbekommen hatte.

»Komm schon!« sagte Justin und faßte ihn am Arm. Normalerweise hätte er einen leichten menschlichen Widerstand gespürt, eine Anspannung in den Muskeln. Es war keine vorhanden. Grant kam einfach mit, ging neben ihm, als er ihn losließ, und gab kein Wort von sich, bis sie den Flur hinter sich hatten und sich im Aufzug befanden, der sie zu den Wohnräumen im dritten Stock hinaufbrachte.

»Warum macht sie das?«

»Ich weiß es nicht. Ich weiß es nicht. Keine Panik! Es wird schon gutgehen.«

Grant sah ihn an, eine schwache Hoffnung im Blick, die ihn im Innersten traf, als der Lift anhielt.

Wieder durch den Flur ins Apartment, das ihnen gehörte, in eine wohnliche Ruhezone, in der einem zu dieser Stunde kaum jemand begegnete. Justin nahm die Schlüsselkarte von der Klammer an seiner Tasche und schob sie unter Schwierigkeiten in den Schlitz. Seine Hand zitterte. Grant mußte es mitansehen.

»Kein Zutritt seit dem letzten Gebrauch dieses Schlüssels«, sagte die sanfte Stimme des Kontrollgeräts, und auf dem ganzen Weg durch das beige und blaue Wohnzimmer bis in sein Schlafzimmer gingen die Lichter an, weil er seinen Automatischen Haushälter für seinen Zutritt um diese Uhrzeit so programmiert hatte.

»Grant ist da«, murmelte er, und weitere Lichter gingen bis in Grants Schlafzimmer an, das links durch den Bogengang sichtbar war.

»Ich werde meine Sachen holen«, sagte Grant; und als erstes Zeichen eines Bruchs erfüllte ein Flattern seine Stimme, als er fragte: »Sollen wir nicht Jordan anrufen?«

»O Gott.« Justin umarmte ihn. Grant hielt ihn fest, zitterte in langen, krampfhaften Schauern; und Justin preßte seine eigenen Arme fest zusammen, versuchte zu denken, versuchte über seine eigene Situation hinaus die Zusammenhänge zu durchschauen, das Gesetz innerhalb von Reseune, nach dem er keinen Azi beschützen konnte, auch wenn er für ihn wie ein Bruder gewesen war, seit er denken konnte.

Grant wußte alles, wußte alles, was er wußte. Zwischen Grant und ihm gab es keinen Unterschied, nichts außer diesem verdammten X in Grants Nummer, die ihn zu einem Eigentum Reseunes machte, solange er lebte.

Sie konnten ihn über Jordan ausfragen, über alles, was er wußte oder vermutete, Systeme an ihm testen, ihn der Behandlung mit Bändern der einen oder anderen Struktur unterziehen, Teile seines Gedächtnisses blockieren, alles mit ihm anstellen, was sie wollten, und es gab für Justin keine Möglichkeit, sie davon abzuhalten.

Es war eine Rache an seinem Vater. Sie übte damit Macht über ihn aus, den sie ebenso wie Grant, der gerade versetzt worden war, als Sonderbegabten in ihren Flügel geholt hatte. Laß sie, hatte er zu seinem Vater gesagt. Soll sie mich doch in ihr Personal aufnehmen. Streite dich deswegen nicht mit ihr. Es ist schon in Ordnung. Du kannst dir zur Zeit keinen Ausfall leisten, und vielleicht ist es ein guter Platz für mich, um dort zu arbeiten.

Weil er ahnte, daß sein Vater, der sich (wieder) mit Plänen quälte, eine Versetzung durchzubekommen, zuviel verlieren konnte.

Du sagst mir Bescheid, hatte Jordan mit größter Strenge gesagt, du sagst mir *sofort* Bescheid, wenn sie dir Schwierigkeiten macht.

Es hatte Schwierigkeiten gegeben. Es hatte mehr als Schwierigkeiten gegeben, von seinem zweiten Tag in diesem Flügel an – ein Gespräch mit Ari in ihrem Büro, Ari war ihm zu nah und berührte ihn auf eine Weise, die am Anfang ganz freundschaftlich gewesen war und viel zu persönlich wurde, während sie gelassen erkennen ließ, daß es mehr Gründe als seine Testresultate gab, weshalb sie ihn in seinen Flügel geholt hatte, und daß sie beide, er und Grant, ihr … einen Gefallen tun konnten, den andere ihrer Assistenten ihr auch taten, und daß Dinge dieser Art erwartet wurden, wenn man ihrem Personal angehörte. Sonst, hatte sie angedeutet, gab es Möglichkeiten, ihnen das Leben schwerzumachen.

Er war angeekelt und erschrocken gewesen; und das Schlimmste von allen, er hatte Aris Absicht erkannt, die Falle, die sie ihm gestellt hatte – unterschwellige Provokationen, er als Hebel, den sie gegen Jordan einsetzen wollte, eine Strategie, um ihn zu einer unbedachten Handlung zu verleiten, die ihr von Nutzen sein konnte. So hatte er weitergemacht, wenn sie ihn anfaßte, und sich durch seine Berichte gestammelt, während sie auf der Lehne seines Stuhls saß und ihre Hand auf seiner Schulter lag. Sie hatte ihn nach Dienstschluß in ihr Büro gebeten, ihm Fragen gestellt, so getan, als füllte sie Personalberichte aus, und er hatte Antworten gemurmelt, Dinge, die er sich nicht überlegte, Dinge, an die er sich nicht erinnern wollte, weil er nie eine Gelegenheit gehabt hatte, das zu tun, worum sie ihn bat, und nie in seinem Leben etwas von dem tun wollte, worüber sie redete; und er befürchtete, daß sie ohne Bänder, ohne Drogen, ohne etwas anderes als seine eigene Naivität und ihre Kenntnisse daran arbeitete, sein ganzes Leben umzukrempeln. Er konnte zurückschlagen – indem er seine Fähigkeit einbüßte, schockiert zu sein, indem er freche Antworten gab, das Spiel mitmachte …

… aber es war *ihr* Spiel.

»Ich werde mir etwas ausdenken«, sagte er zu Grant. »Es gibt einen Ausweg. Es wird alles gutgehen.« Und er ließ Grant in sein Zimmer gehen, um zu packen, während er allein im Griff eines kalten Schauers, der durch seine Glieder rann, im Wohnzimmer stand. Er wollte Jordan anrufen, ihn um Rat fragen, ob es etwas Legales gab, was sie tun konnten.

Aber es war allzu wahrscheinlich, daß Jordan direkt zu Ari gehen würde, um über Grants Freigabe zu verhandeln. Dann konnte Ari andere Karten ausspielen, wie die Bänder von jenen Bürositzungen …

... O Gott, *dann* würde Jordan direkt ins Wissenschaftsamt gehen und eine Auseinandersetzung verursachen, die all die sorgfältig getroffenen Vereinbarungen umstoßen und ihn alles kosten würde.

Recherchen im Hauscomputer über das Gesetz – aber es gab nichts, was er zu benutzen wagte: Jeder Abruf wurde aufgezeichnet. Alles hinterließ Spuren. Es ließ sich nicht vermeiden, daß Reseune aus einer offenen Konfrontation als Sieger hervorgehen würde. Er kannte nicht das Ausmaß von Aris politischer Macht, aber es reichte, daß sie neue Forschungsrouten eröffnete, Firmen in fernen Sternstationen untergrub und den Direkthandel mit der alten Erde selbst beeinflußte; und das war nur der sichtbare Teil davon.

Vom Ende des Bogengangs hörte er die Geräusche der Schranktüren und sah Grant seine Kleider aufs Bett stapeln.

Plötzlich wußte er, wohin Grant eigentlich ging – so wie sie davon geträumt hatten, als sie Jungen waren, an den Ufern der Novaya Volga saßen und aus alten Dosen gemachte Boote nach Novgorod hinuntertreiben ließen, damit die Leute in der Stadt darüber staunen konnten. Und später an einem gewissen Abend, als sie über Jordans Versetzung geredet hatten, über die Möglichkeit, daß sie festgehalten wurden, bis Jordan sie freibekommen konnte.

Jetzt war der schlimmste Fall eingetreten, überlegte er, nicht so, wie sie es geplant hatten, aber es war die einzige Möglichkeit, die ihnen blieb.

Er ging in Grants Zimmer, legte einen Finger an die Lippen, damit er sich ruhig verhielte, denn sie wurden tatsächlich vom Sicherheitsdienst überwacht: Jordan hatte ihm gesagt, daß sich nichts daran geändert hatte. Er nahm Grant am Arm, führte ihn rasch und leise ins Wohnzimmer zur Tür und holte seinen Mantel aus dem Schrank – darauf konnte er nicht verzichten: Draußen herrschte nahezu Frost, Leute gingen unter freiem Himmel zwischen den Flügeln hin und her, es fiel nicht weiter auf. Er gab Grant seinen Mantel und führte ihn hinaus in den Flur.

Wohin? fragte Grants besorgter Blick unmißverständlich. *Justin, machst du da etwa eine Dummheit?*

Justin nahm ihn am Arm und zog Grant durch den Flur zurück zum Aufzug.

Er drückte das T für die Tunnel-Ebene. Die Kabine schoß nach unten. Gott, laß ihn nicht auf der Hauptebene halten …

»Justin …«

Er drückte Grant an die Wand des Aufzugs und hielt ihn dort fest, ungeachtet der Tatsache, daß Grant einen Kopf größer war. »Ruhig«, sagte er. »Das ist ein Befehl. Kein Wort mehr! Ich will nichts hören. *Verstanden?*«

Er hatte noch nie auf diese Weise mit Grant geredet. Er zitterte. Grant preßte die Zähne zusammen und nickte erschrocken, während die Aufzugtür sich auf den schmutzigen Beton der Sturm-Tunnel öffnete. Justin zog Grant hinaus und schob ihn noch mal gegen die Wand. Diesmal ruhiger.

»Jetzt hör mir zu! Wir gehen in die Stadt …«

»Ich …«

»Hör mir zu! Ich will, daß du auf Null gehst. Tiefenentspannung, den ganzen Weg über. Jetzt sofort. Tu es! Und bleib so! Das ist ein Befehl, Grant. Wenn du noch nie in deinem Leben genau getan hast, was ich dir sagte … dann tu es jetzt! *Jetzt!* Verstehst du mich?«

Grant sog tief Luft ein, beruhigte sich dann und zeigte nach zwei heftigen Atemzügen keinen Ausdruck mehr.

Jetzt bloß keine Panik. Ruhig bleiben. »Gut«, sagte Justin. »Zieh den Mantel an und komm mit!«

Mit einem anderen Lift nach oben, in den Verwaltungsflügel, den ältesten; nach hinten in die antiquierten Küchen, wo das Nachtschichtpersonal das Geschirr vom Abendessen abwusch und für den Lebensmitteldienst das Frühstück vorbereitete. Es war der Fluchtweg, den jedes Kind zu diesem oder jenem Zeitpunkt einmal benutzt hatte, durch die Küchen, nach hinten zu den Öfen, wo die Klimaanlage nie ausreichte, wo das Personal von Generation zu Generation Abfalleimer vor die Ofentür gestellt hatte, um etwas frische Luft zu bekommen. Die Küchenarbeiter hatten keinen Anlaß, über Jugendliche zu berichten, die an ihnen vorbeikamen, außer wenn sie danach gefragt wurden, und die Administration hatte nie etwas dagegen unternommen, daß junge ZIV-Schwänzer und -Lauser sich an Zeugen vorbeistahlen, die jedesmal, wenn man sie fragte, prompt bestätigten, daß Justin Warrick und sein Azi durch diese Tür verschwunden waren ...

... aber nicht, ehe sie vermißt wurden.

Schschsch, bedeutete er dem Küchenazi, der sie verwirrt und ängstlich ansah – weil es so spät und weil sie älter als die üblichen Ausreißer waren, die diesen Weg wählten.

Am Abfalleimer vorbei und die Stufen hinunter in das kühle Dunkel.

Grant holte ihn am Pumpenhaus ein, das die erste Deckung auf dem Hügel bot, bevor er rasch zur Straße abfiel.

»Wir gehen den Hügel hinunter«, sagte Justin dort. »Und nehmen das Boot.«

»Was ist mit Jordan?« wandte Grant ein.

»Mit ihm ist alles in Ordnung. Komm schon!«

Er stürzte los, und Grant lief hinter ihm her, hetzte den Hang hinunter, um die Straße zu überqueren. Dann marschierten sie in gemächlichem Tempo über die mit Scheinwerfern beleuchteten Kreuzungen zwischen den Lagerhäusern, den Reparaturwerkstätten und den Straßen der unteren Stadt. Die wenigen Wachen, die um diese Stunde Dienst taten, befanden sich am Stadtrand, um sich um die Umzäunung und die Wetterberichte zu kümmern, nicht um zwei Jungen aus dem Haus, die auf der Straße zum Flughafen unterwegs waren. Die Bäckerei und die Mühlen hatten nachts Hochbetrieb, aber sie lagen weit weg, am anderen Ende der Stadt, ferne Lichtschimmer, als sie die letzten Schuppen hinter sich ließen.

»Kriegt Jordan das mit Merild hin?« fragte Grant.

»Vertrau mir. Ich weiß, was ich tue.«

»Justin …«

»Halt den Mund, Grant! Ist das klar?«

Sie erreichten den Rand des Flughafens. Die Lichter auf dem Rollfeld waren gerade aus, aber das Funkfeuer schickte noch immer sein beständiges Echozeichen ins Dunkel einer weitgehend leeren Welt. Weit draußen zeigten sich deutlich die hell erleuchteten Frachtlagerhäuser und der große *Reseuneair*-Hangar, wo nachts gearbeitet wurde und die Wartung eines der Linienflugzeuge weiterging.

»Justin … *weiß er es?*«

»Er wird damit klarkommen. Los!« Justin verfiel wieder in Laufschritt, ohne Grant Atem für Fragen zu lassen, und folgte der Straße, die vom Ende der Startbahn am Shuttledock vorbei über die Betonbrücke zu den tiefliegenden Lagerhäusern am Flußufer führte.

Niemand verschloß hier unten die Türen des kleinen Bootshauses. Niemand brauchte das. Er drückte die Tür des verwahrlosten Fertighauses auf und schreckte vor dem Quietschen der Scharniere zurück. Drinnen knarrte unter ihren Füßen mit hohlem Klang ein Eisengitter. Wasser plätscherte und schlug an das Pfahlwerk und die Prellböcke, der feuchte Widerschein von Sternenlicht lag auf den Umrissen der Boote, die dort festgemacht waren. Überall roch es nach Flußwasser und Öl, und die Luft war schneidend kalt.

»Justin«, sagte Grant. »Um Gottes willen …«

»Alles ist in Ordnung. Du nimmst genau den Weg, den wir geplant haben …«

»Ich …«

»Ich gehe nicht weg. Du gehst.«

»Du hast den Verstand verloren! Justin!«

Justin kletterte an Bord des nächsten Bootes, öffnete die unter Druck stehende Kabinentür, und Grant blieb nichts anderes übrig, als ihm trotz seiner Einwände an Bord zu folgen.

»Justin, wenn du jetzt bleibst, können sie dich unter Arrest stellen!«

»Und wenn ich dich hier rausbringe, gibt es, verdammt noch mal, keine Möglichkeit mehr, daß ich jemals die Genehmigung bekomme, in deiner Nähe zu sein, das weißt du doch. Also bin ich heute nacht gar nicht hier. Ich weiß überhaupt nichts darüber. Ich werde einfach wieder nach oben gehen, behaupten, daß ich mein Zimmer nie verlassen habe, woher soll ich also wissen, wo du hingegangen bist? Vielleicht hat eine Platythere dich gefressen und sich dabei den Magen verdorben.« Er betätigte den An-Schalter, überprüfte die Anzeigen, einen Kippschalter und noch einen. »Also los mit dir, alles ist voll, die Batterien sind alle geladen. Fabelhaft, wie das Personal alles in Schuß hält, was?«

»Justin.« Grants Stimme zitterte. Er hatte die Hände in die Taschen gesteckt. Nah am Wasser war die Luft bitterkalt. »Hör *mir* jetzt mal zu, laß uns doch hier etwas Vernunft bewahren. Ich bin ein Azi. Ich habe in der Wiege Bänder gehört, um Gottes willen. Wenn sie etwas an mir ausprobiert haben, kann ich damit fertigwerden, ich kann die Strukturen auseinanderreißen und dir sagen, ob sie irgendwelche Macken haben …«

»Den Teufel kannst du.«

»Ich kann ihre Tests überleben, und es gibt keine Möglichkeit für sie, meinen Vertrag aufzuheben, dafür gibt es keinen Code. Ich weiß mit Sicherheit, daß es keinen gibt – ich *kenne* meine Sets, Justin. Laß uns das alles einfach vergessen und den Hügel hinaufgehen, und wir werden uns etwas anderes ausdenken. Wenn es zu schlimm wird, bleibt uns immer noch diese Möglichkeit.«

»Halt den Mund und hör mir zu! Erinnere dich daran, wie wir das geplant haben: Die ersten Lichter, die du auf der rechten Seite siehst, gehören noch immer zu Reseune: Das ist die zehnte Niederschlagsstation, oben auf den Klippen. Die Lichter auf der linken Seite zwei Klicks weiter gehören zu Moreyville. Wenn du vollkommen abgedunkelt fährst, kannst du dort vorbeikommen, bevor Ari davon erfährt, und wir haben eine klare Nacht. Denk daran, bleib in der Mitte des Kanals, das ist die einzige Möglichkeit, um den Sperren auszuweichen, und paß um Gottes willen auf die Baumstümpfe auf. Die Strömung kommt von links, wenn du den Kennicutt erreichst. Du steuerst hinein, und die ersten Lichter, die du danach siehst, zwei, vielleicht drei Stunden weiter, das sind die Krugers. Du sagst ihnen, wer du bist, und gibst ihnen das hier …« Er stellte eine düstere Kartenlampe an und kritzelte eine Nummer auf den Block, der am Instrumentenbrett befestigt war. Unter die Nummer schrieb er: MERILD. »Sag ihnen, sie sollen Merild rufen, ganz gleich, wie spät es ist. Du kannst Merild alles erklären, wenn er dorthin kommt – sag ihm, Ari erpreßt Jordan durch mich, verdammt, das ist alles, was er wissen muß. Sag ihm, ich kann nicht kommen, ehe mein Vater frei ist, aber ich mußte dich dort rausbringen, weil Jordan sich um dich als Geisel nicht auch noch kümmern kann. Verstanden?«

»Ja«, sagte Grant mit schwacher Stimme, wie es einem Azi zukam: *ja.*

»Die Krugers werden dich nicht verraten. Sag ihnen, ich hätte gesagt, sie sollen das Boot versenken, wenn's sein muß. Es gehört Emory. Für alles andere wird Merild sorgen.«

»Ari wird die Polizei verständigen.«

»Schön. Laß sie ruhig. Versuche bloß nicht, über den Kennicutt hinauszufahren. Wenn du das mußt, ist der nächste Ort unten an der Volga Avery, bis dahin dauert's bis zum frühen Morgen, vielleicht noch länger, und sie *könnte* dich abfangen. Außerdem könnte dich da unten Cyteens Polizei erwischen, und du weißt, was das bedeuten würde. Du mußt zu den Krugers. Anders geht's nicht.« Er blickte im schwachen Glühen der Kartenlampe zurück in Grants Gesicht, und plötzlich kam ihm der Gedanke, daß er ihn vielleicht nicht wiedersehen würde. »Sei vorsichtig. Um Gottes willen, sei vorsichtig!«

»Justin.« Grant umarmte ihn fest. »Sei du vorsichtig. Bitte!«

»Ich werde dich hier rausschieben. Nun los! Reiß die Plomben ab!«

»Das andere Boot …«, sagte Grant.

»Ich werde darauf achtgeben. Los!« Justin drehte sich um und sprang aufs Deck und auf den widerhallenden Rost. Er machte die Leinen los, warf sie an Bord, schob das große Boot mit Hand und Fuß zurück, bis es freikam. Es schabte an den Prellböcken, drehte sich träge und dunkel zur Seite, dann wurde es von der Strömung erfaßt und trieb vom Bootshaus weg, folgte dem Sog der Hauptfahrrinne, indem es sich nochmals drehte.

Er nahm sich das zweite Boot vor und riß die Motorabdeckung auf.

Es verfügte über einen elektronischen Starter. Er zog die Platine heraus, ließ die Abdeckung herunterfallen, schloß die Luke hinter sich und warf die Platine ins Wasser, bevor er den Sprung vom Boot auf das Metallgitter des Docks wagte.

Im selben Moment hörte er das entfernte, gedämpfte Keuchen von Grants Motor.

Na, wunderbar! Er tuckerte davon.

Er räumte das Bootshaus auf, versperrte die Tür und lief weg. Es war gefährlich, sich im Dunkeln hier unten am Flußufer aufzuhalten, so gefährlich wie überall, wo weniger patrouilliert wurde, weil dort etwas Einheimisches eingedrungen sein konnte, Unkraut im Flußbett, Schwebestoffe in der Luft – Gott weiß was. Er versuchte nicht daran zu denken. Er lief, folgte der Straße wieder nach oben und fiel in Laufschritt, bis er Seitenstiche hatte.

Er erwartete einige Aufregung. Er rechnete damit, daß jemand von der Nachtschicht auf dem Flughafen das Boot gesehen oder seinen Motor starten gehört hatte. Aber die Arbeit in den Hangars ging sehr lautstark vonstatten. Vielleicht hatte jemand mit einem motorbetriebenen Schraubenschlüssel gearbeitet. Vielleicht dachten sie, es sei ein Boot mit einem störrischen Motor, das von Moreyville oder der Obervolga kam und vorbeifuhr. Und es gab helle Lichter, die sie blendeten.

Bis hierher hatten sie hundertprozentig Glück gehabt.

Bis er das Haus erreichte und feststellte, daß die Küchentür abgeschlossen war.

Er setzte sich eine Weile mit klappernden Zähnen auf die Treppe, versuchte darüber nachzudenken und ließ einige Zeit verstreichen, damit das Boot schon ein gutes Stück hinter sich haben würde. Aber wenn er die Nacht über hier saß, mußte eine Verschwörung dahinter stecken …

Wenn er ihnen dafür einen Beweis gab …

Sie würden es Jordan anlasten.

Deshalb konnte er letztlich nichts anderes tun, als seinen Schlüssel zu benutzen und über die lautlosen Warnungen zu stolpern, die, wie er wußte, inzwischen angekommen waren.

Der Sicherheitsdienst begegnete ihm im Flur bei den Küchen. »Ser«, fragte der verantwortliche Azi, »wo kommen Sie her?«

»Mir war nach einem Spaziergang«, erwiderte Justin ruhig. »Das ist alles. Ich habe zuviel getrunken. Ich brauchte etwas frische Luft.«

Der Azi teilte das dem Büro des Sicherheitsdienstes mit; Justin wartete und befürchtete, daß der Gesichtsausdruck des Mannes sich ändern würde, wenn der Befehl zurückkam. Aber der Azi nickte nur. »Guten Abend, Ser.«

Er ging mit weichen Knien weiter, fuhr mit dem Aufzug nach oben und brachte den ganzen einsamen Weg zum Apartment hinter sich.

Drinnen gingen die Lichter an. *»Kein Zutritt seit dem letzten Gebrauch dieses Schlüssels«,* sagte die wohlklingende Stimme des Automatischen Haushälters.

Er ging in Grants Zimmer. Er hob Sachen auf, hängte sie zurück in den Schrank und legte sie in die Schubladen. Er fand seltsame kleine Gegenstände unter Grants Habseligkeiten, ein Rauschgoldsouvenir, das Jordan aus dem Urlaub in Novgorod mitgebracht hatte, als Rarität ein billiges Raumfahrerabzeichen vom Frachter *Kittyhawk,* das sie für Grant vom Flugplatz Novgorods mitgebracht hatten, weil man ihm eine Reise dorthin nicht gestattet hatte. Ein Photo von ihnen beiden im Alter von vier Jahren, Grant blaß, mager und mit schrecklich roten Haaren, er selbst mit diesem entsetzlich albernen Hut, den man, wie er geglaubt hatte, als Erwachsener trug, während sie mit dem Azi im Garten gruben. Noch ein Photo von ihnen, beide einfältige zehn, als sie am Zaun des Lebensbestandgeheges standen, mit nackten Füßen, die Zehen von beiden wie Taubenkrallen über die Querlatte gekrümmt, die Arme unterm Kinn, und wie Idioten grinsten.

Mein Gott. Es war, als sei ihm ein Körperglied abgetrennt worden, und der Schock habe noch nicht das Gehirn erreicht, aber bereits seine Innereien aufgewühlt und ihm angekündigt, daß es noch schlimmer werden würde.

Ari würde ihn jetzt rufen, daran zweifelte er wirklich nicht.

Er ging zurück ins Wohnzimmer, setzte sich aufs Sofa, schlang die Arme um sich selbst und starrte auf die Muster im Furnier des Tisches, nur um nicht die Augen zu schließen und das Boot und den Fluß vor sich zu sehen.

Oder an Ari zu denken.

Nur Grant? würde Merild fragen, wenn er den Telephonanruf erhielt. Merild würde beunruhigt sein. Merild mochte durchaus Reseune anrufen und Jordan zu sprechen versuchen; und das konnte sich Justin nicht leisten: Er versuchte sich zu überlegen, was er sagen würde, wie er es verbergen würde. Grant konnte Merild möglicherweise genug sagen, um Merild zu einer wie auch immer gearteten Rettung zu veranlassen; aber, o Gott, wenn Jordan etwas über Ari und ihn erfuhr, sei es von Grant, von Merild oder von Ari – und außer sich geriet …

Nein. Jordan war zu vorsichtig, um etwas zu tun, ohne es sich vorher zu überlegen …

Die Zeit verging. Die Luft im Apartment fühlte sich so kalt wie der Frost draußen an; Justin wollte ins Bett gehen und sich die Decke über den Kopf ziehen, aber er bat den Haushälter, stärker zu heizen, und blieb im Wohnzimmer, rang darum, wach zu bleiben, aus Angst, er könnte einen Anruf über den Automatischen Haushälter verschlafen.

Es kam keiner.

Kleine Boote verließen den einen Hafen und gelangten nie zu einem anderen, das kam vor. Selbst erfahrenen Steuerleuten passierte das.

Er dachte über jeden Schritt nach, den er getan, jede Wahl, die er gehabt hatte, immer und immer wieder. Er dachte daran, Jordan anzurufen, um ihm alles zu erzählen.

Nein, sagte er sich. Nein. Er konnte das mit Ari erledigen. Jordan brauchte Hilfe, und die einzige Möglichkeit, damit es funktionierte, bestand darin, daß er *nichts* davon wußte.

IV

Ein Flugzeug flog über ihn hinweg. Grant hörte es selbst durch den beständigen Lärm seiner eigenen Motoren, und seine Hände schwitzten am Steuerrad, während er über die freie Mitte des Flusses fuhr, seine geringe Eigengeschwindigkeit von der Strömung erhöht. Er hatte keine Lichter an, nicht einmal die kleine Kartenlampe am Instrumentenbrett, aus Angst, man könne ihn bemerken. Er wagte es noch nicht, an Tempo zuzulegen, weil zu befürchten war, daß das Breiterwerden des Wallens und Kräuselns seines Kielwassers eventuelle Verfolger auf ihn aufmerksam machen würde.

Das Flugzeug flog weiter und verlor sich im Dunkeln und der Ferne.

Aber etwas später kam es zurück: Er sah es hinter sich den Fluß hinauffliegen, während ein Suchlicht über das schwarze Wasser tastete.

Er gab Vollgas und spürte, wie aus dem leichten Wiegen des Boots eine zunehmende Vibration von Wellen wurde, als der Bug sich hob. Dann zum Teufel mit dem Kielwasser und den treibenden Baumstümpfen, die schon viele Boote in der Novaya Volga versenkt hatten.

Wenn sie von Moreyville oder vom anderen Ende von Reseune aus Boote geschickt hatten, und wenn jemand auf diesen Booten eine Pistole hatte, konnten die Schüsse durch die Kabine gehen, die Dichtungen verhängnisvoll beschädigen, selbst wenn sie ihn verfehlten, oder den Rumpf durchschlagen und möglicherweise die Treibstofftanks treffen – aber seine Verfolger würden das Boot eher leckschlagen und ihn abbremsen, indem sie Kammern voll Wasser laufen ließen. Sie hatten sicher nicht die Absicht, davon war er überzeugt, ihn zu töten, wenn sie es vermeiden konnten.

Er wollte auf keinen Fall Justin schaden, dazu war er vor allem entschlossen: nicht gegen Justin benutzt werden, auch nicht gegen Jordan. Und darüber hinaus hatte selbst ein Azi ein Recht, sich egoistisch zu verhalten.

Das Flugzeug dröhnte direkt über ihm, tauchte das Deck in helles Licht, warf blendendes Gleißen durch die Kabinenfenster. Der Strahl strich einen Moment über ihn hinweg, bevor er ihn halbblind in der plötzlichen Dunkelheit zurückließ. Er sah, wie er die Bäume am fernen Ufer des Flusses beschien, das blasse Grau des heimischen Laubwerks vor dem Hintergrund der Nacht.

Plötzlich fiel der Bug nach Steuerbord ab, und der in Flutlicht getauchte Anblick des Ufers tauchte hinter dem Bug auf, nicht aber die Lichtquelle. Im ersten Schreck dachte er, es habe sich vielleicht etwas um die Schraube gewickelt, dann erkannte er, daß er in eine Strömung geraten war – Kennicutts Zustrom in die Volga.

Er riß das Steuer herum und sah noch immer nichts bis auf die Schlaglichter, die der Suchscheinwerfer für ihn auf das bewaldete Gelände am fernen Ufer geworfen hatte. Er konnte auf Grund laufen. Er wagte es nicht, die Lichter einzuschalten.

Dann sah er die Schatten von den Ufern, hohe Bäume, die sich schwarz gegen den nächtlichen Himmel abzeichneten, zu beiden Seiten einer offenen Fläche von Sternenlicht beschienenen Wassers.

Er hielt darauf zu; und das Boot zitterte und holperte von einem Schlag unterm Kiel, dem Kratzen von Sand und einem heftigen Stoß, der ihn von den Beinen riß, als das

Boot außer Kontrolle geriet und sich um die eigene Achse drehte.

Er stützte sich gegen das Instrumentenbrett, sah eine schwarze Wand vor sich und brach mit allem, was zum Boot gehörte, seitlich aus.

Etwas knallte gegen den Bug und schrammte an der Backbordseite entlang. Ein Baumstumpf. Eine längliche Sandbank oder ein Baumstumpf. Er hörte, wie sich das Geräusch nach achtern fortsetzte, sah das freie Wasser vor sich und hoffte, daß er sich nach diesem Aussetzer auf dem Kennicutt und nicht auf der Volga befand. Er konnte es nicht sagen. Es sah genauso aus wie eben, einfach schwarzes Wasser, das vom Sternenlicht glänzte.

Er riskierte es, einen Moment die Kartenlampe einzuschalten, um einen raschen Blick auf den Kompaß zu werfen. Richtung Nordost. Es war denkbar, daß sich die Novaya Volga so stark krümmte, aber er ging davon aus, daß es der Kennicutt war. Das Flugzeug war nicht zurückgekommen. Es war sogar möglich, daß das Manöver die Besatzung verwirrt hatte und er – hoffentlich! – nicht im Funkfeuer der Ortungssysteme fuhr. Ari hatte genug Macht, um die Cyteen-Station in die Jagd einzubeziehen, und das Signalfeuer dieses Flugzeugs konnte den geostationären Überwachungssatelliten eine gute Positionsangabe machen, aber soweit er wußte, verfügten die Ortungssysteme über keine Kapazitäten für unverhoffte Einsätze, und er konnte noch immer, so hoffte er, schnell genug dort sein, ehe ihn jemand aus Moreyville oder von weiter unten an der Volga aufhielt.

Die ersten Lichter danach, hatte Justin gesagt. Zwei, vielleicht drei Stunden weiter den Fluß hinauf, an dessen Ufern sich tatsächlich nichts Neues mehr zeigte. Die Station der Krugers war ein Bergbau-Außenposten, weitgehend automatisiert, und praktisch alle waren dort miteinander verwandt: Jeder Azi, den sie zu sich holten, erhielt innerhalb eines Jahres seine ZIV-Papiere und einen Anteil an den Kruger-Gruben, obendrein eine traumhafte Stellung, eine Position von der Art, von denen Azis untereinander munkelten, daß man sie erreichen könnte, wenn man sehr, sehr gut war …

Und wenn der Vertrag es einem erlaubte.

Für einen siebzehnjährigen Azi mit einem X in der Nummer gab es nichts dergleichen, und der ganze politische Verstand, den ein Junge sich erwerben konnte, der in Reseune und in dem Haus lebte, hielt ihm vor Augen, daß Justin ihm zuliebe etwas Verzweifeltes getan hatte, das alle Vernunft über Bord warf …

Hielt ihm vor Augen, daß den Krugers ein Warrick mit einem Azi, für den er einen gültigen Vertrag hatte, sehr willkommen gewesen wäre, aber daß es gute Gründe dafür gab, weshalb ihnen *dieser* Azi vielleicht nicht so willkommen war.

Weiß Gott.

Er war, je mehr er Zeit hatte, um darüber nachzudenken, in jeder Hinsicht fremden Einflüssen unterworfen, außer was seine Kenntnisse über Reseunes, Aris und Warricks Geschäfte anging, bei denen bestimmte Leute darauf bestehen mochten, daß er sie preisgab; und er hatte keine Anweisungen dafür bekommen. Er war ein Alpha, aber er war jung und ein Azi, und alles, was er gelernt hatte, bestätigte ihm nur, daß seine Reaktionen konditioniert waren, sein Wissen begrenzt, sein Denken potentiell mangelhaft … (Mach dir nie über deine Bänder Gedanken, hatte Jordan ihm mit sanfter Stimme erklärt. Wenn du jemals das Gefühl hast, daß du in Schwierigkeiten bist, dann komm zu mir und erzähl mir, was du denkst und was du fühlst, und ich werde für dich die Antwort finden: Denk daran, ich habe deine Genkarten. Alles ist in Ordnung …)

Er war damals sieben gewesen. Er hatte in Jordans Armen geweint, was ihm peinlich gewesen war, aber Jordan hatte ihm den Rücken getätschelt und ihn umarmt, wie er Justin umarmte, ihn seinen zweiten Sohn genannt und ihm versichert, daß selbst geborene Menschen Fehler machten und sich verwirrt fühlten.

Danach hatte er sich besser gefühlt – und schlechter, weil

er nun wußte, daß sich die geborenen Menschen von der alten Erde auch durch Versuch und Irrtum entwickelt hatten, und daß Ari, als sie entschieden hatte, daß er existieren sollte, etwas Vergleichbares getan hatte. Versuch und Irrtum. Das war alles, was das X in seiner Nummer für einen sieben Jahre alten Jungen bedeutete.

Er hatte damals nicht verstanden, was dies alles auch bedeutete. Zum Beispiel, daß Jordan nicht halten konnte, was er versprach, oder daß sein Leben Reseune gehörte, und nicht Jordan. Er hatte sich an dieses ›mein zweiter Sohn‹ geklammert wie ans Tageslicht und an die Luft zum Atmen, ein gänzlich neuer Horizont des Seins.

Dann war er erwachsen genug gewesen, als er und Justin zwölf waren und Justin Mädchen entdeckte, um zu wissen, daß Sex die Dinge ganz anders machte.

»Warum?« hatte er Jordan gefragt; und Jordan war mit ihm in die Küche gegangen, einen Arm um seine Schultern, während er ihm erklärte, daß ein Alpha immer von den Anweisungen abwich, die die Bänder ihm gaben, daß er sehr klug war und daß sein Körper sich entwickelte und er wirklich zu der Azi gehen sollte, die darauf spezialisiert war.

»Was ist denn, wenn ich jemanden schwanger mache?« hatte er gefragt.

»Das wirst du nicht«, hatte Jordan erwidert, was er damals nicht in Frage gestellt hatte, aber später wußte er, daß er es hätte tun sollen. »Du kannst es einfach nicht mit jemandem im Haus machen. Sie haben keine Genehmigung.«

Das hatte ihn schockiert. Und er dachte, daß darin eine Art Ironie lag. »Du meinst, weil ich ein Alpha bin? Du meinst, wer auch mit mir ins Bett geht …«

»Braucht eine Genehmigung. In deinem Alter bekommt man keine Genehmigung. Womit alle Mädchen deines Alters wegfallen. Und ich möchte nicht, daß du mit der alten Tante Mari schläfst, in Ordnung?«

Das war halbwegs lustig gewesen. Zu dieser Zeit. Mari Warrick litt an Altersschwäche, war am Ende ihrer Rejuvenilisierung.

Später war es weniger lustig geworden. Es war schwer, cool zu bleiben, wenn ein Carnath-Mädchen ihre Hände dorthin legte, wo sie nicht hingehörten, und ihm ins Ohr kicherte; und wenn von einem erwartet wurde, daß man sagte: »Es tut mir leid, Sera, ich kann nicht.«

Während Justin, der arme Justin, sich von den Mädchen Gekicher und Ausreden anhören mußte, weil *er* zur Familie gehörte; und Justins Azi viel reizvoller war – oder gewesen wäre, hätte er nur zu den Betas gehört.

»Kannst du ihn mir nicht mal ausleihen?« hatte Julia Carnath Justin in Grants Gegenwart unverhohlen gefragt, während Grant verdammt gut wußte, daß Justin sich selbst um Julia bemühte. Grant wäre am liebsten in den Boden versunken. Tatsächlich hatte sein Gesicht keinen Ausdruck mehr gezeigt, und er war eingeschüchtert gewesen und sehr still geblieben, als Justin schmollte und ihm sagte, daß Julia ihm einen Korb gegeben hätte.

»Du siehst besser aus«, hatte Justin sich beklagt. »Ari hat dich perfekt gemacht. Verdammt, welche Chancen habe ich denn dann noch?«

»Ich wäre lieber du«, hatte er leise geantwortet, und ihm war zum ersten Mal klar geworden, daß das der Wahrheit entsprach. Und er hatte geweint, zum zweiten Mal in seinem Leben, solang er sich erinnerte, einfach geweint, ohne daß er sich einen Grund dafür vorstellen konnte, außer dem, daß Justin einen Nerv getroffen hatte. Oder eine Band-Struktur.

Denn er war aus beidem gemacht.

Er war sich danach nie sicher gewesen, bis Jordan ihm die Strukturen seiner eigenen Bänder gezeigt hatte, als er sechzehn war und mit Designstudien für Fortgeschrittene anfing. Er hatte sich selbst genug von seinen Bandstrukturen zusammengereimt, daß Jordan für ihn das Buch aufschlug und ihn sehen ließ, woraus er gemacht war; und bisher hatte er keine Merkmale aufgespürt, die zu einer Furcht vor Sex Anlaß gaben.

Aber Alphas veränderten ständig ihre Konditionierung.

Sie vollführten einen ständigen Balanceakt über einem Abgrund des Chaos. Nichts konnte die Oberhand gewinnen. Eine Balance in jeder Hinsicht.

Sonst würde die Welt dem Chaos anheimfallen.

Fehlfunktion.

Ein Azi, der sein eigener Ratgeber geworden war, handelte sich Ärger ein. Ein Azi war so schrecklich empfindlich. Und geriet so leicht in eine Situation, mit der er nicht fertigwerden konnte, wurde Teil eines größeren Spiels, bei dem sich niemand die Mühe gemacht hatte, es ihm zu erklären.

Verdammt, Justin!

Er rieb sich mit der linken Hand die Augen und steuerte mit der rechten, versuchte zu erkennen, wohin er fuhr. Er benahm sich wie ein Idiot, sagte er sich.

Wie ein geborener Mensch. Als sei ich so wie sie.

Ich sollte klüger sein. Ich sollte ein Genie sein. Es sei denn, die Bänder funktionieren nicht so, und ich bin nicht zu dem geworden, was sie wollten.

Vielleicht mache ich einfach nicht von dem Gebrauch, was ich mitbekommen habe.

Warum habe ich mich also nicht lauter zu Wort gemeldet? Warum habe ich Justin nicht gepackt und ihn rausgeholt zu seinem Vater, auch wenn ich ihn dafür hätte schlagen müssen?

Weil ich ein verdammter Azi bin, deshalb. *Weil ich innendrin weich wie Gelee werde, wenn jemand sich aufführt, als wüßte er, was er tut, und ich dann aufhöre, meinen Kopf zu benutzen, deshalb. Oh, verdammt, verdammt,* verdammt! *Ich hätte ihn aufhalten müssen, ich hätte ihn zu mir an Bord ziehen müssen, ich hätte ihn zu den Krugers* mitnehmen *und in Sicherheit bringen sollen, und dann hätte er uns beide beschützen können; und Jordan wäre frei gewesen, etwas zu tun. Was dachte er sich dabei?*

Etwas, worauf ich nicht kommen kann?

Verdammt, das *ist der Ärger mit mir, ich habe kein bißchen Selbstvertrauen, ich versuche mich immer zu vergewissern, bevor ich etwas tue, und ich tue, verdammt noch mal, überhaupt nichts, ich nehme nur Befehle entgegen …*

… weil die elenden Bänder mich in den Klauen haben. Man hat

mir nie gesagt, ich soll vorsichtig sein, man hat mich einfach dazu gebracht, daß ich es bin, *weil die Bänder sicher sind, weil sie so scheißsicher sind, so sicher wie nichts in der realen Welt ...*

Deshalb *fassen wir nie einen eigenen Entschluß. Wir haben etwas beigebracht bekommen, was keinen Zweifel zuläßt, und geborene Menschen haben das nie.* Das *ist los mit uns ...*

Das Boot traf etwas, das das Deck erschütterte, und Grant riß das Steuerrad herum und korrigierte ungestüm den Kurs, schwitzte dabei.

Ein Idiot, allerdings. Er näherte sich plötzlich der Bedeutung all dessen und schlug um ein Haar ein Leck in sein Boot, was zu der Art von Dingen gehörte, die geborenen Menschen passierten, wie Justin sagen würde, genau dasselbe wie jedem anderen; genauso liefen die Dinge – eine zweite kosmische Wahrheit in sechzig Sekunden. Entweder arbeitete sein Verstand ungehindert, oder der Schreck hatte ihn in einen Zustand extremer Aufmerksamkeit versetzt, denn plötzlich hatte er ein Gefühl dafür, was es bedeutete, ein geborener Mensch zu sein, und ein Idiot, während man sich zugleich auf der Höhe seines Verständnisses für die Welt befand: Man mußte die Zweifel hinunterschlucken und einfach weitermachen, wie oft hatte Jordan ihm das gesagt. Die Zweifel stammen nicht von den Bändern. Sie gehören zum Leben, mein Sohn. Das Universum wird nicht untergehen, wenn du es nicht packst. Nicht einmal ich würde daran zugrunde gehen, wenn du dir den Hals brichst. Nur dein privates Universum wird untergehen. Verstehst du das?

Ich glaube schon, hatte er geantwortet. Aber das war eine Lüge gewesen. Bis jetzt, da er die Einsicht ganz klar vor Augen hatte. *Ich bin frei,* dachte er. *Hier draußen, von hier bis zu den Krugers. Ich bin frei, für mich allein, zum ersten Mal in meinem Leben.* Und dann dachte er: *Ich bin mir nicht sicher, ob's mir gefällt.*

Wach auf, du Idiot! Paß auf! O mein Gott, kommt das Flugzeug etwa zurück?

Als sich hinter ihm plötzlich ein Licht zeigte.

Ein Boot. O Gott, o Gott, das da hinten ist ein Boot.

Er gab Vollgas. Das Boot hob den Bug und brauste über den Kennicutt. Er stellte die Lichter an. Sie wurden von schwarzem Wasser reflektiert, von Wasser, in dem die Strömung Strudel bildete, von Ufern, die näher lagen als die der Volga, überwuchert von den hoch aufragenden Umrissen der Trauerweiden – Bäumen, die im Alter und wenn sie verfaulten, dazu neigten, zu zerbrechen und als große knorrige Bündel von totem Holz in die Volga zu fallen, weit gefährlicher für die Schiffahrt als die Felsen, weil sie schwammen und ständig in Bewegung waren.

Die Lichter waren jetzt weniger riskant, nahm er an, als blind zu fahren.

Aber die hinter ihm hatten vielleicht Waffen. Vielleicht ein Boot, das einem leichten Motorboot überlegen war. Er wäre überrascht gewesen, wenn Moreyville etwas gehabt hätte, was ihn einholen konnte; verdammt überrascht, dachte er, während kalte Furcht seinen Magen zusammenkrampfte, und sah das Licht hinter einer Biegung des Flusses verblassen; und dann wieder im Rückspiegel erscheinen.

Vielleicht ein Boot der Niederschlagsstation; vielleicht verfügte dieses Ende von Reseune über Boote. Er hatte keine Ahnung.

Nach dem flüchtigen Blick wandte er seine Aufmerksamkeit dem zu, was vor ihm lag; in der Mitte der Fahrrinne, hatte Justin ihn gewarnt. Wenigstens war Justin mit dem Boot zwischen Moreyville und der Niederschlagsstation Zehn hin und her gefahren; und er hatte mit Leuten in Moreyville geredet, die den ganzen Weg von Novgorod auf dem Fluß hinter sich gebracht hatten.

Justin hatte die Gespräche geführt; und Grant hatte vor allem auf die Ausführungen über Novgorod geachtet, weil es das war, was ihn neugierig machte. Er und Justin – die darüber redeten, eines Tages mit einem Boot so weit zu fahren, einfach den Fluß hinunter.

Er steuerte wild um einen Baumstumpf, der mit einem Ast nach oben dahintrieb.

Ein ganzer verdammter Baum! Er sah die Wurzelmasse wie eine Wand aus wirrem Gestrüpp dem Lichtfleck des Boots folgen; und wich verzweifelt in noch größerem Bogen aus.

Mein Gott, wenn einer davon von der Seite herantrieb … Wenn er den Bug traf …

Er fuhr weiter.

Und das Licht blieb hinter ihm, bis er die Lichter sah, die laut Justins Versprechen auf der rechten Seite aus dem Dunkeln auftauchen sollten … Ein Hinterhalt, dachte er mit dem ersten Herzschlag, nachdem er sie gesehen hatte, weil alles zu einer Falle geworden, alles ein Feind war.

Aber sie lagen zu hoch, und es waren zu viele: Lichter, die hinter dem Wall der Trauerweiden und Kajeptbäume funkelten, die viel zu hoch über dem Fluß lagen, die rot auf den Hügelkuppen blinkten und den Flugverkehr vor dem Hindernis der Niederschlagstürme warnten.

Er drosselte das Tempo und suchte eine Anlegestelle, während ihn das Scheinwerferlicht vor einer niedrigen, verrosteten Wand warnte, die am Fluß aufragte, und danach noch eine …

Lastkähne, erkannte er mit einem Mal. Die Krugers hatten eine Bergbausiedlung. Das dort drüben waren Erzlastkähne, nicht so groß wie die Kähne, die aus dem Norden herunterkamen; aber sie lagen an einem Kai; und es gab für ein kleines Boot genug Platz, um mit dem Bug voran anzulegen, es gab eine Leiter, die von einem unteren Kai zu einem oberen führte, was bedeutete, daß er sich nicht mehr in der Wildnis befand und daß er die Plomben aufbrechen konnte: Aber das tat er nicht. Er glaubte nicht, daß er das Funkgerät benutzen sollte, weil Justin ihm nichts darüber gesagt hatte; und er war sich ohnehin nicht sicher, wie man damit umging. Er betätigte nur wiederholt das Signalhorn, bis jemand die Lichter am Kai anschaltete, und Leute erschienen, um zu sehen, wer über den Fluß zu ihnen kam.

V

»Jemand möchte Sie am Telephon sprechen«, sagte der Automatische Haushälter, und Justin schreckte aus etwas hoch, das ein Schlaf geworden war, ohne daß er es gemerkt hatte, als er die ganze Nacht zusammengerollt auf dem Sofa im Wohnzimmer lag; das Geräusch veranlaßte ihn, sich auf die Ellbogen und auf die Arme aufzurichten und dann, als der Haushälter es unterbrach und antwortete, auf die Füße … »Ich bin da«, sagte er laut zu dem Haushälter und hörte, wie der dem Anrufer mitteilte:

»Justin ist hier. Einen Augenblick bitte.«

Er rieb sich ein Gesicht, das von den wenigen Stoppeln, die ihm schon wuchsen, stachelig war, und Augen, die nichts scharf sehen wollten. »Ich bin da«, wiederholte er, während sein Herz so heftig schlug, daß es schmerzte, und wartete auf schlechte Neuigkeiten.

»Guten Morgen«, sagte Ari zu ihm. *»Tut mir leid, daß ich dich um diese Zeit stören muß, Justin, aber wo ist Grant?«*

»Keine Ahnung«, sagte er. *Die Uhrzeit. Wie spät ist es?* Er rieb sich die Augen und versuchte die verschwommenen Zahlen auf der Uhr an der Schrankwand zu erkennen. *Fünf Uhr früh. Er müßte inzwischen bei den Krugers sein. Er muß.* »Wieso? Ist er nicht da?« Er blickte ans Ende des Bogengangs, wo die Lichter noch immer brannten und Grants Bett unberührt war, ein Beweis dafür, daß alles stimmte, Grant wirklich geflohen war, alles sich so ereignet hatte, wie er sich daran erinnerte.

Wir können damit nicht unbemerkt davongekommen sein.

»Justin, ich möchte mit dir reden, sobald du heute anfängst.«

»Ja?« Seine Stimme klang kratzig. Es war die Uhrzeit. Er zitterte.

»Um 08:00. Sobald du hier bist. Im Labor des ersten Flügels.«

»Ja, Sera.«

Der Anschluß war tot. Justin rieb sich das Gesicht und drückte sich die Augen zu, gähnte dabei. Er fühlte sich, als würde er krank werden.

Er dachte daran, seinen Vater anzurufen. Oder zu ihm zu gehen.

Aber Ari hatte ihm reichlich Spielraum dafür gelassen; und vielleicht wurde von ihm erwartet, daß er es tat, oder vielleicht wollte ihn Ari glauben lassen, daß es von ihm erwartet wurde, damit er davor zurückschreckte. Wenn er versuchte, sie zu überlisten, war es dasselbe, als versuchte er, seinen Vater zu überlisten.

Und er versuchte beides.

Er machte sich ein Frühstück aus trockenem Toast und Saft, mehr konnte er seinem unwilligen Magen nicht zumuten. Er duschte, zog sich an und ging umher, hielt sich mit Kleinigkeiten auf, weil er so lang, so verdammt lang warten mußte.

Es geschah absichtlich. Er wußte das. Ari tat nie etwas ohne einen Grund.

Grant mochte in den Händen der Polizei sein.

Er war vielleicht schon wieder in Reseune.

Vielleicht war er tot.

Ari hatte vor, ihm gegenüber etwas fallenzulassen, ihn zu einer Reaktion zu provozieren und sie auf Band aufzuzeichnen. Er bereitete sich auf alles vor, was sie sagen konnte, selbst auf das Schlimmstmögliche; er bereitete sich darauf vor, wenn nötig zu sagen: *Ich weiß es nicht. Er ist gegangen. Ich habe angenommen, er ginge zu dir. Woher sollte ich das wissen? Er hat noch nie so etwas gemacht.*

Um 07:45 verließ er sein Apartment und fuhr mit dem Aufzug in den Hauptkorridor hinunter; kam am Sicherheitsdienst des ersten Flügels vorbei, ging zu seinem Büro, schloß die Tür auf und schaltete das Licht an, tat alles, was er immer tat.

Er ging den Korridor hinunter, wo Jane Strassen sich schon in ihrem Büro befand, und nickte ihr ein Guten Morgen zu. Er ging um die Ecke und nahm die Treppen hinunter in den Laborbereich am äußersten Ende des Gebäudes.

Er benutzte seine Schlüsselkarte für das Sicherheitsschloß der weißen Türen und betrat einen Korridor voller kleiner

Büros, die alle abgeschlossen waren. Dahinter öffnete sich die Doppeltür in das schmutzige Labor des ersten Flügels mit seinem Geruch nach Alkohol, Frost und Dunst, der ihn an seine frühen Studientage an diesem Ort erinnerte. Die Lichter brannten. Die Kellertür des großen Kühlraums zur Linken stand weit offen. Von dort drang helleres Licht.

Er ließ die äußeren Türen zufallen und hörte Stimmen. Florian kam durch die Kellertür zum Labor.

Nichts Ungewöhnliches für einen Studenten, hier zu sein, nichts Ungewöhnliches für Techniker, hier ein und aus zu gehen: Das Labor Eins war alt, überholt von den Anlagen im Gebäude B, aber es arbeitete immer noch tadellos. Forscher machten noch immer von ihm Gebrauch, zogen es dem längeren Hin- und Rückweg zu den großen Geburtslabors drüben in B vor, bevorzugten die alten, von Hand bedienten Geräte statt die modernen, mehr automatischen Anlagen. Ari hatte sich in letzter Zeit sehr oft hier unten aufgehalten. Sie bewahrte eine Menge persönlicher Arbeit in dem alten Kühllabor auf, das geeignetste Lager für Dinge dieser Art, hatte er sich vorgestellt, das der Flügel Eins zu bieten hatte.

Das Rubin-Projekt, dachte er. Früher hatte ihm ihre Anwesenheit hier unten Kopfzerbrechen bereitet, weil Ari diese Dinge nicht selbst tun mußte, zumal sie über hervorragende Techniker verfügte, die die Detailarbeit erledigten. Jetzt wunderte er sich nicht mehr.

Aber den Verlauf der Arbeit möchte ich selbst überwachen – nur eine Sehnsucht, selbst Hand anzulegen. Vielleicht ein wenig Eitelkeit ...

Die Besprechung war privater Natur, eine Situation von der Art, wie er ihr seit Wochen auszuweichen versucht hatte.

»Die Sera erwartet Sie«, sagte Florian.

»Danke«, erwiderte er in bemüht normalem Ton. »Weißt du, worum's geht?«

»Ich möchte hoffen, daß Sie das wissen, Ser«, antwortete Florian. Seine dunklen Augen verrieten nichts, als er verstohlen zur Tür des Kühllabors blickte. »Sie können ruhig hineingehen. – Sera, Justin Warrick ist hier.«

»In Ordnung«, drang Aris Stimme nach draußen.

Justin ging weiter zur offenen Tür des langgestreckten Labors, wo Ari auf einem Arbeitsstuhl an einem Labortisch saß und mit einer der altmodischen Zentrifugen arbeitete. »Verdammt«, fluchte sie, ohne aufzublicken. »Ich traue dem Ding nicht. Ich sollte eine aus B holen lassen. Mit der wird es nicht klappen.« Sie blickte auf, und das hastige Heben ihrer Hand erschreckte ihn, als seine Hand die Tür losließ. Er bemerkte, daß er die schwere Dichtungstür dabei bewegt hatte, hielt sie an und schob sie zurück, um sie wieder in die vorherige Stellung zu bringen, frustriert über seine eigene jugendliche Ungeschicklichkeit, die ihn aus der Fassung brachte, wenn er sich am dringendsten Gelassenheit wünschte.

»Verdammtes Ding«, brummte Ari. »Jane und ihr elender Sparfimmel ... Man faßt das Ding an, und es fällt einem entgegen.

Das muß unbedingt repariert werden. – Wie geht's dir denn heute morgen?«

»Ganz gut.«

»Wo ist Grant?«

Sein Herz schlug schon heftig. Es beschleunigte seine Schläge, und er zwang es, sich zu beruhigen. »Ich weiß es nicht. Ich dachte, er sei bei dir.«

»Natürlich hast du das gedacht. – Grant hat heute nacht ein Boot gestohlen. Und das andere unbrauchbar gemacht. Der Sicherheitsdienst hat ihn bis zu den Krugers verfolgt. Was weißt du darüber?«

»Nichts. Überhaupt nichts.«

»Natürlich nicht.« Sie drehte sich auf dem Stuhl um. »Dein Kamerad hat die ganze Sache allein geplant.«

»Das könnte ich mir vorstellen. Grant ist sehr fähig.« Es ging zu einfach. Ari war zu weit mehr imstande; sie konnte etwas drumherum reden, statt sofort zur Sache zu kommen. Er hütete sich davor, zu erleichtert zu sein, als sei die Erleichterung ein Abgrund, auf den ihn die Strömung allzu rasch zutrug. Florian befand sich noch immer draußen. Niemand hörte mit, was sie sagte – oder was sie befahl. An den Türen dort draußen war ein Schloß. Und es konnte gut sein, daß ein Recorder mitlief. »Ich wünschte, er hätte es mir gesagt.«

Ari schnalzte mit der Zunge. »Möchtest du die Berichte des Sicherheitsdienstes lesen? Ihr seid heute nacht zusammen rausgegangen. Du bist allein zurückgekommen.«

»Ich habe nach Grant gesehen. Er sagte, er wollte sich nebenan eine Reisetasche borgen. Er ist nicht mehr zurückgekommen.«

Ari hob die Augenbrauen. »Oh, hör schon auf!«

»Tut mir leid – Es stimmt wirklich.«

»Ich bin wirklich enttäuscht von dir. Ich habe mehr Einfallsreichtum erwartet.«

»Ich habe dir alles gesagt, was ich weiß.«

»Hör mir zu, junger Freund! Was du getan hast, ist *Diebstahl,* weißt du das? Du weißt, was passiert, wenn Reseune eine Anklage erhebt.«

»Ja«, sagte er so ruhig, so voller unausgesprochener Zustimmung, wie er es nur zustandebrachte. »Ich glaube, das weiß ich wirklich.«

»Wir sind nicht Cyteen.«

»Ich weiß.«

»Du bist sehr selbstgefällig. Warum?«

»Weil du keine Anklage erheben wirst.«

»Würdest du darauf wetten?«

Sie erwartete, daß er eine Reaktion zeigte. Er lächelte sie an. Soweit hatte er sich unter Kontrolle, obwohl er nicht wußte, überhaupt nicht wußte, ob sie Grant in den Händen hatte oder nicht. »Darauf wette ich«, sagte er und hielt seine Stimme frei von Schwankungen. »Du hast mich. Aber Grant hast du nicht. Solange mit mir und meinem Vater alles gut läuft, wird Grant den Mund halten, und keiner von uns hat Probleme.«

»Deshalb bist du zurückgeblieben.«

Das bereitete ihr also Kopfzerbrechen. Dieses irrationale Verhalten.

Er lächelte breiter, ein schwacher, genüßlich ausgekosteter Triumph, den er allein auf ihrem Territorium errungen hatte. »Einer von uns beiden mußte es. Um sicherzugehen, daß du auch ruhig bleibst.«

»Natürlich. Hat Jordan das geplant?«

Er reagierte darauf. Er merkte es. Es war ein unerwartetes und spontan erteiltes Lob.

»Nein«, erwiderte er.

»Du hast es geplant.« Ari gab den Hauch eines Lachens von sich; und Justin gefiel das nicht, selbst wenn alle Bewegungen ihres Körpers, ihr Zurücksinken gegen die Lehne des Laborstuhls, ihr reumütiges Lächeln, alles erkennen ließ, daß sie überrascht war.

Sie inszenierte ihre eigenen Reaktionen, so wie es sein Vater tat – mit ihrem ganzen Geschick, um eine Sache bis zum Ende durchzuziehen.

Er mußte dasselbe tun. Er zuckte dazu passend einmal bescheiden mit den Achseln.

»Es ist wirklich sehr gut«, meinte Ari. »Aber du mußtest Grant so viel überlassen.«

Er ist tot, dachte er und machte sich auf das Schlimmste gefaßt, was sie sagen konnte. *Vielleicht lügt sie, was das angeht.*

»Ich vertraue ihm«, sagte er.

»Dein Plan hat eine schwache Stelle, weißt du.«

»Was soll das sein?«

»Jordan. Ihm wird das wirklich nicht gefallen.«

»Ich werde mit ihm reden.« Seine Muskeln fingen an zu zittern, die Kälte der Kühlrohre, die an der Decke entlangliefen, schien ihm alle Wärme zu entziehen. Er spürte, wie ihm seine ganze Selbstbeherrschung entglitt, und versuchte sich von Grund auf neu zu sammeln. Es war eine Taktik, die sein Vater ihm beigebracht hatte, dieser abwechselnde Einsatz von Spannung und Entspannung, den sie sich zunutze machte, während sie auf Hinweise wie die Erweiterung seiner Pupillen oder die leichten Spannungen in seinen Muskeln achtete, alles war einem Rhythmus unterworfen wie bei einem Fechter: hinauf, hinunter, hinauf, hinunter, und dann ergab sich aus diesem Rhythmus der Augenblick, da er die Regeln begriff. Er sah ihn kommen. Er lächelte sie an, weil er sich mit diesem Gedanken wieder in den Griff bekommen hatte. »Es wird ihn amüsieren.«

Er sah, wie ein bedächtiges Grinsen sich über Aris Gesicht ausbreitete, entweder ein Pluspunkt für ihn, oder sie ließ absichtlich für einen Moment ihren Schutzschild sinken, um ihn glauben zu machen, daß es so sei.

»Du hast wirklich gute Nerven«, sagte Ari. »Und du bist überhaupt nicht frech, was? Verdammt, Junge, die Drohungen ziehen nicht so, du bist nicht wirklich davon überzeugt, daß du alles Nötige in der Hand hast, aber ich muß dir zugestehen, das ist ein verdammt gutes Manöver. Allerdings wäre es verteufelt schwer, es ein zweites Mal durchzuführen.«

»Ich brauche nicht zu gehen, bevor mein Vater geht.«

»Nun, das ist wohl ein Problem, nicht wahr? Was sollen wir denn machen, um dieses kleine Durcheinander zu entwirren? Hast du es von Anfang bis Ende durchdacht? Erzähl mir doch, wie es funktionieren soll, wenn es für Jordan an der Zeit ist, den Planeten zu verlassen. Das interessiert mich.«

»Vielleicht wirst du mir ein Angebot machen.«

Ein strahlendes Lächeln überflog Aris Gesicht. »Das ist fabelhaft. Du warst so ruhig. Was hast du gemacht? Hast du versucht, deine Testergebnisse zu verfälschen?«

»Das kannst du dir doch wohl selbst denken.«

»Oh, ist das denn die Möglichkeit!« Sie lachte offen heraus. »Du bist wirklich ein kluges Köpfchen. Du hast mir etwas beigebracht. In meinem Alter schätze ich das hoch. Du mußt Grant sehr mögen, um deine Tarnung für ihn aufzugeben. *Sehr* mögen.« Sie lehnte sich gegen den Labortisch, stützte einen Ellbogen darauf und blickte ernst zu Justin auf. »Ich möchte dir etwas sagen, mein Lieber. Jordan liebt dich – er liebt dich sogar sehr. Über alle Maßen. Man erkennt es daran, wie du dich verhältst. Und ich muß sagen, er hat an Grant fabelhafte Arbeit geleistet. Kinder brauchen diese Art von Erziehung. Aber man bezahlt einen schrecklichen Preis dafür. Wir sind sterblich. Wir verlieren Menschen. Und wir sind wirklich verletzt, wenn sie verletzt sind, nicht wahr? – Familien sind eine furchtbare Verpflichtung. Was wirst du Jordan erzählen?«

»Ich weiß nicht. Soviel ich ihm erzählen muß.«

»Du meinst genug, damit er weiß, daß er gewonnen hat?«

Abbruch und Wiederaufbau. Er lächelte sie nur an und weigerte sich, mit seiner Herrin zu diskutieren.

»Nun«, sagte sie, »du hast dich Jordan in diesem Fall würdig erwiesen. Ich sage nicht, daß es klug gewesen ist. Der Plan war sehr gerissen; die Beweggründe sind außerordentlich dumm, aber es ist nun einmal so – Zuneigung macht uns zu Idioten, nicht wahr? Was, meinst du, würde Jordan unternehmen, wenn ich dich deswegen anklage?«

»An die Öffentlichkeit gehen. Sich ans Amt wenden. Und das möchtest du doch nicht.«

»Nun, aber es gibt noch sehr viel mehr, was wir tun können, glaubst du nicht? Weil sein Sohn sich wirklich eines Diebstahls und des Vandalismus schuldig gemacht und Akten eingesehen hat, die ihn nichts angehen … Und eine ganze Menge davon hätte nicht passieren müssen. Jordan kann Anklagen erheben, ich kann Anklagen erheben; du weißt, wenn das rauskommt, wird dieser Posten, den er will, nicht helfen, ganz gleich, welche Interessen dahinterstehen. Sie werden ihn im Handumdrehen fallenlassen. Aber das weißt du ja alles. So läuft die Sache, nicht wahr – es sei denn, ich wollte wirklich Maßnahmen ergreifen, um Grant zurückzubekommen und deine Freunde zu belangen. Das hast du nicht mitbedacht, weißt du. Daß ich genau dasselbe tun kann, was du getan hast, nämlich das Gesetz brechen; und wenn jemand deine Beteiligung daran ans Licht bringt und wenn dein Vater sich deine persönlichen Beweggründe anhören müßte, unsere kleine Privatsitzung, hmmm? … das würde ihn wirklich aufregen.«

»Ich würde auch dir nicht im mindesten von Nutzen sein, wenn ich vor Gericht ginge. Das kannst du dir nicht leisten. Du hast gerade die Stimmen im Rat bekommen. Wenn du erleben willst, wie die Dinge zusammenbrechen, wenn du Grant etwas tust – dann werde ich reden. Du wirst schon sehen.«

»Du verdammter kleiner Verräter«, sagte sie langsam. »Du glaubst, du hättest das so gut verstanden.«

»Nun, gut genug, um zu wissen, daß meine Freunde mit nichts herausrücken werden, bevor sie dazu gezwungen sind.«

»Womit setzt du die Krugers unter Druck, damit sie für dich einen solchen Ärger riskieren? Oder meinst du, die andere Seite wird dich nicht benutzen? Hast du das berücksichtigt?«

»Mir blieb kaum etwas anderes übrig, oder? Aber die Dinge müßten sicher sein, solange an der Abmachung für Jordans Versetzung festgehalten wird und du die Finger von Grant läßt. Wenn sie *mich* verhören, werden sie einiges erfahren – über das Projekt. Ich glaube nicht, daß es dir recht wäre, wenn Außenstehende ausgerechnet jetzt jemanden in Reseune ausfragen.«

»Das ist verdammt gefährlich, junger Mann.« Ari lehnte sich vor und fuchtelte mit einem Finger in seine Richtung. »Hat *Jordan* das ausgeheckt?«

»Nein.«

»Hat er es dir nahegelegt?«

»Nein.«

»Das überrascht mich. Das wird auch andere Leute überraschen. Wenn die Sache vor Gericht kommt, wird das Amt nicht glauben, daß er dich nicht dazu angestiftet hat. Und das wird gegen ihn den Ausschlag geben, wenn es zu einer Abstimmung kommt, nicht wahr? Also behalten wir's für uns. Du kannst Jordan erzählen, was du willst; und wir einigen uns auf unentschieden. Ich werde Grant nichts tun; ich werde die Krugers nicht einsperren. Nicht einmal ermorden lassen. Und das könnte ich durchaus. Ich könnte für dich einen Unfall arrangieren. Oder für Jordan. Landwirtschaftliche Maschinen – sind so gefährlich.«

Er war schockiert. Und erschrocken. Er hatte nie damit gerechnet, daß sie so rücksichtslos sein konnte.

»Ich möchte, daß du über etwas nachdenkst«, sagte sie. »Was du deinem Vater erzählst, wird entweder die Dinge unter Kontrolle halten – oder alles platzen lassen. Ich bin uneingeschränkt dazu bereit, Jordan diesen Posten auf Fargone einnehmen zu lassen. Und ich sage dir ganz genau, welche Vereinbarung ich treffen werde, um den Schlamassel zu beseitigen, den du uns eingebrockt hast. Jordan kann von Reseune nach Fargone abreisen, sobald es dort ein Büro für ihn gibt, in dem er arbeiten kann. Und wenn er von der Cyteen-Station aus losfliegt, wirst du immer noch hier sein. Du wirst dafür sorgen, daß Grant ihm folgt, sobald der Hope-Korridor offen ist und das Rubin-Projekt schon eine Weile läuft. Du kannst das nächste Schiff nach ihm nehmen. Und all das sollte deinen Vater – und dich – lang genug ruhigstellen, um mir bei allem nützlich zu sein, wozu ich euch brauche. Das Militär wird es nicht zulassen, daß Jordan zu laut wird… Sie hassen jede Aufmerksamkeit der Medien für ihre Projekte. – Oder, *oder* wir können auf diese ganzen Kompromisse gleich verzichten und tragen die Sache vor Gericht aus. Ich frage mich, wer gewinnen würde, wenn wir einfach entschieden, Rubin nach Cyteen zurückzuholen und die Anlage auf Fargone ganz aufzugeben.«

Ich bin in eine Falle getappt, dachte er. *Aber wie hätte ich es vermeiden können? Was habe ich falsch gemacht?*

»Bist du einverstanden?« fragte sie.

»Ja. Solang du deinen Teil der Vereinbarung einhältst. Und *ich* in den Flügel meines Vaters zurückversetzt werde.«

»O nein, das gehört nicht dazu. Du bleibst hier! Was um so wichtiger ist, als du und ich uns weiterhin verstehen werden. Du weißt – dein Vater ist ein sehr stolzer Mann. Du weißt, wie es ihm zusetzen würde, wenn er sich entscheiden müßte, ob er zum Amt geht und alles wegen dem verliert, was du getan hast, oder den Mund hält und *weiß,* worin du dich verstrickt hast, um ihm diesen Posten zu sichern. Denn das ist es, was du getan hast. Du hast mir alle persönlichen und rechtlichen Geschosse in die Hand gegeben, die ich brauche – wenn ich sie gegen dich abfeuern muß. Ich habe einen Weg gefunden, deinen Vater ruhigzuhalten, einen einfachen Weg sogar, und wie es sich so ergibt, brauche ich ihm dabei nicht einmal weh zu tun. Und du hast nichts weiter zu tun, als dich ruhig zu verhalten, deine Arbeit zu tun und abzuwarten. Du bist genau in der Lage, über die du verhandelt hast – die Geisel für seine Entlassung; und sein gutes Benehmen. Ich erwarte von dir also, junger Mann, daß du den Rest des Tages ordentlich arbeitest, mir die BRX-Berichte ablieferst, wenn deine Schicht vorbei ist, und mir zeigst, wie gut du deinen Job erledigen kannst. Tu, was du willst: Rufe deinen Vater an, sag ihm, daß Grant vermißt wird, erzähl ihm, soviel du willst. Davon kann ich dich sowieso nicht abhalten. Und du kommst … ah … gegen 21:00 in meinen Amtssitz und erzählst mir, was du getan hast. Andernfalls werde ich annehmen müssen, daß du dich für die zweite Möglichkeit entschieden hast.«

Er überlegte immer noch, als sie fertig war, ging immer noch alles durch, und fragte sich, was sie meinte; aber er wußte es schon. Er versuchte alle Fallen zu entdecken, die sie ihm gestellt hatte. Es bereitete ihm keine Schwierigkeiten, die zu erkennen, in der er zappelte. Es war die Einladung, die er gefürchtet hatte. Sie war es, worauf alles hinausgelaufen war.

»Du kannst gehen«, sagte Ari.

Er ging an Florian vorbei ins äußere Labor, hinaus in den Flur, durch die Sicherheitstüren nach draußen und über die Treppen hinauf, um in den alltäglichen Betrieb der Flügel-Eins-Korridore einzutreten. Auf dem Weg in sein Büro ging jemand an ihm vorbei und wünschte ihm einen guten Morgen; er nahm es wahr, als er schon den halben Flur hinter sich hatte, und wußte nicht einmal, wer es gewesen war.

Er wußte nicht, wie er sich mit Jordan in Verbindung setzen sollte. Telephonisch, dachte er. Er würde die Neuigkeiten telephonisch mitteilen und seinen Vater zum Essen treffen. Und es irgendwie durchstehen. Jordan würde von ihm erwarten, verwirrt und beunruhigt zu sein.

Ari hatte recht. Wenn Jordan in die Sache hineingezogen wurde, würden getroffene Vereinbarungen ungültig werden, und mit all dem, konnte er sich vorstellen, würde Jordan nicht zurechtkommen.

Am besten, dachte er – machte er unter diesen Umständen weiter, bis er selbst genug Kontrolle gewinnen konnte, um zu überlegen, ob es ratsam sei, Jordan die ganze Geschichte zu erzählen.

Was immer die Bedenkzeit auch kostete.

VI

»Was wir getan haben …« Justin drehte den Stil seines Weinglases, ein Brennpunkt, auf den er sich konzentrieren konnte, um nur nicht in Jordans Gesicht zu sehen. »Was wir getan haben, war schon immer für den Fall geplant, daß einer von uns in die Enge getrieben wird. Grant wegzuholen – das tat sie deshalb, um mich unter Druck zu setzen. Ich weiß – ich weiß, du hast mir gesagt, ich sollte zu dir kommen. Aber sie hat uns damit überfallen, und es blieb keine Zeit, um mehr zu tun, als mit dem Amt zusammen einen Protest zu erheben. Und das wäre für Grant zu spät gewesen. Weiß Gott, was sie mit ihm angestellt hätte, bevor wir irgendeine gerichtliche Verfügung erreicht hätten, wenn überhaupt …« Er zuckte die Achseln. »Und wir hätten auf lange Sicht kein Recht bekommen, das Gesetz ist auf ihrer Seite, und es würde alles verderben, gleich nachdem die ganze Sache mit Fargone vereinbart wäre, deshalb habe ich einfach … einfach die einzige Möglichkeit wahrgenommen, die ich für praktikabel hielt. Meine beste Entscheidung. Mehr kann ich dazu nicht sagen.«

Es war ein privates Essen in der Küche von Jordans

Apartment. Paul servierte einfache Sandwiches, und keiner von beiden tat mehr, als häppchenweise zu essen.

»Verdammt«, sagte Jordan. Er hatte bis zu dieser Stelle wenig gesagt, sondern Justin nach und nach damit herauskommen lassen. »Verdammt, du hättest mir erzählen sollen, was vor sich ging. Ich hab's dir doch gesagt ...«

»Ich konnte nicht zu dir kommen. Dann hätte alles, was ich getan habe, so ausgesehen, als stecktest du dahinter. Ich wollte keine Spuren hinterlassen.«

»Hast du das? Hast du welche hinterlassen?«

»Ziemlich sicher, was mich angeht, fürchte ich. Aber das ist Teil der Vereinbarung. Deshalb bin ich hiergeblieben. Ari hat etwas gegen mich in der Hand. Sie will mich gegen dich benutzen, so wie sie vorhatte, Grant gegen mich einzusetzen. Jetzt braucht sie ihn nicht mehr, was?«

»Du hast verdammt recht, sie braucht ihn nicht mehr! Mein Gott, Justin ...«

»Es ist nicht so schlimm.« Er hielt seine Stimme so ruhig wie möglich. »Ich habe sie gezwungen, Farbe zu bekennen. Ich bin dageblieben. Sie sagte ... sie sagte, daß es folgendermaßen funktionieren wird: Du bekommst deine Versetzung, sobald die Anlage gebaut ist, dafür gibt sie ihr Wort. Dann werde ich dafür sorgen, daß Grant dir nach dort draußen folgt, dafür gebe ich meins. Auf diese Weise ...«

»Auf diese Weise bleibst du hier zurück, wo sie alles tun kann, was ihr gerade so einfällt!«

»Auf diese Weise«, begann er ruhig und bedacht noch einmal, »weiß sie, daß sie sich auf mich verlassen und dich ruhighalten kann, bis ihre Projekte zu weit fortgeschritten sind, um aufgehalten zu werden. Und das Militär wird dich nicht an die Öffentlichkeit gehen lassen. Darauf ist sie aus. Sie hat alles im Griff. Aber es gibt Grenzen für das, was sie tun kann – und auf diese Weise werden wir alle freikommen. Schlußendlich.«

Jordan sagte eine geraume Zeit nichts, dann hob er sein Weinglas, nahm einen Schluck und stellte es wieder hin.

Und sagte noch immer nichts, Minute um Minute.

»Ich hätte Grant niemals behalten dürfen«, erklärte Jordan schließlich, »als die Dinge mit Ari platzten. Ich wußte, daß das passieren würde. Verdammt, ich wußte es, vor so vielen Jahren schon. Laß dir nie – *niemals!* – von einem Gegner einen Gefallen erweisen.«

»War es damals denn nicht schon zu spät?« fragte Justin. Die Roheit traf ihn wie ein Stromschlag, ließ ihn fast in Tränen ausbrechen, eine Wut ohne Ziel. »Mein Gott, was könnten wir machen?«

»Bist du dir sicher, daß er in Ordnung ist?«

»Ich habe nicht gewagt, es herauszufinden. Ich glaube, Ari hätte es mir gesagt, wenn sie Gegenteiliges wüßte. Ich habe alles organisiert. Wenn sich unter der Nummer, die ich ihm gegeben habe, niemand meldet, werden die Krugers auf ihn aufpassen, bis jemand rangeht.«

»Merilds Nummer?«

Justin nickte.

»Mein Gott.« Jordan strich sich das Haar zurück und sah ihn voller Verzweiflung an. »Mein Sohn, Merild kann es mit der Polizei nicht aufnehmen.«

»Du hast immer gesagt – wenn irgend etwas passierte ... Und du hast immer gesagt, er sei ein Freund der Krugers. Und Ari wird die Polizei nicht verständigen. Oder selbst etwas versuchen. Das hat sie gesagt. Ich werde am Ende die Nase vorn haben. Da bin ich mir sicher.«

»Dann hast du viel mehr Selbstvertrauen, als du unter diesen Umständen haben solltest«, fuhr Jordan ihn an. »Wir wissen nicht genau, wo Grant ist, die Krugers könnten die Polizei vor der Tür stehen haben – Merild ist vielleicht gar nicht erreichbar, um Gottes willen, er ist auf dem ganzen Kontinent tätig.«

»Nun, ich konnte ja wohl nicht vorher anrufen, oder?«

Jordans Gesicht lief rot an. Er nahm noch einen Schluck Wein, und der Pegel im Glas fiel mäßig ab.

»Merild ist ein Anwalt. Er hat ethische Grundsätze, um die er sich Gedanken machen muß.«

»Er hat aber auch Freunde. Oder nicht? Eine Menge Freunde.«

»Ihm wird das nicht gefallen.«

»Es ist dasselbe, als würde ich zu ihm kommen, oder nicht?« Er befand sich plötzlich in der Defensive, kämpfte auf dem Rückzug. »Grant ist nicht anders. Merild weiß das doch, oder? Wo bleiben seine ethischen Grundsätze, wenn er Grant der Polizei übergibt?«

»Darauf hättest du viel einfacher eine Antwort haben können. Wenn du so vernünftig gewesen wärst, *mit* ihm zu gehen, verdammt noch mal ...«

»Er gehört nicht uns! Er gehört den Labors! Daß ich mit ihm zusammen war, hat das auch nicht rechtsmäßig gemacht.«

»Vor dem Gesetz bist du auch ein Minderjähriger und es bestehen mildernde Umstände – und du wärst hier *raus* gewesen ...«

»Und sie hätten es vor Gericht gebracht, und Gott weiß, was sie für eine Anklage vorgebracht hätten. Ist es nicht so?«

Jordan atmete lang aus und blickte unter den Augenbrauen auf.

Justin wollte, daß Jordan etwas sagte, daß er ihm verzweifelt zurief: Nein, das ist falsch, es gibt etwas ... Dann wäre alles möglich gewesen.

»Ja«, sagte Jordan statt dessen mit kraftloser Stimme und zerschlug seine Hoffnungen.

»Also sind wir uns einig«, erwiderte Justin. »Oder? Und du hast nichts zu tun, außer wenn die Vereinbarung aufgehoben wird. Ich kann dir Bescheid sagen, wenn ich mit Ari Schwierigkeiten bekomme. Soll ich?«

»So wie diesmal?« entgegnete Jordan.

»Besser als diesmal. Das verspreche ich dir. Ich verspreche es. In Ordnung?«

Jordan nahm sein Sandwich und wich der Frage aus. Es war nicht in Ordnung. Justin wußte das. Aber mehr konnten sie jetzt nicht erreichen.

»Es wird nicht damit enden, daß du hierbleibst, wenn ich versetzt werde«, sagte Jordan. »Ich werde mir etwas überlegen.«

»Gib bloß nichts dafür auf.«

»Ich werde kein bißchen dafür aufgeben. Ari ist noch nicht fertig. Das solltest du dir besser klarmachen. Sie hält ihre Abmachungen nicht länger ein, als sie unbedingt muß. Grant ist der Beweis dafür. Sie schreckt nicht davor zurück, Leuten die Kehle durchzuschneiden, merk dir das, mein Sohn! Und das solltest du besser berücksichtigen, wenn du das nächste Mal bluffen willst. Sie hält von dir und mir und jedem anderen nicht mehr als von den Versuchsobjekten ihrer Labors, etwa diesem armen neunjährigen Azi da unten in den Gärten, den sie jetzt einer Gehirnwäsche unterziehen und an einen verdammt heißen Ort verschicken will, weil er einfach nicht funktioniert; weil sie den Platz braucht, stell dir das vor! Oder die Problemfälle, mit denen sie nicht klarkommt, sie läßt mein Personal nicht einmal ein Auge auf sie werfen – sie wird dieses Genset ohnehin nicht mehr benutzen, und sie hat im letzten Monat bestimmt drei gesunde Azis aus dem Verkehr gezogen, sie einfach zu Risikofaktoren erklärt und zur Hölle geschickt, weil sie keine Zeit mit ihnen verschwenden wollte und das Experiment vorbei ist, an dem sie beteiligt waren, und mehr brauchte sie nicht. Ich kann's nicht beweisen, weil ich die Daten nicht bekommen habe, aber ich weiß, daß es passiert ist. Mit einem solchen Menschen legst du dich an. Sie gibt keinen Deut um ein Leben, Gott helfe den Versuchsobjekten in ihren Labors, und sie ist längst nicht mehr dem öffentlichen Urteil ausgesetzt – so weit hat sie's gebracht, sie ist so clever, daß man mit ihren Notizen nichts anfangen kann; sie hat sich nur vor dem Gesetz zu verantworten, und das hat sie in der Tasche – sie gibt einfach keinen Deut drum, und wir liegen alle unter ihrem Mikroskop ...« Jordan schob seinen Teller weg und starrte ihn einen Moment lang schweigend an, bevor er aufblickte. »Mein Sohn, verlaß dich nicht darauf, daß es etwas gibt, was sie nicht tun würde. Sie ist zu allem fähig.«

Er hörte zu. Er hörte sehr angestrengt zu. Und hörte Ari sagen, daß es in Reseune leicht zu Unfällen kam.

VII

Es war 20:30, als er die Dusche verließ und die Uhr aufhob, um sie anzulegen … in einem Apartment, das viel zu ruhig und deprimierend leer war.

Er war einigermaßen froh, nicht die Nacht hier mit der Stille und Grants leerem Zimmer zu verbringen, etwa auf die Art froh, als wenn er sich in die Lippe biß, damit ein gebrochener Finger etwas weniger weh tat. Grant zu verlieren, schmerzte mehr als alles andere, und selbst die Belästigung durch Ari, schien ihm, war eine Art Schmerzmittel gegen das andere, schwerere Leid, das sie ihm zugefügt hatte.

Verdammtes Weibsbild, dachte er, und seine Augen brannten, was einer Erniedrigung gleichkam, bei der er sich weigerte, ihr wegen Ari nachzugeben. Es war Grant, der ihn aus dem Gleichgewicht gebracht hatte, es war der ganze verdammte Mist, in dem Grant steckte, der seine Hände so stark zittern ließ, daß er Schwierigkeiten mit dem Deckel der Sprühdose hatte und ihn in der verspiegelten Waschbeckennische hin- und herprallen ließ. Es machte ihn wütend. Alles verschwor sich gegen ihn, um ihn bis aufs Blut zu reizen, und er stellte den Behälter mit bewußter Beherrschung hin und rasierte das bißchen ab, was er hatte.

Als bereite er einen Leichnam auf die Beerdigung vor, dachte er. Jeder in Reseune hatte ein Mitspracherecht bei seiner Zukunft, jeder hatte eine Hypothek auf ihn, selbst sein Vater, der seinen Sohn nicht gefragt hatte, ob er mit einem PR an seinem Namen aufwachsen und jede Falte kennen wollte, die er bis zu seinem vierzigsten Lebensjahr bekommen sollte, Gott sei Dank kein häßliches Gesicht, aber es war auch kein echtes … – ein Gesicht, das mit den Freunden seines Vaters vielerlei Bedeutsames gemeinsam hatte –

und mit seinen Feinden; und als sie ihm im Lagerraum des Labors zum ersten Mal auf den Leib rückte …

Er hatte damals nicht gewußt, was er tun sollte; er hatte sich seitdem tausendmal gewünscht, er hätte sie gepackt und ihr gegeben, was sie offensichtlich nicht von einem siebzehn Jahre alten Kind bei einer Frau erwartet hätte, die mehr als doppelt so alt war, um seine Großmutter sein zu können. Aber weil er siebzehn war, schockiert und noch nicht darüber nachgedacht hatte, welche Möglichkeiten er hatte, war er erstarrt und hatte etwas Idiotisches gestammelt, daß er gehen müsse, einen Termin habe, ob sie die Berichte bekommen habe, die er zu einem Projekt eingereicht hatte, an dessen Nummer er sich nicht einmal erinnern konnte …

Sein Gesicht brannte, wann immer er darüber nachdachte. Er war so schnell durch diese Tür verschwunden, daß er seine Schreibunterlage und die Berichte vergessen hatte und sie lieber neu schrieb, als sie sich zurückzuholen. Er fieberte diesem von Ari anberaumten Termin, dieser verfluchten, unausweichlichen Begegnung mit der sorgsam gehegten Hoffnung entgegen, daß er vielleicht etwas von seiner Selbstachtung zurückgewinnen könnte, wenn er sich ihr jetzt gleich stellte.

Sie war steinalt, aber sie war noch nicht ganz über ihre Rejuvenilisierung hinaus. Sie sah aus – vielleicht wie Ende Vierzig; und er hatte Holos von ihr mit zwölf und sechzehn gesehen, als ihr Gesicht noch nicht die spröde Schönheit angenommen hatte, die es jetzt aufwies. Während andere Frauen verblaßten, die sechsmal so alt waren wie er, war sie immer noch einen Blick wert; was sie hatte, war dasselbe wie Julia Carnath im Dunkeln, sagte er sich voller Zynismus, an dem er sich aufrichtete – und besser als Julia, schließlich war Ari dem gewachsen, hinter dem sie her war. In Reseune schlief vernünftigerweise jeder mit jedem anderen früher oder später einmal, deshalb fiel es völlig aus dem Rahmen, daß Ari Emory ihre Jugend mit dem Replikat eines Mannes erneuern wollte, der mit seinen siebzehn dreimal jünger als sie war, *wäre* sie Ende Vierzig gewesen. Die Situation hätte vielleicht ein lautstarkes Lachen verdient, wären die Dinge nicht so unangenehm und nicht er der fragliche Siebzehnjährige gewesen.

Er war sich nicht sicher, ob er überhaupt etwas tun konnte, aber er sagte sich, sie könnte immerhin eine Erfahrung sein: Seine Erfahrungen waren auf Julia beschränkt, die ihn am Ende um Grant gebeten hatte – was ihn so sehr verletzt hatte, daß er nie mehr zu ihr zurückgegangen war. Das war so gut wie die Summe seiner Liebesaffären, und er war fast zu dem Schluß gekommen, daß Jordan mit seiner Weiberfeindschaft recht hatte. Ari war eine Schlange, sie verkörperte alles Verwerfliche, aber der Schlüssel zu der ganzen Sache, glaubte er, lag in seiner eigenen Einstellung. Wenn er ihn benutzte, wenn er ihn handhabte, als sei er, wie Jordan es ausdrückte, einer seiner dummdreisten Tricks, dann hatte Ari keine Waffe gegen ihn. Besser konnte er das Problem nicht angehen, und genau dazu hatte er sich entschlossen – sei ein Mann, kämpfe dich durch den ganzen Mist, lerne daraus (und weiß Gott, es gab einiges, was eine Frau in Aris Alter ihm beibringen konnte … in verschiedener Hinsicht) – laß Ari tun, was sie will, laß sie ihre kleinen Spiele spielen und entweder das Interesse verlieren oder nicht.

Er konnte sich vorstellen, dergleichen auf einer Seite in Aris Notizbuch zu finden – daß ein Siebzehnjähriger normalerweise nicht auf eine Frau in ihrem Alter scharf war –, aber eine Frau dieses Alters mochte ein echtes emotionales Bedürfnis nach einem gutaussehenden, gut angepaßten ZIV-Bettgefährten haben. Sollte sie doch ruhig anbeißen!

Dann würde *sie* das Problem haben, und er die Lösung.

Vielleicht boten Alter und Eitelkeit ihm eine Möglichkeit, mit ihr fertigzuwerden, eine Schwäche, auf die niemand sonst stoßen konnte, weil niemand sonst der siebzehnjährige Junge war, den sie wollte.

VIII

Seine Uhr zeigte 21:05, als er vor diese Tür trat und die Klingel von Aris Apartment betätigte – fünf Minuten zu spät, damit Ari sich fragte, ob er auftauchen oder ob er und Jordan statt dessen etwas aushecken würden; und nicht mehr als fünf Minuten, weil er fürchtete, daß Ari, wenn sie das dachte, Maßnahmen veranlassen könnte, die sie selbst vielleicht nicht mehr würde rückgängig machen können.

Es war Catlin, die die Tür zu einem Apartment öffnete, das er nie gesehen hatte – größtenteils mit braun-gelbem Travertin und weißen Möbeln ausgestattet, sehr kostspielig, die Art von Einrichtung, die Ari sich leisten konnte und der Rest von ihnen nur in Räumlichkeiten wie denen der Staatshalle in den Nachrichtensendungen sah; und die blonde, mit einer Haarflechte gekrönte Catlin tadellos in ihrer schwarzen Uniform, sehr förmlich – aber das war sie schließlich immer. »Guten Abend«, sagte sie zu ihm, eines der wenigen Male, daß er überhaupt ein freundliches Wort von ihr zu hören bekommen hatte.

»Guten Abend«, erwiderte er, als Catlin die Tür zufallen ließ. Musik war zu erahnen, die kaum in seine Ohren drang… eine elektronische Flöte, so kalt wie die Steinflure, durch die sie hallte. Er spürte einen Schauer in seinen Gliedern. Er hatte nichts gegessen als eine Handvoll gesalzener Chips zu Mittag und eine Scheibe trockenen Toast zum Abend, weil er befürchtete, daß er es erbrechen müsse, wenn etwas in seinem Magen wäre. Jetzt fühlte er sich weich in den Knien und schwindlig im Kopf und bereute diesen Fehler.

»Die Sera empfängt in diesem Teil des Apartments keine Gäste«, erklärte Catlin und führte ihn in einen weiteren Flur. »Er dient nur dem Empfang. Gehen Sie vorsichtig, Ser, auf dem Steinboden sind diese Teppiche ziemlich rutschig. Ich sag's der Sera immer wieder. – Haben Sie überhaupt schon was von Grant gehört?«

»Nein.« Sein Magen zog sich zusammen. Es war ein rücksichtsvoll geführter Angriff von der Seite. »Ich rechne auch nicht damit.«

»Ich bin froh, daß er in Sicherheit ist«, sagte Catlin so vertraulich, als hätte sie festgestellt, wie schön das Wetter sei, dieselbe einschmeichelnde Stimme, die ihm nie einen Anhaltspunkt dafür gegeben hatte, ob Catlin überhaupt über etwas froh war oder sich um jemanden Gedanken machte. Sie war kalt und schön wie die Musik, wie der Flur, durch den sie ihn führte; und ihr Gegenstück trafen sie am Ende des Flurs in einer großen vertieften Höhle, getäfelt mit lasiertem Wollholz, ganz graublau und gewebeartig unter einem glänzenden Kunststoffüberzug, ausgelegt mit langzottiger weißer Wolle und möbliert mit graugrünen Stühlen und einem großen beigefarbenen Sofa. Florian kam aus dem Flur dahinter, ebenso in Uniform, dunkel und schmächtig im Vergleich zu Catlins athletischer Schönheit. Er legte Justin leutselig eine Hand auf die Schulter. »Sag der Sera, daß ihr Gast hier ist«, forderte er Catlin auf. »Möchten Sie einen Drink, Ser?«

»Ja«, antwortete er. »Wodka und *Pechi,* wenn Sie's dahaben.« *Pechi* wurde importiert, etwas reichlich Extravagantes; und er war noch immer schockiert von dem Reichtum, über den Ari innerhalb von Reseune verfügte. Er blickte sich um zu den Downer-Plastiken in der gegenüberliegenden Ecke hinter der Bar, rituelle Gestalten mit weit aufgerissenen Augen; auf eine Stahlskulptur und ein paar Gemälden an den Wollholzwänden, mein Gott, das waren Klassiker von den unterlichtschnellen Schiffen, wie er sie auf Bändern gesehen hatte. Hier versteckt, wo nur Ari und ihre Gäste sie sehen konnten.

Es war ein Denkmal der Selbstgefälligkeit.

Und er dachte an den neunjährigen Azi, den sein Vater erwähnt hatte.

Florian brachte ihm seinen Drink. »Setzen Sie sich«, sagte Florian, aber Justin ging die erhobene Galerie entlang, betrachtete die Gemälde an den Wänden, eins nach dem anderen, nippte an einem Drink, den er nur einmal in seinem

Leben getrunken hatte, und versuchte, seine Nerven zu beruhigen.

Er hörte einen Schritt hinter sich und drehte sich um, als Ari zu ihm heraufkam. Sie trug ein geometrisch bedrucktes, an der Hüfte umwickeltes Abendkleid, das im Licht glitzerte, ganz sicher keine geeignete Aufmachung, um Geschäftspartner zu treffen. Er starrte sie an, sein Herz hämmerte in ihm los in der mit Panik verbundenen Einsicht, daß Ari etwas sehr Wirkliches war, daß er sich in einer Situation befand, deren Grenzen er nicht abschätzen konnte, und daß es keinen Ausweg von hier gab.

»Gefällt dir meine Sammlung?« Sie deutete auf das Gemälde, das er angesehen hatte. »Das ist von meinem Onkel. Ein echter Künstler.«

»Er war gut.« Er hielt einen Moment lang in seinem Umhergehen inne. Am allerwenigsten erwartete er, daß Ari mit Erinnerungen anfing.

»Er war in vielen Dingen gut. Du hast ihn nie kennengelernt, was? Natürlich nicht. Er ist '45 gestorben.«

»Bevor ich auf die Welt kam.«

»Verdammt, es ist schwierig, mit den Dingen Schritt zu halten.« Sie nahm beiläufig seinen Arm und führte ihn zum nächsten Gemälde. »Das ist eine echte Kostbarkeit. Ein Fausberg. Ein naiver Künstler, aber ein erster Blick auf Alpha Centauri. Wo heute kein Mensch mehr ist. Ich mag das Stück.«

»Es hat etwas.« Er starrte es mit einem seltsamen Gefühl für Zeit und hohes Alter an und spürte, daß es echt war, aus der Hand von jemandem stammte, der dortgewesen war, auf einem Stern, den die Menschheit verloren hatte.

»Es gab eine Zeit, da wußte niemand, was das wert ist«, sagte Ari. »Ich schon. Es gab eine Menge primitiver Künstler auf den ersten Schiffen. Unterlichtschnelle Reisen gaben ihnen genug Zeit, schöpferisch tätig zu sein. Fausberg arbeitete mit Kartenfedern und Acryllacken, und stell dir vor, oben in der Station mußten sie völlig neue Konservierungstechniken erfinden – *ich* habe darauf bestanden. Mein Onkel hat die Sammlung gekauft, ich wollte sie erhalten, und das ist der Grund, warum die Gemälde von der *Argo* überhaupt gerettet worden sind. Die meisten von ihnen befinden sich im Museum von Novgorod. Jetzt möchte die Sol-Station eines von Fausbergs *61 Cygnis* unbedingt haben. Und wir könnten zustimmen – wenn wir etwas Gleichwertiges erhalten. Ich habe einen bestimmten Corot im Sinn.«

»Wer ist Corot?«

»Mein Gott, Kind. Bäume. Grüne Bäume. Hast du die terranischen Bänder gesehen?«

»Eine Menge davon.« Er vergaß seine Beklemmung für einen Moment und rief sich eine Fülle von Landschaften ins Gedächtnis zurück, fremdartiger als die auf Cyteen.

»Nun, Corot hat Landschaften gemalt – unter anderem. Ich sollte dir einmal einige meiner Bänder leihen. Ich könnte sie heute abend laufen lassen ... Catlin, hast du diese Serie über *Die Ursprünge der menschlichen Kunst?*«

»Ich bin mir sicher, daß wir sie haben, Sera. Ich werde sie aus dem Archiv holen.«

»Unter anderem. – Das, junger Freund, ist eines unserer eigenen. Shevchenki. Wir haben ihn in den Akten. Der arme Kerl ist an einem Versagen der Lebenserhaltungssysteme gestorben, als sie oben an der Küste Pytho aufbauten. Aber er hat wirklich bemerkenswerte Werke geschaffen.«

Rote Klippen und das Blau des Wollholzes. Das war zu vertraut, um ihn zu interessieren. Das konnte *er* auch, dachte er insgeheim. Aber er war zu höflich, es auszusprechen. Er zeichnete Skizzen. Er malte sogar oder hatte gemalt, als er noch frisch unter dem Eindruck der malenden Forscher stand. An den Boden gebunden, stellte er sich die Sterne und fremde Welten vor. Und er hatte nie in seinem Leben erwartet, von Reseune freizukommen.

Bis es so aussah, als ob es Jordan gelingen könnte.

Florian kam nach oben und bot Ari einen Drink an, eine helle, goldene Mischung in einem geschliffenen Kristallglas. »Orangensaft und Wodka«, sagte sie. »Hast du schon einmal Orangensaft probiert?«

»Synthetischen«, erwiderte er. Das hatte jeder.

»Nein, echten. Hier. Nimm einen Schluck.«

Er trank ein wenig aus dem angebotenen Glas. Es war ein seltsamer, ein komplizierter, süß-sauer-bittrer Geschmack, der sich unter den Alkohol mischte. Ein Geschmack der alten Erde, wenn Ari es ernst meinte, und niemand, der Gemälde wie die an ihren Wänden besaß, konnte es anders meinen.

»Es ist ganz gut«, meinte er.

»Ganz gut? Es ist fabelhaft. AG wird einen Versuch mit den Bäumen wagen. Wir glauben, wir haben einen Platz für sie – ohne an den Genen herumpfuschen zu müssen: Wir glauben, die Zonen können sie genauso aufnehmen, wie sie sind. Die Orangenfrucht ist von leuchtender Farbe. Wie schon der Name sagt. Trink weiter! Behalt das Glas! Florian, bringst du mir noch eins, ja?« Sie umklammerte seinen Arm fester, steuerte ihn auf die Treppe zu und hinunter, zum Sofa. »Was hast du Jordan gesagt?«

»Nur daß Grant aus dem Weg und alles in Ordnung ist.« Er setzte sich, nahm einen großen Schluck von dem Drink und stellte das Glas auf die Messingtheke hinter dem Sofa, nachdem er seine Nerven wieder unter Kontrolle gebracht hatte, soweit er es an diesem Ort und in dieser Gesellschaft für möglich hielt. »Sonst habe ich ihm überhaupt nichts gesagt. Ich denke, das ist meine Sache.«

»Tatsächlich?« Ari ließ sich nah bei ihm nieder, worauf sich sein Magen zusammenzog und äußerst unangenehm anfühlte. Sie legte eine Hand auf sein Bein und lehnte sich an ihn, und er konnte an nichts anderes als die Azis denken, von denen Jordan geredet hatte, an diejenigen, die sie völlig ohne Grund beseitigt hatte, diese armen Schweine von Azis, die nicht einmal *wußten,* daß sie sterben würden – nur ein Befehl an einen Mediziner, darüber zu berichten. »Setz dich etwas näher, mein Schatz. Es ist doch alles in Ordnung. Ist das denn nicht angenehm, hm? Du solltest dich wirklich nicht so verkrampfen. Sei nicht so nervös.« Sie ließ ihren Arm über seine Rippen gleiten und massierte ihm den

Rücken. »Da, entspann dich. Das ist ein schönes Gefühl, nicht wahr? Dreh dich um, damit ich etwas für deine Schultern tun kann.«

Es war wie damals, als sie ihm im Labor eine Falle gestellt hatte. Er versuchte zu überlegen, was er auf etwas derart Widerwärtiges antworten sollte, und es mißlang ihm vollkommen. Er nahm das Glas, kippte einen kräftigen Schluck hinunter und noch einen und tat nicht, worum sie gebeten hatte. Die langsame Bewegung ihrer Hand hörte aber auch nicht auf.

»Du bist so angespannt. Sieh mal, es ist ein einfacher kleiner Handel. Und du mußt nicht hier sein. Du brauchst nur durch diese Tür zu gehen.«

»Sicher. Warum gehen wir denn nicht gleich ins Schlafzimmer, verdammt noch mal?« Seine Hände waren kurz davor, zu zittern. Die Kälte des Eises ging durch seine Finger direkt in die Knochen. Er trank den Drink aus, ohne sie anzusehen.

Ich könnte sie umbringen, dachte er, nicht aus Bosheit. Nur eine Lösung für ein unlösbares Problem. *Bevor Florian und Catlin mich aufhalten könnten. Ich könnte ihr einfach den Hals brechen. Was würden sie dann tun?*

Mich mit Psychosonden untersuchen und alles herausfinden, was sie getan hat? Das würde ihr die Schuld geben.

Vielleicht war das eine Möglichkeit. Vielleicht war das wirklich eine Möglichkeit, aus dieser Sache herauszukommen.

»Florian, er hat keinen Orangensaft mehr. Gib ihm noch einen! – Komm schon, mein Schatz! Entspanne dich! Du kannst wirklich nichts dergleichen tun, das weißt du so gut wie ich. Möchtest du es selbst versuchen? Ist das das Problem?«

»Ich will einen Drink«, brummte er. Alles schien unwirklich, alptraumhaft. Gleich würde sie auf dieselbe Weise mit ihm zu reden anfangen, wie sie es während der Befragungen getan hatte. Und das gehörte alles dazu, war Teil eines gemeinen, schmutzigen Geschäfts, und er wußte nicht, wie er es durchstehen sollte, aber er wollte möglichst betrunken sein, vollkommen betrunken, und er würde sich als unfähig herausstellen, damit sie einfach aufgeben mußte.

»Du hast gesagt, du hättest noch nie herumexperimentiert«, sagte Ari. »Nur mit den Bändern. Stimmt das?«

Er antwortete nicht. Er wand sich nur auf dem Sofa herum, um zu sehen, wie lang Florian brauchen würde, den Drink zu holen, damit er eine Ablenkung hatte, die dieses Gespräch in eine andere Richtung lenken mochte.

»Hältst du dich für normal?« fragte Ari. Darauf antwortete er auch nicht. Er betrachtete Florians Rücken, während der Azi den Drink eingoß und mixte. Er spürte Aris Hand auf seinem Rücken, spürte das Polster nachgeben, als sie an ihn rückte, ihre Hand um seine Hüfte tastete.

Florian gab ihm den Drink, und er lehnte sich mit dem Ellbogen auf die Sofalehne, nippte an dem Orangendrink und spürte die langsame, leichte Bewegung von Aris Händen auf seinem Rücken.

»Laß dir eines von mir sagen«, hörte er Aris weiche Stimme hinter sich. »Erinnerst du dich an das, was ich dir über familiäre Beziehungen gesagt habe? Daß sie eine Verpflichtung sind? Ich werde dir einen echten Gefallen tun. Frag mich mal, welchen.«

»Welchen?« fragte er, weil er es mußte.

Ihre Arme schlangen sich um ihn, und er nahm einen Schluck, indem er die Übelkeit zu ignorieren versuchte, die sie in seinem Magen hervorrief.

»Du meinst, das sollte etwas mit Zärtlichkeit zu tun haben«, sagte Ari. »Das ist falsch. Zärtlichkeit hat damit nicht im mindesten etwas zu tun. Sex ist etwas, was man für sich selbst tut, aus Eigennutz, etwas Herrliches, weil es ganz einfach Spaß macht. Das ist alles. Nun kommt man gelegentlich jemandem wirklich nahe und möchte es immer wieder mit ihm tun, das ist in Ordnung, und vielleicht vertraut man demjenigen, aber das sollte man nicht. Das sollte man wirklich nicht. Zuerst mußt du lernen, daß du es überall haben kannst. Und dann – daß es dich an Menschen bindet, die nicht zur Familie gehören, und daß dies dein Urteil verfälscht, wenn du dich nicht an die erste Regel erinnerst. *Deshalb* werde ich dir einen Gefallen tun, mein Schatz. Du wirst nicht falsch einschätzen, was wir hier tun. Ist das angenehm?«

Es war schwer, zu atmen. Es war schwer, zu denken. Sein Herz hämmerte, und ihre Hände taten leise, beunruhigende Dinge, die seine Haut überaus empfindlich machten, ihm beinahe Lust bereiteten – oder heftiges Unbehagen. Er war sich nicht mehr sicher, was von beiden. Er trank einen großen Schluck von dem Orangensaft und Wodka und versuchte seinen Geist irgendwohin zu verbannen, an einen ganz anderen Ort, in eine Art Nebel, in dem er mehr und mehr die Kontrolle über sich verlor.

»Wie fühlst du dich, Liebling?«

Nicht gut, dachte er und glaubte, er sei betrunken. Aber seine Sinne nahmen am Rande eine Verschiebung wahr, er hatte Schwierigkeiten mit räumlichen Beziehungen – so als sei Ari tausend Kilometer weg, käme ihre Stimme nicht direkt aus seinem Rücken, sondern auf seltsame, asymmetrische Weise von der Seite …

Es war ein Sog. Wie von der Droge fürs Bandstudium. Panik brandete durch sein Hirn, löste ein Chaos aus, die Reize stürmten zu schnell auf ihn ein, während sein Körper in einer Atmosphäre zurückzubleiben schien, die zu Sirup geworden war. Keine hohe Dosis. Er konnte sehen. Er konnte noch spüren, wie Ari sein Hemd hochzog, mit den Händen über seine nackte Haut fuhr, auch wenn sein Gleichgewichtsgefühl ihn im Stich ließ und sich alles um ihn drehte, der ganze Raum rotierte. Er verlor das Glas und spürte, wie sich die Kühle von Eis und Flüssigkeit über seine Hüfte und unter seinem Gesäß ausbreitete.

»O mein Schatz. Florian, mach das weg.«

Er sank hinunter. Er war noch immer bei Bewußtsein. Er versuchte sich zu bewegen, aber Verwirrung erfaßte ihn, ein lärmendes Wirrwarr aus Klängen und Empfindungen. Er versuchte mißtrauisch zu sein. Das war das Schwierigste. Er war sich ganz bewußt, daß Florian das Glas weggenommen hatte und daß sein Kopf in Aris Schoß lag, in der Grube ihrer verschränkten Beine, daß er in Aris umgekehrtes Gesicht aufblickte und sie ihm das Hemd aufknöpfte.

Sie war nicht die einzige, die seine Kleider aufknöpfte. Er hörte ein Murmeln von Stimmen, aber keine davon redete über ihn. »Justin«, sagte eine Stimme, und Ari drehte seinen Kopf in ihren Händen. »Du kannst blinzeln, wenn du mußt«, flüsterte sie so, wie es sonst die Bänder taten. »Hast du's bequem?«

Er wußte es nicht. Er war erschrocken und schämte sich, und in einem langen Alptraum spürte er, wie Berührungen über ihn hinweggingen, wie er angehoben und von dem heruntergezogen wurde, worauf er lag, hinunter auf den Boden.

Es waren Catlin und Florian, die über ihm schwebten. Er waren Catlin und Florian, die ihn berührten und ihn bewegten und Dinge mit ihm taten, derer er sich in einer Art vagen Gefühls, nirgendwo zu sein, bewußt war, die falsch waren, falsch und schrecklich.

Hört auf damit, dachte er. *Hört auf damit. Ich bin damit nicht einverstanden.*

Ich will das nicht.

Aber es verschaffte ihm Lust. Es sorgte für eine Explosion seiner Sinne, irgendwo im Unendlichen, irgendwo im Dunklen.

Helft mir!

Ich will das nicht.

Er war halb bewußtlos, als Ari zu ihm sagte: »Du bist doch wach, oder? Verstehst du es jetzt? Mehr ist gar nicht dabei. Es ist so gut, wie man's nimmt. Mehr ist überhaupt nicht dabei, ganz gleich, mit wem man's macht. Bloß biologische Reaktionen. Das ist die erste und die zweite Regel ...«

»Sieh auf den Bildschirm!«

Ein Band lief. Es war etwas Erotisches. Es verschwamm mit dem, was mit ihm geschah. Es war ein angenehmes Gefühl, und er wollte es nicht, aber er war nicht verantwortlich dafür, er war für nichts verantwortlich, und es war nicht sein Fehler …

»Ich glaube, es läßt nach bei ihm …«

»Gib ihm einfach noch etwas. Es wird ihm gefallen.«

»Nichts kann dir das verschaffen, was dir ein Band verschaffen kann. Nicht wahr, Junge? Ganz gleich, wer es ist. Biologische Reaktionen. Was es auch für dich tut …«

»Bewege dich nicht …«

»Zwischen Schmerz und Lust, mein Liebling, liegt eine so schmale Grenze. Du kannst sie ein dutzendmal in der Minute überqueren, und aus dem Schmerz wird die Lust. Ich kann's dir zeigen. Du wirst dich an das erinnern, was ich für dich tun kann, Liebling, und nichts wird dem je gleichkommen. Du wirst darüber nachdenken, du wirst für den Rest deines Lebens darüber nachdenken … und nichts wird je daran heranreichen …«

Er öffnete die Augen und sah einen Schatten über sich, er selbst lag nackt in einem Bett, das er nicht kannte, während eine Hand seine Schulter tätschelte, jemand ihm Haare aus der Stirn strich. »Na also, du bist wach«, sagte Ari. Es war ihr Gewicht, das den Rand der Matratze herunterdrückte. Ari saß angezogen dort und er …

Sein Herz machte einen Sprung und fing an zu hämmern.

»Ich gehe jetzt ins Büro, Liebling. Du kannst hier ausschlafen, wenn du willst. Florian wird dir ein Frühstück servieren.«

»Ich gehe nach Hause«, sagte er und zog die Decke über sich.

»Wie du willst.« Ariane stand auf, entlastete die Matratze und ging hinüber, um einen Blick in den Wandspiegel zu werfen, mit einer demonstrativen Unbekümmertheit, die ihm an die Nerven ging und in seinem Magen ein unangenehmes Gefühl hervorrief. »Komm vorbei, wenn du willst. – Rede mit Jordan, wenn's dir gefällt.«

»Was soll ich tun?«

»Was du willst.«

»Soll ich etwa hierbleiben?« Panik verlieh seiner Stimme

Schärfe. Er wußte, wie gefährlich es war, wenn Ari es hörte, danach handelte, darauf aufbaute. Es war eine Drohung, die sie gerade ausgesprochen hatte. Zumindest glaubte er das. Ihr Tonfall war neutral, frei von Andeutungen. Ihre Stimme zerrte an seinen Nerven und ließ ihn einige Sekunden vergessen, daß er mit Grant oben am Fluß über eine Gegendrohung verfügte. »Es würde nicht funktionieren.«

»Nicht?« Ari rückte ihr Haar zurecht. Sie sah elegant aus in ihrem beigefarbenen Kostüm. Sie drehte sich um und lächelte ihn an. »Komm vorbei, wenn du willst. Du kannst heute abend nach Hause gehen. Vielleicht machen wir's noch mal, wer weiß? Vielleicht kannst du's deinem Vater erzählen, und er sorgt dafür, daß es vorbeigeht, hmmm? Erzähl ihm, was du willst. Natürlich hatte ich einen Recorder laufen. Es gibt eine Menge Beweismittel, wenn er zum Amt gehen will.«

Er fühlte sich durch und durch kalt. Er versuchte es nicht zu zeigen. Er starrte sie mit zusammengebissenen Zähnen an, während sie lächelte und zur Tür hinausging. Und für lange Zeit lag er dort, kalt wie ein Stück Eis, Übelkeit im Magen und Pfeile von Kopfschmerzen, die seine Schädeldecke bis zu seinem Genick durchschlugen. Seine Haut fühlte sich überempfindlich an, an manchen Stellen auch wund. Er hatte blaue Flecken am Arm, die Abdrücke von Fingern.

Florian …

Ein Flashback schoß ihm durch den Kopf, eine Empfindung und ein Bild aus dem Dunkeln, und er barg sein Gesicht in beide Hände und versuchte sie herauszureißen. Ein Band-Flashback. Von einem Tiefenband. Mehr und mehr davon würde ihm wieder ins Bewußtsein dringen. Er wußte nicht, *was* zurückkommen konnte. Aber sie würden kommen, Partikel der Erinnerung, die an die Oberfläche trieben und sich für einen Moment zeigten, ein Aufflackern von Worten, Gefühlen und Visionen, bevor sie sich überschlugen und wieder im Dunkeln versanken, nichts Vollständiges – nur immer mehr von ihnen. Und er konnte nichts dagegen tun.

Er warf die Decken zurück und stieg aus dem Bett, ohne seinen Blick zu schärfen, wenn er seinen eigenen Körper traf. Er wankte ins Bad, drehte die Dusche auf und wusch sich, seifte sich immer wieder ein, rieb sich ab, ohne sich anzusehen, versuchte, nichts zu fühlen, sich an nichts zu erinnern, über nichts nachzudenken. Er rieb sich das Gesicht und das Haar und selbst das Innere seines Mundes mit der parfümierten Seife ab, weil er nicht wußte, ob es sonst etwas gab, was er benutzen konnte; und spuckte und spuckte und würgte von dem scharfen, seifigen Geschmack, aber es machte ihn nicht sauber. Es war ein Geruch, den er als ihren im Gedächtnis hatte. Nun roch *er* danach und schmeckte ihn tief in seinem Rachen.

Und als er sich im warmen Luftstrom des Gebläses in der Duschkabine getrocknet hatte und dann in die kühle Luft hinausgetreten war, kam Florian mit einem gefalteten Stoß seiner Kleider herein.

»Da drin ist Kaffee, Ser, wenn Sie mögen.«

So unbeteiligt, als sei nichts geschehen. Als habe sich nichts davon wirklich ereignet. »Ist hier irgendwo ein Rasierapparat?« fragte er.

»Auf dem Tischchen, Ser.« Florian ging zum verspiegelten Ende des Bades. »Zahnbürste, Kamm, Rasierwasser. Brauchen Sie noch etwas?«

»Nein.« Er hielt seine Stimme gleichmäßig. Er dachte daran, nach Hause zu gehen. Er dachte daran, sich umzubringen. An Messer in der Küche. An Tabletten im Badezimmerschrank. Aber die Untersuchungen danach würden das alles zu einem Politikum machen, und die Politik würde seinen Vater verschlingen. Im selben Moment dachte er an unterbewußte Impulse, die in der letzten Nacht vielleicht in seinem Geist versenkt worden waren, Selbstmordgedanken und Gott weiß was. Jeder irrationale Gedanke war verdächtig. Er konnte ihnen nicht trauen. Eine Reihe von Band-Flashbacks rasten an seinem geistigen Auge vorbei, Empfindungen, erotische Visionen, Landschaften und uralte Kunstwerke …

Dann wirkliche Dinge, die in der Zukunft angesiedelt waren. Bilder von Jordans Gewalttat. Er selbst tot auf dem Boden seiner Küche. Er schuf das Bild neu und versuchte etwas Exotisches daraus zu machen: er selbst, wie er einfach draußen zwischen den Niederschlagstürmen umherging, ein Körper, der einige Stunden später wie ein weißer Fetzen Stoff von einer Luftsuchmannschaft entdeckt wurde ... »Tut mir leid, Ser, sieht so aus, als hätten wir ihn gefunden ...«

Aber das war kein hinreichender Test für irgendeinen vermuteten unterbewußten Impuls, den Ari auf das Band gespielt haben mochte. Wenn ein Geist sich ein Bandstudium einverleibte, nahm er ihn auf. Die Bilder vom Band verblaßten, und das Langzeitgedächtnis verwob sich mit der implantierten Struktur und wuchs auf seine eigene Art immer weiter. Es gab keine verläßliche Methode, einen eingepflanzten Befehl nachzuweisen; aber es konnte ihn auch nichts zum Handeln zwingen, solange er bei Bewußtsein war, es sei denn, es handelte sich um einen passenden Auslöser für eine schon vorhandene Veranlagung. Nur wenn Drogen die Schwelle gesenkt hatten, würde er ohne Widerstand Reize aufnehmen, auf das antworten, was er gefragt wurde, alles tun, was man ihm sagte ...

Alles, was er gefragt wurde, wenn diese Schwelle unter die Ebene der unterbewußten Barrieren seiner Wertordnung und seiner natürlichen Hemmungen abfiel. Ein Psychochirurg, dem man Zeit gab, konnte Antworten finden, die diese Ordnungen und ihren Zusammenhang enthüllten, und dann einfach ein paar Einwände anbringen, die die innere Logik durcheinanderbrachten: anschließend die Ordnung neu aufbauen, indem er eine neue Mikrostruktur schuf und sie nach den Wünschen des Chirurgen verknüpfte ...

All diese Fragen, diese Fragen in den verdammten Psychotests, denen er von Ari unterzogen worden war und die sie als obligatorisch für alle Assistenten im Flügel Eins bezeichnet hatte ... Fragen über seine Arbeit, seine Überzeugungen, seine sexuellen Erfahrungen … die, wie er, Idiot, der er gewesen war, geglaubt hatte, Aris Art waren, ihn zu quälen …

Er zog sich an, ohne in die Spiegel zu sehen. Er rasierte sich, putzte sich die Zähne und kämmte sich. Mit seinem Gesicht war alles in Ordnung, keine Schramme, kein Hinweis darauf, was geschehen war. Es war dasselbe gewöhnliche Gesicht. Jordans Gesicht.

Sie mußte eine echte Befriedigung daraus bezogen haben.

Er lächelte sich selbst an, um festzustellen, ob er sich unter Kontrolle halten konnte. Er konnte es. So viel Rückgrat hatte er, solange er nicht Ari selbst gegenübertreten mußte. Mit einem Azi konnte er zurechtkommen.

Genauer gesagt: Mit *Florian* konnte er zurechtkommen. Er dankte Gott, daß sie Florian mit ihm zurückgelassen hatte, und nicht Catlin, und dann wollte ein wildes Aufwallen an innerer Panik wissen, warum er so reagierte, warum der Gedanke, mit Catlin der Eisigen zu tun zu haben, ihm einen zerrüttenden Schauer durch die Nerven jagte. Angst vor Frauen?

Hast du Angst vor Frauen, Liebling? Du weißt, auf deinen Vater trifft das zu.

Er kämmte sich. Er wollte sich übergeben. Statt dessen lächelte er, eine nochmalige Überprüfung seiner Selbstbeherrschung, und massierte sich vorsichtig die Spannung des Kopfschmerzes aus den kleinen Muskeln um die Augen und entspannte seine verkrampften Schultern. Er ging hinaus und bedachte Florian mit diesem Lächeln.

Er wird ihr berichten. Mit rasenden Kopfschmerzen kann ich nicht denken. Verdammt, er soll ihr doch bloß sagen, ich sei in Ordnung, ich brauche nichts weiter zu tun, als mit unbewegtem Gesicht hier hinauszugehen.

Das Entspannungszimmer, der weiße Teppich, die Gemälde an den Wänden riefen ein kurzes Aufflackern von Erinnerungen an Schmerzen und erotische Empfindungen hervor.

Aber das alles lag hinter ihm. Das war eine Art Panzer. Es

gab nichts mehr, wovor er sich noch fürchten mußte. Er nahm Florian die Tasse ab und nippte daran, was das Beben seiner Hand unterbrach, ein Schauer, in dem eine innere Kühle und ein kalter Zug von der Klimaanlage plötzlich zusammenfielen. »Es ist kalt«, sagte Justin. »Ich glaube, das liegt am Kater.«

»Das tut mir wirklich leid«, erwiderte Florian und begegnete seinem Blick mit der Ruhe eines Azi, bemüht aufrichtig: Zumindest machte er den Eindruck und wahrscheinlich meinte er es wirklich so. Es klang nicht eine Spur von moralischem Getue mit, natürlich außer dem eines Azis, der sich kein ungehobeltes Benehmen gegenüber Bürgern erlauben durfte, die Wege finden mochten, es ihm heimzuzahlen. Florian hatte in diesem Fall wirklich Grund, sich Sorgen zu machen.

... Florian, gestern abend: *Ich möchte dir nicht weh tun. Entspanne dich, entspanne dich ...*

Das Gesicht hatte nichts mit der Seele zu tun. Das Gesicht lächelte die ganze Zeit. »Danke.«

Es war sehr viel leichter, Florian zu quälen. Bei Ari wäre er daran zerbrochen. Letzten Abend war er das. Florian zu sehen, der sich fürchtete ...

... Schmerz und Lust. Berührungspunkte ...

Er lächelte, trank schlückchenweise seinen Kaffee und hatte Spaß an dem, was er mit einem bitteren, gemeinen Vergnügen tat, selbst wenn er über das erschrocken war, was er tat, mit einem von Aris Azis herumzuspielen; und doppelt erschrocken von der Tatsache, daß er Spaß daran hatte. Es war, sagte er sich, nur eine menschliche Regung, eine Rache für seine Erniedrigung. Er hätte gestern dasselbe gedacht, dasselbe getan.

Nur hätte er da nicht gewußt, warum er Spaß daran hatte, oder nicht einmal, *daß* er Spaß daran hatte. Er hätte sich nicht ein Dutzend Möglichkeiten ausgedacht, Florian zum Schwitzen zu bringen, oder mit Vergnügen die Tatsache in Erwägung gezogen, daß er Florian, wenn es ihm gelang, ihn zum Beispiel unten bei den AG-Gehegen, weit weg vom

Haus, unter Umständen, die nicht Aris Schutz einschlossen, in eine peinliche Lage zu bringen, alles mit gleicher Münze heimzahlen konnte – als Azi war Florian auf Dutzende Arten verwundbar, die er sich ausdenken konnte ... sofern Ari nicht zugegen war.

Florian wußte das unzweifelhaft. Und weil Florian zu Ari gehörte, half Ari wahrscheinlich seiner Verwirrung ab, indem sie ihn mit Justin allein ließ. Es paßte mit allem anderen zusammen.

»Es tut mir leid für dich«, sagte Justin, legte ihm eine Hand auf die Schulter und drückte sie fest. Bis es fast schmerzte. »Du hast wirklich keinen angenehmen Posten hier, was? *Magst* du sie?«

... Zuerst mußt du lernen, daß du es überall haben kannst. Und dann – daß es dich an Menschen bindet, die nicht zur Familie gehören, und daß es dein Urteil verfälscht, wenn du dich nicht an die erste Regel erinnerst. Deshalb *werde ich dir einen Gefallen tun, mein Schatz. Du wirst nicht falsch einschätzen, was wir hier tun ...*

Florian starrte ihn nur an, rührte sich nicht. Obwohl der Griff an seiner Schulter zweifellos schmerzte, und obwohl Florian ihn mit einem Achselzucken sprengen konnte. Und ihm vielleicht den Arm brechen obendrein. Diese stoische Ruhe, dachte Justin, war das, was man an diesem Ort von Aris Azi erwarten konnte.

»Was will Ari wirklich von mir?« fragte Justin. »Hast du das verstanden? Soll ich hierbleiben? Oder soll ich nach Hause gehen?«

Als stünden er und Florian auf derselben Stufe. Gemeinsame Verschwörer, beide Azis. Er verabscheute den Gedanken. Aber Florian war in gewisser Hinsicht sein Verbündeter, eine Seite, die er lesen, und ein Objekt, das er benutzen konnte; und er konnte noch immer nicht die Wahrheit in Aris Augen lesen, nicht einmal wenn sie seine Fragen mit aller Nüchternheit beantwortete.

»Sie erwartet, daß Sie heimgehen, Ser.«

»Bekomme ich noch weitere Einladungen?«

»Ich glaube schon«, erwiderte Florian mit höchst beherrschter Stimme.

»Heute abend?«

»Ich weiß es nicht«, sagte Florian. Und fügte hinzu: »Die Sera wird heute nacht wahrscheinlich schlafen.«

Als sei das alles eine lang vertraute Abfolge von Ereignissen.

Ein Anflug von Übelkeit ging durch seinen Magen. Sie waren alle in diesem Netz verstrickt.

Eine Frage der Einstellung, würde Jordan sagen. Alles ist eine Frage der Einstellung. Du kannst alles tun, wenn du die Kontrolle darüber hast. Du mußt wissen, was es dir einbringt, wenn du es tust, das ist alles.

Das Leben war nicht genug, um seine Seele dafür zu verkaufen. Aber Macht … Macht, um seinen Lauf aufzuhalten, um es ihm heimzuzahlen, das war den Handel wert. Die Sicherheit seines Vaters war es wert. Die Hoffnung, eines Tages in einer Position zu sein, um etwas gegen Ariane Emory auszurichten – das war es wert.

»Ich werde nach Hause gehen«, sagte er zu Florian, »etwas gegen meine Kopfschmerzen nehmen, mich erkundigen, ob jemand sich bei mir gemeldet hat, und gleich ins Büro weitergehen. Ich glaube nicht, daß mein Vater mein Apartment angerufen hat.«

»Das kann ich nicht wissen, Ser.«

»Ich dachte, du hältst dich über solche Dinge auf dem laufenden«, bemerkte er sanft und zugleich scharf wie ein frisch geschnittenes Stück Papier. Er stellte die Kaffeetasse ab, rief sich ins Gedächtnis, wo die Tür nach draußen lag, und machte sich auf den Weg durch die Flure, wobei er Florian wie einen wachsamen Schatten hinter sich herzog … Aris Wache, zu höflich, um es zu zeigen, und viel zu besorgt, um ihn unbeaufsichtigt auf diesem Wege durch Aris Apartment gehen zu lassen.

Einen halben Herzschlag lang dachte er schon an die Sicherheit seiner eigenen Zimmer oben und rechnete damit, Grant würde dort sein, um sich ihm anzuvertrauen, damit sie beide sich etwas ausdenken konnten – es war eine lebenslange Angewohnheit, eine stupide Art von Reflex, der plötzlich an einem Magen zerrte, der schwer geschädigt war von zu wenig Nahrung, zu vielen Drinks, zu vielen Drogen, zu vielen Schocks. Justin ging mit Schwindel im Kopf und aschfarbenem Gesicht hinaus und hielt sich trotzdem am Laufen, erinnerte sich an den Weg von hier aus, daß er durch einen Flur führte, der mit zerbrechlichen Tischchen und noch zerbrechlicherer Keramik geschmückt war.

Dann ein dreifach überspannter Bogengang mit rechteckigen Travertinsäulen. Und das Empfangszimmer, von dem Catlin gesagt hatte, daß es nur der Repräsentation diente. Er dachte an die Warnung vor den Teppichen und dem Boden, brachte die Travertinstufen hinter sich und ging über die leichte Steigung des Zimmers zur Tür.

Er langte ans Türschloß, um sich selbst zu öffnen, Florian kam allerdings seiner Hand zuvor und drückte die Klinke hinunter. »Seien Sie vorsichtig, Ser«, sagte er. Und meinte damit mehr, davon war Justin überzeugt, als den Weg nach Hause.

Er dachte an den Neunjährigen. Und an die Azis, die Ariane hatte umbringen lassen. An die Verletzlichkeit, die jedem Azi eigen war, selbst Grant. Und erkannte die von Florian – der nie eine Chance gehabt hatte seit dem Tag, an dem er geschaffen worden war, und der sich, ausgenommen seine dunkle Seite, sanft und aufrichtig wie ein Heiliger verhielt, weil man ihn so gemacht hatte und die Bänder diese Eigenschaften konservierten, ungeachtet all dessen, wozu Ari ihn sonst benutzte.

Es war dieses Rätsel, das ihn zur Tür hinaus und durch den Flur beharrlich verfolgte, in der Verwirrung benebelnder Schwäche und Visionen, die beide Teil des Alptraums waren, der seine Sinne überwältigte – und physische Erschöpfung.

Ari hatte Florian entworfen – in seinen beiden Aspekten, mit all seinen Fähigkeiten – der dunklen und der hellen Seite. Sie hatte ihn vielleicht nicht zuerst geschaffen, aber sie überwachte ihn in Übereinstimmung mit den Originalentwürfen … aus ihrer Jugend.

Um ein Opfer zu haben? fragte er sich. War es nur das?

Als Versuchsobjekt – für ein laufendes Projekt?

Berührungspunkte, sprudelte die Antwort an die Oberfläche seines Bewußtseins und tauchte wieder unter, alptraumhaft wie der Leichnam eines Ertrunkenen. *Ein Überschneiden der Linien.*

Die Wahrheit liegt in den Berührungspunkten der Extreme.

Gegensätze sind aufeinander angewiesen.

Lust und Schmerz, mein Schatz.

Alles oszilliert … andernfalls gäbe es nichts. Alles kann in einen anderen Zustand versetzt werden, sonst könnte es sich überhaupt nicht verändern. Schiffe bewegen sich nach diesem Prinzip fort. Die Sterne brennen aus. Spezies entwickeln sich.

Er erreichte den Aufzug. Er schleppte sich hinein und lehnte sich gegen die Wand, bis die Tür sich öffnete. Er ging in einen schwankenden Flur, behielt bis zu seinem Apartment das Gleichgewicht und schaffte es, den Schlüssel zu benutzen.

»Kein Zutritt seit dem letzten Gebrauch dieses Schlüssels.«

Ich kann mich nicht darauf verlassen, dachte er mit benebeltem Hirn, in einer plötzlichen Schwäche, die das Sofa sehr weit entfernt und nichts sicher erscheinen ließ. *Ich kann mich auf überhaupt nichts verlassen. Sie kann alles manipulieren, selbst die Sicherheitssysteme. Vielleicht hat sie die Wohnung verwanzt, während ich draußen war. Sie würde so etwas tun. Und woher soll ich wissen, ob der Automatische Haushälter mitbekommen kann, woran sie herumpfuscht. Hängt vom Stand der Technik ab. Teures Zeug. Geheimer Kram. Sie könnte drankommen.*

Vielleicht kann's Jordan auch.

Er erreichte das Sofa und setzte sich, legte sich zurück und schloß die Augen.

Was ist, wenn ich nicht allein bin?

Aris Stimme, sanft und widerwärtig:

Ich habe die Handlungen deines Vaters geplant. Jede von ihnen.

Auch wenn ich die Mikrostrukturen nicht vorhersagen konnte. Mikrostrukturen sind nicht so wichtig.

Ein Aphorismus der Band-Designer: Die Makrostruktur bestimmt die Mikrostruktur. Nach dem Werte-Rahmen richtet sich alles.

Ich habe selbst dich geplant, mein Liebling. Ich habe ihm die Idee eingeimpft. Jordan hat diesen schrecklichen Drang nach Gesellschaft. Lüge ich etwa? Du verdankst mir deine Existenz.

Für die Dauer eines Herzschlags stellte er sich vor, Grant würde aus dem Nebenzimmer hereinkommen, Grant würde ihn fragen, was los sei, Grant würde ihm helfen, aus dem Labyrinth zu finden, in dem er sich verlaufen hatte. Grant hatte Erfahrung mit Tiefenbändern. Weiß Gott!

Aber es war nur ein Geist. Eine Gewohnheit, gegen die man schwer ankam.

Und natürlich habe ich auch Grant geplant. Schließlich habe ich ihn gemacht.

Er mußte ins Labor. Er mußte der Isolation entrinnen, in der die Bandstrukturen sich eingraben und ausbreiten konnten, bevor er mit ihnen fertig werden konnte. Er mußte sich mit Routineangelegenheiten beschäftigen, die seinen Geist beanspruchten, seinen Geist ausruhen und die Dinge langsam aussortieren lassen.

Wenn der Körper nur ein bißchen schlafen könnte.

»Hat jemand angerufen?« brachte er hervor, als ihm einfiel, daß er unbedingt wissen mußte, ob Jordan sich gemeldet hatte. Oder sonst jemand.

Es waren durchgehend Kleinigkeiten. Gutachter aus dem Flügel. Von der Administration. Eine Mitteilung über eine Rüge wegen des unerlaubten Eindringens. Er nickte mittendrin ein, wachte mit einem Schreck auf und klammerte sich dabei an das Sofa, während der erotische Flashback in einem blitzartig aufflackernden Bild verging, das ihn in nächster Zukunft zeigte, wenn er lange Ärmel und hohe Kragen würde tragen und etwas Milderer auf die Quetschungen geben mußte: Er konnte Jordan mit der Behauptung hinhalten, daß Ari ihn im Labor für einen Sonderdienst eingeteilt hatte, was logisch klang, weil Ari nach dem, was er Jordan gesagt hatte, keinen Grund hatte, ihm wohlgesonnen zu sein. Er konnte Jordan auf keinen Fall unmittelbar gegenübertreten, solange er sich nicht besser unter Kontrolle hatte.

Einen Herzschlag später, als der Automatische Haushälter seinen nur mit einem Ohr angehörten Bericht mit einem Knacken beendete, bemerkte Justin, daß er mit dem Abhören nicht nachgekommen war und es vor zwei Tagen versäumt hatte, sich um die Wiedergabe- und Löschfunktion des Automatischen Haushälters bei Anrufen zu kümmern.

IX

Grant konnte das Flugzeug sehen, lang bevor sie den Streifen erreichten – es wies nicht die glatte Eleganz einer Maschine der *Reseuneair* auf, wie sehr man seine Phantasie auch anstrengte, sondern war bloß ein Frachtflugzeug mit abgedeckten Fenstern. Der Wagen hielt an einer Stelle, wo Leute warteten.

»Dort«, sagte der Fahrer, so ziemlich das einzige Wort, das er während der ganzen Fahrt von sich gegeben hatte, und deutete auf die Leute, denen er sich anschließen sollte.

»Danke«, murmelte Grant abwesend und öffnete die Tür neben sich, um auszusteigen, nahm seinen Essensbeutel mit und ging hinauf zu denen, die völlig Fremde für ihn waren.

Gott sei Dank befanden sich nicht nur Fremde unter ihnen. Hensen Kluger selbst war dort, und das Reden blieb ihm überlassen. »Das ist Grant. Grant, diese Leute werden dich von hier fortbringen.« Kruger streckte die Hand aus, und er sollte sie schütteln, was er von anderen Leuten nicht gewöhnt war: Er kam sich unbeholfen dabei vor. Bei all dem kam er sich unbeholfen vor. Einer der Männer stellte sich als Winfield vor; die Frau in der Gruppe, die Pilotin, vermutete Justin, die einen Overall, der keinerlei Abzeichen oder Kompanienamen trug, stellte er als Kenney vor; und es gehörten noch zwei weitere Männer dazu, Rentz und Jeffrey, aber ob das Vor- oder Nachnamen oder Azi-Namen waren, konnte er nicht mit Sicherheit sagen. »Gehen wir«, sagte Kenney. Alles an ihr verriet Nervosität: ihr unsteter Blick, die Steifheit ihrer Bewegungen, als sie sich die Hände an dem ölverschmierten Overall abwischte. »Los, machen wir uns auf den Weg, hm?«

Die Männer tauschten Blicke, die kleine Blitze durch Grants angespannte Nerven schickten. Er blickte vom einen zum anderen und versuchte herauszufinden, ob er der Gegenstand der Meinungsverschiedenheit war. Mit Fremden zu streiten, war schwierig für ihn: Justin hielt ihm immer Probleme vom Leibe. Erkannte seinen Platz in der Welt, der darin seinen Ausdruck fand, sich mit dem zu befassen, was sein Vorgesetzter von ihm verlangte. Und Justin hatte ihm gesagt, er solle sich dagegen wehren.

»Fliegen wir zu Merild?« fragte er, weil er diesen Namen noch nicht gehört hatte, und er war entschlossen, nirgendwohin zu fliegen, bevor er ihn nicht gehört hatte.

»Wir fliegen zu Merild«, bestätigte Winfield. »Kommen Sie, steigen Sie ein! – Hensen ...«

»Kein Problem. Ich werde mich später mit euch in Verbindung setzen. In Ordnung?«

Grant zögerte, sah Kruger an und begriff, daß Dinge vor sich gingen, die er nicht verstand. Aber er wußte soviel, dachte er, wie sie ihm sagen würden; und er ging die restlichen Stufen zum Jet hinauf.

Er trug keine Kompanie-Kennzeichen, nur eine Seriennummer. A7998. Ein weißes Flugzeug, von dem da und dort der Lack abgeblättert war und an dessen Unterseite rote Schlammflecken klebten. Gefährlich, dachte Grant. Schäumen sie's hier unten nicht ab? Wo sind die Leute für die Dekontamination? Er stieg hinauf in den kahlen Innenraum, am Cockpit vorbei, und sah unsicher zurück zu Jeffrey und Rentz, die ihm folgten, ein Stück vor Winfield.

Die Tür hob sich quietschend, und Winfield schloß sie. An der Wand befanden sich Klappsitze. Jeffrey nahm ihn am

Arm, drückte einen Sitz hinunter und half Grant, sich anzuschnallen. »Bleiben Sie einfach da sitzen«, sagte Jeffrey.

Er gehorchte, und sein Herz schlug heftig, als das Flugzeug ins Rollen kam und in den Himmel aufstieg. Er war nicht ans Fliegen gewöhnt. Er wandte sich um und hob einen Fensterschirm, um hinauszusehen. Es war das einzige Licht. Er sah die Niederschlagstürme, die Klippen und die Kais unter sich hinweghuschen, als die Maschine auf ihre Höhe kam.

»Lassen Sie das unten«, bat Winfield.

»Entschuldigung«, sagte er und zog den Schirm wieder herunter. Es ärgerte ihn: Er wollte unbedingt hinaussehen. Aber dies waren keine Leute, mit denen man sich stritt, das merkte er ihrem Tonfall an. Er öffnete den Beutel, den die Krugers für ihn vorbereitet hatten, sah nach, was er zum Frühstück hatte, und dachte dann, daß es rücksichtslos sei, zu essen, wenn niemand sonst etwas hatte. Er faltete ihn wieder zu, bis er sah, wie einer von ihnen, Rentz, aufstand, nach hinten ging und mit ein paar Getränkedosen zurückkam. Eine bot Rentz ihm an, was die erste freundliche Geste war, die einer der Leute ihm gegenüber gezeigt hatte.

»Danke«, sagte er, »sie haben mir eine mitgegeben.«

Unter diesen Umständen, dachte er, sei wohl nichts dagegen einzuwenden, wenn er etwas aß. Er war am Abend zuvor so erschöpft gewesen, daß er von der Abendmahlzeit nur ein paar Häppchen gegessen hatte, und der salzige Fisch, das Brot und das alkoholfreie Getränk, die die Krugers ihm mitgegeben hatten, waren willkommen, selbst wenn ihm Kaffee lieber gewesen wäre.

Der Jet brauste dahin, und die Männer genossen ihre alkoholfreien Drinks und sahen gelegentlich unter den Schirmen hinaus, meistens auf der rechten Seite des Flugzeugs. Manchmal redete die Pilotin mit ihnen, Geplapper aus der Gegensprechanlage. Grant aß seinen Fisch und sein Brot auf und trank aus und erfuhr, daß sie siebentausend Meter Höhe erreicht hatten; dann zehntausend.

»Ser«, hatte jemand an diesem Morgen gesagt, als die Tür zu seinem Zimmer in Krugers Haus sich öffnete, und Grant war erschrocken aufgewacht, verwirrt von seiner Umgebung und dem Fremden, der ihn angesprochen und *ihn* Ser genannt hatte. Er hatte kaum geschlafen und war schließlich eingenickt, um benebelt aufzuwachen und nicht sicher zu sein, wie spät es sein mochte und ob etwas schiefgegangen war.

Sie hatten ihm am Abend seine Karte abgenommen, als die Nachtwache ihn von den Kais und Lagerhäusern auf den Hügel gebracht hatte, ins Haus selbst. Hensen Kruger hatte sie sich persönlich angesehen und sie irgendwohin mitgenommen, wohl um ihre Gültigkeit zu überprüfen, wie Grant geglaubt hatte; und er hatte Angst gehabt: Diese Karte war seine Identität. Wenn irgend etwas mit ihr passierte, würde es eine Gewebeuntersuchung erfordern, um zu beweisen, wer er war, selbst wenn es tatsächlich nur einen von seiner Sorte gab, wovon er, trotz Jordans Versicherungen, nie ganz überzeugt gewesen war.

Aber die Karte war mit dem Stapel von Kleidungsstücken und Handtüchern wieder aufgetaucht, den der Mann auf den Stuhl neben der Tür gelegt hatte. Der Mann hatte ihm gesagt, er solle sich duschen, ein Flugzeug sei gelandet und ein Wagen würde ihn abholen.

Grant hatte sich daraufhin beeilt, war immer noch benommen und mit verschwommenem Blick aus dem Bett gerollt und ins Bad gewankt, hatte sich das Gesicht mit kaltem Wasser abgerieben und in Augen gesehen, die Schlaf brauchten, während ihm das kastanienbraune Haar wirr vom Kopf abstand.

Mein Gott. Er wollte unbedingt einen guten Eindruck machen, geistig gesund und vernünftig wirken, und nicht so, wie Reseune ihn diesen Leuten vielleicht in einem Bericht dargestellt hatte als einen Alpha, der schizoid geworden und möglicherweise gefährlich war.

Er konnte wieder in Reseune landen, wenn sie das dachten. Sie würden sich nicht einmal um die Polizei kümmern;

und Ari hatte es mit einem solchen Schritt vielleicht schon versucht; Justin mußte Ari inzwischen Rede und Antwort gestanden haben – Grant hatte keine Ahnung, wie er es tun würde. Er versuchte nicht darüber nachzudenken, so wie er die ganze Nacht versucht hatte, die Gedanken aus seinem Hirn zu verbannen, während er dalag und den Geräuschen des fremden Hauses lauschte – Türen, die sich öffneten und schlossen, in Betrieb befindliche Heizkörper und Pumpen, Fahrzeuge, die im Dunkeln eintrafen und abfuhren.

Er hatte sich in aller Eile geduscht, die Kleidungsstücke angezogen, die sie ihm hingelegt hatten, ein Hemd, das paßte, eine Hose, die etwas zu groß oder falsch geschnitten war oder mit der sonst etwas nicht stimmte, sein Haar sorgfältig gekämmt und ein zweites Mal seinen Anblick im Spiegel überprüft, ehe er die Treppe hinuntergelaufen war.

»Guten Morgen«, hatte einer aus dem Haushalt, ein junger Mann, zu ihm gesagt. »Ihr Frühstück steht auf dem Tisch da vorn. Sie sind unterwegs. Nehmen Sie's einfach mit, und beeilen Sie sich!«

Er war erschrocken ohne einen besonderen Grund, außer daß er zur Eile angetrieben wurde, außer daß sein Leben sorgfältig geordnet gewesen war und er immer gewußt hatte, wer ihn verletzen und wer ihm helfen würde. Nun, da Justin ihm gesagt hatte, daß er frei und sicher sei, hatte er keine Ahnung, wie er sich verteidigen sollte, außer alles zu tun, was sie ihm auftrugen. Wie es einem Azi zukam. Ja, Ser.

Er ließ das Kinn auf die Brust sacken, während das Flugzeug weitersummte, und schloß schließlich die Augen, weil er erschöpft war und es nichts zu sehen gab außer die kahle Ladefläche, die geschlossenen Fenster und die mürrischen Männer, die mit ihm flogen; wenn er einfach nichts zu ihnen sagte, dachte er, würde die Reise vielleicht problemloser verlaufen, und er würde in Novgorod aufwachen, um Merild zu treffen, der sich um ihn kümmern würde.

Er wachte auf, als er spürte, daß die Flughöhe der Maschine sich änderte, und hörte einen Unterschied im

Geräusch der Triebwerke. Und geriet in Panik, weil er wußte, daß es bis Novgorod drei Stunden dauern sollte, und er war sicher, daß seit dem Start soviel Zeit noch nicht vergangen war. »Landen wir?« fragte er. »Stimmt etwas nicht?«

»Alles bestens«, sagte Winfield; und: »Lassen Sie das!«, als er zum Fensterschirm langte, weil er annahm, daß es gewiß keinen Unterschied mache. Aber offensichtlich machte es das schon.

Das Flugzeug schlingerte auf dem Weg nach unten, setzte auf dem Asphalt auf, bremste ab und holperte und rollte, wie er vermutete, zum Novgorod-Terminal aus. Es hielt, und alle standen auf, während die Dichtungen der Tür sich öffneten und die Hydraulik die Leiter auszufahren begann; auch er stand auf, nahm den prallvollen Papierbeutel mit – er war entschlossen, ihnen keine Gelegenheit zu geben, sich über sein Benehmen zu beklagen – und wartete darauf, daß Winfield ihn am Arm nahm.

Draußen befanden sich keine großen Gebäude. Nur Felsen und eine verwahrlost aussehende Ansammlung von Hangars; und die Luft roch rauh und trocken. Ein Bus fuhr bis vor den Fuß der Leiter hinauf.

»Wo sind wir?« fragte Grant am Rande der Panik. »Sind wir hier bei Merild?«

»Es ist alles in Ordnung. Kommen Sie!«

Er erstarrte einen Moment. Er konnte sich weigern, zu gehen. Er konnte kämpfen. Und dann gäbe es nichts mehr, was er tun konnte, weil er keine Ahnung hatte, wo er sich befand oder wie man ein Flugzeug steuerte, sollte er es an sich bringen können. Der Bus da unten – er mochte ihm für ein Entkommen von Nutzen sein; aber er wußte überhaupt nicht, wo, in aller Welt, er war, und wenn ihm im öden Hinterland der Treibstoff ausging, wäre er tot, das war alles. Das Hinterland erstreckte sich ringsum: Er konnte das Gelände jenseits der Gebäude sehen.

Er konnte hoffen, ein Telephon zu finden, wenn sie den Eindruck gewannen, er sei willfährig genug, um ihm den

Rücken zuzukehren. Er hatte Merilds Nummer im Gedächtnis behalten. All das dachte er in den Sekunden, nachdem er gesehen hatte, wo er war, bis er spürte, daß Winfield ihn am Arm nahm.

»Ja, Ser«, sagte er unterwürfig und ging die Stufen hinunter, die er hinuntergehen sollte – und die noch immer zu Merild führen mochten. Er hoffte noch immer, daß sie die Wahrheit sagten. Aber er glaubte nicht mehr daran.

Winfield führte ihn zum wartenden Bus hinunter und öffnete die Tür, um ihn hineinzuschieben, bevor er selbst mit Jeffrey und Rentz einstieg. Der Bus verfügte über sieben Sitze, eine Reihe an jedem Fenster und eine quer hinten; Grant nahm den ersten, und Winfield setzte sich neben ihn, während das andere Paar die Plätze hinter ihnen einnahm.

Er betrachtete prüfend die Fenster und Türen: sorgfältig luftdicht gefertigt. Ein Fahrzeug fürs Hinterland.

Er verschränkte die Hände im Schoß, saß ruhig da und sah zu, wie der Fahrer den Anlasser betätigte und der Bus über den Asphalt davonsauste, nicht in Richtung der Gebäude, sondern in Richtung einer Grenzstraße, wahrscheinlich derjenigen, die sie benutzten, um zu den Niederschlagstürmen zu gelangen. Wenig später fuhren sie über Dreck, und noch etwas später fuhren sie bergan, vom Tiefland zu den Höhen jenseits des Territoriums, das von den Türmen versorgt wurde.

Wildes Land.

Vielleicht würde er sterben, nachdem sie seinen Geist bis auf das auseinandergenommen hatten, was er wußte. Vielleicht arbeiteten sie für Ari; aber das war für Reseunes Verhältnisse eine sehr seltsame Art, Probleme anzugehen, wenn sie ihn einfach nach Reseune zurückbringen konnten, ohne daß Jordan oder Justin es erfuhren, ohne weiteres wie eines der regulären Frachtflugzeuge landen und ihn in einem Bus in eins der abgelegenen Gebäude schicken, wo sie mit ihm tun konnten, was immer sie mochten, bis sie zuzugeben bereit waren (wenn überhaupt), daß sie ihn hatten.

Vielleicht waren sie, was viel wahrscheinlicher war, Aris

Feinde, und in diesem Fall wäre es ihnen möglicherweise nicht recht, wenn er überlebte, um gegen sie auszusagen.

Was immer passiert war, Kruger war ohne Frage darin verwickelt, und es konnte sogar eine Geldsache sein ... vielleicht war alles, was die Gerüchte über Krugers humane Gesinnung behaupteten, eine Lüge. Reseune strotzte vor Lügen. Vielleicht ging es um etwas, was Ari selbst unterstützte. Vielleicht hatte Kruger alle genarrt und war mit einem kleinen Nebenerwerb beschäftigt, mit gefälschten Verträgen, wann immer sich ein vielversprechender Kunde auftat. Möglicherweise sollte Grant an irgendeine Bergbausiedlung im Hinterland verkauft werden, oder, mein Gott, an einen Ort, wo sie versuchen konnten, seine Ausbildung zu revidieren. *Versuchen.* Mit jedem, der anfing, an den Bandstrukturen auf einer bestimmten Ebene herumzupfuschen, konnte er fertig werden. Auf anderen Ebenen ...

... war er sich nicht sicher.

Er hatte vier Begleiter, den Fahrer mitgerechnet, und Männer wie sie mochten durchaus bewaffnet sein. Die Dichtungen des Busses garantierten ihr Überleben.

Er verklammerte seine Hände und versuchte verzweifelt, die Sache zu durchdenken. Ein Telephon war seine größte Hoffnung. Vielleicht den Bus stehlen, wenn sie ihm einmal vertrauten, wenn er erst wußte, wo sich die Zivilisation befand und ob der Bus genug Treibstoff in den Tanks hatte, um dorthin zu gelangen. Es konnte Tage dauern, bis er eine Chance bekam. Wochen.

»Ich glaube, Sie wissen inzwischen«, erklärte Winfield schließlich, »daß Sie eigentlich nicht hierher gebracht werden sollten.«

»Ja, Ser.«

»Wir sind Freunde. Das sollten Sie glauben.«

»Wessen Freunde?«

Winfield legte eine Hand auf seinen Arm. »Ihre Freunde.«

»Ja, Ser.« Allem zustimmen. Ganz entgegenkommend sein. *Ja, Ser. Was immer Sie wollen, Ser.*

»Sind Sie durcheinander?«

Wie ein verdammter Feldaufseher, der mit irgendeinem Arbeiter der My-Klasse redete. Der Mann glaubte wirklich, er wüßte, was er tat. Das war einerseits eine gute und andererseits eine schlechte Nachricht … das hing davon ab, für wie qualifiziert sich dieser Idiot im Umgang mit Bändern und Drogen hielt. Winfield hatte ihn bisher schlecht geführt. Grant überließ sich nicht seinen Instinkten, ganz einfach weil er vermutete, daß sie ihm in dieser Situation nichts einbrachten, und weil es sehr viel mehr einbrachte, sich weiterhin zu ducken … weil er annahm, daß seine Führer nicht blöde waren, aber einfach zu ignorant, um zu erkennen, daß die Alpha-Klassifizierung auf seiner Karte bedeutete, daß er keine Hemmungen von der Art haben konnte, wie geborene Menschen sie von Azis gewöhnt waren. Sie hätten ihn unter Drogen setzen und in Gewahrsam transportieren müssen.

Natürlich hatte er nicht vor, ihnen das zu sagen.

»Ja, Ser«, antwortete er mit der atemlosen Ängstlichkeit eines Theta.

Winfield tätschelte seinen Arm. »Es ist alles in Ordnung. Sie sind ein freier Mann. Sie werden es sein.«

Er blinzelte. Das erforderte keine Schauspielerei. Die Phrase ›freier Mann‹ fügte der Gleichung ein paar neue Größen hinzu; und ihm gefiel keine davon.

»Wir fahren ein Stück die Berge hinauf. Ein sicherer Ort. Ihnen wird es an nichts mangeln. Wir werden Ihnen eine neue Karte geben. Wir werden Ihnen beibringen, wie man in der Stadt zurechtkommt.«

Wir werden Ihnen beibringen … Die Ausbildung revidieren. Mein Gott, in was bin ich da hineingeraten?

Ist es irgendwie möglich, daß es das ist, was Justin sich vorgestellt hat?

Er fürchtete sich plötzlich, auf eine Art, die vom Rest dieser Männer niemand wahrgenommen hatte … daß er es eben nicht durchschaut hatte, daß Widerstand gegen diese Leute etwas verderben mochte, was Justin arrangiert hatte …

... oder Jordan, wenn er etwas darüber herausfand, zum Eingreifen veranlassen konnte ...

Vielleicht waren sie wirklich das, was seine einzigen Freunde auf der Welt für ihn vorgesehen hatten, vielleicht waren wirklich sie es, die ihn in die wahre Freiheit brachten. Aber eine Revidierung der Ausbildung, wenn es das war, was sie im Sinn hatten, würde in all seine Psychosets eingreifen und sie durcheinanderbringen. Er hatte nicht viel auf der Welt. Ihm gehörte nichts, nicht einmal seine eigene Person und die Gedanken, die ihm durchs Hirn gingen. Seine Loyalitäten waren Azi-Loyalitäten, das wußte und akzeptierte er, und es machte ihm nichts aus, daß er sie sich nicht hatte aussuchen können: Sie waren real und sie waren alles, was er war.

Diese Leute redeten über Freiheit. Und darüber, ihm etwas beizubringen. Und vielleicht wollten die Warricks, daß dies mit ihm geschah, und er mußte es akzeptieren, selbst wenn es ihm alles fortnahm und eine kalte *Freiheit* zurückließ, wo eine Heimat gewesen war. Weil die Warricks es sich nicht mehr leisten konnten, ihn in ihrer Nähe zu haben, weil es für alle Beteiligten zu gefährlich war, ihn zu lieben. Das Leben schien mit Widersprüchen überhäuft zu sein.

Mein Gott, jetzt wußte er nichts, er wußte nicht, wer ihn hatte oder was er tun sollte.

Sie darum bitten, das Telephon benutzen zu dürfen und Merild eine Mitteilung zukommen lassen, um ihn zu fragen, ob all dies in Ordnung war?

Aber wenn sie nicht mit Merild zusammenarbeiteten, würde ihnen das einen Wink geben, daß er nicht der umgängliche Typ war, für den sie ihn hielten. Und wenn sie einer anderen Seite angehörten, wenn dies nicht das Werk der Warricks war, würden sie wissen, daß er überhaupt keine Chance hatte.

Also betrachtete er die Landschaft, die an den Fenstern vorbeiraste, und duldete Winfields Hand auf seinem Arm, während sein Herz so heftig schlug, daß es schmerzte.

X

Es war surreal, wie der Tag in seine gewohnte Ordnung verfiel, eine Trägheit in den Vorgängen in Reseune, die sich nicht abschütteln ließ, ganz gleich, was passierte, ganz gleich, ob sein Körper geschwunden war und die allerletzten belanglosen Dinge als Band-Flashbacks auftauchten, die Stunde um Stunde eine immer profanere und friedlichere Daseinsebene einnahmen – *natürlich* war es ein solches Gefühl, natürlich hatten Menschen vom Anbeginn der Zeit an mit wechselnden Partnern Geschlechtsverkehr gehabt, mit Sex für ihre Sicherheit bezahlt, so war die Welt, das war alles, und er war kein kleines Kind, um davon geschafft zu werden – es war mehr der Kater, der ihn benommen gemacht hatte, und jetzt hatte er eine Erfahrung hinter sich, auf die er lieber verzichtet hätte, er lebte noch immer, Grant war unten am Fluß in Sicherheit, Jordan ging's gut; und er wußte jetzt, daß Ari Emory mehr im Sinn hatte als …

Rüttle das Kind wach, spiel mit seiner Seele, mach weiter, bis es daran kaputtgeht!

Du wolltest Grant freibekommen, Junge, dann kannst du auch an seine Stelle treten, oder?

… das Apartment verlassen, sich im Büro melden, vertraute Menschen anlächeln und ringsum den betriebsamen Lärm hören, den er gestern auch gehört hatte, den man jeden Tag im Flügel Eins hörte – Jane Strassen, die auf ihre Assistenten fluchte und wegen irgendeiner Pfuscherei bei einer Geräteresparatur für Aufsehen sorgte; Yanni Schwartz, der sie zu beschwichtigen versuchte, das gedämpfte Gemurmel eines Streits, das durch den Flur klang. Justin blieb an seiner Tastatur sitzen und vertiefte sich in eine Routinearbeit, ein Problem in einer Band-Struktur, vor das Ari ihn vor einer Woche gestellt hatte, kompliziert genug, um seinen Geist damit beschäftigt zu halten, eifrig Verbindungen nachzuspüren.

Er ging sorgfältig vor. Es gab Dinge, auf die AI-Prüfer

vielleicht nicht stießen. Zwischen seinen Bemühungen und einer Azi-Versuchsperson standen einige hochrangige Designer, und es waren Fallenprogramme entworfen worden, um ungewollte Verknüpfungen in einem jeweiligen Psychoset ausfindig zu machen, aber es ging nicht um typische Ausbildungsbänder: Es ging um Tiefenbänder, besonders um eines, das Psychochirurgen benutzen würden, um bestimmte KU-89-Subsets für beschränkte Verwaltungsaufgaben zu präparieren.

Ein Fehler, der den Hauptdesignern unterlief, konnte teuer werden – konnte den KU-89ern und den Azis, die sie verwalten sollten, schweren Schaden zufügen; konnte einen Abbruch verursachen, wenn es wirklich schiefging – es war der Alptraum eines jeden Designers, einen Fehler einzubauen, der wochen- und jahrelang in einem lebenden Intellekt unbemerkt Amok lief, bis er ein immer verrückteres Logik-Set generierte und auf einen völlig unlogischen Impuls hin an die Oberfläche durchbrach.

Es machte ein Buch die Runde, ein Science Fiction-Thriller mit dem Titel *Fehlermeldung*, über das Giraud Nye sich aufgeregt hatte: Ein Unternehmen, in dem nicht sonderlich schwer Reseune zu erkennen ist, bringt ein Unterhaltungsband mit einem Virusprogramm auf den Markt, und die Zivilisation bricht zusammen. Ein Exemplar davon stand in der Bibliothek, nur für ZIVs ausleihbar, und es gab eine lange Warteliste; und er und Grant hatten es beide gelesen. Wie die meisten Haus-Azis, außer die von Nye, darauf konnte man wetten.

Und er und Grant hatten versucht, selbst ein Virusprogramm zu entwerfen, nur um zu sehen, was daraus wurde. – »He«, hatte Grant gesagt, als er auf dem Boden auf seinen Fersen hockte und logische Diagramme zu zeichnen anfing, »wir haben doch ein Alpha-Set, das wir benutzen können, zum Teufel mit den Rho-Sets.«

Es hatte ihn erschreckt. In diesem Moment war es kein Spaß mehr. »Daran darfst du nicht einmal denken«, hatte er gesagt, denn wenn es tatsächlich so etwas wie ein Virusprogramm gab und sie an einem arbeiteten, das funktionieren würde, dann konnte selbst das *Nachdenken* darüber gefährlich sein; und es war Grants eigenes Set, das Grant meinte. Er besaß alle Informationen über sich selbst.

Grant hatte gelacht, mit diesem tückischen Grinsen unter herabgezogenen Brauen, das er immer aufsetzte, wenn er seinen Nutzen für ZIVs herausgestellt hatte.

»Ich glaube nicht, daß wir das tun sollten«, hatte Justin beharrt und das Notizbuch an sich genommen. »Ich glaube, wir sollten damit nicht herumpfuschen.«

»He, sowas kann doch gar nicht funktionieren.«

»Darauf möchte ich es nicht ankommen lassen.« Es war schwer, für den Augenblick die Autorität zu sein, gegenüber Grant seinen ZIV-Rang einzunehmen und ihn so zu behandeln. Es tat weh. Er fühlte sich schrecklich mies dabei. Plötzlich hatte Grant in mürrischem Ernst seine Design-Skizzen zerknüllt, und die Enttäuschung in seinen Augen war Justin wie ein Stich ins Innere gegangen.

Bis Grant in dieser Nacht in sein Zimmer gekommen war und ihn aus einem tiefen Schlaf aufgeweckt hatte, um zu erklären, daß er sich ein Virusprogramm ausgedacht hatte und daß es funktionierte – worauf Grant in ein irres Gelächter ausgebrochen war, sich im Dunkeln auf ihn gestürzt und ihn zu Tode erschreckt hatte.

»Mach das Licht an!« hatte er dem Automatischen Haushälter zugerufen, und Grant war vor Lachen auf dem Boden zusammengebrochen.

So war Grant nun einmal, einfach zu widerstandsfähig, um etwas zwischen sie kommen zu lassen. Und er wußte verdammt gut, was er für seine Ansprüche auf Göttlichkeit verdiente.

Justin saß unbewegt an seiner Tastatur und starrte ins Nichts, im Innern ein dumpfer Schmerz, der sich bloßer Selbstsucht verdankte. Grant war in Sicherheit. Mit ihm war alles in Ordnung.

Die Gegensprechanlage piepste. Er nahm die nötige Willenskraft zusammen, um sich zu melden, und schlug mit der Faust auf den Knopf am Gehäuse. »Ja«, sagte er und erwartete Ari oder Aris Büro.

»Justin.« Es war die Stimme seines Vaters. »Ich möchte mit dir reden. In meinem Büro. Sofort.«

Er wagte keine Frage zu stellen. »Ich komme«, sagte er, unterbrach die Verbindung und machte sich unverzüglich auf den Weg.

Eine Stunde später war er zurück, saß in demselben Stuhl und starrte lange Zeit einen leeren Bildschirm an, bevor er schließlich die Selbstbeherrschung aufbrachte, um das Programm wieder abzurufen.

Der Compiler brachte das Programm zurück und fand die Stelle, an der er gearbeitet hatte. Justin war tausend Kilometer weg, halb betäubt, ein Zustand, in den er sich selbst versetzt hatte, als Jordan ihm erklärte, er sei mit einem Anruf zu Merild durchgekommen, und Merild habe mit einem verwirrten Nein auf eine codierte Anfrage geantwortet.

Merild hatte keine Mitteilung erhalten. Merild hatte überhaupt nichts erhalten, was er als den Gegenstand von Jordans Erkundigung erkannt hätte. Völlige Fehlanzeige.

Vielleicht war es zu früh. Vielleicht gab es irgendeinen Grund dafür, daß die Krugers Grant dabehalten und Merild nicht verständigt hatten. Vielleicht fürchteten sie sich vor Reseune. Oder der Polizei.

Vielleicht war Grant nie dort angekommen.

Es war ein Schock gewesen, als Jordan sich auf die Armlehne des Bürostuhls gesetzt, einen Arm um ihn gelegt und ihm gesagt hatte, er solle jetzt nicht aufgeben. Aber es gab nichts, was sie tun konnten. Keiner von ihnen und niemand, den sie kannten, konnte eine Suche starten, und Jordan konnte Merild nicht in die Sache verwickeln, indem er ihm über das Haustelephon Einzelheiten durchgab. Er hatte die Krugers angerufen und knapp gefragt, ob bald eine Lieferung einträfe. Die Krugers versicherten, sie sei planmäßig losgeschickt worden. Irgend jemand log.

»Ich dachte, wir könnten Merild vertrauen«, war alles, was er zu sagen imstande gewesen war.

»Ich weiß nicht, was da los ist«, hatte Jordan erwidert. »Ich wollte dir nichts davon sagen. Aber wenn Ari etwas davon erfährt, wird sie es dich sofort wissen lassen. Ich dachte mir, es sei besser, wenn ich dich darüber in Kenntnis setze.«

Er hatte sich noch beherrschen können – bis er aufgestanden war und gesagt hatte, er müsse zurück ins Büro, und Jordan ihn umarmte und festhielt. Da war etwas in ihm entzweigebrochen. Aber es war einfach das, was jedem Jungen passiert wäre, der gerade erfahren hatte, daß sein Bruder vielleicht tot war.

Oder in Aris Händen.

Er hatte seine Augen getrocknet, sein Gesicht geglättet. Er war durch den Kontrollpunkt des Sicherheitsdienstes in Aris Flügel zurückgegangen, vorbei am fortdauernden Durcheinander unter Jane Strassens Personal, an Leuten, die eine Lieferung in das Flugzeug draußen zu bekommen versuchten, das sich um Vorräte bemühte, weil Jane so verdammt stur war, daß sie sich weigerte, mit weniger als einer vollen Ladung zu fliegen.

Nun saß er da und starrte auf das vor ihm ausgebreitete Problem, spürte Übelkeit im Magen und haßte Ari, *haßte* sie mehr, als er je geglaubt hatte, jemanden hassen zu können, obwohl er noch nicht wußte, wo sich Grant befand und ob er ihn selbst umgebracht hatte, als er ihn mit diesem Boot losschickte.

Und er konnte Jordan nicht den vollen Umfang dessen erklären, was vor sich ging. Er konnte Jordan keinen Deut erklären, ohne in eine der vielen Fallen zu tappen, die man ihm gestellt hatte.

Er schaltete das Gerät ein zweites Mal ab, ging hinaus und durch den Flur zu Aris Büro, ohne den Lärm im Flur zu beachten. Er trat ein und sah sich Florian gegenüber, der am Empfangstisch saß. »Ich muß sie sprechen«, sagte er. »Sofort.«

Florian hob eine Braue, schien unsicher zu sein, gab dann aber Bescheid.

»Wie geht's uns denn?« fragte Ari ihn; und er zitterte so heftig, als er vor ihrem Schreibtisch stand, daß er kaum reden konnte.

»Wo ist Grant?«

Ari blinzelte. Eine flüchtige, vielleicht aufrichtige Reaktion. »Wo Grant ist? – Setz dich. Wir sollten uns mal der Reihe nach damit befassen.«

Er setzte sich in den Ledersessel an der Ecke ihres Schreibtischs und klammerte seine Hände an die Armlehnen. »Grant ist verschwunden. Wo steckt er?«

Ari atmete einmal langsam und bedächtig durch. Entweder hatte sie ihren Auftritt vorbereitet, oder sie machte sich gar nicht erst die Mühe, Justin etwas vorzuspielen. »Er ist bis zu den Krugers gekommen. Heute morgen ist dort ein Flugzeug gelandet, und er könnte damit weggeflogen sein. Außerdem haben heute morgen zwei Lastkähne abgelegt; vielleicht war er auf einem davon.«

»Wo ist er verdammt noch mal? Wo hast du ihn hingebracht?«

»Junge, ich sehe ja, daß du dir Sorgen machst, aber laß dich deshalb nicht gehen. Du wirst nichts aus mir herausbekommen, indem du herumschreist, und ich wäre wirklich überrascht, wenn du mit Hysterie etwas erreichst. Also reden wir in aller Ruhe darüber, einverstanden?«

»Bitte.«

»Oh, lieber Junge, das ist einfach schrecklich dumm. Du weißt doch, daß ich nicht dein Freund bin.«

»Wo ist er?«

»Beruhige dich. Ich habe ihn nicht. Natürlich bin ich ihm – auf der Spur gewesen. Wo *sollte* er denn sein?«

Er sagte nichts. Er saß da und versuchte seine Fassung zurückzugewinnen, während er den Abgrund vor sich sah.

»Ich kann dir überhaupt nicht helfen, wenn du mir keinen Hinweis gibst, mit dem ich etwas anfangen kann.«

»Natürlich kannst du mir helfen, wenn du willst. Du weißt verdammt gut, wo er ist!«

»Mein Lieber, du kannst wirklich zum Teufel gehen. Es sei denn, du beantwortest mir meine Fragen, und ich verspreche, daß ich alles tun werde, was in meiner Macht steht, um ihn herauszuholen, wo immer er hineingeraten ist. Ich werde die Krugers nicht einsperren lassen. Ich werde deinen Freund in Novgorod nicht hochnehmen lassen. Ich nehme doch nicht an, daß Jordans Ferngespräch vor einer Weile etwas damit zu tun hat, daß du dein Büro verlassen hast und hergekommen bist. Ihr zwei kommt in dieser Woche wirklich nicht gut miteinander zurecht.«

Er saß da und starrte sie lange an. »Was willst du?«

»Die Wahrheit, wenn's geht. Ich sage dir, wo er meiner Vermutung nach ankommen sollte, und du bestätigst es einfach. Ein Kopfnicken genügt. Von hier zu den Krugers. Von den Krugers zu einem Mann namens Merild, einem Freund von Corain.«

Seine Hände klammerten sich noch fester an den Stuhl. Und er nickte.

»In Ordnung. Vielleicht war er mit den Lastkähnen unterwegs. Aber eigentlich sollte er den Luftweg nehmen, stimmt's?«

»Ich weiß es nicht.«

»Ist das die Wahrheit?«

»Es ist die Wahrheit.«

»Vielleicht ist er einfach noch nicht losgeflogen. Aber was sonst noch ins Bild paßt, gefällt mir nicht. Corain ist nicht der einzige politische Freund, den die Krugers haben. Sagt dir der Name de Forte etwas?«

Er schüttelte verwirrt den Kopf.

»Rocher?«

»Abolitionisten?« Sein Herz stockte für einen Moment, Hoffnung und Schmerz rangen miteinander. Rocher war ein Wahnsinniger.

»Du hast es erfaßt, mein Schatz. Dieses Flugzeug ist heute morgen drüben in Big Blue gelandet und mit einem Bus zusammengetroffen, der dann auf der Straße von Bertille nach Sanguey davongefahren ist. Ich habe Leute, die denselben Weg fahren, aber es kostet selbst mich ein wenig Organisation, um Leute dorthin zu bringen, die Grant herausholen können, ohne daß die anderen ihm die Kehle durchschneiden ... Sie werden es schon schaffen, Junge. Die Abolitionisten machen das nicht alle aus sauberen und edlen Motiven, und wenn sie etwas vorhaben, was die Krugers in Schwierigkeiten bringt, kannst du dir verdammt sicher sein, daß sie es nicht einem Azi zuliebe tun, hast du gehört, Junge?«

Er hatte es gehört. Er glaubte, er habe es verstanden. Aber er hatte sich als etwas begriffsstutzig erwiesen, hatte Ari gesagt; und er wollte es von ihr hören. »Was meinst du, worauf sie aus sind?«

»Es geht um deinen Vater. Und Rat Corain. Grant ist ein Azi aus Reseune. Und er ist ein Warrick-Azi, das ist beinahe so gut, als bekämen sie Paul in die Hände; und de Forte hat es auf Corains Kopf abgesehen, Junge, weil Corain mit *mir* ein Geschäft gemacht hat, weil er über das Fargone-Projekt und das Hope-Projekt eine Vereinbarung getroffen hat, in deren Mittelpunkt dein Vater steht, und wir können von Glück reden, wenn du es nicht geschafft hast, den Krugers Grant gleich in den Schoß zu werfen.«

»Du bist hinter ihm her, um ihn zurückzuholen.«

»Ich will ihn zurückhaben. *Ich will ihn von Rocher,* du verdammter kleiner Idiot, und wenn du willst, daß er am Leben bleibt, fängst du jetzt besser an, mir alle Geheimnisse zu verraten, die du bisher für dich behalten hast. Du hast doch nichts über die Verbindung mit Rocher gewußt, oder? Du wußtest überhaupt nichts über die radikalen Freunde der Krugers ...«

»Nein. Davon wußte ich nichts. Ich ...«

»Ich erzähle dir mal, was sie mit ihm machen werden. Sie werden ihn irgendwohin bringen, wo sie ihn mit Drogen vollpumpen und ausfragen. Vielleicht machen sie sich die Mühe, ihn mit einem Band zu behandeln, während sie das tun. Sie werden herauszufinden versuchen, was er über das

Rubin-Projekt und das Hope-Projekt weiß und alles andere, was er kennt. Sie werden *versuchen,* ihn fertigzumachen, weiß Gott. Aber das ist nicht unbedingt das, worauf es ihnen ankommt. Ich sag dir, was meiner Meinung nach passiert ist. Ich glaube, Kruger ist von diesem Halunken erpreßt worden, ich glaube, sie hatten einen Mann in seiner Organisation, und ich glaube, als sie wußten, was du ihm anvertrauen würdest, hat Merild nie ein Wort davon erfahren: Rocher, und Rocher hat ihn sich geschnappt. Vielleicht haben sie ihn unter Beruhigungsmittel gesetzt. Wenn er wieder zu sich kommt, was wird er dann denken? Daß das deine Freunde sind? Daß alles, was mit ihm passiert, dein Werk ist?«

»Um Gottes willen ...«

»Es ist wirklich dein Werk, weißt du. Beruhige dich und denk darüber nach! Wir können nicht zuschlagen und auf Rochers Leute schießen, wenn wir nicht völlig sicher sind, daß er bei ihnen ist. Wir bringen gerade ein Ortungssystem in Position. Leider haben wir's nicht geschafft, eine Aufnahme auf dem Flugplatz von Bertille zu machen; wir sind nicht sicher, ob wir ihre Position in Big Blue ermitteln können. Wir werden's versuchen. In der Zwischenzeit wissen wir nicht mit hundertprozentiger Sicherheit, ob er nicht noch bei den Krugers ist. Nun ja, ich kann eine Vollmacht für eine Suche dort bekommen. Aber ich werde einen anderen Kurs einschlagen. Ich kann mir verdammt gut vorstellen, wie sie Kluger erpressen: Ich würde wetten, daß eine Menge seiner Azi-Verträge ziemlich dubios sind; und ich kann eine Überprüfung arrangieren. In der Zwischenzeit wird Giraud zu Corain in Gagaringrad rüberfliegen und mit ihm sprechen. *Du* wirst das Jordan erklären, und sag Jordan, daß ich es wirklich begrüßen würde, wenn er sich damit befassen würde und Merild mit dem Fall Kluger.«

»Wir holen ihn raus«, sagte Justin, »und er geht zu Merild. Merild wird keine Dummheiten machen.«

»Mein Schatz«, erwiderte Ari, »dafür kennst du mich doch gut genug. Wir holen ihn raus, und er kommt gleich zurück nach Reseune. Sie werden ihn mehr als achtundvierzig Stunden in der Hand haben, wenn nicht noch länger; eher können wir nichts tun. Wir werden ihn gleich testen müssen ... oder meinst du nicht? Sie könnten die widerlichsten Dinge mit ihm angestellt haben. Und du willst doch nicht, daß er eine solche Art von Schaden ganz allein behandelt, oder?«

»Du willst das für dich ausschlachten ...«

»Du willst das doch sicher nicht für *dich* ausschlachten, mein Schatz. *Du* willst doch nicht, daß dein Vater darin verwickelt wird. Er wird wohl davon erfahren, wenn wir Grant hierher zurückbringen. Wenn wir ihn lebend zurückbekommen. Er wird sicher merken, wenn Grant in unserer Klinik liegt – nicht wahr? Und er wird sich Sorgen machen. Ich verlaß mich darauf, daß du deine Abmachung mit mir einhältst, mein Schatz.«

Er sagte nichts, fand keinen Einwand, hatte keine Waffe mehr.

»Das alles unter der Voraussetzung«, fügte sie hinzu, »daß er noch zu retten ist. Eine Behandlung könnte Jahre dauern – wenn's mir überhaupt gelingt, ihn wieder hinzukriegen. Natürlich müssen wir ihn erst einmal lebend rausbringen. Das ist das wichtigste.«

»Du drohst mir.«

»Mein Schatz, ich kann nicht prophezeien, was Rocher tun wird. Oder wen die Schüsse treffen werden. Ich warne dich nur ...«

»Ich habe dir doch gesagt, ich werde tun, was du willst!«

»Deinem Vater zuliebe. Ja. Ich bin mir sicher, daß du's tun wirst. Und über Grant werden wir reden, wenn ich ihn habe.« Sie ließ die Abdeckung der Gegensprechanlage aufspringen und hieb auf einen Knopf. »Jordan? Hier ist Ari.«

»Was ist los?« fragte Jordans Stimme.

»Ich habe deinen Sohn in meinem Büro. Sieht so aus, als seien wir beide auf ein kleines Problem gestoßen. Ich hoffe, es macht dir nichts aus, noch einmal deinen Kontaktmann in Novgorod anzurufen und ihm zu sagen, er müsse unbedingt Kruger erreichen, damit er mich anruft ...«

XI

Es war schließlich Pausenzeit, als sie in der schäbigen kleinen Niederschlagsstation eintrafen – eine unterirdische Garage, Betontreppen und diese Räumlichkeiten, die hauptsächlich aus bröckelndem Beton bestanden. Sie umfaßten nur drei Zimmer, das Bad und die Küche ausgenommen. Es gab keine Fenster, weil Fenster an einem Ort wie diesen eine Belastung waren, lediglich eine Art Periskop, das einen 360°-Rundblick auf die Gegend gestattete; aber Grant hatte keinen Zugang dazu. Er saß da und beantwortete Fragen, die meiste Zeit wahrheitsgemäß, oft genug auch nicht, was die einzige Verteidigung war, die er aufbieten konnte. Es gab hier kein Telephon. Dafür ein Funkgerät. Er hatte nicht die leiseste Ahnung, wie man es bediente, er hatte nur vor Jahren einmal gesehen, wie Jordan eines auf dem Boot benutzte.

Er war sich noch immer nicht sicher, wer sie waren. Oder zu wem sie gehörten. Er murmelte bloß Antworten auf Winfields Fragen und beklagte sich, beklagte sich über den fehlenden Kaffee, über die unbequeme Unterbringung, schlechterdings über alles, weil er sich vorstellte, ihnen damit soweit wie möglich zuzusetzen, sie wahnsinnig zu machen, wenn er konnte, und zu einer Reaktion zu veranlassen. Er spielte eine allmähliche Entspannung vor, ein zunehmendes Vertrauen in seine Sicherheit, verwandelte sich in die schlimmste Kanaille von einem Haus-Azi, die er sich ausdenken konnte – nicht von ungefähr eiferte er dabei Abban nach, den unausstehlichsten unter Giraud Nyes Mitarbeitern, eine Plage für die Hausmeister und das Küchenpersonal, ganz zu schweigen von jedem Azi, dem er sich für übergeordnet hielt.

Im Schlafzimmer befand sich eine Bandmaschine. Ihm gefiel ihr Anblick nicht. Es war zu erwarten gewesen, dergleichen an einem abgelegenen Ort zu finden: Unterhaltung mußte unter den dringlichsten Bedürfnissen eines Grenzwächters, der hier draußen stationiert war, einen hohen

Rang einnehmen, wo immer dieses *hier* auch war. Aber es war kein kleines Gerät zu Unterhaltungszwecken: Es war ein neues Modell, das so aussah, als verfügte es über Anschlüsse für Kontrollgeräte, und das machte ihn nervös. Er stellte sich vor, sie bis zu dem Punkt zu treiben, wo jeder vernünftige ZIV die Geduld verlor und er sehen würde, von welchem Schlag sie waren.

»Setz dich«, sagte Rentz, als er aufstand, um Winfield in die Küche zu folgen.

»Ich dachte, ich könnte helfen, Ser. Ich …«

Er hörte einen Wagen. Die anderen hörten ihn auch, und von einem zum anderen Moment waren Rentz und Jeffrey auf den Beinen. Winfield kam aus der Küche zurück und beeilte sich, einen Blick durchs Periskop zu werfen.

»Sieht so aus, als sei's Krahler.«

»Wer ist …?« fragte Grant.

»Setz dich bloß!« Rentz legte Grant eine Hand auf die Schulter, drückte ihn auf den Stuhl und hielt ihn dort fest, während das Geräusch des Wagens lauter wurde. Die Garagentür öffnete sich, ohne daß irgend jemand im Zimmer etwas tat.

»Es ist Krahler«, stellte Winfield fest. Das Nachlassen der Spannung war augenfällig, überall im Zimmer.

Der Wagen fuhr herein, der Lärm vibrierte durch die Wände, die sie von der unterirdischen Garage trennte, die Garagentür schloß sich, dann zischte einen Moment das Dekontaminationsspray, bevor die Wagentüren geöffnet und zugeschlagen wurden und jemand die Stufen heraufkam.

»Wer ist Krahler, Ser?«

»Ein Freund«, sagte Winfield. »Jeffrey, bring ihn ins Schlafzimmer!«

»Ser, *wo ist Merild?* Warum ist er nicht gekommen? Ist er …«

Jeffrey zerrte ihn vom Stuhl hoch und brachte ihn ins Schlafzimmer, wo er ihn aufs Bett stieß. »Leg dich hin!« befahl er mit einer Stimme, die keinen Widerspruch duldete.

»Ser, ich will wissen, wo Merild ist, ich will wissen …«

Rentz war ihm gefolgt. Es war wahrscheinlich die beste Gelegenheit, die Grant bekommen würde. Er wirbelte herum, schaltete Jeffrey mit dem Ellbogen aus, Rentz mit der anderen Hand, und stürmte ins andere Zimmer, wo Winfield die Gefahr für sich erkannte …

Winfield zog eine Pistole aus der Tasche, und Grant sprang zur Seite. Aber Winfield geriet nicht in Panik, wie es denkbar gewesen wäre. Winfield hatte eine ruhige Hand und einen unfehlbaren Schuß; und Grant erstarrte, wo er stand, vor dem Türrahmen, während die Tür von der Garage sich öffnete und drei Männer hereinkamen, zwei von ihnen flink und bewaffnet.

Einer der Männer hinter ihm stand auf. Grant verharrte unbewegt, bis jemand ihn von hinten packte. Er hätte dem Mann den Arm brechen können. Aber er tat es nicht. Stattdessen ließ er sich von dem Mann zurückziehen, während Winfield nachrückte und die Pistole auf ihn gerichtet hielt.

»Geht es etwa so hier zu?« fragte einer der Neuankömmlinge.

Winfield lachte nicht. »Leg dich hin!« sagte er zu Grant, und Grant wich zum Bett zurück und setzte sich. *»Hinlegen!«*

Er tat, was Winfield verlangte. Jeffrey holte einen Strick aus seiner Tasche und band Grants rechtes Handgelenk an den Bettrahmen, während Rentz auf dem Boden stöhnte und die diversen bewaffneten Männer mit auf Grant gerichteten Pistolen dastanden.

Dann das andere Handgelenk, was für eine unangenehme Dehnung sorgte. Grant sah die Männer an, die hereingekommen waren, darunter zwei große und starke Männer; und ein schmächtiger älterer, der einzige ohne eine Waffe. Es war sein Blick, der Grant mißtrauisch machte. Es war dieser Mann, dem die anderen gehorchten.

Krahler, hatten die anderen ihn genannt. Noch mehr Namen, die er nicht kannte, Namen, die nichts mit Merild zu tun hatten.

Die Männer steckten ihre Waffen weg. Sie halfen Rentz

auf. Jeffrey blieb, während alle anderen gingen, und Grant starrte an die Decke, versuchte nicht daran zu denken, wie ungeschützt sein Bauch in diesem Moment war.

Jeffrey zog einfach die Schublade unter der Bandmaschine auf und nahm ein Hypospray heraus. Er setzte es an Grants Arm und betätigte es.

Grant zuckte unter dem Stoß zusammen und schloß die Augen, weil er ein paar Augenblicke später nicht mehr daran denken würde, es zu tun, und er verließ sich nicht darauf, daß die Männer ihn daran erinnerten. Er sammelte die Abwehrkräfte, die zu seinem Psychoset gehörten, und dachte vor allem an Justin, ohne Zeit mit dem physischen Angriff zu verschwenden, der schiefgegangen war: Die nächste Ebene dieser Auseinandersetzung war ein Kampf von ganz anderer Art. Er hatte keine Zweifel mehr. Die Pistolen hatten es bewiesen. Was sie zu tun im Begriff waren, bewies es. Und als Azi, der er war, war er ein Lehrling Reseunes in Ariane Emorys Flügel: Ariane Emory hatte ihn geschaffen, Ari und Jordan hatten seine Psychosets entworfen, und ihn sollte der Schlag treffen, wenn jemand, von dem er noch nie gehört hatte, sich mit ihnen messen konnte.

Seine Kräfte ließen nach. Er spürte die Auflösung einsetzen. Er wußte, daß dieser Mann wieder zurück war und sie das Band starteten. Er sackte sehr tief ab. Eine starke Dosis. Ein äußerst wirkungsvolles Tiefenband. Das hatte er erwartet.

Sie fragten, wie er hieße. Sie fragten andere Dinge. Sie sagten, sie seien im Besitz seines Vertrages. Er konnte sich noch an irgend etwas Gegenteiliges erinnern.

Schließlich wachte er auf. Sie banden ihn los, damit er trinken und sich von der Belastung erholen konnte; sie bestanden darauf, daß er etwas aß, selbst wenn ihm davon übel wurde. Sie ließen ihm eine kleine Ruhepause.

Danach fing alles von vorne an, und die Zeit verschwamm. Möglicherweise wachte er noch mehrmals auf. Die Qualen machten aus all dem eins. Seine Arme und sein Rücken schmerzten, als er zu sich kam. Er beantwortete Fragen. Die meiste Zeit wußte er nicht, wo er war, und erinnerte sich nicht deutlich daran, womit er sich das verdient hatte.

Dann hörte er einen dumpfen Laut. Er sah Blut an die Wände des Zimmers spritzen. Er roch, daß etwas brannte.

In dem Moment dachte er, daß er gestorben sei, und Männer kamen und wickelten ihn in eine Decke, während der Brandgeruch immer stärker wurde.

Eine Weile hinauf und hinunter wie irr. Dann kippte er, und ein Geräusch wie ein Herzschlag erfüllte die Luft.

»Er wacht auf«, sagte jemand. »Gib ihm doch noch eine.«

Er sah einen Mann in einem blauen Overall. Sah das Unendlichkeits-Symbol, das Emblem des Reseune-Personals.

In dem Moment verließ er sich auf nichts mehr von dem, was er gemutmaßt hatte. Und er war sich nicht mehr sicher, wo das Band angefangen hatte, oder was wirklich war.

»Nimm das verdammte Hypo!« rief ihm jemand ins Ohr. *»Verflucht noch mal, halt ihn fest!«*

»Justin!« schrie er, weil er jetzt glaubte, daß er die ganze Zeit zu Hause gewesen sei und die vage Chance bestünde, daß Justin ihn hören könnte, ihm helfen, ihn befreien würde. *»Justin ...!«*

Das Hypo versetzte ihm einen Schlag. Er kämpfte, und Körper lagen auf ihm, bis die Wucht der Droge zuviel für ihn wurde und die Welt unter ihm wankte und sich drehte.

Er erwachte in einem Bett in einem weißen Zimmer und war ans Bett gefesselt. Unter den Laken war er nackt. An einem Band über seiner Brust und um sein rechtes Handgelenk hafteten Biosensoren. Das linke war verbunden. Ein Warnsignal piepste. Er selbst verursachte es. Seine Pulsrate tat es, ein stiller Schrei, den er zu verlangsamen und zu dämpfen versuchte.

Aber die Tür öffnete sich. Ein Techniker trat ein. Es war Dr. Ivanov.

»Es ist alles in Ordnung«, sagte Ivanov, kam näher und setzte sich auf die Bettkante. »Sie haben dich heute nachmittag gebracht. Es ist alles in Ordnung. Sie haben diese Dreckskerle zur Hölle geschickt.«

»Wo war ich?« fragte er sehr ruhig. »Wo bin ich jetzt?«

»In der Klinik. Es wird schon wieder.«

Das Kontrollgerät piepste wieder aufgeregt. Grant versuchte seinen Puls zu beruhigen. Er hatte jegliche Orientierung verloren. Er wußte nicht mehr genau, wo er gewesen war oder was sich wirklich ereignet hatte. »Wo ist Justin, Ser?«

»Er wartet darauf, dich erholt wiederzusehen. Wie geht's dir? Alles in Ordnung?«

»Ja, Ser. Bitte. Können Sie mir dieses furchtbare Zeug abnehmen?«

Ivanov lächelte und tätschelte seine Schulter. »Schau mal, mein Junge, du weißt und ich weiß, daß du geistig völlig gesund bist, aber in deinem eigenen Interesse lassen wir das Zeug besser noch eine Weile dran. Wie geht's mit dem Wasserlassen?«

»Es geht so.« Das setzte seinen Demütigungen die Krone auf. Er spürte sein Gesicht rot anlaufen. »Bitte. Kann ich mit Justin reden?«

»Nicht sehr lang, fürchte ich. Sie wollen wirklich nicht, daß du dich zu lang mit jemandem unterhältst, bevor die Polizei dich gesehen hat – du brauchst dir keine Sorgen zu machen, es sind nur Formalitäten. Du beantwortest einfach zwei Fragen, die Männer werden ihre Berichte ausfertigen, und das wär's dann auch schon. Anschließend werden wir dich ein paar Tests unterziehen. Du bist im Handumdrehen wieder im Haus. Zufrieden?«

»Ja, Ser.« Das verdammte Kontrollgerät piepste wieder und verstummte, als Grant seine Pulsrate unter Kontrolle brachte. »Was ist mit Justin? Bitte.«

Ivanov tätschelte ihm erneut die Schulter, stand auf und ging zur Tür, um sie zu öffnen.

Es war Justin, der eintrat. Das Kontrollgerät gab wieder ein aufgeregtes Piepsen von sich, beruhigte sich und verstummte; und Grant sah Justin durch einen schimmernden

Film. Jordan war auch da. Sie beide. Und er schämte sich schrecklich.

»Bist du in Ordnung?« fragte Justin.

»Mir geht's gut«, erwiderte Grant und verlor abermals die Kontrolle über das Signal und über sein Blinzeln, daß Tränen über sein Gesicht rannen. »Ich schätze, ich bin in ganz schönen Schwierigkeiten.«

»Nein«, sagte Justin, kam näher und ergriff fest seine Hand, während sein Gesicht andere Dinge ausdrückte. Das Kontrollgerät lärmte und schwieg wieder. »Mach dir keine Gedanken. Es war eine völlig idiotische Idee. Aber du kommst zurück ins Haus. Hast du gehört?«

»Ja.«

Justin beugte sich herunter und umarmte ihn, trotz der Fesseln und all dem anderen. Und zog sich zurück. Jordan kam und tat dasselbe, hielt ihn an den Schultern und sagte: »Antworte nur auf ihre Fragen. Alles klar?«

»Ja, Ser«, sagte er. »Kannst du dafür sorgen, daß sie mich gehen lassen?«

»Nein«, erwiderte Jordan. »Es geschieht zu deiner Sicherheit. In Ordnung?« Jordan küßte ihn auf die Stirn, was er nicht mehr getan hatte, seit er ein kleiner Junge war. »Schlaf ein bißchen, hörst du? Mit welchem Band sie dich auch behandelt haben, ich werde dich schon wieder hinkriegen. Ich kümmere mich persönlich darum.«

»Ja, Ser.«

Dann lag er da und sah Jordan und Justin zur Tür hinausgehen.

Das Kontrollgerät piepste voller Panik.

Er war verloren. Er würde durch die Hölle gehen müssen, bevor er hier herauskam. Er hatte über Jordans Schulter hinweg in Justins Gesicht gesehen und dort schon genug erkennen können.

Wo war ich? Was ist wirklich mit mir passiert? Bin ich jemals von hier fort gewesen?

Eine Krankenschwester kam mit einem Hypo herein, und gegen dieses Zeug gab es keinen Widerstand. Er versuchte das Kontrollgerät zum Schweigen zu bringen, versuchte zu protestieren.

»Nur ein Beruhigungsmittel«, erklärte die Krankenschwester und drückte gegen seinen Arm ab.

Oder es war Jeffrey. Grant taumelte hier- und dorthin, sah die Blutspritzer an der weißen Wand und hörte Menschen schreien.

XII

»Ganz gut?« fragte Ari Justin in ihrem Büro. Allein mit ihm.

»Wann kann er raus?«

»Oh«, sagte Ari, »ich weiß es nicht. Ich weiß es wirklich nicht. Genausowenig, wie ich weiß, wie's jetzt um die Abmachung steht, die wir getroffen haben – die nach all dem auf ziemlich wackligen Füßen steht, habe ich recht? Was hast du jetzt noch anzubieten?«

»Mein Schweigen.«

»Mein Schatz, du hast eine Menge zu verlieren, wenn du dieses Schweigen brichst. Genau wie Jordan. Ist das nicht der Grund, warum wir das alles machen?«

Er zitterte und versuchte es nicht zu zeigen. »Nein, wir tun das, weil du nicht willst, daß dein wertvolles Projekt in die Hose geht. Weil *du* jetzt keine öffentliche Aufmerksamkeit gebrauchen kannst. Weil *du* eine Menge zu verlieren hast. Andernfalls wärst du nicht so geduldig.«

Aris Lippen formten ein mildes Lächeln. »Ich mag dich, Junge, ich habe dich wirklich ziemlich gern. Es gibt nichts, was in Reseune so selten anzutreffen ist wie Loyalität. Und du hast so viel davon. Was wäre, wenn ich dir Grant geben würde, unberührt und unverändert? Was ist er dir wert?«

»Möglicherweise«, sagte Justin in einem gemessenen, beherrschten Ton, »hast du eine falsche Vorstellung davon, wie weit du mich bedrängen kannst.«

»Was ist er wert?«

»Du entläßt ihn. Du setzt ihn keinem Band aus.«

»Mein Schatz, er ist ein bißchen verwirrt. Er ist durch die

Hölle gegangen. Er muß sich unbedingt ausruhen und behandelt werden.«

»Ich werde dafür sorgen. Jordan wird sich um ihn kümmern. Ich warne dich; treib es nicht zu weit mit mir! Du weißt nicht, was ich tun würde.«

»Oh, mein Schatz, ich weiß, was du tun kannst. Eine Menge davon ist wirklich äußerst heikel. Und ich brauche mich mit dir überhaupt nicht über Grant zu einigen. Ich habe noch einige ganz andere Bänder. Deinen Vater würde der Schlag treffen, ihn würde auf der Stelle der Schlag treffen.«

»Vielleicht unterschätzt du ihn.«

»Ja? Hast du's ihm gesagt? – Ich dachte nicht. Du mußt die Situation verstehen, weißt du. Es ist nicht bloß sein Sohn. Es ist nicht ›irgendeine Frau‹. Du bist sein Zwillingsbruder. Es geht um *mich,* Ariane Emory. Ganz zu schweigen von dem Azi.« Sie kicherte. »Es ist ein erstaunlich guter Versuch, ganz bestimmt. Ich habe Respekt davor. Ich habe sogar genug Respekt davor, um dir ein kleines Zugeständnis zu machen. Komm her, Junge. Komm her zu mir!«

Sie streckte die Hand aus. Er zögerte vor Verwirrung und streckte schließlich seine in ihrer Reichweite aus. Ari faßte sie sanft, und er zuckte zusammen, sein Puls flatterte, und eine Röte überlief seine Haut, brachte all seine Gedanken durcheinander.

Er wich nicht zurück. Das wagte er nicht. Er schaffte es nicht, eine sarkastische Bemerkung anzubringen. Sein Geist raste zu schnell in ein Dutzend Richtungen, wie etwas Kleines, das von Panik erfaßt wurde.

»Soll ich dir einen Gefallen tun? Willst du Grant zurückhaben? Ich sag dir was, mein Schatz: Du zeigst dich einfach weiter kooperativ, und wir werden unser kleines privates Geschäft betreiben. Wenn du und ich miteinander zurechtkommen, bis dein Vater geht, und wenn du den Mund hältst, werde ich ihn dir zum Geschenk machen.«

»Du benutzt ein Tiefenband.«

»Bei dir? Nichts, was wirklich deinen Geist beugen kann.

Was glaubst du, daß ich einen normalen, gesunden Geist nehmen und umgestalten kann? Du hast zu viele von diesen Büchern gelesen. Die Bänder, die ich bei dir verwendet habe – dienten der Erholung. Sie sind das, was die Azis der Mu-Klasse bekommen, wenn sie wirklich sehr gut sind. Meinst du, du könntest nicht gegen sie ankommen? Meinst du, sie haben dich verdorben? Reseune wird Schlimmeres tun als das, mein Schatz, und ich kann dich ausbilden. Ich hab's dir schon gesagt: Ich *mag* dich. Eines Tages wirst du in Reseune einen hohen Rang bekleiden – hier oder auf Fargone oder sonstwo. Du hast die nötigen Fähigkeiten. Ich würde es wirklich sehr gern sehen, daß du dich hältst.«

»Das ist eine Lüge.«

»Ja? – Das macht nichts.« Sie drückte seine Finger. »Wir sehen uns bei mir. Um dieselbe Zeit. Hast du mich verstanden?«

Er zog seine Hand zurück.

»Es ist nicht so, daß ich dir keine Wahl lasse.« Sie lächelte ihn an. »Du brauchst nichts weiter zu tun, als die Dinge ruhig zu halten. Das ist nicht viel, verglichen mit dem, was du verlangst. Du bringst Ruhe in mein Leben, mein Schatz, und wenn du zwischen mir und Jordan stehst, werde ich seine Freunde nicht einsperren lassen und Grant keiner Gehirnwäsche unterziehen. Ich werde sogar aufhören, dir im Büro die Hölle heißzumachen. Du weißt, welchen Preis du für die ganzen Versetzungen bezahlen mußt, die du willst.«

»Du überträgst Grant mir.«

»Nächste Woche. Für den Fall, daß sich etwas ergibt. Du bist so ein cleverer Bursche. Du verstehst mich. Sagen wir 22:00 heute abend. Ich bin lang beschäftigt.«

Verbaltext aus:

MUSTER DES WACHSTUMS

Ein Bandstudium der Genetik: Teil 1

Reseune Ausbildungsprogramm: 8970-8768-1
zugelassen für 80 +

ACHTUNG OPERATEUR
CHARGE ML-8986: CHARGE BY-9806:
ABSCHLUSSABSCHLUSSABSCHLUSS

Die Computer zeigen die Vervollständigung an und verlangen ein menschliches Eingreifen. Der Chef-Techniker verständigt das entsprechende Personal und beginnt den Geburtsprozeß.

Es gibt keine Überraschungen: Die Bruttanks, die sich leicht bewegen und zusammenziehen, sind mit allen Arten von Sensoren ausgestattet. Die beiden ML-8986er, weiblich, Mu-Klasse, haben mit 4,02 kg das vorgesehene Geburtsgewicht erreicht. Es liegen keine sichtbaren Abnormitäten vor. Die beiden BY-9806er, Gamma-Klasse, sind gleichfalls in gutem gesundheitlichen Zustand. Die Techniker kennen ihre Anforderungen. Die sehr aktiven BY-9806er sind bevorzugt und bereits mit Namen versehen, aber diese Namen werden sie nicht beibehalten: Die Techniker werden keinen ausgiebigen Kontakt mit ihnen haben.

Die künstlichen Gebärmütter treten in die Wehen ein und lassen nach einer Weile ihren Inhalt in füssigkeitsgedämpfte Schalen und die behandschuhten Hände der wartenden Techniker rutschen. Es treten keine Komplikationen auf. Es kommt zu wenig Stress. Die Mu-Klasse-Weibchen haben breite Gesichter, farbloses Haar und sind ruhig; die beiden Betas haben dunkle Haarschöpfe, sind größer, feingliedrig und nicht so hübsch wie die Mu-Kläßler. Sie ziehen Gesichter, und die Techniker lachen.

Die Nabelschnüre sind abgeklemmt, die Nachgeburt ist von der Unterseite der Schale ausgeschieden worden, und warmes Wasser verschafft den Säuglingen ihr erstes Bad. Die Techniker führen das obligatorische Wiegen durch und fügen die Daten einer Aufzeichnung hinzu, die vor zweihundertneunundfünfzig Tagen mit der Befruchtung begann und immer weniger Einträge aufweisen wird, während die Säuglinge vom Zustand völliger unmittelbarer Abhängigkeit in die ersten unbeaufsichtigten Momente ihres Lebens übergehen.

Azi-Pfleger nehmen sie entgegen und wickeln sie in weiche weiße Decken, um behutsam mit ihnen umzugehen, sie festzuhalten und in Azi-Armen zu wiegen.

In den Zeiträumen zwischen Windeln wechseln und Füttern liegen sie in Wiegen, die wie die Gebärmütter leicht zum Klang eines menschlichen Herzschlags und einer entfernten Stimme schaukeln, derselben Stimme, die in den Gebärmüttern weich und beruhigend zu ihnen gesprochen hat. Manchmal singt sie ihnen etwas vor. Manchmal redet sie nur.

Eines Tages wird sie ihnen Anweisungen geben. Die Stimme ist vom Band. Bislang wird sie nur unterbewußt wahrgenommen, ein Brennpunkt des Zutrauens. Schon in dieser Phase belohnt sie genehmes Verhalten. Eines Tages wird sie Tadel aussprechen, aber in diesem Stadium ist noch kein Fehlverhalten festzustellen, nur eine leichte Unruhe der Betas …

AGKULT-789X ist in Schwierigkeiten. Das experimentelle Genset ist kein Erfolg, und nach Rücksprachen mit dem Personal schaltet ein Techniker das Lebenserhaltungssystem ab und entfernt AGKULT-789X für eine Autopsie.

Die Azi-Techniker schaben die Gebärmutter aus, spülen sie mehrmals, und der Chef-Techniker beginnt den Prozeß, in dessen Verlauf sie mit frischem Bioplasma überzogen wird.

Sie wird einen neuen Keim aufnehmen, sobald der Überzug fertig ist. Das Personal wartet die Ergebnisse der Autopsie ab, bevor es die Fixierung wagt.

In der Zwischenzeit hat die Gebärmutter das männliche Ei AGKULT-894 derselben Spezies aufgenommen. Dies ist nicht der erste Fehlschlag. Anpassungen zu bewerkstelligen, ist ein komplizierter Prozeß, und Mißerfolge sind häufig. Aber AGKULT-894 ist ein anderes Individuum mit einer ähnlichen Abänderung: Es besteht die Chance, daß es funktionieren wird. Wenn es mißlingt, wird es dennoch wertvolle Vergleiche ermöglichen.

Das Land umzugestalten und die Atmosphäre zu verändern, reicht nicht aus, um eine Welt für die menschliche Inbesitznahme zu erschließen. Die Millionen Jahre der Anpassung, die terranische Spezies in komplexe Ökosysteme eingebunden haben, stehen auf Cyteen nicht zur Verfügung.

Reseune arbeitet an Stelle der Zeit und der natürlichen Auslese. Wie die Natur verliert Reseune Individuen, aber die Auswahl geht rascher vor sich und wird von Intelligenz geleitet. Gelegentlich wird argumentiert, daß es Folgen hat, die ornamentalen und nonfunktionalen Elemente auszusondern, denen das terranische Leben seine Vielfalt verdankt, mit einer Betonung bestimmter Merkmale und ein Zurückdrängen anderer.

Aber Reseune hat nichts verloren. Es sind Archen für den tiefen Raum geplant, einfache Blechbüchsen, die um bestimmte Sterne stationiert werden, Gefäße ohne Fortbewegungsmechanismen, kostengünstig zu produzieren, Lagerraum für genetisches Material an mehr als einem Standort, gegen Strahlung abgeschirmt und geschützt. Sie enthalten echte genetische Proben; und Digitalaufzeichnungen der Gensets; und Aufzeichnungen, um den Lesern dieser Gensets, sofern sie einer hinreichend entwickelten Rasse angehören, ein Verständnis für den Inhalt der Archen zu ermöglichen.

Eine Million Jahre haben für den Menschen ausgereicht, um sich aus primitiven Vorläufern zu einem raumfahrenden Intelligenzwesen zu entwickeln. In einer weiteren Million Jahren wird die Menschheit dank dieser Archen über genetische Aufzeichnungen ihrer eigenen Vergangenheit und der Vergangenheit jeder Spezies verfügen, die Reseune zugänglich ist, Aufzeichnungen unseres Erbguts und des genetischen Erbes jeder belebten Welt, mit der wir in Berührung kommen, bewahrt vor Veränderungen und der Zeit …

Die Archen bewahren solche fragmentarischen Codes, wie sie aus menschlichen Proben zurückgewonnen wurden, die Tausende von Jahren alt sind, aus terranischen Genpools, die der Entwicklung der Genbanken im zwanzigsten Jahrhundert vorausgingen, aus den letzten noch unvermischten Genpools der Mutterwelt, und sowohl aus tierischen wie menschlichen Überresten, die über Jahrhunderte hinweg durch natürliches Einfrieren und andere günstige Umstände konserviert wurden, bei denen einige innere Zellstrukturen erhalten blieben.

Man stelle sich vor, welchen Unterschied solches Bezugsmaterial heute bedeuten würde, wenn derartige Archen die genetischen Informationen der geologischen Vergangenheit aufbewahrt hätten. Die Erde, die bis jetzt einzigartig im Hinblick auf ihre Zeugnisse für das verheerende Auslöschen zahlloser, auch höherer Lebensformen ist, könnte mit solchen Bibliotheken den Reichtum all ihrer evolutionären Entwicklungslinien wiederbeleben und die beharrlichen Rätsel ihrer Vergangenheit lösen …

Reseune hat noch nie eine genetische Option aufgegeben, sondern die Bewahrung dieser Optionen als in gewissem Maße einzigartig in der Geschichte der menschlichen Spezies betrachtet und, weil in Reseune mit einem Blick auf evolutionäre Veränderungen gearbeitet wird, alle möglichen Abweichungen erhalten …

3. KAPITEL

I

Zeit gab es nicht mehr. Es existierte nur noch der Fluß vom Band, meistens ruhig, zuweilen erregend. Es gab Phasen benommenen Erwachens, aber Grant stand weiter unter Tranquilizern – bis jetzt, da er näher an die Oberfläche trieb.

»Komm schon, es ist Besuch für dich da«, sagte jemand, und ein feuchter Lappen berührte sein Gesicht. Die Waschprozedur bewegte sich sanft über Hals und Brust hinunter und verbreitete einen strengen Geruch. »Wach auf!«

Er öffnete einen Spaltbreit die Augen. Er starrte an die Decke, während die Waschung weiterging, und hoffte, daß sie ihn losbinden würden, aber damit war nicht unbedingt zu rechnen. Er wünschte, sie würden ihm wieder Tranquilizer verabreichen, weil die Furcht zurückkam und er sich wohl gefühlt hatte, so lange ihre Wirkung anhielt.

Ihn fröstelte, als die Luft über seine feuchte Haut strich. Er wollte wieder die Decke über sich haben. Aber er bat nicht darum. Er versuchte nicht mehr, sich mit den Leuten zu verständigen, die sich um ihn kümmerten, und sie taten ihm nicht mehr weh. Das war alles, wonach er verlangte. Er dachte daran, zu blinzeln. Er sah nichts. Er versuchte die Kälte nicht zu spüren. Dafür spürte er einen Stich, als der Techniker die Nadel in seinen Arm stieß. Sein Rücken schmerzte, und es wäre eine wunderbare Erleichterung gewesen, wenn sie die Position des Bettes verändert hätten.

»Da.« Die Decke senkte sich wieder über ihn. Ein leichter Klaps traf sein Gesicht, aber er empfand keinen Schmerz. »Nun komm. Öffne die Augen!«

»Ja«, murmelte er. Und schloß sie in dem Moment wieder, als der Azi-Techniker ihn allein ließ.

Dann hörte er eine andere Stimme an der Tür, jung und

männlich. Er hob den Kopf, sah hin und erkannte Justin. Er mißtraute dem Anblick sofort und zerrte an den Fesseln.

Aber Justin kam zu ihm, setzte sich auf die Bettkante und nahm ungeachtet der Fessel, die ihm nur wenig Spielraum ließ, seine Hand. Es war eine warme Berührung. Sie wirkte völlig real.

»Grant?«

»Bitte tun Sie das nicht.«

»Grant, um Gottes willen ... Grant, du bist zu Hause. Verstehst du mich?«

Es war gefährlich, wenn er auch nur daran dachte, es zu glauben. Es war gleichbedeutend mit einem Aufgeben. Es gab kein geheimes Zeichen, das sein Geist nicht selbst hervorbringen konnte. Es gab keine Illusion, die ein Band nicht erzeugen konnte. Justin war genau das, was sie benutzen würden. Natürlich.

»Grant?«

Ein Band konnte ihn selbst glauben machen, daß er wach war. Oder daß die Matratze nachgab, oder daß Justin ihn an der Schulter festhielt. Nur der stechende Schmerz in seinem Rücken durchdrang die Illusion. Sie war nicht perfekt.

Die Realität – sie hatte so wenig Unstimmigkeiten.

»Sie erlauben es noch nicht, daß ich dich ins Apartment zurückhole. Ari läßt das nicht zu. Was machen sie? Geht's dir gut? Grant?«

Fragen. Er hatte keine Vorstellung davon, wie sie zusammenpaßten. Normalerweise gab es ein Muster. Dieses hier hatte etwas mit der Glaubwürdigkeit zu tun. So lief das Spielchen.

»Grant, verdammt!« Justin schlug leicht mit der Hand gegen seine Wange. »Komm schon! Mach die Augen auf. Mach die Augen auf!«

Er widerstand. Er tat besser daran, das wußte er. Einige Male atmete er durch, und sein Rücken und seine Schultern schmerzten höllisch. Er war in schrecklicher Gefahr ... weil er glaubte, daß die Illusion Wirklichkeit sei. Oder weil er den Unterschied nicht mehr wahrnahm.

»Nun los, zum Teufel!«

Er hob vorsichtig einige Millimeter die Lider. Sah Justins Gesicht, Justins erschrockenen Blick.

»Du bist zu Hause. In der Klinik. Verstehst du? Ari hat sie alle zur Hölle geschickt und dich rausgeholt.«

(Blut, das an die Wände spritzte. Der Geruch von Rauch.)

Es schien wirklich die Klinik zu sein. Es schien wirklich Justin zu sein. Es gab keinen Test, der es bestätigen würde, selbst wenn sie ihn hinausließen, damit er sich umsehen konnte. Nur der Zeit würde es gelingen, einer längeren Zeitspanne als die Dauer jeder Band-Illusion.

»Komm zu dir, Grant! Sag mir, daß es dir gut geht.«

»Ich bin in Ordnung.« Er nahm einen Atemzug, der in seinem Rücken schmerzte, und erkannte, daß er dieser Illusion gewisse Dinge entwinden konnte. »Mein Rücken bringt mich um. Meine Arme tun weh. Kannst du das Bett bewegen?«

»Ich werde sie überreden, dir die Dinger abzunehmen.«

»Ich glaube nicht, daß sie das machen werden. Aber ich hätte gern das Bett bewegt. Da ...« Die Oberfläche, auf der er lag, bäumte sich wie ein lebendes Wesen auf und schob sich nach oben, stemmte seinen Kopf hoch. Eine Reihe von Wellen überlief die Oberfläche und lockerte Muskeln und Gelenke. »Ah, das ist schon besser.«

Justin setzte sich wieder auf die Bettkante und änderte etwas an den Wellenbewegungen. »Ari hat dich bis zu den Krugers verfolgt. Kruger ist erpreßt worden. Er hat dich den Abolitionisten übergeben. Ich mußte zu Ari gehen. Sie hatte jemanden dort eingeschleust – ich weiß nicht, wen –, der dir auf den Fersen geblieben ist. Sie sagte, sie haben ein Band benutzt.«

Er verfügte über keine Struktur für diese Zeit. Keine Trennung zwischen dem hier und dort. Er nahm das Geschenk sehr sorgfältig in Augenschein. »Wie lang?«

»Zwei Tage.«

Möglich.

»Du bist seit zwei Tagen *hier*«, fügte Justin hinzu. »Sie

haben Jordan und mich reingelassen, gleich nachdem sie dich herbrachten. Jetzt sagen sie, ich kann dich besuchen.«

Es erschreckte ihn. Sie versuchte sich ihm unaufhörlich aufzudrängen, eine Illusion, gegen die seine Widerstandskraft nur begrenzt war. Er war auf der Verliererstraße. Er saß da und weinte, spürte die Tränen über sein Gesicht rinnen.

»Grant.«

»Schon gut.« Es war fast vorbei. »Aber wenn ich dir sage, du sollst gehen, dann gehst du.«

»Grant, das ist kein Band. Du bist *hier* verdammt noch mal!« Justin drückte seine Hand, bis die Knochen aneinander knirschten. »Bemüh dich. Schau mich an! Stimmt's?«

Er gehorchte. »Wenn ich dir sage, du sollst gehen …«

»Ich geh ja schon. In Ordnung. Willst du das?«

»Tun Sie mir das nicht an. Um Gottes willen …«

»Ich werde Ivanov holen. Verdammte Idioten. Verdammte Idioten!«

Justin war im Begriff aufzustehen. Grant packte seine Hand und hielt ihn. Hielt ihn, hielt ihn fest; und Justin setzte sich wieder und umarmte ihn heftig.

»Hmmmm.« Es tat weh. Es fühlte sich wirklich an. Justin konnte ihn zurückziehen. Justin wußte, was er tat, was los mit ihm war, warum er sich fürchtete. War sein Verbündeter. Sonst wäre er verloren. »Es wird eine Weile dauern.«

»Etwa eine Woche, um dich hier rauszubringen. Sagt Ari.«

Er erinnerte sich an andere Krisen als seine eigene. Er sah Justin an, als Justin sich zurücklehnte. Erinnerte sich, warum er den Fluß hinuntergefahren war. »Macht sie dir Schwierigkeiten?«

»Es geht schon.«

Eine Lüge. Immer mehr Realität. Ein Band war besser als das. Etwas später würde Justin weggehen, und er würde sich erinnern, es geglaubt und sich gefürchtet zu haben. Aber in der Zwischenzeit bereitete es ihm aus einem anderen, greifbareren Grund Furcht. Jordans Versetzung; Justin, der ihn wegschickte – die Fragmente setzten eine sinnvolle Zeit voraus. Ein *wenn* existierte wieder. Die reale Welt wies Fallen auf, zu denen Ari gehörte; Justin hatte ihn zu befreien versucht, er war zu Hause und Justin in Schwierigkeiten.

Nein. Vorsicht.

Vorsicht!

»Was hat sie getan, als sie herausfand, daß ich verschwunden war?«

»Ich erzähl's dir später.«

Verdammt, er brauchte sich nicht zu sorgen, daß er sich den Magen verdarb. Er hatte das Gefühl, zu Hause zu sein. Geheimnisse, Ari und Schwierigkeiten. Und alles, was er liebte. Er atmete einmal lang und bedächtig durch. »Ich halte aus«, sagte er und wußte, daß Justin ihn verstehen würde. »Ich will nicht noch mehr Bänder. Ich will nicht noch mehr Beruhigungsmittel. Ich muß wach bleiben. Ich will, daß sie das Licht anlassen. Die ganze Zeit. Ich will diese verdammte Röhre aus dem Arm bekommen.«

»Ich habe keine Befugnis dafür. Das weißt du doch. Aber ich werd's Ivanov sagen. Ich werde ihm wirklich einheizen. Und ich werde die Röhre rausziehen. Hier.«

Es stach. »Das wird alles über den Boden tropfen.«

»Zum Teufel damit! Da.« Er unterbrach das Tröpfeln. »Sie werden hier ein Telephon hineinstellen. Und ein Vid.« Sein Herz machte einen Sprung. Ihm fiel ein, warum ein Telephon wichtig war. Aber er war nicht mehr an diesem Ort. Oder nichts von dem hatte sich ereignet. Oder es gab Möglichkeiten, die er übersehen hatte.

»Weißt du, ich bin wirklich nicht sehr gelenkig.«

»Zum Teufel, mir ist kein Unterschied aufgefallen.«

Er lachte, ein schwaches, automatisches Lachen, war froh darüber, daß Justin bereit war, mit ihm zu scherzen; und erkannte, daß das aus einer völlig unerwarteten Ecke gekommen war. Es überraschte ihn, weil er glattes, professionelles Mitgefühl erwartet hatte. Es war kein amüsiertes Lachen. Sondern ein überraschtes.

Ein Band konnte Justin kaum so nahekommen, daß er etwas tat, was Grants Geist nicht erwartet hatte, nicht wenn Grant sich dagegen wehrte und nicht aus dem Unterbewußtsein mitwirkte.

Er lachte wieder, nur um es zu testen, sah Justin ein Gesicht ziehen, als hätte er ein Glas verschluckt, und schöpfte zugleich Hoffnung.

»Das ist ein Virusprogramm«, erklärte er Justin. Und grinste breit, noch breiter, als er einen Moment lang echten Schrecken in Justins Gesicht sah.

»Du elender Verrückter!«

Er lachte offen heraus. Es schmerzte, aber es tat ihm gut. Er versuchte seine Beine aufzustellen. Nichts zu machen. »Oh, was für ein Mist. Meinst du, du könntest meine Beine freibekommen?«

»Sobald du weißt, wo du bist.«

Er seufzte und spürte, daß die Spannung in ihm nachließ. Er ließ sich in das bewegte Bett sinken und sah Justin mit einer Seelenruhe an, die anderer Art als die vom Band gewährleistete war. Er hatte noch immer Schmerzen. Muskelverspannung. Verstauchungen. Gott wußte, was er sich selbst zugefügt oder was sie mit ihm angestellt hatten. »Ich hab dich reingelegt, was?«

»Wenn du das nur gespielt hast ...«

»Ich hoffe. Ich bin völlig benebelt. Ich glaube, mir werden Flashbacks durch den Kopf schwirren. Aber ich glaube, sie werden auch wieder verschwinden. Ich hätte wirklich Angst, wenn du nicht zurückkämst. Dr. Ivanov ist hierfür verantwortlich, nicht wahr?«

»Er kümmert sich um dich. Du vertraust ihm, was?«

»Nicht wenn er Aris Anordnungen befolgt. Ich habe Angst. Ich habe wirklich Angst. Ich wünschte, du könntest hierbleiben.«

»Ich werde übers Abendessen hierbleiben. Morgen zum Frühstück komme ich zurück; jede Stunde, die ich freibekommen kann, bis sie mich rausschmeißen. Ich werde mit Ivanov reden. Warum versuchst du nicht zu schlafen, während ich hier bin? Ich setz' mich da drüben in den Stuhl, und du kannst dich ausruhen.«

Seine Augen begannen sich zu schließen. Plötzlich bemerkte er es und versuchte dagegen anzukämpfen. »Du wirst nicht gehen. Du mußt mich aufwecken.«

»Ich lasse dich eine halbe Stunde schlafen. Es ist bald Zeit fürs Abendessen. Du wirst etwas essen. Verstanden? Es ist Schluß mit dieser Nahrungsverweigerung.«

»Mhmm.« Er ließ seine Lider zufallen. Er trieb eine Weile dahin, weg von den unangenehmen Empfindungen. Er spürte, wie Justin aufstand, hörte ihn sich in den Stuhl setzen, vergewisserte sich etwas später, daß Justin tatsächlich dort saß, und ruhte sich noch eine Weile aus.

Inzwischen fühlte er sich klarer. Er fühlte sich sogar von Sekunde zu Sekunde sicherer. Er hatte gewußt, wenn das Leben halbwegs lebenswert war, würden Justin oder Jordan zu ihm kommen und ihn zurückholen. Irgendwie. Wenn es eintraf, mußte er es glauben, oder er würde nie mehr wieder an etwas glauben und nie von der Reise zurückkehren, die er angetreten hatte.

II

Die Berichte trafen ein, und Giraud Nye nagte an seinem Stift und starrte mit einer Anspannung auf den Monitor, die ihm an den Magen ging.

Der Nachrichtendienst berichtete von der Entführung eines Reseuner Azis durch radikale Elemente und einer von der Polizei und dem Sicherheitsdienst Reseunes gemeinsam durchgeführten Razzia einer abgelegenen Niederschlagsstation auf den Höhenzügen über Big Blue, illustriert mit ausführlichen und abstoßenden Innenaufnahmen durch die Polizeikameras – der mit dem Blut seiner Entführer bespritzte Azi, als er gerettet und an Bord eines Polizeitransporters geschafft wurde. Es war nicht ohne Verluste abgegangen, als Scharfschützen mit Hinterlandausrüstung hineinmarschierten, durch eine Seitentür in die Garage einbrachen und über die Treppe einen fliegenden Angriff starteten. Ein Polizist wurde verwundet. Drei radikale Abolitionisten kamen ums Leben, was von den Kameras in Großaufnahme festgehalten wurde. Eine gute Darstellung und Leichen, die sie bestätigten, ließen Ianni Merino und den Abolitions-Zentristen keine Möglichkeit, aufzuheulen und den Rat einzuberufen: Merino distanzierte sich öffentlich so weit wie möglich von dem Vorfall. Rocher überhäufte das Informationsministerium mit Anfragen für Geleitschutz für eine Pressekonferenz: Er erhielt keinen. Was bedeutete, daß die Polizei Rocher sehr aufmerksam beobachten würde – das letzte Mal, als Rocher kaltgestellt worden war, hatte jemand in einem U-Bahn-Tunnel in Novgorod ein Vollabolitions-Transparent entrollt und die Schienen sabotiert, was eine Verkehrsstockung hervorgerufen hatte, die der Nachrichtendienst nicht ohne weiteres ignorieren konnte.

Es hatte Rocher weiß Gott nicht das Wohlwollen der Pendler eingebracht. Aber er hatte seine Anhänger, und eine kleine Machtdemonstration bedeutete Zuwachs.

Es wird Zeit, dachte Nye, etwas gegen Rocher und de Forte zu unternehmen. Bisher waren sie ein willkommenes Ärgernis für Corain und Merino gewesen und hatten die Zentristen in Mißkredit gebracht. Aber jetzt hatte Rocher die Grenze überschritten und war zu einer Plage geworden.

Es wäre nützlich gewesen, wenn sie Grant schweren Schaden zugefügt hätten. Ein dem Nachrichtendienst übermittelter Vorher-und-nachher-Spot hätte die Abolitionisten als die Schurken entlarvt, die sie waren. Rechtschaffene Bürger bemerkten es nie, wenn eine Gehirnwäsche ablief. Oder etwas zurechtgerückt wurde. Es wäre ebenfalls nützlich gewesen, wenn sie den Azi für eine komplette Neuausbildung auseinandernehmen – oder ihn ganz auseinandernehmen könnten. Weiß Gott, er war ein Alpha und ein Warrick-Erzeugnis, und weiß Gott, was Rochers Bänder ihm zugefügt hatten: Nye selbst würde lieber sichergehen; soviel hatte er Ari gesagt.

Auf keinen Fall, hatte Ari geantwortet. Was denkst du

dir? In erster Linie ist er ein Druckmittel. In zweiter Linie ist er ein Zeuge gegen Rocher. Laß die Finger von ihm!

Druckmittel gegen wen? dachte Giraud säuerlich. Ari hielt nächtliche Sitzungen mit dem jungen Justin ab und war, wenn sie nicht gerade Jane Strassen Magengeschwüre bereitete wegen der Instandsetzung des Labors Eins und der Umbesetzung von acht Forschungsstudenten, so von ihren fixen Ideen um das Rubin-Projekt beansprucht, daß sie für niemanden *außer* ihren Azis und Justin Warrick Zeit opferte.

Sie leidet unter großer Langeweile. Hat ihre Jugend verloren und all das.

Haut ab und läßt mich allein den Schlamassel in Novgorod aufräumen! Laß die Finger von Merild oder den Krugers! Wir wollen den Feind nicht in den Untergrund treiben. Einige dich mit Corain. Das ist doch nicht schwierig, oder?

Zum Teufel!

Das Telephon klingelte. Es war Warrick. Senior. Er verlangte Grants Übergabe in seine Obhut.

»Das habe ich nicht zu entscheiden, Jordie.«

»Verdammt noch mal, sieht wohl so aus, als hätte das überhaupt niemand zu entscheiden, was? Ich will diesen Jungen da raus haben.«

»Hör mal, Jordie ...«

»Es interessiert mich nicht, wer dafür nichts kann.«

»Jordie, du hast verdammtes Glück, daß niemand deinen Jungen vor Gericht bringt. Er selbst ist schuld und niemand anderer, daß es dazu gekommen ist, also schrei mich nicht an ...«

»Petros sagt, du seist derjenige, der seine Entlassung genehmigen muß.«

»Das ist ein medizinisches Problem. Ich mische mich nicht in Entscheidungen von Medizinern ein. Wenn dir der Junge am Herzen liegt, schlage ich vor, daß du Petros seinen Job tun läßt und abwartest, bis ...«

»Er hat den Schlamassel dir überlassen, Gerry. Genauso wie Denys. Es geht nicht darum, daß wir ein Problem mit irgendwel-

chen Aufzeichnungen haben. Wir reden über ein verschrecktes Kind, Gerry.«

»Noch eine Woche ...«

»Zum Teufel mit noch einer Woche! Du kannst damit anfangen, daß du mir da drüben eine Freigabe vom Sicherheitsdienst gibst und Petros dazu bringst, auf meine Anrufe zu antworten.«

»Dein Sohn ist im Augenblick drüben. Er hat eine uneingeschränkte Freigabe bekommen, Gott weiß warum. Er wird sich um ihn kümmern.«

Schweigen am anderen Ende der Leitung.

»Schau mal, Jordan, sie sagen, noch etwa eine Woche. Höchstens zwei.«

»Justin hat eine Freigabe bekommen.«

»Er ist gerade bei ihm. Es ist alles in Ordnung. Ich versichere es dir. Sie verabreichen keine Beruhigungsmittel mehr. Justin hat Besucherprivilegien, ich hab's hier schwarz auf weiß, bist du zufrieden?«

»Ich will ihn raus haben!«

»Dagegen ist ja nichts zu sagen. Paß auf, ich werde bestimmt mit Petros reden. Was hältst du davon? In der Zwischenzeit ist dein Junge bei Grant, das ist wahrscheinlich die beste Medizin, die er kriegen kann. Gib mir ein paar Stunden. Ich werde für dich die medizinischen Berichte besorgen. Wird dich das zufriedenstellen?«

»Ich werde auf dich zurückkommen.«

»Einverstanden, ich bin hier.«

»Danke«, murmelte es vom anderen Ende der Leitung.

»Nichts zu danken«, brummte Giraud; und als der Anschluß unterbrochen wurde: »Verdammter Hitzkopf.« Er wandte sich wieder den Notizen für die Punkte zu, die er mit Corain klären wollte, und unterbrach die Arbeit, um eine Anfrage an Ivanovs Büro zu übermitteln, ein Eilgesuch um medizinische Berichte über Grant an Jordan Warricks Büro. Und fügte hinzu, als er noch mal darüber nachdachte, weil er nicht wußte, was diese Aufzeichnungen überhaupt enthielten oder was Ari angeordnet hatte: UBS, *unter Berücksichtigung der Sicherheitsbelange.*

III

Die neue Zentrifuge war in Betrieb. Das übrige Inventar war für eine Überprüfung vorgesehen. Ari machte sich per Hand Notizen, aber vor allem, weil sie an einem System arbeitete und der Schreibautomat ihr im Weg war: Bei manchen Dingen tat es nur der neueste Stand der Technik, aber wenn es um ihre Notizen ging, schrieb sie sie noch immer mit einem Lichtgriffel auf die Transfer-Tafel, in einer Kurzschrift, die ihre Basis im Haus-System fortwährend in ihre Archive übertrug, weil sie ihre Handschrift kannte: ein altmodisches Programm, aber es diente gleichermaßen gut als ein Schutz ihrer Privatsphäre. Die Basis machte sich dann ans Übersetzen, Kopieren und Archivieren unter ihrem Paßwort und Handabdruck, weil sie das Paßwort in der ersten Zeile der Eingabe angegeben hatte.

Heute gab es nichts von wirklich sicherheitsrelevanter Natur. Laborarbeit. Studentenarbeit. Jeder Azi-Techniker hätte hier unten die Dinge überprüfen können, aber sie hatte Freude an dieser Rückkehr in die alten Tage. Unter anderem hatte *sie* die hölzernen Stühle im Labor Eins durchgesessen, während sie Stunde für Stunde über den Geräten hockte und eben solche Dinge tat, an einem Inventar, gegen das sich die ausgemusterte Zentrifuge wie der Traum eines Technikers ausnahm.

Diese Seite des Ganzen wollte sie nicht wieder beleben. Aber sie wollte in ihrem Artikel über dieses Projekt ganz einfach *ich* schreiben. Sie wollte ihm ihren Stempel aufdrücken und gleich von der Konzeption an die kleinsten Einzelheiten mitbestimmen. *Als ich das Projekt auf den Weg brachte, war ich besonders sorgfältig …*

Ich habe den Tank vorbereitet …

Es gab heutzutage nur sehr wenige Menschen, die mit allen Arbeitsschritten vertraut waren. Jeder war spezialisiert. Sie gehörte der Epoche der Kolonialisierung an, den Anfängen der Wissenschaft. Heutzutage brachten die Colleges ausgebildete Schwachköpfe hervor, sogenannte Wissenschaftler, die Knöpfe drückten und Bänder lasen, ohne zu begreifen, wie die Biologie funktionierte. Sie kämpfte gegen die Knöpfchendrücker-Tendenz an, legte außerordentlich großen Wert auf die Produktion methodologischer Bänder, auch wenn Reseune seine Kerngeheimnisse für sich behielt.

Einige dieser Geheimnisse würden in ihrem Buch an den Tag kommen. Sie hatte es so beabsichtigt. Es würde ein Klassiker der wissenschaftlichen Literatur werden – die gesamte Evolution von Reseunes Verfahrensweisen, mit dem Rubin-Projekt am Schluß, um es mit der angemessenen Perspektive zu versehen, als eine Überprüfung von Theorien, die sie über die Jahrzehnte ihrer Forschung entwickelt hatte. *IN PRINCIPIO* lautete der Titel, den sie versuchsweise angenommen hatte. Sie suchte noch immer nach einem besseren.

Die Maschine lieferte ihr Ergebnis auf Grundlage einer bekannten Sequenz. Nach einer Vergleichsmessung wurde mit einem roten Blinken ein Gebiet angezeigt, das nicht übereinstimmte.

Zum Teufel noch mal. War es eine Kontamination oder ein Funktionsfehler in der Maschine? Ari machte sich eine Notiz, die nichts verschwieg. Und fragte sich, ob sie Zeit damit verlieren sollte, das ganze verdammte Ding zu ersetzen und es mit einer vollkommen anderen Testprobe zu versuchen, oder ob sie probieren sollte, die Ursache aufzuspüren und der Aufzeichnung zuliebe zu dokumentieren. Das erstere zu tun, war eine schmutzige Lösung. Auf das letztere beschränkt zu sein und, Gott helfe ihr, am Auffinden eines gewichtigen Beweises zu scheitern, der mit ziemlicher Sicherheit in einem mechanischen Funktionsfehler zu suchen war, würde sie wie eine Idiotin dastehen lassen und sie zwingen, sich an Techniker zu wenden, die mit dem Inventar besser vertraut waren.

Halte dich nicht mit der Maschine auf, und übergebe sie den Technikern, laß die verdächtige Probe durch eine Reinigungsmaschine laufen und installiere eine dritte Maschine für das Projekt, *einschließlich* eines neuen Probengebers.

Kein Projekt im wirklichen Leben kommt ohne Funktionsfehler aus, es sei denn, der Forscher ist ein Lügner ...

Die äußere Labortür öffnete sich. Entfernte Stimmen waren zu hören. Florian und Catlin. Und noch eine, die sie kannte. Mist.

»Jordan?« rief sie laut genug, daß es zu ihnen durchdrang. »Was hast du für ein Problem?«

Sie hörte die Schritte. Sie hörte Florian und Catlin. Sie hatte die Azis verwirrt, und sie folgten Jordan bis zur Tür des Kältelabors.

»Ich muß mit dir reden.«

»Jordie, ich habe hier ein Problem. Können wir's um eine halbe Stunde verschieben? In meinem Büro?«

»Es geht durchaus auch hier. Und zwar sofort. Unter uns.«

Sie atmete tief durch. Also geht's wieder los. *Grant*, dachte sie. *Oder Merild und Corain.* »In Ordnung. Aber denk daran, in etwa einer halben Stunde werden Jane und ihre Bande dort draußen durch die Labors latschen. – Florian, geh rüber nach B und sag ihnen, ihre verdammte Maschine funktioniert nicht.« Sie drehte sich um und entfernte die Probe. »Ich will eine andere. Wir werden jede verdammte Maschine durchgehen, die sie haben, wenn es erforderlich ist. Ich will das Ding sauberer haben, als es vorgeschrieben ist. Mein Gott, welche Toleranzen lassen die heutzutage zu? Und du bringst sie selbst rüber. Ich vertraue diesen Assistenten nicht. Catlin, geh nach oben und sag Jane, sie kann sich ihre verdammten Studenten sonstwohin stecken. Ich werde dieses Labor dichtmachen, bis ich dieses Ding laufen habe.« Sie atmete ein zweites Mal tief durch und benutzte den Waldo, um die betreffende Probe durch die Kühleinrichtung zurückzuschicken, dann ließ sie die Probenkammer in eine Sicherungszelle rutschen und schickte sie auf denselben Weg. Als sie sich umdrehte, waren die Azis gegangen, und Jordan stand noch immer da.

IV

Es war ein Marsch von der Klinik hinüber zum Haus, ein umständlicher Weg, wenn das Wetter es nötig machte, durch die Flure und die Tunnel zu gehen, ein ganzes Stück kürzer, wenn man unter freiem Himmel ging. Justin entschied sich für die frische Luft, obwohl die Schatten von den Felsen die Sonne abgeschnitten hatten und er eine Jacke hätte mitnehmen sollen. Er kämpfte gegen Erinnerungsfetzen vom Band. Er bekam sie fast an jedem Ort. Die Empfindungen machten ihm am meisten zu schaffen, und ihm war weiterhin übel … »Iß *du* doch das verdammte Zeug«, hatte Grant ihn herausgefordert, weil das Klinikpersonal zwei Essen gebracht hatte. »Ich werd's mit dir aufnehmen.«

Er hatte es hinuntergewürgt. Er war sich nicht sicher, ob er es im Magen behalten würde. Das alles war es wert gewesen, um Grant dazu zu bringen, daß er sich aufsetzte und lachte – sie hatten ihn zum Abendessen losgebunden, und Grant hatte mit verschränkten Beinen im Bett gesessen und mit einiger Begeisterung den Nachtisch in sich hineingeschaufelt. Auch wenn die Krankenschwestern sagten, daß sie ihm die Fesseln wieder anlegen würden, wenn er für die Nacht allein war.

Er wäre über Nacht überhaupt nicht gegangen, und Ivanov hätte ihn bleiben lassen; nur hatte er eine Verabredung mit Ari, und das konnte er Grant nicht sagen. Er gab vor, noch spät im Labor arbeiten zu müssen. Aber Grant hatte sich hundert Prozent besser gefühlt, als er ging, als zu dem Zeitpunkt, da er gekommen war, rasch erschöpft, aber mit Lebendigkeit in den Augen, fähig zu lachen – vielleicht ein wenig zuviel, vielleicht ein wenig zu gezwungen, aber sein Gesichtsausdruck verriet, daß Grant wieder zurück war.

Als Justin gerade gehen wollte, war die Maske gefallen, und Grant hatte ernst und elend ausgesehen.

»Ich bin morgen früh wieder da«, hatte Justin versprochen.

»He, das brauchst du nicht, es ist ein weiter Weg bis hierher.«

»Ich möchte es, in Ordnung?«

Und Grant hatte unbeschreiblich erleichtert ausgesehen. Das war das einzig Gute an diesem Tag. Es war alles wert, was es ihn gekostet hatte. Er spürte zum ersten Mal seit diesem Tag in Aris Büro, daß es einen Ausweg aus all dem geben könnte.

Wenn … wenn Ari genug hatte, was sie beschäftigt hielt; wenn …

Er dachte an Ari und Grant, der sich schon am Rande der geistigen Gesundheit befand …

Grant, der das Aussehen, den Charme hatte, daß jedes Mädchen, das Justin je gekannt hatte, ihn vorzog …

Er kämpfte sich durch Flashbacks, die sich nur auf schmähliche Reminiszenzen beschränkten, durch einen Sumpf aus Schmerz und Erschöpfung. Es würde nichts dabei herauskommen. Er wollte irgendwohin gehen und krank sein – er konnte Ari anrufen und sich damit entschuldigen, daß er krank sei, was er auch wirklich war, womit er nicht einmal log, und sie konnte ihn das nächste Mal fragen, wenn er …

O Gott. Aber dann gab es da noch die Abmachung, daß er Grant besuchen durfte. Es gab die Abmachung, die versprach, daß Grant frei sein würde. Sie konnte Grant einer Gehirnwäsche unterziehen. Sie konnte alles tun. Sie hatte Jordan bedroht. Von Justin hing alles ab, und er konnte es Grant nicht sagen, nicht in dem Zustand, in dem sich Grant befand.

Er sog Luft ein und schleppte sich weiter über den Weg, der um die Ecke zum Haupteingang führte – ein Jet flog an. Er hörte ihn. Es war etwas Alltägliches. Die *Reseuneair* flog sowohl nach Bedarf wie nach einem wöchentlichen Zeitplan. Justin sah das Flugzeug aufsetzen, während er am Kiesbeet und an den angepaßten Gebüschen entlangging, die zu den Vordertüren führten. Der Bus fuhr unmittelbar vor den Türen los und kam auf seiner Fahrt um den Kreisverkehr und hinunter zur Hauptstraße an ihm vorbei. Unterwegs, um jemanden aus dem Jet abzuholen, vermutete Justin, und er fragte sich, wer im Haus in all dem Chaos unten am Fluß gewesen war.

Er ging durch die automatischen Türen hinein, indem er seine Schlüsselkarte in den Messingschlitz schob, befestigte die Karte wieder an seinem Hemd und begab sich ohne Umwege zum Aufzug, der ihn in sein Apartment hinaufbringen würde.

Er wollte zuerst Jordan anrufen, wenn er ankam, und ihm sagen, daß es Grant besser ging. Er wünschte, er hätte Zeit zum Anrufen gehabt, während er sich in der Klinik aufhielt, aber Grant hatte ihn nicht aus den Augen lassen und er ihn nicht aufregen wollen.

»Justin Warrick.«

Er drehte sich um, sah die Sicherheitswachen an und brachte ihre Anwesenheit sofort in Verbindung mit dem Flugzeug und dem Bus und nahm an, daß irgendein Besucher eintreffen würde.

»Bitte kommen Sie mit uns.«

Er deutete auf die Aufzugtasten. »Ich wollte gerade nach oben in mein Zimmer. Ich werde nicht lang hier sein.«

»Bitte kommen Sie mit uns.«

»Oh, verdammt, benutzen Sie doch die Sprechanlage, fragen Sie Ihre Aufseherin … Und fassen Sie mich nicht an!« Als einer von ihnen nach ihm langte. Aber sie faßten ihn an den Armen und lehnten ihn gegen die Wand. »Mein Gott«, sagte er entnervt und erbost, als sie sich daran machten, ihn gründlich zu durchsuchen. Es war ein Funktionsfehler. Es waren Azis. Sie hatten ihre Anweisungen auf den Kopf gestellt, und sie hätten sich nie so viel herausnehmen können.

Sie drehten seine Arme nach hinten, und er spürte die Kälte von Metall an seinen Handgelenken.

»He!«

Die Manschetten schnappten zu. Die Männer drehten ihn wieder um und führten ihn durch den Flur. Er sträubte sich, und sie stießen ihn voran, durch den Flur zum Büro des Sicherheitsdienstes.

Mein Gott. Ari hatte Anklage erhoben. Gegen ihn, gegen Jordan, Kruger, gegen jeden, der mit Grant zu tun hatte. Das war es, was geschehen sein mußte. Irgendwo hatte sie die Waffe gefunden, die sie haben wollte, etwas, um ihn kaltzustellen und ihm alles anzuhängen; und er hatte dafür gesorgt, er, der dachte, er könne mit ihr zurechtkommen.

Er ging den Weg, den sie ihm vorschrieben, durch den Flur in das Büro mit den Glastüren, wo die Aufseherin saß. »Da rein!« befahl sie mit einem Wink zur Rückwand des Büros.

»Was, zum Teufel, geht hier vor?« wollte Justin wissen und versuchte die anderen einzuschüchtern, weil ihm nichts anderes übrigblieb. »Verdammt noch mal, *rufen Sie Ari Emory an!*«

Aber sie brachten ihn hinter Stahltüren, hinter das Sicherheitsschloß, steckten ihn in eine nackte Betonzelle und schlossen die Tür.

»Verflucht, Sie haben mir die Anklage vorzulesen!«

Es kam keine Antwort.

V

Der Körper war völlig zugefroren, direkt vor der Kellertür hingestürzt, fast mit der ganzen Vorderseite des Körpers zum Boden, ein wenig verdreht. Die Oberflächen im Keller waren noch immer mit Eis überzogen und verursachten Schmerzen, wenn man sie berührte. »Wie ein Stück Eis«, sagte der Ermittlungsbeamte und nahm die Szene mit seiner Kamera auf, was einer posthumen Entwürdigung gleichkam. Ari hätte uns das übelgenommen, dachte Giraud und starrte den Leichnam an, nach wie vor nicht imstande, sich vorzustellen, daß Ari sich nicht mehr bewegen, daß steife Glieder, glasige Augen und ein halb offener Mund nicht plötzlich wieder zum Leben erwachen würden. Sie trug einen Pullover. Das taten die Forscher immer, die in diesen antiquierten Kältelabors arbeiteten: nichts Schwereres. Aber kein Kälteanzug hätte sie retten können.

»Es hätte sonst überhaupt kein Stück Eis entstehen können«, brummte Petros. »Unmöglich.«

»Hat sie mit geschlossener Tür gearbeitet?« Der Ermittlungsbeamte aus Moreyville, einer Kleinstadt, die in zweitausend Kilometer Umkreis das Gesetz vertrat, legte seine Hand an die Kellertür. Sie fing bei der bloßen Berührung an zuzufallen. »Verdammt.« Er stoppte sie mit einem Stoß, balancierte sie vorsichtig aus und ließ sie behutsam los.

»Es gibt ein Wechselsprechgerät«, erklärte Petros. »Diese Tür fällt den meisten von uns früher oder später einmal zu, das wissen wir alle. Es hat irgendwie damit zu tun, wie das Gebäude steht. Man wird eingeschlossen, ruft einfach den Sicherheitsdienst an oder Strassens Büro, und jemand kommt runter und holt einen raus. Das ist keine große Sache.«

»Diesmal war's eine.« Der Ermittlungsbeamte – Stern lautete sein Name – langte nach oben und drückte den Knopf am Sprechgerät. Das Gehäuse zerbröckelte wie Wachs. »Ist kalt. Ich brauche dieses Ding«, sagte er zu seinem Assistenten, der ihm mit einem Schreibautomaten folgte. »Hört mich jemand?«

Es kam kein Laut aus dem Gerät.

»Funktioniert nicht.«

»Vielleicht ist es die Kälte«, sagte Giraud. »Ari hat sich nicht gemeldet.«

»Der Druckabfall war das erste, woran sie merkten, daß etwas nicht stimmte?«

»Der Druck in den Flüssigstickstofftanks. Die Techniker haben es bemerkt. Ich wurde eine Minute später oder so verständigt.«

»Gab es an Ort und Stelle keinen Alarm?«

»Er ist hier unten losgegangen«, erwiderte Giraud und deutete auf das Gerät an der Wand. »Hier hinten arbeitet niemand. So wie die Akustik ist, konnte niemand feststellen, woher er kam. Wir wußten es nicht, bis wir den Anruf von den Technikern erhielten, daß es sich um eine Stickstoffleitung handele. Da war uns klar, daß es das Kältelabor sein mußte. Wir sind sofort hier runtergerannt und haben die Tür geöffnet.«

»Hmmm. Und die Azis waren nicht hier. Nur Jordan Warrick, der sich schon wieder oben befand, als der Alarm losging. Ich brauche einen Bericht über dieses Sprechgerät.«

»Das können wir erledigen«, sagte Giraud.

»Besser wenn meine Abteilung das macht.«

»Sie sind aus formellen Gründen hier. Für die Aufzeichnungen. Dies fällt nicht in Ihre Zuständigkeit, Hauptmann.«

Stern sah ihn an – ein schwergewichtiger, grimmiger Mann mit dem Funkeln von Intelligenz in den Augen. Genug Intelligenz, um zu wissen, daß Reseune seine Geheimnisse verschlucken würde.

Und daß, weil Reseune Freunde in den hohen Rängen des Amtes für Innere Angelegenheiten hatte, sowohl eine Beförderung als auch ernste Schwierigkeiten einer Entscheidung folgen konnten.

»Ich glaube«, sagte Stern, »ich sollte besser mit Warrick reden.« Es war ein Fingerzeig, daß er auf Gespräche unter vier Augen auswich. Girauds erster Impuls war, ihm zu folgen und zu vertuschen, was vertuscht werden mußte. Sein zweiter war echte Panik, eine plötzliche Einsicht in die Katastrophe, die Reseune und all ihre Pläne heimgesucht hatte, die Tatsache, daß das Gehirn, das so aktiv gewesen war, so viele Geheimnisse bewahrte – nichts anderes mehr war als ein Klumpen Eis. Der Körper ließ sich in diesem gefrorenen Zustand unmöglich auf eine irgendwie würdige Weise transportieren. Selbst dieses simple Erfordernis geriet zu einem grotesken Schlamassel.

Und Corain … Die Nachrichtendienste werden diese Sache noch vor morgen früh melden.

Was, zum Teufel, sollen wir machen? Was sollen wir jetzt bloß machen?

Ari, verdammt noch mal, was sollen wir machen?

Florian wartete, saß auf einer Bank im Wartezimmer im Westflügel der Klinik. Er stützte seine Ellbogen auf die Knie, den Kopf auf die Hände und weinte, weil es nichts mehr zu tun gab, die Polizei Jordan in Untersuchungshaft genommen hatte und sie ihn nicht in Aris Nähe lassen würden, seit dieser eine schreckliche Blick ihn hatte begreifen lassen, daß es stimmte. Sie war tot. Und die Welt war anders als je zuvor. Die Befehle kamen von Giraude Nye: sich fürs Band melden.

Er verstand das. Sich beim Aufseher melden, hatte die Regel gelautet seit der Zeit, als er klein war; es gab Bänder, um Schmerzen zu lindern, und Bänder, die Zweifel beseitigten – Bänder, die die Welt erklärten und die Gesetze und ihre Regeln.

Aber am Morgen würde Ari immer noch tot sein, und er wußte nicht, ob sie ihm irgend etwas sagen konnten, damit er es begriff.

Er hätte Warrick umgebracht. Er würde es immer noch tun, wenn er die Wahl gehabt hätte; aber er hatte nur das Stück Papier, den Bandbefehl, der ihn als Tröstung für einen Azi hierher schickte; und er hatte sich nie so allein oder hilflos gefühlt, jede Anweisung nichtig, jede Pflicht einfach – verschwunden.

Jemand kam durch den Flur und trat leise ein. Er blickte auf, als Catlin hereinkam, so viel ruhiger als er – immer ruhig, ganz gleich, in welcher Krise sie steckten, und selbst jetzt …

Er stand auf, legte seine Arme um sie und hielt sie so fest, wie sie in so vielen Jahren zusammen geschlafen hatten, daß er sie nicht mitgezählt hatte, in guten und in schrecklichen Zeiten.

Er lehnte seinen Kopf an ihre Schulter. Spürte ihre Arme um sich. Das war viel wert, wenn eine solche Leere aufkam. »Ich habe sie gesehen«, sagte er; aber es war eine Erinnerung, die er nicht ertragen konnte. »Cat, was sollen wir jetzt tun?«

»Wir sind hier. Das ist alles, was wir tun können. Es gibt keinen anderen Platz für uns.«

»Ich brauche das Band. Es tut so weh. Cat. Ich will, daß es aufhört.«

Sie nahm seinen Kopf in ihre Hände und sah ihm in die Augen. Ihre waren blau und blaß wie bei niemand anderem, den er kannte. In Cat steckte immer ein nüchterner Verstand. Für einen Augenblick erschreckte sie ihn, weil dieser Starrblick so düster war, als ob es überhaupt keine Hoffnung gäbe.

»Es wird aufhören«, sagte sie und hielt ihn fest. »Es wird aufhören, Florian. Es wird verschwinden. Hast du auf mich gewartet? Komm, gehen wir hinein. Gehen wir schlafen, ja? Dann wird's nicht mehr weh tun.«

Schritte näherten sich der Tür, aber alle paar Minuten gingen Leute hin und her, und Justin hatte sich heiser geschrien, gegen die kalte Betonwand niedergesetzt und sich zu einem kleinen Bündel zusammengekauert, bis er hörte, daß die Tür aufgeschlossen wurde.

Dann versuchte er auf die Beine zu kommen, richtete sich schwankend an der Wand auf und hielt seine Balance, als zwei Sicherheitswachen zu ihm hereinkamen.

Er wehrte sich nicht gegen sie. Er sagte kein Wort, bis sie ihn zurück in ein Zimmer mit einem Schreibtisch brachten.

Hinter dem Giraud Nye saß.

»Giraud«, brachte er heiser hervor und sank in den bereitstehenden Stuhl mit der runden Rückenlehne. »Um Gottes willen – was geht hier vor? Was machen diese Leute, was wollen sie?«

»Du bist angeklagt, an einem Verbrechen beteiligt gewesen zu sein«, sagte Giraud. »Das geht hier vor. Reseuner Gesetz. Du kannst jetzt eine freiwillige Stellungnahme abgeben. Du weißt, daß du den Bestimmungen der Administration unterstehst. Du weißt, daß eine Psychosonde auf dich angesetzt werden kann. Ich kann dir nur dringend raten, entgegenkommend zu sein.«

Die Zeit verlangsamte sich. Die Gedanken rasten in alle Richtungen davon. Plötzlicher Unglauben erfüllte ihn, daß dies wirklich passieren könnte, dann die Gewißheit, daß es so war, daß es seine Schuld war, daß sein Vater wegen ihm hineingezogen wurde – eine Psychosonde würde alles an den Tag bringen.

Alles. Jordan würde es herausfinden. Sie würden es ihm sagen.

Er wünschte sich, er wäre tot.

»Ari hat mich erpreßt«, erklärte er. Es war schwierig, die Sprache mit der Welt, in der alles so langsam, und seinem Innern, in dem alles so schnell ablief, zur Deckung zu bringen. Die Worte wurden ewig weitergesponnen, schwebten einfach dort in der Stille. *Jordan erwähnen, und warum Grant fliehen mußte? Können sie darauf stoßen? Wie weit kann ich lügen?* »Sie sagte, Grant könne gehen, wenn ich tue, was sie will.«

»Du hast nichts über Krugers Verbindungen mit Rocher gewußt?«

»Nein!« Das war einfach. Die Worte purzelten eins übers andere. »Kruger sollte ihn nur in Sicherheit bringen, weil Ari drohte, ihm weh zu tun, wenn ich … wenn ich nicht … sie …« Er würde krank werden. Band-Flashbacks prasselten auf ihn nieder, und er lehnte sich so weit zurück, wie es seine Arme zuließen, und versuchte den Knoten in seinem Magen zu lösen. »Als Grant nicht in der Stadt ankam, bin ich selbst zu ihr gegangen. Ich habe sie um Hilfe gebeten.«

»Was hat sie gesagt?«

»Sie sagte, ich sei ein Idiot. Sie erzählte mir von Rocher. Ich wußte das nicht.«

»All das. Du bist nicht zu deinem Vater gegangen.«

»Ich konnte nicht. Er wußte nichts davon. Er hätte …«

»Was hätte er getan?«

»Ich weiß es nicht. Ich weiß nicht, was er getan hätte. Ich habe alles selbst gemacht. Er hatte überhaupt nichts damit zu tun?«

»Mit dem Diebstahl von Grant, meinst du.«

»Mit allem. Mit Kruger. Rocher. Jedem.«

»Und Ari wollte das geschehen lassen.«

Es klang nicht überzeugend. Eine Falle, dachte er. *Sie hat es geschehen lassen. Vielleicht hoffte sie, er würde durchkommen. Vielleicht.*

... vielleicht aus einem anderen Grund. Sie war darauf versessen. Sie hat ...

Aber bei Ari weiß man nie. Sie spielt mit Reaktionen, wie andere Leute eine Tastatur bedienen.

»Ich glaube, wir werden die restlichen Fragen unter Einfluß der Sonde stellen. Es sei denn, es gibt noch etwas, das du mir sagen willst.«

»Wer wird es machen?« Es gab diese und jene Techniker, und es machte einen Unterschied, wer sein Innerstes nach außen kehren würde. »Giraud, Ari wird das nicht gefallen, wenn mein Verhör aufgezeichnet wird. Weiß sie, wo ich bin? Weiß sie ...« *Mein Gott, ist das irgendeine Auseinandersetzung zwischen Ari und Giraud; hat er mich geschnappt, um etwas gegen sie in die Hand zu bekommen?* »Ich möchte mit Ari reden. Ich werde von ihr erwartet. Sie wird fragen, wo ich bin. Wenn sie nichts von mir hört, wird sie ...« *... sich an Jordan wenden, vielleicht etwas tun, das sie selbst nicht rückgängig machen kann. Sie werden es ihm sagen. Giraud wird's ihm sagen. Vielleicht will die Administration Jordan etwas anhängen, vielleicht ist dies eine Gemeinschaftsaktion von Ari und Giraud, sie gegen mich und Giraud gegen Jordan. O Gott, o Gott! In was bin ich da hineingeraten?* »... wird sie fragen, wo ich bin. Verstehst du?«

»Das glaube ich nicht. Und ich werde die Fragen selbst stellen. Wirst du freiwillig nach hinten in den Raum gehen, oder willst du deswegen Schwierigkeiten machen? Es wird in jeder Hinsicht schlimmer laufen, wenn du dich wehrst. Du verstehst das. Ich möchte nur sicherstellen, daß du dich daran erinnerst.«

»Ich werde gehen.«

»Schön.« Giraud stand auf, und Justin rückte vor und erhob sich mit zitternden Beinen. Er war starr vor Kälte, und seine einander überschlagenden Gedanken waren ununterscheidbar, zu einem Strudel ohne Ausweg geworden.

Er schritt durch die Tür, die Giraud ihm aufhielt, und ging Giraud und den wartenden Wachen durch den Flur in ein Zimmer voraus, von dem er sein ganzes Leben über nur gehört hatte, ein Raum, der mit seinen grünen Wänden und einer schlichten Couch den Räumen drüben in der Klinik in jenem Flügel sehr ähnelte, in den die Azis für die Bandabstimmung gebracht wurden. In der Ecke hing eine Kamera.

»Dein Hemd«, sagte Giraud.

Justin wußte, was sie wollten. Er zog es aus und legte es auf den Tisch. Dann setzte er sich auf die Couch und ließ sich den Schuß verpassen, den der Azi für ihn vorbereitet hatte, half ihnen, die Sensoren anzubringen, weil er es immer selbst tat, wenn er ein Band benutzte; aber seine Koordination war von dem Schuß beeinträchtigt. Er ließ sich in die Hände fallen, die ihm zu Hilfe kamen, und spürte, wie sie seine Beine auf die Couch hoben. Er merkte, daß sie mit den Pflastern zugange waren. Er schloß die Augen. Er wollte Giraud sagen, er solle den Azi hinausschicken, weil das, was er zu sagen hatte, auch Ari betraf, und der Azi, der es hörte – eine selektive Gehirnwäsche nötig haben würde, einen anderen Grund gab es nicht.

Giraud stellte ihm Fragen, sanft und professionell. Die ersten bekam er noch mit. Aber das ließ nach. Er hätte in den Händen eines der Techniker sein können, aber Giraud war der beste Fragesteller, den er sich vorstellen konnte – ruhig und keiner, der jedesmal eine emotionale Bürde hinter sich zurückließ. Einfach professionell. Und wenn Giraud die Wahrheit überprüfte, versuchte er zumindest herauszufinden, worin sie bestand.

Giraud sagte ihm das. Und unter Einfluß der Droge entsprach es der Wahrheit.

Giraud würde nicht von dem schockiert sein, was Ari getan hatte. Er hatte zu lang gelebt und zuviel gesehen. Giraud empfand echtes Bedauern für ihn und glaubte alles, was er sagte. Ein junger Mann mit seinen Qualifikationen in Aris Umfeld – Justin mußte begreifen, daß dies nicht zum ersten Mal geschah. Daß Ari versuchen würde, auf seinen

Vater Druck auszuüben, natürlich. Wer konnte das bezweifeln? Jordan hatte es sicher gewußt.

Nein, widersprach Justin, während das Bild einer weißen Decke und helles Licht vor ihm aufblitzte: So weit kam er an die Oberfläche. Er erinnerte sich, daß Giraud seine Schulter berührte.

Du hast wirklich darauf achtgegeben, daß dein Vater nichts davon erfuhr. Natürlich. Was meinst du, würde er tun, wenn er es herausfände?

Zum Amt gehen.

Aha.

Aber er wußte es nicht.

Du kannst jetzt schlafen. Du wirst ausgeruht aufwachen. Du kannst loslassen. Du wirst nicht fallen.

Irgend etwas stimmte noch immer nicht. Er versuchte es zu fassen zu bekommen. Aber es glitt zur Seite, verschwand aus seinem Blickfeld.

»Ich glaube, es bestehen keine großen Zweifel mehr«, sagte Giraud und sah Jordan über seinen Schreibtisch hinweg an. Mit sechsundvierzig war Jordan viel zu athletisch, physisch viel zu leistungsfähig, als daß man ihm eine Chance ließ; und sie waren noch aus anderen Gründen darauf bedacht, ihn nicht zu verletzen. Die Fesseln, die sie benutzten, waren Gurte: Aus verständlichen Gründen verzichteten sie auf eine Psychosonde: Jordan Warrick war eine Sonderperson, eine nationale Kostbarkeit. Nicht einmal das Amt für Innere Angelegenheiten durfte etwas tun, was ihm Schaden zufügen könnte, auf welche Weise auch immer.

Eine Sonderperson war angeklagt, eine andere Sonderperson umgebracht zu haben. Für diese Situation gab es keinen Präzedenzfall. Aber Jordan Warrick konnte ein Dutzend Säuglinge in Novgorod Plaza am hellichten Tag umbringen, und sie durften ihn weder fragen warum, noch einer Sondierung überstellen, noch die Anpassung bei ihm vornehmen, die einer für Vandalismus in der Öffentlichkeit bekommen hätte.

Jordan starrte ihn aus dem Stuhl, an den ihn der Sicherheitsdienst gebunden hatte, feindselig an. »Du weißt verdammt gut, daß ich's nicht gewesen bin.«

»Was willst du machen? Eine Sondierung verlangen, um es zu beweisen? Wir dürfen dir nichts tun. Das weißt du doch wohl. Du wußtest es, als du es getan hast.«

»Ich hab's nicht getan. Verflucht noch mal, ihr habt noch nicht einmal einen Autopsiebericht vorliegen.«

»Woran sie auch gestorben ist, die Kälte hat ausgereicht. Das Rohr ist nicht einfach gebrochen, das weißt du, Jordan, und du weißt, warum es gebrochen ist. Spar uns doch den ganzen Ärger. Was hast du getan? Das Rohr eingekerbt und den Labortank gefüllt, würde ich sagen. Den Labortank ganz vollaufen lassen, dann das Hauptventil zugedreht und die Rückflußpumpe auf maximale Leistung gestellt. Das hat die Leitung an ihrer schwächsten Stelle platzen lassen, wo immer sie auch jemand beschädigt hat.«

»Dann weißt du also, wie man's macht. Du scheinst die Gasleitungen eine ganze Ecke besser zu kennen als ich. Ich mache meine Arbeit mit einem *Computer,* Gerry, mit einer *Tastatur.* Ich bin mir sicher, ich habe nie darauf geachtet, wo im Labor von Flügel Eins die Rohre verlaufen. Ich verstehe nichts von den Kühlsystemen, und ich bin auch nie darauf aus gewesen, etwas darüber zu lernen. Und es ist noch etwas falsch an deiner Theorie. Ich habe dort unten keinen Zugang.«

»Justin schon. Und sein Azi konnte rein.«

»Oh, jetzt langst du aber völlig daneben. Grant ist in der Klinik, hast du das vergessen?«

»Wir haben deinen Sohn verhört. Gerade fangen wir mit dem Azi an. Deinem und seinem.«

Jordans Gesicht erstarrte in steinerner Ruhe. »Du wirst nicht das geringste herausbekommen, weil es nichts herauszubekommen gibt. Du wirst an deinen Anklagen ersticken, Giraud. Du hättest es besser mit etwas mehr Überlegung machen sollen.«

»Nein, ich werde nicht dran ersticken. Ich kenne nämlich deine Motive.«

»*Welche* Motive?«

Giraud drückte einen Knopf am Bürorecorder, und eine vorher eingelegte Aufnahme war zu hören.

»Er hat den Schlamassel dir überlassen, Gerry. Genauso wie Denys. Es geht nicht darum, daß wir ein Problem mit irgendwelchen Aufzeichnungen haben. Wir reden über ein verschrecktes Kind, Gerry.«

»Noch eine Woche ...«

»Zum Teufel mit noch einer Woche! Du kannst damit anfangen, daß du mir da drüben eine Freigabe vom Sicherheitsdienst gibst und Petros dazu bringst, auf meine Anrufe zu antworten.«

»Dein Sohn ist im Augenblick drüben. Er hat eine uneingeschränkte Freigabe bekommen, Gott weiß warum. Er wird sich um ihn kümmern.« Pause. »Schau mal, Jordie, sie sagen, noch etwa eine Woche. Höchstens zwei.«

»Justin hat eine Freigabe bekommen.«

Ende des Bandes.

»Was, zum Teufel, hat das denn mit der Sache zu tun?«

»Das war, bevor du hinuntergangen bist, um Ari zu treffen. Nicht wahr? Auf schnellstem Wege nach da unten, gleich nach diesem Gespräch.«

»Allerdings. Du konntest dich da wohl nicht raushalten.«

»Nein. ›Justin hat eine Freigabe bekommen‹, sagtest du. Das hat dich überrascht. Punkt eins: Justin hat dir etwas verschwiegen, was er dir hätte sagen sollen. Punkt zwei: Ari hat nie ihre Vorteile aufgegeben. Punkt drei: Du kanntest Aris Gewohnheiten. Genau zu diesem Zeitpunkt hast du etwas vermutet, das du schon immer mal aufgeschnappt hast, gerade als du dahinter gekommen bist, welchen Handel dein Sohn wegen Grant eingegangen ist.«

»Reine Phantasterei.«

»Dein Sohn hat versucht, Ari zu erpressen. Es war wirklich ein ziemliches Komplott. Du dachtest, er hätte Ari in die Schranken gewiesen. Du hast ihm keine Fesseln angelegt. Aber als Ari Grant wieder heimholte, hatte sie alle Trümpfe in der Hand. Stimmt's? *Alle.* Dein Sohn ist zu Ari gegangen, damit sie half, nicht du. Und sie hat deinem Sohn eine Gefälligkeit erwiesen, die du ihr mit all deinen Drohungen nicht abzwingen konntest. Ich frage mich, warum.«

»Du hast eine blühende Phantasie. Das hätte ich von dir nie erwartet.«

»Du hast Ari zur Rede gestellt, und entweder sagte sie es, oder du wußtest es schon – was dein Junge für seinen Unterricht tun mußte. Und du hast sie dafür umgebracht. Du hast ein Ventil gesperrt und eine Pumpe aufgedreht, das erfordert nicht viel Zeit. Jeder im Flügel Eins wußte von der Tür. Es sollte wie ein Unfall aussehen, aber dann mußtest du improvisieren.«

Einen Moment lang sagte Jordan nichts. Dann: »Das paßt nicht.«

»Warum nicht?«

»Ich sag dir mal, wer noch wußte, daß ich hinuntergehen würde. Du wußtest es. Ich bin gegangen. Ari und ich haben geredet, und dann bin ich gegangen. Du kannst den Schreibautomaten überprüfen.«

»Sie benutzte keinen. Du kennst doch diese verdammte Transfer-Tafel. Es gibt keine Gesprächsaufzeichnung. Und sie hat uns nichts Schriftliches zurückgelassen. Sie hatte keine Zeit. Du hast sie niedergeschlagen, das Rohr präpariert, die Tür zugeschlagen und den Druck ansteigen lassen. Zu dem Zeitpunkt, als der Alarm losging, warst du wieder oben.«

»Ich hab's nicht getan. Ich behaupte nicht, daß ich auch nur eine Träne vergieße. Aber ich hab's nicht getan. Und Justin war drüben in der Klinik, das sagst du selbst auf dem Band, das du da hast. Wenn du es bearbeitest, werde ich dich als Lügner bloßstellen.«

»Jetzt langst *du* aber daneben. Denn wenn du vor Gericht gehst, Jordie, kann ich andere Bänder vorlegen, die zum Beweismaterial gehören. Ich spiel mal eins für dich ab.«

»Das brauchst du nicht.«

»Aha. Dann weißt du wohl, um was es sich handelt. Aber ich möchte, daß du aufpaßt, Jordie. Ich werde sie alle abspielen, wenn du magst. Und du kannst mir sagen, was du dabei denkst.«

»Das brauchst du nicht.«

»Ari sagte – du hättest selbst schon einmal eine Auseinandersetzung mit ihr gehabt ... vor einigen Jahren.«

Jordan atmete tief durch. Die Maske war gefallen. »Jetzt hör mir zu«, sagte er im selben Atemzug. »Hör mir wirklich mal gut zu, du Trottel! Das bist du nämlich, wenn du dir einbildest, du hättest das hier im Griff. Wenn Ari tot ist und ich weg bin, sind zwei Flügel in Reseune vollkommen in Unordnung. Reseune hat Vereinbarungen getroffen, die nicht eingehalten werden können. Reseune wird echte Schwierigkeiten haben, seinen Verpflichtungen nachzukommen, und seine politischen Bettgefährten werden ihre Hosen an sich raffen. So schnell sie können. Du vergißt eines: Wenn eine Sonderperson stirbt, zieht das unweigerlich Ermittlungen nach sich. Und was sie herausfinden, kann wirklich interessant werden, *nicht nur* für uns Glückskinder innerhalb von Reseune. Wenn die Nachrichtendienste davon Wind bekommen, wirst du erleben, wie Abteilungsleiter und Präsidenten von Handelsgesellschaften wie die Alarmanlagen losgehen. Du hast recht. Du kannst mich nicht verhören. *Ich* kann nicht anders aussagen, als mein Wort zu geben. Du weißt, was ich ihnen sagen werde. Ich werde ihnen sagen, du hast ein Band bei mir benutzt. Und sie können es ohne eine Psychosonde nicht widerlegen. Was das Gesetz nicht einmal erlaubt, wenn ich's freiwillig machen lasse. Stell mich ruhig vor ein Mikro. Mach nur weiter so und tu es! Das ist genau der Geleitschutz, auf den ich gewartet habe. Einen besseren Geleitschutz kann ich mir gar nicht wünschen. Ari und ihr Freund Lao konnten mich ausschalten. Aber du weißt, wie es ist – manche Geschichten sind zu groß, um sie zu vertuschen. Die Ermordung des Kopfes von Reseune gehört dazu. Es tut mir verdammt leid, daß ich nicht daran gedacht habe.«

»Das ist richtig. Das ist alles nur zu richtig.«

»Jetzt gerade denkst du darüber nach, mich umzubringen. Mach es ruhig. Du meinst, der Tod *einer* Sonderperson ist schwer zu erklären.«

»Aber alte Nachrichten haben etwas so Endgültiges an sich. Ein kleiner Skandal. Eine Menge Stillschweigen danach.«

»Aber *du* würdest nicht in den Rat kommen. Du ganz bestimmt nicht. Wir können auf den Straßen jemanden umbringen, aber wir können es nicht verbergen. Keine politische Macht. Kein von den Alarmanlagen unbewachter dunkler Fleck, wo man's sich gemütlich machen kann. Öffentliche Schmach. Du willst dabei zusehen, wie Reseune alles verliert, was es aufgebaut hat …«

»Alte Nachrichten. Der Selbstmord eines Mörders. Du konntest den schlechten Ruf nicht ertragen, den ein Prozeß mit sich bringen würde. Du dachtest, du könntest ihn abwenden. Du wußtest nicht, daß es Bänder gab. Du wußtest nicht, daß Ari ihre kleinen intimen Parties aufgezeichnet hat. Und die Leute werden schockiert sein. Aber nur für eine Weile. Die Leute haben schon immer an Skandalen um die Reichen und Berühmten Gefallen gefunden. Es geht alles in dem Glanz verloren. Wer weiß, vielleicht wird dein Junge ins Leben finden. Oder ein tragisches Ende nehmen. Eine Drogenüberdosis. Ein Bandfehler. Ein echter Verlust. Aber in einem kannst du dir sicher sein, daß er nämlich keinen Posten in Reseune bekommen wird. Oder sonst irgendwo, wohin unser Einfluß reicht. Ganz zu schweigen von dem anderen Jungen. Dem Azi. Es ist wahrscheinlich ein Fehler, ihn ins Verhör zu nehmen. Er ist im Moment so schwach. Aber wir müssen an die Fakten kommen.«

Jordan rührte sich lange Zeit nicht einmal.

»Natürlich gibt's da auch noch Paul«, sagte Giraud.

Jordan schloß die Augen.

»Gibst du dich geschlagen?« fragte Giraud.

»Ich bin mir sicher«, sagte Jordan und sah ihn an, »du willst damit sagen, daß du mir ein Angebot machst. Du hast das so sorgfältig zusammengefügt. Ihre Sicherheit für mein Schweigen?«

Giraud lächelte ohne Humor. »Du weißt, wir können sie uns nehmen. Du hast uns einfach zu viele Geiseln gegeben,

Jordie, und du kannst keine einzige von ihnen schützen, wenn du nicht unseren Befehlen gehorchst. Du möchtest nicht, daß dein Junge mit diesem Band lebt. Du möchtest nicht, daß er verfolgt wird, daß die Krugers angeklagt und dein Freund Merild vor Gericht gezerrt und all deine Freunde im Rat darin verwickelt werden, einer nach dem anderen. Es gibt einfach nichts, wovor eine solche Untersuchung halt macht, wenn man sie einmal in Gang gebracht hat. Du möchtest nicht, daß Grant oder Paul ein Verhör nach dem anderen über sich ergehen lassen müssen. Du weißt, was das bedeuten würde. *Wir* möchten nicht, daß eine Untersuchung über die Stränge schlägt, und *ich* möchte nicht, daß Reseune von einem Skandal belastet wird. Ich sag dir, wie das gehen wird. Du legst uns ein ausführliches Geständnis ab. Es wird nichts mit dir passieren: Das weißt du. Du bekommst sogar deinen sehnlichsten Wunsch erfüllt: eine Versetzung von hier. Wir werden darauf beharren, daß deine Arbeit wichtig ist. Und du wirst mit ihr an einem ruhigen, gemütlichen Ort ohne Kameras, ohne Mikrophone und ohne Besucher fortfahren. Ist das nicht besser als die Alternativen?«

»Es sei denn, ich hab's nicht getan. Ich weiß nicht, was passiert ist. Ich bin dort rausgegangen. Ari und ich hatten einen Streit. Ich habe sie beschuldigt, meinen Sohn zu erpressen. Sie lachte nur. Da bin ich gegangen. Ich habe sie nicht bedroht. Ich sagte überhaupt nichts. Du weißt, ich wäre ein verdammter Idiot gewesen, wenn ich Ari gesagt hätte, was ich vorhatte. Und dazu gehörte kein Mord. Ich wußte es nicht. Das ist die reine Wahrheit. Ich hatte mich nicht entschlossen, zum Amt zu gehen. Ich war mir nicht sicher, ob es nicht eine Möglichkeit gab, sie zu bestechen.«

»Jetzt haben wir eine andere Wahrheit. Bekommen wir eine pro Stunde?«

»Das *ist* die Wahrheit.«

»Aber *du* kannst nicht mit einer Psychosonde untersucht werden. *Du* kannst nicht beweisen, was du erlebt haben willst. Oder was du getan hast. *Du* kannst überhaupt nichts beweisen. Also sind wir wieder da, wo wir angefangen haben. Um ehrlich zu sein, Jordie, es ist mir gleichgültig, ob du's getan hast. Du bist unser Hauptproblem in der Aufräumarbeit. Du *hättest* es gern getan, du bist die Nummer eins auf meiner Liste, und wenn du es nicht bist, der's getan hat, dann bist du noch gefährlicher als der Täter, denn wenn jemand anders Ari umgebracht hat, geschah es aus persönlichen Gründen. Wenn du es getan hast, war es etwas anderes. Also werden wir diese Rohre, die Ventile, das ganze System bis zum Gehtnichtmehr untersuchen. Und wenn wir keine Beweise finden, werden wir welche machen, damit du's weißt. Und ich werde dir den ganzen Text geben, den du für das Amt verwenden kannst. Du hältst dich an die Geschichte, und ich halte meinen Teil der Abmachung ein. Du kannst um alles bitten, was du willst. Solang es sich im vernünftigen Rahmen bewegt. Du bekennst dich schuldig, du steckst den Treffer ein, ziehst dich einfach in eine gemütliche kleine Enklave zurück, und alles wird gut sein. Wenn nicht – dann fürchte ich, werden wir wirklich eigene Maßnahmen ergreifen müssen.«

»Ich möchte, daß sie von hier versetzt werden. Justin. Grant. Paul. Das ist mein Preis.«

»So viel kannst du nicht bekommen. Wir können dir ihre Sicherheit versprechen. Das ist alles. Sie werden hier an Ort und Stelle bleiben. Wenn du deine Meinung änderst, können wir das auch. Wenn du einen Fluchtversuch wagst, wenn du Selbstmord begehst, wenn du mit jemandem redest oder eine Botschaft gleich welcher Art losschickst – dann werden sie dafür bezahlen. So läuft das Geschäft. So einfach ist das.«

Eine sehr lange Stille trat ein. »Dann laß sie bei mir.«

Giraud schüttelte den Kopf. »Ich werde großzügig sein. Das muß ich nicht, verstehst du. Ich werde dir Paul geben. Du bist mir nicht ganz unsympathisch. Paul wird natürlich denselben Einschränkungen unterliegen.«

»Du läßt die Finger von ihm.«

»Was denkst du denn? Daß ich ihn mitschicke, um dich

auszuspionieren? Nein. Nicht ihn. Nicht deinen Sohn. Nicht den Azi. Du hältst deinen Teil der Vereinbarung, ich meinen. Einigen wir uns darauf?«

Jordan nickte nach einem Moment. Seine Lippen bebten, aber nur schwach.

»Du bleibst hier«, sagte Giraud, »bis das Amt für Innere Angelegenheiten mit den Ermittlungen anfängt. Du wirst in Untersuchungshaft bleiben. Aber du wirst angemessen untergebracht. Was Besuche von Paul angeht – da können wir uns einigen. Besuche von deinem Sohn – nur unter sehr eingeschränkten Bedingungen. In der Hinsicht gebe ich dir einen Rat: Dieser Junge wird versuchen, dir zu helfen. Ihm zuliebe solltest du das besser unterbinden. Wahrscheinlich bist du derjenige, der das kann. Sind wir uns einig?«

»Ja.«

»Ich möchte dir das Band zeigen, das ich dir versprochen habe.«

»Nein.«

»Ich glaube, du solltest es sehen. Ich glaube, das solltest du wirklich. Ich möchte, daß du darüber nachdenkst – was wir gebrauchen können, wenn du keine politischen Motive für dein Verbrechen vorbringen kannst. Ich bin mir sicher, du kannst sehr überzeugend sein. Ich bin mir sicher, du kannst auf radikale politische Verbindungen hindeuten. Verbindungen der Zentristen. Denn es muß ein Motiv geben. Nicht wahr?« Er drückte einen Knopf. Der Wandbildschirm wurde hell. Giraud beobachtete Jordans Gesicht dabei. Jordan richtete den Blick in die Ecke, nicht auf den Bildschirm. Sein Gesicht wirkte im gedämpften Licht, dem Flackern vom Bildschirm wie ein gemeißeltes Abbild. Stimmen sprachen. Körper umschlangen sich, kopulierten. Jordan sah nicht hin. Aber er reagierte. Er hörte.

Giraud hatte keinen Zweifel daran.

»Hat Jordan Warrick jemals in deiner Gegenwart seine Ansichten über Ariane Emory dargelegt?«

»Ja, Ser«, antwortete Grant. Er saß ruhig an dem Schreibtisch, die Hände vor sich gefaltet, und sah die Lampe an dem Schreibautomaten flackern, der kleinen schwarzen Kiste, die zwischen ihm und diesem Mann stand, der sagte, er sei vom Amt für Innere Angelegenheiten. Er beantwortete eine Frage nach der anderen.

Justin war nicht zurückgekommen. Sie hatten Grant Essen gebracht, ihn duschen lassen und ihm gesagt, daß ihn heute nachmittag ein Mann befragen würde. Dann hatten sie ihn wieder ins Bett gesteckt und die Fesseln wieder angelegt. Deshalb nahm er an, daß es jetzt Nachmittag sei. Oder es war, was immer es ihretwegen sein sollte. Er konnte sehr wütend werden über das, was sie mit ihm gemacht hatten, aber das hatte keinen Sinn; es war, was sie tun wollten, und er hatte keine Möglichkeit, es zu verhindern. Er war erschrocken; aber das half auch nichts. Er beruhigte sich und beantwortete die Fragen, ohne zu versuchen, ihren logischen Zusammenhang zu ergründen, weil dies seine Antworten beeinflußt hätte und sie ihn dann führen würden; und er würde sie führen; und es würde zu einer Auseinandersetzung kommen. Was er nicht wollte. Er wollte verstehen, aber als er sich dabei ertappte, daß er es zu sehr wollte, stellte er alles ab, auf die Weise, wie er es gelernt hatte, als er sehr klein war – eine Azi-Taktik. Vielleicht half es ihm. Vielleicht war das ein weiterer Unterschied zwischen ihm und Justin, zwischen ihm und einem geborenen Menschen. Vielleicht machte es ihn weniger menschlich. Oder mehr. Er wußte es nicht. Es war nur manchmal nützlich, wenn er wußte, daß jemand ihn manipulieren wollte.

Er war einfach *nicht vor Ort*. Die Aussage entströmte ihm. Sie würden sie aufnehmen, wenn er bewußtlos war, falls er sie nicht freiwillig machte; und er erwartete, daß sie sie ohnehin durch eine Psychosonde überprüfen würden.

Er würde später alles zusammenfügen, sich an die Fragen erinnern, was er gefragt worden war und wie die Antworten gelautet hatten. Dann würde er vielleicht zum Nachdenken imstande sein. Aber nicht jetzt.

Nicht vor Ort, so einfach war das.

Schließlich war auch der Mann vom Amt für Innere Angelegenheiten *nicht mehr vor Ort.* Andere erschienen, und die Trugbilder von Türen öffneten sich.

Der nächste Ort war das Psycholabor. Dann kam das Schwierigste, in diesem Zustand dahinzutreiben, während des Verhörs unter Drogeneinfluß *nicht vor Ort* zu sein. Den Grat zwischen *vor Ort* und *nicht vor Ort* entlangzugehen erforderte große, angestrengte Konzentration, und wenn er zu schwanken anfing und zu weit ins *nicht vor Ort* ging und dort zu lang blieb, dann würde es schwierig sein, seinen Weg zurück zu finden.

Die Dinge *vor Ort* versuchten ihren Weg in sein Denken zu finden mit Zweifeln, ob Justin ihn je in seinem Zimmer besucht hatte, mit dem Verdacht, daß für den Fall, wenn es so wäre, sie letztlich Aris Zorn getroffen hatte, und Justin und Jordan seiner Entführung angeklagt waren ...

Aber er trieb sich das aus. Er kämpfte gegen die Techniker nicht so wie gegen die Männer an – wenn sie je wirklich existiert hatten. Die Techniker gehörten zu Reseune, und sie hatten die Schlüssel zu jedem kleinsten Gedanken, der in ihm war.

Die erste Regel besagte: Es ist immer richtig, sich seinem Schlüsselkommando zu öffnen.

Die zweite Regel besagte: Ein Schlüsselkommando ist absolut.

Die dritte Regel besagte: Ein Operateur mit deinen Schlüsseln ist immer im Recht.

Kein Reseune-Operateur, daran glaubte er aus vollem Herzen, würde eine Illusion von Reseune-Operateuren schaffen. Niemand *außer* ein Reseune-Operateur verfügte über seine Schlüssel. Das ganze Universum mochte ein Strom von Teilchen sein und sich um ihn auflösen: aber in ihm existierten er und der Operateur, der seine Schlüssel besaß.

Justin hatte vielleicht überhaupt nie existiert. Vielleicht gab es keinen solchen Ort wie Reseune und keine solche Welt wie Cyteen. Aber derjenige, der ihm die richtigen Zahlen und Code-Phrasen zuflüsterte, konnte nach Belieben in seinen Geist eindringen und sich ohne eine Spur zurückziehen; oder dies und jenes aufheben und es sich ansehen – nicht verändern: Eine Vase, die man auf einen Tisch stellt, verharrt für einen Moment und sucht ihre alte Position; nicht schlagartig, aber beharrlich – *die andere Seite gehört nach draußen.* Es würde viele solcher Eingriffe, viele Drehungen derselben Vase, viele Ablenkungen erfordern, zum Beispiel das Bewegen eines anderen Tisches, ein Umherschieben des Sofas, bevor die Vase ihre neue Orientierung eine Weile beibehalten würde. Selbst dann würde sie dazu neigen, in ihre alte Position zurückzukehren – mit der Zeit.

Selbst der Besucher sagte: Wir werden dieses eine Zimmer neu einrichten; und zeigte ihm den Schlüssel. Und befahl ihm, daneben zu stehen und zuzusehen. Und erklärte dann, wie all das mit dem übrigen Haus zusammenpassen würde, wonach er, wenn es wirklich funktionierte, immer weniger Befürchtungen deswegen hegen würde.

Wie die Dinge lagen, war der Besucher ungehobelt und stieß Gegenstände um, trieb ihn dann in die Enge und stellte ihm Fragen. Was ihn beunruhigte, weil er klug genug war, um zu wissen, daß solche Gelegenheitstaktiken eine Ablenkung sein konnten, um diese Vase auf dem Tisch zu bewegen. Oder um dieser offenkundigen Versuchung auszuweichen und sich etwas zuzuwenden, was ihm eine Zeitlang vielleicht nicht auffallen würde.

Der Besucher schlug ihn ein paarmal und ließ ihn benommen zurück. Als er wußte, daß die Tür geschlossen war, lag er eine Weile da, und die Teile der zertrümmerten Vase sammelten sich und fügten sich selbst wieder zusammen; und die Möbel richteten sich von allein auf, und alle Bruchstücke kehrten an ihren Platz zurück.

Er mußte dort lange Zeit liegen, um sicher zu sein, daß tatsächlich wieder alles an seinem richtigen Platz war. Der Fremde hätte Schlimmeres tun können. Der Fremde hätte eine Ebene tiefer gehen und ihn durch immer tiefere Zimmer jagen können, um ihn schließlich dort in die Enge zu treiben, wo es keinen Rückzug mehr gab. Dann hätte der Fremde einen Weg in sein Inneres gefunden, worauf er in sich selbst hineingezogen worden wäre, in dunkles Gebiet, das der Eindringling kannte und das auch er nur widerwillig sondierte.

Ganz so lief es natürlich nicht. Es war nur das Bild, das er davon hatte, die Vorstellung eines Kindes, bei deren Entstehen ein Techniker ihm geholfen hatte. Die Vase war die Einlaß-Sperre. Die Ja-nein/bist-du-sicher-Sperre. Sie befand sich gleich am Eingang und jeder Operateur, der ihn zu beruhigen versuchte, drehte sie einfach ein bißchen.

Dieser Besucher hatte sie auf den Boden geworfen.

Er kam in einem sehr viel kahleren und öderen Zimmer wieder zu sich. Schatten kamen und gingen und sprachen zu ihm. Aber er war noch immer zu einem großen Teil *nicht vor Ort.* Er war erschöpft, und die Zimmer verfielen immer wieder in einen ungeordneten Zustand, die Möbel flogen reglos umher, verlangten von ihm, sie wieder zu ordnen, was bedeutete, daß er sich noch stärker in sich selbst vertiefen mußte, und diese Leute schlugen ihn ständig, Klapse auf die Wangen, die sich anfühlten, als sei das Fleisch dort abgestorben. Sie sprachen zu ihm, aber die Worte flogen in Bruchstücken davon. Er hatte keine Zeit für sie. Er fiel innerlich auseinander, und wenn diese Männer ihn weckten, war er sich nicht sicher, ob die Dinge dorthin zurückkehren würden, wohin sie gehörten.

Jemand richtete die Schlüsselwörter an ihn, die der letzte Besucher zurückgelassen hatte. Und bestand darauf, daß er aufwachte. Woraufhin er Petros Ivanov sah, der auf seinem Bett saß.

»Sie werden dich in den Stuhl setzen. Wirst du ihnen das erlauben?«

»Ja«, sagte er. Er würde ihnen überhaupt nichts erlauben. Wer immer sie waren. Er war viel zu sehr damit beschäftigt, Dinge zurück auf die Regale zu stellen und wieder herunterfallen zu sehen.

Aus dem Zimmer war ein anderes geworden. Er sah Blumen. Er sah einen Wasserfall. Er gab ein rhythmisches Geräusch von sich, das keinen Rhythmus hatte. Natürlich. Es war ein Fraktal. Fraktale waren eine verbreitete Naturerscheinung. Grant versuchte vorsorglich das Muster zu entdecken. Sie hatten ihn mit Handschellen an den Stuhl gefesselt. Er wußte nicht genau, was die gegebene Größe mit allem übrigen zu tun hatte. Er arbeitete an der mathematischen Seite, weil dies das Problem war, vor das sie ihn gestellt hatten. Er wußte nicht, warum.

Er schlief, vielleicht. Er wußte, daß sie irgend etwas mit seinem Geist angestellt hatten, weil die Einlaß-Sperre instabil war: Die Vase kippte dauernd vom Tisch an der Tür. Keine Sicherheit. Keine Sicherheit.

Aber ganz plötzlich erinnerte er sich, daß Justin kommen sollte. Das war vorher wahr gewesen. Er verletzte die Grundregel und nahm vorsichtig, indem er die Nachteile dessen sorgfältig erwog, etwas anderes als die Worte des Operateurs als die Wahrheit an.

Wenn er sich irrte, gab es von hier keinen Weg zurück, und er hatte keine Karte.

Wenn er sich irrte, würde er kaum in der Lage sein, sich selbst wiederaufzubauen.

Er stellte die Vase zurück. Dann setzte er sich hin, um zu warten.

Justin würde kommen. Wenn nicht – hatte nichts je existiert.

Er konnte in ihrer Welt sehen, schmecken und umhergehen. Aber nicht wirklich. Sie würden ein Wrack aus ihm machen. Aber nicht wirklich. Nichts war …

… wirklich.

Auf keine Weise.

VI

Die feierliche Aufbahrung war barbarisch, die Halle des Staates hallte wider von düsterer Begräbnismusik und quoll über mit Blumen und Grünzeug – ein Schauspiel ganz wie auf der alten Erde, hatte ein Sprecher angemerkt, während andere Nachrichtenkommentatoren es mit dem ähnlichen Aufwand beim Tod von Corey Sentessi verglichen, dem Hauptarchitekten der Union, dessen achtundvierzigjährige Amtszeit im Rat, erst auf dem Sitz des Amtes für Innere Angelegenheiten und dann auf dem des Bürgeramtes, den Präzedenzfall für die Trägheit in den Wahlvertretungen geschaffen hatte – damals hatte auch die Notwendigkeit bestanden, wenn man die weit verstreuten Kolonien und das Ausmaß beachtete, in dem ein Gerücht die Runde machen und sich ausbreiten konnte, unanfechtbar zu demonstrieren, daß Sentessi tot war, die Fackel schicklich von einem zum andern gehen und all die Kollegen, die gegen Sentessis Einfluß angekämpft hatte, vor die Öffentlichkeit treten, reichlich Tränen vergießen und andächtige Reden halten zu lassen, die die Spekulationen durch endlose Wiederholungen erstickten.

Was um so angebrachter war, wenn die Verschiedene synonym mit Reseune und Wiederbelebung und das Opfer eines Anschlags war.

»Wir hatten unsere Differenzen«, sagte Mikhail Corain in seinem Nachruf, »aber die Union hat in dieser Tragödie einen unschätzbaren Verlust erlitten.« Es wäre geschmacklos gewesen, zu erwähnen, daß es ein doppelter Verlust war, zählte man den mutmaßlichen Mörder mit. »Ariane Emory war eine Frau mit Prinzipien und Weitblick. Erinnern Sie sich an die Archen, die im Orbit ferner Sterne unser genetisches Erbe bewahren. Erinnern Sie sich an die Wiederannäherung an die Erde und die Vereinbarungen, die die Erhaltung und Wiedereinführung seltener Spezies ermöglicht haben ...«

Es war eine seiner besseren Reden. Er hatte darüber Blut und Wasser geschwitzt. Es gab lästiges Murren über die Zurückhaltung von Beweismitteln in dem Fall, über den unerklärten Befehl, der laut Reseune von Emory selbst in den Hauscomputern hinterlassen worden war und der die Entfernung von Emorys persönlichen Wachen verlangte, was das Personal ohne Widerspruch befolgte. Es gab den wohlbekannten Fall des Warrick-Azis, den Rochers Extremisten entführt und verpfuscht hatten, ehe man ihn nach Reseune zurückbringen konnte. Es war der Umstand zu beobachten, daß Rocher selbst aufrührerische Reden hielt, öffentlich seiner Freude über den Anschlag Ausdruck verlieh, ein Vorkommnis, das der Presse viel eher eine Nachricht wert war als die rechtmäßig mit den Zentristen verbundenen Abolitionisten wie Ianni Merino, der den Verlust eines Menschenlebens bedauerte, dann die Eliminierung der Azis verurteilte, was für die Nachrichtendienste alles zu kompliziert war: Ianni hatte wirklich nie die Technik gelernt, nur einen Gegenstand zur selben Zeit zu behandeln, und es klang zu sehr das an, was Rocher gesagt hatte. Die Reporter drängten sich auf den Treppen und in den Bürotüren wie Raubtiere, die zwischen Felsen hervorsprangen, mit laufenden Schreibautomaten vorstießen, um jeden Zentristen im Rat und Senat zu fragen: »Glauben Sie, daß es eine Verschwörung gab?«, und: »Was denken Sie nach Rochers Rede?«

Was für manche Zentristen ein schmaler Grat war, auf dem sie gehen mußten.

Er hoffte inständig, etwas davon entschärft zu haben. Daß er zitierbar gewesen war.

Man sollte nie sagen, daß die Nachrichtendienste fürs Amt für Information tätig waren, deren gewählte Rätin Catherine Lao war, Ariane Emorys zuverlässiger Widerhall im Rat: Man sollte nie sagen, daß Beförderungen erreicht und Karrieren gemacht wurden – wenn Reporter Material beibrachten, das das Obere Management zufriedenstellte. Man konnte es den Reportern nicht zum Vorwurf machen, wenn sie merkten, daß das Obere Management mehr und immer mehr über die Verschwörungstheorie hören wollte: Es war mit Sicherheit eine gute Show.

Corain schwitzte jedesmal, wenn er einen Schreibautomaten in der Nähe von jemandem aus seiner Partei sah. Er hatte mit jedem einzelnen von ihnen persönlich zu sprechen versucht, um auf Umsicht und Anstand zu drängen. Aber die Kameras waren ein Rauschmittel, der Zeitplan der Zusammenkunft um die Bestattung war gedrängt und stand unter hohem Druck, und nicht jeder Rat und nicht alle Angehörigen des Personals in der Partei stimmten mit der Parteilinie überein.

Die Kameras fingen Gesichter ein, die nie zuvor zur Verfügung gestanden hatten: der Direktor von Reseune, Giraud Nye, um nur einen zu nennen. Die Reporter nahmen endlose Mühen auf sich, um der zusehenden Öffentlichkeit zu erklären, daß Ariane Emory entgegen der allgemeinen Annahme nicht die Administratorin von Reseune gewesen war, ja bis kurz nach ihrem fünfzigsten Lebensjahr überhaupt keinen administrativen Posten in Reseune innegehabt hatte. Es gab neue Namen zu lernen. Giraud Nye. Petros Ivanov. Yanni Schwartz.

Dieser verdammte Nye hatte eine gewisse Ausstrahlung in Interviews.

Und wenn ein Ratssitz frei wurde und der fragliche Rat keinen Nachfolger benannt hatte, dann benannte der Amtsminister der jeweiligen Wahlvertretung einen Nachfolger. Das war in diesem Fall Giraud Nye.

Dem durchaus zuzutrauen war, seinen Posten in Reseune aufzugeben, um sich um Emorys Sitz zu bemühen.

Das bedeutete, dachte Corain düster, daß Nye gewinnen würde. *Es sei denn,* Jordan Warricks Prozeß brächte etwas Explosives ans Tageslicht. Es sei denn, Warrick nutzte den Prozeß als Podium und entkräftete die Vorwürfe. Aber Corains eigene Informanten im Amt für Innere Angelegenheiten sagten, daß Warrick weiterhin unter Hausarrest stand; Merild in Novgorod, gegen den selbst vom Amt als möglicher Mittäter ermittelt wurde, war *nicht* der Anwalt, der Warricks Verteidigung übernehmen würde, und, o Gott, ein Anwalt der Abolitionisten hatte versucht, mit Warrick Kontakt aufzunehmen. Warrick hatte vernünftigerweise abgelehnt, aber vom Amt für Innere Angelegenheiten verlangt, ihm einen zuzuweisen, der ihn beraten sollte – was in den Nachrichten für einige Aufregung sorgte: ein Mann mit Warricks Rücklagen, eine Sonderperson, der mit einem vom Amt gestellten Anwalt zur Vernehmung vor dem Rat erschien, als sei er praktisch mittellos, weil all seine Kreditkonten in Reseune gesperrt waren und Reseune, um irgendwie den Anstand zu bewahren, nicht sowohl die Strafverfolgung als auch die Verteidigung von seiner eigenen Rechtsabteilung erledigen lassen konnte.

Ernste Musik erklang. Die Familienmitglieder versammelten sich zu einem letzten Gruß um den Sarg. Dann verschlossen und versiegelten ihn die militärischen Ehrenwachen. Das militärische Geleit und der Sicherheitsdienst von Reseune warteten draußen.

Ariane Emory würde in den Weltraum verschwinden. Keine Grabmäler, hatte sie gesagt. Einäscherung und Abtransport in den Weltraum, wo der Träger Gallant, der sich gerade in Cyteens System aufhielt, eines seiner Geschosse benutzen würde, um Emorys Asche in die Sonne zu befördern. Was die letzte Extravaganz war, um die sie die Regierung der Union gebeten hatte.

Das verdammte Weibsbild wollte unbedingt sichergehen, daß niemand sich mit einer Gewebeprobe davonmachte, das steckte dahinter. Und wählte sich eine ganze Sonne zum Grabmahl.

VII

Ein Attentat erforderte eine zu kurzfristig angesetzte Bestattung, um den ganzen Rat zu versammeln – aber die Amtsminister hielten sich in Novgorod oder der Station auf; der Senat von Cyteen hatte getagt, und der Rat der Welten ebenso. Und die Gesandten der Erde und der Allianz waren von der Cyteen-Station heruntergekommen. Drei Räte waren erreichbar gewesen: Corain vom Bürgeramt; Ilya Bogdanovitch vom Staatsamt; und Leonard Gorodin von der Verteidigung.

Eigentlich eine Zweidrittelmehrheit der Zentristen, überlegte Corain. Bei einer Beerdigung war das verdammt wenig wert.

Es wurde von einem natürlich erwartet, daß man Nye mit höflichen Floskeln zu seiner Ernennung zum Nachfolger willkommen hieß. Kein Empfang: Der ernste Anlaß verbot das, selbst wenn er nicht Emorys Cousin gewesen wäre. Aber man ließ sich in den Büros sehen, die Emory gehört hatten. Man machte seine Aufwartung. Man traf sich mit Nye, wie kurz auch immer, und bezeigte sein Beileid. Und studierte diesen Mann, beurteilte diesen Mann und versuchte sich in den wenigen Momenten, die man wahrscheinlich nur haben würde, sich eine Meinung darüber zu bilden, von welchem Schlag dieser Neue war, der aus dem vollkommenen Schatten im Innern der Enklave Reseunes kam, um sich den Mantel von Ariane Emory überzuwerfen …

Fünf Minuten, um zu beurteilen, falls das möglich war, ob dieser Mann, der eine Sonderperson war, wohl all die Fäden der Macht aufnehmen konnte, an denen Emory, wenn man dem Weibsbild Glauben schenkte, so raffiniert gezogen hatte.

»Ser«, sagte Nye bei diesem Treffen und nahm seine Hand. »Ich habe das Gefühl, ich kenne Sie nach all den Diskussionen, die Ari und ich beim Essen hatten. Sie hatte Respekt vor Ihnen.«

Das brachte eine Leiche in sofortigen Mißkredit, erstens weil, wenn Nye ihn kannte, es nicht auf Gegenseitigkeit beruhte; und zweitens, weil ihm einfiel, was Nye war, und er sich vorstellte, wie Ariane Emory auf die Schilderung der Situation reagiert hätte.

Für den Bruchteil einer Sekunde dachte er fast wehmütig an das Weibsbild. Ariane hatte es verdient, wenn man sie so nannte, aber er hatte zwanzig Jahre damit verbracht, sie durchschauen zu lernen. Dieser Mann war ein vollkommen unbeschriebenes Blatt. Und das erfüllte ihn mit einem Gefühl der Leere und Frustration.

»Wir haben über einzelne Punkte gegeneinander opponiert«, murmelte Corain, so wie er in seiner langen Amtsdauer zu anderen Nachfolgern ähnliche Dinge gemurmelt hatte, »aber nicht in unserem Wunsch, das Beste für den Staat zu erreichen. Ich merke, daß ich selbst einen Verlust erlitten habe, Ser. Ich glaube nicht, daß ich das ihr gegenüber je zum Ausdruck gebracht habe. Aber ich glaube nicht, daß jemand von uns sich jetzt darüber im klaren ist, was die Union ohne sie sein wird.«

»Ich muß mit Ihnen über ernsthafte Dinge sprechen«, sagte Nye, ohne daß er seine Hand losgelassen hatte. »Angelegenheiten, die ihr sehr viel Kopfzerbrechen bereitet hätten.«

»Ich würde mich freuen, mich mit Ihnen zu treffen, wenn es Ihnen paßt, Ser.«

»Wenn Sie in Ihrem Zeitplan jetzt gerade eine Lücke haben ...«

Es war genau das, was Corain mochte, spontane Treffen ohne vorherige Lagebesprechungen. Aber es war eine neue Beziehung, eine wichtige Beziehung sogar. Es mißfiel ihm, sie mit einer Entschuldigung und einer Gesprächsverweigerung zu beginnen.

»Wenn Ihnen das lieber ist«, sagte er; und landete in dem Büro, das Emory gehört hatte, wo sich Nye hinter den Schreibtisch setzte, ohne daß Florian oder Catlin neben ihm standen, nur ein Azi aus dem Stab namens Abban, dessen rejuvenilisiert silbernes Haar keinerlei Tönung zeigte, kein bißchen auf Glanz gebracht war, weniger noch als bei Nye, dessen Haar silbergrau war, obwohl er gut hundert war, und wahrscheinlich war der Azi auch nicht jünger. Abban brachte ihnen beiden Kaffee, und Corain saß da und dachte an die Journalisten und die politischen Beobachter, die jeden Schritt aus diesen Büros überwachten, sich notierten, wer vorsprach, wer blieb und wie lang.

Das war keine besonders elegante Art, um die Dinge voranzutreiben.

»Ich glaube, Sie wissen«, sagte Nye ruhig über dem Kaffee, »daß sich sehr viel geändert hatte. Ich bin mir sicher, Sie wissen, daß ich tatsächlich für die Wahl zur Verfügung stehen werde.«

»Ich wäre keineswegs überrascht.«

»Ich bin ein guter Administrator. Ich bin nicht Ari. Ich weiß nicht, wie das ist. Es wäre mir sehr recht, wenn das Hope-Projekt durchgeht: Es lag ihr sehr am Herzen. Und ich glaube persönlich daran.«

»Sie kennen meine Meinung, vermute ich.«

»Wir werden unsere Differenzen haben. Philosophischer Art. Wenn die Wahlvertretung der Wissenschaftler sich für mich entscheidet.« Ein Schluck Kaffee. »Aber das Dringendste – ich glaube, das verstehen Sie – ist der Fall Warrick.«

Corains Herz beschleunigte seine Schläge. Eine Falle? Ein Angebot? »Das ist eine schreckliche Tragödie.«

»Es ist ein niederschmetternder Schlag für uns. Als Chef – als Ex-Chef des Sicherheitsdienstes von Reseune habe ich mich ausführlich mit Dr. Warrick unterhalten. Ich kann Ihnen versichern, daß es persönliche Gründe hatte, daß eine Situation eingetreten war, die ...«

»Wollen Sie damit sagen, daß er gestanden hat?«

Nye räusperte sich unbehaglich und nippte an seinem Kaffee, dann blickte er auf in Corains Augen. »Ari hatte Schwierigkeiten, die Hände von ihren Laborassistenten zu lassen. Das ist es, was passiert ist. Justin Warrick, Jordans Sohn, ist ein parentales Replikat. Das war die alte Geschichte zwischen Dr. Emory und Jordan Warrick.«

Es wurde immer verworrener. Corain verspürte ein irrationales Unbehagen angesichts der Ehrlichkeit dieses Fremden. Und äußerte kein Wort in der Pause, die Nye für ihn entstehen ließ.

»Ari hat einen Experimentellen versetzt, der praktisch zu Warricks Familie gehörte«, sagte Nye, »um den Jungen unter Druck zu setzen – und um Jordan unter Druck zu setzen. Soviel verstehen wir jetzt. Der Junge hat allein gehandelt, um seinen Gefährten zu beschützen, und den Azi zu Leuten hinausgeschickt, die er als Freunde seines Vaters einschätzte. Unglücklicherweise – die Angelegenheit ist zur

Zeit noch nicht geklärt – bestanden weitere Verbindungen, die zur Rocher-Partei führten. Und zu Extremisten.«

Verdammt! Eine Beweiskette wie diese bedeutete Ärger. Natürlich sollte er die Bedrohung spüren.

»Wir haben den Azi natürlich rausgeholt«, fuhr Nye fort. »Das ist es, was dahinter steckte. Der Azi hatte keine Möglichkeit, zu Ari zu gelangen: Er stand in der Klinik unter Beobachtung. Aber Jordan Warrick fand heraus, was Ari getan hatte – mit seinem Sohn. Er stellte sie in dem Labor unter vier Augen zur Rede. Sie stritten sich. Ari schlug ihn; er schlug sie; ihr Kopf schlug auf die Tischkante auf. Das war noch kein Mord. Es wurde erst ein Mord, als er einen Laborstuhl nahm und damit die Rohre beschädigte, dann die Tür des Kältelabors schloß und den Druck in dieser Leitung erhöhte. Unglücklicherweise sah diese Art von Beschädigung für die Techniker nicht wie ein Unfall aus.«

»Das wird der Rat feststellen.« Ein Mord, von einer Sonderperson an einer anderen verübt. Und eine sehr gefährliche dritte vertraute ihm zuviel davon an. Corain wärmte seine Hand an der winzigen Tasse und spürte ein gewisses Frösteln.

»Warrick möchte nicht, daß dies vor Gericht kommt.«

»Warum?«

»Das Gesetz hat begrenzte Macht über ihn; aber sein Ruf kann ruiniert werden. Auch der seines Sohnes.«

»Sie meinen damit – verzeihen Sie mir –, daß jemand ihm das klargemacht hat.«

Nye schüttelte ernst den Kopf. »Ein Prozeß bringt die Motive ans Licht. Das läßt sich auf keine Weise vermeiden. Für uns spielen noch andere Gesichtspunkte eine Rolle. Wir werden in diesem Fall tatsächlich Informationen zurückhalten. Deshalb wollte ich mit Ihnen reden – denn es ist wichtig, daß Sie verstehen. Wir wissen von Ihrem Gespräch mit Dr. Warrick. Wir wissen beide, daß die Untersuchung weit über ihren eigentlichen Gegenstand hinausgehen könnte, wenn sie einmal in Gang käme. Dann ist jeder für jeden politisches Freiwild. Verdammte kleine Justiz. Merino kann sich vielleicht zurückhalten, aber Rocher wird's nicht tun, wenn der Fall vor den Rat kommt, und was dabei herauskommen könnte, ist nicht in unserem oder Ihrem Interesse und ganz bestimmt nicht im Interesse des Verteidigungsamtes oder unserer nationalen Sicherheit; es ist nicht einmal in Jordan Warricks Interesse. Er hat uns ein Geständnis gemacht. Er möchte nicht aussagen – verstehen Sie, er kann nicht mit Hilfe eine Psychosonde aussagen; und die Beweiskraft des jungen Justin unter Einfluß einer Psychosonde ist erdrückend. Wir wollen sie nicht gegen seinen Vater verwenden. Der Junge hat genug durchgemacht, und es ist eine unnütze Grausamkeit in einem Fall, wo der Mörder eine rechtliche Immunität besitzt.«

In dem Raum schien es plötzlich sehr drückend zu sein. Corain dachte an Recorder. War sich ziemlich sicher, daß irgendwo einer lief. »Was erwarten Sie von mir?«

»Wir möchten nicht, daß Aris Probleme an die Öffentlichkeit dringen. Wir glauben nicht, daß dies irgendeinem sinnvollen Zweck dienen würde. Einerseits verstehen wir sehr gut, was Dr. Warrick provoziert hat; und er ist uns durchaus sympathisch; andererseits befürchten wir sehr, daß eine Befragung auf eine Verschwörungstheorie hinauslaufen wird. So gern wir Rocher in die Finger bekommen würden – eine derartige Befragung würde ihm nur ein Forum bieten, das er sonst nicht hätte, schlimmer noch, sie würde ihm das Recht zu Enthüllungen geben. Ich glaube, das möchten Sie ebensowenig wie wir.«

Recorder. Verflucht. »Wir haben nichts zu verbergen.«

»Wir reden nicht über eine Tarnung. Wir reden darüber, einem unschuldigen Jungen unnötigen Kummer zu ersparen. Jordan Warrick hat schon gestanden. Er möchte nicht, daß sein persönliches Leben und das seines Sohnes in einer öffentlichen Verhandlung ausgebreitet werden. Von Gesetz wegen kann man ihn keiner Gehirnwäsche unterziehen. Das Schlimmste, was ihm passieren kann, ist eine strenge Haft, eine Entfernung von seinem Arbeitsplatz – was meiner Ansicht nach ebenso tragisch wäre wie die Tat, die er begangen hat.«

Corain dachte einen Moment lang darüber nach, wobei er wußte, daß die Sache irgendwo einen Haken hatte, ob in der Situation oder dem Vorschlag, wenigstens einen, aber er sah nicht, wo. »Sie meinen ein außergerichtliches Übereinkommen. Dies ist ein Mordfall …«

»Ein Fall, der Sicherheitsbelange berührt. Ein Fall, in dem der Mörder, die Familie des Opfers und die örtliche Verwaltung gleichermaßen bereit sind, um ein außergerichtliches Verfahren zu bitten. Wenn das Ziel hier Gerechtigkeit ist, statt eines politischen Forums – der Gerechtigkeit wäre eher mit einem Übereinkommen innerhalb des Rates gedient.«

»Dafür gibt es keinen Präzedenzfall.«

»Irgendwo muß ein Präzedenzfall geschaffen werden – in diesem Fall zugunsten der Menschlichkeit. Es gibt keine Verlierer bei diesem Vorgehen. Lediglich Rocher verliert sein Forum. Selbst Ari gewinnt dadurch. Sie wäre die letzte gewesen, die gewollt hätte, daß ihr Tod Rocher eine Gelegenheit gibt, der Institution Schaden zuzufügen, der sie ihr Leben gewidmet hat. Wir können eine getrennte Anlage für Dr. Warrick einrichten und ihn mit allem versorgen, was er für die Fortsetzung seiner Arbeit benötigt. Wir sind nicht auf eine Blutrache aus. Wir werden darauf bestehen, daß er sich zurückzieht – sich vollkommen aus dem öffentlichen Leben zurückzieht, weil wir verhindern wollen, daß *er* einen Vorteil daraus zieht, wenn die Vereinbarung einmal getroffen ist. Um es ganz deutlich auszudrücken, Set, wir müssen uns *beide* davor hüten, daß dies zu einer politischen Angelegenheit wird. Und dazu müssen wir auf Dr. Warrick achten. Das Übereinkommen wird den Prozeß auf unbestimmte Zeit *hinausschieben*. Für den Fall, daß er sein Schweigen bricht. Wir wollen nicht mit gebundenen Händen dastehen.«

»Ich muß darüber nachdenken. Um offen zu sein, bevor ich überhaupt etwas zustimme, möchte ich die Möglichkeit haben, mit Dr. Warrick auf neutralem Boden zu reden. Das ist eine Gewissensfrage, verstehen Sie. Eine Menge von uns, die vielleicht selbstverständlich der Opposition angehören – dürften das so empfinden.«

»Natürlich. Zum Teufel, es ist mir zuwider, mich am Tag von Aris Beisetzung damit zu befassen. Aber das Geschäft geht weiter. Das muß es.«

»Ich verstehe Sie, Ser Nye.« Corain trank die kleine Tasse aus und vermerkte im hintersten Winkel seines Kopfes, daß er unbedingt herausfinden mußte, wie hoch die Einfuhrtarif für echten Kaffee war, daß die Extravaganz es wert war und er sie sich leisten konnte, selbst bei zweihundert für ein halbes Kilo, worauf sich die Frachtkosten von der Erde nach Cyteen beliefen. Eine andere Ebene seines Verstandes sagte ihm, daß sich irgendwo eine Kamera befand, und noch eine andere, daß Aris Tod tatsächlich all die Vorteile mit sich brachte, die er sich davon versprochen hatte ...

Wenn eine Vereinbarung getroffen werden konnte, wenn man sich auf einen Kompromiß einigen würde. Nye war verdammt gerissen. Corain mußte von Grund auf seine Signale zu deuten lernen, wie er es bei Emory getan hatte. Der Mann war eine Chiffre, eine unbekannte Größe aus einem Gebiet, in das niemand seiner Beobachter eindringen konnte. Nur Warrick. Und Warrick war für sie verloren. Soviel stand fest.

Die Dinge lagen nun anders in der Union. Von dem Zeitpunkt an, da das Rohr in dem Laboratorium explodiert war, hatte die Geschichte einen anderen Kurs eingeschlagen.

Sie traten in eine Periode ein, in der die Zentristen möglicherweise rasche Gewinne verbuchen würden, wenn sie es vermeiden konnten, sich in Auseinandersetzungen festzurennen, die niemandem etwas einbrachten und die Expansionisten nicht von ihren Sitzen vertreiben würden.

Das Rubin-Projekt und das Fargone-Projekt gerieten vermutlich ins Stocken. Das Hope-Projekt mochte zwar noch finanziert werden, aber über weitere Expansionen und Kolonialisierungen würde wohl ausführlicher debattiert werden. Man konnte sich auf eine Phase der Anpassung innerhalb wie außerhalb von Reseune freuen, während die Persönlichkeiten in Reseune, die während der nahezu sechzig Jahre von Emorys selbstherrlichem Regime in Schach gehalten worden waren (es stand außer Frage, von wem in Reseune der Direktor dirigiert worden war, nachdem sie den Posten ausgeschlagen hatte), sich wahrscheinlich plötzlich zu Wort melden und innerhalb der administrativen Struktur nach der Macht greifen würden.

Das galt auch für andere Bündnisse, wie jene im Rat.

Ludmilla deFranco war als Rätin ein Anfänger. Nye würde es sein. Die mächtigen Wissenschaftler ... würden einen Neuling am Ruder haben – einen verdammt klugen, aber dennoch einen Neuling, der nicht über ein Netz von Verbindungen verfügte, das ihn unterstützte. Noch nicht. Zwei der fünf Expansionisten in diesem Jahr waren Nachfolger, und Ilya Bogdanovitch war hundertzweiunddreißig Jahre alt und nicht mehr sonderlich rüstig.

Corain murmelte höfliche Floskeln, bedankte sich bei dem Stellvertreter von Reseune, sprach der Familie sein Beileid aus und ging hinaus, während seine Gedanken sich mit der Möglichkeit, der sehr realen Möglichkeit einer zentristischen Mehrheit im Rat beschäftigte.

Ihm fiel ein, daß er nicht die Frage der eliminierten Azis angeschnitten hatte. Merinos Frage. Er konnte kaum zurückgehen und es nachholen. Es widerstrebte ihm sogar, dergleichen zu tun, denn sehr wahrscheinlich war dieser Befehl vom Sicherheitsdienst Reseunes gekommen, genau aus den von Nye genannten Gründen. Es widersprach der Moral. Aber es war nicht so, *nicht ganz* so, als wenn die Azis, die Ariane Emory für den Großteil ihrer hundertzwanzig Jahre gedient hatten, harmlos seien. Er begriff, daß ein solcher Verlust schwere psychologische Konsequenzen hatte; wahrscheinlich konnte kein als ZIV aufgezogener Mensch diesen Schock nachempfinden, mit Ausnahme des Personals vielleicht, das routinemäßig mit Azis zusammenarbeitete. Er konnte die Frage mit Warrick besprechen. Warrick fragen, ob es gerechtfertigt war. Oder ob Warrick meinte, in Wirklichkeit habe Emory diese Anweisung selbst in das System eingeschleust.

Verdammt, er sollte das besser überhaupt nicht zur Sprache bringen. Die Azis waren tot. Wie Emory. Damit war die Sache erledigt. Die Frage brachte nichts mehr; sein Instinkt hatte ihn davon abgehalten, sie zu stellen.

Er war wie das alte Sprichwort. Handle mit dem Teufel, wenn der Teufel eine Wählerschaft hat. Und beschwere dich nicht über die Hitze.

VIII

Admiral Leonid Gorodin setzte sich unbehaglich in den Stuhl und nahm die Tasse, die man ihm anbot. Er war hereingekommen, um seine angemessene Aufwartung zu machen, und Nye hatte gesagt: »Es gibt etwas, das ich mit Ihnen besprechen muß. Über die Anlage auf Fargone. Über das Rubin-Projekt. Und Hope. Haben Sie etwas Zeit?«

Es widersprach Gorodins Gewohnheiten, irgendeinen Gegenstand mit der Gegenseite oder Reportern zu besprechen – ohne seine Assistenten, ohne Unterlagen, in einem Büro, das sein eigenes Personal nicht untersucht hatte. Aber derselbe Instinkt, der ihn warnte, daß es gefährlich sei, verriet ihm, daß es die einzige Gelegenheit sein mochte, bei der Corain sich nicht bewußt sein würde, daß er in ernsten Verhandlungen mit der Opposition stand.

Und die Namen waren jene Namen, die er hören wollte.

»Es widerstrebt mir wirklich, mich am Tag von Aris Beisetzung mit Geschäftlichem zu befassen«, sagte Nye. »Aber es bleibt mir einfach keine Wahl. Die Dinge können so schnell außer Kontrolle geraten.« Er nahm einen Schluck Kaffee. »Sie wissen, daß ich mich um Aris Sitz bemühen werde.«

»Das habe ich erwartet«, erwiderte Gorodin. »Ich nehme an, daß Sie gewinnen werden.«

»Es ist eine kritische Zeit für uns. Aris Tod – und obendrein der mögliche Verlust von Warrick – sind ein doppelter

Schlag. Nicht nur für uns. Für die Union. Für unsere nationalen Interessen. Sie wissen sicher, daß ich eine Freigabe vom Sicherheitsdienst der höchsten Stufe habe. Gleichberechtigt mit Aris. Ich muß sie haben. Ich werde Sie nicht um Antworten bitten; aber ich stehe mit Ihren Projekten in Verbindung … Ich habe während des Krieges mit Ihren Vorgängern gearbeitet …«

»Ich bin mir darüber im klaren, daß Sie die Freigabe haben. Und daß Sie mit diesen Akten vertraut sind. Und Sie sorgen dafür, daß sie nicht in die Ermittlungen einbezogen werden.«

»Ganz richtig. Keine Diskussion über diese Akten und keine Vernehmung eines mit diesen Projekten beschäftigten Angestellten, außer durch Personal mit einer entsprechenden Freigabe. Sie brauchen sich keine Sorgen zu machen, daß etwas durchsickern könnte, Admiral. Oder sich vor einem Prozeß fürchten.«

Gorodins Herz machte einen Sprung. Er wünschte sich, er hätte das nicht gehört. Mit gewisser Wahrscheinlichkeit liefen Recorder mit, und er mußte eindeutig reagieren. »Worauf wollen Sie hinaus?«

»Eine außergerichtliche Einigung. Warrick hat es ermöglicht. Er hat gestanden. Die Motive waren Erpressung und sexuelle Belästigung. Sein Sohn … – Sie verstehen. In einer derart komplizierten Situation – zwischen Ihnen und mir – könnte der Junge großen Schaden nehmen. Warricks Forderung ist simpel: eine Einrichtung, wo er seine Arbeit fortsetzen kann. Mit Fargone wären wir allerdings nicht einverstanden. Sie muß sich auf Cyteen befinden. Aber ich habe mit Corain geredet.«

»Schon?«

»Vor einer Stunde. Ich habe die Sicherheitsaspekte dieser Sache nicht erwähnt. Wir haben über Politisches geredet. Sie wissen, und ich weiß, Admiral, daß es radikale Elemente gibt, die am Rande in diesen Fall verstrickt sind. Es gibt Leute, die die Aussage von Zeugen hinausschieben werden, die mit Psychosonden untersucht werden *können,* und sie immer wieder hinausschieben werden. Es gibt Teile in Justin Warricks Aussage, die das Fargone-Projekt betreffen, die geheimgehalten werden müssen.«

»Warrick hat mit seinem *Kind* darüber gesprochen?«

»Das Motiv für die Versetzung war der Junge. Justin Warrick wußte … ah … mehr, als er wissen sollte. Wenn von alldem etwas durchgesickert ist, Admiral, dann war Jordan Warrick die undichte Stelle. Und um offen zu sein, wenn es zu einem Prozeß kommt, fürchte ich, daß der Zusammenhang der Motive – in einige sehr empfindliche Bereiche führen wird. Aber wenn wir zuviel von der Kopie unbrauchbar machen, wird das andere Verdachtsmomente hervorrufen – in einigen Köpfen – meinen Sie nicht?«

»Mein Gott, was ist Ihr beschissener Sicherheitsdienst überhaupt wert? Wer weiß noch davon?«

»Sehr wahrscheinlich der Azi, der gekidnappt wurde. Er gehörte zu Justin.«

»Mein Gott.«

»Es ist unwahrscheinlich, daß Rochers Jungs ihn geknackt haben. Er ist ein Alpha, und er ist Band-Designer – der Azi, meine ich, Sie verstehen. Kein einfaches Versuchsobjekt. Aber es besteht die Möglichkeit, daß er sich nicht bewußt war, über geheime Informationen zu verfügen. Deshalb gingen wir zu Lus Büro, als wir Hilfe brauchten, um ihn dort rauszuholen. Wir mußten ihn lebend in die Hände bekommen und ihn aushorchen, für den Fall, daß wir jemanden übersehen hätten. Zufälliger- und glücklicherweise sind die Kidnapper bei der Aktion draufgegangen. Alle von ihnen – nehmen wir an. Aber wir haben unsere Befugnisse nicht überschritten, als wir Lu sagten, daß der Azi ein Sicherheitsrisiko sei. Ich schätze, die Ereignisse haben sich für uns alle zu sehr überstürzt. Ari wollte mich mit dem Bericht für Lu in die Stadt schicken. Unglücklicherweise …«

»Wir glauben nicht, daß es aus Warricks Sicht irgendeine mögliche Motivation gab, die den Azi und Rocher betraf …«

»Als er Ari umbrachte? Eine Affekthandlung, die eine andere Ursache hatte: Er schlug sie, das war alles. Aber als er feststellte, daß sie ernsthaft verletzt war, wurde ihm klar, daß er sich soeben um seine Chance auf eine Stellung auf Fargone gebracht hatte. Also tötete er sie und versuchte es wie einen Unfall aussehen zu lassen. Er hat es nicht ganz kaltblütig getan; es traf auch nicht ganz das Gegenteil zu. Er haßte sie. Ich fürchte, Ari litt unter … ah … ernsthaften Schwächen, weil sie sich immer wieder heranwachsenden Jungen zuwandte. Ein großer Geist. Der mit exzentrischen Lastern einherging. Um ehrlich zu sein, wir sind darauf bedacht, daß dieser Aspekt von Ari nicht in die öffentliche Meinung eingeht. Verschwörungen – nein. Es gab keine. Sie können Warrick selbst verhören, wenn Sie wollen. Oder seinen Sohn. Wir haben seine Aussage unter Einfluß der Psychosonde. Natürlich nicht Jordan Warricks, aber die seines Sohnes deutet ziemlich unmißverständlich darauf hin, was vor sich ging. Es gibt außerdem ein paar Videos, die … ah … sehr deutlich sind.« Er hob die Schultern. »Sie hat sie selbst angefertigt. Nun … ah … Wir haben nicht vor, sie zu löschen, aber sie dürfen nicht in die Hände der Nachrichtendienste geraten. Es ist eine sehr alte Geschichte, fürchte ich. Erpressung. Ein aufgebrachter Vater. Eine Vertuschung, aus der ein Mord wurde.«

»Verdammt!« *Holt meinen Sohn dort raus,* hatte Warrick gesagt. Und es offensichtlich auch so gemeint. »Was für ein Mist!«

»Wir möchten unseren Verpflichtungen nachkommen. Nach der Übereinkunft, die wir im Sinn hatten, kommt Jordan Warrick unter Bewachung in eine Einrichtung, die ihm gehört. Und er kann weiter für Sie arbeiten. Wir werden uns um die Tests kümmern. Sie brauchen sich über unsere Gewissenhaftigkeit keine Sorgen zu machen. Es ist eine in jeder Hinsicht menschliche Lösung, denn sie bewahrt ein Talent, dessen Verlust wir uns nicht leisten können.«

»Sie haben mit Corain geredet.«

»Er sagte, er wird sich die Idee durch den Kopf gehen lassen. Ich habe deutlichzumachen versucht, daß es ihm keine Nachteile einbringt, wenn er einem Übereinkommen zustimmt. Hat irgend jemand etwas davon, wenn in diesem Fall Anklage erhoben wird? Wer könnte etwas davon haben, außer Rocher und seine Bande? – Und wir haben dabei einen furchtbaren Verlust erlitten. Nicht nur diesen Verstand. Sie verstehen ... wir halten noch immer an den Projekten fest.«

»Die Anlage auf Fargone.«

»Wir gehen davon aus, daß daran weitergearbeitet wird. Vielleicht – kann das Militär mehr Gebrauch davon machen, als wir geplant haben.«

»Das heißt, daß das Rubin-Projekt abgeschrieben ist.«

»Nein. Wir verfolgen es auch jetzt noch weiter.«

»Ohne Dr. Emory?« Gorodin atmete einmal tief durch. »Meinen Sie, damit hätten Sie Erfolg?«

Nye war für einen Moment still. »Füll nach!« sagte er zu dem Azi, der sie bediente, und der ergraute und schweigsame Mann kam, um beide Tassen vollzugießen.

Nye nippte nachdenklich. »Wollen Sie die technischen Details?«

»Das überlasse ich den Wissenschaftlern. Ich habe ein praktisches Interesse. Und ein strategisches. Können Sie von Emorys Notizen ausgehen?«

»Die Sie vorsichtshalber dupliziert haben? Ein Chemiker, der über ein zugegebenermaßen außerordentliches Potential verfügt. Oder Emory selbst?«

Gorodin schluckte einen Mundvoll hinunter. »Sie meinen es ernst.«

»Lassen Sie mich wenigstens auf einige oberflächliche technische Einzelheiten eingehen. Das Projekt erfordert ein Subjekt mit einem außergewöhnlichen Bestand an Informationen – auf der biochemischen Ebene. Es gibt nicht viele Subjekte der gewünschten Qualität, in denen auf diese Weise Informationen gespeichert sind. Sowohl auf Ari wie auf Rubin trifft das zu: auf Rubin aufgrund seines medizinischen Problems, und auf Ari, weil sie Emory und Carnath geboren wurde, als beide schon über ein Jahrhundert alt waren. Natürlich in Reseunes Laboratorien geboren. Mittels eines Vorgangs, den *wir* kontrollieren, über den unsere Aufzeichnungen fehlerlos sind. Ihr Vater war tot, als sie geboren wurde; ihre Mutter starb, als sie sieben war. Danach zog ihr Onkel Geoffrey sie auf. Sie löste Geoffrey Carnath als Direktor von Reseune ab, als sie ihr zweiundsechzigstes Lebensjahr erreicht hatte. Und sie war Olga Carnaths Lieblingsprojekt, Gegenstand ausführlicher Untersuchungen und Aufzeichnungen, zuerst durch ihre Mutter, dann durch Geoffrey Carnath. Es genügt zu sagen, daß ihr Informationsbestand dem von Rubin entspricht, wenn er nicht noch umfangreicher ist. Mehr als das – Ari hat immer *geplant*, daß sie schließlich eine der Sonderpersonen sein würde, die dieses Projekt betrifft. Sie hat reichlich Notizen zurückgelassen – für ihren Nachfolger.«

»Mein Gott.«

»Warum nicht? Sie hat den Wert. Nun, da sie fort ist, angenommen daß ihre Theorien stichhaltig sind – haben wir die Wahl zwischen einem Chemiker, der uns offen gestanden nichts bedeutet, und Ari – deren Verstand, wie ich nicht zögere zu behaupten – auf einer Stufe mit Bok oder Strehler steht, deren Forschungen für die nationale Sicherheit von außerordentlicher Bedeutung waren. Und wir *können* es tun.«

»Sie meinen es wirklich ernst.«

»Vollkommen. Wir sehen keinen Grund, das Projekt aufzugeben. Dazu sind verschiedene Dinge unbedingt erforderlich: Warrick gehört dazu. Verstehen Sie – je mehr Einzelheiten wir aus Aris Leben studieren können, um so größer sind unsere Erfolgsaussichten.«

»Was ... was ist mit Rubin?«

»Es wäre immer noch möglich, damit weiterzumachen. Es wäre als Kontrolle nützlich. Und als ein Deckmantel unter dem Deckmantel sozusagen. Ich möchte das Rubin-Projekt nicht in Reseune durchführen lassen. Ich möchte nicht, daß es mit dem in Konflikt gerät, was wir planen. Sie verstehen – wir spielen ein Spiel namens Spuren-Zurückverfolgen. Intensive Überwachung – Ari war daran gewöhnt, aber ihr Nachfolger sollte keinen direkten Kontakt mit jemand anderem haben, der dasselbe durchmacht. Wir werden beide Hälften des Rubin-Projekts auf Fargone durchführen müssen.«

»Damit wollen Sie wohl andeuten, daß Sie das vorhaben – ob Sie nun öffentliche Unterstützung bekommen oder nicht.«

»Ich bemühe mich um diese Unterstützung. Ich will Warrick retten. Ich will uneingeschränkt mit dem Militär zusammenarbeiten. Wir brauchen die Art von Sicherheit und Diskretion, die Sie uns bieten können – zumindest bis die neue Ari auftreten kann. Dann wird es als ein Projekt Reseunes erscheinen – ein durch und durch *ziviles* Projekt. Das ist doch sinnvoll, oder?«

»Lieber Himmel.« Gorodin kippte den Rest seines Kaffees hinunter. Und hielt dem Azi seine Tasse hin.

»Abban«, sagte Nye. Der Azi kam und füllte die Tasse – während Gorodin die Verzögerung nutzte, um rasch etwas hinzuzufügen.

»Was«, fragte er vorsichtig, »hat das mit Warrick zu tun?«

»Wir brauchen ihn. Wir brauchen ihn, damit er seine Arbeit fortsetzt.«

»Ihn? Um *sie* wiederherzustellen? An *ihren* Bändern zu arbeiten?«

»Nein. Das wäre nicht klug. Ich rede über Reseune. Denken Sie daran – wir müssen in Zeiträumen von zwanzig, fünfundzwanzig Jahren denken. Er ist immer noch jung. Er zeigt bloß nicht, was er tun *kann.* Seine eigenen Forschungen sind mit Aris verflochten. Lassen Sie mich ehrlich zu Ihnen sein: Aris Notizen sind äußerst lückenhaft. Sie war ein Genie. Die Logik ihrer Notizen weist Sprünge auf – für sie selbstverständliche Dinge, die Ari überbrücken konnte und nicht niederzuschreiben brauchte. Wir können keinen Erfolg garantieren: Kein Programm dieser Art kann das. Wir wissen nur, daß wir größere Chancen mit Ari haben, über die wir intime Kenntnisse besitzen, als mit einem Fremden, bei dem das nicht der Fall ist. Sie hat einen großen Teil verschlüsselt. Ihre Sprünge von Punkt zu Punkt, die Verbindungen … auf einem Gebiet, das sie beinahe selbst begründet hat … all das macht ihre Notizen zu einem echten Labyrinth. Wenn wir die Haupteinflüsse von Aris Leben aus den Augen verlieren – wenn wir nicht etwas Ähnliches wie das Leben rekonstruieren können, das Ari gelebt hat – wenn bestimmte Leute nicht für einen Rat zur Verfügung stehen, dann werden, fürchte ich, unsere Chancen, dieses Projekt anlaufen zu sehen, immer geringer. Schließlich könnten Aris Notizen bedeutungslos werden. Die Matrix geht verloren, verstehen Sie, der soziale Bezugsrahmen ist unabänderlich. Aber wir haben ihn jetzt. Ich glaube, wir können's tun. Ich *weiß*, wir können's tun.«

»Aber wozu soll das dann, verdammt noch mal, gut sein – außer um Emory selbst wiederherzustellen? Von wie vielen Leuten werden wir derartige Aufzeichnungen besitzen? Wofür soll man das Verfahren anwenden? Es kann uns Bok nicht wiederbringen.«

»Emory ist selbst nicht unbedeutend. Wenn Emory imstande wäre, ihre Arbeit dort fortzusetzen, wo sie sie aufgehört hat – aber im Alter von etwa zwanzig. Vielleicht jünger. Wir wissen es nicht. Wir werden es herausfinden. Verstehen Sie: *Was wir lernen können*, wenn wir das tun, wird uns Aufschluß geben, wieviel Daten bei anderen Projekten erforderlich sein werden. Wie bei Bok. Wir müssen diesmal einfach verdammt vorsichtig sein. Denn wenn der schlimmste Fall eintritt, ist *jede* Vorkehrung notwendig: *Kein* Einfluß ist zu ersetzen. Ari zu bekommen, ist der erste Schritt. Wenn es zu einer Ausweitung ihrer Arbeit an der Persönlichkeitsformung kommt – dann ist *Ari* der Schlüssel dazu. Wir haben bei ihr eine Chance. Wir *kennen* sie. Wir können die Lücken in den Informationen ausfüllen und Korrekturen vornehmen, wenn es notwendig scheint. Wir kennen Rubin nicht in diesem Ausmaß. Wir haben bei ihm nicht einmal die Vorgabe, die wir bei ihr haben, verstehen Sie? Rubin ist zu einem Luxus geworden. Ari Emory wiederzugewinnen ist eine Notwendigkeit. Wir könnten es auf eigene Faust versuchen, aber es wäre sehr viel einfacher – mit Unterstützung des Verteidigungsamtes.«

»Sie wollen also Geld.«

Nye schüttelte den Kopf. »Sie sollen uns decken. An Warrick festhalten. Unser Projekt abschirmen. Unsere Forschungen – und unser Versuchsobjekt – vor dem Amt für Innere Angelegenheiten schützen.«

»Ah.« Gorodin atmete tief durch. »Aber was Geld angeht – es kommt immer Geld ins Spiel.«

»Wir können unseren Teil tragen, wenn Sie das Rubin-Projekt finanzieren. Aber es besteht eine absolute Notwendigkeit, unsere Versuchsobjekte zu schützen. Davon hängen Erfolg oder Scheitern ab.«

Gorodin lehnte sich in seinem Stuhl zurück und nagte an seiner Lippe. Und dachte erneut an Recorder. »Haben Sie mit Lu geredet?«

»Noch nicht.«

»Sie haben zu niemandem außerhalb von Reseune davon gesprochen?«

»Nein, das habe ich auch nicht vor. Wir hatten einmal Sicherheitsschwierigkeiten – mit den Azis. Wir haben's vertuscht. Es wird kein zweites Mal passieren.«

Gorodin dachte darüber nach – Zivilisten, die sich unter militärischer Deckung um ihre eigenen Angelegenheiten kümmerten. Eine undichte Stelle, und Gott wußte, was dann. Zu viele Amateure.

Reseune wollte eine enge Zusammenarbeit an einem Projekt beginnen, das das Gleichgewicht der Macht, Gorodins Ansicht nach, unwiderruflich zugunsten der Union verschob …

Ari Emory, als sie mit einem Kind auf Fargone experimentierte, hatte um einiges sicherer gewirkt. Wenn Reseune versuchte, die Toten aufzuerwecken, schien das …

… zum Teufel, dann wollten sie den großen Reibach machen. Dann wollten sie *alles!*

Für das Verteidigungsbudget war es ein Klacks.

»Ich glaube nicht, daß es da sonderliche Probleme gibt«,

sagte Gorodin. »Wir verwenden einfach die Anlage auf Fargone. Wir berufen uns auf das Gesetz für militärische Geheimnisse. Wir können alles decken, was Sie verlangen.«

»Kein Problem«, erwiderte Nye. »Darin sehe ich kein Problem. Solange es geheim bleibt.«

»Darin sehe ich auch kein Problem.«

»Also lassen wir alles als das Rubin-Projekt laufen. Wir bauen die Anlage auf Fargone; wir arbeiten dort draußen an dem Rubin-Projekt unter strenger Geheimhaltung; und wir bekommen noch sorgfältigere Deckung für unsere Arbeit auf Cyteen.«

»Zwei für den Preis von einem?« Nachdem er es gesagt hatte, hatte Gorodin das Gefühl, die Formulierung sei am Tag von Aris Beisetzung etwas grob. Aber, zum Teufel, es war ihre Auferstehung, über die sie redeten. Nicht die Identität, hatte Warrick gesagt. Die *Fähigkeiten.* Diese Annäherung reichte.

Er war sich verdammt sicher, daß Giraud Nye dazu neigte, Reseunes Kontrolle über das Projekt zu bewahren. Das Projekt, womit ein Embryo in einem Bruttank gemeint war, und ein Kind, das in Reseune aufwuchs.

Zwanzig Jahre.

Er rechnete das spontan seinem eigenen Alter hinzu. Er war hundertsechsundzwanzig, Bodenzeit. Hundertsechsundvierzig bis dahin. Und Nye – war nicht mehr jung.

Zum ersten Mal überhaupt kam ihm wirklich zu Bewußtsein, was Warrick mit dem Zeitfaktor in Reseune gemeint hatte. Er war an die Zeitdilatation gewöhnt – im Sinne eines Raumfahrers: daß hundertsechsundvierzig Jahre Bodenzeit ihm viel weniger anlasten würden, da er Monate an Bodenzeit bei nur Tagen währenden Sprüngen verlor. Aber Reseunes Art von Zeit bezog sich auf Lebenszeiten.

»Wir würden dieses zweite Projekt gern in großem Maßstab durchführen«, erklärte Nye. »Wenn wir über eine vergleichende Studie verfügten, könnte das in Krisenfällen unsere Rettung sein, und für irgendeine zaghafte Überprüfung von Theorien haben wir keine Zeit mehr. Ein Vergleich wird uns die Antworten geben. Das ist kein Luxus.«

Ein Teil des Rubin-Projekts auf Fargone kam einem Teil der Daten in unmittelbarer Reichweite gleich. Und einer Sicherung. Gorodin glaubte immer an Sicherungen – ob in Geräten; oder in Planungen. Raumfahrerökonomie. Zwei Ausführungen von irgend etwas waren nie zuviel.

»Tun Sie's!« sagte er. »Das macht die Deckung um einiges einfacher.« Es bestand noch der Vorbehalt, die Sache mit Lu und den Personalchefs zu klären. Aber Lu und die Chefs wären jederzeit dabei, wenn etwas diese Art von Auferstehung versprach und Emorys Arbeit dem Zugriff des Verteidigungsamtes unterstellte.

Das Verteidigungsamt nahm eine Menge Projekte unter seine Fittiche. Einige waren unübersehbare Fehlschläge. Jene, die funktionierten – zahlten sich aus für den ganzen Rest.

IX

Ständig schritten Leute an der Tür vorbei. Mehr als üblich. Stimmen waren zu hören. Einige glaubte Justin zu kennen; jemand war draußen vor der Tür stehengeblieben. Eine Gruppe von Leuten redete.

Bitte, dachte er. *Bitte. Jemand soll hier stehenbleiben.* Er hoffte einen Moment lang; und fürchtete sich. Während er auf der Schlafmatte saß, die das ganze Mobiliar in dem Zimmer ausmachte, horchte er. In der Höhlung seiner verschränkten Beine preßte er seine Hände zusammen.

»Rufen Sie Ari«, sagte er immer wieder jedem, der mit ihm zu tun hatte. »Sagen Sie ihr, ich will mit ihr sprechen.«

Aber sie waren Azis. Sie hatten keine Befugnis, sich über ihren Aufseher hinwegzusetzen. Und so oft er auch fragte, der Aufseher kam nie.

Er befand sich in einer selbstmordsicheren Zelle mit gepolsterten Wänden und Türen, nur einem Waschbecken und der Toilette und der Schlafmatte. Das Licht brannte immer.

Das Essen kam ohne Besteck in wasserlöslicher Umhüllung, die etwas fester als Toilettenpapier war. Sie hatten ihm seine Kleidung genommen und nur einen Krankenhauspyjama gelassen, der aus weißem Papier bestand. Sie hatten ihm keine Fragen mehr gestellt. Sie hatten nicht wieder mit ihm geredet. Er wußte nicht, wieviel Zeit vergangen war, und sein Schlaf litt unter seinen Depressionen und dem Fehlen von Hinweisen auf das Licht und die Aktivitäten draußen. Und dann diese Flashbacks, ebenso verführerisch wie zerstörerisch. Er kämpfte dagegen an, daß sie ihn in der Isolation in den Griff bekamen. Er kämpfte gegen sie an, selbst wenn sie ein Trost gewesen wären.

Nicht mich, dachte er die ganze Zeit und hielt sich wach, um nicht zu träumen. Ich will das nicht. Ich gehöre ihr nicht. Ich werde nicht ihre Gedanken denken.

Ari hielt ihn als Geisel fest, überlegte er. Sie hielt ihn und vielleicht Grant fest, weil Jordan gedroht hatte, sich mit Anklagen ans Amt zu wenden. Vielleicht hatte sie Jordan auch eingesperrt. Vielleicht konnte Jordan ihm überhaupt nicht helfen. Aber in jedem Fall – die Polizei würde kommen. Und sie hatten ihn nicht wieder mit einer Psychosonde untersucht; sie konnte die Psychosonde bei Jordan nicht anwenden.

Es war Grant, der verwundbar war. Sie würden Grant gegen Jordan einsetzen – und ihn auch. Daran hatte er keinen Zweifel.

Er hoffte, daß die Polizei kommen würde. Das Amt für Innere Angelegenheiten. Das Wissenschaftsamt. Irgendwer.

Er hoffte, bei dem leisen Aufruhr draußen handele es sich darum.

Aber das hatte er – jedesmal gehofft.

Grant hätte darauf gewartet, daß er zurückkäme; aber statt dessen war es der Sicherheitsdienst, der immer wieder zu ihm hereinkam und ihn für noch mehr Fragen hinauszerrte ...

Er hörte das elektronische Schloß ticken. Die Tür öffnete sich.

»Ser Nye möchte mit Ihnen sprechen«, sagte einer der zwei Azis; beide vom Sicherheitsdienst. »Bitte kommen Sie.«

Er stand auf. Seine Knie wurden weich. Er ging hinaus ins Licht und wußte, daß ihm eine weitere Sitzung unter Einfluß der Psychosonde bevorstand; aber wenigstens würde er die Gelegenheit bekommen, etwas zu Giraud zu sagen, wenigstens würde er Zeit für ein paar Worte haben, ehe sie ihn unter die Droge setzten.

Daß sie ihn einfach freigehen ließen, war das letzte, auf das er vorbereitet war. Er fühlte sich benommen, seine Knie schmerzten und zitterten, so daß er kaum die Richtung halten konnte.

Wieder ein Band-Flashback. Und Florian …

Durch den Flur in das kahle kleine Verhörzimmer, das er schon kannte. Er erreichte die offene Tür und hielt inne, verwirrt und gelähmt von der Feststellung, daß nicht Giraud Nye an dem Tisch saß. Es war ein untersetzter, rundgesichtiger Mann, den sein Geist eine fassungslose Sekunde lang in Girauds hagere Gestalt verwandeln wollte.

Nicht Giraud.

Denys Nye, der mit einem gequälten Blick von seinem Stuhl aufstand.

»Wo ist Grant?« verlangte Justin zu wissen. »Wo ist mein Vater? Was geht hier vor?« Seine Stimme stellte ihn bloß. Seine Beine zitterten, als er den schmalen Tisch erreichte und sich darauf stützte, um Denys ins Gesicht zu sehen. »Ich habe das Recht, mit meiner Familie zu sprechen! Ich bin ein Minderjähriger! *Ist dir das klar?*«

»Bitte setz dich«, sagte Denys und vollführte eine fahrige Geste. »Setz dich. Bitte. – Bringt ihm etwas zu trinken!«

»Ich will nichts! Ich will wissen …«

»Bitte«, wiederholte Denys auf seine ruhige, gequälte Art und forderte ihn ein zweites Mal mit einer Handbewegung auf. »Bitte setz dich. – Holt ihm was! – Setz dich doch bitte.«

Justin ließ sich in den Sessel fallen und spürte, wie ihn ein Weinkrampf überkommen wollte. Er biß die Zähne aufeinander und atmete durch, bis er ihn unter Kontrolle hatte; und Denys sank auf seinen Platz, verschränkte vor ihm auf dem Tisch die Hände und gab ihm Zeit, sich zu beruhigen, während einer der Azis einen alkoholfreien Drink brachte und ihn auf den Tisch stellte.

»Was ist da drin?«

»Nichts. Nichts. Armer Junge. Was ist das alles nur für ein Mist. Haben sie dir von Ari erzählt?«

Es war eine seltsame Frage. Sie ergab keinen Sinn. Sie flirrte wie ein kühler Schauer durch seine Nerven. »Was ist denn mit Ari? Wo ist mein Vater?«

»Ari ist tot, Justin.«

Es war, als ob die Welt in Schräglage geriete. Einen Moment lang verschwamm alles vor seinen Augen. Dann wurde ihm mit aller Wucht bewußt, wo er war. Wo er war und was sie taten und was die ganze Stille um ihn bedeutete.

Tot. Als sei sie keines natürlichen Todes gestorben. Als sei ...

... das Flugzeug abgestürzt?

... irgendein Verrückter – in Novgorod?

»Jordan hat herausgefunden, was sie mit dir getan hat«, sagte Denys mit der sanftesten Stimme, die Justin je von ihm gehört hatte, »und sie umgebracht. Sie ins Kältelabor eingesperrt und umgebracht.«

Er saß einfach nur da. Es war eine Lüge. Es war eine Lüge. Jordan hatte keine Vorstellung, was Ari getan hatte. Justin hatte alles vertuscht. Und Ari war nicht tot. Ari konnte nicht – tot sein.

»Jordan gibt es zu«, fuhr Denys in ruhigem Ton fort. »Du weißt, daß sie nichts tun können. Von Rechts wegen. Die Justiz kann ihn nicht anfassen – um ihn auszufragen oder dergleichen. Keine Psychosonde. Bestimmt keine Gehirnwäsche. Jordie ist in Ordnung. Er ist in Sicherheit. Das verspreche ich dir.«

Er zitterte. Er hob die Tasse auf und verschüttete etwas, als er das Getränk zum Mund führte. Er verschüttete wieder etwas, als er es absetzte. Die eiskalte Flüssigkeit tropfte auf sein Knie. Die Dinge ergaben keinen Sinn. Er konnte seinen Verstand nicht in Gang bringen. »Was ist mit Grant? Ich sagte ihm, ich würde zurückkommen. Ich bin nicht zurückgekommen ...«

»Grant ist noch immer in der Klinik. Er ist in Sicherheit. Jordan hat ihn besucht. Jordan fliegt an diesem Nachmittag nach Novgorod. Sie arbeiten eine Vereinbarung für ihn aus, damit er Reseune verlassen kann.«

»Das ist eine verdammte Lüge!« Sie fingen an, Psychoterror auf ihn auszuüben. Er sah es kommen. Er sprang auf und stand den beiden Azis, die sich bewegten, um ihn aufzuhalten, von Angesicht zu Angesicht gegenüber. Er erstarrte. Sie erstarrten.

»Junge. Justin. Bitte. Setz dich bitte und hör mir zu.«

»Ari ist gar nicht tot!« schrie er Denys an. »Das ist eine verdammte Lüge! Was hast du vor? Was hat *sie* vor?«

»O mein Gott, Junge, setz dich doch endlich und hör mir zu! Dein Vater wird nicht viel Zeit haben. Bitte. Zum Teufel mit meinem Bruder! Er hatte ganz schön Angst davor, dich in die Klinik zu bringen ... Schau mal. Setz dich!«

Er gehorchte. Es gab sonst nichts zu tun. Sie konnten alles machen, was sie wollten.

»Hör mir zu, Justin! Das Amt für Innere Angelegenheiten hat Jordie verhört; Jordie hat bei Giraud darum gebettelt, dich aus der Sache herauszuhalten. Er wollte nicht, daß die Geschichte bekannt wird, verstehst du? Er wollte nicht, daß sie dich mit einer Psychosonde ausquetschen. Giraud hat ihnen einfach die Genehmigung verweigert. Jordie stärkte ihm dafür den Rücken. Aber mein verdammter Bruder fuhr in die Hauptstadt und ließ die Sperre bestehen, und die ganze Zeit sagte er, du seist in Ordnung ...« Denys zog einmal kurz Luft ein, streckte die Hand aus und legte sie auf die von Justin auf dem Tisch. »Du bist nicht in Ordnung. Verdammt, es ist doch nicht so, als wenn Giraud der erste wäre, der in den letzten Wochen eine Psychosonde auf dich angesetzt hätte, oder?«

Er riß seine Hand unter der von Denys weg. »Laß mich in Ruhe!«

»Willst du ein Beruhigungsmittel?«

»Ich will überhaupt nichts. Ich will hier raus! Ich will mit meinem Vater sprechen!«

»Nein. Das tust du nicht. Nicht in diesem Ton. Verstehst du mich? Er geht fort. Er wird nicht zurückkommen.«

Er starrte Denys an. *Nicht zurückkommen …*

»Der Rat hat einen Plan ausgearbeitet«, erklärte Denys, »der ihm eine Einrichtung drüben in Planys zubilligt. Es wird ihm nicht möglich sein, zu reisen. Er wird dich nicht anrufen können – eine ganze Zeit lang. Ich möchte nicht, daß du ihn aufregst, mein Sohn. Er wird sich morgen einer Ermittlung des Rats stellen müssen. Er muß da in einer Sitzung durchkommen. Verstehst du mich? Es ist sehr wichtig.«

Es stimmte. Es war wirklich passiert. Er starrte in Denys' besorgte Augen mit dem Gefühl, daß die ganze Welt dem Chaos anheimfiel, sofern sie sich nicht zu einer schrecklichen neuen Form organisierte, in der niemand, den er liebte, Platz hatte.

»Möchtest du das Beruhigungsmittel? Keine Tricks, Justin. Ich verspreche es dir. Gerade genug, um dich eine Weile ausruhen zu lassen, bevor du mit ihm redest.«

Er zitterte. Und bekam es unter Kontrolle. »Nein«, erwiderte er. »Laß mich anziehen. Ich muß mich waschen.«

»Dagegen ist nichts einzuwenden.« Denys tätschelte seine Hand. »Du kannst die Dusche am Ende des Flurs benutzen. Ich habe ihnen gesagt, sie sollen dir etwas zum Anziehen bringen.«

Er nickte.

»Ich werde Petros nach dir sehen lassen.«

»Nein!«

»Wenn du es allein schaffst. Wenn du zufrieden bist, ist alles in Ordnung. Niemand wird dir etwas tun. Du hast genug davon gehabt. Weiß Gott: Hast du Band-Flashbacks?«

Die Frage löste einen aus. Oder eine schlichte Erinnerung. Er schämte sich dafür. Wie für eine dunkle, verkehrte Seite seines Selbst, die immer sehr stark – Ari ähnelte. Die – zum Teufel damit! – erfahren hatte, daß das, was sie tat – angenehm war. Er wollte auf keinen Fall, daß ein Psychotechniker diese Seite kennenlernte. Er wollte auf keinen Fall, daß Jordan je davon erfuhr, er wollte verhindern, daß sein Gesicht je verriet, was auf der dunklen Seite seines Innern vor sich ging. Und vielleicht jeder wußte.

Ari hatte gesagt – daß sie Bilder hatte. Wenn Ari tot war – dann hatten die Ermittlungsbeamten des Hauses sie in den Händen. Dann hatten sie alles.

Dann blieb ihm keine Würde mehr, außer sich zu weigern, ihr Wissen zur Kenntnis zu nehmen oder jemandem die Wahrheit zuzugeben.

»Hör mir zu, mein Sohn.« Denys' Hand schloß sich wieder über seiner. Sie war weich und warm, und jeder menschliche Kontakt berührte Justin auf schreckliche Art. »Mein Sohn, ich kann nicht entschuldigen, was Ari getan hat. Aber an ihr war mehr als ...«

Er schreckte zurück.

Er sah, daß Denys ihn durchschaute. Sah die Gedanken, die sich in Denys' Augen widerspiegelten, und versuchte die Röte aus seinem Gesicht zu bannen. »... als du erfahren möchtest«, schloß Denys. »Ich weiß das. Hör zu. *Hör mir zu! Versuche mir zu folgen* ... In Ordnung?«

»In Ordnung. Ich paß schon auf.«

»Braver Junge. Hör mir jetzt zu. Jordie vertuscht das alles – uns und dir zuliebe. Er belügt die Presse und sogar den Rat. Er sagt ihnen, Ari habe ihm bei seiner Versetzung im Weg gestanden. Alle möglichen Gründe wären recht, nur die Wahrheit nicht – und sie können ihn nicht mit einer Psychosonde verhören. Du mußt verstehen, Justin – daß du ... *er* bist, ebenso wie du sein Sohn bist. Das belastet alles mit einer entsetzlichen Bürde, was zwischen dir und Ari passiert ist und was ... was ihn über die Stränge schlagen ließ. Es war eine alte Geschichte – zwischen ihm und Ari. Er versteht, was mit dir geschehen ist. Bestimmt. Du weißt, wovon ich rede. Und er liebt dich sehr. Aber ein Teil davon ist sein eigener Stolz. Begreifst du? Jene von uns, die innerhalb dieser Mauern arbeiten – wir wissen, wie verworren und kompliziert selbst Elternliebe sein kann... in einem Moment, als er zu weit getrieben wurde. Alles, was er wollte, war verloren, dich ausgenommen. Und *du* kannst ihm alles übrige nehmen, was er noch hat – wenn du dort hineingehst, solange deine Gefühle außer Kontrolle sind. Ich möchte, daß du an Selbstbeherrschung gewinnst. Laß ihn fern von hier allein für sich etwas inneren Frieden finden. Laß ihn dafür sorgen, daß es seinem Sohn gut geht. Ihm zuliebe.«

»Warum wollen sie mich nicht mit ihm gehen lassen?«

»Weil du minderjährig bist. Wegen der Sicherheitsabsprachen. Weil ich, um ehrlich zu sein, Giraud nicht dazu bringen konnte, dem zuzustimmen. Aus Sicherheitsgründen, sagen sie immer wieder.«

»Das ist eine verdammte Lüge!«

»Hör mal! Ich werde eine Vereinbarung treffen, damit du das Recht hast, ihn gelegentlich zu besuchen. Nicht von heute auf morgen. Vielleicht nicht einmal in diesem Jahr. Aber mit Zeit und Ruhe kann man in dieser Situation eine Menge erreichen. Sie haben höllische Angst, daß eine Verschwörung läuft – die Winfield-Kruger-Geschichte, weißt du.«

O Gott. Das war mein Fehler. Mein Fehler. »Du glaubst doch nicht wirklich, daß Jordan damit zu tun hatte. *Ich* war das. Giraud hat doch eine Psychosonde eingesetzt. Mach's noch mal! Ich kann schwören, daß er nichts wußte, absolut nichts!«

»Unglücklicherweise ist dies genau das, mein Sohn, was Jordie verhindern will – daß du in die Ermittlungen hineingezogen wirst. An der Sache ist etwas faul. Ich fürchte, Jordie hat sich mit einem Mann namens Merild getroffen, der Kontakte unterhielt, die in einige dunkle Ecken führten. Außerdem traf er sich insgeheim mit einer Anzahl hochrangiger Zentristen, die mit Ianni Merino in Verbindung stehen – den Abolitionisten. Und Rocher ist mit einer ziemlich aufrührerischen Erklärung über Aris Tod hervorgetreten, die Merino nicht ganz entkräftet hat. Ein Haufen Leute in der Regierung haben die Hosen voll, weil sie Angst vor Ermittlungen und Angst davor haben, der Beihilfe schuldig zu sein. Das Amt für Innere Angelegenheiten verlangte, daß Grant festgehalten wird. Giraud mußte eine Sonde einsetzen, um sie zufriedenzustellen …«

»O mein Gott …«

»Er *mußte* es. Ich weiß das. Ich weiß das wirklich, Justin. Aber sie hätten zuviel von dir erfahren können. Justin, die Schockwellen, die Aris Tod hervorgerufen hat – sind ungeheuer. Du kannst dir das nicht vorstellen. Die Regierung befindet sich in einer Krise. Karrieren sind gefährdet. Menschenleben stehen auf dem Spiel. Nahezu alle Seiten sind der Überzeugung, daß dies politisch sein *muß;* daß die Gründe für das, was ihr Leben verändert hat, über einen unzufriedenen Wissenschaftler hinausgehen, der Ari den Schädel einschlug. Es ist menschlich, so zu denken. Und Jordies Aussage – der Umstand, daß er nicht unter Einfluß einer Psychosonde aussagen kann – die Tatsache, daß Florian und Catlin zum Schweigen gebracht wurden – eine posthume Anordnung Aris, meinen sie … Ja. Sie sind auch fort. – Die Leute spüren, daß etwas anderes vor sich geht. Sie *wollen* glauben, daß etwas anderes vor sich geht. Ein Verbrechen aus Leidenschaft von einem Ausbildungsband-Designer läßt den Leuten kalte Schauer über den Rücken laufen, weißt du. Wir müssen jetzt ganz vernünftig sein. Jordie wird dem Ratsausschuß die beste Show seines Lebens vorspielen müssen. Und Jordie zuliebe: Je ruhiger die Dinge in den nächsten paar Jahren bleiben, um so besser. Hab einfach Geduld. Jordie steht nicht ohne Freunde da. Er ist nicht alt. Sechsundvierzig ist nicht alt. Er kann das Aufsehen überstehen, wenn du nicht etwas tust, das die ganze Tarnung ruiniert, die wir aufgebaut haben.«

Justin fand genug Luft, um schließlich zu atmen. Er versuchte darüber nachzudenken. Er versuchte zu überlegen – was das Sicherste für seinen Vater sei und was sein Vater sich wünschen würde. Und versuchte *nicht* daran zu denken – mein Gott! –, daß es seine eigenen Fehler waren, die ihn in diese Lage gebracht hatten.

»Hast du dich wieder ein bißchen gefaßt?« Denys tätschelte seine Hand.

»Ich bin schon wieder klar. Mir geht's gut. Was ist mit Grant?« *O Gott, sie könnten ihn einer Gehirnwäsche unterziehen. Florian ist tot! Und Catlin …*

»Giraud überträgt Grant gerade wieder dir.«

Eigentlich stieß ihm nichts Positives mehr zu. Er glaubte ihnen nicht. Er vertraute ihnen nicht.

»Es stimmt«, sagte Denys. »Ich habe nämlich gerade die Papiere unterzeichnet. Bring die Sache mit Justin hinter dich, und du kannst ihn aus der Klinik holen. – Möchtest du das Beruhigungsmittel, mein Junge?«

Justin schüttelte den Kopf. Weil Jordan merken würde, wenn irgendeine Droge im Spiel wäre. Er hatte ihn die ganze Zeit durchschaut. Jordan mußte ihn durchschaut haben. Er hoffte …

Er hoffte, er würde Band-Flashbacks unterdrücken können, wenn Jordan ihn umarmte. So schlecht stand es mit ihm. Das hatte Ari ihm zugefügt. Er verlor seinen Vater. Er würde ihn nicht wiedersehen. Und er konnte Jordan nicht einmal Lebewohl wünschen, ohne Aris Hände auf ihm zu spüren.

»Ich bin in Ordnung«, sagte er. Wenn er Denys nicht belügen und es glaubhaft machen konnte, hatte er keine Hoffnung, Jordan zu belügen. Er mußte jetzt damit anfangen, sich zu fassen. Sonst würde er es nicht schaffen.

X

Mikhail Corain betrachtete besorgt den Assistenten, der die Fiche-Karte auf seinen Schreibtisch gelegt hatte. »Von Dell?« fragte er.

Der Assistent nickte.

Corain entließ den Assistenten mit einem Wink, schob die Karte in den Tischbetrachter und kippte den Bildschirm.

Dell Hewitt war ein Mitglied des Amtes für Innere Angelegenheiten. Zufälligerweise war sie eine Zentristin und eine Freundin von Ginny Green, der zentristischen Kandidatin für die Inneren Angelegenheiten bei der letzten Wahl. Und in dieser nervösen Zeit der Ermittlungen und Ausschüsse, die jeden dunklen Winkel in Novgorod durchstöberten, hatte sie mehr als ihre eigene Karriere mit dem in die Waagschale gelegt, was sie an Yvonne Hahner hatte durchsickern lassen, von der sie wußte, daß sie es an Dellarosa in seinem Personal durchsickern lassen würde. So sicher, als würde man es in einen Umschlag stecken und verschicken.

Was die Azis Catlin und Florian angeht: keine Schlußfolgerungen. Vielleicht wurde die Eliminierung von außerhalb des Systems angeordnet. Vielleicht von innerhalb, von unbekannten Personen. Vielleicht hat Ariane Emory die Eliminierung angeordnet, damit sie nicht verhört werden können. Vielleicht hielt sie es für menschlich. Vielleicht war es eine Art von Todespakt, um den die Azis selbst gebeten hatten: Reseune sagt, sie wären zutiefst von dem Gedanken betroffen gewesen, sie zu verlieren. Reseune behauptet auch, sie gehörten zum Sicherheitsdienst, seien aber an Emory gebunden gewesen. Demnach hätten sie Reseune Schaden zufügen können, und eine Neuausbildung wäre ohne eine Gehirnwäsche, die ihr Alter ausschloß, sehr schwierig, wenn nicht unmöglich gewesen. Giraud Nye weigert sich, die Bücher über ihre Psychosets zu öffnen. Die Anordnung kam unter Emorys persönlichem Code. Giraud Nye führt Sicherheitsbelange an, um den Technikern der Inneren Angelegenheiten die Untersuchung der Computer zu verweigern.

Corain nippte an dem Kaffee, der von der Tischplatte warmgehalten wurde. Zweihundertfünfzig Credits für ein halbes Kilo. Es waren sehr kleine Schlucke. Aber ein Mann, der die meiste Zeit seines Lebens ein kleines Landstück im Hinterland beackert hatte, mochte sich ein wenig Luxus verdient haben.

Keine *neuen* Neuigkeiten. Das war enttäuschend. Er rekapitulierte die lange Liste von Dingen, die Reseune dem Amt für Innere Angelegenheiten verweigert hatte, und las die juristischen Rechtfertigungen. Reseunes Rechtsabteilung gewann jede Runde. Und das Amt für Innere Angelegenheiten, auf der obersten administrativen Ebene, schlug nicht zurück.

Dann:

Das Amt für Innere Angelegenheiten geht dem Gerücht in Reseune nach, daß bestimmte Gensets ausgesondert und nicht registriert wurden. Das bedeutet, jemand hätte Gensets duplizieren können, die nicht existieren sollten ...

Eine Extratour eines Azis? Gott, man konnte ein Genset aus einer Blutprobe gewinnen. Aus allem. Warum sollte jemand eins aus Reseune stehlen?

... so wie Experimentellen- oder Sonderpersonen-Material, an das man anders nicht gelangen kann.

Echte Gensets zu schmuggeln, die für den Gebrauch bei Reseune vorbereitet sind, erfordert Kühleinrichtungen, die man im Frachtgut entdecken würde, außer wenn man sie nicht in die Ladungsverzeichnisse eintragen hätte. Wie auch immer – die digitalisierte Ablesung eines Gensets ist eine andere Geschichte. Reseune, vertreten vom Administrator Nye, streitet ab, daß derartige Aktivitäten laufen, oder daß gespeicherte Informationen ohne Aufzeichnungen freigemacht werden könnten.

Außerdem macht unter dem Personal ein Gerücht die Runde, daß es zu unberechtigten Eliminierungen gekommen ist. Reseune blockiert diese Untersuchung.

Corain nagte an seiner Lippe und dachte: *Ich will das nicht wissen. Das ist jetzt nicht richtig. Die Dinge sind zu heikel. Mein Gott, wenn sich das herumspricht – die ganzen Absprachen könnten zunichte gemacht werden.*

Eine Randbemerkung von Dellarosa: *Was ist mit der Möglichkeit, daß Emory sich die Gensets selbst besorgt hat? Oder sie bestellte? Was ist eine Sonderperson für jemanden wert, der Zugang in ein Geburtslabor hat?*

Stimmen. Ein Ratssitz. Unterstützung von den sehr Reichen. Corain nahm einen Schluck Kaffee. Und schwitzte.

Die physikalischen Beweise litten unter dem unsachgemäßen

Vorgehen der Polizei von Moreyville. Bestimmte Oberflächen im äußeren Labor und dem Kältelabor weisen Jordan Warricks Fingerabdrücke auf, außerdem die von Emory, den Azi-Dienern, bestimmter anderer regelmäßiger Benutzer des Labors und einer Anzahl von Studenten, die sich freiwillig Fingerabdrücke abnehmen ließen. Der Polizei von Moreyville, die die einleitenden Untersuchungen durchführte, standen keine Personenspürgeräte zur Verfügung. Spätere Messungen wären angesichts des Verkehrs in das und aus dem Labor durch die Polizei und Hausbewohner sinnlos gewesen. Die Aufzeichnungen der Sicherheitstüren wurden abgefragt und bestätigen die Ein- und Ausgänge, die in mündlichen Aussagen angegeben wurden. Wiederum will Reseune den Technikern des Amtes für Innere Angelegenheiten den Zugang zu den Computern verweigern.

Die Autopsieergebnisse besagen, daß Emory erfroren ist und die Schädelfraktur dazu beigetragen hat, weil sie dadurch wahrscheinlich bewußtlos war zu dem Zeitpunkt, als das Rohr beschädigt wurde. Sie litt unter äußerst geringfügigen Rejuvenilisierungsfehlern und hatte Arthritis im rechten Knie und leichtes Asthma, wovon ihre Ärzte wußten. Der einzige unerwartete Befund war ein kleines Krebsgeschwür im linken Lungenflügel, örtlich beschränkt und ihrem Arzt zu der Zeit unbekannt: Es ist ein seltener Typ, aber weniger selten unter frühen Pionieren auf Cyteen. Als Behandlung hätte sich ein sofortiger chirurgischer Eingriff angeboten, verbunden mit einer Drogentherapie. Dieser Typ von Krebs reagiert zwar auf die Behandlung, tritt aber häufig wieder auf, und die voraussichtliche Entwicklung im Verein mit anderen Problemen des Immunsystems, die auf die Schwierigkeiten der Rejuvenilisierung zurückgingen, wäre mehr als ungünstig gewesen.

Gott.

Sie wäre sowieso gestorben.

XI

Justin beruhigte sich mit einigen tiefen Atemzügen, als er an der Seite von Denys Nye durch den Flur ging. Er hatte geduscht, sich rasiert und trug seine übliche Arbeitskleidung, einen blauen Pullover und eine braune Hose. Er zitterte nicht. Er hatte um drei Aspirin gebeten und sich vergewissert, daß er nichts anderes bekommen hatte, bevor er sie schluckte. Als Beruhigungsmittel reichten sie angesichts seiner Erschöpfung zumindest, um seine Nerven zu betäuben.

Jordan würde gut aussehen. Bestimmt. Er war so einer.

Gott, er kann sie nicht umgebracht haben. Das ist nicht möglich. Sie bringen *ihn dazu, daß er diese Dinge sagt. Irgend jemand lügt.*

»Hallo, mein Sohn.«

Es war keines dieser kalten kleinen Verhörzimmer. Es war ein Büro der Administration. Denys machte keine Anstalten zu gehen. Er hatte das erklärt. Auch die Azi-Wachen würden nicht gehen. Und ein Recorder lief mit, weil sich niemand auf etwas verließ, und sie wollten in der Lage sein, den Ermittlungsbeamten zu beweisen, daß sich bei dem Treffen nichts abgespielt hatte.

»Hallo«, erwiderte Justin. Und dachte, daß er bei einer Gelegenheit wie dieser zu seinem Vater gehen und die Arme um ihn legen sollte, vor all den Leuten, die das Band sehen würden, aber verdammt, Jordan lud ihn nicht dazu ein, er war reserviert und ruhig und hatte ihm Dinge zu sagen, die er in Ordnung bringen mußte. Alles, was Justin sagen mußte, war Lebewohl. Er *konnte* nichts anderes sagen als Lebewohl. Irgend etwas anderes – *irgend etwas* – und er machte vielleicht einen Fehler, der auf Band kommen und ihrer aller Leben schlimmer ruinieren konnte, als es Justin bisher schon zu verantworten hatte.

Dinge wie: *Es tut mir leid, daß ich versucht habe, mit Ari zu verhandeln. Es tut mir leid, daß ich's dir nicht gesagt habe. Es tut mir leid, daß du's selbst herausfinden mußtest.*

Es ist alles meine Schuld. Alles.

Erwähne Grant nicht, hatte Denys ihn gewarnt. Erwähne es überhaupt nicht. Es könnte sein, daß die Ausschüsse mit ihm sprechen wollen, wenn du's tust. Sorge dafür, daß sie ihn vergessen.

»Bist du in Ordnung?« fragte Jordan.

»Mir geht's gut. Und dir?«

»Mein Sohn, ich ...« Jordans Lippen bebten.

O *Gott, es kommt ihm über die Zunge. Vor all den Leuten hier.*

»Sie haben mir alles gesagt. Du brauchst es mir nicht zu sagen. Bitte.«

Jordan sog tief Luft ein und ließ sie wieder ausströmen. »Justin, ich möchte, daß du weißt, *warum* ich's getan habe. Weil Ari ein Einfluß war, den diese Welt nicht brauchte. Ich hab's auf dieselbe Weise getan, wie ich versuchen würde, ein schadhaftes Band auszubessern. Ich habe keine Gewissensbisse deswegen. Die werde ich nie haben. Es war ein völlig folgerichtiger Entschluß. Jetzt leitet ein anderer Reseune, und ich werde versetzt, und das ist genau das, was ich wollte, damit Ari nicht mehr meine Entwürfe ändert und ihren Namen unter meine Arbeiten setzt, die sie nur überarbeitet hat. Ich bin frei. Es tut mir nur leid, daß es so aufgeflogen ist. Ich bin als Wisssenschaftler besser denn als Installateur. Das haben die Ermittlungsbeamten gesagt. Ich habe den Druck hochgedreht, und sie haben's den Aufzeichnungen der Kontrollgeräte entnommen.«

Am Anfang hatte er Zorn empfunden, echten, tiefen, vernichtenden Zorn, der schließlich abgekühlt und zu einer Rezitation geworden war, einem eingeübten Stück, einer Pose, die wie eine Pose wirken sollte. Justin war dankbar für diese letztliche Abkühlung, als Jordan ihm den Ball zuwarf.

Ich weiß, warum du's getan hast, sagte er fast, dann überlegte er, daß dies sich mißverständlich anhören könnte. Statt dessen sagte er: »Ich liebe dich.«

Und verlor fast die Kontrolle. Er biß sich in die Lippe, bis sie blutete. Und sah, daß auch Jordan die Zähne zusammenbiß.

»Ich weiß nicht, ob sie mir erlauben werden, dir zu schreiben«, sagte Jordan.

»Ich werde schreiben.«

»Ich weiß nicht, ob sie mir die Briefe geben werden.« Jordan brachte ein knappes Lachen zustande. »Sie stellen sich vor, wir könnten uns Botschaften übermitteln, wenn wir Sätze schreiben wie: *Hallo, wie ist das Wetter heute?*«

»Ich werde auf jeden Fall schreiben.«

»Sie glauben – sie glauben, daß eine dreckige Verschwörung läuft. Dabei gibt's keine. Das versichere ich dir, mein Sohn. Es gab keinen, der davon wußte, und es sollte auch keinen geben. Aber die da draußen haben Angst. Die Leute sehen Ari als etwas Politisches. In dieser Hinsicht war sie wichtig für sie. Sie sehen in ihr nicht zuerst die Wissenschaftlerin. Sie verstehen nicht, was es bedeutet, wenn jemand einem die eigenen Arbeiten wegnimmt und sie umkrempelt. Sie verstehen die ethischen Prinzipien nicht, die verletzt wurden.«

Ethische Prinzipien, die verletzt wurden. Gott, er spielt für die Kameras. Das erste war eine Rede für den Ausschuß, aber das letztere war ein versteckter Hinweis für mich. *Wenn er so weitermacht, werden sie ihn noch erwischen.*

»Ich liebe dich auch«, sagte Jordan dann. »Mehr als alles auf der Welt.«

Und er streckte seine Arme aus. Es war vorbei. Das Spiel war aus. Die Schauspieler mußten sich in die Arme schließen. Es war der richtige Moment, um zu weinen.

Er würde Jordan danach nicht mehr sehen. Nichts mehr von ihm hören.

Vielleicht nie mehr.

Er legte das kurze Stück wie ein Roboter zurück. Er umarmte Jordan; und Jordan umarmte ihn, lange Zeit. Sehr lange Zeit. Währenddessen biß sich Justin in die Lippe, weil der Schmerz das einzige war, was ihm helfen konnte, seine Aufmerksamkeit zu bewahren. Jordan weinte. Justin bemerkte das Schluchzen, so leise es auch war. Aber vielleicht würde das für Justins Fall günstig sein. Vielleicht hatten sie vor den Kameras alles richtig gemacht. Er wünschte sich, er könnte auch weinen. Aber aus irgendeinem Grund spürte er nichts außer den Schmerz und den Geschmack des Bluts.

Jordan hatte es zu intensiv gespielt, hatte zu kaltblütig, zu gefährlich geklungen. Das hätte er nicht tun sollen. Sie würden das Band vielleicht in den Nachrichten abspielen. Die Leute würden sich vor ihm fürchten. Sie würden vielleicht denken, er sei verrückt. Wie die Alphas, die über die Klinge sprangen. Wie Boks Clone. Sie würden ihn vielleicht nicht mehr arbeiten lassen.

Er lügt, rief Justin um ein Haar. *Mein Vater lügt.* Aber Jordan klammerte sich an ihn. Jordan hatte genau das getan, was er beabsichtigt hatte. Jordan war nicht für eine Woche in einer Zelle eingesperrt gewesen. Er wußte, was in der Welt vor sich ging. Er hatte mit den Ermittlungsbeamten gesprochen. Jordan spielte eine Rolle, taktierte sie alle psychologisch aus; genau das tat er: Jordan würde vor diesen Senatsausschuß treten und für sich das Beste herausschlagen, was er konnte; und vielleicht würde es genügen, damit das Band nicht in den Nachrichten lief, denn Jordans Arbeit war für das Verteidigungsamt sehr wichtig, und das Militär konnte für Stillschweigen sorgen, wo immer es wollte.

»Komm mit!«, sagte Denys.

Jordan löste seine Umarmung und ließ ihn gehen. Denys führte ihn zur Tür hinaus.

Dann weinte Justin. Nachdem die Tür zugefallen war, lehnte er sich draußen an die Wand und weinte, bis ihm der Bauch weh tat.

XII

Er hatte geglaubt, damit hätte er alle Schocks hinter sich.

Aber Petros Ivanov empfing sie an der Tür zur Klinik, trennte ihn von seinem Begleiter vom Sicherheitsdienst und brachte ihn in Grants Zimmer.

»Wie geht's ihm?« fragte er, bevor sie dort ankamen.

»Nicht besonders gut«, sagte Ivanov. »Ich wollte dich warnen.« Ivanov fügte noch einige Dinge hinzu; wie sie Grant wieder mit der Psychosonde behandeln mußten; und wie er einen Schock erlitten hatte; wie sie ihn jeden Tag draußen im Garten auf einen Stuhl setzten, ihn massierten und badeten und mit der Behandlung abwarteten, weil

Denys immer wieder gesagt hatte, daß Justin kommen würde, an diesem Tag, dem nächsten oder übernächsten – sie hatten sogar Angst, erneut eine Psychosonde auf Grant anzusetzen, weil er so eben auf der Kippe stand, und sie glaubten, es könne illegale Codewörter geben, die nicht in den Psycho-Aufzeichnungen enthalten waren.

»Nein«, sagte Justin, bevor er Grants Tür aufstieß. Und hatte dabei den Wunsch, Ivanov umzubringen, ihn zu blutigem Brei zu schlagen und mit dem nächstbesten Angestellten und Giraud Nye weiterzumachen. »Nein, es gibt keine Codewörter. Verdammt, ich habe ihm *gesagt*, daß ich zurückkommen würde. Und er hat gewartet.«

Grant wartete noch immer. Jetzt gerade hatte er sein Haar gekämmt und sah ganz passabel aus, wenn man nicht wußte, daß er sich nicht allein bewegen konnte. Wenn man nicht wußte, daß er Gewicht verloren hatte und die Haut zu transparant war, und man seinen glasigen Blick bemerkte und das Fehlen der Muskelspannung, wenn man seine Hand anfaßte.

»Grant«, sagte Justin und setzte sich auf die Bettkante. »Grant, ich bin's. Es ist alles in Ordnung.«

Grant blinzelte nicht einmal.

»Gehen Sie raus hier!« befahl Justin Ivanov mit einem Blick über die Schulter; und versuchte nicht, höflich zu sein.

Ivanov ging.

Justin beugte sich hinüber und löste die Fesseln, die sie Grant angelegt hatten. Er war ruhiger, als er es für möglich gehalten hätte. Er hob Grants Arm und legte ihn so um sich, daß er Platz zum Sitzen hatte, und hob die Stirnseite des Betts ein wenig an. Dann streckte er die Hand aus, legte zwei Finger an Grants Kinn und drehte sich sein Gesicht zu. Es war, als bewegte er eine Puppe. Aber Grant blinzelte.

»Grant? Ich bin's, Justin.«

Noch ein Blinzeln.

O Gott, er hatte befürchtet, Grant sei fort. Er hatte befürchtet, er käme hierher, um einen halben Leichnam vorzufinden, mit dem sie nichts anderes anfangen konnten, als ihn hinzulegen. Er war darauf vorbereitet ... in den fünf Minuten vom Haupteingang bis zu Grants Zimmer hatte sich die Hoffnung auf Grants Erholung in die Erwartung verwandelt, ihn zu verlieren. Nun schloß sich der Kreis.

Nun war er erschrocken. Er war sicher, wenn Grant tot war.

O Gott! Zur Hölle mit mir, daß ich so etwas denke! Wo habe ich das gelernt, so zu denken? Wo habe ich gelernt, so kalt zu sein?

Ist das auch ein Band-Flashback?

Was hat sie mit mir gemacht?

Er fühlte sich, als fiele er entzwei – spürte die Hysterie wie eine Flut in sich emporsteigen; und das konnte Grant nicht gebrauchen. Seine Hand zitterte, als er die von Grant ergriff. Und selbst dann dachte er noch an Aris Apartment, wie der Raum ausgesehen hatte. Er fing an zu reden, um sich selbst abzulenken, ohne zu wissen, was er sagte, um nicht noch einmal den Gedanken zu denken, der ihm in den Sinn gekommen war, als gehörte er jemand anderem. Er wußte, daß er niemanden mehr anfassen konnte, ohne daß es eine sexuelle Bedeutung hatte. Er konnte keinen Freund festhalten. Oder seinen Vater umarmen. Tag und Nacht quälten ihn die Erinnerungen; und er wußte, daß es gefährlich war, jemanden zu lieben, wenn sein Geist etwas Widerwärtiges barg, wenn ihm jedesmal Gedanken kamen, die die anderen erschreckt hätten, hätten sie von ihnen gewußt.

Und weil Ari recht damit hatte, daß sie einen erwischen konnten, wenn man jemanden liebte, so wie sie Jordan erwischt hatten. Grant war der Schlüssel zu ihm. Deshalb hatten sie gestattet, daß er Grant zurückbekam.

Er war jetzt nicht allein. Eines Tages würde Grant ihn seinen Feinden offen ausliefern. Vielleicht dazu beitragen, daß er umgebracht wurde. Oder noch schlimmer – mit ihm das tun, was er Jordan angetan hatte.

Aber bis dahin war auch er nicht allein. Bis dahin konnte er für ein paar Jahre etwas Besonderes für ihn sein. Bis Grant herausfand, welche Widerwärtigkeiten er in sich barg. Oder selbst nachdem Grant es herausgefunden hatte. Grant als Azi würde ihm alles verzeihen.

»Grant, ich bin hier. Ich habe dir gesagt, daß ich kommen würde. Ich bin hier.«

Vielleicht dauerte diese Nacht für Grant noch immer an. Vielleicht konnte er dorthin zurückkehren und den Faden am Morgen danach wieder aufnehmen.

Noch ein Blinzeln, und noch eins.

»Komm schon, Grant. Kein Blödsinn mehr. Du hast sie reingelegt. Nun komm! Drück meine Hand! Du kannst es.«

Finger schlossen sich. Nur ganz schwach. Der Atem beschleunigte sich. Justin schüttelte Grant leicht, fuhr mit der Hand nach oben und klopfte ihm mit einem Finger auf die Wange.

»He. Spürst du das? Komm schon! Ich nehme dir nichts davon ab. Ich bin's. Verdammt noch mal, ich will mit dir reden. Hör doch!«

Die Lippen verrieten die Anspannung von Muskeln. Entspannten sich wieder. Die Atemzüge klangen jetzt schwer. Ein paarmal rasches Blinzeln.

»Hörst du mich?«

Grant nickte.

»Gut.« Justin zitterte. Er versuchte es zu unterdrücken. »Wir haben ein Problem. Aber mir ist erlaubt worden, dich hier rauszuholen. Wenn du aufwachen kannst.«

»Ist es Morgen?«

Justin sog einmal schnell Luft ein, wollte zuerst ja sagen, doch dann überlegte er, daß eine Desorientierung gefährlich war. Daß Grant mißtrauisch war. Bei einem Fehler würde er sich vielleicht zurückziehen. »Schon ein bißchen später. Es gab einen Funktionsfehler. Einen schlimmen. Ich werd's dir später erklären. Kannst du deinen Arm bewegen?«

Grant bewegte ihn, ein leichter Druck. Dann hob er die Hand. »Ich bin schwach. Ich bin entsetzlich schwach.«

»Das ist schon in Ordnung. Sie werden dich im Bus rüberbringen. Du kannst heute nacht in deinem eigenen Bett schlafen, wenn du zeigst, daß du dich aufsetzen kannst.«

Grants Brustkasten hob sich und sank sofort zurück. Der Arm bewegte sich, zerrte in die andere Richtung und fiel wie etwas Totes an seine Seite. Grant schluckte Luft und vollführte mit dem ganzen Körper eine krampfartige Bewegung, wobei er die Schultern kaum genug hob, um die Decke zum Rutschen zu bringen, bevor er zurückfiel.

»Das reicht schon«, sagte Justin.

Das Essen hatte für ihn einen sehr seltsamen Geschmack. Zu intensiv. Selbst eingeweichte Haferflocken bereiteten ihm Mühe beim Kauen, und seine Kiefer schmerzten davon. Er aß etwa die Hälfte der Schüssel, deren Inhalt Justin ihm in den Mund löffelte, und vollführte eine schwache Bewegung mit der Hand. »'s reicht.«

Justin wirkte besorgt, als er die Schüssel zur Seite stellte.

»Das ist eine ganze Menge für mich«, sagte Grant. Auch das Sprechen bereitete ihm Mühe, aber Justin sah so erschrocken aus. Grant streckte eine Hand aus und legte sie auf die von Justin, weil das einfacher war als zu reden. Justin sah ihn weiterhin an, als sei er zu Tode erschrocken. Und er wünschte sich verzweifelt, er könne diesen Schmerz beseitigen.

Justin hatte ihm am vergangenen Abend alles erzählt, auf ihn eingeredet, während er noch schwach und erschöpft war, weil Justin gesagt hatte, *daß das die Art ist, wie sie mich damit quälen, und ich schätze, es tut weniger weh, solange du betäubt bist.*

Grant hatte daraufhin geweint. Und Justin hatte geweint. Und war so müde und so unwillig zum Gehen gewesen, daß er sich neben Grant auf dem Bett ausgestreckt hatte, noch immer bekleidet und oben auf der Decke liegend, und eingeschlafen war.

Grant hatte sich nach Kräften bemüht, die Tagesdecke über ihn zu werfen, aber nicht die nötige Kraft im Arm gehabt; deshalb war er hinübergerollt, hatte Justin die Decke überlassen und war wieder zurückgerollt.

Und er lag da mit nichts als dem Laken, und ihm war sehr kalt, bis Justin mitten in der Nacht aufwachte und eine

Decke für ihn holte. Und ihn umarmte und an seiner Schulter weinte, eine ganze Zeit lang.

»Ich brauche dich so sehr«, hatte Justin gesagt.

Vielleicht weil er ein Azi, vielleicht weil er menschlich war, er wußte es nicht – es war das Wichtigste, das man je zu ihm gesagt hatte. Er hatte auch Tränen vergossen. Er wußte nicht, warum, nur daß Justin sein Leben war. Justin war alles für ihn. »Ich brauche dich auch«, hatte er gesagt. »Ich liebe dich.«

In den dunklen Stunden. In den Stunden vor dem Morgen. Wenn Leute Dinge sagen konnten, die zu real waren, um sie bei Tageslicht zu sagen.

Justin war an seiner Seite ein zweites Mal in Schlaf gesunken. Grant war zuerst aufgewacht und hatte lange Zeit dagelegen, zufrieden in der Gewißheit, daß Justin bei ihm war. Bis Justin aufgewacht und aufgestanden war und sich entschuldigt hatte, dort geschlafen zu haben.

Als hätte er Justin nicht die ganze Nacht bei sich haben wollen. Als sei Justin für ihn nicht das Allerwichtigste auf der Welt und als fühlte er sich bei ihm nicht sicher. Als sei er nicht derjenige, für den er alles tun würde.

Den er liebte, auf eine Weise, daß keine Frau und nichts, was Grant je begehrt hatte, sich mit ihm messen konnten.

XIII

»Aris Set ist positiv«, wurde Giraud Nye von der Stimme aus dem Laboratorium informiert, und er holte vor Erleichterung tief Luft.

»Das ist wunderbar«, sagte er. »Das ist wirklich wunderbar. Was ist mit den beiden anderen?«

»Beide positiv. Wir haben in jedem Tank eine Probe von allen dreien.«

»Wunderbar.«

Schwartz unterbrach die Verbindung. Giraud Nye lehnte sich mit einem Seufzen zurück.

Neun Bruttanks waren für das Rubin-Projekt in Betrieb. Eine dreifache Redundanz bei jedem der Versuchsobjekte, trotz Strassens lauten Beschwerden. Es kam selten vor, daß Reseune bei einer ZIV-Replikation überhaupt irgendwelche Reserven mitlaufen ließ; wenn bei einem Set die Implantation mißlang oder andere Probleme auftraten, setzte er den Neubeginn einfach ein paar Wochen später an, das war alles, und der Empfänger konnte warten, es sei denn, der Empfänger wollte für eine Reserve das Doppelte der ohnehin astronomischen Kosten bezahlen. Im Falle eines verkürzten Durchlaufs von Azi-Sets oder wenn jemand an einem Projekt arbeitete, wurde in der Regel ein Ersatz für jedes Paar bereitgestellt, wobei die Ersatzobjekte nach sechs Wochen ausgeschieden wurden.

Das gegenwärtige würde neun Tanks für drei Wochen und sechs für sechs Wochen belegen, bevor sie eine endgültige Auswahl trafen und die Reserven ausschieden.

Reseune überließ nichts dem Zufall.

Verbaltext aus:

MUSTER DES WACHSTUMS

Ein Bandstudium der Genetik

Reseune Ausbildungsprogranun: 8970-8768-1
zugelassen für 80 +

Jeder, der schon einmal ein Band mit Einführdrogen angewendet hat, ist vertraut mit dem Sensorpflaster. Die einfachsten Geräte für den Hausgebrauch verwenden einen Einweg-Herzsensor, ein einfaches Pflaster, das die Pulsrate überwacht. Jedes Band, ob es der Unterhaltung oder der Vermittlung von Informationen dient, hat das Potential, sofern elektrochemische Injektoren angewendet werden, ernste emotionale Belastungen hervorzurufen, wo der Inhalt das Gedächtnis oder Empfindungsvermögen anregt. Bei der Beschäftigung mit dem klassischen Stück Othello *zum Beispiel kann ein bestimmtes Individuum, das einer bestimmten Inszenierung zusieht und sie mit seinen eigenen Lebenserfahrungen in Beziehung setzt, sich mit der einen oder anderen Gestalt in einem solchen Ausmaß identifizieren, wie man es bei keinem massenproduzierten Band erwarten kann.*

Der Betrachter setzt sich einer Belastung aus, die für das Drama selbstverständlich ist. Der Herzschlag beschleunigt sich. Der Sensor registriert es und gibt es an die Kontrollschaltkreise des Geräts weiter. Wenn er eine Rate überschreitet, die von dem Band-Techniker festgelegt wurde, wird das Band automatisch auf ein anderes Programm umgeschaltet, eine kleine Bandschleife, die lediglich entspannende Musik und Geräusche enthält.

Dieser kleine Junge ist in eine Lernklinik gekommen, um sich eine Fähigkeit zu erwerben – er will seine Handschrift verbessern. Nachdem er die Muskeln seiner Hand und seines Unterarms an-

gespannt hat, ertasten die erfahrenen Finger eines Kliniktechnikers die Muskeln und bringen die numerierten Pflaster peinlich genau an der Haut an. Weitere werden auf die Muskeln über dem Auge aufgeklebt. Andere gehören unter den Arm, über das Herz und auf die Halsschlagader.

Diese kleinen grauen Streifen haben zwei Kontakte: das vorliegende, etwas aufwendigere Gerät verfügt über eine Biofeedback-Schleife. Die Anzahl der Pflaster entspricht jener die der Techniker, der für diese Art von Bändern für manuelle Fertigkeiten kein lizensierter Psychotherapeut zu sein braucht, der Gebrauchsanleitung des Bandes entnimmt. Wenn man die Pflaster über den Muskeln anbringt, die die Anleitung aufführt, ist es der Maschine möglich, die Aktivität spezifischer Muskeln oder Muskelgruppen zu messen und sofort Impulse auszusenden oder das Aussenden abzubrechen.

Diese Frau, die handschriftlich versiert ist, trägt identische Sensoren, während sie den Übungstext schreibt. Ihre Muskeltätigkeit wird aufgezeichnet. Dies ist die eigentliche Aufzeichnung des Bandes.

Der junge Student ist ein wenig ängstlich, während er darauf wartet, daß die Injektoren zu wirken anfangen. Es ist seine erste Erfahrung mit einem Einführband. Der Techniker versichert ihm, daß es sich nur sehr wenig von Unterhaltungsbändern unterscheidet. Die Pflaster sind unangenehm, aber nur für den Moment. Die Drogen beginnen zu wirken, und der Techniker überprüft, ob der Junge bereit ist. Das Band läuft an, und der Junge steht unter Spannung, als er die Übung vor Augen hat. Der Techniker redet ihm ruhig zu. Einen Augenblick später spürt der Junge durch die Input-Output-Funktion der Pflaster die Muskeltätigkeit der geübten Schreiberin, als sie den Stift in die Hand nimmt und zu schreiben anfängt. Er erlebt den Erfolg, sieht die Form der Buchstaben, spürt die kleinen akkuraten Bewegungen der Hand und Finger und die Entspannung der Kalligraphin bei ihrer Arbeit.

Es sind sicher mehrere Sitzungen erforderlich, aber der Fort-

schritt ist bereits erkennbar, als der Junge unmittelbar nach dem Aufwachen die Übung niederschreibt. Er hält den Stift leicht und bequem, verkrampft die Finger nicht mehr in einem harten Griff, und seine ganze Haltung hat sich verbessert, als er den passenden Drehpunkt findet, auf den er seine Hand stützen kann. Er ist erstaunt und erfreut über die Ergebnisse. Er wird die Übung im Laufe des Tages mehrere Male durchführen, um das Muster zu verstärken. Direkt nach dem Frühstück wird er es wiederholen, und einige Male am folgenden Tag. Seine eifrigen Übungen werden gewohnheitsbildend wirken. Möglicherweise wiederholt er die Bandbehandlung, bis er und seine Eltern mit den Resultaten zufrieden sind.

Dieser Beta-Klasse-Azi gehört den Sondereinheiten an. Er steht geduldig da und spannt auf die Aufforderung des Technikers seine Rückenmuskeln an. Seine Augen sind geschlossen, und ganz offensichtlich langweilt ihn die Prozedur, die den jungen Studenten in solche Unruhe versetzt hat. Er freut sich auf das Band, aber die Fähigkeit, die er sich erwirbt, fordert den ganzen Körper. Er hat dies geraume Zeit in seinem Leben zweimal pro Monat durchgemacht, und seiner Ansicht nach sind die Biofeedback-Pflaster wichtiger als die Injektoren. Er hat sich ein Talent mit Hilfe eines Bandes angeeignet: Seine Konzentrationsfähigkeit ist größer als die des Studenten. Er kennt die Namen der Muskeln, kann die Pflaster selbsttätig anbringen und widmet sich in seinem eigenen Quartier einer Vielzahl zusätzlicher Studien, unter einer Injektorendosis, die kaum mehr bewirkt als das, was man zu Hause für ein Unterhaltungsband verwendet, weil er gelernt hat, ohne den Einsatz von Drogen einen Lernzustand hervorzurufen.

Am Ende des Monats erhält er eine andere Bandsorte, die Bürgern nicht zugänglich ist: Es ist eine sehr persönliche Erfahrung, die er nicht in Worte fassen kann, weil das meiste davon nichtverbal abläuft. Er sagt gutes Band dazu. Der Begriff, der in Reseune häufig zu hören ist, lautet Belohnungsband.

Die Frau, die die Bänder verwaltet, ist keine Technikerin. Sie ist eine beta-qualifizierte Aufseherin, und sie benutzt ein weit kom-

plizierteres Gerät, das über eine Blutchemie-Schleife verfügt: Sie analysiert das einströmende Blut und injiziert natürliche Stimmungsaufheller – ein Verfahren, das in der breiten Bevölkerung nur angewendet wird, wenn Psychokorrekturen angeraten sind.

Für einen Azi, der sein ganzes Leben dieser Art von Bändern ausgesetzt war, ist es eine angenehme Erfahrung, die er höher schätzt als die anderen Belohnungen, die der Dienst anbietet. Diese wirkt innerlich und geht ganz tief.

Anders als beim Eingriff in einen bürgerlicher Patienten, der in hohem Maße von dem Erfindungsreichtum eines Psychologen abhängt, ein Band maßzuschneidern, ist dieses Band präzise ausgerichtet, entworfen von denselben Designern, die das Psychoset des Azis präpariert haben. Es erreicht eine Genauigkeit, die praktisch unmöglich bei einem Nicht-Azi-Patienten ist, dessen Leben von nicht aufgezeichneten Erfahrungen in einer regellosen Welt geprägt wurde. Dieser Azi, der von Geburt an von der Welt ferngehalten und dem sein Psychoset über Band eingegeben wurde, ist eine viel besser bekannte Größe, selbst nachdem er in den bewaffneten Einheiten gedient und mit natürlich geborenen Bürgern zusammengelebt hat.

Alle, die jemals Autorität über ihn besaßen, hatten eine besondere Ausbildung im Umgang mit Azis hinter sich. Keinem Azi-Aufseher ist es gestattet, seinem Untergebenen gegenüber die Stimme zu erheben. Belohnen oder das Zurückhalten von Belohnungen unterliegt den Regeln der Disziplin; und das Vertrauen zwischen diesem Mann und jedem psychologisch geschulten Aufseher ist grundlegender als zwischen Eltern und ihrem Kind. Daß es eine andere Aufseherin ist als im letzten Monat, stört ihn nicht. Er vertraut ihr vorbehaltlos, nachdem er sich einmal vergewissert hat, daß sie über eine Lizenz verfügt.

Leute, die ihre erste Erfahrung mit unsozialisierten Azis haben, erklären im allgemeinen zuerst, daß sie das Gefühl haben, sie müßten flüstern; und dann, daß sie sich von der innigen Zuneigung überwältigt fühlen, die Azis ihnen augenblicklich entgegenzubringen bereit sind.

Sie vertrauen mir zu sehr, *lautet die beinahe universelle Klage.*

Aber dieser Mann ist Soldat und arbeitet regelmäßig mit unlizensierten Bürgern. Er hat emotionale Barrieren aufgebaut und pflegt ungehemmten Umgang mit seinen bürgerlichen Kameraden. Sein Kommandeur hat einen Kurs absolviert und eine Prüfung bestanden, die ihn zur Befehligung von Azis qualifiziert, aber er ist kein Lizenzinhaber, und er behandelt diesen Mann nicht anders als die anderen unter seinem Kommando. Der Kommandeur ist sich nur bewußt, daß einer Bitte dieses Mannes, sich beraten zu lassen, augenblicklich entsprochen und der Azi für den Fall, daß er die Hinzuziehung eines Beta-Aufsehers erbittet, unverzüglich unter Beruhigungsmittel gestellt und in eine Klinik geschickt werden muß, weil Probleme mit Azis sehr selten auftreten und die emotionalen Barrieren eines sozialisierten Azis im allgemeinen so stark sind wie die eines jeden Bürgers; daß das Psychoset eines Azis kein Ergebnis von Erfahrungen, sondern von Instruktionen ist, und die Barrieren kein Gefüge sozialer Stützen sind, wie es bei einer gewöhnlichen menschlichen Seele der Fall ist. Ein Azi, der spürt, daß diese Abschirmung aufweicht, ist durch jeden in seiner Umgebung verwundbar. Er ist in einen Zustand geraten, der sehr stark einer von Injektoren hervorgerufenen Lernphase ähnelt, in der er immer weniger in der Lage ist, Dinge abzuwehren, die auf ihn eindrängen. Das Ergebnis ist etwa dasselbe, als wenn man sich in einem überfüllten Raum einen Injektor ansetzt, in höchstem Maße unangenehm für den Azi und möglicherweise zerstörerisch.

Das Band, an dem dieser Mann sich erfreut, ist mehr als nur ein Vergnügen für ihn. Es bestätigt auch seine Werte und stärkt seine Selbstachtung. Sein Vertrauen ist im Augenblick vollkommen. Er erlebt etwas, das kein Bürger in einer regellosen Welt erleben kann: Er steht in Kontakt mit der absoluten Wahrheit und stimmt völlig mit dem überein, was er ist.

Dies ist Reseune, wo unser Soldat geboren wurde. Dieser dreijährige Azi, sehr viel jünger als unser Soldat, bereitet sich auf etwas vor, was gemeinhin Tiefenband genannt wird. Er ist etwas unruhig, nicht wegen der Prozedur, die er früher schon durchgemacht hat, sondern wegen des Geräts, das ihm schließlich als etwas Wichtiges in diesem Zimmer aufgefallen ist. Der Psychochirurg umarmt ihn und redet ihm gut zu und bringt ihn am Ende zum Lachen, indem er ein Gesicht zieht. Der kleine Azi hilft dem Chirurgen, die Pflaster anzubringen.

Der Injektor verabreicht ihm eine sehr starke Dosis. Seine Schwellen sind völlig abgesunken, und seine Blutchemie wird ständig überwacht.

Das Band verstärkt seine Wertesets mit Worten, die er zu verstehen in der Lage ist.

Es erklärt ihm, wie er Anerkennung gewinnt. Es sagt, welche Talente und welche Stärken er hat.

Es erinnert ihn vielleicht daran, daß er bestimmte Neigungen vermeiden muß, etwa auf dieselbe Weise, wie Eltern einem Kind erklären, daß es aufpassen und nicht schmollen soll. Das Band aber beschäftigt sich die ganze Zeit mit Lob und positiven Dingen, und davon weicht es nicht ab.

Als er aufhört, nennt der Aufseher ihm ein Wort, mit dem er diesen Vorgang abschließen muß; und er wird es im Gedächtnis behalten. Das nächste Mal wird der Aufseher die Folge von Anweisungen mit diesem besonderen Schlüssel eröffnen, der zusammen mit seinem Band in der Akte des Azis niedergelegt ist. Während er aufwächst, wird sein Tiefenband abstrakter. Der Verbalschlüssel wird in immer größere Komplexe eingefügt, während seine Psychostrukturen in kompletten Sets aufgehen, und er wird die Werte annehmen, die ihm gemeinsam mit seiner völligen Offenheit für einen lizensierten Aufseher eingegeben wurden.

Weil der Junge Scheu vor dem Gerät gezeigt hat, denkt der Aufseher daran, ihn wegen des Inventars zu beruhigen, solange er noch für Unterweisungen empfänglich ist. Jede Scheu, die ein Azi vor diesen Verfahren empfinden mag, wie geringfügig auch immer, wird aufmerksam auf ihre Ursachen hin untersucht und ernsthaft angegangen. Zu keiner Zeit wünscht sich ein Aufseher, daß einer seiner Schützlinge sich vor diesen Prozeduren fürchtet.

Die ganzen Azi-Bänder werden hier entworfen, in diesen unscheinbar wirkenden Büros, von Designern, von denen einige selbst Azis sind. Viel davon wird mit Hilfe von Computern erle-

digt, welche die äußerst peniblen physiologischen Versuchsreihen analysieren, die an Muster-Azis vorgenommen werden … etwa die Hand-Auge-Koordination eines bestimmten Azi-Gensets, die Reaktionszeit, das Gleichgewichtsgefühl, das Augenlicht, Gehör, die physische Kraft, hormonelle Aktivität, die Reznor-Werte, Reaktionen unter Streß. Die Designer ziehen all dies in Betracht, um speziell für dieses Genset ein Band zu entwickeln, das genau auf Stärken und Schwächen zugeschnitten ist, und es mit einem jeweiligen Psychoset zu verbinden.

Es sind Designer, die Reseunes Bibliothek zu Rate ziehen, um ein Genset auszuwählen, dem die Fähigkeiten verliehen werden können, die für eine neue Technologie erforderlich sind.

Es sind Designer, die sich eines Azis annehmen, der von seinem Aufseher in die Labors zurückgeschickt wird, wenn den Berichten nach ›ernste‹ Probleme auftreten. Es sind Designer, die die Tests anordnen und mit den Azis sprechen, um herauszufinden ob die Probleme beim Aufseher oder beim Azi liegen. Es sind Designer, die ein Band vorbereiten, um Abhilfe zu schaffen – oder einen Sperrbefehl erteilen, der den Umgang mit allen Azis dieses Gensets betrifft und sie von bestimmten Aufgaben entbindet.

Es sind Designer, die diesen Jungen für Aufgaben in zivilen Sicherheitsdiensten bestimmt haben, eine Abweichung von der militärischen Ausbildung, die sein Genotypus normalerweise erhält. Designer sind in der Regel konservativ, was den Einsatz eines Genotypus auf neuen Gebieten angeht, weil sie sich ebenso wie ihre Versuchsobjekte des Erfolges sicher sein wollen. In Reseune, wo Azi-Versuchspersonen eingesetzt werden, sorgt ein Schlüsselwort-Vorgang für ein widerrufliches Segment in dem Testset, so daß ein Psychochirurg es eine beachtliche Zeit getrennt halten kann, ehe es in das Psychoset integriert wird. Die wenigen Azis, an denen kurzzeitige Tests durchgeführt werden, wie es genannt wird, sind speziell dafür ausgebildet, die Eingriffe isoliert zu behandeln, und sie beurteilen selbst, ob sie sich einem jeweiligen Test unterziehen sollen. Reseune hält sich an die Regel, langsam zu experimentieren und nur jeweils eine Veränderung vorzunehmen.

Gelegentlich entwickelt ein Azi, wie jedes Mitglied der breiteren Bevölkerung, ernsthafte psychologische Probleme.

Viele dieser Fälle werden Reseune überantwortet, wo Designer und Psychochirurgen sich mit ihnen beschäftigen und Lösungen für die psychologischen Schwierigkeiten zu entwickeln versuchen, die auch für die Wissenschaft von Nutzen sind und in die allgemeine Psychotherapie eingehen.

In einigen Fällen besteht die Lösung in einer Neuausbildung, die eine Gehirnwäsche und eine längere Erholungsphase nötig macht. Bei einem Azi eines bewährten Genotypus und Psychosets geht ein Problem dieser Größenordnung auf ein extremes Trauma zurück, und im Falle von Fahrlässigkeit oder Mißhandlung schlägt Reseune zugunsten des Azi den Rechtsweg ein.

In anderen Fällen kann die Lösung nur im genetischen Flügel gefunden werden; Reseune verbietet die Reproduktion eines Genotypus, bei dem Schwierigkeiten aufgetreten sind, bis die Designer, die mit dem betreffenden Azi arbeiten, das Problem gelöst haben.

In einigen wenigen Fällen gibt es keine Lösung, kein Abhilfe schaffendes Psychoset, das sich wenigstens mit einer Gehirnwäsche einsetzen läßt, und eine Kommission qualifizierter Mitarbeiter kann keine menschliche Lösung außer einer Eliminierung finden. Die Lebensqualität eines Azis ist der Hauptgesichtspunkt, und Reseune, wo die Regeln aufgestellt wurden, die es einem Aufseher verbieten, einen seiner Azis am Arbeitsplatz anzufahren, muß die gleiche Entscheidung fällen, der sich alle nächsten Angehörigen gegenübersehen, wenn die Körperfunktionen nach einem geistig bewegten, erfüllten Leben erloschen sind.

4. KAPITEL

I

Der Bruttank neigte sich, kippte seinen Inhalt in den flüssigkeitsgefüllten Aufnahmetank, und Ariane Emory zappelte und wand sich, eine kleine Schwimmerin in einem ungewohnt düsteren Licht und weiten Meer.

Bis Jane Strassen in das Wasser hineingriff und sie hochhob, und die Gehilfen die Nabelschnur durchtrennten und Ari für eine oberflächliche Untersuchung zu einem Tisch trugen, während Jane Strassen zögerte.

»Sie ist perfekt, was?« Ihre Frage klang etwas besorgt. Vor einer Stunde wäre es eine klinische, eine berufliche Sorge gewesen, die Unsicherheit über ein Projekt, das restlos scheitern konnte, wenn etwas mit dem Baby nicht stimmte. Aber jetzt klang eine gewisse persönliche Angst mit, die sie von sich nicht erwartet hätte.

Du kommst Olga Emorys Testergebnissen am nächsten, hatte ihr Giraud Nye gesagt; und Jane war außer sich gewesen, hatte sich geweigert und mit dem Argument protestiert, daß ihr Management von Flügel Eins ihr als leicht zerbrechliche, überarbeitete Frau von hundertzweiunddreißig Jahren keine Zeit ließ, die Verantwortung einer Mutterschaft zu übernehmen.

Olga bekam es mit dreiundachtzig, hatte Giraud gesagt. *Du bist eine selbstbewußte Frau, du stehst höllisch unter Stress – du teilst ihr Interesse an Kunst, du wurdest im Weltraum geboren, und du bist ein Profi und hast Köpfchen. Du bist das beste, was wir kriegen können. Und du lebst schon so lang, daß du Olga noch persönlich gekannt hast.*

Ich hasse Kinder, hatte sie entgegnet, *ich habe Julia durch eine unbefleckte Empfängnis bekommen, und ich verbitte mir jeden Vergleich mit diesem widerlichen, nervtötenden Weibsbild!*

Der verdammte Giraud hatte gelächelt. Und gesagt: *Du bist dabei.*

Was sie in diese Situation gebracht hatte, in diesen Raum, zu dieser Stunde, und es quälte sie, während medizinische Experten den strampelnden Säugling musterten und die Gedanken an ihre Persönlichkeit Gestalt annahmen.

Sie hatte sich nie viel mit ihrer genetischen Tochter befaßt, die sie als ihre persönliche Konzession an die Unsterblichkeit verstand, empfangen mit der unwissentlichen Hilfe eines Mathematikers in Pan-Paris, der Reseune eine Probe gestiftet hatte, weil sie überlegt hatte, daß eine zufällige Wahl und frisches Blut von Vorteil sein konnten. Zuviel Planung, hatte sie behauptet, brachte schlechte Genpools hervor; und Julia war das Ergebnis ihrer persönlichen Wahl, nicht schlecht, aber auch nicht besonders gut. Sie hatte Julia die meiste Zeit Kinderpflegerinnen anvertraut und sich immer weniger mit ihr beschäftigt, als sie sich als süßer, sentimentaler Hohlkopf herausstellte – nein, in jeder anderen, weniger anspruchsvollen Umgebung hätte sie als klug gegolten, aber jetzt und hier war sie von der Entdeckung ihrer biologischen Herkunft bestürzt und in ihrem persönlichen Leben so unfähig wie jeder Azi.

Aber dies hier, Aris Replikat diese zum Ende des Lebens adoptierte Tochter war genau das, worauf sie gehofft hatte. Eine ideale Studentin, deren Verstand alles tragen konnte, was sie ihm aufzubürden vermochte, und es ihr zurückgeben würde. Und es war ihr verboten, dergleichen zu tun.

Sie hatte damals Olgas Band auf das Kind angesetzt. Die Hand auf Aris Schulter. Ein heftiger Ruck an Aris Pullover, um ihn glattzuziehen. Aris wütendes, verzweifeltes Zappeln. Sie und Olga waren das Paar, an das sich Jane am besten erinnerte. Der Gedanke an sie brachte alles zurück.

Achtzehn Jahre ihres Lebens hatte sie auf diese Stimme gehört. Olga hatte an jedem im Personal herumgenörgelt. Sogar an dem Kind, wann immer sie Zeit dafür fand, bis es ein Wunder war, daß die Kleine nicht geisteskrank war, denn zwischendurch blieb sie ganz allein mit den Azis. Olga hatte die Blutproben selbst abgenommen, immer neue Psychotests selbst durchgeführt, weil sie Theorien vertrat, die zu Aris eigenen Theorien führen sollten. Olga hatte die Ergebnisse von Aris frühen Reznor-Tests erhalten, die nur knapp das obere Ende der Skala verfehlten, und in dem Moment hatte sie Blut geleckt. Olga Emory mit ihren liebgewonnenen Theorien über eine wissenschaftliche Kindeserziehung hatte geglaubt, eine Estelle Bok in den Händen zu haben, die mit der Hilfe von Reseunes Laboratorien für Jahrhunderte der Unsterblichkeit bestimmt war. Und jedes andere Kind in Reseunes Fluren hatte gehört, wie überragend Ari und daß sie etwas Besonderes sei, weil die Mütter und Väter im Personal wußten, daß beruflich ihre Köpfe rollen würden, wenn ihre Kinder das hohe Ansehen von Olgas kostbarer Ari trüben würden.

In jenen Pioniertagen auf Cyteen, als Intellektuelle, die vor den Visagesetzen des Erdkonsortiums flüchteten, sich auf einem Planeten sammelten, der das ferne Ende des Weltraums bezeichnete, und die Cyteen-Station gründeten, hatte es in der Stationsmesse so von abtrünnigen politischen Theoretikern, berühmten Physikern, Chemikern und legendären Forschungsreisenden gewimmelt, daß die Leute mit der Herrichtung der Toiletten nicht nachkamen; die Rejuvenilisierung war eine neue Entwicklung, Reseune wurde eingerichtet, um daran zu arbeiten, Boks Physik schrieb die Lehrbücher um, und Spekulationen und abwegige Theorien nahmen Leute gefangen, die es hätten besser wissen müssen. Und Olga Emory war ein brillanter Kopf mit einem Instinkt für interdisziplinäre Entwicklungen, aber in ihren seelischen Fundamenten schienen sich einige Außerirdische eingenistet zu haben.

Ganz zu schweigen von James Carnath, den noch ganz andere heimsuchten, und der von dem Tag, als er herausfand, daß sein Ende bevorstand, entschlossen war, mit Olga ein Kind zu zeugen, das Bok übertreffen sollte.

Weshalb sie alle letztlich in diesem Raum und bei diesem Projekt gelandet waren.

Deshalb mußte sie alles auf Olgas Art tun. *Setz dich gerade hin, Ari! Sei ruhig, Ari! Mach deine Hausaufgaben, Ari!* – zwicken und meckern.

Bis sie Ari den Azi-Pflegerinnen aufhalsen konnte, wie sie es mit Julia getan hatte. Im Nachhinein hatte sie beachtliche Gewissensbisse deswegen.

Vom elterlichen Desinteresse abzuweichen, würde Ari verändern. Eine gewisse Nachlässigkeit mußte sein. Es war etwas Schreckliches, in der Rückschau die eigenen Fehler zu erkennen. Sich in Olga einzuarbeiten, war wie ein Blick in einen viel zu verräterischen Spiegel gewesen. Giraud hatte recht gehabt. Es tat verdammt weh, mit hundertzweiunddreißig Jahren dahinterzukommen.

Bis zu diesem Tag hatte sie nicht mehr mütterliche Zuneigung empfunden als für jedes andere Erzeugnis des Labors ... oder für die beiden Azis, mit deren Geburt die beiden Gehilfen am anderen Ende des Raums beschäftigt waren. Im Falle Aris, ungeachtet der Erfahrung mit einer Tochter und zweiundfünfzig Jahren Umgang mit Studenten, sollte es eine Frage des folgenden Programms sein. Zum Besten des Kindes. Sie hatte Ari Emory *respektiert,* und, zum Teufel, wenn sie an ihr scheiterte, war das alles, was von ihrer Achtung für Reseune übrigbleiben würde. Mit hundertzweiunddreißig. Sie *haßte* Versager. Sie haßte Nachsichtigkeit und verschwommenes Denken.

Es war immer noch verdammt hart, Julia anzusehen und zu erkennen, welch eine Versagerin aus ihr geworden war – sie baute bei der Arbeit ständig Mist, verzog ihr jüngstes Kind bis zum Gehtnichtmehr und ließ sich mit einem Mann nach dem anderen ein – und zu wissen, daß es teilweise an den Genen lag und teilweise Janes Schuld war. Dieselbe Nachlässigkeit, dasselbe Herumgenörgle, von dem sie jetzt zugeben mußte, daß sie es Julia zugemutet hatte, war ein wesentlicher Bestandteil von dem, was Ari in Gang brachte. Die Psychosets und die Genetik arbeiteten.

Vielleicht das falsche Kind und die richtigen Eltern. Oder umgekehrt.

Eine furchtbare Macht, die die Natur ausübte.

II

»Sie sind alle in guter Verfassung«, sagte Petros Ivanov.

»Das ist wunderbar. Wirklich wunderbar.« Denys nahm einen Happen Fisch und noch einen. In einem Speisezimmer der Verwaltung fand hinter Vorhängen, die vor die versiegelten Fenster des Beobachtungsdecks gezogen waren, ein privates Essen statt. Die Wettermacher ließen es wie erbeten regnen, ein heftiger Wind blies, und Wasser rann die Fenster hinunter. Die Atmosphäre würde für etwa einen Tag unbeständig bleiben. »Zum Teufel mit Giraud. *Natürlich* wird alles gutgehen, sagt er, und haut in die Hauptstadt ab. Und es würde mich wundern, wenn er angerufen hat.«

»Bisher folgt alles dem Schema. Die Azis entsprechen völlig der Norm. Das Programm mit ihnen läuft schon.«

»Mit Ari auch.«

»Strassen hat sich über die Oberpflegerin beschwert.«

»Was gibt's sonst Neues?«

»Sie sagt, sie sei dickköpfig und mache ihr Personal nervös.«

»*Eine dickköpfige Azi.* Das heißt, daß die Azi sich genau an die Anweisungen hält und Jane außer sich ist, weil sie neue Angestellte in ihrem Apartment hat. Sie wird's überleben.« Er goß sich noch etwas Kaffee ein. »Olgas Azi macht uns noch immer ziemliche Sorgen. Ollie ist jünger, er ist geistig sehr viel widerstandsfähiger als der arme Kerl, den Olga hatte, in jeder Hinsicht, und Jane hat eine gute Methode entwickelt: Sie setzt ein Band auf ihn an, um ihn zu verweichlichen, und Janes Temperament gibt ihm den Rest. Ihren Stil im Umgang mit dem Kind kriegt sie hin; Ollie zu verändern und die Art, wie sie sich zu ihm verhält, ist so schwierig, daß es Jane ohne an die Decke zu gehen nicht schafft. Selbst wenn das Mädchen die Instinkte eines gewöhnlichen Säuglings hat, wird sie von der Wiege an die Belastungen einer Erwachsenen mitbekommen. Angenommen, sie verfügt über Aris Sensibilität, wer weiß, was sie dann mitbekommt. Also, was meinst du?«

Petros grinste. »Sollen wir Jane mit einem Band behandeln?«

Denys prustete in seinen Kaffee und nahm einen Schluck. »Dafür würde ich was geben. Nein. Jane ist ein Profi. Sie weiß, was die Sache wert ist. Wir haben eine Vereinbarung getroffen. Wir lassen die Finger von Ollie und sie erklärt ihm, wie er sich in Szene setzt. Wir verlassen uns einfach darauf, daß ein Azi, der unsere Jane glücklich machen kann, mit allem fertig wird.«

Sie lachten.

Er war verteufelt sauer auf Giraud. Eine ganze Menge von all dem hätte Giraud ihm abnehmen können, aber Giraud zog es vor, in die Hauptstadt abzuhauen, wann immer die mit dem Projekt verbundenen Aufgaben zu anstrengend wurden.

Das ist alles deine Sache, hatte Giraud gesagt. *Du bist der Administrator. Also, mach dich an die Arbeit!*

Es hatte den Großteil des Jahres beansprucht, Aris Notizen durchzusehen, diesen kurzen einleitenden Abschnitt der Computeraufzeichnungen, die den Technikern leicht zugänglich waren. Reseunes Aufzeichnungscomputer waren drei Wochen lang beschäftigt gewesen, nur um die einleitende Datensammlung über Ari zusammenzustellen. Gott sei Dank hatte wenigstens Olga alles mit Querverweisen archiviert und in einer chronologischen Reihenfolge angeordnet. Die Bänder mußten aufgefunden werden, nicht ausschließlich die über Ari, sondern auch über zwei Azis, die als Protosets gedient hatten und nur einmal vorhanden gewesen waren. Unter den Hügeln dort draußen befand sich ein Tunnel, und drei weitere waren in Bau, weil das gewaltige Gewölbe voll war, voll bis zum Rand mit Arbeitern, die die Bänder in aktive, aktivere und aktivste einzuteilen begannen, damit mehr davon ins Haus selbst gebracht werden konnten.

Und wenn die Datenflut des Projekts einmal entfesselt worden war, würde sie zu einer Gezeitenwelle in den Hausarchiven anwachsen. Einer dieser Tunnel diente ausschließlich der Unterbringung der physikalischen Aufzeichnungen des Projekts; und sie umfaßten Software-Design für einige der Projekte, die Ari zur Hälfte ausgearbeitet hatte und ein anderer würde beenden müssen, bevor das Baby sprechen konnte.

Reseune würde nichts auslagern, was mit dem Projekt zu tun hatte. Es wurden einige der Azi-Produktionsunterlagen ausgelagert, um das Personal zu entlasten. Es wäre zu einer ökonomischen Krise gekommen, wenn das Militär nicht Geld in Reseunes Filialen auf Fargone und in Planys gesteckt hätte, Geld, um weitere Tanks, noch mehr Computer, Produktionsanlagen *und* diese Tunnel zu finanzieren. In der Zwischenzeit tat Jordan Warrick allen einen Gefallen, indem er tatsächlich die Montage in Planys beaufsichtigte, wo er so zufrieden war, wie seit Aris Ableben nicht mehr, und richtig zu tun bekam – was nicht wenig wert war, weil es das Verteidigungsamt zufriedenstellte. Sie hatten Robert Carnath von der Hausverwaltung verloren und an die Spitze des Planys-Labors befördert: Robert war kein Freund Warricks und ein ausreichend energischer Administrator, um alle Fäden in der Hand zu halten. Sie hatten darüber hinaus Personal an den Bau des Fargone-Labors verloren, und sie würden noch mehr verlieren, wenn das Labor den Betrieb aufnahm und das Rubin-Projekt anlief. Reseune war überbesetzt gewesen, als die Sache losging, und jetzt kaufte man sogar Azi-Verträge von Hackern wie Bucherlabs und Lifefarms, unterzog jeden Azi über vierzig einer Rejuvenilisierung und brachte das Personal mit Bändern zur Neuausbildung zum Durchdrehen. Unten in der Stadt standen fünfzehn Baracken leer, und sie hatten gerade einen Rückkaufvertrag für bestimmte Reseuner Azis, die sich dem Ruhestand näherten, mit dem Verteidigungsamt unterzeichnet: Das ersparte dem Verteidigungsamt kostspielige Neuausbildungen und Pensionen und machte einige Azis über die Maßen glücklich, wenn sie erfuhren, daß sie arbeiten und zum Personal von *Reseuneair* gehören durften, in der Beförderung oder Produktion eingesetzt werden würden oder, wo immer ein Azi, dessen Zukunftsaussicht andernfalls in irgendeinem dumpfen Arbeitszentrum der Regierung bestand, eine Stellung einnehmen und sich auf etwas freuen, statt nur zurückblicken konnte. Es sicherte Reseune einen umfangreichen Bestand an disziplinierten und sicherheitsbewußtem Personal – auf einen Schlag. Irrtümer und Fehler griffen in Reseunes eiligeren Arbeiten unweigerlich um sich, sprangen aber nicht auf das Projekt über, wo es keine neuen Gesichter gab und die Toptalente ihren Jobs ohne Abstriche ihre volle Aufmerksamkeit widmen konnten.

Der Rückkauf vom Militär hatte sie gerettet. Denys war stolz auf diesen Einfall. Es gehörte schon etwas dazu, ein Projekt, das für *ein* Versuchsobjekt vorgesehen war, auf vier auszuweiten – Rubin und die beiden Azis mitgerechnet. Und das Projekt *und* die Finanzen *und* die Belange der Geheimhaltung zu koordinieren. Giraud befaßte sich mit letzterem. Alles übrige lag schon so lang in Denys Händen, daß er das Gefühl hatte, es sei *sein* Projekt.

»Von jetzt an wird's nicht einfacher«, erklärte er Petros. »Ab jetzt wird's ein Wettrennen zwischen diesem Kind und dem Profil-Management. Wenn jemand Mist baut, will ich unbedingt davon erfahren. Wenn die Kleine einen unplanmäßigen Schnupfen bekommt, will ich's wissen. Nichts ist unwichtig, bis wir Ergebnisse haben, die wir am Profil überprüfen können.«

»Da haben wir uns einiges vorgenommen, wenn wir das Profil entwickeln wollen, während die Sache läuft.«

»Das müßten wir sowieso. Es wird durchaus Unterschiede geben. Wir sind immer etwas abgewichen. Und wir würden sowieso nie wissen, worauf wir zusteuern. Wenn dieses Kind sich tatsächlich in einem nennenswerten Ausmaß mit Ari deckt, werden wir's doch wohl merken, oder?«

Diesmal lachten sie nicht.

III

Justin goß ein, und Wein sprudelte in Grants viele Male geleertes Glas. Dann goß er eins für sich selbst voll und stellte die leere Flasche hin. Grant betrachtete sein Glas mit einem leicht besorgten Blick.

Pflicht. Grant wurde allmählich betrunken und dachte über diesen Umstand nach. Justin wußte es. Er wußte es ebenso, wie er sagen konnte, daß Grant nichts von sich geben würde, weil er gerade zu dem Schluß gekommen war, daß Pflicht heute abend nicht das Wort sein würde, auf das es ankam.

Sie unterhielten sich über das Büro. Sie unterhielten sich über eine Design-Sequenz, an der sie gearbeitet hatten. Eine Flasche Wein für jeden war dem Design nicht eben förderlich – die Zusammenhänge wurden verschwommener.

Aber Justin fühlte sich besser dabei.

Er empfand eine seltsame Unzufriedenheit mit sich. Ein Baby kam auf die Welt, und er ging in einem Zustand unbegründeter Deprimiertheit durch den Tag. Überall in Reseune tuschelte man: »Ist sie nicht süß?« und »Wie geht's ihr denn?«, und er fühlte sich, als hätte jemand eine Faust um sein Herz geschlossen.

Weil ein Kind auf die Welt gekommen war, mein Gott. Und während im Wohnbereich der Techniker eine Art Party im Gange war, und eine weitere drüben im Wohnbereich von Flügel Eins, hielten er und Grant ihre eigene mürrische Gedenkfeier ab.

Sie saßen in einer Vertiefung in dem Apartment, das ihr Zuhause gewesen war, als sie beide klein waren, dem Apartment, das Jordan gehört hatte, Kekse und austrocknende Wurstscheiben auf dem Tablett, zwei leere Weinflaschen zwischen Kuchenkrümeln und feuchten Rändern auf dem Steintisch, und eine dritte Flasche zu einem Drittel geleert. Und das reichte endlich, um die Dinge in weite Ferne zu rücken.

Wünsche ich einem kleinen Kind den Tod? Gott, was sind das für Gedanken?

Er hob das nächste Glas, nachdem er es gefüllt hatte, und stieß es mit bemühter Fröhlichkeit an das von Grant. »Ein Prost auf das Baby.«

Grant erstarrte und trank im Gegensatz zu ihm nichts.

»Komm schon!« sagte Justin. »Wir können uns etwas gönnen.«

Grant hob den Blick und vollführte eine unmerkliche Bewegung mit den Fingern. *Denk dran, es könnte sein, daß sie uns überwachen!*

Das stimmte immer. Sie narrten die Kontrollgeräte des Hauses, aber um ein paar Worte zu wechseln, um die sie sich keine Sorgen machen brauchten, mußten sie nach draußen gehen.

»Zum Teufel, sollen sie doch mithören! Das stört mich nicht. Mir tut die Kleine leid. Niemand hat sie gefragt, ob sie das will.«

»Kein Azi wird danach gefragt«, erwiderte Grant scharf. Dann grub ein Stirnrunzeln zwischen seine Brauen eine Furche. »Ich schätze, niemand wird danach gefragt.«

»Niemand.« Wieder senkte sich die trübe Stimmung über das Zimmer. Justin wußte nicht, was mit ihnen geschehen würde, darum ging es. Reseune veränderte sich, war voller fremder Gesichter, an Reseune abgetretener Kader, und die Azis wurden in Unruhe versetzt von der Anordnung, sie zu rejuvenilisieren. Der Umstand, daß sie jemandem gefallen haben mußten, erfüllte sie mit freudiger Stimmung, und zugleich verwirrten sie die Neuzuteilung und die Versetzungen und die Ankunft von Fremden. Es stürzte sie nicht in ernste Verwirrung, nur brachen mehr Veränderungen über sie herein, als sie je zuvor zu bewältigen hatten: Die Terminkalender der Aufseher quollen über vor Gesprächsterminen, und die Aufseher selbst baten um Entlastung, die nicht möglich war.

Und das alles, während drüben im Wohnbereich von Flügel Eins ein abgeschlossenes Apartment wie ein Mausoleum leerstand. Staubfrei, unberührt, unbetreten.

Um zu warten.

»Ich glaube nicht, daß sie mehr Erfolg haben werden als mit Bok«, sagte Justin schließlich. »Das glaube ich wirklich nicht. *Jane Strassen,* du lieber Himmel! Die End ...« Endokrinologie war kein Wort, das jemand nach anderthalb Flaschen Wein noch aussprechen konnte. »Verdammte Chemie. Funktioniert gut mit den Maschinen. Die Natur macht's einfach so, um bis an die Schwellen zu kommen. Nette Theorie. Aber es wird damit enden, daß sie die Kleine verrückter machen als Bok. Sie hätten mehr Glück, wenn sie gleich ein Tiefenband auf sie ansetzen würden. Der Kreativitätsfaktor ist ein völliger Stuß. Mein Gott, man sollte sie dahin bringen, daß sie Aris Arbeit *mag,* ihr mit dem Tiefenband ein wenig Einfühlungsvermögen einflößen und sie dann lockerlassen. Das ganze Projekt ist eine elende Wahnvorstellung. Es ist nicht Aris Talent, auf das es ihnen ankommt, kein nettes kluges Mädchen, sondern Ari selbst! Es ist die *Macht,* die sie zurückhaben wollen, ihre Persönlichkeit! Da ist eine Bande rejuvenilisierter Veteranen am Werk, die das endgültige Finale vor sich sehen und Reseunes Etat verpulvern können. Das ist es, was hier vor sich geht. Es ist eine echte Katastrophe. Es hängt das Leben von soviel Leuten dran, und denen da oben ist's scheißegal, so sieht's aus. Die Kleine tut mir leid. Sie tut mir wirklich leid.«

Grant starrte ihn nur lange Zeit an. Dann: »Ich glaube, es hängt wirklich etwas mit der Kreativität und den Bändern zusammen – etwas, das wir nicht alle im selben Ausmaß besitzen ...«

»Ach, verdammter Blödsinn!« Manchmal trampelte er auf Grant herum, ohne es überhaupt zu merken. Manchmal machte er den Mund auf und vergaß bei Grant die Sensibilität, die er, um seinen Lebensunterhalt zu bestreiten, für die Azis unten in der Stadt aufbrachte. »Das ist alles von vorn bis hinten Quatsch. Daran glaube ich ganz bestimmt nicht, solang du in der Lage bist, ein Design hinzubekommen, über dem zehn greise Designer einen Monat lang Blut und Wasser geschwitzt haben.«

»Davon rede ich nicht. Ich bin nun mal ein Azi. Manchmal kann ich ein Problem aus einem Blickwinkel betrachten, den sie nicht haben. Frank ist auch ein Azi, aber er ist nicht das, was ich bin. Ich kann ein bißchen überheblich werden. Das steht mir zu. Aber jedesmal, wenn ich mich mit Yanni auseinandersetzen muß, spüre ich's in der Magengrube.«

»*Jeder* spürt das in der Magengrube. Yanni ist ein …«

»Hör mal zu! Ich glaube nicht, daß du das spürst. Ich schon. Aber ich kenne in diesem Buch da im Schlafzimmer jedes Bit von dem, was mich die Fäuste ballen läßt, und was dich dazu bringt, würde nicht in dieses Apartment passen. Schau dir an, was sie mit Ari anstellen! Sie mußten einen ganzen Tunnel in den Berg graben, um unterzubringen, was sie war.«

»Also, was für eine Bedeutung hat es, daß sie an dem Tag, als der Krieg anfing, zu Mittag Fisch aß und seit zwei Tagen ihre Periode hatte? Das ist doch Unfug, Grant, das ist kompletter Unfug, und um solche Sachen zu archivieren, haben sie diesen Tunnel gebaut!« *Und um diese verdammten Bänder aufzubewahren, die auch dort sind. Bis die Sonne am Himmel erkaltet. Das ist es, was die Leute von mir in Erinnerung bewahren werden.* »Dir ist bei Yanni zum Kotzen, weil er eine lange Leitung hat, das ist alles. Das liegt an seiner Gutmütigkeit, und daß er den Posten auf Fargone verloren hat, hat's auch nicht besser gemacht.«

»Nein. Du hörst mir nicht zu. Es gibt da einen Unterschied. Die Welt ist zu kompliziert für mich, Justin. Ich kann's nicht anders beschreiben. Ich erkenne die Mikrostrukturen besser als du. Meine Konzentration beschränkt sich ganz auf die kleinen Dinge. Aber Azi-Psychosets haben irgendeine Eigenschaft, die sie mit Makrostrukturen nicht fertig werden läßt. Der ganze Tunnel, Justin. Nur um ihr Psychoset aufzubewahren.«

»Mensch, das ganze Psychoset setzt sich aus dem zusammen, was sie *getan* und wen sie verletzt hat, und sie war hundertzwanzig Jahre alt! Wenn du nach Novgorod gehen und Räte bestechen wolltest, würdest du diesen Tunnel auch auffüllen, verdammt schnell.«

»Das könnte ich nicht. Ich könnte nicht hinter meine Fassade sehen. So empfinde ich das.«

»Du hast dein ganzes Leben hinter diesen Mauern gelebt. Du könntest lernen.«

»Nein. Nicht dieselben Dinge. Davon rede ich doch gerade. Ich könnte alles lernen, was Ari gewußt hat. Und ich würde alles aus zu großer Nähe betrachten.«

»Du doch wohl nicht! Wer hat denn den Konflikt unter den 78ern bemerkt? *Ich* nicht.«

Grant zuckte die Achseln. »Das liegt daran, daß geborene Menschen die meisten Fehler machen, indem sie einen Widerspruch rationalisieren. Ich vollziehe den Sprung nicht, ohne ihn zu bemerken.«

»Mich durchschaust du jedenfalls ohne Schwierigkeiten.«

»Nicht immer. Ich weiß nicht, was Ari dir angetan hat. Ich weiß, was *passiert* ist. Aber ich weiß, daß sich das auf mich nicht auf dieselbe Weise ausgewirkt hätte.« Sie konnten jetzt darüber reden. Das taten sie sonst nur selten. »Sie hätte mich umstrukturieren können. Sie war sehr gut. Aber bei dir wäre das nicht möglich gewesen.«

»Sie hat verdammt viel angerichtet.« Es tat weh. Besonders heute abend. Er wollte das Thema wechseln.

»Sie konnte es nicht, weil du kein Psychoset hast, das nur einen Band ausfüllt. Du bist zu kompliziert. Du kannst dich verändern. Ich dagegen muß mich vor Veränderungen *sehr* in acht nehmen. Ich kann ins Innere meines Geistes sehen. Er ist sehr schlicht. Er besteht aus Zimmern, nicht aus Kleinschen Flaschen, so wie deiner.«

»Gott«, schnaubte Justin.

»Ich bin betrunken.«

»Wir sind beide betrunken.« Er beugte sich vor und legte eine Hand auf Grants Schulter. »Und wir bestehen beide aus Kleinschen Volumina. Das ist der Grund, weshalb wir wieder da sind, wo wir angefangen haben, und ich würde wetten, daß mein Psychoset nicht komplizierter ist als deines. Willst du's drauf ankommen lassen?«

»Ich …« Grant blinzelte. »Brauchst du ein Beispiel? Mein Herz hat gerade einen Sprung gemacht. Das bringt mich völlig aus der Fassung. Es ist dieser Auslöser, den die Aufseher benutzen. Ich möchte das nicht, weil ich nicht glaube, daß es klug ist, in deinem Kopf herumzupfuschen; und ich ziehe mich deshalb in mich zurück, als sei es ein Befehl gewesen.«

»Zum Teufel, ich find's widerlich, wenn du dich selbst analysierst. Du willst es nicht tun, weil du nicht weißt, ob der Sicherheitsdienst mithört; und es ist sehr persönlich, und du hast gute Manieren. Deine ganzen Tiefen-Sets beschreiben genau dasselbe, was ich empfinde. Das ist der Grund, warum ich aus deinem Kopf rausbleibe.«

»Nein.« Grant hob einen Finger. Es war ihm ernst. Gleich bekam er einen Schluckauf. »Das ist der Hauptgrund, warum wir verschieden sind. Endo … Endokri … Ach, Scheiße! Hormone sind am Werk, wenn man etwas lernt … Die Blutchemie reagiert auf die Umgebung … Ein gegebener Reiz … manchmal ein hoher Adrenalinausstoß … manchmal ein niedriger … manchmal etwas anderes … blinde Flecken … Unbeständigkeit in einer regellosen Umgebung … Man erinnert sich, daß manche Dinge richtig sind, andere falsch, manche leicht, andere schwer. Wir …« – wieder fast ein Schluckauf – »… das fängt schon in der Wiege an … mit den Injektoren. Sie senken die Schwellenwerte so weit, wie es in der Natur durch nichts bewirkt werden kann. Das heißt: keine Schattierungen in unserem ursprünglichen Logik-Gefüge. Die Dinge sind ohne Einschränkung wahr. Wir können dem vertrauen, was wir empfangen. *Dein* Psychoset nimmst du durch die Sinne auf. Durch natürliche Injektoren. Mit Hilfe von Bändern eignest du dir *Informationen* an, dein Psychoset dagegen nimmst du über deine Sinne auf. Es ist verdammt ungewiß, was du aus dem machst, was du siehst oder hörst. Du lernst aus dem Fließen Mittelwerte zu gewinnen, weil du weißt, daß Veränderungen auftreten. Aber um uns haben sich Experten gekümmert, die alle logischen Inkon … Inkonsistenten beseitigen. Wir können *jedes* Detail aufnehmen; wir müssen es sogar, denn so machen wir Fortschritte – wenn's klappt. Deshalb sind wir so gut darin, spezifische Details zu erkennen. Deshalb kommen wir mit bestimmten Problemen besser zurecht, die du nicht im Kopf behalten kannst. Wir treten ohne Stimulation in den Lernzustand ein, und unsere frühen Erinnerungen stammen nicht vom endokrinen Lernen; wir kennen keine Nuancen der Wahrheit. Du errechnest Mittelwerte und arbeitest mit einem Gedächtnis, das tausend Wertenuancen kennt, und du bist besser darin, den durchschnittlichen Wert zu ermitteln, als dich an das zu erinnern, was wirklich passiert ist; auf diese Weise kannst du verarbeiten, was schnell und von allen Seiten auf dich eindrängt. Und darin sind wir am schlechtesten. Du kannst zwei widersprüchliche Gedanken fassen, weil deine Wahrnehmungen sich im Fluß befinden. Das kann ich nicht.«

»Ah, jetzt geht das wieder los! Zum Teufel, du funktionierst genauso wie ich. Und du vergißt deine Schlüsselkarte öfter als ich.«

»Weil ich etwas anderes verarbeite.«

»Das tu ich auch. Das ist völlig normal.«

»Weil ich genauso einen Fallreflex habe wie du; ich kann Handel … Handlungen vollziehen, die ganz auf körperlichen Gewohnheiten beruhen. Ich bin aber sozialisiert, ich benutze selten Bänder, und ich habe zwei Verarbeitungssysteme. Auf der oberen Ebene habe ich mir die reale Welt angeeignet; Lernen über das endokrine System. Die untere, wo meine Reaktionen verankert sind, ist einfach, total einfach und erbar … erbarmungslos logisch. Ein Azi ist kein Mensch, dem eine Funktion *fehlt*. Bei ihm ist die logische Funktion die Basis und die regellose Funktion der Überbau. Und du bist umgekehrt. Bei dir fängt's mit den regellosen Sachen an.«

»*Ich* bin umgekehrt.«

»Na klar.«

»Gott. Ein Emoryaner. Du weist solche Testergebnisse auf, weil die Injektoren dir die Denkwege, die sie festlegen, auf einer so tiefen Ebene einprägen, daß sie den Weg des geringsten Widerstandes vorgeben, und sie sind so ausgefuchst strukturiert, daß sie das endo … das en – do – krine System in Pawlowschen Mustern anregen, die die Erfahrung allein nicht hervorrufen würde. Für jedes Testergebnis, das Emory bestätigt, gibt es ein anderes, das für Hauptmann-Poley spricht.«

»Hauptmann war ein Sozialtheoretiker, der mit seinen Ergebnissen seine Politik untermauern wollte.«

»Und, was war denn Emory?«

Grant blinzelte und schöpfte Atem. »Emory hat *uns* gefragt. Hauptmann sozialisierte seine Versuchspersonen, bis sie sich zusammengereimt hatten, was sie sagen sollten. Und welche Testergebnisse er von ihnen sehen wollte. Und ein Azi will bei seinem Aufseher *immer* einen guten Eindruck machen.«

»Oh, Scheiße, Grant. Das ist bei Emorys Azis doch genauso.«

»Aber Emory hatte *recht.* Hauptmann hatte unrecht. *Das* ist der Unterschied.«

»Bänder haben Auswirkungen darauf, wie dein endokrines System reagiert. So. Verpaß mir genug Bänder, und ich hüpfe jedesmal in die Luft, wenn du's mir sagst. Und mein Puls wird genauso reagieren wie deiner.«

»Ich habe wirklich das Zeug zu einem Band-Designer. Wenn ich so alt bin wie Strassen, werde ich verdammt gut sein. Ich werde mich mit dem ganzen endokrinen Lernen beschäftigen. Das ist der Grund, weshalb einige ältere Azis geborenen Menschen ähnlicher werden. Und einige von uns werden echt wunderlich. Deshalb haben alte Azis mehr Probleme. Flügel Zwei wird gan … ganz schön beschäftigt sein, wenn sie das ganze Gehege voller Annies haben, die rejuvenilisiert werden sollen.«

Justin war schockiert. Das waren Worte, die das Personal

tunlichst vermied. Geborene Menschen. Annies. Das Gehege. Man sagte immer ZIVs; Azis; die Stadt. Grant war völlig betrunken.

»Wir werden sehen, ob's einen Unterschied macht«, sagte Justin, »ob Ari an ihrem zwölften Geburtstag Weißfisch oder Schinken zum Frühstück hatte.«

»Ich habe nicht gesagt, daß ich glaube, das Projekt würde gelingen. Ich habe gesagt, daß ich glaube, Emory hätte verstanden, was Azis sind. Sie haben nicht angefangen, um uns zu erfinden. Sie brauchten einfach Leute. Und zwar schnell. Also haben sie schon in der Wiege mit den Bändern losgelegt. Da paßten einige Dinge perfekt zusammen. Jetzt sind wir von öko ... ökonomischer Bedeutung.«

Damals in den Prä-Unions-Tagen.

»Was für'n Quatsch!«

»Ich habe nicht gesagt, daß ich etwas dagegen habe, Ser. Wir sind euch schon zahlenmäßig überlegen. Bald werden wir Farmen einrichten, wo Leute wie Unkraut wachsen und sich mit ihren Drüsen unterhalten können. Es wird bestimmt Verwendung für sie geben.«

»Ach, geh zum Teufel!«

Grant lachte. Er tat's wirklich. Dies war zum einen ein Streit, den sie schon ein Dutzendmal in unterschiedlichen Abwandlungen geführt hatten, zum andern war es Grants Versuch, in seine Psyche einzudringen. Aber der Tag gewann endlich eine Perspektive. Es war nur ein Leerlauf von Erinnerungen. Ein Zurückstolpern. Getan war getan. Es gab keine Möglichkeit, die zum Erpressen gebrauchten Bänder aus dem Archiv zu bekommen, weil sie Ari gehörten, und Ari war heilig. Aber er hatte mit der Aussicht zu leben gelernt, daß all das eines Tages in den Abendnachrichten ans Licht kommen würde.

Oder daß sich herausstellen würde, daß keine Abmachung für immer galt.

Jordan hatte eine sterbende Frau aus Gründen umgebracht, die das Projekt sowieso in den Aufzeichnungen verewigen würde – wenn es gelang. Wenn, dann würde jedes verborgene Detail von Aris persönlichem Leben von wissenschaftlicher Bedeutung sein.

Wenn es überhaupt in nennenswertem Ausmaß gelang und das Projekt an die Öffentlichkeit ging, bestand die Möglichkeit, daß Jordan sich um eine erneute Vernehmung bemühen und nach Fargone entlassen werden konnte – nach etwa zwanzig Jahren, die das Projekt selbst in Anspruch nehmen würde; was darauf hinauslief, daß alle Leute, die sich verschworen hatten, um zu vertuschen, was Ari getan hatte, und alle Zentristen, die von möglichen Verbindungen dieses Falls mit dem radikalen Untergrund in Verlegenheit gebracht worden waren – sich dagegen aussprechen würden. Ihrer aller Ansehen wäre wieder ständig gefährdet. Merino und die Abolitionisten. Corain. Giraud Nye. Reseune. Das Verteidigungsamt mit all seinen Geheimnissen. In den Gerichten mochte es Gerechtigkeit geben – aber es gab keine unter den Mittelsmännern, die Jordan dorthin gebracht hatten, wo er war. Die Mauern ihrer Geheimhaltung würden dicht schließen, um einen Mann am Reden zu hindern, den sie nicht mehr kontrollieren konnten. Und seinen Sohn – der all das durch einen Fehler, den er als Kind begangen hatte, eine jugendliche Fehlentscheidung, in Gang gebracht hatte.

Wenn das Projekt mißlang, würde das einem Fehlschlag wie dem Bok-Cloning gleichkommen, der nichts geleistet hatte, als dem Leben einer großen Frau eine tragische und schmutzige kleine Fußnote anzuhängen – ein sehr teurer Fehlschlag, den Reseune nie bekanntgeben würde, so wie die Welt draußen bis zum heutigen Tag eine völlig andere Geschichte über den Mord gehört hatte, eine völlig andere Geschichte über die Veränderungen in Reseune, und nichts von dem Projekt wußte: eine administrative Neuorganisation, verlautete der Nachrichtendienst, im Kielwasser von Ariane Emorys Tod.

Und mit irgendwelchem Geschwätz über Ari fortzufahren, hätte weitreichende Pläne und die Tatsache bloßgelegt, daß das Labor Nutznießer ihrer beachtlichen Investitionen war.

Wenn es mißlang – hatte das politische Konsequenzen, insbesondere für das Verhältnis zwischen Reseune und dem Verteidigungsamt, das hinter der Mauer der Geheimhaltung im dunkeln lag. Dann ließe sich nicht voraussagen, was Giraud Nye tun würde, um sich selbst zu schützen: Giraud mußte die Sache unbedingt durchbringen, um sich zu bestätigen, und während er dem Verteidigungsamt bis dahin das Projekt vor die Nase hielt, verfügte er in gewisser Hinsicht über mehr Macht, als Ari sie hatte. Macht, um jemanden zum Schweigen zu bringen. Macht, um von den entsprechenden Stellen alles decken zu lassen. Wenn Giraud halbwegs clever war und das Projekt nicht für alle erkennbar und endgültig scheiterte, würde er älter als Jane Strassen sein, bevor er zugeben mußte, daß es nicht funktionierte. Er konnte sogar einen neuen Anfang wagen und den ganzen Schwindel noch mal durchziehen, zu einem Zeitpunkt allerdings, da Giraud sicher bald kein Bedürfnis mehr haben würde, auf irgendeine Weise Macht auszuüben. Nach Giraud die Sintflut. Warum sollte er sich Gedanken machen?

Justin hoffte nur, daß es schiefging. Was darauf hinauslief, daß ein kleines Mädchen, das nur das Pech hatte, über Aris Genset zu verfügen, als Fall für die Psychiatrie enden würde und sich einer Gehirnwäsche unterziehen mußte oder Schlimmerem. Vielleicht würde ein Kind nach dem anderen auf die Welt kommen. Eine so gewaltige Macht und ein so kluger Mann wie Giraud würden nicht auf einmal scheitern. Es würden Studien über die Studien der Studien geschrieben werden. Es sei denn, es gab eine Möglichkeit, dafür zu sorgen, daß die Öffentlichkeit von dem Fehlschlag erfuhr.

Manchmal hatte er Gedanken, die ihn erschreckten, als fände er einen Artikel von Ari auf seinem Bett. Er würde in seinem ganzen Leben nicht genau wissen können, ob bestimmte Gedanken seine waren, nur die natürlichen Konsequenzen seines tief verankerten Unwillens, daß er älter und härter und sich bewußter wurde, wie das Geschäft in der Welt lief; oder ob Ari noch immer Kontrolle über ihn hatte.

In einem alten Witz zwischen ihm und Grant ging es um ein Virusprogramm.

Er mußte weitermachen, ohne viel darum zu geben. Weil das die einzige Möglichkeit war, um diesen Teil in sich isoliert zu halten.

IV

»Runter da!« schnauzte Jane, verfiel in ein Knurren, und ihr Magen krampfte sich zusammen, als die Zweijährige, die auf den Küchentisch klettern wollte, sich vorbeugte und streckte, ohne sich um ihr geringes Gewicht, den Fliesenfußboden und die metallbeschlagenen Stuhlbeine zu sorgen. Ari erschrak, der Stuhl rutschte ein wenig, und sie schnappte sich die Keksdose und drehte sich um; der Stuhl kippte, und Jane Strassen fing Ari auf, als sie herunterfiel.

Ari schrie vor Entrüstung. Oder Schreck.

»Wenn du Kekse willst, hast du gefälligst zu fragen!« sagte Jane und war versucht, ihr eine Ohrfeige zu geben. »Möchtest du dir noch mal das Kinn aufschlagen?«

›Ari hat sich weh getan‹, war die einzige Logik, die eine Lücke in ›Ari will das‹ reißen konnte. Eine allseits berühmte Genetikerin war auf kindliches Gelalle und eine hilflose Sehnsucht nach einer kleinen Abreibung reduziert. Aber Olga hatte nie etwas von körperlicher Züchtigung gehalten.

Und weil Olga so sanftmütig gewesen war, hatte Ari dieselbe Wut, Frustration und Unwilligkeit angenommen wie die Genetikerin, die sie am liebsten zum Fluß gebracht und ertränkt hätte.

»Nelly!« rief Jane nach der Pflegerin. Und erinnerte sich im selben Moment daran, daß sie *nicht* rufen sollte. Nicht in ihrem eigenen Apartment. Sie ließ den Stuhl liegen. Nein. Diese überempfindliche Olga hätte nie einen Stuhl auf dem Boden liegenlassen können. Jane stand da und hatte alle Hände voll zu tun mit der sich sträubenden Zweijährigen, während sie auf Nelly wartete, die sie zu ihrem eigenen Besten hoffentlich gehört hatte. Ari versuchte herunterzukommen. Sie setzte Ari ab und hielt sie fest, als sie sich hinsetzen wollte und einen Wutanfall bekam. »Steh auf!« Die kleine Hand fest packen. Wie Olga der Kleinen einen Stoß geben. »Steh auf! Wie benimmst du dich denn wieder!«

Nelly erschien mit weit aufgerissenen Augen in der Tür und wirkte besorgt.

»Heb den Stuhl da auf!«

Ari zerrte und beugte sich hinunter, um nach der Keksdose zu greifen, die neben dem Stuhl lag, während die Erwachsenen beschäftigt waren. Es müßte mit dem Teufel zugehen, wenn sie vergaß, hinter was sie her war.

Kriegt sie die Kekse, oder kriegt sie sie nicht? Nein. Eine schlechte Lektion. Sie sollte damit besser nicht davonkommen, sonst bricht sie sich noch einmal den Hals.

Außerdem war Olga ein nachtragendes Weibsbild.

»Sei ruhig. Nelly, stell endlich die Kekse nach oben, wo sie nicht rankommt. Halt den Mund, Ari! – Nimm du sie! Ich geh jetzt ins Büro. Und sollte sie einen Kratzer haben, wenn ich zurückkomme, werde ich …«

Weit aufgerissene Azi-Augen starrten sie erschrocken und bestürzt an.

»Mein Gott, du weißt schon. Was soll ich nur machen? Ich kann doch nicht jede Minute auf sie aufpassen. Halt den Mund, Ari!« Ari versuchte sich hinzulegen, indem sie mit ihrem ganzen Gewicht an Janes Hand hing. »Sie begreifen überhaupt nicht, wie lebhaft sie ist, Nelly. Sie trickst einen aus.«

»Ja, Sera.« Nelly war am Boden zerstört. Sie fühlte sich erniedrigt. Sie hatte sich mit all den Bändern beschäftigt, die ihr vor Augen führten, was eine zweijährige ZIV tun, wo sie hineingeraten oder wie sie sich verletzen konnte. Dreh ihr nicht die Luft ab, Nelly. Treib dich nicht herum. Laß sie nicht aus den Augen. Die Azi stand am Rande eines Nervenzusammenbruchs. Sie brauchte einen Aufseher, der sie umarmte und ihr versicherte, daß sie's besser machte als die letzte Pflegerin. Es war nicht Olgas Stil. Für Jane typisches Geschrei und für Olga typische Kühle brachten die empfindlicheren Azis aus der Fassung. So verbrachte Jane die Hälfte ihrer Zeit damit, das Kind davon abzuhalten, sich selbst umzubringen, und die andere Hälfte, die Azi vor einem Nervenzusammenbruch zu bewahren.

»Bring bloß ein Schloß an der verdammten Küchentür an«, sagte Jane. Ari heulte wie verrückt, als habe man sie ins Spielzimmer eingesperrt. Sie *haßte* das Spielzimmer. »Ari, *hör auf* damit! Mama hält das nicht aus.«

»Ja, Sera. Soll ich ...«

»Nelly, du kennst deinen Job. Nimm mir bloß Ari ab, und gib ihr ein Bad. Sie ist völlig durchgeschwitzt.«

»Ja, Sera.«

Die Azi nahm Ari an der Hand. Ari setzte sich, und Nelly hob sie hoch und trug sie.

Jane lehnte sich gegen den Tisch und starrte an die Decke. Zum traditionellen Aufenthaltsort Gottes, auf welchem Planeten man sich auch befand.

Dann kam Phaedra herein, um ihr mitzuteilen, daß sich ihre Tochter Julia im Wohnzimmer befand. Ein zweites Mal blickte Jane zur Decke. Und vermied es, die Stimme zu erheben. »Mein Gott, ich bin hundertvierunddreißig Jahre alt und habe das nicht verdient.«

»Sera?«

»Ich werde mich drum kümmern, Phaedra. Danke.« Sie stieß sich vom Tisch ab. »Geh Nelly im Badezimmer helfen.« Sie wollte unbedingt ins Büro gehen. »Nein. Such Ollie! Sag ihm, er soll Nelly beruhigen! Sag ihm, ich habe rumgeschrien! Es ist alles in Ordnung. Geh!«

Phaedra ging. Sie gehörte zu Janes eigenem Personal. Sie war fähig. Jane verließ die Küche, ging in Phaedras Kielwasser durch den Flur und nach links um die Ecke, über den Glas- und Steinweg am Eßzimmer und der Bibliothek vorbei ins vordere Wohnzimmer.

Wo Julia auf dem Sofa saß. Und die dreijährige Gloria spielte auf dem Flauschteppich.

»Was, zum Teufel, machst du denn hier?«

Julia blickte auf. »Ich war mit Gloria beim Zahnarzt. Nur eine Routineuntersuchung. Ich dachte mir, ich komme mal kurz vorbei.«

»Du weißt, daß ich das nicht will.«

Die weichen Linien von Julias Mund verhärteten sich etwas. »Das ist ja eine nette Begrüßung.«

Jane atmete tief durch, ging zu ihr und setzte sich, indem sie die Hände zwischen die Knie klemmte. Gloria setzte sich auf. Noch ein Baby, das sich überlegte, was es kaputtmachen sollte. Das Apartment befand sich außerhalb der Reichweite einer Zweijährigen. Gloria war ziemlich groß für eine Dreijährige. »Hör mal, Julia. Du kennst die Situation. Du darfst Gloria einfach nicht hierher bringen.«

»Das Kind hat doch gar nichts mitbekommen. Ich kam nur so vorbei. Ich dachte mir, wir könnten zum Essen rausgehen.«

»Darum geht's nicht, Julia. Wir werden auf Band aufgenommen. Das weißt du doch. Ich möchte keine heiklen Fragen gestellt bekommen. Du verstehst mich. Du bist kein Kind mehr. Du bist zweiundzwanzig Jahre alt, und es wird Zeit …«

»Ich habe gesagt, wir könnten zum Essen rausgehen.«

Mit Gloria? Gott! Ihre Nerven waren auch so schon zum Zerreißen gespannt. »Wir werden essen gehen …« Gloria stand drüben am Bücherregal. Sie hatte es auf ein Keramikteil abgesehen. *»Bleib weg da, Gloria!«* Keine Platythere und kein dreijähriges Kind ließen je von dem ab, was sie im Auge hatten. Jane stand auf und riß das Kind zurück, zog es zum Sofa, und Gloria fing an zu schreien. Was durch den ganzen Flur hallen mochte, wo ein anderes kleines Mädchen seine Pflegerin zu ertränken versuchte. Jane faßte nach und preßte ihre Hand auf Glorias Mund. »Hör auf damit! *Julia, verdammt noch mal, bring dieses Kind hier raus!*«

»Sie ist deine Enkelin!«

»Mir ist egal, wer sie ist, bring sie hier raus!« Gloria strampelte wie wild und trat ihr ans Schienbein. *»Raus, verdammt noch mal!«*

Julia nahm diesen verzweifelten, gekränkten, atemlosen Gesichtsausdruck an, zog Gloria weg, und als sie den Knebel losgeworden war, schrie die Kleine, als ziehe man ihr die Haut vom Leib.

»Raus mit euch!« brüllte Jane. »Zum Teufel, bring sie zum Schweigen!«

»Du kümmerst dich nicht einmal um deine eigene Enkelin.«

»Wir gehen morgen essen. Bring sie ruhig mit. Sorge nur dafür, daß sie den Mund hält.«

»Sie ist keine deiner verdammten Azis!«

»Wie redest du eigentlich mit mir? Sieh dich vor, was du sagst.«

»Du hast eine Enkelin! Und du hast eine Tochter, falls du's vergessen hast, und es ist dir scheißegal!«

Gloria heulte hysterisch.

»Ich will jetzt nicht darüber reden. *Raus!*«

»Dann fahr zur Hölle!« Julia fing an zu weinen. Gloria schrie noch immer. Julia hob Gloria hoch, trug sie zur Tür und ging hinaus.

Jane stand in der darauffolgenden Ruhe da und spürte in ihrem Magen Übelkeit rumoren. Endlich hatte Julia etwas Courage gezeigt. Und um ein Haar das Projekt sabotiert. Es sollte kein anderes kleines Mädchen geben. Sie ertasteten sich noch immer ihren Weg. Kleine Veränderungen der Selbstwahrnehmung, während Ari sich in zunehmendem Maße ausbildete, konnten im weiteren Verlauf beträchtliche Auswirkungen haben. Wenn der Anfang stimmte, würde Ari mit späteren Abweichungen ganz gut zurechtkommen.

Ari durfte nicht fragen: Mama, wer war das?

Ari war nun mal ein einsames Kind gewesen.

Deshalb hatte das verdammte Projekt Julia jetzt das Nachsehen gelassen. Weil die Mutterrolle einer von Julias Hebeln war, weil all ihre Probleme auf ihre Mutter zurückgingen, und weil sie entschlossen war, eine gute Mutter zu sein, denn sie wußte, daß dies die einzige Aufgabe war, bei der die große und berühmte Jane Strassen versagt hatte, und Julia meinte, sie könne es richtig machen. Julia hatte das Gefühl, ihr sei die Kindheit vorenthalten worden, deshalb verfiel sie ins andere Extrem und verpfuschte ihr Kind mit übertriebener Fürsorge: Dieses kleine Gör wußte genau, daß sie von ihrer Mutter alles erwarten konnte außer Standfestigkeit, und sie brauchte eine feste Hand und einen Monat Trennung von ihrer Mutter, bevor es zu spät war.

Erstaunlich, wie treffend späte Einsichten sein konnten.

V

Es ging wieder um die Pflaster. Florian fühlte sich ein wenig flattrig, so als ginge alles durcheinander. Wenn er sich in dem großen Gebäude aufhielt und auf der Tischkante saß, fühlte er sich immer so, aber er konnte antworten, als der Aufseher ihn fragte, wohin Pflaster Eins gehörte. Direkt über das Herz. Er wußte das. Er besaß eine Puppe, an der er Pflaster anbringen konnte. Aber er hatte nicht so viele.

»Das stimmt«, sagte der Aufseher und tätschelte ihn. »Du bist wirklich ein toller Kerl, Florian. Du bist sehr klug und kommst schnell mit allem zurecht. Sagst du mir, wie alt du bist?«

Alt bedeutete groß, und während er größer und klüger wurde, mußte er für die richtige Antwort immer mehr Finger heben. Zur Zeit waren es der erste, der nächste und der übernächste, und dann hörte er auf. Was nicht so einfach war, wenn er nicht alle aufrichten wollte. Weil er es richtig machte, war er ganz stolz. Der Aufseher drückte ihn an sich.

Wenn er es hinter sich hatte, gab es immer etwas Süßes. Und er kannte die Antworten auf alles, was der Aufseher fragte. Er fühlte sich flattrig, aber auf angenehme Weise.

Er wünschte sich bloß, sie würden ihm die Süßigkeiten jetzt geben und die Pflaster vergessen.

VI

Ari war ungeheuer aufgeregt. Sie trug ein neues Kleid – ein rotes mit einem glitzernden Muster vorn und auf einem Ärmel. Nelly hatte ihr Haar gebürstet, bis es knisterte und zu Berge stand, ganz schwarz und glänzend, und dann mußte Ari frisch eingekleidet im Wohnzimmer vor Aufregung zittern, bis Mama und Ollie fertig waren. Mama sah sehr groß und sehr schön aus, glitzerte vor Silber, und das Silber in ihrem Haar war hübsch. Ollie ging auch mit, stattlich in dem Schwarz, das die Azis trugen. Ollie war ein Sonderazi. Er war immer bei Mama, und wenn er etwas sagte, mußte Ari es tun. Sie gehorchte, oder zumindest tat sie es heute, weil Mama und Ollie sie auf eine Party mitnehmen wollten.

Es würden eine Menge großer Leute dort sein. Sie würde erst dort hingehen, und dann würde Ollie sie zu Valerys Kinderparty bringen.

Valery war ein Junge. Er gehörte zu Sera Schwartz. Ari würde sie anschauen, und sie würden Spiele machen, und man würde ihnen Eis auf einem Tisch servieren, der nicht zu groß für sie war. Und andere Kinder würden dort sein. Aber Valery mochte sie am meisten. Valery besaß ein Raumschiff mit roten Scheinwerfern. Außerdem hatte er ein Glasding, durch das man gucken und Muster sehen konnte.

Am allermeisten hoffte sie, daß es Geschenke geben würde. Manchmal gab es welche. Weil alle fein angezogen waren, konnte es sein.

Aber es war etwas Besonderes, wenn man dorthin ging, wo die großen Leute waren. Wenn man Mamas Hand hielt und fein angezogen durch den Flur spazierte und sich gut benahm, weil es erwartet wurde und man keinen Ärger machen wollte. Vor allem, wenn es vielleicht Geschenke gab.

Sie fuhren mit dem Aufzug nach unten. Im Flur sah Ari eine Menge Azis; sie trugen häufiger Schwarz als andere Farben; und selbst wenn sie etwas anderes trugen, konnte man sie immer erkennen. Sie waren nicht wie Mama oder

Onkel Denys, sie sahen eben wie Azis aus. Manchmal tat Ari so, als sei sie eine von ihnen. Sie ging sehr leise, stand kerzengerade und sah sehr korrekt aus, so wie Ollie, und zu Mama sagte sie: »Ja, Sera.« (Zu Nelly nicht. Zu Nelly sagte man einfach ja.) Manchmal tat sie so, als sei sie Mama, und bat Nelly: »Mach bitte mein Bett, Nelly!« (Und zu Ollie einmal: »Verdammt, Ollie, ich brauche was zu trinken!« Aber das war keine gute Idee gewesen. Ollie hatte ihr etwas zu trinken gebracht und es Mama erzählt. Und Mama hatte gesagt, es sei nicht nett gewesen, und Ollie würde ihr keinen Gefallen mehr tun, wenn sie unfreundlich war. Deshalb sagte sie zu Nelly: »Verdammt.«)

Mama führte sie an den Azis vorbei durch den Flur und durch eine Tür, wo ein Haufen Leute standen. »Schönes neues Jahr, Ari«, sagte eine Frau und beugte sich zu ihr herunter. Sie trug eine hübsche Halskette, und man konnte tief in ihre Bluse sehen. Das war interessant. Aber Ollie hob sie hoch. Das war besser. Von da konnte sie die Gesichter der Leute sehen.

Die Frau unterhielt sich mit Mama, und Leute strömten herein, die alle auf einmal redeten, und alles roch nach Parfüm und Essen und Puder.

Jemand klopfte ihr auf die Schulter, während Ollie sie hielt. Es war Onkel Denys. Denys war dick. Er beanspruchte eine Menge Platz für sich. Sie fragte sich, ob er durch und durch fest war oder ob er irgendwie länger den Atem anhalten konnte als gewöhnliche Leute, damit er so rund blieb.

»Wie geht's dir, Ari?« rief Onkel Denys ihr in dem ganzen Krach zu, und plötzlich hörten die Leute auf zu reden und sahen sie an. »Schönes Neues Jahr.«

Sie war daraufhin etwas verwirrt, aber interessiert. Wenn es ihr neues Jahr war, dann war es ein Geburtstag, und wenn es eine Geburtstagsparty war, dann sollten die Leute eigentlich in ihr Apartment kommen und Geschenke mitbringen. Aber sie sah keine.

»Schönes Neues Jahr«, sagten die Leute. Ari sah sie hoffnungsvoll an. Aber es gab keine Geschenke. Sie seufzte, und dann, als Ollie sie durch die Menge trug, bemerkte sie den Punsch und den Kuchen.

Ollie wußte schon. »Ari, möchtest du etwas Punsch?« fragte er.

Sie nickte. Es war ganz schön laut. Sie wußte nicht recht, ob ihr so viele große Leute gefielen. Die Party ergab keinen Sinn. Aber mit Punsch und Kuchen sah es besser aus. Sie klammerte sich an Ollies starker Schulter fest und war schon sehr viel fröhlicherer Stimmung, weil Ollie sie gleich zum Tisch mit der Schale Punsch tragen konnte, und Ollie verstand sehr gut, was ihr wichtig war. Punsch, vor allem in einer schönen Schale und mit einem großen Kuchen, war fast so gut wie Geschenke.

»Ich muß dich mal runterlassen«, sagte Ollie. »In Ordnung? Du bleibst einfach hier stehen, und ich hole dir deinen Punsch.«

Das gefiel ihr überhaupt nicht. Alle waren groß, die Musik furchtbar laut, und wenn sie auf dem Boden stand, konnte sie nichts als die Beine der Leute sehen. Jemand konnte über sie stolpern. Trotzdem stellte Ollie sie hin, und Mama kam mit Onkel Denys. Und niemand stolperte über sie. Ein Haufen Leute sahen sie an. Jemand lächelte. Deshalb fühlte sie sich sicher.

»Hier, Ari.« Ollie gab ihr die Tasse. »Nichts verschütten.«

Der Punsch war grün. Sie war sich dessen nicht ganz sicher, aber er roch gut und schmeckte noch besser.

»Du bist allmählich zu groß, um getragen zu werden«, sagte Onkel Denys. Sie blickte auf und rümpfte über ihn die Nase. Sie war sich nicht sicher, ob ihr der Gedanke angenehm war. Mama sagte dasselbe. Nur Ollie nicht. Ollie war groß und sehr stark. Er empfand anders als alle anderen. Sie mochte es, wenn er sie trug; sie legte gern den Arm um ihn und lehnte sich an ihn, weil er wie ein Sessel war, auf den man klettern konnte, und man fühlte seine Knochen nicht; nur etwas Festes. Außerdem war er warm. Und roch gut. Aber Ollie holte für Mama und

Onkel Denys Punsch aus einer anderen Schale, und sie blieb einfach nah bei ihm und trank ihren Punsch, während Denys und Mama sich unterhielten und die laute Musik dröhnte.

Ollie blickte zu ihr hinunter, als Mama und Denys ihren Punsch hatten. »Magst du ein Stück Kuchen?« fragte er laut. »Auf der Kinderparty haben sie bestimmt Kuchen.«

Das hörte sich schon besser an. »Ich möchte noch was Punsch«, sagte sie und gab Ollie ihre Tasse. »Und Kuchen bitte.« Sie stand auf einem kleinen freien Fleck und wartete. Die Hände verschränkte sie hinter dem Rücken und erinnerte sich am Mamas Aufforderung, nicht hin und her zu schaukeln, weil es dumm aussah. Leute, die sie nicht kannten, traten heran und sagten, sie sei hübsch, und wünschten ihr ein schönes neues Jahr, aber sie wäre jetzt gern gegangen, wenn Ollie ihr nicht Punsch und Kuchen geholt hätte. Darauf wollte sie warten.

Eine Kinderparty hörte sich viel besser an.

Vielleicht würde es *dort* Geschenke geben.

»Komm hier rüber, und setz dich«, sagte Ollie, ohne ihr den Kuchen oder Punsch zu geben. Er trug beides für sie. An der ganzen Wand standen Stühle. Sie war erleichtert. Wenn sie Punsch auf ihr neues Kleid bekam, würde sie schlimm aussehen, und Mama würde sie ausschimpfen. Sie kletterte auf einen Stuhl und Ollie stellte den Teller auf ihren Schoß und die Tasse auf den Platz neben ihr. Sie hatte die ganze Reihe für sich.

»Ich hole mir auch was«, sagte Ollie. »Bleib hier sitzen! Ich bin gleich wieder da.«

Sie nickte mit einem Happen Kuchen im Mund. Weißen Kuchen. Den lockeren. Mit einem schönen Zuckerguß. Sie fühlte sich schon viel besser. Sie baumelte mit den Beinen, aß Kuchen und leckte sich die Finger, während Ollie an der Schale Punsch wartete und Mama sich mit Denys und Giraud unterhielt.

Vielleicht warteten sie auf die Geschenke. Vielleicht

würde etwas Interessantes passieren. Sie glitzerten alle. Einige von ihnen hatte Ari zu Hause gesehen. Aber eine Menge waren Fremde. Sie aß ihren Kuchen auf, leckte ihre Finger ab und glitt von dem Stuhl, um zu stehen, weil die meisten Leute an den Tischen standen und der Boden fast frei war.

Sie ging ein Stück, um zu sehen, wie weit Ollie in der Reihe vorangekommen war. Aber jemand lenkte Ollie ab. Das war eine Gelegenheit zum Herumspazieren.

Also ging sie etwas spazieren. Nicht weit. Sie wollte nicht, daß Mama und Ollie gingen und sie verloren. Sie blickte zurück, um festzustellen, ob sie Mama noch immer sehen konnte. Ja. Aber Mama unterhielt sich noch angeregt. Wenn Mama sie ausschimpfte, konnte sie sagen, ich war gleich hier, Mama. Mama wurde nie richtig wütend.

Viele von den Kleidern sahen hübsch aus. Ari mochte die grüne Bluse, durch die man hindurchsehen konnte. Und das schwarze, glänzende Hemd, das ein Mann trug. Aber Mamas Schmuck war immer noch am tollsten.

Da drüben stand ein Mann mit hellrotem Haar.

In Schwarz. Ein Azi. Sie beobachtete ihn. Sie sagte Hallo, als jemand zu ihr Hallo sagte, aber das interessierte sie nicht. Sie hatte immer gedacht, ihr Haar sei schön. Schöner als das von jedem anderen. Aber seins war wirklich schön. *Er* war schön. Das war nicht fair. Wenn es solches Haar gab, dann wollte sie es. Auf einmal war sie mit ihrem eigenen unzufrieden.

Er sah sie an. Er war kein Azi. Nein. Doch. Sein Gesicht wurde ganz ausdruckslos, und er drehte den Kopf und tat so, als merkte er nicht, wie sie ihn ansah. Er wurde von einem dunkelhaarigen Mann begleitet. Dieser Mann sah sie an, aber der Azi wollte es nicht.

Er tat es trotzdem. Er war stattlich wie Ollie. Er sah sie anders als Erwachsene an, und sie vermutete, es sei ihm nicht erlaubt, aber sie wollte nirgendwo sonst hinsehen, weil er anders war als alle anderen. Der Azi mit dem roten Haar war bei ihm, aber er war nicht wichtig. Nur der Mann war wichtig. Er sah sie an, und sie hatte ihn nie zuvor gesehen. Er war nie zu Besuch gekommen. Er hatte noch nie Geschenke gebracht.

Sie ging näher. Der Azi wollte nicht, daß sie seinem Freund nahe kam. Er hatte dem Mann eine Hand auf die Schulter gelegt, als wollte er ihn wegholen. Aber der Mann beobachtete Ari, als sei sie Mama. Als hätte er etwas Schlimmes getan, und sie sei Mama.

Er schlüpfte in ihre Rolle. Und sie schlüpfte in Mamas Rolle. Und der Azi schlüpfte in Ollies Rolle, als Mama nach ihr rief.

Dann sah der Azi etwas Gefährliches hinter ihr. Ari sah hin.

Mama kam näher. Aber Mama blieb stehen, als sie hinsah.

Alle blieben stehen. Alle sahen hin. Sie hatten zu reden aufgehört. Nur die Musik war zu hören. Alle hatten Angst.

Sie ging auf Mama zu.

Alle zuckten zusammen.

Sie blieb stehen. Und wieder zuckten alle zusammen. Selbst Mama.

Ari hatte das bewirkt.

Sie blickte zurück zu Mama. Ein Zucken.

Sie blickte zurück zu dem Mann.

Ein Zucken. Von allen.

Sie hatte nicht gewußt, daß sie das konnte.

Mama würde später wütend sein. Ollie war's schon.

Wenn Mama sie schon anschreien würde, konnte sie genausogut erst einmal etwas tun.

Der Azi und der Mann sahen sie an, als sie zu ihnen ging. Der Mann machte ein Gesicht, als ob sie ihn holen wollte. Der Azi meinte das auch.

Der Mann hatte schöne Hände wie Ollie. Er hatte vieles mit Ollie gemeinsam. Die Leute dachten alle, er sei gefährlich. Das stimmte aber nicht. Das wußte sie. Sie konnte die Leute ganz schön erschrecken.

Sie ging zu ihm und nahm seine Hand. Alle taten, was sie wollte. Sogar er. Sie hatte Mama für sich gewonnen. So wie sie es mit Nelly tun konnte.

Das gefiel ihr wirklich.

»Ich heiße Ari«, sagte sie.

»Ich Justin«, erwiderte Justin leise. In dieser Stille.

»Ich gehe zu einer Party. Bei Valery.«

Jane Strassen kam, um das Kind zu holen. Ohne Widerspruch zu dulden. Grant trat zwischen sie, legte eine Hand auf Justins Schulter und drehte ihn weg.

Sie gingen. Ihnen blieb nichts anderes übrig.

»Verdammt«, sagte Grant, als sie wieder im Apartment waren. »Wenn niemand was gemacht hätte, wäre es nichts gewesen. Überhaupt nichts. Sie hat es aufgefangen. Sie hat es aufgefangen wie einen Funkspruch.«

»Ich mußte sie sehen«, sagte Justin.

Er konnte nicht sagen, warum. Außer daß sie sagten, *sie* sei Ari. Und er hatte es bis dahin nicht geglaubt.

VII

»Gute Nacht, Schatz«, sagte Mama und küßte sie. Ari streckte ihre Arme aus, umarmte Mama und küßte sie auch. Schmatz.

Mama ging hinaus, und dann war es dunkel. Ari kuschelte sich mit ihrem Schmusetier ins Bett. Sie war voller Kuchen und Punsch. Sie schloß die Augen und sah all die Leute glitzern. Ollie holte ihr Kuchen. Und all die Leute sahen sie an. Valerys Party war nett. Sie spielten ›Reise nach Jerusalem‹ und durften sich etwas aussuchen. Ari nahm einen glitzernden Stern. Valery einen Ball. Es tat ihnen wirklich leid wegen Sera Schwartz' Lampe.

Das neue Jahr zu feiern machte Spaß.

»Geht's ihr gut?« fragte Ollie im Schlafzimmer. Und Jane nickte, während sie ihre Bluse aufknöpfte. »Sera, es tut mir leid.«

»Reden wir nicht drüber. Ärgere dich nicht deswegen. Es ist schon in Ordnung.« Er hörte auf; sie ließ die silberne Bluse ihre Arme hinuntergleiten und warf sie auf die Stuhllehne. Oilie war noch immer entsetzt.

Sie auch, wenn sie ehrlich war. Ganz zu schweigen davon, daß es Denys' und Girauds blödsinnige Idee gewesen war. Olga hatte das Kind vor Besuchern hochgehoben und wie eine kleine Puppe durchgerüttelt – sie dem hohen Druck des sozialen Umfelds unterworfen, in dem Aris empfindliche Nerven schweren Schaden genommen haben mußten.

Sie konnte den Vorhang der Geheimhaltung nicht lüpfen. Es gab nur einen Aspekt jener hochgespannten Atmosphäre, der ihnen zur Verfügung stand, jene in Reseune selbst.

Die Familie. In all ihrem vielfältigen, ruchlosen Glanz.

Genug Zucker in ihrem oft getesteten Metabolismus, genug ›Laß das!‹ und ›Benimm dich, Ari!‹ und versprochene Belohnungen, um sicherzugehen, daß eine Vierjährige aufsässig wie die Hölle sein würde.

Jane spürte etwas Übelkeit in ihrem Magen.

VIII

Justin schlang den Mantel um sich, als er und Grant durchs Freie vom Wohnbereich zum Büro gingen, und drückte die Hände in die Taschen. Trotz der morgendlichen Kühle gingen sie nicht schnell. An einem Neujahrsmorgen kam alles nur langsam in Gang.

Er blieb am Fischteich stehen, bückte sich und fütterte die Fische. Die Koi kannten ihn. Sie erwarteten ihn und schwammen unter dem braungeränderten Lotus an die Oberfläche. Sie beherrschten ihren kleinen Teich zwischen den Gebäuden, unterhielten die Kinder des Hauses und brachten ihren Nachwuchs hervor, ganz ungeachtet der Tatsache, daß sie sich nicht auf ihrer Heimatwelt befanden.

Hier war hier. Der weiße alte Bursche mit den orangefarbenen Flecken hatte sich von seiner Hand füttern lassen, seit er ein kleiner Junge war, und jetzt fütterte er ihn täglich, seit Jordan sie verlassen hatte, und er und Grant das Freie aufsuchten, wann immer sie konnten. Jeden Morgen.

Im Haus konnten Abhörteller ihre Stimmen aufnehmen. Eigentlich konnten sie sie überall aufnehmen. Aber ganz sicher machten sich die Leute vom Sicherheitsdienst nicht allzuviel Arbeit und maßen nur von Zeit zu Zeit die Temperatur der Gegenstände, indem sie einen Schalter am Kontrollgerät auf das Apartment umlegten, um nicht sonderlich viel Zeit auf ein Paar ruhiger Band-Designer zu verwenden, die dem Haus seit Jahren keine Schwierigkeiten bereitet hatten. Der Sicherheitsdienst konnte sie jederzeit einer Überprüfung mit einer Psychosonde unterziehen. Daß er es nicht tat, bedeutete, daß der Sicherheitsdienst kein Interesse an ihnen hatte. Zur Zeit nicht.

Dennoch verhielten sie sich vorsichtig.

»Er ist hungrig.« Justin meinte den weißen Koi. »Wir haben Winter; und die Kinder denken nicht an ihn.«

»Das ist einer der Unterschiede«, sagte Grant und setzte sich auf den Felsen. »Azi-Kinder hätten an ihn gedacht.«

Justin lachte trotz der Sorge, die auf ihnen lastete. »Du bist so verdammt überlegen.«

Grant zuckte munter die Achseln. »Geborene Menschen sind so blind für andere Maßstäbe. Wir nicht.« Noch ein Stück Waffel fiel ins Wasser, und der Koi schluckte es und verursachte kleine Wellen, die den Lotus erschütterten. »Ich behaupte, die ganzen Schwierigkeiten bei der Kontaktaufnahme mit Aliens beruhen auf vorgefaßten Meinungen. Man sollte uns schicken.«

»Das ist der Mann, der sagt, Novgorod wäre zu fremd.«

»Uns. Dich und mich. Dann würde ich mir keine Sorgen machen.«

Eine lange Pause. Justin hielt die in Servietten gewickelten Waffeln noch immer in den Händen. »Ich wünschte mir wirklich, wir könnten irgendwohin.«

»Mach dir deswegen keine Gedanken.« Grant meinte nicht Novgorod. Von einem zum anderen Moment fiel wieder Schatten. Der Wind wurde wieder kalt. »Laß es! Es ist schon gut so.«

Justin nickte stumm. Sie waren sich so nah. Er hatte Briefe von Jordan bekommen. Sie sahen wie Spitzentücher aus, weil man einzelne Sätze herausgeschnitten hatte. Sie beschränkten sich auf eine Formel: *Hallo, mein Sohn. Ich habe gehört, daß es Grant und dir gut geht. Ich habe all deine Briefe gelesen und lese sie immer wieder. Die alten leiern allmählich aus. Bitte schicke mir neue.*

Sinn für Humor hat er jedenfalls noch, hatte Justin zu Grant bemerkt. Und auch, Grant und er hatten diesen Brief immer wieder gelesen, um ihn auf all die kleinen Hinweise zu prüfen, die er ihnen über Jordans Geisteszustand gab. Und sie lasen die anderen, die durchkamen, immer wieder. Seite um Seite darüber, wie das Wetter war. Gerede über Paul, unaufhörlich. *Paul und ich.* Auch das hatte Justin beruhigt.

Die Dinge sind in Bewegung, hatte Denys gesagt, als er die Frage zur Sprache brachte, ob sie besprochene Bänder schicken durften. Oder Telephongespräche führen, die aufmerksam überwacht wurden.

Und sie waren so nah daran gewesen, die Erlaubnis zu bekommen.

»Ich kann mir nicht helfen, aber ich mache mir Sorgen«, sagte Justin. »Grant, wir müssen jetzt eine Weile unheimlich sauber bleiben. Und damit wäre es nicht zu Ende. Es wäre nicht das letzte Mal. Du und ich dürfen uns nichts zuschulden kommen lassen.«

»Sie haben das Mädchen dorthin gebracht. Sie haben uns nicht davon abgehalten, auch zu kommen. Vielleicht haben sie nicht mit dem gerechnet, was passiert ist, aber es war nicht unsere Schuld. Ein Saal voller Psychologen – und sie haben sich nicht gerührt. Sie haben dem Mädchen seinen

Auftritt verschafft. Es hat *sie* durchschaut, nicht uns. Es ist wieder dieses Denken im Fließen. Geborene Menschen. Sie wollten nicht, daß das passiert; sie haben die ganze Sache eigentlich nur deshalb arrangiert, um mit Ari anzugeben, und *sie* hat das ausgenutzt – sie hat den Beweis erbracht, an dem diese Leute gearbeitet haben. Und zur gleichen Zeit nichts bewiesen. Vielleicht waren wir der Anlaß. Wir haben sie beobachtet. Ich wurde dabei ertappt. Vielleicht machte sie das neugierig. Sie ist vier Jahre alt, Justin. Und der ganze Saal ist zusammengezuckt. Was sollte eine Vierjährige denn da machen?«

»Zu ihrer Mutter laufen, verdammt. Das wollte sie doch gerade. Dann entspannten sich alle, und das hat sie auch mitbekommen. Und diesen Gesichtsausdruck angenommen …« Er zog die Schultern hoch, als ein plötzliches Frösteln seinen Nacken hinunterlief. Dann schluckte er die Vorstellung wieder hinunter und versuchte nachzudenken. So wie es am gestrigen Abend niemand getan hatte.

»Ist dir schon einmal aufgefallen«, fragte Grant, »wie fehlerhaft ein ZIV-Gedächtnis ist? Denken im Fließen. Du hast prophetische Träume, erinnerst du dich? *Du* kannst von einem Mann träumen, der ein Glas Milch trinkt. Eine Woche später kannst du Yanni zum Mittag Tee trinken sehen, und dieser Anblick hat eine hohe Schockwirkung, du bindest ihn in die Traumphase ein, du schwörst, du hättest geträumt, wie er das tat, genau an dem Tisch, und selbst eine Psychosonde kann es danach nicht mehr auseinanderhalten. Mir ist das zweimal im Leben passiert. Und wenn es passiert, hole ich mein Band aus dem Keller und ordne mir selbst eine Sitzung auf der Couch an, bis es mir besser geht. Hör mir zu: Ich räume ein, daß das Verhalten des Kindes bedeutsam gewesen sein könnte. Ich werde abwarten, um zu sehen, wie es mit ihrem Verhalten in anderen Situationen zusammenpaßt. Aber wenn du meine Analyse der Situation hören willst, dann ist jeder ZIV in diesem Saal in einen Traumzustand geraten, du eingeschlossen. Massensuggestion. Für dreißig Sekunden waren die einzigen geistig gesunden Personen in diesem Saal die Azis und dieses Kind, und die meisten von uns achteten auf ihre ZIVs und waren ganz schön aus dem Häuschen.«

»Nur du nicht, was?«

»Ich habe dich *und* sie beobachtet.«

Justin gab einen schweren Seufzer von sich, und etwas von der Spannung ließ von ihm ab. Es war nichts, weiß Gott, er war sich nur nicht darüber im klaren gewesen. Es entsprach dem, was Grant sagte: ein Saal voller Psychologen, die ihre Wissenschaft vergessen hatten. Denken im Fließen. Wertenuancen. »Zum Teufel mit Hauptmann«, brummte er. »Ich werde ein Emoryaner.« Noch zwei ruhige Atemzüge. Er konnte sich jetzt mit weniger emotionaler Beteiligung daran erinnern und das Kind sehen – statt die Frau. *Ich gehe zu einer Party bei Valery.*

Keine Spur Hinterlist in diesen Worten. Sie hatte dabei nicht mit ihm gespielt. Sie hatte aus einem Gesicht zu ihm aufgesehen, das so unschuldig war wie das eines jeden Kindes, und ihm angeboten, Freunde zu sein. Sie und wir. Frieden schließen vielleicht. Er hatte keinen Zugang zu seinen Erfahrungen als Vierjähriger. Jakobs, der sich auf dieser Ebene mit der Bürgerpsyche befaßt hatte, konnte ihm sagen, wie eine Vierjährige war.

Aber es gelang ihm, ein paar Dinge aus diesem dunklen Wasser ans Licht zu bringen: Jordans Gesicht, als er in seinen Dreißigern war.

Er selbst und Grant, wie sie die Fische im Teich fütterten. Vier, fünf oder sechs Jahre alt. Er war sich nicht sicher. Es war eine seiner ältesten Erinnerungen, und er konnte sie nicht genau bestimmen.

Und plötzlich schwitzte er, schrak zurück.

Was ist los? Warum tu ich das?

Was ist mit mir nicht in Ordnung?

Mauern.

Kinder hatten ihn nie interessiert. Nichts hatte ihm ferner gelegen. Er hatte sich jeder Gelegenheit zum Lernen seelisch verschlossen, war seiner eigenen Kindheit wie einem Gebiet entflohen, in das er auf keinen Fall zurückkehren wollte; und Reseunes intensive Beschäftigung mit dem Projekt hatte ihn mit Abscheu erfüllt.

Dreiundzwanzig Jahre alt und ein Idiot, der Routinearbeiten erledigte, seine Möglichkeiten verschenkte, nicht nach links und rechts dachte. Immer nur geradeaus. Nicht viele Bänder ausprobierte, weil Bänder Hilflosigkeit bedeuteten; weil Bänder den Zugang zu Bereichen öffneten, zu denen er keinen Zugang haben wollte.

Jene Mauern bis in diese Zeit umzustoßen, bis zu Jordan, bis zu all dem, was gewesen war – das brachte ihn zur Raserei, ließ seine Handflächen schwitzen. In etwas verwickelt zu werden …

Aber sie waren nun einmal darin verwickelt.

»Es ist eine Falle, nicht wahr?« sagte er zu Grant. »Dein Psychoset läßt dich nicht sehen, was ich gesehen habe. Aber trifft das auf *sie* zu, Grant? Sie verfügt über diese Fluß-Dimension, und das gilt für alle von uns ZIVs.«

Grant gab ein humorloses Lachen von sich. »Du gibst zu, daß ich recht habe.«

»Es war ein Saal voller ZIVs, die sich wie Idioten aufführten. Aber vielleicht haben wir etwas gesehen, das du nicht gesehen hast.«

»Fließen. Fließen. Kleinsche Flaschen. Wahr und unwahr. Ich bin wirklich froh, daß ich immer weiß, auf welchem Planeten ich mich aufhalte. Und ich habe gesehen, was ich gesehen habe, ohne die Vergangenheit *oder* die Zukunft zu inszenieren.«

»Verdammt. Manchmal wünsche ich mir, ich könnte mir dein Band borgen.«

Grant schüttelte den Kopf. »Du hast auch recht. Daß du Dinge siehst, die ich nicht sehe. Ich weiß, daß du das kannst. Ich mache mir Sorgen. Ich mache mir Sorgen, weil ich weiß, daß ich die Situation nicht so sehen kann wie ein ZIV. Ich kann mit Hilfe der Logik erfassen, was du tust, aber es wäre ein Wunder, wenn ich das Fließen nachvollziehen könnte.«

»Du meinst, deine Denkwege sind so auf Azi-Bahnen beschränkt, daß du es nicht siehst.« Er konnte die Hauptmann-Emory-Debatte nicht vorübergehen lassen; Grant redete ihm die ganze Zeit damit zu, und jetzt versuchte er es wieder. Unter viele andere Gedanken mischte sich ein leichter Anflug einer klinischen Perspektive: *Hör auf damit, Justin! Denke!*

»Ich meine«, sagte Grant, »wenn wir alle Azis wären, hätten wir dieses Problem nicht. Und *sie* hätte es nicht: Sie könnten das verdammte Psychoset einsetzen, und sie wäre genau das, was sie wollen. Aber das ist sie nicht. Sie alle sind es nicht. Auf Rationalität kommt es ihnen nicht an, damit beschäftigen sie sich nicht. Von meinem Standpunkt aus stehst du genauso auf dem Kopf wie sie, und ich wünsche mir nichts so sehr, als daß du auf mich hörst, klein beigibst, alle Halluzinationen abschüttelst und dir nichts anmerken läßt. Jeder mögliche Ärger liegt Jahre in der Zukunft. Wir haben genug Zeit, uns darauf vorzubereiten.«

»Du hast vollkommen recht: Wir haben es hier nicht mit dem Seelenset eines Azi zu tun. Sie sind nicht übermäßig vorsichtig. Wenn nächste Woche etwas mit ihrem kostbaren Projekt schiefgeht, werden sie wissen, daß es meine Schuld war. Wann immer mir das Kind über den Weg läuft – es gibt für mich keine Möglichkeit, mich unauffällig zu verhalten. Die Tatsachen haben nichts damit zu tun. Es kann gut sein, daß sie uns um jede Möglichkeit gebracht hat, in Jordans Situation Zugeständnisse zu erreichen; zum Teufel, vielleicht lassen sie nicht einmal die Briefe durch ...«

»Du solltest dich nicht darum *reißen*, verantwortlich zu sein. Tu nicht so, als seist du schuld. Merke dir, was ich sage: Wenn du herumläufst und nur reagierst, werden sie auch reagieren.«

Aris Stimme. Aus der Vergangenheit. *Liebling, du mußt dich unter Kontrolle bringen.*

Junge, ich weiß deine Sorge zu schätzen, aber bekomm sie in den Griff!

Familien sind eine furchtbare Verpflichtung.

Er stützte den Kopf auf die Hände und wußte, selbst wenn er dem Rat folgte, hatte er seine äußere Hülle eingebüßt, hatte alles verloren, alles so gründlich verstreut, wie er es nur zustandebringen konnte – seine ganze messerscharfe Logik, seine ganze Beherrschung, all seine Verteidigungsmechanismen. Er ging wie ein Geist durch die Korridore von Reseune, legte sein Inneres jedem bloß, versuchte keine Reaktion zu verbergen. *Schaut her, ich bin harmlos!*

Niemand mußte sich um ihn Sorgen machen. Er bestand nur aus Nerven und Reflexen. Ihm entging nicht die vage Abneigung, die alle ihm entgegenbrachten, und ihr vorsichtiger Umgang mit ihm. Jordans Unglück und seine Schuld, es herbeigeführt zu haben, hatten ihm seine Kampfbereitschaft genommen, ihn halb verrückt gemacht, das mußten sie zumindest glauben.

Ausgenommen die Handvoll Leute, die die Bänder gesehen hatten. Die diese abscheulichen Bänder gesehen hatten und wußten, was Ari getan hatte, warum er in kaltem Schweiß gebadet aufwachte und warum er sich vor Leuten zurückzog, die ihn berührten oder ihm nah waren. Vor allem Petros Ivanov wußte es, der seinen Geisteszustand nach dem, was ihm von Giraud und allen anderen zugefügt worden war, mit einer Sonde untersucht hatte. *Ich werde einen kleinen Eingriff vornehmen,* hatte Petros gesagt und ihm auf die Schulter geklopft, während er unterging; es hatte drei große Männer vom Sicherheitsdienst erfordert, um ihn drüben in die Klinik zu schaffen, und einige Praktikanten, um ihm die Droge zu verabreichen. Auf Girauds Befehl. *Ich werde dir bloß sagen, daß du in Ordnung bist. Daß du in Sicherheit bist. Daß du ein Trauma durchgemacht hast. Ich werde diese Zeit ausschließen. Einverstanden? Entspann dich! Du kennst mich, Justin. Du weißt, daß ich auf deiner Seite bin ...*

O Gott, was haben sie mit mir gemacht? Ari, Giraud, Petros ...

Er weinte. Grant legte ihm eine Hand auf den Arm. Grant war der einzige, wirklich der einzige, der das konnte. Das Kind hatte seinen Arm berührt. Und er hatte einen Flashback erlebt. Es war wie die Berührung eines Leichnams.

Lange Zeit saß er so da. Bis er Stimmen hörte und wußte, daß andere Leute unterwegs waren, in einigem Abstand auf dem quadratischen Hof. Sie verbargen sich hinter einer Hecke. Trotzdem nahm Justin die Anstrengung auf sich, sich zusammenzureißen.

»Justin?« fragte Grant.

»Ich bin schon in Ordnung. Zum Teufel.« Und er fügte etwas hinzu, das er noch nie zu Grant gesagt hatte: »Petros hat etwas mit mir gemacht. Vielleicht auch Giraud. Oder Ari. Merkst du das nicht? Merkst du keinen Unterschied?«

»Nein.«

»Sag mir die Wahrheit, Mann!«

Grant zuckte zusammen. Eine seltsame, distanzierte Art von Zusammenzucken. Und dann ein Schmerz. Ein tief sitzender Schmerz.

»Grant. Ehrlich, meinst du, daß sie etwas mit mir gemacht haben?«

»Ich verstehe geborene Menschen nicht«, sagte Grant.

»Rede nicht so einen Stuß!«

»... ich wollte gerade sagen ...« Grants Gesicht war bleich, seine Lippen bebten. »Justin, Leute wie dich – verstehe ich nicht.«

»Lüg mich nicht an! Was wolltest du sagen?«

»Ich kenne die Antwort nicht. Gott, du warst völlig schockiert; wenn du ein Azi wärst, hättest du reagiert wie ich. Das wäre besser für dich gewesen. Ich weiß nicht, was in dir vorgeht. Ich sehe ... Ich sehe dich ...«

»Spuck's aus, Grant!«

»Du bist ... du bist anders, als du es wärst, wenn es nicht passiert wäre. Aber wer könnte das schon einfach wegstecken? Du lernst aber. Du verarbeitest es.«

»Danach habe ich nicht gefragt. Haben sie etwas *gemacht?*«

»Ich weiß es nicht«, erwiderte Grant. Und stammelte dabei schon. »Ich weiß es nicht. Ich kann ZIV-Psychosets nicht beurteilen.«

»Du kannst *meins* beurteilen.«

»Treib mich nicht in die Enge, Justin! *Ich weiß es einfach nicht.* Ich weiß es nicht, und ich weiß nicht, woher ich's wissen sollte.«

»Ich bin psychisch behandelt worden. Ist es das, was du siehst? Komm schon! Gib mir wenigstens einen Hinweis, Grant!«

»Ich glaube, du hast Narben zurückbehalten. Ich weiß nicht, ob Petros dir geholfen oder dich verletzt hat.«

»Oder mir den Rest gegeben und mit mir dasselbe gemacht hat wie Ari? Das Kind …« Es hatte ihn aufgerüttelt. Heftig aufgerüttelt. Eine Zeitreise. *Ich fürchte mich vor den Band-Flashbacks. Ich schließe sie aus. Ich ziehe mich aus dieser Zeit zurück. Das ist für sich genommen doch schon eine Entscheidung, oder?*

Petros: Ich werde sie abschotten.

Ummauern.

Gott, es ist ein Psychoblock. Es könnte *sein.*

Das waren nicht meine Freunde. Oder Jordans. Das weiß ich.

Er sog plötzlich tief Luft ein. *Ich blocke alles ab, was ich von ihr gelernt habe. Es erschrickt mich zu Tode.*

»Justin?«

Das Kind hat den Block erschüttert. Mich vor Petros' Augen zurückgeworfen. Zurück in die Zeit, als es nur Ari gab.

Zurück in die Zeit, als ich glaubte, mir könne nichts passieren. Ich ging an diesem Abend durch ihre Tür und dachte, ich hätte alles unter Kontrolle.

Zwei Sekunden später wußte ich, daß ich mich irrte.

Familien sind eine furchtbare Verpflichtung, Liebling.

Was wollte sie mir damit sagen?

»Justin?«

Wäre sie damit einverstanden, was jetzt aus Reseune wird? Wäre sie damit einverstanden, daß das Kind in Girauds Händen ist? Verdammt, Ari hat ihn in die Tasche gesteckt als sie noch lebte. Aber nach ihrem Tod …

»Justin!«

Ihm wurde bewußt, daß Grant ihn schüttelte. Aus echter Angst. »Es geht schon«, murmelte er. Ich bin in Ordnung.

Er spürte, wie Grants Hand sich um seine schloß. Grants Hand war warm. Justin war vom Wind völlig durchgefroren. Er wußte nicht, wohin er sah. Zum Garten vielleicht. In den Teich. »Grant ... ob dieses Mädchen nun Aris Reinkarnation ist oder nicht, sie ist klug. Sie hat gemerkt, wie sie diese Leute psychologisch manipulieren kann. Ist es nicht das, worum sich die ganze Sache dreht? Sie hat sich zusammengereimt, was man von ihr will. Hast du das nicht von Hauptmanns Versuchspersonen behauptet? Sie hat die Leute dazu gebracht, das alles zu glauben. Denys, Jane und Giraud und die ganze Bande. *Ich* brauche es nicht zu glauben, um mir vorzustellen, was passieren kann, wenn Giraud uns für eine Bedrohung hält.«

»Justin. Denk nicht darüber nach. Komm, wir gehen! Es ist kalt hier draußen.«

»Was meinst du, haben sie mir einen Psychoblock verpaßt?« Er zog sich aus dem Außer-sich-Sein zurück; blickte in Grants blasses, von Kälte gezeichnetes Gesicht. »Sag mir die Wahrheit, Grant!«

Ein langes Schweigen. Grant atmete schwer. Hielt sich zurück. Es erforderte keinen sonderlichen Scharfblick, um das zu sehen.

»Ich glaube, es wäre ihnen möglich gewesen«, sagte Grant schließlich. Der Griff seiner Hand schmerzte. In Grants Stimme schwang ein Zittern mit. »Ich habe getan, was ich konnte. Ich hab's versucht. Von Anfang an. Stolpere nicht über mich. Laß dich nicht wieder von ihnen in die Mangel nehmen. Und das werden sie tun – wenn du ihnen irgendeinen Vorwand lieferst. Du weißt, daß sie's tun werden.«

»Ich gehe noch nicht unter. Das ist einfach nicht wahr. Ich weiß schließlich, was sie getan haben.« Er atmete tief durch und zog Grant näher, umarmte ihn und lehnte sich erschöpft an ihn. »Ich komme schon klar. Vielleicht komme ich besser klar als in den letzten sechs Jahren.«

Grant sah ihn an, blaß und von Panik erfaßt.

»Ich schwör's«, sagte Justin. Er spürte die Kälte nicht

mehr. War bis ins Mark durchgefroren. Taub. »Mein Gott, wir haben doch Zeit, oder?«

»Wir haben Zeit«, bestätigte Grant. Und zog ihn an der Hand. »Komm mit! Du frierst. Und ich auch. Gehen wir rein!«

Justin stand auf. Er warf den Fischen das restliche Futter zu, stopfte die Serviette mit tauben Fingern in seine Tasche und ging. Er war sich des Wegs nicht völlig bewußt, wie allem, was er automatisch tat. Grant hatte nichts mehr zu sagen, bis sie das Büro in Flügel Zwei erreichten.

Dort zögerte er an der Tür. Justin sah ihn an, als wollte er fragen, ob er in Ordnung sei. »Ich muß mal in die Bibliothek.«

Justin hob wortlos das Kinn. Um Grant zu zeigen, daß es ihm gut ging. »Na dann, los!«

Grant biß sich in die Lippe. »Wir sehen uns beim Essen.«

»Gut.«

Grant ging. Justin setzte sich in das unaufgeräumte kleine Büro, schaltete sich in das Haussystem ein und bereitete sich auf die Arbeit vor. Aber in der Ecke des Bildschirms blinkte ein Punkt zum Zeichen, daß eine Mitteilung für ihn eintraf. Er blendete sie ein.

Melde dich zuerst bei mir, in meinem Büro, lautete sie. *Giraud Nye.*

Er saß da und starrte die Zeile an. Er stellte fest, daß seine Hand zitterte, als er sie ausstreckte, um den Ausschalter zu betätigen.

Er war darauf nicht vorbereitet. Plötzlich kam ihm die Psychosonde in den Sinn; all die alten Alpträume. Er brauchte seine ganze Selbstbeherrschung.

All die alten Reflexe waren verschwunden. Alles. *Er* war verwundbar. Ebenso wie Grant.

Um sich zusammenzureißen, blieb ihm die Zeit, die er brauchte, um hinüberzugehen. Er wußte nicht, was er tun, ob er an der Bibliothek vorbeigehen und versuchen sollte, Grant zu warnen; aber das hätte ausgesehen, als fühlte er sich schuldig. Jeder Schritt, den er tat, konnte ihn ruinieren.

Nein, dachte er dann und biß sich in die Lippe, bis sie blutete. Er sprang zu einem früheren Treffen zurück. Ein Geschmack von Blut in seinem Mund. Mit zusammengebissenen Zähnen unterdrückte Hysterie.

Es hat angefangen, dachte er. *Es ist passiert.*

Er stellte das Gerät an und schickte eine Mitteilung in Grants Büro: *Giraud will mich sehen. Vielleicht werde ich zum Essen aufgehalten. – J.* Das reichte als Warnung. Was Grant damit anfangen würde, wußte er nicht zu sagen.

Sich sorgen. Wahrscheinlich das.

Er schaltete wieder aus, stand auf, schloß das Büro ab und ging durch den Korridor, noch immer mit Blut im Mund. Er betrachtete die ganze Zeit Menschen und Dinge unter dem Vorzeichen, daß er vielleicht nicht zurückkommen würde. Daß er und Grant vielleicht als nächstes ein Verhörzimmer in der Klinik sehen würden.

IX

Giraud saß in demselben Büro im Administrationsflügel, das er immer innegehabt hatte, mit demselben getäfelten und unauffälligen Eingang mit dem äußeren Schloß – das höheren Sicherheitsanforderungen genügte, als Ari sie je verlangt hatte. Giraud war nicht mehr der offizielle Chef des Sicherheitsdienstes. Inzwischen war er *Rat* Nye – laut den für die Außenwelt bestimmten Informationen. Aber jeder im Haus wußte, daß er den Sicherheitsdienst leitete – noch immer.

Justin ließ seine Karte ins Schloß gleiten, hörte es klicken und auf seine ZIV-Nummer umspringen. Er trat in den kurzen getäfelten Flur und öffnete die innere Tür in das Büro, in dem Girauds Azi Abban an seinem persönlichen Schreibtisch saß.

Das war das erste, was Justin sah. In den nächsten Sekundenbruchteilen sah er die beiden Offiziere vom Sicherheitsdienst, und Abban erhob sich gleichgültig aus dem Stuhl.

Justin erstarrte wie zu Eis. Und sah den nächsten der Azi-

Offiziere gefaßt, Auge in Auge an: *Bleiben wir zivilisiert.* Er tat noch einen ruhigen Schritt ins Innere und ließ die Tür hinter sich zufallen.

Sie hatten einen Körperabtaster. »Strecken Sie die Arme aus, Ser«, sagte der auf der linken Seite. Justin tat wie geheißen und ließ sich mit dem Stab über den Körper streichen. Das Gerät fand etwas in seiner Jackentasche. Der Offizier holte die Papierserviette heraus. Justin bedachte ihn mit einem geringschätzigen Blick, ungeachtet der Tatsache, daß sein Herz wie ein Hammer schlug und die Luft in dem Zimmer sich auszudünnen schien.

Sie vergewisserten sich, daß er nicht bewaffnet war. Abban öffnete die Tür, und sie nahmen ihn mit hinein.

Giraud befand sich nicht als einziger dort. Sondern auch Denys. Und Petros Ivanov. Justins Herz schlug bis zum Hals. Einer der Offiziere hielt locker seinen Arm und führte ihn zum einzigen freien Stuhl vor Girauds Schreibtisch. Giraud saß in einem Stuhl auf der linken Seite des Tisches, Petros auf der rechten.

Wie ein Tribunal.

Und die Männer vom Sicherheitsdienst, von denen einer die Hand auf die Lehne von Justins Stuhl legte, blieben im Zimmer, bis Giraud die Hand hob und ihnen zu gehen befahl. Aber Justins Gehör verriet ihm, daß jemand geblieben war, als die Tür sich geschlossen hatte.

Abban, dachte er.

»Du verstehst, warum du hier bist«, sagte Giraud. »Ich brauch's dir wohl nicht zu erklären.«

Giraud wollte eine Antwort hören. »Ja, Ser«, sagte Justin mit gedämpfter Stimme.

Sie werden tun, was ihnen gerade so gefällt.

Warum haben sie Petros hergeholt? Wohl nur, weil sie eine Sonde einsetzen wollen.

»Hast du etwas zu sagen?« fragte Giraud.

»Ich weiß nicht, was ich zu sagen haben sollte.« Er bekam seine Stimme nur mühsam unter Kontrolle. *Verdammt, du mußt die Dinge in den Griff bekommen.*

Und wie ein Wind aus dem Dunkeln: *Nicht nachlassen, Liebling! Gib bloß nicht alles preis!*

»Ich hab's nicht herausgefordert. Gott weiß, daß ich das nicht gewollt habe.«

»Du hättest ohne weiteres gehen können.«

»Ich bin gegangen.«

»Danach.« Vor Zorn wurden Girauds Lippen schmaler. Er nahm einen Stift in die Hand und hielt ihn zwischen den Fingern. »Was hast du vor? Willst du das Projekt sabotieren?«

»Nein. Ich war hier wie jeder andere. Ohne Unterschied. Ich habe mich um meine eigenen Angelegenheiten gekümmert. Was habt ihr gemacht, sie auf die Show vorbereitet? Geht's darum? Eine kleine Show? Um die Familie zu beeindrucken? Die Presse reinzulegen? Ich würde wetten, ihr habt ein Band aufgenommen.«

Das hatte Giraud nicht erwartet. Er gab sehr wenig preis. Denys und Petros sahen besorgt aus.

»Das Kind war nicht vorbereitet«, widersprach Denys rasch. »Du hast mein Wort, Justin, es war nicht vorbereitet.«

»Natürlich war's das nicht. Das ist eine verdammt gute Show für die Nachrichten, nicht wahr – genau etwas von der Art, das man den Außerirdischen draußen zum Fraß vorwerfen kann. Das Kind sucht sich das Duplikat des Mörders heraus. Gott! Was für ein Glanzstück der Wissenschaft!«

»Bemühe dich nicht, für die Kamera was vorzuspielen«, bemerkte Giraud. »Wir lassen kein Band mitlaufen.«

»Das habe ich auch nicht erwartet.« Ihm schauderte. Er bewegte seinen Fuß, um sein Bein zu entspannen, damit es nicht zitterte. Aber sein Gehirn arbeitete. Sie würden ihn noch für eine weitere Sitzung abholen, darauf arbeiteten sie hin; und das vertrieb den Nebel aus seinem Hirn. »Ich könnte mir vorstellen, daß ihr mich erst ordentlich bearbeiten wollt, bevor ihr mich vor die Kamera stellt. Aber es wäre ziemlich peinlich, wenn ich auf dem Band bei dieser Party zu sehen bin und gleich danach verschwinde. Oder wenn sich herausstellt, daß ich tot bin. Das ist wohl ein Problem für euch, was?«

»Justin«, sagte Petros in mahnendem Ton. »Niemand will dich bearbeiten. Deswegen sind wir nicht hier.«

»Na klar.«

»Wir wollen nur eine deutliche Frage stellen«, sagte Giraud mit harter, kurz angebundener Stimme. »Hast *du* ihr einen Anlaß dazu gegeben?«

»Das könnt ihr doch selbst herausfinden. Schreibt hin, was ihr wollt! Schaut euch das verdammte Band an!«

»Das haben wir«, erklärte Giraud. »Grant hatte Blickkontakt mit ihr. Und du auch, unmittelbar bevor sie auf euch zukam.«

Angriff mit einem neuen Geschoß. Natürlich wandten sie sich jetzt Grant zu. »Wohin sollte man denn sonst sehen? Wozu waren wir denn da, wenn wir sie uns nicht ansehen sollten? Ich habe sie angesehen. Meint ihr, ich ginge dahin und täte es nicht? Ihr habt mich dort getroffen. Ihr hättet sagen können, ich soll gehen. Aber natürlich habt ihr's nicht gemacht. Ihr fallt über mich her. Ihr schlachtet die ganze Sache aus. Wie viele Leute in dem Saal wußten es? Nur ihr?«

»Du bleibst also dabei, daß du ihr keinen Anlaß gegeben hast.«

»Verdammt noch mal, *nein!* Keiner von uns beiden. Ich habe Grant gefragt. Er würde mich nicht anlügen. Er gibt zu, daß er Blickkontakt hatte. Er hat sie angesehen. ›Ich bin dabei ertappt worden‹, so hat er's ausgedrückt. Es war nicht seine Schuld. Und meine auch nicht.«

Petros regte sich in seinem Stuhl, lehnte sich zu Giraud hinüber. »Gerry, ich glaube, du solltest in Betracht ziehen, was ich gesagt habe.«

Giraud berührte das Kontrollgerät auf dem Schreibtisch. Der Bildschirm wurde hochgeklappt. Giraud tippte etwas mit der rechten Hand ein, wahrscheinlich ein Aktenzeichen. Der Datenfluß schien vom Metall seines Kragens wider, ein grünes Geflacker.

Es wurden mehr als Daten manipuliert. Es wurde inszeniert. Ein kurzer, spannender Augenblick jetzt. Geheimnisse.

Und er konnte seine Reaktionen noch immer nicht zurückhalten.

Giraud las oder gab vor zu lesen. Seine Atemzüge wurden länger. Sein Gesicht war kein bißchen freundlicher, als er aufblickte. »Du magst Bandstudien nicht. Das ist bemerkenswert für einen Designer.«

»Ich verlaß mich nicht sonderlich darauf. Willst du mir das zum Vorwurf machen?«

»Du benutzt nicht einmal Unterhaltungsbänder.«

»Ich arbeite hart.«

»Komm, gib uns nicht solche Antworten. Du hast dich vor den nachbereitenden Bändern bei Petros gedrückt. Du machst allenfalls einmal im Monat von einem Band Gebrauch. Das ist eine sehr merkwürdige Eigenart für einen Designer.«

Justin sagte nichts. Er hatte all seine schlagfertigen Antworten aufgebraucht.

»Nicht einmal Grant«, sagte Giraud, »begibt sich für seine ins Labor. Er verwendet ein Heimgerät. Das ist auch nicht ganz nach Vorschrift.«

»Dafür gibt es keine Bestimmungen. Wenn er damit zufrieden ist, ist er eben damit zufrieden. Grant ist klug, er hat eine gute Aufnahmefähigkeit.«

»Du hast keine Anweisung in dieser Richtung.«

»Nein, es entspricht nicht meinen Anweisungen.«

»Du weißt, daß Grant für sich selbst sorgen kann und in Gesellschaft ohne Schwierigkeiten zurechtkommt«, bemerkte Petros. »Er braucht diese Art von Auffrischung nicht so oft wie einige andere. Aber wenn man bedenkt, was er durchgemacht hat, wäre es besser, wenn er dafür ein Tiefenband nähme. Nur zur Kontrolle.«

»Wenn man bedenkt, was er euretwegen durchgemacht hat? Nein!«

»Es ist also deine Anweisung«, stellte Giraud fest.

»Nein. Er hat sich selbst dazu entschlossen. Es ist seine eigene Entscheidung, dazu ist er berechtigt, genauso wie ich, das ist zumindest der letzte Stand meiner Kenntnisse.«

»Ich bin mir nicht sicher, ob wir ein Designer-Team gebrauchen können, das eine Abneigung gegen Bänder hegt.«

»Fahr zur Hölle!«

»Bleib locker«, sagte Denys. »Nimm's dir nicht zu Herzen. Giraud, an seinen Arbeitsergebnissen ist nichts auszusetzen. An Grants auch nicht. Das steht hier nicht zur Debatte.«

»Es gab mehr als ein Opfer beim Mord an Ari«, erklärte Petros. »Justin gehört dazu. Grant auch. Ich meine, du darfst diese Tatsache nicht übersehen. Du hast mit jemandem zu tun, der noch ein Junge war, als sich der Vorfall ereignete, der sogar selbst Opfer einer kriminellen Handlung Aris wurde, unter anderem. Ich habe die Sache nicht besonders herausstellen wollen. Ich habe ihn im Auge behalten. Ich habe ihm Anfragen übermittelt, ob er nicht zu mir kommen und reden will. Stimmt's, Justin?«

»Das stimmt.«

»Du hast nicht darauf geantwortet, oder?«

»Nein.« Panik überkam ihn. Er fühlte sich im Innern krank.

»Die ganze Situation, die mit dem Projekt zusammenhängt«, fuhr Petros fort, »hat dich ganz schön genervt, was?«

»Leben und leben lassen. Mir tut das Mädchen leid. Ich bin mir sicher, der Sicherheitsdienst hat mein Apartment ausschließlich ihretwegen abgehört. Ich hoffe, ihr habt euren Spaß an den intimen Details.«

»Justin.«

»Du kannst auch zur Hölle fahren, Petros.«

»Justin. Sag mir die Wahrheit! Bekommst du immer noch Band-Flashbacks?«

»Nein.«

»Bist du dir sicher?«

»Ja, ich bin mir sicher.«

»Du warst sehr angespannt, als du zu dieser Party gegangen bist, nicht wahr?«

»Zum Teufel, nein. Warum sollte ich?«

»Ich glaube, das ist deine Antwort«, sagte Petros zu Giraud. »Er kam angespannt dorthin. Sie beide. Sie konnten nicht vermeiden, daß es Ari auffiel. Mehr ist an der Sache nicht dran. Ich glaube nicht, daß es beabsichtigt war. Ich bin mehr über Justins Geisteszustand besorgt. Ich glaube, es ist wohl das beste für ihn, wenn er in seinen Flügel zurückgeht, sich zu familiären Anlässen zeigt und so normal weitermacht wie möglich. Ich glaube nicht, daß eine Sonde irgendwie sinnvoll ist. Er ist schon genug Belastungen ausgesetzt. Ich möchte nicht, daß er zu mir kommen und um Rat fragen muß.«

»Giraud«, ergriff Denys das Wort. »Wenn du wirklich an die Sensibilitäten der jungen Ari glaubst, dann behalte im Kopf, daß sie keine Angst vor Justin hatte. So angespannt er auch war, sie hatte keine Angst vor ihm. Ganz im Gegenteil.«

»Das gefällt mir auch nicht.« Giraud atmete durch und lehnte sich zurück, indem er Justin unter den Brauen hervor betrachtete. »Du begibst dich in Petros' Behandlung. Wenn ich von ihm höre, daß du nicht zur Zusammenarbeit bereit bist, bedienst du noch vor Sonnenuntergang eine Niederschlagsstation. Habe ich mich deutlich genug ausgedrückt?«

»Ja, Ser.«

»Du wirst weiterarbeiten. Wenn du bei irgendeiner Gelegenheit Ari über den Weg läufst, sprichst du mit ihr oder nicht, wie du's gerade für richtig hältst. Hauptsache, es fordert am wenigsten ihre Neugier heraus. Du läßt dich bei familiären Anlässen sehen. Wenn sie dich anspricht, sei freundlich. Aber nicht mehr als das. Wenn du vom Kurs abweichst, wirst du wieder hier landen, und dann werde ich in keiner guten Stimmung sein. Und das gilt genauso für Grant. Mach ihm das klar! Hast du mich verstanden?«

»Ja, Ser.« Wie ein Azi. Ruhig. Respektvoll. *Es ist eine Falle. Sie wird erst noch zuschnappen. Es ist noch mehr an der Sache.*

»Du kannst jetzt gehen. Mach die Tür auf, Abban!«

Die Tür öffnete sich. Justin stemmte sich aus dem Sessel. Denys tat dasselbe. Er ging bis zur Tür und Denys begleitete ihn hinaus, faßte ihn am Arm und steuerte ihn an den Leuten vom Sicherheitsdienst vorbei in die kleine Höhle des Eingangsflurs und wieder hinaus in den Hauptkorridor.

Dort brachte er ihn mit einem Ruck zum Stehen. »Justin.«

Er blieb stehen. Noch immer zitterte er. Aber Trotz nützte überhaupt nichts.

»Justin. Du stehst gehörig unter Druck. Aber du weißt und ich weiß – daß es keine Erinnerungsübertragung gibt. Es ist einfach nicht die alte Ari. Um offen zu sein, wir wollen keinen weiteren Fall von Feindseligkeit mit den Warricks. Wir möchten wirklich nicht, daß du dabei Jordans Rolle übernimmst. Du weißt, was auf dem Spiel steht.«

Justin nickte.

»Justin, hör mir zu! Giraud hat die Sonde auf dich angesetzt. Er weiß verdammt gut, daß du ehrlich bist. Er ist bloß ...«

»Ein Mistkerl.«

»Justin. Mach die Dinge nicht schwieriger, als sie sind. Tu, was Grant sagt! Mach bloß keinen Fehler. Du möchtest dem kleinen Mädchen doch nicht weh tun. Da bin ich mir ganz sicher. Was Ari dir angetan hat – das hat nichts mit *ihr* zu tun.«

»Nein. *Ari* habe ich noch nie etwas getan, um Gottes willen. Meinst du, ich würde einem Kind weh tun?«

»Ich weiß. Ich weiß, daß du das nicht könntest. Denk nur darüber nach. Denk daran, wenn du das nächste Mal mit ihr zu tun hast. Ari hat dir großes Leid zugefügt. Du könntest mit diesem Kind dasselbe tun. Du könntest es verletzen. Ich möchte, daß du ernsthaft darüber nachdenkst«.

»Ich habe der Kleinen nichts getan.«

»Natürlich hast du ihr nichts getan. Beruhige dich. Beruhige dich und atme tief durch. Hör mir zu! Wenn du dich ordentlich verhältst, könnte ich dir helfen.«

»Ganz bestimmt.«

Denys nahm wieder seinen Arm und zog ihn näher an die Wand, als die Männer vom Sicherheitsdienst das Büro verließen. Hielt ihn fest. »Justin. Ich wollte dir noch sagen – die Anfrage, die auf meinem Tisch liegt, wegen der Telephonverbindung: Ich werde ein paar Wochen vergehen lassen, und dann gestatte ich sie. Du wirst eine gewisse Verzögerung hinnehmen müssen. Jordan ist gerissen, und der Sicherheitsdienst braucht Zeit, um nachzudenken. Das ist das beste, was ich tun kann. Fühlst du dich jetzt besser?«

»Was kostet mich das?«

»Nichts. Überhaupt nichts. Vermassel es bloß nicht! Halt dich aus allem Ärger raus! In Ordnung?«

Er starrte an die Wand, auf Travertinmuster, die vor seinen Augen verschwammen. Er spürte, wie Denys ihm auf die Schulter klopfte.

»Es tut mir verdammt leid. Es tut mir wirklich verdammt leid. Ich weiß schon. Du hattest nicht einen Tag Frieden. Aber ich möchte unbedingt, daß du an dem Projekt mitwirkst. Deshalb habe ich Giraud bekniet, dich hierzubehalten. Ari mochte dich – nein. Hör mir zu! Ari mochte dich wirklich. Ganz gleich, was sie getan hat. Ich habe sie – nachträglich – so gut kennengelernt wie mich selbst. Aris Fehde mit Jordan war älter, ein bitterer Streit. Aber sie bekam deine Testergebnisse zu sehen und kam zu dem Schluß, daß sie dich haben wollte.«

»Die Ergebnisse waren gefälscht!«

»Nein, das ist nicht wahr. Nicht außergewöhnlich hoch, das weißt du wohl. Aber über ein halbes Dutzend Gebiete verstreut. Du hattest die Qualitäten, die sie auch hatte. Nicht daß du dich mit ihr messen konntest, aber damals hattest du auch keine Olga Emory, die dich antrieb. Sie sagte mir persönlich – und das ist keine Lüge, mein Junge –, daß sie dich unbedingt in ihrem Flügel haben wollte, daß du besser seist, als die Testergebnisse gezeigt hätten, eine ganze Klasse besser, meinte sie, als Jordan. Das sind ihre Worte, nicht meine.«

»Dabei hatte sie aber nichts Wissenschaftliches im Sinn, wie du weißt.«

»Du irrst dich. Es ist nicht das, was du hören willst, weiß Gott. Aber wenn du verstehen willst, warum sie getan hat, was sie getan hat –, dann ist das etwas, was du unbedingt wissen solltest. Ich habe ein Interesse daran. Verstehst du, sie hatte Krebs. Zusammenbruch der Rejuvenilisierung. Die Ärzte streiten sich darüber, ob der Krebs die Rejuvenilisierung vereitelte oder ob die Rejuvenilisierung aus natürlichen Gründen scheiterte und den Krebs entstehen ließ. Was auch immer vor sich ging, sie *wußte,* daß sie in Schwierigkeiten war und das Timing nicht schlimmer hätte sein können. Ein chirurgischer Eingriff hätte das Projekt hinausgeschoben, deshalb unterstellte sie Petros und Irina ihren Anordnungen und verheimlichte es. Sie brachte das ganze Projekt in Gang, so daß zu dem Zeitpunkt, wenn sie sich einem Eingriff unterziehen mußte … Ich bin mir sicher, daß sie das nicht ausgeschlossen hat: Sie war keine Idiotin; aber wenn sie es hätte machen lassen, wäre das Projekt nicht ohne Unterstützung zurückgeblieben, verstehst du, und es hätte ein paar Monate unter lockerer Leitung laufen können. Verstehst du: Ich weiß es, weil ich ihr Freund war, Justin. Ich war derjenige, dem sie Einsicht in ihre Notizen gewährte. Giraud hat die finanzielle Seite des Ganzen hervorragend im Griff. Aber mich interessiert, was sie interessiert hat: das Projekt. Ich glaube, du hast aufrichtige Zweifel daran. Keine Kontrolle, keine nachvollziehbaren Resultate … Aber es baut auf zwei Jahrhunderten nachvollziehbarer Resultate mit den Azis auf. Und natürlich gehört es nicht zu den Dingen, die wir quantifizieren können; wir haben es mit einem menschlichen Leben zu tun, einer emotionalen und einer subjektiven Dimension. Wir sind uns vielleicht völlig uneinig, Justin, hier drin, im Privaten, und ich respektiere deine professionelle Redlichkeit. Aber wenn du uns zu sabotieren versuchst, hast du mich zum Feind. Verstehst du mich?«

»Ja, Ser.«

»Ich sage dir noch etwas: Ari hat einige sehr große Fehler

begangen. Aber sie war eine große Frau. *Sie* war Reseune. Und sie war mein Freund. Ich habe dich beschützt; und ich habe gleichzeitig ihr Ansehen geschützt; und mich soll der Schlag treffen, wenn ich zusehe, wie irgendein schmutziger kleiner Vorfall dieses Ansehen zerstört. Ich werde dich daran hindern. Verstehst du mich?«

»Du hast die Bänder in den Archiven! Wenn dieses arme Kind halbwegs Aris Bahnen folgt, werden die Forscher jedes winzige Detail prüfen wollen – und das ist wirklich kein kleines Unterfangen.«

»Nein. Das würde keine Rolle spielen. Das stammt vom Ende ihres Lebens, außerhalb des Rahmens legitimer wissenschaftlicher Interessen. Außerdem ist das der Grund, warum wir mit Rubin arbeiten. Rubin ist derjenige, mit dem sich das Militär beschäftigen kann. Ari ist *unser* Projekt. Wir kontrollieren die Rechte an den Techniken. Hat Reseune jemals etwas fallengelassen, an dem es finanziell interessiert ist?«

»Mein Gott, du kannst diesen Schwindel mit dem Militär jahrelang fortführen. Gib's zu. Das ist also Girauds verdammte Geldquelle. Die unerschöpfliche Quelle militärischer Projekte.«

Denys lächelte und schüttelte den Kopf. »Es wird auf jeden Fall funktionieren, Justin. Wir haben sie nicht auf diesen Abend vorbereitet.«

»Dann beantworte mir folgende Frage: Bist du sicher, daß *Giraud* es nicht getan hat?«

Denys' Augen verrieten eine geringfügige Reaktion. Das Gesicht nicht. Es lächelte weiterhin. »Das wird sich mit der Zeit zeigen, meinst du nicht? In deiner Position würde ich lieber den Mund halten, statt mich öffentlich zum Narren zu machen, Justin Warrick. Ich habe dir geholfen. Ich habe für dich, Jordan und Grant das Wort ergriffen, als es niemand sonst tat. Ich bin dein Gönner gewesen. Aber denke daran, ich war Aris Freund. Ich werde dieses Projekt auf keinen Fall sabotieren lassen.«

Die Drohung war unüberhörbar. Er bildete sie sich nicht

bloß ein. Daran hatte er keinen Zweifel. »Ja, Ser«, erwiderte er halblaut.

Denys klopfte ihm noch einmal auf die Schulter. »Ich werde es nur dieses eine Mal sagen. Ich möchte es nie wieder sagen. Ich möchte, daß du den Gefallen annimmst, den ich dir tue, und daran denkst, was ich gesagt habe. In Ordnung?«

»Ja, Ser.«

»Bist *du* in Ordnung?«

Er atmete einmal. »Das hängt davon ab, was Petros tun wird, oder?«

»Er wird mit dir reden. Das ist alles.« Denys schüttelte ihn sanft. »Justin ... hast du Band-Flashbacks?«

»Nein«, sagte er. »Nein.« Sein Mund bebte. Das gab Denys einen Hinweis. »Ich bin oft genug durch die Hölle gegangen. Die Klinik läßt es mir kalt den Rücken herunterlaufen, verstehst du? Ich vertraue Petros nicht. Oder sonst jemandem in seinem Personal. Ich werde seine Fragen beantworten. Wenn du willst, daß ich kooperiere halte ihn von mir und Grant fern.«

»Ist das eine Erpressung?«

»Gott, ich habe doch wohl Gelegenheit gehabt, in der Hinsicht etwas zu lernen, oder? Nein. Ich bitte dich darum. Ich werde alles tun, was du von mir verlangst. Ich bin nicht daran beteiligt, dem Kind weh zu tun. Ich will das nicht. Ich will bloß meinen Job, ich will die Telephonverbindung, ich will ...« Er verlor die Fassung, drehte sich um und lehnte sich gegen die Wand, bis er Atem geschöpft hatte.

Gib ihnen alle Schlüssel, Liebling, das ist genau richtig.

Verdammt idiotisch.

»Du hast also alles verstanden«, sagte Denys. »Schau mal. Du beantwortest Petros' Fragen. Du versuchst diese Sache hinzubiegen. Du warst selbst ein erschrockenes Kind. Du bist immer noch erschrocken, und ich habe furchtbare Angst, daß dir all das mehr Schaden zugefügt hat, als du zuzugeben bereit bist ...«

»Ich kann meine Arbeit tun. Das hast du gesagt.«

»Das steht hier nicht zur Debatte. Das versichere ich dir. Du weißt nicht, wem du vertrauen kannst. Du glaubst, du seist allein. Das bist du aber nicht. Petros macht sich Gedanken um dich. Ich tu's. Ich weiß, du möchtest so etwas nicht hören. Aber du kannst zu mir kommen, wenn du das Gefühl hast, daß du Hilfe brauchst. Ich habe dir meine Bedingungen genannt. Ich möchte dir helfen. Ich möchte bloß keine Anschuldigungen gegen Ari, das Projekt oder das Personal hören.«

»Dann achte darauf, daß Petros die Hände von mir und Grant läßt. Sag dem Sicherheitsdienst, sie sollen ihr verdammtes Zeug rausholen. Laß mich mein Leben führen und meine Arbeit tun, mehr will ich nicht.«

»Ich möchte dir helfen.«

»Dann hilf mir auch! Tu, worum ich dich gebeten habe! Dann kannst du dir meiner Mitarbeit sicher sein. Ich will keine Fehde fortsetzen. Ich möchte bloß ein bißchen Frieden, Denys. Habe ich jemals irgend jemand etwas angetan?«

»Nein.« Ein Tätscheln seiner Schulter, seines Rückens. »Nein. Das hast du nicht. Nichts dergleichen. Man hat immer nur dir etwas angetan.«

Justin drehte sich um und lehnte sich gegen die Wand. »Dann laß mich doch in Ruhe! Mein Gott, laß mich mit meinem Vater sprechen, laß mich meine Arbeit tun! Es wird mir schon gut gehn. Laß mich nur in Ruhe, *und hol den Sicherheitsdienst aus meinem Schlafzimmer!*«

Denys sah ihn lange Zeit an. »In Ordnung«, sagte er. »Wir werden's eine Weile versuchen. Wir werden's versuchen, zumindest, was den Privatbereich angeht. Ich will damit nicht sagen, daß wir nicht bemerken werden, wer durch diese Tür ein und aus geht. Wenn etwas verdächtig erscheint, werden sie sich dich vornehmen. Andernfalls nicht. Ich werde den entsprechenden Befehl geben. Gib mir keinen Anlaß, es zu bereuen.«

»Nein, Ser«, erwiderte Justin, weil er nicht mehr herausbekommen konnte.

Daraufhin ließ Denys ihn allein.

Als Justin in sein Büro zurückkam, traf er Grant an der Tür. Grant stellte auf seine erschrockene und schweigsame Art Fragen, indem er nur da war.

»Es ist alles in Ordnung«, sagte Justin. »Sie haben gefragt, ob es in unserer Absicht gelegen hat. Ich sagte nein. Ich sagte noch ein paar weitere Sachen. Denys sagte, sie werden dafür sorgen, daß uns der Sicherheitsdienst von der Pelle bleibt.«

Grant antwortete mit einem Blick, der ihm die Frage stellte, wer sie abhörte und wem er etwas vorspielte.

»Doch, das hat er wirklich gesagt«, beharrte Justin. Und schloß die Tür zu der Privatsphäre, die man ihnen zugestand. Dann erinnerte er sich an die anderen, die wichtigen Dinge, das Hin und Her der Versprechen und Drohungen wie ein Konzert von Hammerschlägen, stützte sich auf die Lehne des Stuhls an seinem Arbeitsplatz und bemerkte, daß er außer Atem war. »Er sagte, sie wollen uns mit Jordan sprechen lassen.«

»Ist das wahr?« erkundigte sich Grant.

Das war die Sache, die ihn aus dem Gleichgewicht brachte: daß sie ihm plötzlich Gefälligkeiten versprachen, wenn sie am wenigsten dazu Anlaß hatten. Wenn sie ihn mit Gewalt in die Klinik bringen konnten, was sie gerade bewiesen hatten.

Irgend etwas ging vor sich.

X

»Musik!« befahl er an diesem Abend dem Automatischen Haushälter, als sie durch die Tür gingen. Das Band lief von der Stelle weiter, wo es zuletzt angehalten worden war. Es berichtete von Anrufen. Es hatte sich niemand gemeldet. »Wir sind nicht sehr beliebt«, sagte er zu Grant. Normalerweise gab es wenigstens einen Anruf, jemand aus dem Labor, der noch eine Frage zu geschäftlichen Angelegenheiten und sie im Büro verpaßt hatte.

»Ach, wie unzuverlässig die Menschen sind.« Grant legte

seine Aktentasche auf denselben Tisch wie immer, brachte seinen Mantel im Schrank unter und ging hinüber zum Sideboard und der Hausbar, während Justin seinen aufhängte. Er mixte zwei Drinks und brachte sie mit. »Einen Doppelten für dich. Weg mit den Schuhen, hoch die Füße, setz dich! Du kannst es gebrauchen.«

Justin nahm Platz, schüttelte sich die Schuhe von den Füßen, ließ sich in die Polster sacken und trank. Whiskey mit Soda, ein Geschmack, der strapazierten Nerven vorübergehende Entspannung versprach. Er sah, wie Grant auf die kleine Plastiktafel Dinge schrieb, die sie nicht laut zu sagen wagten; dort stand:

Können wir ihnen glauben, daß sie die Wanzen entfernt haben?

Justin schüttelte den Kopf und stellte das Glas auf den Steinrand der vertieft eingebauten Polstergruppe und langte nach der Tafel. *Wir werden sie mit ein paar Fehlinformationen ködern und sehen, ob wir ihnen etwas nachweisen können.*

Zurück an Grant; ein Nicken. *Schon eine Idee?*

An ihn: *Noch nicht. Ich überlege gerade.*

Grant: *Ich nehme an, ich muß bis zum Fischefüttern warten, um herauszubekommen, was passiert ist.*

Er selbst: *Ist kompliziert. Gefährlich. Petros wird mich ausfragen.*

Grant: ein beunruhigter Blick. Eine unausgesprochene Frage.

Er selbst: *Sie haben einen Verdacht wegen der Flashbacks.*

Grant: das Wort ›*ausfragen*‹ unterstrichen.

Er selbst: *Denys hat's gesagt. Keine Sonde.* Dann fügte er hinzu: *Sie haben gemerkt, daß ich ein Problem mit Bändern habe. Das hat mich erschreckt. Ich fürchte, sie haben eine Stimmenanalyse vorgenommen. Wenn ja, habe ich versagt. Und werde bei Petros' Test noch schlimmer versagen. Lange Zeit habe ich gedacht, die Flashbacks seien ein Trauma. Jetzt glaube ich, sie könnten ein absichtlich fehlerhaft gestalteter Block sein. Vielleicht wollen sie, daß es mir so ergeht.*

Als Grant es las, wurde sein Gesicht zunehmend düsterer. Er überlegte lang, bevor er schrieb. Dann wischte er die

Tafel und versuchte es noch mal. Und noch mal. Schließlich ganz knapp: *Kein absichtlicher Block, glaube ich. Eher zu viele Sonden.*

Er selbst: *Warum, zum Teufel, schreiben wir uns dann in unserem eigenen Wohnzimmer Nachrichten?* Dreifach unterstrichen.

Grants Reaktion bestand darin, daß er ein wenig die Brauen hob. Und er schrieb: *Weil alles möglich ist. Aber ich glaube an keinen absichtlichen Block. Ein Schaden. Ari nahm gerade einen Eingriff vor, den sie nicht abschließen konnte, und dann kam auch noch Giraud und stellte Fragen. Wenn das nicht reicht, was dann? Was immer Ari getan hat, es muß umfassend und subtil gewesen sein. Sie konnte mit einem einzelnen gesprochenen Satz einen Eingriff vornehmen. Wir wissen das. Giraud hat sich eingemischt und etwas vermasselt.*

Justin las es und spürte, wie die Kälte noch etwas tiefer drang. Einen Moment lang kaute er auf dem Stift herum und schrieb dann: *Giraud hat die Bänder gesehen. Er wußte, was er tat. Giraud arbeitet vielleicht mehr mit militärischen Psychosets, aber das beruhigt mich auch nicht. Sie haben ihm diese verdammte Einstufung als Sonderperson besorgt. Politik. Keine Frage des Talents. Weiß Gott, was er mit mir gemacht hat. Oder Petros.*

Grant las es, und sein Gesicht verdüsterte sich weiter. *Ich kann mir das bei Petros nicht vorstellen,* schrieb er. *Giraud, meinetwegen. Aber Petros ist unabhängig.*

Er selbst: *Ich traue ihm nicht. Und ich muß mich diesen Gesprächen stellen. Sie können mich vom Dienst suspendieren. Mich als labil bezeichnen, mir die Alpha-Lizenz entziehen. Dich versetzen. Dann fängt der ganze Mist wieder von vorne an.*

Grant packte die Tafel und schrieb mit finsterem Blick: *Du bist Jordans Replikat. Wenn du ohne psychogenetische Programme Begabungen zeigst, die seinen entsprechen, während sie zur gleichen Zeit das Rubin-Projekt laufen haben, könntest du ihre Resultate in Frage stellen. Mich auch. Denk daran, Ari hat mich nach dem Genset einer Sonderperson entworfen. Du und ich als die möglichen Kontrollen für das Projekt. Wollte Ari uns deshalb? Will Giraud uns deshalb nicht?*

Der Gedanke bereitete ihm Unbehagen. *Ich weiß nicht,* schrieb er.

Grant: *Giraud und Denys lassen das Projekt ohne Kontrollen laufen, außer Rubin selbst, und man weiß nicht, wie sauber diese Ergebnisse sein werden. Wir sind lästig. Ari hätte nie so gearbeitet, wie sie arbeiten. Sie benutzte Kontrollen, soweit das mit der menschlichen Psyche möglich ist. Ich glaube, sie wollte uns beide.*

Er selbst: *Denys schwört, das Projekt sei abgesichert. Aber jeder Schritt unterwegs ist heikel.*

Grant: *Es ist abgesichert, wenn es funktioniert. Wie du immer schon sagtest: Sie haben nicht vor, Daten freizugeben, wenn es funktioniert. Reseune gibt niemals Daten frei. Reseune schlägt aus seinen Entdeckungen Kapital. Wenn Reseune Ari zurückbekommt, eine Ari, die weitere Forschungen leitet, werden sie dann etwa Unterlagen für eine fürs breitere Publikum bestimmte Veröffentlichung freigeben? Nein. Reseune wird lukrative Verträge mit dem Verteidigungsamt abschließen. Eine Menge Macht, eine Menge Geheimhaltung, eine Menge Geld, aber Reseune wird das große Geschäft machen und immer mehr Macht gewinnen. Reseune wird seine Erkenntnisse niemals preisgeben. Reseune wird fürs Verteidigungsamt unter Vertrag arbeiten und alles Gewünschte bekommen, solang das Verteidigungsamt die Zusage erhält, daß bestimmte Individuen wiederbelebt werden – was selbst Reseune nicht leisten kann ohne die Art von Dokumenten unter dem Berg dort draußen. Das dauert Jahre. Mehrere Menschenleben lang. In der Zwischenzeit erledigt Reseune einige Dinge fürs Verteidigungsamt und eine Menge für sich selbst. Habe ich die geborenen Menschen nicht gut durchschaut?*

Justin las es und nickte, im Innern ein immer unangenehmeres Gefühl.

Grant: *Ihr seid schon komisch, ihr ZIVs. Vielleicht hat's damit zu tun, daß ihr euch eure eigenen Psychosets ausdenkt – und die Logik bei euch den Überbau bildet. Wir wissen, daß unsere Basis vernünftig ist. Aber wer bin ich, daß ich meine Schöpfer kritisieren könnte?*

XI

Jane setzte sich auf die Bettkante und zog ihr Haar zur Seite, als Ollie sich neben sie setzte und mit den Lippen über ihren Nacken fuhr.

Das Kind schlief Gott sei Dank schon, und Nelly hatte den Kampf der widersprüchlichen Wünsche für diesen Abend gewonnen.

Ari war aufgedreht, war den ganzen Tag aufgedreht gewesen, wollte zurück zu Valery und spielen.

Es wurde wirklich Zeit, daß sich das änderte. Valery war zu einem Problem geworden, wie Jane es vorhergesagt hatte. Zeit, daß Ari einen anderen Spielkameraden bekam. Es hatte immer mehr als einen gegeben.

Verflucht! Das Kind machte einen Haufen Arbeit.

Ollies Arm legte sich um sie, zog sie an ihn. »Ist etwas nicht in Ordnung?« fragte er.

»Mach etwas, um mich abzulenken, mein Liebling. Ich möchte heute abend nicht nachdenken.«

Verdammt, jetzt fange ich auch schon an, wie Olga zu reden. Ollie ließ seine Hand tiefer gleiten und küßte Janes Schulter.

»Komm schon, Ollie, Mensch, ich möcht's ein bißchen wilder. Ich bin in der Stimmung, jemanden umzubringen.«

Erst jetzt begriff Ollie. Er stieß sie aufs Bett und machte sich selbst zur wichtigsten Ablenkung, hielt dabei ihre Hände, weil er keine Sehnsucht hatte, Kratzer abzubekommen.

Ollie war verdammt gut. Wie die meisten Azis, die die Ausbildung durchmachten, war er unheimlich gut, und zu versuchen, ihn in Schach zu halten, war ein Spiel, das er nur langsam und mit Überlegung gewann, ein Spiel, das genau auf das abgestimmt war, was bei ihr funktionierte.

Und es funktionierte wirklich. Jane seufzte und gab sich ein wenig später Ollies sanfter Taktik hin. Ein Azi als Liebhaber hatte etwas für sich – er war immer in Stimmung. Immer mehr auf sie als auf sich selbst bedacht. Sie hatte ein Dutzend ZIVs als Liebhaber gehabt. Aber das Komische war … Ollie war ihr lieber. Und damit hätte er nie gerechnet.

»Ich liebe dich«, flüsterte sie ihm ins Ohr, als er fast schlief, den Kopf an ihrer Schulter. Sie fuhr mit den Fingern durch sein schweißnasses Haar, und er blickte sie mit einem verwirrten, freudigen Ausdruck an. »Wirklich, Ollie.«

»Sera«, sagte er. Und blieb sehr still, als hätte sie nach all diesen Jahren den Verstand verloren.

Er war erschöpft. Sie konnte noch immer nicht schlafen. Aber er würde wach bleiben, wenn sich ihre Blicke trafen, wenn sie reden wollte, das wußte sie. Sie war sich seiner Aufmerksamkeit sicher. »Das ist alles. Ich wollte dir das nur sagen.«

»Danke«, erwiderte er, ohne sich zu rühren. Er machte den Eindruck, als meinte er noch immer, es ginge um mehr als das.

»Sonst nichts.« Sie rieb seine Schulter. »Wolltest du jemals ein ZIV sein? Das letzte Band nehmen? Von hier verschwinden?«

»Nein.« Seine Schläfrigkeit schien zu verschwinden. Sein Atem beschleunigte sich. »Wirklich nicht. Ich möchte es nicht. Sag mir nicht, ich soll's nehmen.«

»Das werde ich nicht. Das würde niemand. Ich wollte es nur wissen, Ollie. Du möchtest also nicht fort von hier. Aber was ist, wenn ich weg muß?«

»Dann werde ich dich begleiten.«

»Wirklich?«

»Wohin willst du denn gehen?«

»Nach Fargone. Vorerst aber noch nicht. Aber ich möchte mir wirklich sicher sein, daß es dir gut geht. Weil ich dich liebe. Ich liebe dich mehr als sonst jemanden. Genug, um dich hierzulassen, wenn das dein Wunsch ist, oder dich mitzunehmen oder zu tun, was immer du von mir verlangst. Nach all diesen Jahren hast du das wirklich verdient. Ich möchte, daß du glücklich bist.«

Er setzte zu einer Antwort an, indem er sich auf einen Ellbogen aufstützte. Geschmeidig und schnell, die bereitwillige und aufrichtige Loyalitätsbekundung eines Azis. Sie unterbrach ihn, indem sie eine Hand auf seine Lippen legte.

»Nein. Hör mir zu! Ich werde älter, Ollie. Ich bin nicht unsterblich. Und sie machen sich einige Sorgen, daß ich Ari nicht aufgeben werde, wenn ich muß ... Das kommt auf uns zu, Ollie. Noch zwei Jahre. Gott, wie schnell das gegangen ist! Manchmal könnte ich sie umbringen, und manchmal – manchmal tut sie mir unheimlich leid. Und genau das wollen sie nicht. Sie haben Angst, ich könnte gegen die Regeln verstoßen; das steht im Mittelpunkt. Sie, Giraud und Denys – hoffentlich trifft sie der Schlag –, sie sind zu dem Schluß gekommen, daß eine zu enge Bindung zwischen dir und ihr besteht. Sie wollen das unterbinden. Keinen Kontakt mehr mit ihr. Kalt und kritisch. So ist die Vorschrift. Manchmal habe ich den Eindruck, sie hofften ernstlich, ich würde auf Befehl tot umfallen, ganz nach Drehbuch. Ich hatte heute ein Gespräch mit Giraud ...« Sie atmete tief durch, und etwas schmerzte hinter ihren Augen und um ihr Herz. »Sie haben mir die Leitung der *Reseunespace* angeboten. Auf Fargone. Das Rubin-Projekt mit seinen Haken und Ösen.«

»Hast du angenommen?« fragte er schließlich, als ihr Atem so ins Stocken geraten war, daß sie nicht weiterreden konnte.

Sie nickte, biß sich auf die Lippe und bekam sich unter Kontrolle. »Ja, habe ich. Süßer Giraud. *Oh, du ziehst einfach nach Flügel Eins zurück, wenn sie sieben ist,* das haben sie mir gesagt, als ich mich zu all dem bereit erklärte. Jetzt bekommen sie das Nervenflattern deswegen, und sie wollen mich möglichst weit aus dem Weg schaffen. *Es reicht nicht,* meinte Giraud. *Olga starb, als Ari sieben war. Wenn du drüben im Flügel Eins bist, einfach aus ihrem Leben verschwindest, ist das eine zu große Ablehnung, ein Einwand zu leicht anzubringen.* Mein Gott. Deshalb bieten sie mir die Leitung an. Morley ist draußen, ich bin drin, zum Kotzen.«

»Du hast immer gesagt, du wolltest zurück in den Weltraum.«

Noch ein paar Atemzüge. »Ollie, ich wollte es. Ich wollte

es viele Jahre lang. Bis ich … einfach irgendwann zu alt geworden bin. Und als sie mir das angeboten haben, ist mir klar geworden, daß ich nicht mehr gehen will. Das ist eine furchtbare Erkenntnis für einen so alten Raumfahrer wie mich. Jetzt bin ich doch tatsächlich auf dem Boden alt geworden, und alles, was ich kenne, ist hier, alles mir vertraute, und ich möchte es um mich haben, das ist alles …« Noch ein Atemzug. »Aber nicht auf die Art, wie ich's haben soll. Sie können mich befördern. Oder sie können mich in den Ruhestand versetzen. Mich soll der Schlag treffen, wenn ich mich zur Ruhe setze. Das ist das Problem, wenn man seinen Job erledigt und nie etwas darum gibt, Macht an sich zu reißen. Dieser Emporkömmling Giraud kann mich feuern. Darauf läuft es hinaus. Hoffentlich trifft ihn der Schlag. Deshalb gehe ich nach Fargone. Und fange mit einem anderen Balg wieder von vorn an, diesmal mit einem, das gesundheitliche Probleme hat. Scheiße, Ollie. Tu jemandem einen Gefallen und dann warte mal ab, was sie mit dir machen.«

Ollie strich ihr übers Haar. Tätschelte ihre Schulter. Ollie wäre bereit gewesen, sich für sie das Herz herauszureißen, denn sie war seine Aufseherin und in enormen Schwierigkeiten.

»Nein, ich will dich bei Gott nicht in denselben Schlamassel hineinziehen. Stell dir vor, wie's sein wird, wenn du dort draußen bist. Du wirst bald allein sein, weil ich in ein paar Jahren sterbe – berücksichtige das auch, Ollie; und dann stehst du da, zwanzig Lichtjahre zwischen dir und der Zivilisation. Was ist das für eine Situation für jemanden, der weniger Wahlmöglichkeiten hat als ich? Hm? Ich möchte dich nicht in eine solche Lage bringen. Wenn's dir hier bei Reseune gefällt, kann ich dir dieses ZIV-Band besorgen, und du kannst bleiben wo es zivilisiert zugeht, ohne Strammstehen und ohne Keis und Fischkuchen und ohne Korridore, wo Leute an der Decke entlanggehen.«

»Jane, wenn ich dir sage, daß ich gehen will, was wirst du mir sagen? Daß ich ein dummer Azi bin, der nicht weiß, was er will? Ich weiß es. Soll ich dich mit irgendeinem zweitklassigen Azi aus der Stadt gehen lassen?«

»Ich bin hundert …«

»Das macht mir nichts aus. Es ist mir egal. Mach uns beide nicht unglücklich. Tu nicht so, als ob. Du willst doch, daß ich dir sage, ich möchte bei dir sein, da bin ich mir ganz sicher. Aber es ist nicht fair, mich dem auszusetzen. Ich kann's schon hören. *›Mach dir nichts draus, Ollie, aber ich werde dich zurücklassen, ich werde …‹* Ich möchte mir das nicht zwei Jahre lang anhören müssen. Ich möchte nicht einmal darüber nachdenken.«

Ollie war kein Typ, der sich leicht aufregte. Aber diesmal war es der Fall. Schließlich sah sie es ein, streckte die Hand aus und streichelte mit den Fingerspitzen seine Wangen. »Das werde ich nicht tun. Ich werd's nicht tun. Mein Gott, das ist alles viel zu ernst. Verdammter Giraud. Verdammtes Projekt. Ollie, sie möchten, daß du Ari danach nicht mehr anrührst.«

Er runzelte gequält die Stirn. »Sie geben mir die Schuld.«

»Das ist keine Frage der Schuld. Sie sehen, daß sie dich mag. Es ist das verdammte Programm. Sie wollten dich gleich von hier entfernen, und ich habe ihnen gesagt, sie sollen zur Hölle fahren. Ich sagte ihnen, ich würde noch am selben Tag alles platzen lassen. Dem Kind alles sagen. Und sie werden fraglos auf einem schmalen Grat wandern, da kann man sicher sein. Deshalb hatten sie ein Gegenangebot parat. Eins, von dem sie glaubten, daß ich mich darauf stürzen würde. Und eine Drohung. In den Ruhestand versetzt zu werden. Was sollte ich also tun? Ich habe die Leitung übernommen. Ich kriege mich selbst und dich – *dich!* – hier raus. Darüber sollte ich froh sein.«

»Es tut mir leid, wenn ich daran schuld bin.«

»Mein Gott, nein, du hast nichts damit zu tun. Ich auch nicht. Niemand. Olga hat das Kind nie geschlagen. Gott sei Dank. Aber ich halt's nicht aus, Ollie. Ich halt's nicht mehr aus!«

»Weine nicht. Das kann ich nicht aushalten.«

»Ich werde nicht weinen. Halt jetzt den Mund! Roll dich rüber, Schatz. Jetzt bin ich an der Reihe. Oder hast du etwas dagegen?«

XII

»Natürlich nicht«, sagte er über den Schreibtisch hinweg zu Petros, während der Schreibautomat lief, und er war sich durchaus darüber im klaren, daß sie auch einen Stimmenanalysator in Betrieb hatten, dessen Meßergebnisse Petros wahrscheinlich auf diesem kleinen Monitor angezeigt wurden. Petros blickte oft von dem Gerät auf, und manchmal lächelte er ihn ganz so an, als säße er an seinem Krankenbett.

»Dich verbindet eine intime Beziehung mit deinem Kameraden«, stellte Petros fest. »Hast du keine Bedenken deswegen? Du weißt, daß ein Azi sich gegen dergleichen überhaupt nicht wehren kann.«

»Ich habe wirklich darüber nachgedacht. Ich habe mit Grant darüber geredet. Aber das ist die Situation, in der wir aufgewachsen sind, nicht wahr? Und aus verschiedenen Gründen – du weißt, worüber ich rede – haben wir beide Probleme, die uns vom Rest des Hauses isolieren, und deshalb brauchen wir beide einfach – ich will es einmal so ausdrücken – etwas Unterstützung.«

»Schildere mir diese Probleme.«

»Also, nun komm schon, Petros, du weißt und ich weiß, daß wir nicht an der Spitze des sozialen Gefüges stehen. Das ist eine politische Sache. Ich brauche dir das nicht zu schildern.«

»Ihr fühlt euch isoliert.«

Justin lachte. »Mein Gott, warst du auf der Party? Ich dachte, du seist dagewesen.«

»Nun ja.« Ein Seitenblick auf den Monitor. »Ich war da. Sie ist ein hübsches kleines Mädchen, was meinst du?«

Er sah Petros an, hob bei Petros' grimmigem Scherz die Augenbrauen und gab ein bitteres Lachen von sich. »Ich glaube, sie ist ein kleines Gör, aber bei welchem Kind ist das anders?« Er setzte ein gelassenes Lächeln auf, als Petros' Blick ihn traf. »Gott sei Dank kann *ich* nicht schwanger werden. Sonst hättest du vielleicht ein Kind von mir, mit dem du spielen könntest. Zeichne das auf, und lege es zu den Akten. Was sagt der Stimmenanalysator über mich?«

»Nun, es hält sich im Rahmen.«

»Das dachte ich mir. Du versuchst mich zu einer unüberlegten Reaktion herauszufordern, aber müssen wir uns deshalb gleich lächerlich machen?«

»Du bezeichnest das Kind als lächerlich?«

»Ich finde das Kind reizend. Ich meine nur, daß seine Situation lächerlich ist. Aber offenbar kommt ihr mit euren ethischen Maßstäben damit klar. Soweit es mich betrifft, halten sie meinem Vater das Messer an die Brust, deshalb werde ich mich hüten, etwas zu unternehmen. Das sind meine ethischen Maßstäbe. Lüge ich?«

Petros lächelte nicht. Er betrachtete den Monitor. »Fein. Eine nette Reaktion.«

»Da bin ich mir sicher.«

»Du bist ganz schön beunruhigt, was? Was denkst du über Giraud?«

»Ich liebe ihn wie meinen eigenen Vater. Na, was ist das für ein Vergleich? Wahr oder falsch?«

»Mach keine Spielchen mit mir. Du schadest dir nur selbst.«

»Beachte die Drohung gegen den Patienten.«

»Das habe ich ganz gewiß nicht beabsichtigt. Ich werde darauf bestehen, daß du dich einer Therapie unterziehst. Hmmm, da schlägt dein Herz ein bißchen schneller.«

»Natürlich war das deine Absicht. Ich werde diese Therapie in deiner Einrichtung über mich ergehen lassen. Solange mein Azi die ganze Zeit bei mir ist.«

»Das ist gegen die Vorschriften.«

»Hör mal, Petros, ich bin in diesem Zimmer durch die Hölle gegangen. Versuchst du mich in den Wahnsinn zu treiben, oder wirst du mir eine angemessene Begleitung zugestehen? Selbst ein Nicht-Professioneller hat das Recht, einer psychologischen Behandlung beizuwohnen, wenn der Patient es wünscht. Und ich will nur die Meinung eines Zweiten hören. Mehr nicht. Mach's richtig, und du brauchst nicht einmal den Sicherheitsdienst, um mich hinzubringen. Mach's falsch, und ich werde mir andere Möglichkeiten überlegen. Ich bin kein erschrockenes Kind mehr. Ich weiß, wann ich Protest erheben kann, es sei denn, du planst, mich einzusperren und verschwinden zu lassen – das wäre sehr schlecht für deine Bandaufzeichnung, nicht wahr?«

»Ich werde noch etwas Besseres machen.« Petros betätigte einen Schalter, und der Bildschirm schwang zur Seite. »Ich gebe dir das Band, und du kannst es mit nach Hause nehmen. Ich will nur dein Wort, daß du's auch benutzt.«

»Jetzt hast du mich wirklich überrascht. Schade, daß du das Gerät abgeschaltet hast.«

»Du bist aus gutem Grund erschrocken«, sagte Petros. »Ich mach's dir nicht zum Vorwurf. Deine Stimme hast du gut unter Kontrolle, aber deine Pulsrate ist ziemlich weit oben. Hast du dafür deine eigene Psyche manipuliert? Ich könnte eine Blutuntersuchung anordnen. Ein verbaler Eingriff? Hat Grant versucht, dich vorzubereiten?«

»Ich muß eine Einwilligung unterschreiben.«

Petros ließ langsam Atem ab und legte die Arme auf den Tisch. »Halte dich aus allem Ärger raus, Justin. Unser Gespräch wird nicht aufgezeichnet. Halte dich aus allem Ärger raus! Gehorche deinen Anweisungen! Sie werden sich mit den Telephonanrufen reichlich Zeit lassen.«

»Natürlich.« Die Enttäuschung legte sich wie ein Klumpen auf seine Brust. »Das habe ich mir gedacht. Das Ganze ist sowieso nur ein Spiel. Und ich Dummkopf habe Denys geglaubt. Ich hätte es besser wissen müssen.«

»Es ist nicht Denys. Die Militärs waren aus Sicherheitsgründen dagegen. Denys wird eine Akte zusammenstellen, die sie vielleicht überzeugt. Sei nur eine Weile kooperativ. Du kannst die Dinge nicht bessern, indem du eine solche Show aufführst. Du verstehst mich. Halt dich aus Ärger raus! Du wirst weiterhin die Briefe bekommen.« Noch ein

Seufzer, ein zutiefst unglücklicher Gesichtsausdruck. »Ich werde Jordan sehen. Gibt es irgend etwas, das ich ihm von dir ausrichten soll?«

»Was macht ihr mit ihm?«

»Nichts. Nichts. Beruhige dich. Ich fliege nur rüber, um etwas Inventar zu überprüfen. Und um meine Techniker einzuweisen. Ich dachte nur, ich sollte dir das anbieten. Ich dachte, du fühlst dich dann vielleicht besser. Ich werde ihm ein Foto von dir mitbringen. Das gefällt ihm sicher. Ich bringe auch eins von ihm mit. Ich versuch's zumindest.«

»Bestimmt.«

»Ich werd's tun. Ihm zuliebe, und auch dir zuliebe. Ich war sein Freund.«

»Es erstaunt mich, wieviel Freunde mein Vater hat.«

»Ich will mich nicht mit dir streiten. Was soll ich ihm ausrichten?«

»Sag ihm, ich liebe ihn. Alles andere würde doch nur zensiert.«

»Ich werde ihm soviel sagen, wie ich kann. Was wir gerade sagen, wird immer noch nicht aufgezeichnet. Ich habe einen Job hier. Jemand anderer würde es schlechter machen. Denke selbst darüber nach. Geh nach Hause! Geh in dein Büro! Vergiß nicht, das Band auf dem Tisch mitzunehmen.«

Er wußte hinterher nicht mehr genau, wann er gegangen war, wann er mit dem Band und einem Rezept über den viereckigen Hof zum Haus zurückgegangen war, ob er bei dem Treffen gewonnen oder verloren hatte.

Aber das hatte er seit Jahren schon nicht gewußt.

Verbaltext aus:

MUSTER DES WACHSTUMS

Ein Bandstudium der Genetik: Teil 1
›Ein Interview mit Ariane Emory‹: Erster Teil

Reseune Ausbildungsprogranun: 8970-8768-1
zugelassen für 80 +

F: **Vielen Dank, Dr. Emory, daß Sie uns die Möglichkeit geben, Ihnen einige direkte Fragen zu Ihrer Arbeit zu stellen.**

A: *Ich freue mich, die Gelegenheit zu haben. Danke Ihnen. Fahren Sie fort!*

F: **Ihre Eltern haben Reseune gegründet. Jeder weiß das. Wußten Sie, daß einige Biographen Sie als die Hauptarchitektin der Union bezeichnet haben?**

A: *Der Vorwurf ist mir zu Ohren gekommen. (Lacht verhalten.) Ich wünschte, sie hätten damit gewartet, bis ich tot bin.*

F: **Leugnen Sie Ihren Einfluß – politisch wie wissenschaftlich?**

A: *Ich bin nicht mehr die Architektin, als es Bok war. Wissenschaft ist nicht Politik. Sie kann sich auf die Politik auswirken. Wir haben nur wenig Zeit. Erlauben Sie, daß ich einige meiner eigenen Beobachtungen einschiebe – die vielleicht ein paar Ihrer Fragen auf einmal beantworten werden?*

F: **Ich bitte darum.**

A: *Als wir von der Erde kamen, waren wir ein selektierter Genpool. Politik, Wirtschaft und die bloße Tatsache, daß wir für den Raumflug geeignet waren, hatten uns herausgefiltert. Der Großteil der Welle, die die Hinder-Sterne erreichte, setzte sich aus Kolonisten und Crews zusammen, die auf der Sol-Station sorgfältig* *untersucht worden waren, wo die angeblich Ungeeigneten ausgemustert und die Klügsten und Besten – so sagte man das damals, glaube ich – zu den Sternen hinausgeschickt wurden. Zu dem Zeitpunkt, da die Welle Pell* erreichte, hatte sich der Genpool etwas ausgeweitet, war aber nicht im mindesten repräsentativ für die Sol-Station, geschweige denn für die Erde – wir erlebten einen starken Zustrom, als die Politik auf der Erde entscheidenden Einfluß gewann, und die Welle, die die Union gründete, gehörte schließlich vor allem dem Ostblock an, wie sie es damals nannten. Eine Menge Veränderungen gingen mit diesem letzten Schub in den Genpool ein – bevor die Erde ein radikales Embargo verhängte und den genetischen Export für lange Zeit unterband.*

Cyteen war das Ergebnis der Auslese einer Auslese einer Auslese ... das heißt, wenn es eine Bevölkerung gab, die künstlich extrem selektiert war, dann die auf Cyteen – die hauptsächlich dem Ostblock angehörte, vor allem aus Wissenschaftlern bestand, sehr wenige Menschen umfaßte und zu dieser Zeit weit entfernt lag vom Handel und – nennen wir's mal so – vom Pollenflug ... den die Handelsschiffe gewährleisteten. Das war eine gefährliche Situation. Deshalb Reseune. Damit fingen wir an. Das ist unsere eigentliche Aufgabe. Die Leute denken an Reseune und die Azis. Aber die Azis dienten nur als Mittel zum Zweck, und eines Tages, wenn die Bevölkerungszahl ein Maß erreicht hat, das als positives Technikwachstum bezeichnet wird, was soviel heißt, daß der Verbrauch die Massenproduktion trägt – wird man in solchen Gebieten keine Azis mehr produzieren.

Aber bis dahin dienen die Azis noch einer weiteren Funktion. Azis sind das Reservoir aller genetischen Merkmale, die wir identifizieren können. Wir waren natürlich bestrebt, die offenkundig schädlichen Gene auszusondern. Aber kleine Genpools, wie sorgfältig sie auch selektiert sein mögen, haben einen gewissen Nachteil, es mangelt ihnen nämlich an Flexibilität, an Reaktionsmöglichkeiten auf die Umwelt. Eine Ausbreitung ist unbedingt notwendig, um die Konzentration eines ursprünglich begrenzten

---

* Siehe ›Pells Stern‹, München 1984, Heyne SF & F, Band 06/4038.

Genpools im Mittelpunkt der Union zu vermeiden. Wir sprechen nicht von Eugenik. Wir sprechen von einer Diaspora. Wir sprechen von der unabdingbaren Streuung genetischer Informationen im wesentlichen im selben Verhältnis, das auf der alten Erde zu beobachten war. Und wir haben so wenig Zeit.

F: **Warum so wenig Zeit?**

A: *Weil die Bevölkerung exponentiell wächst und ein Ökosystem, sei es ein Planet oder eine Station, in relativ kurzer Zeit ausfüllt. Wenn die Bevölkerung über unzulängliche genetische Informationen verfügt, vor allem eine Bevölkerung von größerer Dichte als an der Peripherie des Systems – wir reden natürlich von Cyteen – und kulturell im Mittelpunkt der Union steht, was eine weitere Dimension ist, die niedrigen Lebensformen verschlossen bleibt, aber sehr bedeutsam für ein Geschöpf, das sein eigenes System in jeder Hinsicht gestalten kann – wenn also diese Bevölkerung, das behaupte ich, mangelhafte genetische Informationen aufweist, gerät sie unweigerlich in Schwierigkeiten und muß im Notfall Entscheidungen treffen, die kulturell oder genetisch von radikalem Charakter sind. Wenn sich die Menschheit mit weit geringerer Dichte in den Weltraum ausbreitet und eine derartige Vorauswahl getroffen hat, sieht sie sich nach verhältnismäßig wenigen Generationen einer möglichen evolutionären Katastrophe gegenüber – entweder einer zu extremen Abweichung, um höchsten Anforderungen zu genügen, oder einer Abweichung in eine genetische Krise mit einem anderen und unvorhersehbaren Resultat – sicher die Schaffung einer neuen* Spezies des genus homo *und sehr wahrscheinlich das Einmünden in eine genetische Sackgasse und politische Tragödie. Wir sollten nie vergessen, daß wir mehr als ein soziales Wesen, sondern ein politisches Wesen und in der Lage sind, unser eigener Konkurrent zu werden.*

F: **Sie meinen Krieg.**

A: *Oder Barbarei. Oder Barbarei. Das sollten wir nie vergessen! Eine Streuung ist unbedingt notwendig, aber dann sind verschiedenartige Genpools in den versprengten Enklaven das Ergebnis. Das ist der Grund, warum Azis geschaffen wurden und weiterhin geschaffen werden. Sie sind die Vektoren dieser Man-*

nigfaltigkeit, und daß teilweise die Wirtschaft aus Gründen der Rentabilität an ihnen Interesse gefunden hat, ist zwar verständlich, läuft mir persönlich aber und allem, wofür Reseune steht, völlig zuwider. Die Geschichte mag mich mancher Verfehlungen anklagen, Ser, aber ich sorge mich zutiefst darum, was aus den Azis wird, und ich habe jeden Einfluß genutzt, um ihnen gesetzlichen Schutz zu sichern. Wir entwickeln die Thetas nicht deshalb, weil wir billige Arbeiter brauchen. Wir entwickeln Thetas, weil sie ein wesentlicher und wichtiger Teil der menschlichen Alternativen sind. Die Auge-Hand-Koordination der ThR-23er zum Beispiel ist außergewöhnlich. Ihr Psychoset erlaubt es ihnen, problemlos unter äußeren Bedingungen zu arbeiten, unter denen hochbegabte ZIVs mit Sicherheit scheitern würden. Sie sind auf eine Art widerstandsfähig, Ser, die ich höchst bemerkenswert finde, und ich kann Ihnen empfehlen, wenn Sie jemals in Cyteens Wildnis in eine schwierige Lage geraten, hoffen Sie darauf, daß ihr Begleiter ein ThR-Azi ist, der überleben wird, Ser, um seine Art zu erhalten, falls es Ihnen nicht gelingt. Dabei kommt die genetische Alternative zum Einsatz.

Eines Tages wird es keine Azis mehr geben. Sie werden ihren Zweck erfüllt haben, sich fortzupflanzen und zu vermehren und die Lücken in den Aufzeichnungen über den Menschen zu schließen, während sich der ursprüngliche Genpool bis zu einer mathematisch bestimmten Bevölkerungsdichte streut – streuen muß, seinem eigenen Wohlergehen in der Zukunft und seiner eigenen genetischen Gesundheit zuliebe.

Ich betone noch einmal: Azis sind eine genetische Alternative. Sie sind der Vektor für Veränderung und Anpassung in der größten Herausforderung, der die menschliche Spezies je gegenüberstand. Sie sind genau so, wie sie sind, weil die Zeit, innerhalb derer dies erreicht werden kann, außerordentlich kurz ist. Reseune hat sich nicht gegen die Einrichtung zusätzlicher Laboratorien ausgesprochen, einfach aus dem Grund, weil unsere Interessen vornehmlich wissenschaftlicher Natur sind und weil die Aufgabe, weiterhin den Anstoß zur Expansion zu geben, große Produktionsanlagen und Ausbildungszentren erfordert. Aber Reseune hat nie seine Rolle bei der Entwicklung und Auswahl neuer Gen-

sets aufgegeben: Kein anderes Laboratorium hat das Recht, neues genetisches Material zu erzeugen.

Weil Sie so geduldig sind, lassen Sie mich noch die beiden bedeutsamsten Aspekte herausstellen: zum einen – Reseune besteht auf der völligen Integration aller Azi-Gensets in die bürgerliche Bevölkerung jeder Unionsregion, die den Klasse-Eins-Status erreicht hat – praktisch heißt das: Azis sind der Idee nach für eine Generation gedachte Vorgaben: Ihr Hauptzweck besteht nicht darin, zu arbeiten, sondern ein Kolonialgebiet zu erschließen, die Produktion anlaufen zu lassen und Nachkommen hervorzubringen die in nennenswerter Anzahl in den bürgerlichen Genpool eingehen sollen, um genetische Vielfalt zu gewährleisten. Die einzigen Azis, die für einen anderen Zweck produziert werden dürfen, sind jene, die als Reserve für Verteidigungs- und andere Notfälle im nationalen Interesse entwickelt werden; jene, die in bestimmten als kritisch klassifizierten Jobs eingesetzt werden, und jene, die für bestimmte Forschungen in lizensierten Institutionen bestimmt sind.

Zweitens – Reseune wird sich gegen jede Interessengruppe wenden, die Azis als eine ökonomische Notwendigkeit zu institutionalisieren versucht. Auf keinen Fall dürfen die Geburtslabors auf Dauer einem ausschließlich profitorientierten Vorgehen zugänglich gemacht werden, das war nie ihr Zweck.

F: **Wollen Sie damit sagen, daß Sie und die Abolitionisten gemeinsame Interessen haben?**

A: *Unbedingt. Das hatten wir immer.*

5. KAPITEL

I

Florian lief über den Gehweg, der an der Front des Barackenkomplexes 3 entlang verlief, erinnerte sich daran, höflich zu sein, als er eine Handvoll Erwachsener traf, die aus der anderen Richtung kamen, hielt inne, trat außer Atem zur Seite und verbeugte sich knapp, was die Erwachsenen mit einem vagen Kopfnicken zur Kenntnis nahmen. Schließlich waren sie älter. Schließlich war Florian sechs, und schließlich war es für einen Jungen normal, daß er laufen wollte, aber ebenso war es für Erwachsene normal, daß sie ernste Angelegenheiten im Kopf hatten.

Diesmal hatte Florian aber auch etwas zu tun. Er hatte gerade das Bandstudium hinter sich. Er hatte jetzt eine Stellung, eine richtige Arbeit, zu der er jeden Morgen erscheinen mußte. Es war das Wichtigste, was ihm je widerfahren war, er mochte alles, was damit zusammenhing, und er war so aufgeregt gewesen, daß er die Aufseherin mehrmals angefleht hatte, ihn dorthin gehen zu lassen, und nicht ins Aufzeichnungsarchiv zu schicken, wohin er nach den Bändern eigentlich sollte.

»Was?« hatte die Aufseherin lächelnd und mit einem leichten Augenzwinkern gefragt, das für ihn ein sicheres Zeichen war, daß sie ihn gehen lassen würde. »Nicht ins Archiv? Arbeit und Archiv sind gleichermaßen wichtig, Florian.«

»Ich war schon im Archiv«, hatte er geantwortet. *»Bitte.«*

Daraufhin hatte sie ihm die Marke gegeben und außerdem eine Marke fürs Archiv, für später, wie sie sagte, wenn er sie nur dem Arbeitsaufseher zuerst zeigte. Und dann hatte sie ihre Arme ausgestreckt. Komm, nimm deine Aufseherin in den Arm, weil sie so nett ist, und laufe nicht durch den Flur, gehe, gehe die ganze Zeit, bis du an der Tür bist, und dann gehe über den Gehsteig, was er auch tat, bis er auf die abschüssige Straße traf und zu laufen anfing, so schnell er konnte.

Und das war sehr schnell, weil er nicht nur das Köpfchen eines Alpha hatte, sondern auch schnell rennen konnte.

Die Abkürzung zwischen den Barackenkomplexen 4 und 5 entlang, flink über die Straße, und noch eine Abkürzung zum Weg, der zum AG-Gebäude führte. Schließlich wurde er langsamer, weil ihm die Seite schmerzte, und er hoffte, daß sie ihn so, wie die Dinge liefen, die ihn und alle anderen ständig in Bewegung hielten, Ältere genauso wie kleine Jungs, im nächsten Monat eine Schlafstelle zuteilen würden, die dem AG etwas näher lag; vom Barackenkomplex 104 war es wirklich ziemlich weit entfernt.

Ältere mit Jobs hatten Vorrang bei der Vergabe von nahegelegenen Schlafstellen. Das hatte er jedenfalls von einem Älteren gehört, vom Kappa nämlich, der behauptete, daß er sich immer in derselben Barackengruppe aufhielt.

Er hielt den Atem an, als er zu AG-100 hinaufging. Er war schon einmal hier in der Nähe gewesen. Dabei hatte er die Gehege gesehen. Er mochte den Geruch. So roch nun einmal nur AG, darauf kam es an; es gab nichts Vergleichbares.

Vorne befand sich eine Art Berater-Büro. Ganz weiß und natürlich mit einer dicht schließenden Tür. Es wurde von einem erwartet, daß man mit einem Berater sprach. Florian entnahm das der Art und Weise, wie Bänder einem die Dinge zeigten. Er drückte die Klinke, und die Tür öffnete sich in ein geschäftiges Büro, in dem sich ein Schalter befand, an dem er sich melden sollte.

Seit einiger Zeit konnte er sich auf die Schalter aufstützen. So eben. Er war mit sechs nicht so groß wie andere in seinem Alter. Aber größer als manch andere. Er wartete, bis eine Arbeiterin auf ihn aufmerksam wurde und sich ihm zuwandte, um zu sehen, was er wollte.

»Ich bin Florian AF-9979«, sagte er und hielt die rote Marke hoch. »Ich soll hier arbeiten.«

Sie nickte freundlich und nahm die Marke. Er wartete,

indem er sich die trockenen Lippen leckte, und zappelte tunlichst nicht herum, während sie die Marke in die Maschine steckte.

»Du sollst tatsächlich hier arbeiten«, sagte sie. »Weißt du, wie man den Farben folgt?«

»Ja«, antwortete er, ohne im geringsten daran zu zweifeln.

Und er stellte keine Fragen, weil sie eine Arbeiterin war, die ihren Job tat, und sie ihm vermutlich alles erklären würde. Wenn man nicht alles erfahren hatte, was man wissen mußte, wenn sie fertig war, dann fragte man eben. Auf diese Weise trug man nicht dazu bei, daß die Leute etwas falsch machten, das man sich selbst als Fehler zuschreiben konnte. Das wußte er.

Sie setzte sich an die Tastatur, tippte etwas ein, und das Gerät druckte eine Karte aus, die die Frau entnahm und mit einer Klammer versah. Florian schaute gebannt zu, weil er wußte, daß es sich um eine Schlüsselkarte handelte, und wahrscheinlich gehörte sie ihm, schließlich beschäftigte sich die Frau mit seinen Angelegenheiten.

Sie brachte sie ihm und lehnte sich über den Schalter, um sie ihm zu erklären; er stellte sich auf die Zehenspitzen und drehte den Kopf, damit sie beide die Karte sehen konnten.

»Da steht dein Name; das sind deine Farben. Das hier ist eine Schlüsselkarte. Die machst du an deiner Brusttasche fest. Immer, wenn du etwas Neues anziehst, machst du sie an deiner Tasche fest. Das ist unheimlich wichtig. Wenn du sie verlierst, kommst du sofort hier ins Büro.«

»Ja«, sagte er. Das alles stimmte mit dem überein, was er von den Bändern wußte.

»Hast du noch Fragen?«

»Nein. Vielen Dank.«

»Danke dir, Florian.«

Eine leichte Verbeugung. Dann ging er wieder hinaus auf den Gehsteig und blickte zur Ecke des Gebäudes auf, wo die Farbcodes anfingen, aber er konnte sowieso die ganzen Worte auf der Karte lesen; und an dem Gebäude.

Er *ging*. Er durfte jetzt bloß nicht rennen. Jetzt ging's ums Arbeiten, und er war wichtig. Seine Farbe war Blau und darin Weiß und in dem Weiß Grün, also ging er in die blaue Richtung, bis er sich im Innern von Blau befand, und darin dann in die weiße Zone. Die Quadrate zeigten es ihm an. Es wurde immer aufregender. Er war auf dem Weg zu den Gehegen. Er sah das Grün schließlich auf einem Schild an der Kreuzung der Kieswege und ging weiter in die Richtung, bis er das grüne Gebäude sah, auf dem außerdem AG 899 stand. Hier war er richtig.

Es war eine Art Stall auf einer Seite. Florian fragte einen Azi nach dem Aufseher, und der Azi deutete auf einen großen kahlköpfigen Mann, der sich in dem großen Torweg mit jemandem unterhielt. Florian ging hinüber und wartete, bis der Aufseher Zeit für ihn hatte.

»Florian«, sagte er, nachdem er die Karte gesehen hatte. »Du bist das also.« Und er betrachtete ihn von Kopf bis Fuß. Dann rief er einen Azi namens Andy, der Florian mitnahm und ihm seine Arbeit zeigen sollte.

Aber die kannte er schon von den Bändern. Er sollte die Küken füttern, sich darum kümmern, daß alles Wasser sauber war, und die Temperatur der Brutkästen und des Ferkelstalls überprüfen. Er wußte, wie wichtig das war. »Du bist noch sehr jung«, sagte Andy, »aber ich habe den Eindruck, daß du alles verstehst.«

»Ja«, erwiderte er. Er glaubte schon, daß das stimmte. Deshalb ließ Andy sich von ihm zeigen, wieviel er füttern und was er nach jeder Fütterung in die Tabelle eintragen sollte und jedesmal, wenn er das Wasser prüfte; und wie vorsichtig man sein mußte, um die Küken nicht zu erschrecken, weil sie sich sonst gegenseitig verletzen würden. Es gefiel ihm, wie sie sich alle wie zu einer flaumigen Welle zusammenschlossen und mal in diese, mal in jene Richtung marschierten; und die Ferkel quiekten und stießen einen um, wenn man zuließ, daß sie sich um einen versammelten; deshalb hatte man immer einen kleinen Stock bei sich.

Florian erledigte alles, so gut er konnte, und Andy war

zufrieden mit ihm, was ihn so glücklich machte wie noch nie zuvor in seinem Leben.

Er trug Eimer und leerte Wassertröge, und Andy sagte, er könne versuchen, ein Ferkel im Arm zu halten, solang Andy in seiner Nähe sei, um aufzupassen. Es quiekte und zappelte und trat ihn mit seinen spitzen kleinen Füßen und machte sich davon, während er lachte und sich zu schützen versuchte; Andy lachte auch und sagte, es gäbe eine Methode, es festzuhalten, aber das würde er ihm später zeigen.

Es war aber ein schönes Gefühl. Das Ferkel hatte sich in seinen Armen warm und lebendig angefühlt, nur wußte er, daß Schweine zum Essen da waren und um andere Schweine zu machen, und das mußte man im Kopf behalten und durfte von ihnen nicht wie von Menschen denken.

Er klopfte sich den Staub ab und ging hinaus, um einen Moment Atem zu schöpfen, indem er sich auf den Zaun an der Seite des Stalls stützte.

In dem Gehege sah er ein Tier, das er noch nie gesehen hatte, so schön, daß er einfach mit offenem Mund da stand und niemals mehr blinzeln wollte, so aufregend war es. Rot wie die Rinder, aber stark und mit glänzendem Fell, langen Beinen und einer Art, sich zu bewegen, die sich von allen anderen Tieren unterschied, die er bisher gesehen hatte. Dieses Tier ging nicht; es *schritt* dahin. Es bewegte sich, als spiele es ganz mit sich allein ein Spiel.

»Was ist das denn?« fragte Florian, als er Andy kommen hörte. »Was ist das für ein Tier?«

»AGKULT-894X«, sagte Andy. »Das ist ein Pferd. Es ist das erste, das gezeugt wurde, das erste überhaupt auf unserer Welt.«

II

Ari mochte die Spielschule sehr. Jeden Nachmittag gingen sie an die frische Luft und spielten im Sandkasten. Ari gefiel es, barfuß dazusitzen und mit der Planierraupe Straßen zu bauen, während Tomy, Amy, Sam oder Rene immer die

Lastautos schoben und entluden. Manchmal taten sie so, als gäbe es Unwetter, und dann nahmen die ganzen Spielzeugarbeiter die Beine in die Hand und versteckten sich in den Lastautos. Manchmal kam eine Platythere und riß die Straße auf, und sie mußten sie neu bauen. Das erzählte Sam jedenfalls. Sams Mutter arbeitete als Technikerin, und Sam erzählte ihnen alles über Platytheren. Ari fragte Mama, ob das stimmte, und Mama sagte ja. Mama hatte welche in der Größe der Wohnzimmercouch gesehen. Richtig große gab es weit draußen im Westen. So groß wie ein Lastauto. Die, die sie hatte, war nur mittelgroß, und sie war häßlich. Ari gefiel es, ihre Rolle zu spielen. Man mußte die Straßen aufreißen und die Mauern umwerfen, sie einfach in den Sand stoßen, und schon war alles hin.

Ari nahm sie in die Hand und schob sie voran, während ihr Sand über die Hand rieselte. »Aufpassen«, sagte sie zum Sam und Amy. »Hier kommt sie.« Amy, die sich ein Haus baute, langweilte sie allmählich. Amy wollte ein großes Haus bauen, hatte den Sand hoch aufgehäuft, machte Türen und Fenster in das Haus und gab die ganze Zeit mächtig damit an. Und das war kein Spaß, denn als Sam einen Turm auf Amys Haus stellte, schmiß Amy ihn um und sagte Sam, er solle gefälligst eine Straße bis vor die Haustür bauen, *sie* baue das Haus und *ihr* Haus brauchte keine Türme. Amy nahm einen Löffel, schuf hinter den Fenstern Hohlräume und setzte Plastik ein, damit man auf keinen Fall hineinsehen konnte. Vor dem Haus zog sie eine Mauer und kratzte einen Bogen zur Straße aus. Und Ari mußte mit Sam dasitzen und warten, während Amy mit dem Bauen beschäftigt war. Deshalb betrachtete Ari den Bogen, der zur Straße führen sollte, und dachte, das sei genau die richtige Stelle, und der ganze Sand würde herunterstürzen. »Aufpassen!«

»Nein!« schrie Amy.

Ari pflügte mitten durch. Peng. Und die Mauer fiel um. Der Sand bedeckte ihren Arm, aber sie machte einfach weiter, schließlich taten Platytheren das auch, ganz gleich, was passierte. Auch wenn Amy sie am Arm faßte und aufzuhalten versuchte.

Sam half ihr, alles kaputtzumachen.

Amy schrie und schubste sie weg. Dafür schubste Ari sie weg. Phaedra kam herbeigelaufen und sagte, sie sollten sich nicht prügeln, und sie müßten alle wieder hinein.

So früh schon.

Das hatte ihnen diese gemeine Amy Carnath eingebrockt.

Amy war am nächsten Tag nicht wieder da. Das geschah mit allen, die Ari verprügelte. Das tat ihr leid. Man verprügelte sie, und dann wurden sie weggebracht, und man sah sie nur noch auf Parties. So war es Tommy, Angel, Gerry und Kate ergangen. Sie waren fort und konnten nicht mehr mit ihr spielen. Deshalb ließ sie am nächsten Tag den Kopf hängen und schmollte, weil auch Amy weg war, und sagte Phaedra, sie wollte Amy zurückhaben.

»Nur wenn du dich nicht mehr mit ihr prügelst«, sagte Phaedra. »Dann fragen wir die Sera.«

So kam Amy zurück. Aber danach war sie ganz komisch. Sogar Sam. Kein einziges Mal, wenn Ari etwas anstellte, unternahmen sie etwas dagegen.

Das war kein Spaß, vermutete Ari. Deshalb zog sie die beiden auf. Sie klaute Sams Lastautos und kippte sie um. Und Sam tat nichts dagegen. Er blieb einfach sitzen und starrte nur finster drein, ein einziger Trauerkloß. Sie machte Amys Haus kaputt, bevor sie damit fertig war. Aber Amy schmollte nur.

Genau wie sie.

Sam drehte seine Lastautos wieder um und entschied, daß sie eine Panne hatten. Das war ein schönes Spiel. Ari spielte mit und stellte die Lastautos auf. Aber Amy schmollte noch immer, deshalb schob sie eins in ihre Richtung. »Laß das!« fuhr Amy sie an. »Nicht!«

Ari stieß sie mit dem Auto an. Amy kroch zurück, und beide standen auf. Dann versetzte ihr Amy einen Stoß.

Ari schubste sie um so kräftiger und trat sie ordentlich. Amy schlug sie. Sie schlug zurück. Und sie droschen aufeinander ein, bis Phaedra sie packte. Amy weinte, und Ari trat sie ordentlich, bevor Phaedra sie außer Reichweite zog.

Sam stand einfach da.

»Amy war eine Flasche«, sagte sie an diesem Abend, als Mama sie fragte, warum sie Amy geschlagen hatte.

»Amy kann nicht zurückkommen«, erklärte Mama. »Nicht wenn du dich prügeln willst.«

Und sie versprach, daß sie's nicht tun würde. Aber das meinte sie nicht ernst.

Amy war für ein paar Tage weg, dann kam sie zurück. Sie schmollte nur noch und hielt sich von den anderen fern, und es machte überhaupt keinen Spaß mit ihr. Sie sagte nicht einmal was, wenn Sam nett zu ihr war.

Deshalb ging Ari zu ihr rüber und versetzte ihr ein paar kräftige Tritte. Sam versuchte sie davon abzuhalten. Phaedra faßte sie am Arm und sagte, das dürfe sie nicht tun, sie sollte sich hinsetzen und allein spielen.

Das tat sie dann auch. Sie nahm die Planierraupe und baute traurige, zornige Straßen. Schließlich kam Sam herüber und fuhr mit einem Lastauto auf ihnen entlang, aber ihr tat es immer noch weh. Amy saß einfach drüben in der Ecke und schniefte. So nannte Mama das jedenfalls. Amy wollte nicht einmal mehr spielen. Ari spürte einen Knoten in der Kehle, der das Schlucken erschwerte, aber sie war nicht so eine Flasche, daß sie weinte, und sie verabscheute Amys Schniefen, das ihr weh tat und ihr allen Spaß nahm. Sam war auch traurig.

Danach war Amy nicht mehr oft da. Wenn, dann saß sie nur für sich allein da, und Ari schlug ihr einmal ordentlich in den Rücken.

Phaedra nahm Amy an der Hand und brachte sie zur Tür und ins Haus.

Ari ging zurück zu Sam und setzte sich. Valery war nicht mehr sehr oft da. Pete auch nicht. Die beiden mochte Ari am liebsten. Blieb nur noch Sam, aber Sam war bloß Sam, ein kleiner Junge mit einem breiten Gesicht, das keinen Ausdruck zeigte. Sam war schon in Ordnung, aber Sam sagte nur selten was, dafür wußte er etwas von Platytheren und wie man Lastautos reparierte. Sie konnte ihn ganz gut leiden. Aber alles andere ging ihr verloren. Wenn man etwas am meisten mochte, verschwand es.

Sie vermißte nicht Amy, sondern Valery. Sie hatte ihn gefragt, ob er zurückkommen und sie besuchen würde. Er hatte ja gesagt, Mama hatte aber gemeint, es sei zu weit. Da hatte sie begriffen, daß er wirklich fort war und überhaupt nicht zurückkommen würde. Sie hätte ihm den Kopf abreißen können, weil er gegangen war. Aber das war nicht seine Schuld. Er gab ihr sein Raumschiff mit den roten Lampen. So sehr tat es ihm leid. Mama sagte, sie müsse es zurückgeben, was sie auch tat, bevor sie die Wohnung der Schwartzes verließen und Lebewohl sagten. Sera Schwartz war versetzt worden, also auch Valery.

Sie verstand nicht, was daran falsch war, aber Valery hatte geweint und sie auch. Sera Schwartz war sehr zornig über sie gewesen. Das hatte sie gemerkt, obwohl Sera Schwartz nett war und sagte, sie würde sie vermissen.

Mama hatte sie nach Hause gebracht, und sie hatte sich in den Schlaf geweint. Auch wenn Mama wegen etwas böse war und sagte, sie solle aufhören zu weinen. Sie gehorchte für eine Weile. Aber noch Tage später schniefte sie. Und wenn Mama dann sagte, sie solle aufhören, ließ sie es, weil Mama sich sonst aufregte und es im Apartment überall so eng wurde – ein anderes Wort fand sie nicht dafür. Das machte alles noch schlimmer. Daran merkte sie, daß sie Mama aufregte.

Manchmal hatte sie Angst. Sie konnte nicht sagen, wieso.

Sie war unglücklich wegen Amy, und versuchte zu Sam und Tommy lieb zu sein, wenn sie kamen, aber sie dachte, wenn Amy zurückkäme, würde sie sie wieder schlagen.

Sie würde Sam und Tommy auch schlagen, aber wenn sie das täte, hätte sie niemanden mehr. Phaedra sagte, sie müsse brav sein, denn allmählich gingen ihnen die Kinder aus.

III

»Das ist das Zimmer«, sagte der Instruktor.

»Ja, Ser«, erwiderte Catlin. Sie war zugleich nervös und gespannt. Sie hatte von Älteren von dem Zimmer erfahren. Sie erfuhr von den Dingen, die sie dort mit einem machten, zum Beispiel das Licht ein- und ausschalten oder manchmal Wasser auf den Boden schütten. Aber ihr Instruktor hatte immer das Wahre Wort. Er erklärte ihr, sie müsse durch einen Tunnel gehen, und zwar schnell.

»Bist du bereit?«

»Ja, Ser.«

Er öffnete die Tür. Dahinter befand sich eine winzige Kammer mit einer weiteren Tür. Die hinter ihr fiel zu, und das Licht ging aus.

Die vor ihr öffnete sich, und kühle, feuchte Luft schlug ihr ins Gesicht. Ringsum hallten Echos. Als sie voranschritt, war sie sich nicht einmal sicher, wo der Tunnel anfing und ob sie ihn überhaupt schon betreten hatte.

»Halt!« rief eine Stimme. Ein roter Punkt erhellte die Wand, und es knallte.

Er war ein Schuß. Das wußte sie. Ihr Körper wußte, was er zu tun hatte; sie ließ sich fallen und wollte sich herumrollen, um Deckung zu finden, aber der ganze Boden gab nach, und sie rollte weiter, durch ein Röhre und mit einem lauten Platschen in kaltes Wasser.

Sie ruderte mit den Armen und stand im kniehohen Wasser auf. Man durfte einer sicheren Stellung nie vertrauen. Jemand hatte geschossen. In diesem Fall mußte man sich zurückziehen und Deckung suchen.

Aber: *Du mußt durchkommen,* hatte der Instruktor gesagt. *So schnell du kannst.*

Deshalb ging sie so schnell wie möglich weiter, bis sie gegen eine Wand stieß und ihr nach oben aufs Trockene folgte. Eine Stelle, wo ihre Stiefelschritte Widerhall erzeugten. Der Lärm kostete ihr Nerven. Es war dunkel, und man konnte sie wegen ihrer blassen Haar- und Hautfarbe leicht im Dunkeln erkennen. Sie wußte nicht, ob sie besser schlich oder rannte, aber *schnell* hieß *schnell*, das hatte der Instruktor unmißverständlich gesagt.

Sie lief leicht und flink, indem sie mit den Fingern der einen Hand die Wand entlangtastete, um sich im Dunkeln ein Gefühl für die Räumlichkeiten zu erhalten, und die andere ausstreckte, damit sie nicht mit etwas zusammenstieß.

Der Tunnel machte eine Wende. Catlin überwand einen Anstieg und fand sich dahinter auf Beton wieder, und es war noch immer dunkel.

Irgend etwas …! dachte sie, kurz bevor sie es erreichte und aus dem Hinterhalt packte.

Sie versetzte ihrem Angreifer einen Stoß mit dem Ellbogen, entwand sich und wußte schon, als sie den Griff spürte, daß es ein Feind war, aber er bekam nur Stoff zu fassen, und mit ein paar Drehungen befreite sie sich, um mit hämmerndem Herzen so schnell sie konnte zu verschwinden.

An der nächsten Biegung stieß sie mit einem Rumsen gegen die Wand und schlug sich beinahe selbst k.o., aber sie rappelte sich auf und lief weiter, immer weiter …

Dann öffnete sich eine Tür, und es erstrahlte ein blendend weißes Licht.

Aus einem Reflex duckte sie sich, rollte durch die Tür und landete in dem winzigen Zimmer auf dem Fußboden, mit dem Geschmack von Blut im Mund, einer aufgeplatzten Lippe und blutender Nase.

Eine Tür schloß, und die andere öffnete sich, und der Mann dort war nicht der Instruktor. Er trug das Braun des Feindes und hielt eine Waffe in der Hand. Sie versuchte ihn zu treten, aber er erwischte sie, und sie hörte das Summen.

Die Tür schloß und öffnete sich wieder, und Catlin stand außer sich vor Zorn auf und schämte sich.

Aber diesmal war es ihr Instruktor. »Der Feind verhält sich niemals fair«, erklärte er. »Komm, wir wollen mal sehen, was du richtig und was du falsch gemacht hast.«

Catlin wischte sich die Nase ab. Ihr tat alles weh. Sie empfand noch immer Wut und Scham. Sie war durchgekommen. Aber sie wünschte sich, sie hätte den Mann am Schluß erwischt. Allerdings war es ein Älterer gewesen. Das war auch nicht fair. Und ihre Nase wollte nicht aufhören zu bluten.

Der Instruktor besorgte einen feuchten Lappen und bat sie, ihn sich in den Nacken zu legen. Er sagte, der Doc würde sich ihre Nase und ihren Mund ansehen. In der Zwischenzeit stellte er den Schreibautomaten an und ließ sich von ihr erzählen, wie sie vorgegangen war. Die meisten Sechser, bemerkte er, kamen nicht weiter als bis in den Tunnel.

»Du bist außerordentlich gut«, lobte er sie.

Da fühlte sie sich schon sehr viel besser. Aber den Feind am Schluß würde sie nicht vergessen. Sie erwischten einen selbst hier, wenn die Unterrichtsstunde vorüber war. So lautete die Regel. Sie haßt es, erwischt zu werden. Sie haßte es wirklich. Wenn man älter wurde, das wußte sie, bedeutete erwischt zu werden, daß man tot war. Sie wußte, was das bedeutete. Manchmal wurden die Sechser nach unten ins Schlachthaus mitgenommen, und man ließ sie zusehen, wie ein Schwein getötet wurde. Es wurde in die Enge getrieben und erstochen, damit die Sechser begriffen, was tot bedeutete: Man hörte einfach auf zu sein, und danach war man nur noch Fleisch. Es gab kein nächstes Mal, wenn man tot war, und deshalb mußte man den Feind zuerst erwischen und schnell umbringen.

Sie war gut. Aber der Feind war nicht fair. Das zu lernen, war erschreckend. Sie fing an zu zittern. Sie versuchte damit aufzuhören, aber der Instruktor sah es sowieso und meinte, der Doc sollte sie sich besser einmal ansehen.

»Ja, Ser«, sagte sie. Ihre Nase kribbelte noch immer, und der Lappen war rot. Die Flecken stammten von ihr, und sie spürte ihre Knie schlottern, aber sie hielt sich ganz gut auf den Beinen.

Der Doc sagte, ihre Nase sei nicht gebrochen. Ein Zahn war locker, aber das machte nichts, er würde von allein wieder fest werden.

Der Instruktor erklärte ihr, sie würde bald mit Schießübungen anfangen. Er meinte, sie würde gut darin sein, weil ihr Genotypus so eingestuft war. Es wurde von ihr erwartet, daß sie in dem Zimmer gut zurechtkam. Das war bei allen mit ihrem Genotypus der Fall. Manche konnten über ihren Genotypus hinauswachsen, sagte er. Das sei die eigentliche Herausforderung an sie. Das sei die Herausforderung an jeden Azi. Selbst wenn sie nie einen anderen AC-7892 gesehen hatte.

Sie bekam für heute eine gute Note. Nur konnte sie es niemandem erzählen. Das wurde einem nie erlaubt. Sie durfte nicht über den Tunnel reden. Der Instruktor hatte es ihr eingeschärft. Es war eine Regel.

Es war nur der Feind am Schluß, der sie ärgerte. Der Instruktor sagte, eine Schußwaffe wäre hilfreich gewesen, auch etwas mehr an Körpergröße, aber darüber hinaus hätte sie nicht viel mehr tun können. Wenigstens war es nicht falsch gewesen, sich zu rollen. Selbst wenn sie dadurch auf dem Boden gelegen hatte, als die Tür sich öffnete.

»Ich hätte an ihm vorbeilaufen können«, sagte sie.

»Er hätte dir in den Rücken geschossen«, meinte der Instruktor. »Sogar im Flur.«

Sie dachte immer wieder darüber nach.

IV

»Video aus!« sagte Justin, und der Automatische Haushälter unterbrach die Verbindung. Justin saß im Bademantel auf dem Sofa. Ebenfalls im Bademantel schlenderte Grant ins Zimmer und rieb sein Haar mit einem Handtuch trocken.

»Was war heute abend in den Nachrichten?« fragte er, und Justin antwortete mit einem unbehaglichen Gefühl in der Magengrube:

»In Novgorod herrscht wohl einige Aufregung. Es geht um einen Stern namens Gehenna.«

»Wo liegt der denn?« Einen Stern namens Gehenna hatte

niemand in Rechnung gezogen. Zumindest bis heute abend nicht. Grant wirkte vom einen zum anderen Moment ernüchtert, als er sich ans andere Ende der Vertiefung setzte.

»Draußen in Richtung der Allianz. Hinter Viking.« Der Bericht in der Nachrichtensendung war etwas vage geblieben. »Sieht so aus, als gäbe es dort einen Planeten, auf dem Menschen leben. Anscheinend hat die Union ihn kolonialisiert, ohne jemanden darüber zu unterrichten. Vor sechzig Jahren.«

»Mein Gott«, murmelte Grant.

»Der Abgesandte der Allianz ist mit einem offiziellen Protest in der Station eingetroffen. Sie halten eine Sondersitzung des Rats ab. Scheint so, als hätten wir gegen den Pakt verstoßen. Der enthält doch ein Dutzend Klauseln.«

»Wie groß ist die Kolonie denn?« fragte Grant mittendrin.

»Sie wissen's noch nicht. Oder sie sagen's nicht.«

»Und niemand wußte davon. Vielleicht eine Basis des Verteidigungsamts?«

»Könnte sein. Könnte gut sein. Aber jetzt ist sie's nicht mehr. Offensichtlich ist sie in die Primitivität zurückgefallen.«

Grant pfiff leise. »Eine bewohnbare Welt.«

»Muß wohl, was? Es geht ja nicht um irgendeine Felskugel. Die Nachrichtendienste sprechen von der Möglichkeit, daß noch geheimes Material aus den Kriegsjahren existiert.«

Grant schwieg einen Moment lang und stützte die Ellbogen auf die Knie.

Den Krieg hatte die Generation vor ihnen erlebt. Niemand wollte dergleichen wiederholen; aber die Drohung schwebte immer über ihnen. Handelsschiffe der Allianz kamen und gingen. Sol hatte das andere Ende des Weltraums erforscht und sich die Finger verbrannt – ganz gehörig sogar. Außerirdische mit einer komplexen Kultur und dem Herzen von Isolationisten. Jetzt hielt Sol an einer verzweifelten Politik zwischen der Allianz und der Union fest, bemühte sich, nicht unter die Herrschaft der Allianz zu geraten, und versuchte den schmalen Grat zu beschreiten, der vielleicht die Unabhängigkeit von den Schiffen der Allianz gewährleisten würde, ohne die Allianz zur Verteidigung ihrer vertraglichen Privilegien herauszufordern und ohne die Interessen der Allianz und der Union miteinander in Konflikt zu bringen. Die Umstände waren verdammt heikel. Aber sie hatten sich schrittweise gebessert.

Eine Generation war mit der Überzeugung aufgewachsen, daß sie die Probleme lösen würde.

Aber noch immer waren alte Geschosse, die die Kriegsschiffe vor hundert Jahren abgefeuert hatten, eine Gefahr für den Schiffsverkehr. Manchmal kehrte die Vergangenheit mit Macht in die täglichen Schlagzeilen zurück.

Und alte Animositäten tauchten wie Gespenster wieder auf und bereiteten einer Gegenwart Sorgen, in der die Menschen wußten, daß sie nicht allein waren.

»Es hört sich nicht wie einer der Fälle an, wo drei oder vier Überlebende gefunden wurden«, sagte Justin. »Sie sprechen von einer ›illegalen Kolonie‹, und sie geben zu, daß es unsere ist.«

»Eine noch immer in Betrieb befindliche? Organisierte?«

»Das wird nicht ganz deutlich.«

Noch ein Moment der Stille. Dann setzte Grant sich auf und ihm fiel auf, daß er sein Haar noch mehr trocknen mußte. »Verdammter Schlamassel«, sagte er. »Haben sie gesagt, ob sie die Leute aufgegeben haben, oder wollen sie's noch tun? Oder was wollen sie sonst in der Sache unternehmen?«

»Das wissen sie noch nicht.«

»Nun, ich schätze, wir wissen zumindest, wo Grant sich etwa die nächste Woche über aufhalten wird, was?«

V

Ari fand die Büros langweilig. Sie sah die Leute ein- und ausgehen. Sie saß hinten im Büro an einem Schreibtisch und schnitt aus gefaltetem Papier Muster aus, die sie dann aufklappte. Später holte sie sich noch mehr Papier und malte einen Fisch mit einem großen Schwanz.

Schließlich stand sie auf und schlüpfte in einem Moment hinaus, als Kyle nicht aufpaßte, während Mama im inneren Büro mit etwas Langwierigem und Langweiligem beschäftigt war; und es sah so aus, als würde Mama sich noch einige Zeit unterhalten.

Und das bedeutete, daß es Mama nicht viel ausmachen würde, wenn Ari im Flur etwas auf und ab ging. Hier gab es nur Büros, also keine Lager, keine Spielsachen, nichts zum Anschauen und kein Video. Sie setzte sich ganz gern hin und malte etwas. Aber Mamas eigene Büros waren besser, weil es dort ein Fenster gab, durch das man hinaussehen konnte.

In beide Richtungen gab es nichts als Türen. Auf dem Boden verliefen Metallstreifen, und sie ging auf einem entlang, während sie durch die Türen blickte, die offen standen. Die meisten standen offen.

So entdeckte sie Justin.

Er saß an seinem Schreibtisch und war ganz in die Arbeit an der Tastatur vertieft.

Ari blieb in der Tür stehen und sah ihn dort. Und wartete, um ihn einfach die kurze Spanne zu beobachten, bis er sie sehen würde.

Er unterschied sich immer von allen anderen Leuten. Sie erinnerte sich an ihn auf dieser glitzernden Party und an Grant, der ihn begleitet hatte. Sie sah ihn nur gelegentlich, und wenn sie Mama fragte, warum die Leute sich so über Justin aufregten, sagte Mama, sie bilde sich etwas ein.

Sie wußte, daß das nicht stimmte. Sie hatte ein Gefühl von Gefahr. Es war ein besorgniserregendes Gefühl. Sie wußte, daß sie ihn nicht stören sollte. Aber hier draußen im Flur, wo viele Leute vorbeigingen, war es in Ordnung. Außerdem wollte sie ihn bloß ansehen, nicht hineingehen.

Sie verlagerte ihr Gewicht vom einen Fuß auf den anderen, und da sah er sie.

»Hallo«, sagte sie.

Und spürte wieder diese Furcht. Seine, als er aufblickte. Und ihre, als sie daran dachte, daß sie mit Mama Ärger bekommen würde.

»Hallo«, erwiderte er, als sei er nervös.

Es war immer so, wenn sie Justin traf. Dieses Gefühl von Nervosität begleitete ihn überallhin, und es wurde schlimmer, wenn sie in seine Nähe kam. Ausgerechnet sie. Es war ein Rätsel, das sie nicht lösen konnte, und sie merkte an der Art, wie Mama Fragen über Justin unterband, daß er ein Rätsel war, das bei Mama keinen Anklang fand. Bei Ollie auch nicht. Justin kam zu Parties, und sie sah ihn vom anderen Ende des Saals, aber Mama kam jedesmal und hielt sie fest, wenn sie hingehen wollte, um Hallo zu sagen. Deshalb vermutete sie, daß Justin mit irgend etwas eine Menge Schwierigkeiten hatte, und vielleicht stimmte etwas nicht mit ihm, weshalb die beiden unsicher waren, ob er sich gut benehmen würde. Manchmal wurden Azis so. Manchmal auch ZIVs. Mama sagte das. Und es war schwierig, einen ZIV wieder hinzubiegen, aber einfach, einen Azi durcheinanderzubringen. Deshalb durfte Ari sie nicht ärgern. Es sei denn, Ollie hielte es nicht für so schlimm.

Justin hatte viel an sich, was nach einem Azi aussah, aber Ari wußte, daß er keiner war. Er war einfach Justin. Und er war ein Rätsel, das kam und ging, und niemand wollte je Kinder in seine Nähe lassen.

»Mama ist da hinten mit Ser Peterson«, sagte Ari im Plauderton, auch weil sie ihn wissen lassen wollte, daß sie sich nicht herumtrieb, wo sie nichts zu schaffen hatte. Das hier war also Justins Büro. Es war furchtbar klein. Überall lagen Papiere. Sie lehnte sich zu weit vor und hielt sich an der Tür fest, um nicht das Gleichgewicht zu verlieren. Dummes Ding, hatte Mama gesagt. Steh auf! Stell dich gerade hin! Hampel nicht rum! Aber Justin sagte niemals viel. Er überließ ihr allein das Reden. »Wo ist Grant?«

»Unten in der Bibliothek«, sagte Justin.

»Ich bin schon sechs.«

»Ich weiß.«

»Woher weißt du das?«

Justin schien sich nicht wohl zu fühlen. »Wird deine Mama dich nicht gleich suchen?«

»Mama hat eine Besprechung. Ich habe keine Lust mehr, da hinten zu sitzen.« Er wollte sie ignorieren, sich wieder seiner Arbeit zuwenden. Ihr gefiel es aber nicht, daß er ihr die Schulter zuwandte. Sie ging hinein, stellte sich neben den Stuhl an seinen Schreibtisch und stützte sich auf die Lehne, um zu ihm aufzuschauen. »Ollie arbeitet die ganze Zeit.«

»Ich auch. Ich bin beschäftigt, Ari. Geh noch was spazieren.«

»Was machst du da?«

»Arbeiten.«

Sie wußte, wenn jemand ihr verständlich machen wollte, daß sie gehen sollte. Aber sie brauchte nicht auf Justin zu hören. Deshalb stützte sie sich weiterhin auf die Lehne, runzelte die Stirn und versuchte eine neue Annäherung. »Ich war beim Bandstudium. Ich kann das lesen. Da steht: *Un …*« Sie drehte sich, weil ein langes Wort auf dem Bildschirm stand. *»Un-ter-be-wußte Mat … Matrix.*«

Er schaltete den Bildschirm aus, drehte sich um und sah sie unfreundlich an.

Sie dachte, sie sei vielleicht zu weit gegangen und sollte sich nicht ganz so nah bei ihm auf die Ellbogen stützen. Aber sich zurückzuziehen war etwas, das ihr überhaupt nicht gefiel. Sie reckte das Kinn in seine Richtung und schürzte die Lippen.

»Geh zurück zu Mama, Ari. Sie wird nach dir suchen.«

»Ich will nicht. Was ist eine unterbewußte Matrix?«

»Ein Set von Sachen. Eine besondere Anordnung von einem Set.« Er schob seinen Stuhl zurück und stand auf, deshalb erhob sie sich auch und trat zurück. »Ich habe eine Verabredung. Ich muß das Büro abschließen. Du gehst besser zu deiner Mutter zurück.«

»Ich will nicht.« Er war unwahrscheinlich groß. Wie Ollie.

Aber nicht so harmlos wie Ollie. Er scheute sich nämlich nicht, sie hinauszuschieben. Sie sträubte sich.

»Raus!« sagte er an der Tür und deutete in den Flur.

Sie ging hinaus. Er folgte ihr und versperrte die Tür. Ari wartete auf ihn. Sie hatte das durchschaut. Als er sich durch den Flur auf den Weg machte, begleitete sie ihn.

»Geh zurück«, sagte er, indem er stehenblieb und in die Richtung deutete, wo Mama war.

Sie lächelte ihn hinterlistig an. »Das muß ich nicht.«

Das schien ihn zu ärgern. Aber er wurde sehr ruhig, während er auf sie herabblickte. »Ari, das ist nicht nett von dir.«

»Ich brauche nicht nett zu sein.«

»Ich könnte dich dann besser leiden.«

Das tat weh. Sie starrte ihn an, um herauszufinden, ob er wirklich so gemein war, aber so sah er nicht aus. Er machte den Eindruck, als sei *er* verletzt worden.

Sie konnte ihn nicht durchschauen. Jeden anderen, nur ihn nicht. Sie starrte ihn bloß an.

»Kann ich mit dir gehen?« fragte sie.

»Das würde deiner Mama nicht gefallen.« Er machte ein freundliches Gesicht, wenn er so redete. »Geh zurück.«

»Ich will nicht. Die reden bloß. Ich find's langweilig, wenn sie die ganze Zeit reden.«

»Nun, ich muß mich jetzt mit meinen Leuten treffen, Ari. Es tut mir leid.«

»Da sind überhaupt keine Leute«, sagte sie und zwang ihn damit, Farbe zu bekennen, denn er hatte nirgendwo hingehen wollen, bevor sie ihn gestört hatte.

»Nun, ich muß trotzdem. Und du gehst jetzt zurück.«

Sie gehorchte nicht. Aber er ging durch den Flur davon, als wollte er wirklich irgendwohin.

Sie wünschte, sie könnte das auch. Sie wünschte, er würde nett zu ihr sein. Sie langweilte sich und war unglücklich, und wenn sie ihn sah, erinnerte sie sich an die glitzernden Leute und wie fröhlich alle gewesen waren, aber sie konnte sich nicht erinnern, wie lang das her war.

Sogar Ollie war die ganze Zeit dagewesen, und Mama

hatte so hübsch ausgesehen, und Ari hatte mit Valery gespielt und den Stern geschenkt bekommen, der in ihrem Schlafzimmer hing.

Sie ging ganz langsam in Ser Petersons Büro zurück. Kyle bemerkte es nicht einmal. Ari setzte sich und zeichnete einen Stern. Und dachte an Valery. Und den rothaarigen Mann, der Grant hieß. Er gehörte zu Justin.

Sie wünschte sich, Ollie und Mama hätten mehr Zeit für sie.

Sie wünschte, Mama würde herauskommen. Und mit ihr essen gehen. Vielleicht konnte Ollie auch kommen.

Aber Mama kam nur selten schnell wieder, deshalb verunstaltete sie den Stern, indem sie ihn bekritzelte.

So wie alle.

VI

Aus den Dokumenten geht hervor, hieß es in dem Bericht, der auf Mikhail Corains Schreibtisch landete, *daß das Unternehmen eine geheime militärische Operation und die Landung von 40 000 Mann Unionspersonal einschloß, die meisten davon Azis. Die Mission wurde 2355 als ein Projekt des Verteidigungsamtes gestartet.**

Die Kolonie erfuhr keine weitere Unterstützung. Das Unternehmen wurde nicht fortgesetzt.

Der beste von der Allianz eingesetzte Geheimdienst behauptet, daß es Tausende von Überlebenden gibt, die sich zu einer primitiven Lebensweise zurückentwickelt haben. Ohne Frage stammen sie von Azis und Bürgern ab. Es ist anzunehmen, daß sie sich keiner Rejuvenilisierung unterziehen konnten und nach sechzig Jahren die Überlebenden mindestens der zweiten oder dritten Generation angehören. Es gibt Ruinen von Blasen-Konstruktionen und eine Solarstromanlage. Der Planet ist für menschliches Leben außerordentlich gastlich, und die Überlebenden sind unter den ge-

* Siehe ›40 000 in Gehenna‹, München 1986, Heyne SF & F, Band 06/4263.

gebenen Bedingungen – sie betreiben einfachen Ackerbau und jagen – gesundheitlich in bemerkenswert guter Verfassung. Die Berichte der Allianz lassen Zweifel daran erkennen, ob die Kolonisten von dem Planeten entfernt werden können. Der ökologische Schaden ist gegenwärtig noch unbestimmt, aber die Kolonie ist offensichtlich tief in das Ökosystem eingedrungen, und bestimmte Bewohner haben sich in Gebiete zurückgezogen, die nicht leicht zugänglich sind. Die Allianz vertritt die Ansicht, daß die Bewohner nicht damit einverstanden wären, den Planeten zu verlassen, und hat nicht die Absicht, die Kolonie zu entfernen, aus welchem Grund auch immer.

Im Verteidigungsamt wird angenommen, daß die Allianz daran interessiert ist, die Überlebenden zu befragen. Dennoch wird sich die Verteidigung gegen jeden Vorschlag wenden, diese Staatszugehörigen der Union im Rahmen einer Operation zurückzuholen, die die Allianz sicher ablehnen und die sich in jedem Fall negativ auswirken würde.

Die Azis stammten vornehmlich, aber nicht ausschließlich aus militärischen Verträgen Reseunes.

Siehe die beiliegenden Berichte.

Die Mehrheit der Bürger bestand aus militärischem Personal.

Nye wird einen Antrag einbringen, der offiziell Bedauern ausdrückt, und der Allianz im Umgang mit den Kolonisten unsere Zusammenarbeit anbieten.

Die Expansionisten-Koalition wird einstimmig dafür sein.

Corain blätterte durch die Berichte. Viele Seiten. Es gab eine halbintelligente echsenartige Lebensform auf dem Planeten, den die Kolonisten Gehenna nannten. Es gab ungemein viele Dinge, die aufs Verteidigungsamt und unverfügbare Informationen hindeuteten.

Es gab für die Allianz und die Union beim besten Willen keine Möglichkeit, die Kolonisten herauszuholen, zum einen, weil sie im Busch verstreut lebten, und vor allem, weil es sich (der Allianz zufolge) um primitive Analphabeten handelte und die Allianz jedem Versuch Widerstand leisten würde, sie zu entfernen – das ging deutlich aus der Position hervor, die der Gesandte der Allianz vertrat.

Die Allianz hatte sich über die Sache mächtig aufgeregt; weil sie sie vor ein schweres und kostspieliges Problem stellte: ein Planet der Erdklasse in ihrem eigenen Einflußbereich mit einer ökologischen Katastrophe und einer eingesessenen potentiell feindlich gesonnenen Kolonie.

Corain war ebenso erbost, teils über die ethische und teils über die politische Verwerflichkeit dieses Vorgehens: Das Verteidigungsamt hatte seine Kompetenzen überschritten und diesen ganzen Schlamassel damals in den Kriegsjahren vertuscht, als die Verteidigung (so wie heute) mit Reseune liiert war und nach Belieben über Kredit verfügen konnte.

Und wenn Corain es schaffte, würde diese Angelegenheit ein Licht auf den ganzen Wahnsinn der Expansionisten werfen.

VII

Gorodin war nicht erreichbar. Giraud Nyes Ansicht nach war das keine völlige Katastrophe. Der Verteidigungsminister Lu hatte in den letzten dreißig Jahren so oft als Stellvertreter Gorodins Platz eingenommen, daß er viel mehr Ansehen im Rat genoß und viel mehr Spielraum hatte, nach eigenem Ermessen zu stimmen, als es einem Stellvertreter normalerweise zugestanden wurde, etwa auf dieselbe Weise, wie der stellvertretende Verteidigungsminister sein eigenes Personal praktisch dem planetengestützten Büro von Lu und Gorodin einverleibt hatte: Hier war eine Troika an der Spitze des Verteidigungsamtes am Werk, die *de facto* schon seit den Kriegsjahren wirkte.

Und Gorodins unausgesprochener Meinung nach war es besser, wenn der Stellvertreter am Tisch saß und Gorodin sich irgendwo an einem geheimen und unzugänglichen Ort am anderen Ende des Universums herumtrieb: Lu, dessen Gesicht sich mit dem Nachlassen der Rejuvenilisierung mit einem Netz weiser Falten überzog und dessen Blick selbst für einen Veteranen in Reseune schwer zu deuten war, spielte sein übliches Spiel mit Bemerkungen wie »*Darauf bin ich nicht befugt zu antworten«* oder *»Ich glaube, das sollte ich nicht kommentieren«*, während Reporter lärmend um Informationen bettelten und Corain eine lückenlose Aufdeckung forderte.

Eine lückenlose Aufdeckung mußte es schon sein, zumindest unter politischen Verbündeten.

Und Giraud hatte genug gehört, daß ihm den ganzen Weg von Reseune bis in dieses schalldichte Büro schlecht war, wo der Schallschutz an seinen Nerven zerrte und ihm Zahnschmerzen verursachte.

»Das ist vollkommen richtig«, sagte Lu, ohne das Blatt zu Rate zu ziehen, das unter seinen Händen lag. »Die Mission wurde 2355 gestartet; sie erreichte den fraglichen Stern und setzte die Kolonisten und die Ausrüstung ab. Eine Rückkehr war nie vorgesehen. Zu dieser Zeit wußten wir, daß der Planet existierte. Und wir wußten, daß die Allianz ihn auch kannte, daß er sich in ihrer Reichweite befand, oder der der Erde, und aufgrund seiner günstigen Lage und seines Potentials von herausragender Bedeutung sein würde.« Lu räusperte sich. »Wir wußten, daß wir ihn nicht praktisch nutzen, ihn nicht verteidigen und nicht versorgen konnten. Unsere eigentliche Absicht bestand darin, *ihn der Profitabilität zu entziehen.«*

Der Profitabilität entziehen. Die Allianz hatte eine lang vorbereitete und gut ausgerüstete Forschungsmannschaft zum bisher wertvollsten Fund im nahen Weltraum entsandt – und zu ihrer Bestürzung festgestellt, daß der Planet von Menschen bewohnt war, die nicht aus ihrem eigenen und vermutlich nicht aus dem Bereich der Erde stammten – was ganz unweigerlich zu dem Schluß führte, selbst ohne die Ruinen und die Tatsache, daß die Überlebenden von Azis abstammten …

… daß die Union einen lebendigen Planeten sabotiert hatte.

»Vierzigtausend Menschen«, sagte Giraud und spürte eine Leere in seiner Magengrube. »Auf einen ungetesteten Planeten abgesetzt. Einfach so.«

Lu blinzelte. Sonst hätte er wie eine Statue gewirkt. »Es

waren Militärs; sie galten als entbehrlich. Sie verstehen, es unterstand nicht meiner Leitung. Zu dieser Zeit brachte man auch noch nicht unsere ... ah ... Sensibilität für ökologische Fragen auf. Soweit man damals überlegte, befanden wir uns militärisch in einer schwierigen Lage, wir mußten die Möglichkeit berücksichtigen, daß Mazianni einen Angriff gegen Cyteen führen würde. Bei einem solchen Schritt bestanden zwei Möglichkeiten: zum einen, daß die Kolonie überleben und an den Prinzipien der Union festhalten würde, sollte uns eine Katastrophe heimsuchen oder die Erde eine Selbstmordmission auf Cyteen selbst absetzen. Unter diesem Gesichtspunkt war die Geheimhaltung der Kolonie wichtig.«

»Sie wurde 2355 gegründet«, bemerkte Giraud. »Ein Jahr nach Kriegsende.«

Lu faltete die Hände. »Sie wurde in den letzten Jahren des Krieges geplant, als die Dinge noch unsicher waren. Der Plan wurde ausgeführt, nachdem wir mit einer allgemeinen Misere und diesem verhängnisvollen Pakt konfrontiert worden waren. Wir hatten damit etwas in der Hinterhand, wenn Sie so wollen. Der Erde oder der Allianz einen Planeten zu überlassen, der möglicherweise produktiver als Cyteen war – hätte katastrophale Auswirkungen gehabt. Das war der zweite Teil des Plans: Falls die Kolonie unterging, würde sie zumindest ihre Mikroorganismen in das Ökosystem einfügen. Und in weniger als einem Jahrhundert die Allianz, oder welchen neuen Besitzer auch immer, vor ein schwieriges Problem stellen, das unsere Wissenschaftler bewältigen konnten, ihre aber nicht. Ich könnte noch erwähnen, daß einige heimische Mikroorganismen daraufhin präpariert wurden, die von uns zu diesem Zweck hergestellten neuen Organismen anzunehmen. In unserer Anlage. Das ist sicher in Ihren Aufzeichnungen enthalten. Ganz zu schweigen von den Azis und den eigens für das Projekt entworfenen Bändern.«

»Sie haben verdammt recht, es ist in den Aufzeichnungen zu finden.« Giraud geriet fast außer Atem. »Mein Gott, wir haben nie erfahren, daß das Ding tatsächlich gestartet wurde! Wissen Sie, was für ein Sicherheitsproblem uns das eingehandelt hat? Wir befinden uns nicht in den 2350ern. Wir sind nicht im Krieg. Ihre elende kleine Zeitbombe ist in unserem Jahrhundert losgegangen, wo sich Aliens am anderen Ende von Sol herumtreiben; wir sind ökologische Verträge eingegangen – zum Teufel, wir haben eine verantwortliche Position inne, was den Umgang mit der Ökologie angeht; ich weise nur auf die Genbanken hin, die Archen, die ...«

»Es war natürlich die Architektin der Genbanken und des Pakts und der Archen, die während der Entwicklung der Gehenna-Kolonie Reseune eigentlich leitete. Rätin Emory hatte alle Verträge mit der Verteidigung unterzeichnet.«

»... die Abolitionisten, mein Gott, wir haben ihnen etwas in die Hände gegeben, von dem sie nur träumen konnten! Es war ein Studienprojekt. Gott, Jordan Warricks *Vater* hat an den Gehenna-Bändern gearbeitet.«

»Wir verlassen uns darauf, daß Reseune Sicherheitsvorkehrungen getroffen hat, damit die Mitarbeiter des Projekts nicht erfuhren, woran sie arbeiteten.«

»*Sie* verlassen sich darauf, Gott! Man hört's in den Nachrichten, General! Schließlich wird die Neuigkeit auch Planys erreichen. Wollen Sie etwa darauf spekulieren, daß Jordan Warrick sich nicht denken kann, wer in welcher Abteilung an diesen Bändern gearbeitet haben könnte, und welche Namen und welche Einzelheiten er den Ermittlungsbeamten verraten kann, wenn sie ihn aufsuchen?«

»Um dem Ansehen seines Vaters zu schaden?«

»Um das Ansehen seines Vaters zu *schützen*, verdammt noch mal; und Reseunes Ansehen zu ruinieren. Sie haben *vierzigtausend Azis verbraucht*, um einen ganzen Planeten zu sabotieren, ist Ihnen das klar? Sie haben die Forschung an das Wissenschaftsamt angebunden, und es hätte zu keinem ungünstigeren Zeitpunkt ans Licht kommen können.«

»Oh«, erwiderte Lu gelassen. »Ich kann mir ungünstigere Zeitpunkte vorstellen. Wir befinden uns in einer ruhigen

Zeit, einer Zeit, in der die Menschheit – insbesondere die Allianz – genug andere Sorgen hat. Im Grunde hat die Kolonie auf Gehenna genau das geleistet, wofür sie vorgesehen war: Es ist tatsächlich eine ökologische Katastrophe eingetreten, und die Allianz wird in ihrer weiteren Entwicklung aufgehalten. Die Entwicklungsrichtung der Allianz ist unwiderruflich verändert worden: Wenn sie diese Population aufnehmen, werden sie eine ethnisch einzigartige Gemeinschaft mit den Wertvorstellungen der Union aufnehmen, sofern Sie an die Dauerhaftigkeit unserer über Band eingegebenen Instruktionen glauben. Auf jeden Fall haben wir vorgesorgt, daß weder der Allianz noch der Erde derart wertvolle Ressourcen zufallen – und ein Sprungbrett auf dem Weg zu neuen Sternen. Jetzt wird die Allianz entweder einen in alle Winde verstreuten Haufen von Primitiven ausfindig machen und sie mit Gewalt entfernen – ein logistischer Alptraum – oder bei ihrer eigenen Besiedlung des Planeten auf sie Rücksicht nehmen müssen. Wenn sie sich zu einer Besiedlung entschließen. Vom Geheimdienst wissen wir, daß sie Bedenken haben. Sie sehen mögliche Schwierigkeiten darin, sich mit dieser bodengebundenen Kultur einzulassen. Es gab immer deutlichen Widerstand gegen ihr Kolonialisierungsvorhaben. Die Raumfahrer, die bei weitem die Mehrheit in der Allianz bilden, hegen einige Zweifel, ob es ratsam sei, den bodengebundenen – Blauhimmlern, wie die Raumfahrer sie nennen –, Macht in die Hände zu geben, und eine präindustrielle Wählerschaft – oder noch ein sehr viel problematischeres Protektorat – ist mehr, als der Rat der Kapitäne billigen würde … ganz zu schweigen natürlich von *ihrem* Wissenschaftsamt, das berechtigte Hoffnungen hat, es kaputtzustudieren, während die Baugesellschaften, die vorgesehen sind, um dort eine Station zu bauen, ihre Gläubiger hinhalten. Der Gesandte der Allianz fordert Informationen für ihre Wissenschaftler und eine Entschuldigung; zu diesem Preis eine billige. Es wird wieder etwas Ruhe eintreten – wenn wir am Ende zusammenarbeiten. Ich versichere Ihnen, sie sind mehr als wir darüber erschrocken, worauf Sol da gestoßen ist – was auch kein Wunder ist, wenn man bedenkt, daß sie das Problem direkt vor der Haustür haben. Alles in allem ist es ein hervorragender Zeitpunkt, daß die Sache ans Licht kommt: Wir haben ihre Vorbereitungen beobachtet, wir wurden nicht überrascht – das ist übrigens auch der Grund, warum Admiral Gorodin nicht erreichbar ist. Wir wußten, was auf uns zukam.«

»Und Sie haben uns nicht darüber informiert!«

Lu ließ eine kurze frostige Stille eintreten. Dann: »›*Uns*‹ – meinen Sie damit das Wissenschaftsamt; oder meinen Sie Reseune?«

»Uns? Reseune natürlich! Reseune hat ein Interesse daran!«

»*Hatte* einmal Interesse daran«, sagte Lu. »Das Kind ist noch lange nicht erwachsen. Es kann diesen Wirbel überstehen. Emory kann von keinem Gesetz belangt werden, es sei denn, Sie seien religiös. Sollen sie doch zwangsweise ein paar Dokumente anfordern. Warrick ist in Quarantäne und gründlich diskreditiert, was Aussagen vor dem Rat angeht. Wenn sein Vater an dem Projekt gearbeitet hat, kann das nur dem Namen Warrick schaden. Was geht das Reseune an?«

Giraud machte den Mund zu. Er schwitzte. Bogdanovitch war vor vier Jahren gestorben, Harad von Fargone nahm den Sitz des Staatsamts ein und machte gemeinsame Sache mit Gorodin von der Verteidigung, deFranco vom Handel und Lao vom Informationsamt. Zur Hölle mit ihnen! Die Expansionisten-Koalition hielt zusammen, die Abolitionisten befanden sich auf dem Rückzug, und Corain und die Zentristen hatten an Boden eingebüßt, als sie Gorodin ans Expansionisten-Lager verloren, wo er immer hingehört hatte, aber Nasir Harad, dieser Dreckskerl, schmeichelte sich bei Gorodin ein, der Quelle der dicken Verträge mit dem Verteidigungsamt für seine Station, und das Staats-, Verteidigungs- und Informationsamt bildeten eine Koalition innerhalb der Expansionisten – drei heimliche Bettgefährten.

Reseune hatte nicht mehr den Einfluß von einst. Das war

die bittere Wahrheit, mit der Giraud leben mußte. Sie bereitete ihm Magenschmerzen und ließ ihn nachts nicht einschlafen. Aber Ari war – soweit er die Experten verstand – einzigartig gewesen.

»Lassen Sie mich Ihnen versichern«, sagte Giraud, »daß in unseren Akten einige sehr heikle Dinge enthalten sind. Wir möchten nicht, daß sie bekannt werden. Mehr noch, wir möchten nicht, daß Warrick von Planys herbeordert wird und Gelegenheit zur Aussage bekommt. Sie verstehen nicht, wie unberechenbar die Situation ist. Wir müssen dafür sorgen, daß er den Mund hält. Er wird sich viel besser an winzige Einzelheiten erinnern können, als Ihnen oder uns das recht ist; Dinge, die er vielleicht gehört hat, Dinge, über die er im Laufe der Jahre mit seinem Vater diskutierte. Er hat ein äußerst präzises Gedächtnis. Wenn Sie die Allianz nicht in die Lage versetzen wollen, bis ins kleinste Detail aufzuklären, was Sie getan haben, *dann bringen Sie Warrick zum Schweigen, oder muß ich noch deutlicher werden?*«

»Wollen Sie damit sagen, daß die gegenwärtige Administration kompromittiert werden könnte?«

Eine gefährliche Frage. Eine gefährliche Neugier. Giraud atmete noch einmal durch. »Ich möchte Sie nur darum bitten, mir zuzuhören. Bevor Sie feststellen müssen, daß die Fäden dieser Sache hinter geschlossene Türen führen. Wenn Sie wollen, daß das Rubin-Projekt zum Teufel geht – dann lassen Sie Warrick reden, und es wird kein Rubin-Projekt mehr geben.«

»Manchmal sind wir nicht sicher, ob es überhaupt ein Rubin-Projekt gibt«, bemerkte Lu säuerlich. »Denn bisher hat *Reseunespace* nur höchst unbedeutende Arbeiten zu erledigen gehabt. Tests, wie Sie sagen. Daten vergleichen. Gibt es überhaupt einen Leiter?«

»Es gibt einen. Wir sind im Begriff, die Datenbank zu verlegen. Das ist ein ziemlich aufwendiges Unternehmen. Diese Untersuchung wird uns nicht gerade eine Hilfe sein. Wir sind völlig überlastet. Es ist ein enormer Umfang an Daten zu bewältigen. Wir sind seit sechs Jahren damit beschäftigt. Wir haben nicht die Absicht, Ressourcen für eine halbherzige Anstrengung zu verschwenden, General.« Verdammt. Das ist bloß Taktik. Ablenken und abwenden. »Es geht um Warrick. Es geht darum, daß die Anlage auf Planys unter Ihrem Schutz steht und wir uns darauf verlassen müssen. Wir hoffen, daß wir uns darauf verlassen *können.*«

»So wie wir hoffen, daß wir uns auf Ihre Mitarbeit in Sachen Gehenna verlassen können, Rat Nye.«

Erpressung. Schlicht und einfach. Er sah Harads Hand im Spiel. »Bis zu welchem Ausmaß?«

»Zeigen Sie sich mit einer Zusammenarbeit mit den Wissenschaftlern der Allianz einverstanden. Wir werden schwören, das Unternehmen sei vergessen worden, in den Heimlichkeiten des Krieges untergegangen. Niemand von heute sei daran beteiligt gewesen. Niemand im jetzigen Büro. Kommunikationsschwierigkeiten seien für seine Durchführung verantwortlich gewesen.«

»Ariane Emorys Name muß da rausgehalten werden.«

»Ich glaube nicht, daß das möglich ist. Lassen Sie ruhig die Toten die Last der Verantwortung tragen. Die Lebenden haben viel mehr zu verlieren. Viel mehr, glauben Sie mir. Wir möchten unmittelbar über die Lage auf Gehenna auf dem laufenden gehalten werden. Die Nachfahren von Bürgern der Union sind rechtlich immer noch unsere Bürger. Wenn *wir* uns dazu durchringen, das so zu sehen. Wir müssen es nicht. Wie auch immer – das Wissenschaftsamt müßte an dem Einfluß auf die Ökologie interessiert sein; und an dem sozialen System. Wir werden nichts erfahren, wenn wir uns einer scheinbaren Zusammenarbeit verweigern. Mit Sicherheit nicht den wahren Inhalt der Bänder. Aber wenigstens die Zusammensetzung der Kolonie, das Verhältnis zwischen militärischem Personal und Azis. Die persönliche Geschichte einiger Militärs. Ihre Verbindungen, zum Beispiel. Sie könnten uns hervorragende Dienste leisten. Nach all den Jahren haben sie sich etwas Anerkennung verdient.«

Er zeigte Gefühlsregungen. Großer Gott!

»Reseune«, erklärte Giraud, »schätzt Emorys bedeutende Aufzeichnungen genauso hoch ein.«

»Ich fürchte, dieser Teil wird herauskommen. Die Azis, wissen Sie. Wenn die Öffentlichkeit einmal davon weiß, läßt sich der Rest kaum noch verbergen. Aber man bemüht sich bereits um eine Schadensbegrenzung. Das Staatsamt kümmert sich drum.«

»Hat Harad denn etwas von dem Unternehmen gewußt?«

»Es fällt in die Zuständigkeit des Staatsamts. Das Wissenschaftsamt betreibt keine Außenpolitik. Unsere Aufgabe unter den gegebenen Umständen ist eine ganz andere. Ich rate Ihnen dringend, darüber nachzudenken – was Ihre Verträge wert sind. Wir schließen nicht in erster Linie mit den Bucherlabors Verträge ab. Wir werden weiterhin mit Ihnen zusammenarbeiten. Wir werden weiterhin *Reseunespace* unterstützen – selbst wenn wir dabei Einbußen erleiden. Wir erwarten, daß diese Verbindung für beide Seiten befriedigend sein wird – und wir hoffen, sie fortsetzen zu können.«

»Ich verstehe«, sagte Giraud verbittert. »Ich verstehe schon.« Und nach ein paar Atemzügen: »Ser Minister, es ist für uns sehr wichtig, daß diese Daten geschützt werden – nicht bloß der Reputation einer toten Frau zuliebe. Auch um den Rat davon abzuhalten, diese Geschichte riesig aufzublasen – und jede Erfolgschance zu vereiteln.«

»Jetzt wollen Sie meine Hilfe. Sie wollen, daß ich mich und mein Amt dem Donnerwetter aussetze. Geht's darum? – Lassen Sie mich Ihnen erklären, Ser, daß wir zur Zeit wirklich andere Dinge zu berücksichtigen haben, vor allem einen grassierenden Antimilitarismus, der von diesem Skandal zehren wird – was unsere nationale Verteidigung in ernste Schwierigkeiten bringt zu einer Zeit, da wir ohnehin schon unter einem knappen Budget leiden, zu einer Zeit, da wir die Schiffe nicht bekommen können, die wir brauchen, und es nicht schaffen, der Öffentlichkeit oder der Opposition der Finanzen im Rat das Problem der ausgeweiteten Peripherie einzupauken. Wir haben ein schwerwiegendes Problem, Ser: Ihr Projekt ist zu einem Strudel geworden, in dem Geld verschwindet, ohne daß etwas dabei herauskommt, und Sie haben die Stirn, von uns zu verlangen, daß wir Sie gegen eine Untersuchung abschirmen, während Sie uns zur gleichen Zeit den Einblick in die Aufzeichnungen verweigern. Ich schlage vor, daß Sie sich *selbst* verteidigen, Ser – mit Reseunes wohlbekannten Mitteln. Vielleicht wird es Zeit, Ihr Projekt ans Licht zu bringen. Entscheiden Sie sich. Nennen Sie mir einen guten Grund, den ich vorbringen könnte, um diese Daten weiterhin geheimzuhalten – und geben Sie mir die Aufzeichnungen, die ich brauche.«

»Sie ist nicht fertig, mein Gott, sie ist einfach noch nicht fertig, mitten in diesem Skandal, der ihre Vorgängerin berührt. Sie ist ein sechsjähriges Kind, sie kann einen derartigen Angriff nicht verkraften …«

»Das ist Ihr Problem«, sagte Lu, verschränkte die Hände und setzte diesen unversöhnlichen, kühlen Blick auf. »Um offen zu sein, Ser, wir wissen nicht, ob wir wirklich etwas zu beschützen haben. Nach dem, was Sie uns zu demonstrieren bereit waren, ist es nur ein weiterer Bok-Clone.«

»Ich werde Ihnen die Aufzeichnungen zeigen.«

»Boks Clone war als Kind ziemlich gut. Erst später wurden die Probleme augenscheinlich. Nicht wahr? Und wenn Sie nicht bereit sind, mit dem Kind an die Öffentlichkeit zu treten, und mir einen Grund geben, mir die Aufzeichnungen zwangsweise zu beschaffen – kann ich diesen Schutz nicht übers bisherige Maß ausdehnen.«

»Verdammt, wenn Sie uns nicht schützen, werden wir der Schlüssel zu Ihrer Überführung sein.«

»Über dem Umweg Ihrer eigenen. Sie waren in jenen Jahren in der Administration von Reseune sehr aktiv. Kann es sein, daß die Aufzeichnungen, die Sie zurückhalten, Sie selbst belasten, Ser?«

»Das ist Ihre Vermutung. Es könnte sein, daß Licht auf einige Dinge geworfen wird, die ziemlich vielen Leuten unangenehm sind.«

»Also führen wir den Schlag, was? Es ist immer nützlich zu wissen, was Sie noch für einen Angriff in der Hinterhand haben. Es tut mir leid, daß Sie dran glauben müssen. Aber ich werde mich Ihnen bestimmt nicht opfern.«

»Wenn Sie nur ein wenig Geduld aufbringen würden ...«

»Ich bevorzuge das Wort *Fortschritt,* den ich, um ganz ehrlich zu sein, in letzter Zeit in Reseune vermisse. Wir können darüber diskutieren. Ich bin darauf vorbereitet, darüber zu diskutieren. Aber ich glaube, Sie werden verstehen, daß ich in bestimmten Punkten keinen Spielraum habe. Zusammenarbeit ist gerade jetzt unverzichtbar. Wenn wir keinen Grund haben, diese Aufzeichnungen zurückzuhalten, müssen wir sie zur Verfügung stellen. Verstehen Sie doch – wir müssen für die Untersuchung irgend etwas zur Verfügung stellen. Und zwar bald.«

Man verstand. Man saß da und hörte zu, wie der Stellvertreter vom Verteidigungsamt, den man zur Hölle wünschte, Gorodins Programm zur, wie er es nannte, Schadensbegrenzung darlegte.

Ein Angebot zur wissenschaftlichen und kulturellen Zusammenarbeit mit der Allianz. Vorgeschlagen von der Verteidigung übers Wissenschaftsamt.

Ein offizieller Ausdruck des Bedauerns vom Rat in einer gemeinschaftlichen Entschließung, ermöglicht durch die Freigabe ausgewählter Dokumente durch die gegenwärtige Administration von Reseune, die darauf hindeuteten, daß Bogdanovitch, Emory und Azov von der Verteidigung, die glücklicherweise alle schon verschieden waren, sich an der Planung des Gehenna-Projekts beteiligt hatten.

Zum Teufel mit ihm!

»Wir werden uns um Warrick kümmern«, sagte Lu. »Wenn ich darüber nachdenke – könnte es gerade jetzt von Vorteil sein, wenn wir ihm gestatten, sich mit seinem Sohn zu beraten. Natürlich unter Überwachung.«

VIII

»Justin?« Die Stimme kam vom anderen Ende, Jordans Stimme, die Stimme seines Vaters, nach acht Jahren; und Justin, der sich gewappnet hatte, um nicht zusammenzubrechen, um auf keinen Fall vor Denys zusammenzubrechen, dessen Tischtelephon den Anruf empfing, biß sich in die Lippe, bis sie blutete, und sah das Bild an, zu dem sich der Schnee auf dem Bildschirm klärte – ein älterer und dünnerer Jordan. Sein Haar war weiß. Justin starrte ihn unter Schockwirkung an, im Bewußtsein der verlorenen Jahre, und murmelte: »Jordan, Gott, was tut das gut, dich zu sehen. Uns geht's gut, uns geht's allen gut. Grant ist diesmal nicht hier, aber das nächste Mal werden sie's ihm erlauben …«

»… du siehst prächtig aus«, redete Jordans Stimme dazwischen, und etwas schmerzte in Justins Augen. *»Gott, du bist noch etwas gewachsen, was? Es ist wunderbar, dich zu sehen, mein Sohn. Wo ist Grant?«*

Die Zeitverschiebung. Der Sicherheitsdienst an beiden Enden der Leitung verursachte einen Verzug von fünfzehn Sekunden.

»Du siehst auch gut aus.« O Gott, auf was für Banalitäten sie sich beschränken mußten, wo sie so wenig Zeit hatten. Wo es so wichtige Dinge zu sagen gab, und doch konnten sie's nicht tun, solange der Sicherheitsdienst auf dem Sprung war, die Verbindung beim ersten Anzeichen einer Abweichung von den Regeln zu unterbrechen. »Wie geht's Paul? Grant und ich wohnen in deinem Apartment und kommen wirklich gut zurecht. Ich arbeite noch immer beim Design …«

»… ein bißchen grauer, ich weiß. Aber sonst kann ich mich nicht beklagen. Ich bin noch immer gesund und so. Paul auch. Mensch, es tut gut, dein Gesicht zu sehen …«

»Du kannst das in einem Spiegel machen, was?« Er zwang sich ein kurzes Lachen ab. »Ich hoffe, ich sehe in dem Alter genauso aus wie du. Da kann ich mir wohl Hoffnungen machen, was? – Ich kann nicht viel erzählen ...« Sie würden's mir nicht erlauben. »Ich bin die ganze Zeit beschäftigt gewesen. Ich bekomme deine Briefe.« Zensiert bis zur Unverständlichkeit. »Ich freue mich richtig darauf. Genauso wie ...«

Sein Vater grinste, als der Scherz ankam. *»Du bist meine Zeitmaschine. Du kannst dir wirklich Hoffnungen machen ... Ich bekomme deine Briefe auch. Ich hebe sie alle auf.«*

»Genauso wie Grant. Er ist auch gewachsen. Ist richtig groß jetzt. Das kannst du dir vorstellen. Wir sind sozusagen wie eine linke und eine rechte Hand. Wir passen aufeinander auf. Wir kommen gut zurecht.«

»Ich wußte, daß du ihn nicht einholst. Nicht so, wie er wuchs. Paul ist auch grau geworden. Wird natürlich rejuvenilisiert. Tut mir leid. Ich war mir völlig sicher, ich hätt's dir in einem der Briefe geschrieben. Wahrscheinlich hab ich's vergessen. Ich bin viel zu faul, um's färben zu lassen.«

Das hieß, die Zensoren hatten den entsprechenden Abschnitt herausgeschnitten, die Dreckskerle.

»Ich würde sagen, es sieht ziemlich gut aus. Wirklich. Weißt du, zu Hause ist alles noch etwa so wie früher ...« Sonst nirgendwo. »Ich vermisse dich bloß. Wir beide.«

»Ich vermisse dich auch, mein Sohn. Das kannst du mir glauben. Sie geben mir ein Zeichen, daß ich jetzt auflegen muß. Verdammt, es gibt so viel zu sagen. Also, paß gut auf dich auf! Halt dich aus allem Ärger raus!«

»Paß du auf dich auf! Wir sind in Ordnung. Ich liebe dich.«

Das Bild zerfiel und machte Mattscheibenschnee Platz. Der Bildschirm schaltete sich selbst aus. Justin biß sich in die Lippe und versuchte Denys mit Würde anzusehen. So wie es Jordan getan hätte. »Danke«, sagte er.

Denys' Mund zitterte selbst ein wenig. »Schon gut. Das war gut so. Willst du ein Band davon? Ich habe eins mitlaufen lassen.«

»Ja, Ser, sehr gern. Für Grant.«

Denys zog es aus dem Tischrecorder und gab es ihm.

Dann nickte er Justin zu. Mit Nachdruck. »Ich sag dir eins: Sie beobachten dich sehr aufmerksam. Es geht um diese Gehenna-Sache.«

»Damit sie Jordan fest in der Hand haben, was?«

»Du verstehst sehr gut. Ja. Das ist genau ihre Absicht. Genau aus diesem Grund hat die Verteidigung plötzlich ihre Meinung über die Prioritäten geändert. Es besteht sogar die Möglichkeit – die Möglichkeit, du verstehst mich –, daß dir mit Begleitung eine Reise nach Planys gestattet wird. Aber sie werden dich bei jedem Atemzug beobachten.«

Das erschütterte ihn. Vielleicht war das beabsichtigt. »Läuft das schon?«

»Ich habe mit ihnen darüber geredet. Ich sollte es dir nicht erzählen, aber um Himmels willen, mach bloß keinen Fehler, mein Junge. Mach überhaupt nichts. Du hast sensationell gute Arbeit geleistet, seit du deine ... deine privaten Probleme gemeistert hast. Deine Arbeit ist wirklich hervorragend. Du wirst verantwortungsvollere Aufgaben übernehmen – du weißt, was ich meine. Mehr Aufträge. Ich möchte, daß du mit Grant an einigen Designs arbeitest. Im Ernst, ich möchte, daß ihr beide hier als Angehörige des Personals arbeitet.«

»Warum? Damit ihr etwas habt, das ihr uns wieder wegnehmen könnt?«

»Mein Junge ...« Denys gab ein schweres Seufzen von sich und sah besorgt drein. »Nein. Ganz im Gegenteil. Ich möchte, daß du hier unabdingbar wirst. Völlig unabdingbar. Sie sind gerade dabei, die Anlage auf Fargone aufzubauen. Und das ist ziemlich weit weg von Planys.«

Ein Gefühl von Kälte umschlich Justins Herz, kalt und vertraut.

»Um Gottes willen«, sagte Denys. »Gib ihnen bloß keine Chance. Das versuche ich dir die ganze Zeit klarzumachen. Wir haben nicht völlig unter Kontrolle, was geschieht. Das Verteidigungsamt hat deinen Vater in den Griff bekommen. Es wird ihn nicht loslassen. Verstehst du, was du bisher bekommen hast, verdankst du Gehenna. Gehenna und dem damit verbundenen Ärger, der sie davon überzeugt hat, daß sie deinem Vater etwas geben müssen, das er zu verlieren hat. Aber wir haben dich ihnen nicht ausgeliefert. Wir haben dich ganz ruhiggehalten. Die Tatsache, daß du ein Minderjähriger warst, hat dich und Grant vor einigen Unannehmlichkeiten bewahrt: Aber ohne daß sie's bemerkt haben – bist du alt genug geworden, um ernstgenommen zu werden. Und die Anlage von *Reseunespace* auf Fargone hat einen militärischen Flügel, in dem du eine wunderbare Geisel abgeben würdest.«

»Soll das eine Drohung sein?«

»Justin – gib mir wenigstens eine kleine Frist. Schenk mir soviel Glauben wie ich dir. Und deinem Vater. Ich versuche dich vor einer Falle zu warnen. Denk wenigstens darüber nach, wenn du schon sonst nichts tust. Ich traue diesem plötzlichen Wohlwollen auf seiten der Verteidigung wirklich nicht. Du tust gut daran, ihnen auch nicht zu vertrauen. Und ich versuche, dich vor einem möglichen Problem zu warnen. Wenn du hier unentbehrlich wärst, hätten wir einen Anspruch auf dich, und ob du's glaubst oder nicht, du wärst sehr viel sicherer, wenn wir diesen Anspruch jetzt schon geltend machen könnten. Zieh deine eigenen Schlüsse! Du weißt verdammt gut, welch ein Vorteil es für sie wäre, wenn sie dich draußen auf Fargone unter ihren Fittichen hätten und Jordan in sicherem Gewahrsam auf Planys. Das versuche ich dir klarzumachen. Mach von dieser Information Gebrauch, wie immer du es für richtig hältst. Aber ich werde dir immer eine Chance geben, wenn ich kann.«

Justin nahm das Band. Er dachte darüber nach. »Ja, Ser«, sagte er schließlich, weil Denys recht hatte. Er wollte nicht nach Fargone geschickt werden, jetzt nicht und auch zu keinem anderen Zeitpunkt. Ganz gleich, was Jordan gewollt hätte.

IX

Ich dachte, dies könne einige deiner Bedenken gegen MR-1959 ausräumen, tippte Justin oben auf seine Erläuterung zur Anlage zum Projekt EO-6823. – *JW.* Er packte die Projektunterlagen zusammen und schickte sie rüber in Yanni Schwartzes Büro.

Dabei zitterten ihm die Glieder.

Er wartete wieder. Machte Überstunden und arbeitete sehr hart, und bemühte sich ernsthaft, weil er begriff, in was er geraten war. Er benutzte die Bänder. Er nahm Dinge in sich auf. Er versuchte es mit der Art von Designs, an denen er vor acht Jahren in seiner Freizeit gearbeitet hatte, und versuchte Yanni zu erklären, daß sie nur eine experimentelle Abwechslung zu den üblichen Aufträgen boten.

Was Yanni aus irgendwelchen Gründen ungeheuer aufregte.

»Schau mal«, hatte Justin erklärt, als Yanni wegen der Abwechslung MR-1959 einen Wutanfall bekam. »Yanni, ich beschäftige mich in meiner Freizeit damit. Ich habe die andere Sache erledigt. Ich dachte mir nur, du könntest mir dabei ein wenig helfen.«

»Es ist einfach unmöglich, so etwas zu machen«, hatte Yanni gesagt. »Mehr gibt's dazu nicht zu sagen.«

»Erklär mir das!«

»Du kannst kein Talentband mit Tiefensets verbinden. Was dabei herauskommt, sind Ratten in einer Tretmühle. Und genau das machst du.«

»Können wir uns darüber unterhalten? Vielleicht beim Essen? Ich möchte wirklich darüber reden, Yanni. Ich glaube, ich habe eine Möglichkeit gefunden, das zu vermeiden. Ich glaube, es ist hier drin.«

»Ich sehe keinen Grund, warum ich Zeit damit verschwenden sollte. Ich bin beschäftigt, Junge. Ich bin wirklich beschäftigt. Geh Strassen fragen, wenn du sie finden kannst. Wenn sie überhaupt jemand finden kann. Laß sie den Instruktor spielen. In dieser Sache kannst du dich auch an Peterson wenden. Er hat Geduld. Ich nicht. Erledige bloß deinen Job, bring mir deine Ergebnisse rein, und mach mir bloß keine Probleme, hast du verstanden? Ich kann nicht noch mehr Probleme gebrauchen!«

Peterson befaßte sich mit den Anfängern.

Das hatte Yanni damit gemeint.

Justin konterte nicht mit der Tatsache, daß Denys Nye ihn gedrängt hatte, seine aktiven Studien aufzunehmen. Er konterte auch nicht mit der Tatsache, daß Ariane Emory Zeit gehabt hatte, sich seine Design-Prototypen anzusehen. Er schluckte es hinunter und sagte sich, daß Yanni immer unter die Gürtellinie zielte, wenn man ihn störte. Yanni war ein Psychodesigner, arbeitete gleich da oben mit den besten, die sie hatten, und er war die Ruhe selbst, wenn er mit einem Azi zu tun hatte; aber wenn Yanni sich mit einem ZIV stritt, schlug er mit allen Waffen zurück, die ihm zur Verfügung standen, einschließlich seiner psychologischen Taktiken. Natürlich tat es weh. Denn Yanni war verdammt gut, und er feuerte auf einen psychologischen Krüppel, der bei jeder Gelegenheit reingelegt und frustriert wurde.

Deshalb ging Justin mit einem leisen »Ja, Ser, ich verstehe« wieder hinaus. Und quälte sich die ganze Nacht, bevor er sein inneres Gleichgewicht wiederfand, seine zerrütteten Nerven beruhigte und zu dem Schluß kam: *Na gut, so ist Yanni eben, oder? Er ist immer noch der Beste, den ich bekommen habe. Ich kann ihn zermürben. Was kann er mir antun? Was können Worte schon ausrichten?*

Eine ganze Menge, wenn sie von einem Psychodesigner kamen; aber in Reseune zu leben und das anzustreben, was Yanni bereit war zu tun, lief darauf hinaus, daß er es einstecken, sich zusammenreißen und weitermachen mußte.

»Nimm ihn nicht so ernst«, lautete Grants Kommentar zu dem Krach. Grant, der sich ganz in seine Arbeit vertiefte und völlig abschirmte, wenn Yanni sich in weniger als fünf Schritt Entfernung befand, weil Yanni ihm aus gutem Grund Angst machte.

»Das tu ich nicht«, sagte Justin. »Ich werd's auch nicht. Er ist der einzige, der mir wirklich was beibringen kann, abgesehen von Jane Strassen, Giraud und Denys, und mich soll der Schlag treffen, wenn ich zu Nyes gehe. Wir sollten nicht einmal daran denken, uns bei Strassen rumzutreiben.«

»Nein«, erwiderte Grant aus vollem Herzen. »Ich glaube, das sollte man wirklich nicht.«

Besonders wenn man bedachte, wer sich sonst noch in Strassens Büro herumtrieb.

Er zettelte nicht bewußt mit Yanni Krach an. Er war nur innerlich verletzt, er war sich seiner selbst nicht sicher, er versuchte sein Bestes zu geben, und Yanni wollte, daß er Designs mit Schlaufen entwarf, damit ein Chirurg sie wieder herausziehen konnte. Den Grund hatte Yanni ihm an einem ruhigen Tag genannt, als Justin zum zweiten Mal darauf drängte, ihm das Problem mit MR-1958 näher zu erklären: »Du bist einfach nicht so gut, und ein Talentband ist kein Masterband. Hör damit auf, ein Schwein mit Federn zu schmücken. Laß die Finger von den Tiefensets, oder hast du nicht genug Grips im Kopf, um zu sehen, wohin diese Verknüpfung führt? Ich habe keine Zeit für dieses elende Herumgepfusche. Du verschwendest deine Zeit und meine auch. Du könntest ein verdammt guter Designer sein, wenn du deine eigenen Probleme in den Griff bekommen und damit aufhören würdest, mit Dingen herumzuspielen, von denen man seit achtzig Jahren weiß, daß sie einfach nicht funktionieren! Du hast nicht das Rad erfunden, mein Junge, du hast dich bloß in einer alten Sackgasse verlaufen.«

»Das hat Ari nie gesagt«, verteidigte sich Justin schließlich, was ihm ein Gefühl bereitete, als ziehe man ihm die Eingeweide heraus. Es klang halblaut und war viel zu emotional.

»Was hat sie denn dazu gesagt?«

»Sie hat bloß das Design kritisiert und gesagt, daß es einige soziologische Verästelungen gäbe, die ich nicht berücksichtigt hätte ...«

»Verdammt richtig.«

»Sie sagte, sie wollte darüber nachdenken. Ari wollte immerhin darüber nachdenken. Sie hat nicht gesagt, sie könne mir gleich eine Antwort geben. Sie hat nicht gesagt, daß *ich* darüber nachdenken soll. Deshalb glaube ich nicht, daß du mich so abspeisen kannst. Ich kann dir zeigen, woran ich gearbeitet habe, wenn das einen Unterschied macht.«

»Komm besser wieder zu dir, mein Junge. Ari war bei dir nur auf eines aus, und du weißt verdammt gut, was ich meine. Quatsch dich jetzt nicht mit irgendwelchem intellektuellen Blödsinn raus, und mach dir sechs, acht Jahre später nicht selbst etwas vor, weil du allen Ernstes glaubst, daß du mit siebzehn besser warst als jetzt. Das ist Quatsch. Sieh das ein. Du bist in mehrerer Hinsicht falsch gewickelt. Es ist natürlich, daß du dort weiterzumachen versuchst, wo du aufgehört hast, aber du würdest dir einen besseren Dienst erweisen, wenn du da weitermachtest, wo du jetzt bist, mein Junge, und dir klarmachst, daß es nicht deine *Ideen* waren, weshalb Ari dich in ihr Büro gebeten und die ganze Zeit mit dir verbracht hat. Alles klar?«

Für einen Augenblick konnte er kaum atmen. Sie redeten unter vier Augen in Yannis Büro. Niemand sonst konnte sie hören. Aber niemand, *niemand,* hatte in all den Jahren etwas so Brutales zu Justin gesagt wie Yanni, nicht einmal Denys, nicht einmal Petros, und ihm machte ein ganzer Schauer von Flashbacks zu schaffen, der genug Adrenalin in sein System pumpte, um ihn zu einer Reaktion zu veranlassen; er war sich dieser Reaktion bewußt: Er wollte irgendwo anders sein, als in dieser Situation mit einem Mann, den er nicht zu schlagen wagte … Gott, wenn er es täte, hätten sie ihn innerhalb einer Stunde auf dem Tisch liegen …

»Scheiße. Yanni, was hast du mit mir vor?«

»Ich versuche dir zu helfen.«

»Besser geht's wohl nicht, was? Gehst du immer so mit deinen Patienten um? Gott steh ihnen bei!«

Er stand kurz vor dem Zusammenbruch. Er biß die Zähne aufeinander und ließ nicht los. *Du weißt, daß ich eine Therapie hinter mir habe, du gewissenloser Hund. Laß mich in Frieden!*

Und Yanni brauchte lang, bis er ihm antwortete, diesmal sehr viel ruhiger. »Ich versuche dir die Wahrheit zu sagen, mein Junge. Sonst tut's niemand. Treibe ihn nicht in die Enge, sagt Petros immer. Was willst du? Soll Petros ein frisches Pflaster draufkleben? Er kann dir nichts tun. *Denys* würde es nicht zulassen, daß er einen Eingriff vornimmt. Dabei hast du gerade das verdammt nötig, mein Junge. Du brauchst jemanden, der tief hineinschneidet und zu fassen bekommt, was an dir nagt, und es dir im Tageslicht zeigt. Mir ist egal, wie sehr dir's mißfällt. Ich bin nicht dein Feind. Sie haben so verdammte Angst davor, wie's aussehen wird, wenn sie dich zu einer psychischen Generalüberholung einliefern. Sie wollen's deshalb nicht, weil sie fürchten, daß etwas davon durchsickert und Jordan dann überschnappt. Aber ich mache mir um *dich* Sorgen, mein Junge, ich mache mir derartige Sorgen, daß ich dir deine Eingeweide herausreißen und sie dir auf einem Tablett servieren werde, und ich verlaß mich darauf, daß das alte Sprichwort nicht zutrifft und du dich doch wieder zusammensetzen kannst. Ari ist zur Zeit in den Nachrichten, und das ist nicht gut; und die Aufmerksamkeit der Medien ist für unsere Sicherheit mehr als bedenklich. Wir können dich nun einmal nicht einsperren und zu der Behandlung zwingen, die du brauchst. Hör mir mal zu! *Hör mir bitte zu!* Alle anderen bringen ihren Arsch in Sicherheit. Und du blutest, während Petros nur halb-herzige Korrekturen in einer Situation anbringt, die uns allen klar ist: Denys hat versucht, mit dir zu reden. Du willst nicht kooperieren. Gott sei Dank, daß du zumindest versuchst, zur Besinnung zu kommen und dich an die Arbeit zu machen. Wenn ich könnte, was ich wollte, mein Junge, hätte ich dir vor dieser kleinen Unterhaltung einen ordentlichen Schuß verpaßt, und vielleicht hätte es gewirkt. Aber ich möchte, daß du dir ganz deutlich darüber klar bist, was du tust. Du versuchst dorthin zurückzukehren, wo du einmal warst. Du verschwendest deine Zeit. Ich möchte, daß du akzeptierst, was geschehen ist, das Vergangene vergangen sein läßt und mir die Arbeit ablieferst, zu der du in der Lage bist. *Schnelle* Arbeit. Du bist langsam. Du bist einfach zu langsam. Du hältst dich auf mit Checks und nochmaligen Checks, als machtest du dir vor Angst, etwas zu vermurksen, in die Hose, und dabei besteht überhaupt kein Anlaß dazu. Die letzte Überprüfung fällt nicht in dein Ressort, du mußt nicht so arbeiten, wie du's gegenwärtig tust, und ich bin auf keinen Fall bereit, das weiter durchgehen zu lassen. Also entspanne dich einfach, *knie dich in deine Arbeit hinein,* und mache aus deinem Privatleben das Beste. Beschäftige dich nicht weiter mit ...« Er klopfte gleichgültig auf die Seiten. »Nicht mit sowas.«

Justin saß eine Weile schweigend da. Blutete, wie Yanni es ausgedrückt hatte. Und weil er dickköpfig war, weil es nur eines gab, was er wollte, sagte er: »Beweise mir, daß ich mich irre. Kritisiere mich nicht bloß. Leg's den Soziologen vor. Zeig mir, was die zweite oder dritte Generation machen würde! Zeig mir, wie's zusammenpaßt! Oder auch nicht!«

»Hast du dich umgesehen? Hast du gesehen, nach welchen Zeitplänen wir hier arbeiten? Woher, meinst du, soll ich die Zeit nehmen, um mich mit dem hier zu befassen? Womit, meinst du, soll ich den Soziologen die Lösung eines Problems finanzieren, das schon seit acht Jahren gelöst ist?«

»Ich behaupte aber, daß ich's gelöst habe. Ich behaupte, ich hab's. Dann kritisiere du eben meine Designs. Wenn du mir sagen willst, daß ich verrückt bin, dann zeig mir gefälligst, wo ich mich irre.«

»Verdammt noch mal, ich werde dir nicht helfen, dich genau in dem Mist zu suhlen, den du mit dir rumschleppst!«

»Ich bin Jordans Sohn. Ich war gut genug ...«

»War – war – *war* ... zum Teufel! Hör auf, in die Vergangenheit zu blicken! Was vor sechs Jahren war, ist einen Dreck wert, mein Junge!«

»Beweise es mir! *Beweise* es, Yanni, oder gib zu, daß du's nicht kannst!«

»Geh zu Peterson!«

»Peterson kann mir überhaupt nichts beweisen. Ich bin besser als er. Ich habe so angefangen.«

»Du arroganter kleiner Scheißer! Du bist keinen Deut besser als Peterson. Peterson bezahlt hier für alles. Wenn du nicht Jordans Sohn wärst, müßtest du mit einem Schlafzimmer und einem Anteil auskommen, der deiner Arbeit entspricht, und der würde für deine ausgefallenen Vorlieben nicht reichen, mein Junge. Grant und du, ihr verdient doch auch zusammen nicht genug, um euch das Apartment leisten zu können, in dem ihr wohnt.«

»Wofür zahlt die Arbeit meines Vaters, und was bekommt er dafür? Schick ihm meine Designs. Er wird Zeit dafür finden.«

Yanni atmete durch. »Mein Gott. Was soll ich bloß mit dir machen?«

»Was du willst. Wie alle anderen auch. Schmeiß mich raus! Du wirst von diesen Designs etwa eins pro Woche kriegen. Und wenn du nichts dazu sagst, werde ich fragen. Einmal pro Woche. Ich will meine Ausbildung, Yanni. Das steht mir zu. Und du bist der Instruktor, den ich verlange. Tu, was du willst! Sag, was du willst! Ich werde nicht aufgeben.«

»Zum Teufel …«

Er starrte Yanni an und machte es ihm unmöglich, einfach aufzustehen, um den Tisch zu gehen und ihn zu schlagen. »Ich werde Strassen fragen«, sagte er, »aber ich bezweifle, ob sie mich in ihrer Nähe haben will. Und ich glaube, sie hat nicht so viel Zeit. Bleibst also nur du übrig, Yanni. Du kannst mich rausschmeißen, oder du kannst beweisen, daß ich mich irre, und mir erklären warum. Aber mach's logisch. Mich psychologisch auszutricksen, reicht nicht.«

»Ich habe keine Zeit.«

»Niemand hat Zeit. Dabei dauert's nicht so lang, wenn du so deutlich sehen kannst, wo ich mich irre. Ich brauche nur zwei Sätze. Sag mir, wo's sich auf die nächste Generation auswirken wird.«

»Hau endlich hier ab!«

»Bin ich gefeuert?«

»Nein«, knurrte Yanni. Es war das Freundlichste, was Justin seit Jahren vom Personal gehört hatte.

Er fertigte also zwei Bänder an. Eins für Yanni. Vom anderen wünschte er sich, daß sie es ihn benutzen lassen würden. Weil es ihm etwas beibrachte. Weil er mit seiner Hilfe das ganze Set überblickte.

Weil, wie Grant sagte, für einen Azi ein Talent unheimlich wichtig war.

Und er wußte die ethischen Probleme dabei noch immer nicht einzuschätzen – ob es richtig war, wenn ein Theta echtes Vergnügen an seiner Arbeit hatte, statt nur Anerkennung dafür zu erhalten. Das warf moralische Fragen auf. Und es ergaben sich grundlegende strukturelle Probleme, wenn man etwas derart mit einem Azi-Psychoset verknüpfte; das war das schwierigste daran, und Yanni hatte recht. Ein künstliches Psychoset brauchte einfache Grundlagen, keine komplizierten, oder es geriet in sehr gefährliche Komplikationen. Tiefenset-Verknüpfungen konnten zu Neurosen und zwanghaften Handlungen führen, die einen Azi zerstören konnten und sehr viel grausamer waren als simple Langeweile.

Aber er reichte Yanni die Studiendesigns weiterhin zur Ansicht ein, wenn Yanni in gemäßigter Stimmung war; was gelegentlich vorkam.

»Du bist ein Idiot«, war das Beste, was Justin zurückbekam. Und manchmal einen Absatz auf Papier, der die Auswirkungen umriß und ihm zu einem Bandstudium der Soziologie riet.

Er nahm sich die Anmerkungen zu Herzen. Er besorgte sich die Bänder. Und beschäftigte sich mit ihnen. Er entdeckte Fehler, von denen er ausgehen konnte.

»Du bist immer noch ein Idiot«, meinte Yanni. »Woran du jetzt arbeitest, mein Junge, verursacht nur einen langwierigeren und tieferen Schaden. Aber arbeite ruhig weiter. Wenn du so viel Freizeit hast, kann ich dir einige sinnvolle

Dinge vorschlagen, um sie zu nutzen. Wir haben einen Funktionsfehler in einem Beta-Set. Wir haben alles, was wir bewältigen können. Das Set ist zehn Jahre, alt und ruiniert uns eins von drei manuellen Talentbändern. Glauben wir. Glaubt der Instruktor. Diese Fiche klärt dich über die Fallgeschichten auf. Du solltest deine Fähigkeiten besser darauf anwenden und sehen, ob ihr, du und Grant, etwas herausbekommen könnt.«

Er ging mit der Fiche und der Mappe hinaus, eine Fehlersuche vor sich, die bei weitem mehr Arbeit erforderte, als Yanni ihm bisher zugetraut hatte.

Als er das Ding auf dem Bildschirm hatte, wußte er erst, was ihm von Yanni da eingebrockt worden war. Auf die drei Azis waren im Laufe der Jahre genug Bänder angesetzt worden, um eine Seite zu füllen, und jedes war für einen anderen Anwendungsbereich zugelassen gewesen. Aber es handelte sich um eine schwere Fehlfunktion. Die Azis wurden alle mit Korrekturbändern behandelt, einem unbestimmten »Beruhige dich, es ist nicht deine Schuld«, was bedeutete, daß sie in Echtzeit unter einigen Qualen darauf warteten, daß ein Designer auf etwas stieß, was sie von ihrem namenlosen Schmerz befreite, und sensibel mit ihnen umging.

Gott, es war Monate her. Sie befanden sich nicht auf Cyteen. Lokale Hauptaufseher hatten alle an der Analyse mitgewirkt, an einem Azi zwei Reparaturversuche unternommen und waren ziemlich sauer gewesen.

Das bedeutete, es handelte sich um mehr als eine gewöhnliche Störung. Es war kein theoretisches Problem.

Er tätigte zwei Anrufe, einen davon mit Grant. »Ich will deine Meinung hören.«

Den anderen mit Yanni. »An dieser Sache arbeitet doch wohl sonst noch jemand. Mein Gott, Yanni, da wird möglicherweise eine Gehirnwäsche erforderlich. Gib's jemandem, der weiß, was er tut.«

»Du behauptest doch, du hättest Ahnung«, sagte Yanni und legte auf.

»Mistkerl!« schrie Justin.

Und als Grant eintraf, warfen sie alles hinaus, womit sie beschäftigt gewesen waren, und machten sich an die Arbeit.

Drei an Schlaf arme Wochen dauerte es, bevor sie einen Tiefenset-Schnittpunkt in einem Talentband zum Vergleich heranzogen. In allen dreien.

»Verfluchter Mist!« schrie er Yanni an, als er es einreichte. »Was ist das für ein Blödsinn, Yanni! Das hätte man in einer Woche herausfinden können. Mein Gott, das sind Menschen, von denen einer, abgesehen von den anderen Schäden, auch noch unter einer Pfuscherei zu leiden hat ...«

»Nun, du kriegst das schon hin, was? Ich dachte, du würdest besonderen Wert darauf legen, es selbst zu tun. Reparier es!«

»Was soll das heißen, reparier es? Überprüfe das für mich.«

»Das ist ganz allein deine Sache. Reparier's mir! Du brauchst keine Überprüfung.«

Justin sog tief und verzweifelt Luft ein. Und starrte Yanni mit dem Gefühl an, er müsse ihm das Genick brechen. »Ist das wirklich ein Echtzeit-Problem? Oder ist das irgendein verdammter Trick? Irgendeine schwachsinnige Übung, die du ausgeheckt hast?«

»Ja, es läuft in Echtzeit. Und während du hier rumstehst und dich mit mir streitest, warten sie immer noch. Also mach dich an die Arbeit! Du hast das ziemlich schnell geschafft. Wollen wir mal sehen, was du noch kannst.«

»Ich weiß, was du mit mir vorhast, verdammt! Aber laß nicht die Azis darunter leiden!«

»Mach du's auch nicht«, sagte Yanni und verschwand in sein inneres Büro, indem er die Tür hinter sich zuschlug.

Justin blieb einfach stehen. Er sah Marge, Yannis Assistentin, verzweifelt an.

Marge widmete ihm einen teilnahmsvollen Blick und schüttelte den Kopf.

Daraufhin ging er zurück und teilte Grant die Neuigkeiten mit.

Und legte drei Tage später einen Reparaturplan vor.

»Schön«, sagte Yanni. »Ich hoffe, es funktioniert. Ich habe noch einen Fall für dich.«

X

»Das hier ist Teil meiner Arbeit«, sagte Mama, und Ari, die sich an ihrer Hand festhielt, nicht weil sie zu klein, sondern weil die Anlage so riesig war, sich vielerlei bewegte und überall Gefahren lauerten, betrachtete die glänzenden Stahlbehälter ringsum, die Bruttanks genannt wurden, jeder so groß wie ein Bus, und fragte laut:

»Wo sind denn die Babies?«

»In den Tanks«, antwortete Mama. Eine Azi kam auf sie zu, und Mama erklärte: »Das ist meine Tochter Ari. Sie will einen Blick auf ein paar von den Bildschirmen werfen.«

»Ja, Dr. Strassen«, sagte die Azi. Alle redeten laut hier. »Hallo, Ari.«

»Hallo«, rief sie zu der Azi hinauf. Und hielt sich weiter an Mamas Hand fest, weil Mama der Azi der langen Reihe entlang folgte.

Am Ende standen nur ein weiterer Schreibtisch und ein Kontrollbildschirm. Mama fragte aber: »Wer ist der jüngste hier?«

»Nummer Zehn ist seit einer Woche drin.«

»Ari, kannst du zehn Tanks abzählen? Das ist fast an der Wand.«

Ari sah hin. Und zählte. Dann nickte sie.

»Gut«, sagte Mama. »Mary, laß uns mal einen Blick drauf werfen. – Ari, Mary hier wird dir das Baby in Nummer Zehn zeigen, gleich hier auf dem Bildschirm.«

»Können wir nicht reingucken?«

»Das Licht würde das Baby stören«, erklärte Mama. »Sie sind wie Geburtstagsgeschenke. Man darf sie erst öffnen, wenn das Baby Geburtstag hat. Verstehst du?«

Das war lustig. Ari lachte und ließ sich auf den Stuhl plumpsen. Und auf dem Bildschirm erschien ein rotes kleines Etwas.

»Das ist das Baby«, sagte Mama und zeigte darauf. »Genau hier.«

»Ah!« Es weckte Erinnerungen an etwas, das Ari schon einmal gesehen hatte. Vielleicht auf einem Band. Es war eine Art Baby.

»O ja. Hhm. Alle Babies sehen so aus, wenn sie eine Woche alt sind. Wie lang brauchen sie, bis sie auf die Welt kommen?«

»Vierzig Tage oder so«, murmelte Ari. Das kam ihr auch von tief unten wieder in den Sinn. »Sind sie alle so?«

»Welche sind den acht Wochen am nächsten, Mary?«

»Vier und Fünf sind in der neunten, Sera.«

»Das sind die Tanks Vier und Fünf. Schau, wo sie sind, und dann zeigen wir dir – welchen, Mary?«

»Nummer Fünf, Sera. Da haben wir's.«

»Das ist immer noch so häßlich«, sagte Ari. »Gibt's keine hübscheren?«

»Nun, sehen wir mal weiter.«

Das nächste war besser. Das darauf war noch besser. Schließlich wurden die Babies so groß, daß man sie nicht auf einmal betrachten konnte. Und sie strampelten herum. Ari war aufgeregt, richtig aufgeregt, weil Mama sagte, sie würden jetzt eins zur Welt bringen.

Es waren eine Menge Techniker zugegen, als sie dort ankamen, wo es geschehen sollte. Mama hielt Ari fest an den Schultern und stellte sie unmittelbar vor sich hin, damit sie zusehen konnten; und sagte ihr, wohin sie sehen sollte, gleich da vorn, direkt in den Tank.

»Ertrinkt's denn nicht?« fragte Ari.

»Nein, nein, Babies leben doch in Flüssigkeit, nicht? Jetzt, jetzt gerade macht das Innere des Tanks dasselbe, was das Innere einer Frau macht, wenn's zu einer Geburt kommt. Es schiebt das Baby gleich raus. Wie mit Muskeln, nur sind das alles hier Pumpen. Es wird richtig bluten, weil eine Menge Blut durch die Pumpen hinein und heraus geht, und einige Adern des Bioplasmas werden verletzt, wenn so gedrückt wird.«

»Hat das Baby eine Nabelschnur und all das?«

»O ja, Babies müssen eine haben. Es ist ein echtes. Alles ist echt bis hin zum Bioplasma. Das ist das Komplizierteste dabei – es kann ein echtes Blutsystem ausbilden. Paß jetzt auf, schau, da blinkt das Licht. Das heißt, die Techniker sollen sich bereit machen. Da kommt es. Das ist der Kopf. In dieser Lage sollen Babies erscheinen.«

»Platsch!« rief Ari und klatschte in die Hände, als es in den Tank fiel. Und stand still da, als es zu schwimmen anfing und das widerliche Zeug durchs Wasser trieb. »Toll!«

Aber die Azi-Techniker holten es dort heraus, nahmen die Nabelschnur, und es bewegte sich weiter. Ari stand auf den Zehenspitzen und versuchte mitzubekommen, wie sie es drüben zum Tisch trugen, aber die Azi Mary hielt die Männer auf, damit sie Ari zeigten, wie das Baby Gesichter zog. Es war ein kleiner Junge.

Dann wuschen und puderten sie es, wickelten es ein, und Mary hielt und wiegte es.

»Das ist GY-7688«, sagte Mama. »Sein Name ist August. Wenn er einmal groß ist, wird er einer unserer Sicherheitswachen sein. Aber jetzt bleibt er erst einmal für einige Zeit ein Baby. Wenn du zwölf bist, wird er so alt sein wie du jetzt.«

Ari war fasziniert. Sie ließen sie ihre Hände waschen und das Baby anfassen. Es wedelte mit der Faust in ihre Richtung und trat, und Ari lachte auf, so lustig war es.

»Verabschiede dich jetzt«, sagte Mama dann. »Bedanke dich bei Mary!«

»Danke«, sagte Ari und meinte es auch so. Es machte Spaß. Sie hoffte, sie konnten wieder einmal herkommen.

»Hat dir das Labor gefallen?« fragte Mama.

»Ich fand's toll, wie das Baby auf die Welt gekommen ist.«

»Ollie ist auch so auf die Welt gekommen. Er wurde genau in diesem Labor geboren.«

Das konnte Ari sich nicht vorstellen. Ollie so klein und lustig. Sie wollte sich Ollie nicht so vorstellen. Sie rümpfte die

Nase und brachte Ollies Bild in ihrem Kopf wieder in Ordnung.

Erwachsen und stattlich in seiner schwarzen Uniform.

»Manchmal werden auch ZIVs aus den Tanks geboren«, erklärte Mama. »Wenn ihre Mütter sie aus irgendwelchen Gründen nicht austragen können. Die Tanks können es. Kennst du den Unterschied zwischen einem Azi und einem ZIV, wenn sie auf dieselbe Weise geboren wurden?«

Das war eine schwierige Frage. Es gab eine Menge Unterschiede. Einige bestanden in den Regeln, und einige darin, wie die Azis waren.

»Welchen denn?« fragte sie Mama.

»Wie alt warst du, als du zum ersten Mal ein Band benutzt hast?«

»Ich bin sechs.«

»Richtig. Und du hast einen Tag nach deinem Geburtstag dein erstes Band benutzt. Es hat dir keine Angst gemacht, was?«

»Nein«, antwortete sie; und schüttelte den Kopf so wild, daß ihre Haare flogen. Das machte sie gern. Mama ließ sich Zeit mit ihren Fragen, und dazwischen langweilte sich Ari.

»Weißt du, wann August sein erstes Band haben wird?«

»Wann?«

»Heute. Jetzt gleich. Sie legen ihn in die Wiege, und da läuft eine Art Band, damit er's hört.«

Sie war ziemlich beeindruckt. Sogar etwas neidisch. August war eine Gefahr, wenn er derart klug werden würde.

»Warum war das bei mir nicht so?«

»Weil du ein ZIV werden solltest. Weil du erst eine Menge Dinge auf die altmodische Weise lernen mußtest. Weil Bänder gut sind, wenn du eine Mama und einen Papa hast, die auf dich aufpassen; du lernst alle möglichen Dinge, die August erst lernt, wenn er älter ist. ZIVs haben eigentlich einen schwierigen Start. Azis lernen eine Menge darüber, wie sie sich gut benehmen und ihren Job erledigen sollen, aber sie sind nicht sehr gut darin, mit Dingen klarzukommen, mit denen sie noch nie zu tun hatten. ZIVs können gut mit unvorhergesehenen Ereignissen umgehen. ZIVs können sich überlegen, was zu tun ist. Das lernen sie von ihren Müttern. Bandlernen ist gut, aber es ist nicht alles. Deshalb sagt Mama immer, du sollst aufpassen, was du siehst und hörst. Deshalb sollst du in erster Linie daraus lernen, damit du weißt, daß Bänder nicht so wichtig sind wie das, was du selbst siehst und hörst. Wenn August eine Mama hätte, die ihn heute mit nach Hause nähme, wäre er auch ein ZIV.«

»Warum kann Mary nicht seine Mama sein?«

»Weil Mary auf zu viele Kinder aufpassen muß. Sie hat jedes Jahr fünfhundert, manchmal noch mehr. Sie könnte, all die Arbeit nicht tun. Also müssen's die Bänder erledigen. Deshalb können Azis keine Mamas haben. Es gibt einfach nicht genug, die sich um sie kümmern könnten.«

»*Ich* könnte August nehmen.«

»Nein, könntest du nicht. Mamas müssen erwachsen sein. *Ich* müßte ihn mitnehmen, und er würde in deinem Bett schlafen müssen, mit deinen Spielsachen spielen, in die Windeln machen und viel schrein. Und du müßtest Mama für alle Zeit mit ihm teilen. Du kannst ein Baby nicht zurückgeben, bloß weil du keine Lust mehr darauf hast. Würde es dir etwa gefallen, wenn er dir ein halbes Zimmer wegnähme und Mama, Nelly und Ollie sich die ganze Zeit um ihn kümmern müßten? Denn dann wäre *er* das Baby und würde Mamas ganze Zeit beanspruchen.«

»Nein!« Das war keine gute Idee. Sie ergriff die Hand ihrer Mama und schwor sich, daß kein Baby eindringen und ihr die Hälfte von allem wegnehmen würde. Mit blöden Freunden zu teilen, war schon schlimm genug.

»Komm!« sagte Mama und brachte sie nach draußen in die Sonne, in den Garten, wo die Fische waren. Ari fühlte in ihre Hosentaschen, aber sie hatte keine Brotkrümel oder so was bei sich. Nelly hatte dafür gesorgt, daß sie etwas Sauberes anzog.

»Hast du Fischfutter dabei?«

»Nein«, erwiderte Mama und klopfte auf den großen

Stein, auf den sie sich setzte. »Setz dich zu Mama, Ari. Erzähl mir, was du von den Babies hältst.«

Wieder eine Lektion. Ari seufzte und vergaß die Fische, die unter den Lilien hervorschwammen; sie kauerte sich auf einen kleinen Felsen, von dem sie Mama ins Gesicht sehen konnte, und stützte ihre Ellbogen auf ihre Knie.

»Was hältst du von ihnen?«

»Also – sie sind nett.«

»Du weißt ja, daß Ollie dort geboren wurde.«

»Wird das Baby ein neuer Ollie werden?«

»Das geht nicht, das weißt du doch. Warum?«

Sie verdrehte den Kopf und überlegte. »Er ist GY-soundso, und Ollie ist AO. Er ist nicht einmal ein Alphas.«

»Das stimmt. Ganz richtig. Du bist sehr klug.«

Das hörte sie gern. Sie zappelte herum.

»Weißt du, du wurdest auch in diesem Raum geboren, Ari.«

Sie hörte das in ihrem Kopf noch einmal. Und war sich nicht sicher, ob Mama sie nicht aufzog. Sie sah Mama an und versuchte herauszufinden, ob es ein Spiel war. Es sah zumindest nicht nach einem Spiel aus.

»Mama konnte dich nicht austragen. Mama ist viel zu alt. Mama ist viele Jahre rejuvenilisiert worden und kann keine Babies mehr bekommen. Aber die Tanks können es. Deshalb hat sie Mary beauftragt, ein besonderes Baby zu machen. Und Mama war dort am Tank, als es geboren wurde, und hob es aus dem Wasser, und das warst du, Ari.«

Sie starrte Mama an. Und versuchte sich in diesen Raum und diesen Tank zu versetzen und das Baby zu sein, das Mary herausgeholt hatte. Ihr kam alles anders vor. Sie hatte das Gefühl, jemand anderer zu sein. Sie wußte nicht, was sie dagegen tun sollte.

Mama streckte ihre Hände aus. »Möchtest du, daß Mama dich in den Arm nimmt, Liebling? Ich möchte das.«

Ja, sie wollte es. Sie wollte klein und bequem auf Mamas Schoß sitzen, und sie versuchte es, aber sie tat Mama weh, sie war zu groß, deshalb hockte sie sich neben Mama auf den Felsen und fühlte sich groß und plump, während Mama sie umarmte und wiegte. Aber sie fühlte sich sicherer so.

»Mama liebt dich, mein Schatz. Mama liebt dich wirklich. Es ist überhaupt nicht schlimm, in dem Raum geboren zu werden. Du bist das beste kleine Mädchen, das Mama haben konnte. Ich würde dich mit niemandem tauschen.«

»Ich gehöre immer noch zu dir.«

Mama wollte nichts erwidern, sie veränderte sich so plötzlich, daß Ari Angst bekam, bis Mama sagte: »Du gehörst immer noch zu mir, Liebling.«

Sie wußte nicht, warum ihr Herz so schwer schlug. Sie wußte nicht, warum sie den Eindruck hatte, daß Mama zuerst etwas anderes hatte sagen wollen. Das erschreckte sie mehr als alles andere. Sie war froh, daß Mama sie in den Armen hielt. Ihr war kalt.

»Ich habe dir schon erzählt, daß nicht jeder einen Papa hat. Du hattest aber einen, Ari. Sein Name war James Carnath. Deshalb ist Amy deine Cousine.«

»Amy ist meine Cousine?« Sie fand es entsetzlich. Andere Leute hatten auch Cousinen. Das hieß, daß sie miteinander verwandt waren. Aber die widerliche alte Amelie Carnath war niemand, mit dem sie verwandt sein wollte.

»Wo ist denn mein Papa?«

»Er ist tot, Liebling. Er starb, bevor du geboren wurdest.«

»Könnte Ollie nicht mein Vater sein?«

»Ollie nicht, Schatz. Er wird rejuvenilisiert.«

»Er hat kein weißes Haar.«

»Er färbt es, genauso wie ich.«

Das war ein furchtbarer Schock. Sie konnte sich nicht vorstellen, daß Ollie so alt wie Mama war. Ollie war jung und hübsch.

»Ich möchte, daß Ollie mein Papa ist.«

Mama schien sich wieder zu ärgern. Ari spürte es in Mamas Armen. An der Art, wie Mama atmete. »Nun, es war aber James Carnath. Er war ein Wissenschaftler wie

Mama. Er war sehr klug. Von ihm hast du eine Hälfte deiner Klugheit, weißt du. Du weißt ja, wenn du später zur Rejuvenilisierung übergehst und wenn du vielleicht selber ein Baby haben willst, mußt du dein Genset in einer Bank deponieren, damit es dort ist, wenn du kein Baby mehr bekommen kannst. Nun, auf diese Weise konntest du gezeugt werden, als dein Vater schon lange tot war. Und dort in der Genbank hast du die ganzen Jahre gewartet, bis Mama in der Lage war, sich um ein Baby zu kümmern.«

»Ich wünschte, du hättest es früher gemacht«, sagte Ari. »Dann wärst du nicht so alt.«

Mama weinte.

Und sie weinte auch, weil Mama unglücklich war. Aber Mama küßte sie und nannte sie Liebling und sagte, sie liebe sie, deshalb nahm sie an, es sei wieder gut, als es Zeit zum Gehen wurde.

Sie dachte lang darüber nach. Sie hatte immer geglaubt, sie käme aus Mamas Bauch. Es war in Ordnung, wenn Mama gewollt hatte, daß sie aus einem Tank geboren wurde. Das machte aus ihr keine Azi. Darauf achtete Mama schon.

Es war nett, dort geboren zu werden, wo Ollie geboren worden war. Der Gedanke gefiel ihr. Es war ihr gleichgültig, wer James Carnath war. Jedenfalls war er ein Carnath. Hm. Wie Amy.

Sie stellte sich vor, daß Ollie als Baby schwarzes Haar gehabt hatte und hübscher gewesen war als August.

Sie überlegte, daß sie ihren eigenen Ollie haben würde, wenn sie so alt war wie Mama. Und sie würde eine Nelly haben.

Aber keine Phaedra. Phaedra kommandierte zuviel.

Man brauchte keinen Azi zu haben, wenn man nicht wollte. Man mußte sie bestellen, sonst kamen sie nicht auf die Welt.

Das hatte Phaedra verdient, die immer auf sie einredete. Sie würde statt dessen August bekommen, wenn sie groß war, und er würde den Sicherheitsdienst in ihrem Flur vertreten, und mit *»Guten Morgen, Sera«* grüßen, so wie die jetzigen Sicherheitsleute Mama grüßten.

Sie würde auch einen Grant haben. Mit rotem Haar. Sie würde ihn in Schwarz kleiden, so wie es viele Azis taten, und er würde sehr hübsch aussehen. Sie wußte nicht, was er zu tun haben würde, aber sie wollte auf jeden Fall einen Azi mit roten Haaren haben.

Sie würde reich wie Mama sein.

Sie würde schön sein.

Sie würde mit dem Flugzeug fliegen und in die Stadt gehen und einen Haufen schöner Sachen und Juwelen wie die von Mama kaufen, damit bei der Neujahrs-Party alle sagen würden, wie hübsch sie sei.

Sie würde Valery finden und ihm befehlen zurückzukommen.

Und Sam Schwartz auch.

Sie würden alle glücklich sein.

ZWEITER TEIL

Die Wiedergeburt

Verbaltext aus:

MUSTER DES WACHSTUMS

Ein Bandstudium der Genetik: Teil 1
›Ein Interview mit Ariane Emory‹: Zweiter Teil

Reseune Ausbildungsprogramm: 8970-8768-1
zugelassen für 80 +

F: **Dr. Emory, wir haben vielleicht noch Zeit für ein paar Fragen, wenn es Ihnen nichts ausmacht.**

A: *Fahren Sie fort.*

F: **Sie gehören zu den Sonderpersonen. Es gibt Leute, die behaupten, Sie seien eines der größten Genies, die je lebten, und gehörten in eine Reihe mit da Vinci, Einstein und Bok. Was halten Sie von solchen Vergleichen?**

A: *Ich hätte einen dieser Menschen gerne kennengelernt. Ich glaube, das wäre interessant gewesen. Nebenbei bemerkt, glaube ich, kann ich mir Ihre nächste Frage schon denken.*

F: **So?**

A: *Fragen Sie.*

F: **Wie sehen Sie sich im Vergleich zu anderen Menschen?**

A: *Hmmm. Das ist sie nicht. Andere Menschen. Ich weiß nicht, ob ich etwas dazu sagen kann. Ich führe ein sehr zurückgezogenes Leben. Ich habe großen Respekt vor jedem, der einen Lastwagen durchs Hinterland fahren oder ein Raumschiff steuern kann. Oder mit der U-Bahn von Novgorod zurechtkommt.* (Lacht) *Ich nehme an, ich könnte es auch. Ich hab's nie versucht. Aber das Leben ist immer kompliziert. Ich bin mir nicht sicher, ob es mir mehr abverlangt, einen Genotypus zu entwerfen, als jemand anderem mit dem dazu erforderlichen Talent, etwas von dem zu tun, was ich eher beängstigend finde.*

F: **Das ist ein interessanter Gedanke. Aber meinen Sie, daß es von gleichem Wert ist, einen Lastwagen zu fahren? Sollten wir Sonderpersonen solche Arbeit zumuten? Was macht Sie so wertvoll?**

A: *Ich verfüge über ein einzigartiges Set von Fähigkeiten. Niemand sonst kann tun, was ich tun kann. Das ist es, was eine Sonderperson ausmacht.*

F: **Was für ein *Gefühl* ist das, eine Sonderperson zu sein?**

A: *Das kommt der Frage sehr nahe, die ich von Ihnen erwartet habe. Ich kann Ihnen verraten, daß das Leben als Sonderperson eine Menge mit dem Leben eines Rats oder dem Bekleiden eines öffentlichen Amts gemeinsam hat: sehr wenig Privatleben, sehr hohe Sicherheitsanforderungen, mehr Aufmerksamkeit, als es einem sinnvoll erscheint.*

F: **Können Sie das letztere erklären – was erscheint Ihnen nicht sinnvoll?**

A: *(Lacht) Ein gewisses Presseerzeugnis bat mich, in allen Einzelheiten ein Menü meiner Lieblingsspeisen zu schildern. Ein Reporter fragte mich einmal, ob ich an Wiedergeburt glaube. Ist daran etwas sinnvoll? Ich bin Psychochirurg, Genetiker und gelegentlich Philosoph – unter diesem Aspekt erscheint mir die letztere Frage natürlich sinnvoller als die erste – aber was, zum Teufel, kümmert beides die breitere Öffentlichkeit? Mehr als meine wissenschaftliche Arbeit, meinen Sie? Nein. Wonach die Reporter suchen, ist ein Ausgleich, der eine gewisse Balance zwischen meiner Psyche und ihrem demographischen Idealzuschauer herstellt: Was sie fragen, langweilt jeden gleichermaßen, indem es niemanden besonders anspricht, aber was soll's? Das alles führt uns endlich zu der Frage, von der ich erwarte, daß Sie sie stellen werden.*

F: **Sie bringen einen sehr durcheinander.**

A: *Fragen Sie ruhig. Ich werde Ihnen sagen, ob wir schon soweit sind.*

F: **In Ordnung. Ich glaube, wir haben es. Meinen Sie das: Was wissen Sie, was niemand sonst weiß?**

A: *Oh, das gefällt mir besser. Was ich weiß? Das ist interes-*

sant. So hat's noch niemand formuliert. Soll ich Ihnen verraten, was ich immer gefragt werde? Was für ein Gefühl das ist, die Fähigkeiten einer Sonderperson zu haben. Was ich weiß, ist eine viel klügere Frage. Was ich fühle, läßt sich ganz einfach erklären: dasselbe wie jeder – der isoliert wird, anders und imstande ist, die Gründe für die Isolation und das Anderssein zu begreifen.

Was ich weiß? Ich weiß, daß ich vergleichsweise unwichtig und meine Arbeit ungemein wichtig ist. Daran haben die Interviewer nicht gedacht, die mich fragten, was ich gern esse. Meine Vorliebe für Wein ist völlig belanglos, sofern Sie nicht an meiner persönlichen Biochemie interessiert sind, die mich durchaus interessiert und die von Bedeutung ist, aber das hat sicher wenig zu tun mit einem Artikel über berühmte Leute und Essen, was immer das soll. Wenn dieser Autor nachweislich einen Zusammenhang zwischen Genie und dem Verzehr von Käse entdeckt, interessiert mich das, und ich würde mich gern mit ihm unterhalten.

Glücklicherweise beschützt mich mein Personal vor den Neugierigen, die sonst nichts zu tun haben. Der Staat sondert mich ab, weil der Staat als Ganzes genommen – das Volk, wenn Sie so wollen – weiß, daß ich arbeiten werde, wenn man mir die Freiheit zum Arbeiten läßt, und zwar meiner Arbeit zuliebe, weil ich ein Monomane bin. Weil ich über die emotionale Dimension verfüge, der andere Reporter sich zu nähern versuchten, weil ich ein ästhetisches Gefühl für das besitze, was ich tue, und es deckt sich mit dem, was eine andere Sonderperson, die vor langer Zeit lebte, das Streben nach Schönheit nannte – ich glaube, das kann jeder auf einer gewissen Ebene nachvollziehen. Auf irgendeiner Ebene. Unsere Vorväter setzten es mit der Wahrheit gleich. Ich nenne es Balance. Ich setze es mit Symmetrie gleich. Das ist die Natur einer Sonderperson, das ist es, was Sie eigentlich wissen wollen: Der Geist einer Sonderperson arbeitet in Abstraktionen, die die Beschränkungen jeder existierenden Sprache überschreiten. Eine Sonderperson verfügt über einen Blick nach vorn und ebenso über einen Weitblick, der mehr umfaßt, als ein einzelnes menschliches Wort je umfassen wird, ganz einfach weil die kommunikative Sprache eine Eigenart der Massen ist. Und das eine Wort, jenes Wort, das wir in Versalien schreiben müßten, das eine Sonderper-

son hört, versteht, im ursprünglichsten Sinne des Wortes begreift, ist eines, das außerhalb der Erfahrung aller Menschen vor ihm steht. Deshalb nennt er es Schönheit. Oder Wahrheit. Oder Balance oder Symmetrie. Häufig drückt er sich in der höchst anpassungsfähigen Sprache der Mathematik aus; oder wenn seine Disziplin sich dieser Ausdrucksweise nicht anzupassen versteht, muß er eine besondere Bedeutung für bestimmte Worte im Kontext seiner Arbeit schaffen und sich in der semantischen Fracht zu verständigen versuchen, die seine Sprache über die Jahrhunderte aufgehäuft hat. Meine Sprache ist teils mathematisch, teils biochemisch, teils semantisch: Ich studiere biochemische Systeme – menschliche Wesen – die auf einer biochemischen Ebene auf vorhersehbare Weise auf Reize reagieren, die über ein System von Rezeptoren – die Hardware – von biochemisch bestimmter Empfindlichkeit eintreffen; durch einen biochemischen Prozessor von biochemisch bestimmtem Wirkungsgrad – wiederum Hardware –, abhängig von einem sich selbst programmierenden System, das auch biochemischer Art ist und eine einzigartig angepaßte Software hervorbringt, die Informationen von einem anderen menschlichen Wesen mit einem Grad an Spezifikation empfangen kann, der hauptsächlich durch seine eigene Hardware, seine eigene Software und Semantik begrenzt wird. Wir haben noch nicht von der Hardware und Software des zweiten menschlichen Wesens gesprochen. Noch haben wir die komplexe Dimension der Kultur angesprochen oder die Möglichkeit, eine Mathematik für soziale Systeme zu entwerfen, die Spiele, die Statistiker und Demographen auf ihrer Ebene spielen und ich auf meiner. Ich will Ihnen verraten, daß ich viel von der Arbeit an Mikrostrukturen Forschern unter meiner Anleitung überlasse und mehr Zeit mit dem Nachdenken verbracht habe als im Laboratorium. Ich nähere mich einem Grad an Ordnung in diesem Denken, den ich nur als einen Zustand der Einfachheit bezeichnen kann. Einer sehr weit gefaßten Einfachheit. Dinge, die keinen Zusammenhang aufzuweisen schienen, haben nun einen. Diese Dinge in eine Ordnung einzufügen, ist ein erhebendes Gefühl, das den Denker in Dimensionen lockt, die mit den Sinnen nichts zu tun haben. Mich ans tägliche Leben anzubinden, wird immer schwieriger, und manchmal stelle ich fest, daß ich das brauche, daß das Fleisch nach Bestätigung, nach Empfindungen verlangt – weil ich sonst als Person nicht existiere. Und ich existiere überall.

Am Ende werde ich das eine Wort aussprechen, und es wird die Menschheit angehen. Ich weiß nicht, ob jemand es verstehen wird. Mir liegt sehr viel daran. Das ist die emotionale Dimension. Aber wenn ich Erfolg habe, wird mein Nachfolger etwas tun, das ich nur in weiter Entfernung sehen kann: In gewissem Sinne arbeite ich schon daran, denn so weit zu kommen, ist Teil davon. Aber das Fleisch braucht Ruhe vor den Visionen. Das Leben ist eine begrenzte Episode, selbst wenn es von einer Rejuvenilisierung verlängert wird. Ich schenke euch die Wahrheit. Eines Tages wird irgend jemand meine Notizen verstehen.

Es ist mein Ich, das in einer Sprache spricht, die nicht einmal eine andere Sonderperson verstehen kann, weil seine Schönheit eine andere ist und auf anderen Wegen Fortschritte macht. Wenn Sie religiös sind, denken Sie vielleicht, wir haben dasselbe gesehen. Oder daß wir dasselbe Ziel anstreben. Ich für meinen Teil bin mir da nicht sicher. Wir sind Gottes Würfel. Um noch einer anderen Sonderperson die Antwort zu geben.

Jetzt habe ich Ihnen mehr verraten, als jedem anderen Interviewer vor Ihnen, weil Sie die beste Frage gestellt haben. Es tut mir leid, daß ich nicht in schlichten Worten antworten kann. Inzwischen ist der durchschnittliche Bürger in der Lage, Platon zu verstehen, und manch einer vielleicht Einstein. Die Mehrheit der Wissenschaftler haben Bok noch nicht begriffen. In einigen Jahrhunderten werdet ihr wissen, was ich jetzt gerade weiß. Aber makrokosmisch betrachtet ist die Menschheit ziemlich weise: Denn in der Masse seid ihr Visionäre wie jede Sonderperson, ihr gebt mir meine Freiheit, und ich bestätige die Stichhaltigkeit eures Urteils.

F: **Sie können diese Sache, die Sie sehen, nicht erklären.**

A: *Wenn ich's könnte, würde ich's tun. Wenn es Worte gäbe, um es zu beschreiben, wäre es nicht das, was ich bin.*

F: **Sie haben jahrzehntelang in der Legislative gedient. Ist das keine Zeitverschwendung? Ist das kein Job, den ein anderer tun könnte?**

A: *Eine gute Frage. Nein. Nicht in dieser Zeit. Nicht an diesem*

Ort. Die Entscheidungen, die wir fällen, sind sehr wichtig. Die Ereignisse der letzten fünf Dekaden beweisen das. Und ich brauche den Kontakt mit der Realität. Ich profitiere davon – auf eine geistige Weise, wenn Sie so wollen. Auf gewisse Weise wirkt sich das auf meine persönlichen biochemischen Systeme aus und hält sie in gesunder Balance. Es ist für den Organismus nicht gut, das Abstrakte wachsen zu lassen, ohne die Wahrnehmungen zu überprüfen. Um es einfacher auszudrücken, es ist ein Mittel gegen die intellektuelle Isolation und ein Dienst, den ich meinem Nächsten erweise. Ein Mathematiker hat wahrscheinlich nicht annähernd die Kenntnisse unseres jüngsten Rats über die zukünftige Entwicklung interstellarer Märkte oder die Fürs und Widers medizinischer Behandlungssysteme für Handelsschiffer auf Unionsstationen. Schon aufgrund der Natur meiner Arbeit verfüge ich durchaus über diese Kenntnisse; und trage Verantwortung für die menschliche Gesellschaft. Ich weiß, daß es Leute gibt, die das Ratssystem als Verschwendung der Zeit von Experten kritisieren. Wenn es Zeitverschwendung ist, der Gesellschaft, in der wir alle leben, den Rat von Experten zur Verfügung zu stellen, wozu sind wir dann gut? Natürlich können sich manche Theoretiker über die Grenzen ihres Fachgebiets hinaus nicht verständigen. Aber manche können es und sollten es tun. Sie haben die Experten uneinig erlebt. Manchmal ist der Grund dafür, daß es einem von uns mißlingt, etwas in einem anderen Fachgebiet zu verstehen. Sehr oft ist der Grund, daß es den besten Denkern in zwei Fachgebieten mißlingt, sich mit einer Frage mit praktischen Auswirkungen anzufreunden, und das ist genau der Grund, warum die Leute, die die Auseinandersetzungen führen, besser Experten sind: Manche sehr nützliche interdisziplinäre Verständnisbrücken werden im Rat und in den Privatzusammenkünften geschlagen, eine Verschmelzung separater Wissensbestände, die ohne Frage das einzigartige soziale Experiment unterstützt, das wir Union nennen.

Das ist ein Aspekt jener Einfachheit, die ich auch einfach erklären kann: Die Interessen aller Menschen sind verbunden, meine eigenen eingeschlossen, und Politik ist nicht mehr als ein zeitlicher Ausdruck der sozialen Mathematik.

I. KAPITEL

I

»Diese Klingel muß einmal läuten, wenn du den Knopf links drückst, und zweimal, wenn du den Knopf rechts drückst«, sagte der Aufseher, und Florian hörte zu, während die Aufgabe sich in das einfügte, was er schon wußte. Bis hierher war es einfach zu verdrehten. »Aber ...« – Florian wußte, daß jetzt das eigentliche Problem kam – »aber du mußt es so hinbekommen, daß sich überhaupt nichts rührt, wenn du den linken Knopf zuerst drückst; und wenn du den rechten Knopf zweimal drückst, es nicht funktioniert, ehe du nicht den linken drückst. Es kommt auf die Schnelligkeit an. Auch auf die Genauigkeit. Los!«

Überall auf dem Tisch lagen Einzelteile und Werkzeuge. Florian suchte sich zusammen, was er brauchte. Es war nicht besonders schwierig.

Die nächste Aufgabe war das Projekt von jemand anderem. Und man mußte auf die Tafel sehen und dem Instrukteur erklären, wozu es diente.

Seine Finger waren sehr flink. Er kam gegen die Uhr an. Mit Leichtigkeit. Das nächste war schwieriger. Das dritte bestand immer darin, für jemand anderen etwas vorzubereiten.

Dafür hatte er fünfzehn Minuten.

Er sagte dem Instrukteur, was es war.

»Zeig mir, wie du das bauen würdest«, sagte der Instrukteur. Er gehorchte.

Und der Instrukteur sah sehr ernst drein, nickte schließlich und sagte: »Florian, du wirst dich noch einmal mit dem Band beschäftigen.«

Er war enttäuscht. »Es tut mir leid. Wird's nicht funktionieren?«

»Natürlich wird's funktionieren«, sagte der Instrukteur

und lächelte ihn an. »Aber ich kann das niemandem auf dieser Ebene geben. Du wirst die Grundlagen ein zweites Mal studieren, und dann werden wir sehen, wie du mit dem nächsten klarkommst. In Ordnung?«

»Ja«, erwiderte er. Natürlich sagte er ja. Aber er machte sich Sorgen. Er arbeitete sehr viel mit Älteren. Es war schwierig und kostete eine Menge Zeit, und sie bestanden weiterhin darauf, daß er sich seine Zeit für die Aufzeichnungen nahm, wenn er eigentlich seinem Job nachgehen sollte.

Es war schon ziemlich spät, und Andy sah ihn immer stirnrunzelnd an und half ihm mehr, als er wollte.

Er überlegte, ob er mit dem Aufseher über alles reden sollte. Aber sie waren zufrieden, wenn er hart arbeitete. Er konnte noch weitermachen, selbst wenn er müde war, selbst wenn er nachts in sein Bett fiel und sich nicht mehr erinnern konnte, was er getan hatte.

Der Instrukteur sagte, er könne gehen, und er war wieder zu spät dran. Andy sagte ihm, die Schweine verstünden nichts von seinem Zeitplan und er hätte sie füttern müssen.

»Ich kümmere mich um's Wasser«, sagte er, und erledigte es für Andy mit. Das war nett. Andy freute sich darüber.

Er freute sich so darüber, daß er Florian mit ihm zusammen das Pferd striegeln ließ, und ging mit ihm in die kleine Scheune, wo sie das Jungtier hielten, das eine Sie war, vor allem geschützt und mit einem Eimer gefüttert wurde, den man festhalten mußte. Florian war noch nicht groß genug dafür. Man mußte duschen und die Kleider wechseln und sehr vorsichtig sein, weil sie dem Jungtier etwas verabreichten, das sie von dem Pferd hatten. Aber das Junge war nicht krank. Es spielte mit ihnen Verstecken, schnupperte dann immer an ihren Fingern und versteckte sich wieder.

Er war ungeheuer erleichtert gewesen, als Andy ihm gesagt hatte, daß Pferde nicht zum Essen da waren. »Wofür sind sie denn?« hatte er daraufhin gefragt und Angst gehabt, er würde etwas viel Schlimmeres zu hören bekommen.

»Sie sind Experimentelle«, hatte Andy ihm erklärt. »Ich bin mir nicht sicher. Aber man sagt, sie seien Arbeitstiere.«

Manchmal dienten auch Schweine als Arbeitstiere. Schweine waren gut darin, einheimisches Gestrüpp aufzuspüren, das hereindrängte und Wurzeln schlug, und sie waren so schlau, das Zeug nicht zu fressen. Es gab Azis, die nichts anderes taten, als mit ihnen umherzugehen, jeden Tag mit Schweinen, die nie jemand zu Schinken verarbeiten würde, durch die Gehege und über die Felder zu schweifen und alles auszurupfen, was sich hinter die Zäune verirrt hatte. Die Spürgeräte waren schon gut, aber Andy sagte, die Schweine seien in mancherlei Hinsicht besser.

Das war es, was sie auf den Bändern meinten, dachte Florian, wenn sie sagten, daß die erste Regel aller Regeln die war, daß man eine Möglichkeit finden sollte, nützlich zu sein.

II

Ari las die Aufgabe, vertiefte sich in ihr Bandwissen und fragte Mama: »Macht es etwas aus, wie viele von ihnen Jungen und wie viele Mädchen sind?«

Mama überlegte einen Moment lang. »Eigentlich schon. Aber du kannst so drangehen, als sei's egal.«

»Warum?«

»Weil, und das mußt du dir unbedingt merken, bestimmte Dinge in bestimmten Aufgaben weniger wichtig sind; und wenn du gerade lernst, wie man eine Aufgabe löst, hilft es dir, dich an die Dinge zu erinnern, die am wichtigsten sind, wenn du die unwichtigen ausläßt. Alles in der Welt ist für diese Aufgabe wichtig – Jungen und Mädchen, das Wetter, ob oder ob sie nicht genug zu essen bekommen, ob es Tiere gibt, die sie auffressen –, aber jetzt im Moment kommt es nur auf die Gene an. Wenn du all diese Aufgaben lösen kannst, werden sie dir sagen, wie du die anderen Dinge einbeziehst. Noch eins: Sie werden dir äußerst ungern sagen, daß du alles wußtest. Es könnte noch etwas geben, woran niemand gedacht hat. Und solltest du glauben, sie hätten dir alles gesagt, könntest du damit reinfallen. Deshalb fangen sie einfach an und fügen später hinzu, ob es Jungen oder Mädchen sind. Alles klar?«

»Es macht also was aus«, sagte Ari verbissen, »weil die Fischjungen gegeneinander kämpfen. Aber es werden vierundzwanzig Blaue sein, wenn keiner gefressen wird. Aber sie werden gefressen, weil Blaue leicht zu sehen sind und sie sich nicht verstecken können. Und wenn man sie mit dem großen Fisch zusammentut, wird es überhaupt keine blauen Fische mehr geben.«

»Weißt du, ob Fische Farben sehen können?«

»Können sie's?«

»Lassen wir das mal einen Moment beiseite. Was ist, wenn die Weibchen blaue Männchen mehr mögen?«

»Warum sollten sie?«

»Stell's dir nur mal vor. Denke es eine Generation weiter.«

»Wieviel besser?«

»Fünfundzwanzig Prozent.«

»Die ganzen Blauen werden den großen Fisch nur noch dicker machen, und sie werden eine Menge Babies haben. Das wird jetzt komplizierter.«

Mama setzte diesen komischen Blick auf, als ob sie niesen oder lachen oder sich aufregen würde. Und dann wurde ein sehr komischer Blick daraus, der überhaupt nicht mehr komisch war. Und sie zog Ari an sich und umarmte sie.

Mama tat das oft in letzter Zeit. Ari dachte, sie müßte glücklicher sein, als sie es war. Mama hatte noch nie so viel Zeit mit ihr verbracht. Ollie auch nicht.

Aber sie hatte ein Gefühl von Gefahr. Mama war nicht glücklich. Ollie genausowenig. Ollie strengte sich an, ein Azi zu sein, so gut er konnte, und Mama und Ollie schrien sich nicht mehr an. Mama schrie überhaupt nicht mehr. Nelly sah die meiste Zeit nur verwirrt aus. Phaedra lief herum und versuchte auch, Azi zu sein.

Ari war erschrocken und wollte Mama fragen, warum, aber sie hatte Angst, Mama würde weinen. Mama hatte in letzter Zeit immer diesen Blick. Und es tat weh, wenn sie weinte.

Sie hielt sich einfach an Mama fest.

Am nächsten Morgen ging sie in die Spielschule. Sie war inzwischen groß genug, um selbst zu gehen. Mama umarmte sie an der Tür. Ollie kam und umarmte sie auch. Er hatte das lang nicht mehr gemacht.

Sie blickte zurück, und die Tür war geschlossen. Sie hielt das für komisch. Aber sie ging weiter zur Schule.

III

›*Reseune Eins*‹ hob von der Startbahn ab, und Jane klammerte sich mit den Händen an die ledernen Arme des Sitzes. Und sah nicht aus dem Fenster. Sie wollte Reseune nicht hinter sich zurückfallen sehen. Sie biß sich auf die Lippe, schloß die Augen und spürte etwas über ihr Gesicht rinnen, während die leichte Beschleunigung sie in den Sitz preßte.

Als sie die Reiseflughöhe erreichten, wandte sie ihr Gesicht Ollie zu. »Ollie, hol mir einen Drink. Einen doppelten.«

»Ja, Sera«, sagte Ollie, löste seinen Gurt und kümmerte sich darum.

Phaedra, die vor ihnen saß, hatte ihren Sitz umgedreht, um sie über den kleinen Tisch hinweg anzusehen. »Kann ich etwas für Sie tun, Sera?«

Gott, sie braucht das, was? Phaedra ist erschrocken. »Ich möchte, daß du eine Einkaufsliste anfertigst. Dinge, von denen du meinst, daß wir sie auf dem Schiff brauchen werden. Du wirst einige Befehle weiterzugeben haben, wenn wir die Station erreichen. In der äußeren Tasche dort ist ein Orientierungsheftchen. Es wird dich über die Verfahrensweisen aufklären.«

»Ja, Sera.«

Das half Sera ein wenig bei ihren Problemen. Ollie quälte

sich herum. Er hatte sie um eine Bandbehandlung gebeten. Er – wollte von ihr ein Band, hatte sich wie ein Azi an einen Aufseher an sie gewendet; und sie hatte ihn zurückgewiesen.

»Ollie«, hatte sie gesagt. »Du bist viel zu sehr ein ZIV. Ich brauche dich so. Verstehst du, was ich meine?«

»Ja«, hatte er geantwortet. Und hatte sich besser gehalten als sie.

»Für dich auch einen«, rief sie ihm durch den Turbinenlärm zu; und er blickte zurück und nickte zum Zeichen, daß er verstanden hatte. »Und für Phaedra!«

Peggy trat an Ollies Seite an die Bar, schwankte etwas, als eine kleine Turbulenz das Flugzeug erfaßte, beugte sich dann hinunter und holte zwei Gläser heraus.

Für Julia. Hinten im Fond. Julia und Gloria.

»Du hast mein Leben zerstört!« hatte Julia sie im Terminal angeschrien. Vor den Augen Denys', der Azis und der Familienmitglieder, die sie zum Abflug begleitet hatten. Während die arme Gloria mit zitterndem Kinn und feuchten Augen daneben stand. Kein schlechtes Kind. Ein Kind, das von den meisten Dingen zuviel hatte, zu wenig von dem, worauf es ankam, und ihre Großmutter anstarrte, die sie kaum je gesehen hatte, und vermutlich nach Anzeichen des absoluten Bösen suchte, das ihre Person umgab. Gloria hatte nicht die geringste Vorstellung von dem, was ihr bevorstand. Nicht die geringste Vorstellung, was Schiffsdisziplin oder die geschlossene Stahlwelt einer Arbeitsstation wirklich bedeuteten.

»Hallo, Gloria«, hatte Jane gesagt und war sich dabei selbst auf die Nerven gefallen, hatte versucht, dieses Kind auf keinen Fall mit Ari zu vergleichen, die vielleicht ein Flugzeug starten hörte, zum Himmel hinaufsah und feststellte, daß es die ›*Reseune Eins*‹ war. Mehr nicht.

Gloria war zu ihrer Mutter gelaufen, die im Begriff war, zu hyperventilieren. Und der es obendrein gelang, ihrer Abreise einen lächerlichen Zug zu geben. Es war wahrscheinlich ganz gut so, daß sie mit dem Reseuner Sicherheitsdienst reisten. Man konnte sich nicht darauf verlassen, daß Julia nicht davonlief und in Novgorod umherirrte.

Aus irrationaler Furcht vor dem Shuttle, der Leere, den Sprüngen, all den Dingen, die eine Physik einschlossen, um deren Verständnis sich Julia nie bemüht hatte und der sie, wie sie sich sagte, persönlich nicht vertrauen konnte.

Zu schlimm, mein Kind. Ich wünschte, ich könnte eine Blase für dich schaffen, wo die Dinge so funktionieren, wie du das willst. Es tut mir leid, daß all dies dich überfordert.

Es tut mir leid, daß du mich begleiten mußt.

Ollie brachte die Drinks. Er war blaß, aber er kam ganz gut zurecht, wenn man auf ihn Rücksicht nahm. Es gelang ihr, ihn anzulächeln, als er ihr das Glas reichte, und er sah sie wieder an, als er sich mit seinem Drink in der Hand setzte.

Sie hatte die Hälfte von ihrem hinuntergekippt, ohne es zu merken. »Es wird schon gutgehn«, sagte sie und hob das Glas. »Zum Wohl, Ollie. Jetzt geht's dahin zurück, woher ich gekommen bin. Endlich wieder nach Hause.«

Und als sie ihren zweiten Doppelten leerte: »Es ist ein Gefühl, als sei ich wieder zwanzig, Ollie, als sei nichts von dem in Reseune je passiert.«

Oder sie hatte diesen Teil in sich für eine Weile betäubt.

IV

Phaedra war nicht in der Spielschule. Dafür war Nelly da. Nelly ließ sich leicht herumstoßen. Sam konnte sie wirklich zur Raserei bringen. Nelly ärgerte sich, aber sie tat nichts dagegen, weil Ari sonst auf Nelly wütend geworden wäre, und das gefiel Nelly nicht.

Also schubste Sam Ari, und sie schubste ihn. Und sie kletterten auf die Puzzlesteine.

Schließlich kam Jan Sam holen, und Nelly brachte Ari heim, wo Onkel Denys sie im Flur traf.

»Nelly«, sagte Denys. »Der Sicherheitsdienst möchte dich sprechen.«

»Warum?« fragte Ari. Vom einen zum anderen Moment hatte sie Angst. Der Sicherheitsdienst und Nelly hatten so wenig miteinander zu tun wie nur irgendwas. Es war wie alles andere seit kurzem. Es war etwas, das nicht paßte.

»Nelly«, sagte Denys. »Tu, was ich sage!«

»Ja, Ser«, erwiderte Nelly.

Und Denys, so groß er auch war, ging in die Knie und nahm Aris Hand, während Nelly ging. »Ari«, sagte er. »Etwas Ernstes ist geschehen. Deine Mama mußte sich darum kümmern. Sie mußte fort.«

»Wo ist sie hin?«

»Sehr weit weg, Ari. Ich weiß nicht, ob sie überhaupt zurückkommen kann. Du wirst mit mir nach Hause kommen. Du und Nelly. Nelly wird bei dir bleiben, aber sie muß etwas mit einem Band behandelt werden, damit sie sich besser fühlt.«

»Mama kann auch zurückkommen!«

»Ich glaube nicht, Ari. Deine Mama ist eine wichtige Frau. Sie hat etwas zu tun. Sie wird ... nun, so weit wegfliegen, wie ein Schiff fliegen kann. Sie wußte, daß du dich aufregen würdest. Sie wollte, daß du dir keine Sorgen machst. Deshalb sagte sie, ich sollte dir von ihr Lebewohl sagen. Sie sagte, du solltest zu mir nach Hause kommen und in meinem Apartment wohnen.«

»Nein!« *Lebewohl.* Mama hätte *nie* Lebewohl gesagt. Das alles stimmte nicht. Sie riß sich von Denys' Hand los und rannte weg, rannte, so schnell sie konnte, durch die Flure, durch die Türen, in ihren eigenen Flur. Denys konnte sie nicht einholen. Niemand konnte das. Sie lief, bis sie an ihre Tür kam; und sie zog die Klammer mit der Schlüsselkarte von ihrer Bluse und steckte sie in den Schlitz.

Die Tür ging auf.

»Mama! Ollie!«

Sie lief durch die Zimmer. Sie suchte überall, aber sie

wußte, daß Mama und Ollie sich nie vor ihr verstecken würden.

Mama und Ollie würden sie auch nie verlassen. Etwas Schlimmes mußte mit ihnen passiert sein. Etwas Schlimmes war mit ihnen passiert und Denys log sie an.

Mamas und Ollies Sachen waren alle von der Garderobe verschwunden und im Schrank hingen keine Kleider mehr.

Ihre Spielsachen waren alle weg. Selbst Poo und Valerys Stern.

Sie atmete schwer. Sie hatte das Gefühl, es sei nicht genug Luft da. Sie hörte, wie sich ein zweites Mal die Tür öffnete und lief ins Wohnzimmer.

»Mama! Ollie!«

Aber es war eine Frau vorn Sicherheitsdienst, die eingetreten war; sie war groß, in Schwarz gekleidet und hätte eigentlich nicht hereinkommen dürfen.

Ari stand bloß da und starrte sie an. Die Frau starrte zurück. Eine uniformierte Frau in ihrem Wohnzimmer, die nicht gehen wollte.

»He, Haushälter«, sagte Ari und versuchte sich tapfer und erwachsen zu verhalten. »Ruf Mamas Büro an!«

Der Automatische Haushälter antwortete nicht.

»He, Haushälter! Hier ist Ari. Ruf Mamas Büro an!«

»Der Haushälter ist ausgeschaltet«, erklärte die Frau vom Sicherheitsdienst. Und es stimmte. Der Haushälter hatte nichts von sich gegeben, als sie eingetreten war. Alles war verkehrt.

»Wo ist meine Mutter?« fragte Ari.

»Dr. Strassen ist ausgezogen. Ihr Vormund ist Dr. Nye. Bitte bleiben Sie ruhig, junge Sera. Dr. Nye ist unterwegs.«

»Ich will ihn nicht!«

Aber die Tür ging auf, und Onkel Denys stand da, außer Atem und mit blassem Gesicht. In Mamas Apartment.

»Es ist alles in Ordnung«, keuchte er. »Ari. Bitte.«

»Raus!« schrie sie Onkel Denys an. »Raus, raus, *raus!*«

»Ari. Ari, es tut mir leid. Es tut mir unsagbar leid. Hör mir zu.«

»Nein, es tut dir nicht leid! Ich will Mama! Ich will Ollie! Wo sind sie?«

Denys kam näher und versuchte sie zu packen. Sie lief in Richtung der Küche. Dort lagen Messer. Aber die Frau vom Sicherheitsdienst stürzte sich hinters Sofa und erwischte sie und hob sie hoch, während sie um sich trat und schrie.

»Sei vorsichtig mit ihr!« befahl Denys. »Sei vorsichtig! Laß sie runter!«

Die Frau stellte sie wieder auf den Boden. Denys kam und nahm sie der Frau ab und hielt Ari an seiner Schulter.

»Weine ruhig, Ari. Es ist schon gut. Komm zu Atem und weine.«

Sie keuchte mehrmals und konnte schließlich wieder atmen.

»Ich werde dich jetzt nach Hause bringen«, sagte Denys sanft und tätschelte ihr Gesicht und ihre Schultern. »Geht's dir gut, Ari? Ich kann dich nicht tragen. Möchtest du, daß die Offizierin dich trägt? Sie wird dir nicht weh tun. Niemand wird dir weh tun. Ich kann auch die Docs rufen. Was meinst du, soll ich?«

Nach Hause bedeutete nicht mehr in ihr Zuhause. Mit ihnen allen war etwas geschehen.

Denys nahm ihre Hand, und sie ging. Sie war zu müde, etwas anderes zu tun. Sie schaffte kaum das.

Onkel Denys hielt sie auf dem ganzen Weg bis in sein Apartment, setzte sie dort auf sein Sofa und ließ ihr von seinem Azi Seely etwas zu trinken holen.

Sie trank und konnte das Glas kaum halten, ohne etwas zu verschütten, so zitterte sie.

»Nelly wird hierbleiben«, erklärte ihr Onkel Denys, als er sich an die andere Seite des Tisches setzte. »Nelly wird nur für dich da sein.«

»Wo ist Ollie?« fragte sie, während sie das Glas in ihrem Schoß umklammerte.

»Bei deiner Mama. Sie brauchte ihn.«

Ari schnappte nach Luft. Es war gut, dachte sie, wenn

Mama irgendwohin mußte, Mama und Ollie gehörten zusammen.

»Phaedra hat sie begleitet«, sagte Denys.

»Phaedra ist mir egal!«

»Du willst Nelly, nicht wahr? Mama hat dir Nelly gelassen. Sie wollte, daß Nelly weiter auf dich aufpaßt.«

Sie nickte. Es steckte ein großer Knoten in ihrer Kehle. Ihr Herz war zehnmal zu groß für ihre Brust. Ihre Augen brannten.

»Ari, ich kenne mich nicht besonders gut aus, wie man sich um ein kleines Mädchen kümmert. Seely auch nicht. Aber Mama hat dir alle deine Sachen hierher geschickt. Du wirst eine Suite für dich allein haben, du und Nelly, gleich da drin. Möchtest du sehen, wo dein Zimmer ist?«

Sie schüttelte den Kopf und versuchte, nicht zu weinen. Sie versuchte einen richtigen Wutanfall zu bekommen. So wie Mama.

»Wir werden jetzt nicht darüber reden. Nelly wird heute nacht hier sein. Sie wird ein wenig aufgeregt sein. Du weißt, daß sie nicht viel Aufregung vertragen kann. Versprich mir, daß du gut zu ihr sein wirst, Ari. Sie ist deine Azi, und du mußt freundlich zu ihr sein, denn eigentlich müßte sie in der Klinik bleiben, aber sie macht sich Sorgen um dich, und ich weiß, daß du sie brauchst. Nelly wird jede Nacht zwischen ihren Sitzungen heimkommen – sie werden sie mit einem Band behandeln, weißt du, das ist nötig, weil sie sich furchtbar aufgeregt hat; aber sie liebt dich, und sie möchte kommen, um auf dich aufzupassen. Ich fürchte aber, du mußt eher auf sie aufpassen. Verstehst du mich? Du könntest ihr sehr, sehr weh tun.«

»Ich weiß«, sagte Ari, weil sie das gelegentlich tat.

»Na also. Du bist ein tapferes kleines Mädchen. Du bist kein Baby mehr. Es ist sehr schwierig, ich weiß. Danke, Seely.«

Seely hatte ihr ein Glas Wasser und eine Pille gebracht und wartete darauf, daß Ari sie schluckte. Seely war ein Niemand. Er war nicht wie Ollie. Er war nicht nett, er war nicht gemein, er war bloß die ganze Zeit ein Azi. Und er nahm ihr Glas, stellte es auf sein Tablett und hielt ihr das Glas Wasser hin.

»Ich will kein Band!« sagte sie.

»Es ist nicht so eine Pille«, erklärte Onkel Denys. »Sie wird nur dafür sorgen, daß dir dein Kopf nicht mehr weh tut. Danach fühlst du dich besser.«

Sie erinnerte sich nicht, ihm gesagt zu haben, daß ihr der Kopf weh tat. Mama hatte immer gesagt, sie solle von anderen Leuten keine Pillen annehmen. Und niemals, unter keinen Umständen Azi-Pillen schlucken. Aber Mama war nicht hier, um ihr zu sagen, was das für eine war.

Sie war fort. Wie Valery. Wie Sera Schwartz. Wie all die Verschwundenen. Mama und Ollie hatte es auch erwischt.

Vielleicht kann ich als nächste verschwinden. Und sie finden.

»Sera«, sagte Seely. »Bitte.«

Sie nahm die Pille von dem Tablett. Sie steckte sie sich in den Mund und spülte sie mit dem Wasser hinunter.

»Danke«, sagte Seely. Er war so glatt, daß er gar nicht anwesend war. Er trug das Glas weg. Seely war einer, der nie auffiel.

Onkel Denys saß so massig in dem Sessel, daß er die ganzen Polster eindrückte, die Arme auf den Knien und sein rundes Gesicht von Aufregung und Sorge gezeichnet. »Du brauchst ein paar Tage nicht in die Spielschule zu gehen. Bis du wieder Lust hast. Du meinst jetzt, du würdest dich nie wieder besser fühlen. Ich kann mir das vorstellen. Aber es wird dir besser gehen. Morgen schon. Natürlich wirst du deine Mama vermissen. Aber es wird nicht mehr so weh tun. Jeden Tag wird's ein bißchen besser gehen.«

Sie wollte nicht, daß es besser wurde. Sie wußte nicht, was die Leute zum Verschwinden brachte. Jedenfalls war's nicht Mama. Sie konnten ihr anbieten, was sie wollten. Es würde sie nicht dazu bringen, zu glauben, was sie ihr sagten.

Mama und Ollie hatten gewußt, daß es Schwierigkeiten

gab. Sie waren furchtbar aufgeregt gewesen und hatten es vor ihr zu verbergen versucht. Vielleicht hatten sie geglaubt, sie kämen damit klar, und es nicht geschafft. Ari hatte es kommen sehen und es nicht verstanden.

Vielleicht gab es einen bestimmten Ort, wohin die Leute verschwanden. Vielleicht war es so, als sei man tot. Man geriet in Schwierigkeiten und verschwand dann irgendwohin, auf eine Weise, daß selbst Mama nichts dagegen ausrichten konnte.

Daher wußte Ari, daß sie es auch nicht konnte. Sie mußte es immer weiter treiben, so ging das, und Ärger machen, bis niemand sonst mehr da war. Vielleicht war es ihre Schuld. Sie hatte das immer geglaubt. Aber wenn ihnen Leute ausgingen, die verschwinden konnten, mußte sie herausfinden, was vor sich ging.

Dann konnte sie ihnen vielleicht folgen.

Auf einmal war ihr schlecht. Sie konnte ihre Hände oder ihre Füße nicht mehr spüren, und in ihrem Magen brannte es.

Sie war in Schwierigkeiten. Aber Seely hob sie in seine Arme, und das ganze Zimmer schwankte, wurde zum Flur und zum Schlafzimmer. Seely legte sie vorsichtig aufs Bett, zog ihr die Schuhe aus und breitete eine Decke über sie.

Poo lag neben ihr auf der Tagesdecke. Sie streckte die Hand aus und streichelte ihn. Sie konnte sich nicht erinnern, wann sie Poo bekommen hatte. Er war immer schon da gewesen. Jetzt war er hier. Einfach so. jetzt war Poo alles, was sie noch hatte.

V

»Das arme Kind«, sagte Justin und goß noch mehr Wein in sein Glas. »Das arme kleine Kind, mein Gott, konnten sie sie nicht einmal zum Flugplatz mitgehen lassen?«

Grant schüttelte bloß den Kopf. Und nippte an seinem Glas. Er vollführte eine unmerkliche Handbewegung, die vor Mithörern warnte.

Justin wischte sich die Augen. Er vergaß das nie. Manchmal fand er es sehr schwierig, es nicht zu vergessen.

»Das ist nicht unser Problem«, sagte Grant. »Nicht unseres.«

»Ich weiß.«

Soviel für die Lauscher. Wobei sie nie genau wußten, ob es welche gab. Sie überlegten sich Möglichkeiten, den Sicherheitsdienst durcheinanderzubringen, dachten sogar daran, eine Sprache mit verwandten Wortstämmen, aber einer ausgefallenen Grammatik zu entwerfen und ein Band zu benutzen, um sie auswendig zu lernen. Aber sie hatten Angst vor dem Verdacht, den sie erregen würden, wenn sie sie benutzten. So entschieden sie sich für die einfachste Methode: die Tafel. Er nahm sie in die Hand und kritzelte hin: *Manchmal würde ich am liebsten nach Novgorod verschwinden und in einer Fabrik arbeiten. Wir entwerfen Bänder für normale Menschen. Wir bauen Vertrauen und Zuversicht ein und bringen sie dazu, sich zu lieben. Aber die Designer selbst sind alle verrückt.*

Grant schrieb: *Ich vertraue meinen Schöpfern und meinem Aufseher zutiefst. Ich fühle mich geborgen dabei.*

»Du bist krank«, sagte Justin laut.

Grant lachte. Dann wurde er sofort wieder ernst, lehnte sich herüber und legte eine Hand auf Justins Knie. Sie saßen beide mit verschränkten Beinen auf dem Sofa. »Ich verstehe nichts von Gut und Böse. Zu diesem Schluß bin ich gekommen. Ein Azi ist nicht dafür geschaffen, mit solchen Worten in einem umfassenden Sinne um sich zu werfen. Aber für mich bist du durch und durch gut.«

Er war gerührt davon. Und die verdammten Band-Flashbacks plagten ihn noch immer. Selbst nach so vielen Jahren, wie ein sehr alter Schmerz. Wenn Grant bei ihm war, machte das nichts aus. Das gab ihm ebenso ein Gefühl von Geborgenheit wie alles andere. Er legte seine Hand auf die von Grant und drückte sie leicht, weil er nichts sagen konnte.

»Ich meine das ernst«, sagte Grant. »Du nimmst eine andere Stellung ein. Du tust soviel Gutes, wie du kannst. Manchmal zuviel. Sogar ich kann mich ausruhen. Du solltest das auch.«

»Was soll ich denn machen, wenn Yanni mir soviel aufbürdet …«

»Nein.« Grant schüttelte sein Knie. »Du kannst nein sagen. Du kannst es ablehnen, zu diesen Stunden zu arbeiten. Du kannst an Dingen arbeiten, an denen du arbeiten willst. Du hast doch selbst gesagt, daß du weißt, was er tut. Laß dir von ihnen nicht diese Sache aufhalsen! Lehn es ab! Du brauchst es nicht.«

Auf Fargone reifte ein Säugling heran, bei dem es sich um das Replikat eines gewissen Benjamin Rubin handelte, der in einer Enklave auf der anderen Seite der undurchdringlichen Mauer lebte und in einem Labor arbeitete, das Reseune zur Verfügung gestellt hatte.

Es wurde dort an etwas gearbeitet, das den Schutz des Verteidigungsamtes genoß. Und Jane Strassen würde, wenn sie dort eintraf, zum zweiten Mal zur Mutter eines der Kinder des Projekts werden.

Justin hatte davon erfahren. Sie hatten ihm die Interviews mit Rubin gezeigt. Sie ließen ihn an den Bandstrukturen arbeiten. Er hing keiner Illusion nach, wenn er glaubte, daß sie Checks vornehmen würden, bevor sie sie einsetzten.

Zumindest bei diesen. Und das war eine Erleichterung, nachdem sie sie ein Jahr ohne Checks hatten laufen lassen.

»Es ist eine enorme Verantwortung, nicht?« Seine Stimme klang rauh, verriet die Anspannung, die er nicht zeigen wollte.

»Es lädt dir noch eine Bürde auf, eine Bürde, die du nicht nötig hast.«

»Vielleicht ist das meine Chance, etwas zu tun, was der Mühe wert ist. Es ist ein großes Projekt. Oder? Es ist das beste, was sich seit langem getan hat. Vielleicht kann ich Rubins Leben – irgendwie besser gestalten.« Er beugte sich vor, um noch etwas Wein einzugießen. Grant rührte sich und tat es für ihn. »Wenigstens hat Rubin in seinem Leben etwas

Mitgefühl gefunden. Seine Mutter lebt in der Station, er sieht sie, er hat etwas, woran er sich festhalten kann.«

Dank eines beiderseitigen Einvernehmens mit den Wachen, die einer Sonderperson zur Seite standen. Einem verwirrten, zurückgezogenen Intellektuellen, der in seiner Jugend unter schweren gesundheitlichen Störungen gelitten hatte; den seine Mutter mit einer exzessiven und verzweifelten Zuneigung erdrückte; dessen zerbrechlicher Körper Gesundheit für ihn zu einer Wahnvorstellung gemacht hatte; und dessen verschiedene Hauptinteressen jugendliche Leidenschaften, außer für seine Arbeit, ausgeschlossen hatten. Der aber über nichts von dem verfügte, was Ari Emory geprägt hatte.

Gott sei Dank.

»Ich kann etwas damit anfangen«, sagte Justin. »Ich werde mich etwas mit der Psyche von Bürgern befassen. Mich weiterbilden. Es ist eine andere Methodik.«

Grant runzelte über ihn die Stirn. Sie konnten sich zu Hause über ihre Arbeit unterhalten, ohne sich um die Kontrollgeräte zu sorgen. Aber ihre Unterhaltung hatte einen gefährlichen Verlauf genommen, die Grenze vielleicht schon überschritten. Er war sich nicht mehr sicher. Er war erschöpft. Ein Studium, dachte er, würde ihm die Echtzeit-Arbeit ersparen. Er wollte sich bloß dem Studium widmen. Grant hatte recht, er war nicht dafür geschaffen, Fehlersuchen in Echtzeit durchzuführen. Er machte sich zuviel Gedanken.

Yanni hatte ihn angeschrien: »Einfühlungsvermögen ist gut, wenn du ein Gespräch führst. Es hilft dir kein bißchen weiter, wenn du eine Lösung zu finden hast! Hämmer dir doch endlich einmal ein, wen du behandelst!«

Das hielt er für sinnvoll. Er war nicht der richtige Mann für psychische Behandlungen. Denn er würde es nie in den Kopf bekommen, wenn er den Schmerz selbst spürte.

Aus Yannis Sicht – sogar aus Denys', dachte er – denn es war ausgeschlossen, daß sich ihm diese Möglichkeit geboten hätte, ohne daß Denys auf Giraud Einfluß genommen hatte –, war dies das Großzügigste, was sie überhaupt für ihn tun konnten; ihn wieder an die Arbeit setzen, die eine Freigabe vom Sicherheitsdienst erforderte, seine Karriere in einem etwas anderen Fachgebiet neu aufbauen, ihm eine Arbeit geben, die der von Jordan sehr ähnlich war, ihn an einem Projekt arbeiten lassen, mit dem er sich eine gewisse Reputation erwerben konnte – das Militär würde auf ZIV-Arbeit selbst dann aufmerksam werden, wenn sie dem Militär keine Erklärung abgaben, warum sie sich auf ihn verlegten, und es würde vielleicht seine Situation klären und Jordan zugute kommen. Zumindest bestand die Möglichkeit.

Es war eine Art Ultimatum, überlegte er, eine freundliche Geste, die in ihr Gegenteil umschlagen konnte, wenn er sich dieser Auszeichnung zu entziehen versuchte. Das hatte er immer zu berücksichtigen. Selbst wenn sie ihm Gefälligkeiten erwiesen.

VI

Ari wachte auf, und jemand war bei ihr, und sie erinnerte sich, mitten in der Nacht aufgewacht zu sein, als jemand zu ihr ins Bett stieg, sie in die Arme nahm und mit Nellys Stimme sagte: »Ich bin hier, junge Sera. Nelly ist hier.«

Nelly war noch am Morgen bei ihr, nur Mama nicht, das Schlafzimmer war nicht ihres, es gehörte zu Denys' Wohnung, und Ari wollte schreien oder weinen oder wieder weglaufen, ganz weit weglaufen, bis sie niemand mehr finden konnte.

Aber sie lag still da, weil sie wußte, daß Mama wirklich fort war. Und Onkel Denys hatte recht, es ging ihr schon besser, und sie dachte ans Frühstück, wenn sie nicht gerade daran dachte, wie sehr sie verletzt war und wie sehr sie sich wünschte, Nelly sei irgendwo anders, und Mama wäre an ihrer Stelle da.

Trotzdem war's etwas wert, Nelly zu haben. Sie klopfte Nelly fest auf die Wangen, bis sie aufwachte, Ari umarmte, ihr Haar streichelte und sagte:

»Nelly ist hier. Nelly ist hier.« Und in Tränen ausbrach.

Ari hielt sie fest. Und fühlte sich betrogen, weil sie selbst weinen wollte, aber Nelly war eine Azi, und es regte sie auf, wenn man weinte. Deshalb versuchte sie sensibel zu sein, wie Mama es ausdrückte, und sagte Nelly, sie solle sich zusammennehmen.

Nelly gehorchte. Sie hörte auf zu schniefen und zu schneuzen und stand auf und zog sich an; dann badete sie Ari, wusch ihr Haar und zog ihr die saubere blaue Hose und einen Pullover an. Und kämmte ihr Haar so lang, bis es knisterte.

»Wir sollen mit Ser Nye frühstücken«, sagte sie.

Das gefiel ihr. Und es war ein gutes Frühstück an Onkel Denys' Tisch, wo man alles zu essen fand, was es auf der Welt gab. Ari aß reichlich. Onkel Denys hatte von allem einen Nachschlag und sagte ihr, sie und Nelly könnten den Tag im Apartment verbringen, bis Nelly in die Klinik müsse, und dann würde Seely kommen und sich um Ari kümmern.

»Ja, Ser«, sagte Ari. Alles war in Ordnung. Aber eigentlich nichts. Seit gestern war es ihr gleichgültig, wer sie war. Sie wollte Denys fragen, wo Mama war, und wohin Mama ging. Aber sie tat es nicht, weil eine Zeitlang alles in Ordnung war – und sie so müde.

Und wenn Denys es ihr sagte, würde sie den Namen des Ortes sowieso nicht kennen. Sie kannte nur Reseune.

Deshalb saß sie da, und Nelly las ihre Geschichten vor. Manchmal weinte sie ohne jeden Grund. Manchmal schlief sie ein. Als sie einmal aufwachte, war Nelly bei ihr und sagte, Seely würde sich um sie kümmern.

Seely brachte ihr soviel zu trinken, wie sie wollte. Und stellte das Video für sie an. Und tat alles, worum sie ihn bat.

Sie fragte Seely, ob sie hinausgehen und die Fische füttern könnten. Das taten sie. Sie kamen zurück, und Seely brachte ihr noch mehr zu trinken, und sie wünschte, sie könne ihre Mama sagen hören, diese Getränke seien nicht gut für sie. Deshalb hörte sie von allein auf und bat Seely um Papier, setzte sich hin und zeichnete etwas.

Bis Onkel Denys zurückkam und es Zeit zum Abendessen wurde, und Onkel Denys sich mit ihr darüber unterhielt, was sie morgen tun und daß er ihr alles kaufen würde, was sie wollte.

Sie überlegte sich verschiedene Sachen. Sie wollte ein Raumschiff mit Lampen. Sie wollte einen neuen Mantel. Wenn Onkel Denys ihr das anbot, konnte sie sich schon etwas einfallen lassen. Ihr fielen richtig teure Sachen ein, die Mama ihr nie gekauft hätte.

Aber nichts davon machte sie glücklich. Nicht einmal Nelly. Weil sie einem nun einmal etwas schenkten, nahm man es, einfach so, und man verlangte nach immer mehr, um es schwieriger für sie zu machen, und damit sie glaubten, es sei wichtig für einen, und man sei glücklicher damit … aber man kam nie über seine Wut hinweg. Niemals.

VII

Grant schwitzte, während er in Yanni Schwartzes äußerem Büro wartete, ohne angemeldet zu sein und nur mit Marges freundlicher Empfehlung, um durch diese Tür zu kommen. Er hörte, wie Yanni Marge anschrie. Er konnte seine Worte nicht verstehen. Er stellte sich vor, es habe mit Störungen und mit Justin Warrick zu tun.

Und für einen Moment wäre er am liebsten aufgestanden und gegangen, möglichst schnell sogar, weil ihm von der einen Sekunde zur anderen klar wurde, daß er Justin nur Ärger einbringen konnte, indem er hierher kam. Er wußte nicht genau, ob Yanni ihn nicht so sehr verletzen würde, daß er etwas sagte, was er nicht sollte. Yanni gehörte zu jener Sorte geborener Menschen, mit denen er nicht gern zu tun hatte, die emotional und laut waren und mit jeder Bewegung Bedrohung ausstrahlten. Die Männer, die Grant in die Baracke in den Bergen gebracht hatten, waren von demselben Schlag gewesen. Giraud hatte sich so verhalten, als er ihn ausfragte. Grant saß wartend da und vermied es, sich von Panik erfassen zu lassen, indem er seinen Geist leerte und nicht wieder darüber nachdachte, bis Marge schließlich kam und sagte:

»Er will Sie empfangen.«

Er stand auf und verbeugte sich leicht. »Danke, Marge.«

Er ging ins innere Büro, trat vor den großen Schreibtisch und sagte: »Ser, ich möchte mit Ihnen über meinen ZIV reden.«

Wie es sich für einen Azi gehörte. Justin sagte, Yanni wäre zu seinen Patienten ganz freundlich. Deshalb versuchte es Grant mit dieser Masche und stand ganz ruhig da.

»Ich habe keine Sprechstunde«, sagte Yanni.

Yanni wollte ihm also nicht entgegenkommen. Deshalb ließ Grant die Pose eines schweigsamen Annies fallen, zog den freien Stuhl heran und setzte sich. »Ich möchte trotzdem mit Ihnen reden, Ser. Justin läßt sich auf die Gefälligkeit ein, die Sie ihm erweisen, und ich glaube, das ist ein großer Fehler.«

»Ein Fehler?«

»Sie werden ihn nichts außer die Arbeit an den ersten Entwürfen tun lassen, nicht wahr? Und wohin führt ihn das nach zwanzig Jahren? Nirgendwohin. Dann wird er nicht weiter sein als jetzt.«

»Er wird lernen. Und das hat er dringend nötig. Das müßtest du doch wissen. Müssen wir uns über deinen Partner noch unterhalten? Du kennst seine Probleme. Ich brauche sie dir doch wohl nicht darzulegen.«

»Sagen Sie mir, worin sie Ihrer Meinung nach bestehen.«

Yanni war weitgehend entspannt gewesen. Als er sich aber über den Tisch beugte, biß er die Zähne aufeinander, bebte sein Kinn, schlug seine ganze Haltung in einen Ausdruck von Aggression um. »Vielleicht wäre es besser, wenn du deinen ZIV selbst hierher brächtest, damit er mit mir redet. Hat er dich geschickt? Oder bist du selbst auf die Idee gekommen?«

»Ich selbst, Ser.« Verdammt, er reagierte darauf. Seine Handflächen schwitzten. Er haßte das. Eigentlich sollte er eher so vorgehen, daß der ZIV sich beruhigte. »Ich habe Angst vor Ihnen. Ich möchte nicht, daß Sie das tun. Aber Justin wird nicht mit Ihnen reden, zumindest wird er Ihnen nicht die Wahrheit sagen.«

»Warum nicht?«

Der Mann kannte einfach keinen ruhigen Zustand. »Weil, Ser …« Grant atmete durch und versuchte dem keine Aufmerksamkeit zu widmen, was in seinem Bauch vor sich ging. »Sie sind der einzige Lehrer, den er hat. Wenn Sie ihn fallenlassen, gibt es niemanden mehr, der gut genug wäre, ihn zu unterrichten. Sie sind für ihn so etwas wie sein Aufseher. Er muß sich auf Sie verlassen, und Sie mißhandeln ihn. Es fällt mir sehr schwer, dabei einfach zuzusehen.«

»Wir reden nicht über eine Azi-Psyche, Grant. Du verstehst einfach nicht, was vor sich geht, auf keiner funktionalen Ebene, und du befindest dich persönlich auf gefährlichem Boden – ich meine dein eigenes Psychoset. Identifiziere dich nicht mit ihm. Du weißt es besser. Wenn nicht …«

»Ja, Ser, Sie können sich dafür aussprechen, daß ich ein Band nehme. Ich weiß, daß Sie das können. Aber ich möchte, daß Sie mir zuhören. *Hören Sie mir zu!* Ich weiß nicht, was für eine Art Mann Sie sind. Aber ich habe gesehen, was Sie getan haben. Ich könnte mir vorstellen, daß Sie Justin zu helfen versuchen. In mancherlei Hinsicht, denke ich, hat es geholfen. Aber er kann nicht auf diese Weise weiterarbeiten.«

Yanni gab ein Brummen wie ein stockender Motor von sich und ließ sich langsam in seinen Sessel zurücksinken. »Weil er nicht für Echtzeit-Arbeit geeignet ist. Das weiß ich. Du weißt es auch. Justin weiß es. Ich dachte, er würde vielleicht ruhiger werden, aber er hat nicht die Veranlagung dafür, er kann nicht die richtige Perspektive gewinnen. Er hat nicht die Geduld für Standard-Design-Arbeit. Wiederholungen machen ihn verrückt. Er ist kreativ, deshalb setzen wir ihn auf das Rubin-Projekt an. Denys hat ihm das ermöglicht. Ich habe es unterstützt. Es ist einfach das beste, was wir für ihn tun können – ihn theoretisch arbeiten lassen, *aber nicht an diesem abwegigen Projekt, das er sich in den Kopf gesetzt hat,* und er wird sich auf nichts anderes konzentrieren können, da bin ich mir verdammt sicher! Er ist schlimmer als Jordan, wenn ihm eine Idee durch den Kopf schwirrt, er hält daran fest, bis er davon irr wird. Fällt dir was Besseres ein? Entweder wird er am Rubin-Projekt mitarbeiten oder mit den Standard-Designs versauern, und ich habe nicht die Zeit, um in meinem Personal Leute drei Wochen lang an Projekten arbeiten zu lassen, die in drei Tagen fertig sein sollten. Verstehst du mich?«

Er war bis dahin der Überzeugung gewesen, daß Yanni ihr Feind sei. Aber ganz plötzlich hatte er ein besseres Gefühl bei ihm. Er war ein anständiger Mann, der nicht gut zuhören konnte, es im Moment aber versuchte.

»Ser. Bitte. Justin ist nicht Jordan. Er arbeitet nicht wie Jordan. Aber wenn Sie ihm eine Chance geben, arbeitet er wirklich. Hören Sie mir zu. Bitte. Sie sind mit ihm nicht einer Meinung, aber er lernt von Ihnen. Sie wissen, daß ein Azi-Designer einen besonderen Sinn für Anwendungen hat. Ich bin ein Alpha. Ich kann ein Design nehmen und es verinnerlichen und eine Menge darüber sagen. Ich habe mit ihm an seinen eigenen Designs gearbeitet, und ich kann Ihnen sagen ... Ich kann Ihnen sagen, ich bin überzeugt von dem, was er zu tun versucht.«

»Gott, mehr brauche ich gar nicht.«

»Ser, ich weiß, wie sich seine Designs *anfühlen,* so wie es kein ZIV kann. Ich verfüge über das logische System.«

»Ich spreche nicht über seine Fähigkeiten. Er ist darauf fixiert, sich mit Ratten in einer Tretmühle zu befassen. Er ist ganz davon vereinnahmt. Ich rede darüber, was geschieht, wenn seine Sets in ZIV-Psychen eingefügt werden. In der zweiten, dritten oder vierten Generation. Wir wollen keine arbeitssüchtige Bevölkerung. Wir brauchen keine grauen kleinen Leute, die durchdrehen, wenn sie nicht unter Stress stehen. Wir wollen keine überdurchschnittliche Selbstmordrate, wenn es an Jobs mangelt und eine Wirtschaftsflaute eintritt. Wir reden über ZIV-Psychen, und das ist genau das Gebiet, auf dem er am schwächsten ist, und genau deshalb meine ich, sollte er es zehn oder zwanzig Jahre lang studieren, bevor er wirklich etwas anrichtet. Du weißt, wie es sich *anfühlt.* Laß dir von mir sagen, daß ich von innen etwas über die ZIV-Psyche weiß, außerdem über sechzig Jahre Erfahrung auf diesem Gebiet verfüge, und ich rechne damit, daß ein junger Designer diese Tatsache zu schätzen weiß.«

»Ich respektiere das, Ser. Das versichere ich Ihnen. Das gilt auch für Justin. Aber seine Designs bereichern ein Psychoset um ... um *Spaß* an der Arbeit. Nicht bloß um Leistungsfähigkeit. Die Designs, von denen Sie behaupten, daß sie Schwierigkeiten machen werden, sind ihr eigenes Belohnungsband. Es stimmt schon, Ser, daß ein Azi, wenn er ein ZIV-Kind hat und er es als ZIV unterrichtet, sich auf eine *Interpretation aus der Sicht seines eigenen Psychosets* stützt, um ihm etwas beizubringen. Ein Azi aber mit einem von Justins kleinen Programmen irgendwo in seinen Sets, selbst wenn er nie wie ich das Glück hatte, sozialisiert worden und ein Alpha zu sein und über einen lebenslangen Partner zu verfügen, wird daraus ein solches Gefühl von Sinnhaftigkeit beziehen, ein so starkes Gefühl von Sinnhaftigkeit, daß er über seinen Job nachdenkt und sich darin verbessert. Und stolz darauf ist, Ser. Vielleicht sind noch Probleme damit verbunden. Aber es geht Justin um die emotionale Ebene. Sie ist der Schlüssel zu den Logiksets selbst. Es ist eine sich selbst programmierende Wechselwirkung. Das zieht niemand in Betracht.«

»Und es zieht einen ganzen Komplex grundlegender struktureller Probleme in synthetischen Psychosets nach sich. Reden wir hier einmal theoretisch. Du bist ein kompetenter Designer. Stellen wir uns mal richtig dumm. Sie haben das schon vor achtzig Jahren versucht.«

»Ich bin damit vertraut.«

»Sie haben die Psychosets ein wenig ausstaffiert, und das Ergebnis waren Neurosen. Zwanghafte Handlungen.«

»Sie sagen selbst, er habe das vermieden.«

»*Und es ist selbst-programmierend,* achtest du auf deine eigenen Worte?«

»Ein Virusprogramm«, erklärte Grant. »Aber ein gutartiges.«

»Das paßt zu einer solchen Art von Theorie. Ein Virusprogramm. Mein Gott! Wenn es sich selbst programmiert, habt ihr wirklich eine Art Virusprogramm entwickelt, und dann spielt ihr mit dem Leben von Menschen. Wenn's nicht der Fall ist, habt ihr das Problem einer verzögerten Wirkung, die sich in der zweiten oder dritten Generation plötzlich zeigen wird. Eine andere Art von Virusprogramm, wenn du so willst. Mich soll der Schlag treffen, wenn ich dafür Forschungsmittel verschwende. Ich habe ein Budget zu verwalten. Ihr zwei werdet aus dem Budget meiner Abteilung bezahlt, und ein Haufen Geld geht für euch drauf, ohne daß etwas dabei herauskommt, was solche Ausgaben rechtfertigt.«

»Wir haben sie letztes Jahr gerechtfertigt.«

»Und Warrick hat darunter zu leiden. Wollt ihr euch nicht darüber beschweren? Er kann einen solchen Ausstoß nicht mehr bewältigen. Er verkraftet es nicht. Psychisch verkraftet er es nicht. Was gedenkt ihr also zu tun? Es selbst tragen, während Justin in irgendwelchen Luftschlössern Sets entwirft, die nicht funktionieren können, und die ich ganz bestimmt nicht in ein armes Schwein von einem Tester einsetzen lassen werde? Nein!«

»Ich werde die Arbeit erledigen. Geben Sie ihm die Freiheit! Laden Sie ihm nicht soviel auf! Nicht ganz soviel. Ser, geben Sie ihm eine Chance. Er muß sich auf Sie verlassen. Niemand sonst kann ihm helfen. Er ist gut. Sie wissen das.«

»Und er ist auf dem besten Wege, sein Talent zu vergeuden.«

»Was haben Sie am Anfang gemacht? Ihn unterrichtet, indem Sie seine Designs sezierten. Tun Sie das für ihn. Entlasten Sie ihn ein wenig. Die Arbeit wird gemacht. Sie können ihn nicht so unter Druck setzen, weil er sich darum kümmern wird, wenn er glaubt, daß jemand leidet, er wird nicht einfach aufhören, er ist so einer. Teilen Sie uns Arbeit zu, die wir bewältigen können, und wir werden sie bewältigen. Justin hat ein Talent zur Integration, mit dem er mehr aus einem Genotypus herausholen kann, als je einer vor ihm, weil er sich auf die emotionale Ebene begibt. Vielleicht sind seine Ideen noch nicht ausgereift, aber, mein Gott, er studiert noch. Sie wissen nicht, was aus ihm werden kann. Geben Sie ihm eine Chance!«

Yanni sah ihn lange Zeit an, erregt, unzufrieden, mit rotem Gesicht und Zähnen, die an seiner Lippe nagten. »Du bist gut im Verhandeln, mein Junge. Du weißt doch wohl, warum er sich so darauf versteift? Ari hat ein verwundbares Kind mit einer Idee in den Griff bekommen, die über den Horizont eines Siebzehnjährigen geht, sie hat ihm Flausen in den Kopf gesetzt, sie hat ihn mit diesem Quatsch gefüttert und ihn geradewegs in ihr Bett manipuliert. Bist du dir darüber im klaren?«

»Ja, Ser. Ich bin mir durchaus darüber im klaren.«

»Sie hat ganze Arbeit an ihm geleistet. Er glaubt, er sei außergewöhnlich. Er glaubt, es sei mehr gewesen, als tatsächlich der Fall ist, und du erweist ihm keinen guten Dienst, wenn du ihn darin bestärkst. Er ist klug, aber er ist nicht außergewöhnlich. Er würde für das Rubin-Projekt verdammt gute Arbeit leisten. Ich habe gesehen, was er kann, und es steckt wirklich eine Menge in ihm. Das schätze ich sehr hoch. Ich mag's aber nicht, jemanden in einer Illusion zu bestärken. Ich verbringe meine Zeit damit, normale Menschen zu schaffen, und du verlangst von mir, ihm die größte Illusion seines armseligen Lebens nachzusehen. Das ist mir zuwider, Grant. Ich kann dir gar nicht sagen, wie sehr mir das zuwider ist.«

»Ich rede hier also mit einem Mann, der für Justin fast so etwas wie ein Aufseher ist; um dessen Hilfe Justin sich bemüht; der im Begriff ist, ein Talent zu opfern, das in falsche Bahnen gelenkt worden ist, weil es eine Belastung für den Lehrer ist. Was für ein Mann ist das?«

»Ach, geh zum Teufel!«

»Ja, Ser. Wünschen Sie mich ruhig zum Teufel. Ich rede über Justin. Er vertraut Ihnen, und er vertraut nicht vielen Menschen. Wollen Sie etwa ihn zum Teufel wünschen, weil er etwas zu tun versucht, was mißlingen wird?«

Yanni kaute auf seiner Lippe. »Du bist einer, die von Ari entworfen wurden, was?«

»Das wissen Sie doch wohl, Ser.«

»Mensch, sie hat gute Arbeit geleistet. Das erinnert mich daran, was sie war. Nach allem, was passiert ist.«

»Ja, Ser.« Das tat weh. Grant nahm an, daß es beabsichtigt war.

Aber Yanni gab ein schweres Seufzen von sich und schüttelte den Kopf. »Ich werd's tun. Ich werde ihn dem Projekt zuteilen. Und ich werde den Arbeitsumfang beschränken. *Und das bedeutet, merk dir das, mein Junge, daß du einen Teil davon übernehmen mußt.*«

»Ja, Ser.«

»Und wenn er seine elenden Designs entwirft, werde ich sie in der Luft zerfetzen. Und ihm beibringen, was ich kann. Alles, was ich kann. Hat er sein Problem mit den Bändern gelöst?«

»Er hat kein Problem mit Bändern, Ser.«

»Wenn du in einem Zimmer mit ihm bist. Das sagt Petros jedenfalls.«

»Das stimmt, Ser. Können Sie ihm das vorwerfen?«

»Nein. Nein, kann ich nicht. – Ich sag's dir offen, Grant, ich habe Respekt vor dem, was du tust. Ich hätte gern ein Dutzend wie dich. Unglücklicherweise stammst du nicht aus der Massenproduktion.«

»Nein, Ser. Justin hat ebenso wie Ari und Jordan an meinen Psychosets mitgewirkt. Aber es steht Ihnen frei, sie zu analysieren.«

»Ganz schön widerstandsfähig. Gut. Gut für dich.« Yanni stand auf und kam um den Schreibtisch, während Grant sich verwirrt erhob. Aber Yanni klopfte ihm nur auf die Schulter und nahm seine Hand. »Grant, komm wieder zu mir, wenn du meinst, daß er nicht zurechtkommt.«

Das berührte ihn, weil er vorher noch jeglichen guten Willen dieses Mannes in Frage gestellt hatte. »Ja, Ser«, sagte er und dachte, wenn Yanni die Wahrheit sagte und es etwas gäbe, was Grant aus sich heraus geben könne und was Yanni nicht in der Bibliothek oder im Labor zur Verfügung stand, würde er es tun. Aus freien Stücken.

»Raus!« schneuzte Yanni. »Geh!«

Wie ein Azi, schlicht, wie seinesgleichen. Weil er wußte, daß Yanni sich über Strassen ärgerte und über alles, was vor sich ging, und es der ungünstigste Zeitpunkt gewesen war, zu ihm zu kommen.

Er ging, ein so schlichter Beweis von Höflichkeit, wie er ihn, seit er jung war, niemandem als Justin und Jordan gegenüber gezeigt hatte.

Und quälte sich dabei mit dem Gedanken, was er in seiner Vermessenheit angerichtet haben könnte, daß er vielleicht die empfindliche Toleranz für Justin in diesem Haus, die er doch kannte, weiter belastet hatte, zu einem empfindlichen Zeitpunkt und angesichts von Justins empfindlichem Geisteszustand. Er hatte, als er den Entschluß faßte, zu Yanni zu gehen, nicht darüber nachgedacht, ob Justin ihm vergeben würde – oder ob er Vergebung verdiente.

Deshalb war ihm klar, wohin er jetzt zuerst gehen mußte.

»Du hast *was* getan?« schrie Justin unbeherrscht; und empfand einen doppelten Schlag, weil Grant reagierte, als habe er ihn geschlagen, zusammenfuhr und das Gesicht abwandte und es ihm wieder zuwandte, um ihn hilflos anzusehen, ohne den Widerstand, den er von Grant gewohnt war.

Das nahm ihm den Wind aus den Segeln. Er konnte Grant einfach nicht anschreien. Grant hatte gehandelt, weil er von seinem Verhalten in die Rolle eines Fürsorgers gedrängt worden war, das verrieten ihm seine Kenntnisse über Azis; und er hatte das mißverstanden, der schlimmste Fehler, den ein Alpha-Aufseher begehen konnte, und sich jahrelang auf eine Weise auf Grant gestützt, die er weiß Gott nicht nötig hatte.

Daß Grant für ihn den Azi gespielt hatte – war seine Schuld. Ganz allein seine Schuld.

Er streckte die Hand aus und klopfte Grant auf die Schulter und beruhigte sich, soweit er konnte, während er gegen einen Adrenalinstoß ankämpfte und kaum atmen konnte, einerseits, weil er Grant so behandelt hatte, andererseits, weil Grant ihn jetzt vielleicht zum Teufel wünschte.

Nun, das war nicht Grants Schuld. Alles wäre in Ordnung gewesen, wenn Grant nicht wieder Girauds Aufmerksamkeit auf sich gelenkt hätte. Justin mußte einfach noch einmal zu Yanni gehen und versuchen, die Dinge ohne die Gefühlsaufwallungen in Ordnung zu bringen, die die Sache in Yannis Augen erledigt hätten.

Er wollte sich nur für einen Moment setzen. Aber er konnte nicht einmal das tun, ohne Grant merken zu lassen, wie sehr er sich aufgeregt hatte.

»Yanni war nicht wütend«, redete Grant ihm zu. »Justin, er war nicht wütend. Es lief nicht so ab. Er sagte bloß, er würde es uns leichter machen.«

Er tätschelte noch einmal Grants Arm. »Hör zu, ich glaube dir ja, daß alles in Ordnung ist. Wenn nicht, werde ich's wieder richten. Mach dir darüber keine Sorgen.«

»Justin?«

In Grants Stimme klang Schmerz mit. Den er verursacht hatte. Genau wie diese Krise.

»Yanni wird mir den Arsch aufreißen, weil ich dich da reingetrieben habe«, sagte Justin. »Das habe ich auch verdient. Grant, du brauchst dir meinetwegen keine Umstände zu machen. Mir geht's gut. Mach dir keine Sorgen.«

»Hör auf damit, verdammt!« Grant packte ihn und riß ihn grob herum, um ihm direkt ins Gesicht zu sehen. »Spiel nicht meinen Aufseher. Ich wußte, was ich tat.«

Justin starrte ihn nur schockiert an.

»Ich bin nicht irgendein idiotischer Annie, Justin. Du kannst mich schlagen, wenn du willst. Fang bloß nicht wieder mit dieser Leier an, damit ich mich beruhige.« Er war wütend. Unverhohlen wütend. Justin traf es wie ein schwerer Schlag. Es war eine Rettung, mit der er nicht gerechnet hatte. Er zitterte, als Grant seinen Arm losließ und eine Hand auf seine Wange legte. »Gott, Justin, woran denkst du?«

»Ich habe dir zuviel zugemutet.«

»Nein. Man hat *dir* zuviel zugemutet. Und das habe ich Yanni gesagt. Ich bin kein Roboter. Ich weiß, was ich tue. Was hast *du* denn all die Jahre gemacht? Ich bin immer dein Partner gewesen. Was meinst du, was aus mir geworden ist? Einer der psychiatrischen Fälle, mit denen du zu tun hast? Oder was meinst du, was ich bin?«

Ein Azi war die naheliegende Antwort. Grant wollte sie von ihm hören. Und er erstarrte innerlich zu Eis.

»Ein idiotischer Annie, häh?«

»Laß es, Grant.«

»Also?«

»Vielleicht …« Er kam zu Atem und drehte sich weg. »Vielleicht ist es Stolz. Vielleicht bin ich mein ganzes Leben gelehrt worden, daß ich der Stärkere bin. Und ich weiß, ich bin jahrelang ein Wrack gewesen. Und ich habe mich auf dich gestützt. Mich soll der Schlag treffen, wenn ich mich deswegen nicht schuldig fühle.«

»Wir stehen von verschiedenen Seiten unter Druck«, sagte Grant. »Ich kann nur von dir unter Druck gesetzt werden. Ist dir das klar, geborener Mensch?«

»Nun ja, ich weiß genau, daß ich es war, der dich in Yannis Büro getrieben hat.«

»Gib mir nur eine Chance, mein Freund. Verdammt, ich bin kein Roboter. Vielleicht sind meine Gefühle synthetisch, aber sie sind nichtsdestoweniger real. Wenn du mich anschreien willst, dann tu's. Kehr bloß nicht diese Aufseher-Masche raus.«

»Dann benimm dich nicht wie ein elender Azi!«

Er konnte nicht glauben, das gesagt zu haben. Er erstarrte vor dem Schock. Einen Moment auch Grant. Während dieser Satz zwischen ihnen in der Luft hing.

»Nun, ich bin einer«, sagte Grant dann mit einem leichten

Achselzucken. »Aber mich trifft daran keine Schuld. Wie sieht's mit dir aus?«

»Es tut mir leid.«

»Nein, red weiter! Ihr verdammten Azis seid alle gleich. Ich würde das lieber hören, als daß du es herunterschluckst. Du arbeitest bis zum Umfallen, du machst dich selbst fertig, und noch ein anomales Azi-Psychoset würde ausreichen, damit du umkippst. Deshalb sind wir verdammten Azis alle gleich. Ich bin froh, daß du dich besonnen hast, auf dich selbst zu achten. Es wird Zeit.«

»Du liebe Güte, psychoanalysiere mich nicht!«

»Tut mir leid, anders geht's nicht. Gott sei Dank muß *ich* mir nur um einen geborenen Menschen Sorgen machen. Zwei würden mich in den Wahnsinn treiben. Geborene Menschen sind also auch nicht besser. Sie machen eine ganze Menge Ärger. Du hattest recht mit Yanni. Mit Azis geht er ganz vernünftig um. Aber an geborenen Menschen reagiert er alles ab, alles, was sich in ihm angestaut hat. Die Frage ist, ob er mir die Wahrheit sagte. Aber wenn du dich beruhigen und mir zuhören würdest, wüßtest du, daß deine Schwierigkeiten, an Echtzeit-Problemen zu arbeiten, nichts Neues für ihn sind. Ich habe nur darauf hingewiesen, daß du am Rubin-Projekt dein Talent vergeuden würdest, und daß er, wenn er engagierte Arbeit sehen will, gut daran täte, sich daran zu gewöhnen, daß du in deiner Freizeit Designs entwirfst. Was dir allemal zusteht. Ich bin ganz und gar nicht der Ansicht, daß das unvernünftig war.«

Es hört jemand mit, dachte Justin in einem Anflug von Panik, und versuchte sich hektisch einen Überblick zu verschaffen, was sie gesagt hatten. Er bedeutete Grant, vorsichtig zu sein, und Grant nickte.

»Es tut mir leid«, sagte Justin dann etwas ruhiger. Und wünschte, er könne sich irgendwo verstecken, wo es dunkel war. Grant dagegen blieb standfest. Er bewahrte Haltung, mit einer Würde, die Justin nicht aufbringen konnte. »Grant, ich … ich reagiere bloß auf bestimmte Dinge. Fließendes Denken. Du müßtest das doch verstehen.«

»Nein, ich versteh's nicht. Ich bin davon verblüfft. Die Zahl der Ebenen, auf denen du reagieren kannst, ist wirklich erstaunlich. Die Zahl der Dinge, an die du gleichzeitig glauben kannst, ist unglaublich. Ich versteh's nicht. Ich werde Tage brauchen, um diese Reaktion zu analysieren, und mir werden immer noch Nuancen entgehen.«

»Das ist ganz einfach. Ich bin furchtbar erschrocken. Ich dachte, ich wüßte, woran ich war, und ganz plötzlich hast selbst du unabhängig von mir gehandelt. Deshalb ist alles zu einer Sache konträrer Gegensätze geworden. Geborene Menschen sind im Grunde ganz logisch.«

»Gott. Das Leben wäre so langweilig, wenn es keine geborenen Menschen gäbe. Jetzt frage ich mich, auf welcher Seite Yanni stand, während ich mit ihm redete. Schon darüber zerbrichst du dir den Kopf.«

»War er ruhig?«

»Sehr.«

»Dann hast du das Hauptset bekommen, oder?«

»Wir müssen nur lernen, euch nicht aufzuregen. Ich denke, das sollte man in die frühesten Bandsets einbeziehen. ›Geborene Menschen verändern in erregtem Zustand ihre programmierten Sets. Jeder geborene Mensch ist ein Schizo. Und er haßt sein Alter ego.‹ Das ist der ganze Schlüssel zum Verhalten von ZIVs.«

»Da liegst du nicht ganz falsch.«

»Zum Teufel. Ich habe Jahre an endokrinem Lernen hinter mir. Ich bin wirklich erstaunt. Ich habe mich gleich mehrmals damit beschäftigt. Zwei oder drei Meinungen zur selben Zeit, all diese Dinge. Ich muß gestehen, daß ich mein *natürliches* Psychoset vorziehe. Mein natürliches Psychoset, das ich dir verdanke. Das ist mir bei weitem angenehmer. Hast du Lust, essen zu gehen?«

Justin sah Grant an, einen Grant, der wieder seinen Schutzschild vorhielt, dieses schwache, spöttische Lächeln aufgesetzt hatte, das Grants Art war, dem Schicksal, dem Universum und der Verwaltung Reseunes die Stirn zu bieten. Einen Moment lang spürte er gleichermaßen ein Glücksgefühl wie ein Schaudern.

Als habe zum ersten Mal alles innegehalten, was sich vor ihm zurückgezogen hatte, und sei im Begriff umzukehren.

»Klar«, sagte er. »Sicher.« Er faßte Grant am Arm und bugsierte ihn zur Tür hinaus. »Wenn du mit Yanni Schwartz Fortschritte machst, könntest du stundenweise deine Dienste anbieten. Wahrscheinlich könnte im Flügel jeder deinen Rat gebrauchen.«

»Nein, danke. Ich bin ordentlich angestellt.«

Leute sahen zu ihnen herüber. Er ließ Grants Arm los. Und dabei wurde ihm klar, daß der halbe Flügel gehört haben mußte, wie er Grant anschrie. Und nach Anzeichen eines Schadens suchte.

Sie boten aus vielerlei Gründen Anlaß zum Klatsch. Und jetzt gab es einen neuen.

Das würde auch zu Yanni durchdringen.

VIII

Ständig gab es etwas Neues. Nelly nahm sie in den Laden im Nordflügel mit, und sie kehrten mit Paketen zurück. Das machte Spaß. Sie kaufte Nelly auch etwas, und Nelly war so glücklich, daß Ari sich gut fühlte, Nelly mit einem neuen Kleid, hübsch und so stolz zu erleben.

Aber Nelly war nicht Mama. Anfangs gefiel es ihr, wenn Nelly die Arme um sie legte, aber Nelly war immer nur Nelly, mehr nicht, und eines Abends fühlte sie sich auf einmal so leer, als Nelly das tat. Sie sagte es ihr nicht, weil Nelly ihr eine Geschichte erzählte. Aber von da an wurde es immer schwieriger zu ertragen, von Nelly im Arm gehalten zu werden, wenn Mama fort war. Deshalb zappelte sie herum und glitt auf den Boden, um ihre Geschichten zu hören, was Nelly offenbar in Ordnung fand.

Seely war einfach ein Niemand. Sie neckte Seely manchmal, aber er lachte nie. Und das war ein schreckliches Gefühl. Deshalb ließ sie Seely in Ruhe, außer wenn sie ihn um etwas zu trinken und ein Stück Kuchen bat. Davon bekam sie mehr, als es Mama gefallen hätte. Deshalb versuchte sie brav zu sein und um nichts zu bitten, und Gemüse und nicht so viel Zucker zu essen. Das ist nicht gut für dich, hätte Mama gesagt. Und sie versuchte, sich an alles zu erinnern, was Mama gesagt hatte, und sich daran zu halten, denn wenn sie etwas von Mama vergaß, war es dasselbe, als wenn sie Mama selbst vergaß. Deshalb aß sie das verdammte Gemüse und hatte hinterher einen Kloß in der Kehle, weil einige von ihnen wirklich furchtbar schmeckten und alles mit einem weißen cremigen Zeug vermischt war. Bäh. Sie hätte es am liebsten erbrochen. Aber sie tat es für Mama, und es machte sie so traurig und wütend zugleich, daß sie das Gefühl hatte, weinen zu müssen.

Aber wenn sie wirklich weinte, ging sie in ihr Zimmer und schloß die Tür, wischte ihre Augen und wusch sich das Gesicht, bevor sie wieder hinauskam, weil sie nicht schniefen wollte.

Sie wollte jemanden zum Spielen haben, aber sie wollte nicht, daß es Sam war. Sam kannte sie zu gut. Sam würde von ihrer Mama wissen. Und sie würde ihm ins Gesicht schlagen, weil sie es nicht ertragen konnte, von seinem Gesicht angesehen zu werden, das nie einen Ausdruck zeigte.

Und als Nelly sie fragte, ob sie wieder in die Spielschule gehen wollte, sagte sie ja, wenn Sam nicht da wäre.

»Ich weiß nicht, wer da sein wird«, sagte Nelly.

»Dann werde ich selbst gehen«, erwiderte Ari. »Gehen wir in die Turnhalle. In Ordnung?«

Nelly brachte sie hin. Und dann fütterten sie die Fische, und Ari spielte im Sandkasten, aber allein machte der Sandkasten keinen Spaß; und Nelly war nicht gut darin, Häuser zu bauen. Deshalb fütterten sie nur die Fische, machten Spaziergänge und spielten auf dem Spielplatz und in der Turnhalle.

Dann ging's zum Bandstudium. Und eine Menge von den Erwachsenen gaben ihr Stunden. Sie lernte viele Dinge.

Nachts lag sie in ihrem Bett und hatte den Kopf so voll mit neuen Sachen, daß sie Schwierigkeiten hatte, an Mama und Ollie zu denken.

Onkel Denys hatte recht. Es tat Tag für Tag weniger weh. Das machte ihr Angst. Denn wenn es nicht weh tat, ließ sich die Wut schwerer festhalten. Deshalb biß sie sich in die Lippe, bis sie blutete, und versuchte sie auf diese Weise festzuhalten.

Sie gingen auf eine Kinderparty. Dort sah sie Amy. Amy rannte weg, versteckte sich hinter Sera Peterson und benahm sich wie ein Baby. Sie erinnerte sich daran, warum sie Amy verhauen wollte. Die übrigen Kinder starrten sie bloß die ganze Zeit an, und Sera Peterson sagte, sie sollten mit ihr spielen.

Sie waren nicht glücklich darüber. Kate und Tommy waren da und ein Kind namens Pat, und Amy, die drüben in der Ecke weinte und sich schneuzte. Sam war auch da. Er kam zu ihr und sagte: »Hallo, Ari.« Er war als einziger freundlich. Deshalb sagte sie: »Hallo, Sam.« Und wünschte sich, sie könne nach Hause gehen, aber Nelly war in die Küche gegangen, um mit Sera Petersons Azi Tee zu trinken, und es machte Nelly so viel Freude.

Deshalb ging Ari zu den anderen, setzte sich und spielte mit ihnen ein Würfelspiel, bei dem man sich auf einem Spielbrett bewegte, das den Raum der Union darstellte. Ganz gut. Sie spielte mit, und mit der Zeit kabbelten sich alle, lachten und zogen sich gegenseitig auf. Nur Amy nicht. Außerdem neckten sie sich nur untereinander und nicht Ari. Aber das war in Ordnung. Sie lernte ihr Spiel. Sie sammelte allmählich Geld. Sam hatte am meisten Glück mit dem Würfel, aber er war zu vorsichtig mit seinem Geld, und Tommy war zu leichtsinnig. »Ich verkaufe dir eine Station«, sagte Ari. Und Amy kaufte sie mit fast allem Geld, das sie hatte. Deshalb mußte Amy viel bezahlen, und Ari immer weniger. Und was Amy gekauft hatte, war sowieso im Eimer. So verdiente Ari noch mehr Geld, und Amy wurde wütend. Und niemand wollte Amys Station beliefern, und

Ari bot an, sie zurückzukaufen, aber nicht zu dem Preis, den Amy dafür verlangte.

Amy war trotzdem einverstanden und kaufte Schiffe. Und Ari hob ihre Preise ein bißchen an.

Amy schniefte. Und ziemlich bald war sie wieder in Schwierigkeiten, weil Ari sie dauernd in Schach hielt, indem sie ihr Geld dafür ausgab, Ladungen aufzukaufen und einen Überschuß von den einzigen Sachen aufzubewahren, die Amy gebrauchen konnte, weil die dumme Amy immer wieder zu ihrer Station kam, anstatt sich an Tommy zu halten. Amy wollte einen Kampf. Und sie bekam ihn auch. Aber Ari wollte nicht, daß sie zu schnell verlor und das Spiel ruinierte, deshalb sagte sie Amy, was sie tun sollte.

Amy wurde daraufhin richtig wütend. Und schniefte noch mehr.

Sie hörte auch nicht auf ihren Rat.

Deshalb brachte Ari sie in Schwierigkeiten und nahm ihr alle Schiffe bis auf eins. Dann das letzte. Inzwischen hatte sie die Möglichkeit, zu gewinnen. Aber alle anderen sahen so unglücklich aus, und keiner zog den anderen mehr auf, nur Amy lief weinend vom Tisch weg.

Niemand sagte etwas. Alle sahen sie Amy nach. Sie sahen Ari alle an, als wären sie am liebsten nicht hier.

Sie würde gewinnen. Nur Sam wußte es nicht. Deshalb sagte sie: »Sam, du kannst für mich weiterspielen.«

Und sie ging weg, fand Nelly in der Küche und sagte, sie wollte nach Hause. Nelly schien sich deswegen Sorgen zu machen, unterbrach ihr Geplauder mit Corrie und ging mit Ari heim.

Den Rest des Tages blies sie Trübsal, weil sie sich einsam fühlte. Und wütend war. Das gefiel ihr. Sie dachte dabei an Mama. Und vermißte Ollie. Sogar Phaedra.

Und dachte, daß Valery sich nicht so dumm angestellt hätte, wenn er dagewesen wäre.

»Was ist los?« fragte Onkel Denys an diesem Abend. Er fragte sie ganz freundlich. »Ari, Liebling, was ist auf der Party passiert? Was haben sie gemacht?«

Sie konnte sie alle zum Verschwinden bringen, wenn sie sagte, daß sie sich gestritten hatten. Vielleicht würden sie das sowieso. Sie war sich nicht sicher. Wenigstens Amy und Kate waren noch da, auch wenn sie so blöd waren.

»Onkel Denys, wo ist Valery hingegangen?«

»Valery Schwartz? Seine Mutter ist versetzt worden. Sie sind weggezogen, das ist alles. Erinnerst du dich noch an Valery?«

»Kann er zurückkommen?«

»Ich weiß nicht, Liebling. Ich glaube nicht. Seine Mama hat einen Job dort. Was ist auf der Party passiert?«

»Mir war nur langweilig. Es hat nicht besonders Spaß gemacht mit denen. Wo sind Mama und Ollie hin? Auf welche Station?«

»Fargone.«

»Ich werde Mama und Ollie einen Brief schicken.« Sie hatte in Mamas Büro Post gesehen. Sie hatte nie daran gedacht, selbst einmal einen Brief zu schreiben. Aber jetzt überlegte sie, daß Mama ihn in ihrem Büro an diesem anderen Ort bekommen würde. Auf Fargone.

»Ich habe nichts dagegen. Ich bin mir sicher, sie würden sich darüber freuen.«

Manchmal glaubte sie, Mama und Ollie seien in Wirklichkeit nirgendwo. Aber Onkel Denys redete, als seien sie da, und es ginge ihnen gut. Dann fühlte sie sich besser, aber sie fragte sich dann auch, warum Mama noch nicht einmal angerufen hatte.

»Kann man Fargone anrufen?«

»Nein«, sagte Onkel Denys. »Ein Schiff ist schneller da. Ein Brief kommt viel schneller da an als ein Anruf. In einigen Monaten, nicht in Jahren.«

»Wieso?«

»Man sagt Hallo, und es dauert zwanzig Jahre, bis es dort ankommt; und sie sagen Hallo, und es dauert wieder zwanzig Jahre, bis es hier ist. Und dann sagt man seinen ersten Satz, und es dauert Jahre, bis sie's hören. Es würde Jahrhunderte dauern, um ein Gespräch zu führen. Deshalb sind

Briefe schneller und sehr viel billiger, und zwischen Sternen benutzt man sowieso keine Telephone und Funkgeräte. Alles wird von Schiffen transportiert, weil Schiffe schneller als Licht sind. Mit dieser Frage hängen noch andere komplizierte Sachen zusammen, aber das willst du ja gar nicht wissen, wenn du deiner Mama einen Gruß schicken willst. Es ist einfach sehr weit bis dahin. Und man verständigt sich mit Hilfe von Briefen.«

Sie hatte nie gewußt, wie weit etwas entfernt sein konnte. Nicht wenn sie Schiffe so übers Brett springen ließen. Sie fühlte sich kalt und einsam bei dem Gedanken. Und sie ging in ihr Zimmer und schrieb den Brief.

Sie zerriß ihn immer wieder, weil sie nicht wollte, daß Mama sich Sorgen machte, es ginge ihr schlecht. Sie wollte nicht schreiben: *Mama, die anderen Kinder mögen mich nicht, und ich bin die ganze Zeit allein.*

Statt dessen schrieb sie: *Ich vermisse dich sehr. Ich vermisse Ollie. Ich bin Phaedra nicht mehr böse. Ich möchte, daß du und Ollie zurückkommt. Phaedra auch. Ich werde brav sein. Onkel Denys gibt mir zu viele Kekse, aber ich erinnere mich, was du gesagt hast, und esse nicht zuviel davon. Ich will nicht dick sein. Ich möchte auch nicht aufsässig sein. Nelly ist sehr lieb zu mir. Onkel Denys gibt mir seine Kreditkarte, und ich kaufe Nelly eine Menge Sachen. Ich habe mir ein Raumschiff und ein Auto und Puzzles und Bänder mit Geschichten gekauft. Und eine rote und weiße Bluse und rote Stiefel. Ich wollte eine schwarze, aber Nelly meinte, das sei nur etwas für Azis. Oder bis ich älter bin. Kleine Mädchen tragen nichts Schwarzes, sagt Nelly. Ich könnte schon, aber manchmal höre ich auch auf Nelly. Ich paß auf alle auf. Heute habe ich Amy Carnath gesehen und sie nicht gehauen. Sie schnieft immer noch. Ich studiere eine Menge Bänder. Ich kann mich mit Mathematik oder Chemie beschäftigen. Ich kann mir Bänder über Geographie und Astrographie besorgen, und ich werde etwas über Fargone studieren, weil du da bist. Ich möchte nach Fargone fliegen, wenn du nicht hierher kommen kannst. Gibt's da auch Kinder? Hast du ein schönes Apartment? Sag Onkel Denys, daß ich kommen kann. Oder komm du nach Hause. Ich werde ganz brav sein. Ich liebe dich. Ich liebe Ollie. Ich werde diesen Brief Onkel Denys geben, damit er ihn dir schickt. Er sagte, er wird lange brauchen, bis er da ist, und dein Brief wird lange brauchen, bis ich ihn bekomme, deshalb schreibe mir bitte, sobald du kannst. Ich glaube, es wird fast ein Jahr dauern. Dann werde ich acht sein. Wenn du Denys schreibst, er soll mich bald kommen lassen, werde ich fast neun sein. Sag ihm, daß ich auch Nelly mitbringen kann. Sie wird Angst haben, aber ich werde ihr sagen, es ist alles in Ordnung. Ich fürchte mich nicht vor den Sprüngen. Ich habe keine Angst, auch allein zu kommen. Onkel Denys ist es egal. Ich weiß, er würde mich gehen lassen, wenn du ja sagst. Ich liebe dich.*

IX

Florian war wieder zu spät dran. Er folgte einer Abkürzung zwischen 240 und 241, wich im Zickzack zwei Gruppen von Älteren aus und sprang zur Seite, um sich höflich zu verbeugen und eine Entschuldigung zu murmeln, bevor er sich umwandte und über die Straße hinauf zum Gebäude des Sicherheitsdienstes sprintete.

»Es tut mir sehr leid«, sagte er, als er am Schreibtisch in Block Eins ankam. Er versuchte nicht zu keuchen, als er dem Azi hinterm Schreibtisch seine Marke gab. Der Mann betrachtete sie und schob sie dann in seine Maschine.

»Von Blau zu Weiß zu Braun«, erklärte der Mann. »Zieh dich in Braun um. Anweisungen erhältst du dort.«

»Ja«, erwiderte er und blickte in die Richtung, in die der Mann zeigte. Blau fing mit dieser Tür an, und er machte sich auf den Weg, rannte nicht, ging aber sehr eilig.

Er wußte, daß er immer noch zu spät dran war, als er in Braun ankam. Der verantwortliche Azi wartete auf ihn. »Es tut mir leid«, sagte Florian. »Ich bin Florian AF9979.«

Der Mann betrachtete ihn von oben bis unten. »Größe 6M. In den Spinden hängt etwas. Geh dich umziehen. Beeil dich!«

»Ja.« Er ging in die Umkleidekabine, suchte rasch nach etwas in 6M, zog das Plastikpäckchen heraus und warf es auf die Bank, während er sich aus seinen Kleidern schälte. Er zog die schwarze Uniform an, setzte sich kurz hin, um die Socken und leichten Schuhe anzuziehen, dann hängte er seine AG-Uniform neben Uniformen in allen Farben und Größen an den Haken. Er war so nervös, daß er fast seine neue Schlüsselkarte vergaß, entfernte sie aber noch von seinem anderen Overall und befestigte sie an dem schwarzen, dann fuhr er sich mit einer Hand durchs Haar und eilte wieder hinaus.

»Durch den Flur«, sagte der Azi mit der Klemmtafel. »Von Braun nach Grün. Lauf!«

Er lief. Und folgte den Fluren, bis er auf eine mit Grün in Braun markierte Tür traf. Durch sie betrat er eine Turnhalle. Er platzte herein, wo ein Mann mit einer Klemmtafel und ein anderer Jüngerer, gekleidet wie er, in schwarzen Overalls dastanden. Letzterer war aber ein *Mädchen.* Es traf ihn wie ein Schlag, instinktiv reagierte er aber auf den Aufseher und verbeugte sich leicht. »Entschuldigen Sie die Verspätung, Ser.«

Der Aufseher sah ihn gerade lang genug an, daß er sich weiter Sorgen machte, und er wagte es nicht, noch einmal das Mädchen anzusehen, die, daran zweifelte er nicht mehr, aus demselben Grund hier war wie er, nämlich um einen Partner für diesen Auftrag zu finden.

Dann machte sich der Aufseher eine Notiz auf seine Klemmtafel und sagte: »Das ist Catlin. Catlin ist deine Partnerin.«

Florian sah das Mädchen wieder an, und sein Herz schlug schwer. Es war ein Irrtum. Es konnte nicht anders sein. Er war zu spät dran. Er bekam ein Mädchen zum Partner. Er sollte seine Schlafstelle wechseln, und er hatte angenommen, er sollte mit seinem Partner zusammengelegt werden. Das stimmte also nicht. Er wußte nicht, wo er schlafen würde.

Er wollte in seine frühere Stellung zurück. Über den

neuen Auftrag hatte er sich geärgert, selbst als sein alter Aufseher ihm gesagt hatte, er könne in seinen Freistunden weiterhin bei AG arbeiten. Er wollte …

Aber das Mädchen störte ihn. Sie sah aus, als …

Sie war blond, hatte blaue Augen und eine Schramme am Kinn. Sie war größer als er, aber das war nichts Ungewöhnliches. Sie hatte ein schmales, sehr ernstes Gesicht. Er glaubte, er habe sie schon einmal gesehen. Sie starrte ihn so an, wie man eigentlich niemanden anstarren sollte. Nach einer Weile fiel ihm auf, daß er dasselbe tat.

»Catlin«, sagte der Aufseher. »Du kennst den Weg von hier aus. Bring Florian rüber zum Materiallager und wende dich an den dortigen Aufseher.«

»Ja, Ser«, bestätigte sie, und Florian hätte den Aufseher fast gebeten, zu überprüfen, ob nicht ein Irrtum vorlag, aber er war zu spät gekommen, er hatte bei diesem Mann einen schlechten ersten Eindruck hinterlassen, und er wußte nicht, warum er derart außer sich war – und die Panik hielt ihn vom Fragen ab. Catlin marschierte schon los. Er holte sie ein, als sie auf eine weitere Tür hinter den herabhängenden Matten am Ende der Turnhalle zuging. Sie benutzte ihr Schlüsselkarte, hielt ihm die Tür auf und führte ihn in einen weiteren langen betonierten Flur.

Dann Treppen hinunter. Und durch noch einen betonierten Flur.

»Bekomme ich eine neue Schlafstelle zugeteilt?« fragte er schließlich hinter ihr.

Sie blickte zur Treppe zurück, und er holte sie unten in dem langen Betonflur ein.

»22. Wie ich«, sagte sie. »Wir werden zusammen mit Älteren einziehen. Partner haben paarweise gemeinsame Zimmer.«

Er war schockiert. Aber sie schien zu wissen, was richtig war, und *sie* regte sich nicht auf. Deshalb ging er bloß hinter ihr her und fragte sich, ob die Computer vielleicht eine Funktionsstörung gehabt hatten und er ein Band hätte bekommen müssen, das ihm all dies erklärte und ihm half, keine Fehler zu machen. Er mußte, dachte er, mit dem Aufseher reden, zu dem sie gingen.

Sie erreichten eine weitere Tür. Catlin schloß auf, und drinnen saß hinter einem Schreibtisch ein Aufseher. »Ser«, sagte Catlin. »Catlin und Florian, Ser.«

»Ihr seid spät dran«, bemerkte der Aufseher.

»Ja, Ser.«

»Das ist meine Schuld«, sagte Florian. »Ser …«

»Ich will keine Entschuldigungen hören. Ihr seid dem Sicherheitsdienst zugeteilt. Begebt euch ins Materiallager, und sucht euch aus, was ihr eurer Meinung nach brauchen werdet. Ihr werdet schon wissen, was. Also los! Ihr habt fünfzehn Minuten, um eure Ausrüstung zu holen. Ihr bekommt eine Mahlzeit; habt heute abend Zeit, um eure Pläne zu machen, und morgen früh werdet ihr durch ein Zimmer gehen. Es ist ein einstündiger Kurs und ihr könnt euch darüber unterhalten. Das solltet ihr sogar. Geht!«

»Ich …«, sagte Florian. »Ser, ich muß die Schweine füttern. Ich … Hätte ich über das hier ein Band bekommen sollen? Man hat mir keins gegeben.«

Der Aufseher sah ihn streng an. »Florian, du wirst bei AG arbeiten, wenn du nicht beim Sicherheitsdienst zu tun hast. So hat man dich eingeteilt. Du kannst in deiner Freizeit zu AG gehen. Du bekommst jedesmal vier Stunden frei, wenn du gut durch das Zimmer kommst. Für das hier gibt's keine Bänder. 05.00 wird geweckt, 05.30 exerziert, um 06.30 gibt's Frühstück, dann geht's zum Band, ins Zimmer, oder ihr habt frei, wie immer es der Zeitplan vorsieht; zu Mittag eßt ihr, wann es euer Zeitplan erlaubt; Abendessen gibt's um 20.00, entsprechend eurem Zeitplan, und an den meisten Abenden müßt ihr um 23.00 im Bett sein. Wenn ihr irgendwelche Probleme habt, redet mit eurem Aufseher. Catlin weiß Bescheid. Frage sie.«

»Ja, Ser«, hauchte Florian und dachte dabei: *Was ist mit Andy? Was ist mit den Schweinen? Sie haben gesagt, ich könnte zu AG gehen.* Und weil der Aufseher geantwortet hatte und er sich ungemein davor fürchtete, dies könne sein eigentlicher Job sein, holte er Catlin ein.

Es war ein Materiallager wie in den Spielen, die er kannte. Sein alter Aufseher hatte gesagt, er bekäme einen Auftrag, er würde durch Zimmer gehen müssen, das alles wußte er bereits: Es wären Zimmer wie die, die er schon betreten hatte, und er würde danach mehr dem Sicherheitsdienst als AG angehören.

Aber es stimmte nicht. Er sollte seine Schlafstelle mit einem Mädchen teilen. Er wurde an einem Ort untergebracht, den sie kannte und er nicht. Er würde noch mehr Fehler machen. Es wurde immer gesagt, daß ein Aufseher es nie ablehnen würde, mit einem zu reden, aber der da hinten ließ ihn befürchten, er mache schon Fehler.

Wie den, zu spät gekommen zu sein.

Er betrat hinter Catlin das Materialzimmer; er wußte, sie würden durch ein vom Sicherheitsdienst ausgestattetes Zimmer gehen, und er war nicht allzu erschrocken darüber, Pistolen und Messer auf dem Tisch mit den Werkzeugen zu finden, aber er wollte sie nicht einmal berühren, und er hatte ein unangenehmes Gefühl im Magen, als Catlin eine Pistole in die Hand nahm. Er steckte Zangen und einen Stromkreistester ein; Catlin nahm ein Stück dünnes Kabel, und er wandte sich dem Kasten mit den Einzelteilen zu, wählte diverse Stücke aus und stopfte sie sortiert in seine Taschen.

»Elektronik?« fragte sie.

»Ja. Militär?«

»Sicherheitsdienst. Kennst du dich mit Waffen aus?«

»Nein.«

»Dann solltest du besser keine nehmen. In was für Zimmern warst du?«

»In welchen mit Fallen und Alarmanlagen.«

Catlins blasse Brauen hoben sich. Sie nickte und wirkte dabei etwas freundlicher. »Bei mir waren's Hinterhalte. Normalerweise ist ein Feind da. Er kann einen umbringen.«

»Die Fallen auch.«

»Bist du gut?«

Er nickte. »Ich glaube schon.«

Und er starrte sie wieder an. Ihr Gesicht hatte ihn die ganze Zeit gestört. Es war so, als kannte er sie. Er kannte sie auf die Art, wie man Dinge vom Band kannte. Vielleicht erinnerte sie sich in diesem Moment auch an ihn, so wie sie ihn anstarrte. Er war nicht vollkommen überrascht, nur darüber, daß es überhaupt geschehen war: Die Bänder überraschten ihn nie. Er wußte, daß es kein Fehler war, wenn er sie vom Band kannte. Sie sollte für ihn eine wichtige Rolle spielen, wenn das der Fall war, so wie seine Studien wichtig waren, und er hatte nie erwartet, daß es dazu kommen sollte, bevor er an jemanden vertraglich gebunden war.

Aber sie war eine Azi. So wie er.

Und sie wußte alles über ihren Auftrag, er dagegen war neu und machte andauernd Fehler.

»Ich glaube, ich müßte dich kennen«, sagte er besorgt.

»Ich dich auch«, erwiderte sie.

Niemand hatte ihm je derartige Aufmerksamkeit gewidmet. Nicht einmal Andy. Und er fühlte sich unsicher dabei, zu wissen, daß er jemandem begegnet war, den das Band für ihn bestimmt hatte.

»Warum sind wir Partner?« fragte er.

»Ich weiß nicht.« Dann: »Aber Elektronik ist nützlich. Und du kennst ein anderes Zimmer. Komm. Sag mir, was du weißt.«

»Man geht rein«, sagte er und versuchte sich alles ins Gedächtnis zu rufen, möglichst schnell und vollständig, so wie er es für einen Aufseher getan hätte. »Drinnen ist eine Tür. Es kann alle Arten von Fallen geben. Wenn man eine losgehen läßt, hat man verloren. Manchmal hört man Lärm. Manchmal geht das Licht aus. Manchmal ist jemand hinter einem her, und man muß durch und Fallen legen. Manchmal ist ein KI-Schloß angebracht. Manchmal geht man durch Wasser, und das kann wirklich gefährlich werden, wenn ein Kabel lose ist. Aber sie tun nur so, man wird nicht wirklich von einem Stromschlag getötet.«

»Tot ist tot«, sagte Catlin. »Sie schießen auf einen und machen Fallen aus den Türen, und wenn man sie nicht in die Luft jagt, jagen sie einen selbst in die Luft; und manchmal hat man mit all den Sachen zu tun, von denen du erzählt hast. Manchmal mit Gas. Manchmal mit Hinterhalten. Manchmal ist's draußen und manchmal in einem Gebäude. Manche Leute gehen wirklich dabei drauf. Ich habe einen gesehen. Er hatte sich das Genick gebrochen.«

Er war schockiert. Und dann kam ihm der Gedanke, daß es ihn treffen könne. Und er dachte über Türfallen nach. Er nahm eine Batterie, eine Drahtrolle und eine Kugelschreiberlampe, und Catlin gab ihm ein schwarzes Halstuch – für sein Gesicht, erklärte sie. Sie nahm noch eine Menge anderer Dinge mit, zum Beispiel schwarze Schminke, Kordel und einige Gegenstände, bei denen es sich um Waffen handeln konnte, er wußte es aber nicht genau.

»Wenn sie im Materiallager Gasmasken haben, tut man gut daran, eine mitzunehmen«, sagte Catlin. »Aber es sind überhaupt keine da. Deshalb benutzen sie wahrscheinlich kein Gas, aber man weiß nie. Sie sind nicht fair.«

Eine Glocke ertönte.

Es war soweit.

»Komm!« sagte Catlin, und die Tür öffnete sich und ließ sie mit dem hinaus, was sie hatten.

Durch einen Flur und durch weitere Türen. Und wieder eine Treppe hinauf, bis sie noch einen Betonkorridor erreichten.

Mit zahllosen Türen.

»Wir suchen 22«, sagte Catlin.

Das war zwei weiter. Catlin öffnete die Tür und ließ sie in ein schlichtes kleines Zimmer mit einem Doppelbett ein.

»Oben oder unten?« fragte sie.

»Ist mir egal«, sagte er. Er hatte nie damit gerechnet, einmal ein Zimmer für sich allein zu haben. Oder halb für sich allein. Drinnen standen ein Tisch und zwei Stühle. Er sah eine Tür.

»Wo führt die hin?«

»Ins Bad«, erklärte Catlin. »Wir teilen es mit dem Zimmer nebenan. Es sind Ältere. Man klopft, bevor man hineingeht. Das ist ihre Regel. Wenn man mit Älteren zu tun hat, muß man sich an ihre Regeln halten.«

»Ich kenne mich hier nicht aus.«

»Das ist kein Problem.« Sie leerte ihre Taschen auf den Tisch. »Ich bin seit fünf Tagen hier. Ich kenne eine Menge von den Regeln. Die Älteren sind ganz geduldig. Sie werden's dir sagen. Aber du behältst es besser, sonst erzählen sie's dem Instrukteur, und du bist in Schwierigkeiten.«

»Ich werd's mir merken.« Er sah ihr dabei zu, wie sie ihre Taschen leerte, und überlegte, ob sich seine Sachen genau da befanden, wo er sie haben wollte. »Müssen wir uns für das Zimmer umziehen?«

»Immer am Morgen.«

Er leerte seine Taschen, ordnete alles aber so, wie er es sich vorstellte. Catlin sah zu bei dem, was er tat.

»Das ist schlau«, sagte sie. »Dann weißt du immer, wo das ganze Zeug ist.«

Er sah sie an. Sie meinte es ernst. »Na klar.«

»Du bist in Ordnung.«

»Ich könnte mir vorstellen, daß du ziemlich gut bist.«

»Sie erwischen mich nicht oft.« Sie zog den Stuhl zurück und setzte sich, indem sie ihre Arme auf den Tisch legte, während Florian seine Taschen leerte. »Erwischen Sie dich denn?«

»Nein.«

Sie wirkte auf ihre nüchterne Art ganz zufrieden. Sie nahm die Pistole in die Hand, klappte den Deckel vom Schaltfeld am Griff und ließ ihn wieder zuschnappen. »Das ist eine echte Pistole«, sagte sie. »Aber die Munition ist nicht echt. Man muß sie trotzdem sichern. Es könnte sein, daß die Patronen vertauscht werden. Das ist schon mal vorgekommen. Daran sollte man immer denken. Der Feind könnte vertauschte Patronen haben. Und einen in Fetzen schießen. Die Übungspatronen haben ein großes schwarzes Band. Die echten nicht. Aber die hier können einen auch umbringen, wenn sie einen aus geringer Entfernung treffen. Man muß vorsichtig sein, wenn man mit einem Partner arbeitet. Durch Übungsmunition werden im Training mehr Leute getötet als durch irgend etwas anderes.«

Catlin konnte mehr Geschichten darüber erzählen, wie Leute getötet wurden, als er je in seinem Leben gehört hatte. Er spürte Übelkeit im Magen.

Aber Catlin wollte alles über die Fallen wissen, alles über die Dinge, die er gesehen hatte. Sie war voller Fragen, und bei allem, was er sagte, sah er in ihren seltsamen Augen die Art von Konzentration, die er von klugen Leuten kannte, die sich alles merkten. Deshalb fragte er sie nach den Hinterhalten, und sie erzählte viel von dem, was sie gesehen hatte.

Sie war wirklich klug, dachte er. Sie hörte sich an, als sei sie zu dem imstande, was sie sagte. Er hatte nie damit gerechnet, für den Sicherheitsdienst zu arbeiten. Er hatte nie damit gerechnet, ein Mädchen zum Partner zu haben, und er hatte sich nie jemanden wie Catlin vorgestellt. Auf ihrem Gesicht zeigte sich so etwas wie ein Lächeln. Es hellte ihre Augen auf, aber ihr Mund bewegte sich kaum. Sie machte ihn so nervös, daß er darüber erleichterter als über das offene Lächeln der meisten anderen Leute war. Catlin war schwer zu einem Lächeln zu bewegen. Man mußte ihr etwas erzählen, was sie wirklich beeindruckte. Und wenn sie einmal lächelte, wollte man sie noch mal lächeln sehen, weil es dazwischen einfach nichts gab.

Sie gingen in die Messe, wie man den Speisesaal hier nannte. Sie mußten alle stehen und warten, bis sie sich hinsetzen konnten, und Florian und Catlin waren die Jüngsten. Sie sahen zum Großteil sehr hochgewachsene Jungen, auch ein paar Mädchen, alle im Teenageralter und sehr diszpliniert. Florian wäre furchtbar nervös gewesen, wenn Catlin nicht gewußt hätte, wann man stand und wann man sich setzte, und an seinem Ärmel zog, um ihm Zeichen zu geben. Aber das Essen war sehr gut, und man bekam, soviel man wollte, und als die fast erwachsenen Jungs sich ringsum unterhielten, waren sie höflich und erweckten nicht den Eindruck, als störte es sie, daß Florian und Catlin da waren. Wer ist dein Partner? fragte einer Catlin, und sie antwortete: Florian AF, Ser. Als redete sie mit einem Aufseher.

Willkommen bei uns, sagte dieser Junge. Und sie ließen ihn aufstehen, damit die anderen ihn sehen konnten. Er war nervös. Aber der Junge stand neben ihm auf und stellte ihn als Florian AF vor, Catlins Partner, ein Techniker. Er wußte nicht genau, ob er das war, aber zumindest etwas Ähnliches; und sie sahen ihn alle kurz an, dann gaben sie eine Art Willkommensgruß von sich, und er konnte sich wieder setzen. Es unterschied sich nicht allzusehr von einem Unterkunftsgebäude, nur daß sie einen dort nie bei Tisch aufstehen ließen, weil der Speisesaal, in den man mußte, zu einer ganzen Anzahl von Schlafsälen gehörte. Der Grüne Barackenkomplex hatte seine eigene Küche, und man bekam Nachschläge, wenn man wollte, dafür brauchte man nicht die Anweisung eines Docs.

Der Instrukteur sagte, sie hätten anschließend zwei Stunden Freizeit, und dann mußten sie gegen 23.00 das Licht ausschalten.

Aber Catlin meinte, sie sollten in ihr Quartier zurückgehen – so nannte man das im Grünen Barackenkomplex – und sich über das Zimmer Gedanken machen, weil der Instrukteur sagte, sie dürften das; und sie stellten sich gegenseitig Fragen über die Zimmer, bis es fast soweit war, das Licht auszuschalten.

Er hatte Scheu, sich auszuziehen. Er hatte sich noch nie vor einem Mädchen ausgezogen, nur vor den Docs und Technikern, und sie hatten immer darauf geachtet, daß er etwas zum Anziehen hatte, und ihm den Rücken zugewandt oder das Zimmer verlassen, bis er sich angezogen hatte. Catlin sagte, es sei in Ordnung, schließlich seien sie Zimmergenossen, alle anderen täten das auch; so zog sie ihr Hemd und ihre Hose aus, er streifte seine ab, und Catlin ging als erste unter die Dusche. Sie kam in sauberer Unterwäsche zurück und warf die schmutzige Wäsche in den Korb.

Sie war so, wie er sie sich unter ihrer Kleidung vorgestellt hatte, bestand ganz aus Knochen und sehnigen Muskeln, die auf ihn den Eindruck gemacht hätten, man bekäme beim Sicherheitsdienst nicht viel zu essen, hätte er eben nicht selbst eine ihrer Mahlzeiten verzehrt. Sie war anders gebaut, hatte eine magerere Brust – man sah ihre Rippen – und war flach, wo es sich bei den Jungs wölbte. Er hatte noch nie ein Mädchen in Unterwäsche gesehen. Der Stoff war dünn und verdeckte nicht viel, und er versuchte sie nicht anzustarren oder darüber nachzudenken, wie sie ihn anstarrte. Er war sich nicht sicher, was daran falsch war, er hatte nur das Gefühl, es sei falsch. Aber so mußte es nun einmal sein, denn wenn sie in ihrer Kleidung schliefen, würden sie sie völlig zerknittern.

Deshalb mußten sie höflich zueinander sein und mit der Situation klarkommen.

Er beeilte sich mit der Dusche, worum Catlin ihn gebeten hatte, weil die Älteren sie gleich benutzen wollten; und er zog seine saubere Unterwäsche an, kam ins Zimmer zurück und stieg ins untere Bett, weil Catlin sich fürs obere entschieden hatte. Er kroch rasch unter die Decke, denn sie lag schon unter ihrer, und er stand ganz allein in Unterwäsche da.

»Der letzte muß das Licht ausmachen«, sagte Catlin von oben. »Das ist *meine Regel.* In Ordnung?«

Er sah sich von dort, wo er lag, nach dem Schalter um. Er hatte nie irgendwo geschlafen, wo das Licht zur entsprechenden Zeit nicht selbst ausging. Er hatte immer nur in Barackenkomplexen mit etwa fünfzig Jungs im selben Raum geschlafen. Er rutschte unter der Decke hervor, beugte sich hinüber, betätigte den Schalter und kroch zurück, indem er sich an den geraden Weg ins Bett erinnerte. Dabei brachte er das Bett zum Wackeln.

Er bemerkte, wie Catlin hochschreckte. »Entschuldigung«, sagte er und versuchte etwas leiser unter die Decke zu kriechen. Er vergaß keinen Augenblick, daß er mit einer Fremden zusammen war, die sieben Jahre alt sein mochte, aber sie unterschieden sich voneinander, sie war vom Sicherheitsdienst, und die Leute vom Sicherheitsdienst waren steif und kalt. Er wollte nichts falsch machen und sie gegen sich aufbringen. Er lag dort im Dunkeln eines Zimmers, in dem sich außer ihm nur eine Person aufhielt, und das war schlimmer, als in einem neuen Schlafsaal zu mächtigen, sehr viel schlimmer. Er fühlte sich kalt, und das lag nur zum Teil daran, daß auch die Laken kalt waren. Alle Geräusche waren verstummt, außer die eines Älteren, der unter die Dusche trat.

Er fragte sich, wo Catlin vorher gelebt hatte. Sie schien nicht nervös zu sein. Jemand hatte ihr alles gesagt, was sich ereignen würde. Oder sie war einfach von sich aus imstande, mit allem fertigzuwerden. Einen Jungen zum Partner zu haben, störte *sie* nicht. Sie war froh darüber, daß er sich mit Fallen auskannte. Er hoffte, er würde sich als so gut erweisen, wie sie annahm. Es würde ihm peinlich sein, wenn sie seinetwegen in der ersten Tür hochgingen.

Und er hatte furchtbare Angst davor, sie müßten sich im Dunkeln mit Fallen auseinandersetzen, was am schwierigsten war, und das bedeutete, daß er eine Kugelschreiberlampe brauchen würde. Catlin sagte, er könnte sie hinter seinem Mantel verstecken, sie ließen einen normalerweise einen mitnehmen. Denn wenn sie im Licht arbeiteten, wären sie ein sicheres Ziel.

Mach keinen Lärm, hatte Catlin gesagt. Ich werde dir den Rücken decken; du kannst ruhig arbeiten; aber wenn du Lärm machst, hat's der Feind leichter. Wir können versuchen, einen auf diese Weise zu erwischen, aber das hängt davon ab, wieviel Zeit wir haben. Oder ob es ein Durchlauf nach Zeit oder nach Eliminierungen ist. Das wird man uns noch sagen.

Was ist ein Durchlauf nach Eliminierungen? hatte Florian gefragt.

Dabei bekommt man die meisten Punkte, wenn man den Feind erwischt.

Wie in den Zimmern, in denen man Fallen *aufstellen* muß, hatte er erwidert, erleichtert darüber, daß er begriff. Manchmal tun wir beides gleichzeitig – eine auseinandernehmen und eine für den Feind zurücklassen, der einen verfolgt. Man bekommt Extrapunkte, wenn's ihm mißlingt. Manchmal schicken sie einen gleich wieder zurück, und man weiß nicht, ob's die eigene oder seine Falle ist, oder ob er aufgehalten wurde. Die in die Luft Gegangenen zeigen's einem, aber darauf kann man sich auch nicht verlassen, denn es könnte sein, daß er sie absichtlich ausgelöst und eine neue aufgestellt hat.

Das ist gemein, hatte Catlin gesagt, und ihre Augen hatten dabei geleuchtet, wie es bei ihr möglich war. Das ist wirklich gut.

Er wollte alle Gedanken aus dem Kopf verscheuchen, um schlafen zu können: Sie hatten morgen früh ein Zimmer vor sich; und er wußte, daß er sich ausruhen mußte, aber das fiel ihm schwer, sein Kopf war so voller Fragen, auf die er keine Antwort kannte.

Das Zimmer bereitete ihm nicht halb so viel Unbehagen wie diese Unterkunft.

Warum tun sie das? fragte er sich. Und als er an die Pistole auf dem Tisch und die allzu ruhige Messe und an Catlins Geschichten über Leute dachte, die sich während des Spiels gegenseitig erschossen: *Meinen sie wirklich, ich gehöre hierher?*

Es ist kein Spiel, hatte Catlin klargestellt, als er es so nannte. Ein Spiel ist das, was du in der Freizeit an den Computern machst. Das hier ist echt, und sie sind unfair.

Er wollte unbedingt zurück nach AG. Er wollte das Pferd sehen. Und am Morgen das Junge füttern.

Aber zuerst mußte er das Zimmer überleben, um das wenigstens für vier Stunden tun zu können.

Von jetzt an.

Er versuchte, die Gedanken zu verscheuchen. Er bemühte sich ernsthaft.

Warum geben sie mir kein Band? Warum sorgen sie nicht dafür, daß ich weiß, was zu tun ist?

Warum sorgen sie nicht dafür, daß ich mich hier besser fühle?

Hat der Computer mich vergessen?

X

Ari dachte jede Nacht daran, daß ihr Brief jetzt unterwegs war, und überlegte, wo er sein mochte, wenn es so viele Monate dauerte. Mama und Ollie würden inzwischen auf Fargone sein. Ari fühlte sich sehr viel besser, wenn sie wußte, wo sie waren. Sie sah sich Bilder von Fargone an und konnte sich die beiden dort vorstellen. Onkel Denys brachte ihr eine Werbebroschüre für *Reseunespace,* in der Mamas Name stand. Und das Bilder von dort enthielt, wo Mama arbeitete. Sie bewahrte sie in ihrer Schreibtischschublade auf, sah sie sich gern an und stellte sich vor, selbst dorthin zu gehen. Alle paar Tage schrieb sie noch einen Brief, und sie erzählte Mama, wie's ihr ging. Onkel Denys sagte, er müsse erst einen Stapel ihrer Briefe sammeln und sie als ein Bündel schicken, weil es unglaublich teuer war und es Mama nichts ausmachen würde, wenn sie alle auf einmal bekäme, alle in einem Umschlag. Sie wollte es an Mama und Ollie adressieren, aber Onkel Denys meinte, das würde die Postleute durcheinanderbringen, und wenn sie Ollie schreiben wollte, würde Mama ihm den Brief geben: Das Gesetz schrieb vor, daß ein Azi nur durch seinen Aufseher Post empfangen konnte, was bei Ollie Blödsinn war, weil er sich über nichts aufregte; aber so war das Gesetz.

Deshalb mußte die Adresse lauten:

Dr. Jane Strassen
Direktor
Reseunespace
Fargone-Station

Und ihre eigene Adresse lautete:

Dr. Denys Nye

Administrator
Administratives Territorium Reseune
Postbezirk 3
Cyteen-Station

Sie wollte ihren eigenen Namen auf den Brief schreiben, aber Onkel Denys sagte, damit müsse sie warten, bis sie erwachsen und ihre eigene Adresse hatte. Abgesehen davon, erklärte er, wenn der Brief vom Administrator Reseunes zum Direktor von *Reseunespace* ging, sah es wie etwas Geschäftliches aus, und er würde direkt auf Mamas Schreibtisch landen, ohne daß jemand Zeit verschwendete.

Das kam ihr sehr gelegen.

Sie fragte, warum ihre Adresse die Cyteen-Station sei, wo sie doch auf Cyteen selbst lebten, und Denys sagte, daß die Post immer zuerst an die Stationen ging, bevor sie an den Planeten selbst weitergeleitet wurde; wenn man also jemandem auf der Erde schreiben wollte, war die Adresse immer die Sol-Station, aber weil es auch noch den Mond und den Mars gab, mußte man Erde dazuschreiben und darunter das Land.

Onkel Denys versuchte ihr zu erklären, was ein Land war und wie alles angefangen hatte. Dafür besorgte er ihr das Band *Geschichte der Erde.* Sie wollte sich noch einmal damit beschäftigen. Es enthielt eine Menge sehr seltsamer Bilder. Einige erschreckten sie. Aber sie wußte, daß es nur ein Band war.

Sie ging zum Bandstudium. In dieser Woche studierte sie Biologie und Botanik, Schönschreiben, Geschichte und Gesellschaftslehre. Sie bekam für ihre Prüfung ein ›Sehr Gut‹, und Onkel Denys schenkte ihr eine Holographie, die einen terranischen Vogel darstellte. Wenn man sie drehte, flatterte der Vogel mit den Flügeln und flog. Sie kam den weiten Weg von der Erde. Onkel Giraud hatte sie in Novgorod gekauft.

Aber für die Spielschule hatte sie nur Nelly. Und es war langweilig, allein mit Nelly zu schaukeln und die Puzzlesteine zusammenzulegen. Deshalb ging sie nicht mehr jeden

Tag hin. Sie war es leid, daß Nelly sie überallhin begleitete, weil Nelly sich über alles Sorgen machte und vor allem immer um sie besorgt war. Deshalb sagte sie Onkel Denys, sie könne selbst zum Bandstudium gehen, in die Bibliothek auch, weil die Leute sie kannten, und sie käme schon zurecht.

Sie ließ sich auf dem Rückweg vom Bandstudium viel Zeit. Manchmal hielt sie inne und fütterte die Fische, denn gleich an der Tür stand eine Wache vom Sicherheitsdienst, und Denys hatte ihr gesagt, sie dürfe das. Heute ging sie durch den Tunnel, weil es letzte Nacht gestürmt hatte und man einige Tage drinnen bleiben mußte.

Dabei fiel ihr wieder ein, wie sie und Mama einmal diesen Weg genommen hatten, um Ser Peterson zu besuchen. Am Schluß waren sie in den Aufzug gestiegen. Dr. Peterson war genauso langweilig wie Seely; aber in diesem Flur befand sich auch Justins Büro.

Justin wäre interessant, dachte sie. Vielleicht würde er wenigstens Hallo sagen. Und so viele Leute waren verschwunden, daß es ihr Spaß machte, von Zeit zu Zeit nachzusehen, ob bestimmte Leute noch da waren. Sie fühlte sich danach immer sicherer, wenn sie sie tatsächlich fand. Wenn sie also die Gelegenheit hatte, einen vertrauten Ort wiederzusehen, nahm sie sie gern wahr.

Sie fuhr mit dem Aufzug nach oben in den Flur, und sie spazierte über die Metallstreifen, an die sie sich erinnerte: Das machte sie auch gern, es war wie dieses eine Mal, als Mama in diesem Büro am Ende des Flurs gesessen hatte; aber es machte sie gleichzeitig traurig, und sie blieb stehen und begab sich in die Mitte des Flurs.

Die Tür zu Justins Büro stand offen. Es war so unordentlich wie beim letzten Mal. Und vom einen zum anderen Moment war sie glücklich, weil sowohl Justin wie Grant da waren.

»Hallo«, sagte sie.

Beide sahen sie an. Es tat gut, jemanden zu sehen, den sie kannte. Sie hoffte wirklich, die beiden würden auch froh sein, sie zu sehen. Es gab nur wenige Leute, die sich noch mit ihr unterhielten, wenn sie nicht gerade zu Onkel Denys gehörten.

Aber sie sagten nicht Hallo. Justin stand auf und machte einen unfreundlichen Eindruck.

Auf einmal fühlte sie sich einsam. Furchtbar allein. »Wie geht's dir?« fragte sie, weil das von einem erwartet wurde.

»Wo ist dein Kindermädchen?«

»Nelly ist zu Hause.« Sie konnte Onkel Denys' Wohnung jetzt so nennen, ohne daß es weh tat. »Kann ich reinkommen?«

»Wir arbeiten gerade, Ari. Grant und ich sind beschäftigt.«

»Alle arbeiten«, beklagte sie sich. »Hallo, Grant.«

»Hallo, Ari«, sagte Grant.

»Mama ist nach Fargone gegangen«, erzählte sie für den Fall, daß sie es nicht gehört hatten.

»Das tut mir leid«, sagte Justin.

»Ich werde auch dorthin gehen und mit ihr zusammenleben.«

Justin sah plötzlich komisch aus. Wirklich komisch. Grant sah sie an. Und sie erschrak, weil die beiden sich aufregten, und sie wußte nicht, warum. Sie saß da, blickte zu ihnen auf und wünschte, sie wüßte, was nicht stimmte. Auf einmal hatte sie wirklich Angst.

»Ari«, sagte Justin. »Du weißt doch, daß du nicht hier sein darfst.«

»Ich kann herkommen, wenn ich will. Onkel Denys hat nichts dagegen.«,

»Hat Onkel Denys das gesagt?«

»Justin«, fuhr Grant dazwischen und fragte ruhig: »Ari, wer hat dich hergebracht?«

»Niemand. Ich bin allein gekommen.« Sie zeigte in die Richtung. »Ich war beim Bandstudium. Ich nehme eine Abkürzung.«

»Das ist schön«, sagte Justin. »Schau mal, Ari. Ich bin mir ganz sicher, du sollst auf dem schnellsten Wege nach Hause gehen.«

Sie schüttelte den Kopf. »Nein, muß ich nicht. Onkel Denys kommt immer spät, und Nelly sagt's ihm nicht.« Sie spürte die ganze Zeit etwas Beunruhigendes, so sehr sie sich auch bemühte, fröhlich zu sein. Es lag nicht daran, daß die beiden ihr böse waren. Es war auch kein naher Wutanfall. Sie versuchte herauszufinden, was es war, aber Grant machte sich über Justin Sorgen, und Justin machte sich Sorgen, weil sie hier war.

Zum Teufel mit ihnen, hätte Mama gesagt. Was soviel bedeutete, daß die Gemeinten die ganze Zeit Schwierigkeiten machten.

»Ich geh ja schon«, sagte sie.

Aber am nächsten Tag kam sie wieder, schlich sich heran, steckte den Kopf in den Türrahmen und sagte: »Hallo.«

Das jagte ihnen einen ziemlichen Schreck ein. Sie lachte. Dann trat sie in das Büro und bemühte sich, nett zu sein. »Hallo.«

»Ari, mein Gott, geh nach Hause!«

Das gefiel ihr besser. Justin fuhr aus der Haut wie Mama. Das gefiel ihr sehr viel besser. Er tat es nicht aus Gemeinheit. Grant auch nicht. Sie selbst hatte die beiden soweit gebracht, und sie würden sie anschreien.

»Ich habe heute an Computern gesessen«, sagte sie. »Ich kann ein Programm schreiben.«

»Das ist toll, Ari. Geh nach Hause!«

Sie lachte. Und faltete hinter dem Rücken die Hände, schaukelte hin und her und erinnerte sich daran, daß sie das nicht tun sollte. »Onkel Denys hat mir ein Aquarium gekauft. Ich habe Guppies bekommen. Einer von ihnen kriegt Junge.«

»Das ist wirklich toll, Ari. Aber jetzt geh nach Hause.«

»Ich könnte dir ein paar von den Jungen bringen.«

»Ari, geh nach Hause!«

»Ich habe ein Hologramm. Von einem Vogel, der fliegt.« Sie zog es aus ihrer Tasche und zeigte, wie man es drehte, und trat näher, um es vorzuführen. »Siehst du?«

»Faszinierend. Bitte, geh nach Hause.«

»Ich wette, du hast keins.«
»Gut, ich hab keins. Bitte, Ari …«
»Warum willst du mich nicht hierhaben?«
»Weil dein Onkel sich aufregen wird.«
»Nein. Er weiß ja nichts davon.«
»Ari«, sagte Grant.
Sie wandte ihm den Blick zu.
»Du willst doch nicht, daß wir deinen Onkel *anrufen*, oder?«
Das wollte sie natürlich nicht. Das war nicht sehr nett. Sie sah Grant finster an.
»Bitte«, sagte Justin. »Ari.«
Es klang einigermaßen nett. Und sie wußte keine Tricks mehr. Deshalb ging sie hinaus, blickte noch zurück und lächelte ihn an.
Er war eine Art Freund. Er war ihr geheimer Freund. Sie wollte ihn nicht wütend machen. Oder Grant. Sie würde jeden Tag nur kurz vorbeischauen.
Aber am nächsten Tag waren sie fort: Die Tür war zu und abgeschlossen.
Das beunruhigte sie. Sie vermutete, die beiden hätten entweder gemerkt, daß sie jeden Tag zur selben Zeit kam, oder sie seien wirklich verschwunden.
Deshalb schlich sie am nächsten Morgen auf dem Weg zum Bandstudium dort vorbei und erwischte sie.
»Hallo!« rief sie und jagte ihnen damit einen Schreck ein.
Sie sah, daß sie wütend waren, deshalb lachte sie nicht zuviel über sie. Und sie winkte einfach auf Wiedersehen und ging weiter.
Hin und wieder erwischte sie die beiden. Als ihr Guppy seine Jungen bekam, brachte sie ihnen ein paar in einem Glas, das sie hatte. Justin machte den Eindruck, als sei sie ihm deswegen nicht mehr so unangenehm. Er sagte, er würde sich um sie kümmern.
Aber als Ari den Deckel aufmachte, waren die Jungen tot. Sie fühlte sich schrecklich.
»Ich schätze, sie waren zu lang da drin«, sagte sie.

»Kann schon sein«, meinte Justin. Als sie sich neben ihm auf den Schreibtisch lehnte, merkte sie, daß er gut roch. Fast wie Ollie. »Das tut mir leid, Ari.«

Das war jedenfalls nett. Es war das erste Mal, daß er in ihrer Nähe einfach nur Justin gewesen war. Grant trat heran, sah in das Glas, und ihm tat es auch leid.

Grant brachte das Glas weg. Und Justin sagte, das sei leider so, gelegentlich starben Tiere.

»Ich werde dir noch ein paar bringen«, sagte sie. Sie kam gern in dem Büro vorbei. Sie dachte viel darüber nach. Sie konnte sich jetzt auf Justins Schreibtisch lehnen, und Justin war nicht mehr so abweisend zu ihr. Er war einfach Justin. Und er klopfte ihr auf die Schulter und sagte, sie sollte besser gehen.

Er war bisher noch nie so nett gewesen. Sie gewann also. Sie vermutete, daß er unheimlich nett war, wenn man sich mit ihm unterhielt, aber sie wollte nicht drängen und sich alles verderben. Nicht mit ihm und nicht mit Grant. Er war ihr Freund. Und wenn Mama sie zu sich holte, würde sie ihn und Grant fragen, ob sie sie und Nelly begleiten wollten.

Dann würde sie all die Leute, die ihr wichtig waren, um sich haben, und es würde ihr gutgehn auf dem Schiff, weil Justin ein ZIV und erwachsen war, und er würde wissen, was man alles tun mußte, um nach Fargone zu kommen.

Sie hatte bald Geburtstag. Dafür hatte sie sich noch nicht einmal eine Kinderparty gewünscht. Sie wollte nur die Geschenke annehmen und sich bedanken.

Selbst darauf hatte sie sich nicht gefreut. Bis jetzt.

Sie hopste durch den Flur und balancierte auf dem Metallstreifen. Und holte Nellys Schlüsselkarte aus seiner Tasche und benutzte sie für den Aufzug.

Schließlich wußte sie, wie der Sicherheitsdienst arbeitete.

XI

»Du verdammter Idiot!« schrie Yanni und bewarf ihn mit den Papieren. Und Justin stand da, von dem Schock wie gelähmt, während die Seiten seines letzten persönlichen Projekts um ihn auf den Teppich flatterten. »Du verdammter Idiot! Was denkst du dir eigentlich? Wir geben dir eine Chance, wir setzen Himmel und Hölle in Bewegung, damit du eine Chance hast, und ich sitze mir in meiner Freizeit Schwielen in den Arsch, um den Mist zu beurteilen, den du dir zusammenspinnst, damit ich einem dickköpfigen, auf seine Jugend fixierten Idioten beweisen kann, daß sein brillantes Junior-Studienprojekt nun einmal nichts anderes war als ein dämliches Junior-Studienprojekt, das Ariane Emory mit *Danke, Kleiner, aber das haben wir selbst schon versucht* abgetan hätte, wäre sie nicht daran interessiert gewesen, deinen jugendlichen Körper in die Hände zu bekommen und deinem Vater eins auszuwischen, mein Junge, *und du hast ihr auch noch in die Hände gearbeitet, du verdammter Schwachkopf! Schaff diesen Mist hier raus! Verschwinde in dein Büro, und halt dir das Kind vom Leib, hast du verstanden?*«

Es traf ihn wie ein Schlag in der Magengrube und lähmte ihn, während er Yanni zugleich umbringen wollte und für einen schrecklichen Moment glaubte, jetzt sei alles vorbei, die Bösartigkeit eines kleinen Mädchens habe ihn ruiniert, und Jordan, und Grant.

Aber dann hörte er sich alles bis zum Schluß an, und erkannte, daß es sich nicht ganz so verhielt, daß es noch nicht zum jüngsten Gericht läutete.

Es hätte durchaus so sein können.

»Was hat sie gesagt?« fragte er. »Was hat sie darüber gesagt? *Das Kind hat mir ein Glas mit Fischen gebracht, Yanni, was hätte ich denn tun sollen, sie aus dem Büro werfen? Ich hab's versucht.*«

»*Verschwinde hier!*«

»Ich will wissen, was sie gesagt hat.«

»Sie hat ihren Onkel Denys gebeten, dich zu ihrer dämlichen Geburtstagsparty einzuladen. Das ist alles. Mehr nicht. Du hast dich selbst in Schwierigkeiten gebracht. Du steckst wirklich in der Klemme. Sieht so aus, als käme sie oft an deinem Büro vorbei. Anscheinend weicht sie dem Sicherheitsdienst auf dem Weg durchs Obergeschoß aus und benutzt die Schlüsselkarte ihrer Azi, um mit dem Aufzug hoch und runter zu fahren. Sieht so aus, als sei sie richtig in dich vernarrt, mein Junge. Was, zum Teufel, denkst du dir dabei überhaupt?«

»Willst du mich psychologisch bearbeiten? Hat Denys dich gebeten, mich psychologisch in die Mangel zu nehmen und zu sehen, was herauskommt?«

»Warum hast du nicht darüber berichtet?«

»Ach, zum Teufel, ich habe ein paar gute Gründe dafür, meinst du nicht?« Sein Atem beruhigte sich. Er fand sein Gleichgewicht wieder und starrte Yanni hart und unverwandt an. »Sie hat *deine* Sicherheitsvorkehrungen unterlaufen. Woher soll ich wissen, daß der Sicherheitsdienst Reseunes einem siebenjährigen Kind nicht auf den Fersen bleiben kann? Ich habe nicht vor, grob zu ihr zu sein. Nein, danke. Damit will ich nichts zu tun haben. *Ich* will nicht derjenige sein, der Denys Nye anruft und ihm sagt, er habe sein Mündel aus den Augen verloren. Wenn du willst, daß das Kind sich in etwas verrennt, dann sag ihr, ich sei tabu. Nein, danke. Denys sagte, sei höflich, mach nicht viel Aufhebens um sie, geh ihr aus dem Weg, wo du kannst – mein Gott, ich schließe schon mein Büro ab, wenn ich weiß, daß sie vom Bandstudium kommen könnte, was soll ich denn sonst noch tun?«

»Du kannst es melden!«

»Damit der ganze Ärger wieder von vorn losgeht? Damit ich noch eine Untersuchung über mich ergehen lassen muß? Ich bin Anordnungen gefolgt. Ich habe angenommen, du hast mein Büro abgehört. Ich habe angenommen, der Sicherheitsdienst wußte, wo sie war. Ich bin davon ausgegangen, du wüßtest genau, was ich gesagt habe, nämlich nichts. *Nichts*, Yanni, nur: Geh nach Hause, Ari. Geh nach Hause,

Ari. *Geh nach Hause, Ari!* Und ich habe sie zum Gehen gebracht. So benehmen sich Kinder nun einmal. Sie hat einen Erwachsenen gefunden, den sie ärgern kann. Sie ist ein ganz gewöhnliches Gör. Mein Gott, Yanni, du übertreibst maßlos, du verrennst dich da in etwas. Muß ein verdammter, auf seine Jugend fixierter Idiot dir etwa sagen, du sollst dieses Kind beruhigen, damit es seine Faxen sein läßt? Sie hat dich durchschaut. Sie weiß, warum du solchen Druck auf sie ausübst, da bin ich mir ganz sicher, weil ich höllisch aufpassen muß, daß sie mich nicht in den zwei oder drei Minuten durchschaut, die sie vorbeikommt und Hallo sagt, und du und Denys, ihr müßt sie gut bearbeitet haben, so wie ich das sehe. Laßt sie in Ruhe! Mein Gott, laßt die ganze Sache einfach auf sich beruhen, oder was, zum Teufel, habt ihr vor? Wollt ihr mich mit ihr in die Enge treiben, bis ihr erreicht habt, was ihr wollt?« Zum zweiten Mal unterbrach er, um zu Atem zu kommen, während Yanni bloß dastand und ihn auf eine Weise ansah, daß sich ihm die Nackenhaare sträubten. »Ist es das, was ihr vorhabt? Steckt das dahinter? Bringt ihr sie auf die Idee?«

»Du bist paranoid.«

»Ganz richtig. Verdammt richtig, Yanni. Was habt ihr mit mir vor?«

»Geh mir aus den Augen! Raus hier! Ich habe dich rausgerissen. Ich habe mich bei der Administration für dich ausgesprochen. Ich habe mich den ganzen Morgen mit dir beschäftigt, Petros hat sogar einen ganzen Tag verschwendet, um deinen Arsch zu retten, und du hast es erfaßt, du sollst hier tatsächlich psychologisch in die Mangel genommen werden, und dabei hast du versagt, mein Junge, schlicht und einfach versagt! Ich vertraue dir nicht. Ich traue dir nur so weit, wie ich sehen kann, wo du bist. Du gehst auf einem schmalen Grat, auf einem verdammt schmalen Grat. Wenn sie sich noch mal blicken läßt, schmeiß sie aus dem Büro und rufe Denys an, noch bevor sie ganz weg ist!«

»Was ist mit Jordan?«

»Jetzt willst du auch noch Zugeständnisse.«

»*Was ist mit Jordan?*«

»Mir ist wirklich noch nicht zu Ohren gekommen, daß sie die Telephongespräche unterbrochen haben. Aber du spielst damit, mein Junge. Du spielst *wirklich* damit. Treib's nicht zu weit! Treib's nicht noch weiter!«

»Was wirst du in den Bericht schreiben?«

»Daß du mit dem Kind nicht bloß zufällig Kontakt hast. Daß du dir wegen diesem Kind einige echte Feinde gemacht hast.«

»Nicht wegen dem Kind! Wegen der gemeinen Dinge, die ihr ihm antut, Yanni, wegen eurem ganzen verdammten Programm, eurem ganzen verdammten Projekt! Ihr werdet sie noch in den Wahnsinn treiben, sie mit dem Zeug vollpumpen und ihr alles Menschliche entreißen, Yanni. Du bist doch überhaupt kein Mensch mehr!«

»Und du hast keine Perspektive mehr, mein Junge, du hast schlicht und einfach deinen professionellen Blickwinkel eingebüßt! Du läßt dich in dieser Situation von deinen eigenen Ungewißheiten hinreißen. Du interpretierst, mein Junge, du beobachtest nicht, du funktionierst nicht, du hast deine Objektivität verloren, und du bist raus aus dem Projekt, Junge, *du bist raus aus dem Projekt,* bis du dich hier wieder mit klarem Kopf meldest. Und jetzt verschwinde! Und belästige mich nicht mehr mit deinen Kindereien, bis du dein Problem in den Griff bekommen hast. *Raus!*«

»Ich weiß nicht, was ich hätte sagen sollen.«

Er zitterte. Er zitterte wieder von Kopf bis Fuß, als Grant zum Sofa herüberkam und ihm ein Glas reichte. Das Eis klapperte. Er trank einen Schluck, und Grant setzte sich mit der Tafel neben ihn.

Gib ihm ein paar Tage. Yanni fährt schon mal aus der Haut. Er wird sich beruhigen.

Justin schüttelte den Kopf, vollführte eine hilflose Geste mit dem Glas und barg einen Moment das Gesicht in der Hand, während ihm der Whiskey ins Blut ging und die Kälte in den Bauch. »Vielleicht«, sagte er schließlich. »Vielleicht hat Yanni recht. Vielleicht bin ich das, was er behauptet, ein Designer unter vielen, der sich nur blamiert.«

»Das stimmt nicht.«

»Yanni hat an meinen letzten beiden Designs kein gutes Haar gelassen. Und, verdammt noch mal, er hatte recht, es wäre eine absolute Katastrophe geworden, sie hätten Selbstmord begangen.«

Grant nahm neben ihm die Tafel in die Hand und schrieb: *Gib nicht auf!* Und fuhr fort: *Denys sagte einmal, Ari habe deine Testergebnisse nicht gefälscht. Du hast es als einen Glaubensartikel genommen, daß sie's getan hat. Du hast immer gemeint, du gehörst in den Ausbildungsbereich. Das stimmt auch. Aber Ari wollte dich im Design haben. Ich frage mich, warum.*

Ihm wurde flau im Magen, als er das las.

Grant schrieb: *Ari hat dir eine Menge angetan. Aber sie hat sich nie geweigert, sich deine Arbeiten anzusehen.*

»Ich bin raus aus dem Projekt«, sagte Justin, denn das war nichts Neues für den Sicherheitsdienst und seine Horcher. »Er sagt, ich hasse das Kind. Das ist nicht wahr, Grant. Das ist nicht wahr. Das stimmt einfach nicht.«

Grant faßte seine Schulter. »Ich weiß. Ich weiß es, und sie wissen's, und Yanni weiß es auch, ganz sicher hat er dich einem Psychotest unterzogen. Er hat dich auf Band aufgenommen.«

»Er sagte, ich habe versagt, nicht?«

»Mein Gott, das gehört dazu, das ist ein Teil des Psychotests, begreifst du das nicht? Du weißt doch, was er gemacht hat. Er wollte eine Reaktion sehen, und du hast eine gezeigt.«

»Mir geht immer noch durch den Kopf, was ich gesagt habe.« Er nahm einen zweiten Drink und zitterte weiter. »Ich weiß noch, was ich meinte. Ich weiß nicht, ob ich mich in Yanni gut genug hineinversetzen kann, um mir vorzustellen, was bei ihm angekommen ist.«

»Yanni ist gut. Denk daran. *Denk immer daran!*«

Er bemühte sich. Und schrieb: *Die Frage ist nur, auf wessen Seite steht er?*

XII

Das Pferd beugte den Kopf herunter und fraß Florian Körner von der Handfläche. »Siehst du«, sagte er zu Catlin. »Siehst du, es ist sehr gutmütig. Es ist nur ängstlich, wenn Fremde dabei sind. Willst du's mal streicheln?«

Catlin tat es sehr vorsichtig. Das Pferd scheute zurück.

Catlin grinste unbefangen, als ihre Hand zurückzuckte. »Es ist klug.«

Die Schweine und Küken hatten Catlin überhaupt nicht beeindruckt. Sie hatte die Küken nur verächtlich angesehen, als sie sich gegen die Wand drängten, und war ziemlich erschrocken vor den Ferkeln zurückgewichen, die sich aufs Fressen stürzten. Sie hatte gesagt, sie seien dumm und als Florian ihr erklärte, wie klug sie darauf acht gaben, was sie fraßen, sagte sie, man würde sie bestimmt nicht zu Schinken verarbeiten, wenn sie sich Gedanken darüber machten, was sie fräßen.

Die Kühe, meinte sie, sähen stark aus, aber sie interessierten sie nicht sonderlich.

Erst das Pferd entlockte Catlin das erste echte Lächeln, das Florian je bei ihr gesehen hatte, und sie kletterte auf den Zaun und beobachtete es, während es mit ihnen spielte, schnaubte und den Kopf hochwarf.

»Wir werden die Pferdejungen nicht essen«, sagte Florian, als er auf den Platz neben sie kletterte. »Es ist ein Arbeitstier. Das heißt, sie sind nicht zum Essen da.«

Catlin nahm das wie viele andere Dinge kommentarlos zur Kenntnis, aber er sah ihr Kopfnicken, mit dem Catlin zu verstehen gab, daß sie mit etwas einverstanden war.

Er mochte Catlin. Das verlangte ihm einiges ab, weil man Catlin nur schwer näherkam, aber sie hatten schon oft das Zimmer durchquert und waren nur einmal erwischt worden, und das, weil sie Catlin zuerst erwischt hatten, und es waren einfach zu viele Feinde gewesen, alles Ältere. Catlin war überhaupt erst zweimal erwischt worden, aber beim zweiten Mal hatte sie ihm noch zugerufen, er solle weglaufen, und ihm Zeit gegeben, eine Tür zu sprengen und durchzukommen, was seine Schuld war: Er war langsamer gewesen, als er sollte; so erwischte sie die ganzen Feinde, aber von einem wurde sie selbst erwischt, und Florian hatte denjenigen erledigt, weil *er* eine Handgranate bei sich hatte, und damit hatte der Feind nicht gerechnet, denn ein Techniker hatte normalerweise alle Hände voll zu tun. Catlin war dafür mächtig stolz auf ihn gewesen.. Er war bloß froh, daß es ein Spiel war, und er hatte dem Instrukteur gesagt, es sei seine Schuld gewesen, nicht Catlins. Aber der Instrukteur meinte, das spiele keine Rolle, denn sie seien ein Team.

Er gestand ihnen die Hälfte ihrer Freizeit zu.

Das reichte aus, um AG zu besuchen. Und diesmal überredete er Catlin, ihn zu begleiten, Andy kennenzulernen und sich die vielen Tiere anzuschauen.

Er konnte nicht sagen, ob Andy und Catlin sich verstanden. Catlin sagte aber, das Pferd sei etwas Besonderes.

Deshalb holte er Andy, damit er Catlin das Junge zeigte.

»Süß«, sagte Catlin, als sie das Pferdeweibchen sah, und es spielte Verstecken mit ihnen, sein Schwanz bewegte sich im Kreis, und seine Hufe wirbelten den Staub in der Scheune auf. »Schau's dir an! Schau, wie es sich bewegt!«

»Deine Partnerin ist in Ordnung«, meinte Andy und deutete mit einem Kopfnicken auf Catlin.

Und das war etwas wert, wenn es von Andy kam. Florian fühlte sich glücklich, wirklich glücklich, weil sich so alles, was er mochte, zu einem Ganzen zusammenfügte, Catlin, Andy und alles andere.

Dann erinnerte er sich aber daran, daß sie vor dem Zapfenstreich zurück sein mußten, das heißt, sie mußten sich beeilen.

»Es wird Zeit«, sagte er, und zu Andy: »Ich komme wieder, sobald ich kann.«

»Auf Wiedersehen«, sagte Andy. »Auf Wiedersehen«, erwiderte Florian mit einer leichten Verbeugung, und: »Auf Wiedersehen«, fügte Catlin hinzu, was sehr ungewöhnlich war, weil Catlin normalerweise ihm das Reden überließ, wenn sie mit Leuten zu tun hatten, die nicht zum Sicherheitsdienst gehörten.

Sie mußten schnell gehen. Er hatte Catlin auf dem Hinweg die Abkürzungen gezeigt, und auf dem Rückweg fand sie alle allein, so ging das immer mit ihr.

Sie hatte auch längere Beine als er, und sie konnte ihn hochheben. Er hatte immer gedacht, Jungs seien stärker und größer. Der Instrukteur sagte, wenn man sieben war, sei das noch nicht so.

Deshalb war es ihm nicht ganz so unangenehm. Und er ging schnell, um mit Catlin mitzuhalten, und als sie den Grünen Barackenkomplex erreichten, atmete er schwerer als sie.

Aber als sie sich zurückmeldeten, wurden sie beide am Schreibtisch aufgehalten. Der Azi dahinter blickte auf sein Gerät und sagte:

»Meldet euch beim Aufseher im Weißen Bereich.« Das war am anderen Ende der Stadt. Die Klinik. Das bedeutete: eine Bandbehandlung. Statt in ihr Quartier zurückzugehen.

»Ja«, sagte Catlin, nahm ihre Karte zurück und befestigte sie an ihrem Hemd. Florian bekam seine zurück.

»Für dich gilt dasselbe«, sagte der Azi.

»Ich frage mich, wieso«, meinte Florian, als sie wieder nach draußen gingen und sich nach Weiß begaben.

»Es hat keinen Zweck, sich darüber Gedanken zu machen«, erwiderte Catlin. Aber sie machte sich Sorgen, und sie ging schnell. Hin und wieder kostete es ihn zusätzliche Anstrengungen, mit ihr Schritt zu halten.

Die Sonne war schon vor einiger Zeit hinter den Klippen untergegangen. Der Himmel färbte sich rosa, und die Lampen würden brennen, bevor sie zurück sein konnten. Auf den Wegen und Straßen begegnete ihnen fast niemand, weil die meisten beim Abendessen saßen. Es war eine seltsame Zeit, um zur Bandbehandlung zu gehen. Er fühlte sich unwohl dabei.

Als sie die Klinik erreichten, nahm der Empfangsbeamte ihre Karten, las sie und sagte jedem, wohin er mußte.

Florian blickte Catlin nach, als sie in ihre Richtung davonging. Er hatte auf einmal Angst und wußte nicht, wovor oder warum, nur daß er ein Gefühl hatte, als sei er in Gefahr, und sie auch. Wenn man mit einem Band behandelt wurde, ging man tagsüber in die Klinik. Nicht wenn man eigentlich zu Abend essen sollte. Sein Magen war leer, und er hatte überlegt, ob dies vielleicht eine unangekündigte Übung sei: Mit den Älteren machten sie das, warfen sie aus dem Bett, und man konnte sie mitten in der Nacht durch den Flur laufen hören, so schnell sie konnten.

Aber sein Bestimmungsort war nicht eines dieser Zimmer, sondern lag tatsächlich in der Klinik. Man konnte nichts anderes tun als das, was einem gesagt wurde, und man sollte in der Klinik nicht nachdenken, nur sein Hemd ausziehen und es aufhängen, dann auf den Tisch klettern und dort sitzen bleiben und versuchen, nicht zu zittern, bis der Aufseher kam, um alle Fragen zu beantworten.

Es war ein Aufseher, der ihn noch nie betreut hatte. Ein Mann, der sich den Bandgeräten zuwandte, bevor er ihn auch nur ansah, und dann sagte:

»Hallo, Florian, wie geht's dir?«

»Ich habe Angst, Ser. Warum bekommen wir jetzt ein Band?«

»Das Band wird's dir verraten. Keine Angst.« Er nahm ein Hypo in die Hand, setzte es an Florians Arm und verabreichte ihm einen Schuß. Florian zuckte zusammen. Geräusche wie diese machten ihn seit einiger Zeit nervös. Der Aufseher klopfte ihm auf die Schulter und legte das Hypo hin. Und hielt ihn fest, weil es ein starkes Zeug war: Florian spürte sehr rasch die Wirkung einsetzen.

»Braver Junge«, sagte der Aufseher, und seine Hände waren sanft, selbst wenn er sich nicht so freundlich anhörte wie einige andere Aufseher. Er ließ ihn keinen Moment lang los, als er ihn herumdrehte und ihm half, seine Beine auf den Tisch zu legen, und seine Hände waren überall, unter seinen Schultern, auf seiner Schulter oder auf seiner Stirn. »Das wird ganz tief gehen. Du hast jetzt keine Angst mehr.«

»Nein«, sagte er und spürte die Furcht schwinden, aber nicht das Gefühl, sich weit zu öffnen.

»Noch tiefer. So tief du kannst, Florian. Begib dich in dein Innerstes und warte dort auf mich …«

XIII

»Ich will keine Party«, sagte Ari und flegelte sich in den Sessel, als Onkel Denys mit ihr redete. »Ich will keine blöde Party. Ich kann die anderen Kinder nicht leiden. Ich will nicht nett zu ihnen sein.«

Onkel Denys war schon böse auf sie, weil sie sich Nellys Schlüsselkarte geborgt hatte, denn Nelly, so war sie nun einmal, hatte Onkel Denys und Onkel Giraud die ganze Geschichte erzählt, als Denys sie fragte. Nelly wollte sie nicht in Schwierigkeiten bringen. Sie hatten sie sowieso erwischt. Nelly war furchtbar aufgeregt gewesen. Und Onkel Denys hatte sich mit ihr und Nelly ernsthaft über Schutz und Sicherheit in dem Gebäude unterhalten und ihr eingeschärft, daß sie von den vorgeschriebenen Wegen nicht abweichen durfte.

Vor allem hatte er gesagt, daß er auf Justin und Grant wütend sei, weil sie ihn nicht angerufen und mitgeteilt hatten, daß Ari nicht da war, wo sie sein sollte, und sie waren auch in Schwierigkeiten. Onkel Denys hatte ihnen eine wütende Mitteilung geschickt; und jetzt waren sie angewiesen, Ari zu melden, wenn sie ihr Büro besuchte, statt durch die Flure zu gehen, in denen sie sich aufhalten durfte.

Ari war richtig wütend auf Onkel Denys.

»Du willst die anderen Kinder nicht«, sagte Onkel Denys, und es klang wie eine Frage.

»Sie sind blöd.«

»Nun, wie wär's mit einer Party für Erwachsene? Du kannst Punsch und Kuchen haben. Und all das. Und du kriegst deine Geschenke. Ich habe nicht daran gedacht, die ganze Familie einzuladen. Wie wär's mit Dr. Ivanov und Giraud …«

»Ich mag Giraud nicht.«

»Ari, das ist aber nicht nett. Er ist mein Bruder. Und dein Onkel. Und er ist sehr nett zu dir gewesen.«

»Das ist mir egal. Du läßt mich nicht einladen, wen *ich* will.«

»Ari ...«

»Justin kann nichts dafür, daß ich Nellys Schlüsselkarte genommen habe.«

Onkel Denys seufzte. »Ari ...«

»Ich will keine Party mit alten Leuten.«

»Schau mal, Ari, ich weiß nicht, ob Justin überhaupt kommen kann.«

»Ich will Justin und Grant und Mary.«

»Wer ist denn Mary?«

»Mary ist die Technikerin unten in den Labors.«

»Mary ist eine Azi, Ari, und sie würde sich furchtbar unwohl fühlen. Aber wenn du wirklich möchtest, werde ich sehen, ob Justin kann. Ich kann nichts versprechen, um es gleich zu sagen. Er ist unheimlich beschäftigt. Ich werde ihn fragen müssen. Aber du kannst ihm eine Einladung schicken.«

Das gefiel ihr schon besser. Sie setzte sich ein wenig auf und stützte ihre Ellbogen auf die Armlehnen. Und sah Onkel Denys freundlicher an.

»Nelly soll auch nicht in die Klinik«, sagte sie.

»Ari, mein Schatz, Nelly muß unbedingt in die Klinik, weil sie sich deinetwegen furchtbar aufgeregt hat. Das ist doch nicht meine Schuld. Du machst Nelly ganz schön zu schaffen, und wenn sie sich eine Weile ausruhen muß, kann ich ihr das bestimmt nicht zum Vorwurf machen.«

»Das ist gemein, Onkel Denys.«

»Nun, es war auch gemein, Nellys Karte zu klauen. Nelly wird morgen früh zurück sein. Sie wird sich ganz gut fühlen. Ich werde Justin anrufen und Mary sagen, daß du an sie gedacht hast. Sie wird sich sehr darüber freuen. Aber ich kann nichts versprechen. Sei brav, und wir werden sehen. In Ordnung?«

»In Ordnung«

Sie war immer noch wütend darüber, daß sie auf dem Weg zum Bandstudium und zurück in den Fluren im Erdgeschoß bleiben mußte; und sie überlegte die ganze Zeit, wie sie das umgehen könnte, war aber noch auf keine Lösung gekommen.

Sie würden dieses Jahr also nicht in dem großen Speisesaal unten feiern, denn Onkel Denys sagte, es gäbe in letzter Zeit so viel Arbeit, daß eine Menge Leute ohnehin nicht kommen könnten. Deshalb würden sie nur eine kleine Party im Apartment veranstalten, aber die Küche würde das Essen zubereiten und hinaufbringen; und es würden nur ein paar Erwachsene dabei sein, und man würde ihnen ein schönes Essen servieren, bevor es Punsch und Kuchen gäbe und Ari ihre Geschenke auspacken könne. Sie würde das Essen zusammen mit Nelly planen, am Kopfende des Tisches sitzen und alles haben, was sie wollte. Und Justin und Grant würden vielleicht auch kommen können, sagte Denys.

Das taten sie auch.

Justin und Grant erschienen an der Tür, und Justin schüttelte Onkel Denys die Hand.

Und dann spürte man noch am anderen Ende des Raums, daß Justin Angst hatte, als er eintrat. Grant auch. Und jeder in dem Zimmer verhielt sich steif und abweisend und versuchte es zu überspielen.

Verdammt noch mal, es war ihre Party. Ari stand auf, während das unangenehme Gefühl bis in ihren Magen drang, und lief hinüber und versuchte so freundlich zu sein, wie sie konnte. Es führte zu nichts, wenn man Leuten sagte, sie sollten nett sein. Man zog bloß ihre Aufmerksamkeit auf sich und weckte sie auf, bis sie sich auf einen selbst konzentrierten, statt auf das, worauf sie sich konzentriert hatten, und dann konnte man etwas mit ihnen anfangen. Sie hatte keine Zeit, um herauszufinden, wer was machte – sie ging gleich zu Justin: Er war der Schlüssel dazu, das wußte sie vom ersten Moment an.

Onkel Giraud war da, und Girauds Azi Abban; und Dr. Ivanov und ein sehr hübscher Azi namens Ule, der zu ihm gehörte. Und Dr. Peterson und sein Azi Remay; und Aris Lieblingsinstrukteur Dr. Edwards mit seinem Azi Gale, der älter als er, aber nett war: Dr. Edwards gehörte zu denen, die sie eingeladen hatte. Er war Biochemiker, aber er kannte sich auch mit allen möglichen anderen Dingen aus, und er arbeitete viel mit ihr nach dem Bandstudium. Und natürlich war Onkel Denys da, der sich gerade mit Justin unterhielt.

»Hallo!« sagte sie und trat dazwischen.

»Hallo«, sagte Grant und gab ihr ihr Geschenk. Sie schüttelte es. Es war nicht schwer. Und es rappelte nicht. »Was ist da drin?« fragte sie. Sie wußte, daß sie's ihr nicht sagen würden. Sie wollte die beiden nur in Beschlag nehmen. Und sie sahen die meiste Zeit sie an.

»Du mußt warten, bis du's aufmachst, ja?« sagte Justin. »Deshalb ist es eingepackt.«

Sie lief hinüber und gab es Nelly, um es zu den anderen zu legen, die um den Stuhl in der Ecke gestapelt waren. Es war, als atmete das ganze Zimmer erleichtert auf. Ari mischte sich für einen Moment nirgendwo ein, um zu sehen, was die Erwachsenen jetzt tun würden, da sie mit Gewißheit wußten, daß Justin und Grant zu ihren geladenen Gästen gehörten.

Die Erwachsenen hielten Drinks in den Händen und unterhielten sich, und alle waren nett. Es würde eine schöne Party werden. Sie würde dafür sorgen, selbst wenn Denys sich mit Justin in die Haare geriet. Es war *ihre* Party, und *sie* hatte hier zu sagen, und sie war entschlossen, die Gelegenheit zu nutzen und sich zu amüsieren. Niemand würde ihre Party verderben; sonst würde sie demjenigen eins auswischen.

Giraud war der Gemeine. Sie beobachtete ihn ganz genau, und sie lenkte seine Aufmerksamkeit auf sich, als niemand sonst hinsah, und warf ihm einen strengen Blick zu, damit er Bescheid wußte. Dann lief sie zurück, nahm Justin an der Hand und zeigte ihm die vielen Geschenke, bevor sie ihn und Grant Nelly vorstellte, was Nelly sichtlich peinlich war, aber bei Nelly konnte man sicher sein, daß sie höflich war und keinen Streit heraufbeschwor.

Ari ging in ihre Suite und holte einige ihrer hübschesten und ausgefallensten Sachen, um sie allen zu zeigen. Sie stand sofort im Mittelpunkt. Schon bald waren alle sehr viel netter zueinander, und die Leute fingen an zu reden und amüsierten sich und tranken einen Aperitif. Ari verzichtete darauf. Sie wollte sich nicht das Abendessen verderben.

Es war anders als auf ihren früheren Parties mit den Kindern. Sie trug eine blaue, glitzernde Bluse. Am Nachmittag war ein Friseur gekommen und hatte ihr das Haar in Flechten hochgesteckt. Sie ging sehr vorsichtig damit um, und sie paßte auf ihre Kleider auf, wenn sie sich auf den Boden setzte. Sie war sehr hübsch und fühlte sich sehr erwachsen und wichtig, und sie lächelte jeden an, weil sie jetzt so nett waren. Als Seely sagte, es sei Zeit zum Essen, und das Küchenpersonal würde gleich das Menü auftragen, setzte sie Justin bei Tisch auf den Platz neben sich und Dr. Ivanov auf den Platz neben ihm, ihm gegenüber Dr. Edwards, so daß er vor Giraud sicher war, vor allem weil Dr. Peterson sich neben Dr. Edward setzte. Was Onkel Denys und Onkel Giraud auf die Plätze verbannte, die am weitesten entfernt lagen. Eigentlich sollte man nicht mit einer ungeraden Zahl von Leuten am Tisch sitzen. Aber sie hielten sich nicht daran. Ari hatte Grant dabeihaben wollen, aber Onkel Denys meinte, Grant würde zusammen mit den anderen Azis mehr Freude an der Party haben, und selbst Nelly sagte, als sie Ari beim Anziehen half, daß es Grant peinlich sein würde, wenn er der einzige Azi am Tisch sein müsse, an dem die ZIVs aßen. Und weil Nelly es auch sagte, kam Ari zu dem Schluß, daß Onkel Denys wußte, wovon er redete.

Sie nahm am Kopfende des Tisches Platz; und sie unterhielt sich mit Erwachsenen, die über die Labors und über Dinge redeten, von denen sie nichts verstand, aber sie lernte immer etwas, wenn sie zuhörte, und es machte ihr überhaupt nichts aus, als die Erwachsenen aufhörten, ihr Fragen über ihre Studien und ihre Fische zu stellen, und anfingen, sich miteinander zu unterhalten.

Sie war sich jetzt sicher, daß dies hier sehr viel besser war als die Kinderparties, wo alle dumm und gemein waren.

Als Justin und Grant eingetreten waren, hatten sich alle ganz genauso benommen wie die anderen Kinder, wenn Ari in ihre Nähe kam. Das war ihr zuwider. Sie wußte nicht, warum sie das taten. Sie hatte gedacht, Erwachsene seien erwachsen genug, sich besser zu benehmen. Es war betrüblich, eines besseren belehrt zu werden.

Wenigstens überspielten Erwachsene es besser. Und sie nahm an, es sei einfacher, damit umzugehen, wenn man nicht selber der Betroffene war. So fing sie an zu überlegen, worin die Probleme bestanden.

Onkel Giraud war der Schlimmste. Wie immer. Onkel Giraud war auf sein gutes Benehmen bedacht, aber trotzdem grollte er über etwas und redete mit Onkel Denys, der das nicht wollte, über Geschäfte.

Justin sagte nichts. Er wollte nicht. Dr. Peterson wirkte bloß etwas träge, und er redete mit Dr. Ivanov, der sich langweilte und vor allem mitzubekommen versuchte, was Dr. Edwards über die Probleme mit dem Algenprojekt erzählte. Onkel Denys beobachtete alle und war freundlich, und versuchte Giraud, der neben ihm saß, zum Schweigen zu bringen.

Ari wußte von den Algen. Dr. Edwards hatte es ihr erzählt. Er zeigte ihr all die versiegelten Flaschen mit unterschiedlichen Arten von Algen und erklärte ihr, was sie aus dem irdischen Ozean bezogen und worin die Unterschiede zu Cyteen lagen.

Sie versuchte dem zuzuhören, und gelegentlich antwortete sie Dr. Peterson, wenn er sich mit ihr statt mit Dr. Ivanov zu unterhalten versuchte.

Es war immer noch besser, als mit Amy Carnath zu spielen. Und niemand war gemein.

Als sie schließlich Punsch und Kuchen hinter sich hatten,

und es für die Erwachsenen Zeit wurde, sich ihre Drinks zu genehmigen, nahm sie Justin an der Hand und setzte ihn in dem Kreis von Stühlen ans eine Ende gleich neben Onkel Denys. Und das machte Justin ganz schön nervös.

Das konnte sie verstehen. Denn Justin war schlau und wußte, wenn Onkel Denys wütend auf ihn wurde, konnte alles böse enden. Aber Ari war zu klug, um das passieren zu lassen. Sie machte Onkel Denys' Geschenk als erstes auf. Es war eine Armbanduhr, die beinahe alles konnte. Eine richtige Armbanduhr. Sie freute sich riesig, und selbst wenn's anders gewesen wäre, hätte sie so getan als ob, weil sie wollte, daß Onkel Denys zufrieden war. Sie ging zu ihm, küßte ihn auf die Wange und war so nett, wie sie nur konnte.

Dann war Onkel Girauds Geschenk an der Reihe, nur damit Onkel Denys auch wirklich zufrieden war, und es war ein unheimlich schönes Hologramm des ganzen Planeten Cyteen. Wenn man es bewegte, wanderten die Wolken über die Oberfläche. Alle waren sehr beeindruckt davon, vor allem Dr. Edwards, und Onkel Giraud erklärte, es sei eine besondere Art Hologramm und brandneu. Onkel Giraud überraschte sie damit. Er hatte sich wirklich bemüht, ein schönes Geschenk für sie zu finden, und es gefiel ihm sogar selbst. Sie hatte nie gewußt, daß Onkel Giraud solche Dinge mochte, aber natürlich war er auch derjenige, der ihr den Vogel in dem Würfel gekauft hatte. So lernte sie eine Seite von Giraud kennen, die sich von dem Giraud unterschied, der die ganze Zeit gemein war. Sie gab ihm einen dicken Kuß und wandte sich eifrig Dr. Ivanovs Geschenk zu, eine Rätselkiste. Dann dem von Dr. Edwards, das wie ein Stück goldenes Plastik aussah, bis man seinen Finger oder etwas wie einen Stift drauflegte, und dann entstanden Schatten in verschiedenen Farben, je nach der Temperatur, und man konnte Muster zeichnen, die sich eine Weile hielten. Er war wirklich hübsch. Sie hatte nicht daran gezweifelt, daß er ihr nur etwas Hübsches schenken würde. Aber sie machte nicht mehr Wirbel darum als um Dr. Ivanovs Puzzle und Dr. Petersons Buch über Computer, und bestimmt nicht mehr als um Onkel Deny's Armbanduhr und Onkel Girauds Hologramm.

Es funktionierte auch. Sie amüsierten sich alle. Ari öffnete Nellys Päckchen, das Unterwäsche enthielt – oh, das war typisch Nelly – und dann Justins Geschenk; es war eine Kugel in einer Kugel in einer Kugel und ganz geschnitzt. Es war wunderschön. Es war etwas in der Art, was Mama sich immer gekauft und vor dem sie gewarnt hatte: *Ari, faß das nicht an!* Und es gehörte ihr. Aber sie durfte keinen großen Wirbel darum machen. Ganz gleich, wie sehr es ihr gefiel. Sie sagte Danke und wandte sich gleich dem großen Stapel von Sachen zu, die von Leuten stammten, die nicht zu ihrer Party gekommen waren.

Es waren Geschenke von den anderen Kindern dabei. Selbst die gehässige Amy schickte ihr ein Halstuch. Und von Sam bekam sie einen Roboterkäfer, der richtig herumkriechen und sich im Apartment zurechtfinden konnte. Er war teuer, das wußte sie, weil sie ihn schon im Laden gesehen hatte; und es war unheimlich nett von Sam.

Es waren eine Menge Bücher und Bänder und einige Bilder und viel zum Anziehen dabei: Ari nahm an, Onkel Denys habe den Leuten ihre Größe verraten, weil sie's alle wußten. Außerdem bekam sie Ton zum Arbeiten und eine Menge Spiele und einige Armbänder und ein paar Spielzeugautos und sogar ein Labyrinthspiel, durch das man eine Kugel bewegen mußte, von der Azi Mary, die unten in den Labors arbeitete. Das war unheimlich nett. Ari nahm sich vor, ihr ein Dankeschön zu schicken.

Und Sam auch.

Geschenke waren gut, weil sie alle zufrieden machten. Die Erwachsenen tranken Wein, und Onkel Denys gab sogar ihr ein Viertel Glas. Es schmeckte verdächtig, als sei es verdorben oder so. Alle Erwachsenen lachten, als sie das sagte; selbst Justin lächelte; aber Onkel Denys sagte, es sei natürlich nicht verdorben, es sollte wirklich so schmecken, und sie durfte nicht mehr davon trinken, weil sie sich sonst komisch fühlen und schläfrig werden würde.

Deshalb ließ sie's sein. Sie beschäftigte sich mit ihrer Rätselkiste und bekam sie auf, während die Erwachsenen viel miteinander tranken und lachten und Onkel Denys schließlich ihre Uhr nahm, um das richtige Datum einzustellen. Es war wirklich eine schöne, eine tolle Party.

Sie gähnte, und alle sagten, es sei Zeit zu gehen. Und sie riefen die Azis und sagten ihr Herzlichen Glückwunsch, während sie mit Onkel Denys an der Tür stand, so wie Mama, und sich verabschiedete und fürs Kommen bedankte.

Alle waren laut und fröhlich, wie schon lange nicht mehr. Denys lächelte Dr. Edwards tatsächlich an, schüttelte ihm die Hand und sagte, er freue sich wirklich, daß er gekommen war. Und das freute Dr. Edwards, denn Onkel Denys war der Administrator, und sie wollte, daß Onkel Denys Dr. Edwards mochte. Und Onkel Denys war sogar nett zu Justin und lächelte ihn und Grant an, als sie gingen.

Es klappte also mit *allen*, die sie eingeladen hatte.

Alle gingen, sogar Onkel Giraud; und es wurde Zeit, die Geschenke und alles Übrige wegzuräumen. Aber Ari nahm an, es sei noch nicht zu spät, um Onkel Denys noch einmal zu zeigen, wie zufrieden sie war, deshalb ging sie zu ihm und umarmte ihn.

»Danke«, sagte sie. »Das war eine schöne Party. Die Uhr gefällt mir. Danke.«

»Ich bedanke mich bei dir, Ari. Das war nett.«

Und er lächelte sie auf eine komische Art an. Als sei er aus vielen Gründen glücklich.

Er küßte sie auf die Stirn und bat sie, ins Bett zu gehen.

Aber sie fühlte sich so gut, daß sie sich entschloß, Nelly und Seely beim Wegräumen der Geschenke zu helfen, und sie gab Nelly besondere Anweisungen, mit ihren Lieblingspräsenten vorsichtig zu sein.

Sie schaltete Sams Käfer ein und ließ ihn ganz schnell herumflitzen. »Was ist das denn?« schrie Nelly, und Onkel Denys kam noch einmal herein, um zu sehen, was sie so erschreckt hatte.

Deshalb klatschte Ari in die Hände und brachte den Käfer zum Stehen, um ihn aufzuheben und in ihr Zimmer zu bringen.

Ganz schnell. Denn sie wollte unbedingt brav sein.

XIV

Ari wurde am Morgen vom Klingeln des Automatischen Haushälters geweckt und sagte ihm, er solle aufhören, sie habe es gehört. Sie rieb sich die Augen und wünschte sich wirklich, sie könne im Bett bleiben, aber sie mußte zum Bandstudium, der Termin war heute. Und sie konnte auch nicht mehr an Justins Büro vorbeigehen.

Sie hatte eine Menge neuer Spielsachen in ihrem Schlafzimmer, und ein Haufen neuer Sachen zum Anziehen; aber am liebsten wäre sie hier liegengeblieben und wieder eingeschlafen, nur würde Nelly gleich ins Zimmer kommen und ihr sagen, sie müsse aufstehen.

Sie zog es vor, Nelly zuvorzukommen. Sie rollte sich hinüber und rutschte über den Bettrand. Dann ging sie ins Bad, streifte ihr Nachthemd ab, duschte und putzte sich die Zähne.

Normalerweise war Nelly inzwischen im Zimmer.

Deshalb zog sie die Sachen an, die Nelly ihr letzten Abend hingelegt hatte und befahl dem Automatischen Haushälter: »Ruf Nelly!«

»Nelly ist nicht da«, sagte der Haushälter. »Sie ist in die Klinik gegangen.«

Das machte ihr Angst. Aber das konnte auch eine ältere Mitteilung gewesen sein. »Wo ist Onkel Denys?« fragte sie.

»Ari«, sagte der Automatische Haushälter mit Onkel Denys' Stimme. »Komm ins Speisezimmer.«

»Wo ist Nelly?« fragte sie noch mal.

»Nelly ist in der Klinik. Ihr geht's gut. Komm ins Speisezimmer!«

Sie bürstete rasch ihr Haar. Dann öffnete sie die Tür und

ging durch den Flur ihrer Suite an Nellys Zimmer vorbei. Durch eine weitere Tür gelangte sie ins Hauptapartment und ging weiter ins Ruhezimmer.

Onkel Denys saß am Tisch hinter dem Bogen. Sie trat ein, befestigte ihre Schlüsselkarte, und Onkel Denys sagte, sie solle sich setzen und frühstücken.

»Ich will nicht. Was ist los mit Nelly?«

»Setz dich!« wiederholte Onkel Denys.

Sie gehorchte. Andernfalls würde sie nichts erfahren. Sie kannte Onkel Denys. Sie nahm ein Brötchen und aß ein Stück trocken. Seely kam und goß ihr Orangensaft ein. Sie hatte ein ziemlich unangenehmes Gefühl im Magen.

»Hier«, sagte Onkel Denys. »Nelly ist in der Klinik, weil sie noch ein paar Bänder bekommt. Nelly ist einfach nicht imstande, mit dir Schritt zu halten, Ari, und du wirst von jetzt an wirklich vorsichtig mit ihr sein müssen. Du wirst größer, du wirst immer schlauer, und die arme Nelly meint, es sei ihre Pflicht, mit dir mitzuhalten. Die Ärzte werden ihr sagen, daß es nicht ihre Schuld ist. Nelly muß sich an viele Dinge gewöhnen. Aber du solltest daran denken, ihr nicht weh zu tun.«

»Das tu ich auch nicht. Ich wußte nicht, daß der Käfer sie so erschrecken würde.«

»Wenn du nachgedacht hättest, wärst du draufgekommen.«

»Kann sein«, murrte sie. Es war ein einsamer Morgen ohne Nelly. Aber wenigstens war Nelly in Ordnung. Ari strich etwas Butter auf ihr Brötchen. So schmeckte es besser.

»Unter anderem wird sich Nelly daran gewöhnen müssen«, erklärte Onkel Denys, »daß in unserem Haushalt noch zwei Azis leben werden.«

Sie sah Onkel Denys an und freute sich nicht sonderlich darüber. Seely war schlimm genug.

»Sie werden zu dir gehören. Sie sind noch zu deinem Geburtstag. Aber das darfst du ihnen nicht sagen: Menschen sind keine Geburtstagsgeschenke. Das ist nicht nett.«

Sie schluckte einen großen Bissen von dem Brötchen hinunter. Sie freute sich überhaupt nicht darüber, sie wollte nicht noch mehr Azis, die ihr wie Nelly überallhin folgten, aber wenn es eine Art Geschenk war, wollte sie auch nicht Onkel Denys' Gefühle verletzen, aus vielerlei Gründen. Sie überlegte rasch und versuchte einen Weg zu finden, wie sie nein sagen konnte.

»Deshalb brauchst du heute nicht zum Bandstudium«, sagte Onkel Denys. »Du gehst rüber in die Klinik und holst sie ab. Und du kannst den Tag damit verbringen, ihnen zu zeigen, was sie zu tun haben. Sie sind nicht wie Nelly. Sie sind Alphas. Experimentelle.«

Ein großer Schluck Orangensaft. Sie wußte nicht, was sie davon halten sollte. Alphas gab's nur wenige. Es war unheimlich schwierig, sie zu betreuen. Sie zweifelte nicht daran, daß sie sie überwachen sollten. Das hörte sich ganz danach an, als wollte Onkel Denys es ihr wirklich schwer machen, irgend etwas Unerlaubtes zu tun. Sie war sich nur nicht sicher, ob dieses Geschenk von Onkel Denys oder von Onkel *Giraud* kam.

»Du gehst zur Anmeldung und gibst deine Karte den Leuten vom Sicherheitsdienst, und sie werden die beiden auf dich übertragen. Du wirst praktisch ihr Aufseher sein, und das ist etwas ganz anderes als bei Nelly. Nellys Aufseher bin *ich.* Du bist nur ihr Pflegling. Das ist ein großer Unterschied. Weißt du, was ein Aufseher macht? Weißt du, welche Verantwortung er trägt?«

»Ich bin ein Kind«, protestierte Ari.

Onkel Denys kicherte und bestrich ein weiteres Brötchen mit Butter. »Das stimmt. Das sind die beiden auch.« Er hob ernst den Blick. »Aber sie sind keine Spielzeuge, Ari. Du begreifst doch, welche ernsten Folgen es haben kann, wenn du wütend auf sie wirst, oder wenn du sie so schlägst, wie du Amy Carnath geschlagen hast.«

»Das würde ich nie tun!« Man schlug keinen Azi. Man schneuzte sie nicht an. Außer Ollie. Und Phaedra. Aus unterschiedlichen Gründen. Aber sie waren beide etwas Besonderes, selbst Phaedra.

»Das traue ich dir auch nicht zu, Ari. Aber ich möchte nur, daß du dir das durch den Kopf gehen läßt, bevor du ihnen weh tust. Und das kannst du. Du könntest ihnen wahnsinnig weh tun, viel mehr als Nelly – so wie nur ich Nelly weh tun könnte. Verstehst du?«

»Ich weiß gar nicht, ob ich sie will, Onkel Denys.«

»Du brauchst andere Kinder, Ari. Du brauchst jemanden in deinem Alter.«

Das stimmte schon. Aber es gab niemanden, der sie nicht verrückt machte. Und es würde schrecklich sein, wenn es bei ihnen genauso war, denn sie würden hier wohnen.

»Der Junge heißt Florian, das Mädchen Catlin, und sie haben Geburtstag, jedenfalls bald. Sie werden in dem Zimmer neben dir und Nelly wohnen, dafür war es immer gedacht. Aber sie werden gelegentlich für ihre Unterrichtsstunden in die Stadt zurückmüssen und im Haus ein Bandstudium absolvieren, genau wie du. Sie sind Kinder wie du, und sie haben Instrukteure, auf die sie hören müssen. Sie sind sehr schnell. In vielen Dingen sind sie dir voraus. Das ist so bei Azis, besonders bei den klugen. Du wirst dich also anstrengen müssen, um mit ihnen mitzuhalten.«

Jetzt hörte sie zu. Niemand hatte ihr je gesagt, daß sie nicht in allem die Beste sei. Sie glaubte nicht, daß es die beiden Azis sein konnten. Bestimmt nicht. Es gab nichts, was sie nicht tun konnte, wenn sie wollte. Das hatte Mama immer gesagt.

»Bist du fertig?«

»Ja, Ser.«

»Dann kannst du gehen. Du holst sie ab und zeigst ihnen alles, und mach keine Schwierigkeiten, in Ordnung?«

Sie stand vom Tisch auf und ging hinaus in den Flur, am Sicherheitsdienst vorbei und durch die große Eingangstür und auf die andere Seite der Straße und über den Weg zur Klinik. Einen Teil des Weges lief sie, weil es sonst langweilig geworden wäre.

Aber sie gab sich würdevoll und erwachsen, als sie die

Klinik betrat und dem dortigen Sicherheitsdienst an der Anmeldung ihre Karte aushändigte.

»Ja, Sera«, sagten sie. »Kommen Sie hier entlang.«

So brachte man sie in ein Zimmer.

Und sie gingen, und die andere Tür öffnete sich. Ein Kindermädchen führte zwei Azis in ihrem Alter herein. Das Mädchen war sehr blaßblond und trug eine Haarflechte; der Junge war kleiner und sein Haar schwärzer als ihre Uniformen.

Und Onkel Denys hatte recht. Noch nie hatte sie jemand so angesehen, der sie gerade erst kennenlernte. Er war, als seien sie vom ersten Moment an Freunde. Mehr noch. Es war, als seien sie an einem finsteren Ort, und Ari sei die einzige, die sie hier herausholen konnte.

»Hallo«, sagte sie. »Ich bin Ari Emory.«

»Ja, Sera«, erwiderten beide mit leiser Stimme fast unisono.

»Ihr sollt mit mir kommen.«

»Ja, Sera.«

Es war wirklich ein sehr seltsames Gefühl. Nicht wie bei Nelly. Ganz anders als bei Nelly. Sie drehte für sie den Türknauf, brachte sie nach draußen zur Anmeldung und sagte, sie würde sie mitnehmen.

»Hier sind ihre Schlüsselkarten, Sera«, sagte der Mann an der Anmeldung. Und Ari nahm sie entgegen und sah sie sich an.

Da standen ihre Namen: Florian AF-9979 und Catlin AC-7892. Und in das dafür bestimmten Feld war das Alpha-Symbol gedruckt. Und quer über den unteren Teil der schwarze Balken des Haus-Sicherheitsdienstes.

Als sie das sah, ging ihr ein kaltes Gefühl durch den Magen, ein schreckliches Gefühl, so wie damals, als sie in Mamas Apartment den Wachen vom Sicherheitsdienst begegnet war. Sie hatte das nie vergessen. Es bereitete ihr immer noch Alpträume.

Aber sie ließ die beiden nicht ihr Gesicht sehen, solang es andauerte. Sie nahm sich zusammen, bevor sie sich umdrehte, dann gab sie ihnen ihre Karten, und sie steckten sie sich an.

Ihre Gesichter zeigten jetzt auch einen anderen Ausdruck hier draußen, waren sehr ernst, sehr Azi-gemäß; die beiden hörten ihr zu, beobachteten sie, aber sie beobachteten alles.

Man durfte nicht vergessen, wie sie in diesem Zimmer gewesen waren, dachte Ari. Man mußte daran denken, welchen Eindruck sie dort gemacht hatten, um zu wissen, daß auch dies wirklich war, daß die beiden Teil der Wirklichkeit waren.

Sie gehörten zum Sicherheitsdienst, und sie waren ihr zugeteilt, und es waren andere Menschen, die sie auf diese besondere Weise beobachteten, jede kleinste Bewegung, die sich in Aris Umgebung abspielte.

Ich wollte einen Ollie, erinnerte sie sich, aber das war es nicht, was Onkel Denys ihr gegeben hatte. Er hatte ihr zwei Azis vom Sicherheitsdienst überantwortet.

Warum? fragte sie sich, etwas wütend, etwas ängstlich. *Wozu brauche ich sie?*

Aber sie war für die beiden verantwortlich. Deshalb brachte sie die beiden nach draußen und über den Weg ins Haus, um sie dem dortigen Sicherheitsdienst zu melden. Sie verhielten sich der zuständigen Beamtin gegenüber sehr korrekt. »Ja, *Sera*«, antworteten sie ihr mit lauter Stimme, und die Beamtin redete schnell und ging mit ihnen die Verhaltensmaßregeln in Worten und Codes durch, die Ari noch nie gehört hatte. Aber die Azis kannten sie. Sie waren sehr selbstsicher.

Onkel Denys hatte nicht gesagt, sie sollten gleich nach Hause kommen, aber Ari hielt das für besser. Es sei denn, sie gingen in Onkel Denys' Büro vorbei, falls er dort wäre. Also brachte Ari die beiden hin und stellte sie vor.

Dann gingen sie nach Hause, und Ari zeigte ihnen, wo sie wohnen würden und wo sich ihre Zimmer befanden; und erklärte ihnen, wer Nelly war.

»Ihr müßt immer tun, was Nelly sagt«, befahl sie. »Das tu ich meistens auch. Nelly ist in Ordnung.«

Die beiden waren nicht unbedingt nervös; es war etwas anderes. Vor allem bei Catlin, die die Eigenart hatte, alles mit einem raschen Blick zu erfassen. Aber beide waren angespannt und sehr steif und förmlich.

Dagegen hatte Ari nichts, schließlich zeigten sie Respekt und waren nett.

Deshalb holte sie ihr Sternjagd-Spiel, baute es auf dem Tisch des Eßzimmers auf und erklärte die Regeln.

Keins der anderen Kinder hatte ihr je so aufmerksam zugehört. Die beiden hier neckten oder scherzen nicht. Sie verteilte das Geld, gab die Karten aus und gab ihnen ihre Spielsteine. Und als sie zu spielen anfingen, wurde die Atmosphäre gespannt.

Ari war sich nicht sicher, ob es ein Kampf oder ein Spiel war, jedenfalls war es anders als mit Amy Carnath, sehr viel anders, weil niemand wütend war, sich alle einfach auf die Partie konzentrierten; und schon bald lehnte sie sich über das Spielbrett und dachte so angestrengt nach, daß sie auf der Lippe kaute, ohne es zu merken.

Den beiden gefiel es sogar, wenn Ari hinterhältig vorging. Sie verhielten sich dann ebenso hinterhältig, und kaum hatte sie ihre Steine dorthin gebracht, wo sie Florian Schwierigkeiten machen konnte, näherte sich Catlin von der anderen Seite.

Sternjagd war normalerweise schnell zu spielen. Trotzdem dauerte es lang, bis Ari das Geld hatte, um genug Schiffe zu kaufen, mit denen sie sich Catlin vom Leib halten konnte, bis sie Florian in die Enge getrieben hatte.

Aber dann fragte er, ob es die Regeln erlaubten, daß er sich mit Catlin zusammentat.

Auf den Gedanken war noch nie jemand gekommen. Ari fand das clever. Sie holte das Regelbuch heraus und sah nach.

»Da steht nicht drin, daß es verboten ist«, sagte sie. Aber ihre Schultern waren vom langen Herumsitzen müde und verspannt. »Was haltet ihr davon, wenn wir das Brett in mein Zimmer stellen, damit Seely nichts durcheinanderwirft, und essen gehen?«

»Ja, Sera«, antworteten sie.

Sie taten das auf eine Art, die Ari daran erinnerte, daß sie nicht bloß Kinder waren, wann immer sie versuchte, sie zum Entspannen zu bringen.

Aber Florian trug das Brett rein und verrückte nichts. Und Ari überlegte, zum Essen besser in den Nordflügel zu gehen: Onkel Denys ließ sie das dortige Restaurant besuchen, das kleine, wo die ganzen Azis und Manager sie kannten.

Dorthin nahm sie die beiden dann auch mit, ins *Changes,* gleich neben den Geschäften, an der Ecke, wo der Großteil des Personals zu Mittag aß. Sie stellte sie vor, setzte sich und forderte sie auf, sich auch zu setzen, und sie mußte für sie bestellen: »Sera«, flüsterte Florian mit einem sehr verwirrten Gesichtsausdruck, nachdem er einen Blick auf die Speisekarte geworfen hatte. »Was sollen wir damit anfangen?«

»Sucht euch aus, was ihr essen wollt.«

»Ich kenne diese Ausdrücke nicht. Catlin, glaube ich, auch nicht.«

Catlin schüttelte sehr ernst und mit besorgtem Blick den Kopf.

Deshalb fragte Ari die beiden, was sie mochten, und sie sagten, normalerweise aßen sie zu Mittag Sandwiches. Sie bestellte ihnen ein paar und aß auch welche.

Die ganze Zeit meinte sie, die beiden seien unheimlich nervös, hielten jeden und alles, was sich bewegte, im Auge. Jemand stieß mit einem Tablett irgendwo an, und ihr Blick wandte sich in die Richtung, als sei etwas explodiert.

»Ihr braucht euch keine Sorgen zu machen«, sagte Ari. Allmählich machten die beiden *sie* nervös. Als würde gleich etwas passieren. »Beruhigt euch! Das sind nur die Kellner.«

Sie sahen sie sehr ernst an. Aber sie hörten nicht auf, alles zu beobachten.

Ebenso nüchtern und ernst wie während des Spiels.

Der Kellner brachte ihnen ihre Getränke, und die beiden musterten ihn von Kopf bis Fuß, so schnell, daß es einem leicht entging, aber Ari bemerkte es, weil sie darauf achtete.

Sie hatten nichts mit Nelly gemein.

Onkel Denys hatte über ihre Sicherheit in den Korridoren geredet. Und ihr zwei Azis zugeteilt, die glaubten, der Kellner würde sie überfallen. »Hört zu«, sagte Ari, und zwei ernste Gesichter wandte sich ihr zu und hörten so aufmerksam zu, wie man es von Azis erwarten konnte. »Manchmal können wir ruhig unseren Spaß haben, in Ordnung? Niemand wird uns hier etwas tun. Ich kenne all diese Leute hier.«

Sie beruhigten sich augenblicklich. Wie durch Zauberei. Als hätte Ari psychologisch den richtigen Nerv getroffen. Sie atmete erleichtert aus und war stolz auf sich. Sie nippten an ihren alkoholfreien Getränken, und als die Sandwiches mit den ganzen Beilagen serviert wurden, waren sie wirklich beeindruckt.

Es schmeckte ihnen. Das merkte sie. »Ich kann nicht so viel essen«, sagte Florian nur und klang etwas gequält. »Entschuldigung.«

»Das macht nichts. Hört auf, euch wegen solcher Sachen Sorgen zu machen. In Ordnung?«

»Ja, Sera.«

Sie sah Florian an, und sie sah Catlin an, und sie bemerkte diese Ernsthaftigkeit; und überlegte sich Möglichkeiten, sie lockerer zu machen; und dann erinnerte sie sich daran, daß sie Azis waren, und ihr Psychoset sie dazu brachte, so zu sein, wie sie waren, was bedeutete, daß man nicht sehr viel an ihnen ändern konnte.

Aber sie waren nicht dumm. Überhaupt nicht. Alphas waren wie Ollie. Und das bedeutete, sie konnten viel ertragen, wozu Nelly nicht imstande war. Wie in dem Spiel: Ari hatte sie mit allen Mitteln bedrängt, und sie waren nicht wütend geworden oder hatten sich aufgeregt.

Sie waren eine große Aufgabe. Aber nicht zu groß für Ari.

Dann dachte sie, nicht zum ersten Mal an diesem Morgen, darüber nach, daß sie mit ihnen Verantwortung übernahm. Und man nahm keine Azis auf und ließ sie dann einfach fallen. Onkel Denys hatte recht. Man bekam Menschen nicht zum Geburtstag geschenkt. Man bekam jemanden, der einen lieben wollte, und man konnte auf keinen Fall einfach fortgehen und sie zurücklassen.

(Mama hatte es getan, dachte sie, und es tat weh, so wie es immer weh tat, wenn der Gedanke ihr in den Sinn kam. Mama hatte es getan. Aber sie hatte es nicht gewollt. Mama hatte sich lange Zeit darüber den Kopf zerbrochen, bevor sie ging.)

Ari würde schreiben müssen und Mama von den beiden erzählen, schon bald, damit Mama wissen würde, daß sie Onkel Denys sagen mußte, sie mit ihr zu schicken. Weil sie sie nicht einfach zurücklassen konnte. Sie wußte, was für ein Gefühl das war.

Sie wünschte, sie hätte sie sich aussuchen können, weil ihr Zuhause allmählich kompliziert wurde; sie hätte viel lieber einen Ollie für sich gehabt, und zwar einen, nicht zwei. Sie hätte nein sagen können. Vielleicht hätte sie's tun sollen und sie sich nicht von Onkel Denys aufdrängen lassen. Sie hatte geglaubt, sie käme schon irgendwie damit zurecht. Wie mit allem anderen.

Bis die beiden sie in der Klinik so angesehen hatten, und sie hatten sie einfach irgendwie psychologisch manipuliert, ohne es zu beabsichtigen, sie wollten sie nur unbedingt begleiten; und sie hatte sich ebensosehr jemanden gewünscht, der bei ihr war.

Also mußten sie jetzt miteinander auskommen. Und sie konnte die beiden nicht sich selbst überlassen.

Niemals.

Verbaltext aus:

EINE FRAGE DER UNION

Union Staatsbürgerkunde-Serie: Folge 3

Reseune Ausbildungsprogramm: 9799-8734-3
zugelassen für 80 +

Die Union, wie sie in der Verfassung von 2301 begründet wurde und sich daraufhin durch den Anschluß und die Vereinigung von Stations- und Planetenregierungen entwickelte, war von Anfang an als ein föderatives System organisiert, das auf lokaler Ebene ein Maximum an Unabhängigkeit gewährleistet. Um die Union zu verstehen, muß man daher mit der Bildung einer typischen lokalen Regierung beginnen, bei der es sich um jedes System handeln kann, das von der Mehrheit der qualifizierten, natürlich geborenen Bewohner anerkannt worden ist. Die Betonung liegt auf Bewohner, nicht Bürger. Die einzigen Bevölkerungsgruppen, die an solchen Wahlen nicht teilnehmen dürfen, sind Minderjährige und Azis, die bei der Konstituierenden Wahl nicht als Bewohner gelten, obwohl ihnen die lokale Regierung später die Bürgerrechte zuerkennen kann.

Eine Konstituierende Wahl ist das normale staatsrechtliche Verfahren, durch das jeder Teilstaat ein Kandidat für die Repräsentation in der Union wird. Die Wahl setzt die repräsentative lokale Verfassunggebende Versammlung ein, die entweder eine bestehende Regierungsform als repräsentativ für den Willen der Wahlvertretung erklärt, oder ein völlig neues System einrichtet, das dann von der allgemeinen Konstituierenden Wahlvertretung bestätigt werden kann. Die Pflichten der Verfassunggebenden Versammlung bestehen nach der Wahl ferner darin, die Bürgernummern zu vergeben und alle Wahlberechtigten zu registrieren, das heißt, alle Wähler, die durch Alter und Bürgernummer qualifiziert sind, ihre Stimmen für die Wahl zum Rat der Neun und zum Generalrat der Union abzugeben. Die dritte und letzte Pflicht der Versammlung ist ein Bericht über die Bevölkerungszusammensetzung und die wahlberechtigten Bürger an das Bürgeramt der Union.

Spätere Wahlen und Versammlungen können auf einen Mehrheitsbeschluß der lokalen Wahlvertretung abgehalten werden, oder nach einem ordnungsgemäßen Verfahren auf Anordnung des Obersten Gerichtshofes der Union. Bei einer solchen Wiederwahl der lokalen Wahlvertretung sind alle im Lande geborenen und emigrierten oder immigrierten Einwohner stimmberechtigt, einschließlich der Azis, die einen modifizierten Bürgerstatus innehaben.

Innerhalb der Union repräsentiert der Rat der Neun die Wahlvertretungen der neun Berufsgruppen, die durch alle Bevölkerungsschichten gehen. Innerhalb dieser Wahlvertretungen wird die Stimme je nach eingetragenem Grad an Fachkenntnis gewichtet; nehmen wir an, in der Wahlvertretung der Wissenschaftler sind die meisten Mitglieder mit Eins eingestuft, dann kann ein Labortechniker mit den entsprechenden Jahren Berufserfahrung doppelt zählen; während ein Wissenschaftler von hohem Rang bis Stufe Zehn erreichen kann, abhängig von den beruflichen Referenzen, die er zu diesem Zweck vorweisen kann – und dieser Unterschied fällt erheblich ins Gewicht, weil der Faktor in eine Formel eingeht, bei der jeder Gewinn bedeutsam ist. Ein Individuum kann jederzeit seine Einstufung anfechten, um eine Überprüfung zu veranlassen, aber in der Praxis verdankt es die meisten Fortschritte der Arbeit und der Berufserfahrung.

Wenn ein Platz im Rat der Neun unbesetzt ist, nimmt der Minister des Amts, das von diesem Sitz kontrolliert wird, die Position des Stellvertreters ein, bis die Wahlvertretung einen Nachfolger bestimmt; der scheidende Rat kann allerdings auch einen eigenen Stellvertreter benennen.

Die Mitglieder des Rats der Neun können jederzeit durch den Antrag eines Oppositionskandidaten, der über genügend Unterschriften aus dem Amt auf einer Förderpetition verfügt, zu einer Wahl herausgefordert werden.

In jüngster Zeit sind unbesetzte Plätze durch das Erstarken politischer Parteien mehr und mehr zu einem Gegenstand parteiischer Auseinandersetzungen geworden, und bei der Herausforderung an einen Rat spielen fast unvermeidlich Parteiinteressen die Hauptrolle. Das hat die Position des Ministers potentiell unsicherer gemacht, und die Bedeutung des internen Fördersystems im Amt und der administrativen Profis erhöht, die für reibungslose Arbeit trotz Veränderungen in den oberen Reihen der Administration notwendig sind.

Der Rat bestimmt die Politik des jeweiligen Amts. Der Minister, der ernannt wird, entwirft die Maßgaben und erteilt die administrativen Anordnungen. Die verschiedenen Abteilungsleiter führen diese Anordnungen aus und erstatten durch den Minister dem Rat und durch den Rat dem Rat der Neun Bericht.

Der Rat der Neun kann Gesetzesvorlagen einbringen und über sie abstimmen, die insbesondere die Budgets der einzelnen Ämter und nationale Politik gegenüber anderen Nationen berühren, aber ein einstimmiger Einspruch einer Delegation jeder lokalen Einheit kann ein Veto gegen ein Gesetz einlegen, das ausschließlich diese Einheit betrifft, das dann nur durch eine Zweidrittelmehrheit im Generalrat und eine einfache Mehrheit im Rat der Neun außer Kraft gesetzt werden kann. Das Prinzip der lokalen Selbstkontrolle hat daher Vorrang vor allen, außer den einstimmigen Beschlüssen auf Unionsebene.

Im Rat der Neun genügt eine einfache Mehrheit, um einen Gesetzesentwurf zu verabschieden, sofern er nicht durch eine einfache Mehrheit im Generalrat der Union abgelehnt wird, der sich aus einem Gesandten und, abhängig von der Bevölkerungszahl, einer bestimmten Anzahl von Repräsentanten jeder Welt oder Station in der Union zusammensetzt.

Der Rat der Neun sitzt dem Generalrat vor: Der Rat der Welten (das heißt der Generalrat ohne die Neun) kann Gesetzesentwürfe einbringen und mit einer einfachen Mehrheit verabschieden, falls sie die Mehrheit der Neun nicht ablehnt.

Der Rat der Welten verfügt gegenwärtig über sechsundsiebzig Mitglieder, einschließlich der Repräsentanten Cyteens. Wenn die Neun anwesend sind, das heißt, wenn der Generalrat tagt, durften die Repräsentanten von Cyteen ursprünglich lediglich als Beobachter teilnehmen, aber sich bis 2377 weder zu Wort melden noch abstimmen, was von Cyteen als Sitz der Regierung bis zu dem Zeitpunkt zugesichert worden ist, da die Bevölkerung der Union jene auf Cyteen verdoppelt hat – ein Wert, der bei der Volkszählung in jenem Jahr festgestellt wurde.

Bestimmte Teile der Union bilden keine repräsentierten Einheiten: Bei diesen handelt es sich um die Administrativen Territorien der Union, die keine lokalen Wahlen durchführen und ihren eigenen lokalen Statuten unterliegen, wobei sie dieselbe Souveränität wie alle Planeten oder Stationen innerhalb der Union genießen.

Für ein Administratives Territorium gilt die lokale Gesetzgebung nicht, es entrichtet nur an die Union selbst Steuern und verfügt über eigene Polizeikräfte, ein eigenes Rechtssystem und seine eigenen administrativen Bestimmungen, die für seine Bürger die Verbindlichkeit von Gesetzen haben. Ein Administratives Territorium wird von dem Amt überwacht, in dessen Zuständigkeit seine hauptsächlichen Aktivitäten fallen; und es unterliegt dem Eingriff des Amtes unter bestimmten, sorgfältig ausgearbeiteten Maßgaben, die in der Territorialen Charta festgelegt sind und von Territorium zu Territorium variieren können.

Keine Darstellung der Einheiten der Unionsregierung könnte vollständig sein, ohne die einzigartige Natur von Cyteen zu erwähnen, die die größte Bevölkerungskonzentration aufweist, die größte Untereinheit aller vorliegenden Wahlvertretungen bildet und außerdem Sitz der Unionsregierung ist – auf die Cyteen natürlich keine rechtlichen Einflußmöglichkeiten hat; darüber hinaus verfügt Cyteen über drei mächtige Administrative Territorien.

Gelegentlich wird die Ansicht vertreten, die Unionsregierung konzentriere sich zu stark auf Cyteen, und dies unterminiere die lokale Rechtspraxis. Andere behaupten, daß Cyteen bei weitem zuviel Einfluß in der Union hat, und stellen heraus, daß Cyteen immer mehr als einen Sitz unter den Neun innehatte. Andere wiederum, vornehmlich Cyteener, halten dagegen, daß der ganze Planet eine Reserve der Regierung zu werden verspricht, und daß der beträchtliche Einfluß Cyteens in der Union nur fair ist, wenn man bedenkt, daß Cyteen zur Stütze der ganzen Regierung ge-

worden ist, was bedeutet, daß die Union so mächtig und der Einfluß der Neun auf den Planeten so groß ist, daß jeder in der Union ein Mitspracherecht bei der Gestaltung Cyteens hat.

Ein weiterer Streitpunkt ist die Nutzung von Cyteens Ressourcen, sowohl durch die Union als Ganzes als auch durch Administrative Territorien, die keine lokalen Steuern zahlen und nicht Cyteens Autorität unterstehen. Die Territorien weisen darauf hin, daß ihr Beitrag zu Cyteens Wirtschaft größer ist als ihr Verbrauch an Ressourcen; und daß Cyteens Lebensfähigkeit als Planet sich großteils der ökonomischen Stärke der auf Cyteen angesiedelten Territorien verdankt …

2. KAPITEL

I

Der kleine Jet setzte auf dem Flughafen von Planys auf und rollte vor dem winzigen Terminal aus; Justin löste die Schnalle seines Sicherheitsgurts, noch immer mit diesem Gefühl von Unwirklichkeit, das ihn begleitet hatte, seit das Flugzeug den Boden von Reseune verlassen hatte.

Er hatte bis zu diesem Moment geglaubt, daß irgendeine Behörde ihn aufhalten würde, daß das Spiel ihm erst die Erlaubnis zum Reisen gab und ihn und Jordan dann in eine Situation manövrierte, die sie wieder aufhob.

Er hatte immer noch Angst. Ihm kamen noch weitere Möglichkeiten in den Sinn, mehr als eine psychologische Taktik gegen einen von ihnen – wie die Möglichkeit, daß Reseune eine Situation schuf, die sie nutzen konnten, um Jordan zu schaden oder seine Lage zu verschlechtern. Er versuchte, solche Gedanken in den hintersten Winkel seines Geistes zu verbannen, von wo sie ihn nur warnten, vorsichtig zu sein; wie die Gedanken, mit denen er sich gegen den plötzlichen Widerruf wappnete, die plötzliche Aufhebung der Reiseerlaubnis, obwohl er schon so weit gekommen war.

Man mußte damit leben. Sonst wurde man verrückt.

Er holte seine Aktentasche und seinen Koffer aus dem Schließfach, während seine Eskorte vom Sicherheitsdienst nach vorne kam – sie befanden sich in dem Flugzeug, das bei Bedarf zwischen Reseune und Planys verkehrte, eine gemeinschaftliche Maschine mit dem Unendlichkeits-Symbol auf dem Leitwerk, nicht dem rotweißen Emblem von *Reseuneair,* der Gesellschaft, die Passagiere und Frachtgut über den Großteil des Kontinents und zu ein paar Zielen in Übersee transportierte. Dies hier gehörte Reseunes Laboratorien, auch wenn es von einer Crew der *Reseuneair* geflogen wurde; und die Tatsache, daß dieses Flugzeug, wie die *›Reseune Eins‹* privat war, bewahrte seine Ladungen und seine Passagierlisten vor der Aufmerksamkeit des Amts für Transportwesen.

Ein sehr langer Flug von Reseune über einen einsamen Ozean. In einem Flugzeug mit einer Luftschleuse und einem Saugfilter in der Schleuse, dessen Passagiere sich D-Anzüge und Masken anziehen mußten, bevor sie ausstiegen. Justin nahm seinen aus dem Schließfach, ein weißes, dünnes Plastikteil, unter dem man schwitzte wie die Hölle, weil die verbreitete Ausführung in einer für jeden geeigneten Größe über kein Austauschsystem verfügte, nur über ein paar Bänder, die man sich um Brust und Schultern legte, um zu verhindern, daß das Ding sich wie ein Ballon aufblähte und einem die Luft rauspreßte, die der Helm spendete.

Der Copilot nahm sich Justins an und überprüfte die Dichtungen an seinem Kragen, Hand- und Fußgelenken und vorn, dann klopfte er ihm auf die Schulter und deutete zur Luftschleuse. In der allgemeinen Ausführung war auch kein Sprechgerät eingebaut, und man mußte rufen oder Zeichen geben.

So nahm er sein Gepäck, versiegelte es wie sich selbst in einer Plastiktragetasche und warf einen Blick zu den Männern vom Sicherheitsdienst, um festzustellen, ob man ihn allein in die Schleuse lassen würde.

Nein. Sie würden gemeinsam mit ihm durchgehen. Ein Zeichen dafür, wie aufmerksam sie ihn im Auge behielten.

Er trat also in die Schleuse und wartete den Vorgang ab, ehe er mit den Wachen hinter sich über die Leiter zur Bodenmannschaft hinabstieg, die in maßgeschneiderten D-Anzügen das Flugzeug abfertigten.

Es gab wenig Grün in Planys. Die Niederschlagstürme taten ihr Bestes, um die Pflanzen am Leben zu halten, aber noch immer sah es hier rauh und urwüchsig aus, stieß der Blick vornehmlich auf roten Fels, blaues Gestrüpp und Wollholz. Die vorherrschende Klasse von Wildlebewesen auf diesem Kontinent waren Ankylodermen, so wie Platytheren auf dem anderen, in der ungebrochenen Isolation, der Cyteen zwei praktisch unabhängige Ökosysteme verdankte – mit Ausnahme des Wollholzes und einiger anderer als Samen in der Luft vorhandener Schädlinge, die sich praktisch aus jeder Faser fortpflanzten, wenn sie irgendwohin gelangte, wo es schmutzig und feucht war.

Eine von absorbierten Silikaten verstärkte und von Metallen und Alkaloiden vergiftete Flora, die die Luft mit einer Fülle an Fasern erfüllten, die in Terranischen Atmungsorganen selbst in geringfügigen Dosen krebserregend wirkten: Die Pflanzen töteten einen entweder innerhalb von Minuten oder innerhalb von Jahren, was davon abhing, ob man dumm genug war, ein Blatt zu essen, oder ob man bloß das Pech hatte, etwas ungefilterte Luft einzuatmen. Die Kohlenmonoxidkonzentration in der Luft reichte allerdings schon aus, um es allein zu schaffen. Dagegen bestand die einzige Möglichkeit, von der Fauna getötet zu werden, darin, einem Tier im Weg zu stehen, und einem alten Witz zufolge starben auch sie nur dann, wenn zwei von gleicher Größe einander plötzlich gegenüberstanden und verhungern mußten.

Man vergaß leicht, was Cyteen war, wenn man nicht das Hinterland kannte.

Die Gegend verbreitete eine unendlich trostlose Atmosphäre. Wenn man den Blick vom Flugplatz und dem Gebäude abwandte, sah man Cyteen, wie es wirklich war, rauh und tödlich.

In dieser Gegend lebte Jordan.

Man konnte die Anzüge nicht eher ablegen, als man Planys Annex erreichte und sich in der Garage und einer weiteren Luftschleuse befand, wo man sich gegenseitig kräftig abbürsten mußte, während kraftvolle Saugventilatoren die billigen Anzüge rasseln und flattern ließen. Man mußte die elastischen Riemen anheben und dehnen, um jede Faser zu entfernen, dann eine Abspülung mit einer Speziallösung über sich ergehen lassen, die Schleuse durchqueren, die Anzüge ausziehen und auf ein Gitter treten, ohne die Außenseiten zu berühren – während ein Dekontaminationsteam sich ums Gepäck kümmerte.

Verdammt noch mal, fluchte er innerlich und wartete ungeduldig, bis die zweite Tür sich geschlossen hatte und er und seine Eskorte sich in einem Flur befanden, der mehr wie einer der Sturmtunnel zu Hause aussah – überall derselbe graue Beton.

Im oberen Stockwerk war es etwas angenehmer: grüngestrichener Beton, gedämpftes Licht. Keine Fenster … wahrscheinlich gab es in Planys kein einziges Fenster. Ein kleines Zugeständnis an die Wohnlichkeit waren ein paar grüne Hängepflanzen aus Plastik und billige gerahmte Drucke an den Wänden.

Gebäude A stand gelegentlich in einem Meter hohen Lettern zu lesen, die hier und dort von den Bildern verdeckt wurden. Die Türen bestanden aus braungestrichenem Metall. Überraschenderweise verbarg sich hinter einer ein Büro mit zum Flur gelegenen, verhangenen Fenstern. An ihr hing ein kleines graviertes Plastikschild mit der Aufschrift: Dr. Jordan Warrick, Administrator, Abteilung Ausbildung.

Eine Wache öffnete Justin die Tür. Er trat ein und sah Paul am Schreibtisch sitzen, einen Paul, der – schlicht und einfach wie Paul aussah, sein Haar war gefärbt. Er stand auf, nahm Justins Hand und umarmte ihn herzlich.

In diesem Moment wußte er, daß es Wirklichkeit war. »Geh rein«, sagte ihm Paul ins Ohr und klopfte ihm auf die Schulter. »Er weiß, daß du hier bist.«

Er ging zur Tür, öffnete sie und trat ein. Jordan empfing ihn mit offenen Armen. Lange Zeit klammerten sie sich bloß aneinander, ohne ein Wort zu sagen. Justin weinte. Jordan auch.

»Es tut gut, dich zu sehen«, sagte Jordan schließlich. »Mein Gott, was bist du gewachsen.«

»Du siehst gut aus«, erwiderte Justin aus einer Armeslänge Abstand und versuchte, die Falten um Augen und Mund nicht zu sehen. Jordan fühlte sich dünner an, aber er war noch immer fit und stramm – vielleicht, überlegte Justin, hatte Jordan dasselbe getan wie er, von dem Tag an, da Denys ihn in sein Büro bestellt und ihm eröffnet hatte, daß er nun eine Reiseerlaubnis besaß daraufhin war er Runde um Runde durch die Turnhalle gelaufen, fest entschlossen, nicht außer Form vor seinen Vater zu treten.

»Ich wünschte, Grant hätte kommen können.«

»Er auch.« Es war schwer, seine Fassung zu bewahren. Er gewann sie zurück. Und fügte nicht hinzu, daß es Grund zur Sorge gab, daß Grant mehr Angst hatte, als er zugeben wollte, in Reseune allein zurückgelassen zu werden – als Azi, der rechtlich der Autorität Reseunes unterstand. »Vielleicht bei einem späteren Besuch.«

Dieser Besuch mußte gelingen. Sie mußten sich bemühen, daß er so glatt und reibungslos wie möglich verlief, damit ihnen in Zukunft weitere zugestanden wurden. Justin hielt es für denkbar, daß alle Papiere in seinem Aktenkoffer vom hiesigen Sicherheitsdienst noch einmal gründlich überprüft werden würden; und daß sie, wenn er nach Reseune zurückkehrte, das Ganze noch einmal durchziehen und ihn bis auf die nackte Haut durchsuchen würden, so wie sie es getan hatten, bevor er die Maschine bestieg, in aller Gründlichkeit. Aber er war hier. Er hatte den Rest des Tages und bis zum Mittag des folgenden Tages Zeit. Jede Minute, die er mit Jordan verbrachte, würden zwei hochrangige Agenten vom Sicherheitsdienst im selben Zimmer sitzen; aber das machte nichts, ebensowenig wie die Kameras und die Wanzen, die in jeden Augenblick seines Lebens eingriffen und nichts privat ließen.

So ging er mit Jordan zum Konferenztisch, setzte sich, als Paul eintrat und sich zu ihnen gesellte, und sagte: »Ich habe meine Unterlagen mitgebracht. Sie werden meine Aktentasche gleich hier raufbringen. Ich kann's wirklich nicht erwarten, daß du's dir mal ansiehst.«

Das ist pure Zeitverschwendung, hatte Yanni auf seine unnachahmliche Art gesagt, als Justin ihn inständig gebeten hatte, ihm eine Freigabe zu erteilen, um sein jüngstes Design mitzunehmen. Und es bis zu diesem Nachmittag geklärt. Das wird dich etwas kosten, hatte Yannis Mitteilung an ihn gelautet. Du wirst mich mit Überstunden bezahlen.

»Wie ist es seitdem gelaufen?« fragte Jordan, und die Besorgnis in seinem Blick fragte noch mehr, was ein Sohn und Psychologiestudent bemerken konnte, dem Sicherheitsdienst und den Stimmenanalysatoren aber vielleicht entging.

Bist du unter irgendeiner Bedingung hier, von der ich nichts weiß?

»Ach«, sagte er, und seine Anspannung löste sich mit einem Lachen. »Viel zu gut. Einfach viel zu gut, das ganze Jahr. Das letzte Jahr war entsetzlich. Ich schätze, du hast das mitbekommen. Ich habe nichts zustandegebracht, alles, was ich angepackt habe, ist schiefgegangen ...«

Ein Haufen Probleme, die ich nicht erwähnen kann.

»... aber plötzlich kommt's mir so vor, als habe sich alles selbst gerichtet. Zum Beispiel haben sie mich von der Echtzeitarbeit entlastet. Ich habe ein schlechtes Gewissen deswegen gehabt – vielleicht ist das ein guter Hinweis, wie schlecht meine Arbeit war; ich habe zu lang gebraucht, ich war zu abgeschlafft, um klar zu denken, ich bin einfach nicht damit zurechtgekommen und hatte mich zu sehr darin verrannt, um locker ranzugehen. Weißt du, Yanni glaubte, ich könne auf diese Weise bei einigen meiner Probleme einen Durchbruch schaffen, ich bin mir ganz sicher, daß er sich das davon versprochen hat; danach schickte er mich zur Erholung wieder in die Produktion. Bis er sich aus irgendwelchen Gründen eines Besseren besann und mich für lange Zeit als leitender Angestellter zurück in die Forschung und Entwicklung schickte. Und da geht's mir ganz gut, danke.«

Sie hatten sich so oft mit einer Zeitverzögerung unterhalten, daß Justin in die alten Gewohnheiten zurückfiel und alles in einzelnen Abschnitten zusammendrängte, bei jedem Satz besorgt, der Sicherheitsdienst könne etwas einzuwenden haben. Aber hier hatte er mehr Freiheit. Das hatten sie ihm versprochen. Sie brauchten sich um niemanden Gedanken zu machen, der draußen mithörte, und sie konnten über alles reden – solang es keine Anzeichen für Fluchtpläne oder versteckte Botschaften enthielt, die aus Reseune geschmuggelt werden sollten.

Jordan wußte von dem Projekt. Von beiden Projekten, Ari und Rubin.

»Da bin ich froh«, sagte Jordan. »Wirklich froh. Was macht Grants Arbeit?«

»Er hatte nie Schwierigkeiten. Du kennst doch Grant.« Und dann wurde ihm klar, wie weit diese Frage in die Vergangenheit führte.

Vor so vielen Jahren. Grant in der Klinik. Er selbst in den Händen des Sicherheitsdienstes. Jordan, der weggebracht wurde, um in Novgorod auszusagen, bevor sie ihn nach Planys flogen.

Seine Hand auf dem Tisch zitterte, zitterte immer noch, als er sie an den Mund führte und sich zusammenzureißen versuchte.

»Grant… hat's ganz gut überstanden. Er ist so widerstandsfähig wie immer. Ihm geht's gut. Wirklich. Ich weiß nicht, was ich ohne ihn getan hätte. Ist es dir gut ergangen?«

»Anfangs war's schlimm. Aber es ist ein kleiner, überschaubarer Stab. Natürlich können sie kommen und gehen, und sie kennen die Bedingungen, unter denen ich hier bin, aber es macht wirklich einen Unterschied – einen großen Unterschied.«

O Gott, sei vorsichtig. Was immer du sagst, wann immer du zugibst, daß du etwas brauchst, können sie es gegen uns verwenden. Paß auf, was du sagst!

»… wir passen hier gegenseitig aufeinander auf. Manchmal nehmen wir uns gegenseitig unsere Belastungen ab. Ich glaube, es ist die Wüste hier draußen. Entweder dreht man durch, und sie schaffen einen raus, oder man findet Gefallen an der Ruhe hier. Sogar der Sicherheitsdienst ist ganz annehmbar. – Nicht, Jim?«

Eine Wache hatte auf einem Stuhl in der Ecke Platz genommen. Der Mann lachte und lehnte sich mit überschlagenen Beinen zurück.

Kein Azi. Ein ZIV.

»Meistens«, erwiderte Jim.

»Es ist mein Zuhause«, sagte Jordan. »Es ist mein Zuhause geworden. Du mußt die Mentalität hier draußen verstehen. Unsere Nachrichten und viel von unserer Musik kommen von der Station. Wir sind über die Tagesereignisse auf dem laufenden. Aber unsere Kleidung, unsere Bücher, unsere Unterhaltungsbänder, all das – werden erst geliefert, wenn die da oben dazu kommen, und Bücher und Bänder gelangen nicht eher in unsere Bibliothek, als der Sicherheitsdienst sie absegnet. Deshalb ist das Personal hier ein bißchen albern – man muß sich eben irgendwie die Zeit vertreiben; und das große neue U-Band heißt *Echos.* Das müßte dir etwas sagen.«

Das Band war vor drei Jahren herausgekommen. »Gott, ich hätte sie dir dutzendweise mitbringen können.«

»Hör zu, wir werden dir für alles dankbar sein, was du der Bibliothek hier stiften kannst. Ich habe mich beschwert. Das ganze Personal hat sich beschwert. Die hiesigen Truppen behindern alles. Das Militär hat Vorrang. Und sie durchsuchen das Gepäck. Ich konnte dich nicht warnen. Ich hoffe inständig, du hast in deinen Sachen für eine Nacht nichts, was hier knapp ist, denn drüben in der Basis haben sie eine Anzahl von Soldaten zum Überprüfen abkommandiert, die richtig darauf versessen sind, alles in die Hände zu kriegen. Ganz zu schweigen von Toilettenpapier. Wir sind also nicht die einzigen.«

Er lachte, weil Jordan, Paul und Jim, die Wache, auch lachten, denn es war ein verzweifelter, trostloser Spaß, darüber zu lachen, wenn es in dieser Isolation so viel gab, was überhaupt nicht zum Lachen war; weil es ihn so erleichterte, Planys endlich kennengelernt zu haben, nicht als ein armseliges Exil, sondern als einen Ort, wo Menschlichkeit und Humor etwas galten.

Sie unterhielten sich und stritten über theoretische Fragen, bis sie heiser waren. Sie gingen ins Labor, und Jordan stellte ihn Angestellten vor, die er noch nie gesehen hatte, während Jim und sein Azi-Partner Enny die ganze Zeit nicht von ihrer Seite wichen. Sie tranken ein Glas mit Lal Schwartz und Milos Carnath-Morley, die Justin seit seinem siebzehnten Lebensjahr nicht mehr getroffen hatte; und er aß mit Jordan und Paul zu Mittag – und mit Jim und Enny.

Er hatte nicht vor, schlafen zu gehen. Jordan oder Paul auch nicht. Sie hatten ihm eine begrenzte Anzahl von Stunden für einen Besuch zugestanden, und er konnte im Flugzeug schlafen, das genügte.

Um 20.00 wurden Jim und Enny von zwei Kollegen abgelöst. Zu dieser Zeit diskutierten Jordan und Paul mit Justin über seine Ideen, kritisierten seine Strukturen, erklärten ihm, wo er Fehler machte, und brachten ihm mehr über soziologische Psychointegrationen bei, als er aus allen Büchern Yannis gelernt hatte.

»O Gott«, sagte er in einer Pause gegen 04.00 am Morgen, als sie alle heiser waren und noch immer redeten. »Wenn wir uns beraten könnten … Wenn du dort wärst oder ich hier …«

»Du bist vielen alten Wegen gefolgt«, erklärte Jordan, »aber ich würd's nicht als eine Sackgasse bezeichnen. Verstehst du, *ich weiß es nicht,* und ich kann's nicht oft genug betonen. Verzeih mir meine Arroganz. Ich glaube, die Sache ist es wert, weiterverfolgt zu werden, nicht, daß ich glaube, du wirst da ankommen, wo du hinwillst, aber ich bin einfach neugierig.«

»Du bist mein Vater. Yanni sagt, ich sei verrückt.«

»Dann war's Ari auch.«

Er blickte Jordan scharf an. Und sein Magen zog sich zusammen, wenn er Jordan die Tote nur erwähnen hörte, ohne Groll.

»Als ich andeutete, sie habe die Testergebnisse manipuliert«, erzählte Jordan, »sagte sie mir, es sei deine Prüfungsaufgabe gewesen, die sie gesichert habe. Ich dachte erst, das sei eine ihrer üblichen verlogenen Antworten. Jetzt bin ich mir nicht mehr so sicher, nachdem ich gesehen habe, was du daraus gemacht hast. Hat sie dir dabei geholfen?«

»Nicht bei dem hier. Beim ersten ...« Bei ein paar, sagte er fast. Bis sie starb. Bis sie umgebracht wurde. Ermordet. Er schreckte vor der Erinnerung zurück. »Du hast mich damals nicht ernstgenommen.«

»Mein Sohn, es war ziemlich gut für jemanden in deinem Alter. Ari hat offensichtlich etwas gesehen, was mir entgangen ist. Dasselbe trifft jetzt auf Yanni zu.«

»Yanni?«

»Er hat mir einen langen Brief geschrieben. Einen langen Brief. Er schrieb mir, woran du gearbeitet hast. Er hält dich für verrückt, aber er sagte, du seist auf etwas gestoßen, du hättest Integrationen in Tiefensets vorgenommen, die er sehen könne, und er habe sie durch die Computer der Soziologen laufen lassen und nichts herausbekommen können – unbestimmt, unzureichende Daten, ein zu weites Gebiet. Solche Sachen. Soziologen hassen es wie die Pest, wenn ihre Computer ihnen solche Antworten geben; du kannst dir vorstellen, wie nervös sie das macht.«

Jordan begab sich mit dem Tee wieder an den Tisch und setzte sich. Justin ließ sich in den Sessel fallen und fröstelte vor zuwenig Schlaf, zu vielen Stunden des Redens. Er schaffte nicht mehr, als sich auf die verschränkten Arme zu stützen und zuzuhören.

»Ariane Emory hat an der Ausarbeitung dieser soziologischen Programme mitgewirkt«, sagte Jordan. »Dasselbe gilt für mich, Olga Emory und James Carnath und ein Dutzend andere. Du hast ihnen zumindest etwas gegeben, das den Rahmen der von ihnen berücksichtigten Entwicklungsmöglichkeiten übersteigt, das der Computer beim Ermitteln von Durchschnittswerten nicht handhaben kann. Es ist so, wie ich sagte. *Ich weiß nicht* ist eine ziemlich beunruhigende Prognose – wenn sie von einer Maschine stammt, die über alle sozialen Muster verfügt. Ich glaube, die Soziologen sind weniger an dem interessiert, was du getan hast, als an der Tatsache, daß deine Designs keine Prognose zulassen: Die

Computer der Soziologen sind sehr empfindlich für negative Trends. Sie sind zu dem Zweck programmiert, diese aufzudecken.«

Das wußte er.

»Und entweder führt der Einsatz deines Designs zu keinen negativen Trends, oder der Computer ist nicht darauf gestoßen. Er hat die Entwicklung über dreißig Generationen hinweg verfolgt und spuckt weiterhin *Ich weiß es nicht* aus. Vielleicht hat dich die Administration deshalb hierhergeschickt. Vielleicht ist Reseune auf einmal interessiert. Ich bin's jedenfalls. Sie müssen sich fragen, ob ich lügen, oder mich selbst belügen würde, weil ich dein Vater bin.«

Justin machte den Mund auf und wagte nicht, etwas zu sagen. Jordan sagte auch nichts, sondern wartete auf ihn; sie mußten die Wachen berücksichtigen und die Wahrscheinlichkeit, daß ein Band mitlief, das der Sicherheitsdienst später studieren würde. Und möglicherweise auch die Administration.

Deshalb sagte er nicht: *Sie können mich nicht Erfolg haben lassen. Sie wollen nicht, daß ich ihr Projekt in Frage stelle, indem ich auch nur annähernd Erfolg habe.* Er preßte fest die Lippen aufeinander.

Jordan schien die Gefahr zu spüren. Er fuhr ruhig und präzise fort: »Und natürlich würde ich lügen. Ich habe vielerlei Motive. Meine Kollegen in Reseune würden aber nicht lügen: Sie wissen, daß etwas an der Sache dran ist. Yanni sagt das, die Computer der Soziologen sagen es, und sie haben bestimmt keine Hintergedanken dabei.«

Sie können mich wegschließen so wie dich, nicht wahr? Was nicht rauskommt, gefährdet die Sicherheit nicht. Ganz gleich, welche Widersprüche es birgt.

Nur ... nur habe ich's Denys gesagt: Wenn ich Reseune verlorengehe, werden Fragen offen bleiben.

»Ich weiß nicht, ob auch nur die geringste Hoffnung besteht, deine Versetzung nach Planys durchzubekommen«, sagte Jordan. »Aber erst sollte ich dich fragen: Willst du überhaupt versetzt werden?«

Justin erstarrte bei der Frage, erinnerte sich an die Landschaft draußen, die Einöde ringsum, die ihn bis ins Innerste mit Panik erfüllte.

Er haßte es. Trotz aller Vorzüge, wie die Freiheit und die Entspannung von dem Druck in Reseune, jagte ihm Planys einen tiefen Schrecken ein.

Er sah die Enttäuschung in Jordans Gesicht. »Du hast meine Frage beantwortet«, sagte Jordan.

»Nein, noch nicht. – Schau, ich habe Schwierigkeiten mit dieser Gegend. Aber das könnte ich überwinden. Das hast du auch geschafft.«

»Sagen wir, ich hatte keine große Wahl. Du dagegen hast wirklich eine Wahl. Das kannst du nicht überwinden. Nein. Ich verstehe schon. Deine Gefühle könnten sich mit der Zeit ändern. Aber fügen wir das deinen Problemen nicht noch hinzu. Wir werden es sicher über Yanni laufen lassen müssen. Es gibt keine Möglichkeit, daß sie uns irgend etwas irgendwohin schicken lassen, ohne seinen Inhalt zu überprüfen. Wir werden einfach daran arbeiten – wie wir können, falls wir können. Ich bin mir sicher, daß sie jetzt neugierig sind. Sie haben sich nicht so auf ihr Projekt versteift, daß sie nicht das Potential einer Idee sehen, die nicht damit zusammenhängt. Und das, mein Sohn, ist sowohl ein Plus- wie ein Minuspunkt. Du siehst, wie sehr sie um mein Wohlergehen besorgt sind.«

»Ser«, sagte die Wache.

»Entschuldigung«, erwiderte Jordan, seufzte und sah Justin lange Zeit starr an, während sich auf seinem Gesicht düstere Gefühle widerspiegelten.

Wir sind hier nicht frei, nicht so frei, wie es oberflächlich scheint.

Wer erfolgreich ist, genießt Schutz; und wer vollkommen geschützt wird, ist in jeder Hinsicht ein Gefangener.

Er spürte einen Kloß in seiner Kehle, teils vor Kummer, teils vor Panik. Einen schrecklichen Moment lang wollte er gehen, jetzt, sofort, noch vor der Dämmerung. Aber das war Idiotie. Er und Jordan hatten so wenig Zeit. Aus diesem

Grund blieben sie wach und redeten sich heiß, bis sie zu ehrlich wurden.

Verdammt, er hat ein Kind zurückgelassen, und ich bin mir nicht sicher, wie er mich sieht. Als einen Mann? Oder bloß als jemanden, der größer geworden ist? Vielleicht nicht einmal als jemanden, den er sonderlich gut kennt. Ich kenne ihn, und er weiß so wenig darüber, wie ich jetzt bin.

Dafür soll sie der Schlag treffen.

Es gibt keine Möglichkeit, es wieder gutzumachen. Wir können einander nicht einmal die Dinge sagen, durch die wir uns besser kennenlernen würden. Gefühle gehören nicht zu den Dingen, die wir unseren Kerkermeistern preisgeben dürfen.

Er sah weg, betrachtete Paul, der ruhig am Tisch saß, und dachte, daß ihr Leben so sein mußte wie seins mit Grant – eine zwangsweise Unterdrückung von Dingen, die sie nicht zu sagen wagten.

Es ist hier nicht anders als in Reseune, dachte er. *Nicht für Jordan. Nicht wirklich, ganz gleich, welchen Anschein sie erwecken. Er kann nicht reden. Er wagt es nicht.*

Für uns ist nichts anders als in Reseune.

II

»Arbeiten Sie noch spät?« fragte die Wache vom Sicherheitsdienst, als sie in der Tür innehielt, und Grants Herz machte einen Sprung und schlug heftig weiter, als er von seinem Schreibtisch aufblickte.

»Ja«, antwortete er.

»Ist Ser Warrick heute nicht da?«

»Nein.«

»Ist er krank?«

»Nein.«

Wo Justin war, fiel unter die administrative Geheimhaltung. Das gehörte zu den Bedingungen. Es gab Dinge, die er nicht sagen konnte, und die Stille imitierte einen geborenen Menschen. Der Mann musterte ihn einen Moment lang, grunzte, furchte die Stirn und setzte dann seine Runden fort.

Grant atmete erleichtert auf, aber seine Anspannung ließ nicht nach, die Folgeerscheinung eines Adrenalinschubs, einer Furcht, die seit dem Zeitpunkt nur gewachsen war, seit Justin ihm gesagt hatte, daß er nach Planys fliegen würde.

Justin flog – allein, weil das eine der Bedingungen war, auf die die Administration bestanden hatte. Er hatte Justins Sorge um ihn von sich gewiesen und sich geweigert, darüber zu diskutieren, weil Justin, unter welchen Bedingungen auch immer, fliegen würde, fliegen mußte: Grant zweifelte nicht daran.

Aber er hatte die ganze Zeit Angst, eine Angst, die um so stärker wurde, als er das Flugzeug abheben sah und allein nach Reseune zurückging.

Zum Teil war es die übliche Besorgnis, beruhigte er sich: Er vertraute auf Justin; seit den Ereignissen um Aris Tod waren sie nicht voneinander getrennt gewesen, und eine Trennung brachte unweigerlich schlechte Erinnerungen zurück.

Aber rechtlich war er nicht Justins Mündel. Er gehörte Reseune; und solange Justin nicht zugegen war, um die Administration aufzuhalten und Jordans Einfluß zu nutzen, um ihn zu schützen, genoß er keinen Schutz und keine Rechte. Justin ging ein Risiko ein, reiste in völliger Obhut des Reseuner Sicherheitsdienstes – der einen Zwischenfall arrangieren konnte; aber viel wahrscheinlicher war es, daß sie einen Azi nach unten in die Labors brachten, wo sie ihn ausfragen oder, wovor er sich am meisten fürchtete, ein Band auf ihn ansetzen konnten.

Panik bringt einen nicht weiter, sagte er sich, denn es gab nichts, absolut nichts, was er daran ändern, keinen Ort, wo er sich verstecken, und nichts, was er tun konnte, um sie davon abzuhalten, wenn sie das vorhatten.

Aber in der ersten Nacht, die er allein mit den leisen, verlorenen Geräuschen in dem übergroßen Apartment verbracht hatte, ohne zu wissen, was am anderen Ende der

Welt vor sich ging, hatte er sich eine der Adrenalindosen verabreicht, die sie, zusammen mit den betäubenden Dosen an Tranquilizern, in den klinischen Verhörzimmern aufbewahrten; und darüber hinaus Kath getrunken.

Dann hatte er sich mit verschränkten Beinen auf den Rand seines Bettes gesetzt und sich in die tiefsten Räume versenkt, die er in sich geschaffen hatte, und die Dinge Schritt für Schritt in einem Konzentrationszustand verändert, der seine Haut vor Schweiß glänzen ließ und aus dem er benommen und geschwächt erwachte.

Er war sich nicht sicher gewesen, ob es ihm gelingen würde; er war sich dessen noch nicht sicher, als die Benebelung durch die Droge und die Anstrengung, der die Kombination von Adrenalin und der Injektoren-Droge abhelfen sollte, von ihm abließ, aber sein Herz schlug wie ein Hammer, und er war nicht imstande, viel mehr zu tun, als danach mit dem Gesicht nach unten ins Bett zu fallen und die Schläge seines Herzens zu zählen, in der Hoffnung, sich nicht selbst umgebracht zu haben.

Einen Designer, der sich in seine eigenen Sets vertiefte und an ihnen herumzudoktern begann, konnte man nur einen Idioten nennen.

Obwohl es sich nicht allzusehr von dem unterschied, was die Test-Azis taten, wenn sie ihre eigenen geistigen Bestandteile organisierten und das Ausmaß bestimmten, bis zu dem sie ein neues Band integrierten. Es hing davon ab, daß man seine eigene geistige Beschaffenheit gründlich kannte.

Er stellte den Computer ab, schaltete das Licht aus und verschloß auf dem Weg nach draußen die Tür des Büros, bevor er durch den menschenleeren Flur in das leere Apartment zurückging und eine weitere Nacht wartete.

Undeutliche und in seiner Jugend eingeimpfte Azi-Reaktionen rieten ihm, sich an einen Aufseher zu wenden. Hilfe zu finden. Eine Pille zu schlucken. Auf den tiefsten Ebenen keinen Stress zu dulden.

Natürlich war es extrem dumm, das erstere zu tun: Dazu war er nicht im mindesten geneigt. Aber eine Pille zu schlucken und die Nacht hindurch beruhigt zu schlafen, war sehr verlockend. Wenn er sich auf einer hinreichend tiefen Ebene mit Beruhigungsmitteln betäubte, könnte er die Nacht überstehen und Justin am Morgen vom Flugplatz abholen: Es war nur vernünftig, vielleicht sogar ratsam, weil der Tranquilizer selbst ein Problem für jeden darstellen würde, der nach ihm kam, und wenn sie im letzten Moment etwas versuchen würden …

Nein, es war keine große Sache, einen Flug zu verschieben. Sie konnten immer Zeit gewinnen, wenn sie plötzlich entschieden, daß sie sie brauchten.

Er kam zu dem Schluß, daß er vor allem deshalb keinen Tranquilizer einnahm, weil er das Gefühl hatte, daß es von Vorteil war, wenn er es ohne durchstand; und dieser Gedanke entstammte möglicherweise nicht der logischen Basis seines Geistes – es sei denn, er maß dem endokrinen Lernen Werte bei, die das jederzeit vernünftige, geschützte Denken nach dem Motto »Nimm ein Band, und fühl dich wohl« nicht aufwies. Wenn es eine Azi-Welt gäbe, wäre darin alles schwarz und weiß und eindeutig zuzuordnen. Es waren die Grautöne des Flux-Denkens, die geborene Menschen ausmachten. Nuancierte Reaktionen in nuancierten Abstufungen, erworben unter endokriner Instabilität.

Er hatte keine Freude an Schmerzen. Aber er maß dem Nebenprodukt Wert bei.

Er maß auch dem Tranquilizer in seiner Tasche Wert bei, einer in ein Hypnospray geladenen doppelten Dosis, denn wenn sie ihn irgendwohin zu bringen versuchten, konnte er dafür sorgen, daß sie sich um einen echten medizinischen Notfall Gedanken machen mußten.

III

Ari vermutete, daß Nelly noch immer ihre Schwierigkeiten hatte.

»Wir müssen vorsichtig mit ihr sein«, erklärte sie Florian

und Catlin in Laufe einer Besprechung, die sie im Zimmer der beiden abhielten, während Nelly im Speisezimmer Seely beim Aufräumen half.

»Ja, Sera«, erwiderte Florian ernst; Catlin sagte nichts, was die Regel war: Sie überließ immer Florian das Reden, wenn sie mit ihm einer Meinung war. Was nicht hieß, daß sie schüchtern war. Es war einfach ihre Art.

Und Nelly hatte sich heftig gegen Catlin gewandt, weil sie Ari im Wohnzimmer zeigte, wie man einen Schulterwurf durchführte.

»Du wirst dir noch weh tun!« hatte Nelly geschrien. »Florian, Catlin, ihr solltet eigentlich vernünftiger sein!«

Dabei hatte eher Florian Grund zur Beschwerde, denn er war auf dem Boden gelandet. Er spielte den Feind. Aber das machte Florian nichts aus: Er konnte landen und gleich wieder aufstehen, aber Catlin brachte ihr nicht bei, was man daraufhin tat, nur den ersten Schritt, und Florian blieb geduldig auf dem Boden liegen, während Catlin ihr zeigte, wie man sicherging, daß er nicht wieder aufstand.

Nelly hatte lediglich den dumpfen Aufprall gehört und war hereingestürmt, als Florian schon mitten auf dem Teppich lag. Catlin führte vor, wie man jemandem das Genick brach, aber sie tat es ganz langsam. Wenn Catlin Ernst machte, war sie so schnell, daß man kaum sehen konnte, was sie tat. Catlin und Florian hatten ihr gezeigt, wie man sich fallen ließ und aus einer Rolle gleich wieder aufstand. Es war erstaunlich, was sie alles konnten.

Manchmal spielten sie Hinterhalt, wenn sie die Suite für sich allein hatten. Man schaltete das Licht aus und mußte seinen Weg hindurchfinden.

Ari war *immer* diejenige, die erwischt wurde. Das machte nichts. Sie war allmählich schwerer zu erwischen, und sie lernte die ganze Zeit dazu. Es machte viel mehr Spaß als mit Amy Carnath.

Florian erklärte ihr viel über Computer und wie man Fallen aufstellte und gemeine Sachen mit einem Automatischen Haushälter machte, zum Beispiel jemanden in die

Luft jagte, wenn man eine Bombe hatte, aber die wurden unten im militärischen Trakt gelagert. Sie erfuhr von Stimmenmustern und woher der Hauscomputer wußte, wer man war, und wie durch Handabdrücke codierte Schlösser an den Hauscomputer angeschlossen waren, zusammen mit Retina-Abtastern und all den Dingen dieser Art; wie man die elektronischen Schlösser ohne eine Schlüsselkarte aufbekam.

Florian fand in kürzester Zeit eine Menge Dinge heraus. Er sagte, die Schlösser zu den Wohnbereichen des Hauses seien alle eine besondere Ausführung, an der man nur schwer vorbeikäme. Er sagte, in Onkel Denys Apartment sei ein Haufen interessantes Zeug installiert, zum Beispiel ganz besondere Spezialschlösser, die irgendwo angeschlossen seien, wohin Florian die Leitungen nicht verfolgen konnte, aber er vermutete, es sei der Sicherheitsdienst: Er meinte, er könne versuchen, es herauszufinden, aber er könnte dabei in Schwierigkeiten kommen, und sie seien Ältere, und er würde es nur tun, wenn Ari es wollte.

Er erzählte ihr das nie, bevor sie draußen waren, denn er und Catlin hatten noch andere Dinge herausgefunden.

Zum Beispiel konnte der Automatische Haushälter einen abhören.

Es war eine besondere Ausführung, hatte Florian ihr erklärt: Er konnte alles hören und sehen, und er war besonders leise, damit man nichts davon merkte; und sorgfältig isoliert, während das Band irgendwo außerhalb des Apartments mitlief. Die Linsen und die Pickups konnten so klein wie Stecknadelköpfe sein, bei den Linsen konnte es sich um Froschaugenobjektive und bei den Pick-ups um solche handeln, die sowohl Bewegungen als auch Geräusche registrierten. »Sie könnten einen davon in die Wände eingebaut haben«, sagte Florian, »und er ist so winzig und so durchsichtig, daß man ihn nur sehen kann, wenn man mit einer hellen Lampe in einem bestimmten Winkel über die Wände streicht, oder wenn man die entsprechenden Geräte hat, was noch besser ist, aber sie haben eine wirklich gute Brennweite. Außerdem können sie das Bild in digitale Impulse verarbeiten, und man hat's so dann noch viel genauer. Dasselbe gilt für die Audiogeräte. Sie können deine Stimme analysieren lassen. Wenn sie etwas finden wollen, finden sie's auch. Wenn sie wirklich wollen. Es ist eine Menge Arbeit. Die meisten Automatischen Haushälter sind ganz einfach, und man kommt leicht an sie ran. Die im Haus gehören alle zu der komplizierten Sorte mit allen Sicherheitssystemen und Optionen, und es ist ganz schön schwierig, alle Pick-ups aufzufinden, wenn sie sie in den Zement zwischen Steinen und Tapeten eingebaut haben.«

Das hatte Ari in helle Aufregung versetzt. »Sogar im *Bad?*« hatte sie gefragt.

Florian hatte genickt. »Vor allem da, denn wenn sie eine Überwachungsanlage installieren, werden sie's dort versuchen, wo man keine Wanzen vermutet.«

Sie war daraufhin zu Onkel Denys gegangen und hatte besorgt gefragt:

»Onkel Denys, gibt es Wanzen in meinem Bad?«

»Wer hat dir das gesagt?« fragte Onkel Denys.

»Sind da welche?«

»Für den Sicherheitsdienst«, erklärte Onkel Denys. »Mach dir keine Sorgen deswegen. Sie benutzen sie nur, wenn sie müssen.«

»Ich will aber keine Wanzen in meinem Bad!«

»Nun, du bist doch wohl auch kein Dieb, Liebling, was? Und wenn du es wärst, würde beim Sicherheitsdienst der Alarm losgehen, und der Automatische Haushälter würde zusehen und zuhören. Also mach dir keine Gedanken.«

»Ja, Ser«, sagte sie; und ließ Florian das ganze Bad durchsuchen, bis er die Linsen und die Pick-ups fand und mit einem Stück Ton verdeckte. Mit Ausnahme von dem im Wandlautsprecher. Vor den hängte Ari ein Handtuch, das Nellys ständig wegnahm, sie aber immer wieder aufhängte.

Florian fand auch die im Schlafzimmer, aber Onkel Denys rief sie zu sich und sagte ihr, der Sicherheitsdienst habe bei einem seiner Routinetests festgestellt, daß die Pick-ups im Bad nicht funktionierten, und er würde erlauben, daß sie die im Schlafzimmer abdeckte, aber der Rest diente der Sicherheit des Apartments, und sie ließe besser die Finger davon.

Das hatte sie beherzigt.

Nicht nur die Linsen und Pick-ups dienten der Sicherheit. Catlin sagte, Seely sei vom Sicherheitsdienst. Abban, Girauds Azi, auch. Das merkte sie. Florian sagte, er glaube das auch.

Catlin brachte ihr auch einiges bei: wie man so still stand, daß niemand einen hören konnte, und welche Stellen man treffen mußte, wenn jemand einen angriff.

Onkel Denys brauchte sich also gar nicht die ganze Zeit um ihre Sicherheit zu sorgen, und auch nicht darum, daß sie sich in den Fluren aufhielt. Und wenn Mamas Brief kam – er mußte bald kommen; Ari hatte sich ausgerechnet, wieviel Monate es dauerte –, konnte sie auf sich selbst aufpassen, wenn sie nach Fargone ging.

Sie hatte mehr Angst denn je, dorthin zu reisen, wo sie außer Mama und den anderen niemanden kannte, seit sie zu verstehen begonnen hatte, daß es außerhalb von Reseune eine Menge Leute gab, die imstande waren, irgendwo einzubrechen und zu stehlen, und viele andere, die nicht davor zurückschreckten, einen umzubringen, zu entführen oder wegzuschaffen; aber zumindest war es eine Angst, die einem verriet, wie man jemandem anmerkte, ob er etwas im Schilde führte; und sie lernte, mit bösartigen Menschen anders umzugehen, als sie nur in den Griff zu bekommen und zu bearbeiten.

Sie hätte das wirklich gern mit Amy Carnath gemacht.

Aber das war die Stelle, an der man aufhörte, darüber nachzudenken, was man gern machen würde, und sich klarmachte, was man damit anrichten würde, daß Amy Carnath dann wirklich tot wäre, und das war etwas, das man nicht rückgängig machen, nicht bearbeiten und in den Griff bekommen konnte.

Man hatte sehr viel mehr davon, Leute zu bearbeiten, wenn einem die Zeit dazu blieb.

In dieser Hinsicht brachte sie Florian und Catlin etwas bei. Aber nicht zuviel. Erstens waren sie Azis, und man konnte sie zu nichts drängen, auch wenn es schwierig war, ihnen derlei beizubringen, ohne es zu tun; und zweitens wollte sie nicht, daß die beiden lernten, wie sie es mit ihr machten.

Zum einen mußte sie die Beste darin sein. Sie war ihre Aufseherin.

Zum anderen machten sie ihr manchmal Angst; manchmal brauchte sie sie wirklich, und manchmal wünschte sie sich, sie wären nicht bei ihr, weil sie sie teils aufregten, teils zum Lachen brachten und gelegentlich mitten in der Nacht überlegen ließen, daß sie sie nicht zu sehr mögen durfte, denn Mama würde die beiden vielleicht nicht mitkommen lassen.

Sie wußte nicht, warum sie das dachte, aber es tat sehr weh, und sie haßte es, wenn Leute ihr Angst machten; und sie haßte es, wenn Leute ihr weh taten.

»Wir sollten keinen Ärger machen«, sagte sie zu Florian und Catlin, als sie in dem Zimmer saßen, nachdem Nelly sie ausgeschimpft hatte; und endlich, weil es ihr durch den Kopf ging, wagte sie sich an das heran, was sie ihnen schon seit langem sagen wollte, aber es war schwer in Worte zu fassen und bereitete ihr ein unangenehmes Gefühl im Bauch. »Ich kenne eine Menge Leute, die nicht mehr hier sind. Man hat Ärger mit ihnen, und dann verschwinden sie.«

»Was heißt das?« fragte Florian.

»Sie sind einfach nicht mehr da.«

»Tot?« fragte Catlin.

Aris Herz machte einen Sprung. Sie schüttelte heftig den Kopf. »Bloß verschwunden. Unterwegs nach Fargone oder so.« Über das nächste konnte sie nur schwer reden. Sie warnte die beiden durch ihren Gesichtsausdruck, ganz ruhig zu sein, weil sie sonst aus der Haut fahren würde, denn sie wollte jetzt nicht über Nelly reden. »Meine Mama und ihr Azi sind verschwunden. Sie wollte es nicht. Onkel

Denys sagte, sie hätte auf Fargone etwas sehr Wichtiges zu tun. Vielleicht stimmt's. Vielleicht auch nicht. Deshalb bin ich ganz vorsichtig. Ihr solltet auch vorsichtig sein.«

»Wenn jemand uns verschwinden läßt«, behauptete Catlin, »werden wir zurückkommen.«

Das war typisch Catlin. Catlin würde es wirklich schaffen, dachte Ari, oder zumindest würden sie und Florian eine Menge Schaden anrichten.

»Meine Mama ist ganz schlau«, erklärte sie, »und Ollie ist unheimlich stark, und ich glaube nicht, daß sie euch bloß einsperren würden. Wißt ihr, ich könnte mir vorstellen, sie bearbeiteten einen, sie nehmen einen psychologisch in die Mangel.«

»Wer ist unser Feind?« fragte Florian.

Das war ihre Art zu denken. Ihr Herz schlug schwer. Sie hatte noch nie mit jemandem darüber geredet. Sie hatte nie so wie die Azis gedacht, ohne sich selbst im Mittelpunkt zu sehen. Die Dinge ergaben plötzlich einen Sinn, wenn man sie so wie die Azis betrachtete, einfach und geradeaus, ohne sich zu sorgen. Und wenn man dachte: Was wäre, wenn es wirklich ein Feind sein könnte? Sie saß da und versuchte zu überlegen, wem es zuzutrauen war, Leute einzusperren und psychisch zu manipulieren und starke Erwachsene verschwinden zu lassen, ohne daß sie etwas dagegen tun konnten.

Sie zog Florian ganz nah an sich und flüsterte ihm zwischen vorgehaltenen Händen etwas ins Ohr, so wie man es tun mußte, wenn etwas ein Geheimnis bleiben sollte, wofür der Automatische Haushälter verantwortlich war – und wenn man über einen Feind redete, wußte man nie, wo man sicher war. »Ich glaube, es könnte Giraud sein. Aber er ist kein richtiger Feind. Er kann uns Anordnungen erteilen. Er kann dem Sicherheitsdienst Befehle geben.«

Florian schien sehr besorgt zu sein. Catlin stieß ihn mit dem Ellbogen an, und er beugte sich hinüber und flüsterte ihr auf dieselbe Weise ins Ohr.

Daraufhin machte Catlin einen erschrockenen Eindruck, und das kam bei ihr nicht oft vor.

Ari zog Catlin an sich und flüsterte: »Das ist der einzige, den ich kenne, der Mama erwischt haben könnte.«

»Dann muß man ihn zuerst erwischen«, flüsterte Catlin zurück.

»Vielleicht ist er's auch nicht!«

Sie setzte sich und dachte nach, während Catlin es an Florian weitergab. Florian erwiderte etwas, dann beugte er sich vor und sagte zu Ari:

»Wir sollten jetzt nicht darüber reden.«

Sie sah ihn besorgt an.

»Ein Älterer ist sehr gefährlich«, erklärte Florian. Und mit der leisesten Flüsterstimme, zu der er fähig war: »Bitte, Sera. Morgen. Draußen.«

Die beiden verstanden sie also. Sie glaubten ihr nicht bloß, weil sie Azis waren. Was sie sagte, ergab einen Sinn für sie. Sie umklammerte ihre Beine mit den Armen, fühlte sich unsicher und war wütend auf sich selbst; und zugleich dachte sie, sie habe viele Dinge nicht zusammengefügt, weil sie keine Möglichkeiten gesehen hatte, ihnen einen Sinn abzugewinnen. Sie hatte geglaubt, daß die Dinge einfach geschahen, weil sie geschahen, weil sie immer geschehen waren und die Welt so beschaffen war. Aber das war dumm. Die Dinge geschahen nicht einfach so, es gab Leute, die sie geschehen ließen, und Florian und Catlin wußten es, so wie sie es hätte wissen müssen, wenn es nicht immer so gewesen wäre, von Anfang an.

Was stimmt hier nicht? hieß das Spiel, das sie spielten. Florian oder Catlin würden sagen: Was stimmt im Wohnzimmer nicht? Und sie maßen die Zeit, die es einen kostete, es herauszufinden. Ein paarmal entdeckte sie schneller etwas als Catlin, und einmal war sie schneller als Florian; gelegentlich versteckte sie Sachen, die die beiden finden mußten. In solchen Dingen war sie nicht dumm. Aber sie kam sich dumm vor, was die andere Sache anging.

Dumm war es zu glauben, daß die Dinge so sein mußten, wie sie waren.

Dumm war es, daß sie, als Mama fortgegangen war, geglaubt hatte, daß jemand sie zum Gehen gezwungen hatte, aber damals hatte sie sich nur alles zusammengereimt, deshalb fiel das nicht so ins Gewicht – wenn Mama ohne sie hatte gehen müssen, dann aus dem Grund, weil sie zu jung und die Reise zu gefährlich war. Und nur das hatte sie gesehen, während ihr das, was nicht stimmte, gleich ins Auge hätte fallen müssen.

Dumm war die Art, wie sie sich immer noch sträubte, das Ganze zu Ende zu denken, daß sie, wenn es einen Feind gab und er Mama erwischt hatte, nicht mit Sicherheit wußte, ob es Mama gut ging; das machte ihr Angst.

Sie erinnerte sich an den Streit mit Onkel Denys über die Party im letzten Jahr. Und wie sie sich gegen Girauds Kommen gewehrt und wie Onkel Denys gesagt hatte: *Ari, das ist aber nicht nett. Er ist mein Bruder.*

Das machte einem auch Angst.

Es machte einem Angst, weil Onkel Giraud Denys dazu bringen konnte, bestimmte Dinge zu tun. Onkel Giraud leitete den Sicherheitsdienst; und er kam vielleicht an ihre Briefe heran. Vielleicht würde er die Briefe an Mama sogar abfangen.

Und damit wäre alles vorbei.

Dumm. Dumm.

Sie fühlte sich ganz krank. Und sie konnte Onkel Denys nicht fragen, ob das stimmte. *Er ist mein Bruder,* würde er sagen.

IV

Giraud goß sich noch etwas Wasser ein, trank und überflog gelangweilt die Berichte, während die Erzieher sich über den jeweiligen Wert zweier Abhandlungen stritten, eine aus den Archiven, eine aktuelle.

Denys, Peterson, Edwards, Ivanov und Morley: Sie alle saßen an einem Tisch und diskutierten über ihre Schlußfolgerungen aus der Wortwahl eines achtjährigen Kindes. Es war nicht Girauds Fachgebiet. Bei Gott, dafür war Peterson der Experte.

»Die Sprachentwicklung befindet sich auf dem Stand einer Siebenjährigen«, erklärte Peterson in dem albernen Gemurmel, das er in Bestform zustandebrachte. »Die signifikante Anomalie in den Gonner Entwicklungsschemata …«

»Ich glaube nicht, daß es Grund zur Besorgnis gibt«, unterbrach Denys. »Der Unterschied besteht zwischen Jane und Olga, nicht zwischen Ari und Ari.«

»Natürlich spricht einiges dafür, daß die Gonner-Batterie vom vorgesehenen Konzept abweicht. Hermann Poling behauptete in seinem Artikel in …«

So ging das weiter. Giraud zeichnete kleine Rechtecke auf sein Notizpapier. Peterson leistete gute Arbeit. Man brauchte ihn nur zu fragen, und er hielt einem aus dem Stegreif einen Vortrag. Die Berufskrankheit eines Lehrers. Zu Kollegen und Fremden verhielt er sich genauso wie zu seinen jugendlichen Versuchspersonen.

»Das heißt also«, sagte Giraud schließlich, als das Glas mit Wasser halb ausgetrunken und das Blatt voller Kästchen war. »Das heißt, um es kurz zu fassen, daß Olga der Unterschied war.«

»Der Artikel von Poling …«

»Ja. Natürlich. Und Sie glauben nicht, daß ein korrektives Band notwendig ist.«

»Die andere Quelle deutet auf eine weitgehende Übereinstimmung hin …«

»John meint«, erklärte Edwards, »daß sie alles versteht, sie kennt die Wörter, aber sie war in vielerlei Hinsicht so frühreif, daß sie sich ein internes Vokabular ausgearbeitet hat, das für sie eine Art Stenographie ist.«

»Es könnte einen unerwünschten Nebeneffekt zeitigen, wenn wir auf einer Änderung des Vokabulars bestehen«, sagte Denys. »Möglicherweise ist damit ihre Weltsicht nicht ausreichend beschrieben. Sie bevorzugt einfach Slang und ihren eigenen internen Jargon, was ich ihr nicht ausreden wollte. Sie kennt die Wörter, die Tests beweisen das. Ich bin mir auch nicht sicher, ob wir das ganze Bild sehen. Ich glaube viel eher, sie leistet gegen einige der Prüfungen Widerstand.«

»Warum?«

»Wegen Jane. Das Kind hat das nicht vergessen. Ich habe gehofft, sie würde mit der Zeit weniger Briefe schreiben. Ich hoffte, die Azis würden etwas daran ändern.«

»Glaubst du nicht«, fragte Edwards, »daß die Art, wie das gehandhabt wurde – dazu beigetragen hat, daß sie sich an diese Lebensphase klammert? Ich meine eine unterbewußte Betonung dieser Lebensphase, ein Festklammern an jene Erinnerungen, eine Weigerung sich unter den gegebenen Umständen von dieser Zeit loszusagen, eine Art Abwarten.«

»Das ist eine interessante Theorie«, meinte Giraud und lehnte sich auf seinen Ellbogen vor. »Gibt es dafür besondere Hinweise?«

»Wie oft sie sagt: ›Meine Mama sagte …‹ Der Klang ihrer Stimme.«

»Ich möchte davon eine Stimmenanalyse«, verlangte Denys.

»Kein Problem«, sagte Giraud. »Es lohnt sich gewiß, diesen Hinweis weiterzuverfolgen. Bezieht sie sich auch auf andere Menschen?«

»Nein«, antwortete Edwards.

»Keine Familienmitglieder. Keine Freunde. Nicht einmal die Azis.«

»Nelly. ›Nelly sagt.‹ Wenn von etwas zu Hause die Rede ist. Manchmal: ›Meinem Onkel Denys macht dies oder das nichts aus …‹ Sie respektiert Nellys Ansichten nicht, sie gibt nicht viel darum, was Nelly sagt, aber offensichtlich ist sie bemüht, sie nicht aufzuregen. ›Onkel Denys‹ ist eine viel respektablere Quelle, aber mehr als das benutzt sie den Namen, um etwas zu erreichen. Sie erinnert einen gern einmal daran, daß ›mein Onkel Denys daran interessiert ist‹.« Edwards räusperte sich. »Um es ohne Umschweife zu sagen, sie macht Andeutungen, daß ihr Einfluß bei ›Onkel Denys‹ mir ein schöneres Büro verschaffen kann.«

Denys schnaubte überrascht und lachte dann zu Edwards Erleichterung. »Wie die Einladung zu der Party?«

»Das war etwa dasselbe.«

»Was ist mit Ollie?« fragte Giraud.

»Das kommt selten vor. Fast nie. Ich will jetzt genau werden. Ich würde sagen, sie hat den Namen nach Janes Abreise häufig verwendet. Aber jetzt – ich glaube nicht, daß ich den Namen in letzter Zeit einmal gehört habe. Bestimmt seit mehr als einem Jahr nicht.«

»Interessant. Und Justin Warrick?«

»Sie erwähnt ihn nie. Ich habe ihn mal erwähnt, wenn Sie sich erinnern. Sie war sichtlich bemüht, das Thema zu wechseln. Auf diesen Namen kommt sie nie zu sprechen.«

»Die Zeit, um mit den Computern eine Namenssuche durchzuführen, würde sich lohnen«, sagte Denys.

Durch all diese Bänder. Durch Jahre von Bändern. Giraud ließ seinen Atem ausströmen und nickte. Noch mehr Personal. Noch längere Belegung der Computer.

Verdammt, sie standen von außen unter Druck. Unter gehörigem Druck. Sie waren darauf vorbereitet, endlich an die Öffentlichkeit zu gehen, die Tarnung aufzuheben; und sie waren auf eine Anomalität gestoßen; sie hatten ein Kind, das weit weniger ernst war als die erste Ari, sehr viel launischer und von zurückhaltenderem Naturell. Die Azis hatten nicht geholfen. In letzter Zeit hatte das Kind etwas mehr Ernsthaftigkeit gezeigt, seinen Wortschatz ein wenig erweitert: Florian und Catlin waren im Aufsatzschreiben besser als sie, aber die feste Hand fehlte, Mama begleitete Ari noch immer auf eine beharrliche Weise, und die Warrick-Affäre, Yannis plötzliche Enthüllung, daß der junge Justin ihnen etwas in die Hände gegeben hatte, was die Computer der Soziologen mattsetzte …

Gib's Jordan, hatte Denys vorgeschlagen. Schicke ihn zu Jordan. Es ist sehr viel weniger wahrscheinlich, daß die Warricks dem Projekt Schwierigkeiten bereiten, wenn sie beschäftigt sind, und du weißt, daß Jordan an der verdammten Sache arbeiten würde, ganz gleich, was es ist, wenn es ihm Gelegenheit gäbe, seinen Sohn zu sehen.

Das Verteidigungsamt machte derlei aber schwierig: Dort wachte man eifersüchtig über Warricks Zeit. Es bestand die Möglichkeit, daß die Verteidigung sich offiziell an Warrick interessiert zeigte: Es war unmöglich, an ihnen vorbeizuarbeiten, und von der Verteidigung wußte man, daß sie alles haben wollten, was wichtig oder nützlich zu werden versprach oder plötzlich von der Norm abwich.

Es war zum Kotzen.

Ari wollte ihn, hatte Yanni gesagt. *Und, verdammt, es ist etwas dran.*

Darin lag das Paradoxon des Projekts: Wie weit mußte die Replikation gehen? Wie viele Individuen mußten einbezogen werden, die unabdingbar füreinander waren? Gott sei Dank hatte die erste Ari, was persönliche Kontakte anging, nur in einem äußerst begrenzten sozialen Umfeld gelebt – was den Umgang mit Nachrichtendiensten und Auftritten in der Öffentlichkeit anging aber von frühester Jugend viele Erfahrungen gesammelt.

»Wir müssen weiterkommen«, sagte Giraud. »Verdammt, wir müssen sie der Öffentlichkeit vorstellen, aus vielen Gründen. Lu verliert allmählich die Geduld, und für uns wird die Zeit knapp! Wir dürfen keinen Fehler machen, wir können es uns einfach nicht erlauben, einen Fehler zu machen.«

Niemand sagte etwas. Es war zu offensichtlich, was auf dem Spiel stand.

»Die Auslöser sind alle vorhanden«, sagte Petros. »Nicht alle davon sind beansprucht worden. Ich denke an etwas mehr Druck. Theoretische Ausbildung wird genügen. Setzt sie ihr aus. frustriert sie! Stellt ihr Aufgaben, an denen sie scheitern muß! Beschleunigt das Programm!«

So hatte die ganze Zeit Petros' Rat gelautet.

»Sie hat keine Erfahrung mit intellektuellen Frustrationen«, wandte Denys ein. »Noch nicht.«

»Wir wollen auch nicht, daß sie sich in der Schule zu Tode

langweilt«, schneuzte Giraud. »Vielleicht ist das wirklich eine Alternative. Was sagen die Computer zur Zeit, wenn sie nicht Warricks Schulprogramme bearbeiten?«

»Sollen wir's noch mal eingeben?« fragte Peterson. »Ich glaube nicht, daß eine signifikante Veränderung festzustellen sein wird. Ich kann einfach nicht glauben, daß du die Ergebnisse in Zweifel ziehst, die wir vorliegen haben. Das Programm beschleunigen, wenn eine Anomalität vorliegt ...«

Petros lehnte sich mit vorgerecktem Kinn nach vorn. »Schlägst du vielleicht vor, das Projekt stagnieren zu lassen, während diese Anomalität sich ausweitet?«

»Petros, darf ich bitte auf eines hinweisen ...«

»Ich weiß, worauf du hinauswillst, verdammt noch mal, wir wissen es, Doktor.«

Giraud goß sich noch ein Glas voll Wasser.

»Schluß jetzt!« sagte er. »Das reicht. Wir werden diese elenden Tests durchführen. Wir werden uns die Zeit an den Computern nehmen. Wir bekommen unsere Antworten schon. Vertagen wir die Debatte, einverstanden?«

Er hoffte vor allem, daß sich aus den Stimmenanalysen Hinweise ergeben würden. Dazu mußten sie die vielen Unterrichtsstunden überprüfen.

Das Projekt verschlang mit einer ungeheuren Rate Computerzeit. Und die Unstimmigkeiten weiteten sich immer mehr aus.

Ebenso häuften sich die Anfragen des Untersuchungsausschusses des Rats, der Dokumente einsehen wollte, die immer mehr Einzelheiten über die Beteiligung des Wissenschaftsamts am Gehenna-Projekt enthalten sollten, weil die Allianz schwierige Fragen stellte, nach immer mehr Informationen über die Gehenna-Kolonisten verlangte, und die Verbesserung der Beziehungen zwischen der Union und der Allianz an ein Entgegenkommen knüpfte.

Die Zentristen und die Abolitionisten verlangten Zugang zu allen Archiven. Girauds Geheimdienst berichtete, daß Mikhail Corain Beweismittel sammelte und plante, im Rat einen Offenbarungsantrag vorzubringen, um alle Archive

Emorys zugänglich zu machen, unter dem Vorwand, daß es womöglich weitere verheimlichte Projekte gäbe, noch ein paar Zeitbomben warteten, und daß die nationale Sicherheit Vorrang habe vor Reseunes Souveränität: daß Reseune kein Anspruch auf die Notizen und Unterlagen zukam, die Ariane Emory als Rätin fürs Wissenschaftsamt angesammelt hatte, daß diese mit ihrem Tod in den Besitz der Union übergingen, und daß ein Offenbarungsantrag notwendig war, um herauszufinden, welche von Reseunes und welche von Emorys Papieren in die Unionsarchive gehörten.

Ganz sicher gab es Zeitbomben. Die wesentliche war ein achtjähriges Mädchen; und sie der Unbeherrschtheit und Feindseligkeit in Novgorod auszusetzen – sie zum Mittelpunkt der Auseinandersetzung zu machen …

Alles lief auf diesen kritischen Punkt hinaus. Sie mußten an die Öffentlichkeit gehen.

Bevor es damit endete, daß ein Offenbarungsantrag sämtliche künftigen Geheimnisse Aris an die Öffentlichkeit brachte, wo eine frühreife Achtjährige sie sich vorzeitig aneignen konnte.

V

Jeden Morgen fanden Unterrichtsstunden statt, und Ari wurde von Dr. Edwards in seinem Büro oder im Studienlabor betreut, aber jetzt war nicht mehr Morgen, die Mittagspause war in der Bibliothek und dem Bandlabor schon vorbei, deshalb hatte sie eine Menge nachzuholen, und Dr. Edwards stellte ihr Fragen und führte Tests mit ihr durch.

Catlin und Florian mußten auch jeden Tag zum Unterricht, ihrer eigenen Art von Unterricht, unten in der Stadt in den Grünen Baracken, wie sie's nannten; und einmal pro Woche mußten sie über Nacht dort bleiben. An dem Tag durchquerten sie ein Zimmer oder mußten sonderexerzieren. Aber meistens konnten sie Ari in der Bibliothek oder im Labor abholen und mit ihr nach Hause gehen.

Das taten sie auch heute, da sie in ihren schwarzen Uniformen sehr korrekt und ernst aussahen, aber ernster als sonst, als sie zu den Türen und hinaus zum Fußgängerüberweg gingen.

»Sicherer als hier können wir nirgendwo reden«, sagte Catlin.

»Aber man weiß nie«, meinte Florian. »Es gibt Geräte, die einen selbst aus dieser Entfernung hören können, wenn's erwünscht ist. Man weiß es einfach nicht genau, man kann nur ständig den Aufenthaltsort wechseln, damit sie, wenn sie nicht wirklich damit rechnen, daß man jetzt gerade etwas sagt, was sie hören wollen, es nicht merken. Die Organisation ist sehr aufwendig, wenn die betreffende Person viel rumläuft.«

»Wenn sie uns gestern abend nicht gehört haben, glaube ich nicht, daß sie uns überwachen«, sagte Ari. Sie wußte, wie man nett genug war, um nicht in Schwierigkeiten zu geraten, ohne zu nett zu sein und die Leute denken zu lassen, sie führe etwas im Schilde. Aber das sagte sie nicht. Sie ging mit den beiden bis zum Fischteich. Sie hatte Futter in ihrer Tasche dabei. »Was wolltet ihr mir sagen?«

»Es geht darum, daß man seinen Feind angreifen sollte, bevor er es tut«, erklärte Catlin. »Aber zuerst muß man sicher sein, *wer* es ist. Dann wie viele es sind, wo sie stecken und was sie haben. Das muß man als nächstes herausfinden.«

»Wenn der Feind ein Älterer ist«, sagte Florian, »ist das sehr schwer zu erfahren, weil sie viel mehr wissen als man selbst.«

»Wenn er nicht damit rechnet«, ergänzte Catlin, »kann jeder erwischt werden.«

»Aber wenn wir's versuchen und es uns mißlingt«, fuhr Florian fort, »werden sie versuchen, uns verschwinden zu lassen. Deshalb wissen wir nicht so recht, Sera. Ich glaube, wir könnten sie erwischen. Ganz bestimmt. Ich könnte dafür ein paar Sachen stehlen. Sie werden im Lager aufbewahrt, aber die Leute da passen nicht besonders auf. Eigentlich müßten sie's wegschließen. Aber ich kann drankommen. Und wir könnten unseren Feind töten, es ist bloß sehr gefährlich. Bei einem Älteren hat man normalerweise nur eine Chance.«

»Aber wenn man nicht weiß, wer seine Partner sind«, fügte Catlin hinzu, »erwischen sie einen. Es hängt davon ab, wieviel das wert ist.«

Das ließ einige Dinge, die ihr durch den Kopf gingen, plötzlich zusammenpassen. Klick. Sie ging mit den Händen in den Taschen und sagte: »Und wenn man all das nicht weiß, geht's nicht nur darum, daß man erwischt werden könnte; man weiß nicht, wen man als nächsten ausschalten muß. Man muß bedenken, daß es Dinge gibt, die sich überall in Reseune rumsprechen, was seine Partner tun werden, wer Freund und Feind ist, und wer alles kontrollieren wird, und das können wir nicht.«

»Ich weiß nicht«, meinte Florian. »Sie müßten diese Dinge wissen, Sera, wir aber nicht. Ich weiß, daß wir einen erwischen könnten, vielleicht zwei, wenn wir uns teilen, oder wenn wir die Geschosse zusammenbringen könnten. Das sind die Wichtigsten. Aber es sind nicht halb so viele wie hinter uns her sein werden.«

Sie erreichten den Fischteich. Ari kniete sich ans Ufer und holte den Beutel mit Fischfutter aus ihrer Tasche. Catlin und Florian hockten sich neben sie. »Hier«, sagte sie und gab ihnen den Beutel, um selbst etwas zu verfüttern, und warf dann ein Stück für den Weißen ins Wasser, der unter den Lilien auftauchte. Der Weißrote war fast ebenso schnell. Sie beobachtete die kreisförmigen Wellen, die von dem Futter und den zuschnappenden Fischen ausgingen, und sah die Lilien zittern. »Es ist nicht einfach«, sagte sie schließlich. »Wir können nicht alle erwischen. Es stecken zu viele mit drin. Er hat Verbindungen. Er ist wichtig; ihm unterstehen eine Menge Leute, nicht bloß Reseune, und wo er die Finger drin hat… Im Sicherheitsdienst zum Beispiel. Ich weiß nicht, wo sonst noch. Also, selbst wenn er weg wäre …« Es war ein seltsames und beunruhigendes Gefühl, sich darüber zu unterhalten, wie man jemanden umbrachte. Es kam ihr unwirklich vor. Aber es geschah tatsächlich. Florian und Catlin konnten es wirklich tun. Sie wußte nicht recht, ob sie sich deswegen sicherer fühlte, aber sie hatte dabei weniger das Gefühl, daß die Dinge sie überrollten. »… hätten wir immer noch Schwierigkeiten.

Außerdem könnten sie Mama und Ollie erwischen. Ganz bestimmt.« Das verstanden die beiden nicht, dachte Ari, weil sie nie eine Mama gehabt hatten, aber sie sahen Ari an, als nähmen sie es sehr ernst. »Ich fürchte, das haben sie schon. Sie sind auf Fargone. Ich habe ihnen Briefe geschickt. Sie müßte sie inzwischen bekommen haben. jetzt bin ich mir nicht mehr sicher …« Verdammt, sie schniefte fast. Sie sah, daß Catlin und Florian sie sehr besorgt ansahen. »… nicht mehr sicher«, stieß sie in rauhem, wütenden Ton hervor, »ob man sie überhaupt abgeschickt hat.«

Das verstanden sie anscheinend nicht. Sie überlegte, ob sie etwas ausgelassen hatte, was sie wissen sollten.

»Wenn wir Feinde haben«, sagte sie, »weiß ich nicht, was sie wollen. Manchmal glaube ich, Mama hat mich hier gelassen, weil es zu gefährlich gewesen wäre, sie zu begleiten. Manchmal glaube ich, sie hat mich hier gelassen, weil sie dazu gezwungen worden ist. Aber ich weiß nicht, warum, und ich weiß nicht, warum sie's mir nicht gesagt hat.«

Die Azis schwiegen eine Zeitlang. Dann sagte Florian: »Ich glaube nicht, daß ich das beurteilen kann. Ich glaube nicht, daß Catlin das könnte. Das ist eine Sache der ZIVS. Wir verstehen ZIVs nicht.«

»ZIVs haben Verbindungen«, erklärte Ari. Es war so, als verrate sie ihnen, wie man jemanden bearbeitete. Sie fühlte sich unwohl dabei. Zur Veranschaulichung krümmte sie zwei Finger und verhakte sie. »Mit anderen ZIVS. Wie du mit Catlin und Catlin mit dir und ihr beide mit mir. Manchmal sind sie sehr eng, unheimlich eng. Das ist das erste. ZIVs tun Dinge füreinander, manchmal weil das ein gutes Gefühl ist, manchmal weil sie einander bearbeiten. Und manchmal tun sie etwas, um sich gegenseitig zu erwischen. Sehr oft, um sich selbst, manchmal um ihre Verbindungen zu schützen: Verbindungen sind manchmal sehr viel mehr in Gefahr, wenn man seinem Feind nicht genau wissen läßt, mit wem man überhaupt Verbindungen hat, und ob darunter auch Leute sind, mit denen er selbst Verbindungen hat. Wie miteinander verbundene Gebäudetrakte.«

Ihre weit geöffneten, aufmerksamen Augen ließen nicht von ihr ab. Sie wirkten besorgt. Selbst Catlin.

»Wenn man will, kann man also jemanden dazu bringen, etwas für einen zu tun, wenn man ihm sagt, man würde sonst ihm oder jemandem, mit dem er verbunden ist, weh tun. Wenn jemand versuchen würde, mir weh zu tun, würdet ihr ja auch etwas unternehmen.« Während sie das sagte, dachte sie: *Sie wollen also bestimmt etwas von Mama, weil Mama wichtig ist. Wenn das stimmt, geht's ihr gut. Sie bearbeiten sie durch mich.*

Anders kann's nicht sein. Sie haben mir nicht gesagt, sie würden Mama weh tun.

Kann das sein?

Aber es sind Ältere, wie Florian sagt, und sie wissen immer mehr und sagen einem nicht alles, was man braucht.

»Das ist eine Art, wie man Leute bearbeitet«, fuhr Ari fort. »Es gibt noch andere. Zum Beispiel kann man herausfinden, was sie wollen, und es fast tun und dann doch nicht, wenn sie einen nicht zufriedenstellen. Aber Mama würde mich nicht einfach für etwas zurücklassen, was sie haben will.«

Oder doch?

Gibt es etwas, das sie mehr will als mich?

Ollie?

»Es gibt Möglichkeiten, jemanden auf die Art zu erwischen, statt ihn bloß zu bearbeiten. Man muß ihn in Schwierigkeiten bringen. Das ist nicht sehr schwer. Man muß nur wissen …«

Wie kann man Giraud in Schwierigkeiten bringen?

Was würde ich dafür zurückbekommen, wenn ich ihn so bearbeiten könnte?

»… man muß eben auch wissen, wer es ist, wie viele es

sind, und was sie haben. Es ist genau dasselbe. Aber das kann man herausfinden, wenn man sie ein bißchen bearbeitet und dann aufpaßt, was sie tun.«

Ihre Blicke ließen keinen Moment von ihr ab. Es war einfach so, daß sie lernten, sie schenkten ihr auf eine Weise Aufmerksamkeit, wie es nur Azis konnten, und sie würden keine einzige Frage stellen, ehe sie fertig war.

»Was mich angeht«, sagte sie und achtete sorgfältig darauf, wieviel sie preisgab, »verrate ich niemandem mehr, als ich muß. Sie holen Nelly und fragen sie aus, und sie erzählt ihnen alles frei heraus. Ich kann sie nicht so bearbeiten, daß sie das sein läßt. Ich wünschte, ich könnte das. Aber wenn sie's bei euch versuchen, werde ich diese Leute bearbeiten. Das ist leichter. Onkel Denys sagte, ihr gehört zu mir. Wenn der Sicherheitsdienst euch also in die Klinik schickt, kommt ihr zuerst zu mir. Das ist ein Befehl. Alles klar?«

»Ja, Sera.« Ihre Antwort und ihr Nicken waren eins.

»Wir sind aber nicht wie Nelly«, erwiderte Florian. »Niemand außer Ihnen kann uns Befehle geben. Sie müssen sich zuerst an Sie wenden, und Sie müssen es uns sagen. So ist die Vorschrift, denn andernfalls sollen wir sie uns vornehmen.«

Das hatte Ari nicht gewußt. Das hätte sie nie erwartet. Auf die eine Art fühlte sie sich dabei viel besser, auf die andere bedroht. So wie alles andere, war auch das sehr viel ernster, als sie geglaubt hatte. Und die beiden hatten es von Anfang an gewußt. »Wenn ihr zu mir kommt, werde ich es ihnen verbieten. Aber sie sind stärker als ihr.«

»Das stimmt«, sagte Catlin. »Aber das ist die Vorschrift. Und sie kennen sie. Niemand sonst kann Befehle geben.«

Sie atmete einmal tief durch. »Obwohl Onkel Denys ein Aufseher ist?«

»Für uns nicht. Sie haben uns gesagt, wir sollen ihn respektieren, Sera. Das werden wir auch. Aber wenn es um etwas Wichtiges geht, werden wir zu Ihnen kommen.«

»Wenn es mehr ist als ›Heb das mal auf‹ oder so, kommt ihr danach erst zu mir. Ihr geht nirgendwo hin und mit niemandem mit, auch wenn sie es euch befohlen haben, bevor ihr nicht mit mir geredet habt.«

»Gut. Wenn Sie uns das sagen, ist es eine Vorschrift.«

»Drückt euch drum! Kämpft nicht! Lauft einfach weg!«

»Das ist schlau. Das ist wirklich gut, Sera.«

»Und verpetzt mich nie, niemals, egal wer euch fragt! Wenn's sein muß, lügt ihr! Bleibt ganz ruhig, und kommt dann zu mir und erzählt, was sie gefragt haben.«

»Ja, Sera.« Die beiden nickten bestimmt.

»Dann verrate ich euch ein großes Geheimnis. Ich sage nie jemandem alles. Wie in meiner Prüfung heute morgen. Ich hätte noch mehr hinschreiben können. Aber das mache ich nicht. Ihr sollt niemandem außer mir verraten, was ihr alles wißt.«

»Ist das ein Befehl?«

»Das ist ein ganz wichtiger Befehl. Es gibt einen jungen namens Sam: Ich habe immer mit ihm gespielt. Das ist der, der mir den Käfer geschenkt hat. Er ist nicht besonders schlau, aber alle mögen ihn – und ich könnte mir vorstellen, daß es einfacher ist, wenn man die meiste Zeit wie Sam ist. So kann ich einen Haufen Leute dazu bringen, daß sie netter zu mir sind: So verstehen sogar dumme Leute, wozu ich sie brauche, wenn ich sie bearbeiten will. Sie dürfen nur nicht wissen, daß man nicht wirklich so ist, sie dürfen das nicht von jedem erfahren. Deshalb benimmt man sich die ganze Zeit so. Das habe ich von Sam und Onkel Denys gelernt. Er macht's so. Er ist klug, er benutzt immer kurze Worte, und er ist wirklich gut darin, sich die Leute hinzubiegen. Das ist eins, was ihr tun sollt. Sie dürfen nicht wissen, daß ihr nur so tut, es sei denn, das gehört dazu, um sie zu bearbeiten. Aber so machen wir das nicht. Wir machen das so: Am Anfang sind wir richtig nett zu Giraud. Aber nicht sofort. Wir fangen damit an, daß wir ihn stören. Dann lassen wir ihn schreien, und benehmen uns so, als habe er zuviel geschrien, dann haben wir ihn soweit, daß er etwas Nettes tut, um es wiedergutzumachen. Er wird dann überrascht sein, wenn wir anfangen, nett zu ihm zu sein, weil er glaubt, daß er *uns* bearbeitet. So bearbeitet man einen Älteren.«

»Das ist gerissen«, sagte Catlin und grinste sogar.

»Ich verrate euch noch ein Geheimnis. Ich habe gezählt, was alles ungewöhnlich ist. Es ist ungewöhnlich, daß Leute verschwinden, daß Mama mir nicht gesagt hat, sie würde gehen, und sich nicht einmal verabschiedete, daß Nelly die ganze Zeit in die Klinik geht, daß ein ZIV-Kind ein Aufseher ist und zwei Azis hat, daß ich alle paar Tage zum Bluttest muß, daß ich Parties von Erwachsenen besuche und andere Kinder nicht, daß ich so klug bin, und daß ihr einen Job habt, obwohl ihr noch Kinder seid. Ich zähle noch, was alles ungewöhnlich ist. Eine ganze Menge, glaube ich. Ganz schön viel. Ich möchte, daß ihr nachdenkt und mir sagt, was euch aufgefallen ist. Und was ihr tun könnt, um etwas herauszufinden, ohne erwischt zu werden.«

VI

Das Flugzeug setzte auf, bremste und rollte zum Terminal, und Grant gab ein zutiefst erleichtertes Seufzen von sich, als er das alles vom Fenster aus beobachtete.

Trotzdem mußte er noch einige Zeit warten: Alles, was von der anderen Hemisphäre eintraf, wurde einer Dekontaminationsprozedur unterzogen, zwar nicht Passagiere, die anderswo dekontaminiert wurden, aber das Gepäck mußte behandelt und durchsucht werden, und das Flugzeug selbst wurde abgespritzt und eingeschäumt.

Damit fingen sie an, als Grant vom Fenster zurücktrat und zum Dekontaminationsbereich ging, um vor den weißen Türen Position zu beziehen, die Hände zwischen die Knie geklemmt, gespannt und aneinander geklammert, weil ihn ein nervöses Zucken plagte. Du stehst ziemlich unter Stress, hätte ihm ein Aufseher gesagt, der ihn sah.

Ein Aufseher konnte das bei einem ZIV jederzeit feststellen, vermutete Grant. Es wurde vom Flux-Denken hervorgerufen. Das Denkset eines Azis sagte: Es liegen nicht genug Daten vor, um das Problem zu lösen, und der geistig gesunde und sensible Azi hakte es ab und machte seinen Kopf frei, um sich auszuruhen oder ein weiteres Problem anzugehen. Ein ZIV dagegen kaute ein Problem mit unzureichenden Daten immer wieder durch, erkundete das Fließen seiner Wahrnehmungen und die Wertenuancen seiner Auffassungen, und setzte sein endokrines System in Gang, das im Gegenzug seine ans Fließen angepaßten Kenntnisse mobilisierte die die integrativen Prozesse im Flux stimulierten. Nach seinem Geschmack tat Grant in letzter Zeit zuviel dergleichen. Er haßte den Stresspegel, mit dem ZIVs zu leben gewohnt sind.

Und so saß er hier, zerbrach sich über vier, fünf Probleme auf einmal den Kopf, einfach weil er ein Adrenalinsüchtiger geworden war.

Die weißen Türen öffneten sich. Ein Teil der Mannschaft kam heraus. Sie ignorierten ihn, und er ging weiter in den Flur.

Dann öffneten sich noch einmal die Türen, und Justin kam durch. Grant stand auf, bemerkte die Erleichterung und die Freude in Justins Gesichtsausdruck und ging zu ihm, um ihn zu umarmen, denn Justin empfing ihn mit offenen Armen.

»Geht's dir gut?« fragte Grant.

»Ich bin in Ordnung. Jordan auch.« Justin zog ihn aus dem Weg, weil noch mehr Leute aus der Tür kamen, und ging mit ihm hinter ihnen drein. »Ich muß noch meine Aktentasche und meinen Koffer holen«, sagte er, und sie gingen zur Gepäckausgabe, wo die beiden Teile warteten, besprüht, strahlenentseucht und, wie Grant vermutete, durchsucht und mit Spürgeräten überprüft, die Aktentasche ebenso wie der leichte Reisekoffer.

»Ich werde sie tragen«, sagte Grant.

»Ich hab sie schon.« Justin hob beides auf, und sie gingen zu den Türen, zum wartenden Bus, der sie zum Haus bringen würde.

»Angenehme Reise gehabt?« fragte Grant auf dem Weg durchs Dunkle zu den Türen, als vermutlich niemand mithören konnte.

»Hhm«, machte Justin und gab die Taschen dem Gepäckträger-Azi.

Im Bus saßen Männer vom Sicherheitsdienst, oberflächlich betrachtet genauso gewöhnliche Passagiere wie sie. Justin und Grant nahmen als letzte Platz. Der Fahrer schloß die Türen, und Justin ließ sich in den Sitz fallen, als der Bus sich vom beleuchteten Säulengang des Terminals löste und dem Haus entgegenfuhr.

»Ich habe mich lang mit Jordan unterhalten. Wir sind die ganze Nacht aufgeblieben, haben nur geredet. Wir wünschten uns beide, du wärst dagewesen.«

»Ich auch.«

»Es ist sehr viel besser, als ich dachte. In einiger Hinsicht sehr viel schlimmer, aber auch ein ganzes Stück besser. Sie haben gutes Personal. Richtig nette Leute. Er kommt sehr viel besser zurecht, als ich mir das vorgestellt habe. Paul geht's auch gut. Ihnen beiden.« Justin war etwas heiser. Erschöpft. Er stützte seinen Kopf auf die Rückenlehne und sagte: »Er wird sich meine Projekte ansehen. Er sagt, zumindest ist etwas dran, womit die Computer nicht klarkommen. Daß er interessiert ist und das nicht bloß sagt, um mich zu sich zu bekommen. Es bestehen gute Aussichten, daß ich noch in diesem Jahr wieder hin kann. Du vielleicht auch. Oder du statt dessen. Er würde dich wirklich gern sehen.«

»Da bin ich froh«, sagte Grant.

Sie konnten hier nicht viel Genaueres sagen. Er war wirklich froh. Froh, als sie in den Säulengang des Hauses einfuhren, sich an der Eingangstür meldeten, und Justin beharrte verbissen und störrisch darauf, sein Gepäck allein zu tragen, so müde er auch war.

»Du wirst meine Taschen nicht tragen!« schnauzte Justin ihn heiser an.

Denn Justin haßte es, wenn er in der Öffentlichkeit seinen

Diener spielte, selbst wenn er ihm nur einen gewöhnlichen Gefallen zu tun versuchte.

Aber Justin ließ sie sich abnehmen und an die Wand stellen, als sie in ihrem Apartment waren, und er zog seinen Mantel aus und ließ sich mit einem Seufzer aufs Sofa fallen. »Es war wunderbar«, sagte er. »Die ganze Strecke. Es ist wirklich schwer zu glauben, daß ich dort war. Oder daß ich zurück bin. Es ist so ganz anders dort.«

»Whiskey?«

»Einen kleinen. Ich habe im Flugzeug geschlafen. Ich bin ganz schön geschafft.«

Grant lächelte ihn an, und Justin konnte dank der Zeitverschiebung nur ein vages Nicken erwidern. Grant ging zur Bar und goß den Whiskey ein, ganz gleich, ob er den Diener spielte. Er goß zwei Gläser ein.

»Wie ist es hier gelaufen?« fragte Justin, und Grants Magen zog sich etwas zusammen.

»Gut«, sagte er. »Ganz gut.« Das unangenehme Gefühl verstärkte sich, als er Justin den Drink brachte.

Justin nahm ihn. Seine Hand zitterte, als er einen Schluck trank, und er sah Grant mit einem ungeheuer erschreckenden, von Müdigkeit zeugenden Blick an. Und lächelte mit demselben Ausdruck, indem er das Glas zu einem gequälten Toast hob. Natürlich gab es für keinen von beiden eine Möglichkeit, um herauszufinden, ob der andere manipuliert worden war.

Aber das machte nichts: Sie konnten nichts dagegen unternehmen, wenn der Sicherheitsdienst etwas getan hatte. Nichts, dachte Grant, war den Kampf für einen von ihnen wert, wenn das zutraf.

Grant hob auf dieselbe Weise sein Glas und trank.

Dann ging er ins Schlafzimmer und zog eine Notiz unter Justins Kopfkissen hervor. Er brachte sie ihm.

Wenn ich dir dies zeige, stand drauf, *bin ich bei Sinnen. Wenn ich's nicht getan habe und du es gerade gefunden hast, dann nicht. Sei gewarnt!*

Justin sah ihn erschrocken an, als vermute er etwas. Und

dann schien er dringend auf eine Erklärung zu warten. Grant lächelte ihn an, rollte den Zettel zusammen und setzte sich, um seinen Whiskey zu trinken.

VII

Es war überhaupt nicht schwer, den Weg zur Küche herauszufinden. Sie gingen nicht gemeinsam. Catlin und Florian gingen voraus, weil sie vom Sicherheitsdienst waren und das Küchenpersonal nicht wissen würde, daß sie hier nichts zu suchen hatten: Die Leute vom Sicherheitsdienst gingen überallhin.

Dann kam Ari. Sie fand den Weg, indem sie verschiedene Leute bearbeitete, fiel dem Azi auf die Nerven, der den Eierteig anrührte, und durfte kosten, dann ging sie zu dem Azi, der Zwiebeln hackte, und sagte, davon müsse sie weinen. Deshalb ging sie nach draußen auf die Küchentreppen, duckte sich und rannte los, lief schnell den Hügel zu dem Buckel hinunter, von dem Florian und Catlin ihr erzählt hatten.

Sie rutschte auf dem Rücken hinab, rollte sich herum und grinste, als die beiden, die auch auf dem Bauch lagen, sie ansahen.

»Kommt«, sagte Catlin dann. Sie war die Gruppenführerin. Sie war die Beste im Herumschleichen.

Deshalb folgten sie ihr und schlitterten zur Rückseite des Pumpengebäudes hinab, wo Ari ihre Bluse und ihre Hose ablegte und die anzog, die Florian ihr gab, schwarz wie von einem Azi. Passende Schuhe zu finden war schwieriger, deshalb hatte sie auf Onkel Denys' Karte ein Paar schwarze Stiefel gekauft, die ganz gut waren, wenn niemand genau hinsah. Und die trug sie schon. Florian zog ihre Karte von der Bluse und klebte ein schwarzes Band über den unteren Abschnitt und ein Zeichen wie das Azi-Dreieck in das leere ZIV-Feld.

»Seh ich richtig aus?« fragte sie, als sie die Karte angesteckt hatte.

»Das Gesicht«, sagte Catlin. Deshalb setzte sie eine sehr starre und förmliche Azi-Miene auf.

»Das ist gut«, meinte Catlin.

Und Catlin rutschte hinüber, warf einen Blick um die Ecke des Pumpengebäudes, dann stand sie auf und machte sich auf den Weg. Sie folgten Catlin bis zur Straße, und dann gingen sie einfach nebeneinander, als gehörten sie hierher.

Es würde eine Weile dauern, bis man sie oben im Haus vermißte, und sie wünschte, sie könnten schneller gehen, denn sie wollte soviel wie möglich sehen, bevor sie erwischt wurden.

Oder bevor sie sich irgendwo im Dunkeln zur Rückkehr entschloß. Es würde gleichzeitig Spaß und keinen Spaß machen: Es würde eine Menge Ärger geben, aber sie hoffte wirklich, sie würden sich zurück nach oben schleichen und ihre Sachen holen und sich einfach in die Küche zurückstehlen können, wenn alle außer sich vor Sorge waren. Aber das würde zu clever aussehen, und dann könnte es sein, daß man sie zu aufmerksam beobachtete.

Es war besser, ein Sam zu sein und erwischt zu werden.

Auf diese Weise würde sie sagen können, sie habe ihre Azis dazu gebracht, und das würde auch funktionieren, denn sie mußten ihren Befehlen gehorchen, das wußte jeder. Deshalb würde die beiden keinen Ärger bekommen. Sondern sie. Und darauf war sie aus.

Sie wollte bloß ein bißchen Spaß haben, bevor man sie erwischte.

VIII

Die Eingabe wurde von einem Computer bearbeitet, der sich die Hälfte der Zeit einem Beta-Klasse-Design widmete und an diesem Morgen nur langsam vorankam, weil Yanni Schwartz das integrative Set laufen ließ: Alle anderen mußte dafür zurückstehen. Deshalb rückte Justin zurück, stand auf, goß sich eine Tasse Kaffee ein und füllte auch die leere

Tasse Grants, der drüben an seinem Terminal in jener Art starrer Konzentration arbeitete, die von einem Gedankengang selbst dann nicht ablassen würde, wenn die Decke um ihn herabstürzte.

Grant langte hin, ohne den Blick vom Monitor zu wenden, nahm die Kaffeetasse und trank einen Schluck.

Plötzlich stand jemand brüsk in der Tür, mehrere Personen sogar. Justins Ohren hatten das schon wahrgenommen, als er sich umdrehte, das Schwarz des Sicherheitsdienstes bemerkte und einen Mann in sein Büro treten sah, zwei weitere hinter ihm.

Panik spannte seine Muskeln und krampfte seinen Magen zusammen.

»Der Sicherheitsdienst will Sie sprechen«, sagte der Mann.

»Warum?«

»Keine Fragen. Kommen Sie nur mit uns.«

Justin dachte an den heißen Kaffee in seinen Händen, und Grant hatte es tatsächlich bemerkt. Er stand von seinem Stuhl auf, als eine weitere Wache vom Sicherheitsdienst hinter der ersten eintrat.

»Komm, regeln wir das«, sagte Justin ruhig und stellte die Tasse ab.

»Laß mich das erledigen«, erwiderte Grant.

»Sofort!« verlangte der Offizier.

»Mein Programm …«

»Grant«, unterbrach Justin mit deutlicher Stimme, er wußte nicht wie. Es geschah einfach, er hatte schon seit langem damit gerechnet; und er überlegte, ihnen soviel Schaden wie möglich zuzufügen. Aber es mochte etwas sein, aus dem er sich herausreden konnte. Was immer es war. Und abgesehen von allem anderen, kam einer Verfügung von Reseunes Administration genug Gewalt zu, um zwei im wesentlichen seßhafte Banddesigner zu beaufsichtigen, wie sehr sie auch beschäftigt waren.

Er konnte nur darauf hoffen, die Situation nicht hitzig werden zu lassen, so wie er es sich vor Jahren in Gedanken ausgemalt hatte. Er hielt seine Hände so, daß man sie sehen konnte, manövrierte sich und Grant vorsichtig durch die Tür und folgte den Wachen, ohne sich zu beschweren, um mit dem Aufzug hinunter in den Sturmtunnel im Kellergeschoß zu fahren.

Die Tür des Aufzugs öffnete sich, und sie gingen hinaus, wie die Wachen es befahlen. »Hände an die Wand«, sagte der Offizier.

»Grant!« Justin faßte ihn am Arm und spürte die Anspannung. »Reg dich nicht auf. Wir werden das schon regeln.«

Er drehte sich selbst zur Wand und wartete, während zwei von ihnen Grant nach Waffen durchsuchten und Handschellen anlegten, bevor sie sich ihm zuwandten. »Ich nehme nicht an«, sagte er so ruhig wie möglich, das Gesicht zur Wand und die Arme auf den Rücken gezogen, »daß ihr wißt, was das Ganze soll.«

»Kommen Sie mit!« befahl der Offizier und drehte ihn wieder um.

Keine Informationen. Wenigstens machten sich die Wachen nach der Durchsuchung weniger Sorgen.

Halt dich ans Drehbuch! Sei entgegenkommend! Bleib ruhig und mach nicht den geringsten Ärger!

Sie betraten durch eine verschlossene Tür einen Sicherheitsbereich und begegneten in den Betonkorridoren immer weniger Menschen. Justin hatte diesen Teil von Reseunes Sturmtunneln in seinem ganzen Leben noch nie gesehen, und er hoffte inständig, daß sie wirklich auf dem Weg zum Sicherheitsdienst waren.

Noch eine verschlossene Tür und ein Aufzug, an dessen gegenüberliegender Wand ein Hinweisschild mit der Aufschrift SICHERHEITSDIENST 10N hing: Justin war unendlich froh, das zu lesen.

Dann in außergewöhnlichem Tempo nach oben. Die Türen öffneten sich in einen Flur, den er kannte, der hintere Bereich des Sicherheitsdienstes, ein Korridor, der in seinen Alpträumen eine Rolle spielte.

»Das kenne ich«, sagte er zu Grant leichthin; und plötzlich zogen die Wachen Grant in eins der seitlichen Zimmer und ihn selbst weiter durch den Flur auf ein Verhörzimmer zu, das er kannte.

»Werden wir nicht angemeldet?« fragte er und kämpfte die Panik nieder, während er auf Beinen zwischen ihnen ging, die auf einmal zu zittern anfingen. »Ich beschwere mich nicht gern, aber ihr verstoßt schon die ganze Zeit gegen die Vorschriften.«

Keiner von ihnen sagte etwas. Sie brachten ihn in das Zimmer, bugsierten ihn in einen harten, dem Schreibtisch des Vernehmungsbeamten zugewandten Stuhl und blieben stumm und grimmig hinter ihm stehen.

Jemand trat hinter ihnen ein. Justin drehte den Kopf und wand sich, um zu sehen, wer es war. Giraud.

»Gott sei Dank«, sagte Justin, ohne es ganz so zu meinen. »Ich bin froh, hier jemanden zu sehen, der mir meine Fragen beantworten kann. Würdest du mir bitte sagen, was hier überhaupt los ist?«

Giraud ging zum Schreibtisch und setzte sich auf eine Ecke. Die Haltung sollte Justin einschüchtern. Er gab sich einigermaßen wohlwollend. »Das möchte ich von dir hören.«

»Hör mal, Giraud, ich bin nicht in der Lage, daß ich irgend etwas sagen könnte. Ich habe in meinem Büro gearbeitet, diese Burschen sind reingekommen und haben mich hergebracht, und ich habe nicht einmal das Anmeldepult gesehen. Was ist los hier?«

»Wo warst du heute mittag?«

»Ich habe aufs Mittagessen verzichtet. Wir beide. Wir haben durchgearbeitet. Komm schon, Giraud, was hat das Mittagessen mit all dem zu tun?«

»Ari ist verschwunden.«

»Was heißt das: ›verschwunden‹?« Sein Herz schlug plötzlich doppelt so schnell, pochte in seiner Kehle. »Ist sie vielleicht nicht rechtzeitig vom Essen zurück? Oder wirklich verschwunden?«

»Vielleicht weißt du das. Vielleicht weißt du alles darüber.

Vielleicht hast du sie rausgelockt. Vielleicht ist sie nur mit einem Freund mitgegangen.«

»Gott. Nein.«

»Hast du das mit Jordan ausgeheckt?«

»Nein. Unmöglich. Mein Gott, Giraud, *frag die Wachen in Planys.* Es gab keinen Augenblick, in dem wir nicht beobachtet worden sind. Keinen einzigen.«

»An den sie sich erinnern, nein.«

Es mußte bis zu Jordan durchgedrungen sein. Er starrte Giraud an und hatte einige Schwierigkeiten zu atmen.

»Wir gehen rüber in dein Apartment«, sagte Giraud gelassen. »Sorge dich nicht um deine Rechte, mein Junge, wir werden nicht aufgezeichnet. Ich sag dir, was wir gefunden haben. Ari ist einfach durch die Küchentür verschwunden. Wir haben ihre Sachen hinter der Pumpstation gefunden.«

»Mein Gott.« Justin schüttelte den Kopf. »Nein. Davon weiß ich nichts.«

»Das Ufer da unten ist breit«, fuhr Giraud fort. »Da könnte leicht jemand anlegen und an Land kommen. Ist das geschehen? Hast du das Mädchen zu einem Treffen rausgelockt, zu dem du nicht erschienen bist, aber jemand anderes?«

»Nein. Nein. Nichts dergleichen. Wahrscheinlich spielt sie euch bloß einen Streich, Giraud. Verdammt noch mal, da ist bloß ein Kind weggelaufen – hast du dich nie aus dem Haus geschlichen, als du ein Kind warst?«

»Wir suchen das Ufer ab. Wir lassen patrouillieren. Verstehst du, wir suchen alle Routen ab.«

»Ich würde dem Kind nie weh tun! Niemals, Giraud!« Giraud starrte ihn mit rotangelaufenem Gesicht an und mußte alles aufbieten, um sich zu beherrschen. »Dir ist doch wohl klar, daß wir dir das nicht abnehmen.«

»Das verstehe ich. Verdammt, ich wünsche mir ebensosehr wie du, daß das Kind gefunden wird.«

»Das bezweifle ich.«

»Ich bin einverstanden, Giraud, ich gebe dir mein Einverständnis, bring bloß um Gottes willen Grant zu mir.«

Giraud stand auf.

»Giraud, kostet dich das etwas? Bring ihn her. Ist das so viel? *Giraud, um Gottes willen, bring ihn her!*«

Giraud ging wortlos hinaus. »Holt den anderen!« sagte er jemandem im Flur.

Justin stützte sich auf die Armlehne und brach in kalten Schweiß aus, weil er den Boden nicht sah, sondern Aris Apartment in Flashbacks vor Augen hatte, die hier und dort das Wirkliche auslöschten. Er hörte sich öffnende Türen, entferntes Rufen, den Widerhall von Schritten, die sich ihm näherten. Grant, hoffte er. Er hoffte inständig, es sei erst Grant und nicht der Techniker mit dem Hypo.

IX

Ältere kamen ihnen auf dem Gehweg entgegen, und Ari verhielt sich weiterhin wie ein Azi, tat genau dasselbe wie Florian und Catlin, verbeugte sich leicht und ging weiter.

Sie waren nicht die einzigen Kinder. Es gab Jüngere, die sich ernst und gewissenhaft vor ihnen verbeugten. Und eine Gruppe, die kaum übers Säuglingsalter hinaus war, folgte einem Älteren in Rot. Die Jüngeren waren blau gekleidet und hielten sich mit ernstem Gesicht an den Händen.

»Das ist Blau«, sagte Florian, als sie an der Reihe der Jüngeren vorbeigingen. »Hier sind hauptsächlich Jüngere. Ich war in dem Gebäude gleich da drüben, als ich fünf war.«

Sie folgten dem Gehweg zwischen den Gebäuden und entfernten sich immer weiter von der Straße, die durch die Stadt führte.

Sie hatten schon die Grünen Baracken gesehen, draußen, weil es schwierig wäre, ohne Fragen hinauszugelangen, wie Catlin sagte; und sie hatten das Trainingsgelände gesehen; und den Industriebereich, und sie gingen hinauf und blickten durch die Tür der Spinnerei; und der Weberei; und des Metallgeschäfts; und der Getreidemühle.

Das nächste Schild auf dem Weg war grün und dann weiß in grün. Es war ganz einfach, in der Stadt irgendwohin zu finden: Ari wußten inzwischen, wie das ging. Sie kannte die Abfolge der Farben und wie die Stadt in Bereiche eingeteilt war, und wie man das sagte, so wie sie jetzt rot-zu-weiß-zu-braun-zu-grün, und man mußte sich bloß die Reihenfolge merken. Das bedeutete, man ging *nach* rot, wo immer man gerade war, und sah sich dann nach rot mit einem weißen Quadrat um, und so weiter.

Als nächstes folgte ein riesiges Gebäude, größer als die Mühle oder die Weberei, und sie hatten das äußerste Ende der Stadt erreicht: Nebenan lagen die Felder, mit Zäunen, die sich bis zu den Nordklippen und den Niederschlagstürmen hinzogen.

Sie blieben am Rand stehen und blickten durch die Zäune, hinter denen Azis arbeiteten und mit den Schnüffelschweinen Unkraut jäteten.

»Gibt's da draußen Platytheren?« fragte Ari. »Hast du schon mal welche gesehen?«

»Ich nicht«, sagte Florian. »Aber sie sind da draußen.« Er deutete in die Richtung, wo die Klippen den Fluß berührten. »Von da kommen sie her. Man hat da etwas aus Beton hingebaut. Tief unten. Das hält sie auf.«

Sie blickte den Zaun entlang zum Fluß und warf dann einen Blick in die andere Richtung, zur großen Scheune. In einiger Entfernung standen dort in einem Gehege ein paar große Tiere. »Was sind das für welche?«

»Kühe. Sie werden da drüben gefüttert. Komm! Ich zeige euch noch was Besseres.«

»Florian«, mahnte Catlin. »Das ist riskant.«

»Was ist riskant?« fragte Ari.

Florian kannte eine Seitentür zur Scheune. Es war dunkel drinnen, und durch die offenen Türen drang Licht bis ans andere Ende. Die Luft roch seltsam, fast angenehm, so wie nichts, was sie je gerochen hatte. Den Boden bedeckte Schmutz, und an beiden Wänden reihten sich Futtertröge, wie Florian sie nannte. Dann folgten Ställe. In einem stand eine Ziege.

Ari lief zum Gatter und sah sie sich aus der Nähe an. Sie hatte schon Ziegen und Schweine oben beim Haus gesehen, aber nie aus der Nähe, weil sie nicht auf die Felder rausdurfte. Die Ziege war weißbraun. Ihre merkwürdigen Augen sahen Ari an, und sie erwiderte den Blick mit dem seltsamen Gefühl, daß das Tier über sie nachdachte, daß es lebte und dachte, wie es nicht einmal ein KI konnte.

»Kommt«, flüsterte Catlin. »Kommt, sie werden uns sehen.«

Sie machte sich mit Catlin und Florian davon, duckte sich unter ein Geländer, als Florian es ihr vormachte, und folgte ihm durch eine Tür und durch ein dunkles Stück und eine weitere Tür ins Tageslicht, wo sie wegen der plötzlichen Helligkeit blinzelte.

Sie stand vor einem Gehege, in dem ein Tier umherlief, das in Ari Erinnerungen an Bänder wachrief, Bänder über die Erde, Geschichtenbänder über eine Zeit, die weit zurücklag.

»Das ist ein Pferd«, sagte Florian, kletterte hoch und stand auf der unteren Querlatte des Zauns.

Das tat sie auch. Sie stützte ihre Ellbogen auf die oberste Stange, als Catlin neben ihr aufstieg, und beobachtete das Tier mit pochendem Herzen.

Es schnaubte, warf den Kopf und ließ seine Mähne umherwirbeln. So nannte man das. Eine Mähne. Es hatte Hufe, aber nicht so wie die Schweine oder die Ziegen. Auf der Stirn hatte es eine rautenförmige Blesse.

»Warte«, sagte Florian, sprang hinunter und ging wieder hinein. Er kam mit einem Eimer zurück, und das Pferd richtete die Ohren auf, kam herüber und streckte den Kopf über den Zaun, um aus dem Eimer zu fressen.

Ari stieg eine Latte höher, streckte die Hand aus und streichelte sein Fell. Es roch stark, und es fühlte sich staubig und sehr fest an. Fest wie Ollie. Fest und warm, wie nichts, was sie seit Ollie gesehen hatte.

»Hat es einen Sattel und Zaumzeug?« fragte sie. »Was ist das?« erwiderte Florian.

»Damit kann man auf ihm reiten.«

Florian sah verwirrt aus, während das Pferd weiter mit dem Kopf im Eimer, den Florian hielt, gegen den Zaun stieß. »Auf ihm reiten, Sera?«

»Locke es näher an die Ecke.«

Florian gehorchte, bis das Pferd ganz nah am Zaun stand. Ari stieg auf die oberste Latte, streckte ein Bein aus und stieß sich einfach ab, um auf dem Rücken des Pferdes zu landen.

Das Pferd zuckte erschrocken zusammen, und sie packte die Mähne, um es zu dirigieren. Es fühlte sich wunderbar an. Ganz stark und warm.

Plötzlich machte es einen Satz, tauchte mit dem Kopf weg und bäumte sich noch einmal heftig auf, so daß Ari sich nicht mehr halten konnte, durch die Luft flog, als ob sie nichts wöge, und herunterfiel. Der Himmel und der Zaun wirbelten herum, bis sie auf dem Boden aufschlug.

Peng.

Sie lag fast ganz auf dem Gesicht. Es tat weh und tat gleichzeitig nicht weh, als sei ein Teil von ihr taub und alle ihre Knochen durcheinandergeworfen.

Dann Catlins Stimme: »Faß sie nicht an! Vorsicht!«

»Ich bin in Ordnung«, stöhnte Ari und schmeckte Staub und Blut, aber es fiel ihr schwer zu reden, sie konnte kaum noch atmen, und ihr Bauch schmerzte. Sie bewegte ihr Bein und versuchte, sich auf einem Arm aufzustützen, da tat es wirklich weh.

»Vorsicht, Sera, Vorsicht, nicht!« Florians Knie war gleich unter ihrem Gesicht, und das war gut, denn der Schmerz raubte ihr den Atem, und sie fiel auf sein Bein, statt mit dem Gesicht nach unten in den Dreck. »Catlin, hol Hilfe! Hol Andy! Schnell!«

»Ich glaube, ich hätte einen Sattel gebraucht«, sagte Ari und dachte darüber nach, versuchte nicht zu schniefen oder zu brechen, denn der Schmerz ging ihr bis ins Mark, war schlimmer als alles, was sie bisher an Schmerzen erlitten hatte, und ihre Schulter und ihr Bauch waren am schlimmsten. Sie hatte noch immer Staub im Mund. Sie hatte das Gefühl, ihre Lippe sei aufgeplatzt. »Hilf mir hoch!« bat sie Florian, weil es ihr im Rücken weh tat, so zu liegen.

»Nein, Sera, bitte, bewegen Sie sich nicht, Ihr Arm ist gebrochen.«

Sie versuchte sich aus eigener Kraft zu bewegen, um mitzubekommen, wie ein gebrochener Arm aussah. Aber die Schmerzen wurden immer schlimmer, und sie hatte das Gefühl, sie würde sich übergeben, wenn sie es versuchte.

»Was hat das Pferd gemacht?« fragte sie Florian. Sie hatte keine Vorstellung davon.

»Es hat bloß mit den Hinterbeinen ausgetreten, und Sie sind runtergeflogen. Ich glaube nicht, daß es das absichtlich gemacht hat, bestimmt nicht, es ist nicht gemein.«

Leute kamen angelaufen. Ari hörte sie, versuchte sich zu bewegen und sie zu sehen, aber Florian war ihr im Weg, bis sie ringsum standen und ruhige, teilnahmsvolle Azi-Stimmen ihr sagten, die Docs seien unterwegs, und ihr davon abrieten, sich zu bewegen.

Sie wünschte, sie könne aufstehen. Es war unangenehm, im Dreck zu liegen, während alle über ihr schwebten und sie überhaupt nicht in der Lage war, sie zu sehen.

Sie konnte sich vorstellen, wie Giraud herumbrüllen würde; nun gut, wenigstens das würde wunderbar klappen.

Sie wünschte sich bloß, die Docs würden sich beeilen.

X

Grant saß mit dem Rücken an der gepolsterten Wand, ein Krampf in den verschränkten Beinen, die allmählich unter Justins Gewicht schmerzten, aber er wollte sich nicht bewegen, nicht einmal seine Hände, eine davon auf Justins Schulter, eine auf seiner Stirn, die ihm Schutz und Sicherheit gab.

Keine Bewegung in der Zelle, kein Geräusch, während die Wirkung der Droge langsam nachließ.

Der Sicherheitsdienst würde sie keinen Moment unbeaufsichtigt lassen. Hinter der schalldichten Glaswand am einen Ende dieser Erholungszelle hielten sich zwei Wachen auf. Die Vorschriften, hieß es, gewährten nur einem Arzt Zutritt zu einem Häftling, der sich gerade erholte. Aber Giraud hatte bisher keine dieser Vorschriften beachtet. Er tat, was er wollte; Genehmigungen bereiteten ihm keine Probleme, die konnte er sich hinterher besorgen.

Justin war wach, aber er dämmerte noch immer in jener Entgiftungsphase hin, in der die kleinste Empfindung, der winzigste Laut sich vielfach verstärkte und widerhallte. Grant hielt physischen Kontakt mit ihm und sagte hin und wieder etwas, um ihm Sicherheit zu geben.

»Justin. Hier ist Grant. Ich bin hier. Wie geht's dir?«

»Alles klar.« Justins Augen öffneten sich halb.

»Bist du jetzt etwas klarer?«

Ein etwas längerer Atemzug. »Es geht so. Ich bin noch immer ziemlich offen.«

»Ich halt dich fest. Es passiert schon nichts. Ich bin die ganze Zeit hier gewesen.«

»Gut«, murmelte Justin, und seine Augen fielen wieder zu.

Von da an versuchte Grant nicht mehr aufzustehen. Giraud hatte die Befragung auf den Besuch bei Jordan und die Möglichkeit beschränkt, daß Justin etwas mit Aris Verschwinden zu tun hatte. Justin zu versichern, daß man ihm keine Fragen mehr stellen würde, wäre gefährlich gewesen. Die Möglichkeit bestand durchaus. Ihn zum Sprechen zu ermuntern, wenn sie wahrscheinlich auf Band aufgezeichnet wurden – war sehr gefährlich, angesichts der Medikamente, die man ihm verabreicht hatte.

»Was denkst du über die junge Ari?« hatte Giraud gefragt.

Und in einem Zustand, in dem all seine Schwellen abgesenkt waren, hatte Justin geantwortet: »Sie tut mir leid.«

In der Kabine mit der Glaswand bewegte sich etwas. Grant blickte auf, sah Denys Nye in Gesellschaft der Wachen in dem Raum und sah sie ein paar Worte wechseln, bevor die Wachen die Tür in die Erholungszelle aufschlossen, um Denys einzulassen.

Grant empfing Denys mit einem strengen Blick, schloß seine Arme um Justin und beugte sich nah an sein Ohr. »Justin. Ser Denys ist hier. Keine Angst, ich halt dich fest, ich geh nicht weg.«

Justin hörte ihn. Er öffnete die Augen.

Denys ging für einen so großen Mann sehr leise. Er kam näher und hielt inne, beugte sich nah zu ihm und sprach ganz sanft. »Sie haben Ari gefunden. Es geht ihr gut.«

Justins Brust hob sich, als er nach Luft schnappte. »Stimmt das?« fragte er. »Grant, sagt er die Wahrheit?«

Grant warf Denys einen haßerfüllten Blick zu, einem runden, besorgten Gesicht, und ein Teil seiner Wut verflog. »Könnte sein, glaube ich.« Er schloß seine Arme enger um Justin, damit er seine Anwesenheit spürte.

»Es stimmt«, versicherte Denys und lehnte sich noch näher heran, ließ nicht einen Hauch Unruhe in seine Stimme dringen. »Justin, es tut mir unheimlich leid. Wirklich. Wir werden das wiedergutmachen.«

Justins Herz hämmerte unter Grants Hand. »Ganz ruhig«, sagte er, und sein eigenes Herz raste, während er Denys' Worten einen Sinn abzugewinnen versuchte. Und dann, weil er nie zuvor in seinem Leben eine derartige unverfälschte Wut empfunden hatte. »Wie wollen Sie das machen, Ser?« fragte er Denys beherrscht, sehr beherrscht. »Das Kind ist in Sicherheit. Was ist mit dem Rest von Reseunes Ressourcen? Sie sind Idioten, Ser. Sie haben einen Geist aufs Spiel gesetzt, dessen Grenzen Sie nicht einmal kennen, Sie haben ihn sein ganzes Leben schikaniert, und Sie behandeln ihn, als sei er an allem schuld, was je in Reseune schiefgegangen ist – obwohl er nie, *niemals* in seinem ganzen Leben – einem anderen Menschen Schaden zugefügt hat, obwohl Yanni Schwartz Ihnen berichten könnte, daß man ihn von der Echtzeit-Arbeit befreit hat, weil er es nicht ertragen konnte, andere leiden zu sehen. Wo bleibt Reseunes unübertroffene psychologische Sachkenntnis, wenn niemand sieht, daß er nicht in der Lage ist, jemandem Schaden zuzufügen, nicht einmal den Leuten, die ihm das Leben zur Hölle machen?«

»Grant«, murmelte Justin. »Grant …«

Denys' Brauen wölbten sich. »Nein«, sagte er in gedämpftem Ton. »Ich weiß, ich weiß, daß es mir leid tut, ist zu wenig, und es kommt viel zu spät. Grant hat ganz recht: Du gehst jetzt nach Hause, du gehst heim. Bitte. Glaube mir. Wir haben Ari gefunden. Sie ist in der Klinik, sie hat einen Sturz erlitten, aber es ist alles in Ordnung. Sie ist allein weggelaufen, hat sich selbst verkleidet – es war ein Kinderstreich, absolut nichts, womit du etwas zu tun hattest, das wissen wir. Ich werde nicht hier bleiben, ich weiß, daß ich hier nichts zu schaffen habe, aber ich hatte das Gefühl, ich müßte euch sagen, daß es Ari gut geht. Ich dachte mir, ihr würdet das wissen wollen, weil ihr wirklich nicht wollt, daß ihr etwas zustößt, und weiß Gott, ihr habt danach etwas Rücksicht verdient. Das meine ich ernst. Ich werde das irgendwie wiedergutmachen, das verspreche ich. Ich habe der Sicherheit zuliebe zuviel weiterlaufen lassen, und das wird nicht wieder passieren. Das verspreche ich auch.« Er legte eine Hand auf Grants Schulter. »Grant, es kommen ein paar Docs her. Sie werden ihn durch den Tunnel bringen, hinüber in euren Wohnbereich, sie werden ihn nach Hause bringen, wenn er das will. Er kann sich auch hier ausruhen, bis er sich erholt hat. Was immer er will.«

»Nach Hause«, sagte Grant. »Richtig, Justin? Möchtest du jetzt nach Hause?«

Justin nickte schwach. »Ich will nach Hause.«

Er bemühte sich, den Satz sauber auszusprechen. Brachte mehr Kontrolle auf als noch vor einem Moment. Sein Arm zuckte, hob sich, und er legte ihn auf seinen Bauch, ebenso bemüht, was ein Zeichen für die Rückkehr seiner bewußten Kontrolle war.

»Ich verspreche es euch«, versicherte Denys angespannt. »So was wird nicht mehr passieren.«

Dann verließ Denys die Zelle, und seine Körpersprache verriet seine Wut.

Grant umarmte Justin und lehnte den Kopf an seinen, indem er die Spannung in seiner Muskulatur löste, weil Justin das bemerken würde. Typisch Azi. Ruhig und beständig.

»War Denys hier?« fragte Justin.

»Er ist gerade gegangen«, erwiderte Grant. »Es dauert nicht mehr lang, dann wirst du nach Hause gebracht. Sie haben Ari gefunden, es war nicht deine Schuld, das wissen sie. Du kannst dich jetzt ausruhen. Wach auf, wenn dir danach ist. Ich werde dich nicht allein lassen, keinen Augenblick.«

Justin entfuhr ein Seufzen. Dann war er ruhig.

XI

Ari fuhr im Bus nach Hause zurück, obwohl es nicht weit war, und sie stritt sich mit Onkel Denys, bis er sie von der Eingangstür allein gehen ließ, den einen Arm in einer Schlinge, die andere Hand in seiner; aber nach der Fahrt befürchtete sie, es sei fast zu lang, daß sie's schaffen würde. Ihre Knie wurden weich, und sie schwitzte unter der Bluse, die sie wegen dem Verband eingeschnitten hatten, um ihn anlegen zu können.

Sie würde sich nicht in Nachthemd und Bademantel in der Öffentlichkeit zeigen. Sie würde selbst gehen. Dazu war sie entschlossen.

Aber sie war unheimlich froh, das Innere von Onkel Denys' Apartment zu sehen, und Nelly, Florian und Catlin, die dort auf sie warteten, zugleich besorgt und froh darüber schienen, daß sie wieder da war. Selbst Seely sah glücklich aus.

Sie hatte das Gefühl, sie müßte weinen, so froh war sie,

sie zu sehen. Aber sie tat es nicht. »Ich will ins Bett«, sagte sie. Und Onkel Denys begleitete sie dorthin, wofür sie die letzte Kraft aufbrachte, die sie hatte, während Nelly vor ihnen hin und her lief.

Nelly hatte ihr Bett aufgedeckt. Und Poo lag dort, wo er hingehörte. Die Kissen waren aufgebauscht worden. Es war ein sehr angenehmes Gefühl, als sie sich hinlegte.

»Ich helf dir, dich auszuziehen«, sagte Nelly.

»Nein«, entgegnete Ari. »Ich will mich nur ein bißchen ausruhen, Nelly.« Und Onkel Denys sagte, das sei eine gute Idee.

»Ich will was zu trinken, Nelly«, fügte sie hinzu, als Onkel Denys das Zimmer verließ. »Ich will Florian und Catlin hier haben.«

Nelly gehorchte und ging hinaus; und etwas später traten Florian und Catlin ein, sehr ruhig, sehr ernst, und brachten ihr etwas zu trinken.

»Wir fühlen uns schrecklich«, sagte Florian. Und sie sahen auch beide so aus.

Sie waren in der Klinik bei ihr gewesen. Sie hatten beide solche Angst gehabt, und sie waren nicht von ihrer Seite gewichen und hatten den Eindruck erweckt, sie könnten über jeden herfallen, der etwas im Schilde zu führen schien. Aber schließlich hatten sie gehen müssen, weil Ari es ihnen auf Onkel Denys' Anraten befahl. Sie waren so besorgt und aufgeregt gewesen, daß sie etwas Ruhe brauchten. Deshalb hatte sich Ari bei aller Müdigkeit dazu aufgerafft, ihnen zu sagen, es sei nicht ihre Schuld gewesen, und sie nach Hause zu schicken.

Es dauert nicht lang, dann komme ich auch, hatte sie gesagt.

Und so war sie nun hier.

Dr. Ivanov sagte, sie hätte Glück gehabt, daß sie sich nur einen Arm und nicht den Schädel gebrochen habe. Sie war auch froh darüber. Sie sah noch immer den Himmel und den Boden vor sich und spürte den Aufprall in ihren Knochen.

Onkel Denys sagte auch, sie habe Glück gehabt, das Pferd hätte sie umbringen können, und er war furchtbar aufgeregt.

Das stimmte. Aber Ari sagte ihm, das Pferd sei nicht daran schuld gewesen, es sei nur irgendwie herumgesprungen. »Dem Pferd geht's doch gut, oder?« hatte sie gefragt.

»Das Pferd hat nichts abbekommen«, hatte Onkel Denys erwidert. »Ihm geht's ganz gut. Du bist es, um die wir uns Sorgen machen.«

Das war nett. Im allgemeinen waren andere Leute überhaupt nicht nett. Dr. Ivanov war freundlich zu ihr, die Krankenschwestern brachten ihr Getränke, und Florian und Catlin blieben in ihrer Nähe, bis sie sie wegschickte. Was sie mit all dem nicht gewonnen hatte, war Onkel Giraud: Er war gar nicht gekommen, aber sie war zu müde, um ihn sehen zu wollen, das wäre viel zu anstrengend geworden.

Jetzt waren Florian und Catlin zurück, und sie fühlte sich geborgen in ihrem Bett und hatte irgendwie sogar das Gefühl, sie sei – von allem losgelöst worden. Habe ihre Ruhe. Sie war froh, daß die Leute nett zu ihr waren, nicht, weil sie sie nicht bearbeiten konnte, sondern weil sie so müde war und es sie so viel gekostet hätte, und sie wollte bloß daliegen und eine Weile keine Schmerzen haben, nachdem sie etwas getrunken hatte.

»Es ist nicht eure Schuld«, sagte sie zu Florian und Catlin. »Es war doch wohl meine Idee, oder?«

»Wir hätten es nicht zulassen dürfen«, meinte Florian.

»Doch«, widersprach sie und zog augenblicklich ein finsteres Gesicht. »Ihr habt zu tun, was ich euch befehle, und ich habe euch das nun einmal befohlen. Oder nicht?«

»Doch«, sagte Catlin nach einem Moment. »Das stimmt.«

Beide sahen danach etwas glücklicher aus.

Sie schlief den ganzen Nachmittag, den Arm in einer Schlinge angehoben, so wie es ihr Dr. Ivanov erklärt hatte, damit die Hand nicht anschwoll. Sie glaubte nicht, daß das funktionieren würde, weil sie sich immer etwas herumwälzte, aber es klappte doch; sie sank sofort in Schlaf, wachte einmal auf, als Nelly ihr sagte, sie sollte eine Pille schlucken, und schlief weiter, weil es ihr Bett und ihr Zimmer war und die Pillen, die die Schmerzen beseitigten, sie gleichzeitig sehr schläfrig machten.

Aber Nelly weckte sie zum Abendessen auf, und sie mußte mit der linken Hand essen. Dr. Ivanov erzählte ihr Sachen über die Rechts/Links-Dominanz und sagte, sie dürfte nicht schreiben, ehe der Verband entfernt wurde, aber alles andere dürfe sie tun. Dr. Ivanov meinte, sie sollte einen Schreibautomaten benutzen, wie er einen hatte, der ihr bei ihren Studien half, und die Idee gefiel ihr.

Er sagte, sie müsse den Verband etwa drei Wochen lang tragen, weil er eine Menge besonderer Sachen gemacht hatte, damit es schnell heilte, und der Arm würde so gut wie neu sein. Sie würde danach gymnastische Übungen durchführen, damit er wieder stark wurde. Damit war sie einverstanden. Einen gebrochenen Arm zu haben, war ein Abenteuer, aber sie wollte nicht, daß sie davon etwas Dauerhaftes zurückbehielt.

Es war ziemlich interessant, den Verband zu tragen und all das, und zu sehen, wie jeder wegen ihr aus dem Häuschen war. Wie sich die Leute veränderten, wenn sie besorgt waren, fand sie merkwürdig. Sie dachte viel darüber nach, wenn sie wach war.

Sie verzehrte ihr Abendessen, Sachen, die sie mit den Fingern essen konnte, und sie wollte, daß Florian und Catlin in ihrem Zimmer blieben, weil sie jetzt wach war. Aber Onkel Denys kam rein und sagte, sie könnten etwas später kommen, aber vorher müsse er sich mit ihr unterhalten.

»Ich will nicht«, sagte sie, und sie schmollte ein bißchen, weil sie wirklich Schmerzen hatte, und es war nicht fair von Onkel Denys. Er war den ganzen Tag so nett gewesen, und jetzt wurden alle wieder so wie vorher, bevor sie sich darauf vorbereitet hatte, das sah sie kommen.

»Es wird nicht lang dauern«, versprach Onkel Denys und

schloß die Tür, »und ich werde nicht einmal darauf zu sprechen kommen, daß du in die Stadt gegangen bist.«

Das hatte sie nicht erwartet. Deshalb war sie zugleich neugierig und unangenehm berührt, während er Nellys Stuhl heranzog. Sie war froh, daß er sich nicht aufs Bett setzte, weil sie sich's gerade bequem gemacht hatte und er so schwer war.

»Ari«, sagte er, lehnte sich mit auf den Knien gestützten Ellbogen vor, und sein Gesicht zeigte einen sehr besorgten Ausdruck. »Ari, ich will dir erklären, warum alle so aufgeregt waren, aber das hat nichts mit der Stadt zu tun: es hängt damit zusammen, wie wichtig du bist, und daß es Leute gibt … daß es Leute gibt, die dir vielleicht weh tun würden, wenn sie in Reseune gelangen könnten. Deshalb hast du dem Sicherheitsdienst einen solchen Schreck eingejagt.«

Das war ernst gemeint. Es paßte mit der Lektion über die Sicherheit in den Fluren und der Tatsache zusammen, daß sie das einzige Kind war, das sie kannte, das von zwei Azis vom Sicherheitsdienst begleitet wurde. Sie war interessiert und erschrocken, weil es so war, als hätten viele Dinge auf einmal einen doppelten Boden. »Wer ist das denn?«

»Leute, die deiner Vorgängerin etwas angetan hätten. Weißt du, wann man an eine ZIV-Nummer ein PR anhängt?«

»Wenn's ein Parentalreplikat ist.«

»Weißt du, was das bedeutet?«

Sie nickte bestimmt. »Das heißt, es ist ein Zwilling seiner eigenen Mama oder seines Papas.«

»Nur ein Zwilling?«

»Nein. Ein identischer Zwilling.«

»Identisch bis hin zum Genset, richtig?«

Sie nickte.

»Du hast kein PR an deiner Nummer. Aber das könntest du.«

Das war verwirrend. Und machte ihr Angst. Es ergab überhaupt keinen Sinn.

»Paß auf. Denk nicht darüber nach. Laß mich das genau erklären, Ari. Deine Mama, Jane Strassen, hatte eine sehr gute Freundin, die gestorben ist, ganz unerwartet. Reseune wollte sie replizieren, und das bedeutet, wie du weißt, ein Baby zur Welt bringen. Jane sagte, daß sie das Baby wollte, daß sie es aufziehen würde, ganz allein, weil sie nicht wollte, daß es zu jemand anderem kam. Sie tat es für ihre Freundin, die gestorben ist. Und als sie dieses Baby bekam, liebte sie es so sehr, als sei es ihr eigenes. Verstehst du mich, Ari?«

Sie hatte einen kalten Kloß in der Kehle. Ihr war ganz kalt, bis in die Fingerspitzen. »Verstehst du mich, Ari?« Sie nickte.

»Jane ist wirklich deine Mama. Das ist so, nichts kann daran etwas ändern, Ari. Deine Mama ist die, die dich liebt und auf dich aufpaßt und dich erzieht, so wie es Jane getan hat.«

»Warum ist sie dann weggegangen?«

»Weil sie etwas zu erledigen hatte, was nur sie tun konnte. Weil Jane Strassen, gleich nach der ersten Ari, die beste war, die es tun konnte. Außerdem, Ari, hatte Jane noch eine Tochter – eine erwachsene Tochter namens Julia, die schrecklich eifersüchtig auf die Zeit war, die du in Anspruch genommen hast; und Julia hatte auch eine Tochter namens Gloria Strassen, die in deinem Alter ist. Julia machte die Dinge für deine Mama sehr hart, weil sie so schwierig war, und Julia wurde auch nach Fargone versetzt. Deine Mama mußte sich letztlich um ihre andere Tochter und ihre Enkelin kümmern, weil sie schrecklich eifersüchtig war und sich aufregte, daß Jane deine Mama war. Sie wollte das nicht, aber so war es nun einmal. Deshalb ging sie nach Fargone und nahm die beiden mit, weil sie sie nicht hier lassen wollten, wo sie böse zu dir sein könnten. Sie sagte mir, ich sollte auf dich aufpassen, sie würde zurückkommen, wenn es möglich sei, aber es ist furchtbar weit weg, Ari, und die Gesundheit deiner Mama ist nicht mehr so gut. Sie ist ziemlich alt, weißt du, und es wäre jetzt unheimlich gefährlich für sie. Deshalb also ist deine Mama gegangen, und deshalb wußte sie, daß sie vielleicht nicht würde zurückkommen können: Sie hat für ihre Freundin, die gestorben ist, alles getan, damit du einen guten Anfang hast. Und sie wußte, daß sie würde fortgehen müssen, bevor du groß bist. Sie dachte, es würde leichter sein, wenn sie den Anfang machte. Aber sie ist eine richtige Mama für dich gewesen, und sie hat dich nicht bloß wegen der Ari geliebt, die gestorben ist, sondern weil *du* Ari bist, und du bist *du,* und deshalb liebt sie dich, so ist das.«

Tränen begannen über ihr Gesicht zu rinnen. Sie merkte nicht einmal, daß sie weinte, bis sie die Feuchtigkeit spürte. Dann bewegte sie den falschen Arm, um sie abzuwischen, und mußte die andere Hand benutzen, was ihr peinlich war.

»Sie konnte dich nicht nach Fargone mitnehmen«, erklärte Onkel Denys. »Zum einen, weil sie Julia und Gloria da hat. Zum anderen, weil du *du* bist, du bist Ari, und deine genetische Mutter war, was sie war, und weil du Feinde hast. Du könntest hier sicher aufwachsen. Es gab Lehrer, die dich unterrichteten, und Leute, die auf dich aufpaßten – nicht immer die besten; ich weiß, ich bin nicht sonderlich gut dafür geeignet, ein kleines Mädchen aufzuziehen, aber ich hab's wirklich versucht, Ari, und ich werde mich weiter bemühen. Ich habe nur das Gefühl, es wird Zeit, dir einige Dinge zu erklären, weil du alt genug bist, selbst irgendwohin zu gehen, das ist doch ganz einfach, oder? Du könntest Leuten begegnen, die dir ungewollt das Falsche sagen, und vor allem wollte ich nicht, daß du etwas von all dem von irgendeinem Fremden unten in der Stadt erfährst. Eine Menge Leute wissen, wer du bist, und du bist alt genug, um allmählich Fragen zu stellen – zum Beispiel, warum dein Name Emory ist und nicht Strassen.«

Sie haßte es, wenn sie etwas nicht kapierte. Und das ging ihr überhaupt nicht in den Kopf. Leute hatten doch wohl unterschiedliche Namen, eine Menge Leute hatten unterschiedliche Namen. Sie hatte geglaubt, Emory hieße der, den Mama ausgesucht hatte, um von ihm ein Baby zu bekommen.

Man geriet in Schwierigkeiten, wenn man sich überlegte, warum es Dinge gab, die Erwachsene einem nicht erzählten.

Sie erinnerte sich, wie sie Mama gefragt hatte, warum sie keine Strassen sein könne.

Weil du eine Emory bist, hatte Mama gesagt, einfach deshalb. Ich bin eine Strassen. Schau dir Tommy Carnath an. Seine Mama ist Joanna Morley. Erwachsene verstehen so was.

Plötzlich drehte sich ihr der Magen um, und sie fühlte sich verschwitzt und kalt.

»Bitte«, sagte sie. »Onkel Denys, mir geht's nicht gut. Ruf Nelly.«

Denys beeilte sich. Und Nelly hob ihren Arm aus der Schlinge und brachte sie ins Bad, wo die Übelkeit noch lange anhielt, aber sonst nichts geschah. Ari wünschte sich nur, sie könne sich übergeben, weil es drinnen und draußen weh tat.

Nelly brachte ihr ein Glas mit einem sprudelnden Zeug für ihren Magen, und es schmeckte schrecklich, aber sie trank es. Danach fühlte sie sich etwas besser und legte sich wieder in ihre Kissen, während Nelly ihr lang übers Gesicht und übers Haar streichelte und sich um sie sorgte.

Nelly war ganz die Alte. Sie war so, wie sie immer zu ihr gewesen war. Ari nahm an, daß es stimmte und Mama wirklich noch immer ihre Mama war, aber sie war sich nicht mehr sicher, wer *sie* war. Sie wollte es herausfinden. Onkel Denys wußte es, und sie wollte ihn fragen, aber sie wußte nicht recht, ob sie jetzt noch mehr hören wollte.

Onkel Denys kam schließlich zurück, setzte sich zu ihr und klopfte ihr auf die heile Schulter. »Geht's dir gut, Liebling? Wirst du wieder gesund?«

Mama hatte sie so genannt. Onkel Denys noch nie. Ari biß sich in die Lippe, bis sie mehr weh tat als das.

»Ari?«

»Was für Sachen hätte ich sonst noch herausgefunden?«

»Es gab eine sehr berühmte Frau in Reseune, die denselben Namen hatte wie du«, erzählte Onkel Denys und zog den Stuhl beiseite, um Nelly Platz zu machen, die ein paar Sachen vom Nachttisch ins Bad zurückbrachte. »Du siehst ganz genauso aus wie sie, als sie ein kleines Mädchen war, und es gibt viele Bänder mit Bildern von ihr, die du unbedingt studieren solltest. Sie war sehr klug, Ari, so klug wie niemand sonst. Sie war nicht deine Mama. Du bist nicht ihre Tochter. Du bist ihr noch viel ähnlicher. Wie ähnlich, wissen wir noch nicht, aber du bist ein außergewöhnliches kleines Mädchen, und ich weiß, daß Jane sehr stolz auf dich ist.«

Er klopfte ihr nochmals auf die Schulter. Nelly war zwischendurch einmal durchs Zimmer gegangen. Jetzt stand er wieder auf. Es war ihr egal. Sie dachte noch immer nach und sie hatte das Gefühl, ihr Kopf sei voller Brei.

»Ari, ich werde dafür sorgen, daß Florian und Catlin die ganze Nacht in deinem Zimmer bleiben, wenn du willst. Ich glaube, das würde dir gefallen, oder?«

Sie wußte nicht, wie sie Florian und Catlin erklären sollte, daß sie so dumm gewesen war. Sie würden sie nicht mehr mögen: Sie waren ihre Azis, und sie mußte sie gern haben. Aber sie würden sich aufregen. Sie würden sich aufregen, weil sie auch aufgeregt war. Deshalb wischte sie sich mit dem Handrücken übers Gesicht und versuchte mit dem Schniefen aufzuhören.

»Ari?«

»Weiß Nelly das?«

»Nelly weiß es. Sie versteht es nicht, aber sie wußte es, immer schon.«

Das machte sie unheimlich wütend auf Nelly.

»Nelly gehörte zu deiner Mama, Ari. Deine Mama hat Nelly eine furchtbar schwere Last aufgebürdet, indem sie ihr soviel erzählte, und Nelly sagte, sie müsse das geheimhalten. Nelly ist deiner Mama treu ergeben. Natürlich sagt sie nichts.«

»Ollie wußte es auch.«

»Ollie wußte es. Willst du, daß ich Florian und Catlin

reinschicke, damit sie hier die Nacht verbringen? Sie können drüben in der Ecke auf Decken schlafen. Das würde ihnen überhaupt nichts ausmachen.«

»Wissen sie es?«

»Nein. Nur die Leute deiner Mutter wußten es. Die beiden hier gehören zu dir.«

Sie fühlte sich etwas besser bei dem Gedanken. Wenigstens hatten ihre Azis nicht über sie gelacht. »Weiß es Amy Carnath?«

Onkel Denys furchte die Stirn und ließ sich einen Augenblick für seine Antwort Zeit. »Warum ist es dir wichtig, ob Amy Carnath es wußte?«

»Weil es mir wichtig ist«, maulte sie.

»Ari, ich bin für deine Erziehung verantwortlich. Deine Mama und ich sind uns darin einig gewesen, daß es einige Fragen gibt, die ich nicht beantworten werde, weil du selbst eine Antwort darauf finden sollst. Du wirst manchmal auf mich böse sein, aber ich muß mich an das halten, was ich mit deiner Mama abgesprochen habe. Du bist sehr klug. Deine Mama erwartet von dir, daß du einige dieser Dinge selbst herausfindest, so wie es die erste Ari getan hätte, weil sie weiß, wie gut du darin bist, dir Dinge zusammenzureimen. Es gehört zu deinem Erwachsenwerden. Es wird oft vorkommen, daß du mich etwas fragst – und ich dir antworte, daß du das selbst herausfinden mußt, weil du es bist, die die Antwort will. Behalte nur eins im Kopf: Was immer du jemanden fragst – kann eine Menge über dich verraten. Denk darüber nach, Ari!«

Er schloß die Tür.

Ari ließ es sich durch den Kopf gehen. Und dachte, daß Onkel Denys vielleicht wirklich tat, was Mama gesagt hatte; vielleicht aber auch nicht. Es war schwer zu sagen, wann Leute einen über das belogen, was Mama gesagt hatte.

Oder selbst über das, was sie war.

Etwas später kamen Florian und Catlin ins Zimmer, sehr ruhig und ernst. »Ser Denys sagte, Sie haben Befehle für uns«, sagte Catlin.

Ari setzte ihre beherrschte, Azi-artige Miene auf. Ihre Wimpern waren noch immer feucht. Sie vermutete, ihre Nase war rot. Sie würden das alles bemerken, aber sie konnte nichts dagegen tun, sie brauchte die beiden in ihrer Nähe. »Ich muß euch zuerst etwas sagen. Setzt euch aufs Bett! Ich habe einige Dinge erfahren.«

Sie setzten sich sehr vorsichtig auf eine Seite, damit sie ihr keinen Stoß versetzten.

»Erst einmal sagt Onkel Denys«, erzählte sie, »daß ich gar nicht von Mamas Genset abstamme. Ich bin ein PR von jemand anderem, und sie war eine Freundin meiner Mutter. Mama hat eine erwachsene Tochter und eine Enkelin über die sie mir nie etwas erzählte, und Nelly und Ollie wußten beiden, woher Mama mich hatte. Aber sehr viel mehr will Onkel Denys mir nicht verraten. Er sagt, das muß ich selbst herausfinden.« Sie vollführte eine kleine Geste mit den Fingern, die bedeutete, daß einer von beiden näher kommen und hören sollte. Aber sie konnte es nicht mit der rechten Hand machen. Deshalb stand Florian auf und ging um das Bett, um das Ohr an ihren Mund zu legen. »Es könnte sein, daß Onkel Denys mich bearbeitet. Ich weiß es nicht. Und ich weiß nicht, warum er das tun sollte, es sei denn, weil er Girauds Bruder ist. Sag's Catlin weiter.«

Er gehorchte, und Catlins Augenbrauen wölbten sich, und ihr Gesicht wurde sehr nachdenklich und war es noch immer, als sie Ari ansah. Catlin nickte einmal, mit einem Blick, der bedeutete, daß sie schon verstanden hatte.

Ari wußte nicht, ob sie sich dumm fühlen sollte oder nicht, oder ob das Ganze überhaupt stimmte, oder welcher Teil davon.

Florian und Catlin konnten einer Menge Dingen nachspüren, denn darin kannten sie sich aus.

Onkel Denys' Geschichte hatte viel von dem erklärt, was ungewöhnlich war, aber am meisten erschreckte Ari, daß es nicht alles erklärte.

Zum Beispiel, warum Leute verschwanden, und was Giraud vorhatte.

Warum Mama nicht zuerst *ihr* einen Brief geschrieben hatte, oder was mit ihm geschehen war, falls sie es getan hatte.

Jetzt gab es neue Dinge, die ungewöhnlich waren.

Es war zum Beispiel ungewöhnlich, daß man ihr nicht von Anfang an die Wahrheit gesagt hatte.

Es war ungewöhnlich, daß Mama der Sache mit ihrem Namen ausgewichen war und ihr gesagt hatte, ihr Papa sei ein Mann namens James Carnath. Was noch immer nicht erklärte, woher sie den Namen Emory hatte.

Es war ungewöhnlich, daß Mama sich bei vielen Dingen um eine Erklärung gedrückt hatte. Ari hatte nicht viel fragen wollen, als sie ein kleines Kind war, weil sie das Gefühl hatte, es sei Mama sehr unangenehm.

Und als sie darüber nachdachte, wußte sie, daß Mama sie auch bearbeitet hatte, sie erkannte es nachträglich, wenn sie sich daran erinnerte.

Bei dem Gedanken hätte sie sich am liebsten übergeben.

Sie hatte Angst, daß nichts stimmte, nicht einmal das, was Onkel Denys ihr erzählte. Aber das durfte sie niemanden wissen lassen.

Das letzte, was Onkel Denys gesagt hatte, wußte sie bereits: Was man fragte, verriet einem, dem man vielleicht nicht vertraute, eine ganze Menge. Onkel Denys wußte das also auch, und warnte sie davor, ihn etwas zu fragen.

Wie Mama, nur machte es Onkel Denys anders, sagte es offen: Gib mir nichts preis, weil du nicht weißt, ob ich in Ordnung bin oder nicht.

Wenn Onkel Denys sie bearbeiten wollte, machte er das auf sehr komplizierte Weise, und das Schmerzmittel machte sie ganz wirr im Kopf. Das war sein Werk, er fing damit an, daß er sie durcheinanderbrachte.

Oder ihre Aufmerksamkeit von dem ablenkte, was sie zu erkennen versuchte.

Verdammt, dachte sie. Verdammt.

Denn sie war an dieses Bett gefesselt, hatte Schmerzen und konnte nach dem Tranquilizer nicht mehr richtig nachdenken.

XII

Melde dich in meinem Büro, lautete die Mitteilung von Yanni, die Justin als erstes las, als er den Computer im Büro betriebsbereit machte; und er drehte sich um und sah Grant an. »Ich muß bei Yanni vorbei«, sagte er; und Grant fuhr mit seinem Stuhl herum und erwiderte seinen Blick.

Kein Kommentar. Dazu gab es nichts Besonderes zu sagen. Grant schien nur besorgt.

»Wir sehen uns«, verabschiedete sich Justin in einem bemühten Anflug von Humor. »Ich wünschte, du könntest dabei sein.«

»Ich auch«, erwiderte Grant und meinte das keineswegs als Scherz.

Justin war nicht darauf vorbereitet, Yanni zu treffen. Aber er hatte keine Wahl. Er zuckte die Achseln, warf Grant einen sorgenvollen Blick zu und ging hinaus in den Flur, wobei seine Knie fast zitterten, so schlimm war es noch, und derart wirkte der Schock nach.

Gott, dachte er, hoffentlich stehe ich das durch.

Irgendwie.

Mit seinem Azi-trainierten Gedächtnis und seinem professionellen Verständnis für Versuchspersonen, Psychosets und das, was Justin von dem mitbekommen hatte, was um ihn vorgegangen war, als er Girauds Fragen beantwortete, und während er sich anschließend erholte, bis hin zu den beiläufigen Worten und knappen Kommentaren der Docs, die ihn heimgebracht hatten, war Grant ihm eine Stütze gewesen. Sich all das nochmals vor Augen zu führen und zu wissen, daß es alles war, was sich ereignet hatte, war unendlich beruhigend; Grant einfach die ganze Nacht bei sich zu haben, hatte seine Aufmerksamkeit einigermaßen ans Hier und Jetzt gebunden und in die Lage versetzt, am Morgen aufzustehen, bewußt eine flüchtige Fröhlichkeit anzunehmen und zu entscheiden, daß er zur Arbeit gehen würde.

Ich kann wenigstens die Archivierung einiger der verdammten Aufzeichnungen erledigen, hatte er zu Grant gesagt, womit er ihre zahllosen Berichte meinte, die sich schon seit Wochen auf ihren Schreibtischen stapelten, um an den Computer-Akten und -Archiven überprüft und mit der Hand als archiviert abgestempelt zu werden, bevor sie in den Reißwolf geschickt wurden. Ich könnte mir keinen besseren Tag dafür vorstellen.

Er wurde mit unerwarteten Situationen nicht fertig, und auf seinem Weg durch den Flur bis zu Yannis Tür vermutete er, der Sicherheitsdienst sei der Ansicht, er sei in dem Verhör auf etwas Verdächtiges gestoßen, und Yanni ...

Weiß der Teufel.

»Marge«, sagte er zu Yannis Assistentin. »Ich bin hier.«

»Geh rein«, erwiderte Marge. »Er wartet schon auf dich.«

Ein Zeichen von Wohlwollen, wenn er es richtig deutete.

Er öffnete die Tür und sah Yanni an seinem Schreibtisch sitzen. »Ser.«

Yanni blickte auf, und Justin riß sich zusammen. »Setz dich«, bat Yanni ganz ruhig.

O Gott, dachte Justin und verlor völlig sein Gleichgewicht. Er sank in den Stuhl und fühlte sich angespannt und außer Kontrolle.

»Wie geht's dir, mein Junge?« fragte Yanni ruhiger, als Justin ihn je gehört hatte.

»Mir geht's gut«, antwortete er, drei vorsichtig ausgesprochene Silben, die er fast stammelte.

»Ich habe einen Mordskrach gemacht, als ich's hörte«, erzählte Yanni. »Den ganzen Weg bis zu Denys' Büro, und zu Petros, und Giraud. Ich kann verstehen, daß sie Grant die ganze Zeit bei dir lassen.«

»Ja, Ser.«

»Petros hat das zu deinen Gunsten angeordnet. Da tun sie gut dran. Ich verrate dir eins, sie haben es doch aufgezeichnet, nicht mit den Recordern des Sicherheitsdienstes, aber es existiert eine Aufnahme. Du kannst sie haben, wenn du sie brauchst. Das hat Giraud versprochen, mein Junge. Heute früh sind sie da drüben mal vernünftig.«

Er starrte Yanni mit dem tauben, unangenehmen Gefühl an, daß es eine Falle sein mußte, daß er auf etwas vorbereitet wurde. Mit Sicherheit lief ein Recorder mit. Wenn er dem Mann vertraute, würde er eine andere Gangart anschlagen.

»Dient das hier wieder zur Stimmenanalyse?« fragte Justin, um es auf den Tisch zu bringen.

Die Furche zwischen Yannis Brauen vertiefte sich. »Nein. Du irrst dich. Ich möchte dir einige Dinge erklären. In Girauds Büro ist die Lage zur Zeit gespannt. Sie stehen mächtig unter Druck. Sie werden die Geheimhaltung aufgeben müssen. Das Timing der Kleinen war tadellos. Ich will jetzt nicht ins Detail gehen, ich wollte dir nur sagen, daß sie Ari eingeweiht haben, zumindest darin, daß sie nicht Jane Strassens biologische Tochter ist, sondern ein Replikat einer gewissen Ariane Emory, von der sie nur den Namen kennt. Deshalb wird der Druck in Kürze wenigstens etwas nachlassen. Sie hat sich einen Arm gebrochen und einige Prellungen zugezogen. Sie haben es ihr erklärt, als sie unter Tranquilizern stand, so konnten sie die erste Reaktion wenigstens auf die emotionale Ebene beschränken, wo sie halbwegs zu kontrollieren war, damit es unterbewußt akzeptiert und hingenommen wurde, bevor ihre Verstandeskräfte, die, wie du ja weißt, verdammt scharf und hartnäckig sind, sich der Frage des Warum zuwenden konnten. Ich erzähle dir das, weil sie schon mal deine Nähe gesucht hat und auf Informationen aus sein wird. Wenn's dazu kommt, keine Panik. Halte dich an die Vorschriften, ruf Denys' Büro an und sag ihr, daß du dazu verpflichtet bist, daß der Sicherheitsdienst Ärger machen wird, wenn du's nicht tust – und das stimmt ja auch.«

Er atmete leichter, sagte sich immer noch, es sei eine Falle, aber wenigstens nahm die Sache erkennbare Formen an, entpuppte sich als auf unbestimmte Zeit hinausgeschobene Katastrophe.

»Hast du von irgendwem gehört, wie Jordan das durchgestanden hat?« fragte er Yanni.

»Ich habe ihn gestern abend angerufen. Er sagte, es ginge

ihm gut, er mache sich nur Sorgen um dich. Du weißt, wie er ist, es gibt so verdammt viel, was wir nicht am Telephon erledigen können. Ich sagte ihm, du seist in Ordnung; ich würde nach dir sehen; ich würde ihn heute wieder anrufen.«

»Sag ihm, mir geht's gut.« Er ertappte sich dabei, wie er die rechte Stuhllehne krampfhaft umklammerte, seine Finger sie so fest umschlossen, daß sie schmerzten. Er ließ los, versuchte sich zu entspannen. »Danke. Danke, daß du dich um ihn gekümmert hast.«

Yanni zuckte die Achseln, gab ein Seufzen von sich und musterte ihn finster. »Du traust mir nicht über den Weg, was?«

Darauf antwortete er nicht.

»Hör mir zu, mein Junge. Ich werde viel hinnehmen, aber ich weiß etwas darüber, wie du arbeitest, und ich weiß verdammt gut, daß du nichts mit dem Kind zu tun hattest, es lag nur daran, daß Giraud idiotischerweise darauf bestanden hat, noch eine Sonde auf einen Verstand anzusetzen, der zwei oder drei hier aufwiegen könnte, ungeachtet meiner fachlichen Einwände. Giraud ist nichts weiter als ein Dummkopf, der alles überstürzen muß, scheiß auf die Vorschriften, scheiß aufs Gesetz, scheiß auf alles, was ihm im Weg ist.« Yanni holte Luft. »Lassen wir das. Ich habe dich nur hergerufen, um dir zu sagen, daß Denys für deine Forschungen Gelder zur Verfügung gestellt hat. Nicht viel, weiß Gott, aber du wirst nur etwa die Hälfte der Belastungen haben, mit denen du beim Rubin-Projekt davongekommen bist, und du wirst drüben bei den Soziologen Computerzeit zur Verfügung gestellt bekommen, nicht viel, aber immerhin. Meinetwegen kannst du glauben, die Administration habe Schuldgefühle. Glaub, was du willst. Du wirst das Zeug durch mich an die Soziologen weitergeben, und über die Soziologen an Jordan, und ein paarmal im Jahr wird man dir etwas Zeit drüben in Planys zugestehen. Das sind die Neuigkeiten. Ich dachte mir, du könntest dich dann über etwas freuen, wenn ich's dir sage. In Ordnung?«

»Ja, Ser«, sagte er nach einem Moment, weil er etwas sagen mußte. Am gefährlichsten war es, wenn er anfing, Yanni Schwartz zu vertrauen, oder zu glauben, daß es nur eine vorübergehende Funktionsstörung sei, wenn die Meßgeräte eine Abwärtstendenz zeigten.

»Nun geh. Mach eine Pause. Raus hier!«

»Ja, Ser.« Er stemmte sich aus dem Stuhl, schleppte sich an Marge vorbei durch die Tür, ohne sie auch nur anzusehen, und ging in einer Art dumpfen Angst davor durch den Flur, daß der Sicherheitsdienst in dies hier verwickelt sein könnte, daß er angesichts ihrer Methode, ihn seines Schutzes zu berauben, um ihn dann am härtesten zu treffen, feststellen würde, daß Grant etwas zugestoßen war – das war das akuteste, woran er denken konnte, und das schlimmste.

Aber Grant war noch da, wartete in der Tür auf ihn und machte sich Sorgen.

»Yanni war freundlich«, sagte er. Die Enge des mit Papier vollgestopften Büros bereitete ihm Platzangst. »Komm, trinken wir eine Tasse Kaffee.« Ganz gleich, ob sie im Büro mit etwas beschäftigt waren. Er wollte Platz um sich haben, das ruhige alltägliche Gemurmel der Menschen, die sich im Café unten im Nordflügel aufhielten.

Vom Zeitplan abzuweichen, aus dem Alltäglichen auszubrechen, konnte ihnen eine weitere Sitzung bei Giraud einbringen. Nichts war sicher. Alles konnte feindlich besetzt sein. Es war die Art von Schrecken, die eine Tiefensonde hinterließ. Eigentlich hätte er einen Tranquilizer schlucken müssen. Aber das erlaubte er sich nicht.

Bei einem Kaffee im Restaurant berichtete er Grant, was Yanni gesagt hatte. Grant hörte ernst zu und sagte: »Wurde auch Zeit. Wurde Zeit, daß sie zur Besinnung kommen.«

»Du vertraust ihnen?« fragte Justin verzweifelt, als seien Grants Worte ein Garant dafür, was wirklich und was nicht wirklich war. Er hatte Angst, Grant würde ihn schließlich im Stich lassen und ja sagen, glaube ihnen, vertraue allem.

Es war, wonach es sich anhörte, wenn er sich auf das verließ, was er an gesundem Verstand hatte.

»Nein«, erwiderte Grant, indem er leicht die Brauen hob. »Nicht mehr als gestern. Aber ich glaube, daß *Yanni* die Wahrheit sagt. Ich glaube, er beginnt zu ahnen, was du sein könntest und was sie in ihrem Übereifer mit der jungen Ari verlieren könnten. Das ist der Gedanke, den Denys möglicherweise an ihn weitergegeben hat. Wenn Denys es so sieht, sieht es am Ende vielleicht auch Giraud so. Nein. Hör mir zu. Ich meine es sehr ernst.«

»Verdammt, Grant ...« Er fühlte sich auf lächerliche Weise den Tränen und einer absoluten, überwältigenden Panik nahe. »Ich kann einfach keinen Abstand dazu halten. Ich bin einfach zu offen, selbst wenn ich ganz wach bin. Mach mich nicht verrückt.«

»Ich sage noch eins, und dann halte ich erst einmal den Mund. Wenn Yanni ihnen Bescheid gibt, ist es völlig logisch, daß sie plötzlich entgegenkommend sind. Ich sage nicht, daß sie irgendwie anders sind. Ich behaupte nur, es sind einige Veränderungen eingetreten. Mein Gott, nimm's leicht, bleib ruhig, versuche sie nicht aufgrund früherer Erfahrungen einzuschätzen, versuche sie ein paar Tag lang gar nicht einzuschätzen. Willst du, daß ich mit Yanni rede?«

»Nein!«

»Gut. In Ordnung. Bleib ruhig.«

»Verdammt, behandele mich nicht wie ein Kind!«

»Oh, uns brennt aber leicht die Sicherung durch. Trink deinen Kaffee. Dir geht's gut, kein Grund zur Klage, reiß dich bloß mal zusammen, in Ordnung? Yanni ist durchgedreht, dir geht's ganz gut, mir geht's ganz gut, die Administration ist völlig von der Rolle, ich weiß nicht, was anders sein soll.«

Justin gab ein Lachen wie ein Niesen von sich, wischte sich beiläufig über die Augen und trank einen Schluck abgekühlten Kaffee. »Gott, ich weiß nicht, wie ich das durchstehen soll.«

»Ruhig, ganz ruhig. Denk immer nur an den heutigen

Tag. Wir machen heute früher Schluß und gehen nach Hause, einverstanden?«

»Ich möchte Zeugen in unserer Nähe haben.«

»Dann ins Büro.«

»Ins Büro.« Er atmete tief durch und senkte seine Pulsrate aufs Normalmaß. Auf dem Rückweg kaufte er in dem Laden in der Ecke ein Holo-Poster, das er an die Wand über seinem Schreibtisch hängen wollte.

Grant hob eine Augenbraue, als er einen Blick darauf warf, während er dem Kassenautomaten seine Kreditkarte gab.

Es zeigte ein Flugzeug über dem Hinterland. FLIEGEN SIE MIT RESEUNEAIR, stand drauf.

Verbaltext aus:

EINE FRAGE DER UNION

Union Staatsbürgerkunde-Serie: Folge 3

Reseune Ausbildungsprogramm: 9799-8734-3
zugelassen für 80 +

In den Jahren zwischen 2301 und 2351 war Expansion die von niemandem in Frage gestellte politische Marschrichtung der Union: Der koloniale Eifer, der zur Einrichtung der ursprünglichen dreizehn Sternstationen geführt hatte, zeigte keine Anzeichen von Nachlassen.

Die Entdeckung von Cyteens biologischem Reichtum und die neue Technik interplanetarer Reisen vermittels Raumsprüngen brachte Cyteen ökonomische Selbständigkeit und schließlich die politische Unabhängigkeit, allerdings erst, als Cyteener die äußeren Welten erreichten und eine Anzahl eigener Kolonien gründeten. Die Tatsache, daß Cyteen von Menschen besiedelt worden war, die Unabhängigkeit von der Kolonialpolitik des Erdkonsortiums suchten, sorgte für eine philosophische Grundlage, die für die gesamte Kultur der Union wichtig ist – die Idee einer neuen Regierungsform.

Von der Zeit an, da die Spannungen zwischen Cyteen und dem Erdkonsortium, vor dem die Bewohner Cyteens geflohen waren, zu den Konsortiumskriegen und der Sezession führten, müssen wir Cyteen als einen Planeten im größeren Zusammenhang der Union betrachten. Innerhalb dieses Zusammenhangs sind die Sehnsucht nach Unabhängigkeit und der starke Glaube an eine lokale Autonomie, und ferner der Enthusiasmus für Erforschung, Handel und die Gewinnung von Neuland die wesentlichen Einflüsse gewesen. Die Gestalter der Verfassung erhoben es zum

Grundprinzip, daß die Unionsregierung die lokale Autonomie nicht antasten sollte, sei es die eines Stationsdecks, einer Gravitationsquelle oder einer Reihe von Sternen, die sich innerhalb der Union zur politischen Einheit erklärten – es sei denn, es bestehe Grund zur *Annahme, daß die lokale Regierung nicht über die Legitimation der Regierten verfügte, oder daß eine Einheit sein Hoheitsgebiet verließ, um einem Nachbarn seinen Willen zu oktroyieren. Deshalb kann es, und wird es eines Tages vielleicht, viele Regierungen innerhalb der Union geben, und noch immer nur eine Union, die als das fortbesteht, was ihre Begründer als Konsens des Ganzen bezeichnet haben.*

Man stellte sich die Union als einen Rahmen vor, in dem jede lokale Struktur, und sei es eine nichtmenschliche, existieren kann, einen Rahmen, der unbegrenzt anpassungsfähig an lokale Gegebenheiten ist, in dem die lokale Verwaltung als Kontrolle der Union und die Union als Kontrolle der lokalen Verwaltung fungiert.

Aber im Zuge der Sezession geriet die Union in Konflikte. Die Konsortiumskriege setzten die neue Regierung einer schweren Belastungsprobe aus, und viele Institutionen wurden als unmittelbare Antwort auf diese Belastungen ins Leben gerufen – unter ihnen vor allem die politischen Parteien.

Man kann sagen, daß die Expansionisten-Partei schon seit den Gründungstagen der Union bestand; aber als der Krieg mit dem Erdkonsortium in seine kritischste Phase eintrat, forderte die Zentristen-Bewegung Verhandlungen und die Aufteilung des Raums um Mariner. Die Zentristen, die in der Gründungsphase der organisierten Partei eine starke Tendenz zu Liberalilüt, Pazifismus und Wiedervereinigung aufwiesen, gewannen in den letzten Kriegsjahren rapide an Einfluß und büßten ironischerweise viel von diesem Einfluß ein, als der Pakt von Pell den Krieg mit einem Verhandlungsergebnis beendete, das an der Heimatfront höchst unpopulär war. In der Union engagierte man sich allgemein stärker für eine Expansion, als eine enorme Anzahl von Truppen in die Ballungszentren zurückkehrte und die Systeme beträchtlich belastete.

Von der Zeit an spiegelte das Parteiprogramm der Zentristen in einigen Teilen die wachsende Angst wider, die ungesteuerte Expansion und Kolonialisierung könne zu einer nicht rückgängig zu machenden Zerstreuung der menschlichen Zivilisation und, wie manche glaubten, zum Krieg zwischen Zivilisationen führen, die mit genug gemeinsamen Interessen entstanden waren, um Konkurrenten, und sich genügend unterschieden, um Feinde zu sein.

Aber abgesehen von Sozialwissenschaftlern wie Pavel Brust, dem maßgeblichen Verfechter der Zerstreuungstheorie, bestand der Großteil der Zentristen aus jenen, die von einer weiteren Kolonialisierung in Mitleidenschaft gezogen würden, etwa Bewohnern von Sternstationen, die angesichts der Richtung, die die Expansion einschlug, peripher zu werden drohten, was sie dem Zufall ihrer Lage verdankten; und den Kindern der Kriegsjahre, die sich in einem Teufelskreis von Interessengegensätzen gefangen sahen, zu dem sie nichts beigetragen hatten.

Die Zentristen verdankten zwei Ereignissen einen beträchtlichen Aufschwung: erstens dem friedlichen Regierungswechsel in der Allianz von der Kriegsadministration der Kontantins auf die als gemäßigt bekannten Dees; zweitens der Entdeckung einer hochentwickelten Alien-Region am anderen Ende von Sol. Sol, von dem Alien-Bündnis energisch in seine Grenzen gewiesen, wandte sich wieder dem menschlichen Raum zu und wurde zu einem Hauptanhänger der von der Zentristen-Partei vertretenen Auffassung, daß eine Phase der Stabilität und Konsolidierung zu einer Wiedervereinigung der Menschheit führen könne – oder zumindest zu einer Periode des Friedens. Für bestimmte Menschen, denen die Einsicht Schwierigkeiten bereitete, daß sie nicht allein waren, sondern Fremdwesen als Konkurrenten hatten, schien das der sicherste Kurs zu sein.

Im Jahre 2389 schlossen sich den Zentristen förmlich die Abolitionisten an, die sich gegen die Mittel wandten, mit deren Hilfe existierende oder geplante Kolonien eingerichtet wurden, manche aus ökonomischen, andere aus moralischen Gründen, die von philosophischer bis religiöser Natur waren, Praktiken wie Gehirnwäsche und Psychochirurgie ablehnten und ein Ende der Azi-Produktion forderten. Den Abolitionisten hatte bis dahin eine öffentliche Stimme gefehlt, und tatsächlich waren sie eher ein Quer-

schnitt aller Gruppen, die gegen die allen Welten übergeordnete Regierung opponierten, darunter den Bürgern für die Autonomie, die die Regierung auflösen und alle Planeten und Stationen von einer zentralen Lenkung unabhängig machen wollten; das Komitee gegen Experimente am Menschen; der Religiöse Rat; und andere, darunter – ohne daß die offizielle Partei sich von ihm distanzierte – das radikale Komitee des Menschen, zu dessen Lasten diverse Entführungen und Anschläge gegen genetische Forschungseinrichtungen und Regierungsbüros gingen.

Jene, die Sols Einfluß fürchteten, und andere, die die Gefahr eines Krieges mit den Aliens gering einschätzten, erschien das, was auf der Tagesordnung der Zentristen stand, als ein gefährlicher Kurs: Die Expansionisten befürchteten einen Verlust an Antriebskraft und einen ökonomischen Zusammenbruch. Und an der Spitze der neuen expansionistischen Bewegung stand eine Koalition verschiedener Interessengruppen, in der eine Wissenschaftlerin, Philosophin und politische Gestalt, Ariane Emory, einen prominenten Rang einnahm.

Ihre Ermordung im Jahr 2404 war Auslöser von Krawallen, die sich vor allem gegen die Abolitionisten richteten, aber unter dem Ansturm zerbrach die ganze Zentristen-Koalition.

Es folgte eine Periode des Abbaus, der Reorganisation und Neugestaltung bis zur Aufdeckung des Gehenna-Komplotts im Jahre 2412, und die darauffolgenden Ermittlungen nach den Verantwortlichen gaben den Zentristen einen Anlaß und ein Thema. Gehenna nährte das Ansehen der Zentristen; und trübte gleichzeitig das Ansehen der expansionistischen Mehrheit, darunter nicht zuletzt Ilya Bogdanovitch, dem Vorsitzenden der Neun; Ariane Emory von Reseune; und Admiral Azov, dem umstrittenen Kopf des Verteidigungsamts, der den Plan gutgeheißen hatte.

Die Zentristen gelangten zum ersten Mal im Jahr 2413 zu einer Mehrheit im Senat von Viking und im Rat von Mariner; und hielten einen ansehnlichen Block von Sitzen und Ämtern im Senat von Cyteen inne. Sie gewannen damit einen bisher noch nicht erreichten Anteil an Sitzen im Rat der Welten, und stellten häufig vier Stimmen im Rat der Neun.

Obwohl sie in beiden Körperschaften über keine Mehrheit ver-

fügten, konnte ihr Einfluß nicht mehr vernachlässigt werden, und die raschen Gewinne der Zentristen verunsicherten einerseits die expansionistische Mehrheit, und wiesen andererseits den neutralen Delegierten bei beliebigen Abstimmungen eine entscheidende Rolle zu: als unschlüssig bekannte Delegierte wurden sie mit noch nie dagewesenem Eifer umworben, provozierten Klagen und Gegenklagen wegen gekaufter Stimmen und offener Bestechung, die zu diversen Abberufungsabstimmungen führten, von denen es allerdings keiner gelang, den Amtsinhaber um seinen Sitz zu bringen.

Die Beschaffenheit der Union selbst wurde im Ringen einflußreicher Interessengruppen auf die Probe gestellt. Manche politische Theoretiker stellten die Weisheit ihrer Begründer in Frage, die das System der Wahlvertretungen geschaffen hatten, und behaupteten, daß dieses System die Wahlvertretungen ermutige, ihre eigenen beschränkten Interessen über die der Nation als Ganzes zu stellen.

Ein Ausspruch von Nasir Harad, dem Präsidenten des Rats, anläßlich seiner Wiederwahl nach seiner Überprüfung aufgrund von Bestechungsklagen kommentierte das so: **»Korruption bedeutet, daß gewählte Amtsinhaber ihre Stimmen zum eigenen Vorteil verkaufen; Demokratie bedeutet, daß ein Block von Stimmberechtigten dasselbe tut. Die Wahlvertretungen kennen den Unterschied.«**

3. KAPITEL

I

Eine Durchsage aus der Lautsprecheranlage tönte durch die Korridore von Flügel Eins – Sturmwarnung, dachte Justin, der an seiner Computertastatur ein Problem bearbeitete, während Grant sich aus der Tür lehnte, um zu erfahren, was los war.

»Justin«, sagte er dann mit Nachdruck. *»Justin!«*

Er schob den Stuhl zurück und stand auf.

Im Flur war alles zum Stillstand gekommen. Alle standen da und hörten zu.

»... brachten heute früh in Novgorod«, war aus den Lautsprechern zu hören, *»Reseuner Anwälte im Interesse der minderjährigen Ariane Emory einen Antrag vor, der eine Erbfolgeanerkennung und eine gerichtliche Verfügung gegen jedes Offenbarungsverfahren des Rats gegenüber Reseune zum Ziel hat. In dem Antrag wird argumentiert, daß das Kind, das in fünf Tagen neun Jahre alt wird, nach dem Prinzip der Parentalen Identität rechtlich der Person Ariane Emorys entspricht und daß ohne gegen das Kind und ihre Betreuer erhobene Anklage keine Entscheidung über Ariane Emorys Besitz getroffen werden kann, aus welchem Anlaß auch immer. Ein zweiter Antrag verfolgt eine rechtliche Verfügung gegen die Aktivitäten des Untersuchungsausschusses mit der Begründung, daß ihre Ermittlungen die Privatsphäre eines minderjährigen Kindes berühren und sein Wohlergehen und seine Besitzrechte gefährden.*

Die Neuigkeiten wurden in der Hauptstadt bekannt, als der Ausschuß einen Antrag vorbereitete, der die Herausgabe von Aufzeichnungen aus Reseunes Archiven fordern sollte, die der Arbeit der früheren Rätin entstammen, mit der Begründung, daß diese Aufzeichnungen Informationen über andere, mit Gehenna vergleichbare, geplante oder durchgeführte Projekte enthalten könnten.

Mikhail Corain, Vorsitzender der Zentristen-Partei und Rat des Bürgeramts, erklärte: ›Es ist ein offensichtliches Manöver. Reseune ist auf einem Tiefstpunkt angelangt.‹

James Morley, Hauptanwalt Reseunes, bemerkte zu diesem Kommentar: ›Wir hätten es gern vermieden, einen solchen Prozeß anzustrengen. Die Privatsphäre und das Wohlergehen des Kindes sind unser Hauptanliegen gewesen, von ihrer Zeugung an. Wir können es nicht zulassen, daß sie zum Opfer der Parteipolitik wird. Sie hat ihre Rechte, und wir vertrauen darauf, daß das Gericht diesen Punkt berücksichtigen wird. Ihre Identität steht nicht in Frage. Ein einfacher Labortest kann sie bestätigen.‹

Die Administration Reseunes war zu keiner Stellungnahme bereit …«

II

Manchmal glaubte Ari, sie sei verrückt, weil sie zweimal pro Stunde das Gefühl hatte, daß alle sie anlogen, und manchmal auch wieder nicht, daß es wirklich eine Ari Emory gegeben hatte, bevor sie auf die Welt gekommen war.

Aber an dem Abend, als sie aus dem Bett aufstehen und, den Arm noch immer in einer Schlinge, im Bademantel ins Wohnzimmer kommen konnte, hatte Onkel Denys gesagt, er habe ihr, Florian und Catlin etwas zu zeigen; und er hatte ein Album mit eingeklebten Bildern und alten Faksimiles bei sich.

Er ließ sie gemeinsam am Tisch Platz nehmen, er selbst an ihrer linken und Florian und dann Catlin auf ihrer rechten Seite, und schlug das Album auf, indem er es so hinlegte, daß vor allem Ari es sich anschauen konnte, ein Buch voller Photos und Hologramme und verblaßter Papiere, denen man ihr Alter ansah. Er zeigte ein Bild von ihr, wie sie mit einer Frau, die Ari noch nie gesehen hatte, im vorderen Säulengang des Hauses stand.

»Das ist Ari, als sie klein war«, erklärte Onkel Denys. »Das ist *ihre* Mama. Sie hieß Olga Emory.« Er schlug ein anderes Bild auf. »Das ist James Carnath. Das war dein Papa.« Das wußte sie. Es war das Bild, das Mama ihr einmal gezeigt hatte.

Das Mädchen auf dem Bild sah genau wie sie aus, aber es war nicht ihre Mama; aber es war der richtige Name für ihren Papa. Es stimmte alles nicht. Es war *sie,* die da stand. Ohne Frage. Aber die Haustüren sahen anders aus. Etwas. Nicht so wie heute.

Sie hatte ein immer unangenehmeres Gefühl im Magen. Onkel Denys blätterte um und zeigte ihr Bilder vom alten Reseune, als das Haus noch nicht so groß gewesen war, als die Stadt nur aus ein paar alten Baracken bestand und die Felder ganz klein waren. Es fehlten einige große Gebäude wie die AG-Scheune, viele der Fabriken und die Hälfte der Stadt, und *diese* Ari ging mit ihrer Mama über eine Straße, die zwar dieselbe, in einer Stadt, die eine ganz andere war.

Ein Bild zeigte diese Ari, wie sie mit einem anderen Lehrer im selben Klassenzimmer saß wie sie, das Gesicht verkniffen, während sie einen Tonkrug ansah, der ihrem Gesicht ähnelte, wenn sie Hmmm machte. Ari schlug der Anblick auf den Magen, und sie erinnerte sich, was für ein Gefühl das war, wenn sie selbst ein solches Gesicht zog.

Aber sie hatte nie eine Bluse wie diese besessen, und sie trug nie eine solche Spange im Haar.

Sie fühlte sich im Innern ganz krank, weil es alles so echt wirkte, weil Mama sie wirklich reingelegt hatte, und weil sie in den Augen von Florian und Catlin, von allen so dumm erscheinen mußte, wie sie befürchtet hatte. Aber sie konnte den Blick nicht von diesen Bildern abwenden, sie konnte nichts tun außer dazusitzen, während ihr Arm in dem blöden festen Verband schmerzte, und sich leichtsinnig und dumm vorzukommen, weil sie in Bademantel und Pantoffeln im Speisezimmer saß und Bilder von sich selbst an dem Ort betrachtete, der Reseune vor langer, langer Zeit einmal gewesen war.

Vor sehr langer Zeit.

Vor so langer Zeit – wie jene Ari auf die Welt gekommen

war. Die Freundin ihrer Mama, wie Onkel Denys sie genannt hatte; und als er das sagte, hatte sie nur daran gedacht, wie alt Mama war.

Einhundertvierunddreißig Jahre. Nein. Einhunderteinundvierzig, nein, – *zweiundvierzig*, sie hatte bald ihren neunten Geburtstag, und Mama war inzwischen so alt.

Einhundertzweiundvierzig …

Sie hatte bald ihren neunten Geburtstag, und Mamas Brief mußte jetzt jeden Tag kommen, und vielleicht würde Mama ihr einige dieser Dinge erklären, vielleicht würde sie ihr alle Briefe, die sie auch geschrieben haben mußte, auf einmal schicken, so wie ihre …

»Das ist deine Mama«, sagte Onkel Denys und zeigte ihr ein Bild von ihr und einem Haufen Kindern beim Spielen, und da war diese hübsche Frau mit dem schwarzen Haar, dem Mund und den Augen ihrer Mama, nur *jünger, mit* ihr, aber sie war etwa fünf oder sechs. Ein kleines Kind. Mama hatte *vor ihr* eine andere Ari gehabt, vor langer Zeit.

Es tat weh, eine so hübsche Mama zu sehen, die nicht sie, sondern ein anderes Baby auf dem Arm hatte. Bis heute hatte es ihr nicht mehr weh getan. Und es ließ ihre Kehle schmerzen.

Onkel Denys unterbrach und zog sanft ihren Kopf an seine Schulter. »Ich weiß. Ich weiß, Ari. Es tut mir leid.«

Sie stieß sich von ihm ab und zog das Album zu sich herüber und sah dieses Bild lang genug an, bis sie alles in sich aufgenommen hatte, was ihre Mama trug, was diese Ari trug, und dabei erkannte sie, daß es nichts war, was sie vergessen hatte, daß sie wirklich nicht das Baby auf dem Bild war, denn alles war altmodisch und uralt.

»Das ist dein Onkel Giraud«, sagte Onkel Denys und deutete auf einen schlacksigen Jungen.

Er sah wie alle anderen aus, nicht so wie jemand, der aufwuchs, um so gemein wie Giraud zu werden. Er sah wie jedes andere Kind aus.

Denys blätterte um. Ein Bild zeigte diese Ari mit ihrer Mama und einen Haufen anderer Erwachsener.

Ein anderes zeigte *sie* mit Florian und Catlin – aber es waren nicht die beiden hier … die auf dem Bild befanden sich mitten im alten Reseune.

Sie spürte tief drin noch einen kalten Schauer, wie in dem Moment, als sie vom Pferd geflogen und auf dem Boden aufgeschlagen war. Sie hatte Angst, und sie warf einen Blick zu Florian und Catlin, um zu sehen, wie sie es aufnahmen.

Sie stellten keine Fragen. Das war nicht ihre Art. Sie verhielten sich korrekt gegenüber Onkel Denys und unterbrachen nicht. Sie waren wieder ganz zu Azis geworden und widmeten ihm volle Aufmerksamkeit.

Sie konnte Florian nicht anfassen und seine Hand drücken, er saß an der Seite mit dem Verband.

»Erkennst du sie?« fragte Onkel Denys.

»Wer ist das?« fragte Ari wütend, furchtbar wütend auf einmal, weil es keinen Sinn ergab und weil sie Angst hatte, ebenso wie Florian und Catlin, das wußte sie. Alles war auf den Kopf gestellt.

»Du bist nicht die einzige, die wieder auf die Welt kommt«, erklärte Denys ganz ruhig. »Es gab vorher schon eine Catlin und einen Florian: Sie gehörten zu dieser anderen Ari Emory. Sie haben sie ihr ganzes Leben lang beschützt. Verstehst du mich, Florian? Verstehst du, Catlin?«

»Nein, Ser«, sagte Florian. »Nein, Ser«, fügte Catlin hinzu. »Aber es ergibt einen Sinn.«

»Warum ergibt es einen Sinn?« fragte Onkel Denys.

»Wir sind Azis«, antwortete Catlin, was das Selbstverständlichste auf der Welt war. »Es könnte eine Menge von uns geben.«

Aber ich bin eine ZIV, dachte Ari, völlig außer sich. *Oder nicht?*

»Ihr seid Alphas«, sagte Onkel Denys, »und ich muß euch widersprechen, es ist bei Alphas nicht üblich. Man hält mit eurer Entwicklung kaum Schritt. Ihr verändert euch so schnell. Aber ihr seid immer noch sehr viel einfacher zu duplizieren als ein ZIV, da habt ihr recht, weil Azis mit einem sehr spezifischen Band anfangen. Ari zu unterrichten, war sehr viel schwieriger.«

Mich zu unterrichten? In was? Warum?

Aber das wußte sie. Sie begriff die ganze Tragweite des Umstands, daß Onkel Denys nicht ihr sagte, was sie war, sondern Florian und Catlin, weil es etwas war, was sie nicht so leicht verstehen konnte wie ihre Azis.

Kennst du den Unterschied zwischen einem ZIV und einem Azi? hatte Mama sie an dem Tag gefragt, als sie sich die Babies angesehen hatten.

Ich dachte nur, ich kenne ihn.

Denys ließ diese Seite eine ganze Zeit aufgeschlagen. »Ari«, sagte er. »Verstehst du mich?«

Sie sagte nichts. Wenn man verwirrt war, war es besser, einen anderen den Idioten spielen zu lassen, es sei denn, man sei der einzige, der das Problem wirklich kannte.

Und Onkel Denys kannte es. Er versuchte ihr zu sagen, was er wußte, mit diesem Buch, mit diesen Bildern, die nicht von ihr waren.

»Deine Mama hat dich erzogen«, erklärte er, »und jetzt tu ich es. Du bist unbestreitbar ein ZIV. Mißverstehe das nicht. Du bist *du*, Ari, du bist ganz einfach *du*, genauso wie Florian Florian und Catlin Catlin ist, und das bekommt man nur schwer hin. Es war schon schwer, so weit zu kommen. Ari war ein ganz besonderes kleines Mädchen, und du eignest dir alles an, was sie hatte, alles, was sie konnte, alles, was sie besaß und worüber sie verfügte, und das ist eine ganze Menge, Ari. Daß du über Florians und Catlins Verträge verfügst, ist ein Teil davon, weil ihr drei zusammengehört, immer zusammengehört habt, und es wäre nicht richtig, die beiden auszulassen. Dir gehört sogar ein beträchtlicher Anteil von Reseune selbst, du hast genug Besitz, um sehr reich zu sein, und du hast uns längst bewiesen, wer du bist, daran haben wir keinen Zweifel mehr. Aber denk daran, daß ich dir gesagt habe, Reseune hat Feinde. Einige von diesen Feinden wollen jetzt hier eindringen und Dinge wegnehmen, die dir gehören – und sie wissen nicht einmal, daß es überhaupt eine Ari gibt, verstehst du? Sie glauben, sie sei gestorben, und damit sei es mit ihr zu Ende, und sie könnten einfach hier eindringen und alles fortschaffen, was ihr gehörte – was *dir* gehört, Ari. Weißt du, was ein Gerichtsverfahren ist? Weißt du, was es bedeutet, jemanden zu verklagen?«

Sie schüttelte den Kopf, verwirrt und erschrocken über das, was Onkel Denys sagte. Es stürmte zu viel aus allen Richtungen auf sie ein.

»Weißt du, was Richter sind?«

»Wie in einem Gericht? Sie bekommen die Aufzeichnungen und das ganze Zeug. Sie können einen in die Klinik schicken.«

»Ein Zivilverfahren, Ari, ist etwas anderes als ein Kriminalfall. Dabei wird niemand in die Klinik geschickt, sondern nur festgestellt, was der Fall ist und wem was gehört. Wir haben beim Obersten Gerichtshof in Novgorod einen Prozeß angestrengt, um zu verhindern, daß diese Leute dir alles wegnehmen. Das dürfen sie nicht, verstehst du, wenn es jemandem *gehört,* wirklich gehört. Die Sache ist nur, die Leute wissen nicht, daß es dich gibt. Du mußt vor dem Gericht erscheinen und *beweisen,* daß du wirklich Ari bist und ein Recht auf Aris ZIV-Nummer hast.«

»Das ist dumm!«

»Woher sollen sie denn wissen, daß du nicht bloß irgendein kleines Mädchen bist, das sich das alles ausgedacht hat und ihnen Lügen erzählt?«

»Ich weiß doch, wer ich bin!«

»Wie beweist du das Leuten, die dich noch nie gesehen haben?«

Sie saß da und versuchte zu überlegen. Ihr fröstelte wieder. »Du kannst es ihnen sagen.«

»Sie werden sagen, daß wir lügen. Wir können die genetischen Aufzeichnungen schicken, die es ohne jeden Zweifel beweisen werden. Aber sie könnten sagen, die hätten wir aus dem Labor, weil Aris Genset dort natürlich aufbewahrt wird, nicht wahr, weil du im Labor gezeugt worden bist. Sie könnten sagen, es sei kein kleines Mädchen am Leben, das ein Recht auf irgend etwas habe. Das könnte passieren. Deshalb mußt du hin und vor das Gericht treten, und den Richtern sagen, es seien deine genetischen Aufzeichnungen, und du seist du, Ariane Emory, und dir gehöre das ganze Zeug, das diese Leute im Rat haben wollen.«

Sie blickte nach rechts, zu Florian und Catlin, in zwei blasse, sehr Azi-gemäße Gesichter. Und wieder zu Onkel Denys. »Könnten sie mir Florian und Catlin wegnehmen?«

»Wenn es dich nicht gibt, kannst du auch über keine Verträge verfügen, nicht wahr?«

»Das ist einfach dumm, Onkel Denys! Die sind dumm!«

»Das mußt du bloß beweisen, verstehst du? Liebling, ich wünschte, ich hätte damit warten können, bis es dir besser geht. Aber wir haben keine Zeit mehr. Diese Leute arbeiten schnell, und sie werden im Rat ein Gesetz verabschieden, um dir alles wegzunehmen, alles, was dir gehört, weil sie nichts von dir wissen. Du mußt nach Novgorod fliegen und den Richtern sagen, es gehöre dir, und sie dürften das nicht.«

»Wann?«

»In ein paar Tagen. In wenigen Tagen schon. Da ist noch etwas, Ari. Weil du nun einmal ein Geheimnis gewesen bist, wußten deine Feinde auch nichts über dich. Wenn du nach Novgorod kommst, werden sie es erfahren. Und von da an wirst du in echter Gefahr sein. Die meisten von ihnen werden vor Gericht gegen dich klagen und zu bekommen versuchen, was du besitzt, das ist die eine Art von Feinden; aber einige von ihnen werden versuchen, dich umzubringen, wenn sie eine Gelegenheit bekommen. Obwohl du noch ein kleines Mädchen bist. Solche Leute gibt's.«

»Wer denn, Ser?« fragte Catlin.

»Ein Mann namens Rocher zum Beispiel. Und ein paar vereinzelte Verrückte, deren Namen wir nicht wissen. Wir wünschten, wir wüßten sie. Wenn Ari nach Novgorod fliegt, wird sie einen Haufen Leibwächter vom Sicherheitsdienst bei sich haben. Bewaffnete Leibwächter. Sie können solche

Dinge verhindern. Aber ihr zwei werdet aufpassen müssen, sehr genau aufpassen, und überlaßt um Gottes willen alle Aktionen den erwachsenen Leibwächtern. Ihr zwei sollt Ari nur abschirmen.«

»Tragen wir auch Waffen, Ser?«

»Ich glaube nicht, daß Novgorod dafür Verständnis hätte. Nein. Schirmt bloß Ari ab. Haltet eure Umgebung im Auge. Sorgt für ihre Sicherheit. Das genügt.«

Ari atmete tief durch. »Und was soll ich tun?«

»Du sprichst mit den Richtern. Du trittst vor das Gericht, beantwortest ihre Fragen, wann und wo du geboren wurdest, wie dein Name und deine Nummer lauten. Onkel Giraud wird dort sein. Giraud weiß, wie man sich mit ihnen auseinandersetzt.«

Ihr wurde ganz kalt und klamm. »Ich will Giraud nicht! Ich will, daß du kommst.«

»Liebling, Giraud ist ausgesprochen gut darin. Er wird ihnen alle Aufzeichnungen zeigen, und sie werden keine Schwierigkeiten haben, dir zu glauben. Sie werden vielleicht eine kleine Gewebeprobe nehmen. Es wird ein bißchen pieksen, wenn sie das tun, aber du bist ein tapferes Mädchen, das wird dir sicher nichts ausmachen. Du weißt, wozu das dient. Es ist ein Beweis dafür, daß du nicht lügst. Auf der Welt hat jeder schon Bilder von Ari Emory gesehen – in dieser Hinsicht wirst du keine Schwierigkeiten haben. Aber du wirst ganz bestimmt mit anderen Leuten zu tun haben. Außerhalb des Gerichts. Nachrichtenleuten. Reportern. Es wird viel auf dich zukommen. Aber du bist ein kleines Mädchen, und wenn sie gemein zu dir sind, wird Onkel Giraud schon wissen, wie er mit ihnen umgeht.«

Sie hatte nie erwartet, daß es einmal nützlich sein könne, Onkel Giraud bei sich zu haben. Onkel Denys hatte recht, Giraud würde sehr viel besser darin sein.

Wenn *er* nicht ihr wichtigster Feind war. Die Dinge wurden immer komplizierter.

»Kommen Florian und Catlin auch bestimmt mit?«

»Natürlich.«

»Die Richter können sie mir nicht wegnehmen, oder?«

»Liebling, die Rechtsprechung kann alles; aber sie werden dir nie wegnehmen, was dir gehört. Du mußt beweisen, daß du *du* bist, das ist das ganze Problem. Deshalb fliegst du da hin, und wenn du's nicht tust, ist es hier auch nicht sicherer.«

So kam es, daß Ari schließlich in einem Ledersitz in der ›*Reseune Eins*‹ saß, der so groß war, daß sie mit den Füßen kaum den Boden berührte, und Florian und Catlin die beiden Plätze ihr gegenüber einnahmen, wo sie die Köpfe verdrehen mußten, um hinauszusehen, während Ari direkt am Fenster saß und unter ihnen das Hinterland betrachten konnte, so weit der Blick reichte.

Sie würden in Novgorod auf dem dortigen Flughafen landen, aber vor der Landung die Stadt aus der Luft sehen: den Raumhafen, die Staatshalle und die Kais, an die die Kähne anlegten, die an Reseune vorbei über die Novaya Volga tuckerten. Sie würden die Swingert-Bucht und den Ozean sehen. Der Pilot erklärte ihnen ständig, wo sie waren und was sie gerade sahen, im Augenblick zum Beispiel das Große Westbecken, das auf den Landkarten ein brauner Fleck und aus der Luft eine braune Fläche mit einem See in der Mitte war. Sie konnte den Piloten etwas fragen, wenn sie einen Knopf an ihrem Sitz drückte.

»Wir kommen jetzt auf die Höhe des Kaukash-Gebirgszuges auf der rechten Seite«, sagte der Pilot.

Man hatte Ari vorhin ein paar Minuten nach vorn gehen lassen. Dort sah sie zwischen dem Piloten und dem Copiloten hinaus, als sie der Novaya Volga folgten.

Der Pilot fragte sie, ob sie gern fliege. Sie sagte ja, und er erklärte ihr, wozu einige der vielen Schalter dienten, und zeigte ihr, wie das Flugzeug gesteuert wurde und was der Computer tat.

Das war das Beste seit Tagen. Sie stellte ihm Florian und Catlin vor, bis Onkel Giraud sagte, sie sollte sich besser setzen, ihre Unterlagen studieren und den Piloten das Flugzeug fliegen lassen. Der Pilot hatte ihr zugezwinkert und gesagt, sie solle gehorchen; sie verschüttete Onkel Girauds Drink.

Sie wünschte, sie müßte den Verband nicht mehr tragen, weil er ihr so lästig war; und weil er Onkel Denys einen Vorwand gab, ihr zu sagen, sie sollte angeschnallt sitzen bleiben.

Am meisten wünschte sie sich aber, sie hätten die ganze Sache mit dem Gericht und die Reporter hinter sich und könnten sich den Dingen zuwenden, die sie, wie Onkel Denys gesagt hatte, während ihres Aufenthalts in Novgorod besichtigen würden. Das würde Spaß machen. Sie würde in Novgorod Geburtstag feiern. Sie wollte alles beweisen und sich anschließend damit beschäftigen.

Am meisten machte ihr Sorgen, was passieren würde, wenn Onkel Denys sich irrte.

Oder wenn Onkel Giraud *nicht* beweisen konnte, wer sie war.

Das Gericht machte keine Fehler, versicherte Onkel Denys immer wieder. Nicht mit den Tests, die sie durchführten, und das Gesetz war Gesetz: Sie konnten einem nicht ohne Prozeß wegnehmen, was einem gehörte, und außerdem würde es sehr schwierig für sie sein, ein kleines Mädchen anzuklagen. Vor allem weil Onkel Denys eine Menge Freunde im Verteidigungsamt hatte, die alles unter Geheimhaltung stellen würden.

Das hieß, es wäre dann ein Geheimnis.

Die Reporter werden ein größeres Problem als das Gericht sein, hatte Onkel Denys ihr erklärt. *Die Reporter werden eine Menge alter Bilder der ersten Ari hervorkramen. Darauf mußt du vorbereitet sein. Sie werden ein kleines Mädchen erwähnen, das Reseune vor langer Zeit zur Welt gebracht hat, ein PR von Estelle Bok. Es funktionierte mit ihr nicht richtig. Du hast alle Probleme dieses kleinen Mädchens hinter dir gelassen. Wenn sie sagen, daß du wie dieses andere kleine Mädchen bist, ist das gemein, und du mußt entgegnen, daß du du bist, und wenn sie es bezweifeln, sollen sie warten und sehen, wie du groß wirst. Ich habe überhaupt keinen Zweifel, daß du mit diesen Dingen fertig wirst. Du brauchst nicht höflich zu sein, wenn Reporter gemein werden, aber du kannst bei ihnen sehr viel mehr erreichen, wenn du dich wie ein braves kleines Kind benimmst.*

Es klang, als stünde ihr ein Kampf bevor. So hörte es sich jedenfalls an. Sie vermutete es. Es war eines der wenigen Male, da Onkel Denys mit ihr darüber geredet hatte, wie man Leute bearbeitete, aber Onkel Denys war gut darin, und sie zweifelte nicht daran, daß er wußte, worauf es ankam.

Der Feind spielt falsch, sagte Catlin immer.

Sie machte sich Sorgen darüber, ob das auch auf das Gericht zutraf.

»Sera«, hatte ihr Catlin an diesem Abend ins Ohr geflüstert, als sie alle schlafen gingen, Florian und Catlin auf ihren Decken, Ari in ihrem eigenen Bett, den Arm noch immer abgestützt. »Sera, auf wessen Seite stehen wir dabei?«

Normalerweise war Florian derjenige, der alle Fragen stellte. Diese war eine von Catlins besten.

Und Catlin wartete, während Ari darüber nachdachte, bis sie Catlin nah zu sich heranwinkte und zurückflüsterte: »Auf meiner. Ihr gehört zu mir, zu niemandem sonst. Kümmert euch nicht darum, was irgend jemand sagt, dieser Befehl gilt noch immer. Sie können nicht behaupten, daß ich jemand anderer bin, was immer auch geschieht.«

Daraufhin entspannten sich Catlin und Florian.

Sie sah die Unterlagen, die Onkel Giraud ihr gegeben hatte, danach durch, was die Reporter und die Richter sie fragen könnten, und wünschte sich, *sie* könnte sich entspannen.

III

Im Flügel Eins und wahrscheinlich auch überall sonst in Reseune wurde an diesem Morgen sehr wenig gearbeitet, und alle Videogeräte, die im Haus oder den Labors aufzutreiben waren, ganz gleich ob alt, ausgemustert oder gemietet, waren in Beschlag genommen.

Justin und Grant saßen hinter verschlossener Bürotür vor ihrem – einige der jungen Designer drängten sich im Gesellschaftsraum unten zusammen, aber diejenigen, die auf irgendeine Weise mit dem Projekt zu tun hatten, sperrten sich allein oder mit ihren engsten Mitarbeitern in ihren Büros ein, und nichts rührte sich, nicht einmal auf Anrufe hin.

Die Verhandlung wurde mit den offiziellen Kameras im Obersten Gerichtshof aufgenommen, die Berichterstattung verzichtete auf einen aufwendigen Rahmen, sondern beschränkte sich auf die schlichte, unkommentierte Übertragung, die das Gericht gestattete.

Rechtsanwälte händigten den Schriftführern Unterlagen aus, und das Gericht fuhr damit fort, die Schriftführer zu fragen, ob jemand nicht anwesend sei oder Fehler vorlägen.

Nichts dergleichen.

Neben Giraud am Tisch saß ein sehr junges Mädchen mit dem Rücken zu den Kameras. Sie saß ganz still und erweckte während der langatmigen Eröffnungsformalitäten auf keine Weise den Eindruck, unruhig zu sein.

Sie hörte zu, vermutete Justin. Wahrscheinlich mit diesem finsteren Blick, der einem so im Gedächtnis haften blieb.

Die Nachrichtendienste waren gleich zur Stelle gewesen, als das Flugzeug landete, und eine kurze Aufzeichnung für die Nachrichten von einer offiziellen Kamera in der Empfangshalle des Flughafens hatte ihnen zum ersten Mal ein Bild von Ari Emory geliefert, während Fragen bis nach dem Richterspruch nicht erlaubt waren.

Ari hatte mit der heilen Hand in der von Onkel Giraud dagestanden, den anderen Arm im Hartplastverband, und dabei ein hellblaues, für ein kleines Mädchen sehr passendes Kleid getragen; bei ihr in schwarzen Uniformen und mit steifer Haltung Florian und Catlin, die wie Kinder in Sonntagskleidung aussahen, übertrieben bemüht, die ältere Ari nachzuahmen – bis an einem Gerät etwas klirrte, ihr Blick sich in die Richtung wandte und ihre Körper sich anspannten, als habe derselbe Muskel sie bewegt.

»Die lassen's einem kalt den Rücken runterlaufen«, hatte Justin Grant zugemurmelt. »Verdammt. *Das* sind sie, daran kann niemand einen Zweifel haben. Ganz gleich, wie groß sie sind.«

Die Nachrichtendienste hatten die anschließende Pause mit Archivmaterial überbrückt, auf einem geteilten Bild die alte mit der neuen Ari verglichen, desgleichen Catlin und Florian mit ihren Vorgängern, wobei sie auf alte Nachrichtenphotos zurückgriffen, und gezeigt, daß dieses Trio dem früheren so ähnlich sah, daß man den Eindruck hatte, es seien nur zwei Aufnahmen mit etwas unterschiedlicher Beleuchtung, Ari dazu auf einer in einem anderen Kleid und in der Begleitung von Geoffrey Carnath statt Giraud Nye.

»Mein Gott, das reicht bis zu ihren Angewohnheiten«, hatte Justin gemurmelt, womit er Aris finsteren Gesichtsausdruck meinte. Den Ausdruck beider Gesichter Aris. Die Art, wie sie den Kopf hielt. »Haben sie ihr das *beigebracht?*«

»Könnte sein«, hatte Grant gelassen erwidert. »Mit den ganzen Talentbändern. Damit ist mehr möglich, als bloß seine Handschrift zu verbessern. – Aber von *uns* entwickeln viele ähnliche Angewohnheiten.«

Aber kein ZIV, hatte er in Gedanken widersprochen. *Verdammt, sie müssen das gezielt gemacht haben. Talentbänder. Muskelschulung. Eine gute Schauspielerin könnte das hinkriegen.*

Oder Ari selbst. Wer weiß, was Olga aufgezeichnet hat. Gehen sie mit dem Rubin-Kind so weit?

Er beobachtete das ruhige, aufmerksame Mädchen an dem Tisch vor dem Richterpult. Sie hatten Florian und Catlin nicht neben sie sitzen lassen. Nur Giraud und das Anwaltsteam.

»Reseune lehnt es also ab, dem Gericht die genetischen Aufzeichnungen zur Verfügung zu stellen«, bemerkte der Hauptrichter. *»Ist das richtig?«*

»Ich brauche das Gericht wohl nicht daran erinnern«, sagte

Giraud, indem er sich erhob, *»daß wir es mit dem Genset einer Sonderperson zu tun haben …«*

Die Richter und Onkel Giraud redeten hin und her, und Ari hörte zu, sehr angestrengt sogar, und erinnerte sich daran, daß sie nicht herumzappeln sollte, wie Onkel Giraud ihr eingeschärft hatte.

Sie sprachen über Genetik, Phänotypus, Handabdrücke und Netzhautscanner. Sie hatten all die Tests bis auf die Hautprobe schon durchgeführt, als sie sich beim ID-Büro des Gerichts anmeldeten.

»Ariane Emory«, sagte der Hauptrichter, »würdest du bitte nach vorn zu deinem Onkel kommen?«

Sie stand auf. Sie mußte sich nicht ans Protokoll halten, sagte Onkel Giraud, das Gericht erwartete nicht von ihr, daß sie wie ein Rechtsanwalt auftrat. Sie mußte nur sehr freundlich zu ihnen sein, weil sie selbst Rechtsanwälte waren, diejenigen, die die schwierigsten Fälle in der Union behandelten, und man mußte ihnen gegenüber Respekt zeigen.

»Ja, Ser«, sagte sie, verbeugte sich leicht wie Giraud und ging nach vorn zum Geländer, wo sie zu ihnen aufblicken mußte. Es waren neun. Wie die Räte. Sie hatte in ihren Bändern etwas vom Gericht gehört. Jetzt war sie hier. Sie fand es interessant.

Sie wünschte nur, es wäre nicht ihr Fall.

»Nennt man dich Ari?« fragte der Hauptrichter.

»Ja, Ser.«

»Wie alt bist du, Ari?«

»In vier Tagen werde ich neun.«

»Wie lautet deine ZIV-Nummer, Ari?«

»ZIV 201 08 0089, aber ohne PR.« Onkel Giraud hatte ihr das in den Unterlagen gesagt, die sie studiert hatte.

Der Richter sah in seine Unterlagen, blätterte durch und blickte wieder auf. »Ari, du wächst in Reseune auf.«

»Ja, Ser. Da wohne ich.«

»Woher hast du diesen Verband an deinem Arm?«

Antworte ruhig darauf, hatte Giraud gesagt, auf fast jede

Frage zu deinem Unfall. Daher antwortete sie: »Ich bin vom Pferd gefallen.«

»Wie ist das passiert?«

»Florian, Catlin und ich haben uns aus dem Haus geschlichen und sind in die Stadt runtergegangen; und ich bin aufs Pferd gestiegen, und es hat mich über den Zaun geworfen.«

»War das ein echtes Pferd?«

»Ja. Es ist in den Labors zur Welt gekommen. Es ist mein Lieblingstier.« Sie erinnerte sich gern an die paar Minuten, bevor sie über den Zaun geflogen war, und der Richter interessierte sich dafür, deshalb fügte sie hinzu: »Es war nicht seine Schuld. Es ist nicht böse. Ich hab's bloß überrascht, und es hat einen Satz gemacht. Deshalb bin ich runtergeflogen.«

»Wer sollte auf dich aufpassen?«

»Der Sicherheitsdienst.«

Der Richter machte daraufhin ein komisches Gesicht, als habe sie mehr preisgegeben als beabsichtigt; und alle anderen Richter schienen dasselbe zu denken, und einige fanden es furchtbar lustig. Aber das konnte außer Kontrolle geraten und jemanden wütend machen, deshalb entschied sie, besser vorsichtig zu sein.

»Gehst du in die Schule?«

»Ja, Ser.«

»Magst du deine Lehrer?«

Sie hatte den Eindruck, als versuche er sie zu bearbeiten. Ganz sicher. Sie setzte ihr freundlichstes Gesicht auf. »Oh, die sind ganz gut.«

»Hast du gute Testergebnisse?«

»Ja«, sagte sie. »Nicht schlecht.«

»Verstehst du, was es heißt, ein PR zu sein?«

Das war eine Fangfrage. Sie wollte einen Blick zu Onkel Giraud werfen, aber sie nahm an, das würde ihnen zuviel verraten. Deshalb sah sie unverwandt zu dem Richter auf. »Das heißt, daß ich rechtlich dieselbe Person bin.«

»Weißt du, was *rechtlich* bedeutet?«

»Das bedeutet, wenn ich es bestätigt bekomme, kann niemand behaupten, daß ich nicht ich bin, und mir Dinge wegnehmen, die mir gehören, ohne vor Gericht zu gehen; außerdem bin ich minderjährig. Ich bin nicht alt genug, um zu wissen, was ich von den Sachen brauchen werde oder was ich will, deshalb ist es auch nicht fair, mich vor Gericht zu bringen.«

Das beeindruckte ihn. »Hat jemand dir gesagt, du sollst das antworten?«

»Würde es Ihnen etwa gefallen, daß jemand Sie einen Lügner nennt, wenn Sie sagen, wer Sie sind? Oder wenn sie zu Ihnen kommen und Ihnen Ihre Sachen wegnehmen? Sie können zuviel über einen herausfinden, wenn sie diese Sachen durchgehen, und das darf man niemandem antun, besonders wenn's ein Kind ist. Sie können einen *manipulieren*, wenn sie diese Sachen kennen.«

Damit beeindruckte sie ihn noch mal.

»Gott«, sagte Justin und hob den Blick von seinen Händen, um zu sehen, wie Giraud Ari zu ihrem Platz zurückbrachte.

»Diese Runde ist an sie gegangen«, meinte Grant.

Mikhail Corain starrte düster auf das Videogerät und nagte an seiner Lippe, bis sie blutete.

»Verdammt, verdammt, *verdammt*«, sagte er zu seiner Assistentin. »Was sollen wir denn jetzt machen? Sie haben das Kind vorbereitet ...«

»Ein Kind kann keinen Vorrang vor der nationalen Sicherheit haben«, bemerkte Dellarosa.

»Du sagst das, ich sage das, die Frage ist nur, was das Gericht meint. Diese verdammten Fossilien sind doch alle unter Emorys Futterkrippensystem eingesetzt worden – der Vorsitzende ist ein alter Freund Emorys. Ruf Lu im Verteidigungsamt an.«

»Noch mal?«

»Noch mal, verdammt, sag ihm, es sei ein Notfall. Er weiß verdammt gut, was ich will – fahr rüber zu ihm! Nein, laß es, *ich* fahre. Hol einen Wagen!«

»*... schau dir die Vernehmung an*«, hatte die Mitteilung von Giraud Nye schlicht gelautet. Und Minister Lu sah sie sich an, die Faust unter dem Kinn, den Puls beschleunigt, die Ellbogen auf einem ausgebreiteten Blatt voller Bilder und Testergebnisse.

Ein kleines Mädchen mit strahlenden Augen, einem Arm im Hartplastverband und einem Schorf am Kinn. Das würde sich auf die öffentliche Meinung positiv auswirken.

Die Testergebnisse waren nicht so gut wie die der ersten Ari. Aber sie waren eindrucksvoll genug.

Corain hatte ihn von dem Moment an mit Anrufen bombardiert, seit er von dem Mädchen erfahren hatte. Und Lu hatte nicht vor, sie zu beantworten – nicht bevor er die Pressekonferenz gesehen hatte, deren Ergebnis, soweit es ihn anging, schon feststand.

Von übergeordnetem Interesse waren die Beurteilungen in den Nachrichtendiensten heute abend.

Es war gut möglich, daß Giraud Nye sich auf Catherine Lao vom Informationsamt verlassen hatte, und daß Lao sich auf die Nachrichtendienste verließ – Lao war eine alte und persönliche Freundin von Ari Emory.

Verdammt, die alte Koalition schien auf einmal seltsam lebendig zu sein. Alte Bekanntschaften wurden wieder geltend gemacht. Emory war nicht unbedingt ein Freund gewesen. Aber ein alter und zynischer Soldat, dem es um das bloße Überleben der Union ging, ertappte sich dabei, wie er ein Videogerät anstarrte und Gedanken nachhing, die vor einiger Zeit noch unmöglich erschienen waren.

Idiot, sagte er sich.

Aber er zog ein Blatt Papier hervor und setzte eine Notiz für die Rechtsanwälte des Verteidigungsamtes auf:

Die militärischen Hintergründe der Emory-Akten überwiegen alle anderen Gesichtspunkte; sorgt für eine Höherstufung der Emory-Archive von ›Geheim‹ zu ›Streng Geheim‹ und bereitet euch darauf vor, euch auf das Gesetz über die Militärische Geheimhaltung zu berufen, um weiteren rechtlichen Schritten vorzubeugen.

Und für seine Assistenten: *Ich brauche ein Treffen mit Harad. Es ist äußerst dringend.*

Natürlich nur, wenn die Pressekonferenz keine Katastrophe wird.

IV

»Ari«, sagte der Hauptrichter. »Würdest du bitte nach vorn an die Schranke kommen?«

Es war nach dem Mittagessen, und der Richter rief sie gleich nach Onkel Giraud auf.

So ging sie sehr ruhig und würdevoll nach vorn, zumindest soweit es ihr der Verband und die Schlinge erlaubten, und der Richter reichte dem Gerichtsdiener ein Papier.

»Ari«, erklärte der Richter. »Das Gericht wird deine Identität bestätigen. Es gibt keinen Zweifel, wer deine genetische Mutter war, und das ist alles, worum es in der heutigen Verhandlung geht. Du hast Anspruch auf die ZIV-Nummer deiner genetischen Mutter.

Was die PR-Kennzeichnung angeht, das ist eine andere Frage, weshalb wir dir dafür nur eine zeitweise Bestätigung ausstellen werden – das heißt, sie wird nicht auf deiner Karte eingetragen, weil Reseune ein Administratives Territorium ist und das Recht hat, zu bestimmen, ob du eine Schwester oder ein parentales Replikat bist – was in diesem Fall in Reseunes besondere Zuständigkeiten fällt. Das Gericht sieht keinen Anlaß, dieses Recht aufgrund einer internen Angelegenheit aufzuheben, zumal keine Forderungen anderer Verwandter bestehen.

Du hast Anspruch auf alle Besitztümer und Aufzeichnungen, die unter deiner Bürgernummer registriert und angesammelt wurden: Alle Verträge und Verpflichtungen, Forderungen und andere rechtliche Mittel, die mit dem Tod deiner Vorgängerin nicht unwirksam geworden sind, werden weiterhin als gültig betrachtet, alle Verträge, die seitdem von deinem gesetzlichen Vormund in deinem Namen angekauft wurden und bisher anerkannt wurden, alle im Namen von Ariane Emory unter dieser Nummer treuhänderisch verwaltete Ansprüche gelten weiterhin, und die Individuen in dieser Bescheinigung werden rechtlich als identisch betrachtet, mit Ausnahme deines gegenwärtigen Status als einer Minderjährigen unter Vormundschaft.

Die Abstimmung ist protokolliert und fiel ohne Gegenstimme aus. Die Entscheidung tritt mit dieser Stunde und diesem Tag in Kraft.«

Der Hammer fuhr nieder. Der Gerichtsdiener brachte ihr das Papier, und es war von allen Richtern unterzeichnet und besiegelt. *Identitätsbescheinigung* stand oben drüber. Mit ihrem Namen: Ariane Emory.

Sie atmete erleichtert auf und gab es Onkel Giraud, als er darum bat.

»Ich finde das immer noch dumm«, flüsterte sie ihm zu.

Aber sie war unheimlich froh, es zu haben, und wünschte sich, sie könne es bei sich behalten, falls Onkel Giraud unachtsam war und es verlor.

Die Reporter waren überhaupt nicht gemein. Sie war auch darüber sehr froh. Sie merkte bald, daß sie nicht zu ihren Feinden gehörten, sondern daß sie bloß ein Haufen Leute mit Notizbüchern und einige mit Kameras waren, deshalb sagte sie Catlin und Florian, sie könnten sich entspannen, sie seien in Ordnung, und setzte sich auf den Stuhl, den man ihr angeboten hatte, weil sie sagte, sie sei müde, und ihr Arm schmerzte.

Sie konnte auch ihre Füße baumeln lassen. Benimm dich natürlich, hatte Giraud gesagt. Sei freundlich. Sei nicht böse zu ihnen: Sie werden dich in den Nachrichten zeigen, und dann wird jeder in der Union wissen, daß du ein nettes kleines Mädchen bist und niemand gegen dich einen Prozeß anstrengen und einen Offenbarungsantrag einreichen darf.

Das kam ihr ganz vernünftig vor.

Deshalb saß sie da, während diese Leute ihre Fragen aufschrieben und an den ältesten Reporter weitergaben, Fragen wie: »Wie hast du dir den Arm gebrochen?« – immer wieder dasselbe.

»Ser Nye, können Sie uns sagen, was ein Pferd ist?« fragte als nächstes jemand laut heraus, und das fand sie lustig, weil man schließlich wußte, was ein Pferd war, wenn man seinen Bändern zuhörte. Aber sie blieb nett.

»Das kann ich beantworten«, sagte sie. »Es ist etwa ...« – sie reckte den Arm nach oben und merkte, daß es nicht hoch genug war – »zweimal so hoch. Und schwarzbraun, und es tanzt fast. Florian kennt es. Er hat sich damals drum gekümmert. Auf der Erde benutzte man sie zum Reiten, aber dafür hatte man einen Sattel und Zaumzeug. Ich hab's ohne versucht. Deshalb bin ich runtergefallen. Direkt über den Zaun.«

»Das muß weh getan haben.«

Sie ließ ihre Füße baumeln und fühlte sich immer besser. Sie hatte die Leute in der Hand. Es gefiel ihr besser, wenn sie ihre Fragen nicht aufschrieben. Man konnte sie dann leichter bearbeiten. »Nur ein bißchen. Es tut jetzt schlimmer weh, manchmal. Aber ich bekomme den Verband bald abgenommen.«

Leider wandten sie sich wieder den aufgeschriebenen Fragen zu. »Hast du viele Freunde in Reseune? Spielst du mit anderen Jungen und Mädchen?«

»Oh, manchmal.« Sei nicht böse, hatte Giraud gesagt. »Am meisten mit Florian und Catlin. Sie sind meine besten Freunde.«

»Die nächste«, rief jemand. »Ser Giraud, können Sie uns etwas mehr darüber sagen?«

»Ari«, fragte Giraud. »Möchstest du darauf antworten? Was macht ihr, um euch die Zeit zu vertreiben?«

»Oh, eine Menge. Wir verstecken und suchen Sachen, spielen Sternjagd, basteln was.« Sie ließ wieder ihre Füße baumeln und sah sich nach Florian und Catlin um. »Nicht wahr?«

»Ja«, sagte Florian.

»Wer paßt auf euch auf?« lautete die nächste Frage.

»Nelly. Meine Mama hat sie bei mir gelassen. Und Onkel Denys. Ich wohne bei ihm.«

»Die nächste«, rief eine Frau.

Giraud las die nächste Frage vor. »Was ist dein bestes Fach?«

»Biologie. Meine Mama hat mich darin unterrichtet.« Das wieder. Man sah die Nachrichten auch auf Fargone. »Ich schicke ihr Briefe. Kann ich meiner Mama Hallo sagen? Wird das in Fargone empfangen?«

Giraud gefiel das nicht. Er sah sie streng an. *Nein.*

Sie lächelte, ganz nett, während die Reporter durcheinander redeten.

»Ja?« fragte sie.

»Ganz bestimmt«, rief jemand ihr zu. »Wer ist deine Mama, Kleine?«

»Meine Mama ist Jane Strassen. Ich habe bald Geburtstag. Ich bin fast neun. Hallo, Mama!«

Weil der gemeine Onkel Giraud sie nicht davon abhalten konnte und weil er gesagt hatte, daß in der ganzen Union alle auf ihrer Seite sein würden, benahm sie sich wie ein nettes kleines Mädchen.

»Die nächste!«

»Heben Sie Ihre restlichen Fragen für die nächste Pressekonferenz auf«, sagte Onkel Giraud. »Wir haben bisher alle Fragen der Reihe nach beantwortet. Halten wir uns an die Formalitäten. Wir haben diese Pressekonferenz nach einem sehr anstrengenden Tag für Ari einberufen, und sie kann nicht jede Frage beantworten, bitte. Nicht heute.«

»Ist das dieselbe Jane Strassen, die *Reseunespace* leitet?«

»Ja, es ist dieselbe Jane Strassen, die sich mit ihrer Arbeit auf diesem Gebiet selbst Ansehen erworben hat, was ich in ihrem Interesse nicht versäumen sollte zu erwähnen. Wir können Ihnen jedes gewünschte Material über ihre Karriere und ihre Verdienste zur Verfügung stellen. Aber halten wir uns jetzt an die Formalitäten. Lassen Sie dem Kind mal eine kurze Pause, um Atem zu schöpfen, bitte. Ihr Familienleben ist kein Gegenstand öffentlichen

Interesses und sollte es auch nicht sein. Fragen Sie sie in ein paar Jahren danach. Gegenwärtig ist sie ein völlig übermüdetes kleines Mädchen, das eine Menge Fragen beantworten mußte, und ich fürchte, wir werden nicht alle beantworten können, wenn wir anfangen, durcheinander zu fragen. – Ari, die nächste Frage: Was hast du für Hobbies?«

Natürlich wurden sie von Onkel Giraud bearbeitet, und sie wußten es. Ari hätte ihn aufhalten können, aber dann hätte sie mit Onkel Giraud Ärger bekommen, und daran war ihr nicht gelegen. Sie hatte alles getan, was sie wollte. Sie war jetzt sicher, das wußte sie, denn Giraud hätte es nicht gewagt, vor all diesen Leuten etwas zu tun, die bis zu ihrer Mama darüber berichten und Dinge herausbekommen konnten.

Sie wußte, daß Pressefreiheit herrschte. Es wurde in ihren Staatsbürgerkunde-Bändern erwähnt.

»Was für Hobbies? Ich studiere Astronomie. Und ich habe ein Aquarium. Onkel Denys hat mir ein paar Guppys gekauft. Sie werden von der Erde importiert. Man soll die schlechten immer entfernen, und man kann welche mit schönen Schwänzen züchten. Die Teichfische würden sie fressen. Aber das mache ich nicht. Ich gebe sie einfach in einen anderen Tank, weil ich es nicht mag, wenn sie gefressen werden. Sie sind ziemlich interessant. Mein Lehrer sagt, es sind Neuzüchtungen der alten Rasse. Mein Onkel Denys wird mir noch ein paar Tanks kaufen, und er sagt, ich kann sie in mein Zimmer stellen.«

»Guppys sind kleine Fische«, erklärte Onkel Giraud.

Die Leute außerhalb von Reseune bekommen viele Dinge nicht zu Gesicht, erkannte Ari.

»Guppys sind einfach«, sagte sie. »Jeder kann sie aufziehen. Sie sind auch ganz hübsch und fressen nicht viel.« Sie rückte auf ihrem Stuhl herum. »Längst nicht soviel wie Pferde.«

V

In dem Restaurant im nördlichen Korridor herrschte eine seltsame Atmosphäre – sie war dem Verhalten des Personals und der Kundschaft zu verdanken und dem Umstand, daß das preisgünstige Restaurant überfüllt war und erst ab dem Nachmittag wieder Reservierungen annahm – und nur die Hellhörigen und Glückspilze hatten gemerkt, als sie sich fürs Abendessen telephonisch Tische reservierten, daß das höchst extravagante *Changes* das einzige Restaurant war, das vielleicht noch freie Plätze hatte. Fünf Minuten später, hatte Grant in der herablassenden Art eines Erfolgreichen gesagt, und sie hätten zu Hause Käsesandwiches essen müssen.

Statt dessen saßen sie bei Cocktails, Horsd'oeuvres und würzigem Schweinebraten mit importierten Früchten in einem Restaurant, das von Angestellten aus dem Flügel Eins wimmelte, die Credits ausgaben, ein bißchen zuviel tranken und sich hinter vorgehaltener Hand in Spekulationen ergingen, die nicht ganz optimistisch, nicht ganz zuversichtlich waren, aber dem Gefühl entsprachen, bei einem großen Ereignis dabeigewesen zu sein, ein Gefühl, nachdem sie den ganzen Tag an jeder Silbe gehangen hatten, die einem kleinen Mädchen über die Lippen gekommen war, das sich der enormen Gefahr wahrscheinlich gar nicht bewußt war – daß etwas dabei herausgekommen war, daß das Projekt, das ihr Leben seit Jahren in Beschlag nahm, unerwartet Flügel bekommen und – Gott weiß was – bewiesen hatte: etwas Alchemistisches; oder etwas Schlichtes, ungemein Menschliches.

Seltsam, dachte Justin, daß er sich so verantwortlich, so besorgt – und derart persönlich betroffen gefühlt hatte, als der Gegenstand des Projekts auf einem Stuhl Platz nahm, wie jedes andere kleine Mädchen die Beine baumeln ließ und zwischen fröhlichem Geplapper und gedankenvoller Konzentration hin und her wechselte …

Unbeschadet und noch immer in Entwicklung begriffen.

Die restliche Kundschaft im *Changes* überraschte es vielleicht, die Warrick-Partei auswärts essen zu sehen, sie waren ein Schatten aus der Vergangenheit; gelegentlich sah man zu ihnen hinüber, und Justin hatte keine Zweifel, daß an Suli Schwartzes Tisch über sie gesprochen wurde.

»Vielleicht glauben sie, wir haben etwas klarzustellen«, sagte er zu Grant über der Suppe.

»Vielleicht«, murmelte Grant. »Macht's dir was aus? Mir nicht ...«

Justin lachte humorlos. »Ich habe die ganze Zeit überlegt ...«

»Was?«

»Ich habe während der ganzen Vernehmung überlegt, mein Gott, was passieren würde, wenn sie mit ›Mein Freund Justin Warrick‹ oder sowas herausplatzt.«

»Mhmmm, dafür ist das Kind zu raffiniert. Sie wußte, was sie tat. Bei jedem Wort.«

»Meinst du?«

»Meine ich wirklich.«

»Man sagt, ihre Testergebnisse reichten an die von Ari nicht heran.«

»Was glaubst du?«

Justin betrachtete die Vase auf dem Tisch, den einzelnen roten Geranienstrauß, der einen angenehmen, wenn auch starken Grünpflanzenduft verbreitete. Durchdringend, klar, exotisch für eine graublaue Welt. »Ich glaube, sie ist eine Kämpferin. Wenn nicht, hätten sie sie längst in den Wahnsinn getrieben. Ich weiß nicht, was sie wirklich ist, aber manchmal glaube ich ... Gott, warum, zum Teufel, erklären sie das Projekt nicht als erfolgreich und lassen das Kind einfach so aufwachsen, mehr nicht. Und dann erinnere ich mich an die Sache mit dem Bok-Clon und überlege – was passieren wird, wenn sie die damaligen Fehler wiederholt haben? Oder wenn sie Ari mit ihren verdammten Hormonen und Bändern zur Strecke bringen? Oder wenn sie jetzt aufhören und Ari ...«

»... die Sets nicht integrieren kann?« fragte Grant. Der

Endpunkt in der Entwicklung einer Azi-Psyche. Der Punkt der Verifizierung, die Bewährungsprobe einer aufsteigenden Pyramide logischer Strukturen.

Es paßte, auf seine bizarre Art. Es fügte sich in das Konzept ein, das ihm durch dem Kopf ging. Aber nicht unter diesen Vorzeichen. Nicht bei einem ZIV, dessen Werte-Strukturen, wenn Emory recht hatte und Hauptmann und Poley sich irrten, in Flux-Denken erworben und in Matrizen verankert wurden.

»Wenn sie das Fließen nicht beherrscht«, sagte er. Ganz nach Emorys Theorie, in Widerspruch zur These von Hauptmann und Poley. »Die Hormone nicht unter Kontrolle bringt. Sondern umgekehrt.«

Grant hob sein Weinglas und betrachtete es. »Darauf trinken wir einen. Mein Gott. Das ist ja eine Offenbarung. Der Mann akzeptiert die Flux-Theorie.« Und dann ein Blick in Justins Richtung, ernst, unverhohlen und besorgt. »Du meinst, es funktioniert – aus den Gründen, die Emory angeführt hat?«

»Ich weiß es nicht mehr. Ich weiß es wirklich nicht.« Die Suppe schmeckte für ihn auf einmal anders, nahm einen Augenblick einen kupferartigen, unangenehmen Beigeschmack an; aber er führte noch einen Löffel zum Mund, und der Eindruck verschwand. Seine Vernunft gewann wieder an Boden, brachte ein tiefes Bedauern für ein kleines Mädchen in einer unmöglichen Situation mit sich. »Ich überlege die ganze Zeit – wenn sie das Programm jetzt unter ihr wegziehen ... Welche Möglichkeiten hat sie dann? Wenn man sein ganzes Leben in einem Wirbelsturm verbracht hat – und die Sturm läßt plötzlich nach – diese Stille danach – diese schreckliche Stille ...«

Ihm wurde plötzlich klar, daß er nicht über Ari redete. Grant starrte ihn besorgt an, und er war in einem kalten, klaren Augenblick gefangen, mit dem Licht der Lampen, Grant, dem Geruch der Geranien, in einem dunklen Abgrund, wo andere Gesichter ein abgetrenntes Dasein im Lampenlicht fristeten.

»Wenn das Fließen aufhört«, sagte er. »Wenn alles zum Stillstand tendiert – hast du das Gefühl, allen Kontakt zu den Dingen verloren zu haben. Daß nichts einen Sinn ergibt. Als ob alles den gleichen Wert annähme, alles sich aneinander angliche. Und man kann sich nicht bewegen. Deshalb sorgt man selbst für den Druck, der einen bewegt. Man erfindet einen Flux-Zustand. Selbst Panik hilft. Sonst ergeht es einem wie dem Bok-Clon, man verschwimmt einfach in alle Richtungen und bekommt nicht mehr Input als vorher.«

»Ein *Zerfließen*«, sagte Grant. »Ohne daß ein Aufseher da ist, der einen da herausholen könnte. Ich habe das einmal durchgemacht. Reden wir über Ari? Oder versuchst du mir etwas zu sagen?«

»ZIVs«, erwiderte Justin. »ZIVS. Wir können selbst unser Zerfließen mit Flux-Denken erfassen, endlos Untereinheiten bilden. Wir tunneln zwischen den Realitäten.« Er war mit der Suppe fertig und trank einen Schluck Wein. »Alles kann einen in diesen Zustand versetzen – wie bei einem zerbrochenen Hologramm kann jeder Teil der Matrix das Fließen auslösen. Der Geschmack von Orangensaft. Von heute an auch der Geruch von Geranien. Man fängt damit an, daß man Erinnerungen aufbietet, um neue Hormonschübe anzuregen, denn wenn der Sturm sich legt und sich nichts bewegt, muß man versuchen, sich in einen früheren Zustand zu versetzen – kann ich mich verständlich machen? Denn wenn der Sturm sich legt, hat man nichts anderes mehr. Boks Clon ist Musikerin geworden. Eine ziemlich gute. Keine große. Aber Musik ist Gefühl. Emotionales Fließen durch ein mathematisches System aus Tönen und Intervallen. Fließen und Zerfließen für ein Gehirn, das sich mit dem Hyperraum hätte beschäftigen können.«

»Nur hat man Boks Clon nie entlastet«, wand Grant ein. »Sie war immer in den Nachrichten, bis zu dem Tag, an dem sie starb.«

»Oder es war eine ungleichmäßige, chaotische Belastung, die immer mehr Verwirrung anhäufte. *Du bist brillant. Du bist ein Fehlschlag. Du blamierst uns. Kannst du uns sagen, warum du eine solche Enttäuschung bist?* Ich frage mich, ob je einer eine Genußschleife in die Tiefensets des Bok-Clones eingefügt hat.«

»Wie gehst du denn vor«, fragte Grant, »wenn du sie in unsere ungemein empfindlichen Sets einsetzt nimmst du eine Psychose in Kauf? Ich glaube, du bringst der Versuchsperson bei, an den Adrenalinstößen Spaß zu haben. Oder Freude aus dem Fließen selbst zu gewinnen, statt sie den Datenbanken zu entnehmen.«

Der Kellner kam und entfernte rasch die leeren Suppenteller, ehe er noch etwas Wein einschenkte.

»Ich glaube«, sagte Justin mit einem unbehaglichen Gefühl, »du hast eben beschrieben, was ein Masochist ist. Oder etwas Entscheidendes gesagt.« Sein Verstand sprang weiterhin zwischen seiner Situation, Jordan, dem Mädchen im Gerichtssaal, den kalten, grünen Zeilen seiner Programme auf dem Video-Display und der abgeschirmten, planmäßig be- und entlasteten Gesellschaft in der Stadt hin und her, wo die Belastungsgrößen berechnet wurden und ein logisches, menschliches und von Menschen betriebenes System von Eingriffen Überbelastungen verbot.

Lust und Schmerz, Liebling.

Er langte nach dem Weinglas, hielt seine Hand still, als er daran nippte, und setzte es wieder ab, als die Kellner das Hauptgericht brachten.

Er dachte immer noch nach, als er den ersten Bissen kaute, während Grant eine ganze Zeit nichts sagte.

Gott, dachte er, brauche ich einen Zustand der Panik, um klar zu denken?

Schlittere ich allmählich in den Wahnsinn, oder bin ich auf etwas gestoßen?

»Ich kann mich nur schwer zurückhalten«, sagte er schließlich zu Grant, »ihnen, was Ari angeht, einen Vorschlag zu machen.«

»Gott«, rief Grant und schluckte hastig einen Bissen hinunter. »Sie würden überschnappen. – Du meinst das ernst. Was für einen Vorschlag denn?«

»Daß sie Ari einen anderen Lehrer besorgen. Zumindest noch einen Lehrer, einen weniger geduldigen als John Edwards. Sie wird nie über sich hinauswachsen, wenn sie jemanden wie Edwards hat, den sie durchschaut, meinst du nicht? Sie hat in ihrem Leben eine Menge Anerkennung und verdammt wenig Zuneigung erfahren. Woran wärst *du* mehr interessiert, an dem, was Edwards vorführt? Edwards ist ein sehr netter Bursche – ein verdammt guter Lehrer, der sich überlegt, wie er das Interesse der Studenten wecken kann; aber wenn du Ari Emory wärst, wofür würdest du arbeiten: für Edwards volle Aufmerksamkeit – oder für gute Testergebnisse?«

Grant zuckte mit einer Braue, ein Zeichen echter Nachdenklichkeit. »Du könntest recht haben.«

»Verdammt, ich weiß, daß ich recht habe. Was, zum Teufel, hat sie denn in unserem Büro gesucht?« In diesem Moment erinnerte er sich daran, was er gedacht hatte, als sie die Reservierungen vornahmen, daß der Sicherheitsdienst sie finden konnte, in den verdammten Geranien eine Wanze versteckt haben mochte, um alles mitzubekommen. Der Gedanke zog einen kleinen Adrenalinausstoß nach sich. Er erinnerte ihn daran, daß er am Leben war. »Das Kind sucht Aufmerksamkeit, das ist alles. Und sie haben ihr gerade den größten Adrenalinstoß verschafft, den sie seit Jahren hatte. Sie hat die Vernehmung genossen. *Alle* haben ihr Aufmerksamkeit geschenkt. Sie ist so glücklich wie nie zuvor in ihrem armen manipulierten Leben. Wie soll Edwards *dagegen* ankommen, wenn sie zurück ist? Was hat er anzubieten, um ihr Interesse an den Studien wachzuhalten, gegen diese Art von Aufregung? Sie brauchen jemanden, der *ihre* Aufmerksamkeit an sich zieht, nicht umgekehrt.« Er schüttelte den Kopf und machte sich mit seinem Messer an den Braten. »Aber das ist eigentlich nicht mein Problem, oder?«

»Ich rate dir dringend, dich da nicht einzumischen«, sagte Grant. »Ich würde es an deine Stelle Yanni gegenüber nicht erwähnen.«

»Das Problem ist, daß niemand der Brennpunkt ihres

Mißfallens sein will«, fügte Justin hinzu. »Niemand möchte an dem heißen Fleck stehen, genausowenig wie du oder ich. Ari war immer unberechenbar – auf eine kalte Art. Auf eine Art, daß sie zu warten verstand. Ich weiß nicht, wie weit es ging, so gut habe ich sie nie gekannt. Die älteren Angestellten schon. Stimmt's?«

VI

Sie stiegen aus dem Wagen, während die Leute vom Sicherheitsdienst sich aus den anderen Wagen drängten, und Ari schritt den Weg hinauf, der zu den Glastüren führte, Onkel Giraud hinter ihr und Florian und Catlin nah bei ihr, um sie vor dem Gedränge der Sicherheitsleute und Reporter zu schützen.

Die Türen öffneten sich. Sie konnte das sehen, aber sie konnte nicht über die Schultern ringsum blicken. Manchmal machten die vielen Leute ihr Angst, auch wenn sie gekommen waren, um sie zu sehen, und auch wenn sie sie zu schützen versuchten.

Sie hatte Angst, man würde auf sie treten, so eng war es; und sie hatte noch immer Prellungen und wunde Stellen.

Sie waren herumgefahren, und sie hatten die Kais und die Volga gesehen, wo sie in die Swigert-Bucht mündete, und den Flughafen und Orte, wo Ari viel dafür gegeben hätte, auszusteigen und sich genauer umzusehen, aber Onkel Giraud hatte nein gesagt, es seien zu viele Menschen da, und es sei zu schwer.

Wie in dem Hotel, wo sie die Nacht in einer großen Suite verbracht hatten, ein ganzes Stockwerk für sich allein; und wo die Leute im Foyer und um ihren Wagen gedrängt hatten. Das hatte ihr Angst gemacht. Und es machte ihr auch in der Staatshalle Angst, als sie in den Türen aufgehalten wurden und immer mehr Menschen dazukamen, Ari mittendrin; aber Catlin streckte eine Hand aus, drängte die Schaulustigen zurück, und sie kamen alle durch.

Die Staatshalle war die erste Sehenswürdigkeit, die sie

sich überhaupt richtig ansehen konnten, weil ihnen überallhin die vielen Leute und die ganzen Reporter folgten.

Sie sah so aus wie auf den Bändern, war riesig groß und hallte wider, bis einem wirr im Kopf wurde, wenn man sich umsah und all die Leute oben auf den Galerien bemerkte, die zu ihnen herabsehen: Es gab sie wirklich, auch wenn sie wie das Gericht vorher nur ein Ort auf einem Band gewesen war, und sie wußte sofort, wie der Raum am Ende der Treppe aussehen würde, als Onkel Giraud ihr sagte, daß sich dort der Rat der Neun versammelte.

Der Lärm ließ nach. Die Leute redeten alle, aber sie riefen nicht mehr durcheinander, und der Sicherheitsdienst hatte die Reporter zurückgedrängt, damit Ari und ihr Gefolge umhergehen und sich alles ansehen konnten.

Onkel Giraud brachte sie, Florian und Catlin nach oben, wo sie Nasir Harad, dem Vorsitzenden der Neun, die Hand schüttelten: Er war dünn und hatte weißes Haar, und es war viel an ihm, was er nicht preisgeben wollte, das merkte sie, ebenso wie sie merkte, daß er irgendwie sonderbar war, so wie er ihre Hand hielt, nachdem er sie geschüttelt hatte, und sie ansah, als wollte er etwas von ihr.

»Onkel Giraud«, flüsterte sie, als sie durch die Türen die Ratskammer betraten, »der da eben war aber komisch.«

»Pscht«, machte er und zeigte auf den großen halbkreisförmigen Tisch, an dem die Räte saßen, wenn sie tagten.

Es war jedenfalls komisch, Giraud zu fragen, ob jemand freundlich gesonnen war oder nicht. Sie sah sich alles an, was er ihr erklärte, welcher Sitz wem gehörte, und wo Giraud saß, wenn er im Rat war – nämlich auf dem fürs Wissenschaftsamt, das wußte sie: Sie waren am Gebäude des Wissenschaftsamts vorbeigefahren, und Giraud hatte gesagt, er habe ein Büro dort, wie auch in der Staatshalle, aber er hielt sich dort meist nur kurz auf, denn er hatte Sekretäre und Manager, die sich um alles kümmerten.

Er ließ jemandem vom Sicherheitsdienst einen Knopf drücken, der die Rückwand öffnete, und Ari stand mit großen Augen da, während die Ratskammer sich in die große

Ratshalle öffnete, zu einem Raum auf der Seite der Sitze wurde, mit dem Podium vor der riesigen Wand, die Onkel Girauds Worten nach aus Stein von den Ufern der Volga bestand, ganz rauher roter Sandstein, ganz so wie ein Flußufer.

Die Sitze sahen vor diesem Hintergrund ganz winzig aus.

»Hier werden die Gesetze gemacht«, erklärte Onkel Giraud, und seine Stimme hallte wie jeder Schritt. »Da sitzen der Ratspräsident und der Vorsitzende, da vorn auf dem Podium.«

Das wußte sie noch. Sie konnte sich an ein Band erinnern, das den Raum voller Leute zeigte, die zwischen den Sitzreihen auf und ab gingen. Ihr Herz schlug schnell.

»Das ist das Zentrum der Union«, fuhr Onkel Giraud fort. »Hier überwinden Menschen ihre Unterschiede. Hier wird alles in Gang gehalten.«

Sie hatte ihn noch nie so reden gehört, nie mit einer solch ruhigen Stimme, die darauf hindeutete, daß es um wichtige Dinge ging. Er klang ein wenig wie Dr. Edwards, wenn er ihr Unterricht gab.

Dann brachte er sie wieder nach draußen, wo es laut war und der Sicherheitsdienst Platz für sie schuf. Dann die Treppe hinunter. Unten waren Kameras zu sehen.

»Wir werden ein kurzes Interview geben«, erklärte ihr Onkel Giraud, »und dann werden wir mit dem Vorsitzenden Harad zu Mittag essen. Gut?«

»Was gibt's denn zu Mittag?« fragte sie. Essen hörte sich gut an. Beim Vorsitzenden Harad war sie sich nicht so sicher.

»Rat Nye«, unterbrach eine ältere Frau, die zu ihnen herantrat und eine Hand auf Onkel Girauds Ärmel legte. »Eine Privatsache. Schnell. *Bitte.*«

Es gab irgendwie Ärger. Ari merkte es daran, wie die Frau fast vor Sorge überschnappte, und Giraud erstarrte nur für einen Moment, bevor er sagte: »Bleib hier, Ari.«

Sie sprachen miteinander, und die Frau kehrte ihnen den Rücken zu. Der Lärm übertönte alles.

Aber Onkel Giraud kam sehr schnell zurück, und er war sehr aufgeregt. Sein Gesicht war ganz blaß.

»Sera«, flüsterte Florian rasch, als wollte er von ihr wissen, was zu tun sei. Aber sie wußte nicht, woher der Ärger kam und um was es ging.

»Ari«, sagte Onkel Giraud und nahm sie beiseite, brachte sie an der Wand entlang und an dem riesigen Springbrunnen vorbei zum anderen Ende, wo einige Büros waren. Der Sicherheitsdienst setzte sich schnell in Bewegung, Florian und Catlin gingen mit ihr, und niemand folgte ihnen. Es tönte nur überall dieses Stimmengewirr, das wie das Murmeln eines Bachs klang.

Die Leute vom Sicherheitsdienst öffneten die Türen. Sie vertrieben die Leute drinnen in ein hinteres Büro und wirkten verwirrt und aufgeregt.

»Wartet draußen!« befahl Onkel Giraud Florian und Catlin, und sie warf ihnen einen erschrockenen Blick zu, als er mit ihr in ein leeres Büro mit einem Schreibtisch und einem Stuhl eilte. Sie wollten ihr folgen, unsicher, was zu tun sei, aber Giraud schrie: *»Raus!«*, und sie sagte: »Es ist schon in Ordnung.«

Er versperrte die Tür vor ihrer Nase. Sie hatten Angst. Auch Onkel Giraud hatte Angst. Und Ari wußte nicht, was mit ihnen allen vor sich ging. Er nahm sie an den Schultern, sah sie an und sagte:

»Ari. – Ari, es ist eine Meldung übers Netz gekommen. Aus Fargone. Ich möchte, daß du mir zuhörst. Es geht um deine Mama. Sie ist gestorben, Ari.«

Sie stand bloß da. Sie spürte seine Hände auf ihren Schultern, Er tat ihrer rechten weh. Was er sagte, war verrückt, etwas, das nicht auf Mama zutreffen konnte, es ergab keinen Sinn.

»Sie ist vor sechs Monaten gestorben, Ari. Die Neuigkeit ist gerade übers Netz der Station gekommen. Es ist eben hier bekannt geworden. Sie empfangen es da draußen über ihre Kommunikationskanäle. Diese Frau hat es gehört und es mir gesagt, und ich wollte nicht, daß du es dort draußen hörst, Ari. Atme tief durch, Liebling. Ari!«

Er schüttelte sie. Es tat weh. Und einen Moment lang konnte sie nicht atmen, ehe sie auf einmal um Atem rang und Giraud sie an sich zog, ihren Rücken tätschelte und sie Liebling nannte. Wie Mama.

Sie schlug ihn. Er umarmte sie so, daß es ihr nicht mehr gelang, und hielt sie einfach fest, während sie weinte.

»Das ist einfach nicht wahr!« schrie sie, als sie genug Atem geschöpft hatte.

»Doch.« Er hielt sie fest in den Armen. »Liebling, deine Mama war sehr, sehr alt, das ist alles. Und Menschen sterben nun einmal. Hör mir zu! Ich werde dich nach Hause bringen. Nach Hause, verstehst du? Aber du mußt da rausgehen. Du mußt an all diesen Leuten vorbei hier rausgehen und in den Wagen steigen, verstehst du? Der Sicherheitsdienst wird den Wagen holen, und wir werden gleich zum Flughafen fahren und nach Hause fliegen. Aber du mußt erst zum Wagen kommen. Schaffst du das?«

Sie hörte zu. Sie hörte alles. Die Dinge zogen an ihr vorbei. Aber sie hörte auf zu weinen, und er schob sie an den Schultern zurück und wischte ihr mit den Fingerspitzen die Tränen aus dem Gesicht, strich ihr Haar glatt und setzte sie in den Stuhl.

»Bist du in Ordnung?« fragte er sie ganz ruhig. »Ari?« Sie schnappte noch einmal nach Luft. Und starrte durch ihn hindurch. Sie spürte, wie er ihre Schulter tätschelte, und hörte ihn zur Tür gehen und Florian und Catlin rufen.

»Aris Mama ist gestorben«, hörte sie ihn sagen. »Wir haben's gerade erfahren.«

Immer mehr Leute. Florian und Catlin. Wenn sie es alle glaubten, mußte es wohl wahr sein. All die Leute dort draußen. Mama war in den Nachrichten. Die ganze Union wußte, daß ihre Mama gestorben war.

Onkel Giraud kam zurück, ging vor ihr in die Knie, holte seinen Kamm heraus und begann ihr ganz vorsichtig das Haar zu kämmen. Sie brachte es durcheinander und wandte den Kopf ab. *Geh weg!*

Aber er kämmte es noch mal, sehr sanft und geduldig,

und klopfte ihr auf die Schulter, als er fertig war. Florian brachte ihr etwas zu trinken, und sie nahm das Glas in die heile Hand. Catlin stand bloß mit besorgtem Blick da.

Tot ist tot, sagte Catlin immer. Catlin wußte nicht, wie man mit einem ZIV umging, der glaubte, es sei etwas anderes.

»Ari«, sagte Onkel Giraud. »Laß uns hier rausgehen. Gehen wir zum Wagen, ja? Nimm meine Hand. Es wird dir niemand irgendwelche Fragen stellen. Geh nur mit mir zum Wagen.«

Sie nahm seine Hand, stand auf und ging mit ihrer Hand in der von Giraud hinaus ins Büro und wieder nach draußen, wo all die Leute standen und den ganzen Saal ausfüllten; und das Stimmengewirr erstarb zu einem Hintergrundgeräusch. Sie konnte zum erstenmal das Plätschern des Brunnens hören. Giraud veränderte die Haltung seiner Hände und legte ihr die rechte auf die Schulter, und sie ging an seiner Seite, Catlin vor ihr und Florian auf der anderen Seite, und ringsum die ganzen Sicherheitsleute. Aber Ari brauchte sie nicht. Niemand fragte etwas.

Es tat ihnen leid, dachte sie. Es tat ihnen wirklich leid für sie.

Und sie verabscheute das. Sie *haßte* die Art, wie sie sie ansahen.

Es war ein furchtbar langer Weg, bis sie durch die Türen schritten und in den Wagen stiegen. Florian und Catlin zwängten sich auf der anderen Seite hinein, während Onkel Giraud sie auf den Rücksitz schob, sich neben sie setzte und ihre Hand hielt.

Der Sicherheitsdienst warf die Hintertüren zu, einer von ihnen stieg ein und schloß die Türen, und der Wagen fuhr los, schnell und laut, und die Lichter im Tunnel schossen an ihnen vorbei.

»Ari«, sagte Giraud im Flugzeug zu ihr und vertrieb Florian von seinem Platz, um sich ihr gegenüber an den kleinen Tisch zu setzen, als sie in der Luft waren. »Ich habe jetzt nähere Informationen erhalten. Deine Mama ist in ihrem Büro gestorben. Sie arbeitete gerade. Sie hatte einen Herzanfall. Es ging sehr schnell. Man konnte sie nicht einmal mehr in die Klinik bringen.«

»Wo sind meine Briefe?« fragte sie und sah ihm direkt ins Gesicht.

Giraud erwiderte ihren Blick. »Auf Fargone. Ich bin mir sicher, daß sie sie gelesen hat.«

»Warum hat sie mir nicht geantwortet?«

Giraud schwieg für einen Moment. Dann: »Ich weiß nicht, Ari. Ich weiß es wirklich nicht. Ich weiß nicht einmal, ob sie hätte antworten können. Ich werde versuchen, es herauszufinden. Aber das kostet Zeit. Alles zwischen hier und Fargone – kostet viel Zeit.«

Sie wandte ihr Gesicht von ihm ab, zum Fenster, hinter dem das Hinterland verschwommene rote Flecken zeigte.

Sie hatte ihre Mama vor sechs Monaten verloren. Und sie hatte es nicht gespürt. Sie hatte weitergemacht, als sei nichts geschehen, als sei noch alles so wie vorher. Sie schämte sich dafür. Es machte sie wütend. Es hätten noch andere schreckliche Dinge geschehen sein können, und es hätte ebenso lang gedauert, um davon zu erfahren.

»Ich will, daß Ollie nach Hause kommt«, sagte sie zu Giraud.

»Ich werde mich darum kümmern«, erwiderte Giraud.

»Mach das!«

»Ollie hat da auch ein Wörtchen mitzureden. Meinst du nicht? Er ist der Partner deiner Mama. Er wird sich um die Geschäfte deiner Mama kümmern müssen. Er wird dafür sorgen müssen, daß alles gut läuft. Er ist kein Diener, Liebling, er ist ein guter Manager, und er wird sich um das Büro deiner Mama kümmern und ihre Angelegenheiten regeln. Er wird darauf bestehen. Aber ich werde ihm schreiben und ihn fragen, was er danach vorhat.«

Sie versuchte den Kloß in ihrer Kehle hinunterzuschlucken. Sie wünschte, Giraud würde fortgehen. Sie wußte nicht, was sie jetzt denken sollte. Sie grübelte noch darüber nach.

Der lange Weg kam ihr in den Sinn, und wie sie in der Halle alle angestarrt hatten. Und sie mußte das in Reseune noch einmal durchmachen – alle würden sie anstarren, alle würden wissen, was los war.

Es machte sie wütend. Es machte sie so wütend, daß ihr das Nachdenken schwerfiel.

Aber sie mußte nachdenken. Sie mußte herausfinden, in welchen Punkten die Leute sie anlogen.

Und wer ihr etwas wegnehmen wollte. Und ob *das* der Grund dafür war, was Mama zugestoßen war.

Wer sind sie, wo sind sie, was haben sie?

Sie beobachtete Giraud, als er nicht hersah, beobachtete nur ihn eine ganze Zeit.

VII

Die Nachrichtensendungen zeigten die Bilder immer wieder, das ernste, erschütterte Mädchen in dem blauen Kleid, das mit Giraud, Florian und Catlin an den schweigenden Reihen der Nachrichtenleute und Regierungsangestellten vorbeiging, während die Kameras liefen, und das schnelle, entschlossene Vorgehen der Männer vom Sicherheitsdienst, die ihnen einen Weg bahnten, als sie durch die Halle gingen.

Mikhail Corain sah es mit zusammengebissenen Zähnen, sah die folgenden Einspielungen, von denen Reseune einige zur Verfügung gestellt hatte, Bilder aus Aris Jugend, Jane Strassens Karriere, dazwischen Szenen aus dem Gerichtssaal, das Interview danach, und dann wieder das Ganze von vorn, mit Interviews mit dem Informationsbüro Reseunes, mit Denys Nye, mit Kinderpsychologen – dazu ernste Musik, illustrierende Bilder und das Geschwätz von Reportern, die anhand von Photos Vergleiche anstellten zwischen der originalen Ariane, als sie unbewegt am Grab ihrer Mutter stand, und dem pietätvoll blassen Gesicht des Replikats auf einer Standaufnahme aus der Einspielung, die sie immer und immer wieder zeigten, zum Kotzen.

Ganz Cyteen suhlte sich in dem besten Theater, das Reseune sich wünschen konnte. Diese Kanaille von Catherine Lao hatte sich kaum anstrengen müssen, um die Nachrichtendienste, die bereits über den Offenbarungsantrag berichteten, in höchste Aufregung zu versetzen – die Enthüllung schlug wie eine Bombe ein, daß es ein Emory-Replikat gab, die ihr Nachfolgerecht einklagte, kein Bok-Clon, was für eine Meldung! Dann der Auftritt vor Gericht, das Interview – alles Punkte auf der Seite der Expansionisten; der Einspruch des Verteidigungsamtes gegen den Antrag auf Grundlage des Gesetzes über die Militärische Geheimhaltung, eine kurze Berichterstattung über die Einwände der Zentristen, möglicherweise ein Stück gegen den Strom geschwommen ...

Dann Strassens Tod, und das Kind, als es die Neuigkeiten erfuhr, praktisch vor laufenden Kameras ...

Gott, was für ein Zirkus!

Ein Frachter legte an der Cyteen-Station an und schoß den Inhalt seines auf Fargone geladenen Informationspakets in die Datensortierer Cyteens, das Nachrichtenpaket erreichte Cyteens Nachrichtencomputer, der Computer räumte seiner Information einen Vorrang ein und spulte sie vor dem Auge der menschlichen Zuschauer ab, und aus dem, was eine Meldung von marginalem Interesse hätte sein können, der Tod einer Reseuner Administratorin, deren Name dem durchschnittlichen Bürger nicht einmal ein Begriff war, wurde das größte Medienereignis seit ...

Seit dem Mord in Reseune und der Vernehmung Warricks.

Die Neuigkeiten mußten echte sein: Der Datenspeicher eines Raumschiffs – das ganze System, das Nachrichten, elektronische Post, Publikationen, Börsenkurse, Finanzaufzeichnungen und Statistiken, Wahlergebnisse und Zivilaufzeichnungen transportierte – enthielt das gesamte Datenmaterial der letzten angeflogenen Station und schoß aus der Black Box des Raumschiffs, wenn es anlegte, während schon die Daten der aktuellen Station aufgesaugt wurden. Dieses System war es, das die Märkte in Gang hielt und das Funktionieren der ganzen Union sicherte: An einer Black Box herumzupfuschen, war physikalisch unwahrscheinlich und moralisch undenkbar, und Fargone war sechs Monate von Cyteen entfernt, deshalb war es beim besten Willen nicht möglich, daß man die Information zu diesem Zeitpunkt lanciert hatte, um diese Wirkung hervorzurufen …

Gott, er merkte, daß er jeden Schritt, den er gemacht, und jeden Kontakt, den er mit Giraud Nye und Reseune gehabt hatte, daraufhin durchging, ob auch nur die leiseste Möglichkeit bestand, daß man ihn zu einer Zeit zu einem Offenbarungsantrag getrieben hatte, da Reseune bereit war.

Der Grund dafür, daß ihm solche Gedanken kamen, war, daß er ein Leben lang mit Emory zu tun gehabt hatte.

Zum Beispiel überlegte er, ob Strassen ermordet worden war. Ob jene Skrupellosigkeit im Spiel war, die von einem Kind Gebrauch machte, so wie sie dieses geschaffen hatten und benutzten – die Skrupellosigkeit, eine ihrer eigenen Leute umzubringen, die etwas über hundertvierzig Jahre alt war und ohnehin schon auf der Kippe stand …

Was zählte ein Leben für Leute, für die es eine Routineangelegenheit war, Leben zu schaffen und zu zerstören?

Es war eine Frage, die es wert war, daß er ihr über seine eigenen Informationskanäle unauffällig nachging; aber alles, was er von Reseune wußte, existierte in derselben isolierten Station wie die Anlage des Verteidigungsamtes auf Fargone, wo sie nichts mit Fargone verband außer einer zweimal täglich verkehrenden Fähre, und man kam schwer an etwas oder jemanden in ihrem Innern heran.

Und die Zentristen-Partei konnte beträchtlich an Einfluß verlieren, wenn sie ausgerechnet jetzt das Falsche tat – Anklagen erhob, die nicht zu beweisen waren, an dem Antrag festhielt, der zu langwierigen Vernehmungen und einem Fall vor Gericht führen mußte, der auch das kleine Mädchen betraf, das erfahrene Journalisten zu sentimentalem Geschwätz hingerissen und eine solche Flut von Erkundigungen ausgelöst hatte, daß das Informationsamt in diesem Fall auf Sondernummern verzichtete.

Das war erst der Anfang. Die Schiffe, die in dieser Woche von der Station Cyteens ablegten, waren nur die Vorhut einer Welle, die bis zur Erde schwappen würde, bevor ihr das Publikum ausging.

Es war völlig ausgeschlossen, an dem Antrag festzuhalten. *Alles,* was ausgedehnte Verfahren einschloß, konnte sich auf sehr unberechenbare Art mit zukünftigen Ereignissen überschneiden.

Auch wenn ich die Untersuchungen im Interesse der Öffentlichkeit für unbedingt notwendig halte, scheint es unpassend, zum gegenwärtigen Zeitpunkt damit fortzufahren. Das war der Satz, den seine Redenschreiber weiterhin herunterhackten.

Es würde auf jeden Fall schlecht aussehen, ganz gleich was er tat. Er hatte daran gedacht, zum Wohl des Kindes eine Untersuchung zu fordern, und die Tatsache, daß Reseune das Kind gezeugt hatte, zur Sprache zu bringen, um genau diese Aufzeichnungen zu schützen.

Die ganze Zentristen-Partei stand plötzlich unter dem Druck eines ernsten Standortproblems.

VIII

Nelly half ihr, die Bluse auszuziehen – sie hing an der verletzten Schulter fest, der Ärmel war eingeschnitten und wieder zusammengebunden, damit er den Verband nicht freilegte. Sie hatte einige von derselben Art, und sie trug über allem Jacken, die sie auf der rechte Seite einfach über die Schulter legen konnte.

Danach fühlte sie sich besser. Sie ging unter die Dusche, und als sie wieder rauskam, half Nelly ihr, den Pyjama anzuziehen.

Nelly war aufgeregt, das spürte Ari, und sie wußte, sie

sollte ihre Wut nicht an Nelly auslassen, sie sollte sie eigentlich an niemandem auslassen.

»Ich geh noch nicht zu Bett«, sagte sie, als Nelly sie dorthin bringen wollte, und Nelly erwiderte: »Das sollst du aber.«

Als sie das hörte, hätte sie Nelly am liebsten gehauen oder geweint, aber das war beides dumm. Deshalb sagte sie ganz geduldig: »Nelly, laß mich in Ruhe, und geh ins Bett. Sofort!«

Sie hatte Mamas Gedenkgottesdienst besucht. Sie hatte es ohne zu weinen durchgestanden, zumindest hatte sie nicht eine solche Szene wie Victoria Strassen gemacht, die geschnieft und geschluckt hatte, bis schließlich die Männer vom Sicherheitsdienst zu ihr kamen und auf sie einredeten. Sie hatte Tante Victoria noch nie zuvor gesehen. Sie war schon wütend auf sie. Auch Mama wäre wütend auf sie gewesen, auch wenn sie Mamas Halbschwester war. Ari selbst hatte Wunden an den Innenseiten ihrer Lippen, wo sie hineingebissen hatte, um nicht zu weinen, aber das machte ihr nichts aus, das ging schon, es war besser als das Theater von Tante Victoria.

Ich möchte, daß du dir überlegst, ob du hingehst, hatte Onkel Giraud gesagt. *Du mußt nicht, verstehst du. Ich bin mir sicher, deiner Mama wäre es gleichgültig gewesen, wie du dich entscheidest: Du weißt, was sie von Formalitäten hielt … Sie ist in die Sonne, um die Fargone kreist, befördert worden: So werden Raumfahrer beigesetzt, und deine Mama war eine Raumfahrerin, bevor sie nach Rescune kam. Aber hier im Haus machen wir das etwas anders: Wir gehen in den Östlichen Garten hinaus, wo alle Gedenkgottesdienste abgehalten werden, wenn das Wetter danach ist, oder sonstwohin – und die Freunde deiner Mama werden ein paar Geschichten über sie erzählen, so geht das bei uns. Ich möchte nicht, daß du gehst, wenn es dich aufregt; aber ich dachte mir, du würdest das vielleicht gern hören, und es könnte dir helfen, etwas über deine Mama zu erfahren, wer sie war, als sie jung war, und was sie alles getan hat. Wenn du nicht willst, dann bleib hier. Wenn du nicht mitkommen willst und es dir dann doch anders überlegst, brauchst du bloß an meinem Ärmel* zu *ziehen, und du und ich werden einfach durch dieses Tor gehen, und niemand wird sich etwas dabei denken; Kinder nehmen nicht immer an solchen Anlässen teil. Nicht einmal alle Freunde. Es hängt nur von der Person ab, ob sie das Gefühl hat, es sei nötig, verstehst du?*

Florian und Catlin waren nicht mitgekommen. Sie waren zu jung, und sie waren Azis, sagte Onkel Denys, und sie verstanden nicht, warum ZIVs zu Beerdigungen gingen.

Du willst doch nicht, daß sie deswegen ein Band nehmen müssen, hatte Onkel Denys gesagt.

Sie war unheimlich froh, daß es vorbei war. Sie fühlte sich innerlich so verletzt wie außen, und Onkel Denys gab ihr dauernd Aspirin, und Dr. Ivanov hatte ihr einen Schuß verabreicht, nach dem sie sich, wie er sagte, etwas wacklig fühlen, der ihr aber helfen würde, den Gottesdienst durchzustehen.

Sie wünschte, er hätte darauf verzichtet. Sie hätte einiges davon gern etwas klarer gehört, und es war alles in ihrem Kopf umhergewirbelt und hatte widergehallt.

Das tat es immer noch, trotzdem brachte sie Nelly zur Tür und bat sie, Catlin und Florian zu schicken, ins Bett zu gehen und das Band zu nehmen, das Dr. Ivanov ihr empfohlen hatte.

»Ja«, sagte Nelly und sah elend dabei aus.

Ari biß sich wieder in die Lippe. Sie konnte sich kaum zurückhalten, Nelly anzuschreien. Statt dessen ging sie ihre Fische füttern und beobachtete sie, wie sie hinter dem Futter herjagten und zwischen den Pflanzen hin und her flitzten. Es waren eine Menge Junge dabei. Eine der Großen hatte ihre zur Welt gebracht. Und ihr größtes Männchen schwamm in dem Tank mit den häßlichen Weibchen, um dafür zu sorgen, daß die Jungen hübscher werden würden. Florian konnte ihn für sie mit dem Netz herausfischen und in seinen eigenen Tank zurückbringen: Sie hatte Angst, daß sie ihm mit dem Netz weh tat, wenn sie mit der linken Hand vorging.

Morgen. Sie war nicht in der Stimmung, heute abend etwas mit ihnen zu machen.

Catlin und Florian kamen herein, noch immer in Uniformen, und sahen besorgt aus, so wie die ganze Zeit schon, seit sie von Mamas Tod erfahren hatten. Sie konnten nicht einmal halbwegs nachvollziehen, wie sie sich fühlte, das wußte sie, aber es tat ihnen dennoch weh, weil es ihr weh tat.

Florian hatte ihr gesagt, er fühle sich schrecklich schuldig wegen ihrem Arm, und dann noch das mit ihrer Mama, und fragte sie, ob es etwas gäbe, was sie beide für sie tun könnten.

Sie wünschte, es gäbe etwas. Aber es war nicht seine Schuld, auch wenn er sich schlecht fühlte: Sie sagte ihm das und fragte ihn, ob er ein Band brauche, was ihre Pflicht war, wenn ihr Azi zu ihr kam.

Onkel Denys hatte ihr das gesagt.

»Nein«, hatte Florian sehr schnell, sehr bestimmt geantwortet. »Das wollen wir nicht. Was wäre, wenn Sie uns brauchten und wir in der Klinik wären? Nein. Darauf wollen wir es nicht ankommen lassen.«

»Ich möchte, daß ihr heute nacht hier bleibt«, sagte Ari, als sie eintraten.

»Ja, Sera«, erwiderte Florian; und Catlin fügte hinzu: »Wir holen unsere Sachen«, als ob es sie beide glücklich mache.

Ari fühlte sich besser, wenn die beiden bei ihr waren, wenn niemand sonst da war. Es war schwer, dort hinauszugehen, wo so viele Leute waren, so als habe sie keine Kleider an, als sei sie aus Glas gemacht, und man könne alles sehen, was in ihr vorging und alles herausfinden, was sie nicht jeden wissen lassen wollte. Bei Florian und Catlin dagegen hatte sie nie dieses Gefühl. Sie waren echte Freunde, und sie konnten im selben Zimmer schlafen und einfach im Pyjama beieinander sitzen, obwohl Florian ein Junge war.

Und hinter verschlossener Tür und nur in ihrer Gesellschaft konnte sie dieses bedrängende Gefühl loswerden, das ihren gebrochenen Arm schmerzen und ihr übel werden ließ und sie müde machte, müde von den vielen Schmerzen.

»Sie haben viele nette Dinge über Mama gesagt«, erzählte sie, als die beiden ihre Decken in der Ecke ausgebreitet, ihre Pyjamas angezogen und sich am Fußende ihres Bettes bequem gemacht hatten.

Viele von den Angestellten waren wirklich Mamas Freunde gewesen. Vielen von ihnen tat es sehr leid, und sie vermißten sie wirklich. Tante Victoria hatte getrauert und war erschrocken, als Leute vom Sicherheitsdienst zu ihr kamen und ihr wahrscheinlich sagten, sie solle aufhören zu weinen, oder sie baten zu gehen; sie war daraufhin sehr wütend geworden: Deshalb hatte sie gleich danach den Garten allein verlassen, während Dr. Ivanov erzählte, wie Mama den Flügel Eins geleitet hatte.

Es gab viele Dinge, über die sie mit Florian und Catlin gerne laut gesprochen hätte. Aber sie würde es ihnen auf jeden Fall sagen, das war kein Problem. Es dauerte nur länger.

An dem Gottesdienst hatten eine Menge erschütterter Leute teilgenommen, und es war seltsam, einen welch anderen Eindruck sie machten als die Reporter. Den Reportern hatte es leid getan. Reseune tat es auch leid; aber einige von ihnen waren wütend wie Ari, vielleicht aus dem Grund, weil es nicht fair war, daß Leute überhaupt sterben mußten; aber man hatte dort so viele unterschiedliche Nuancen des Zorns gespürt, so viele verschiedene Abstufungen des Bedauerns, ganz und gar nicht wie bei den Reportern, sondern sehr intensiv, sehr kompliziert, was Ari alles ihren Gesichtern anmerken konnte.

Justin und Grant waren gekommen. Grant war einer der wenigen Azis gewesen.

Viele Leute hatten berichtet, daß Mama ihre Lehrerin war, und sie mochten sie wirklich sehr.

Dr. Schwartz hatte erzählt, wie Mama und er immer lautstarke Auseinandersetzungen geführt hatten, die jeder in den Fluren hören konnte; aber das hatte daran gelegen, daß Mama sich nie mit halben Sachen zufriedengab; und er sagte, was immer sie bei *Reseunespace* aufgebaut hatte, würde gut laufen, weil Mama immer so sorgfältig gearbeitet hatte.

Das rief in Ari Erinnerungen an Mamas Stimme wach, wie sie aus dem Schlafzimmer dröhnte, durch die Wände: *Verdammt noch mal, Ollie …* Und ließ sie sich ganz warm fühlen, als ob Mama sie gerade anschriee: *Verdammt, reiß dich zusammen, Ari, mach nicht einen solchen Blödsinn! Damit kommst du bei mir nicht durch.*

Als sei Mama für einen Augenblick wieder da. Als sei sie zurück, hier drin, in diesem Augenblick. Oder immer, wenn Ari an sie denken wollte. Sie war nicht mehr auf Fargone.

Nur Ollie. Und vielleicht auch einige von den Verschwundenen.

Ari hatte während des Heimflugs nachgedacht – wer im Haus vielleicht noch eine Menge Dinge wußte.

Und wem sie eine solche Angst einjagen konnte, daß er es ihr erzählte.

IX

»Du bist ein verdammter Idiot«, sagte Yanni, und Justin sah ihm in die Augen und sagte:

»Das ist nichts Neues. Es ist alles in dieser Notiz enthalten. Vielleicht denkst du, ich habe Hintergedanken – aber das ist nicht der Fall. Nichts gegen John Edwards. Nichts gegen irgendeinen anderen. Ich weiß nicht einmal, ob ich recht habe. Es ist bloß …« Er zuckte die Achseln. Man ging bei Yanni leicht zu weit, und das hatte er wahrscheinlich schon getan, bei weitem zu weit. Zeit, einen Rückzug anzutreten, nahm er an. Und zwar schnell. »Ich werde mich jetzt wieder um meine Angelegenheiten kümmern«, sagte er. »Ich werde morgen das GY-Projekt reinbekommen.«

»Bleib sitzen!«

Er sank unter Yannis finsterem Blick in den Stuhl zurück.

»Du glaubst also, das Kind hat nicht genug Stress.«

»Das meine ich nicht. Du weißt, daß ich das nicht so meine.«

»Mein Junge, die Administration ist gegenwärtig nur ein bißchen geschafft. Ich auch. Ich nehme die Tatsache mit Wohlwollen zur Kenntnis, daß du das Kind nicht haßt, daß du wirklich glaubst, du hast etwas entdeckt, aber weißt du, wir sind alle erschöpft, wir sind alle etwas mitgenommen, und ich hoffe, du hast dich damit nicht an jemand anderen gewandt.«

»Nein, habe ich nicht.«

»Weißt du, was ich glaube, was du machst?«

Keine rhetorische Frage. Yanni ließ eine lange, unversöhnliche Stille für seine Antwort eintreten.

»Was, Ser?«

»Das hört sich für mich nach deiner eigenen Verrücktheit an, nach dem verdammten Sumpf, in den du immer wieder zurücksackst wie ein Stein, der zu Boden fällt, so klingt's für mich. Motivationen und Belohnungsstrukturen.«

»Ich denke, ich bin auf etwas gestoßen.«

»Und du hast es aufgeschrieben.« Yanni nahm die dreiseitige Notiz in die Hand und schob sie in einen Schlitz an der Kante seines Schreibtischs. Ein rotes Kontrollämpchen blitzte auf, und ein leises Summen verriet, daß selbst die Asche zerkrümelt wurde. »Damit tu ich dir einen Gefallen, mein Junge. Es ist mir nicht gestattet, Dokumente zu vernichten, die mit dem Projekt zu tun haben. Ich habe gerade gegen eine Vorschrift verstoßen. Leider verhält es sich so – daß einige von uns glauben, du hast mit dem hier ins Schwarze getroffen. Und eines deiner Argumente gefällt mir ... Wenn's dir nichts ausmacht, würde ich es gern in der kommenden Personalsitzung verwenden.«

»Was du willst. Mir wäre es nur recht, wenn du nicht die Quelle angibst.«

Yanni bedachte ihn mit einem langen, nachdenklichen Blick. »Manchmal machst du mir Sorgen.«

»Ich habe keine Hintergedanken. Ich möchte einfach nicht, daß mein Name draufsteht.«

Noch ein langer Blick. »Psychische Manipulation auf dem Wege der Motivation. – Du hattest die Rubin-Daten nicht vorliegen. Nur die Strukturen. Ich sagte dir, ich würde dir Echtzeit-Arbeit ersparen. Aber ich hätte gern, daß du etwas für mich erledigst, mein Junge. Einen Gefallen tust. Einen echten Gefallen. Ich werde dir alle Rubin-Daten zukommen lassen. Das ganze Paket.«

»Wie alt ist er, zwei?«

»Nicht das Replikat. Das Original.«

»Warum?«

»Das werde ich dir nicht verraten.«

»Was soll ich damit machen?«

»Das werde ich dir auch nicht verraten.«

»Aha, ich verstehe.«

»Gut.« Yanni stützte sich auf seine Ellbogen und verschränkte die Hände vor sich. »Du bearbeitest das Material. Ich sag dir, was ich davon halte.«

»Ist das eine Übung?«

»Das werde ich dir nicht sagen.«

»Verdammt, Yanni …«

»Du hast recht mit dem Kind. Ari ist klüger, als die Testergebnisse annehmen lassen. Das überläßt du mir. Du kümmerst dich um deine Arbeit. Ich kümmere mich um das Projekt. In Ordnung?«

X

Onkel Denys nahm noch eine Portion Eier. Ari stocherte in ihren herum, schob sie bloß auf dem Teller hin und her, weil ihr vom Frühstück übel wurde.

»Wir könnten heute abend zum Essen ausgehen«, sagte Onkel Denys. »Würde dir das gefallen?«

»Nein«, erwiderte sie. »Ich bin nicht hungrig.«

Es war ihr neunter Geburtstag. Eigentlich wollte sie vergessen, daß sie überhaupt Geburtstag hatte. Sie wollte sich nicht über ihren Magen beklagen, weil Onkel Denys dann Dr. Ivanov rufen würde, und dann würde sie einen

Schuß verabreicht bekommen und ganz wirr im Kopf sein.

»Gibt es etwas, das du dir wünschst?« fragte Denys.

Ich will Mama, dachte sie wütend, so wütend, daß sie das Gefühl hatte, sie müßte die Teller vom Tisch werfen und alles kaputtschlagen.

Aber das tat sie nicht.

»Ari, ich weiß, daß das eine furchtbare Zeit für dich ist. Dagegen kann ich nichts tun. Ich wünschte, ich könnte. Gibt es etwas, das du gern tun würdest? Wünschst du dir etwas, das ich dir kaufen könnte?«

Sie überlegte. Es war nicht gut, ein solches Angebot auszuschlagen. Wenn man etwas bekommen konnte, nahm man es und war später vielleicht froh darüber. Das hatte sie schon lange begriffen.

»Es gibt etwas, das ich zum Geburtstag haben will.«

»Was ist das, Liebling?«

Sie sah Onkel Denys direkt in die Augen, mit ihrem sehnsüchtigsten Blick. »Das Pferd.«

Onkel Denys schnappte nach Luft. »Ari, Liebling ...«

»Du hast mich gefragt.«

»Ich glaube, ein gebrochener Arm ist genug. Nein. Völlig ausgeschlossen.«

»Ich will das Pferd.«

»Das Pferd gehört Reseune, Ari. Man kann es nicht *kaufen.*«

»Ich will es aber.«

»Nein.«

Das tat weh. Sie schob ihren Teller weg und stand auf.

»Ari, ich glaube, ein gebrochener Arm reicht, meinst du nicht?«

Ihr war zum Weinen, und immer wenn sie dieses Gefühl hatte, ging sie in ihr Zimmer. Auch diesmal ging sie dahin.

»Ari«, rief Onkel Denys. »Ich möchte mit dir reden.«

Sie blickte zu ihm zurück. »Mir ist nicht gut. Ich gehe ins Bett.«

»Komm her!«

Sie gehorchte nicht. Sie ging in ihren Flur und schloß die Tür.

Und ging in ihr Zimmer, legte sich ins Bett und weinte wie ein Baby, bis sie so wütend wurde, daß sie Poo quer durchs Zimmer warf.

Dann hatte sie plötzlich das Gefühl, etwas sei kaputtgegangen, denn Mama hatte ihr Poo geschenkt.

Aber er lebte sowieso nicht.

Sie hörte wie jemand die Tür zum Flur öffnete und dann ihre öffnete. Sie nahm an, es sei Onkel Denys, drehte sich um und zog ein finsteres Gesicht; aber es waren Catlin und Florian, die sehen wollen, was mit ihr los war.

»Ser Denys fragt nach Ihnen«, sagte Florian mit gedämpfter Stimme.

»Sag ihm, er soll sich zum Teufel scheren!«

Florian sah beunruhigt aus. Aber er würde gehorchen und ihretwegen eine Menge Ärger bekommen, das wußte sie.

»Ja, Sera.«

»Nein«, rief sie ihn zurück, wischte sich die Tränen aus den Augen und stand auf. »Ich gehe.« Sie wischte noch mal ihre Augen und ging an ihm und Catlin vorbei, hinaus ins Wohnzimmer.

Es war ein Fehler, zu Onkel Denys zu gehen. Wenn sie das tat, ließ sie sich *von ihm* bearbeiten, und jetzt mußte sie in das Wohnzimmer zurückgehen, das ihm gehörte, und nett sein.

Dumm, dumm, sagte sie sich, überwand ihre Wut und zog ein freundlicheres Gesicht, bevor sie eintrat. Denys saß bei Kaffee im Speisezimmer und tat einen Moment so, als bemerke er sie nicht.

Das war auch eine Art, sie zu bearbeiten.

»Es tut mir leid, Onkel Denys.«

Erst da sah er sie an, trank rasch einen Schluck Kaffee und sagte: »Ich wollte dir heute eine Überraschung bereiten. Möchtest du noch etwas Orangensaft?«

Sie schlich zu dem Stuhl hinüber, stieg drauf und umfaßte

ihren Verband mit der heilen Hand. »Florian und Catlin auch«, sagte sie.

»Seely«, rief Onkel Denys. Und Seely kam, brachte noch zwei Gläser und goß Orangensaft ein, während Denys wortlos an der anderen Seite des Tisches Platz nahmen.

»Nelly ist wieder in der Klinik«, erklärte Onkel Denys. »Ari, du weißt doch, daß es ihr weh tut, wenn du sie wegschickst und jemand anderen rufst.«

»Da kann ich nichts machen. Nelly macht mich nervös.«

»Nelly weiß nicht mehr, was sie mit dir machen soll. Ich glaube, es ist vielleicht eine gute Idee, wenn Nelly unten in der Stadt arbeitet, im Kindergarten. Denk darüber nach. Die Entscheidung liegt bei dir.«

Sie konnte nicht Mama und Nelly in einer Woche verlieren. Selbst wenn Nelly sie verrückt machte. Sie sah auf den Tisch und versuchte, nicht darüber nachzudenken.

»Denk darüber nach«, sagte Onkel Denys. »Nelly ist am glücklichsten, wenn sie ein Baby hat, auf das sie aufpassen kann. Aber du bist kein Baby mehr. Deshalb machst du sie unglücklich – vor allem wenn du ihr Befehle gibst. Denk einfach mal darüber nach. Es ist nicht so, daß du Nelly nicht mehr sehen könntest. Andernfalls wird sie noch ein Band zur Neuausbildung bekommen und irgendwo im Haushalt arbeiten müssen oder so.«

»Was will Nelly denn?«

»Sie will, daß du wieder drei Jahre alt bist. Aber das geht natürlich nicht. Deshalb wird Nelly gehen oder sich verändern müssen.«

»Kann Nelly nicht einen Job unten im Babylabor haben? Und dort wohnen?«

»Ja, könnte sie. Das ist gar keine schlechte Idee.« Onkel Denys stellte Seely seine Tasse hin, damit er noch etwas Kaffee einschüttete, dann rührte er ihn um. »Wenn es das ist, was du willst.«

»Ich will nur das Pferd.«

Onkel Denys zog die Brauen zusammen. »Ari, du kannst nicht haben, was dir weh tun würde.«

»Florian sagt, es gibt noch ein Junges.«

»Ari, Pferde sind große Tiere. Niemand weiß, wie man sie reitet, zumindest nicht auf Cyteen. Sie halten sie zu Forschungszwecken, nicht zum Spielen.«

»Du könntest mir das kleine schenken.«

»Gott«, rief Onkel Denys.

»Florian weiß alles über Pferde.«

Onkel Denys sah Florian an, und Florian wurde ganz zum Azi, ganz ausdruckslos.

»Nein«, widersprach Onkel Denys matt. Dann: »Laß mich mit AG darüber reden, Ari, in Ordnung? Ich kenne mich mit Pferden nicht aus. Wenn du etwas größer bist vielleicht. Wenn du mir zeigst, daß du groß genug bist, dich nicht da unten rumzuschleichen und dir den Hals zu brechen.«

»Das ist gemein.«

»Es stimmt doch, oder? Du hättest dir den Hals brechen können. Oder das Rückgrat. Oder den Schädel. Ich find's nicht so schlimm, wenn du etwas anstellst: Eines Tages wirst du ein Flugzeug fliegen. Du wirst viele Dinge tun. Aber um Gottes willen, Ari, schleich dich bloß nicht raus und versuche einen der Jets zu fliegen, hörst du? Du mußt lernen. Du hast keine zweite Chance, wenn du dich dem Boden näherst. Du mußt wissen, was schiefgehen kann und wie man damit klarkommt, und du mußt groß genug sein; und wenn du mit einem Pferd umgehen willst, solltest du besser groß genug sein, um dich auf ihm zu halten, und du solltest mir besser zeigen, daß du groß genug bist, um schlauer als das Pferd zu sein.«

Das war auch gemein. Aber es war wahrscheinlich richtig.

»Es hat dich überrascht«, erklärte Onkel Denys, »weil du nicht wußtest, was du tust. Deshalb schlage ich vor, daß du erst etwas über Tiere studierst. Sie sind keine Maschinen. Sie können denken. Und das Pferd dachte: He, da sitzt irgendein Idiot auf meinem Rücken. Und es war größer und hat sich deiner entledigt. Mach dir das mal klar!«

Sie zog ein noch ernsteres Gesicht. Es kam dem, was passiert war, viel zu nahe. Aber immerhin hatte Onkel Denys gesagt, daß er ihr vielleicht das Pferd schenken würde. Das war schon etwas.

»Ich brauche einen Sattel und Zaumzeug.«

»In Ordnung. Und wie bringst du das Pferd dazu, es zu tragen, hmmm? Vielleicht bereitest du dich besser mit ein paar Studien vor. Vielleicht schlägst du besser ein paar Sachen in der Bibliothek nach. Vielleicht redest du besser mit ein paar Leuten, die sich auskennen könnten. Du wirst mir jedenfalls beweisen müssen, daß du weißt, was du tust, und daß du Verantwortung übernehmen kannst. Dann werden wir sehen, was wir machen können.«

Das war wenigstens etwas. Ein paar Sekunden lang hatte sie vergessen, wie sehr sie litt, was ihre Gedanken einen Moment ins Stocken brachte, als es ihr wieder zu Bewußtsein kam und sie sich erinnerte, wie sie gewesen war, als Mama nach Fargone gegangen war, und wie sie es überwunden hatte.

Es war schrecklich, Mamas Tod zu überwinden. Aber dazu würde es kommen. Sie spürte, wie es anfing. Die Dinge versuchten sich wieder so zu ordnen, wie sie vorher gewesen waren, und Onkel Denys würde grob zu ihr werden, und sie würde wieder Unterricht bekommen, und alles würde wieder so sein wie vorher.

Sie war traurig, weil sie sich besser fühlte, und das war dumm.

Sie wünschte, sie hätte Mama von dem Pferd erzählen können.

Aber sie wußte immer noch nicht genau, ob Mama ihre Briefe überhaupt bekommen hatte, ganz gleich, was sie sagten, oder ob Ollie seine bekommen hatte. Bei diesem Gedanken zog sich ihr die Kehle zusammen, und Tränen traten ihr in die Augen, deshalb rutschte sie vom Stuhl runter, lief in den Flur und warf die Tür hinter sich zu.

Dann stand sie an der Tür zu Florians und Catlins Zimmer, weinte, schlug mit den Fäusten gegen die Wand und trat dagegen, bis sie ins Zimmer der beiden ging und ein Papiertaschentuch suchte, um sich die Tränen abzuwischen und die Nase zu schneuzen.

Schließlich kamen Florian und Catlin. Und standen bloß da.

»Ich bin in Ordnung«, sagte Ari. Was die beiden wahrscheinlich völlig durcheinanderbrachte, wie Mama gesagt hätte.

»Ari«, hörte sie Onkel Denys aus dem anderen Zimmer rufen. Die Tür stand auf. »Ari?«

Sie hatte Onkel Denys einen anstrengenden Morgen bereitet. Aber das machte nichts, sagte Denys; es war, als erhole man sich von etwas, manchmal hatte man Schmerzen, und irgendwann ließen sie endlich nach. Er war ihr nicht böse.

»Ich habe mit AG geredet«, sagte er beim Mittagessen. »Sobald sie einen Tank frei haben, werden sie für dich einen Keim implantieren.«

»Meinst du ein Pferd?«

»Sprich nicht mit vollem Mund. Benimm dich!«

Sie schluckte es hinunter. Schnell.

»Aber dafür mußt du etwas tun. Du wirst alle Daten durchgehen müssen und einen Bericht schreiben, genauso wie's die Techniker tun. Du wirst am Computer arbeiten, und der Computer wird es mit der Eingabe der echten Techniker vergleichen. Und wenn du Fehler machst, mußt du herausfinden, wo, und einen Bericht darüber schreiben. Du mußt das von der Implantation bis zur Geburt tun, und außerdem mit all den anderen Sachen und deinen ganzen Studien auf dem laufenden bleiben. Wenn du etwas zur Welt bringen willst, mußt du dafür arbeiten.«

Das war wirklich eine Menge Arbeit. »Bekomme ich's denn?«

»Es wird sogar eine Sie. Wir brauchen sowieso noch ein Weibchen. Zwei Männchen neigen dazu, miteinander zu kämpfen. Manche Tiere sind so. Wir werden noch so eins wie das zeugen, das wir schon haben, statt einer neuen Rasse, dann riskieren wir nicht, es zu verlieren. Aber wenn du die Arbeit nicht auf dich nimmst, bekommst du überhaupt kein Pferd, denn dann hast du's dir nicht verdient. Verstanden?«

»Ja, Ser«, erwiderte sie. Nicht mit vollem Mund. Pferde wurden schnell groß. Sie erinnerte sich daran. Sehr schnell. Wie alle Herdentiere. In einem Jahr vielleicht?

»Sie sind sehr empfindlich«, erklärte Onkel Denys. »Es ist, offen gesagt, eine heikle Sache, sie zu halten, aber deine Vorgängerin war der Ansicht, es sei für Menschen wichtig, sich mit ihnen zu befassen. Auf der Mutterwelt sind Menschen mit anderen Lebensformen aufgewachsen, sagte sie immer, und von diesen anderen Lebensformen gewannen sie einerseits Kenntnisse über nichtmenschliches Leben, andererseits lernten sie Geduld und Achtung vor dem Leben. Sie wollte nicht, daß die Menschen auf Cyteen ohne das aufwachsen. Ihre Mama Olga war an Schweinen und Ziegen interessiert, weil sie nützlich, zäh und anpassungsfähig an einen neuen Planeten waren. Ari wollte Pferde, weil sie sehr empfindliche Herdenhuftiere sind, über deren Pflege viele Daten zur Verfügung stehen: Wir können durch sie etwas für einige der anderen, exotischeren Erhaltungsprojekte lernen. Aber der andere wichtige Grund, der wichtigste Grund überhaupt, ist der, daß die Arbeit mit ihnen Auswirkungen auf die Menschen hat. ›Sie regen etwas in unseren eigenen Psychosets an‹, sagte sie wörtlich. ›Ich möchte nicht, daß die Menschen im Drüben ohne sie aufwachsen. Es gehört zum Menschsein, daß einige Tiere seit Urzeiten unsere Partner sind: Pferde, Rinder, Kühe, Büffel, Delphine, was auch immer. Auch Hunde und Katzen, nur können wir noch keine Fleischfresser einführen, oder auf Cyteen ein Raubtier tolerieren – noch nicht. Die Erdökologie ist ein sehr verschachteltes System‹, sagte sie immer, ›und vielleicht sind Menschen ohne Einfluß ihrer alten Partner keine Menschen.‹ Aber sie war sich darin nicht sicher. Doch sie hat eine Menge versucht. Deshalb überrascht es mich auch nicht, daß du dir ein Pferd wünschst. Sie wünschte sich bestimmt eins, auch wenn sie zu alt war, um zu versuchen, auf einem zu reiten – Gott sei Dank. – Stört es dich, wenn ich über sie rede?«

»Nein.« Sie zuckte die Achseln. »Es ist bloß – komisch. Das ist alles.«

»Das kann ich mir vorstellen. Aber sie war eine bemerkenswerte Frau. Bist du fertig? Wir können jetzt zurückgehen.«

XI

Florian tat sein Bestes. Catlin auch.

Er hatte sogar Ser Denys gefragt, ob sie die Sera irgendwie enttäuschten, oder ob sie etwas tun sollten, damit es ihr besser ginge, und Ser Denys hatte ihm auf die Schulter geklopft und nein gesagt, sie machten ihre Sache sehr gut, wenn ein ZIV Schwierigkeiten habe, könnten eben keine Bänder helfen, nur Menschen. Wenn er und Catlin sich stark genug zeigten, um die Belastung durch Seras Kummer hinzunehmen, ohne ihre Hilfe zu benötigen, war es das beste, was sie tun konnten, denn das hätten auch ZIVs für sie getan. »Achtet darauf, daß ihr selber keinen Schaden nehmt«, hatte Ser Denys erklärt. »Es wäre noch schlimmer für sie, wenn auch euch etwas Unangenehmes zustößt. Paßt auf euch so gut auf wie auf sie. Versteht ihr?«

Florian verstand. Er berichtete es Catlin, weil sie darin übereingekommen waren, daß er fragen sollte, weil sie einfach nicht so gut mit ZIVs zurechtkam.

»Wir machen es richtig«, hatte er ihr gesagt. »Der Sera geht's gut. Wir tun, was wir tun sollen. Ser Denys ist zufrieden mit uns.«

»Ich nicht«, erwiderte Catlin, was ihre Gefühle zusammenfaßte. Catlin litt mehr als er, vermutete er, weil sie wütend darüber war, daß die Sera litt, und sich nicht darüber klarwurde, wer verantwortlich war, oder ob die Leute genug taten, um der Sera zu helfen.

Sie waren beide erleichtert gewesen, als die Sera gesagt hatte, sie habe eine Idee und eine Aufgabe für sie. Und als die Sera mit dem Unterricht weitermachte und alles allmählich wieder in die Normalität zurückkehrte, nahmen auch sie unten in der Stadt wieder am Unterricht teil, wie Ser Denys angeraten und die Sera bestätigt hatte. »Holt mich nach dem Unterricht ab«, hatte sie gesagt.

Das taten sie auch.

Und die Sera ging mit ihnen hinaus zum Fischteich, fütterte die Fische und sagte: »Wir müssen bis zu einem regnerischen Tag warten. Das wird nächsten Donnerstag sein. Ich habe nachgesehen.«

Nämlich auf den Tabellen, auf denen stand, wann die Wettermacher versuchen würden, es regnen zu lassen. Normalerweise waren die Tabellen verläßlich, wenn es um einen Zeitraum von ein paar Tagen ging. Und die Sera erklärte ihnen, was sie zu tun hatten.

Catlin stellte das zufrieden. Es war eine Operation, und zwar eine richtige.

Florian hoffte nur, daß die Sera sich nicht in Schwierigkeiten bringen würde.

Vom Unterricht freizubekommen, war einfach: Die Sera schickte nur eine Mitteilung an die Grünen Baracken, in der stand, daß sie nicht kommen konnten.

Dann versuchten sie einen Weg zum C-Tunnel zu finden, der nicht durch den Flur des Hauptwohnbereichs führte, also einen durch die Wartungskorridore. Das war auch einfach.

Die Sera erklärte ihnen, was sie wollte, und sie bereiteten gemeinsam die Operation vor, einschließlich einiger Abwandlungen; aber diejenige, die sie durchführen wollten, hatte sich die Sera selbst ausgedacht, denn sie meinte, es würde funktionieren, sei am einfachsten, und sie könne mit dem Ärger fertigwerden, wenn es schiefginge.

Catlin würde ihnen also den Rücken decken, und Florian der eigentliche Akteur sein, weil die Sera sagte, niemand würde einem Azi mißtrauen, und Catlin meinte, er könne besser reden.

Wie erwartet brach der Sturm aus, die Studenten hielten

sich an den Zeitplan, den die Sera Dr. Edwards Massenbuch entnommen hatte, und die Sera flüsterte: »Die letzten beiden, links«, als die Ordentlichen Studenten aus ihren Klassen drüben im Ausbildungsflügel zurückkamen, geradewegs durch den Tunnel, gleich an der Stelle vorbei, wo sie im Seitentunnel warteten, der zum Wartungstunnel der Luftsysteme führte. Es war ein guter Platz für sie: dunkel im Eingang und laut durch die Ventilatoren.

Florian ließ sie vorbeigehen, so wie die Sera es erklärt hatte. Sie hatten besprochen, wie sie es durchführen wollten. Er ließ die Studenten sich ein Stück entfernen.

Die Sera klopfte ihm auf den Rücken, als er sich dann selbst in Bewegung setzte: Er erschien in dem Augenblick mitten im Flur, bevor die letzten paar Studenten um die Ecke verschwinden konnten.

»Sera Carnath!« rief er, und die Studenten am Ende hielten alle inne. Er hob die Faust. »Sie haben etwas verloren.« Und genau wie die Sera es vorhergesagt hatte, gingen einige der Studenten weiter und verschwanden hinter der Biegung des Gangs. Dann noch ein paar, und schließlich kam Amy Carnath ein Stück zurück und sah dabei die Sachen durch, die sie in den Armen hielt.

Florian lief ihr entgegen. Nur ein Mädchen wartete mit Amy Carnath. Er warf einen kurzen Blick hinter sich, um sicherzugehen, daß niemand kam.

Es kam niemand. Catlin sollte darauf achtgeben, hinten, an der anderen Wende, und mit einem Schnitt in der Hand einen Notfall vorspielen, wenn's sein mußte und ein Älterer statt einem Kind kam.

So konnte er Amy Carnath den Zettel geben, den die Sera geschrieben hatte.

Liebe Amy, stand drauf. So fing man einen Brief an, sagte die Sera. *Sag nichts hiervon und verrate niemandem, wohin du gehst. Sag, du hast etwas vergessen und mußt zurück, und laß dich von niemandem begleiten. Ich möchte einen Moment mit dir reden. Florian wird dich bringen. Wenn du nicht kommst, fürchte ich, wird dir etwas Schreckliches passieren. Deine Ari.*

Amy Carnaths Gesicht nahm einen sehr erschrockenen Ausdruck an. Sie warf einen Blick auf Florian und zurück zu ihrer Freundin.

Florian wartete. Die Sera hatte ihn angewiesen, vor einem der anderen überhaupt nicht zu reden.

»Ich habe etwas vergessen«, sagte Amy Carnath mit schwacher Stimme, als sie sich zu ihrer Freundin umdrehte. »Geh schon vor, Maddy. Ich komme nach.«

Das Mädchen namens Maddy rümpfte die Nase, dann folgte sie dem Rest der Studenten.

»Bitte, Sera«, sagte Florian und deutete in die Richtung, in der sie gehen sollte.

»Was will sie?« fragte Sera Carnath wütend.

»Ich weiß es nicht, glauben Sie mir, Sera. Kommen Sie?«

Amy Carnath begleitete ihn. Sie trug ihre Büchertasche. Sie konnte damit um sich schlagen, schätzte er, aber die Sera sagte, Sera Carnath wüßte nicht, wie man kämpfte.

»Hier entlang«, bat er, als sie den Dienstkorridor erreichten, und Sera Carnath schreckte zurück, als sie sah, daß er ins Dunkle führte.

Und als die Sera hinter der Tür hervortrat.

»Hallo, Amy«, sagte sie; und packte Amy selbst mit einer Hand vorn an der Bluse und zog sie an sich, damit Florian die Tür zum Dienstkorridor öffnen konnte.

Als Catlin herbeigelaufen kam und zu ihnen ins Dunkle schlüpfte.

Amy Carnath starrte sie an. Voller Angst.

»Rein da!« befahl die Sera. Und schob Sera Carnath voran, ohne sie loszulassen. Sera Carnath versuchte zu verhindern, daß ihre Bluse zerrissen wurde, mehr aber nicht.

»Laß mich los«, beschwerte sie sich. »Laß mich los!«

Florian zog die Kugelschreiberlampe aus seiner Tasche und schaltete sie ein; die Sera drückte Amy Carnath gegen die Wand.

»*Laß mich los!*« schrie Amy. Aber die Tür war verschlossen, und die Ventilatoren machten Lärm.

»Ich werde dir nicht weh tun«, sagte die Sera ganz ruhig.

»Aber Catlin wird dir den Arm brechen, wenn du nicht stillstehst und mit mir redest.«

Sera Carnath traten Tränen in die Augen. Florian war etwas unwohl, weil sie solche Angst hatte. Auch wenn sie das Zielobjekt war.

»Ich will wissen, wo Valery Schwartz ist«, knurrte die Sera.

»Ich weiß nicht, wo er ist«, jammerte Sera Carnath und biß sich in die Lippe, um sich zu beruhigen. »Er ist auf Fargone, mehr weiß ich nicht.«

»Und wo ist Sam Whitely?«

»Er ist unten in der Mechanikerschule! Laß mich los, laß mich bitte los ...«

»Florian hat ein Messer«, sagte die Sera. »Willst du's sehen? Sei ruhig und antworte mir. Was weißt du über meine Mama?«

»Ich weiß nichts über deine Mama! Ich schwör's!«

»Hör auf zu schniefen! Du sagst mir, was ich wissen will, oder ich laß dich von Florian abstechen. Verstehst du mich?«

»Ich weiß aber nichts. Ich weiß wirklich nichts.«

»Warum bin ich tabu?«

»Ich weiß nicht!«

»Du weißt es, Amy Carnath, du weißt es, und wenn du nicht anfängst zu reden, werden wir tief in den Tunnel gehen, und Catlin und Florian werden dich fragen, verstehst du mich? Und da kannst du schreien, und niemand wird dich hören.«

»Ich weiß es nicht. Ari, ich weiß es nicht, ich schwör's!«

Sera Carnath weinte und schluckte, und Ari sagte: »Florian ...«

»Ich kann's dir nicht sagen!« schrie Sera Carnath. »Ich kann's nicht, ich kann's nicht, ich kann's nicht!«

»Was kannst du mir nicht sagen?«

Amy schnappte nach Luft, und die Sera zog ihr die Bluse aus der Hose und begann sie mit einer Hand aufzuknöpfen.

»Sie werden uns wegschicken!« winselte Sera Carnath und wich zurück. »Sie werden uns wegschicken!«

Die Sera hielt inne und fragte: »Willst du mir alles erzählen?«

Sera Carnath nickte, schnappte nach Luft und schluckte.

»In Ordnung. Laß sie los, Catlin! Amy wird es uns erzählen.«

Catlin ließ Sera Carnath los, und sie taumelte gegen ein Bündel von Röhren und lehnte mit dem Rücken dagegen. Florian hielt das Licht auf sie gerichtet.

»Nun?« fragte die Sera.

»Sie schicken einen weg«, sagte Amy. Sie klapperte mit den Zähnen. »Wenn man mit dir Ärger hat, können sie einen nach Fargone schicken.«

»*Wer* macht das?«

»Dein Onkel.«

»Giraud«, sagte die Sera.

Sera Carnath nickte. Ihr Gesicht glänzte vor Schweiß, auch wenn es in den Tunneln kalt war. Sie weinte, Tränen liefen ihr über die Wangen, und ihre Nase tropfte.

»Alle Kinder?« fragte die Sera.

Amy nickte noch einmal.

Die Sera trat näher und faßte Sera Carnath an der Schulter, aber nicht grob. Amy dachte, Ari würde sie schlagen, aber sie klopfte ihr bloß auf die Schulter und bedeutete ihr, sich auf die Stufen zu setzen. Die Sera ging in die Hocke und legte ihre Hand auf Amys Knie.

»Amy, ich werde dich nicht schlagen. Ich will dich nicht zum Reden zwingen. Ich will nur wissen, ob du gehört hast, warum sie meine Mama fortgeschickt haben.«

Sera Carnath schüttelte den Kopf.

»*Wer* hat sie weggeschickt?«

»Ser Nye. Ich glaube, es war Ser Nye.«

»Giraud?«

Amy nickte und biß sich in die Lippe.

»Amy, ich bin nicht wütend auf dich. Ich werde auch nicht wütend. Erzähl mir, was die anderen Kinder über mich sagen.«

»Sie sagen bloß ...« – sie schnappte nach Luft – »sie sagen

bloß, man soll dir aus dem Weg gehen, weil jeder weiß, was passiert, wenn du zurückschlägst, und wir wollen nicht nach Fargone geschickt werden und nie zurückkommen …«

Die Sera hockte einen Moment bloß da. Dann: »Wie Valery Schwartz?«

»Manchmal wird man bloß in einen anderen Flügel versetzt. Manchmal nehmen sie einen und setzen einen in ein Flugzeug, und man muß weg, das ist alles, wie Valery und seine Mama.« Ihre Zähne fingen wieder an zu klappern, und sie schlang ihre Arme um sich. »Ich will nicht weggeschickt werden. Sag niemandem, daß ich's erzählt habe.«

»Das werde ich nicht. Verdammt, Amy! Wer hat das gesagt?«

»Meine Mama. Meine Mama sagte – ganz gleich, was passiert, ich soll dich nicht schlagen und dir nicht widersprechen.« Sera Carnath fing wieder an zu schluchzen und bedeckte ihr Gesicht mit einer Hand. »Ich möchte nicht, daß meine Mama in ein Schiff nach Fargone gesetzt wird …«

Die Sera stand auf, trat aus dem Lichtkreis. *Mama* und *Fargone* waren heikle Worte bei ihr. Florian empfand das auch so, aber er hielt die Lampe ruhig.

»Amy«, sagte die Sera nach einer kurzen Pause. »Ich werde dich nicht verraten. Ich behalt's für mich, wenn du willst. Ich werde deine Freundin sein.«

Sera Carnath wischte sich das Gesicht ab und blickte zu ihr auf.

»Ehrlich«, betonte die Sera. »Florian und Catlin auch. Und es ist gut, sie zum Freund zu haben. Du mußt bloß auch unser Freund sein.«

Amy putzte sich die Nase und knöpfte ihre Bluse zu.

»Das stimmt doch, oder, Catlin?«

»Was immer die Sera sagt«, bestätigte Catlin, »ist für uns ein Befehl.«

Die Sera setzte sich neben Amy Carnath auf die Stufen, den Arm im Schoß. »Wenn ich deine Freundin wäre«, sagte sie, »würde ich dir beistehen. Wir würden ganz schlau sein und überhaupt niemandem sagen, daß wir Freundinnen sind. Wir würden einfach so tun, als wären wir uns gleichgültig. Dann wärst du sicher. Die anderen Kinder auch. Ich wußte nicht, was mit ihnen passierte. Das wollte ich nicht. Ich kann bei meinem Onkel Denys viel erreichen, und Denys viel bei Onkel Giraud. Deshalb ist es ganz gut, mich zur Freundin zu haben.«

»Ich will nicht dein Feind sein«, flüsterte Sera Carnath.

»Kannst du denn meine Freundin sein?«

Amy biß sich auf die Lippe und nickte, und schlug ein, als die Sera ihr eine Hand hinhielt.

Sie schüttelten sie, wie ZIVS, wenn sie einer Meinung waren.

Florian stand danach etwas lockerer da, und war unheimlich froh, daß er Sera Carnath nicht weh tun mußte. Sie wirkte nicht wie ein Feind.

Nachdem Amy sich wieder gefaßt und zu schlucken aufgehört hatte, redete sie sehr ruhig, sehr leise und hörte sich überhaupt nicht dumm an. Catlin verstellte sich ihr gegenüber nicht mehr, hockte sich hin, als die Sera es sagte, und stützte ihre Arme auf die Knie. Florian tat dasselbe.

»Wir sollten niemandem zeigen, daß wir Freunde sind«, bat Sera Carnath. »Die anderen Kinder würden mir nicht trauen. Sie haben Angst.«

Als habe sie selbst keine Angst gehabt.

»Wir werden sie uns nacheinander vornehmen«, sagte die Sera.

XII

»Mach die Tür zu!« sagte Yanni; Justin schloß sie, trat näher und trug den Stuhl vor Yannis Schreibtisch.

Diesmal ging's nicht um *sein* Problem. Sondern um Yannis. Um das Projekt. Es war in diesen Papieren auf dem Schreibtisch enthalten, in den Berichten und Tests, die er diesmal nicht durch den Bürocomputer hatte laufen lassen, um sie zu prüfen, sondern durch einen Transportablen mit Festspeicher.

Er hatte seine Besprechung nicht unterzeichnet. Yanni wußte, von wem sie stammte. Das reichte.

»Ich hab's gelesen«, bemerkte Yanni. »Was sagt Grant übrigens dazu?«

Justin biß sich auf die Lippe und überlegte, mit den Achseln zu zucken und nichts dazu zu sagen: Yanni brachte immer noch seine Nerven zum Vibrieren; aber das war idiotisch, sagte er sich. Eine alte Geschichte, seine blanken Nerven. »Wir haben uns drüber unterhalten. Grant protestiert, weil sich die Sache um einen ZIV dreht – aber er meint, der Mann höre sich nicht so an, als ob er sonderlich gut damit zurecht käme.«

»Wir hängen sechs Monate hinter diesen Daten her«, erklärte Yanni. »Wir haben seit weiteren anderthalb Monaten von keinem Schiff aus dieser Richtung einen Anruf erhalten, seit dem 29. ist nichts mehr von dort gekommen. Jane hat sich um Rubin Sorgen gemacht. Wenn unser ZIV-Personal sich von Ollie ferngehalten hat, wird er versucht haben, daran zu arbeiten, da bin ich mir sicher, aber er ist ein Azi, und er geht gerade durch die Hölle. Dazu kommt noch, daß meine Tochter sich einmischt verdammt, *sie* ist die Expertin, sie kennt die Psyche eines ZIV doch wohl besser als Ollie, oder?«

»Kein Kommentar.«

»Kein Kommentar. Verdammt, ich kann dir sagen, was sie in den letzten paar Monaten getan haben. Meine Tochter und Julia Strassen. Ich habe nie gewollt, daß die beiden zusammenarbeiten. Deshalb haben sie einen harmlosen Job bekommen ... im Wohnbereich natürlich. Mit Rubin. Jane ist dort rübergeflogen, hat einen Blick auf die Daten des Wohnbereichs geworfen und sich bei der ersten Personalversammlung mit meiner Tochter zusammengetan. Ich glaube, das hat zu Janes Herzschlag beigetragen, wenn du mich fragst ...«

Justin spürte ein Kribbeln im Bauch – Yannis widerspenstige Tochter, die auf einen Posten hinausgeschickt worden war, den sie nie gewollt hatte ... und wahrscheinlich geglaubt hatte, es würde ihr eine Beförderung einbringen, wenn sie gemeinsam mit Johanna Morley die *Reseunespace*-Laboratorien und die Verwaltung aufbaute; und dann Yannis alte Widersacherin und Gelegenheitsgeliebte Strassen die Unerschütterliche, die plötzlich als Administratorin über sie und ihren Vater eingesetzt worden war; Justin drehte sich bei diesem Gedanken der Magen um, und er vermutete, daß es Yanni genauso ging.

Verdammt, die Administration ist verrückt.

Einfach verrückt.

»Ich habe Strassen vertraut«, sagte er ruhig, weil Yanni ihm Zeit für eine Anmerkung ließ.

»O ja, verdammt richtig, ich habe Strassen vertraut. Jenna ist vielleicht eine gute Flügel-Aufseherin, aber es müßte mit dem Teufel zugehen, wenn sie ihr Leben in den Griff bekommen hat, und sie ist eine Plage für alle Alphas, wenn sie gereizt wird. Deshalb ist Jane gestorben. Das bedeutet, daß jemand die Dinge am Laufen halten muß. Jenna hört auf ihr Personal, in Ordnung. Aber Rubins Mutter ist ein kompliziertes Problem. Eine echte Aufputscherin, als Rubin seinen Sonderstatus erhielt, ein echtes Hemmnis, als Rubin die Labors und etwas Macht für sich bekam. Rubins psychologische Probleme – nun ja, du hast die Liste erhalten: Depressionen wegen seiner Gesundheit, die Beziehung zu seiner Mutter – all das. Rubin tat so, als ginge es ihm gut. Glücklich wie ein Fisch im Wasser. Während seine Mutter dem Sender Interviews geben wollte, bis Jenna sie zu sich holte. Das gefiel Stella Rubin nicht. Kein bißchen. Diese Frau und das Verteidigungsamt steckten von Anfang an unter einer Decke … und Rubins Situation ist ein fortgesetzter Fall von *Ich kann nicht mit ihr und nicht ohne sie leben* gewesen. Rubin beschäftigt sich mit den Psychotests, die wir ihm vorlegen; er ist zufrieden, also kann er Ruhe geben – diesen Eindruck hat Jane jedenfalls gewonnen; seit das Verteidigungsamt seiner Mutter das Maul gestopft hat, war er zu keiner ehrlichen Reaktion mehr zu bewegen. Seit sechs Monaten Raumzeit. Deshalb wollte ich, daß du dir die Serie einmal ansiehst. Und die Blutuntersuchungen ...«

»Wenn man bedenkt, was dort in noch etwa sechs Monaten eintreffen wird.«

»Aris Interviews, meinst du.«

»Er ist Biochemiker. Er dürfte sich bewußt sein, daß man ein genetisches Experiment an ihm durchführt. Was ist, wenn jemand etwas davon mitbekommt?«

»Außerdem ...« Yanni tippte auf den Bericht auf seinem Schreibtisch. »Dies hier deutet darauf hin, daß dieser Mann politisch sehr viel verzierter ist als zu Beginn. Dasselbe gilt für seine Mutter.«

»Damit kommt Reseune doch klar, oder?«

»Ich kann dir etwas über das Personenprofil erzählen, das ich erhalten habe: Rubin ist nicht mehr das kleine Kind, aus dem man eine Sonderperson gemacht hat. Er ist erwachsen geworden. Er hat gemerkt, daß auch außerhalb seines Labors etwas geschieht, daß er eine sexuelle Dimension hat. Er ist furchtbar frustriert über seine gesundheitlichen Probleme, die Führung von *Reseunespace* gerät in einen Machtkampf, und Rubins bis jetzt ruhige, hypochondrische Mutter, die seine Sorgen um seine Gesundheit *und* seine Abhängigkeiten immer auf sich konzentrierte, führt eine Fehde mit der Administration und dem Verteidigungsamt fort *und* versucht, die alte Kontrolle über ihren Sohn zurückzugewinnen, der darauf wie auf Knopfdruck mit Lügen in seinen Psychotests und Stressymptomen in seinen Blutwerten reagiert, während *Jenna* – zum Teufel mit ihr! – Janes Liste mit den Neuzuteilungen zerrissen und sich selbst in diesem Flügel für allein verantwortlich erklärt hat, mit der Begründung, daß Ollie Strassen ZIV-Psychen nicht einschätzen kann.«

»Verdammt«, murmelte Justin, eine Reaktion aus dem Bauch heraus, und wünschte sich, er hätte es gelassen. Aber Yanni blieb ganz ruhig. Gefährlich ruhig.

»Ich brauche wohl nicht zu sagen, daß ich sie feuern werde«, sagte er. »Ich werde sie gleich aus allen Projekten

Reseunes rausschmeißen und sie unter Geheimhaltungsstufe zurückbeordern. Das dauert sechs Monate. Bis die Anweisungen dort eintreffen. Ich erzähl's dir, mein Junge, damit du begreifst, daß ich in dieser Sache – ein wenig – persönlich betroffen bin.«

Warum, zum Teufel, bin ich hier? Das wußte er doch schon vorher. Er brauchte nicht mich, um das einzusehen. Was hat er vor?

»Du hast einige Einblicke«, fuhr Yanni fort, »die etwas anders sind. Das hängt mit deiner besonderen Einstellung zu Designs zusammen, so verrückt sie auch ist. Ich habe deine Vorschläge mit dem Ausschuß besprochen, und wie die Dinge lagen – habe ich Denys meine Quelle genannt.«

»Verdammt, Yanni …«

»Zufälligerweise bist zu mit ihm *einer Meinung*, mein Junge, und Denys hat das Sagen, wo's um Aris Programme geht. Giraud war so streitsüchtig wie immer, aber ich hatte ein langes, ruhiges Gespräch mit Denys, über dich, über deine Projekte, über die ganze Entwicklung der Lage. Ich verrate dir, was du hier in Reseune vor Augen hast. Du siehst ein System, das bis an seine Grenzen belastet ist und zweitrangige administrative Mitarbeiter wie meine Tochter in Positionen mit beträchtlicher Verantwortung setzt, weil niemand zu finden ist, der qualifizierter wäre, weil die nächste Wahl eine Stufe tiefer, Gott steh uns bei, noch schlimmer wäre. Reseune ist zu sehr ausgedünnt, und dem Verteidigungsamt bricht sein Projekt unter den Händen zusammen. Wenn Jane sechs Monate länger gelebt hätte, oder wenigstens zwei *Wochen* länger, wenn Ollie Jenna hätte Druck machen und ihr sagen können, sie soll sich zum Teufel scheren – aber das kann er nicht, weil diese elenden Kontrolleinrichtungen ihn davon abhalten, unaufgefordert Macht über ein ZIV-Programm auszuüben. Außerdem kann er Jenna nicht feuern. Er hat das Letzte Band bekommen, er kann den ZIV-Status erlangen, aber Jenna hat sich mit Hilfe des übrigen Personals über seinen Kopf hinweg wiedereingesetzt, und Julia Strassen erklärt, sie sei Janes Testamentsvollstrecker – also sind Jenna und Julia diejenigen, die Ollies ZIV-Papiere unterschreiben müssen, ist das nicht fabelhaft für uns? Jenna wird dafür bezahlen. Ollie hat jetzt *von unserer Seite* seinen Status zugesprochen bekommen. Aber es wird auch noch ein paar Monate dauern, bis es dort bekannt wird, und er weiß es nicht.« Yanni vollführte einen Wink und schüttelte den Kopf. »Zum Teufel. Ist das ein Schlamassel. Es ist ein einziger Schlamassel dort draußen. Aber ich muß dich noch etwas fragen, mein Junge.«

»Was?«

»Ich möchte die über Rubin eintreffenden Daten fortlaufend überprüfen lassen, in welchem Zeitrahmen auch immer. Unser Stellvertreter bei dem Rubin-Clon ist Ally Morley. Aber ich möchte, daß du einige deiner Belohnungsschleifen in eine ZIV-Psyche einarbeitest.«

»Du meinst, du denkst daran, einen Eingriff vorzunehmen? An welchem von beiden?«

»Es sind die Strukturen, die wir uns ansehen wollen. Es geht um die Rückkopplung zwischen Arbeit und Belohnung. Gustav Morley arbeitet an dem Problem. Du kennst dich mit ZIV-Psychen nicht so aus, das ist immer eines unserer Probleme gewesen. Nein. Wenn wir die Entwicklungseinrichtung korrigieren müßten, würden wir uns nicht auf deine Entwürfe stützen. Wir wollen bloß, daß du seine Notizen mit deinen vergleichst. Und um offen zu sein, wir wollen die Situation mit der von Ari vergleichen.«

An der Oberfläche war Justin ruhig. »Ich würde wirklich gern glauben, daß du die Wahrheit sagst, Yanni. Ist das eine Echtzeit-Arbeit?«

»Nicht mehr. Ich sag dir die Wahrheit, Justin. Die reine Wahrheit. Kurz nach dem Frachter, der uns diese Daten brachte, ist ein Militärbote eingetroffen, der dem Frachter – für einen nicht genannten Zeitraum – den Abflug untersagte. Benjamin Rubin hat Selbstmord begangen.«

»O Gott!«

Yanni starrte ihn bloß an. Ein Yanni, der älter aussah, müde, emotional ausgezehrt. »Wenn wir jetzt nicht in der

Öffentlichkeit den Erfolg mit Ari hätten«, fuhr er fort, »würden wir Reseune verlieren. Wir würden's einfach verlieren. Wir bewegen uns inzwischen in den roten Zahlen. Wir werden vom Verteidigungsamt finanziert, und wir sind völlig unterbesetzt. Ich glaube, du verstehst mich jetzt – wir haben an Rubin diese Stressymptome festgestellt, bevor der Offenbarungsantrag auf dem Tisch lag, vor Aris kleinem Streich in der Stadt. Wir wußten zu dem Zeitpunkt schon, daß es Schwierigkeiten mit dem Projekt gab. Wir haben Anweisungen rausgeschickt, die, wie sich herausstellte – zu spät ankamen. Wir standen durch den Offenbarungsantrag unter Druck; wir wußten, was auf uns zukam, bevor es bekannt wurde. Wir wußten, daß Ari an die Öffentlichkeit treten mußte – und wir hatten all das am Hals. Du wirst Giraud seine Reaktion vielleicht nicht nachsehen, aber es könnte sein, daß du es nützlich findest zu wissen, was im Verborgenen vor sich ging. Zur Zeit sieht die Administration dich – in einem ganz neuen Licht.«

»Ich habe keine Feindschaft gegen ein neunjähriges Kind gehegt, mein Gott, ich habe das bewiesen, ich bin mit einer Psychosonde verhört worden ...«

»Beruhige dich. Davon rede ich nicht. Wir haben draußen auf Fargone ein Kind, das ein psychologisches Replikat eines Selbstmörders ist. Wir müssen Entscheidungen treffen – eine Möglichkeit ist die, ihn Stella Rubin zu überantworten, der Theorie nach ist sie die optimale Betreuerin für den Clon. Aber sie hat Probleme, sehr schwerwiegende Probleme. Überlassen wir ihn Morley. Aber wo liegt der Fehler, der zu all dem geführt hat? Bei Jenna? Oder früher, im grundlegenden Denkset eines Babys mit gesundheitlichen Problemen und einer übereifrigen Mutter? Wir brauchen Antworten. Noch ist Zeit. Es ist nicht einmal *deine* Aufgabe. Sondern die von Gustav Morley und Ally. In deinen Arbeiten sind nur ... ah ... bestimmte Dinge enthalten, die Denys interessieren, und mich auch, um ehrlich zu sein. Ich glaube, du verstehst, was ich meine.«

»Psychische Manipulation durch Motivation.«

»Was mit Emorys Arbeit zusammenhängt. Es gab Gründe, warum sie dich haben wollte, ich bin geneigt, das zu glauben. Jordan sind die Daten über Rubin auch geschickt worden. Wenn du mir sagst, daß du etwas Klarheit darüber gewonnen hast – werde ich dich für eine Woche oder so nach Planys schicken.«

»Grant ...«

»Nur du. Grant wird's hier gut gehen, dafür gebe ich dir mein Wort. Niemand wird Hand an ihn legen. Wir können einfach keine Komplikationen gebrauchen. Reseune macht die Verteidigung allmählich nervös. Wir müssen unsere Schritte sorgfältig erwägen. Ich kann dir verraten, mein Junge, daß die Administration dich sehr genau beobachtet. Du hast dich tadellos verhalten. Wenn ihr beiden – du und Jordan – die nächsten paar Jahre durchsteht, haben wir gute Aussichten, eine sehr viel bessere Situation zu erreichen. Aber wenn uns die jetzige Situation aus den Händen gleitet, wenn irgend etwas – *irgend etwas* – mit Ari schiefgeht, würde ich auf nichts mehr wetten. Für keinen von uns.«

»Verdammt, macht sich denn keiner um das Kind Gedanken?«

»Wir natürlich. Diese Frage kannst du dir wohl selbst beantworten. Im Augenblick steckt Reseune finanziell tief im Dreck, und die Verteidigung hält uns am Leben. Was geschieht mit ihr – wenn die Verteidigung sich des Ganzen annimmt, wenn das Projekt am Ende – vom Verteidigungsstatt vom Wissenschaftsamt betreut wird? Was wird mit uns allen geschehen? Welche Richtung wird die Union als Ganzes danach einschlagen? Es wird sich einiges verändern, soviel ist sicher. Es wird ein Ungleichgewicht eintreten – angesichts des ganzen Systems von Prioritäten, auf das wir uns gestützt haben. Ich bin kein Politiker. Ich hasse Politik. Aber, verdammt, mein Sohn, ich sehe vor uns schon den Abgrund.«

»Ich sehe ihn ganz deutlich. Aber er liegt nicht vor uns, Yanni. Ich lebe in ihm. Genau wie Jordan.«

Yanni sagte einen Moment lang nichts. Dann: »Paß gut

auf dich auf, mein Junge. Du und Grant – seid unbedingt vorsichtig.«

»Versuchst du mir etwas zu sagen? Werde deutlicher.«

»Ich sagte gerade nur, daß wir etwas verloren haben, dessen Verlust wir uns nicht leisten können. Wir. Jeder, verdammt. Viele Dinge sind so empfindlich. Ich fühle mich so, als habe ich ein Kind verloren.«

Yannis Kinn bebte. Für einen Moment lag alles offen vor ihm, und Justin spürte es bis tief in sein Inneres. Dann:

»Verschwinde!« sagte Yanni in seinem gewohnten Ton. »Ich habe noch zu arbeiten.«

XIII

Oben trat Ari mit Onkel Denys aus dem Lift in den großen Flur zum Flügel Eins, und es war nicht die Art von Flur, die sie erwartet hatte. Der Boden war poliert, und auf halbem Wege zur Sicherheitstür, die den Flur abschloß, befand sich eine Tür wie in einem Wohnbereich.

»Ich möchte dir etwas zeigen«, hatte Onkel Denys gesagt.

»Ist es eine Überraschung?« hatte Ari gefragt, weil Denys ihr nie etwas nach vorheriger Ankündigung gezeigt hatte; und er war bis zur Dämmerung in seinem Büro mit einem Notfall beschäftigt gewesen, bis Ari geradezu froh darüber war, daß Nelly immer noch bei ihnen war: Seely war auch unterwegs.

»Eine Art Überraschung«, hatte Onkel Denys erwidert.

Sie hatte vorher nicht gewußt, daß es hier oben überhaupt Apartments gab.

Sie ging mit Denys zur Tür und rechnete damit, daß er den Automatischen Haushälter anklingelte.

»Wo ist deine Schlüsselkarte?« fragte er statt dessen, als sei er ein Kind, das ein anderes neckte, damit es nachsah, ob die Karte irgendwo verlorengegangen sei. Aber er scherzte nicht. Er bat sie, die Karte zu nehmen und zu benutzen.

Sie nahm sie ab und steckte sie in den Schlüsselschlitz.

Die Tür öffnete sich, das Licht ging an, und der Haushälter sagte: *»Seit der letzten Benutzung dieser Karte ist das Apartment siebenundzwanzig Mal betreten worden. Soll ich es ausdrucken?«*

»Sag ihm, er soll's sichern«, sagte Onkel Denys.

Sie blickte in ein wunderschönes Apartment mit hellem Steinfußboden, großen Möbeln und *Platz,* mehr Platz als in Mamas Apartment, mehr Platz als bei Onkel Denys, es war riesig; und von einem zum anderen Moment fügte sie *Seit der letzten Benutzung dieser Karte, siebenundzwanzig* und die Tatsache zusammen, daß es *ihre* Karte war.

Ihre. Ariane Emorys.

»Das war das Apartment deiner Vorgängerin«, erklärte Denys und ging mit ihr hinein, während der Haushälter zu einer Wiederholung seines Spruchs ansetzte. »Sag ihm, er soll's sichern.«

»Du kannst es sichern, Haushälter.«

»Stimmenprofil weicht ab.«

»Sichere es«, wiederholte Denys.

»Schieben Sie Ihre Karte in die Konsole ein.«

Er tat es, mit seiner Karte. Und der Haushälter sicherte es. Das rote Licht ging aus. »Man muß mit einigen Systemen hier sehr vorsichtig sein«, bemerkte Onkel Denys. »Ari hat gegen Eindringlinge Vorkehrungen getroffen. Es hat dem Sicherheitsdienst einige Mühe gekostet, den Automatischen Haushälter neu einzustellen.« Er ging weiter hinein. »Es gehört dir. Das ganze Apartment. Alles darin. Du wirst hier erst allein wohnen, wenn du groß bist. Aber wir werden dafür sorgen, daß der Haushälter deine Stimme erkennt.« Er ging die Stufen hinunter, über den Teppich und wieder hinauf, und Ari folgte ihm, sprang die Stufen am anderen Ende hinauf, um ihn einzuholen.

Es war gespenstisch, wie in einem Märchen. Ein Palast. Sie wich nicht von Onkel Denys' Seite, als er durch den Flur ging und die Tür zu einem weiteren großen Raum öffnete, mit einem abgesenkten Zentrum, einem Sofa mit Messingverzierungen und Wänden aus Wollholz – schön und gefährlich, nur war das Wollholz hier mit dickem Kunststoff beschichtet, wie die Muster im Unterrichtsraum. An den Wänden hingen Gemälde, an denen eine Galerie rings um die versenkte Zimmermitte vorbeiführte. Eine Menge Gemälde.

Danach noch ein paar Stufen hinauf, an der Bar vorbei, wo noch immer Gläser auf den Regalen standen. Und durch einen Flur in noch einen Flur, und in ein Büro, ein *großes* Büro mit einem riesigen schwarzen Schreibtisch und eingebauten Geräten wie in Onkel Denys' Schreibtisch.

»Das war Aris Büro.« Denys drückte einen Knopf, und auf dem Tisch erschien ein Terminal. »Du hast immer ein ›Basis‹-Terminal. So funktioniert das Haus-Computersystem. Und dies hier – ist ziemlich gut gegen Eingriffe geschützt. Es ist keine besonders gute Idee, diese Basiseingänge vertauschen zu wollen, vor allem an meinem Terminal … oder deinem. Setz dich, Ari. Schalte dich mit deiner ZIV-Nummer ein.«

Sie war nervös. Der Hauscomputer war ein völlig anderes System als das kleine Gerät in ihrem Zimmer. Bevor man erwachsen war, durfte man sich nicht einschalten, sonst bekam man eine Menge Ärger mit dem Sicherheitsdienst. Florian sagte, einige der Systeme seien gefährlich.

Sie warf Onkel Denys einen zweiten nervösen Blick zu, dann nahm sie Platz und suchte nach dem Schalter an der Tastatur.

»Wo schaltet man das ein?«

»Im Tisch ist ein Schlitz für die Schlüsselkarte. Rechts von dir. Das Gerät wird um einen Handabdruck bitten.« Sie drehte sich im Stuhl um und sah ihn ein drittes Mal an. »Wird es etwas machen?«

»Es wird eine Routineüberprüfung vornehmen. Es wird nicht das Apartment vergasen oder so was. Mach's ruhig!«

Sie gehorchte. Der Handabdruckschirm wurde beleuchtet. Sie legte ihre Hand drauf.

»Name?« fragte der Automatische Haushälter.

»Ariane Emory.«

Die rote Lampe am Terminal ging an und blieb an. Der Monitor kam aber nicht aus der Konsole hervor.

»Was macht es?«

»Es überprüft das Datum«, antwortete er. »Und alle Aufzeichnungen im Haus. Es stellt fest, daß du geboren wurdest und wie alt du bist, denn es hat Ähnlichkeiten in deinem Handabdruck und wahrscheinlich in deinem Stimmenprofil festgestellt, aber es weiß, daß es nicht die ursprüngliche Person ist. Es sieht die Archive nach allen Handabdrücken und Stimmenprofilen Aris durch, die abgespeichert sind. Es wird einen Moment dauern.«

Es lief eben nicht so wie bei einer gewöhnlicher Eingabe. Sie hatte Onkel Denys dabei beobachtet, wie er sich über den Automatischen Haushälter mit seinem Computer verständigte. Ari sah dem hier dabei zu, wie er arbeitete, noch immer mit dem roten Licht, und blickte sich noch mal zu Denys um. »Wer hat das Programm geschrieben?«

»Eine gute Frage. Ari hätte das gefragt. Und sie hat auch das Programm geschrieben. Sie wußte, daß es dich einmal geben würde. Sie hat viele Dinge für dich geregelt – Dinge, die sehr wichtig sind. Wenn das Bereitschaftszeichen erscheint, Ari, möchte ich, daß du etwas für mich tust.«

»Was?«

»Sag ihm COP D/TR Komma B1 Komma E/IN.«

Programm annehmen: Ausgangswert in die schriftlichen Akten. »Was ist B1? Was ist IN?«

»Basis Eins. Das ist Basis Eins. Damit wird die Eingabe bestätigt. Das heißt, der Bildschirm- und der Haushälter-Output werden in die lesbaren Akten übertragen. Wenn ich glaubte, wir könnten damit durchkommen, würde ich IN/P eintippen, und sehen, ob wir das Programm löschen könnten, aber man riskiert mit der Basis nichts. Da!«

Aus der Tischplatte klappte der Bildschirm auf und erhellte sich.

Hallo, Ari.

Das war auch gespenstisch. *COP DITR, B1, E/IN,* tippte sie.

Bestätigt. Hallo, Ari.

»Es will *Hallo* hören«, sagte Onkel Denys. »Du kannst mit ihm reden. Es wird sich an dein Stimmenprofil gewöhnen.«

»Hallo, Basis Eins.«

Wie alt bist du?

»Neun.«

Hallo, Denys.

Sie atmete einmal durch und sah sich nach Denys um.

»Hallo, Ari«, erwiderte er und lächelte seltsam, ohne etwas anzusehen, und damit meinte er nicht sie, sondern *das Gerät*.

Auf dem Bildschirm erschien folgendes: *Erschrick nicht, Ari. Das ist nur eine Maschine. Ich bin jetzt seit 11,2 Jahren tot. Das Gerät ruft ein Programm ab, das auf denen basiert, deren Aufzeichnungen in den Hauscomputern noch aktiv sind, und füllt mit Hilfe dieser Informationen Leerstellen aus. Glücklicherweise läßt es sich nicht schockieren, und es ist nicht mehr in meinen Händen. Du wohnst bei Denys Nye. Hast du dort einen Hausanschluß?*.

»Ja«, antwortete Onkel Denys und legte, als sie sich umdrehte, um zu widersprechen, einen Finger an die Lippen und nickte.

»Onkel Denys sagt ja.«

Mit derartigen Dingen kam der Automatische Haushälter schon klar. Es dauerte nur etwas länger.

Nenn mir die Flüsse und die Kontinente und jeden anderen Namen, der dir einfällt, Ari. Die Reihenfolge ist mir egal. Ich brauche ein Stimmenprofil. Rede, bis ich Halt sage.

»Es gibt die Novaya Volga und die Freundschaftsflüsse, Novgorod und Reseune. Planys, die Antipoden, die Swigert-Bucht, Gagaringrad und High Brasil, Castile und den Don und Svetlansk ...«

Halt. Das genügt. Von jetzt an brauchst du, ganz gleich, wo du bist, nur noch deine Schlüsselkarte in den Schlitz des Automatischen Haushälters stecken und ihm deinen Namen nennen. Die Basis ist aktiviert. Ich fertige ständig Kopien an. Du kannst sie abrufen, indem du den Haushälter bittest, sie auf den Bildschirm zu bringen oder auszudrucken. Wenn Denys seinen Job tut, weißt du, was das bedeutet. Weißt du's, ohne daß man's dir erklären muß?

»Ja.«

Gut. Schalte dich ein, wann immer du willst. Wenn du das Haussystem verlassen willst, sag einfach ›Ausschalten‹. Die Speicherung und Abrufung erfolgt automatisch. Das Gerät wird jederzeit deinen Speicherplatz finden, aber es aktiviert erst, wenn du Hallo sagst. Denys kann dir die Einzelheiten erklären. Bis dann. Vergiß das Ausschalten nicht.

Sie sah Onkel Denys an. »Soll ich?« flüsterte sie. Er nickte, und sie sagte: »Ausschalten.«

Der Bildschirm wurde dunkel und klappte wieder herunter.

ARCHIVE: RUBIN-PROJEKT
GEHEIMHALTUNG: STUFE AA

NICHT OHNE AUSSCHUSSFORMULAR 768
KOPIEREN
INHALT: Computer-Transkript Akte
Nr. 5979 Seq. Nr. 28
Emory I / Emory II

2415: 1/24: 2332

B/1: *Hallo, Ari.*

AE2: **Hallo.**

B/1: *Bist du allein?*

AE2: **Florian und Catlin sind bei mir.**

B/1: *Sonst niemand?*

AE2: **Nein.**

B/1: *Du benutzt den Hauseingang 311. In welchem Zimmer bist du?*

AE2: **In meinem Schlafzimmer. In Onkel Denys' Apartment.**

B/1: *Das Programm funktioniert folgendermaßen, Ari, und verzeih mir, wenn ich mich kurz fasse: Ich habe dies geschrieben, ohne zu wissen, wie alt du sein würdest, wenn du dich einschaltest, oder in welchem Jahr es sein würde. Es ist 2415. Das Programm hat diese Zahl gerade der Hauscomputeruhr entnommen. Dein Vormund ist Denys Nye. Das Programm hat gerade deine Aufzeichnungen in der Hausdatenbank abgerufen und es hat festgestellt, und es kann dir sagen, daß Denys heute zum Mittagessen Nudeln bestellt hat, denn es hat gerade Denys' Aufzeichnungen abgerufen und eine Antwort auf diese Frage bekommen. Es weiß, daß du neun Jahre alt bist, und aus diesem Grund hat es die Zugriffsmöglichkeiten deiner Schlüsselkarte begrenzt, damit du dem Sicherheitsdienst nicht den Befehl erteilen kannst, jemanden einzusperren, oder 9000-Alpha-Gensets an die Cyteen-Station verkaufst. Wenn man bedenkt, wie ich mit neun war, ist das eine vernünftige Vorsichtsmaßnahme.*

Das Programm hat alle Unterprogramme archiviert, die es einsetzen würde, wenn du jünger oder älter als neun wärst. Es kann sie wieder abrufen, wenn deine Hausaufzeichnungen die entsprechende Zahl angeben, und es kann sein Hauptprogramm entsprechend dem aktuellen Datum ständig auf den neuesten Stand bringen, indem es Zahlen zuaddiert. Das geschieht andauernd.

Jedesmal, wenn du eine Frage stellt, sieht es alle Aufzeichnungen durch, die dir aufgrund deines Alters und deiner Freigabe zur Verfügung stehen, im ganzen Haussystem einschließlich der Bibliothek. Deren Anzahl wird mit der Zeit größer. Wenn du das Haussystem überzeugst, daß du über ein ausreichendes Verständnis verfügst, wird der Zugriff umfangreicher. Wenn du das Programm überzeugst, daß du bestimmte Ebenen der Verantwortlichkeit erreicht hast, wirst du sogar auf sicherheitsrelevante Ebenen Zugriff haben und anderen Leuten Befehle erteilen können.

Es gibt ein Band, das dir alle Zugriffsmöglichkeiten erklärt, die du zur Zeit brauchst. Hast du dich damit beschäftigt?

AE2: **Ja. Heute.**

B/1: *Gut. Wenn du nein gesagt hättest, hätte ich abgebrochen und gesagt: Schalte dich aus, und beschäftige dich mit dem Band, ehe du dich wieder einschaltest. Wenn du mit deinen Codes einen Fehler machst, werde ich das auch tun. Viele Dinge werden so laufen. Du darfst keinen Fehler machen: Das Gerät, das du benutzt, ist ans Haussystem angeschlossen, und es bricht ab, wenn du Fehler machst. Wenn du bestimmte Fehler machst, wird es den Sicherheitsdienst verständigen, und das wäre ziemlich unangenehm.*

Spiele mit dem System auch keine Streiche. Und lüge es nie an oder gebe falsche Informationen ein. Das kann dir eine Menge Ärger einbringen.

Ich will dir noch kurz erklären, daß es eine Möglichkeit gibt, das System anzulügen, ohne sich Ärger einzuhandeln, aber du mußt die wahre Information in einer Akte auf einer entsprechend hohen Sicherheitsebene ablegen. Das Gerät wird diese Akte jederzeit einlesen, wenn es nötig ist, aber es wird auch deine Lüge bemerken und jeden darüber in Kenntnis setzen, der eine weiterreichende Sicherheitsfreigabe als du besitzt. Das heißt, nur wenige Leute, hauptsächlich vom Sicherheitsdienst und der Administration, können herausfinden, was du verbirgst. Das Ganze dient dem Zweck, daß du einige Dinge privat oder geheim halten kannst.

Später kannst du auf diese Weise deine Untersuchungsaktivitäten verbergen. Oder deine Finanzen. Oder deinen jeweiligen Aufenthaltsort. Diese Akte kann gelöscht, aber auch ergänzt oder auf den neuesten Stand gebracht werden. Wenn deine Zugriffszeit im Haussystem zunimmt und deine Fehlerquote per Eingabe auf einen Wert zurückgeht, den dieses Programm verlangt, erhältst du Anweisungen, wie man Privatakten benutzt. Bis dahin solltest du das Programm nicht anlügen, sonst verlierst du Punkte, und es wird lange dauern, bis du über die gegenwärtige Ebene hinauskommst.

Du hast inzwischen wahrscheinlich festgestellt, daß du dem Programm keine Fragen stellen kannst, wenn es sich in der gegenwärtigen Betriebsart befindet. Du kannst derartige Vorträge jederzeit unterbrechen, indem du sagst: Warte, Ari. Dann kannst du eine andere Betriebsart wählen, eine Frage stellen und zurückkommen, indem du sagst: Weiter, Ari.

Glaube bloß nicht, dieses Programm sei lebendig. Es besteht lediglich aus einer Folge von Programmen, wie du sie auch schreiben kannst. Aber es kann lernen, und es verändert sich, wenn es lernt. Es hat einen Grundzustand, der sich wie ein Ausgangswert verhält, aber der ist nur in der Hauptkopie in den Archiven enthalten.

Manchmal fertigt dieses Programm für deinen Vormund Denys Transkriptionen von dem an, was ich dir sage. Manchmal nicht. Im Moment tut es das nicht. Ich schreibe in Akten, die nur du abrufen kannst, indem du dem Automatischen Haushälter sagst, du möchtest die Akte dieser Sitzung hören, und Stunde und Datum nennst. Das ist ein Beispiel für eine Privatakte. Verstehst du, wie man sie abruft?

AE2: **Ja.**

B/1: *Wenn du einen Fehler machst, wird das Programm diese Informationen wiederholen.*

Frage nie vor jemand anderem als Florian und Catlin nach einer Privatakte. Nicht einmal Denys Nye darf die Dinge mitbekommen, die du von mir aus Privatakten erfährst. Wenn er es versucht, wird dieses Programm einen Befehl an den Sicherheitsdienst senden. Es hat gerade eine Mitteilung an Denys' Basis geschickt, die dasselbe besagt. Verlaß dich darauf, daß ich Gründe dafür habe.

Manchmal wird eine Akte so privat sein, daß ich dich bitten werde, dabei ganz allein zu sein. Damit sind nicht nur Florian und Catlin gemeint. Bitte nie darum, dir diese Akten ansehen zu dürfen, wenn jemand bei dir ist. Sie werden dann auch nicht ausgedruckt, denn sie enthalten Dinge, die nur für dich persönlich bestimmt sind, die nicht einmal deine Freunde von dir wissen sollten.

Viele dieser Dinge betreffen deine Studien, und sie stammen direkt aus meinen eigenen Notizen.

Viele Male wird der Computer sie einfach abrufen, weil du eine Frage gestellt und er ein Schlüsselwort gefunden hat.

Du verfügst über meine Schlüsselkarte, meine Nummer und meinen Namen. Meine Aufzeichnungen sind ausschließlich in den Archiven enthalten, und bei deinen handelt es sich um die aktuellen Akten. Mach dir keine Gedanken, weil ich tot bin. Wo ich jetzt bin, stört mich das überhaupt nicht. Du kannst mich Ari senior nennen. Es gibt kein Wort in unserer Sprache, das ausdrücken könnte, was wir füreinander bedeuten. Ich bin weder deine Mutter noch deine Schwester. Ich bin einfach du als Ältere. Ich nehme an, die Bezeichnung ist noch gebräuchlich.

Vergiß nicht, Ari, es gibt einen Unterschied zwischen mir, die einem Schreibautomaten diese Worte diktiert – und der Basis Eins. Basis Eins benutzt eine Sprach- und Logik-Funktion, um sich viel mehr mit dir wie eine lebendige Person unterhalten zu können, als mir das möglich ist, denn sie arbeitet in Echtzeit und ich nicht, seit 2404 nicht mehr.

Verstehst du, es ist der Computer, der meine Aufzeichnungen abruft, um das Datum herauszusuchen.

Basis Eins kann eigene Antworten geben und meine Antworten auf bestimmte Fragen einspielen, und du kannst mit ihr diskutieren.

Aber bring nie durcheinander, wer von beiden sich unmittelbar mit dir unterhalten kann.

Hast du jetzt eine Frage? Stell sie auf die entsprechende Weise, und die Basis Eins wird ein Gespräch mit dir anfangen. Wenn du einen Fehler machst, wird das Programm an die Stelle zurückkehren, wo du eine Instruktion übersprungen hast. Du kannst auch um eine Wiederholung bitten. Gute Nacht, Ari. Gute Nacht, Florian und Catlin.

AE2: **Warte, Ari.**

B/1: *Ich höre, Ari.*

AE2: **Bist du jetzt Basis Eins?**

B/1: *Ja.*

AE2: **Wer hat Mama nach Fargone geschickt?**

B/1: *Eingabe unzureichend. Es gibt eine Anmerkung von Ari dazu. Einen Moment.*

Ari, ist hier Ari senior.

Das ist das erste Mal, daß du eine Frage mit einem Sicherheitsblock gestellt hast. Ich weiß nicht, welche Frage es ist. Es bedeutet, daß etwas dich davon abhält, an diese Information im Hauscomputer heranzukommen, und deine Freigabe nicht hoch genug ist. Der wahrscheinlichste Grund: Minderjährigen-Status. Ausschnitt Ende.

AE2: **Warte, Ari.**

B/1: *Ich höre, Ari.*

AE2: **Wo ist Valery Schwartz?**

B/1: *Eingabe unzureichend.*

AE2: **Wo ist Amy Carnath?**

B/1: *Amy Carnath ist beim Automatischen Haushälter in U8899 gemeldet. U8899 ist: das auf den Namen Julia Carnath registrierte Apartment. Es liegen in dem Haushälter keine Aufzeichnungen über eine Abmeldung vor.*

AE2: **Dann ist sie zu Hause.**

B/1: *Bitte genauer.*

AE2: **Dann ist Amy Carnath zu Hause, richtig?**

B/1: *Amy Carnath ist zu Hause, ja.*

2315: 1/27: 2035

AE2: **Basis Eins: Schau in der Bibliothek unter Ariane Emory nach.**

B/1: *Zugriff beschränkt. Ari hat eine Mitteilung dazu. Einen Moment.*

Ari, hier ist Ari senior.

Du bist also neugierig auf mich geworden. Das kann ich dir nicht zum Vorwurf machen. Ich wäre es auch. Aber du bist neun, und das Programm läßt dich nur meine Aufzeichnungen bis zu der Zeit abrufen, als ich vier war. Die Kluft wird sich verschmälern, während du größer wirst, bis du in der Lage bist, Aufzeichnungen über mich zu lesen, die deinem gegenwärtigen Alter entsprechen oder später entstanden. Dafür gibt's gute Gründe. Sie werden dir mit der Zeit einleuchten. Ein Grund, den du schon jetzt verstehen kannst, ist der, daß diese Aufzeichnungen sehr persönlich sind und Menschen, die älter als neun sind, Dinge tun, die dich ganz schön verwirren würden, Liebling.

Außerdem bist du mit neun noch nicht alt genug, um den Unterschied zwischen meinen Fähigkeiten und meinen Fehlern zu erkennen, denn die Aufzeichnungen erklären nichts. Es sind nur Dinge, die der Hauscomputer zu dieser Zeit aufgenommen hat.

Da du jetzt gefragt hast, wird die Basis Eins wöchentlich mehr Informationen zugänglich machen. Ich würde sie dir am liebsten täglich referieren lassen, denn es wird sehr umfangreich sein, aber ich möchte nicht, daß du dich zu sehr in das vertiefst, was ich jeden Tag gemacht habe, zu viel mit mir lebst und nicht genug in der realen Welt.

Du kannst alles über jeden aus den Archiven des Jahres 2287 abrufen, als ich vier war. Wenn die betreffende Person zu diesem Zeitpunkt noch nicht geboren war, wirst du nichts erfahren.

Die Kluft wird immer schmaler werden, wenn du größer wirst und deine Fragen und deine eigenen Aufzeichnungen der Basis Eins anzeigen, daß du inzwischen bestimmte Kriterien erfüllst. Je fleißiger du also in der Schule lernst und in je mehr Dingen du dich bewährst, um so schneller bekommst du Antworten. So ist das Leben.

Denk daran, du hast selbst die Wahl, was du tust. Ich habe mich auch entschieden.

Viel Glück, Liebling.

Die Bibliothek wird jetzt alle meine Aufzeichnungen bis zu der Zeit heraussuchen, da ich vier war, und für deinen Zugriff in einer Akte namens BIO abspeichern.

2315: 4/14: 1547

B/1: *Deine Anfrage an die Bibliothek ist bearbeitet.*

AE2: **Rufs ab.**

B/1: *Bestätigt: Dokument abgerufen: Mit einem Copyright versehen: Ich muß alle Daten innerhalb von zwei Tagen löschen, es sei denn, du erteilst mir die Erlaubnis, einen Kaufpreis zu zwanzig Credits zu überweisen.*

AE2: **Die Suchwörter sind Pferd, Pferdehaltung und Reiten.**

B/1: *Aufgefunden.*

AE2: **Wie viele Stellen?**

B/1: *Zweiundachtzig.*

AE2: **Vergleiche die Daten mit denen in der Studienakte PFERD. Kennzeichne und speichere vorübergehend zusätzliche Informationen oder Widersprüche in den eingehenden Daten. Verständige mich, wenn du fertig bist.**

B/1: *Geschätzte Laufzeit: drei Stunden.*

AE2: **Ausschalten.**

2316: 1/12: 0600

B/1: *Guten Morgen, Ari. Herzlichen Glückwunsch zum Geburtstag.*

AE2: **Ist das Basis Eins?**

B/1: *Ari, hier ist Ari senior. Du bist jetzt zehn. Das verschafft dir einen weiteren Zugriff. Wenn du die Bibliotheksfunktion prüfst, kannst du eine Anzahl neuer Bänder abrufen.*

Deine Testergebnisse sind in Geographie einen Punkt besser als meine, in Mathematik drei schlechter, fünf schlechter in Sprachen …

4. KAPITEL

I

Onkel Giraud bezeichnete ihn als den teuersten Laden im bekannten Universum, abgesehen von Novgorod, und Ari gefiel er. Sie probierte eine Bluse an, die Maddy Strassen vor Neid zerrissen hätte: Sie war bronze und braun, aus Satin und war mit einem Halstuch mit einem Topas und einer goldenen Nadel versehen – natürlich aus echtem Gold, in *diesem* Geschäft.

Ari sah sich mit einem berechnenden Lächeln nach Onkel Giraud um. Einem sehr erwachsenen Lächeln. Sie hatte es vor dem Spiegel geübt.

Die Bluse kostete zweihundertfünfzig Credits. Sie wurde in einem Karton verpackt, und Onkel Giraud nahm sie auf seine persönliche Karte, ohne ein Wort zu sagen.

Sie schrieb ihr Autogramm auf ein Bild von sich für den Laden, in dem eine Menge Bilder berühmter Leute hingen, die hier eingekauft hatten: Er verfügte über eine eigene Garage und einen Eingang für den Sicherheitsdienst, und man konnte das Geschäft in der Nähe des Raumhafens nur nach vorheriger Anmeldung besuchen, nicht einfach so.

Aus diesem Grund hatte Onkel Giraud gesagt, es sei aus Sicherheitsgründen der einzige Laden, den sie aufsuchen konnten.

An der Wand hing ein Bild der ersten Ari. Es war gespenstisch. Aber sie hatte vorher schon Bilder gesehen. Die erste Ari war noch schön gewesen, als sie fast so alt war wie Mama, und sie war hundertzwanzig geworden. Sie hatte sehr schöne Augen und langes, schwarzes Haar (aber damals wurde sie wohl rejuvenilisiert und mußte es gefärbt haben), die sie wie die heutige Ari in der Mitte gescheitelt trug. Ari wollte gern dasselbe Make-up wie Ari senior tragen, aber Onkel Denys sagte nein, sie könne sich ein wenig schminken, aber nicht so stark, und abgesehen davon änderten sich die Moden.

Denys hatte ihr zum letzten Neujahrsfest Eau de Cologne geschenkt, von dem er sagte, es sei eigens für Ari in einer Parfümerie in Novgorod hergestellt worden. Es roch wundervoll, wie die Treibhausgärten, wenn die Tulpen blühten.

Sie wurde langsam erwachsen, sagte er, und das wußte sie. Schon vor einiger Zeit hatte Nelly ihr eines Tages unerwartet gesagt, sie werde zu alt, um ohne Bluse herumzulaufen, und sie hatte an sich heruntergesehen und festgestellt, der Grund dafür war nicht, daß sie etwas dick wurde, sondern daß sich etwas veränderte.

Im ersten Moment hatte sie sich ziemlich darüber geärgert, aber es gefiel ihr, kein Hemd mehr tragen zu müssen.

Inzwischen aber bekam sie unzweifelhaft Figur, und sogar Catlin ein wenig. Natürlich konnten sich beide nicht mit ihrer Cousine Maddy Morley-Strassen vergleichen, die ein Jahr älter und mit ihrer Mama Eva, der Tante von Victoria Strassens Tochter, und Mamas Nichte, außerdem eine Cousine von Amy Carnath über *Amys* Vater Vasily Morley-Peterson, der in Planys lebte, nach Reseune versetzt worden war.

Maddy war …

Frühreif, wie Onkel Denys es ausgedrückt hatte.

Sie war Maddy bestimmt nicht neidisch, aber sie war ganz gewiß kein Typ, den man unterschätzen durfte.

Deshalb kaufte Ari ihr ein Halstuch, Amy eine Nadel aus echtem Gold, für Sam einen Pullover und für Tommy auch einen, und bestand darauf, sie ins Flugzeug zu tragen, außer den Sachen, die sie für all die anderen hatte. Es kam nicht darauf an, daß man eine Menge davon bestellen konnte, erklärte sie Onkel Giraud, es kam darauf an, daß es aus *Novgorod* stammte, wohin die anderen Kinder nicht kamen, und sie würde es auch ins Flugzeug bringen. Für Catlin nahm sie eine Bluse mit, für Parties: schwarz natürlich, aber hauchdünn; Catlin sah überrascht aus, als sie sich im Spiegel betrachtete. Und ein Hemd für Florian drüben in der Männerabteilung: schwarz, aus Satin und mit einem Stehkragen, der denen an seinen üblichen Uniformpullovern ähnelte, aber sehr elegant aussah. Dann fiel der Frau, der der Laden gehörte, eine Hose ein, die Catlin stehen würde, sehr eng und aus Satin. Das bedeutete, es wäre nur gerecht, wenn Florian auch eine neue Hose bekäme. Und während sie eine aussuchten, fand Ari selbst eine graublaue Satinhose, die ihr stand, und dazu gehörte ein Pullover, dessen Farbe von Lavendel mit einem bronzenen Stich an den Schultern und einem graublauen Glanz etwas tiefer zu einem metallischen Schwarz unten überging. Er sah elegant aus. Bevor sie ihn anzog, meinte Onkel Giraud, dafür sei sie noch zu jung. Als er sie mit ihm sah, sagte er, nun ja, allmählich würde sie schon älter.

Sie selbst überlegte, etwas lavendelfarbenen Lidschatten aufzutragen, wenn sie ihn auf Maddys nächster Party trug. Mach dich auf was gefaßt, Maddy Strassen!

Sie trugen so viele Pakete aus *La Lune,* daß Onkel Giraud und Abban viele davon im Begleitwagen des Sicherheitsdienstes verstauen mußten, und Ari, Florian und Catlin mußten auf dem Rücksitz praktisch aufeinander sitzen.

Giraud meinte, es würde bis zum nächsten Jahrhundert dauern, bis sie in Reseune die Dekontamination hinter sich hatten.

Das war das Wunderbare an Novgorod: Weil im Osten der Hang zu den Freundschaftsflüssen abfiel und das Terraformen im Osten Fels aufgehäuft und Türme errichtet hatte, um eine Trennwand zu bilden, und weil es hier so viele Menschen und Rieselfelder gab, und viele Algen und den Grüngürtel, und sogar Algen, die in den flachen Gewässern der Bucht gediehen, war Novgorod neben Reseune einer der wenigen Orte auf der Welt, wo man ohne D-Anzüge umhergehen konnte, und besaß neben Reseune den einzigen Flughafen, wo man sein Gepäck ohne weiteres mit an Bord nehmen konnte, von einmaligem Abspritzen und einer Durchsuchung abgesehen.

Im Foyer des Flughafens hatten sie noch ein Interview durchzustehen, während Abban sich darum kümmerte, daß das Gepäck verladen wurde. Aber Ari kannte einige von den Reportern, insbesondere eine der Frauen, zwei der älteren Männer und einen jungen Mann, der eine Art hatte, ihr so zuzuzwinkern, daß sie lachen mußte; und es machte ihr gar nichts aus, sich die Zeit zu nehmen.

Reiner Zufall, hatte Onkel Giraud gemeint, daß man sie, mit Ausnahme der Photographen, in Ruhe gelassen hatte, als sie sich die botanischen Gärten ansahen.

»Was hast du heute gemacht, Ari?« fragte eine Frau.

»Ich habe den Garten besucht und bin einkaufen gegangen«, sagte sie von ihrem Platz inmitten der Kameras und vor einer Übertragungsapparatur. Sie war müde gewesen, bis sie vor die Kameras kam. Aber von da an wußte sie, daß sie *auf Sendung* war, und *auf Sendung be*deutete, sie müsse glänzen, aber sie wußte ja, wie man das machte: Es war einfach, und es stellte die Reporter zufrieden, und die Zuschauer, und Onkel Giraud – nicht daß ihr Giraud besonders am Herzen lag, aber sie kamen ganz gut miteinander aus: Sie hatte gemerkt, daß Onkel Giraud in vielerlei Hinsicht leicht zu bearbeiten war, und manchmal glaubte sie, sie habe bei ihm wirklich eine weiche Stelle gefunden. Er kaufte ihr dauernd etwas, eine ganze Menge. Er hatte eine besondere Art, mit ihr zu reden, war lustig, was er bei anderen Leuten nicht oft war.

Wenn sie im Haus eine Party oder dergleichen veranstalteten, war er jedesmal so gemein.

Wie Giraud zu Mama stand – das vergaß sie *nie.* Niemals.

»Was hast du gekauft?«

Sie grinste. »Zuviel, meint Onkel Giraud.« Sie zog den Kopf ein und lächelte mit einem Ausdruck in die Kameras, der, wie sie wußte, niedlich wirkte. Sie hatte sich selbst auf dem Videogerät betrachtet und vor dem Spiegel geübt. »Aber ich komme im Jahr nur einmal in die Stadt. Und das war das erste Mal überhaupt, daß ich einkaufen gegangen bin.«

»Gibt's in Reseune keine Geschäfte?«

»O ja, aber sie sind klein, und man weiß immer, was sie da haben. Man kann immer bekommen, was man braucht, aber es sind meist dieselben Sachen, wissen Sie. Zum Beispiel kann man zwar ein Hemd kaufen, aber wenn man sich eins wünscht, das nicht jeder trägt, muß man's bestellen, und dann weiß man, was man bekommt.«

»Wie geht's den Guppys?«

Noch ein Lachen. Ein Achselzucken. »Ich habe einige grüne Langschwänze bekommen.«

Onkel Denys hatte ihr ein ganzes Labor geschenkt. Und Guppys und Aquarien waren in Novgorod sehr gefragt. Es geschah zum ersten Mal, sagte Onkel Denys, daß sich auf diesem Planeten überhaupt Leute Haustiere hielten, so wie die Menschen es früher auf der Erde getan hatten. Reseune war mit Anfragen nach Guppys überhäuft worden, seit Ari über Video verbreitet hatte, daß jeder sie halten konnte.

Seitdem wußte sie auch, an wen sie ihre minderwertigen Exemplare verkaufen konnte: Onkel Denys sagte, sie sollte alle Aufzeichnungen darüber aufheben, sie würde etwas dabei lernen.

Das bedeutete, daß beinahe jeder Flug, den die Frachtabteilung von *Reseuneair* auf den Weg brachte, einige ihrer Guppys an Bord hatte, in Plastiktaschen versiegelt und mit Reinheitsstempeln für die Kunden versehen, und allmählich wurde daraus ein Geschäft, das über das Labor hinauswuchs, in dem Ari die Fische züchtete: Onkel Denys meinte, es sei an der Zeit, daß sie eine Auswahl vornahm, denn Guppys vermehrten sich schnell und degenerierten dabei, und den Profit machte man mit den richtig hübschen, was bedeutete, daß man sich Gensets besorgen mußte. Es war schon komisch, in vielerlei Hinsicht war es wesentlich einfacher, Menschen zu clonen als Guppys.

»Uns ist zu Ohren gekommen«, sagte ein anderer, »daß du noch ein weiteres Projekt angefangen hast. Kannst du uns etwas über das Pferd sagen?«

»Es ist ein Füllen. So nennt man ein weibliches Pferdejunges. Aber es ist noch nicht geboren. Ich mußte es studieren und den Technikern bei der Vorbereitung des Tanks helfen; und ich habe eine Menge Berichte geschrieben – es ist wirklich eine Menge Arbeit. Dafür wird es genauso hübsch sein wie seine Genschwester. Die ist übrigens trächtig. Sie wird nicht lange, nachdem mein Füllen aus dem Tank kommt, ein Junges zur Welt bringen. Deshalb werden wir sogar zwei Junge haben.«

»Habt ihr nicht genug Pferde?«

»O nein. Sie müßten sie *sehen.* Ich werde auf meinem reiten. Das kann man. Auf der Erde hat man's gemacht, man muß sie nur daran gewöhnen.«

»Du wirst dir doch nicht wieder einen Arm brechen, oder?«

Sie grinste und schüttelte den Kopf. »Nein. Ich habe studiert, wie man's macht.«

»Wie macht man's denn?«

»Zuerst muß man sie an einen Sattel und Zaumzeug und anschließend an ein Gewicht auf ihrem Rücken gewöhnen, dann erschrecken sie nicht mehr, wenn man aufsteigt. Aber sie sind schlau, das macht sie so anders, sie sind nicht wie Platytheren oder so was, sie *denken* darüber nach, was sie tun wollen. Das ist das Wunderbarste. Sie sind nicht wie Computer. Sie sind wie wir. Sogar Schweine und Ziegen sind so. Man sieht sie an, und sie sehen einen an, und man weiß, daß sie Sachen denken, von denen man nichts weiß. Und sie fühlen sich warm an, und sie spielen, und sie machen Sachen genau wie Menschen, einfach weil sie darüber nachdenken.«

»Könnten wir ein paar Aufnahmen davon haben?«

»Geht das, Onkel Giraud?«

»Ich denke schon«, sagte Giraud.

II

Onkel Giraud war mit der Sitzung in Novgorod sehr zufrieden, das merkte Ari auf dem Rückflug. Sie, Florian und Catlin saßen vorn auf ihren gewohnten Plätzen, genossen alkoholfreie Drinks und sahen zum Fenster hinaus, während Giraud, die Sekretäre und Angestellten hinten saßen und Geschäftliches besprachen, aber dabei wurde viel gelacht.

Und zwar aus dem Grund, weil Onkel Giraud ihr Sachen gekauft hatte, das wußte sie. Und das war in Ordnung. Manchmal wurde sie fast warm mit Giraud. Das war auch in Ordnung. Es sorgte dafür, daß er entspannt blieb. Und sie hatte gelernt, wie man zu Leuten nett war, von denen sie mit ziemlicher Sicherheit wußte, daß sie ihre Feinde waren, und sie manchmal sogar zu mögen: Es bedeutete nicht, daß man sie nicht erwischen wollte, denn sie wären darauf aus, etwas zu tun, was einen früher oder später daran erinnern würde, was sie waren. Als Kind mußte man eben abwarten können. Sie hatte das Catlin und Florian erklärt, und Catlin vor den Spiegel gestellt und sie lächeln und lachen lassen, bis sie es schaffte, ohne daß man ihr anmerkte, daß es nur gespielt war.

Catlin war kitzlig um die Rippen. Das war vielleicht eine Entdeckung. Catlin war das peinlich, und sie sagte, es dürfe ihr sowieso niemand so nah kommen. Anfangs mochte sie es nicht, wenn Ari und Florian über sie lachten. Aber dann kam sie zu dem Schluß, es sei halbwegs lustig, und sie zeigte ihr echtes Lachen, eine Art halbes Grinsen, ohne einen Laut von sich zu geben. Das andere war gespielt, denn Catlin war gut darin, Muskeln einzeln zu kontrollieren und mit ihnen zu machen, was sie wollte.

Catlin hatte richtig gelacht, als sie sich in dem Laden in Novgorod in der durchscheinenden Bluse sah, und ihre Augen hatten auf die Weise gestrahlt, wie sie es taten, wenn Florian ihr etwas zeigte, was er in Elektronik gelernt hatte. Catlin jedenfalls hatte ein neues Talent.

Dann hatte sie sich mit ihrem bühnenreifen Gehabe zu der Ladenbesitzerin umgedreht und sich wie Maddy Strassen benommen, was umwerfend lustig war, wie Mama gesagt hätte, bis hin zu Maddys Geste, als sie sich umdrehte, um die Satinhose im Spiegel zu betrachten. Es war eine perfekte Imitation Maddys. Ari hatte es beinahe einen Stich ins

Innere versetzt, vor allem als sie Girauds Gesicht sah. Aber Giraud begriff schnell, besonders wenn sie ihm zuzwinkerte und zu verstehen gab, daß es ein Scherz war.

Florian hatte drüben im Durchgang zur Männerabteilung wie ein ganz normaler Azi gestanden, was bedeutete, daß es ihm auch einen Stich versetzte, denn er mußte das Lachen nie üben. Er tat es einfach; aber er hielt sich zurück, damit er Catlin nicht verriet.

In Novgorod liefen die Dinge sehr viel besser, und man stand dort weit weniger unter Druck. Das spürte Ari. Giraud sagte, seiner Meinung nach gäbe es einen Markt für *Bänder* über Tiere, die man sich nicht kaufen konnte, daß es eine wirklich gute Idee sei, und zweihundertfünzig Credits für einen Zuchtguppy ein Hinweis dafür waren, daß es für viele Dinge einen Markt gab, und es müßte mit dem Teufel zugehen, wenn sie ihn nicht beliefern würden: Sie konnte drüben in Moreyville Leute dafür einstellen, und vielleicht gab es auch einen Markt für Koi, und die Leute, die für Reseunes Forschungslaboratorien auf Sonderbestellung Aquarien und Filtersysteme hergestellt hatten, mochten daran interessiert sein, in eine ganz neue Fertigungsabteilung zu investieren.

»So funktioniert das«, erklärte er. »Alles ist mit allem verbunden.«

Es gab weit draußen in braunen kleinen Hinterlandkuppeln Bergarbeiter, die ein Vermögen für die Haltung von Guppys ausgaben, insbesondere für die hell gefärbten, und für grünes Unkraut, weil sie die Farben und das Geräusch des Wassers mochten, weil es dort draußen nichts als blasses Rot und Graublau gab. In Reseune sagte man, es läge am Kontakt mit einem friedlichen Ökosystem, und es bekäme Menschen gut: Bergarbeiter schworen, daß die Luft aus den Tanks die Umgebung gesünder machte. Reseune behauptete, es verschaffte ihnen nur den *Eindruck,* daß sie gesünder sei, und gab ihnen ein Gefühl, mit allem verbunden zu sein, was grün, hell und irdisch war.

Giraud sagte bloß, es bringe Geld ein, und vielleicht sollten sie einmal in den Genbanken und Geschichtswerken nachsehen, ob sie sonst noch etwas übersehen hatte.

Bis dahin machte es nichts aus, daß die Leute Ari als das Kind betrachteten, das ihnen all das zugänglich gemacht hatte. Das machte es den Leuten schwer, die die Feinde der ersten Ari gewesen waren.

Das hatte Giraud geschafft. Aber sie tat dasselbe, wenn sie übte, wie man für die Kameras lächelte. Sie hatte die Rätin fürs Informationsamt kennengelernt, Catherine Lao, die wie Catlin eine Krone aus Haarflechten trug und ebenso blond wie sie war, aber etwa hundert Jahre alt: Außerdem war die Rätin Lao eine Freundin von Ari senior gewesen, und freute sich, wie sie sagte, sehr darüber, zu sehen, wie sie größer wurde, wie gut es ihr ging.

Ari bemühte sich, die Leute nicht auf Anhieb zu mögen: Das war gefährlich, denn auf diese Weise entging einem etwas, das man sehen sollte – Ari senior hatte ihr das erklärt, aber es paßte mit etwas zusammen, was sie tief drin schon wußte. Trotz allem mochte sie Rätin Lao sehr; und sie war ihr freundlicher gesonnen als Giraud, wie sehr sie sich auch anstrengte, es zu verbergen: Das gab ihr einen Gegensatz, mit dem sie etwas anfangen konnte, mit dessen Hilfe sie alle leichter durchschauen konnte, und es gab ihr das Gefühl, Rätin Lao könne wirklich jemand sein, den sie gern hatte.

Es tat überhaupt nicht weh, daß Catherine Lao die Rätin fürs Informationsamt war, das unter anderem das gesamte Nachrichtennetz und die Bibliotheken, Verlage, Archive und öffentlichen Lehranstalten verwaltete.

Dann gab es Admiral Gorodin vom Verteidigungsamt, und die Verteidigung hatte verhindert, daß andere Leute ihre Sachen durchsahen; er war ganz anders als Lao, auf seine Art ganz nett, und das bei vielerlei Anlässen, weder freundschaftlich noch feindlich gesonnen, bloß ehrlich interessiert und Giraud gegenüber etwas sarkastisch, aber auf sie kam er zu, als würde er sie schon seit langem kennen.

Sie hatte sogar Mikhail Corain kennengelernt, der zu den

Feinden gehörte, und ihm Hallo gesagt, und er hatte sein Bestes versucht, um nett zu sein. Sie hatten sich vor laufenden Kameras in der Staatshalle getroffen. Rat Corain hatte ausgesehen, als habe er sich den Magen verdorben, aber er hatte gesagt, er habe selbst eine Tochter in ihrem Alter, und er hoffte, die Reise nach Novgorod machte ihr Spaß, und fragte, ob sie selbst einmal für den Rat kandidieren wollte.

Das kam ihren eigenen Ideen zu nahe, die sie weder Giraud noch Denys erzählen wollte, deshalb antwortete sie, sie wüßte es nicht, sie sei mit ihren Schularbeiten beschäftigt, was die Reporter zusammenzucken ließ und Corain zum Lachen brachte, ein Lachen wie von Catlin, wenn sie Maddy spielte, und er wich zurück und sagte, die Welt müsse sich auf etwas gefaßt machen.

Er auch, dachte sie, ein bißchen besorgt darüber: Das war eine kleine Gemeinheit am Schluß gewesen, und sie wünschte, ihr wäre schnell etwas eingefallen, um ihn vor den Kameras lächerlich zu machen. Aber sie wußte nicht, ob vielleicht etwas Besonderes vorging, worauf er sich bezog, und Onkel Giraud hatte gesagt, sie habe genau das Richtige getan, deshalb nahm sie an, es sei wohl so.

So saß sie schließlich in dem Flugzeug nach Reseune; und die Reporter warteten auf ihre Landung – also würden auch Amy und Tommy auf dem Videogerät zu sehen sein. Sie lächelte für die Kameras – sie mußten kein Interview geben, es wurden bloß ein paar Aufnahmen für die Nachrichten gebraucht, also bekamen sie sie, und dann packten die Kameraleute zusammen, um ihren Flug mit der *Reseuneair* zurück nach Svetlansk zu erwischen, wo sie über eine große Platythere berichteten, die eine Ölpipeline unterbrochen hatte – das hätte Ari gern gesehen; sie wollte hinfliegen, aber Onkel Giraud sagte, sie sei lang genug vom Unterricht abwesend gewesen, und sie sollte sich um ihr Füllen kümmern.

»Geht's ihm gut?« fragte sie erschrocken.

»Nun, wer weiß?« erwiderte Onkel Giraud, der sie ganz sicher bearbeiten wollte, aber diesmal auf geschickte Art.

»Wir haben seit einer Woche nicht mehr nach ihm gesehen.«

Sie wartete nicht aufs Gepäck. Sie nahm den Bus mit Onkel Giraud, Florian und Catlin, und auch Amy und Tommy kamen mit; sie ging nicht einmal zuerst nach Hause, sondern gleich hinüber ins Labor.

Dem Füllen ging's gut, zeigten die Laborgeräte an; aber der Aufseher dort gab ihr einen ganzen Stapel Fiches und sagte, das sei es, was sie aufholen müsse.

Es war eine Falle. Sie bekam das Füllen einen Moment auf dem Monitor zu sehen: Es sah immer weniger wie eine Person und immer mehr wie ein Pferd aus. Das war aufregend.

Es war aufregend, als sie in Denys' Büro hinüberging und die Erlaubnis bekam, Amy und Tommy mit nach Hause zu bringen, weil ihr Gepäck inzwischen da sein würde und sie ihnen ihre Geschenke geben wollte.

»Richte da kein Durcheinander an«, sagte Onkel Denys, denn Nelly kümmerte sich tagsüber um Babies und ließ sich erst am Abend sehen; und das bedeutete, daß Seely, Florian und Catlin einiges von der Hausarbeit übernehmen mußten. Seely war ihr egal, Florian und Catlin allerdings nicht; deshalb paßte sie auf. »Komm mal in meine Arme«, forderte Denys sie auf, »und sei brav.«

Sie hatte vergessen, für Onkel Denys etwas mitzubringen. Das war ihr peinlich. Deshalb machte sie sich eine Notiz, ihm etwas aus dem Feinschmeckerladen im Nördlichen Flügel zu bestellen und es auf ihre eigene Karte zu nehmen, weil sie dafür eine Erlaubnis hatte.

Vielleicht ein Pfund Kaffee. Das würde ihm gefallen, und es würde ihm gleichgültig sein, daß er nicht aus Novgorod kam. Außerdem wollte sie selbst etwas davon haben.

Deshalb befahl sie der Basis Eins beim Hereinkommen, was so einfach war, als rede sie mit dem Automatischen Haushälter, ihn zu bestellen und in sein Büro zu schicken.

Amy und Tommy waren wirklich beeindruckt.

Sie waren sehr zufrieden mit ihren Geschenken. Ari holte sie aus ihrem Zimmer und zeigte den beiden nicht die anderen Sachen – es ist nicht nett, hätte Onkel Denys gesagt, mit dem anzugeben, was man gekauft hatte und was andere sich nicht leisten konnten.

Onkel Denys hatte recht. Er war eben schlau.

Tommy mochte seinen Pullover. Er sah gut darin aus.

Amy betrachtete die kleine Schachtel etwas skeptisch, als könne eine so kleine Schachtel kein hübsches Geschenk enthalten, bis sie sie öffnete.

»Das ist echtes Gold«, erklärte Ari ihr. Und Amys Gesicht hellte sich auf. Amy war kein hübsches Mädchen. Sie würde groß und dünn sein und ein langes Gesicht haben, und sie mußte mit einem Band behandelt werden, um nicht so krumm dazustehen, aber für einen Moment sah Amy hübsch aus. Und sie fühlte sich auch hübsch, vermutete Ari, das machte den Unterschied.

Sie wünschte, Amy hätte wie sie die Erlaubnis, sich schöne Sachen zu kaufen.

Dann hatte sie eine Idee.

Und sie machte sich eine Notiz, um Onkel Denys zu fragen, ob *Amy* nicht das Guppy-Projekt übernehmen könne. Sie wußte alles darüber und achtete sehr genau darauf, welche Tiere sich mit welchen paarten, und sie konnte gut rechnen.

Ari selbst hatte genug mit dem Füllen zu tun, und sie wollte dahin zurück, nur ein paar hübsche Fische in dem Aquarium in ihrem Schlafzimmer zu haben, und sich nicht mit den häßlichen beschäftigen zu müssen.

III

Justin ließ seine Taschen im Schlafzimmer fallen und warf sich mit dem Gesicht nach unten aufs Bett, bekam nichts mehr mit, bis er bemerkte, daß jemand eine Decke über ihn gebreitet hatte und ihn drängte, unter die Bettdecke zu kriechen. »Komm schon«, sagte Grants Stimme zu ihm. »Du frierst sonst. Bewege dich.«

Er wurde halb wach davon, rollte sich herüber und fand das Kissen, um es sich unter den Kopf zu ziehen.

»Anstrengenden Flug gehabt?« fragte Grant, der auf der Bettkante saß.

»Elende kleine Maschine; sie hatten einen höllischen Sturm über dem Thetys, und wir sind den Gewitterwolken eben noch ausgewichen und ganz schön durchgerüttelt worden.«

»Hungrig?«

»Gott, nein. Ich will bloß schlafen.«

Grant ließ ihn, schaltete das Licht aus und störte ihn nicht weiter.

Er erinnerte sich am Morgen schwach daran, als er aus der Küche Geräusche hörte. Er mußte feststellen, daß er noch angezogen und unrasiert war.

Und die Uhr stand auf 08.20.

»Gott«, murmelte er, warf die Decke zurück, wankte ins Bad und dann in die Küche.

Grant, in einem weißen Hemd und hellbeiger Hose, sah auf saloppe Weise elegant aus und trank am Küchentisch seinen Morgenkaffee.

Justin fuhr sich mit einer Hand durchs Haar und zerrte eine Tasse aus dem Schrank, ohne sie fallenzulassen. Grant goß sie ihm halb voll. »Ich kann mir selbst welchen machen«, protestierte er.

»Natürlich kannst du das«, sagte Grant, nachsichtig mit dem Unfähigen, und zog seinen Stuhl zurück. »Setz dich! Ich nehme doch nicht an, daß du heute arbeiten gehst. – Wie geht's Jordan?«

»Gut«, brummte er. »Gut. Wirklich.« Und er setzte sich und stützte die Ellbogen auf den Tisch, um sicher zu sein, wo die Tasse stand, wenn er etwas trinken wollte, denn seine Augen wollten nicht scharf sehen. »Er sieht großartig aus. Paul auch. Wir hatten eine lange Arbeitssitzung – das Übliche, zuviel geredet, zuwenig geschlafen. Ich war phantastisch.«

Er log nicht. Grants Augen flackerten und zeigten für

einen Moment ehrliche und große Erleichterung. Grant hatte das Wort schon am Abend am Flughafen gehört, aber er schien es jetzt erst ernstzunehmen, so wie sie einander immer mißtrauen, jedes Wort in Zweifel ziehen mußten, wenn die kleinen Signale ausblieben, die bewiesen, daß die Dinge wirklich so waren, wie sie schienen.

Und dann warf Grant einen Blick auf die Uhr und zuckte zusammen. »Verflucht. Einer von uns muß wohl hingehen. Yanni ist in dieser Woche hinter Drückebergern her.«

»Ich geh hin«, sagte Justin.

»Was willst du denn heute da? Bleib hier! Ruh dich aus!«

Justin schüttelte den Kopf. »Ich muß einen Bericht einreichen.« Er kippte in einem Schluck den restlichen Kaffee hinunter. »Gott. Du frühstückst erst einmal zu Ende. Ich werde dafür sorgen, daß die Unterlagen rechtzeitig da sind. Ich geh hin. Verständige Yanni, daß ich komme, ich muß nur die Faksimiles zusammensuchen, sie haben in der Dekontamination alles durcheinander geworfen.«

»Ich gehe.« Grant goß ihm den Rest seines Kaffees in die Tasse. »Du hast es dringender nötig. Kaffee scheint für ZIVs ein lebensnotwendiger Nährstoff zu sein.« Verdammt. Er hatte sich am Abend auf dem Flughafen wortkarg gezeigt, nachdem Grant tagelang auf Neuigkeiten gewartet hatte, und jetzt trank er ihm zum Frühstück auch noch den Kaffee weg.

»Ich werd's für dich zusammenpacken«, rief er Grant im Nachbarzimmer zu. »Laß im *Changes* zum Mittag einen Tisch reservieren.«

Grant steckte den Kopf wieder herein. »War es so gut?«

»Die Soziologen haben das TR-Design bis über die zehnte Generation hinaus laufen lassen, und es ist immer noch sauber. Jordan meinte, sauberer könne es gar nicht sein.«

Grant klopfte auf den Türrahmen und grinste. »Du Bastard! Das hättest du doch sagen können!«

Justin hob eine Braue. »Ich bin vielleicht ein Hurensohn, mein Freund, aber eines bin ich ganz bestimmt nicht, nämlich ein Bastard. Und das wird jetzt sogar Giraud zugestehen müssen.«

Grant lief ins Wohnzimmer zurück und rief: »Es ist verdammt spät! Das ist nicht fair!«

Einen Moment später öffnete und schloß sich die Tür des Apartments.

Es blieb einfach keine Zeit, die Dinge vom Morgen durchzugehen, auch wenn sie Rücken an Rücken im selben Büro arbeiteten. Grant tippte ununterbrochen auf der Tastatur herum, indem er gelegentlich etwas in den Input des Schreibautomaten murmelte, ein konstantes Hintergrundgeräusch, während Justin seine und Jordans Notizen und die Transkription aller Sitzungen der Woche durch den Faksimile-Scanner schickte, Knöpfe drückte, wo es schneller ging, und mit Hilfe der Suchwort-Funktion des Computers nahezu vierzehnhundert Stunden fortlaufender Transkription unter fünf Hauptgesichtspunkten durchsiebte, bearbeitete und komprimierte. Wobei er immer noch Dinge übersehen oder falsch einordnen konnte, deshalb kam es gar nicht in Frage, das Material wegzuwerfen: Er richtete für nicht zuzuordnende Stichwörter eine sechste Kategorie ein und betrieb das Gerät mit AutoAdress, was bedeutete, daß es die originalen Fundstellen der Information mit abspeicherte.

Er hatte vier vorbereitende Sitzungen und einen Bericht nahezu in lesbare Form gebracht, ehe Grant ihn aus seiner angestrengten Konzentration riß und sagte, sie hätten zehn Minuten, um ins Restaurant zu kommen.

»Mit dem Rubin-Zeug bin ich fast fertig«, sagte er.

Aber das war es nicht, worüber er und Grant auf dem ganzen Weg hinunter und hinüber in den Nördlichen Flügel, durch die Tür des *Changes* und bis zu ihrem Tisch redeten – eine kurze Unterbrechung, um Drinks zu bestellen, noch mehr Berichte, eine weitere Pause, um das Essen zu bestellen, und schon ging's weiter.

»Als nächstes«, sagte Justin, »müssen wir Yanni dazu bringen, einem Test zuzustimmen.«

»Ich würd's machen«, erwiderte Grant.

»Den Teufel wirst du tun!«

Grant hob eine Braue. »Ich würde mir keine Sorgen deswegen machen. Ich wäre sogar eine sehr gute Versuchsperson, weil ein Test mir nichts überstülpen könnte, was ich nicht identifizieren würde – ich verstehe die Prinzipien sehr viel besser, als die Testabteilung ...«

»Und du bist restlos voreingenommen.«

Grant seufzte. »Ich bin neugierig, was für ein Gefühl das ist. Du verstehst das nicht, ZIV. Es ist einfach sehr verlockend.«

»Über diese Verlockung mache ich mir Sorgen. Dabei brauchst du überhaupt keine Motivation, mein Freund – vielleicht einen Urlaub.«

»Einen Bummel durch Novgorod«, seufzte Grant. »Natürlich. – Ich möchte mir die Sache trotzdem ansehen, wenn du damit fertig bist.«

Justin bedachte ihn mit einem beherrschten, vielsagenden Blick. Sie mußten *immer noch* auf Wanzen aufpassen; und dem Sicherheitsdienst zu verraten, wie begabt Grant darin war, ein Programm zu lesen und in sich aufzunehmen, wollten beide nicht riskieren.

Dieser finstere Blick besagte: *Natürlich möchtest du das, und wenn du es verinnerlichst, Partner, werde ich dir die Finger brechen.*

Grant lächelte ihn breit und lässig an, was bedeutete: *Du blasierter ZIV-Bastard, ich kann auf mich selbst aufpassen.*

Er preßte die Lippen zusammen. *Verdammt, Grant.*

Ein noch breiteres Lächeln. Seine Augen wurden schmaler. *Reden wir später drüber.*

»Hallo«, sagte eine junge Stimme, und Justins Herz machte einen Sprung.

Er sah das junge Mädchen an, das neben ihrem Tisch stehen geblieben war, ein junges Mädchen in teurer Kleidung, das über Nacht die Andeutung einer Taille entwickelt zu haben schien; nahm einen Duft wahr, der sein Herz vor panischer Erinnerung hämmern ließ; und blickte in das Gesicht eines Kindes auf, das ernst und schüchtern geworden war – und hohe Wangenknochen bekommen hatte; der Blick ihrer dunklen Augen war melancholisch und wurde, mein Gott, von einem Hauch violetten Lidschattens unterstrichen.

»Hallo«, sagte er.

»Ich habe dich eine ganze Zeit nicht gesehen.«

»Ja. Ich schätze, ich bin ziemlich beschäftigt gewesen.«

»Ich war da hinten.« Sie deutete auf den Bereich des Restaurants hinter dem Bogen. »Ich habe euch reinkommen sehen, aber ich hatte schon mit meinem Sandwich angefangen. Ich dachte trotzdem, ich sage mal Hallo.«

»Es ist schön, dich zu sehen«, erwiderte er und brachte seine Stimme mit aller Kraft unter Kontrolle, indem er ein fröhliches Lächeln zustandebrachte: Das Kind konnte andere Leute schneller durchschauen als jeder Computer des Sicherheitsdienstes. »Was machen deine Studien?«

»Oh, ich habe viel zu tun.« Ihr Blick hellte sich auf, wieder wie bei einem Kind, aber nicht ganz. »Du weißt ja, daß Onkel Denys mich ein Pferd halten lassen wird – aber ich muß es zur Welt bringen; und noch den ganzen Papierkram erledigen. Das ist auch eine Art, mich ans Studieren zu bringen.« Sie zeichnete ein Muster auf dem Tisch mit dem Finger nach. »Ich hatte dieses Guppy-Geschäft am Hals …« Ein kurzes Lachen. »Aber ich hab's Amy Carnath übergeben. Es wurde mir allmählich zuviel Arbeit, und jetzt hat sie ihre Cousine darauf angesetzt. Na, egal … Was machst *du* denn?«

»Ich arbeite an einer Studie für die Regierung. Und an ein paar eigenen Sachen. Ich habe auch hart gearbeitet.«

»Ich weiß noch, wie du zu meiner Party gekommen bist.«

»Ich erinnere mich auch daran.«

»In welchem Flügel arbeitest du?«

»Ich bin beim Design.«

»Grant?« Mit einem raschen Blick in Grants Richtung.

»Ja«, sagte Grant.

»Ich habe gerade angefangen, das zu studieren«, erzählte sie. Der Finger fuhr fort, Muster nachzuzeichnen. Die Stimme klang tiefer, ihr fehlte das Helle eines kleinen Mädchens. Es war ein anderer, ernsterer Tonfall, anders als der, den sie vor den Kameras anschlug. »Ihr wißt doch, daß ich ein PR bin, oder?«

»Ja«, erwiderte Justin ruhig, o ja, ganz ruhig. »Das wußte ich.«

»Meine Vorgängerin kannte sich ziemlich gut mit Designs aus. Kanntest du sie?«

Gott, was soll ich dazu sagen? »Ja, ich kannte sie. Nicht besonders gut. Sie war sehr viel älter.« *Bloß keine geheimnisvollen Dinge in die Welt setzen.* »Sie war für kurze Zeit meine Lehrerin.«

Ihr zurückhaltend nach unten gerichteter Blick hellte sich plötzlich auf, verriet leichte Überraschung, das unverkennbare Aufkeimen eines Gedankens. »Das ist komisch, was? Jetzt weißt du sehr viel mehr als ich. Ich wünschte, ich könnte einfach ein Band nehmen und alles wissen.«

»Es ist zuviel, um alles von einem Band zu lernen.«

»Ich weiß.« Noch ein mildes Lachen. »Ich weiß ja, an wen ich mich wenden kann, wenn ich eine Frage habe, was?«

»He, ich kann dir nicht helfen, dich vor deinen Hausaufgaben zu drücken. Dein Onkel würde mir das Fell über die Ohren ziehen.«

Sie lachte und tippte mit dem Finger auf die Tischkante. »Euer Essen wird kalt. Ich gehe jetzt besser ins Labor zurück. War schön, dich zu sehen. Dich auch, Grant.«

»Hat mich auch gefreut«, brummte Justin; und Grant murmelte höflich: »Sera«, als sie sich auf den Weg machte.

Justin sah ihr nach, bis er sicher war, daß sie das Restaurant verlassen hatte, dann atmete er auf und stützte die Stirn auf die Hände. »Mein Gott.« Und blickte zu Grant auf. »Sie wird erwachsen, was?«

»Das tat sie nur aus Höflichkeit«, meinte Grant. »Ich glaube nicht, daß es mehr war.«

»Wahrscheinlich«, stimmte Justin zu und riß sich wieder zusammen, nahm seine Gabel in die Hand und spießte unsicher ein Stück Schinken auf, fest entschlossen, dem unangenehmen Gefühl in seinem Magen keine Aufmerksamkeit zu schenken. »Keine Spur von Gehässigkeit. Sie ist ein nettes Mädchen, ein verdammt nettes Mädchen.« Er nahm den Bissen in den Mund. »Jordan und ich haben auch darüber geredet. Mensch, ich würde gern ihre Testaufzeichnungen sehen.«

Grant warf einen erschrockenen Blick zur Wand. *Denk dran, daß jemand mithört.*

»Sie benutzen die andere ...«, fuhr Justin verbissen fort: Rubin gehörte zu den Namen, die sie nicht durchs Restaurant rufen konnten, »... die andere Versuchsperson – um zu sehen, was sie sich überhaupt erlauben können. Und verdammt, es dauert fünfzehn Jahre, bis wir die Ergebnisse zu Gesicht bekommen.«

»Ein bißchen spät«, brummte Grant.

Ein bißchen spät, um etwas an Aris Lage zu ändern, wollte Grant sagen; und gab ihm mit einem Blick unter zusammengezogenen Augenbrauen zu verstehen: *Um Gottes willen, laß uns nicht hier und jetzt darüber reden.*

Es war nur gut gemeint. »Ja«, sagte Justin, als antworte er auf die vorherige Bemerkung, und nahm noch einen Happen und spülte ihn mit einem Schluck hinunter. Nach dem Sturm während des Flugs hatte er Hunger gehabt: Die Versorgung an Bord war beschränkt gewesen. Und über dem Terminal zu schwitzen, hatte einen Appetit entstehen lassen, den nichts stillen konnte.

»Rede mit Yanni«, sagte Grant, als sie auf dem Rückweg ins Büro über den offenen Hof gingen, »und rufe Denys an, wie man es dir aufgetragen hat. Euch beiden zuliebe.«

»Ich werde keinen Moment zögern«, erwiderte Justin.

Das meinte er ernst. Was er außerdem sagen wollte, zögerte er auszusprechen.

Aber es war in den Transkriptionen von Planys enthalten.

Seine Meinung, und die von Jordan – wie wenig sie auch einer Administration wert waren, die sich um ihr eigenes Überleben sorgte.

IV

Hinunter in die Tunnel und, nachdem Florian das Schloß ein wenig manipuliert hatte, hinunter in den Wartungsbereich der Belüftung, aus einer Richtung, daß kein Zugang mit einer Schlüsselkarte geöffnet werden mußte: Sie mußten immer die ersten sein, weil niemand sonst die Tür zu ihrem Treffpunkt öffnen konnte; und die letzten, weil Florian und Catlin die Aufmerksamsten waren, wenn es darum ging, aufzuräumen und sicherzustellen, daß sie keinerlei Spuren für die Arbeiter hinterließen.

Sie benutzen einige solcher kleinen Nischen. Sie hatten sie codiert, so daß Ari nur sagen mußte: Nummer 3, und Amy gab es an Tommy und Maddy weiter, und Tommy holte Sam von der Hafenschule ab.

Dann warteten sie auf das Klopfen, und alle kamen gemeinsam: Amy, Tommy und Sam. Maddy war bei ihnen. Und ein Mädchen namens 'Stasi Morley-Ramirez, die der Grund dafür war, daß sie sich an einem Platz trafen, den sie nicht sehr oft aufsuchten.

'Stasi war eine Freundin von Amy und Maddy, aber Maddy hatte den Mund nicht halten können, so war das gekommen.

'Stasi hatte Angst, hierher zu kommen, sie hatte wirklich Angst, und Ari stand mit den Händen an ihrer Hüfte da und behielt sie im Auge, Catlin zu ihrer Rechten und vor ihnen die Lampe an dem Transportbehälter, die von ihnen riesige Schatten warf und ihnen furchterregende Fratzen verlieh – das wußte sie. Sie hatte das auch vor dem Spiegel geübt, und sie wußte, wie es aussah.

»Setz dich!« befahl sie 'Stasi, und Amy und Tommy drückten sie gleich auf das große Wasserrohr hinunter, auf dem sie gewöhnlich saßen, während Florian herantrat und sich neben sie stellte. 'Stasi war also die einzige, die saß. Das diente dazu, sie psychisch unter Druck zu setzen.

»Wenn du hier herunterkommst«, erklärte Ari, »ist das in Ordnung. Entweder stimmen wir ab, daß du eine von uns wirst, oder du bekommst einen Haufen Ärger, 'Stasi Ramirez. Du bekommst einen Riesenärger, weil wir nicht gern einen Treffpunkt verlieren. Und wenn du dem Sicherheitsdienst etwas verrätst, werde ich's dir schon geben, dann werde ich dafür sorgen, daß du mit deiner Mama hier rausgeflogen wirst und nie mehr zurückkommst. Hast du mich verstanden?«

'Stasi nickte. Unmißverständlich.

»Also, sag uns zuerst, was du bei uns willst!«

»Ich kenne sie alle«, sagte 'Stasi verzweifelt und wandte sich in die Richtung von Amy, Maddy und dem Rest.

»Du kennst Sam nicht.«

»Doch«, widersprach sie. »Ich kenne ihn aus dem Haus.«

»Aber du kennst ihn nicht wie seine Freunde. Und Maddy kann nicht abstimmen, sie hat dich mitgebracht. Und Amy und Tommy auch nicht, sie sind deine Freunde. Deshalb haben ich, Sam, Florian und Catlin darüber zu entscheiden. – Was meinst du, Catlin?«

»Was kann sie denn?« fragte Catlin auf ihre direkte Art.

»Was *kannst* du?« gab Ari die Frage weiter.

»Was denn, zum Beispiel?« erkundigte 'Stasi sich besorgt. »Was meinst du?«

»Kannst du zum Beispiel Schlösser verkabeln oder dir Botschaften merken, an einem Automatischen Haushälter vorbeikommen oder Sachen aus dem Labor holen?«

'Stasi riß die Augen immer weiter auf.

»Catlin und Florian können das alles. Sie können sogar Leute umbringen. Einem mit einem Stück Draht den Kopf abtrennen. Zack! Einfach so. Sam kann Werkzeug, Kabel und solche Sachen besorgen. Maddy kann Bürozeug klauen.« Und Lidschatten. »Tommy kann alles mögliche besorgen, und was Amy und ich tun, brauchst du nicht zu wissen. Was kannst du ranschaffen?«

'Stasi sah immer verzweifelter aus. »Meine Mama und mein Papa managen *Ramirez's*. Eine Menge Sachen, glaube ich. Was braucht ihr denn?«

Das wußte Ari bereits. *Ramirez's* war ein Restaurant im Nördlichen Korridor.

»Hmmmm«, machte sie. »Messer und sowas.«

»Kann ich kriegen«, erwiderte 'Stasi eifrig. »Oder Essen. Fast alles, was damit zu tun hat. Außerdem ist mein Onkel ein Fluglotse. Alle möglichen Sachen aus Flugzeugen ...«

»Gut. Das würde schon reichen. Jetzt noch was. Wenn du eine von uns wirst und etwas Dummes machst und man dich erwischt, erzähle nichts über uns. Sage ihnen, du seist es allein gewesen. Aber man wird nicht einfach so erwischt. Und bring niemanden hierher, ohne zu fragen. Und erzähle niemandem von uns. Verstanden?«

'Stasi nickte ruhig.

»Schwörst du's?«

Sie nickte noch mal.

'Stasi redete nicht viel. Wie Sam. Das war ein gutes Zeichen.

»Ich stimme dafür«, sagte Ari. Sam nickte daraufhin. Sie blickte Florian und Catlin an.

Sie machten nicht den Eindruck, als hielten sie es für eine schlechte Idee. Catlin legte immer die Stirn in Falten, wenn sie über etwas nachdachte.

»Sie haben nichts dagegen«, erklärte Ari.

Darauf kletterten sie alle über das Rohr und setzten sich: Es war sauber. Florian und Catlin sorgten immer dafür, daß der Sitzplatz sauber war, weil die Leute sonst merken würden, daß sie sich an staubigen Orten herumtrieben.

Florian und Catlin hockten sich dagegen immer hin, wenn sie sich entspannten.

Dann machten sie sich an die Tagesordnung, die aus einem ausführlichen Bericht Aris über ihre Reise nach Novgorod bestand – Sam trug seinen neuen Pullover, Tommy auch, und Maddy ihr Halstuch, aber Amys Nadel trug man am besten zum Unterricht. Dann redeten sie über die Party, die Maddy veranstalten wollte und zu der *sie alle* eingeladen werden sollten, und Maddy war glücklich, daß sie

'Stasi aufgenommen hatten, und daß sie selbst für eine Weile wichtig war.

Es stimmte, daß Maddy frühreif war. Wie Maddy dasaß und das Licht, das von ihrem behelfsmäßigen Tisch aufschien, zeigten das ganz deutlich; außerdem schlich sie dauernd herum und bekam bei den Jungs Herzklopfen.

Tommy nahm es ganz gelassen. Sam störte es sehr: Der arme Sam war sehr groß geworden und war in einer etwas unbeholfenen Phase, weil er so schnell wuchs, sagte Tommy, und er stieß fast ständig mit dem Kopf irgendwo an – als würde er seine Größe falsch einschätzen. Er war so schnell wie Florian, wenn es ans Reparieren ging, seine Finger so flink, daß man staunte, wenn man ihm zusah, und er kam mit mechanischen Sachen sehr schnell klar.

Außerdem war Sam in sie verliebt, gewissermaßen, das war er immer gewesen, so als wolle er wirklich ein besonderer Freund für sie sein, aber sie ließ ihn nicht, weil sie für Sam nicht soviel empfand; und es machte sie wütend, wenn sie sah, wie ernst er Maddy nahm und sich Gedanken deswegen machte, als wüßte er, daß er nicht richtig zum Haus gehörte, weil er unten neben der Stadt wohnte. Maddy war reich, und das würde nie zu etwas führen, zu nicht mehr als zwischen Sam und Ari.

Ihr war wie aus einem jahrelangen Abstand längst klargeworden, daß keiner von ihnen schon wirklich ernst zu nehmen, Sam aber ernst zur Welt gekommen war, und Maddy unter Strom stand, seit sie gemerkt hatte, daß es einen Unterschied zwischen Jungen und Mädchen gab.

Sie wußte das. Man züchtete keine Guppys und studierte Pferde, ohne herauszufinden, wie *das* funktionierte, und warum Jungs und Mädchen plötzlich anfingen, einander zu necken.

Ari interessierte das nicht sonderlich. Sie ärgerte sich über den ganzen Vorgang. Alle benahmen sich deswegen wie Idioten, und es bereitete einem zusätzliche Schwierigkeiten, wenn man mit anderen Leuten Dinge arrangieren wollte.

Dann sah sie, daß Maddy so tat, als strauchelte sie, als sie hinausgingen, und Florian mit der Hüfte anstieß.

Man sollte Florian nicht anstubsen: Leute, die gegen ihn stießen, erschreckten ihn. Aber er faßte sich schnell, streckte seinen Arm aus, und Maddy hatte Glück, sich an ihm festzuhalten, bevor sie gegen die Wand prallte, denn Florian hatte in Novgorod gelernt, in einer Menschenmenge nicht zu schnell zu reagieren.

Maddy schaffte es, ihre Hände auf seine Schultern zu legen, lachte und tat so, als gewänne sie ihr Gleichgewicht zurück, ehe sie hinausging.

Was Maddy nicht bemerkte, war der seltsame Blick, mit dem Florian sie im Zurückweichen musterte.

Aber Ari bemerkte ihn. Er hatte ihn noch immer, als er sich zu Ari umblickte, als dachte er, er sei eben auf eine sehr vage Art erwischt worden, und wußte nicht genau, ob er richtig reagiert hätte.

Sie half ihm auch nicht dabei. Und sie bezweifelte, ob Catlin es begriff.

V

Es war lange her, seit Justin zuletzt Denys Nyes Büro aufgesucht hatte. Das letzte Gespräch drängte sich ihm mit aller Macht wieder auf: der schwergewichtige Mann hinter dem Schreibtisch, jedes Detail der Einrichtung.

Giraud Nyes Bruder. Auch das vergaß man nie.

»Yanni sagte«, begann Justin in der Tür, »du seist bereit, mit mir zu reden.«

»Sicher. Setz dich!«

Er trat näher und nahm Platz, und Denys lehnte sich vor, die Hände auf dem Tisch. Eine Schale voller Pastillen stand bereit. Denys nahm eine und hielt ihm den Teller über den Tisch hinweg hin.

»Nein, Ser, danke.«

Denys ließ eine in den Mund fallen, lehnte sich mit einem Ächzen des Stuhls zurück und verschränkte die Hände über dem Bauch. »Yanni hat mir deine Arbeit geschickt. Er sagte, daß du jetzt Tests durchführen willst. Du bist dir in dieser Sache ziemlich sicher, was?«

»Ja, Ser. Bin ich. Es ist ein einfaches Programm. Überhaupt nichts Ausgefallenes. Ich glaube nicht, daß ich's lange laufen lassen muß.«

»Ich glaube nicht, daß es ein Problem ist, über das uns die Testabteilung viel Aufschluß geben kann. Jordan sagt, es wird laufen, ohne einen Funktionsfehler. Das Problematische an deiner Arbeit ist aber letztlich nicht, was nach einer oder vielleicht zwei Generationen dabei herauskommt. Wenn's darum ginge, hätten wir keinerlei Schwierigkeiten damit, nicht wahr? Wir könnten einfach einsetzen und loslegen.«

Grant hatte auch Argumente dafür, es zu versuchen, aus der Sicht eines Azis. *Grant* begriff, wie die Tester arbeiteten: Er konnte tun, was sie auch taten. Aber das hier war der letzte Ort, an dem Justin etwas dazu verlauten lassen würde, nicht wenn es ihm seine Chance kostete, nicht wenn es die einzige Chance war, die er überhaupt bekommen würde.

Nichts war es wert – Grants Sicherheit aufs Spiel zu setzen.

»Ich schätze die Meinung der Tester hoch«, sagte er rasch. »Und ihre Erfahrung. Sie betrachten die Dinge aus einem Blickwinkel, den die Computer mir nicht gewährleisten: deshalb wenden wir uns an sie erst am Ende, oder?«

»Deshalb ist ihre Zeit wertvoller. Aber auch sie können das Multi-Generationen-Problem nicht lösen.«

»Ich weiß nicht, Ser, ich habe großes Vertrauen in ihr emotionales Urteil. Und der Testdurchlauf würde mir viel bringen, wenn er alles berücksichtigen könnte, jede Art von Input. Jordan sagt, wir sollten's machen. Und das sagt er nicht bloß, weil er mein Vater ist, Ser. Nicht zu mir. Nicht bei etwas so wichtigem.«

Denys verzog den Mund zu einem schwachen, traurigen Lächeln und seufzte. Der Stuhl knarrte, als er sich vorbeugte und die Ellbogen auf den Tisch stützte. Und einen Knopf drückte. Das bis in die Knochen dringende Summen des Schallschluckers schloß sie ein, brachte die Nerven zum Vibrieren und den Magen in Aufruhr. »Aber das Problem geht über ein zwanzigjähriges Studium hinaus, selbst wenn wir dir einen vollen Testdurchlauf mit einem Genset zugestehen. Das ist der Haken daran. Endgültig zu beweisen, ob du recht oder unrecht hast, würde einen Testdurchlauf in der Größenordnung des Gehenna-Projekts erfordern. Zwanzig Ge*nerationen*, nicht zwanzig Jahre. Wir haben gewisse Hemmungen, dir einen ganzen Planeten zur Verfügung zu stellen. Und was fangen wir mit der Zivilisation an, die dabei herauskommt, wenn du dich irrst? Mit Nuklearwaffen beseitigen? Das ist der Maßstab, in dem du arbeitest, mein Junge.«

Justin konnte das *Nein* schon hören, ausgesprochen auf eine genüßliche, sarkastische Art, und biß sich auf die Lippe und riß sich zusammen. »Das wäre einer Emory würdig«, sagte er bitter. Die größte denkbare Anmaßung in Reseune. Und er sagte fast: *Wenn euer Ausschuß über ihre Projekte befunden hätte, wären wir immer noch eine jämmerliche Produktionsfarm.*

Aber andererseits war er sich keineswegs sicher, was Emory vor zwanzig oder dreißig Generationen getan hatte, wie weit sie gegangen war, oder ob die Union selbst funktioniert hatte. Denys' Anspielung auf Gehenna ließ ihn frösteln.

»Das wäre einer Emory würdig gewesen«, wiederholte Denys langsam und ohne Timbre in der Stimme. »Ich kann dir sagen, daß deine Designs die Soziologen mächtig in Aufregung versetzt haben – angesichts der Vermutung, sie könnten einen Fehler in den projektierten Programmen aufgedeckt haben, weißt du. Du hast den Programmierern drüben einige schlaflose Nächte bereitet. Und ganz unter uns, wir haben's die Verteidigung nicht wissen lassen. Du weißt ja, wie leicht sie sich aufregen.«

»Ich habe nie daran gedacht, zu ihnen zu gehen.«

»Nie?«

»Nein, Ser. Ich sehe keinen Nutzen darin, es zu tun. Reseune – hat seine Vorzüge. Mehr als Planys.«

»Selbst wenn die Verteidigung dir verspricht, mit Jordan zu leben?«

Justin atmete tief durch und spürte das unangenehme Gefühl, das der Schallschlucker verursachte, bis in die Zahnwurzeln. Es war schwer zu ignorieren. »Ich habe wirklich einmal daran gedacht. Ich hoffe, ich kann ihn hierher zurückbringen, Ser, nicht ... nicht uns beide nach Planys. Er versteht das. Er hofft dasselbe. Eines Tages. Sonst hätten wir all das an die Verteidigung durchsickern lassen können. Das haben wir beide nicht.«

»Jordan hat die Verteidigung nie *gemocht*«, sagte Denys. »Sie haben ihm bei seiner Vernehmung alles andere als zur Seite gestanden.«

»Damit habt ihr gerechnet«, erwiderte Justin ruhig. »Er hätte mit ihnen reden können. Aber er hat's nicht getan. Nicht daß ich wüßte.«

»Nein, du hast ganz recht. Er traut ihnen nicht. Aber der Hauptgesichtspunkt ist deine Karriere. Und die von Grant. Seien wir offen. Wir wissen doch, wozu er uns zwingen könnte ... – und warum er's nicht tut. Ich will weiter ehrlich zu dir sein. Er hat jedes denkbare Motiv, uns und dich anzulügen: um uns zu überzeugen, daß du für dich genommen wertvoll bist, um sicherzugehen, daß du geschützt bist – wenn er unvorsichtig wird. Du bist sehr naiv, wenn du glaubst, er würde das nicht tun.«

Justin ignorierte die Schauer, die ihm durch den Körper gingen, und hielt sein Gesicht unbewegt. »Grant ist ihm auch wichtig«, sagte er. »Genauso wie mir. Ihr habt immer eine Geisel. Ihr müßt nur die Finger von ihm lassen.«

»Natürlich. Das ist der Grund, warum Grant nicht verreisen darf.«

»Aber einmal – allein – und sei es nur für ein paar Stunden – eine solche Reise würde es für Grant die Mühe wert machen. Und für meinen Vater. Was ist eine Geisel wert, wenn derjenige, den ihr mit ihr unter Druck setzt – ihren Wert vergißt?«

Denys gab ein schweres Seufzen von sich. »Mein Junge, mir gefällt diese Situation auch nicht; weiß Gott, ich würde lieber mit dem Warrick-Clan Frieden haben, ohne einen Fehler zu machen, der jemandem Schaden zufügt. Ich bin völlig ehrlich zu dir, das sind meine Sorgen in dieser Sache. Ich bringe immer noch genug Vertrauen in dich auf, um dich auf Yannis Empfehlung hin an dem Projekt arbeiten zu lassen. Wir sind wieder flüssig, aber wir werden sicher nichts riskieren oder Geld zum Fenster hinauswerfen, und du verlangst hiermit eine beträchtliche Aufwendung für etwas, das den Soziologen schon Kopfzerbrechen bereitet hat …«

»Du sagst doch selbst, wenn die Entwürfe fehlerhaft sind, wenn die Soziologen auf der Grundlage von Fehlern arbeiten, dann müßte die Verteidigung interessiert sein. Ich würde das als eine Angelegenheit von beträchtlicher Bedeutung bezeichnen, Ser, und ich weiß nicht, was noch erforderlich ist, um das zu begründen.«

Denys runzelte die Stirn. »Aber es war dennoch von Nutzen, wollte ich gerade sagen, junger Freund. In Ordnung, du bekommst deine Versuchsperson. Für sechs Monate.«

»Danke, Ser.« Justin atmete tief durch. »Ich schätze deine Ehrlichkeit.« *Zum Kotzen.* »Und meinerseits hoffe ich, du hast Verständnis für das Zusammentreffen gestern …«

»Volles«, sagte Denys. »Ja. Ich find's gut, daß du angerufen hast. Ari ißt dort gelegentlich zu Mittag. Du kannst dich nicht verstecken. Du hast dich genau richtig verhalten.«

»Ich sagte ihr, Ari war meine Instrukteurin. Weil sie mich gefragt hat, ob ich sie kannte. Ich dachte mir, ich sage besser, woher ich sie kannte – früh genug.«

»Das fällt in ein Gebiet, über das sie keine Erkundigungen anstellen kann. Aber ja, ich kann deine Überlegung nachvollziehen. Manchmal muß man bei ihr die Dinge schnell einzuschätzen wissen – weiß Gott. Man müßte mit ihr *leben.*« Denys kicherte und lehnte sich wieder zurück. »Sie ist eine Herausforderung. Ich weiß das, glaube mir.«

»Ich ...« Gott, das war die Gelegenheit. jetzt oder nie. »Außerdem wollte ich mit dir über die Rubin-Sets reden. Ich wünschte ... du hättest sie dir selbst angesehen; und meine Anmerkungen dazu. Wer so wie du mit Ari arbeitet ... der könnte mich, dachte ich mir, auf Gesichtspunkte hinweisen, die mir entgangen sind.«

»Was Rubin angeht? Oder Ari?«

»Meines Erachtens ... trägt das eine das andere. Auf gewisse Weise, Ser.«

Denys rückte in seinem Stuhl hin und her und hob die Brauen. »Yanni hat's mir erzählt.«

»Ich habe mich nur gefragt, ob du einen Blick auf die neuesten Unterlagen werfen würdest.«

»Ich *habe* sie mir angesehen. Yanni hat sie rübergeschickt. Ich sag dir eins: Du leistest vielfach wirklich gute Arbeit. Ich bin mir deines Persönlichkeitsprofils bewußt. Ich weiß, wie anstrengend es für dich ist, in Echtzeit zu arbeiten, oder in einer etwa vergleichbaren Situation, und ich rechne es dir hoch an, welche Belastung du auf dich genommen hast – für diesen Jungen auf Fargone. Ich weiß, es ist schwer für Morley, sich vorzustellen, unter welchem Druck du stehst ... bei deiner Neigung, dir die Fälle zu Herzen zu nehmen. Eine verdammt unangenehme Sache für einen klinischen Psychologen. Was Ari angeht, laß mich eines sagen: *Natürlich* sind die Fälle miteinander verbunden, und *natürlich* wird deine Sorge um den Rubin-Jungen in eine Sorge um Ari umschlagen, dein persönliches Denkset ist eine Garantie dafür. – Aber wir können dir nicht zwei vollständige Projekte übergeben, das verstehst du doch, Justin, ebensowenig können wir einen Planeten suchen, mit dem du Versuchsreihen durchführen kannst.«

»Ich habe nur gehofft ...« – In seinem Leben war er von genug Leuten als Idiot beschimpft worden, um weniger empfindlich zu sein; aber Denys ging nicht mit dem Holzhammer vor, er war scharf und unberechenbar wie eine frisch geschnittene Papierkante – »... wenn du Zeit hättest, würdest du vielleicht über Kontakte nachdenken.«

Ein Konter gegen Denys.

Denys rückte wieder nach vorn und stützte sich auf den Tisch. »Wir haben an dem Rubin-Baby aus einer Notlage heraus eine Entwicklungskorrektur vornehmen müssen. Du gibst uns für den Fall Rubin eine nützliche Perspektive, weil wir wirklich ein Problem haben, aber bei Ari sind wir ganz gewiß nicht in dieser Situation ...«

»*Rubin* hat gearbeitet, bis alles zusammenbrach – verzeih mir, wenn ich mich irre –, aber das Ganze ging sehr viel tiefer, als Jenna Schwartz und Stella Rubin ...«

»Ich sage dir eins, Justin, ich mache mir eher Sorgen über jemanden, der so sicher ist, recht zu haben, daß er sich nicht davon überzeugen läßt, im Irrtum zu sein. Ich weiß, daß Yanni mit dir über dieses Problem geredet hat.«

»Ich werde euch meine Projektunterlagen schicken. Ich werde dafür bezahlen. Genug für euren verdammten Ausschuß. Wenn's um Informationen geht – ist das eine Einmischung?« Er atmete tief durch. »Zufälligerweise halte ich es für vernünftig, Daten in Betracht zu ziehen, die mit einem Fall in Zusammenhang stehen, wo der Ausschuß ein ungetestetes Programm laufen läßt. Ich bitte euch nicht um Daten; ich bitte euch nicht einmal um Daten über das Rubin-Projekt, die ich zum Arbeiten sogar verdammt dringend brauchte, weil ich weiß, daß ich nicht die geringste Chance habe, sie zu bekommen. Aber ich kann euch auf eigene Kosten meine Unterlagen zur Verfügung stellen, wenn sich Reseune die Faksimiles nicht leisten kann. Der Theorie nach solltet ihr sie zur Verfügung haben. Reißt sie in Stücke, wenn ihr wollt. Aber wenigstens kann ich sagen, ich hab's versucht!«

Denys rieb sich die Lippen und nahm noch eine Pastille, ließ sie sich in den Mund fallen. »Mein Gott, was bist du hartnäckig.«

»Ja, Ser.«

Denys betrachtete ihn einige Zeit. »Sag mir eins: Trägt

deine eigene Erfahrung – als Jordans Replikat zu deiner Gewißheit bei, daß du das Projekt verstehst?«

Das war die Frage, vor der er sich gefürchtet hatte. Schon immer. Sein Herz schlug flacher. »Ich weiß nicht. Alles trägt zu meinen Ideen bei. Wie soll ich die Einflüsse auseinanderhalten?«

»Ich find's interessant. Du warst dir nie bewußt, ein Replikat zu sein – bis du ... wie alt warst?«

»Sechs. Sieben. Etwa in dem Alter. Ich weiß es nicht mehr.«

»Immer im Schatten Jordans. Immer bereit, Jordans Meinung über die eigene zu stellen. Ich glaube, du hast wirklich etwas an dir ... möglicherweise etwas sehr Wichtiges. Aber manchmal sehe ich andere Dinge: Jordans Dickköpfigkeit; seine Neigung, wider alle Vernunft recht behalten zu wollen.« Denys schüttelte den Kopf und seufzte. »Du hast eine merkwürdige Art, um Finanzierung zu ersuchen. Greifst die Leute an, die sie dir genehmigen können. Ganz genau wie Jordan.«

»Wenn Politik mehr zählt als das, was der Fall ist ...«

»Verdammt, immer mehr wie der Vater.«

Justin schob den Stuhl zurück und stand auf, um zu gehen. Schnell. Bevor er vollends die Beherrschung verlor. »Dann entschuldige mich.«

»Justin, Justin ... erinnerst du dich? Weißt du noch, wer deine Forschungszeit finanziert hat? Das geschah aus *meinem* Budget, zu einer Zeit, da wir es uns kaum leisten konnten. Ich sehe in allem, was du gesagt hast, das ehrliche Anliegen, zu helfen. Das versichere ich dir. Ich habe deine Berichte vorliegen; ich werde veranlassen, daß meine Sekretäre sie für den Ausschuß kopieren. Und jedes andere Material, das du schicken willst.«

Er wurde, schon auf den Beinen, mit all der Wut allein gelassen, die ihn erfüllte. Sie ließ seine Muskeln zittern. Er schob die Hände in die Taschen, um es zu verbergen. »Dann danke, Ser. Was ist mit meiner Anfrage für Tests?«

»Gott«, seufzte Denys. »Ja, mein Junge. Du bekommst sie.

Daran hat sich nichts geändert. Bloß – tu uns allen einen Gefallen. Misch dich nicht weiter in das Projekt ein. Verhalte dich weiter so vernünftig wie bisher. Ari kommt ganz gut voran. Sie hat es akzeptiert, Aris Replikat zu sein, sie hat alles mit Leichtigkeit bewältigt. Aber sie mag dich. Und sie weiß nicht, wie ihre Vorgängerin gestorben ist. Ihr zeitlicher Bezugspunkt zu Ari bleibt immer etwas hinter ihrem eigenen Alter zurück. Die Ari, die sie kennt, ist fünf, bald sechs, und von der Zeit danach hat sie nur ein paar Bilder gesehen. Denk daran.«

»Wann wird sie es denn wissen?«

»Ich weiß es nicht genau«, antwortete Denys. »Ganz ehrlich. Auf dieser Seite des Projekts fällen wir Entscheidungen in Echtzeit; ich habe keine Möglichkeit, diese Frage zu beantworten. Aber glaube mir – ich werde dich warnen, wenn es – akut wird. Das ist eines der Dinge, um die wir uns ebenso Sorgen machen wie du.«

VI

Sie bekam schon wieder Schüsse verabreicht. Ari zuckte zusammen, als das Hypo gegen ihren Arm abgedrückt wurde, nicht einmal, sondern dreimal, ganz abgesehen von den Bluttests, die alle paar Tage in ihrem Leben durchgeführt wurden.

Mit dir ist alles in Ordnung, hatte Dr. Ivanov ihr wiederholt versichert. *Das sind nur Routineuntersuchungen.*

Aber das war eine Lüge. Dr. Ivanov hatte das letztlich zugegeben, als sie herausfand, daß sie ein Replikat war, und fragte, ob mit der ersten Ari etwas nicht gestimmt hatte: *Nein, aber mit der ersten Ari wurden dieselben Tests durchgeführt wie mit dir, weil ihre Mama wußte, daß sie etwas Besonderes werden würde, und weil solche Tests wertvolle Informationen liefern. Du bist ein sehr kluges kleines Mädchen. Wir würden gern wissen, ob in deinem Blutkreislauf etwas Besonderes vor sich geht.*

Aber die Schüsse machten sie wirr im Kopf und bereiteten ihr Übelkeit, und sie war es leid, Schüsse verabreicht zu bekommen und Nadeln im Arm zu haben.

Sie sah die Krankenschwester finster an und überlegte, wo sie ihr gern ein Hypo verpassen würde, als sie ihr gerade den Rücken zukehrte. Aber sie steckte ein zweites Mal das Thermometer unter die Zunge, bis es anzeigte, dann nahm sie es heraus und las es ab.

»Einen drunter«, sagte sie der Krankenschwester. Die darauf bestand, es sich selbst anzusehen. »Wie immer. Kann ich jetzt gehen?«

»Warte hier«, erwiderte die Krankenschwester, ging hinaus und ließ sie in dem verdammten Morgenmantel sitzen, ein wenig kalt, so wie es in der Klinik immer war. Leute konnten hier *erfrieren.*

Eine Minute später trat Dr. Ivanov ein. »Hallo, Ari. Geht's dir gut?«

»Ich bin ganz krank von dem Schuß. Ich würde gern einen Orangensaft oder sowas trinken.«

»Das ist fein. Das ist eine gute Idee.« Er kam und maß nochmals ihren Puls. Und lächelte sie an. »Ein bißchen wütend?«

»Ich bin das alles leid. Ich komme zweimal die Woche her. Bald habe ich kein Blut mehr übrig.«

»Nun, dein Körper macht einige Veränderungen durch. Du wirst einfach nur groß, Liebling, das ist alles. Das ist ganz normal. Du kennst dich doch damit aus. Aber heute nachmittag wirst du ein Band bekommen. Wenn du Fragen hast, kannst du mich oder Dr. Wojkowski anrufen, wen du auch bevorzugst – es könnte sein, daß sie ein bißchen besser darin ist.«

Sie rümpfte die Nase, weil sie nicht so recht wußte, worüber er redete, es war ihr nur peinlich, im Bademantel dazusitzen, auch wenn sie sonst noch weniger trug, und annehmen zu müssen, daß es sich um Sex und Jungs drehte und daß es ihr furchtbar peinlich sein würde, sollte sie Dr. Ivanov zuhören müssen, wenn er ihr erklärte, was sie sich längst zusammengereimt hatte.

Verstehst du? würde er sie alle paar Sätze fragen, und sie würde ja sagen, weil er sonst nicht zufrieden sein würde.

Aber er sprach es nicht an. Er sagte ihr nur, sie solle in die Bibliothek gehen, sie müsse sich mit dem Band beschäftigen.

Sie gaben es ihr mit nach Hause, um es mit dem Heimgerät abzuspielen, also war es keins von den Talentbändern, die sie nur im Beisein eines Technikers verwenden durfte.

Es war ganz sicher keins, schloß sie, als sie den Titel sah. *Menschliche Sexualität.* Es war ihr peinlich vor dem Bibliothekar, ausgerechnet einem Mann, und sie steckte es in ihre Tasche und brachte es gleich nach Hause, froh darüber, daß Seely unterwegs war, Nelly ihrem Tagesjob nachging und sich auch sonst niemand in dem Apartment aufhielt.

Sie befestigte das Pflaster über ihrem Herzen, legte sich auf das Sofa in der Bandnische und schluckte die Pille. Als sie zu wirken begann, drückte sie den Knopf.

Und war auf eine unbestimmte, vom Band benebelte Weise froh, daß sie dies nicht hatte nehmen müssen, während irgendein Techniker neben ihr saß.

Es gab tatsächlich Dinge, die sie nicht gewußt hatte, ganz andere Dinge als bei den Pferden, und Dinge, die genauso liefen, und andere, die Dr. Edwards im Biologieunterricht gestreift, aber nicht wirklich mit Bildern und in dem Detailreichtum erklärt hatte, den das Band gewährleistete.

Als es vorüber war, lag sie da, erholte sich von der Pille und fühlte sich ganz komisch – nicht schlecht. Überhaupt nicht schlecht. Aber so, als ginge etwas mit ihr vor, was sie nicht kontrollieren konnte, was sie Onkel Denys oder Seely ganz sicher nicht wissen lassen wollte.

Es hatte zweifellos etwas mit Sex zu tun. Und es war schwierig, schließlich aufzustehen und sich gedanklich davon zu lösen. Sie überlegte, das Band noch mal laufen zu lassen, nicht, weil sie sich nicht erinnern würde, sondern weil sie das Gefühl noch mal ausprobieren wollte, um zu sehen, ob es so war, wie sie es in Erinnerung hatte.

Dann fürchtete sie, es könne nicht dasselbe Gefühl sein,

und das wollte sie nicht. Deshalb legte sie das Band in ihre Tasche zurück, auch weil sie nicht wollte, daß es in ihrem Zimmer herumlag, wo Nelly es finden und sie komisch ansehen mochte, trank ein Glas Orangensaft, um ihren Kreislauf wieder einigermaßen in Schwung zu bringen, und ging den ganzen Weg zur Bibliothek zurück, um es in den Rückgabeschlitz zu werfen.

Dann ging sie zum Mittagessen und zum Unterricht, aber ihre Konzentration war zunichte gemacht. Selbst Dr. Edwards musterte sie stirnrunzelnd, als ihm ihre Zerstreutheit auffiel.

Sie schrieb ihren Bericht über das Füllen. Es war ein langer Tag, weil fast alle beschäftigt waren, Onkel Denys, Seely und Nelly und sogar Florian und Catlin, die seit drei Tagen an einer Übung teilnahmen, die bis zum Ende der Woche dauern würde.

Sie ging hinüber ins Guppy-Labor, um zu sehen, ob Amy da war. Statt dessen traf sie Tommy an. Tommy wollte sie eigentlich nicht sehen, aber sie setzte sich und unterhielt sich eine Weile mit ihm. Tommy arbeitete mit den Roten an etwas, über das sie ihm einige Auskünfte geben konnte.

Dann ging sie nach Hause, um noch ein paar Hausarbeiten zu machen. Allein.

»Ari«, sagte Onkel Denys über den Automatischen Haushälter, als sie gerade aß und noch immer in ihrem Zimmer an den Hausaufgaben arbeitete. »Ari, ich möchte mit dir in meinem Studienzimmer reden.«

O Gott, dachte sie. *Onkel Denys* wird mich über das Band ausfragen. Sie wäre lieber gestorben.

Aber es war noch peinlicher, deswegen Theater zu machen. Deshalb stand sie auf, schlich rüber und stand in Onkel Denys Tür.

»Oh. Ari. Da bist du ja.«

Ich werde wirklich sterben. Gleich hier. Auf der Stelle.

»Ich möchte mich mit dir unterhalten. Setz dich!«

Gott. Und ich muß ihn auch noch ansehen.

»Ari, du wirst allmählich älter. Nelly hat dich wirklich gern – aber sie tut fast nichts mehr außer Hausarbeit. Sie lebt eigentlich mit den Laborbabies. Und sie kommt unheimlich gut mit ihnen zurecht. Ich frage mich, ob du noch etwas dagegen hättest – nun, wenn Nelly vollzeit im Labor arbeiten würde. Kinderpflegerinnen ergeht's nun einmal so, weißt du, ihre Babies werden größer.«

Darum ging es also. Sie atmete tief durch und dachte an ihr Zimmer, und wie sie Nelly mochte, aber sie mochte Nelly mehr, wenn sie nicht *bei* ihr war, weil Nelly immer so leicht verletzt war und sich immer aufregte, wenn Ari mehr Zeit mit Florian und Catlin verbringen wollte, und sie zupfte ständig an ihrem Haar, ihren Kleidern, zog ihren Kragen gerade – manchmal hätte Ari ihretwegen schreien können.

»Sicher«, sagte sie. »Sicher, wenn's ihr dann gut geht. Ich glaube nicht, daß sie sehr glücklich ist.«

Sie fühlte sich irgendwie schuldig daran, weil Nelly Mama und weil sie ihr gehört hatte – weil Nelly ... einfach Nelly war – und nie verstehen würde, wie Ari sich geändert hatte.

Und weil sie so froh darüber war, daß es darum ging, und nicht um die andere Sache, wollte sie einfach zustimmen und hier abhauen.

Sie fühlte sich schuldig am nächsten Morgen, als Nelly zur Klinik ging, ohne zu wissen, was sie diesmal mit dem Band mit ihr machen würden.

»Ich bin wirklich nicht aufgeregt«, protestierte Nelly an der Tür gegen Onkel Denys' Bemerkung, ihre Sachen für die Nacht in der Hand. »Ich glaube, das brauche ich nicht.«

»Das ist fein«, sagte Onkel Denys. »Da bin ich froh. Aber ich glaube, du hast eine Überprüfung nötig.« Ein Aufseher mußte alles sagen, um einem Azi unnötige Belastungen zu ersparen.

So kam Nelly und küßte sie zum Abschied. »Wiedersehn, Nelly«, sagte Ari und schlang die Arme um ihren Hals und ließ sie wieder los.

Sie war dazu imstande, weil Nelly furchtbare Angst gehabt hätte, wäre sie eingeweiht worden. Erst als die Tür zufiel, biß sich Ari so fest in die Lippe, daß sie blutete, und sagte zu Onkel Denys:

»Ich gehe jetzt zum Unterricht.«

»Bist du in Ordnung, Ari?«

»Mir geht's gut.«

Aber sie weinte, als sie in den Flur hinausging, und glättete ihr Gesicht, wischte sich die Tränen ab und riß sich zusammen, weil sie wirklich kein Baby mehr war.

Niemand würde Nelly weh tun; sie ging in die Klinik, wo man sie auf einen Job, in dem sie glücklich war, vorbereiten und ihr versichern würde, daß sie wunderbare Arbeit geleistet hatte, ihr erstes Baby sei erwachsen, und es gäbe noch viele andere, die sie brauchten.

Es war Blödsinn, zu weinen. Es war Blödsinn, weil es zum Erwachsenwerden dazugehörte.

Bis zum Abendessen würde es im Apartment einsam sein. Ari ging zu Amy hinüber, um ihre Hausaufgaben zu machen, und erzählte Amy, daß Nelly fort war, weil sie endlich darüber reden konnte.

»Sie war sowieso im Weg«, sagte sie. »Sie hatte es immer auf Florian und Catlin abgesehen.«

Dann fühlte sie sich gemein, weil sie so etwas gesagt hatte.

»Wie fühlst du dich?« fragte Onkel Denys sie beim Essen wieder. »Bist du traurig wegen Nelly?«

»Mir geht's gut«, erwiderte sie. »Ich wünschte nur, Florian und Catlin würden zurückkommen.«

»Willst du sie nach Hause bestellen?«

Gleich am Ende einer ihrer Übungen. Es war ihnen sehr wichtig. Ihr auch, aber das war, als würde sie ihnen etwas wegnehmen wollen. »Nein«, antwortete sie. »Sie sind wirklich gern über Nacht da. Das heißt, sie sind nicht gern da, weil sie jedesmal mit lauter Schrammen zurückkommen; aber, weißt du, sie mögen es – sie haben Spaß daran, mir davon zu erzählen. Und so dringend brauche ich sie nicht.«

»Ich bin stolz auf dich«, sagte Onkel Denys. »Ein guter Aufseher sollte so denken.«

Daraufhin fühlte sie sich etwas besser. Und machte sich an ihre Hausaufgaben, weil sie jetzt dazu imstande war, und weil sie besser daran tat, ihre Zeit mit etwas auszufüllen, um über den Verlust hinwegzukommen, bevor Florian und Catlin heimkehrten.

Nur empfing sie über den Computer eine Mitteilung, als sie ihr Zimmer betrat.

»Ari«, sagte der Automatische Haushälter. »Setz dich mit Basis Eins in Verbindung.«

»Mach schon«, sagte sie und blickte auf den Bildschirm.

Ari, hier ist Ari senior.

Sex ist Teil des Lebens, Liebling. Nicht der wichtigste Teil, aber in dieser Lektion geht es ums Erwachsenwerden. Denk daran, ich weiß nicht, wie alt du bist, deshalb muß ich mich einfach ausdrücken. Die Bibliothek teilt mit, daß du das Band Menschliche Sexualität *ausgeliehen hast. Stimmt das?*

»Ja. Gestern.«

Gut. Du bist also zehn Jahre alt. Dieses Programm wird von deinen medizinischen Aufzeichnungen ausgelöst.

In absehbarer Zeit wird deine Periode einsetzen, Liebling. Herzlichen Glückwunsch zu einer sehr unangenehmen Tatsache des Lebens. Die Verwaltung ist unterrichtet worden. Du wirst die erforderlichen Sachen in deinem Schrank finden. Es wäre sehr schlecht, wenn's dir ohne passiert. Du hast außerdem einen Schuß verabreicht bekommen, der dafür sorgt, daß du nicht schwanger wirst. Du brauchst dir also wenigstens darüber keine Gedanken zu machen … denn ohne dieses Mittel ist dein Körper inzwischen ohne weiteres zu einer Schwangerschaft imstande.

Ich werde das Wie und Warum dem Bandprogramm überlassen, Liebling. Ich nehme an, das weißt du. Wahrscheinlich hat es dir eine gewisse Vorstellung gegeben. Da bin ich mir sicher. Ich hab's auch benutzt. Es sind keine unangemessenen Vorstellungen. Ich möchte, daß du dir das nächste, was ich zu sagen habe, mit größtmöglicher Aufmerksamkeit anhörst, so als seis ein Band. Es ist privat, es dreht sich um Sex, und es ist eines der wichtigsten Dinge, die ich dir je zu sagen haben werde. Bist du allein?

»Ja.«

In Ordnung.

Die Vorstellungen, die du hast, Liebling, sind ganz natürlich. Ist dein Puls ein wenig beschleunigt?

»Ja.«

Schämst du dich etwas?

»Ja.«

Das liegt daran, weil du über Sex nachgedacht hast. Wenn ich dir jetzt eine komplizierte Mathematikaufgabe stellen würde, würdest du wahrscheinlich einen Fehler machen. Das ist das Wichtige daran, Liebling. Die Biologie läuft der Logik zuwider. Es gibt zwei Möglichkeiten, damit umzugehen entweder tut man's und bekommt es aus seinem Kopf, denn dieses Gefühl zerplatzt wie eine Seifenblase, wenn man einmal Sex gemacht hat – oder wenn's um jemanden geht, den man wirklich gern hat, oder um jemanden, den man nicht mag, der einen aufregt und sehr starke Reaktionen in einem hervorruft, überlegt man es sich besser zweimal, denn dieses Gefühl zerplatzt zwar auch, aber es kommt ständig zurück und ist einem hinderlich. Wenn du mit jemandem ins Bett gehst, denkst du nicht mit dem Gehirn, Liebling, sondern mit dem Teil von dir, der nur aus Gefühlen besteht, und das ist verdammt gefährlich.

Wenn Erwachsene sich kennenlernen, Liebling, und sich langsam näherkommen, ist dies eines der wesentlichen Dinge, die anders sind als bei Kindern. Kinder sind unter Umständen vernünftig, unter denen Erwachsene es nicht sind. Deshalb scheint es so, als könnten sie Menschen gut einschätzen. Aber wenn Erwachsene miteinander zu tun haben, färbt dieses Gefühl, das du nun auch kennenlernst, ihr Urteil.

Nun gibt es Menschen, die sich einfach davon überwältigen lassen. Und das Entscheidende an diesem Gefühl ist, daß es vollkommen von der emotionalen Ebene abhängt, von Erinnerungen, von dem, was wir für hübsch oder sexy zu halten gewohnt sind, eine ganze Reihe von Dingen, die nicht im mindesten etwas mit der Wahrheit zu tun haben.

Es gibt Leute, die sehr früh lernen, daß sie sehr gut aussehen und daß sie jeden dazu bringen können, derlei für sie zu empfinden – und sie machen davon Gebrauch, um zu bekommen, was sie wollen. Das heißt nicht, daß sie keinerlei Gefühle haben. Es ist nur ein Grund, warum du aufpassen sollst, mit wem du ins Bett gehst und von wem du dich auf diese Weise anmachen läßt.

Es gibt andere Gelegenheiten, bei denen du für jemanden dieses Gefühl hast, der für dich nicht dasselbe empfindet, und das gehört zu den härtesten Dingen, mit denen man auf der Welt fertigwerden muß. Aber in diesem Fall mußt du es unterdrücken und dein Gehirn die Kontrolle übernehmen lassen, denn man bekommt auf dieser Welt nun einmal nicht immer das, was man will, und es ist der betreffenden Person gegenüber einfach nicht fair. Wenn du darüber nachdenkst, wirst du wissen, wie sie empfinden, einerseits wenn du ihnen völlig gleichgültig bist, andererseits wenn sie dich als Freund schätzen, und du darauf beharrst, deinen Willen zu bekommen.

Du siehst wohl schon, wie kompliziert das Ganze wird.

Manchmal passiert das Gegenteil. Und wenn du es nicht kommen siehst, oder wenn du zu weichherzig bist, um nein zu sagen, kannst du jemandem schlimmer weh tun, als wenn du gleich sagst: Tut mir leid, das geht einfach nicht.

Manchmal klappt es auf beiden Seiten, und auch dann solltest du aufpassen, Liebling, denn Sex ist nicht alles im Leben, und wenn du es dazu kommen läßt, wirst du nie mehr als das bekommen.

Ich will dir noch sagen, was das Allerwichtigste ist, für den Fall, daß du noch nicht selbst draufgekommen bist: Es kommt darauf an, daß du imstande bist, möglichst lange zu tun, was dich am glücklichsten macht, und damit meine ich weder Sex noch Schokoladeessen, Liebling, sondern ich meine die Umstände, unter denen du lebst. Das bedeutet nichts anderes, als die Zeit zu haben, das Geld, die Fähigkeiten und eine Aufgabe, die dein Leben lang genug lebenswert macht, um sie zu erfüllen.

Du wirst diese Sache nicht klar einschätzen können, ehe du die Welt nicht so betrachtest, wie sie ist, und du eine Chance hattest, dir vorzustellen, wie sie sein könnte, wenn du an ihr arbeitest.

Wenn dich also dieses Gefühl überkommt, solltest du wirklich mit kühlem Kopf darüber nachdenken, ob du es dir leisten kannst, ihm nachzugeben, und ob du in der Lage bist, mit ihm umzugehen, ohne daß dein Leben in eine Richtung gelenkt wird, die nicht ratsam ist. Erst wenn du es dir leisten kannst, ist die Zeit reif, diesem Gefühl nachzugeben. Das ist etwa dasselbe, als wenn du kein Geld ausgibst, das du noch nicht verdient hast, nichts versprichst, wofür du keine Zeit hast, oder dir Projekte aufhalst, die du nicht abschließen kannst. Wenn's eine unbedeutende Sache ist und dir niemand weh tun kann, gut, dann tu es. Wenn's kompliziert wird, tu es nicht, bevor du dir nicht ganz sicher bist, daß du damit umgehen kannst, und weißt, wie weit die Komplikationen möglicherweise gehen können. Mit zehn kannst du noch nicht alles sehen. Ich hab's durchgemacht. Glaube mir, ich kenne mich aus. Ich hatte einmal mit jemandem zu tun, den ich sehr mochte; unglücklicherweise war er nicht so klug wie ich, und er wollte mir vorschreiben, was ich zu tun habe und wie ich mein Leben gestalten soll, weil er spürte, daß ich wirklich an ihm hing, und er genoß es, Leute herumzukommandieren. Also habe ich gehorcht, natürlich. Und als mir das endlich klar wurde, was länger wie üblich dauerte, weil Neuronen logische Probleme schneller bearbeiten als die Genitalien – das war nur ein Witz –, jedenfalls habe ich ihm Bescheid gegeben und die ganze Sache umgedreht, und das gefiel ihm überhaupt nicht. Von da an haßte er mich. Es ging also nicht nur dieses Gefühl verloren, ich verlor auch einen Freund, der ein Freund geblieben wäre, wenn ich es nicht zugelassen hätte, daß er solche Macht über mich gewinnt. Ich erzähle dir jetzt davon, weil du zwei Möglichkeiten hast, das Feuer kennenzulernen: Entweder steckst du deine Hand hinein und verstehst es mit den Neuronen in deinem Nacken, oder du hörst auf das, was ich dir sage, und verstehst es mit den Neuronen in deinem Kopf. Dein Gehirn ist das Kontrollzentrum, das in erster Linie die Aufgabe hat, deine Hand aus dem Feuer zuhalten, und wenn du mir glaubst und die Vernunft gebrauchst, mit der du geboren wurdest, kannst du dir all den Schmerz und die Komplikationen einer echten Lektion ersparen.

Vernunft und Sex kämpfen miteinander darum, dein Leben zu kontrollieren, und Gott sei Dank hat die Vernunft einen Vorsprung, bevor der Sex dazukommt. Wenn's um Sex geht, bist du am verwundbarsten. Wenn die Vernunft dich bestimmt, bist du es am wenigsten. Die Vernunft muß die Oberhand gewinnen, das ist das Wichtigste, dann kannst du sichere Umstände schaffen, um es zum Sex kommen zu lassen. Denk immer daran!

Mißverstehe mich jetzt nicht: Es ist manchmal nicht schlecht, verwundbar zu sein, aber es ist dumm, so durchs Leben zu gehen: Es gibt zu viele Menschen, die nur auf diese Gelegenheit warten. Es ist dumm, auf Sex völlig zu verzichten, aus Angst, jemand könnte einen Vorteil aus dir ziehen – gebrauche deinen Kopf, Liebling, und suche dir jemanden, der geeignet ist, und einen passenden Ort und eine passende Zeit. Die Vernunft ist das natürliche Mittel, um sicherzustellen, daß du lang genug lebst, um Nachkommen hervorzubringen – wenn du ein Frosch wärst. Aber du bist besser als ein Frosch. Also sorge dafür, daß du länger lebst.

Und um Gottes willen, benutze nie den Sex, um deinen Willen zu bekommen, wenn du mit der Vernunft nicht weiterkommst. Das ist das Idiotischste, was man auf der Welt tun kann, weil du dann völlig ohne Vernunft handelst, verstehst du? Einfacher kann ich es nicht ausdrücken.

Ich möchte, daß du mehr als einmal auf dieses Thema zurückkommst, bist du verstanden hast, was ich sage.

Wenn ich all das früher gelernt hätte, wäre ich glücklicher gewesen.

Alles Gute, Ari. Ich hoffe inständig, du lernst daraus.

Sie dachte bis in die Nacht hinein darüber nach, eine sehr einsame Nacht, weil Nelly fort und Florian und Catlin unterwegs waren; und am nächsten Morgen fühlte sie sich schrecklich.

Dann fand sie heraus, warum sie sich schrecklich fühlte und warum ihr Bauch weh tat, und am liebsten hätte sie jemanden zusammengeschlagen. Aber wenigstens fand sie das Zeug im Bad, las die Gebrauchsanleitung und kam mit allem zurecht: Dr. Wojkowski hatte der Packung ein Heftchen beigelegt, das sehr einfach geschrieben war und an vieles erinnerte, worüber das Band berichtet hatte.

Zum Teufel, das war mehr Biologie, als sie sich in einer Woche wünschte. Und sie schämte sich und war wütend, als der Automatische Haushälter sagte, Onkel Denys warte mit dem Frühstück.

»Ich komme, wenn ich kann«, schrie sie ihn an.

Und schluckte ihre Pille, machte sich zurecht und ging frühstücken.

»Geht's dir gut?« fragte Denys.

Sie sah ihn finster an und konnte sich gut vorstellen, daß er es genau wußte, daß alle anderen es auch wußten. »Ich fühle mich ganz gut«, antwortete sie und aß ohne ein weiteres Wort, während er seine Morgenberichte las.

Florian und Catlin kamen spät heim, übel zugerichtet und müde, und Catlin trug einen Verband an der Hand; war aber voller Geschichten, worum es in der Übung gegangen war, wie Catlin sich in die Hand geschnitten hatte, als sie ein Stück Metall für eine Falle vorbereitete, aber es hatte funktioniert, und sie hatten bis zum Ende des Weges überlebt. Was den Jüngeren meist nicht gelang.

Sie wünschte, sie hätte ihnen etwas Besseres zu berichten, als daß Nelly gegangen war. Und sie hatte nicht vor, ihnen zu erzählen, warum sie im Bad schmollte und sich so abgeschlafft fühlte.

Jedenfalls Florian nicht. Aber es gelang ihr, Catlin von ihm zu trennen und ihr zu erzählen, welchen Ärger sie hatte. Catlin hörte zu, zog ein Gesicht und sagte, das geschehe einem nun mal: Wenn man gerade an einer Operation teilnahm, konnte man ein Zeug einnehmen, damit es früher oder später kam.

Nimm nie Azi-Pillen, hatte Mama gesagt, aber es klang durchaus verlockend.

Es lohnte sich, Dr. Wojkowski danach zu fragen. Der Schlag sollte sie treffen, wenn sie Dr. Ivanov fragte.

Außerdem war's ein ziemlicher Reinfall nach all den interessanten Dingen, die sie über Sex erfahren hatte. *Das ist nicht fair,* dachte sie. *Einfach nicht fair!*

Ausgerechnet, als ihre Freunde gerade heimkamen.

Und einer von ihnen war ein Junge, und ein Azi, und sie war sein Aufseher, was bedeutete, daß sie die Verantwortung für ihn trug.

Verdammter Mist.

Mama hatte Ollie gehabt. Sie dachte oft an Ollie, wenn sie über Jungs nachdachte. Ollie war der Administrator *von Reseunespace* und erledigte Mamas Job. Aber Ollie schrieb nie. Und sie nahm an, er hätte es getan, wenn er wollte. Oder Mama hatte die Briefe nie erhalten. Oder nie angenommen.

Es tat zu weh, darüber nachzudenken. Sie blieb lieber bei ihrer Vermutung: Mama hatte sie nie bekommen. Giraud hatte sie abgefangen. Und Giraud würde jeden Brief abfangen, der für Ollie bestimmt war.

Deshalb versuchte sie, nicht darüber nachzudenken. Nur über Ollie, wie nett er gewesen war, wie freundlich er sich immer verhalten und wie er Mama verstanden hatte; und wie er, wenn Mama niedergeschlagen war, immer zu ihr kam und ihr die Hand auf die Schulter legte und Mama sich dann besser fühlte, einfach so.

Es gab Sam. Sam würde groß und stark wie Ollie werden. Aber Sam gehörte zu den Leuten, die Ari senior gemeint hatte, die einen mochten, ohne daß man für sie dasselbe empfand.

Sie fühlte sich gut, weil sie darauf gekommen war, bevor sie es von Ari senior gehört hatte, als sei es ein Beweis, daß ihre Vorgängerin ihr gute Ratschläge gab.

Bei Tommy hatte sie dasselbe Gefühl: Tommy war in Ordnung, wenn man mit ihm arbeitete, aber er war eigensinnig, und sie akzeptierte ihn, weil er Amys Cousin und die Nummer zwei hinter Amy war; und das bedeutete, wenn sie etwas mit Tommy hatte, würde sie mit Amy Schwierigkeiten bekommen. Dieser Teil der Ratschläge der ersten Ari ergaben auch einen Sinn: Komplikationen.

Es gab ältere Jungen – Mika Carnath-Edwards, Will Morley, Stef Dietrich, die einen Gedanken wert waren. Aber Mika war sehr viel älter, das war nicht gut; Will war einfach zu einfältig; und Stef war mit Yvgenia Wojkowski zusammen, die in seinem Alter war.

Sie seufzte und kam immer wieder zu demselben Gedanken zurück und beobachtete Florian, wenn er sie nicht ansah.

Florian war klüger und interessanter als alle anderen. Selbst als Sam.

Florian sah verdammt gut aus, kein Babygesicht wie Tommy; nicht so unbeholfen wie Sam. Sie ertappte sich dabei, wie sie beobachtete, wie er sich bewegte, wie sein Kinn aussah, seine Arme …

Was auch immer.

Er hatte eine bessere Figur als die anderen, was daran lag, daß er so hart arbeitete. Keiner konnte sich so bewegen wie er, weil er mehr Muskeln als Tommy hatte und nicht so schwammig wie Sam war. Und er hatte lange Wimpern, dunkle Augen, einen schönen Mund und ein wuchtiges Kinn, das nichts Kindliches an sich hatte.

Außerdem war er Catlins Partner. Er war Teil eines Paars, und sie waren immer schon zusammen gewesen, und sie hingen voneinander auf eine Weise ab, die mit Dingen zu tun hatte, die einen umbringen konnten, wenn diese Partnerschaft gestört wurde.

Sex machte keinen Spaß, entschied sie, es war alles ein verdammtes Durcheinander, es verschaffte einem Krämpfe, es brachte die Dinge durcheinander und war schuld daran, daß Erwachsene einander mißtrauten. Und wenn man einen Fehler machte, wurde man schwanger oder machte seine besten Freunde wütend aufeinander.

Das war einfach nicht fair.

VII

Der Frühling brach an. Sein elfter. Und das Füllen wurde unruhig in seinem Tank, ein Bündel aus Rumpf und Beinen, das seit langem schon zu groß war, um von den Linsen auf einmal erfaßt zu werden.

Florian liebte es, liebte es seit dem Moment, als es angefangen hatte, wie ein Pferd auszusehen, und die Sera ihn ins Labor mitgenommen und es sich im Tank ansehen lassen hatte. Und als die Geburt näherrückte, von der die Sera sagte, sie habe das Gefühl, selbst in all diesen Monaten schwanger gewesen zu sein, weil sie für das Tier so hart gearbeitet und den ganzen Papierkram erledigt hatte – wußte Florian, wer der beste bei AG war, um dabei zu helfen, und wer stark genug war, das Füllen zu tragen und zu verhindern, daß es sich verletzte, und wer wußte, was zu tun war.

Er sagte es der Sera, und die Sera folgte seinem Rat umgehend und gab es an das Personal im AG-Labor weiter. So kam Andy nach oben, ein sehr erfreuter Andy, der schüchtern die Hand der Sera schüttelte und sich auf seine zurückhaltende Art bei ihr bedankte; weil Andy Pferde mochte, alle Arten von Pferden, und die Sera mochte sie auch, ungeachtet des Umstands, daß ein Pferd ihr den Arm gebrochen hatte ... was wahrscheinlich der schrecklichste Augenblick in Andys Leben gewesen war.

Deshalb war es ein sehr glücklicher Andy, der nach oben ins AG-Labor kam und wußte, daß es stimmte, was Florian ihm bei einem Besuch bei den Scheunen berichtet hatte, daß die Sera von dem Pferd nicht die Nase voll hatte, daß sie es auch mochte und sich mehr seiner Art wünschte, an der Geburt eines weiteren Weibchens arbeitete und auf ihm reiten und jedem zeigen würde, was das Pferd und seine Artgenossen leisten konnten.

»Angenehm, Sera«, sagte Andy und verbeugte sich tief.

»Florian sagt, daß du das am besten kannst«, sagte die Sera, und da wußte Andy, daran zweifelte Florian nicht, daß seine Sera die netteste, die beste, die klügste in ganz Reseune war. Und vielleicht noch darüber hinaus.

»Ich weiß es nicht, Sera«, erwiderte Andy. »Aber ich werde mich so gut um sie kümmern, wie ich kann.«

Am Abend ging's im Labor los, und sie sahen einfach zu, wie das Fohlen über die Rutsche in ein Bett aus Fasern glitt; und wie die AG-Techniker die Nabelschnur durchtrennten; und wie Andy Schwämme und Handtücher nahm und es von Kopf bis Fuß abtrocknete, bevor er es auf die wackeligen Beine stellte.

Dann durfte die Sera es zum erstenmal berühren. Sie streichelte es und half es trocknen, und auch Florian half, bis Andy sagte, das sei genug, und das Füllen hochhob – Andy war sehr stark, und er sagte, es gebe keine Möglichkeit, es mit einem Laster nach unten in die Scheune bringen zu lassen, aber er könne es tragen.

»Ich möchte es sehen«, sagte die Sera.

»Wir können mit nach unten gehen«, bemerkte Florian und warf einen Blick zu Catlin, die all dies wortlos in sich aufnahm – er wußte, was Catlin dachte –, aber von dem ganzen Wirbel ziemlich verwirrt war, von Jungtieren, und von der Sorge der Sera um das Füllen …

Es war gesund, es ging ihm gut – soweit konnte er Catlins Gedanken lesen –, warum war die Sera also so besorgt? Dauernd kamen Jungtiere zur Welt. Florian und Catlin sollten jetzt eigentlich studieren. Sie hatten eine Übung vor sich.

»Ich geh mit«, sagte er zu Catlin. »Die Sera und ich werden in etwa einer Stunde zurück sein.«

»In Ordnung«, erwiderte Catlin. Denn sie hatte eine Menge Studien zu erledigen. Denn wenn er die Sera begleitete, würde Catlin diejenige sein, die sie beide retten würde, weil er dann sicher etwas vermasselte, es sei denn, Catlin könne ihm das Wesentliche knapp und präzise zusammenfassen.

Aber im Interesse der Sera, auch des Füllens, das daran nicht schuld war – kein Tier konnte sich den Zeitpunkt aussuchen, an dem geboren wurde –, zögerte er einen Augenblick: Training war Training, aber die Sera – war alles.

So trug Andy das Füllen den Hügel hinunter zur Pferdescheune, und Florian ging an der Seite der Sera, so glücklich wie sie, eben weil sie glücklich war, und weil es jetzt drei Pferde auf der Welt gab, statt zwei.

Andy setzte das kleine Füllen in eine warme Box und nahm die Nährflüssigkeit, die warm bereitstand, und ließ die Sera sie dem Jungtier geben, das auf zittrigen Beinen dastand und mit der Schnauze preßte, als bekäme es dadurch schneller Milch. Die Sera lachte und wich zurück, und das Füllen wankte ihr entgegen. »Bleiben Sie ruhig stehen, Sera«, rief Andy. »Halten Sie's nur fest.«

Die Sera lachte und hielt fest.

Ganz hinten in ihrer Box wieherte die Stute und lehnte sich über die Einfassung.

»Ich glaube, sie riecht das Junge«, meinte die Sera. »Das könnte Ärger geben. Oder vielleicht könnte sie sich an das Kleine gewöhnen. Ich weiß es nicht.«

»Ich auch nicht«, erwiderte Andy.

»Es gibt bloß drei; das ist bei den anderen Tieren doch auch so, oder? Die Bücher sagen nichts über ein Pferd, das bisher nur ein anderes Pferd auf der Welt gesehen hat.«

»Außerdem ist sie trächtig«, erklärte Andy auf seine zurückhaltende Art, schüchtern im Beisein einer ZIV, »und sie hat schon Milch. Und Tiere sind wie ZIVs, Sera, sie haben ihren eigenen Willen, nicht alle dasselbe Psychoset, und *für sie* gibt es keine Bänder.«

Die Sera sah ihn an, keineswegs wütend, nur so, als sei sie überrascht, was Andy alles zu sagen hatte. Aber es stimmte, Florian wußte es. Es kam vor, daß ein Schwein Ärger machte, alle anderen aus dem Wurf aber nicht. Es hing von vielen Dingen ab, und wenn Jungtiere so zustandekamen wie bei den Schweinen, durch die Paarung eines Ebers mit einer Sau, hatte man es mit kombinierten Gensets zu tun und wußte nicht, was dabei herauskam – genauso wie bei ZIVs.

Bei dem Füllen war es zumindest wahrscheinlich, daß es seiner genetischen Schwester, der Stute, stark ähneln würde, was bedeutete, daß es leicht zu halten sein würde.

Von der Einfassung am Ende der Reihe donnerte es. Die Stute wieherte laut. Und die Azis, die in der Scheune standen, um sich das neue Jungtier anzusehen, liefen zu ihr, um sie zu beruhigen.

»Das macht es ganz schön schwierig«, sagte die Sera besorgt.

»Tiere sind halt so«, erwiderte Andy. »Sie hat nichts. Es wäre gut, wenn sie das Junge akzeptieren würde. Tiere wissen sehr viel. Manche Dinge scheinen sie von Geburt an zu wissen.«

»Instinkt«, erklärte die Sera. »Du solltest mal ein Band entwerfen. Ich wette, du weißt mehr, als in manchen dieser verdammten Bücher steht.«

Andy grinste und lachte schüchtern. »Ich bin ein Gamma, Sera, nicht wie Florian. Ich bin bloß ein Gamma.« In diesem Moment kam einer der anderen AG-Techniker zu ihnen gelaufen, um zu berichten, daß es der Stute gut ging. Sie wollten sie hier rausbringen, in die kleine Scheune.

»Nein, tut das, aber bringt sie hier vorbei«, bat Andy. »Aber haltet sie fest! Schauen wir mal, was sie tut. Sera, für den Fall, daß sie Ärger macht, haltet euch besser bereit, über die Einfassung auf die andere Seite, in eine andere Box zu klettern. Florian und ich können das Junge festhalten, und die Jungs die Stute, aber wir wollen auf keinen Fall zulassen, daß Sie sich noch mal den Arm brechen.«

»Ich kann es mit festhalten.«

»Bitte, Sera. Wir wissen nicht, was passieren wird. Seien Sie nur darauf gefaßt, verschwinden zu müssen.«

»Er ist der Beste«, sprach Florian dazwischen. »Andy ist dauernd hier draußen; die Aufseher sitzen immer in den Büros. Er hat fast alle Tiere hier zur Welt gebracht. Sie sollten tun, was er sagt, Sera.«

»Gut, ich mach mich davon, wenn's sein muß«, sagte die Sera, was bei ihr schon etwas bedeutete. Aber sie mochte

Andy, und sie hatte gleich gemerkt, daß Andy ein gutes Gefühl hatte, so war die Sera nun einmal. So stand sie da und beobachtete angespannt, wie zwei Techniker die Stute vorbeiführten, jeder an einem Zügel.

Die Stute zog, und sie ließen sie anhalten und den Kopf über die Boxentür strecken. Sie sog die Luft ein und gab seltsame, interessierte Laute von sich.

Das Junge stellte die Ohren auf, und auch seine Nase arbeitete angestrengt.

»Stellt die Stute in die Box daneben!« befahl Andy den Technikern, die die Stute hielten. »Wir beobachten das mal eine Weile.«

So arbeitete Andy. Manchmal wußte er etwas nicht. Manchmal wußte es niemand, weil es noch nie jemand auf der Welt ausprobiert hatte. Aber Andy ließ es nicht zu, daß seinen Tieren weh getan wurde, und er hatte ein Gefühl dafür, was sie tun würden, auch wenn er in seinem Leben noch nie ein Buch gelesen hatte.

»Sie spricht regelrecht mit ihm«, rief die Sera. »Das macht sie.«

»Sie bringen sich bestimmt etwas bei«, sagte Andy. »Tiere sind füreinander so etwas wie unsere Bänder.«

»Sie sind Herdentiere. Damit hängt sicherlich *jede* ihrer Verhaltensweisen zusammen. Sie wollen zusammen sein, glaube ich.«

»Nun, das Kleine wird auf Menschen fixiert sein. Sie sind dafür empfänglich, wenn sie aus dem Tank entbunden werden. Aber die Stute könnte dem kleinen Pferd helfen. Sie bekommt schon Milch. Und Milch von einem gesunden Tier ist sehr viel gesünder als eine Nährlösung. Ich mache mir nur Sorgen, wie sie sich verhalten wird, wenn sie ihrs bekommt.«

»Politik«, meinte die Sera. »Da ist Politik im Spiel, was?« Die Sera amüsierte sich und sah zu, wie die Stute den Kopf über die Trennwand zur nächsten Box steckte. »Schaut sie euch an. Oh, sie will hier rüber.«

»Es sollte jemand die ganze Nacht bei der Stute bleiben«,

sagte Andy. »Wenn wir mit etwas zu tun haben, was wir nicht kennen, passen wir besser auf. Aber es besteht die Möglichkeit, daß die Stute dieses Junge haben will. Und wenn das so ist, ist sie die größte Hilfe, die wir uns wünschen können.«

Es war spät, als sie wieder den Hügel hinaufgingen. Florian hätte die Zeit mit der Sera und dem Füllen gegen nichts eingetauscht, aber es tat ihm furchtbar leid, als er in das Zimmer in dem dunklen und stillen Apartment zurückkam und zu Catlin sagte: »Ich bin's«, als er die Tür öffnete.

»Mmmm«, machte Catlin auf ihrem Bett und richtete sich auf einem Ellbogen auf. »Gab's Schwierigkeiten?«

»Alles in Ordnung. Dem Jungen geht's gut. Die Sera ist so glücklich, wie wir sie noch nie erlebt haben.«

»Gut«, sagte Catlin erleichtert. Daran merkte er, daß sie sich die ganze Zeit Sorgen gemacht hatte.

»Es tut mir wirklich leid, Catlin.«

»Nicht schlimm. Geh duschen. Ich werd dir alles erzählen.«

Er schloß die Tür, bat den Automatischen Haushälter, im Bad Licht zu machen, und begann sich auf seinem Weg dorthin auszuziehen, während Catlin zu sich kam. Er stellte sich nur für einen Moment unters Wasser, zog saubere Unterwäsche an und kam wieder heraus, schaltete das Licht aus und setzte sich auf sein Bett, während Catlin, eine ruhige, klare Stimme aus dem Dunklen, ihm von ihrem aus berichtete, welch eine schwere Aufgabe morgen auf sie wartete. Sie mußten an einem Automatischen Haushälter vorbeikommen und eine Geisel lebend herausholen.

Sie sagten, es würden drei Feinde sein, aber man wußte nie.

Man wußte auch nie, was der Haushälter kontrollierte, oder ob es nicht einen ganz einfachen Trick gab, die Tür mit einem Stück Kabel zu öffnen, was die Art von Falle war, in die man tappen konnte, wenn man sich zu sehr auf die technischen Sachen konzentrierte.

Sie mußten um 04.00 den Hügel hinunter. Es blieb ihnen nichts anderes übrig, als sich die Instruktionen schnellstens einzuverleiben, sich vor Augen zu halten, was passieren konnte, und die wenige Zeit zu schlafen, die sie noch hatten, um dort nicht außer Atem anzukommen, denn man wußte nie, manchmal versetzten sie einen in eine Lage, von der sie überhaupt nichts gesagt hatten, und man mußte sich bereits einem feindlichen Angriff stellen, bevor die Übung auch nur angefangen hatte.

Catlin verlor nie Zeit mit wie und warum. Sie hatte ihm viel gezeigt in den Jahren, die sie zusammen gearbeitet hatten, wie man seine Aufmerksamkeit konzentrierte und schnell und eingleisig dachte, und er tat es jetzt mit ganzem Einsatz, verschaffte sich über die Örtlichkeiten mit Karten Klarheit, die er mit der Kugelschreiberlampe überflog, ohne dabei in Catlins Augen zu leuchten, wußte dann ganz genau, wie viele Schritte man durch welchen Flur ging, wie die Entfernungen, die Winkel und die Sichtweite an jedem gegebenen Punkt waren.

Man hoffte, daß die Vernunft recht behielt, mehr nicht.

Die Geisel brachte achtzig Punkte ein, mehr hatten sie nicht gesagt. Das bedeutete, bei einem Standard von hundert Punkten war mindestens einer von ihnen entbehrlich. Sie konnten es auf diese Weise machen, wenn's sein mußte, und das bedeutete, ihn würde es dann erwischen: Catlin hatte die Örtlichkeiten am besten im Kopf, und sie war diejenige, die die besten Aussichten hatte, durch die letzte Tür zu kommen, wenn er sie aufbekam. Aber man ging nicht mit dem Gedanken an etwas heran, was man dafür opfern könne. Man nahm sich vor, daß der Feind etwas opfern würde. Er gab sein Bestes, das war alles.

VIII

Catlin war am Telephon. *Catlin* rief an; und Ari stürmte aus Dr. Edwards Unterrichtszimmer und durch den Flur ins Büro, so schnell sie konnte.

»Sera«, sagte Catlin. »Wir werden später kommen. Florian ist in der Klinik.«

»Was ist passiert?« rief Ari.

»Die Wand ist irgendwie umgefallen. In der Klinik sagte man mir, ich sollte Sie anrufen, Sera. Er hat ziemlich was abbekommen.«

»O Gott. Verdammt, Catlin, wie schlimm ist es?«

»Nicht sehr. Regen Sie sich nicht auf, Sera.«

»Verdammt, Catlin, erzähl's mir! Was ist passiert?«

»Der Feind hielt eine Geisel gefangen, und wir mußten an einem Automatischen Haushälter vorbei, und das taten wir auch; wir haben's bis hinein geschafft, aber die Geisel fing ein Ablenkungsmanöver an, während sie versuchten, an der Tür eine Falle zu legen. Der Instrukteur versucht noch herauszufinden, was passiert ist, jedenfalls ging ihre Ladung hoch. Die ganze Wand ist eingestürzt. Normalerweise wäre das nicht passiert, sie wäre einfach zusammengebrochen, aber das war ein künstliches Szenario, kein echtes Gebäude, und es muß mehr als eine Ladung losgegangen sein.«

»Wußten sie das etwa nicht?«

»Nun, sie sind tot. Richtig tot.«

»Ich komme. Ich komme sofort in die Klinik. Warte an der Vordertür auf mich.« Sie drehte sich um und sah Dr. Edwards. Sie erzählte es ihm. Schnell. Und bat ihn, Onkel Denys zu verständigen.

Und lief los.

»Er glaubt, es sei seine Schuld«, sagte Catlin, die an der Tür stand, als Ari dort ankam, außer Atem.

»Er hat mir nicht gesagt, daß ihr heute eine Übung habt«, rief Ari. Dieser Gedanke war ihr auf dem ganzen schrecklichen Weg den Hügel hinunter durch den Kopf gegangen. »Er hat's mir nicht gesagt!«

»Er war gut«, erzählte Catlin. »Er hat keinen Fehler gemacht. Sie hätten bloß nicht dort sein sollen, wo sie waren, damit fing es an.« Sie deutete den Flur hinunter, wo ein Mann in Schwarz mit den Ärzten redete. »Das ist der Instrukteur. Er hat die Fragen gestellt. Die Geisel – ein dreizehnjähriger Junge, ist der einzige, der noch am Leben ist. Es ist furchtbar. Einfach grauenvoll. Sie fragen, ob jemand ihre Ladungen durcheinandergebracht hat, wo der explosive Satz saß. Sie glauben, sie habe an der rechten Wand gelegen, wo sie arbeiteten, und sie hatten nicht so viele Fallen aufgestellt, wie sie konnten, deshalb hatten sie zwei Ladungen mehr, als sie für die Tür brauchten. Die ganze Kulisse ist umgestürzt. Florian ist irgendwie zurückgesprungen und hat Deckung gesucht, sonst wäre er auch getötet worden. Glücklicherweise fiel zuerst die Tür auf ihn drauf und dann erst die Blöcke.«

Ari ging mit Catlin an dem Pult vorbei bis zu den Ärzten, die mit dem Instrukteur redeten, und weiter zu Florian, der im Flur war, auf einer der Tragbahren. Er sah furchtbar aus, blaß und verletzt, und blutete an der Schulter, den Armen und Händen, aber man hatte alles gereinigt und mit Gel besprüht.

»Warum ist er hier draußen?« schneuzte Ari den Doc an, der daneben stand.

»Er soll geröntgt werden, Sera. Da drin ist gerade ein schwerer Fall.«

»Ich bin in Ordnung«, murmelte Florian mit halb geöffneten Augen. »Mir geht's gut, Sera.«

»Du …« *Idiot,* sagte sie fast. Aber das durfte eine Aufseherin nicht zu einem Azi sagen, der unter Beruhigungsmitteln stand. Sie biß sich in die Lippe, bis sie schmerzte. Dann berührte sie seine Hand. »Florian, es war nicht deine Schuld.«

»Ihre auch nicht, Sera. Ich wollte mitkommen. Mit dem Füllen. Ich hätte es sagen können.«

»Ich sagte, es ist *nicht deine Schuld,* hörst du? Sie sagen, etwas sei in die Luft geflogen.« Sie ging zu den Ärzten und dem Instrukteur hinüber. »Es war doch nicht Florians Schuld, oder?« Ihre Stimme zitterte. »Wenn doch, dann war eher ich dran schuld.«

»Das ist Sera Emory«, erklärte Dr. Wojkowski dem Instrukteur vom Sicherheitsdienst, der sie so finster ansah, als sei sie eine vorlaute ZIV-Göre. »Florians und Catlins Aufseherin.«

Der Gesichtsausdruck des Mannes änderte sich schlagartig. »Sera«, sagte er steif, wie Catlin. »Es laufen noch Untersuchungen. Wir müssen sie beide unter Einwirkung von Tranquilizern verhören.«

»Nein«, knurrte sie.

»Junge Sera ...«

»Ich sagte *nein.* Laßt sie in Ruhe!«

»Die Sera hat recht«, sprach eine rauhe Stimme dazwischen, die zu einem Mann in gewöhnlicher Kleidung gehörte, der sich der Gruppe von der anderen Seite genähert hatte, einem Mann, der etwas außer Atem war.

Es war Seely. Sie hätte nicht gedacht, in ihrem Leben noch einmal froh darüber zu sein, Seely zu sehen.

Onkel Denys konnte nicht rennen. Aber Seely war gleich aus der Administration hergeeilt. Und Florian und Catlin hatten recht. Seely stammte vom Sicherheitsdienst, das wußte Ari von dem Moment an, als *er* den Instrukteur anfuhr.

So ging es ihm schon sehr viel besser. Florian war ein Stück Metall ins Bein gedrungen, das war das Schlimmste gewesen, aber sie hatten es ihm herausoperiert, und er hatte sich Prellungen und Verstauchungen zugezogen, und er würde Schmerzen haben, weil sie eine Menge Steine von der Tür gewälzt hatten, die auf ihn gefallen war.

»Idioten«, hörte er Seely sagen, als Ari ihn fragte, was er herausgefunden habe, als er sich mit Catlin, dem Instrukteur und der Geisel unterhielt, wie wenig es auch sei. Als sie es hörte, zog sie Seely in den Raum, in dem Florian bald an der Reihe war. »Erzähl's *ihm*«, verlangte sie, während Catlin hinter Seely eintrat und mit verschränkten Armen stehenblieb.

Seely tat dasselbe. »Hörst du mich?« fragte er Florian.

»Ja«, antwortete er.

»Der Instrukteur ist gerügt worden. Die Menge an verteiltem Sprengstoff war zuviel für die Kulisse. Die Geisel versuchte, entsprechend ihren Anweisungen, ein Ablenkungsmanöver, während das Team drinnen an der Tür eine Falle legte. Die Geisel weiß nicht, was dann passierte. Er nahm ein Teammitglied nach draußen. Anscheinend haben die beiden, die an der Tür arbeiteten, ihre Ausrüstung in der Nähe abgestellt, und möglicherweise zwischen sich, und möglicherweise ist durch das Ablenkungsmanöver, oder durch den dritten Jungen der gegen sie stolperte – die Ladung, mit der sie arbeiteten, in zwei andere gefallen, die bei ihrem Werkzeug lagen.«

»Sie fingen erst an, an der Tür eine Falle zu legen, hinter der sie saßen, als wir an dem Automatischen Haushälter vorbei waren«, ergänzte Catlin und trat nah ans Bett. »Sie dachten, sie könnten rauskommen und Punkte einheimsen, weil hinter uns ein drittes Team kam. Das hat man uns nicht gesagt. Sie arbeiteten mit dem Feind, und sie sollten uns von hinten angreifen. Aber sie hielten sich an den Zeitplan des Instrukteurs, und wir kamen zu schnell an dem Haushälter vorbei ...«

»Zu schnell?« murmelte Florian mit einem Flattern in den Augen. »Das ist verrückt. Was sollte ich denn tun?«

»... deshalb versuchte das andere Team zu improvisieren und an der Tür eine Falle zu legen, als sie wußten, daß wir früher dran waren, als sie erwartet hatten. Und die Geisel hielt sich an ihre Anweisungen, versetzte der Wache einen Tritt, aber die Wache stolperte gegen die zwei an der Tür, und denen fiel die Ladung direkt in ihre Ausrüstung. Das war nicht deine Schuld. Wir konnten wegen der Geisel nicht in das Zimmer feuern. Er sollte auf unserer Seite sein und *denen* Ärger machen. Es war eine Doppel-Team-Übung. Die Kulisse war also nicht dafür geeignet.«

»Hast du keine Falle an der Tür gelegt?« fragte Seely Florian.

»Ich weiß es nicht mehr«, antwortete er. Dann sagte er undeutlich: »Nein. Das hätte ich nicht gemacht. Dafür gab's keinen Grund. Das hatten wir nicht geplant.«

»Du warst es nicht«, erklärte Catlin. »Ich habe dir den Rücken gedeckt, für den Fall, daß der dritte Feind hinter uns war. Du wolltest die Tür aufsprengen und das Zimmer vergasen, weißt du noch?«

Florian zog ein Gesicht, als habe er Schmerzen. »Ich … ich weiß es einfach nicht mehr. Es ist einfach weg. Ich erinnere mich nicht einmal mehr, daß etwas hochgegangen ist.«

»Das kommt vor«, sagte Seely mit verschränkten Armen, ganz so wie Catlin. Ari saß in einem Stuhl daneben und hörte zu. Und sah Seely nachdenklich an. »Möglicherweise wirst du dich nie mehr an diese Sekunden erinnern. Du hast einen Schock erlitten. Aber du hast recht. Es war nicht deine Schuld.«

»Man legt seine Ladungen nicht dort hin«, brachte Florian mühsam hervor, »wo man gerade arbeitet.«

»Man verteilt bei einer Übung auch nicht mehr Ladungen, als der Gebäude-Standard es vorschreibt, oder legt eine Doppel-Team-Strecke mit einem Murphy-Faktor fest, der dem in einem Sackgassen-Zimmer entspricht. Ihr habt die Erwartungen übertroffen. Das andere Team war auch unterlegen. Liefert euren Bericht ab. Ihr werdet nächste Woche wieder das Training aufnehmen. Die anderen nicht.«

»Ja, Ser«, erwiderte Florian leise. »Es tut mir aber leid für sie.«

»Er braucht ein Band«, sagte Seely mit einem Blick zu Ari. »So sollte er das nicht sehen. Das wird ihm in Zukunft Schwierigkeiten bereiten.«

Darüber ärgerte sie sich; und sollte es eigentlich nicht. Seely versuchte zu helfen. »Ich überleg's mir«, erwiderte sie aus Angst, er würde auch das Onkel Denys berichten.

Seely nickte sehr knapp und sehr korrekt. »Ich habe zu tun, wenn Sie mich jetzt nicht mehr brauchen, Sera. Sie machen hier alles richtig.«

»Danke, Seely. Vielen Dank. Sag Onkel Denys, ich komme vielleicht zum Abendessen rüber.«

»Ja, Sera.«

Seely ging.

Mit verschränkten Armen ging Catlin zum Stuhl und setzte sich.

»Catlin«, fragte Ari. »Hast du denn nichts abbekommen?«

»Nicht viel«, antwortete sie. »An meinem Ende des Flurs stand das meiste noch.« Sie massierte sich den Arm und das Handgelenk. »Ein bißchen verrenkt vom Steineschleppen. Mehr nicht.«

»Ich war einfach zu schnell«, nuschelte Florian, als stünde er noch immer unter dem Einfluß von Tranquilizern. »Das ist verrückt. Es war ein altmodischer Haushälter.«

»Sie haben den Fehler gemacht«, sagte Catlin bestimmt, unverrückbar wie die Sonne. »Wir nicht.«

Ari biß sich in die Lippe. Eigentlich sollte Florian die Hausbibliothek benutzen dürfen. Florian wußte viele Dinge, die die unten in der Stadt nicht wußten, weil Florian und Catlin nie aufhörten, zu lernen.

Sie ging hinaus in den Flur, bekam die Erlaubnis, das Telephon zu benutzen, und rief Onkel Denys selbst an.

»Onkel Denys«, sagte sie. »Florian hat die Strecke zu schnell hinter sich gebracht. Das sagen sie. Man hat ihm weh getan, damit's ihm besser geht. Das ist gemein, Onkel Denys. Er hätte sterben können. Drei Leute sind gestorben. Gibt's da unten keine besseren Instrukteure?«

Onkel Denys antwortete nicht sofort. Schließlich sagte er: »Ich habe inzwischen Seelys Bericht vorliegen. Gib mir etwas Zeit. Wie geht's ihm?«

»Er ist verdammt fertig«, antwortete sie und vergaß dabei, daß sie zu Onkel Denys nicht *verdammt* sagen sollte. Und erzählte ihm, was Dr. Wojkowski und was Seely und Catlin gesagt hatten.

»Ich bin deiner Meinung. Wenn der Bericht das bestätigt, werden wir etwas unternehmen müssen. Willst du die Nacht dort unten verbringen, oder wird er es brauchen?«

»Ich will's selber. Zusammen mit Catlin.«

»In Ordnung«, sagte Denys, ohne darüber mit ihr zu streiten. »Vergiß nicht, dir etwas zum Essen zu besorgen. Hast du gehört?«

Onkel Denys überraschte sie manchmal. Sie ging in das Zimmer zurück und hatte ein wenig das Gefühl, als sei sie selbst irgendwo getroffen worden. Alles war so schön gewesen, und jetzt war alles so schlimm. Und dann stellten Seely und Denys sich als vernünftig heraus, als sie es am wenigsten erwartete.

»Sie werden alles in Ordnung bringen«, sagte sie zu Catlin, weil Florian die Augen geschlossen hatte. »Ich habe gerade Onkel Denys angerufen. Ich glaube, irgend jemand auf einem Rang über dem Instrukteur hat einen Fehler gemacht. Sieht so aus, als wüßtet ihr zuviel für da unten.«

»Gut möglich«, erwiderte Catlin. »Aber es macht mich wütend, Sera. Sie sagen die ganze Zeit, wir seien etwas besser, als sie erwartet hätten. Sie haben diese Azis umsonst verloren. Sie waren in Ordnung. Sie waren nicht die besten in Grün, aber sie brauchten nicht zu sterben. Sie haben im selben Flur gegenüber von uns gewohnt.«

»Verdammter Mist«, knurrte Ari und setzte sich mit den Händen zwischen den Knien hin. Am ganzen Körper kalt und mit Übelkeit im Magen, weil es kein Spiel war, weil das, was sie machten, nie ein Spiel war, darin hatte Catlin von Anfang an recht gehabt.

IX

Florian humpelte noch etwas, aber es ging ihm schon wieder ganz gut, als er mit Catlin und Amy und den anderen Kindern in die Scheune kam. Ari beobachtete ihn, bemerkte das Lächeln, das sein Gesicht aufhellte, als er die Stute und das Füllen erblickte – zwei Füllen sogar. Eins mit heller Mähne und Schwanz, das Ari gehörte; das andere schwarz – die Tochter des Hengstes.

»Schaut sie euch an!« rief Florian. Und dachte nicht mehr daran, daß er humpelte; er kam näher, klopfte der Stute auf die Schulter und legte die Arme um ihren Hals. Was die Kinder unheimlich beeindruckte. Bis auf Catlin natürlich, die wußte, daß er keine Angst vor Pferden hatte.

Die Stute hatte es Aris Ansicht nach verdient. Sie kümmerte sich um zwei Jungtiere, das eine, das sie zur Welt gebracht hatte, und das andere, das ihre genetische Schwester war, was die Stute natürlich nicht verstehen konnte, es sei denn, sie sei einfach großzügig und kümmerte sich gern um beide.

»Sie ist so groß«, sagte Amy.

Sie hatten auch vor den Füllen ein wenig Angst. Es war das erste Mal, daß sie Tieren so nah kamen, und sie fürchteten immer noch, sie könnten umgestoßen werden – was nicht ganz unbegründet war, denn sie hatten die Neigung, sich zu verteilen und zu nah zu gehen und sich gegenseitig und den Pferden im Weg zu stehen, wenn die Pferde scheuten. Selbst Catlin, die zurückwich und die Hände hinter dem Rücken verhakte, steif und Azi-gemäß, als 'Stasi fast mit ihr zusammenstieß. Maddy kreischte, weil sie von den Hinterhufen der Stute um ein Haar einen Tritt abbekam, und Ari barg bloß das Gesicht in die Hände und blickte wieder auf, als sich die Pferde in der ganzen großen Scheune verteilt hatten und die Kinder ein wenig idiotisch dreinblickten.

»Ihr müßt euch etwas langsamer bewegen«, sagte Andy hinter ihnen. »Sie wollen euch nicht treten. Aber ihr riecht komisch für sie.«

Die Kinder sahen Andy an, als glaubten sie, er machte einen Spaß oder sie seien gerade beleidigt worden.

»Komm«, sagte Ari zu Florian. »Schauen wir mal, ob wir sie einfangen können.«

»Warten Sie, Sera, ich schaff's allein«, erwiderte Florian und folgte ihr.

Es war ein seltsames Gefühl, schließlich wieder ins Freie zu gehen und so zu tun, als seien sie großteils Freunde von Amy, von der jeder wußte, daß sie Aris Freundin war, und die, wie Ari annahm, weniger als alle anderen damit rechnen mußte, zu verschwinden, weil ihre Mama mit Onkel Denys und Onkel Giraud befreundet war. Sie glaubte zwar nicht, daß dergleichen noch einmal passieren würde, aber die Kinder machten sich Sorgen; und deshalb hatte sie sich mit Amy dies hier überlegt – eben weil die Kinder sich immer noch Sorgen machten.

Aber, erklärte sie ihnen, sie konnten zusammen irgendwo hingehen, sich zum Beispiel die neuen Jungtiere ansehen, ohne daß jemand auf die Tatsache aufmerksam wurde, daß sie Freunde hatte, so wie sie für andere Leute Sachen kaufen konnte, ohne Onkel Giraud wissen zu lassen, daß sie sich nicht nur auf Parties sahen. Andy bewegte sich nicht in den Kreisen des Hauses, und deshalb würde er nichts von dem verraten, was er sah, ebensowenig wie die Azis in der Scheune. Deshalb fühlten sie sich sicherer.

Florian fing die Stute ohne Schwierigkeiten ein. Er brachte sie zurück, und die Füllen kamen von allein mit. Das beeindruckte die Kinder auch.

Es war seltsam, wie die Kinder jetzt auch Florian und Catlin ansahen, seit Florian etwas steif und mitgenommen zurückgekehrt war, und sie hatte die beiden erzählen lassen, was unten bei der Übung passiert war – es war ganz gut, es ihnen zu erzählen, hatte sie Florian und Catlin erklärt, weil sie ZIVs waren und im Haus wohnten, mit Ausnahme von Sam, aber Sam war in Ordnung. Deshalb fing Florian zu erzählen an, aber als er an die Stelle kam, als er durch die Flur ging, wußte er nicht mehr weiter, und Catlin mußte den Rest erzählen, auch über die Klinik und all das.

Es geschah zum ersten Mal, daß einer von beiden mehr als ein paar Sätze an die Kinder richtete, und es war schon etwas wert, Catlin zum Erzählen einer Geschichte zu bringen; aber wenn Catlin einmal warm wurde, wußte sie genug blutvolle Geschichten zu erzählen, um sie alle in die Flucht zu schlagen, und ganz plötzlich schienen die Kinder zu merken, daß es Florian und Catlin wirklich gab. Daß es eine Menge Dinge gab. Daß die beiden schon Tote gesehen hatten. Daß sie wirklich tun konnten, was sie sagten.

Es verhielt sich nicht so, dachte sie, daß sie jemals an ihren Worten gezweifelt hatten, nur hatten sie keine Möglichkeiten, zu begreifen, wie man sich fühlte, wenn man sich durch einen Flur einem Feind näherte, Sprengstoff mit sich trug, der Gott sei Dank nicht hochgegangen war ... nicht einmal, daß es Feinde gab, die keinen Augenblick zögern würden, in Reseune einzudringen, um Dinge in die Luft zu sprengen oder Leute zu erschießen.

Sie fingen an sich zu fragen, warum; in diesem Punkt hatten sie sich geändert. Sie wollten wissen, was im Rat vor sich ging, und warum Leute vor Gericht versucht hatten, Ari Sachen wegzunehmen – und sie kamen zu Fragen, auf die sie ihnen nicht immer eine Antwort geben konnte.

»Das ist etwas, worüber ich mir immer noch den Kopf zerbreche«, hatte sie ihnen gesagt. »Vielleicht gibt es Leute, die nicht wollen, daß Azis geboren werden, und die Reseune gern schließen würden.«

»Wir tun mehr als die Azis«, hatte Sam gesagt. »Florian und Catlin würde es nicht gefallen, wenn sie nicht geboren worden wären«, hatte Amy gemeint.

»Sie würden vielleicht zur Welt kommen«, sagte Ari, »aber man würde sie wie ZIVs aufziehen und wie ZIVs unterrichten. Das hätte ihnen nicht gefallen.«

»Nicht?« hatte Amy sie gefragt, denn sie begannen Florian und Catlin Fragen zu stellen, ohne den Umweg über Ari.

»Nein«, hatte Florian sehr ruhig geantwortet, während Catlin den Kopf schüttelte. Ari wußte es schon. Florian war zu höflich, um zu wiederholen, was er zu ihr gesagt hatte, als sie sich das erste Mal über das Thema unterhielten: daß sie die meisten ZIVs nicht mochten, weil sie für alles etwas länger brauchten; eine Menge ZIVs, hatte er gesagt, arbeiteten härter daran, sich zu überlegen, als zu tun, wozu sie sich entschlossen hatten, und er haßte es, von solchen Leuten umgeben zu sein. Und Catlin hatte gesagt – ein tiefer Gedanke, der Ari überraschte –, sie vermute, ZIVs hätten aus dem Grund Azis geschaffen, um solche Institutionen wie den Sicherheitsdienst zu betreiben, weil sie wußten, daß sie einander nicht trauen konnten, wenn sie Waffen trugen.

»Seid ihr gern Azis?« hatte 'Stasi zu fragen gewagt, dies eine Mal unten in den Tunneln.

Florian war das etwas peinlich gewesen, und er hatte genickt, ohne etwas zu sagen.

»Ich finde ihn sexy«, hatte Maddy ihr in der Schule ganz offen gesagt, als Florian und Catlin nicht mithören konnten. »Ich wünschte, ich hätte ihn.« Und gekichert.

Ich bin froh, daß du ihn nicht hast, war Aris Gedanke gewesen.

Das kam ihr in den Sinn, als Florian die Pferde zurückbrachte: Er sah so sauber und ordentlich in seiner schwarzen Uniform aus, und man konnte nicht erkennen, daß er ein Kind war, wenn man die Größe des Pferdes nicht kannte. Florian und Catlin genügten schon, um einen eifersüchtig zu machen, daß man nicht so gehen konnte, nicht so aussah und nicht so war.

Weil ZIVs nicht so auf sich achteten, dachte sie, weil sie zuviel aßen und zuviel Zeit damit verbrachten, einfach rumzusitzen, und weil, das durfte man nicht übersehen, schärfte Ari sich ein, die Natur Amys Blick bestimmte, der korrigiert werden mußte und Tommy ganz durchschnittlich aussehen ließ, und Maddy alle Vernunft versagte.

Wogegen Florian und Catlin eben so aussahen und so gut in dem waren, was sie taten, daß man sie aus Gründen ins Haus versetzt hatte, weil sie einfach besser waren als ihre Vorgänger – weil sie *nach* dem Krieg unterrichtet wurden, wie Denys gesagt hatte, wobei man moderne Techniken einsetzte, die sie härter arbeiten und von dem Gebrauch machen ließ, was sie konnten, und weil Ari recht damit hatte, daß sie oben im Haus eine Menge geheimer Dinge gelernt hatten, von denen die Instrukteure unten in Grün nichts verstanden; das hatte sich seit dem Krieg auch geändert. Das alles zusammengenommen führte dazu, daß sie damit anfingen, sich im Haus mit ihren Bändern zu beschäftigen, und daß von da an keine Übung, an der sie teilnahmen, eine schwache Stelle haben durfte.

Wie bei den Erwachsenen des Sicherheitsdienstes. Denn

ihre Reaktionen waren so schnell und so gefährlich geworden, daß es keine Möglichkeit gab, sie zu kontrollieren, und sie konnten das Training der anderen Teams völlig über den Haufen werfen.

Deshalb war Ari froh, daß Maddy *nicht* über ihre Verträge verfügte. Verdammt froh, daß Maddy nicht Hand an Florian legen konnte und keine Gelegenheit hatte, sich in diese Partnerschaft einzumischen, denn ihr war inzwischen gründlich klar geworden, daß es zwischen ihnen um Leben und Tod ging. Sie hatte es zugelassen, daß Florian einmal zu einer Studiensitzung zu spät kam, worauf Florian und Catlin für diese Übung alle ihre Fähigkeiten aufgeboten hatten, aus Angst, sie könnten scheitern; und das hatte sie übers Ziel hinausschießen lassen, und ein anderes Team so weit getrieben, daß die Leute nervös wurden und einen Fehler machten; das hatte sich ereignet, und drei Azis waren deswegen umgekommen, was zumindest indirekt ihre Schuld war. Man konnte ihr keinen Vorwurf machen, aber sie war ein Glied in einer Kette gewesen, die zu diesem Unfall führte, und damit mußte sie leben.

Sie war unheimlich froh, daß sie Florian nicht etwas zugefügt hatte, das ihn noch mehr belastet hätte. Denn er hätte genausogut tot sein können, und das wäre wirklich ihre Schuld gewesen, ohne Frage ihre Schuld.

Maddy hatte recht. Er sah verdammt gut aus. Und sie hätte mit ihm gern dasselbe getan, was Maddy tun wollte.

Und Maddy wäre nie darauf gekommen, warum sie es nicht durfte.

Sie wünschte sich verzweifelt, Ari senior hätte sich richtig mit ihr unterhalten können, denn sie hatte sich bei der Basis Eins zu erkundigen versucht, ob Ari etwas über Florian zu sagen hatte für den Fall, daß er im Krankenhaus lag, oder ob es ratsam sei, mit ihrem Azi Sex zu machen, wenn er vom Sicherheitsdienst war. Aber Basis Eins hatte gesagt, solche Informationen lägen nicht vor.

Sie war so verzweifelt, daß sie sogar überlegte, Seely irgendwo zur Seite zu nehmen und *ihm* diese Frage zu stellen. Aber Seely war nicht weniger Seely als vorher – und nicht einmal Sex konnte sie *so* verzweifelt machen.

Noch nicht.

X

Zu ihrem zwölften Geburtstag veranstaltete sie eine große Party – einen Tanz im Saal des Archivs, an dem jedes Kind in Reseune teilnahm, das älter als neun und jünger als zwanzig war –, und Onkel Denys entschuldigte sich damit, daß er zu arbeiten habe, aber in Wirklichkeit kam er deshalb nicht, weil er die Musik nicht mochte.

Er versäumte etwas, denn Catlin lernte zu tanzen. Sie bekam eine Vorstellung davon, was Musik ist – eine Sache des Gedächtnisses, erklärte Ari, als Catlin verwirrt den Tänzern zusah: Die Variationen des Grundmusters halten das Ganze in Gang.

Florian hatte überhaupt keine Schwierigkeiten, es sich anzueignen – aber er war zu unsicher, um sich damit öffentlich zum Narren zu machen: Das war das Komische; und es war *Catlin,* die alle schockierte, indem sie Sam einen Schritt beizubringen versuchte, den er nicht kapierte – eine Azi auf dem Parkett mit einem ZIV. Alle sahen zu, nicht empört, bloß erstaunt, und Catlin, in einer hauchdünnen Bluse, die gerade das Nötigste mit undurchsichtigen Flecken verdeckte, und einer schwarzen Satinhose, die nicht nur ihre schmalen Hüften betonte – lächelte, vollführte drei oder vier rasche Schritte und zeigte, wozu man eigentlich imstande war, wenn man Muskelgruppen getrennt ansprechen und sich an den Rhythmus der Musik halten konnte.

Danach wollte jeder Junge im Saal mit Catlin tanzen, und es war unheimlich lustig, weil die anderen Mädchen im Saal nicht wußten, ob sie auf eine Azi eifersüchtig sein sollten.

So stolzierte Maddy Strassen herüber und forderte Florian auf, und nach und nach fragten ihn auch die anderen Mädchen, und die paar älteren ZIV-Kinder, die Azis in ihrem Alter hatten, zeigten ihnen die Schritte, bis sich die

Sache bis zum nächsten Morgen im ganzen Haus herumgesprochen hatte.

»Weißt du«, sagte Onkel Denys beim Frühstück dazu, »es gibt wirklich Azis, die das aufregen könnte. Du solltest vorsichtig sein.«

»Seely war da«, erwiderte sie, nur um Onkel Denys ein wenig zu necken. »Und viele Männer vom Sicherheitsdienst. Sie hätten jederzeit eingreifen können.«

»Wahrscheinlich hat die Musik ihre Aufmerksamkeit beeinträchtigt. Sie waren da, um Abolitionisten mit Handgranaten aufzuhalten. Sie konnten an dem Lärm nicht vorbeikommen.«

»Nun, keiner der Azis ist angestoßen worden. Einige tanzten, andere nicht, niemand hat einen anderen gestoßen. Florian sagte, Catlin fand es interessant. Sie soll mich doch beschützen, stimmt's? Und sie ist nicht so sozial wie Florian. Aber sie kann physisch alles nachahmen und sich so wie jeder andere benehmen. Deshalb hat sie sich da draußen prächtig amüsiert. Sie hat alle manipuliert und ein Gefühl dafür bekommen, wie sie sich bewegten, und sie wußten in keinem Moment, was sie tat. Willst du wissen, was sie gesagt hat?«

»Was?«

»Sie meinte, sie seien alle so zart und im allgemeinen leicht aus dem Gleichgewicht zu bringen. Sie hätte jeden von ihnen mit einem Stoß mit dem Ellbogen erledigen können.«

Onkel Denys schnaubte in seinen Orangensaft.

XI

Noch mehr Schüsse. Sie ließen ihre Periode beginnen. Sie schwor, zu Dr. Ivanov zu gehen. Spät abends an seine Tür zu klopfen und – zack! – ein Andenken von Florian.

Wahrscheinlich hatte er genug von ihrem Blut, um fast allen Leuten in Novgorod Blut zu übertragen.

»Ich glaube, ich brauche einen anderen Arzt«, sagte sie zu Onkel Denys.

»Warum?« fragte er über seinen Berichten am Eßtisch, den einzigen Ort, wo sie ihn sah – beim Frühstück und beim Abendessen.

»Weil ich's satt habe, mit Nadeln gestochen zu werden. Bald habe ich nicht mehr genug Blut.«

»Liebling, es ist eine Studie. Sie begann mit deiner Geburt, und sie ist sehr wichtig. Du mußt dich einfach damit abfinden. Mir ist es egal, welchen Arzt du hast; aber du würdest Petros' Gefühle verletzen. Du weißt, daß er dich sehr mag.«

»Erst lächelt er nett, und gleich danach verpaßt er mir etwas, von dem ich kotzen könnte.«

»Du mußt aufpassen, Liebling, weißt du, deine Stimme verrät, was mit deinen Zyklen los ist. Das ist doch etwas, das nicht jeder wissen soll, oder?«

»Ich weiß nicht, warum nicht! Ich weiß nicht, warum's nicht in den Nachrichten gebracht wird! Warum gebt ihr den Nachrichtendiensten nicht die Bänder aus meinem Schlafzimmer? Ich wette, ich kann ihnen einige aufregende Sachen zeigen, wenn ich mich anstrenge. Ich glaube, den Technikern vom Sicherheitsdienst würd's gefallen!«,

»Wer hat gesagt, daß wir Bänder aufnehmen? Es ist ein Sicherheitssystem.«

»Florian und Catlin sind vom Sicherheitsdienst, oder nicht?«

Onkel Denys legte seine Berichte hin, plötzlich ernst.

Ebenso wie sie, auch wenn sie nicht vorgehabt hatte, es zur Sprache zu bringen. Bis sie einige andere Dinge herausfanden. Aber er war aus dem Gleichgewicht gebracht: Sie hatte ihren Einstieg; sie konnte ihn damit erwischen.

Gut so.

»Liebling, in Ordnung – ja. Es gibt Bänder. Sie verschwinden im Archiv, und niemand kommt an sie ran. Sie sind bloß eine historische Aufzeichnung.«

»Darüber, wie ich meine Periode bekomme.«

»Ari, Liebling, nun werde nicht unanständig.«

»*Ich* finde das unanständig! Ich finde, es ist eine verdammt unanständige Sache, mir sowas anzutun! Ich will, daß das System abgestellt wird, Onkel Denys! Ich will es raus haben, ich will, daß diese Bänder vernichtet werden, ich will, daß Florian und Catlin die ganze Einheit rausreißen, *aus dem Kontrollbrett.*«

»Mein Gott, sie sind wirklich aufmerksam, was?«

»Verdammt richtig, das sind sie!«

»Ari, Liebling, fluche nicht. Dafür bist du noch nicht alt genug.«

»Ich will diese Einheit raus haben! Ich will sie raus! Ich will, daß diese Bänder verbrannt werden! Ich will nach oben in *mein* Apartment ziehen und es von Florian und Catlin durchsuchen lassen, und ich will Zugang zu allen Kontrollbrettern in den vielen geheimen kleinen Zimmern des Sicherheitsdienstes!«

»Ari, Liebling, beruhige dich. Ich werde dafür sorgen, daß sie's ausschalten.«

»Zum Teufel! Ihr werdet die Platine einfach irgendwo anders anbringen, wo ihr meint, daß Florian und Catlin sie nicht finden können.«

»Nun, das wäre dein Problem, nicht? Du mußt mir schon glauben.«

»Nein, tu ich *nicht,* weil ich weiß, daß diese Einheit in Betrieb ist.«

»Woher?«

»Das werde ich dir nicht sagen. Frag Seely. Ich bin sicher, er kann dir das erklären.«

»Ari, Liebling, wahrscheinlich hast du selbst schon gemerkt, daß heute dein Temperament mit dir durchgeht. Und ich habe wirklich keine Lust, mich mit dir zu unterhalten, wenn du so aufgebracht bist. Ich mag dich sehr, aber es gefällt niemandem, eine wohlerzogene Zwölfjährige wie einen Frontsoldaten fluchen zu hören, und niemandem gefällt es, als Lügner bezeichnet zu werden – was du selbst schon in aller Öffentlichkeit gesagt hast. Deshalb meine ich, du solltest nicht mehr so brüllen und vernünftig darüber reden, oder sollen wir sagen, daß ich sicher bin, Seely ist Florian noch ein bißchen voraus? – Wenn's mir darauf ankäme, die Überwachung gegen deinen Willen fortzusetzen. Ich respektiere, daß du kein kleines Mädchen mehr bist. Ich weiß, daß es gute Gründe gibt, warum du willst, daß in deinem Schlafzimmer keine Bänder von. dir aufgenommen werden, und die Tatsache, daß du etwas dagegen hast, genügt mir. Eine Studie wird wertlos für uns, wenn die betreffende Person für die Kameras spielt, verstehst du? Deshalb werden keine Bänder mehr aufgenommen, nicht weil du die Macht hast, die Einheit entfernen zu lassen, sondern weil es wertlos geworden ist.«

»Ich will, daß die Bänder verbrannt werden!«

»Es tut mir leid, aber nicht einmal wir kommen an sie ran. Sie sind im Archivkeller untergebracht worden, unter dem Berg dort draußen, und sie sind nicht wiederzubekommen, solang du im Hauscomputer aktiv bist.«

»Du meinst, solang ich eingeschaltet bin?«

»Nein, solang du eine aktive ZIV-Nummer in den Akten bist. Solang du lebst, Liebling. Das wird sehr lang sein, und dann wird's dir sicher nichts mehr ausmachen, ob jemand ein Band von einem zwölfjährigen Mädchen in ihrer Unterwäsche hat, nicht wahr?«

»Du hast diese Bänder gesehen!«

»Nein, ich kenne die Zwölfjährige, das reicht völlig. Es werden demnächst keine Bänder mehr aufgenommen. Florian kann es bestätigen, wenn du möchtest, und er kann die Einheit selbst entfernen, was er, darauf verlasse ich mich, mit der nötigen Sorgfalt tun wird, um nicht den Rest des Systems zu beschädigen.«

»Heute.«

»Heute?« Onkel Denys wirkte sehr beunruhigt. »Ari, es tut mir wirklich leid.«

Er machte ihr etwas vor. Bearbeitete sie. So wie er die ganze Situation bearbeitet hatte und Ari dazu zu bringen versuchte, ihm zu glauben. So wie sie ihn bearbeitet hatte.

Er war wahrscheinlich gut genug, um das auch zu erkennen. Wenn Seely Florian etwas voraus hatte, hatte Onkel Denys auch ihr etwas voraus, dachte sie. Wahrscheinlich.

Aber sie konnte ihn gleich ihrerseits bearbeiten, indem sie seine Aufregung nutzte und sie lang genug andauern ließ, bis er es mit einem Trick versuchte, es sogar ein paarmal tat, damit er glaubte, er habe sie.

Dann konnte sie tun, wozu er sie bringen wollte, um zu sehen, wohin es führte – ohne geführt zu werden.

»Es tut mir leid, Ari.«

Sie starrte ihn finster an.

»Ari, das ist eine sehr unangenehme Zeit für dich. Ich wünschte, du wärst früher zu mir gekommen.«

Verdammt, er wollte, daß sie ihn um etwas bat. Sie dagegen wollte ihn soweit bearbeiten, daß er ihr erzählte, was immer er vorhatte, aber das würde ihm ganz sicher verraten, daß sie wußte, wie sie von ihm bearbeitet wurde. Was er vielleicht sowieso wußte: Man wußte bei Onkel Denys nie, wie viele Schichten sich unter seiner Hülle verbargen.

»Du weißt wohl, daß es einen Antrag gibt, um den Sonderstatus der ersten Ari auf dich zu übertragen.«

»Ich hab's gehört.«

»Du weißt wohl auch, daß er durchgehen wird. Dabei wird's überhaupt keine Probleme geben. Es gibt keine Möglichkeit für die Zentristen, es zu verhindern.«

»Das ist schön, nicht?«

»Das einzige, was das Gericht dir nicht zuerkannt hat, waren Aris Rechte. Die haben sie als einziges zurückgehalten. Aber die bekommst du jetzt auch. Dann wirst du alles haben. Du weißt, wie stolz Reseune auf dich ist.«

Eine ganz schöne Schmeichelei von Onkel Denys.

»In ein paar Jahren wirst du auf dich allein gestellt sein. Du wirst dieses Apartment verlassen und in dein eigenes einziehen, und ich werde dich nicht begleiten: Ich werde wieder ein fetter alter Junggeselle sein und die meisten inner- oder außerhalb der Büros und auf Parties sehen.«

Etwas Schlechtes über sich selbst sagen; Humor; der Versuch, sie zum Nachdenken darüber zu bringen, ob sie ihn vermissen würde.

Das würde sie. Deshalb ließ man sich nicht von Leuten einfangen, nicht wenn sie wie Onkel Denys waren.

»Ich mache mir Sorgen, Ari. Ich hoffe aufrichtig, ich habe bei dir alles richtig gemacht.«

Ein Versuch, sie zu erschrecken. So zu reden, als würde sich etwas ändern. Noch einmal in der Pose einer Mutter. Der Schlag sollte ihn treffen.

Ich hoffe, du verschwindest bald, Onkel Denys.

Das entsprach nicht ganz der Wahrheit, aber wie Onkel Denys vorging, war von sehr niederträchtiger Art, und sie wollte nicht erkennen lassen, wie wütend es sie machte.

»Wir kommen ganz gut zurecht«, sagte sie.

»Mir liegt viel an dir.«

Gott. jetzt will er's wirklich wissen.

»Ari? Bist du böse?«

»Na klar.«

»Es tut mir leid, Liebling. Wirklich. Eines Tages werde ich dir erklären können, warum wir all diese Dinge tun. Jetzt noch nicht.«

Oh, damit will er mich ködern, was?

»Du weißt, daß Amys Mutter dich, Florian und Catlin für heute abend zu sich eingeladen hat.«

»Das wußte ich gar nicht. Nein.«

»Nun, sie hat's aber. Willst du nicht hin?«

»Nein, ich fühle mich mies. Und Amy hat nichts davon gesagt.«

»Es ist eine Überraschung.«

Zum Teufel.

»Ich glaube, du hast zu angestrengt studiert. Ich glaube, wenn du einen Abend ausgehst, würde dir das sehr gut bekommen.«

»Ich will nirgendwohin! Ich fühle mich mies! Ich will ins Bett!«

»Ich meine wirklich, du solltest zu Amy gehen.«

»Ich werde nicht zu Amy gehen!«

Onkel Denys sah alles andere als zufrieden aus, und machte Anstalten aufzustehen. »Ich werde Dr. Ivanov anrufen. Ich habe das Gefühl, er hat dir wirklich etwas gegeben, das dich aufregt. Vielleicht kann er dir etwas schicken.«

»Den Teufel wird er tun! Ich will nicht noch mehr Schüsse. Ich will nicht noch mehr Bluttests, ich will keine Kameras mehr in meinem Schlafzimmer haben, ich will keine Leute mehr, die an mir rumpfuschen!«

»Gut, schon gut. Keine Medikamente. Ich werde mit Petros reden.« Er schnitt ein finsteres Gesicht. »Ich bin wirklich beunruhigt deswegen, Ari.«

»Das ist mir egal.« Sie erhob sich vom Tisch. Sie bebte vor Zorn. Er war außer Kontrolle. Sie selbst war außer Kontrolle. Sie haßte das Gefühl, haßte alles, was sie mit ihr machten.

»Ich meine, ich mache mir Sorgen«, fügte Onkel Denys hinzu. »Ari ... willst du dich heute abend noch an den Computer setzen?«

»Was hat das damit zu tun?«

»Nur ... wenn du es tust – denk daran, daß ich dich liebe.«

Das traf sie. Hatte Onkel Denys wirklich gesagt, daß er sie liebte? Das war ganz sicher eine Falle.

Es tat weh, weil es der bisher widerwärtigste Trick war.

»Natürlich«, sagte sie knapp. »Ich gehe jetzt in mein Zimmer, Onkel Denys.«

»Hormone«, bemerkte er ebenso knapp. »Es sind die Hormone. Die Pubertät ist ein schwieriges Alter. Ich bin froh, wenn du sie hinter dir hast. Wirklich.«

Sie ging hinaus und schloß die Tür zwischen ihrem Flur und dem Wohnzimmer.

Im selben Moment traten Florian und Catlin aus ihrer Tür.

Was ist los? fragten ihre Gesichter.

»Es geht mir gut«, sagte sie. »Onkel Denys und ich haben über die Bänder diskutiert. Morgen werden wir als erstes die Einheit ausbauen.«

»Gut«, erwiderte Florian auf eine vage, betäubte Weise.

»Ich gehe jetzt in mein Zimmer«, sagte sie. »Mir geht's gut. Macht euch keine Sorgen um mich. Alles ist in Ordnung.«

Sie ging an ihnen vorbei.

Dann schloß sie die Tür ihres Zimmers.

Sie betrachtete den Computer auf dem Schreibtisch.

Genau das erwartete er von ihr, vermutete sie. Sie täte gut daran, ihn zu enttäuschen. Dafür zu sorgen, daß er sich Sorgen machte. Das Ding tagelang nicht anrühren.

Aber das war nicht klug. Es war am besten herauszufinden, was er überhaupt wollte. Um dann damit umzugehen.

»Basis Eins«, begann sie. »Ist eine Botschaft eingetroffen?«

»Keine Mitteilung«, antwortete Basis Eins über den Automatischen Haushälter.

Das hatte sie jedenfalls nicht erwartet.

Der Bildschirm wurde hell. Sie ging hinüber. Nur ein Punkt wartete auf sie.

Der wöchentliche Nachtrag. Die zweite Woche im April 2290.

Sie setzte sich an den Bildschirm. Ihre Hände zitterten. Sie preßte sie erschrocken zusammen, ohne zu wissen, warum. Aber etwas war darin enthalten. Etwas, worauf Denys hinaus wollte, hatte sich in dieser Woche, in diesem Jahr ereignet.

Die zweite Woche im April.

Die zweite Woche im April. Vor fünf Jahren.

Sie war in der Schule gewesen. Im Sandkasten. Sie hatte sich auf den Heimweg gemacht.

»Auswahl eins.«

Es wurde eingespielt und im üblichem Tempo abgespult.

Olga Emory.

Am 13. April 2290 verstorben.

Ari senior war in der Schule gewesen. Als ihr Onkel Gregory sie abholen kam und ihr die Neuigkeit erzählte.

»*Verdammt!*« hatte sie geschrien, war aufgestanden und hatte das Erstbeste, was ihr in die Hände kam, durch den Raum geworfen.

Die Kassetten verteilten sich übers Bett, und der Ständer prallte gegen die Wand. Sie packte eine Vase und warf sie in den Spiegel, und beide zerbrachen, und ihre Scherben flogen auf den Boden.

Als Catlin und Florian ins Zimmer stürzten.

Sie setzte sich auf ihr Bett, nahm Poo in die Arme, streichelte sein schäbiges Fell und hatte das Gefühl, sie müsse sich übergeben.

»Sera?« fragte Florian.

Und er und Catlin knieten sich an die Seite des Betts hin, wo sie saß, auch wenn sie Sachen kaputtgeschmissen hatte und die beiden glauben mußten, sie sei verrückt. Es jagte ihnen einen furchtbaren Schreck ein; und sie erschrak davor, sie so nah bei sich zu haben, wo sie sich ohnehin schon in die Enge getrieben fühlte. Sie wußte, wie gefährlich sie waren. Und es gab nichts, auf das sie vertrauen konnte.

»Sera?« wiederholte Catlin und richtete sich neben ihr auf, ganz aufrecht, mit kräftigen Muskeln, und ließ sich aufs Bett nieder, um ihre Schulter zu berühren. »Sera, ist ein Feind daran schuld?«

Sie hätte Catlin eins mit dem Ellbogen versetzen können. Sie dachte daran. Sie wußte, daß Catlin das auch tat. Florian legte seine Hände auf ihre, die auf der Bettkante ruhten. »Sera, tut Ihnen etwas weh? Ist etwas passiert?«

Sie hob die Hand und berührte die von Catlin auf ihrer Schulter. Florian zog sich auf der anderen Seite neben sie aufs Bett, und sie kam zu Atem und legte ihren Arm um Catlin und ihre Hand in die von Florian und saß einfach einen Moment lang so da. Poo fiel herunter. Sie ließ ihn liegen.

»Sie haben Mama weggeschickt«, sagte sie, »weil Aris Mutter gestorben ist.«

»Was, Sera?« fragte Florian. »Was meinen Sie? Wann ist sie gestorben?«

»Am selben Tag. Als Ari im selben Alter war. Ihr Onkel holte sie ab. Genau wie Onkel Denys mich abholte.« Tränen rannen ihr aus den Augen und tropften in ihren Schoß, aber sie weinte nicht, sie spürte es wenigstens nicht; die Tränen tropften einfach hinunter. »Ich bin ein Replikat. Nicht bloß ein genetisches. Ich bin wie ihr. Ich bin eine *exakte Kopie.*«

»Das ist nicht so schlimm«, sagte Catlin.

»Sie haben meine Mama weggeschickt, sie haben sie auf eine lange Reise mit Sprüngen geschickt, es machte sie krank, und sie ist gestorben, Catlin, sie ist gestorben, weil sie es so wollten!«

Catlin klopfte ihr kräftig auf die Schulter, lehnte sich an ihr Ohr und flüsterte: »Die Kontrollgeräte.«

Sie spürte den Schock, daran erinnert worden zu sein, bis in ihre Knochen, atmete tief durch und versuchte nachzudenken.

Vor ihnen auf dem Bildschirm hörten die abgespulten Bilder auf.

»Ari, setze dich mit Basis Eins in Verbindung«, sagte der Automatische Haushälter.

Sie schnappte ein zweites Mal nach Luft. Als würde sie ertrinken. Sie hielt sich an Florian und Catlin fest.

»Ari, setz dich mit Basis Eins in Verbindung!« Onkel Denys hatte gewußt, was dran sein würde. Er hatte gewollt, daß sie sich heute abend an das Gerät setzte. Geh zu Amy, hatte er gesagt.

Und sie dann aufgefordert, den Computer einzuschalten.

»Ari, setz dich mit Basis Eins in Verbindung!«

»Basis Eins, verdammt!« Sie löste sich von Florian und Catlin und dachte, es sei ungewöhnlich, daß Onkel Denys und Seely nicht nach ihr gesehen hatten, als der Spiegel zerbrach. Und dann dachte sie, so ungewöhnlich sei es gar nicht.

Nicht, wenn das Zimmer überwacht wurde.

Sie setzte sich vor den Monitor ans Terminal.

Ari, stand drauf. *Hier ist Ari senior. Du hast inzwischen den Nachtrag gesehen. Inzwischen weißt du einige Dinge, auf die du bisher vielleicht noch nicht gekommen bist. Bist du aufgeregt?*

»Natürlich nicht.« Sie spürte Florian an ihrer Seite. Sie faßte seinen Arm und hielt ihn ganz fest. »Weiter, Ari?«

Dein Zugriff ist ausgeweitet worden. Du bist nicht mehr einer Zeitverzögerung unterworfen. Alle Daten seit dem 13. April 2295 sind dir jetzt zugänglich.

Sie faßte Catlins Schulter neben sich.

»Weiter, Ari.«

Zu diesem Zeitpunkt war ich zwölf. Die Daten werden jetzt wöchentlich auf den neuesten Stand gebracht.

Gute Nacht, Ari.

Sie bohrte die Finger hinein, bis sie schmerzten; dann bemerkte sie, was sie tat, und ließ los. »Ausschalten«, sagte sie. Und saß zitternd da.

Catlin klopfte ihr auf die Schulter und gab ihr mit einem Handzeichen zu verstehen, daß sie morgen draußen darüber reden sollten.

Florian bedeutete ihr: heute abend. Das Überwachungsgerät lahmlegen.

Sie schüttelte den Kopf und gestikulierte: Bleiben wir hier.

Und nahm beide an der Hand.

Dachte dabei daran, daß fünf weitere Jahre an Daten in den Akten bereitstanden. Aber sie konnte sich vorstellen, was darin enthalten war.

Sehr genau sogar.

Verdammt. Verdammt. Verdammt!

Der Sicherheitsdienst nahm immer noch Bänder auf. »Florian«, sagte sie, »Catlin, wir gehen jetzt zum Sicherheitsdienst. Sofort.«

Catlin machte das Zeichen für Seely.

»Sie werden uns nicht aufhalten. Holt eure Sachen. Los! Wir werden dieses Ding vernichten. *Hast du das gehört, Onkel Denys?*«

Er antwortete nicht. – Natürlich nicht.

Sie ging sich das Gesicht waschen, während Florian seinen kleinen Werkzeugkasten holte und Catlin einpackte, was immer sie für sinnvoll hielt. Wozu wahrscheinlich ein Stück dünner Draht gehörte.

Dann gingen sie ins Wohnzimmer. Onkel Denys las am Eßtisch hinter dem Bogen. Wie an den meisten Abenden.

Er sah sie an.

»Wir gehen jetzt runter zum Sicherheitsdienst, falls du es nicht mitbekommen hast«, sagte sie.

»Ich sage ihnen Bescheid«, erwiderte er. »Mach bloß nichts kaputt, Florian.«

Seely hielt sich nicht in dem Zimmer auf. Das sollte er eigentlich. Vielleicht überwachte er sie vom Büro aus.

Sie stand da und starrte Onkel Denys einige Zeit an. »Wie deine Mama«, sagte er. »Ich habe nur versucht, dir zu helfen.«

»Sie können dich umbringen.«

»Ja. Das weiß ich. Du weißt das auch. Du könntest das jederzeit tun, wenn du dich dazu entschließt. Solche Gelegenheiten solltest du wahrnehmen. Weil ich dein Freund bin. Nicht dein Onkel. Nicht richtig. Ich bin dein Freund gewesen, seit du auf der Welt bist.«

»Und wie lang ist das?«

»Solang du gelebt hast. Du bist Ari. Die eine ist mit der anderen identisch. Darum dreht sich das Ganze. Keine von euch beiden hat die andere verraten. Du bist wirklich diejenige, die all das gemacht hat – in einem sehr direkten Sinne. Denk darüber nach!«

»Du bist verrückt! Alle in diesem Haus sind verrückt!«

»Nein. Meldet euch beim Sicherheitsdienst. Ich sage ihnen Bescheid. Dein Zugriff ist heute abend beträchtlich ausgeweitet worden. Du hast in einigen Dingen wirkliche Autorität. Du brauchst hier nicht zu leben. Du kannst in dein Apartment ziehen, wenn du willst. Es wird für ein junges Mädchen und zwei Azis sehr groß sein. Aber du hast den Schlüssel. Wenn du hin willst, dann geh! Florian kann in das Sicherheitssystem dort eingreifen und es für dich überprüfen. Du kannst auch zurückkommen, wenn ihr durch seid. Oder zu Amy rübergehen. Ihre Mutter wird keine Fragen stellen.«

»Wissen alle in Reseune, was ich bin?«

»Natürlich. Jeder kannte die erste Ari. Und mit dir fing es an dem Tag an, nachdem sie gestorben ist, zumindest auf dem Papier.«

»Fahr zur Hölle!«

»Du hast auch dasselbe Temperament. Aber sie lernte es zu beherrschen. Und sie lernte es zu nutzen, und sich nicht von ihm benutzen zu lassen. In diesen Akten ist auch viel über die Geschichte von Cyteen nachzulesen. Viel über die Geschichte von Reseune. Viele Dinge, die deine Erziehung – einfach ausgespart hat, bisher. Es gab einmal einen Mann, der in die Zukunft sehen konnte. Er versuchte daraufhin sein Leben zu ändern. Aber das *war* seine Zukunft. Eines Tages wirst du auf deine Zugriff haben – soweit du willst. Denk darüber nach!«

»Ich werde von jetzt an nichts mehr tun, was ihr mir sagt.«

»Frag dich mal, warum es fünf Jahre sind. Warum nicht sechs? Warum nicht vier? Frag den Computer, was am 13. April 2295 passiert ist.«

»Das kannst du mir sagen.«

»Du kannst es nachsehen. Du hast den Zugriff.«

»Ich will, daß alle meine Sachen nach oben ins Apartment gebracht werden.«

»Gut. Gib der Hausverwaltung Bescheid. Du kannst das morgen früh gleich erledigen. Du solltest wenigstens das Nötigste zusammenpacken – für das Apartment, in das du ziehst. Oder etwas kaufen. Der Haushaltsladen hat rund um die Uhr geöffnet. Wenn du etwas brauchst – zum Beispiel wissen willst, wie man den Papierkram ausfüllt oder sowas –, ruf mich an! Ich bin selbstverständlich bereit, dir zu helfen.«

Das sah Denys ganz ähnlich, sich dem Banalen, den deprimierenden alltäglichen Kleinigkeiten zuzuwenden. »Ich komme schon klar.«

»Das glaube ich dir, Liebling. Ich bin trotzdem hier. Wenn ich dir helfen kann, tu ich's gern. Florian, Catlin, laßt nicht zu, daß sie sich verletzt. Bitte. Und nehmt ein paar Pyjamas mit.«

»Verdammt, Onkel Denys ...«

»Liebling, *irgend jemand* muß nun mal auf die Dinge achtgeben. Normalerweise bin ich das. Willst du in dein Apartment ziehen – oder willst du zurückkommen und noch ein bißchen hier wohnen, bis du dir darüber klar geworden bist, was es kostet, ein Apartment allein zu bewohnen?«

»Nein. Nein, das will ich nicht. Ich schaff's schon.«

»Ich verständige für dich die Verwaltung. Sie kommen da oben nicht rein. Aber ich werde ein Paket vor deine Tür stellen lassen und dir morgen ein paar Sachen schicken. Nützliche Sachen, Ari. Ich werde deine Bestellformulare für dich ausfüllen, und deinen Budgetbericht. Den brauchst du, sonst rechnest du falsch ab. Ich werde dir Kopien geben, damit du weißt, wie du es in deine Basis eingeben mußt.«

»Danke.«

»Danke dir, Ari. Danke, daß du so vernünftig damit umgehst. Bei dir ist es anders als bei Ari senior, verstehst du. Sie ist mit vierzehn aus diesem Apartment ausgezogen. Aber du bist deinem Alter auch ein wenig voraus. Bitte. Paß auf dich auf! Gibst du mir einen Kuß?«

Sie stand unbeweglich da. *Aus diesem Apartment ausziehen.* Sie schluckte einen Schwall Übelkeit hinunter. Und schüttelte den Kopf. »Nicht jetzt. Nicht jetzt, Onkel Denys.«

Er nickte. »Dann irgendwann später.«

Sie biß die Zähne zusammen und bedeutete Florian und Catlin, daß sie gehen sollten.

ARCHIVE: RUBIN-PROJEKT
GEHEIMHALTUNG: STUFE AA

NICHT OHNE AUSSCHUSSFORMULAR 768
KOPIEREN
INHALT: Computer-Transkript Akte
Nr. 5998 Seq. Nr. 1
Denys Nye / Catlin II
Emory I / Emory II / Florian II

2418: 4/14: 0048

AE2: **Haushälter, hier ist Ari Emory. Florian und Catlin sind bei mir. Drucke alle Eingänge aus, seit ich das letzte Mal hier war.**

B/1: *Zwei Mitteilungen sind eingetroffen.*

Willkommen in deinem eigenen Zuhause. Wenn du Angst bekommst und mich oder den Sicherheitsdienst rufen willst, zögere nicht. Aber du bist dort so sicher wie hier. Verlaß dich auf Florian und Catlin. Höre auf ihren Rat, wenn es um deine Sicherheit geht.

Komm morgen im Büro vorbei, wenn du Lust hast. Es gibt so viel, was du wissen mußt. Ich lasse dich gehen, weil du kein Kind mehr bist, und ich würde deine und meine Sicherheit nicht in Konflikt bringen: Ich würde weiterhin auf Seely setzen, aber ich möchte es wirklich nicht auf einen Test ankommen lassen.

Der Liste für deine Haushaltsführung sind die Standardempfehlungen der Sicherheitsdienstes und Seelys Vorschläge für eine Grundausstattung zur Absicherung beigegeben. Gib sie Florian und Catlin. Sie werden etwas damit anfangen können. Wahr-

scheinlich brauchen sie sie nicht, aber eine Checkliste schadet auch bei erfahrenem Personal nichts.

Laß die Leute von der Hausverwaltung nur herein, wenn Florian und Catlin dabei sind. Seely hat sie auch immer im Auge behalten, falls dir das nicht aufgefallen ist.

Stell die Eier in den Kühlschrank und verbrauche den Schinken umgehend: Er dürfte schon aufgetaut sein. Ich wollte eigentlich nichts Verderbliches schicken, aber sonst hättest du nichts zum Frühstück gehabt. Ich packe auch eine Dose Kakao ein.

Du bist ab jetzt für alles verantwortlich. Aber wenn es zuviel für dich wird, rufe bitte an, oder komm in mein Büro.

Du wirst jetzt ein Büro im Flügel Eins brauchen. Du selbst wirst es noch nicht benutzen, aber nun, da dieses Apartment aktiv ist, wirst du mindestens einen Sekretär und einen Buchhalter anstellen müssen, die du bei Yanni Schwartz, dem Administrator von Flügel Eins, beantragen kannst. Tu das, oder du wirst wertvolle Zeit fürs Studium mit dem Ausfüllen dämlicher Formulare verschwenden, die, so leid es mir tut, notwendig sind. Ich habe dir ein Büro in I-244 zugeteilt, und du wirst das mit dem Sicherheitsdienst von Flügel Eins absprechen müssen. Noch einmal mein Rat: Laß Florian die Empfehlungen des Sicherheitsdienstes zu diesem Thema lesen.

Ich setze deine persönliche Zuwendung auf 10 000 cr. pro Monat rauf. Das hört sich vielleicht nach einem Vermögen an, aber du mußt monatlich 1200 für das Büro und 5000 für den Buchhalter und den Sekretär bezahlen. Der Rest ist schnell aufgebraucht, glaube mir, deshalb wirst du es dir einteilen müssen. Natürlich werde ich dir helfen, wenn du etwas Besonderes brauchst: Aber dafür solltest du lernen, dich gut zu benehmen.

Dein Sekretär kann über deinen Kreditrahmen Buch führen, sollte aber bestimmte Zugriffsmöglichkeiten nicht haben. Auch hierbei: Laß Florian und Catlin mit Seely reden.

Das System von Sicherheitsvorkehrungen der ersten Ari ist noch immer in der Basis Eins enthalten: Lösche es bloß nicht, bevor du nicht ein besseres entwickelt hast. Florian wird dir erklären, daß dabei ein Sicherheitsproblem besteht: Es wurde eingerichtet, als einige andere Leute, vor allem ich, von oben Zugriff auf einige der Schlüsselwort-Funktionen hatten. Aber auf der unteren Ebene, wo deine Sekretäre arbeiten, ist es besser als nichts.

Lies dir die gebäudeinternen Sicherheitsempfehlungen in bezug auf die Notausgänge und Sturmübungen durch. Deine Zone verfügt über besondere Sicherheitseinrichtungen, aber es gibt auch besondere Dinge zu lernen.

Mach dir darüber keine Gedanken: Lies dir einfach alles durch, was ich dir zuschicke, und gib's an Florian und Catlin weiter, wenn es auf irgendeine Weise mit Schutz oder Sicherheit zu tun hat.

Ich liebe dich immer noch. Es ist sehr viel komplizierter als das, aber ich freue mich, daß du hier warst, und würde mich mehr als freuen, dich zurückzuhaben. Es kam nicht selten vor, daß ich mit Ari senior Meinungsverschiedenheiten hatte. Aber wir waren Freunde. So wie ich dein Freund bin und immer sein werde.

In dem Apartment ist alles genauso geblieben wie an dem Tag, als sie starb. Einen Großteil der Kleidung wirst du wohl aussortieren. Die Mode ändert sich. Pack zusammen, was du nicht haben willst, und verständige die Verwaltung, es abzuholen.

Mit deinem Schlüssel wirst du auch mein Apartment noch öffnen können, bis du vierzehn bist. Das sind nur noch zwei Jahre. Man kann es kaum glauben.

Sei bis dahin brav. Halte dich weiterhin an deine Arzttermine: Sie sind für deine Gesundheit wirklich unumgänglich, und du weißt wohl noch, daß deine Mama immer darauf geachtet hat, daß du hingehst, also bin nicht nur ich es. Du hast weiterhin Verpflichtungen, so wie jeder, der in Reseune lebt, und dein Unabhängigen-Status hat dich nicht davon befreit, sondern nur weitere hinzugefügt, wozu unter anderem gehört, daß du dich an die Vorschriften für Erwachsene halten mußt; und wenn ein Mediziner sagt, ein Aufseher sollte sich einmal untersuchen lassen, dann geht er auch hin, sonst kann er seine Lizenz verlieren. Ich werde dich außerdem dazu verpflichten, dich an deinen Stundenplan in der Schule zu halten. Ich habe der Basis Eins erklärt, daß du sehr reif und verantwortungsbewußt bist. Bitte laß mich nicht als Lügner dastehen.

So viele Menschen haben dich geliebt. Vor allem Jane. Sie hat dir nie geschrieben, weil sie das Gefühl hatte, es sei am besten so – sie wußte, daß sie sich eines Tages zu deinem Besten von dir trennen und dich allein lassen mußte. Das weiß ich auch. Deshalb wünsche ich dir alles Gute, aber weil du erst zwölf bist und das Apartment sehr groß und Reseune noch viel größer ist, werde ich weiterhin sehr darum besorgt sein, daß es dir gut geht und du gut für dich allein sorgen kannst. Ich weiß, daß du viel älter bist, als die Zahl deiner Jahre vermuten läßt, und daß du Basis Eins zu Rate ziehen kannst, was nicht wenig ist, du bist mit der Verwaltung, Bestellungen fürs Labor und Geldangelegenheiten zurechtgekommen; du hast mit Berichten und der Zeitplanung im Labor zu tun gehabt; du hast von klein auf mit den Sicherheitssystemen und den Vorschriften des Hauses gelebt; und du hast zwei ebenbürtige Gefährten. Ich traue euch dreien durchaus zu, mit einer Sicherheitskrise selbst klarzukommen; andererseits bin ich mir nicht sicher, ob ihr nicht den Herd in der Küche an lassen oder das Bewässerungssystem im Garten überlaufen lassen werdet. Ari, wie sehr du alltägliche Dinge auch verachtest und mich bezichtigst, an nichts anderes zu denken, möchte ich dich noch einmal daran erinnern, daß schmutzige Wäsche nur gewaschen wird, wenn du daran denkst, sie der Verwaltung zu schicken.

Wären wir in Novgorod, hätte ich diesen Umzug nie billigen können; aber die Verwaltung ist ebenso wie der Sicherheitsdienst durchaus imstande, mit Krisen fertig zu werden: Und ich bin sicher, daß ich davon hören werde, wenn du Fehler machst. Reseune selbst ist mein Haus, und du hast dich entschieden, in ein anderes seiner Zimmer zu ziehen.

Laß mich dir noch etwas erklären. Ich habe dich zu diesem Wechsel ermutigt: Das tat ich, als ich dich in dieses Apartment brachte und dir sagte, es würde dir gehören.

Du und ich kennen die Grenzen deiner Frustration, Florian und Catlin aber nicht, und Seely, was das angeht, auch nicht. Ich glaube, daß du emotional reif genug bist, um zu verstehen, daß die Bedrohungen deiner Sicherheit real sind, und daß du tatsächlich einen Befehl erteilen kannst, dem deine Gefährten folgen werden, dem sie, ich betone, folgen müssen – und sie würden auf deinen

Befehl jemanden umbringen, ob dieser Befehl nun einem reifen Urteil entstammt oder nicht.

Ich habe dir dieses Apartment gezeigt, weil ich das Gefühl hatte, daß du diese Zuflucht eines Tages brauchen würdest, als sichere Enklave in einer Situation, die zunehmend unbeständiger und unvorhersehbarer wird. Du arbeitest mit einer Weltkenntnis und einer Reife, die größer ist als bei vielen berufstätigen Erwachsenen, innerhalb eines Systems aus Überwachung, Eingriffen und Kontrollen, die einen Azi belasten würden, mit der inneren emotionalen Erfahrenheit und Stabilität eines pubertierenden Kindes. Ich habe die Explosion gefürchtet, die eingetreten ist. Ich war froh, daß sie die gewünschte Richtung eingeschlagen hat. Dieser Vorgang steht nicht ohne Beispiel da. Ich habe dich darauf vorbereitet. Wie du noch sehen wirst.

Im Jahre 2295, als die erste Ari sich in deinem Alter befand, war ich noch nicht auf der Welt. Giraud war vier. Keiner von uns erinnert sich an dieses Jahr, aber Giraud weiß noch von einem Vorfall, als er fünf war und die erste Ari auf einer Neujahrsparty einen spektakulären öffentlichen Streit mit ihrem Vormund Geoffrey Carnath hatte. Giraud selbst erinnert sich nicht mehr, was gesagt wurde; Jane erzählte, es hatte etwas damit zu tun, daß Ari mit Make-up auftauchte, aber das wäre kaum eine Entschuldigung dafür, sich anzuschreien. In den Archiven ist nachzulesen, daß der Sicherheitsdienst am Neujahrstag eine ernste Auseinandersetzung zwischen Ari und Geoffrey schlichten mußte, als er Florian und Catlin für drei Tage in Haft schickte und Ari ohne Angabe von Gründen um eine medizinische Behandlung bat, wahrscheinlich auch mit Beruhigungsmitteln.

Du wirst feststellen, daß weder von Geoffrey noch der ersten Ari Bänder aufgenommen wurden. Wir wissen nicht genau, was passiert ist. Aus der öffentlichen Aufzeichnung dieses Vorfalls geht unter anderem hervor, daß Ari einen eigenen Schlüssel zu ihrem Zimmer verlangte. Jahre später sagte sie zu mir, Geoffrey habe sich bei Florian ungebührliche Freiheiten herausgenommen. Sieh dir das selbst an, wenn du nicht weißt, was ich meine. Sicher hat Ari sich manche Dinge ausgedacht. Aber während ihre Beziehung zu Geoffrey anfangs freundschaftlicher Natur war, kam es zu immer stärkeren Spannungen und wiederholten Auseinandersetzungen, die schließlich zu einer Familienversammlung und dazu führten, daß Ari ihre eigene Wohnung zugestanden wurde, unabhängig von ihrem rechtlichen Vormund.

Es ist alles so eingetreten, nicht wahr? Sicher nicht, weil zwischen mir und deinem Personal dergleichen vorgefallen ist, sondern weil du groß wirst und mehr Platz brauchst. Vielleicht sollte es so sein. Wie deine Mama habe ich getan, was ich tun mußte, so gut ich konnte. Und dazu gehört, dich gehen zu lassen. Wir haben deine Würde nur soweit verletzt, wie du es gerade noch zu tolerieren bereit warst; und hoffen, wenn Geoffrey Vergebung verdiente, werden wir es irgendwann auch.

Ari ist übrigens in ein sehr viel bescheideneres Apartment eingezogen: Der ganze Prunk hier war, wie vieles in Reseune, ihre eigene Schöpfung. Du erbst nicht ihre Anfänge. Du erbst, was sie auf der Höhe ihrer Macht und ihres Intellekts besaß. In jeder Hinsicht. Du wirst später noch über diese Behauptung nachdenken.

Sei brav. Sei vernünftig.

Ende der Mitteilung. In einer Akte speichern oder löschen.

AE2: **In einer Akte speichern. Leg das aufs Sofa, Florian. Ist das sauber?**

Fl2: *Ja, Sera.*

AE2: **Gleich wird etwas ausgedruckt, was ihr beide lesen sollt.**

Fl2: *Ja, Sera. Ist Ihnen nicht gut, Sera?*

AE2: **Nichts. Macht weiter. Ihr braucht euch keine Sorgen um mich zu machen. Ihr habt zu arbeiten. Weiter, Basis Eins.**

B/1: *Die zweite Mitteilung.*

Ari, hier ist Ari senior.

Willkommen.

Du bist zwei Jahre zu früh.

Dieses Programm paßt sich selbst an.

In dem Schrank im Zimmer befindet sich ein Band über Haushaltsführung. Du wirst es brauchen.

Du bist zwölf Jahre alt. Das vorliegende Programm ist auf diese

Abweichung nicht eingerichtet. Es wird dich behandeln, als seist du vierzehn.

Ein Liste von Zugriffsmöglichkeiten und Ermächtigungen wird ausgedruckt.

Außerdem eine mit empfehlenswerten Bändern.

Der Zugriff zur Basis Eins ist aus dem Apartment deines Vormunds entfernt worden. Die Sicherheitskontrollen sind wieder an die Basis Eins angeschlossen worden.

Die letalen Sicherheitsgrenzwerte sind zu deinem Schutz eingefroren worden. Wenn du sechzehn bist, wirst du die Möglichkeit haben, sie zu reaktivieren.

Du kannst jede einzelne Person über die Basis Eins einer Sicherheitsüberprüfung unterziehen. Frag nach dem Sicherheitsprogrammm 10. Der Vorgang wird keine Spuren in Akten zurücklassen, die eine niedrigere Sicherheitsfreigabe als deine erfordern.

Ich hoffe, du bist glücklich hier. Dein Geschmack und meiner decken sich nicht, aber fast alles in diesem Apartment ist sowohl echt als auch handgefertigt, von den Tischen über die Vasen bis zu den Gemälden an den Wänden. Vor allem die Gemälde sind Originale, und sie gehören nicht wirklich dir oder mir. Sie werden eine Tages dem Volk der Union gehören, wenn es Museen gibt, wo sie geschützt werden können: Sie stammen von der Erde und von den ersten Sternenschiffen und aus der Frühzeit Cyteens als einer von Menschen besiedelten Welt. Paß besonders auf sie auf, was immer du gegenwärtig empfindest oder von dem verstehst, was ich sage: Wenn du irgendeins dieser Dinge beschädigst, bist du eine Barbarin, und mein Genset hat in dir keine Früchte getragen; mit deinen Befugnissen und Zugriffen sind bestimmte Verantwortlichkeiten verknüpft, und diese Befugnisse werden entweder ausgeweitet oder zurückgenommen. Dieses Programm kann Reseune und sich selbst gegen Mißbrauch schützen.

Du kennst mich noch nicht, so wie du auch noch nicht weißt, was du an Gutem und Schlechtem erreichen kannst.

Ich habe angefangen, allein zu wohnen, um einer unerträglichen Situation mit meinem Vormund zu entkommen, und weil ich zu dieser Zeit schon eine Sonderperson war, wurden mir gewisse Rechte einer Volljährigen zugestanden. Ich hielt mit meinem Vor-

mund einen mündlichen Kontakt aufrecht. Wir liefen uns nie mehr über den Weg, aber als sich die Situation einmal entspannt hatte, erkannte ich, daß er ein gewöhnlicher Mann war, mit menschlichen Schwächen, von denen einige beträchtlich waren, und manchen Stärken. Zu dieser Einsicht war ich imstande, als ich nicht mehr in seiner Reichweite lebte. Seine Schwächen machten sich erst spät bemerkbar. Sie waren sexueller Natur, und ich brauche mich wohl nicht näher darüber auszulassen: Deine Datenbasis reicht jetzt bis ins Jahr 2297. Das wird dir soviel erklären, wie du wissen mußt, vielleicht mehr, als du wissen möchtest, und ich hoffe sehr, du selbst hast angenehmere Erfahrungen gemacht.

Was immer passiert ist, ob deine Trennung von deinem Vormund nun einvernehmlich verlief oder nicht, du bist auch mit vierzehn noch eine Minderjährige, und es wäre idiotisch von dir, etwas anderes zu tun, als mit der Administration zu kooperieren, bevor du genug Erfahrung hast, um sie auszuspielen. Ich konnte aus meiner Situation nicht anders herauskommen, als beim Sicherheitsdienst zu protestieren und mir eine unabhängige Wohnung einzurichten. Wenn der Sicherheitsdienst des Hauses inzwischen korrupt geworden ist, hast du ein ernstes Problem. Hast du den Eindruck, dies sei der Fall?

AE2: **Ich weiß nicht.**

B/1: *Eine Liste mit Vorkehrungen wird ausgedruckt. Dieses Programm wird alle Aktivitäten überwachen und dich über jeden Vorgang unterrichten, der dich selbst oder deine Rechte betreffen könnte. Die Liste wird ausgedruckt. Diese Möglichkeit steht auch im Sicherheitsprogramm 10 zur Verfügung, das sich in den Haussicherheitsdienst einlesen, aber nicht von den Leuten dort gelesen werden kann.*

Denk daran, daß ein positives oder negatives Ergebnis auf eine einzelne Frage für sich genommen nichts bedeutet. Du mußt deine eigene Situation interpretieren. Denk daran, daß eine Person mit einer höheren Sicherheitsfreigabe als du falsche Informationen in das Haussystem einschleusen kann.

Florian und Catlin haben überlebt, um hier bei dir zu sein. Gut. Sind sie physisch und psychisch in Ordnung?

AE2: **Ja.**

B/1: *Glaubst du, daß ihre Loyalität zu dir absolut ist und keine Ausnahme zuläßt?*

AE2: **Ja.**

B/1: *Sind Umstände denkbar, unter denen sie dir den Gehorsam verweigern würden?*

AE2: **Nein.**

B/1: *Hüte dich vor apodiktischen Antworten. Möchtest du über diese Frage noch einmal nachdenken?*

AE2: **Nein.**

B/1: *Dieses Programm akzeptiert sie. Das Sicherheitsprogramm 10 kann jede Einschätzung widerrufen. Laß es nicht zu, daß Florian und Catlin ohne deine persönliche Überwachung ein Band benutzen, nicht einmal für ein paar Sekunden, nicht wenn du nicht dabei bist. Du kannst ihre Drogen mit deiner Aufseher-Freigabe erhalten. Setze sie darüber in Kenntnis. Unter keinen Umständen dürfen sie Drogen einnehmen, die nicht von dir persönlich beschafft wurden, oder ohne dein Dabeisein einen Eingriff zulassen. Du mußt dabei eine Vermittlerrolle spielen. Gegenwärtig bist du für dieses Verfahren noch nicht qualifiziert. Aber ein entsprechendes Unterprogramm wird gleich ausgedruckt. Halte dich peinlichst genau an die Anweisungen. Lies die Warnhinweise und beachte sie. Schon ein zufälliges Geräusch könnte ihnen großen Schaden zufügen.*

Ihre Instruktion ist die bedeutsamste Sicherheitsmaßnahme, die du treffen wirst.

Nenn jetzt bitte die Personen in Reseune oder sonstwo, über die du über den Sicherheitszugriff dieses Programms gern mehr erfahren würdest. Ich rate dir dringend, mit deinen engsten Freunden und bekannten Feinden anzufangen und jeden hinzuzufügen, dessen Benehmen auffällig ist. Vielleicht willst du diese Liste vom Sicherheitsprogramm 10 korrigieren lassen. Das Programm wird dich über den Sicherheitsstatus dieser Personen aufklären.

Nenn so viele wie du willst.

AE2: **Florian und Catlin. Amy Carnath. Sam Whitely. Dr. John Edwards. Denys Nye. Giraud Nye. Madelaine Strassen. Tommy Carnath-Nye. Julia Strassen. Dr. Petros**

Ivanov. Dr. Irina Wojkowski. Instrukteur Kyle GK. AG-Techniker Andy GA. Mikhail Corain.

Dr. Wendell Peterson. Victoria Strassen.

Justin Warrick. Grant, Justin Warricks Gefährte. Sein Präfix kenne ich nicht.

B/1: *Sofortiger Sicherheitsblock auf Justin Warrick, Grant ALX, Julia Strassen. Deine Freigabe reicht für einen Zugriff auf diese Aufzeichnungen nicht aus.*

AE2: **Warte, Ari. Was heißt das: Sicherheitsblock?**

B/1: *Der Sicherheitsblock betrifft eine Person mit begrenztem Zugriff zu dem fraglichen Gebiet.*

AE2: **Weiter, Ari.**

B/1: *Die folgenden Personen verfügen über eine Sicherheitsfreigabe, die über deine hinausgeht: Denys Nye; Giraud Nye; Dr. John Edwards; Dr. Petros Ivanov; Dr. Wendell Peterson; Dr. Irina Wojkowski; Mikhail Corain.*

Du wirst über jede Veränderung in bezug auf die Freigaben informiert.

Bevor ich jetzt aufhöre, will ich dir noch etwas erzählen, was ich damals nicht verstand. Mein Vormund Geoffrey Carnath hat sich schlecht benommen, aber er tat es nicht mit der Absicht, mir persönlich Schaden zuzufügen. Er kannte meinen Wert. Wer auch immer für deine Geburt verantwortlich ist, muß deinen kennen. Geoffrey und ich waren hart, aber aufrichtig, und trugen unsere Differenzen nicht einmal innerhalb des Hauses an die Öffentlichkeit, um so weniger außerhalb, weil das Reseune schaden konnte.

Basis Eins kann jetzt mit einer Stelle außerhalb von Reseune Kontakt aufnehmen: Bist du gegenwärtig einer Gefahr ausgesetzt, mit der du selbst nicht klarkommst?

AE2: **Nein. Ich glaube nicht.**

B/1: *Die Basis Eins kann über das Sicherheitsprogramm 10 den Haussicherheitsdienst oder die Vollstreckungsabteilung des Wissenschaftsamtes verständigen. Es wird beide verständigen, wenn es bei dem Schlüsselwort Mayday in deiner Stimme Angst feststellt. Die Konsequenzen eines falschen Alarms könnten beträchtlich sein, sogar politischer Art, die dein Leben oder deinen Status gefährden. Sprich dieses Wort nie aus, wenn du es nicht so meinst. Du könntest über die Schlüsselwort-Funktion des Sicherheitsprogramms 10 verschiedene Notfall-Reaktionen in Gang setzen.*

Wenn du wirklich keine andere Möglichkeit mehr hast, das Wissenschaftsamt zu erreichen, um deine rechtliche Volljährigkeit zu beantragen, benutze die Schlüsselwort-Funktion. Unter normalen Umständen müßten eine schriftliche Mitteilung an den Sicherheitsdienst oder ein Telephongespräch ausreichen, und Reseune sollte dir behilflich sein. Ich habe meine Volljährigkeit mit sechzehn erlangt, über einen einigermaßen routinemäßigen Antrag ans Wissenschaftsamt. Du kannst den Antrag zu jeder Zeit stellen, da du meinst, es sei ratsam geworden. Ich empfehle dir, es nicht vor deinem sechzehnten Lebensjahr zu *tun, es sei denn, dein Leben oder deine geistige Gesundheit seien bedroht. Normalerweise wird man, wie du inzwischen wissen solltest, mit achtzehn volljährig.*

Trenne alle emotionalen Banden zu Denys Nye.

Schütze Reseune: Eines Tages wirst du es in den Händen haben, und es wird dir die Macht geben, alles andere zu beschützen.

Du bist vierzehn Jahre alt. Die Zeit selbst wird jeden Feind begraben, den du dir nicht selbst machst – solang du keinen Fehler machst, der ihnen die Gelegenheit gibt, dich zu begraben.

Ich bin dein bester Ratgeber. Du bist die Nachfolgerin, die ich wollte; es geht mir um deinen mentalen und physischen Schutz vor Mächten, die seit meinem Tod noch an Einfluß gewonnen haben könnten, und die vielleicht von deinen Fähigkeiten profitieren wollen. Du wärst nicht klug, das von jemand anderem in Reseune anzunehmen.

5. KAPITEL

I

Onkel Denys hatte recht. Es war riesig. Es war sehr still hier, und zugleich mit seltsamen Geräuschen erfüllt anspringende Motoren, sich dehnendes Metall in den Leitungen oder andere kleine Laute, die ein Schritt oder ein Atemzug hätten sein können, obwohl der Automatische Haushälter sicher Alarm geschlagen hätte, wenn etwas Lebendiges zugegen gewesen wäre.

Wenn nicht jemand an ihm herumgepfuscht hatte. Wenn die Basis Eins selbst zuverlässig war.

Ari wußte, welches Schlafzimmer der ersten Ari gehört hatte. Die Schränke waren mit ihren Kleidern vollgestopft. In den Schubladen lagen noch mehr Kleider, Pullover, Unterwäsche, Juwelen – echten Juwelen sogar, dachte sie. Und der Geruch der Schubladen und des Schranks war derselbe wie zu Hause – der Geruch, den *sie* verströmte. Derselbe Geruch, der ihren Schrank zu Hause erfüllte – in Onkel Denys' Apartment.

Es gab ein Zimmer, das dem ersten Florian gehört hatte, und ein weiteres für die erste Catlin. In ihren Schränken hingen Uniformen für einen Mann und eine Frau. Die ihre Nummern trugen. Außerdem Partykleidung in Satin und schwarzem durchscheinenden Stoff.

In den Büroschubladen lagen interessante Sachen – Pistolen, ein paar elektronische Bauteile und Draht ebenso wie persönliche Dinge.

»Sie waren Ältere«, sagte Catlin.

»Ja«, erwiderte Ari und spürte ein Frösteln in ihren Gliedern. »Das waren sie.«

Die ganze Zeit hörten sie die Geräusche, das leise Flüstern, das die Zimmer von sich gaben.

»Kommt!« sagte sie und brachte die beiden aus dem Zimmer der ersten Ari.

Sie schärfte sich selbst unermüdlich ein, daß der Automatische Haushälter auf einen Eindringling reagieren würde.

Aber was wäre, wenn schon jemand dagewesen war?

Was wäre, wenn jemand anderer den Haushälter kontrollierte?

Sie brachte die beiden in Aris Schlafzimmer zurück, hinten am anderen Ende des Gebäudes. Sie nahmen die Waffen mit, die sie gefunden hatten, auch wenn Catlin sagte, sie sollten sich nicht auf derart alte Munition verlassen. Aber sie waren besser als nichts.

»Bleibt bei mir«, bat Ari sie, setzte sich aufs Bett und klopfte auf die Plätze neben sich.

So krochen sie angezogen unter die Decke, weil die Nacht kalt zu werden versprach, und sie mitten in einem riesigen Bett saß, Aris Bett, und Florian und Catlin saßen rechts und links von ihr und drückten sich an sie, um sich an ihr zu wärmen oder sie zu wärmen.

Sie zitterte, und Florian legte den Arm um ihre rechte Seite, und Catlin rückte näher an ihre linke, bis ihr warm wurde.

Sie konnte ihnen nicht sagen, was sie wissen mußten, wer zum Beispiel der Feind war. Sie wußte es nicht mehr. Sie stellte sich Geister vor. Wie in den alten Büchern, die sie gelesen hatte. Sie hatte Angst vor etwas, das sich Florian und Catlin, wie sie vermutete, nicht einmal vorstellen konnten und es war idiotisch, es beim Namen zu nennen.

Niemand hatte in diesem Bett, auf diesen Laken geschlafen, seit die erste Ari gestorben war. Niemand hatte ihre Sachen benutzt oder die Laken zurückgeschlagen.

Das ganze Schlafzimmer roch nach Parfüm und muffigem Alter.

Sie wußte, daß es Blödsinn war, sich zu fürchten. Sie wußte, daß die Geräusche vermutlich etwas mit dem Heizen oder Kühlen der Metallrohre und der ungewohnten hölzernen Fußböden zu tun hatten. Und den zahllosen Systemen, die hier installiert waren.

Sie hatte Poe gelesen. Und Jerome. Und wußte, daß es

hier auf keinen Fall spukte. Solche Dinge gehörten zur alten Erde, wo man geglaubt hatte, daß die Nächte voller Geister seien, die noch etwas zu erledigen hatten und begierig seien, Hand an die Lebenden zu legen.

An einem solch modernen Ort, so weit weg von der alten Erde, wo es so viele Tote gab, war kein Platz für sie: Cyteen war neu, und sie gehörten ins Reich der Geschichten und Legenden.

Sah man ab von dem Dunkel rings um die beleuchteten Zimmer, den unerklärten Geräuschen und dem An- und Ausgehen von Geräten, mit denen sicher der Automatische Haushälter seine Arbeit verrichtete.

Sie wollte Florian und Catlin fragen, ob sie etwas dergleichen empfanden, in der Art, wie Azis die Dinge betrachteten: Ein Teil von ihr fragte sich aus einer kühlen Neugier heraus, ob es an etwas in ihren Denksets lag, daß ZIVs Angst vor Geistern haben konnten – an den Wertenuancen, wie ihr Psychoinstrukteur es genannt hatte. Dem Flux-Denken.

Wozu Florian und Catlin auch imstande waren, aber es gehörte zu den Dingen, die sie gerade lernten.

Und das bedeutete, wenn sie ihnen etwas über Geister erzählte, konnte sie das sehr verwirren: Catlin nahm alles so wörtlich, daß sie glaubte, was Ari sagte, und wenn sie damit anfing, daß Ari zwar tot war, sich aber immer noch *hier* aufhielte …

Nein. Das war keine gute Idee.

Sie zog sich die Decke bis ans Kinn, und Florian und Catlin drückten sich an sie, warm und verläßlich und frei von wilden Phantasien, ungeachtet der Tatsache, daß auch Catlin unter der Decke eine Waffe bei sich hatte, was sie eigentlich nervöser hätte machen müssen als dumpfe Geräusche in der Nacht.

Die ganze Szene war unwirklich. Onkel Denys hatte sie gezwungen, Farbe zu bekennen, das war seine ganze Absicht gewesen, und er hoffte, sie würde scheitern und zurückkommen.

Nein, Basis Eins hatte sich verändert. Sie behauptete weiterhin, Ari sei vierzehn. Sie beklagte, wie niedrig ihre Testergebnisse seien. Verdammt, aber sie war erst zwölf; zwölf; sie war noch nicht soweit, erwachsen zu werden.

Und nun war sie hier, in einem furchtbaren Schlamassel, weil sie nicht wußte, ob sie der Basis Eins noch glauben konnte; oder wie alle in ihr Leben eingriffen.

Indem sie ihr ihre Freiheit ließen. Es war verrückt. Sie ließen ihr ihre Freiheit; und sie brauchte nicht auf die Basis Eins zu hören, sie konnte sie ignorieren, sie brauchte die Daten nicht zu lesen, brauchte nicht zu erfahren, was Ari senior zwischen ihrem siebten und vierzehnten Lebensjahr zugestoßen war. Verdammt, das waren sieben *Jahre,* die sie überfliegen sollte.

Sie wollte ein Kind sein. Sie wollte sich um das Füllen kümmern, mit ihren Freunden zusammen sein, ihren Spaß haben und einfach nur Ari Emory sein, irgendeine Ari – nicht jemand, der längst tot war.

Und sie – diejenigen, die in Reseune für alles verantwortlich waren, wie Onkel Denys, Giraud oder die tote Ari – sie hatten sie in diese riesige kalte Wohnung getrieben und ihr befohlen, ohne eine Mama und ohne Onkel Denys, Nelly oder Seely zu leben, ohne jemanden, der sich um alles kümmern konnte, wenn etwas schiefging.

Anfangs war es ein angenehmes Gefühl gewesen, dann war es ihr wie ein Abenteuer vorgekommen, aber jetzt um 03.00, als sie sich mit zwei Azi-Kindern in ein fremdes, riesiges Bett kuschelte, hielt sie es für einen entsetzlichen Fehler.

Ich frage mich, ob ich die Basis Eins dazu bringen kann, mich wieder als eine Zwölfjährige zu sehen.

Vielleicht habe ich mir auch einen Schlamassel eingehandelt, vor dem ich mich weder drücken noch ihn bewältigen kann, und es wird einfach so weitergehen, immer schneller, bis ich nicht mehr damit fertigwerde.

Wenn ich nein sage, wird Basis Eins mir keinen Zugriff mehr erlauben und mir meine Aufseher-Lizenz entziehen, und wenn ich die nicht mehr habe, werden sie mir Florian und Catlin wegnehmen …

Das können sie nicht tun. Jeder in der Union kennt mich, und Catlin und Florian auch. Ich könnte Mayday rufen …

Aber nicht, wenn ich diese Zugriffsmöglichkeiten verliere. Basis Eins muß das erledigen.

Ich darf sie einfach nicht verlieren. Wenn ich sie verliere, verliere ich alles. Dann bin ich nicht mehr Ari. Dann höre ich auf …

… Ari zu sein.

Ich muß gut zurechtkommen, ich muß hier bleiben, ich darf nichts von dem tun, was Onkel Denys sagte, ich darf nicht scheitern, sonst stehe ich wie ein Idiot da. Dabei bin ich mir sicher, daß ich am ersten Tag in der neuen Wohnung etwas falsch machen werde …

Ich wünschte …

Ich wünschte, ich wüßte, ob ich Ari mag. Ich frage mich, was eigentlich mit ihr passiert ist.

Werden sie's auch mit mir machen, so wie sie alles andere gemacht haben?

Aber hier soll Basis Eins auf mich aufpassen. Wenn das eine Lüge ist, dann ist alles eine Lüge, und ich bin ganz schön in Schwierigkeiten.

Ich darf morgen keinen Mist bauen. Ich darf nicht so aussehen, als hätte ich nicht geschlafen. Morgen muß ich besser sein als üblich, damit werde ich Onkel Denys erwischen. Schmeiß mich ruhig raus, verwanze mein Zimmer, schaffe Bänder über mich unter den Berg. Ich wette, er kann sie kriegen, ganz bestimmt. Ich wette, seine Basis kommt an sie ran.

Eine ganze Liste mit Leuten, die eine höhere Freigabe als ich haben – die das System und mich anlügen können, und ich kann's nicht herausfinden.

Außer wenn ich eine höhere Freigabe bekomme … und die bekomme ich nur, wenn ich etwas tue, was die Basis Eins dazu veranlaßt.

Das heißt, ich muß alles tun, was Ari will.

Die andere Ari – nicht ich, ich selbst, für mich. Wenn ich nicht dieselbe bin wie sie. Wenn es ein ich *gibt. Wenn es überhaupt je ein* ich *gegeben hat, das nicht Ari war. Oder wenn sie nicht ich ist.*

Wenn ich sie war, wie alt wäre ich dann? Einhundertfünfzig und zwölf, also einkundertzweiundsechzig. Das wäre älter als Jane, nein, sie wurde geboren – Jane war ein Teenager, sie war hundertzweiundvierzig, als sie starb, und sie hielt die erste Ari im Arm, als sie ein Baby war, wenn ich also zwölf bin und Jane hundertvierunddreißig war, als sie meine Mama wurde – und wenn Onkel Denys recht hat und ich auf dem Papier schon an dem Tag geplant wurde, nachdem Ari gestorben war …

Es hat vielleicht länger gedauert als mit dem Füllen. Und dazu waren Tonnen von Papierkram erforderlich. Und ich bin keine Azi, ich stamme von keinem kommerziellen Genset ab, also geht das nicht so schnell. Also sagen wir ein Jahr, und dann neun, zehn Monate, und aus all dem geht hervor, daß Ari – etwa hundertzwanzig alt war.

Man kann länger leben. Ich frage mich, ob ich auch in diesem Alter sterben werde. Ich würde gern wissen, woran sie gestorben ist.

Die Rejuvenilisierung reicht normalerweise bis hundertvierzig, wenn man früh genug angefangen hat, und sie war schön, sie war sogar im Alter schön, deshalb hat sie ganz bestimmt früh angefangen …

Das ist ziemlich deprimierend. Besser nicht dran denken. Es ist furchtbar, wenn man weiß, wann man sterben wird.

Es ist furchtbar, vorher schon zu wissen, was auf einen zukommt. Ich will die Sachen in den Akten nicht lesen. Ich will's nicht wissen!

Dabei ist es wirklich dumm, es nicht wissen zu wollen.

Es gab einmal einen Mann, der in die Zukunft sehen konnte. Er versuchte seine zu ändern. Aber was er daraus machte, war seine Zukunft.

Das *war seine Zukunft.*

Es hat also keinen Zweck, sie ändern zu wollen. Denn dann weicht man von dem ab, was die Basis will, und man wird eingefroren, eingesperrt, hat keinen Zugriff mehr.

Ich muß unbedingt gehorsam sein. Ich muß alles tun, was sie verlangen, und erst wenn ich erwachsen bin, kann ich sie richtig drankriegen.

Verdammt. Ari sagte, daß sie genau das von mir erwartet.

Wie entkomme ich ihr bloß?

Kann ich ihr überhaupt entkommen – und immer noch ich selbst sein?

II

Sie war sehr darum bemüht, sich zu beeilen, als der Automatische Haushälter sie weckte, schnell zu duschen, sich das Frühstück hineinzuschaufeln – Florian und Catlin bereiteten es zu: Die Eier wurden zu hart, und der Kakao war klumpig, aber es war etwas zum Essen, und sie schluckte es hinunter und machte sich auf zum Unterricht … Florian und Catlin mußten aufräumen und dann auf die Lieferungen von der Verwaltung warten, sie durchsehen und ihre Sachen in ihren Zimmern installieren; und in der Wohnung bleiben, um alle Funktionsstörungen zu beseitigen, sobald die Verwaltung die Batterien für einige der Geräte brachten, die dem ersten Florian gehört hatten. *Die beiden* hatten jedenfalls eine Entschuldigung, heute den Unterricht zu verpassen. Ari nicht, und heute morgen konnte sie keinen Abstecher zum Fischteich machen: Sie mußte in der Apotheke vorbei, und sie wollte auf die Minute Dr. Edwards Büro betreten.

Dr. Edwards war sehr erleichtert, sie zu sehen: Er gab ihr das ohne ein Wort zu verstehen; und war während des Unterrichts ungewöhnlich nachsichtig mit ihr – sie bemerkte es, blickte seitwärts auf und bedachte ihn mit ihrem ungezogensten Grinsen. »Ich nehme an, Onkel Denys hat Ihnen gesagt, was gestern abend passiert ist.«

Oh, darüber wollte er nicht reden. »So ungefähr. Du weißt, daß er sich Sorgen gemacht hat.«

»Sagen Sie ihm, ich war rechtzeitig da, und wir haben in der Küche nichts anbrennen lassen.«

»Ich werd's ihm ausrichten. Willst du's ihm denn nicht selber sagen?«

»Nein«, sagte sie fröhlich und wandte sich wieder ihren Froscheiern zu.

Sie strengte beim Design richtig den Kopf an, arbeitete, ohne Blödsinn zu machen, riß zwei Lektionen herunter und hatte sogar Spaß daran: Sie brachte Dr. Dietrich dazu, ihr ein komplettes Handbuch über einen der Deltas im Verwaltungs-Management zu geben, damit sie ein Gesamtbild von einem Design hatte, denn so lernte sie gern, eine Vorstellung davon bekam, wie das ganze Ding aussah, damit die Teile auch einen Sinn ergaben.

Eigentlich wollte sie ein Alpha-Set, aber Dr. Dietrich sagte, es sei besser, eine verbreitetere Sorte kennenzulernen, bevor sie zu den exotischeren Fällen überging. Das schien sinnvoll.

Dr. Dietrich meinte auch, es sollte niemand sein, den sie kannte. Dafür sei sie nicht reif.

Nett, daß es tatsächlich noch etwas gab, wofür sie *nicht* reif war. Es gab ihr das Gefühl, daß sie wenigstens einen Boden unter den Füßen hatte. In Dr. Dietrichs Unterricht hatte sie ein gutes Wort gelernt.

Fließen. Was ziemlich gut wiedergab, in was sie gefangen war.

Ihr Einzelunterricht dauerte bis Mittag, dann hatte sie mit Amy und Maddy Wirtschaftslehre.

Amy und Maddy hatten überhaupt nichts davon gehört, daß sie umgezogen war. Sie glaubten, Ari halte sie zum Narren. Deshalb steckte sie ihre Karte in den nächsten Schlitz des Haussystems in Eins A, und es spuckte alle Mitteilungen aus, von denen sie gewußt hatte, daß sie sie bekommen würde, zum Beispiel eine Anfrage von der Verwaltung, ob sie eine Bestellung für eine besondere Art von Batterien bestätigen könne – sie wußte, wer das gefragt hatte, und drückte ja – und eine Notiz von Yanni Schwartz, die ihr mitteilte, daß ihr Büro in 1-244 jetzt auf ihrer Karte lief, und daß er einen Sekretär und einen Buchhalter namens Elly BE-979 und Winnie GW 88690, und ihr Lebensunterhalt ab sofort mit ihrer Karte beglichen wurden gemeinsam mit der

Rechnung für ein weiteres Paar von Terminals und Anschlußzeit am Haussystem; und eine Mitteilung von Dr. Ivanov, daß ihr Mittel in der Apotheke zum Abholen bereit lag.

Das alles beeindruckte Amy und Maddy ganz schön.

Sie sahen aus, als seien sie sich immer noch nicht sicher, ob sie das nicht alles inszeniert hatte, um sie reinzulegen, aber sie erklärte ihnen, daß sie morgen Gelegenheit haben würden, sich zu sehen, und dann würde sie sie nach oben in ihre Wohnung mitnehmen, ganz allein.

Daraufhin wurden sie komisch, als habe sich etwas geändert.

Das gehörte zu den Dingen, über die Ari nicht nachgedacht hatte.

Es ging ihr auf dem ganzen Weg zur Apotheke durch den Kopf, und dann mußte sie sich über dieses Päckchen Gedanken machen, als sie an den Wachen vom Sicherheitsdienst vorbei in den einsamen Terrazzoflur ging, der bis zur Trennwand ihr allein gehörte.

Sie benutzte ihre Schlüsselkarte, um die Tür zu öffnen. Der Automatische Haushälter sagte ihr, Florian und Catlin seien da, und fast im selben Moment traten sie aus dem Flur, der in die Küche führte.

»Hat die Verwaltung die Sachen gebracht?« fragte Ari.

»Ja, Sera«, antwortete Florian. »Wir haben alles weggeräumt. Wir haben uns das ganze Apartment angesehen.«

Das hieß, daß die Batterien, um die Florian gebeten hatte, an Ort und Stelle waren. »Die Bestellung war in Ordnung«, sagte Catlin. »Wir haben die Kisten in die Küche tragen lassen, egal was, und wir haben alles Stück für Stück durchgesehen, bevor wir es wegräumten. Wir machen gerade das Essen warm.«

»Gut«, lobte Ari. »Der Unterricht war gut. Keine Probleme.« Sie ging den ganzen Weg durch die Flure nach hinten in ihr Büro, um die Tragetasche abzustellen.

In *ihr* Büro, auch wenn sie in Gedanken ihr Schlafzimmer hatte aufsuchen wollen. Aber jetzt gab es für alles ein Zimmer. Sie packte das Handbuch dort aus und brachte die Tragetasche an Florians und Catlins Zimmer vorbei in ihr eigenes Schlafzimmer.

Poo lag dort auf ihrem Bett, wie immer. Sie hob ihn auf und dachte, es wäre wirklich gemein gewesen, wenn Onkel Denys ihn verwanzt hätte. Sie hob ihn hoch und setzte ihn wieder gegen die Kissen.

Dann setzte sie sich, streifte ihre Schuhe ab und nahm die Pillen aus der Tragetasche, über die die Leute in der Apotheke einen solchen Wirbel gemacht hatten, daß Ari fast zu spät zur Schule gekommen war, ganz gleich, was Aris Schlüsselkarte besagte, und ganz gleich, ob sie den Angaben des Haussystems zufolge berechtigt war, sie zu bekommen.

»75er«, sagte Florian, als er nach dem Essen die Pillenflasche betrachtete. Käse-und-Schinken-Sandwiches. Ohne daß etwas angebrannt war. »Das geht. Das reicht für eine starke Dosis.«

»Wollt ihr selber sehen, was ich euch sagen muß?« Sie hatte den Ausdruck ausgebreitet, und das Papier lag auf ihrem Schoß. »Ich habe dem Haushälter gesagt, er soll keine Anrufe durchlassen und keinen Lärm machen. Ich habe alles auf dieser Liste. Aber es ist mir lieber, wenn ihr sie euch auch anseht.«

Sie gab den Printout weiter; sie lasen ihn nacheinander.

»Hört sich vernünftig an«, sagte Catlin. »Ich habe keine Schwierigkeiten damit.«

»Ich sehe keine Probleme«, meinte Florian. »Es wird nicht einmal eine halbe Minute dauern. Wenn kein Band dazukommt.«

Es machte ihr immer noch Angst. Es machte ihr mehr Angst als alles andere.

Aber sie taten, was draufstand. Sie schluckten ihre Pillen, und Ari hielt sich an das, was auf dem Papier stand; und dann ließ sie sie schlafen.

Und ging in ihr Büro, schloß die Tür und setzte sich über die Tastatur mit Basis Eins in Verbindung, denn sie wollte nicht, daß in dem Apartment überhaupt etwas zu hören war, wenn sie so tief unten waren.

Sie erklärte der Basis Eins, daß das Unterprogramm lief.

Und Basis Eins antwortete: *Diese Basis erkennt jetzt ihre Karten an.*

Bis in die Nacht las sie fast nur, denn sie wollte erst warten, bis sie aufwachten, ehe sie sich zur Ruhe legte. Sie sah Ari seniors Daten durch, die sich auf die Worte *Geoffrey Carnath* bezogen. Und sie hatte durchaus verstanden, was Onkel Denys meinte, als er ihr erzählt hatte, was passiert war. Sie rief alle Daten bis zu dem Zeitpunkt ab, als Ari ausgezogen war. Sie las die schlimmsten Dinge und fühlte sich seltsam dabei, nur seltsam, als sei es etwas sehr Schlimmes, bei dem nur niemand gestorben war, denn es gab nichts Schlimmeres, als wenn jemand ums Leben kam.

Dann ließen sie vielleicht jemand anderen verschwinden.

Und sie war wütend. Wütend über Dinge, die der Vormund einer anderen Ari vor langer Zeit getan hatte, die längst vergessen waren, nur von den Berichten den Sicherheitsdienstes nicht, die bis zu dem Zeitpunkt reichten, als Ari sich mit Florian und Catlin an den Sicherheitsdienst gewandt und behauptet hatte, daß ihr Onkel Florian mißbrauchte.

So drückte es der Sicherheitsdienst jedenfalls aus. Aber sie wußte, was passiert war. In etwa. Sie konnte es sich nicht direkt vorstellen, aber sie wußte es trotzdem.

Und Ari redete auch noch darüber, wie man mit seinem Vormund auskam.

Ich hätte ihn umgebracht. So wie ich Onkel Denys umbringen würde, wenn er mir nachgestellt hätte.

Denn man macht keine Spielchen mit dem Sicherheitsdienst. Nicht mit Seely, nicht mit Denys.

Aber was wäre dann? Dann würde ich jetzt tief im Dreck stecken.

Ganz schön tief im Dreck.

Ihr war übel. Tief drin hatte sie gewußt, daß man sie in die Enge getrieben hatte. Geoffrey Carnaths Sicherheit hatte die der ersten Ari überwogen. Sie mußten einen Kampf gehabt haben. Etwas mußte passiert sein.

Florian und Catlin waren inhaftiert worden. Ari war in die Klinik gekommen.

Ari, Klinik, tippte sie in bezug auf dieses Datum

Zur Beruhigung, lautete die Antwort. Geoffrey Carnaths Befehl.

Florian, Sicherheit.

Ein Doc hatte sich ihn angesehen. Er war verletzt gewesen. Catlin auch. Und man hatte ihn und Catlin mit Bändern behandelt. Sie fand ihre Nummern.

Dann durchsuchte sie die Akten nach Informationen über diesen Fall, die Anordnung zum Umzug und die Sitzung das Familienrats – auf der das ältere Personal, das wußte, was geschehen war, Ari senior eine eigene Wohnung zugebilligt hatte, mit ihrem eigenen Schlüssel und ohne Beaufsichtigung, denn das hatte sie unter der Drohung verlangt, daß sie sich andernfalls an die Nachrichtendienste wenden würde, und Geoffrey Carnath hätte selbst der Familie als Ganzes zuviel Ärger eingebracht, um für ihn die Vormundschaft zu erstreiten.

Es stimmte. Alles stimmte, was der Basis Eins zugänglich war. Solche Dinge waren der ersten Ari passiert.

Sie hatten Mama fortgebracht. Aber Onkel Denys und Onkel Giraud hatten nie getan, was Geoffrey Carnath der ersten Ari angetan hatte.

Sie saß lange Zeit da und starrte den Bildschirm an, und dann machte sie sich daran, unter einigen der Wörter nachzusehen, die der Bericht verwendet hatte.

Danach saß sie noch mal lange da und hatte ein unangenehmes Gefühl im Magen.

Sie war ungeheuer erleichtert, als Florian sie über den Automatischen Haushälter rief und sagte, er sei wach und in Ordnung, nur noch ein bißchen schläfrig.

»Ich bin hier«, fügte Catlin dann etwas undeutlich hinzu; aber sie war eher im Flur als Ari. Lehnte sich an die Wand. »Gibt's ein Problem?«

»Alles klar«, sagte Ari. »Im Moment jedenfalls. Geht schlafen, Catlin. Alles ist in Ordnung. Ich mache mir selbst etwas zu essen. Ich werde euch rufen.« Catlin nickte und ging in ihr Zimmer zurück.

Sie fanden viele interessante Dinge in dem Apartment, als sie einmal anfingen, es gründlich zu durchsuchen – viel zum Anziehen von der ersten Ari, was sehr hübsch, aber noch zu groß für sie war. Ari senior war – ein bißchen modebewußter gewesen. Und größer. Auch das war gespenstisch, sich im Spiegel vorzustellen, welche Größe man einmal haben würde. Eines Tages.

Sie fand Schmuck. Ungeheuer teures Zeug. Nicht annähernd soviel wie Mama, dafür zum Großteil aus Gold, zum Teil mit Steinen, bei denen es sich um Rubine handeln mußte, und das alles lag einfach so in einem Kästchen im Büro – all die Jahre – aber wer in Reseune stahl schon?

Es gab einen so großen Weinschrank, daß sie nicht bis oben heranreichte, und sie wußte, daß der Wein bestimmt nicht verdorben, sondern inzwischen wahrscheinlich richtig gut war; und unter der Theke fand sie Whiskey und andere Sachen, die in all den Jahren, die sie hier standen, sicher auch nicht schlecht geworden waren.

Es war auch eine große Bandbibliothek vorhanden. Viel über die Erde und über Pell. Viele technische Sachen. Und eine Menge Unterhaltungsbänder. Und davon trugen ein Haufen … den Aufkleber, daß sie erst ab zwanzig zugelassen waren. Und Titel, die Ari rot werden ließen und in ihr ein unbehagliches Gefühl hinterließen.

Sex-Bänder. Ein ganzer Haufen.

Es war, als durchsuchte sie Ari seniors Schubladen in ihrem Schlafzimmer, als sei es etwas Privates, und es würde ihr selbst mißfallen, wenn sie erwachsen und einmal tot wäre, daß ein zwölfjähriges Mädchen *ihre* Schubladen durchsuchte und herausfand, daß sie solche Sachen in ihrer Bibliothek hatte, aber es war auch interessant – und erschreckend. Die erste Ari hatte gesagt, es sei nichts falsch an den Gedanken, die ihr durch den Kopf gingen, sie sei nur zu jung und sollte nicht dumm sein.

Aber es sei in Ordnung, wenn man älter wäre.

Sie erinnerte sich an das Gefühl, das das erste Band hervorgerufen hatte, und schloß die Schranktür ab und fragte sich, was auf den anderen sein mochte, und ob sie ähnlich waren wie das andere. Es waren bloß Unterhaltungsbänder. Keine Tiefenbänder oder so was. Sie konnten einem keinen Schaden zufügen.

Wenn sie wie alles andere in dem Apartment ihr gehörten, dann konnte sie mit ihnen tun, was sie wollte wenn sie sich eingewöhnt hatte, wenn sie nicht mehr daran zweifelte, daß alles sicher war.

Es war nicht dasselbe, als mit Leuten etwas Dummes anzustellen, wo Sex einem weh tun konnte.

Kinder waren nun einmal neugierig. Und niemand konnte herausfinden, daß Ari diese Bänder benutzte. Nur Catlin und Florian, und die würden sich nicht in ihre Angelegenheiten einmischen. Sie konnte jetzt ein Privatleben führen, ein echtes Privatleben, und Onkel Denys würde nichts davon erfahren.

Wenn sie sich eingewöhnt hatte. Man benutzte Unterhaltungsbänder nicht immer, wenn man es gerade wollte, so wie man auch nicht alles zu essen bekam, was man sich wünschte. Man mußte seine tägliche Arbeit erledigen.

Selbst wenn man darüber nachdachte, wie interessant es sein würde, und was es herauszufinden gab, und welches Gefühl sie mit dem Lehrband gehabt hatte.

Bis dahin blieb der Schrank verschlossen.

»Kommt schon, es ist alles in Ordnung«, sagte sie und führte Amy und Maddy an den Wachen vom Sicherheitsdienst vorbei zum Aufzug.

Mit ihrer Schlüsselkarte öffnete sie die Tür und ließ sie ein. Der Automatische Haushälter erklärte ihr, Florian und Catlin seien nicht da, sie nähmen an einem Unterricht teil, der sich um Hausarbeit drehte, so wie Ari es ihnen angeraten hatte.

Sie bemerkte, wie Amy und Maddy einander ansahen und sich sehr beeindruckt in dem riesigen Empfangszimmer umblickten. Etwas sagte ihr, daß sie niemandem *alle* Räume ihrer Wohnung zeigen oder wissen lassen sollte, wie sie angelegt war: Sie wußte, daß Catlin sich darüber Sorgen gemacht hätte. Aber sie zeigte den beiden Mädchen den Mittelteil, der aus dem großen Zimmer vorn, der Küche und dem Frühstücksraum mit dem in Glas gefaßten Garten bestand, in dem noch nichts wuchs – und dann gingen sie wieder nach vorn und in den anderen Flügel, wo es ein großes gemütliches Zimmer mit einer vertieft angelegten Sitzgruppe und eine Bar gab und außerdem ihr Büro, ihr Schlafzimmer und die Zimmer, in denen Florian und Catlin geschlafen hatten (und wieder schliefen).

Anfangs hatten sie über dies und jenes gestaunt, als Ari sagte, daß es hinter der Küche noch Zimmer gab, zum großen Teil Büros und Räume fürs Personal. Und über den Garten. Aber als sie hierher kamen, in noch ein Wohnzimmer, und noch mehr Zimmer vor ihnen lagen, sahen sie sich nur entgeistert um und machten einen seltsamen Eindruck.

Das störte sie. Sie war daran gewöhnt, Leute zu durchschauen, aber in diesem Fall war sie sich nicht ganz darüber im klaren, was die beiden dachten, nur daß sie sich vielleicht Sorgen machten, daß diese Wohnung, Ari oder Onkel Denys auf irgendeine Weise gefährlich waren.

»Wir brauchen uns nicht mehr unten in den Tunneln zu treffen«, erklärte Ari. »Wir können hierher kommen, und es gibt keine Möglichkeit für sie herauszufinden, was wir tun, denn Florian und Catlin haben die ganze Wohnung durchsucht, damit niemand uns abhören kann. Nicht einmal Onkel Denys.«

»Sie können trotzdem merken, wer wir sind«, sagte Amy. »Ich meine, sie kennen mich und Maddy, vielleicht auch Sam, aber sie kennen uns nicht alle.«

Das war der springende Punkt. Sie hatte sich immer wieder gefragt, wieviel sie ihnen sagen konnte – insbesondere Maddy. Es machte ihr Sorgen. Aber es gab Dinge, die sie wissen mußten, bevor sie auf falsche Gedanken kamen. »Es geht schon«, sagte sie, atmete tief durch und entschloß sich, ein großes Geheimnis zu verraten. »Ich erzähle euch mal was: Ich habe es so eingerichtet, daß ich sofort davon erfahre, wenn jemand von euch oder euren Familien dem Sicherheitsdienst auffällt.«

»Wie denn?« fragte Maddy.

»Von meinem Computer. Von der Basis, die ich habe. Meine Freigabe ist höher als eure – vielleicht nicht höher als von jemandem, der einen Namen markieren und mich davon abhalten kann, bestimmte Sachen herauszufinden, aber ich habe meine Basis so vorbereitet, daß sie mich immer informiert, wenn Informationen im Umlauf sind, auf die ich keinen Zugriff habe.«

»Wie?« wiederholte Maddy.

»Ich bin ans Haussystem angeschlossen. Ich habe eine hoch eingestufte Basis und eine Menge Freigaben, die ein Kind normalerweise nicht hat. Sie hängen mit dieser Wohnung zusammen. Viele Dinge. Ihr braucht euch keine Sorgen zu machen. Ich werde auf euch aufpassen. Wenn etwas über euch ins System gelangt, wird es mich gleich verständigen.«

»Egal bei was?«

»Nicht bei privaten Sachen. Nur bei solchen, die den Sicherheitsdienst angehen. Und ich erzähle euch noch was.« Sie atmete nochmals tief durch, schob ihre Hände unter den Gürtel, und überlegte sich sehr genau, was sie sagte und wieviel sie preisgab; aber Amy und Maddy waren die am höchsten eingestuften in der Bande. »Wenn ihr es weitererzählt, ziehe ich euch das Fell über die Ohren. Aber ihr beiden braucht euch keine Sorgen mehr zu machen. Keiner von meinen Freunden. Ich weiß, warum Leute verschwunden sind, und ich glaube nicht, daß es noch mal passieren wird. Nur wenn ich es verlange. Wenn es jemanden gäbe, den ich auf keinen Fall mehr sehen will.

Und das trifft auf keinen von euch zu, solang ihr meine Freunde seid.«

»Warum sind sie denn verschwunden?« fragte Amy.

»Weil …« *Weil mir dieselben Dinge wie Ari senior zustoßen mußten. Aber das ist zuviel, sehr viel mehr, als ich ihnen verraten kann.* Sie zuckte mit den Achseln. »Weil ich bestimmte Dinge nicht erfahren sollte, weil meine Onkel meinten, man würde es mir erzählen.«

Sie schwiegen einige Zeit. Dann fragte Amy sehr vorsichtig: »Sogar deine Mama?«

Ein zweites Achselzucken. »Mama. Valery. Julia Strassen.« Sie wollte das Thema wechseln. »Ich weiß, warum sie's getan haben. Das reicht.« *Meine Mama ist freiwillig gegangen, aber das werde ich* niemandem *sagen. Sie würden denken, daß sie mich nicht mochte. Und das wäre nicht die Wahrheit.* »Ich weiß eine Menge Sachen. Jetzt müssen sie auf mich aufpassen, weil ich weiß, daß sie mir nichts tun können, denn bei allem, was sie von jetzt an tun, werden sie wissen, daß ich dagegen bin. Und ich werde auch etwas dagegen haben, wenn sie einen meiner Freunde erwischen … denn ich weiß, wer sie sind, und sie wissen, wie weit sie bei mir gehen können.«

»Wer ist es denn?« fragte Amy.

»Meine Onkel. Dr. Ivanov. Eine Menge Leute. Weil ich ein PR von Ariane Emory bin. Das ist der Grund. Das hier war ihre Wohnung. Jetzt ist es meine, weil ich eben ein PR bin. Alles, was sie besaß, gehört jetzt mir. Es gab auch schon einmal einen Florian und eine Catlin, und sie sind gestorben; und man hat sie für mich repliziert.«

Sie brauchten etwas Zeit, um darüber nachzudenken. Was die Sache mit den Repliken anging, wußten sie Bescheid. Sie wußten über viele Dinge Bescheid – wie über Florian und Catlin. Sie hatten bisher nur nicht gewußt, wie es zusammenpaßte.

»Ich sage euch, warum sie nichts tun werden, was mich wütend macht«, fuhr Ari fort, solang sie die beiden im Griff hatte. »Reseune braucht mich, weil ich ein PR bin und deshalb auf viele Dinge Anspruch habe, die sie unbedingt haben wollen; und weil ich minderjährig bin, wird es eine Weile dauern, bevor die Feinde der ersten Ari etwas gegen mich unternehmen können, denn da gibt es die Gerichte, und wenn meine Onkel mir mehr antun, als sie bisher schon getan haben, bekommen sie eine Menge Ärger, weil sie wissen, daß ich sie durchschaut habe. Ich werde das mit Mama nicht vergessen. Ich werde viele Dinge nicht vergessen. Deshalb werden sie es nicht wagen, meine Freunde zu belästigen. Darauf könnt ihr euch verlassen.«

Sie sahen sie an, ohne etwas zu sagen. Sie waren nicht dumm. Maddy hatte zwar keinen Verstand, aber es reichte immerhin noch dazu, eins und eins zusammenzuzählen, und Amy war die klügste von all ihren Freunden, daran bestand kein Zweifel. Das war sie immer gewesen.

»Du meinst das ernst«, sagte Amy.

»Ich meine das verdammt ernst.«

Amy brummte etwas und setzte sich auf das große Sofa, indem sie die Hände zwischen die Knie klemmte. Maddy setzte sich auch. »Das ist kein Spiel, was?« fragte Amy und blickte zu ihr auf. »Du tust nicht mehr bloß so, oder?«

»Ich tu wirklich nicht mehr so.«

»Ich weiß nicht«, sinnierte Amy. »Ich weiß nicht. Gott, Ari, man könnte hier Lastwagen parken. – Ist denn nachts hier *überhaupt keiner,* nichts? Hast du keine Angst?«

»Warum? Es gibt nichts, was ich von der Verwaltung nicht bestellen könnte, genauso als wäre ich bei Onkel Denys. Außerdem bewacht uns der Sicherheitsdienst die ganze Zeit. Wir kochen unser Essen, wir machen sauber, wir erledigen alles Nötige. Wir können auf uns selbst aufpassen. Der Automatische Haushälter würde uns aufwecken, wenn's irgendwelchen Ärger gäbe.«

»Ich wette, nachts bricht noch mal jemand ein«, sagte Maddy.

»Niemand. An dem Haushälter kommt man nicht leicht vorbei; nicht mal die Hausverwaltung kommt hier rein, ohne daß jemand von uns die ganze Zeit dabei ist. So sicher ist es hier. Denn ich habe wirklich Feinde. Das sage ich nicht bloß so. Wenn hier jemand eindringt, ist er tot, und zwar richtig tot.« Sie setzte sich auf die andere Seite der Sitzecke. »Diese Wohnung gehört nämlich mir. Mit allem, was dazugehört. Und sie können sie nicht abhören. Florian und Catlin haben sie von oben bis unten durchsucht. Wir können uns hier oben so oft treffen, wie wir wollen, und wir brauchen keine Angst vor dem Sicherheitsdienst zu haben. Wir können eine Menge hier oben erledigen, ohne daß uns Ältere im Weg sind.«

»Unsere Mütter werden Bescheid wissen«, sagte Amy. »Der Sicherheitsdienst wird es ihnen sagen.«

»Ihr seid sicher hier«, erwiderte Ari.

»Es könnte sein, daß sie's trotzdem nicht wollen.«

»Nun, mit den Tunneln wären sie auch nicht einverstanden gewesen, oder? Das hat euch nichts ausgemacht.«

»Das ist etwas anderes. Sie werden wissen, daß wir hier sind. Sie wissen, daß Leute in Schwierigkeiten geraten können, Ari, meine Mama macht sich Sorgen, weil ich zuviel mit dir zusammen bin, sie macht sich wirklich Sorgen, und sie wollte auch nicht, daß ich das Geschäft mit den Guppys übernehme, weißt du noch?«

»Am Ende hat sie gesagt, es sei in Ordnung.«

»Sie macht sich immer noch Sorgen. Ich glaube, jemand hat mit ihr geredet.«

»Deshalb wird sie dich lassen. Sie wird nichts dagegen haben.«

»Ari, das ist wirklich etwas anderes. Sie wird denken, man kann hier oben ohne Ältere in Schwierigkeiten geraten. Und das könnte ja wirklich passieren. Sie könnten sagen, es sei unsere Schuld gewesen. Und dann würden wir alle nach Fargone verschwinden. Zack. So schnell.«

Sie bekam allmählich eine Vorstellung davon, was mit Amy und Maddy nicht stimmte, selbst wenn sie nicht alles begriff. »Wir werden in keinerlei Schwierigkeiten geraten«, sagte sie. »Wir würden sehr viel mehr Ärger bekommen, wenn sie uns in den Tunneln erwischten. Ich sage euch doch, ich würde es erfahren, wenn im Sicherheitsdienst etwas vor sich geht. Und Florian und Catlin gehören sogar zum Sicherheitsdienst. Sie können viel herausfinden, zum Beispiel auch Sachen, die nicht ins System eingegeben werden.«

»Sie sind noch nicht richtig im Sicherheitsdienst«, widersprach Maddy. »Sie sind noch Kinder.«

»Seit diese Kinder umgekommen sind, gehören sie zum Sicherheitsdienst, dort bekommen sie ihren Unterricht. Das steht auf ihren Schlüsselkarten. Und wenn sie hier sind, arbeiten sie viele Stunden im Büro. An wichtigen Dingen. Und sie können dort ein und aus gehen und eine Menge herausfinden.«

Zum Beispiel, ob in meinem Apartment Bänder aufgenommen werden. Aber das wollte sie ihnen auch nicht sagen.

»Unsere Mütter wissen nichts von den Tunneln«, sagte Amy. »Aber sie werden davon erfahren, wenn wir hierher kommen.«

»Nicht wenn ihr ihnen das nicht selbst sagt. Der Sicherheitsdienst wird nicht gleich am ersten Tag zu ihnen laufen, oder? Dann könnt ihr immer noch sagen, daß ihr wirklich hier wart, was soll's? Wie wollt ihr es denn sonst machen? Sei nicht blöde, Amy.«

Sie sahen immer noch besorgt aus.

»Seid ihr meine Freunde?« fragte sie sie offen heraus. »Oder nicht?«

»Wir sind deine Freunde«, erwiderte Amy. In dem Zimmer wurde es still. Ganz still.

Und Ari fröstelte innerlich, als habe sich wirklich etwas verändert, als sei sie wirklich irgendwie älter geworden, und entwickelte sich immer schneller, schneller als sonst jemand, den sie kannte. Als schoß sie über das Ziel hinaus, dachte sie und erinnerte sich daran, wie Florian zu früh durch den Flur gelaufen war, zu schnell für das andere Team.

Und als er etwa eine Viertelsekunde Zeit gehabt hatte, um zu merken, daß es keine Übung mehr war und sie wirklich Gefahr liefen, zu sterben.

Ich muß nett sein, dachte sie. *Ich will nicht, daß jemand Panik bekommt. Ich will sie nicht abschrecken.*

Deshalb redete sie mit ihnen wie immer, sprang auf, um ihnen etwas zu trinken zu holen, und zeigte ihnen die Bar und den Eismacher.

Und das ganze Zeug in dem Schrank, der sich öffnete. Den Wein und all das.

»Gott«, rief Maddy. »Ich wette, damit könnten wir eine Party feiern.«

»Da würde ich nicht drauf wetten«, erwiderte Ari platt. Denn das Zeug in dem Weinschrank war ziemlich teuer, und Maddy würde dafür bestimmt nicht mit ihrem Taschengeld bezahlen; außerdem war eine betrunkene Maddy Strassen, die mit Basis Eins herumalberte, eine erschreckende Vorstellung. Ganz zu schweigen von den anderen Kindern, besonders den Jungen, mit denen Maddy sich herumtrieb.

Maddy fand das gemein.

Amy erklärte ihr, daß ihre Mütter das Zeug riechen würden und sie dann unheimlichen Krach bekämen, genau wie Ari, weil sie es ihnen gegeben hatte.

Das war der Unterschied zwischen Maddy und Amy.

Am Abend traf über Basis Eins eine Mitteilung von Onkel Denys ein. Sie besagte: »Natürlich habe ich dich überwacht, Ari. Du bist gut zurecht gekommen. Ich hab's gehofft.«

»Mitteilung an Denys Nye«, gab sie die Antwort ein. »Natürlich wußtc ich, daß du mich beobachtet hast. Ich bin ja keine Idiotin. Danke, daß du meine Sachen rübergeschickt hast. Danke für die Hilfe. Ich werde mich nicht ärgern, vielleicht erst nächste Woche. Vielleicht erst in zwei Wochen. War ein mieser Trick, mich aufzunehmen.«

Damit würde sie ihn gut bearbeiten. Sollte er sich doch Sorgen machen.

III

Der Tester hieß Will, ein Gamma-Typ, und beaufsichtigte in der Zeit, wenn er nicht mit Tests beschäftigt war, ein Lagerhaus, eine unscheinbare Gestalt mit einem scharfen Bewußtsein für innere Prozesse, derer sich Azis normalerweise nicht bewußt waren.

Von einer phlegmatischen Veranlagung, wenn er ein ZIV gewesen wäre: älter und erfahrener. Und eigensinnig.

»Ich will dich in meinem Büro sehen«, hatte die Mitteilung von Yanni gelautet, und Justin hatte sich zusammengerissen und war mit seinen Notizen und seinem Schreibautomaten hineingegangen, um dazusitzen und zuzuhören, während Will GW 79 ihm und Yanni berichtete, was er bereits dem Testaufseher berichtet hatte.

Es waren gute Nachrichten. Ohne Frage gute Nachrichten, ganz gleich, wie er sie gewendet und von welchen Seiten er sie betrachtet hatte.

»Er sagte«, erzählte Justin, als er ins Büro zurückkam, und Grant hörte so gespannt zu wie er vorhin: »Will sagte, er sei gut damit zurechtgekommen. Yanni hat mich deshalb gerufen – weil es so scheint, als habe Will seinem Aufseher gesagt, er möchte es weiter ausprobieren. Es *gefällt* ihm. Seine medizinischen Berichte sind einwandfrei. Keine Überreaktionen, keine Aufregung. Sein Blutdruck hat immer noch denselben Wert, als habe er gerade Urlaub. Er will das Programm erproben. Der Ausschuß überlegt es sich.«

Grant stand von seinem Platz auf und legte einen Moment die Arme um ihn. Dann, aus einer Armlänge Abstand: »Ich hab's dir doch gesagt.«

»Das heißt noch nicht, daß der Ausschuß es bewilligt.« Er versuchte verzweifelt, sein seelisches Gleichgewicht zu bewahren und sich nicht zu sehr darauf zu verlassen, daß es klappte. Disziplin und Selbstbeherrschung waren erforderlich. Wenn die erste Aufregung vorbei war, stellten sich die Dinge oft als weniger vielversprechend heraus. Es kam immer wieder zu Katastrophen, Dinge liefen anders als geplant; und die Administration war launisch. Er bemerkte, daß seine Hände zitterten und sich ein leeres Gefühl in seinem Bauch ausbreitete, jedesmal wenn er daran dachte, daß es klappen könnte. Er wünschte es sich so sehr. Und das war gefährlich. »Verdammt, jetzt habe ich sogar Angst davor.«

»Ich hab's dir doch gesagt. Ich sagte dir doch, *ich* hätte keine Angst davor. Du solltest mir glauben, ZIV. Was sagte Yanni?«

»Er sagte, er wäre glücklicher, wenn der Tester einen weniger guten Eindruck hätte. Er sagte, wenn man abhängig ist, hat man anfangs auch ein gutes Gefühl … bis zu einem gewissen Zeitpunkt.«

»Ach, zum Teufel mit ihm!« Grant warf die Hände in die Luft und stakste mit drei Schritten durch das unaufgeräumte Büro. »Was ist bloß mit ihm los?«

»Yanni ist nun mal Yanni. Und er meint es ernst. Es gibt wirklich einen Punkt, an dem er …«

Grant drehte sich um und stützte sich auf die Rückenlehne seines Stuhls. »Ich mein's auch ernst. Du weißt, wie ich mich darüber aufrege. Sie werden nichts erfahren, was ein Tester ihnen nicht bestätigen kann; sie haben's doch schon den Soziologen gegeben, laß sie doch glauben, was der Mann sagt.«

»Nun, mich ärgert's auch. Aber das heißt nicht, daß Yanni sich dagegen aussprechen wird. Und es ist klar durchgegangen. Das spricht dafür.«

Grant sah ihn an, und sein Gesicht verriet deutlich seine Erregung. Aber er atmete tief durch, schluckte sie hinunter und klärte seinen Gesichtsausdruck, indem er seine Gefühle auf eine Weise überwand, wie es vermutlich nur ein Schauspieler oder ein Azi konnte. »Ja, das spricht dafür. Sie werden's genehmigen. Früher oder später müssen sie doch einmal ihren Verstand benutzen.«

»Eigentlich müssen sie gar nichts«, räumte Justin ein und spürte, wie Grants Gesprächsbereitschaft plötzlich verflog. »Das haben sie bewiesen. Ich habe nur die Hoffnung …«

»Ich vertraue auf meine Schöpfer«, wiederholte Grant ruhig. »Mensch, das müssen wir feiern.« Das letztere mit einem Anflug von Fröhlichkeit und einem breiten Grinsen. »Ich kann nicht behaupten, daß ich überrascht bin. Ich wußte es, bevor du den Test durchgeführt hast. Ich hab's dir gesagt. Oder nicht?«

»Du hast es gesagt.«

»Also freue dich. Du hast es verdient.«

Es war einen Versuch wert. Sie hatten Berge von Arbeit vor sich, und das Büro war nicht der geeignete Ort, um Feinheiten zu diskutieren. Aber als sie in der Dämmerung über den quadratischen Hof gingen, eine ziemlich unsichere Abkürzung, wenn vor dem Wetter gewarnt worden war und sich jenseits der Klippen und Flügel Eins eine Wolkenwand zeigte: »Du wolltest heute nachmittag etwas sagen«, kam Justin auf das Thema zurück. Er hatte sich für diesen Weg entschieden. Und für die Einsamkeit. »Über Yanni.«

»Nichts über Yanni.«

»Das würde mich sehr wundern. Hat er dich irgendwie drangekriegt?«

»Es geht um Yannis Zurückhaltung. Das ist alles. Er müßte es eigentlich besser wissen. Verdammt, er weiß, daß es durchgehen wird. Er muß bloß etwas Negatives finden.«

»Tu nicht so. Du wolltest etwas sagen. Geheimniskrämerei macht mich nervös, Grant, das weißt du.«

»Ich weiß nicht, was du meinst. Ich habe keine Geheimnisse.«

»Komm schon. Du bist außer dir gewesen. Was hast du für dich behalten?«

Ein paar Schritte Schweigen. Dann: »Ich versuche mich zu erinnern. Ehrlich.«

Was für eine Lüge.

»Du sagtest, du hättest dich über etwas aufgeregt.«

»Das?« Ein kurzes Lachen. »Ich habe mich aufgeregt, weil sie so verdammt kurzsichtig sind.«

»Du machst es schon wieder«, sagte Justin ruhig. »In Ordnung. Ich werde mir schweigend den Kopf zerbrechen.

Was soll's? Kümmere dich nicht drum. Ich bin nicht neugierig.«

»Ach, zum Teufel!«

»Zum Teufel. Ja. Was ist los mit dir? Würdest du es mir bitte sagen?«

Noch ein paar Schritte in Schweigen. »Ist das ein Befehl?«

»Was soll das heißen, ›ein Befehl‹? Ich habe dir eine Frage gestellt. Ist das so schlimm, wenn ich eine Frage stelle?« An der Stelle, wo der Seitenweg zum Flügel Zwei abzweigte, hielt Justin in der abendlichen Kühle inne, während in der Ferne Blitze flackerten. »Hat's was mit Yanni zu tun? War's wirklich Yanni? Oder habe *ich* etwas gesagt?«

»He, ich bin froh, daß es geklappt hat, ich bin wirklich froh. Ich habe überhaupt nichts. Du auch nicht. Oder Will.«

»Abhängigkeit. War das das Schlüsselwort?«

»Reden wir später darüber.«

»Wo wollen wir denn reden? Zu Hause? Ist das sicher?«

Grant gab ein schweres Seufzen von sich und wandte sich dem Grollen des Donners und dem Flackern von Blitzen über dem Horizont von Flügel Zwei zu. Es war eine gefährliche Zeit. Nur Idioten hielten sich noch draußen auf, wo schon bald der Wind entlangfegen würde – sehr bald.

»Es ärgert mich einfach«, sagte Grant. »Daß sie sich nicht auf Will verlassen. Daß sie so verdammt viel wissen, weil sie ZIVs sind.«

»Sie müssen vorsichtig sein. Will zuliebe, wenigstens deswegen. Und den anderen Programmen zuliebe, die er testet ...«

»ZIVs sind ein notwendiges Übel«, sagte Grant ruhig und beherrscht gegen den fernen Donner. »Was würden wir ohne sie nur machen? Natürlich uns selbst unterrichten.«

Manchmal machte Grant Witze. Aber das war keiner. Justin spürte es. »Du meinst, sie werden nicht auf ihn hören.«

»Ich weiß nicht, was sie tun werden. Willst du wissen, was das Ärgerlichste an einem Dasein als Azi ist, mein Aufseher? Zu wissen, was richtig und vernünftig ist, und zu wissen, daß niemand auf einen hört.«

»Das Problem habt nicht nur ihr.«

»Es gibt Unterschiede.« Grant tippte mit einem Finger auf seine Brust. »Es gibt Zuhören und Zuhören. Man wird mir immer zuhören, aber nicht richtig. Nicht so wie dir. Will wird's auch nicht besser ergehen.«

»Sie sind an seiner Sicherheit interessiert. Das hat nichts damit zu tun, ob sie ihm zuhören.«

»Es hat sogar sehr viel damit zu tun. Sie werden sich nicht auf ihn verlassen ...«

»... weil er mitten in der Sache drinsteckt.«

»Weil ein Azi immer mitten drinsteckt, aber nicht im mindesten mitentscheiden darf. *Yanni* steckt auch mitten drin, er ist, was Meinungen von ZIVs und ZIV-Designs angeht, völlig voreingenommen; disqualifiziert ihn das nicht? Nein. Es macht ihn sogar zu einem Experten.«

»*Ich* höre zu.«

»Zum Teufel, du würdest mich nie an dieses Programm ranlassen.«

»Zu deinem eigenen Besten, Grant.« Irgendwie entfuhr ihm das in einem barschen Ton, zumindest halbwegs. »Es tut mir leid, ich mache mir nur Sorgen. Hier spricht nicht ein ZIV, der auf seinen Rang pocht. Sondern ein Freund, der darauf angewiesen ist, daß du widerstandsfähig bleibst. Was hältst du davon?«

»Verdammt hinterhältig.«

»He.« Er faßte Grant an der Schulter. »Wirf mir etwas anderes an den Kopf, in Ordnung? Mach's nicht mit der Arbeit, die für mich ein Test meiner geistigen Gesundheit ist, und sag mir nicht, ich würde dich ausschließen, weil ich meinem Urteil darüber auch nicht traue. Ich würde dir alles geben. Ich würde dir erlauben ...«

»Das ist es ja gerade.«

»Was?«

»Du würdest es mir erlauben.«

»Grant, mein Freund. Mensch, du beherrscht das Flux-Denken schon ganz gut, was?«

»Das müßte mich doch für einen Direktorposten qualifizieren, meinst du nicht? Sobald wir beweisen, daß wir so verrückt wie ZIVs sind, bekommen wir unsere Papiere und sind daraufhin qualifiziert, auf Azi-Tester auch nicht mehr zu hören.«

»Was ist los? Was ist passiert, Grant? Willst du mit mir auf einer Stufe stehen?«

Grant blickte eine Weile hinaus ins Dunkle. »Ich ärgere mich nur, das ist alles. Mein ... mein Antrag, Planys besuchen zu dürfen, ist abgelehnt worden.«

»Oh, verdammt.«

»Ich bin nicht sein Sohn. Nicht ...« Grant atmete einige Male bedächtig durch. »Nicht auf dieselbe Weise qualifiziert. Verdammt, ich wollte dir das nicht sagen. Nicht heute abend.«

»Mein Gott.« Justin packte ihn und hielt ihn einen Moment lang fest. Spürte, wie er um Atem und Beherrschung rang.

»Ich bin fast soweit zu sagen, daß ich ein Band brauche«, knurrte Grant. »Aber mich soll der Schlag treffen, wenn ich's tue. Mich soll wirklich der Schlag treffen. Es ist ein politischer Schachzug von ihnen. Sie ... sie können's einfach tun, das ist alles. Wir müssen es einfach ertragen, so wie du es ertragen hast. Verdammt, dein Projekt läuft. Feiern wir das. Mach mich betrunken, mein Freund. Mach mich fröhlich und betrunken. Das wird mir gut tun. Das ist der Vorteil, im Fließen zu denken, nicht wahr? Alles ist relativ. Du hast so verdammt lang dafür gearbeitet, wir beide. Es überrascht mich nicht. Ich wußte, daß es laufen würde. Aber ich bin froh, daß du's ihnen bewiesen hast.«

»Ich werde noch mal zu Denys gehen. Er sagte doch ...«

Grant zog sich vorsichtig von ihm zurück. »Er sagte vielleicht. Eventuell. Wenn sich die Wogen geglättet haben. Eventuell ist doch wohl nicht jetzt.«

»Zum Teufel mit diesem Kind!«

Grants Hände krallten sich in seinen Arm. »Sag das nicht! Das ... das darfst du nicht einmal denken.«

»Sie hat bloß ein beschissenes Timing. Ein wirklich beschissenes Timing. *Deshalb* sind so verdammt nervös …«

»He. Es ist nicht ihr Timing. In keiner Hinsicht. Oder meinst du doch?«

Donner grollte. Blitze erhellten den Westen über den Klippen. Ganz plötzlich verebbte diese ferne Warnung zu einem Heulen in der Nacht. Wind kam auf, stark genug, um die Wolkendecke aufzureißen.

Sie faßten einander an Ärmeln und Armen und suchten mit raschen Schritten dort Schutz und Sicherheit, wo die gelben Warnlichter über dem Eingang in einem beständigen Leuchtfeuer aufblitzten.

IV

»Ein Dessert?« fragte Onkel Denys. Beim Mittagessen *im Changes.* Ari war einverstanden gewesen, ihn hier zu treffen; und schüttelte den Kopf.

»Du kannst dir aber ruhig eins bestellen. Das stört mich nicht.«

»Ich kann drauf verzichten. Nur den Kaffee.« Denys hustete und rührte etwas Zucker ein. »Ich versuche mich einzuschränken. Ich werde zu dick. Du warst mir immer ein Vorbild.«

Der fünfte oder sechste Versuch, ihr Mitgefühl zu erwecken. Ari hielt ihn unverändert im Auge.

Denys holte ein Papier aus seiner Tasche und legte es auf den Tisch. »Das gehört dir. Es ist durchgegangen. In diesem Jahr war es wahrscheinlich besser, daß du nicht dabei warst.«

»Bin ich jetzt eine Sonderperson?«

»Natürlich. Habe ich's dir nicht gesagt? Das ist ein Grund, warum ich dich sprechen wollte. Das hier ist bloß ein Faksimile. Es hat … einige Auseinandersetzungen darum gegeben. Du müßtest davon gehört haben. Catherine Lao ist vielleicht deine Freundin, aber sie kann die Presse nicht unterdrücken, nicht – wenn es um die Schaffung einer

Sonderperson geht. Das ausschlaggebende Argument war dein Potential. Die Möglichkeit, daß du diesen Schutz *brauchst* – noch vor deiner Volljährigkeit. Wir haben politisch einige Zugeständnisse machen müssen, um das durchzubekommen. Nicht daß wir eine andere Wahl hatten – oder haben wollten.«

Der siebte.

Sie langte nach dem Faksimile und faltete es auf. Ariane Emory, stand drauf, und viele feine, gediegene Druckzeilen mit den Unterschriften des gesamten Rats.

»Danke«, sagte sie. »Vielleicht würde ich's gern in den Nachrichten sehen.«

»Das ... glaube ich nicht.«

»Du hast gelogen, als du sagtest, du sitzt nicht gern vor dem Videogerät. Nicht? Du wolltest mich bloß von den Nachrichtendiensten fernhalten. Das willst du immer noch.«

»Du hast einen Anschluß beantragt. Ich weiß das. Aber es wird abgelehnt. Du weißt, warum es abgelehnt wird.« Onkel Denys umschloß die Tasse mit zwei großen Händen. »Deiner eigenen Gesundheit zuliebe. Für dein Wohlergehen. Es gibt Dinge, die du noch nicht wissen willst. Bleib noch eine Weile ein Kind. Auch unter diesen Umständen.«

Sie nahm das Papier, faltete es sorgfältig und betont langsam zusammen und steckte es in ihre Tragetasche, wobei sie im Ton ihrer Mama dachte: *Fahr zur Hölle, Onkel Denys!*

»Ich wollte dir das nur geben«, sagte er. »Ich will dich nicht aufhalten. Danke, daß du mit mir gegessen hast.«

»Das ist der achte.«

»Der achte was?«

»Du hast jetzt zum achten Mal versucht, mich dazu zu bringen, daß du mir leid tust. Ich hab's dir schon gesagt. Es war mies, mir das anzutun, Onkel Denys.«

Ein Trick nach dem anderen. Jemanden zu bearbeiten, funktionierte nur, wenn man es zur rechten Zeit tat. Ganz gleich, ob man dazu bereit war.

»Die Bänder. Ich weiß schon. Es tut mir leid. Was soll ich

sonst noch sagen? Daß ich's lieber nicht gemacht hätte? Das wäre eine Lüge. Ich bin wirklich froh, daß du gut zurechtkommst. Ich bin mächtig stolz auf dich.«

Sie lächelte ihn verächtlich an, verfiel vom einen zum anderen Moment in schlechte Laune. »Na klar.«

»Sei ehrlich zu dir selbst.« Wobei er seinerseits lächelte. »Du weißt, wer das geplant hat.«

Es klang in ihren Kopf nach. Es war einer seiner besseren Treffer, der sie an einer empfindlichen Stelle erwischte und alle Gedanken aus ihrem Kopf vertrieb.

Verdammt. Es gab nicht allzu viele Leute, die sie so erwischen konnten.

»Ich weiß nicht, ob du dir vorstellen kannst, was für ein Gefühl das ist«, sagte Onkel Denys, »deine Vorgängerin gekannt zu haben – meine ersten Erinnerungen an sie sind die an eine schöne, ausnehmend schöne junge Frau; und am Ende meines Lebens – wo ich schon so alt bin – dieselbe junge Frau heranreifen zu sehen ist eine unbeschreibliche Erfahrung.«

Damit versuchte er sie sicher zu bearbeiten. »Ich bin froh, daß es dir gefällt.«

»Ich bin froh, daß du meine Einladung angenommen hast.« Er nippte an seinem Kaffee.

»Möchtest du etwas tun, um mir eine Freude zu machen?«

»Was?«

»Sag Ivanov, daß ich keinen Termin brauche.«

»Nein. Das werde ich ihm nicht sagen. Ich kann dir sagen, wo du die Antwort findest. Sie ist unter dem Material für das fünfzehnte Jahr.«

»Das ist wirklich komisch, Onkel Denys.«

»Das war nicht meine Absicht. Es ist bloß die Wahrheit. Überstürze nichts, Ari. Aber ich werde trotzdem etwas ändern. Ich beende deinen Unterricht.«

»Was soll das heißen, meinen Unterricht beenden?«

»Pscht, Ari! Vorsichtig! Wir sind hier in der Öffentlichkeit. Ich meine, du verschwendest damit deine Zeit. Du wirst

Dr. Edwards immer noch sehen – wann immer es erforderlich ist. Und Dr. Dietrich. Sie werden immer Zeit für dich haben. Du hast auf mehr Bänder Zugriff, als du überhaupt bewältigen kannst. Du mußt eine Auswahl treffen. Die Antworten, die du suchst, sind darin enthalten – viel eher als in dem biographischen Material. Triff deine eigene Wahl. Von jetzt an – bist du eine Sonderperson. Du genießt Privilegien. Du trägst Verantwortung. So läuft das immer.« Er trank zwei Schluck Kaffee und stellte die Tasse hin. »Ich nehme die Bibliothekskosten auf mein Konto. Ich habe immer noch eine stärkere Finanzdecke. – Du kannst deine Schulfreunde sehen, wann immer du willst. Verständige sie einfach über das System. Sie werden die Mitteilung erhalten.«

Er verließ den Tisch. Sie saß einen Moment lang da und überlegte, versuchte zu Atem zu kommen.

Immerhin konnte sie zum Unterricht gehen, wenn sie es wollte. Sie konnte Zeit mit ihren Instrukteuren beantragen, das war auch etwas.

Sie konnte tun, was sie wollte.

Schon wieder Schüsse. Sie sah den Techniker finster an, der sie ihr verabreichte und ihr Blut abnahm. Sie *sah* Dr. Ivanov nicht einmal.

»In der Apotheke liegen Medikamente für Sie bereit«, erklärte der Techniker. »Wir haben Verständnis dafür, daß Sie zu Hause lernen wollen. Bitte seien Sie vorsichtig. Halten Sie sich an die Anweisungen.«

Der Techniker war ein Azi. Niemand, den sie anschreien konnte. Deshalb stand sie auf, hatte das Gefühl, daß sie rot wurde, und ging hinaus zur Apotheke in der Klinik, um das verdammte Zeug zu holen.

Kath. Zumindest war's nützlich.

Sie kam früh nach Hause, hatte kein Gespräch mit Dr. Ivanov, brauchte nicht herumzusitzen und zu warten. Sie warf den Beutel in den Plastikbehälter, las die Quittung und stellte fest, daß man ihr dreißig Credits für die Pillen berechnet hatte, und für Florians und Catlins wahrscheinlich auch.

»Verdammt«, sagte sie laut. »Haushälter, eine Mitteilung an Denys Nye: Die Medikamente gehen auf deine Rechnung. Du bezahlst sie. Ich habe sie nicht bestellt.«

Sie hätte aus der Haut fahren können.

Das lag an dem Schuß. Er war daran schuld. Sie atmete ein halbes Dutzend Mal tief durch und ging in die Bibliothek, um das Arzneifläschchen im Schrank unter der Maschine zu verstauen.

Verflucht. Es war noch gar nicht die Zeit für ihre Periode. Und trotzdem fühlte sie sich so. Sie fühlte sich ...

Aufgekratzt. Als wünschte sie sich, sie hätte heute abend Hausaufgaben zu erledigen, oder sonstwas. Oder sie könnte nach unten gehen und nach dem Füllen sehen. Sie hatte zu hart gearbeitet und sich zu selten dort unten sehen lassen, hatte die Arbeit, die die Aufzucht des Füllens machte, Florian überlassen, aber jetzt hatte sie auch darauf keine Lust. Die Schüsse störten sie, und sie haßte es, die Kontrolle über sich zu verlieren, wenn sie Leute um sich hatte. Es würde schon schwierig genug sein, in Catlins und Florians Gegenwart ruhig zu bleiben, wenn *sie* nach Hause kamen, ohne Andy auf die Nerven zu gehen, der zu nett war, als daß man es ihm zumuten konnte, sich mit einer ZIV herumzuärgern, die nervös und bei mieser Laune war.

Sie wußte, was mit ihr vor sich ging, es hatte mit ihrer Periode zu tun, der elende Dr. Ivanov pfuschte wieder daran herum, und es war ihr peinlich. Wenn sie mit anderen Leuten, mit Erwachsenen zu tun hatte, konnten sie ihr wahrscheinlich anmerken, was mit ihr los war, und das war ihr ebenso peinlich.

Das alles geschah wahrscheinlich auf Denys' Befehl. Darauf konnte sie wetten. Sie dachte über Möglichkeiten nach, sie davon abzuhalten, aber solange Ivanov das Recht hatte, ihre Aufseher-Lizenz aufzuheben, wenn sie den Sitzungen fernblieb – konnte sie nichts dagegen tun.

Mein Gott, dabei hatten diese Schüsse und diese Untersuchungen nun wirklich nichts damit zu tun, ob sie mit Azis umgehen konnte, nicht im mindesten – aber sie konnte es nicht beweisen, außer vielleicht, indem sie das tat, was die erste Ari getan hatte, den Sicherheitsdienst zu verständigen und eine Sitzung des Hausrats einberufen zu lassen.

Gott, und wenn sie dann vor all den Erwachsenen saß, die sie im Haus kannte, und ihnen das mit den Schüssen und ihrer Periode erklärte? Lieber wäre sie gestorben.

Lege dich nicht mit der Administration an, hatte Ari senior ihr vor dem Hintergrund ihrer eigenen Erfahrungen geraten.

Nur bestand der Unterschied darin, daß Ari senior an diesen Vorgängen ebenso schuld war wie Denys.

Verdammt!

Elender Mist.

Sie öffnete den Schrank mit den Bändern und suchte nach etwas, das sie ablenken und ihre Wut mildern konnte. Eines der U-Bänder. Dumas vielleicht. Sie würde das Band sogar zweimal laufen lassen. Sie wußte, daß es nichts ausmachte.

Aber ihr waren die Bänder für Erwachsene in den Sinn gekommen, die sie an das letzte Sex-Band denken ließen, das sie benutzt hatte, und das war lang her. Und dafür war sie genau in der richtigen Stimmung.

Deshalb zog sie eins mit dem Titel *Models* heraus, was nicht so peinlich klang wie die anderen; und nahm es in die Bibliothek mit, befahl dem Automatischen Haushälter, er sollte Florian und Catlin, wenn sie heimkämen, darüber informieren, daß sie gerade ein Band benutzte, und – sie überprüfte die Zeit – sie sollten sich noch fünfzehn Minuten gedulden, wenn sie die Mitteilung erhalten hätten.

Dann schloß sie die Tür zum Band-Labor, beruhigte sich mit einer schwachen Dosis Tranquilizer, was für ein Unterhaltungsband reichte, stellte das Gerät ein und ließ das Band laufen.

Noch etwas später überlegte sie, ob sie es unterbrechen

sollte. Es war ganz anders, als sie es sich vorgestellt hatte. Aber die Gefühle, die sie bekam, waren interessant.

Sehr interessant.

Florian und Catlin waren schon zu Hause, als das Band zu Ende war. Sie sollte sich noch nicht bewegen, dachte sie; aber es war nur eine kleine Dosis, es war nicht gefährlich, sie fühlte sich nur etwas benebelt davon, auf diese seltsame, warme Art. Sie fragte den Automatischen Haushälter, ob sie allein seien – eine dumme Vorsichtsmaßnahme –, bevor sie die Tür öffnete und herauskam.

Sie fand die beiden in der Küche, wo sie das Abendessen zubereiteten. Schon wieder aufgewärmtes Zeug. »Hallo, Sera«, sagte Florian. »Ist heute alles gut gelaufen?«

Er meinte das Essen mit Denys. Sie merkte, daß sie immer noch wütend war, auch wenn das Beruhigungsmittel es übertünchte. Es war seltsam – wie die Dinge im Laufe des Tages an Wichtigkeit gewannen und einbüßten. »Er hat meinen Unterricht beendet«, erwiderte sie. »Er sagte, ich brauche nicht mehr zum Unterricht zu gehen, nur wenn ich besondere Hilfe benötige. Er meinte, ich müßte mich mit zu vielen Bändern beschäftigen.«

Also, womit fange ich an? Diese dumme Sache. Als hätte ich Unmengen Zeit.

»Macht es Ihnen nichts aus, Sera?« Catlin klang besorgt.

»Nein.« Sie drückte sich vom Türrahmen ab und trat ein, um die Servietten zu verteilen. Der Timer des Herds lief, ein Flackern auf der grünen Anzeige. »Ich komme schon klar damit. Es macht nichts. Vielleicht hat er sogar recht: Ich muß eine Menge durcharbeiten. Und mir geht die Schule ja auch nicht völlig verloren.« Sie stützte sich auf eine Stuhllehne. Der Timer lief weiter. »Aber ich werde die anderen Kinder vermissen.«

»Werden wir uns denn mit ihnen treffen?« fragte Florian.

»Oh, natürlich. Das geht weiter.« Sie nahm ihren Teller in die Hand und hielt ihn hin, als Florian die Zange benutzte, um das erhitzte Essen aus dem Herd zu nehmen. Sie nahm sich eine Portion und setzte sich, während Florian und Catlin sich selbst bedienten und sich zu ihr gesellten.

Essen. Ein bißchen Geplauder. Und zurück in ihre Zimmer, um zu studieren. So war es immer gewesen, nur hatte sie jetzt ihr eigenes Büro und die beiden ihre eigenen Computer-Terminals und über den Automatischen Haushälter Zugriff ins Haussystem.

Sie ging in ihr Zimmer, um sich umzuziehen. Setzte sich aufs Bett und wünschte, sie hätte die Finger von dem Schrank gelassen, und wußte, daß sie in Schwierigkeiten war.

In ernsten Schwierigkeiten. Denn sie war zwar imstande, sich selbst etwas zu verbieten, wenn sie einen Grund dafür sah ... aber es wurde immer schwieriger, einen vernünftigen Grund zu finden, warum sie nicht tun sollte, was sie wollte, denn wenn sie es sich versagte, wurde sie wütend, und wenn sie wütend wurde, war dieses Gefühl da.

Sie setzte sich an den Computer und las die Daten aus der Basis Eins ... nervtötend lange Listen der alltäglichen Aufzeichnungen über die Haushaltsführung, die Ari senior hinterlassen hatte, so wie sie selbst sie gegenwärtig produzierten. Schließlich verlor Ari die Geduld und überflog sie nur noch. Wen kümmerte es schon, ob Ari senior am 28. September Tomaten bestellt hatte?

Sie dachte an die Bandbibliothek und überlegte, ob sie mit einem der Bänder mit den Empfehlungen beginnen sollte. Und kam schließlich zu dem Schluß, das sei wohl das Richtige.

»Sera«, klang Florians Stimme über den Automatischen Haushälter. »Entschuldigen Sie. Ich schreibe gerade die Liste. Möchten Sie etwas von der Verwaltung bestellen?«

War das denn zu fassen.

»Schick sie einfach ab.« Ein Gedanke schoß ihr durch den Kopf, heiß und verlockend, und sehr gefährlich. Dann sagte sie bedacht, wobei sie wußte, wie dumm es war: »Und komme gleich mal her. In mein Büro.«

»Ja, Sera.«

Dumm, sagte sie sich. *Und grausam. Verdammt, es ist* gemein, *das zu tun. Denk dir etwas anderes aus. Gib ihm einen Auftrag.*

Sie dachte an Ollie. So wie sie den ganzen Nachmittag an Ollie gedacht hatte. Ollie mit Mama. Ollie, als er und Mama jung ausgesehen hatten. Mama hatte nie allein sein müssen … wenn Ollie da war. Und Ollie war immer gern für sie da.

»Sera?« sagte Florians echte Stimme von der Tür.

»Ausschalten«, befahl sie Basis Eins, drehte ihren Stuhl herum und stand auf. »Komm rein, Florian! Was macht Catlin?«

»Sie studiert. Wir müssen uns noch mit einer Dienstanweisung beschäftigen. Ein ziemlich einfaches Band. Äh … brauchen Sie vielleicht etwas zum Abendessen? Soll ich Catlin holen?«

»Nein. Es geht schon. Ist es etwas sehr Dringendes?«

»Nein.«

»Selbst wenn ihr euch verspätet? Selbst wenn ihr nicht dazu kommt?«

»Nein, Sera. Wann wir können, sagten sie. Ich glaube, es wäre egal. Was kann ich denn für Sie tun?«

»Ich möchte, daß du einen Moment mit in mein Zimmer kommst«, antwortete sie, nahm ihn an der Hand und führte ihn durch den Flur in ihr Schlafzimmer.

Als sie drin waren, warf sie die Tür hinter sich zu und schloß ab.

Er sah die Tür und Ari besorgt an. »Gibt es irgendwelchen Ärger, Sera?«

»Ich weiß nicht.« Sie legte ihre Hände auf seine Schultern. Vorsichtig. Er zuckte, und seine Hände bewegten sich, die Andeutung einer Abwehrreaktion, auch wenn er wußte, daß sie's doch tun würde. Es war ihm unangenehm, berührt zu werden. So hatte er auch schon einmal auf Maddy reagiert. »Darf ich das? Macht dir das etwas aus?«

»Nein, Sera. Ich habe nichts dagegen.« Er war immer noch verwirrt. Sein Atem ging schneller und tiefer, als sie ihre Hände an seinen Seiten hinuntergleiten ließ und sich nach hinten arbeitete und wieder nach vorn. Vielleicht glaubte er, es sei eine Art Test. Vielleicht begriff er auch. Noch ein Zucken, als sie seine Brust berührte.

Sie wußte es besser. Das war das Furchtbare daran. Sie schämte sich vor sich selbst. Sie hatte Angst um Catlin und um ihn, aber nichts davon zählte im Moment.

Sie faßte seine Schultern etwas fester, wie ein Freund. »Florian. Weißt du, was Sex ist?«

Er nickte. Einmal und nachdrücklich.

»Wenn du es mit mir machen würdest, würde das Catlin weh tun?«

Ein Kopfschütteln. Ein tiefer Atemzug. »Nicht, wenn Sie sagen, es sei in Ordnung.«

»Und würde es *dich* verletzen?«

Noch ein Kopfschütteln. »Nein, Sera.«

»Bist du sicher?«

Ein heftiges Nicken. Noch ein Durchatmen. »Ja, Sera.« Und noch mal. »Darf ich Catlin Bescheid sagen?«

»Jetzt?«

»Wenn's eine Weile dauert. Sie wird sich Sorgen machen. Ich glaube, ich sollte es ihr sagen.«

Das war fair. Alles war mit Komplikationen verbunden. »Gut«, sagte sie. »Aber komm gleich zurück!«

V

Er ließ die Sera schließlich schlafen – er hatte selbst ein wenig geschlafen, aber die Sera war unruhig. Sie sagte, ihr sei ein wenig unwohl, und er könne zurückgehen und in seinem eigenen Bett schlafen, es ginge ihr schon gut, sie wollte jetzt nur schlafen und sei nicht daran gewöhnt, jemanden bei sich zu haben.

Deshalb zog er seine Hose an, aber weil er sowieso gleich wieder ins Bett ging, trug er den Rest, schlüpfte hinaus und schloß die Tür.

Aber in Catlins Zimmer war das Licht an, und sie trat in den Flur.

Er blieb wie versteinert stehen. Er wünschte, er hätte sich ganz angezogen.

Sie stand bloß einen Moment lang da. Deshalb ging er bis zu ihrem Zimmer, an seiner eigenen Tür vorbei.

»Alles in Ordnung?« fragte sie.

»Ich glaube schon«, erwiderte er. Die Sera hatte ein wenig Schmerzen, er hatte ihr unvermeidlich weh getan, weil sie so gebaut war: Sie hatte aber gesagt, er solle weitermachen, und war überaus zufrieden mit ihm gewesen. Er hoffte es. Er hoffte es sehr. »Die Sera sagte, sie wollte schlafen, und ich sollte ins Bett gehen. Ich werde mir die Gebrauchsanweisung morgen ansehen.«

Catlin sah ihn bloß an, so wie sie es manchmal tat, wenn sie verwirrt war, und man merkte ihr deutlich an, was in ihr vorging. Er wußte nicht, was er zu ihr sagen sollte. Weil er nicht wußte, was sie von ihm wollte.

»Was ist das für ein Gefühl?«

»Angenehm«, sagte er mit ungleichmäßigem Atem. Und wußte in diesem Moment, was er ihr sagen sollte, und welche Gedanken sie sich gemacht hatte und immer noch machte. Sie waren Partner. Schon seit vielen Jahren. Catlin war neugierig. Manche Dinge gingen an ihr vorbei, und sie widmete ihnen keine Aufmerksamkeit. Aber wenn Catlin derart interessiert war, wollte sie einer Sache auf den Grund gehen, ebenso wie sie einen Gegenstand auseinandergenommen hätte, um ihn zu verstehen.

Schließlich fragte sie (und er ahnte, daß das kommen würde): »Kannst du's mir zeigen? Meinst du, daß die Sera etwas dagegen hätte?«

Es war nicht verkehrt. Er hätte einen vom Band hervorgerufenen Schock gespürt, wenn dem so gewesen wäre. Er war müde. Aber wenn seine Partnerin etwas wollte, bekam sie es auch, das war schon immer so gewesen.

»In Ordnung«, willigte er ein und versuchte sich wachzumachen, um die Energie zu finden. Und folgte ihr in ihr Zimmer.

Dort zog er sich aus. Sie tat dasselbe – was ein seltsames Gefühl war, weil sie sich immer so taktvoll verhalten hatten, selbst wenn sie im Einsatz waren, und normalerweise nicht hinsahen, wenn der andere nichts trug.

Aber ihm war es peinlicher als ihr, weil er immer sexuelle Gefühle gehabt hatte, das begriff er jetzt – während es Catlin, die in vielerlei Hinsicht so viel fähiger war als er, an vielem mangelte, was die fließenden Werte, wie die Sera es nannte, mit sich brachten.

»Ins Bett«, sagte er, schlug die Decke zurück und kroch hinein, weil er etwas fröstelte; und weil es im Bett gemütlich war, wie in einer Art Ruhestätte, und er wußte, daß es Catlin unter diesen Umständen weniger unangenehm sein würde, ihn Haut an Haut zu spüren.

Dann kam sie und lag mit dem Gesicht zu ihm an seiner Seite, und rückte näher, als er sie dazu aufforderte, und entspannte sich, als er sie darum bat, auch wenn er die Hand auf ihre Seite legte und sein Knie zwischen ihre schob. »Erst einmal läßt du mich alles machen«, sagte er und erklärte ihr, daß ein leichter Schmerz dazugehörte, aber in Catlins Fall bedeutete das nur, daß sie nicht darauf reagieren sollte. Mit solchen Dingen durfte man sie nicht überraschen.

»Gut«, flüsterte er.

Sie *konnte* darauf eingehen, das fand er sehr schnell mit seinen Fingern heraus.

Er hielt inne. »Es wird jetzt stärker. Möchtest du so weitermachen? Ist das ein angenehmes Gefühl?«

Sie dachte darüber nach. Atmete schwer. »Ist schön«, entschied sie.

»Du läßt das wieder anfangen«, sagte er. »Dann tust du dasselbe mit mir. In Ordnung? Es ist wie beim Tanzen. Variationen. Verstehst du?«

Sie atmete tief durch und hörte auf seinen Rat, bis er plötzlich merkte, daß er die Kontrolle verlor. »Entspanne dich«, keuchte er. »Hör auf.«

Sie gehorchte. Von da an kam er gut zurecht und fand es einfacher als mit der Sera – aber das war kein Wunder. Catlin hörte auf ihn; selbst wenn es schwerfiel, und diesmal wußte er sehr viel besser, was er tat.

Er warnte sie vor bestimmten Dingen. Sie war so vorsichtig mit ihm, wie er mit ihr, ließ sich zu keiner unvorhergesehenen Reaktion hinreißen: In dieser Hinsicht hatte er in sie auch mehr Vertrauen.

Sie fügte ihm keinen einzigen Kratzer zu. Ganz im Gegensatz zur Sera.

Schließlich war er fertig; und sagte außer Atem: »Mehr kann ich jetzt nicht, Catlin. Entschuldige. Es war das zweite Mal hintereinander für mich. Ich bin furchtbar müde.«

Sie war einen Moment lang still, selbst außer Atem. »Das war schon gut.« In diesem nachdenklichen Ton, den sie anschlug, wenn ihr etwas gefiel.

Aus diesem warmen Gefühl heraus umarmte er sie. Sie begriff nicht immer, warum er solche Dinge tat. Er nahm nicht an, daß sie es diesmal ganz begriffen hatte, nur daß es ein vorübergehender Reflex war, eine sexuelle Angelegenheit, aber als er sie auf die Stirn küßte und sagte, er ginge jetzt besser wieder in sein eigenes Bett:

»Du kannst ruhig hier bleiben.« Und schmiegte sich in seiner verwirrten Stimmung an ihn und schenkte ihm etwas Geborgenheit, die es ihm leichter machte, nicht zu gehen.

Sie mußten ohnehin vor der Sera aufstehen.

VI

Das Signal des Automatischen Haushälters weckte Ari auf, und sie blieb noch für einen Moment liegen und erinnerte sich, was sie letzte Nacht getan hatte.

Ein wenig erschrocken. Ein wenig verletzt. Es war nicht ganz so wie auf den Bändern gewesen – eben so wie im richtigen Leben, ein bißchen ungeschickt. Aber von irgend jemand hatte sie gehört – vom Band, vermutete sie –, daß dergleichen vorkam; selbst Sex erfordert Übung.

Sie waren nun einmal zwei Zwölfjährige, nicht ganz dreizehn. Und das war sehr jung. Ihr Körper war noch nicht ganz ausgewachsen, Florians auch nicht. Sie wußte, daß das etwas ausmachte.

Das hatte sie vom Band erfahren. »Bezieht sich Ari irgendwo auf Sex?« fragte sie die Basis Eins.

Aber Basis Eins rief denselben Text auf wie immer, und sie hatte ihn so oft gelesen, daß sie ihn auswendig kannte.

Sie hatte sich völlig unverantwortlich benommen, das machte ihr zu schaffen. Sie hätte den beiden weh tun können, und das Schlimmste war, daß sie immer noch dazu fähig war: Sie war auch an diesem Morgen noch aufgekratzt – zwar sehr viel cooler und ruhiger, aber Sex war wie das Band, man erinnerte sich schwer daran, was für ein Gefühl das in der Minute danach gewesen war, ein fauler Zauber, der nur Neugier zurückließ, etwas in der Art wie eine Wunde, an der ein Idiot immer wieder herumkratzte, um festzustellen, ob sie noch schmerzte.

Man vergaß viele Dinge sehr leicht, wenn *das* anfing.

Zum Beispiel seine Verantwortlichkeit. Die Leute, auf die man aufpassen mußte.

Sogar wer man war.

Ari senior hatte recht. Es machte einen wirr im Kopf. Es konnte leicht die Kontrolle über einen übernehmen.

Beim Sex bist du am verwundbarsten. Wenn du deinen Verstand einsetzt, am wenigsten.

Diese verdammten Schüsse! Sie bearbeiten mich, das machen sie, sie bearbeiten mich und ich kann's nicht verhindern. Dr. Ivanov kann mir meine Lizenz entziehen, wenn ich sie nicht nehme, und ich weiß, was sie tun, verdammt noch mal!

Dieses Zeug ist noch immer in meinem Blutkreislauf. Ich kann's immer noch spüren. Die Hormone drehen durch.

Und ich will Florian immer noch hier haben und es noch mal mit ihm versuchen, ich Idiotin.

Du Idiotin, Ari Emory, du verdammte Idiotin!

»Geht's dir gut?« fragte sie Florian, als sie ihn vor dem Frühstück im Flur beiseitenahm. Vorsichtig. Paß auf, was du tust. Das war das einzige Gegenmittel.

»Ja, Sera«, antwortete Florian und sah dabei ängstlich aus – vielleicht weil er allein aus der Küche und ans Ende des Flurs gezogen und gegen die Wand gedrückt worden war, vielleicht weil er glaubte, sie würden es noch einmal machen.

Beruhige dich. Bring ihn nicht durcheinander. Du hast genug angestellt, du Verrückte. Sie konnte Mama hören, ganz deutlich hören, wenn sie etwas Dummes machte – *Verdammt, Ollie!* »Bist du dir sicher? Sag das nicht, nur um mich zu beruhigen, Florian. Wenn ich etwas Falsches getan habe, sage es mir.«

»Es geht mir gut.« Er atmete tief durch. »Aber, Sera ... Catlin und ich ... sie ... ich ... Sera, ich habe letzte Nacht es auch mit ihr gemacht. Wir ... wir haben auch Sex gemacht. Als wir es machten, fanden wir es nicht schlimm. Das war es auch nicht – oder?«

Ein Hormonschub. Schlechte Laune. Panik. Sie spürte, wie ihr Atem sich beschleunigte, verschränkte die Arme, drehte sich um und betrachtete einen Moment lang den Fliesenfußboden, ehe sie sich aus der Starre reißen und wieder zur Vernunft kommen konnte.

Es war dumm, Ari. Wirklich dumm. Schau, was passiert ist.

Sie *ist seine Partnerin, nicht ich, worauf sollte ich also eifersüchtig sein? Ich habe ihm etwas Gemeines angetan, und er weiß nicht einmal, daß es nicht richtig war.*

Oh, verdammt, Ari. Verdammt!

Ein Fließen. Das ist es, was Sex auslöst. Einen extremen Flux-Zustand. Das ist es, was mit mir vor sich geht.

»Aber es geht ihr doch wohl gut?« fragte sie und blickte sich zu Florian um – einem schmerzlich besorgten Florian. »Es geht ihr gut heute morgen, ja? Ich meine, du bist dir sicher, daß es zwischen euch nichts verdorben hat. *Darum* mache ich mir Sorgen.«

Sein Gesicht erhellte sich, als träte er aus einem Schatten.

»Oh, nein, Sera. Nein. Wir … wir sind nur so darauf gekommen … Sera, Catlin war bloß neugierig. Sie wissen, wie sie ist. Wenn es etwas gibt, das sie nicht kennt, will sie mehr darüber wissen, und wenn es mich betrifft – dann *muß* sie es sogar wissen, Sera, sie muß unbedingt verstehen, was vorgeht.« Der finstere Ausdruck verdunkelte wieder sein Gesicht. »Alles was ich tue – betrifft auch sie. Es geht nicht anders.«

Sie legte eine Hand auf seinen Arm, nahm seine Hand und drückte sie fest. »Natürlich. Schon gut. Es ist wirklich nicht schlimm, Florian. Ich bin nur beunruhigt, wenn ihr zwei es seid. Ich mache euch keine Vorwürfe. Es macht mir nichts aus, was ihr getan habt. Ich mache mir nur Sorgen, ich hätte euch weh tun können.«

»Nein, Sera.« Er glaubte ihr alles. Er würde alles für sie tun. Er wirkte ungeheuer erleichtert. Sie hakte sich bei ihm ein und hielt seine Hand, während sie mit ihm durch den Flur in die Küche zurückging, wo Klappern und die Geräusche zugeworfener Türen verrieten, daß Catlin beschäftigt war.

»Aber Catlin ist nicht so sozial wie du. Und Sex ist ein enormer Schock, Florian, eine schwere Hormonbelastung.« *Aber es sind die fließenden Werte, die einem die Kontrolle rauben. Das Fließen und die Rückkopplung, die Wechselwirkung zwischen Gehirn und Hormonen. Das geht gerade mit mir vor. So funktionieren ZIVs. In der ganzen Umgebung sind die Werte im Fließen begriffen. Nicht einmal Florian geht derart im Flux-Denken auf.* »Hat es sie wirklich nicht beunruhigt?«

»Bestimmt nicht. Sie sagte, es sei wie ein gutes Training.«

Ihr entfuhr ein leichtes Lachen, inmitten ihrer Angst nur Ausdruck einer Überraschung, die ihre Sorge etwas milderte, in anderer Hinsicht aber nur bestärkte. »Oh, verdammt, Florian. Ich weiß nicht alles, was ich wissen sollte. Manchmal wünschte ich, ich wäre auch ein Azi. Paß unbedingt auf Catlin auf. Wenn ihre Reaktionen nicht der Norm entsprechen, oder deine, will ich davon erfahren, und zwar sofort – ruf mich an, wenn ihr deswegen eine Übung unterbrechen müßt, verstanden?«

»Ja, Sera.«

»Ich mache mir bloß Sorgen – weil ich nun mal für euch verantwortlich bin, das ist alles. Und mit uns herumzuexperimentieren, macht mich nervös, weil ich mich an niemanden wenden und fragen kann, ich muß einfach probieren, und ich bin darauf angewiesen, daß ihr mir etwas sagt, wenn ich etwas falsch mache mit euch. Wehrt euch, verstehst du? Ihr müßt euch wehren, wenn ihr meint, daß ich etwas tue, das ich nicht tun sollte.«

»Ja, Sera.« Die Antwort erfolgte so automatisch wie ein Atemzug.

Sie erreichten die Küche. Catlin verteilte die Teller. Sie blickte zu ihnen auf und die Furche zwischen ihren Brauen drückte eine gewisse Ratlosigkeit aus.

»Ich mache schon keinen Ärger«, sagte Ari. »Florian hat mir alles erzählt. Es ist schon in Ordnung.«

Die Furche glättete sich, und eines der wenigen Male lächelte Catlin richtig.

»Er war richtig glücklich«, erzählte Catlin. Es war ihre Art, gelegentlich ohne Umschweife zur Sache zu kommen.

Natürlich war Florian glücklich gewesen. Seine Aufseherin war mit ihm ins Bett gegangen und hatte ihm gesagt, er sei gut gewesen; und ihn dann in einem intensiven fließenden Zustand fortgeschickt, um auf eine Catlin zu treffen, die so im Fließen aufging, wie es bei ihr nur möglich war – weil ihre Aufseherin sie ausgesperrt hatte und mit ihrem Partner etwas Geheimnisvolles und von Gefühlen Bestimmtes anstellte.

Unter dieser Belastung waren sie also aufgewacht.

Du Idiotin, Ari. Du hast sie gleich zweimal durcheinander gebracht. Kann ich überhaupt etwas richtig machen?

Sie frühstückten. Gib mal das Salz rüber. Noch etwas Kaffee, Sera? – Während Ari immer noch ein unangenehmes Gefühl im Magen hatte und nachzudenken und gleichzeitig fröhlich zu wirken versuchte.

»Florian«, sagte sie dann schließlich. »Catlin.«

Zwei hundertprozentig aufmerksame Gesichter wandten sich ihr zu, offen wie Blumen dem Licht.

»Was letzte Nacht angeht – wir sind alle wirklich noch ziemlich jung. Vielleicht ist es gut, wenn wir miteinander Erfahrungen machen, damit wir nicht zu sehr ins Fließen geraten, wenn wir's mit anderen Leuten machen, denn Leute können einen auf diese Weise bearbeiten. Aber wir sollten auf keinen Fall damit anfangen, uns gegenseitig zu bearbeiten, ohne es zu wollen, selbst wenn's Spaß macht, denn es schwächt bestimmt unsere Verteidigungsfähigkeit. Bei mir war das der Fall.«

Sie sprach vor allem zu Catlin. Und Catlin erwiderte: »Das stimmt.« Mit ihrem sonderbaren Lachen, das man ebenso selten zu hören bekam, wie man ihr ehrliches Lächeln sah. »Man könnte sich das zunutze machen.«

»Das könnte man bestimmt«, sagte Ari schließlich, inzwischen schon etwas beherrschter. Das Fließen ließ immer mehr nach, da sie nun wußte, wie sie vorzugehen hatte. »Aber es ist schwierig für ZIVs. Ich habe wirklich Probleme mit dem Fließen ... wenn auch keine, mit denen ich nicht fertig werden kann. Ihr müßt euch daran gewöhnen, daß ich hin und wieder ein bißchen aufgekratzt bin; es dauert nicht lang, und es tut mir nicht weh, es gehört bei ZIVs nur zum Sex dazu, und ich weiß, daß ich mit euch nicht über meine psychologischen Probleme diskutieren sollte – aber jetzt habe ich sie durchschaut, ich habe mein Gleichgewicht gefunden. Es ist für einen ZIV überhaupt nichts Ungewöhnliches. Ihr wißt ein bißchen darüber. Ich kann euch noch sehr viel mehr erzählen. Vielleicht wollte ich das auch – nehmt mich nur als Beispiel, für den Anfang. Du bist nicht ans Fließen gewöhnt ...« – mit einem unverwandten Blick auf Catlin – »jedenfalls nicht allzu sehr. Du hast das Richtige gemacht, als Florian verletzt wurde. Aber damit kennst du dich aus. Das hier ist ganz neu, es ist angenehm, und es ist etwas für Ältere. Wie Wein. Wenn es dir unangenehm ist, sagst du's Florian oder mir, in Ordnung«

»In Ordnung«, erwiderte Catlin, ganz offen und sehr ernst. »Aber Florian hatte schon ein Band darüber, also kennt er sich doch damit aus. Wenn er von mir kein Nein hört, ist er einfach der Spezialist dafür, das reicht doch. Aber ich kann's auch lernen.«

Verlaß dich auf Catlin. Ari wandte den Blick nicht von ihren Eiern, weil Cat sehr gut darin war, Gesichtsausdrücke zu deuten, und sie mußte fast lachen.

Die Hormone spielten immer noch verrückt. Aber das Gehirn fing an, sich zu wehren.

Das Gehirn mußte gewinnen, hatte Ari senior gesagt. Aber die kleine Drüse am Hirnstamm ist die Ursache einer Menge Schwierigkeiten. Es ist kein Zufall, daß sie so nah beieinanderliegen: Gott hat Sinn für Humor.

VII

»Wir erteilen die Erlaubnis, daß Will sich das Unterprogramm einverleiben darf«, erklärte Yanni. »Ich bin der Ansicht – und die Kommission auch –, daß er das in einem bestimmten Ausmaß schon getan hat, von dem Zeitpunkt an, da es zu wirken anfing. Das ist nicht überraschend, wenn man bedenkt, daß es die Werte von Tiefensets berührt … und ich bin einer Meinung mit der Kommission: Es ist der Beachtung wert.«

Justin starrte auf die Kante von Yannis Schreibtisch. Ohne ihn scharf zu sehen. »Das meine ich auch«, sagte er schließlich.

»Was denkst du darüber?«

Er atmete durch, löste sich gewaltsam von den Schatten, die seine Gedanken verdunkelten, und sah Yanni ins Gesicht – nicht in die Augen. »Ich glaube, die Kommission hat recht. Ich hab's noch nicht unter diesem Gesichtspunkt betrachtet.«

»Hm – wie siehst du denn das Problem?«

»Ich weiß nicht.«

»Mein Gott, wach auf, mein Junge! Du denkst nicht, du weißt nichts, was, zum Teufel, ist mit dir los?«

Er schüttelte den Kopf. »Ich bin müde, Yanni. Einfach nur müde.«

Er wartete darauf, daß er platzte, Aber Yanni lehnte sich nur nach vorn auf seine Arme und gab ein schweres Seufzen von sich.

»Geht's um Grant?«

Justin blickte an die Wand.

»Es tut mir wirklich leid«, sagte Yanni. »Junge, es ist nur für eine Zeit. Hör mal, willst du wissen, wann es soweit ist? Er wird seine Genehmigung bekommen. Es dauert noch etwas.«

»Natürlich«, erwiderte Justin leise. »Natürlich. Es dauert immer noch etwas. Ich kenne das Spielchen. Ich hab's schon so oft gehört, Yanni. Ich bin's satt. Ich bin müde, Grant ist müde. Und ich weiß, daß Jordan auch müde wird.« Er war den Tränen nah. Er hörte auf und starrte nur blind vor sich hin, an die Wand und in die Ecke, wo die Regale anfingen. Der Beschwörungsstab eines Downers, der in einer Vitrine zur Schau gestellt wurde. Yanni hatte einen gewissen Sinn für Kunst. Oder es war ein Geschenk von jemandem. Justin hatte sich das früher schon gefragt. Er beneidete Yanni um das Stück.

»Hör mal, mein Junge ...«

»Nenn mich nicht so!« Er lenkte seinen Blick gewaltsam auf Yanni zurück, und sein Atem stockte. »Bitte nenne mich nicht so. Ich kann das nicht hören.«

Yanni starrte ihn einen Moment lang an. Er hätte Justin in Stücke reißen können. Er kannte ihn gut genug dafür. Und Justin hatte ihn im Laufe der Jahre alle Mittel in die Hände gegeben. Ein besonders wirksames jetzt, indem er so reagiert hatte.

Aber selbst das machte nichts aus.

»Morley hat deine Arbeit an dem jungen Benjamin in einer Mitteilung gelobt«, berichtete Yanni. »Er sagte, deine Argumente seien sehr überzeugend. Er wird sie der Kommission vortragen.«

Das Rubin-Baby. Das kein Baby mehr war. Sechs Jahre alt inzwischen – ein schmächtiger, sanfter Junge mit großen Augen und einem Haufen gesundheitlicher Probleme, der sehr an der jungen Ally Morley hing. Und in gewissem Ausmaß – sein Patient war.

Yanni zielte also jetzt auf seine schwachen Stellen. Wie nicht anders zu erwarten. Justin würde dieses Büro nicht unbeschadet verlassen. Er hatte das gewußt, als Yanni ihn herholte.

Er starrte das Artefakt in der Vitrine an.

Nichtmenschlich. Ein friedfertiges Volk, das den Menschen kein Recht gab, es primitiv zu nennen. Was sie natürlich doch taten. Und was ihnen einen Grund gegeben hatte, diesen Planeten zu ihrem Protektorat zu machen.

»Mein Junge – Justin. Ich sage dir doch, daß es nur ein vorübergehender Aufschub ist. Das habe ich Grant auch gesagt. Vielleicht für sechs Monate. Bestimmt nicht mehr.«

»Wenn ich ...« Für einen Moment war er ganz kühl, zumindest kühl genug, um zu reden, ohne zusammenzubrechen. »Wenn ich mich damit einverstanden erkläre, mich in Gewahrsam nehmen zu lassen – wenn ich einverstanden bin, mich mit einer Tiefensonde verhören zu lassen – über alles, was je zwischen mir und Jordan vorgegangen ist – würde das reichen, damit Grant seine Genehmigung bekommt?«

Langes Schweigen. »Dieses Angebot werde ich ihnen nicht machen«, sagte Yanni schließlich. »Verdammt, nein.«

Er wandte Yanni seinen Blick zu. »Ich habe nichts zu verbergen. Es gibt einfach nichts, Yanni, nicht einmal einen sündigen Gedanken – es sei denn, du wärst überrascht, daß ich die Administration Reseunes am liebsten zur Hölle wünschte. Aber ich würde nichts unternehmen, damit sie wirklich dorthin geschickt wird. Ich habe alles zu verlieren. Zu viele Leute haben das.«

»Ich habe auch etwas zu verlieren«, erwiderte Yanni. »Ich habe einen jungen Mann, der nur deshalb keine Sonderperson ist, weil Reseune es nicht wagen würde, einen entsprechenden Antrag vorzubringen – und dir diesen Schutz zu gewährleisten.«

»Das ist kompletter Unsinn.«

»Ich habe dir eine Chance gegeben. Ich bin Risiken für dich eingegangen. Ich sagte nicht, daß ich glaube, Will habe ein Problem. Ich behaupte nur, daß ein Test deiner Programme – Versuchspersonen verbrauchen könnte. Aufgrund ihrer besonderen Beschaffenheit. Wenn sie einmal eingeschliffen sind, erfordert es eine Gehirnwäsche, um sie zu entfernen. Das bedeutet nicht, daß sie nicht nützlich sind.«

Wie vom Verteidigungsamt.

Testprogramme mit Gehirnwäschen zwischen den einzelnen Erprobungen ...

»Justin?«

»Mein Gott. Ich versuche den Azis zu helfen – und habe eine Monstrosität fürs Verteidigungsamt geschaffen. Mein Gott, Yanni ...«

»Beruhige dich. Beruhige dich doch! Wir reden nicht übers Verteidigungsamt.«

»Das läßt sich überhaupt nicht vermeiden. Wenn sie Wind davon bekommen ...«

»Bis zur Anwendung ist ein langer Weg, Beruhige dich!«

Es ist meine Arbeit. Ohne mich – können sie's nicht tun. Wenn mir etwas zustößt – können sie nichts mehr damit anfangen – eine ganze Zeit nicht.

Oh, verdammt, die ganzen Papiere, all meine Notizen ...

Grant.

»Reseune gibt seine Verfahren nicht preis«, sagte Yanni besonnen und vernünftig. »Davon kann keine Rede sein.«

»Reseune und das Verteidigungsamt stecken unter einer Decke. Schon die ganze Zeit, seit Giraud den Platz im Rat eingenommen hat.«

Seit Ari gestorben ist schon. Seit ihre Nachfolger alles verkauften – alles, wofür sie stand.

Gott – ich wünschte, sie wäre noch am Leben.

Das arme Kind – es hat keine Chance.

»Mein Junge ... Entschuldige: Justin. Ich habe mir das so angewöhnt. – Hör mir zu! Ich verstehe, was du meinst. Ich kann es durchaus nachvollziehen. Es macht mir auch Sorgen.«

»Läuft ein Band mit, Yanni?«

Yanni biß sich in die Lippe und drückte einen Knopf auf seinem Schreibtisch. »Jetzt nicht mehr.«

»Wo ist das Band?«

»Ich passe schon drauf auf.«

»Wo ist das verdammte Band, Yanni?«

»Beruhige dich und hör mir zu! Ich bin bereit, mit dir zusammenzuarbeiten. Ohne jeden Vorbehalt. Darf ich dir eine Frage stellen? Deinem Psychoprofil ist zu entnehmen, daß ein Selbstmord unwahrscheinlich ist. Aber gib mir eine ehrliche Antwort: Hast du je daran gedacht?«

»Nein.« Sein Herz machte einen schmerzhaften Sprung. Es war eine Lüge. Und zugleich nicht. Er hatte damals daran gedacht. Und es hatte ihm das gefehlt, was dazu gehörte. Oder ein vernünftiger Grund. *Mein Gott, was gehört denn dazu? Muß ich erst die Kinder ins Feuer spazieren sehen, bevor ich genug Schuld verspüre? Dann ist es zu spät. Was für ein Monster bin ich?*

»Ich will dich an was erinnern – du würdest Grant töten. Und sogar deinen Vater. Oder schlimmer noch – sie würden damit leben.«

»Fahr zur Hölle, Yanni!«

»Meinst du, andere Forscher haben sich diese Fragen nicht gestellt?«

»Carnath und Emory haben Reseune aufgebaut! Willst du etwa behaupten, daß dieses Paar je etwas um Moral gegeben hat?«

»Meinst du, bei Ari sei das nicht der Fall gewesen?«

»Sicher. Bei Gehenna zum Beispiel.«

»Die Kolonie lebte. Sie lebte, auch wenn jeder einzelne ZIV starb. Das war Emorys Werk, verdammt richtig. Die Azis haben überlebt.«

»Völlig verwahrlost. Unter widerwärtigen Umständen – wie elende Primitive …«*

»*Weil* sie verwahrlost waren. Durch Katastrophen, die jeden Vorteil aufhoben, mit dem sie gekommen waren. Die Kultur auf diesem Planeten ist eine Azi-Kultur. Und sie ist einzigartig. Du vergißt die Möglichkeiten des menschlichen Gehirns, Justin. Die menschliche Erfindungsgabe. Den Willen zum Überleben. Du kannst einen Azi-Soldaten ins Feuer schicken – aber er ist eher als sein ZIV-Gegenstück dazu in der Lage, sich an seinen Sergeant zu wenden und zu fragen, was das bringt. Und der Sergeant tut gut daran, eine Antwort parat zu haben, die für ihn Sinn ergibt. Du solltest dich einmal unter den Militärs umsehen, Justin. Du hast eine echte Abneigung dagegen, aber nimm's diesen fremdartigen Psychen nicht übel. Sie haben es mit extremen Situationen zu tun. Die militärischen Sets erlauben es, daß sie ins Feuer marschieren. Aber ein Azi, der zu leicht dazu bereit ist, stellt ein Risiko dar, und ein Azi, der gerne tötet, ist noch schlimmer. Du solltest einen Blick auf die Wirklichkeit werfen, bevor du dich von Panik übermannen läßt. Schau dir die Militärarbeiter da unten an. Sie sind verdammt gut. Sehr freundlich, sehr kompetent, sehr ungehalten, wenn Funktionsstörungen auftreten, und sehr leicht zu beaufsichtigen, solang sie den Eindruck haben, daß man qualifiziert ist, und in der Lage, sich zu entspannen, wenn sie frei haben, ganz anders als einige unserer massenproduzierten Arbeitssüchtigen. Schau dir die Wirklichkeit an, bevor du dir Sorgen zu machen beginnst. Sieh dir die spezifischen Typen an.«

»Das sind auch Überlebende«, sagte Justin. »Nämlich diejenigen, die den Krieg überstanden haben.«

»Die Überlebensrate unter den Azis ist höher als unter ZIVS, um die fünfzehn Prozent. Ich persönlich habe keine Bedenken, was die Azis angeht. Die sind in Ordnung. Sie kommen mit sich selbst gut zurecht. Aber deine Arbeit

---

* Siehe C. J. Cherryh, ›40000 in Gehenna‹, Heyne Science Fiction & Fantasy, 06/4263.

könnte für ZIV-Psychen von einiger Bedeutung sein, für die Behandlung von Verhaltensstörungen. Eine Vielzahl von Anwendungen sind denkbar, wenn es sich bestätigt. Wir haben es mit Menschen zu tun. Und mit Werkzeugen. Man kann jemanden mit einem Laser töten. Man kann damit aber auch ein Leben retten. Das bedeutet nicht, daß wir keine Laser haben sollten. Oder geschaffene Messer. Oder Hämmer. Oder was auch immer. Aber ich bin verdammt froh, daß wir Laser haben, andernfalls wäre ich blind auf dem rechten Auge. Verstehst du, was ich meine?«

»Alte Sprüche, Yanni.«

»Ich meine, ob du wirklich verstehst, was ich sage? Innen drin?«

»Ja.« Das stimmte. Seine Instinkte klammerten sich trotz allem an die alten Argumente, wie ein Baby, das sich in eine Decke kuschelte. Ebenso unreif. Ebensowenig imstande, die Wahrheit zu erkennen. Verdammt. Sag einem Menschen eine abgedroschene Entschuldigung vor, und er eignet sie sich an, um seinen Schmerz zu stillen. Auch wenn er weiß, daß derjenige, der sie ihm vorsagte, ihn nur manipulieren wollte.

»Abgesehen davon«, fuhr Yanni fort, »bist du ein Mann mit Grundsätzen. Und Menschen hören nicht auf zu lernen, bloß weil bestimmte Dinge riskant sein könnten: Wenn deine Einsicht zutrifft, bist du nur ein paar Jahrzehnte jemandem voraus, der es selbst herausfinden wird. Und wer weiß, ob dieser Forscher überhaupt deine Grundsätze haben wird – oder deinen Einfluß.«

»Einfluß? Ich schaff's nicht einmal, daß mein Bruder seinen Vater besuchen darf!«

»Du kannst eine ganze Menge erreichen, wenn du's richtig anfängst.«

»Oh, verdammt! Geht's jetzt ums große Geschäft? Sind wir mit der Moral für heute fertig?«

»Dein Bruder. Grant ist in vielerlei Hinsicht wichtig für dich. Nicht wahr?«

»Geh zum Teufel!«

»Er ist nicht mit dir verwandt. Ich weise nur darauf hin, daß du dich gerade auf bemerkenswerte Weise mehrdeutig zeigst. Du hast auf vielen empfindlichen Gebieten verschwommene Ansichten – einschließlich einer gewissen Neigung, jedem Erfolg, der dir gelingt, zu mißtrauen, dich selbst immer wieder in bezug auf andere Menschen zu definieren – als Jordans Sohn, Grants … Bruder, als Geisel der Administration. Weniger als menschliches Wesen denn als Brennpunkt all dieser Kräfte. Dabei bist du doch auch für dich selber wichtig, Justin. Du bist jetzt dreißig … einunddreißig Jahre alt. Zeit, daß du dich fragst, wer Justin ist.«

»Jetzt haben wir's wirklich mit einer fremdartigen Psyche zu tun, was?«

»Ich nehme heute kein Blatt vor den Mund. Du bist nicht für das Universum verantwortlich. Du bist nicht für eine verdammte Sache verantwortlich, die auf Dingen beruht, auf die du keinen Einfluß hast. Vielleicht bist du aber dafür verantwortlich, dir klar zu machen, worauf du Einfluß ausüben könntest, wenn du wolltest, wenn du aufhören würdest, dich mit den Problemen anderer Leute zu befassen, statt dich auf deine eigenen Fähigkeiten zu besinnen – die dich meiner Ansicht nach dazu qualifizieren könnten, eine Sonderperson zu werden. Was gleichzeitig viele Fragen beantwortet, warum du Probleme hast: Es fehlt dir an entsprechenden Begrenzungen. *Daran* liegt es, mein Junge. Alle Sonderpersonen haben dieses Problem. Es ist wirklich schwer, die Menschen zu verstehen, wenn du allen in deiner Umgebung die Komplexität deines eigenen Denkens zusprichst. In deiner Umgebung befinden sich einige sehr helle Köpfe – genug, um dich glauben zu machen, das sei normal. Das gilt vor allem für Jordan: Er genießt durch sein Alter einen Vorteil, nicht wahr, und du hast ihn immer mit Gott verwechselt. Denk darüber nach! Was das Rubin-Kind angeht, hast du das alles verstanden. Übertrage es einmal auf deine eigenen Lebensumstände. Tu uns allen einen Gefallen.«

»Warum erklärst du mir nicht einfach, was ich tun soll?

Ich bin wirklich müde, Yanni. Ich gebe nach. Sag's mir, dann tue ich's.«

»Du sollst am Leben bleiben.«

Er blinzelte. Biß sich in die Lippe.

»Willst du dich von mir unterkriegen lassen?« fragte Yanni.

Der Schleier hatte sich gehoben. Die Tränen waren getrocknet. Er schämte sich nur, und er war wütend genug, um Yanni den Hals zu brechen.

Yanni lächelte ihn an. Was für ein blasiertes Schwein.

»Ich könnte dich umbringen«, sagte Justin.

»Nein, könntest du nicht«, wiedersprach Yanni. »Das ist nicht in deinem Profil. Du kehrst alles nach innen. Das wirst du dir nie ganz abgewöhnen. Es macht dich zu einem miesen Therapeuten, aber zu einem verdammt guten Designer. Grant allerdings kann diese Belastung aushalten – wenn du nicht auf ihn abfärbst. Verstehst du?«

»Ja.«

»Das dachte ich mir. Also laß es! Geh zurück in dein Büro und sage ihm, ich werde seinen Antrag noch einmal vorbringen.«

»Das werde ich nicht tun. Es wird zu heikel. Es tut ihm wirklich weh, Yanni. Ich kann das nicht ertragen.«

Yanni biß sich in die Lippe. »Also gut. Dann laß es. Verstehst du denn, *warum* es ein Problem ist, Justin? Sie haben Angst, daß das Militär sich ihn schnappt.«

»Gott. Warum?«

»Ein machtpolitischer Schachzug. Das kannst du ihm sagen. Ich darf's dir eigentlich nicht erzählen. Ich verstoße damit gegen die Sicherheitsbestimmungen. Die Verteidigung ist gespalten. Es gibt eine Gruppierung, die dafür eintritt, daß Reseune verstaatlicht wird. Es ist eine neue Bewegung. Lus Gesundheit läßt nach. Allmählich versagt die Rejuvenilisierung. Er hat höchstens noch ein paar Jahre. Gorodin isoliert sich zunehmend vom Sekretariat in der Verteidigung. Es könnte sein, daß über seinen Sitz abgestimmt wird. Das ist seit dem Krieg nicht mehr vorgekommen. Eine

Abstimmung unter den Militärs. Es gibt da den Leiter der Militärischen Forschungsabteilung, der dem Kopf des Geheimdienstes immer mehr den Rücken stärkt. Khalid. Vladislaw Khalid. Wenn du überhaupt vor etwas Angst haben solltest, Justin – dann vor diesem Namen. Es könnte sein, daß diese Gruppierung einen Zwischenfall inszeniert. Gorodins auch. Ein fingierter Zwischenfall würde es genausogut tun. Du bist in Gefahr. Grant noch mehr. Sie brauchen nichts weiter zu tun, als ihn am Flughafen festzunehmen und zu behaupten, daß er wichtige Dokumente bei sich hatte – Gott weiß was. Denys würde mich einen Kopf kürzer machen, wenn er wüßte, daß ich dir das erzähle. Ich wollte dich wirklich da raushalten, deine Arbeit nicht damit unterbrechen … Grant kann im Moment noch keinen Reisepaß erhalten. Du schon. Das ist die Wahrheit. Erzähl's Grant – wenn es hilft. Aber um Gottes willen – sag's ihm irgendwo, wo ihr unter euch seid.«

»Das heißt also, sie hören uns tatsächlich ab.«

»Das weiß ich nicht. Ich kann's nur für diesen Raum sagen. Im Moment werden wir nicht aufgezeichnet.«

»Du hast doch gesagt, wir …«

»Das sage ich immer noch. Wenn Gorodin die Wahl übersteht, zu der es unserer Ansicht nach kommen wird – wirst du sicherer sein. Wenn nicht – ist nichts mehr sicher. Wir werden unsere Mehrheit im Rat verlieren. Wenn es dazu kommt, werde ich nicht mehr darauf wetten, was überhaupt noch sicher sein wird. Wenn wir unseren Status als Administratives Territorium verlieren, wird es auch Planys treffen. Verstehst du mich?«

»Ich verstehe schon.« Das alte Gefühl kehrte zurück. Das Spiel fing wieder von vorne an. Er hatte ein unangenehmes Gefühl im Magen. Und war ein wenig mit den Dingen versöhnt, so, wie sie waren. »Wenn du mir die Wahrheit sagst …«

»Wenn ich die Wahrheit sage, solltest du besser aufwachen und auf dich aufpassen. Es kommen ein paar verteufelt harte Jahre auf dich zu, mein Junge. Das kannst du mir glauben. Lu wird bald sterben. Auf seinen Posten wird man berufen. Lu könnte zurücktreten, aber das wäre nicht gut. Wer immer an seine Stelle tritt, kann einen neuen Minister berufen. Lu ruiniert seine Gesundheit, indem er weitermacht und sich in der Art von Nahkampf zu üben versucht, in der er so verdammt gut ist. Gorodin ist zu oft im All. Zu isoliert von seiner Kommandostruktur. Lu versucht Gorodin zu helfen, damit er den Sturm übersteht – aber Lus Möglichkeiten, politische Schuldner auszuzahlen, werden immer geringer, je mehr er an die Wand gedrückt wird. Er muß zwischen den unterschiedlichen Gruppierungen innerhalb seiner Fraktion für Ausgleich sorgen. Die Frage ist wie lang kann er am Leben bleiben – in beiderlei Hinsicht?«

VIII

Das Füllen drehte noch einmal seine Runde durch das Gehege vor der Scheune, blähte seine Nüstern und schnaubte, und Ari sah ihm zu, beobachtete Florian, der so sicher und elegant auf seinem Rücken saß.

Neben ihr sah Catlin mit verschränkten Armen zu. Andy auch und eine Menge AG-Personal. Sie alle sahen Florian und das Füllen nicht zum ersten Mal bei der Arbeit, aber es war das erste Mal, daß das AG-Personal und die Administration Ari einen Versuch wagen lassen würden. Onkel Denys war dabei – Onkel Giraud dagegen war in Novgorod, wo er sich in diesen Tagen die meiste Zeit aufhielt: Es fand eine Abstimmung statt. Ein Mann namens Khalid trat gegen Gorodin von der Verteidigung an, und in Reseune waren alle darüber beunruhigt. Ari auch, denn was sie über Khalid gehört hatte, lief darauf hinaus, daß es zu einer weiteren Auseinandersetzung vor Gericht kommen würde, wenn er tat, was er androhte. Aber eine Abstimmung dauerte etliche Monate, bis aus allen Winkeln des Weltraums die Ergebnisse eintrafen, und Onkel Denys nahm sich neben seiner Arbeit etwas Zeit, um zur Scheune hinunterzukommen: Er hatte darauf bestanden, für den Fall, daß sie sich etwas brach, dabeizusein, um diesmal die Ambulanz selbst zu verständigen. Amy Carnath war gekommen; Sam auch; und 'Stasi, Maddy und Tommy. Es machte Ari ein wenig nervös. Sie hatte nie beabsichtigt, daß ihr erster Versuch mit dem Füllen zu einem Ereignis mit so viel Publikum wurde.

Florian hatte mit dem Füllen monatelang gearbeitet und ebensolang Ari unterrichtet – war sogar soweit gegangen, ein Talentband anzufertigen, indem er von Kopf bis Fuß Sensoren an sich anbrachte, während er das Füllen alle Gangarten absolvieren ließ, zu dem es imstande war, und eine Taschenkamera auf den Punkt über seinen Ohren scharfstellte – all das, um Ari beizubringen, wie man das Gleichgewicht hielt und auf die Bewegungen des Füllens reagierte. So nah war sie dem Reiten bis heute gekommen. Es war ein wunderbares Gefühl.

Onkel Giraud sagte, was ihm ganz ähnlich sah, das Band habe wirklich kommerzielle Möglichkeiten.

Florian brachte das Füllen zurück, worauf die Kinder ein paar Ohs von sich gaben und etwas applaudierten – was das Füllen so erschreckte, daß es den Kopf hochwarf. Aber es beruhigte sich, und Florian stieg gelassen ab und hielt Ari die Zügel hin.

»Bitte, Sera«, sagte er. Ari holte Luft und ging zu ihm und dem Füllen.

Sie hatte allen eingeschärft, ruhig zu sein. Es war jetzt völlig still. Alle sahen zu; und sie wollte alles richtig machen und sich nicht blamieren oder jemanden erschrecken.

»Der linke Fuß«, flüsterte Florian für den Fall, daß sie es vergessen hatte. »Ich werde es noch ein Stück führen, bis Sie ein Gefühl dafür bekommen haben, Sera.«

Sie mußte sich strecken, um den Steigbügel zu erreichen. Schließlich bekam sie ihn zu fassen, hielt sich am Sattel fest und stieg auf, ohne allzu albern auszusehen. Dann bewegte sich das Füllen unter Florians Führung voran, und ganz plötzlich spürte sie, was sie vom Band gelernt hatte, spürte die Bewegungen genau an den richtigen Muskeln und Knochen einsetzen, einfach so.

Sie hatte das Gefühl, sie müßte weinen, aber sie biß die Zähne zusammen, weil sie das nicht wollte. Sie wollte auch nicht wie eine Idiotin aussehen, die Florian herumführen mußte. »Ich hab's raus«, sagte sie. »Gib mir die Zügel, Florian.«

Er hielt das Füllen an und streifte ihm für Ari die Zügel über den Kopf. Er sah furchtbar besorgt aus.

»Bitte, Sera, passen Sie auf, daß es Ihnen nicht durchgeht. Die ganzen Leute machen es nervös.«

»Ich hab's unter Kontrolle«, erwiderte sie. »Ich paß schon auf.«

Und sie war vorsichtig, als sie das Füllen mit einem ruhigen Trab beginnen ließ, ihm Zeit gab, sich daran zu gewöhnen, daß sie statt Florian auf seinem Rücken saß, nachdem sie Monat um Monat am Zaun gestanden und Florian beim Reiten zugesehen hatte – wobei er auch ein paarmal heruntergestürzt war, als er sich zusammenzureimen versuchte, was diesseits der alten Erde niemand mehr wußte. Einmal war das Füllen selbst böse gestürzt, und Florian hatte ein paar Sekunden ganz schlaff auf dem Boden gelegen; aber er war rasch wieder aufgestanden und hatte geschworen, das Füllen sei nicht daran schuld gewesen, es sei nur ausgerutscht, das habe er gespürt – und er war hinübergewankt, hatte das Füllen umarmt und war wieder aufgesessen, während Ari und Catlin mit zusammengepreßten Händen danebenstanden.

jetzt ritt sie das Füllen von ihm weg, damit es zu seinem ersten wirklich öffentlichen Auftritt kam, und wußte dabei, daß Florian bei jedem Schritt schwitzte und Höllenqualen litt – weil er wußte, wie dumm sich die Sera anstellen konnte; Catlin machte wahrscheinlich dasselbe durch, weil sie wußte, daß nur Florian für den Fall, daß etwas schiefging, eine Chance hatte, etwas zu tun.

Sie war jetzt vierzehn; und sie hatte zuviel Publikum, um sich dumm anzustellen. Sie bewies erstaunliches Feingefühl, als sie das Füllen in einem lockeren Trab ritt und dieses Tempo auch beibehielt, aus Angst, das Füllen könne auf eigene Faust zu laufen versuchen – nein, hatte Florian gesagt: Wenn es auszubrechen und seinen eigenes Tempo einzuschlagen versucht, lassen Sie das nicht zu, das soll es nicht, das wäre ein Zeichen von Ungehorsam.

Florian hatte ihr jede kleinste Bewegung erklärt, zu dem das Füllen neigte, und wo es ausrutschen konnte, und wo es immer seinen eigenen Weg zu gehen versuchte.

Deshalb unterband sie solche Bewegungen in dem Moment, als das Füllen sie versuchte, was keineswegs einfach war, denn es hatte einen Trick, an den Zügeln zu zerren und ein paar Schritte so zu laufen, als habe man es erschreckt: Ari war froh, daß sie das Füllen nicht selbst einreiten mußte; aber dem Füllen war es auch so lästig genug, wenn Ari auf seinem Rücken saß.

Natürlich hatte Ari eine ganz andere Show im Sinn. Eigentlich wollte sie das Füllen zu einem Höllentempo aufpeitschen und allen einen Riesenschreck einjagen; aber das war Florians Sache, er sollte das machen: Sie mußte sich ihrer Verantwortung bewußt sein.

Sie ritt an ihrem Publikum vorbei, so auf sich selbst konzentriert, daß sie es kaum aushalten konnte – sie *haßte* es, Verantwortung zu tragen; und Onkel Denys war wahrscheinlich immer noch nervös. Sie ritt etwa bis dorthin, wo Florian am Zaun stand, und hielt das Füllen dort an, weil er zu ihr kam, um mit ihr zu reden.

»Wie bin ich?« fragte sie.

»Gut«, sagte er. »Stoßen Sie es einmal mit der Hacke an, wenn es läuft, nur ein bißchen. Halten Sie die Zügel stramm. Das ist die nächste Gangart. Lassen Sie es noch nicht schneller laufen. Lassen Sie es nie zu, wenn Sie es ihm nicht befohlen haben.«

»In Ordnung«, sagte sie und nickte; und ließ das Füllen weiterlaufen, ein Stoß, dann noch einer.

Dem Füllen gefiel das. Es richtete die Ohren auf und schlug ein flotteres Tempo an, bei dem es schwerer war, sich zu halten, aber Ari schaffte es leicht. Ihr Körper besann sich vom einen zum anderen Moment auf das, was sie vom Band gelernt hatte, was man bei schnelleren Bewegungen tat, wie man sein Gleichgewicht hielt, auf alles, was Florian ihr beigebracht hatte.

O Gott, sie wollte ihm freien Lauf lassen, sie wollte auch die anderen Gangarten ausprobieren, und das Füllen wollte es auch, aber sie behielt das Tempo bei, mit dem es einigermaßen zufrieden war, und brachte es direkt vor Andy und Catlin sehr eindrucksvoll zum Stehen. Das Füllen schwitzte – natürlich vor Aufregung; und stampfte und zerrte an den Zügeln, nachdem Ari abgestiegen war und Andy es für sie hielt.

Alle waren beeindruckt. Onkel Denys war sogar blaß geworden, zugleich aber auch ungeheuer erleichtert.

Amy und die anderen wollten es auch versuchen, aber Andy sagte, es sei besser, wenn nicht zu viele unmittelbar hintereinander ritten: Das Füllen würde sonst bockig werden. Florian sagte, sie dürften kommen, wenn er mit dem Füllen übte, und es einer nach dem anderen tun, wenn sie wollten.

Außerdem meinte Florian, daß man Pferde am besten kennenlernte, wenn man mit ihnen arbeitete. Die Stute war wieder trächtig, und sie hatten zwei völlig verschiedene Genotypen im Tank; das wären dann sieben Pferde insgesamt – keine Experimentellen mehr, sondern offizielle Arbeitstiere.

Von denen das Füllen hier das erste war. Ari klopfte ihm auf die Seite – es fühlte sich schön und fest an: Das Füllen hatte es gern, wenn es gestreichelt wurde; und es roch von oben bis unten nach Pferd, aber Ari gefiel es; ihr gefiel alles; sie umarmte sogar Onkel Denys.

»Du warst sehr lieb«, flüsterte sie ihm dabei ins Ohr, küßte ihm vor Übermut auf die Wange und lächelte ihn neckisch an, nachdem sie ihm auch Pferdegeruch verliehen hatte. »Dein Lieblings-Versuchskaninchen hat sich doch nicht den Hals gebrochen.«

Onkel Denys schien völlig die Fassung verloren zu haben. Aber Ari hatte es nur geflüstert.

»Sogar die Art, wie sie redete«, sagte er, als er ihr die Kleider abklopfte. »Gott. Manchmal bist du mir richtig unheimlich, junge Frau.«

IX

»Das ist es«, sagte Justin, als die Wahlergebnisse Cyteens auf dem Bildschirm erschienen, und befahl dem Automatischen Haushälter dann, das Videogerät abzuschalten. »Khalid.«

Grant schüttelte den Kopf und sagte einige Zeit nichts. Dann: »Nun, das ist eine verrückte Art, Geschäfte zu tätigen.«

»Vertragspartner der Verteidigung im Handelsamt und in der Finanz.«

»Reseune hat auch Verbindungen nach dort.«

»Es wird trotzdem interessant.«

Grant ließ den Kopf hängen und strich sich mit einer Hand über den Nacken, ließ sie für einen Moment dort liegen. Dachte sicherlich daran – daß es eine ganze Zeit dauern würde, bevor einer von ihnen wieder reisen konnte.

Oder dachte vielleicht noch an Schlimmeres. An Jordans Sicherheit zum Beispiel.

»Es ist nicht so«, sagte Justin, »daß sie einfach alles durchboxen und die Verstaatlichung befehlen können. Die anderen Territorien werden sich in dieser Sache an die Seite von Reseune stellen. Und zusehen müssen, wie Giraud seine Position wechselt. Er ist verdammt gut darin. In praktischer Hinsicht steht er doch schon auf seiten der Verteidigung. Ich habe diesen Mann nie für nützlich gehalten. Aber, Gott, jetzt brauchen wir ihn vielleicht.«

X

Es war eine ihrer intimen Parties am Wochenende, wenn die Bande keine Schule oder Hausarbeiten hatte, und sie hatten sich darauf geeinigt, daß es außerhalb der Terrazzo-Zone keinen Punsch und keinen Kuchen gab, und wenn zwei miteinander bumsen wollten, gingen sie ins Gästezimmer oder in die Sauna, und wenn jemand so betrunken war, daß er nicht mehr wußte, was er machte, mußte er ins Saunazimmer und kalt duschen, bis er nüchtern war.

Bisher hatte die Androhung einer kalten Dusche gereicht.

Dabei waren Maddy, 'Stasi, Amy, Tommy, Sam und eine Handvoll neuer Kinder, darunter 'Stasis Cousins Dan und Mischa Peterson, nur war Dan ein Peterson-Nye und Mischa ein Peterson – also ein Bruderpaar, deren Mama ihnen den Hals umgedreht hätte, wenn sie nach Alkohol rochen, aber das machte sie wenigstens vorsichtig; und zwei Mädchen, die unter den anderen Cousins hatte, bei Amy war es Tommy Carnath; und bei 'Stasi Dan und Mischa. Die beiden waren fünfzehn und vierzehn, aber das machte nichts, sie paßten gut dazu, und sie taten alles andere als zu trinken.

Auf jeden Fall verhielten Jungen wie Mädchen sich ruhig. Amy und Sam waren zusammen, und Dan und Mischa gingen beide einmal mit Maddy weg, und 'Stasi mit Tommy Carnath; was gut hinkam.

Meistens feierten sie wirklich brave, sehr ruhige Parties. Sie tranken ein wenig Punsch und Wein, und bisher hatten sie noch nichts Schlimmeres angestellt, als sich U-Bänder anzusehen, vor allem die, für die die Mütter ihre Kinder einen Kopf kürzer gemacht hätten, und wenn sie etwas betrunken waren, saßen sie im Halbdunkel herum, während die Bänder liefen, und taten, was immer ihnen in den Sinn kam, bis sie entscheiden mußten, ob sie sich an ihre Vereinbarung hielten oder das Band zu Ende sahen.

»Ach, zum Teufel«, sagte Ari schließlich, als Maddy sie fragte. »Vögelt doch von mir aus auf dem Treppenabsatz, ist doch egal.«

Sie war selbst ein wenig betrunken. Hatte eine Menge Tranquilizer intus. Sie hatte ihre Bluse offen, spürte den Zug und setzte sich an Florians Seite, um das Band anzuschauen. Sam und Amy kamen zurück, sehr steif und ernst, und glotzten dumm an, was neben der Bar vor sich ging. Während 'Stasi und Tommy sich noch immer im Saunaraum aufhielten.

Die meiste Zeit sah sie nur zu – den Bändern oder dem, was die anderen Kinder machten; und damit hielt sie Florian und Catlin aus dem Ganzen raus.

»Eine Mitteilung ist für Sie eingetroffen«, sagte der Automatische Haushälter über den Soundtrack des Bandes und die Musik hinweg.

»Verdammter Mist.« Sie stand auf, zog die Bluse wieder zu und ging barfuß die Stufen hinauf, durch den Flur und in ihr Büro, indem sie so wenig schwankte wie möglich.

»Basis Eins«, sagte sie, nachdem sie die Tür geschlossen und gegen den Lärm aus dem Aufenthaltsraum abgeschirmt hatte. »Wie lautet die Mitteilung?«

»Mitteilung von Denys Nye: Khalid hat die Wahl gewonnen. Komme morgen zuerst einmal in mein Büro.«

Oh, Scheiße!

Sie lehnte sich in den Stuhl zurück.

»Mitteilung an Denys Nye«, sagte sie. »Ich werde kommen.«

Der Haushälter speicherte es. »Ausschalten«, sagte sie und ging wieder hinaus zu ihrer Party.

»Worum ging's?« fragte Catlin.

»Ich erzähl's euch später«, erwiderte sie und setzte sich wieder, um sich in Florians Schoß sinken zu lassen.

Sie erschien um Punkt 09.00 in Denys' Büro, verzichtete auf Floskeln und Späßchen, trank eine Tasse von Denys' Kaffee mit Sahne und ohne Zucker, und hörte sich von Denys an, was sie sich schon gedacht hatte, während die Schallschutzanlage ihre Zahnwurzeln vibrieren ließ.

»Khalid bezieht heute nachmittag sein Büro«, sagte Denys. »Weil er auf Cyteen stationiert ist, gibt es für ihn natürlich nicht so etwas wie eine Gnadenfrist. Er zieht mit all seinem Gepäck ein. Und mit seinen geheimen Akten.«

Onkel Denys hatte ihr schon erklärt, wer Khalid war. Und worauf die Situation hinauslaufen konnte.

»Meinst du nicht, es wäre besser, wenn ich ein Videogerät zur Verfügung hätte?« fragte sie. »Onkel Denys, es ist mir egal, was ich *deiner* Meinung nach noch nicht erfahren darf. Unwissenheit ist auf jeden Fall keine Hilfe, oder?«

Onkel Denys stützte sein Kinn auf die Hand und sah sie lange an, als müsse er darüber nachdenken. »Irgendwann. Irgendwann mußt du's doch erfahren. Du wirst täglich eine Zusammenfassung der laufenden Ereignisse erhalten, dieselbe wie ich. Du tust gut daran, dich damit auf dem laufenden zu halten. Es sieht sehr danach aus, als ob wir noch im Laufe dieser Sitzung herausgefordert werden würden. Sie werden wahrscheinlich einige Dinge über deine Vorgängerin auf den Tisch legen – das Schädlichste, was sie finden können. Da wird schmutzige Wäsche gewaschen, das kannst du mir glauben. Ich möchte, daß du mit Studien anfängst, um auf dem neuesten Stand zu sein. Außerdem wünsche ich mir – daß du sehr vorsichtig bist. Ich weiß, daß du dir auf vielerlei Art ...« – er räusperte sich – »... die Zeit vertrieben hast. Mit Kindern, von denen keins über fünfzehn ist, zu Uhrzeiten, die mir verraten, daß ihr nicht Sternjagd spielt. Die Verwaltung behauptet, daß meine Vermutungen ...« – er klärte noch einmal seine Kehle – »... nicht ganz unbegründet sind.«

»Gott. Zu so etwas läßt du dich herab, Onkel Denys?«

»Der Sicherheitsdienst prüft alle Quellen. Und meine Freigabe ist immer noch höher eingestuft als deine. Aber lassen wir diese Haarspaltereien. Darum geht's mir nicht. Mir kommt's darauf an, daß *gewöhnliche* Vierzehn- oder Fünfzehnjährige nicht so unabhängig, so reif und so finanzkräftig sind; und vor allem Novgorod wird kein Verständnis für deine ... äh ... Parties und deine Ausdrucksweise haben – kurz gesagt, wir müssen alle sehr umsichtig sein. Kennst du dieses Wort?«

»Das habe ich schon gelernt, Onkel Denys, und auch, *was Sicherheitsrisiken* sind. Ich gehe keine ein. Wenn ihre Mütter es wissen, werden sie nicht dagegen protestieren, denn sie wollen ja, daß ihre Sprößlinge Karriere machen, wenn ich einmal Reseune leite. Es gibt wahrscheinlich eine Menge Mütter, die ihre Kinder am liebsten gleich in mein Apartment schicken würden. Und in mein Bett.«

»Gott. Sag das bloß nicht in Novgorod.«

»Flieg ich da hin?«

»Im Moment nicht. Nicht so bald. Khalid hat gerade seinen Posten angetreten. Soll er sich doch rühren.«

»Oh, das ist wirklich eine wundervolle Idee.«

»Sei nicht so frech, Sera. Er soll die Grenzen ziehen, meinte ich. Während du, junge Sera, etwas studierst, um den Dingen gewachsen zu sein. Du solltest besser lernen, wie eine durchschnittliche Vierzehnjährige ist.«

»Das weiß ich. Damit kenne ich mich wirklich aus. Vielleicht wüßte ich es noch besser, wenn meine Freunde nicht nach Fargone verschwunden wären, nicht wahr?«

»Mach das nicht für die Kameras. Du glaubst, das sei ein Spiel. Ich versuche dich aber darauf aufmerksam zu machen, daß du alles verlieren kannst. Ich habe dir schon erklärt, was die Verstaatlichung ...«

»Ich kann mit großen Worten gut umgehen.«

»Wollen wir mal sehen, wie du mit kleinen zurechtkommst. Du bist für die Kameras nicht mehr die süße kleine Ari, du näherst dich immer mehr jener Ari an, die gewisse Leute im Gedächtnis haben – genug, um es wahrscheinlich zu machen, daß man dir immer unangenehmere Fragen stellen wird, und du weißt nicht, welche Fallen man dir stellt, junge Sera. Wir werden das so lange hinauszögern, wie wir können, und wenn wir noch ein Jahr für dich herausschinden können, ist es sehr wahrscheinlich, daß du dann deinen Status als Volljährige beantragen mußt. An diesem Punkt werden einige Interessengruppen eine Verfügung erwirken, um zu verhindern, daß das Wissenschaftsamt ihn dir bewilligt; und du wirst wieder vor Gericht stehen ... mit guten Aussichten, den Rechtsstreit zu gewinnen: Der ersten Ari ist es mit sechzehn auch gelungen.

Aber das wird das Problem auf keinen Fall lösen, es wird die Opposition in ein schlechtes Licht stellen, weil sie sich mit einer Fünfzehnjährigen anlegt, die gar nicht anders kann, als mit mehr Raffinesse aufzutreten, als du es gegenwärtig kannst, junge Sera.«

»Ich lerne.«

»Das solltest du auch. Die Zeit arbeitet gegen uns. Die Freundin deiner Vorgängerin, Catherine Lao, die dir mehr geholfen hat, als du ahnst – ist hundertachtunddreißig. Giraud geht auf hundertdreißig zu. Deine Anwesenheit – deine *Ähnlichkeit* mit deiner Vorgängerin – ist für einige Räte wie ein Adrenalinschub, aber diesmal wird mehr von dir verlangt, als bloß da zu sein. Wenn du einen Fehler machst – wirst du erleben, wie Reseune von der Nationalregierung aufgesogen wird und die Verteidigung uns im Handumdrehen zur Militärzone erklärt. Sie werden einen Vorwand haben, noch ehe die Tinte trocken ist. Du wirst deine Tage damit verbringen, an etwas zu arbeiten, das sie dir vorschreiben. Oder du wirst dich in irgendeiner kleinen Enklave ohne Verbindung mit Novgorod, dem Rat oder dem Wissenschaftsamt wiederfinden.«

Sie blickte Denys unverwandt an und dachte: *Du hast dich nicht unbedingt bewährt. Wie wären wir sonst in diesen Schlamassel geraten?*

Aber das sagte sie nicht. »Basis Eins läßt mich nun einmal nur in diesem Tempo Fortschritte machen.«

»Ich will's bei dir mit einem anderen großen Wort versuchen«, sagte Denys. »Psychogenese.«

Das war allerdings ein neues. »Das hat etwas mit dem Geist zu tun«, erwiderte sie in Erinnerung an ihre griechischen Wurzeln.

»Die Hervorbringung eines Geistes. Seelen-Cloning. Verstehst du mich jetzt?«

Sie spürte Kälte in ihrem Innern. »Was hat das mit all dem zu tun?«

»Es geht um die Ähnlichkeit zwischen dir und Ari. Ich gebe dir noch ein paar Worte, nach denen du deine Basis befragen kannst. Bok. Endokrinologie. Gehenna. Virusprogramm.«

»Worüber redest du? *Was meinst du, die Ähnlichkeit …*«

Der Schallschutz schmerzte ihr in den Zähnen.

»Schrei nicht«, sagte Denys. »Du machst uns noch taub. Ich meine nur das, was ich dir immer gesagt habe. Du *bist* Ari. Ich verrate dir noch etwas. Sie ist keines natürlichen Todes gestorben. Sie wurde umgebracht.«

Sie schnappte nach Luft. »Von wen?«

»Von *wem,* Liebling.«

»Verdammt, Onkel Denys …«

»Achte unbedingt auf deine Sprache. Du tätest gut daran, sie zu verbessern. Ari wurde von jemandem umgebracht, der nicht mehr in Reseune ist.«

»Ist sie *hier* gestorben?«

»Mehr werde ich dir nicht sagen. Der Rest ist dein Problem.«

DRITTER TEIL

Die Rechtfertigung

ARCHIVE: RUBIN-PROJEKT: GEHEIMHALTUNG STUFE AA

NICHT KOPIEREN
INHALT: Computer-Transkript Akte
Nr. 8001 Seq. Nr. 1
Personal-Archive
Emory I / Emory II

2420: 10/3: 2348

AE2: **Haushälter, hier ist Ari Emory. Ich bin allein. Gib mir Informationen über Psychogenese.**

B/1: *Warte. Wird abgerufen.*

Ari, hier ist Ari senior. Warte.

Das Programm stellt fest, daß du vierzehn chronologische Jahre alt bist und einen Zugriff für sechzehn Jahre hast. Es stellt fest, daß du im Durchschnitt zehn Punkte unter meinen Testergebnissen liegst.

Deine Psycho-Werte sind genau fünf Punkte schlechter als meine.

Dein Rezner-Wert ist seit deinem zehnten Lebensjahr nicht mehr auf den neuesten Stand gebracht worden.

Dir fehlen fünf Punkte, um dich für diesen Zugriff zu qualifizieren.

AE2: **Basis Eins, reicht mein Zugriff für Daten über Bok, Schlüsselwort: Clon?**

B/1: *Warte. Wird abgerufen.*

Zugriff unzureichend.

AE2: **Versuch's mit Endokrinologie, Schlüsselwort:**

Psychogenenese; Gehenna, Schlüsselwort: Projekt; Virusprogramm, Schlüsselwort: Psychologie.

B/1: *Zugriff unzureichend.*

2420: 11/1: 1876:02

AE2: **Haushälter, hier ist Ari Emory. Ich bin allein. Bitte Informationen über: Psychogenese.**

B/1: *Warte. Wird abgerufen.*

Ari, hier ist Ari senior. Warte.

Das Programm stellt fest, daß du vierzehn chronologische Jahre alt bist und einen Zugriff für sechzehn Jahre hast. Es stellt fest, daß du im Durchschnitt sieben Punkte unter meinen Testergebnissen liegst.

Deine Psycho-Werte sind einen Punkt besser als meine.

Dein Rezner-Wert ist seit deinem zehnten Lebensjahr nicht mehr auf den neuesten Stand gebracht worden.

Du bist jetzt für den Zugriff auf diese Akten qualifiziert. Warte.

Ari, hier ist Ari senior. Diese Akten können nur über das Hauptterminal der Basis Eins gelesen werden. Alle relevanten und resultierenden Akten werden in deinem Personal-Archiv gespeichert und mit einer Stimmen-Kontrolle gesichert.

Du hast ein Schlüsselwort benutzt. Du hast jetzt Zugriff auf meine Arbeitsnotizen. Ich entschuldige mich im voraus für ihren skizzenhaften Charakter. Sie waren ganz gut, als ich jünger war, lassen aber viele Dinge aus, die vor 2312 angesiedelt sind: Sie sind brauchbar, wenn du die Entwicklung meiner Gedanken verfolgen willst: Ich beschäftigte mich bereits seit 2304 mit Psychogenese, aber die Schlüsselstudien in Endokrinologie *brachte ich erst sehr viel später hinter mich: Du kannst von meinen Studiennotizen aus diesen Jahren profitieren, aber ich war erst ab 2312 auf der richtigen Spur, und es dauerte bis 2331, ehe ich die nötige finanzielle Unterstützung erhielt. Ich verdanke Poleys Arbeit im selben Jahrzehnt eine ganze Menge: Wir waren nicht derselben Mei-*

nung, aber es waren nur akademische, keine persönlichen Differenzen. Wir führten eine umfangreiche Korrespondenz, die auch in den Archiven enthalten ist. Vom Jahre 2354 an, dem Ende der Konsortiums-Kriege, sind meine Notizen weit weniger verständlich, aber um so bedeutungsvoller.

Daß du diese Notizen abgerufen hast, ist ein Zeichen dafür, daß etwas funktioniert hat.

Du hast mit meinen Fähigkeiten gleichgezogen. Ich hoffe inständig, du hast einen Sinn für moralische Werte.

Deine Basis hat jetzt auf alle meine Arbeitsnotizen Zugriff. Viel Glück.

AE2: **Basis Eins, reicht mein Zugriff für Daten über Bok, Schlüsselwort: Cloning?**

B/1: *Warte. Wird abgerufen.*

AE2: **Versuch's mit Endokrinologie, Schlüsselwort: Psychogenese; Gehenna, Schlüsselwort: Projekt; Virusprogramm, Schlüsselwort: Psychologie.**

B/1: *Warte. Wird abgerufen.*

B/1: *Der Bok-Clon scheiterte, weil man annahm, daß Genetik und Training ausreichen, um ein Genie zu erschaffen. Es war mehr als ein wissenschaftlicher Fehlschlag; es war eine menschliche Tragödie. Die Projektakten sind jetzt für deine Basis zugänglich ...*

B/1: *Zur Endokrinologie liegen eine Vielzahl von Akten vor. Sie sind jetzt über Basis zugänglich.*

B/1: *Gehenna ist der Name eines G5-Sterns. Die Newport-Kolonie auf Gehenna war ein Projekt, das ich für die Verteidigung durchführte. Dieses Programm durchsucht die Hausarchive nach den Ergebnissen.*

Gegenwärtig gibt es menschliches Leben auf dem Planeten.

Sie haben dort fünfundsechzig Jahre überlebt.

*Dies deutet auf eine *nennenswerte* Chance hin, daß es sich um eine lebensfähige Kolonie handelt.*

Es war eine Operation des Verteidigungsamtes, zu deren Durchführung ich mich aus Gründen entschloß, die meine Notizen dir verdeutlichen werden. Es war auch, ohne Wissen der Verteidigung, aber im Rahmen der Anforderungen, die an diese Mission gestellt wurden, ein Experiment.

Ich entwarf dafür ein ganz einfaches Programm. Der Leitsatz lautete: Ihr wurdet aus den Tiefen des Weltraums entsandt, um eine neue Welt zu gründen: Entdeckt ihre Bedingungen, lebt solange ihr könnt, und lehrt euren Kindern alles, was euch wichtig erscheint.

Darüber hinaus wurde kein Band geschickt. Diese Anweisung erfolgte übers Design.

Ein Individuum dieser Bevölkerung in eine entwickelte Kultur einzufügen, ist in jedem Fall mit extremen Risiken verbunden. Untersuche ebenso die Umgebung wie das Programm. Diesen Aspekt konnte ich nicht angemessen prüfen. Ziehe alle Akten heran, und mach dir klar, was ich getan habe, bevor ich einen Eingriff wagte.

Die Quarantäne soll aufrechterhalten werden, bis die Ergebnisse über dreißig Generationen hinweg hochgerechnet werden können.

Alle relevanten Daten sind jetzt deiner Basis zugänglich.

B/1: *Ein Virusprogramm ist ein mit dem Tiefenset verknüpftes Programm, das in der Lage ist, sich in aufeinanderfolgenden Generationen einer Population zu manifestieren, ohne seinen Charakter zu ändern.*

I. KAPITEL

I

Die Objektive drängten sich dicht zusammen, eine undurchdringliche Phalanx von Kameras, gespickt mit Richtmikrophonen wie vorzeitliche Speere. Und dahinter die Armee von Reportern mit ihren Schreibautomaten und ihren persönlichen und sorgsam gesicherten Kommunikations-Anschlüssen.

Hinter ihr standen Florian und Catlin und ein gemischter Haufen, den man für Onkel Girauds Assistenten und Angestellte halten konnte; aber acht von ihnen gehörten zum Reseuner Sicherheitsdienst und trugen unter den teuren, maßgeschneiderten Anzügen Waffen.

Ari hatte sich für ein blaues Kleid entschieden, um an ihr öffentliches Image als das kleine Mädchen im Bruchverband zu erinnern, das kleine Mädchen, das seine Mutter verloren und die Sympathie von Menschen überall in der Union gewonnen hatte. Sie hatte überlegt, ihr Haar im Nacken zu knoten, wie es das Markenzeichen von Ari senior gewesen war; aber sie trug es lediglich mit einem Mittelscheitel, so wie es ohnehin von allein fiel, und kämmte es an den Seiten zurück, daß es nach hinten fiel, um es mit Spangen, die winzige kleine Quarzblumen schmückten, zu befestigen. Nur ein Minimum an Make-up ... gerade genug für die Kameras: Ihr Gesicht war länger geworden, die Wangenknochen hervorgetreten; es hatte eine Reife angenommen, die Ari bewußt mit einem leichten Lächeln auflockerte, wenn sie Reporter sah, die sie mochte, einem absichtlichen Flackern des Wiedererkennens, wenn ihr Blick sie traf – ein Zeichen besonderer Zugeneigtheit.

Sie verzichteten dann vielleicht auf einige der heikelsten Fragen. Den Leuten gefiel es, von besonderer Bedeutung zu sein, und diejenigen, die Ari bevorzugte, hatten gleichzeitig eine Vorliebe für sie; und der alte Yevi Hart, der als besonders rücksichtlos galt, war seit dem Jahr, in dem sie ihre Mutter verloren hatte, einigermaßen freundlich. Sie hatte ihn seit Jahren bearbeitet, hatte ihn besonders im Auge behalten und war hin und wieder enttäuscht worden, wenn er diese gefährlichen Fragen stellte. Heute warf sie ihm einen Blick zu, den nur sie beide zu deuten wußten, weil sie wußte, daß er die erste Frage stellen würde. *In Ordnung, Yevi, leg los, wir wissen beide, daß du nur deinen Job tust: Du bist trotzdem mein alter Schatz.*

Er sah sie an und schien für einen Sekundenbruchteil nicht mehr mit seiner Frage drohen zu können. Sein strenges Gesicht spiegelte Besorgnis wider. Er atmete noch einmal durch, rollte seinen Fragestreifen zusammen und schob eine Hand in seine Jackentasche. »Junge Sera ...«

»Ich bin immer noch Ari, Yevi.« Sie neigte den Kopf, lächelte etwas traurig. »Entschuldigung. Stellen Sie Ihre Frage.«

Ein drittes Mal Luft holen. »Ari, du hast deine Volljährigkeit beantragt. Die Zentristen klagen gegen das Wissenschaftsamt, um die Bewilligung zu verhindern. Was sagst du zu ihrer Behauptung, daß du vom Reseuner Personal mit einem Tiefenband unterrichtet und auf einen Auftritt vorbereitet worden bist, und daß du ausschließlich als juristisches Mittel geschaffen wurdest, um Reseune und deinen Verwandten die Kontrolle über Emorys Besitz zu sichern?«

Sie lachte offen heraus. Das amüsierte sie wirklich. »Erstens: Ich bin noch nie mit einem Tiefenband behandelt worden; ich lerne wie jeder andere ZIV. Zweitens: Ich ...«

»Die nächste.«

»Ich möchte erst darauf antworten, Yevi, und dann auf die nächste. Darf ich?«

Ein grimmiges Nicken.

»Zweitens«, sagte sie, hob einen Finger und lächelte, »müssen sie, glaube ich, gemeint haben, daß ich auf die besonderen Antworten auf Reporterfragen vorbereitet worden bin, denn wenn wir ein Band hätten, das mir meine Lektionen so einfach beibringen könnte, wäre das wunderbar – wir würden es in der ganzen Union verkaufen, und das würde meinen Verwandten einen Haufen Geld einbringen; aber die Zentristen wissen wohl, daß dem nicht so ist, deshalb meinen sie sicher, ich bin für die Fragen präpariert worden, und das würde bedeuten, daß sie Reseune die Fragen einen Tag vorher mitteilen. Das ist aber nicht der Fall, oder?«

»Nicht im Entferntesten.« Yevi schien ein wenig in die Enge gedrängt zu sein. »Aber wenn …«

»Drittens.« Sie hob noch mal den Finger. Ein Dutzend Fragen wurden durcheinander gerufen. »Einen Moment noch, ich möchte keine Frage überspringen. Ser Corain behauptet, meine Verwandten hätten mich als eine Marionette geschaffen, mit deren Hilfe sie über das Erbe meine Vorgängerin verfügen können; sie sagen, ich darf meine Volljährigkeit nicht erhalten, weil es ein Trick sei, um weiterhin Emorys Verstrickung mit der Sache auf Gehenna zu vertuschen. Das sind eigentlich zwei Fragen. Zum einen: Wenn ich meine Volljährigkeit bekomme, verfüge *ich* über die Rechte, nicht meine Verwandten, und das bedeutet, daß sie rechtlich sogar die Kontrolle darüber *verlieren;* sie werden mir weiterhin Ratschläge erteilen, aber jeder, der Geschäfte tätigt, zieht in organisatorischen Dingen wie der Investition oder der Forschung andere zu Rate, aber das heißt noch lang nicht, daß er seinen Ratgebern gehört. In Reseune leben nicht nur meine Verwandten – es gibt Abertausende, die ich berücksichtigen muß – so wie es meine Vorgängerin auch tat, als sie im Rat saß. Zum anderen …«

»Ari …«

»Lassen Sie mich noch zum zweiten Teil der Frage kommen. Dann die nächste. Ich möchte alle beantworten. Zum anderen wird behauptet, daß meine Volljährigkeit ein Trick ist, um zu vertuschen, daß Emory in Gehenna die Hände im Spiel hatte. *Mir* sind die Gehenna-Notizen zugänglich, und ich bin ohne weiteres bereit, vor dem Rat auszusagen, sobald ich meine Volljährigkeit habe. Bis dahin bin ich minderjährig und kann es nicht. Deshalb habe ich den Eindruck, daß der Prozeß der Zentristen dazu dient, bestimmte Dinge zu verschleiern, denn wenn sie wirklich wissen wollen, was ich weiß, warum versuchen sie zu verhindern, daß ich unter Eid aussagen kann? Diese Akten sind mit meiner Stimme gesichert, und nicht einmal Computer-Techniker kommen an sie heran, ohne alles durcheinanderzubringen und möglicherweise wichtige Teile zu verlieren, einfach zu löschen. Nicht einmal meine Verwandten haben die Gehenna-Akten gelesen. Ich bin die einzige, der sie zugänglich sind, und Ser Corain strengt einen Prozeß an, damit ich nicht aussagen kann.«

Die Reporter fingen alle an zu schreien. Ari deutete auf Yevi. »Er hat noch seine nächste.«

»Was könnte der Grund sein?« fragte er. Was er ursprünglich nicht gefragt hatte, und einige andere Reporter protestierten.

»Ich wünschte, ich könnte das Ser Corain fragen«, erwiderte sie. »Vielleicht ist etwas in den Akten enthalten.«

»Die nächste.«

»Yevi, jetzt ist diese Sera dran, sie wartet schon die ganze Zeit.«

»Was hält deinen Onkel davon ab, diese Akten zu lesen?«

Au – eine gute Frage! »Ich. Ich habe ein besonderes Programm, das meine Vorgängerin mir hinterlassen hat. Meine Stimme ist ihrer sehr ähnlich, und mein Genset ist dasselbe, und als ich alt genug war, daß der Computer mich identifizieren konnte, machte er mir diese Bereiche zugänglich; aber das Programm enthält eine Menge Sicherheitsvorkehrungen, und es erlaubt mir keinen Zugriff, wenn jemand mithört; und es kann es merken.«

»Die nächste!« rief die Frau durch das Stimmengewirr. »Kannst du es nicht mit einem Band oder dergleichen aufnehmen?«

Noch eine gute Frage. Merke dir diese Frau und sei vorsichtig. »Ich könnte es, wenn ich's erlauben wollte, aber ich werde es nicht. Meine Vorgängerin hat für die Sicherheit viel Mühe auf sich genommen, und sie warnte mich genau in diesem Programm, daß ich sie sehr ernst nehmen muß, selbst wenn es um Leute geht, denen ich vielleicht vertraue. Ich habe mich daran gehalten, obwohl ich es nicht verstand, und in Reseune versuchte mich auch niemand zum Reden zu bringen. Jetzt glaube ich, daß es eine gute Idee war, weil es etwas sehr Wichtiges zu sein scheint, und ich denke, der Rat sollte entscheiden, wer es zu hören bekommt, kein fünfzehnjähriges Mädchen und auch niemand, der zur Regierung gehört, weil zuviel darum gestritten wird und ich nicht weiß, wie ich entscheiden soll, wer's erfährt. Der Rat ist dazu da, um über solche Dinge zu entscheiden. So sehe ich das. – Ser Ibanez.«

»Kannst du uns sagen, ob in den Akten etwas enthalten ist, das deiner Meinung nach dem Ruf deiner Vorgängerin schaden könnte?«

»Das kann ich Ihnen durchaus sagen, denn falls mir etwas passiert, ist es unheimlich wichtig, daß die Leute es wissen: Gehenna muß unter Quarantäne bleiben. Meine Vorgängerin unterstand dem Befehl des Verteidigungsamtes, aber es machte ihr Angst; und aus diesem Grund hat sie die Informationen für mich versiegelt hinterlassen. – Ser Hannah.«

Ein Chaos brach aus. Alle brüllten durcheinander.

»War das von deiner Vorgängerin nicht unverantwortlich – wenn es so wichtig war? Warum hat sie es geheimgehalten?«

»Die Verteidigung hielt es geheim, und der Planet stand tatsächlich unter Quarantäne. Einigen Leuten hat sie's sogar gesagt. Aber viele von ihnen sind tot, und einige verstehen wahrscheinlich nicht, was sie getan hat. Ich weiß auch noch nicht alles. Das ist das Schwierige daran: Man muß so klug sein, wie sie es war, bevor man sich mit dem Thema beschäftigen kann. Sie ist tot und niemand sonst versteht, was sie verstanden hat. Deshalb hat man mich geschaffen. Ich bin in einer anderen Situation als der Bok-Clon. Ich bin eine Sonderperson, und eines Tages werde ich verstehen können, was dort passiert ist. Im Moment kann's niemand. Aber sie hat Anweisungen hinterlassen, und ich werde sie niemandem verraten, bevor ich nicht unter Eid vor dem Rat aussage, denn ich will nicht für Aufregung sorgen, indem ich rede, bevor ich beschwören kann, was ich aussage, und das ganze Universum weiß, daß ich erwachsen bin und nicht lüge. Wenn ich's anders machen würde, könnten mich die Leute fragen, ob ich die Wahrheit sagte, oder ob ich wußte, was ich tat.«

Sie schrien, stießen sich an und schubsten sich gegenseitig weg. Ari spürte, wie Florian und Catlin sich neben ihr wachsam regten.

Aber sie hatte die Leute in der Hand. Dessen war sie sich sicher. Sie hatte ganz genau das zum Ausdruck gebracht, was sie sagen wollte.

II

»Heben Sie die verdammte Nachrichtensperre auf!« schrie Corain durch das abhörsichere Telephon Khalids Personalchef an, der schwor, daß Khalid nicht erreichbar war. »Zum Teufel, es ist mir scheißegal, wo er steckt, machen Sie ihn ausfindig, und heben Sie die Sperre auf, Sie verdammter Idiot, selbst mein Büro ist davon betroffen, und fünfunddreißig Top-Reporter haben's über die Leitung durchgegeben – was meinen Sie mit Sicherheitssperre?«

»Hier ist Khalid«, schaltete sich der Rat ein und verdrängte seinen Assistenten. »Rat Corain, in Anbetracht des Inhalts dieses Interviews haben wir zum Schutz des Kindes eine dreißigminütige Sicherheitsverzögerung erbeten. Es sieht so aus, als hätten wir ein großes Problem.«

»Wir haben allerdings ein großes Problem. Je länger diese Sperre anhält, um so eher wird sie selbst zur Neuigkeit, Rat, und um so ungeduldiger wird man nach den Gründen fragen. Wir können die Presse einfach nicht aufhalten.«

»Zweifellos können wir das nicht. Das war zuviel Stoff für die Nachrichten. Ich habe Ihnen gesagt, Sie sollen das Interview nicht erlauben. Ein minderjähriges Kind spricht in extrem heiklen Angelegenheiten von internationaler Bedeutung unverantwortliche Beschuldigungen aus. Ich schlage vor, wir streiten es kategorisch ab.«

»Ich wäre ein Vollidiot gewesen, wenn ich's *nicht er*laubt hätte. Man kann die Nachrichtendienste nicht von dem Kind fernhalten, und Sie haben gesehen, was sie mit ihren Unterstellungen erreichen kann.«

»Sie ist offensichtlich gut instruiert worden.«

»Instruiert? Mein Gott, Khalid. *Heben Sie bloß die Sperre auf!*«

Am anderen Ende wurde lange geschwiegen. »Die Sperre endet in fünfzehn Minuten. Ich möchte Ihnen dringend raten, die Zeit zu nutzen, um eine offizielle Stellungnahme vorzubereiten.«

»Wozu denn? Wir haben mit diesen Anklagen nichts zu tun.«

Wiederum Schweigen. »Wir auch nicht, Rat. Ich glaube, diese Sache wird eine Untersuchung erfordern.«

Es war eine abhörsichere Leitung. Man konnte in *jeden* Kanal eindringen, wenn man Zugriff auf die Monteure hatte; oder auf das andere Ende der Übertragung.

»Das denke ich auch, Admiral. Die Zentristen werden sich in einer Stunde versammeln. Ich hoffe, Sie werden darauf vorbereitet sein, Ihre Position zu erläutern.«

»Das entbehrt jeder Grundlage«, sagte Khalid auf dem Videogerät im Büro vor laufenden Kameras, während Corain sein Kinn auf die Hand stützte und zwischen dem Bild auf dem Schirm und den Schlagzeilen hin und her sah, die ein Assistent ihm vor die Nase legte: *NP: SPRECHER DES VERTEIDIGUNGSAMTS VERWEIGERT STELLUNGNAHME* und *CP: KHALID BEZEICHNET ANKLAGEN ALS LÜGE.*

»... nichts in diesen Akten enthalten ist, was eine Aufrechterhaltung des Quarantänebefehls rechtfertigen könnte. Es verhält sich genau so, wie ich es sagte: Giraud Nye hat sich ein Märchen ausgedacht, ein reines Lügenmärchen, und es mit Hilfe eines Bandes einem minderjährigen Kind eingetrichtert, das in keiner Hinsicht in der Lage oder kompetent genug ist, um das enorme internationale Echo zu begreifen. Mit dieser widerwärtigen Taktik verfolgt er das Ziel, die freie Presse zum eigenen Vorteil zu nutzen – um nichts als Lügen zu verbreiten. Ich bitte Sie zu überlegen, ob wir überhaupt je Belege für die Behauptungen des Kindes sehen werden – Akten, von denen ein fünfzehnjähriges Mädchen bloß behauptet, daß sie allein sie gesehen hat, die sie aber nicht vorlegen kann – *nicht*, betone ich –, bevor nicht andere diese vermeintlichen Akten *für* sie vorgelegt haben – Akten, von denen ein beeindruckendes fünfzehnjähriges Mädchen behauptet, daß ihre Vorgängerin sie ihr hinterlassen hat. Ich darf Ihnen sagen, Sere, ich habe den schwerwiegenden Verdacht, daß Ariane Emory diese geheimen Akten nie angelegt und daß sie nie ein Programm geschrieben hat, um ihrer Nachfolgerin geisterhafte Hilfe zu leisten. Ich vermute, daß ein solches Programm, wenn es existiert, von jemandem geschrieben wurde, der uns viel näher ist, ja, daß dieses Kind regelrecht programmiert wurde – ein Verfahren, in dem Reseune unerreicht ist, und in dem Giraud Nye selbst als Autorität gilt – genauer gesagt, hat er sich seinen Status als Sonderperson durch seine Fachkenntnis auf gerade diesem Gebiet erworben. Dieses Kind ist von Reseune als bloße Schachfigur geschaffen worden, um Vorgängen von höchster nationaler Bedeutung emotionale und rechtliche Hindernisse in den Weg zu legen, und wird skrupellos benutzt und manipuliert, um die Privilegien einer wohlhabenden Minderheit zu sichern, deren machiavellistische Taktik jetzt sogar den Frieden aufs Spiel zu setzen droht …«

Vor dem Hotel warteten Reporter. »Haben Sie von Khalids Anklagen gehört?« rief jemand.

»Wir haben unterwegs davon erfahren«, sagte Onkel Giraud, während der Sicherheitsdienst ihnen ein kleines Stück im Foyer freihielt und die Kameraleute sich gegenseitig anrempelten.

»Ich kann dazu etwas sagen«, mischte sich Ari ein und ignorierte Florians Arm, als er sie und Onkel Giraud mit Hilfe der anderen Sicherheitsleute durch die Tür zu schieben versuchte. »Ich will ihm darauf antworten. Können wir uns in einem Konferenzraum versammeln?«

»Danke«, sagte das Mädchen, strich sich in einer sehr mädchenhaften Bewegung mit beiden Händen die Haare nach hinten über die Schultern und zog dann ein Gesicht und bedeckte ihre Augen, als ein Lichtstrahl sie traf. »Au. Können Sie den Scheinwerfer bitte nach unten richten?« Dann stützte sie sich mit den Ellbogen auf den Konferenztisch und sah von einem zum anderen Moment sehr geschäftsmäßig aus, Emory senior so ähnlich, daß es Corain den Magen zusammenzog. »Was wollten Sie fragen?«

»Was meinst du zu Khalids Behauptungen?« setzten sich die Stimmen einiger Reporter durch.

Chaos. Ein völliges Chaos. Der Scheinwerfer leuchtete dem Mädchen wieder ins Gesicht, und es zuckte zusammen. »Stellen Sie den aus«, rief jemand. »Den brauchen wir nicht.«

»Danke.« Als das Licht ausging. »Sie wollen wissen, was ich von den Behauptungen des Admirals halte? Ich glaube, er weiß es besser. Er war jahrelang der Chef des Geheimdienstes. Eigentlich müßte er es wissen. Es ist auch nicht sonderlich klug, zu behaupten, ich sei programmiert worden. Ich kann selbst Psycho-Designs schreiben. Er versucht jeden psychologisch auszutricksen, und ich kann Ihnen sagen wie. Soll ich's Ihnen aufzählen?«

»Fahren Sie fort«, wurde gerufen.

Das Mädchen hob einen Finger. »Erstens: Er behauptet, in den Akten sei nichts über eine Quarantäne enthalten. Andererseits sagt er aber, er wüßte nicht, was in den Akten in Reseune steht; darüber beschwert er sich ja. Wie es auch ist, entweder versucht er Sie auszutricksen, oder er lügt, was den Inhalt der Akten angeht.

Zweitens: Er behauptet, mein Onkel habe mir diese Sachen mit einem Band eingetrichtert. Dabei kann er nichts darüber wissen. Und natürlich stimmt es auch nicht.

Drittens: Er sagt, ich verstünde nicht, was diese Sache für die internationale Politik bedeuten könnte. Nur weiß er das ebensowenig wie ich, es sei denn, er kennt diese Akten.

Viertens: Er macht sich darüber lustig, daß mir meine Vorgängerin ein Programm hinterlassen hat. Das ist ein psychologischer Trick. Witze zu machen hält andere davon ab, sich zu konzentrieren und gründlich darüber nachzudenken, was er überhaupt sagt, nämlich daß so etwas unmöglich ist. Dabei ist es natürlich nicht unmöglich. Es ist ein einfaches, hierarchisch gegliedertes Programm mit einer Stimmenerkennung und einigen anderen Sicherheitsvorkehrungen, über die ich vor den Kameras nicht sprechen möchte, und ich könnte es selbst schreiben, bis auf den Sprachverzerrer, aber davon versteht mein Leibwächter etwas – er ist auch fünfzehn. Wenn er beim Geheimdienst war, weiß Rat Khalid das sicher auch, deshalb kann das nur ein psychologischer Trick sein.

Fünftens: Er behauptet, daß mein Onkel das ganze Zeug schreibt. Das ist ein ähnlicher Trick wie der erste, denn er kann es bloß behaupten, und dann denkt jeder darüber nach. Ich könnte dasselbe machen, indem ich behaupte, Khalid habe die Wahl gewonnen, weil er das Gerücht in die Welt setzte, Gorodin sei gegen den militärischen Rücktrittsantrag, und weil Neuigkeiten von Schiffen im All verbreitet werden und es gleich vor der Abstimmung geschah, trafen die Stimmen bereits ein und wurden registriert, bevor Gorodins Dementi viele Planeten auch nur erreicht hatte. Ich habe das in den Nachrichten gehört. Aber ich schätze, daß die Leute leicht vergessen, wer Lügen in die Welt setzt.«

»Oh, mein Gott …«, murmelte Corain und stützte seinen Kopf auf die Hände.

»Ich glaube, das hat gereicht«, sagte Dellarosa. »Ich würde empfehlen, Ser, daß wir eine Parteiversammlung *ohne* die Verteidigung abhalten. Ich glaube, wir müssen dringend eine Stellungnahme dazu ausarbeiten.«

Corain fuhr sich mit einer Hand durchs Haar.

»Verdammt, ich kann sie nicht einmal wegen Verleumdung anklagen. Sie ist minderjährig. Und das wurde live übertragen.«

»Ich glaube, die Tatsachen liegen so, Ser, daß die Militärs einen handfesten Grund hatten, Khalid trotz des Gerüchtes vorzuziehen. Aber jetzt ist er wohl angeschlagen. Schwer angeschlagen. Ich wäre nicht überrascht, wenn Gorodin auf einen Protest verzichtet. Wir müssen uns davon distanzieren. Wir müssen zu diesen angeblichen Geheimakten Stellung nehmen. Und zwar solang dieser Presserummel noch anhält.«

»Wir müssen einen Ausschuß ausgewählter Mitarbeiter des Wissenschaftsamts einberufen«, meinte Corain, »der sich ohne Giraud Nyes Einmischung mit dieser Sache befaßt, um die Kompetenzen dieses Mädchens zu beschneiden. Aber, verdammt, du hast doch ihren Auftritt erlebt. Sie hat Khalid aus dem Stegreif erledigt. Er hat im Verteidigungsamt ein schmutziges kleines Manöver durchgeführt, mit dem er davongekommen ist, weil es niemand ihm oder seinem Personal anhängen konnte – aber in *diesem* Zusammenhang wird das keiner vergessen.«

»Nye hat's ihr gesagt.«

»Mach diesen Fehler nicht. Khalid hat ihn gerade gemacht. Und er ist tot. Politisch ist er tot. Darauf kann er nicht kontern.«

»Sie könnte jeden anklagen, indem sie behauptet, daß etwas über ihn in diesen verdammten Akten steht!«

»Sie hätte Khalid anklagen können. Aber sie hat's nicht getan. Was wahrscheinlich bedeutet, daß es diese Akten gibt und Ari damit rausrücken wird. Oder sie erzählt weiter brav ihre Geschichte … und wartet darauf, daß der Rat reagiert. Ich möchte dich noch auf ein anderes Problem hinweisen, meine Liebe. Khalid wird in diesem Büro nur eine Belastung sein.«

»Ihm bleibt nichts anderes übrig, als abzudanken.«

»Das wird er nicht! Dieser Kerl nicht. Er wird bis zum bitteren Ende kämpfen.«

»Dann schlage ich vor, Ser, bevor wir Gorodin auch nur in Erwägung ziehen, sollten wir uns umsehen, wer uns in diesem Amt sonst noch nützlich sein könnte. Wie lang, glaubst du, wird das so weitergehen? Wenn noch etwas Dreck ans Tageslicht gekehrt wird – werden sich andere Leute an die Presse wenden. Noch einmal – und die Kameraleute können sich vor Arbeit nicht mehr retten.«

»Verdammter Mist!«

Und *er* hatte darauf bestanden, daß Khalid die Nachrichtensperre aufhob.

Und es gab keine praktikable Möglichkeit, auf diese Behauptungen zu antworten, außer mit den Verhören im Amt Zeit zu gewinnen. Die Giraud Nye in einem Höllentempo durchführen konnte. Dann würden die Nachrichtendienste das Mädchen noch öfter zu sehen bekommen.

Nichts zu machen. Die Opposition mußte sich zurückhalten.

Dann konnte das Mädchen vor großem Publikum vor den Rat treten.

Und das Echo auf Enthüllungen über Gehenna würde auch die Gesandten der Allianz und der Erde erfassen.

Das Mädchen bluffte nicht.

»In einem ist sie ihm auf jeden Fall überlegen«, sagte er, als Dellarosa ging. »Du mußt unbedingt jemanden im Verteidigungsamt finden, der Reden schreiben kann, die die Leute auch verstehen.«

III

Justin sah sie sich immer wieder an, jede Nuance, jede kleinste Bewegung in dem Playback. Er hatte, im Labor der Soziologen vergraben, den ganzen Nachmittag verschwendet; und er sah es sich jetzt noch ein paarmal an, weil die Schlüsselwort-Funktion des Videorecorders alle Stellen herausgesucht hatte, die auf die Verhöre, Ari und die vielen Beteiligten Bezug nahmen.

Die Hände unterm Kinn, die Ellbogen auf den Knien, schüttelte er den Kopf.

»Eine erstaunlich präzise Merkfähigkeit«, sagte Grant, der neben ihm auf dem Sofa saß. »Für eine ZIV. Sie hat offensichtlich jeden Punkt angesprochen, zu dem sie kommen wollte. Und die Leute über den Rest im unklaren gelassen.«

Das Band kam zu Khalids zweiter Widerlegung, der kühlen, leidenschaftslosen Stellungnahme, daß Giraud Nye Ari mit dieser Anklage vorgeschickt hatte, daß er sie als seine Stimme benutzte, weil er sich sonst strafbar gemacht hätte.

Justin schüttelte wieder den Kopf. »Er hat's ihr vielleicht nahegelegt. Aber dieses Kind hat ein fabelhaftes Timing.«

»Khalid ist von dem falschen Gegner ausgegangen«, meinte Grant. »Er dachte, es sei Giraud allein.«

»Videogerät aus«, befahl Justin, und es wurde still in dem Zimmer.

Grant beugte sich zu ihm hinüber und rüttelte an seinem Knie. »Meinst du, Khalid ist imstande – ihr etwas anzutun?«

»Ich glaube, dieser Mann ist zu allem fähig. Ich weiß es nicht. Vielleicht hält er sich zurück – was Ari angeht. Sie ist ein zu schwieriges Ziel. Ich rufe Denys an.«

»Warum?«

»ZIV-Verrücktheit. Politik. Sie ist ein zu schwieriges Ziel. *Jordan* dagegen arbeitet auch für die Verteidigung.«

Grants Gesicht wurde ausdruckslos. Dann verriet es seinen Schock.

»Ich glaube, das sollten wir nicht über den Automatischen Haushälter durchgeben. Wir sollten zu ihm gehen.«

»Kannst du mir verraten, wie wir um diese Zeit einen Termin bei ihm kriegen sollen? Er wird uns nicht mal reinlassen.«

»Dann beim Sicherheitsdienst«, sagte Grant nach kurzer Überlegung. »Wir bitten ihn, sich mit uns beim Sicherheitsdienst zu treffen.«

»Ich weiß eure Sorge zu schätzen«, sagte Denys auf der anderen Seite des Schreibtischs, während sie in dem Verhörzimmer in zwei harten Stühlen saßen und Seely an der Wand stand.

Justin erinnerte sich an diesen Raum – nur zu gut. »Ser, ich … ich würde nicht sagen, daß das eine irrationale Furcht ist. Befiehl ihm, keine Anrufe von der Basis anzunehmen.«

»Wir können darauf verzichten, daß irgendwelche Schritte gegen die Verteidigung aufgezeichnet werden«, erwiderte Denys. »Erst das – könnte unliebsam Aufmerksamkeit auf deinen Vater lenken. Vielleicht bist du ein Schwarzseher, weil …«

»Khalid hat Gründe, sich einen Zwischenfall zu wünschen, Ser. Und mein Vater sitzt dort draußen ohne Bewachung. Sie können ihm praktisch alles erzählen. Oder nicht?«

Denys zog die Stirn kraus, legte die Fingerspitzen aneinander, verschränkte dann die Hände. »Seely. Kümmere dich drum! Sofort!«

Grant erhob sich von seinem Stuhl und folgte Seely mit Blicken. Dann erst kam Justin ein Gedanke; und er stand auf und sah sich zwei bewaffneten Wachen in der Tür gegenüber.

»Wo geht er hin?« fragte er und blickte sich zu Denys um. »Das war keine Instruktion. *Wo geht er hin?*«

»Entspann dich«, sagte Denys. »Entspann dich, mein Junge! Setz dich! Setzt euch beide! Es gibt Pläne für unvorhergesehene Ereignisse. Ihr seid nicht die ersten, die an solche Eventualitäten denken. Seely weiß ganz genau, was ich meine.«

»Was für unvorhergesehene Ereignisse?«

»Mein Gott, wir werden deinem Vater ganz bestimmt nichts tun. Setz dich! Bitte! Du hast heute abend eine blühende Phantasie.«

»Wo geht er hin?«

»Er geht bloß nach vorne an den Schreibtisch, und sie werden einen Code übermitteln, den du nicht kennen mußt und der das Planys-Labor lediglich auffordert, von jetzt an äußerst wachsam zu sein. Das heißt, der Reseuner Sicherheitsdienst traut niemandem, der ihm nicht angehört. Und niemand kommt dort rein oder raus, der nicht dazugehört. Wir werden einfach behaupten, daß es im Labor einen Unfall gegeben hat. Ganz einfach. Jordan unterliegt in Planys den höchsten Sicherheitsvorkehrungen – ihr könnt euch darauf verlassen, daß kein Anruf zu ihm durchkommt, bis auf unsere. Setzt euch!«

Justin setzte sich, und Grant tat dasselbe.

»Na, also«, seufzte Denys. »Danke. Ich schätze dein Maß an Paranoia, Justin. Sie geht schnell mit dir durch, weiß Gott. Aber ich habe etwas übrig für empfindliche Nerven. Ein Gefühl dafür, wenn ein Sturm losbricht. Seely zum Beispiel – er braucht die Wetterwarnungen nicht. Ist das nicht seltsam – daß derlei bei einem so rationalen Verstand vorkommt? – Was hältst du von ihr?«

Ein Angriff aus einer unerwarteten Richtung. Justin blinzelte, war sofort auf der Hut – und schon das war eine Reaktion, die er vermeiden wollte. »Von Ari? Sie war brillant. Was soll man sonst zu ihr sagen?«

»Ich habe ein wenig Stolz in sie investiert«, sagte Denys. »Weißt du, dieses kleine Biest hat in weniger als einem Monat ihre Psycho-Werte um sechs Punkte verbessert, als sie draufgekommen ist, daß es nötig war. Genau das habe ich dem Ausschuß gesagt. Und dort würde man mir nicht glauben, wenn sie hinterherhinkte. Verzeiht mir. Ich bin auch schrecklich nervös, solang sie nicht wohlbehalten wieder hier ist, in *unserem* Bereich.«

»Ich auch. Ehrlich.«

»Das glaube ich. Wirklich. Ich kann euch sagen, daß unsere Besorgnis um deinen Vater während dieser Reise unter ganz anderen Vorzeichen stand. Ich habe gesagt, ich würde euch darüber in Kenntnis setzen – wenn Ari erfährt, auf welche Weise ihre Vorgängerin ums Leben gekommen ist.«

»Du hast es ihr also gesagt.«

Denys biß sich in die Lippe und betrachtete seine Handflächen. »Nicht alles. Noch nicht.« Er blickte auf. »Andererseits – habe ich während dieses ersten Interviews geschwitzt. An einer Stelle war ich mir sicher, daß Ari sagen würde – auf die Frage, warum die erste Ari denn keine besseren Vorkehrungen getroffen hat, um die Informationen weiterzugeben –, daß Ari ermordet wurde. Und dann wären die Reporter sofort auf die Beziehung zwischen dem Mord und diesen Informationen angesprungen – eine ziemlich diffuse Verbindung natürlich. Aber ich spürte für einen Sekundenbruchteil, daß es genau darauf hinauslief – und dann schlug Ari eine andere Richtung ein. Gott sei Dank. Ich möchte wirklich nicht, daß sie die Worte, ›der Warrick-Fall‹ zum erstenmal – vor laufenden Kameras hört. Oder während der Vernehmungen. Sie fliegt heute abend nach Hause. Bei einem unplanmäßigen Abflug versieht das Wissenschaftsamt die Flugzeuge mit voller Radarüberwachung. Du siehst, daß wir nicht weniger paranoid sind. Giraud wird ihr, nehme ich an, die Neuigkeiten unterwegs eröffnen. Ich habe euch also gewarnt.«

IV

»Ari«, sagte Giraud und setzte sich ihr gegenüber auf den Platz, den Florian für ihn freigemacht hatte, während die *›Reseune Eins‹* durchs Dunkle flog und hinter dem Fenster nichts zu sehen war als die Sterne – die Sterne und die unsteten Lichter der Flugzeuge, die sie Girauds Worten nach begleiteten.

Denn sie mußten sich über Störungen in der Elektronik und alle möglichen Dinge Sorgen machen, die selbst Florian und Catlin finster dreinschauen ließen. Schließlich hatten sie einen sehr gefährlichen und verzweifelten Mann herausgefordert, der alle möglichen Kontakte hatte, und schließlich gab es auf der Welt genug Verrückte, die nicht davor zurückschreckten, etwas zu suchen und es der Verteidigung in die Schuhe zu schieben.

Sie würde sehr froh sein, dachte sie, wenn sie spürte, wie sie in Reseune aufsetzten. Feinde beunruhigten sie nicht sonderlich, ausgenommen die, die einem vielleicht ein anderes Flugzeug nachschickten oder einem die Navigation beschädigten oder die vielleicht zur Verteidigung gehörten, die Extremisten die Schuld zuschob, oder extremistischen Gruppen, die die Verteidigung verantwortlich machten.

»Wir haben keine Probleme«, sagte Onkel Giraud. »Auf dem Radar zeigt sich nichts. Dank unserer Eskorte verhalten sie sich ruhig. Ich kann mir vorstellen, daß du's kaum abwarten kannst, heute abend wieder in deinem eigenen Bett zu liegen.«

Oh, verdammt, wir müssen noch den Automatischen Haushälter durchchecken, wenn wir ins Apartment zurückkommen, und Florian und Catlin sind genauso müde wie ich. Ich will bloß in mein Bett. Dabei kann ich gar nicht schlafen.

»Ich habe mir heute Sorgen gemacht, daß sie eine bestimmte Sache ansprechen könnten«, erzählte Giraud. »Eine Sache, auf die wir wirklich nicht eingehen wollten. Aber ich glaube – und Denys auch – ich habe über die Anlage im Amt mit ihm gesprochen –, daß du es wissen solltest.«

Gott, spucks schon aus!

»Du weißt, daß deine Vorgängerin ermordet wurde. Und daß es jemand in Reseune war.«

»Wer?«

»Ein Mann namens Jordan Warrick.«

Sie blinzelte und spürte das Brennen der Erschöpfung in ihren Augen. *Sie* hatte in Reseune bisher nur einen Warrick kennengelernt. »Wer ist Jordan Warrick?«

»Eine Sonderperson. Die oberste Autorität für Ausbildungs-Designs. Justin Warricks Vater.«

Sie rieb sich die Augen und richtete sich in ihrem Sitz ein wenig auf, um Giraud anzusehen.

»Ich wollte nicht, daß du das vor laufenden Kameras erfährst. Natürlich möchte ich auch nicht, daß du es nächste Woche vom Rat erfährst. Jordan und Ari hatten persönliche und berufliche Differenzen; und politische. Er beschuldigte

Ari, an seiner Arbeit herumzupfuschen und von ihm zu profitieren – so sah er das. Sie hatten einen Streit … Möchtest du die Details hören?«

Sie nickte.

»Höchstwahrscheinlich, und er behauptet selbst, es sei so gewesen, hatte er es vorher nicht geplant. Sie kämpften – sie hatten also eine körperliche Auseinandersetzung –, und sie schlug mit dem Kopf auf –, und in diesem Moment bekam er Panik und versuchte zu vertuschen, was passiert war. Es geschah im Kältelabor unten im Kellergeschoß von Flügel Eins. Der Bereich dort ist sehr kalt, und die Rohre der Kühlanlage sind völlig ungeschützt; er verursachte einen Rohrbruch, ließ die Leitung platzen und schloß die Tür – sie schwingt immer noch, das hat etwas damit zu tun, wie das Gebäude steht, und sie läßt sich nicht fixieren; dafür haben wir das Schloß inzwischen blockiert. Kurz gesagt ist Ari durch ausströmenden Flüssigstickstoff aus einem lecken Rohr erfroren. Es war relativ schmerzlos; sie hatte durch den Schlag das Bewußtsein verloren. Weil Jordan Warrick eine Sonderperson ist, wurde er vor dem Rat vernommen. Dafür gab es nicht im entferntesten einen Präzedenzfall – Sonderpersonen begehen eigentlich keine Morde. Und sein Geist ist – was er sich auch zuschulden kommen läßt – gesetzlich geschützt. Er war damit einverstanden, sich aus Reseune versetzen zu lassen. Er lebt jetzt in Planys. Justin besucht ihn ab und zu.«

»Weiß er davon?«

»Justin hatte keine Ahnung, was passieren würde. Er war erst siebzehn. Er hatte versucht – indem er die Mittel seines Vaters nutzte – Grant aus Reseune nach Novgorod zu schleusen – Jordan wollte den Direktorposten bei ›*Reseunespace*‹, und Grants Status als eine X-Nummer bedeutete, daß es schwierig werden konnte, ihn mitzunehmen. Aber es ging schief. Die Kontaktleute, die Justin helfen sollten – Freunde seines Vaters –, hatten unglücklicherweise Verbindungen mit den Abolitionisten, die an Grant einen völlig mißlungenen Eingriff vornahmen. Ich habe immer insgeheim den Verdacht gehegt, daß es in dem Streit zwischen Jordan und Ari um Grant ging. Grant mußte gerettet werden; er lag in jener Nacht in der Klinik, in sehr bedenklicher Verfassung – und Justin besuchte ihn etwa zu der Zeit, als sich der Mord ereignete, deshalb steht es außer Frage, daß er daran nicht beteiligt gewesen sein kann. Er hatte keine Ahnung, daß sein Vater Ari sprechen wollte. Er wußte ganz sicher nicht, was sein Vater tun würde.«

Ari spürte eine leichte Übelkeit im Bauch. »Er ist mein Freund.«

»Er war siebzehn, als all das geschah. Bloß zwei Jahre älter als du jetzt. Nichts davon war seine Schuld. Er lebt in Reseune – und sein Vater in Planys in einer Art Dauerarrest. Du verstehst jetzt vielleicht, warum uns deine Kontakte mit ihm so beunruhigt haben. Aber er war nie darauf aus; er war sehr darauf bedacht, sich an die Vorschriften zu halten, die es ihm gestatten, in Reseune zu leben. Er konnte seine Ausbildung abschließen; er hat sich in Reseune eingerichtet, er macht niemandem Ärger, und es wäre nicht gerecht, ihn für etwas zu bestrafen, womit er absolut nichts zu tun hatte, oder ihn irgendwohin zu schicken, wo ihm nicht die Einrichtungen zur Verfügung stehen, um seine Arbeit fortzusetzen. Er ist sehr klug. Er hat viele Schwierigkeiten und ist manchmal ziemlich durcheinander, aber ich hoffe, er wird für sich die richtigen Entscheidungen treffen. Uns hat vor allem die Möglichkeit beunruhigt, er würde etwas tun oder sagen, um dir weh zu tun – aber das hat er nie, oder?«

»Nein.« *Merk dir die Quelle,* hätte Ari senior jetzt gesagt, hatte sie sogar gesagt, als sie sie anwies, wie man auf Irreführung reagierte. *Merk dir die Quelle!* »Warum ist er nicht nach Fargone geschickt worden? Valery ist dort. Er war erst vier Jahre alt und hat nie jemandem weh getan.«

»Ehrlich gesagt, wollten wir Justin dort haben, wo wir ihn im Auge behalten können«, sagte Giraud, indem er die Sache mit Valery völlig überging. Wie nicht anders zu erwarten. »Und wir wollten nicht, daß er längeren Kontakt mit irgendeiner Schiff-Crew hat oder in die Lage versetzt wird, nach außen Kontakt aufzunehmen. Mit den Freunden seines Vaters – Rocher und seiner Bande, den Abolitionisten –, die einer der Gründe dafür sind, warum wir mit einer Eskorte fliegen.«

»Ich verstehe.« Sie mußte ein wenig darüber nachdenken. Sie hatte kein Verlangen, mit Onkel Giraud darüber zu reden, zumindest jetzt nicht.

»Wir wußten, daß es dich aufregen würde«, sagte Giraud, als versuchte er, sie zu einer Reaktion zu veranlassen.

Sie sah ihn an und ließ sich nichts anmerken, ignorierte die Situation soweit wie möglich, die Nacht, die Flugzeuge draußen, die Neuigkeiten über Justin, den Umstand, daß Giraud der Frage nach Valery ausgewichen war. Sie konnten also in die Luft fliegen. Die ganze Welt war also verrückt. Aber sie hatte sich darauf gefaßt gemacht, daß es gefährlich werden würde, als sie sich entschloß, die Sache mit Gehenna zu erwähnen – als sie Onkel Denys und Onkel Giraud gewarnt hatte, was sie tun würde, und sie deswegen nervös gewesen waren. Aber Giraud zeichnete sich durch eines aus: Wenn sich die Dinge einmal stabilisiert hatten, bewahrte er einen kühlen Kopf und fällte zur richtigen Zeit die richtigen Entschlüsse: Wenn sie sich jemanden aussuchen mußte, der sie nach Novgorod begleitete, ging sie davon aus, daß Giraud einer der Besten war. Und was er so sagte, stimmte wohl; davon konnte man sich leicht überzeugen.

Sie seufzte. »Es regt mich schon auf«, sagte sie. »Aber ich bin froh, daß ich's weiß. Ich muß darüber nachdenken, Onkel Giraud.«

Er sah sie einen Moment lang an, dann griff er in seine Tasche und holte ein kleines Päckchen heraus, streckte die Hand aus und legte es auf ihre Seite des Tisches.

»Was ist das denn?«

Giraud zuckte die Achseln. »Auf dieser Reise sind wir ja leider nicht zum Einkaufen gekommen«, erwiderte er. »Aber mir ist eingefallen, daß ich dieses kleine Ding in einem bestimmten Laden gesehen habe. Ich hab's vom Sicherheitsdienst holen lassen. Sie hatten's noch nicht verkauft.«

Sie war verblüfft, hob es auf, wickelte es aus und öffnete die Schatulle. Es war eine Anstecknadel mit in Gold gefaßten Topasen in jeder Tönung. »Oh«, machte sie. »Oh!«

»Zu Aris Nachlaß gehört soviel Schmuck«, erklärte Giraud und stand auf, um zu seinem eigenen Platz hinten zurückzugehen. »Da dachte ich mir, du solltest auch etwas haben, was dir ganz allein gehört.«

»Danke sehr, Onkel Giraud.« Das warf sie völlig aus dem Gleichgewicht.

Um so mehr, als sie zu ihm aufblickte. So wie durchs Fenster das Licht auf ihn fiel, sah seine Haut einen Moment lang pergamentartig und alt aus; er ging vorbei, legte eine Hand auf ihren Arm, und auf seinem Handrücken zeigten sich tiefe Falten. Natürlich war er alt.

Etwas, was dir ganz allein gehört. Es hallte in ihrem Kopf und erschien ihr in diesen Minuten so wichtig, daß sie immer wieder darüber nachdachte, sooft sie die Nadel drehte, um jede Facette einzeln dem Licht zuzuwenden – sie fragte sich, ob Giraud sie bloß bearbeitet hatte, oder ob ihr Onkel einfach diese gewisse Vorliebe für junge Mädchen hatte, oder ob sie ihn vielleicht – an einer einzigen Stelle weichgemacht hatte, als sie noch kleiner war, und diese Schwäche sich ausweitete, je größer sie wurde, bis ihm schließlich tatsächlich solche Gedanken kamen. Nach all den abstoßenden Dingen, die er bis dahin getan hatte.

Er hatte sie jedenfalls ganz schön erwischt, das stand fest.

Etwas, das wirklich ihr gehörte. Eigentlich traf das nur auf sehr wenige Dinge zu.

»Was ist es, Sera?« fragte Florian; und nachdem er es sich angesehen hatte: »Es ist hübsch.«

»Schön«, pflichtete Catlin ihm bei, als sie ihren Platz neben ihr einnahm, und streckte eine Hand aus, um sie zu berühren.

Natürlich gehörten ihr die beiden auch. Ari und Ari verschwammen miteinander, trennten sich und verschmolzen wieder, was ihr heute kaum noch unangenehm war. Ari senior hatte sich in ihrem Leben eine Menge Ärger eingehandelt, aber das machte nichts. Ari mochte ihre Feinde auch nicht. Sie hatten Ari senior ermordet, und jetzt konnte sie sich ohne den Sicherheitsdienst nicht mehr hinauswagen und mußte sich von anderen Flugzeugen begleiten lassen, nur um sicherzugehen, daß sie auch zu Hause ankam, in Aris Bett landete, Aris Komfort genoß, in Aris Reseune lebte, all das.

Sie war zu dem Schluß gekommen, daß es ihr nichts ausmachte, Ari zu sein. Es war nicht schlecht. Wenn auch ein bißchen seltsam. Sie war oft etwas einsam, aber das war nicht so schlimm, es gab genug Leute, die dafür sorgten, daß sie sich nicht zu einsam fühlte. Sie mußte sich über viele Dinge auf dem laufenden halten, aber sie fand es nie langweilig. Sie hätte nicht gern in Maddys oder 'Stasis Haut gesteckt, nicht einmal in Amys – wenn auch am ehesten in ihrer, aber es gefiel ihr besser, Ari zu sein, und nach Novgorod zu reisen und Florian und Catlin bei sich zu haben – vor allem das durfte sie nicht vergessen. Amy leistete niemand Gesellschaft. Bloß ihre Mama und deren Personal, mit denen es keinen Spaß machte.

Jane zu sein, wäre ganz gut gewesen. Ganz plötzlich fiel ihr Ollie ein, was ihr weh tat, weil er nie geschrieben hatte; aber das war nicht seine Art. Er war, wenn nötig, ungeheuer korrekt.

Vielleicht war er nicht einmal mehr am Leben. Leute konnten auf Fargone sterben, und es dauerte lang, bis man davon erfuhr.

Sie legte die Nadel in die Schatulle zurück. »Verstaut das in meinem Handgepäck, ja?« bat sie Florian. »Ich möchte nicht, daß es verlorengeht.« Bei nächster Gelegenheit würde sie die an einer Stelle tragen, wo Giraud sie sehen konnte. Das würde ihm gefallen.

»Sind Sie müde, Sera?« fragte Catlin. »Möchten Sie, daß wir das Licht ausmachen?«

»Nein, mir geht's gut.« Aber sie tastete nach der Reisedecke, schlang sie um sich und lauschte dem Dröhnen der Turbinen. Sie konnte nach Fargone schreiben. Aber im Moment war das nicht klug. Alles, was sie tat, würde ihre Feinde nervös machen und vielleicht andere Leute in Gefahr bringen, als würde sie ihnen ein Schild um den Hals hängen, auf dem stand: Das ist ein Freund von mir.

Ihre Freunde wurden nicht vom Sicherheitsdienst beschützt, wenn sie Reseune verließen oder Reseunes andere Niederlassungen besuchten. Solche Dinge mußte sie jetzt berücksichtigen.

Von jetzt an.

V

Ari, hier ist Ari senior.

Du hast deine Volljährigkeit erlangt. Du bist fünfzehn chronologische Jahre alt. Dieses Programm behandelt dich wie eine Siebzehnjährige. Dein Zugriff ist ausgeweitet worden.

Du kannst jetzt alle Arbeitsnotizen bis zu meinem Todesjahr und alle historischen Daten bis 2362 abrufen, dem Jahr, in dem ich als Administratorin Reseunes abdankte und den Ratssitz fürs Wissenschaftsamt übernahm.

2300, als ich siebzehn war, erklärte sich die Union zum souveränen Staat, und die Konsortiums-Kriege begannen.

2318, als ich fünfunddreißig war, saß ich als Stellvertretende Rätin fürs Wissenschaftsamt auf dem Platz von Lila Goldstein von der Cyteen-Station, die erkrankt war und kurze Zeit später starb.

2320, als ich siebenunddreißig war, räumte ich den Sitz für Jurgen Fielding von Cyteen. Der Antrag auf den Status als Sonderperson ging durch, und ich war eine der fünf Personen, denen die entsprechenden Privilegien zustanden.

2331, als ich achtundvierzig war, wurde ich nach dem Tod von Amelie Strassen Direktorin des Flügels Eins in Reseune; in diesem Jahr begann ich mit der Rejuvenilisierung.

2345, als ich zweiundsechzig war, wurde ich nach dem Tod meines Onkels Geoffrey Carnath Administratorin von Reseune. Der

Flotte des Konsortiums war es in diesem Jahr gelungen, alle Kriegsschiffe der Union von den Stationen zwischen der Erde und Mariner zu vertreiben, und versuchte die Handelsschiffe vom Handel mit Cyteen und Fargone abzuhalten und jedes auf Cyteen registrierte Handelsschiff zu zerstören. Der Verlust vieler Schiffe und der Mangel an Arbeitern und trainiertem militärischen Personal hatte Reseune in die Kriegsanstrengungen einbezogen; zwischen den Jahren 2340 und 2354 wuchs Reseune um 400 %.

Folgende Aktivitäten in diesen Jahren gehen auf mein Konto: der Aufbau von Minen, um die Abhängigkeit von seltenen Transporten zu verringern; Ausweitung der Agrarwirtschaft; Einrichtung Moreyvilles als eines Güterumschlagplatzes; Einrichtung der ›Reseuneair‹ als ein kommerzielles Transportunternehmen für das Volga-Gebiet, die Einführung von Reseunes rechtlicher Verfügungsgewalt über vertretende Produktionszentren; die Einführung von Reseunes rechtlicher Vormundschaft über alle Azis, unabhängig davon, wo sie produziert wurden; die Einführung Reseunes als Alleinproduzent aller Bänder über der Stufe der Talentbänder.

Die letzteren Maßnahmen, die es Reseune ermöglichten, sämtliche Azis in der Union zu führen und zu überwachen, zähle ich zum Wichtigsten, was ich je gemacht habe – aus dem offensichtlichen Grund wegen der damit verbundenen Macht, aus moralischen Gründen, weil das Wohlergehen der Azis dadurch gesichert wurde, und aus zwei weniger offenkundigen Gründen … Erstens gibt uns das die Möglichkeit, zu einem unbestimmten späteren Datum die Produktion von Azis zu beenden, damit weder in der Union noch sonstwo eine geknechtete Klasse zu einer Dauereinrichtung wird; was den zweiten Grund angeht, verweise ich auf das Schlüsselwort Soziogenese.

2352, als ich neunundsechzig war, startete die Union ihre letzte große Offensive des Krieges; und wandte sich mit dem Entwurf des Gehenna-Projekts an mich.

Siehe die Akte unter dem Schlüsselwort: Gehenna, Schlüsselwort: Privat-Akte.

2354, als ich einundsiebzig war, endeten die Konsortiums-Kriege mit dem Pakt von Pell.

2355, als ich zweiundsiebzig war, wurde die Gehenna-Kolonie als Folge vieler anderer Entscheidungen aufgegeben. Meine Einwände wurden von Admiral Azov, dem Rat der Verteidigung, zurückgewiesen.

2360, als ich siebenundsiebzig war, forderte ich Jurgen Fielding um den Sitz fürs Wissenschaftsamt heraus.

2362, als ich neunundsiebzig war, wurde mir nach der abschließenden Stimmenauszählung dieser Sitz zugesprochen, den ich zu der Zeit noch innehabe, als ich diese Notizen schreibe.

Es ist eine Sache, junge Ari, ältere Menschen als einen Gegenstand der Psychologie zu studieren; aber eine ganz andere, sich der Psychologie des Alters in sich selbst bewußt zu sein, denn man wird innerlich älter, selbst wenn die Rejuvenilisierung das physische Alter mehr oder weniger konstant hält.

Die Veränderung, die die Rejuvenilisierung in der menschlichen Psyche bewirkt hat, ist insofern beträchtlich, als der Körper sich ohne sie im Alter von fünfzig Jahren zu verändern beginnt, sich bestimmte Verschleißerscheinungen bemerkbar machen und in den nächsten zwanzig oder dreißig Jahren so schwerwiegend werden, daß die Körperfunktionen gestört sind. Das ist der natürliche Altersprozeß, der zu einem natürlichen Tod im Alter zwischen sechzig und hundertzehn Jahren, abhängig von den Genen und dem Milieu, führen würde.

Bei Individuen ohne Rejuvenilisierung bewirkt die zwanzig bis dreißig Jahre dauernde Periode des Nachlassens aller Körperfunktionen, gefolgt von einer Periode herabgesetzter Funktionstüchtigkeit und degenerativer Krankheiten beträchtliche psychologische Veränderungen. In Zeitaltern, als Rejuvenilisierung noch unmöglich war, oder an Orten wie Gehenna, wo keine Rejuvenilisierung zur Verfügung stand, fand eine soziologische Anpassung an den Umstand statt, daß ein großer Anteil der Bevölkerung diesen langsamen Verlust der körperlichen und in einigen Fällen auch geistigen Fähigkeiten durchmachte. Zuweilen gibt es Institutionen oder Sitten, die dieser Bevölkerungsschicht Unterstützung sichern, auch wenn solche Maßnahmen historisch gesehen für die Individuen, die sich mit der psychologischen Gewißheit konfrontiert sahen, daß dieser Prozeß begonnen hatte, nicht immer das

Optimum darstellten oder Grund zur Zufriedenheit gaben. Mit Hilfe der Rejuvenilisierung haben wir unsere Lebenszeit ein wenig über den natürlichen Tod hinaus verlängert und in meiner Zeit im statistischen Mittel eine Lebenserwartung von hundert bis hundertvierzig Jahren erreicht – wobei zu bedenken ist, daß die Rejuvenilisierung noch immer eine verhältnismäßig junge Entwicklung darstellt und der Wert zunehmen könnte. Aber die Rejuvenilisierung war eine Entdeckung Cyteens und stand erstmals der Generation meiner Mutter zur Verfügung, und die soziologischen Umstellungen gingen während meiner Jugendzeit noch immer mit rasanter Schnelligkeit vor sich; Schlüsselwort: Altern, Schlüsselwort: Olga Emory, Schlüsselwort: These.

Zu der Zeit, da ich diese Notizen schreibe, besteht die Hauptveränderung nicht so sehr in der Verlängerung des Lebens, obwohl das grundlegende Auswirkungen auf Familienstrukturen und das Gesetz hatte, was sich der Tatsache verdankt, daß die meisten Menschen jetzt für ein Jahrhundert oder mehr in der Nähe ihrer Eltern leben und häufig zu finanziellen Teilhabern an ihrem Erbe werden, so daß eine direkte Erbfolge, wie das auf dich zutrifft, ziemlich selten vorkommt: Ein Erbe wird heute normalerweise allmählich übernommen, als unmittelbar von der einen an die andere Person zu fallen.

Die Hauptveränderung besteht im Zusammenfallen großer Lebenserfahrung mit einer ausgezeichneten Gesundheit und Vitalität. Die Phase des Verfalls ist normalerweise kurz, oft unter zwei Jahre, und häufig bleibt ein erkennbarer Verfall aus. Der Tod ist viel eher zu einem plötzlichen Ereignis geworden; ab hundertvierzig lebt man mit der Erwartung, bald zu sterben, weil man aber von den depressiven Auswirkungen einer degenerativen Krankheit verschont bleibt, sondern das Ende einer begrenzten Zeitspanne vor sich sieht, betrachtet man den Tod als eine schreckliche Katastrophe oder, was sehr verbreitet ist, mit einer ›Mich-betrifft-das-nicht‹-Haltung, die früher einmal für viel jüngere Menschen typisch war.

Ich schweife nicht ohne Grund ab. Ich kann nicht vorhersagen, in welchem Alter man in deiner Zeit und deiner Epoche als alt gilt. Ich weiß aber, daß dieses Gefühl der Beschränktheit seit der

Anfangszeit Reseunes besteht, was an der besonderen Natur unserer Arbeit liegt, die so langsam vorangeht und menschliche Lebensspannen umfaßt. In meinen Siebzigern erlebte ich, wie ein Experiment gestartet wurde, dessen Ausgang ich, wie ich wußte, vielleicht nicht erleben würde. Und du vielleicht auch nicht. Aber dieses Wissen ist etwas Fremdes für dich, in deinem Alter.

Denk daran, wenn du deine Lektüre über das Jahr 2345 hinaus fortsetzt.

Veränderungen treten ein. Deshalb habe ich dafür gesorgt, daß bestimmte Schlüsselwort-Bereiche in meinem Tagebuch von dem Jahr 2362 an langsamer zugänglich sind, was von einer Serie von Untersuchungen abhängt, die dieses Programm durchführen wird. Ich habe Angst um deine seelische Gesundheit, wenn du das Programm in dieser Hinsicht irrezuführen versuchst: Du könntest ein Experte dafür werden, Tests zu analysieren und zu raten, welche Antworten dir mehr Informationen zugänglich machen, deshalb möchte ich dich bitten, meinem reifen Urteil darüber zu vertrauen, indem du daran denkst, daß ich dies aus der Perspektive einer Frau schreibe, die dich aus einem Blickwinkel wie niemand sonst kennt – selbst wenn du weißt, wie man das Programm austrickst, antworte völlig aufrichtig. Wenn ein Notfall eintritt und du unbedingt an diese Information herankommen mußt, sollten deine Fähigkeiten es dir ermöglichen, den Test zu belügen und zu bekommen, was du brauchst; aber behalte zwei Dinge im Kopf: Erstens ist dieses Programm, wie ich dir schon einmal erklärt habe, in der Lage, Reseune vor Mißbrauch zu schützen, und bestimmte Verhaltensweisen, selbst wenn sie nur gespielt sind, könnten Verteidigungsmaßnahmen auslösen; wenn du eine Verbrecherin bist, heißt das natürlich, daß du mit einer Lüge das Gegenteil bewirken kannst, aber dein Psychoprofil enthält gegenwärtig keinen Hinweis darauf, sonst würdest du diese Information nicht gleich bekommen. Zweitens werde ich keinen Teil meiner Arbeitsnotizen zurückhalten, und du wirst in diesen verborgenen Teilen nichts finden, was du aus anderen als persönlichen Gründen brauchen wirst.

Zuletzt möchte ich dich an eines erinnern: Ich bin seit langem tot und kann nicht mehr schockiert werden. Das Programm wird eine direkte Verbindung zwischen deinen Phantasien und deinen realen Handlungen ziehen, wie sie den Hausaufzeichnungen zu entnehmen sind. Sei zu dem Programm völlig aufrichtig. Du wirst merken, daß gelegentlich neue Fragen auftreten, wenn deine Handlungen im Haus oder dein chronologisches Alter einen neuen Aspekt des Tests aktivieren. Lüge niemals, selbst wenn du den Verdacht hast, daß die Wahrheit das Programm zu einer Reaktion veranlassen könnte. Es ist entworfen worden, um Lügen, Täuschungen, Ausflüchte und verschiedene andere Umstände aufzudecken, aber dann wüßte ich, daß ich es mit einer sehr cleveren Person zu tun habe – mit meinen Antrieben, wenn ich mich nicht irre.

Ich muß dir sagen, daß ich in meinem Leben für Todesfälle verantwortlich war und anderen Menschen weh getan habe. Ich darf dir eine schreckliche Sache nicht verschweigen: daß ich eine gewisse Neigung zum Sadismus habe, die ich unter Kontrolle zu bringen versuche. Selbstanalysen sind immer eine Falle, und um dieses Programm zu schreiben, mußte ich mehr davon durchführen, als mir lieb war. Ich muß gestehen, daß meine sexuellen Begegnungen mit ZIVs von meiner Pubertät an unbefriedigend waren; daß sie unvermeidlich zu beruflichen Zwistigkeiten führten und einige wertvolle Freundschaften beendeten; daß die Ereignisse in meiner Kindheit, so unheimlich sie teilweise auch waren, mehr zu meinem Gefühl für Unabhängigkeit und meinem Sinn für Verantwortung gegenüber anderen beigetragen haben. Daß mein Onkel grausam zu mir war und meine häusliche Umgebung mir Mitgefühl lehrte.

Daß dieses Mitgefühl mich aber für andere verwundbar machte, für alle ZIVs, deren Egos meine Unabhängigkeit und meinen Intellekt nicht akzeptieren konnten, brachte mir viel Leid ein; ich verliebte mich, schlicht gesagt, etwa ebensooft wie jeder gewöhnliche Mensch. Ich gab alles, was ich hatte. Und ich erntete Ressentiments. Puren Haß. Ich habe mich bemüht, nicht auf anderen herumzutrampeln, weiß Gott. Aber meine bloße Existenz forderte andere Menschen heraus, und ich reizte alle soweit, daß sie sich nicht mehr beherrschen konnten. Nichts, was ich tun konnte, war richtig. Alles, was ich tat, verletzte ihren Stolz.

Meine Azis kamen zwar mit mir aus, so wie deine mit dir. Aber ich fühlte mich grundlegend von meinesgleichen isoliert, hatte das Gefühl, daß es Gebiete des menschlichen Lebens gab, die mir nie ganz zugänglich oder verständlich waren – in persönlicher Hinsicht, ganz unabhängig von meiner Brillanz oder meinen Fähigkeiten. Sich dies klarzumachen, ist sehr schmerzvoll – wenn man neunzehn ist.

Aus diesem Schmerz erwuchs Zorn; und dieser Zorn half mir zu überleben und schöpferisch zu sein: Das trieb mich zu einem anderen Aspekt meines Ich, meinen Studien des menschlichen Denkens und Fühlens – forderte kurz gesagt alle meine Fähigkeiten, was sich wiederum auf die andere Situation auswirkte und es mit allen künftigen Liebhabern verdarb. Ich glaube, daß dieser Kreislauf von sexueller Energie und Zorn in mir in einem solchen Ausmaß verflochten ist, daß ich ihn nur durch Abstinenz unter Kontrolle bringen kann, und du weißt sicher, daß Abstinenz für mich kein einfacher Weg ist.

Ich zögere sogar, dich zu warnen, weil diese Frustration eine beträchtliche, wenn nicht sogar eine unverzichtbare Auswirkung auf meine Arbeit hatte. Als ich über siebzig war, hatte ich einen Punkt erreicht, da ich alle Köpfe in meiner Umgebung in den Schatten stellte. Jane Strassen, Yanni Schwartz, Denys und Giraud Nye und natürlich Florian und Catlin gehörten zu den Freunden, die weiterhin eine Herausforderung für mich waren. Aber ich ließ sogar sie hinter mir zurück. Ich wurde immer introvertierter und fühlte mich auf der persönlichen Ebene immer einsamer. Aber ich muß dir gestehen, daß ich, was meine berufliche Arbeit anging, restlos zufrieden war, und ich fand mich imstande, meine sexuelle Energie in einer bloß physischen Entspannung zu kanalisieren, sehr häufig sogar, was mich, nimmt man die Befriedigung durch meine Arbeit und die Gesellschaft einiger verläßlicher Freunde hinzu, beschäftigt hielt. In mancherlei Hinsicht war ich sehr allein, aber im Ganzen war ich glücklich. Es war eine sehr produktive Phase für mich.

Aber jetzt, da ich mehr als ein Jahrhundert hinter mir habe, weiß ich, daß ich zwei Projekte in Angriff genommen habe, von denen ich keins beenden werde, daß ich Dinge tue, die für die

Menschheit Erlösung wie Verdammnis bedeuten könnten, und ich werde das Resultat nie erfahren.

Dieser Zorn treibt mich jetzt mehr denn je an, der Unwillen über die nahe Grenze, über die Zeit und die Beschränktheit der Menschen, die mich umgeben; ich habe keine Gelegenheit, um innezuhalten, Atem zu holen oder auszuruhen. Ich kann nicht mehr ungehindert reisen, nicht mehr fliegen, meinen Wunsch, einmal den Weltraum zu sehen, werde ich nie erfüllen können, weil die Sicherheitsvorkehrungen so kompliziert sind und es so wichtig ist, diese Arbeit zu beenden. Sex hat diesen Spannungen früher immer abgeholfen; heute verzahnt er sich mit ihnen, weil er mit jenem Zorn zusammenhängt, der nichts unberührt läßt, was ich tue.

Das Schlimmste ist – ich habe Florian verletzt. Das habe ich in meinem ganzen Leben noch nie getan. Schlimmer noch – ich hatte Spaß daran. Kann ein Kind begreifen, wie sehr das schmerzt? Und das Allerschlimmste – Florian versteht mich; und verzeiht mir. Was immer du auch tust, junge Ari, gebrauche deinen Zorn, laß dich nicht von ihm *gebrauchen.*

Denn der Zorn wird kommen, und der Schmerz auch, denn du bist nicht wie alle anderen, ebensowenig wie ich.

Du *bist nicht mein Lebenswerk. Ich hoffe, das verletzt deinen Stolz nicht, und du verstehst, warum ich meine Psychogenese-Studien wieder aufgenommen habe und soviel Zeit meines Lebens der Aufgabe widmete, dich zu schaffen. Mein Lebenswerk ist keine Psychogenese, sondern eine Soziogenese, und niemand außer dir hat dieses Wort je in einem sinnvollen Zusammenhang gehört.*

Ich habe die ganze Entwicklungsrichtung der Menschheit mit den Dingen verändert, die ich getan habe. Deine eigene einzigartige Perspektive als ein psychogenetisches Replikat kann dir Aufschluß über den Schaden geben, der der Union zugefügt werden könnte, wenn sich die Leute wirklich dessen bewußt werden, was von mir ausgegangen ist. Nach allem, was ich sagen kann, mußte *es getan werden.*

Aber ich habe immer häufiger allein gearbeitet, ohne Überprüfungen und ohne Rücksprache mit jemand anderem, weil es einfach niemanden gab, der verstehen konnte, was ich verstand.

Ich kann es dir auf geraffte Weise erklären, junge Ari, so wie ich's der Presse und dem Rat wiederholt erklärt habe: Aber nur wenige scheinen den Kern dessen zu verstehen, was ich sage, weil es kurzfristigen Zielsetzungen und Vorstellungen über den Wohlstand zuwiderläuft. Es ist mir nicht gelungen, die Gleichungen, mit denen wir zu tun haben, einfach genug darzustellen; und ich fürchte Demagogen. Am allermeisten fürchte ich Denker mit beschränktem Horizont.

Die menschliche Diaspora, die Zerstreuung der Menschheit ist das Problem, aber Zentrismus ist nicht die Antwort. Die Wachstumsrate, die die technologische Kapazität aufrechterhält, die eine Zivilisation ermöglicht, übertrifft inzwischen die Rate der kulturellen Anpassung, und die Entfernungen überfordern unsere Kommunikationstechnik. Das Ende wird immer mehr dem Anfang ähneln, über eine endlose Ebene verstreute Menschenstämme, die sich in ziellosen Konflikten aufreiben – oder in isolierter Stagnation verharren –, es sei denn, wir können die gewonnenen Erfahrungen kondensieren, versiegeln und gezielt in ZIV-Tiefensets replizieren – und die Psychogenese kann in großem Maßstab funktionieren, zur Soziogenese werden und dadurch über sich selbst hinauswachsen, so wie du, hoffe ich, über mich hinauswachsen wirst. Die menschliche Technologie als eine adaptive Reaktion unserer Spezies hat die bloße Manipulation des Milieus hinter sich gelassen; ebenso die Manipulation unseres materiellen Selbst und die Manipulation von Geist und Seele; nun, da sie uns aus der Wiege geholfen hat, muß sie unsere Reaktion auf das Universum als Ganzes modifizieren. Der menschlichen Erfahrung entspringt ein Datenstrom, der größer ist, als ihn Individuen verstehen oder handhaben können; und der Strom schwillt weiter an. Wir müssen mit einer Verdichtung beginnen: Wir müssen Erfahrungen auf dieselbe Weise verdichten, wie die menschliche Geschichte sich zu immer kürzeren Instruktionen verdichtet – und Ereignissen, die im raschen historischen Wandel nur einer flüchtigen Erwähnung wert sind.

Letztendlich sind nur die Erkenntnisse von Bedeutung, nicht die Ereignisse, die sie hervorgebracht haben. Aber man muß genau wissen, wie die Begleitumstände waren.

Man muß die richtigen Dinge weitergeben. Die Erfahrung ist bestenfalls ein brutaler und nachlässiger Lehrer.

Und die Zeit, in der die ganze Menschheit noch in unserer Reichweite, uns zugänglich ist – ist so kurz.

Du wirst mehr sehen können als ich, junge Ari. Du hast vielleicht als einziger Mensch deiner Generation Verstand genug, das Problem angehen zu können: Ich hoffe, daß die Ereignisse dir meine volle Macht übertragen haben; aber das steht außer Frage, denn wenn ich dich mit den Fähigkeiten ausgestattet habe, sie festzuhalten, dann auch mit jenen, um sie zu erlangen. Herrsche vor allem über dein eigenes Ich. Wenn du lang genug lebst, um die Macht zu erlangen, die ich hatte, wirst du auf einem schmalen Grat zwischen Größenwahn und Göttlichkeit wandern. Oder du läßt es zu, daß dein Zorn die Menschheit trifft; oder du wirst aus Feigheit abdanken.

Wenn ich mit dir gescheitert bin, dann bin ich mit allem gescheitert, und ich habe vielleicht nichts Schlimmeres geschaffen als das, was gegenwärtig existiert; oder ich habe mindestens die Hälfte der Menschheit Kriegen oder düsterer Tyrannei anheimfallen lassen.

Wenn ich erfolgreich war, gibt es immer noch Arbeit zu tun, um über alles die Kontrolle zu bewahren. Die Situation verändert sich.

Wenn mir überhaupt nichts gelungen ist, habe ich einen Krieg vorausgesehen, den die Menschheit vielleicht nicht überlebt: Ein zu großer Anteil der Menschheit lebt auf nur zwei Planeten und hängt von zuwenig Produktionszentren ab. Wir sind im Weltraum noch zu unerfahren; unsere Versorgungssysteme sind noch immer zu empfindlich, und unsere Wertvorstellungen enthalten immer noch Elemente aus der Steinzeit.

Diese Überzeugung ist die einzige moralische Gewißheit, die ich je haben werde.

Studiere die Konsortiums-Kriege. Studiere die Geschichte der Erde. Lerne, wozu wir fähig sind.

Studiere Gehenna. Dieses Programm hat in Erfahrung gebracht, daß wieder Kontakt aufgenommen worden ist. Es haben dort Menschen überlebt. Ihre Generationen folgen rascher als unsere aufeinander. Gehenna ist die Alarmanlage.

Deine Sicherheits-Freigabe ist jetzt mit dem Rang eines Abteilungsleiters des Administrativen Territoriums Reseune im Wissenschaftsamt aktiv.

Weitere Erläuterungen sind beim Sicherheitsdienst Reseunes abgespeichert: zugänglich über das Sicherheitsprogramm 10, Schlüsselwort: Freigabe.

VI

»Nein, Ser«, antwortete Ari und faltete die Hände auf dem Tisch. Die Mikrophone fingen ihre Stimme auf und verstärkten sie, verzerrten sie zur voluminösen Karikatur der Stimme eines jungen Mädchens. Sie saß allein an einem Tisch den Neun gegenüber. Onkel Giraud vertrat das Wissenschaftsamt; da waren auch Nasir Harad und Nguyen Tien; und Ludmilla deFranco, Jenner Harogo, Mikhail Corain, Mahmut Chavez und Vladislaw Khalid – und die auf Ari gerichteten Blicke drückten durchweg Feindseligkeit aus. Corain hatte die Frage gestellt.

»Nein, Ser, ich werde Ihnen kein Transkript zur Verfügung stellen. Ich habe Ihnen erklärt, warum. Es würde nicht vollständig sein. Und das wäre schlimmer als gar nichts. Ich sage Ihnen die wichtigen Sachen ja schon. Admiral Azov hat die Kolonisten losgeschickt, obwohl Ari ihm davon abriet; sie wollte es nicht, weil es zu gefährlich war. Aber er tat es trotzdem.

Das ist das Entscheidende – lassen Sie mich ausreden«, bat sie, als Corain sie unterbrach. »Bitte.«

»Ich bezweifle, daß Sie's vergessen würden«, sagte Corain trocken.

Harads Hammer fuhr nieder. »Fahren Sie fort, junge Sera.«

»Es ist wichtig«, betonte Ari. »Es ist das Wichtigste von allem. Admiral Azov wandte sich mit einem Plan, auf diesem Planeten eine Kolonie zu begründen, an meine Vorgängerin, weil es ein erdähnlicher Planet war, der in unmittelbarer Nähe Pells lag. Die Verteidigung wollte sichergehen, daß die Allianz, wenn sie ihn in fünfzig oder hundert Jahren entdeckte, einen Planeten voller Unionsmenschen oder eine ökologische Katastrophe vorfand, die den Planeten mit auf den Menschen übertragbaren Krankheiten kontaminieren konnte …«

Das sorgte im Rat für Aufregung. Köpfe wurden zusammengesteckt, und nochmals fuhr der Hammer nieder.

»Lassen Sie das Mädchen ausreden!«

»Das steht in den Notizen. Sie wollten sie auch von Reseune entwickeln lassen. Sie wollten, daß Ari Bänder entwarf, damit die Azis, die man hinschickte, immer zur Union gehörten, ganz gleich, was geschah, und die Allianz von innen paralysieren würden, wenn die Allianz sie einmal von ihrer Welt fortbrachte. Ari versuchte ihnen zu erklären, welch ein Irrsinn das war. Aber sie hörten nicht auf sie.

Also hörte sich Ari alles an, was sie wollten, und sie bestellten irgendein immunologisches Zeug, ich weiß nicht was, aber darüber wird mein Onkel referieren. Im Grunde benutzten sie Viren zur Übertragung von Material, und das Verfahren ähnelte ziemlich stark dem, das wir für die Gentherapie einsetzen – und sie wählten etwas aus, das, wie sie hofften, das Immunsystem der Kolonisten stützen würde; aber es gab einen weiteren Vertragspartner, dem Ari nicht traute, und sie wußte nicht, ob sie nicht noch etwas mit Gehenna anstellten, wovon Reseune nichts wußte.«

»Kennen Sie den Namen dieses Mitunterzeichners?« fragte Corain.

»Es waren die Fletcher-Labors. Es geschah im Mai 2352. Mehr wußte sie nicht.«

Das machte die Räte nervös. Ein Assistent trat heran und redete mit Khalid. Einige andere ergriffen die Gelegenheit.

»Sie hatte die Aufgabe, die Azis auszuwählen und sie zu trainieren; und sie hat das Haupt-Instruktionsband entworfen. Sie verlangten von ihr all diese Sachen, die man eigentlich nicht tun darf. Die ganzen verborgenen Instruktionen zum Beispiel. Sie ging so vor, daß sie die Primärinstruktionen mit einem Tiefenband eingab; und sie bearbeiteten die

Azi-Verträge soweit, bis sie darauf hinausliefen, daß die Azis, wenn es keine ZIVs mehr gab, an die Welt selbst gebunden waren.«

»Sie setzte sich also über die Instruktionen des Verteidigungsamts hinweg. Das wollen Sie wohl damit sagen.«

»Wenn sie getan hätte, was die Militärs verlangten, wäre die ganze Kolonie wahrscheinlich ausgestorben; oder es wäre sehr gefährlich geworden, wenn sie die Krankheiten bis in die dritte oder vierte Generation überlebt hätten – Psychosets treten mit dem Milieu in Wechselwirkung ein. Das wollte niemand beachten.«

»Es wird Zeit«, sagte der Vorsitzende Harad. »Rat Chavez von der Finanz.«

»Sie halten sich also für qualifiziert, sich darüber zu äußern«, meldete sich Chavez als nächster zu Wort.

»Ser, das sind nichts als Grundlagen.«

»Es ist mir gleichgültig, ob es Grundlagen sind«, sagte Chavez. »Sie lesen ständig Motive heraus oder schieben Sie Leuten unter, aber es gibt nur einen Menschen, über den Sie etwas wissen, und Sie machen nicht deutlich, wo Sie zitieren und wo Sie interpretieren. Ich rede über Ihre Vorgängerin, junge Sera, über deren Notizen Sie hier Auskunft geben sollen. Nicht Ihre eigene Interpretation dieser Notizen.«

»Ja, Ser.« Ari atmete tief durch und verbarg ihre Erregung hinter einem sehr kühlen Blick. »Ich werde nichts mehr erklären.«

»Ich nehme an, Sie haben Respekt vor dieser Institution, junge Sera. Sie haben letzte Woche Ihre Volljährigkeit erlangt; das bedeutet, junge Sera, daß Sie gezwungen sind, sich wie eine Erwachsene zu verhalten.«

Sie sah Rat Chavez an, faltete wieder die Hände und saß ruhig da.

»Fahren Sie fort, junge Sera!« sagte Harad.

»Danke, Ser Vorsitzender. Es tut mir leid: Ich werde nur etwas erklären, wenn Sie darum bitten. Ari hat es nicht in technischen Begriffen dargestellt; sie sagte, ich zitiere: Die Verteidigung bestand darauf. Ich habe die Risiken einer Interaktion mit dem Milieu sehr detailliert erklärt. Ihre eigenen Psychologen versuchten ihnen nahezubringen, was ich sagte; unglücklicherweise hatten die Admiräle schon einen Entschluß gefaßt: Die vielen Vorteile, die die Militärs genießen, machen es für einen Bürokraten des Verteidigungsamts nahezu unmöglich, von einer Position abzurücken. Selbst wenn …«

»Junge Sera«, unterbrach Chavez. »Der Rat hat nur begrenzt Zeit. Könnten wir die alltäglichen Beobachtungen der früheren Rätin überspringen?«

»Ja, Ser.«

»Fahren Sie fort!«

»Das war die Antwort.«

»Sie haben nicht geantwortet. Lassen Sie mich die Frage wiederholen. Was war, konkret gesagt, Emorys Argument gegen die Verteidigung?«

»Ich kann das nicht beantworten, ohne zu erklären.«

»Was sagte Emory?«

»Sie sagte, sie sollten es nicht tun, weil das Milieu sich auf die Psychosets auswirken würde und das Band nicht neu auf die Situation abgestimmt werden konnte. Und die Verteidigung konnte ihr nicht genug über das Milieu sagen. Das war der Hauptgrund, warum sie sagte, sie seien verrückt.«

»Sie wußte das, als sie das ursprüngliche Design entwarf. Warum hat sie es überhaupt erst getan?«

»Weil der Krieg zu dieser Zeit noch im Gange war. Wenn die Menschheit sich im Weltraum selbst ausgelöscht und auch die Planeten erwischt hätte, wäre das ein weiterer Lebensraum gewesen, wo die Menschheit hätte überleben können. Es wäre sehr gefährlich gewesen, aber es hätte nichts ausgemacht, wären sie die einzigen gewesen.«

»Was war so gefährlich?«

»Sie werden sich aufregen, wenn ich's wiederhole.«

»Sagen Sie's mir.«

»Es ist gefährlich, ein Psychoset einem Milieu auszusetzen, über das man nichts weiß. Soll ich Ihnen in technischen Begriffen erklären, warum das gefährlich ist?«

Die Expansionisten lachten alle hinter vorgehaltener Hand. Selbst Tien, der ein Zentrist war.

»Erklären Sie es«, bat Chavez, womit er ein erstaunliches Maß an Geduld bewies. Ari kam zu dem Schluß, daß sie ihn doch mochte. Er war nicht dumm. Und er konnte einen Rückzieher machen, wenn er erwischt wurde.

»Ein Tiefenband ist sehr einfach und sehr allgemein: Das muß so sein. Wenn man Aggression zu einem Teil des Sets macht, und sie sich in einem Milieu aufhalten, das sie bedroht, werden sie die Aggression über alles andere stellen, und es wird den ganzen Rest des Sets bis zur Oberfläche durchdringen; und wenn man einen Block gegen Aggressionen einsetzt, kann er auf dieselbe Weise um sich greifen, und sie könnten nicht auf sich selbst aufpassen. Ein Tiefenset reicht bis in die Bereiche, aus denen man reagiert, wenn etwas einen erschreckt. Es greift in die Grundfesten des Logiksets ein. Und es muß leicht unlogisch funktionieren, denn nur mit Hilfe der Logik rührt man sich nicht, bevor man etwas versteht. Die Tiefensets stellen eine Tendenz in Richtung Kampf oder Flucht dar. Etwas in der Art. Und das Verteidigungsamt gab Ari senior keine Gelegenheit, richtige Tiefensets zu entwickeln, die für Gehenna sehr viel besser gewesen wären. Sie kamen zu ihr und verlangten, daß sie erwachsene, beim Militär eingesetzte Azis für die Kolonialisierung programmierte, und sie wollten sie in einem Jahr. Ari sagte, es sei Unfug. Sie stritt mit ihnen so lange, bis sie einer Kombination von Soldaten und Farmern zustimmten. Deshalb stellte sie einen Genpool von Typen zusammen, die wahrscheinlich über alle erforderlichen Eigenschaften verfügten, und entwarf Tiefensets, die möglicherweise *einige* richtige Antworten auf das Milieu enthielten, wie immer es beschaffen sein mochte.«

»In anderen Worten, sie hat das Amt angelogen.«

»Es blieb ihr nichts anderes übrig. Sie waren im Begriff, ihre eigenen Azis ohne Aris Hilfe auf diesen Planeten zu schicken, und sie befahlen ihrer eigenen psychologischen Abteilung, das Gesetz zu brechen und in ihr Tiefenset einzugreifen. Ihre eigenen Psychologen sagten, es sei idiotisch, und einige von ihnen drohten damit, sich an den Rat zu wenden, aber Admiral Azov warnte einen von ihnen, er würde selbst noch auf Gehenna landen, wenn er sich weiterhin weigerte. Das hat dieser Mann jedenfalls Ari erzählt. Dann überlegte sie, es vor den Rat zu bringen, aber sie dachte über die Möglichkeit nach, daß die ganze menschliche Rasse ausgelöscht werden könnte, und aus diesem Grund faßte sie den Entschluß, sich darauf einzulassen, es aber überlegter zu tun, als es die Verteidigung vorhatte.

Sie konnte nicht einfach zurückgehen, an all diesen Azis eine Gehirnwäsche vornehmen und von vorn anfangen. Das war noch so eine verrückte Idee der Militärs. Reseune standen nicht genug Anlagen zur Verfügung. Und man erholt sich von einer Gehirnwäsche nicht so leicht, daß sie die Azis einfach auf einem anderen Planeten absetzen und sie dort ohne psychologische Unterstützung zurücklassen konnten. Deshalb konnte sie nicht mit den Tiefensets arbeiten. Sie studierte einfach alle Tiefensets und entschied sich für etwas ganz einfaches: Sie sagte den Azis, es sei ihr Planet, und sie müßten auf ihn aufpassen, überleben und ihren Kindern beibringen, was wichtig war, mehr nicht. So positiv sie konnte. Denn sie wußte nicht, wie lang Gehenna nicht erreichbar sein und wieviel das verändern würde.

Und das ist das Gefährliche daran. Ihre Generationen folgen sehr rasch aufeinander. Es sind schon eine Menge Veränderungen eingetreten. Die Allianz hat Angst vor ihnen, weil sie befürchtet, daß sich auf dem Planeten so etwas wie eine Geheimbasis befindet, so kommt mir das jedenfalls vor; aber wenn es dergleichen gibt, steht davon nichts in den Notizen. Ich habe gehört, daß hauptsächlich Azis überlebt haben und von der ZIV-Kultur nicht mehr viel übrig ist. Das heißt, daß das Programm sich bewährt hat.

Man müßte an zu vielen Menschen eine Gehirnwäsche vornehmen – an Abertausenden. Sie müßte bis zu den tiefsten Ebenen alles löschen, und das ist eine Menge psychologischer Arbeit, und es gibt dort kein Reseune. Rat Nye kann Ihnen sagen, was dazu erforderlich wäre …«

»Es würde eine Einrichtung von der Größe Reseunes erfordern«, erklärte Giraud, »die sich mindestens zehn Jahre lang mit nichts anderem beschäftigt; und so viele Individuen nach einer Gehirnwäsche wieder in die normale Gesellschaft einzugliedern, würde alles, was uns gehört, auf eine starke Belastungsprobe stellen. Wir reden über dreißigtausend Individuen. Vielleicht noch mehr. Sie versuchen es immer noch zu schätzen. Niemand hat Platz, um diese Menschen einzeln unterzubringen; sie würden wieder zusammenfinden. Und das bedeutet, sie würden eine Gemeinschaft bilden, was gleichbedeutend mit einer kulturellen Identität ist. Die Allianz verfügt nicht über ausreichend Bevölkerung, um sie zu absorbieren. Wir genausowenig. Gar nicht davon zu reden, sie auf die Erde loszulassen.«

»Wahrscheinlich können sie sowieso nicht alle von ihnen finden«, sagte Ari. »Deshalb können sie sie nicht loswerden: Sie werden immer anders sein; und sie werden immer ein Problem bleiben. Es ist eine Bevölkerung von Azis. Sie sind einfach nicht wie ZIVs. Sie werden im Verhältnis zum Denken der ZIVs geradezu verrückt erscheinen. Zu ihrem Denkset gehört es, daß sie ihre Kinder unterrichten; und wenn man sie ins 25. Jahrhundert versetzt, sind sie wieder einem anderen Milieu ausgesetzt, das sich auf das Programm auswirken und Veränderungen wuchern lassen wird. So hat Emory das formuliert. In der zweiten Generation hätte man sie noch integrieren können, aber mittlerweile sind sie in der vierten. Wenn einmal die vierte Generation erreicht ist, meinte Ari, hat man es mit etwas ganz anderem zu tun. Und sie kennen keine Rejuvenilisierung. Die Älteren sterben, bevor sie hundert sind. Ich habe gehört, es passiert etwa mit vierzig oder fünfzig. Das läßt ihnen nicht genug Zeit mit ihren Kindern, um ihnen beizubringen, wie man sich als Erwachsener verhält. Sie unterscheiden sich schon mehr von uns, als wir von den Erdbewohnern. Das sind Emorys Worte.«

»Ich habe keine Fragen mehr«, schloß Chavez.

»Wir unterbrechen die Sitzung fürs Mittagessen«, erklärte Harad. »Und anschließend wenden wir uns Ser Tiens Fragen zu – sind Sie damit einverstanden, junge Sera?«

»Ich habe nichts dagegen«, erwiderte Ari. »Nach dem Essen ist recht. Danke, Ser.«

»Es beunruhigt mich ungemein, Sera«, sagte Tien vom Podium aus, wo die Neun saßen. Er sprach sehr ruhig, sehr höflich, wie es seine Art war. »Ich muß Ihnen gestehen, daß mir die Sicherheitsfreigabe Sorgen macht, die das Wissenschaftsamt Ihnen erteilt hat – verstehen Sie mich richtig, ich will damit nicht sagen, daß ich Sie nicht für eine außergewöhnlich reife junge Frau halte. Aber wir haben es mit Dingen zu tun, die über Krieg und Frieden entscheiden könnten, und diese Dinge sind Ihnen sehr voreilig aufgedrängt worden. Reden Sie gelegentlich mit Ihren Freunden darüber?«

»Nein, Ser, auf keinen Fall.« Die Frage war fair. Tien war die ganze Zeit fair gewesen.

»Verstehen Sie, wie wichtig es ist, daß Sie nicht mit Reportern darüber reden?«

»Ja, Ser. Darüber bin ich mir im klaren. Die einzigen Menschen, mit denen ich mich darüber unterhalten habe, sind Denys Nye, Giraud Nye und der Rat; und natürlich meine Azis, aber auch sie dürfen sich nicht im selben Zimmer aufhalten, wenn ich mit dem System arbeite, und sie wissen nicht alles. Sie würden nie etwas verraten: Sie gehören dem Sicherheitsdienst Reseunes an, und ihr Psychoset erlaubt es ihnen nicht, irgend etwas zu diskutieren, was mich betrifft, nicht einmal belanglose Dinge.«

»Das verstehen wir. Können Sie abschätzen, wie groß der Anteil der Daten ist, die Sie uns nicht preisgeben.«

Oh. Eine sehr gute Frage. »Meine Vorgängerin hatte einige Theorien über das, was auf Gehenna geschehen würde.« Versuche zu antworten, ohne zu antworten. »Aber sie sind kompliziert, und ich kann über sie nicht referieren, weil sie alle mit der Design-Struktur zusammenhängen, und es wird mich einige Zeit kosten, sie durchzugehen. Das Wissenschaftsamt wird uns die Daten über Gehenna zur Verfügung stellen, sobald sie eintreffen ...«

»Ihnen?«

»Jedem, der an dem Projekt arbeitet, Ser, aber wahrscheinlich mir, weil ich über die Notizen meiner Vorgängerin verfüge.«

»Ihre Zeit ist abgelaufen«, unterbrach Harad. »Admiral Khalid.«

»Bleiben wir bei den Notizen«, begann Khalid. »Und warum diese Notizen, wenn es sie gibt, keinem kompetenten Forscher übergeben worden sind.«

»Sie ist technisch als eine Flügel-Aufseherin eingestuft«, rief Giraud dazwischen. »Und sie ist durchaus kompetent.«

»Sie arbeitet mit diesen Notizen nicht«, sagte Khalid. »Oder sollen wir glauben, daß Reseune von einem fünfzehnjährigen Mädchen und einer toten Frau geleitet wird? Das stellt eher die Kompetenz der Reseuner Administration als ihre in Frage. Ich habe an dem Kind nichts auszusetzen. Aber an Reseune. Ich sehe Anzeichen für eine Mißwirtschaft übelster Art. Ich glaube, wir haben mehr als genug Anlaß, Reseunes Beitrag zur entstandenen Lage in die Untersuchungen einzubeziehen.«

»Das können Sie tun«, erwiderte Giraud. »Aber Sie werden die Notizen nicht bekommen.«

Der Hammer fuhr nieder. Mehrmals.

»Junge Sera«, sagte Khalid. »Es ist durchaus möglich, Sie wegen Mißachtung eines Rats zu verurteilen. Dasselbe gilt für Ihren Administrator und die anderen Personen, die Sie dirigieren.«

Ari trank einen Schluck Wasser. Als es still war, sagte sie: »Sie können Leute einsperren, aber wenn Sie eine wissenschaftliche Auskunft brauchen, müssen Sie einen Wissenschaftler fragen, und die sind bei uns. Die Bucher-Labors haben niemanden, der mit den Notizen etwas anfangen kann. Die Verteidigung auch nicht. Ich erkläre Ihnen ja schon, was in den Notizen steht und was Sie auch selbst finden würden, wenn Sie sich die ganze Arbeit machen wollten. Wenn Sie mir jetzt nicht glauben, daß ich die Wahrheit sage, werden Sie's dann glauben?«

Der Hammer pochte noch mal. »Rat. Sera. Ich bitte Sie. Rat Khalid.«

»Wir haben es mit einem unreifen Kind zu tun«, sagte Khalid, »das von der Administration Reseunes in diese Lage gedrängt worden ist. Ich sage es noch mal, wir müssen diese Untersuchung ausweiten, bis wir auf Personen stoßen, die wirklich verantwortlich sind. Das ist eine Frage der nationalen Sicherheit. Das Gesetz über die Militärische Geheimhaltung ...«

»Der Rat hält sich nicht an die Geschäftsordnung«, rief Giraud.

»... verlangt eine Überprüfung aller fehlgeleiteten oder geheimen Informationen. Fehlgeleitet deshalb, weil ein fünfzehnjähriges Kind vor den Kameras der Nachrichtendienste Informationen preisgab, die nie an die Öffentlichkeit hätten kommen dürfen ...«

Wieder der Hammer. »Rat, ich muß Sie daran erinnern, daß wir uns an gewisse Vorschriften halten müssen. Wir befinden uns nicht in einer Debatte.«

»Eine diplomatische Krise steht an. Unsere Feinde haben jetzt einen Vorwand, Pakte zu verletzen, einschließlich des Bewaffnungspakts, der nicht zu unserem Vorteil ist. Sie reden über Verschwörungen, Seri, ohne jedes Verständnis dafür, was Azis sind und was sie können. Das ist das Ergebnis, wenn man Diplomatie über die Presse praktiziert.«

»Der Rat hält sich nicht an die Geschäftsordnung«, wiederholte Giraud.

»Admiral«, sagte Harad. »Ihre Zeit läuft. Haben Sie eine Frage an die Zeugin?«

»Allerdings. Unter Eid, junge Sera – und vergessen Sie nicht, daß Sie für einen Meineid belangt werden können –, wie lang wissen Sie schon von diesen Akten?«

»Den Gehenna-Akten? Sie sind abgerufen worden, als ich die Schlüsselworte benutzte.«

»Wann?«

»Am Tag, nachdem Sie die Wahl gewonnen hatten.«

»Wie sind Sie an die Schlüsselworte gekommen?«

»Denys Nye hat sie vorgeschlagene.« Das hätte sie lieber nicht zugegeben. »Aber ...«

»Das heißt, bis dahin haben sie noch nicht existiert. Danke, junge Sera. Das erklärt einiges.«

»Das ist ein psychologischer Trick, Ser. Das beweist überhaupt nichts. Ich mußte sie wissen. Meine Freigabe ...«

»Danke sehr, wir haben Ihre Antwort schon gehört.«

»Nein, Sie haben sich eine aus den Fingern gesogen.«

»Der Rat wird keine Respektlosigkeit dulden, Sera.«

»Ja, Ser. Aber ich brauche es mir nicht gefallen zu lassen, als Lügnerin bezeichnet zu werden. Sie bedrohen uns; ich habe meine Volljährigkeit beantragt; das löste eine ...«

»Nicht du lügst, mein Schatz. Du bist genauso hinters Licht geführt worden wie der Rat. Dein Onkel hat diese Akten angefertigt. Von Anfang an. Es gibt kein geheimes, geschütztes System. Es sind einfach Aufzeichnungen, die Reseune, aus allzu offensichtlichen Gründen, nicht auf den Tisch legen wollte, und Reseune hat dich geschaffen, damit du zwischen dem Rat und Reseunes Mißwirtschaft stehst.«

»Nein, Ser. Ich sage unter Eid aus. Ich, nicht Sie. Die Notizen sind dadurch abgerufen worden, daß ich meine Volljährigkeit erlangt habe. Daß Sie Ihre Klage zurückzogen, war also der eigentliche Anlaß. Das ist die Wahrheit. Und ich sage nun einmal unter Eid aus.«

Einige Räte rückten auf ihren Stühlen hin und her. Catherine Lao prustete.

»Dein Onkel hat diese Akten angelegt und dich auf die ganze Sache vorbereitet.«

Der Hammer pochte. »Das reicht, Rat. Die nächste Frage.«

»Ich fürchte, wir bekommen in diesem diplomatischen Fiasko nichts anderes zu hören als Denys Nyes Erfindungen«, sagte Khalid. »Reseune übt sich wie immer in politischen Winkelzügen, und hat lang genug soviel Macht gehabt.«

»Wollen wir uns einmal über die Macht des Verteidigungsamtes unterhalten?« warf Giraud ein.

»Wir sehen uns im Rat einem klaren Fall von Interessengegensätzen gegenüber. Und es gibt diplomatische Vertreter Pells oder der Erde, die Fragen stellen, auf die wir besser nicht antworten.«

»Wir haben einen klaren Fall von Interessengegensätzen, was die Verteidigung angeht«, sagte Giraud. »Denn Ihr Amt hat diesen Gehenna-Mist gegen die Proteste des Wissenschaftsamts angeordnet. Wie die Zeugin es bestätigt hat.«

»Ihre Zeit ist abgelaufene«, unterbrach Harad und schlug den Hammer nieder.

»Mir steht Zeit zu, um darauf zu antworten«, protestierte Khalid.

»Ihre Zeit ist um.«

»Es mißfällt mir sehr, den Vorsitzenden der Parteipolitik verdächtigen zu müssen.«

Ein Knall. »Sie halten sich nicht an die Geschäftsordnung, Rat.«

Ari nahm noch einen Schluck Wasser und wartete ab, während der Vorsitzende sich mit ihm stritt. Corain machte sich Notizen. Lao und viele der Assistenten ebenso. Vielleicht hatte Corain Khalid zu dieser Aktion angestiftet, ihn zum Bösewicht gemacht, weil er ohnehin Ärger hatte. Es zeichnete sich bereits ab, daß jemand Khalid um seinen Sitz herausfordern würde – ein Mann namens Simon Jacques. Ein viel unauffälligerer Typ. Reseune hätte Lu vorgezogen, aber sein Alter sprach gegen ihn; und in den Hinterzimmern ging einiges vor sich: Corain hatte sich insgeheim mit Giraud abgesprochen, und Jacques war ein Kompromiß, mit dem beide leben konnten, um Khalid loszuwerden. Aber das bedeutete nicht, daß Corain Khalid darin hindern würde, auf Reseune loszugehen. Es bedeutete nur, daß Corain hinter den Kulissen kein Interesse daran hatte, daß Reseune von der Verteidigung geschluckt wurde, ebensowenig wie er Interesse daran hatte, daß es Reseune überhaupt gab.

Mittlerweile hatte Khalid die Verhandlungen über einen großen Vertrag zwischen der Verteidigung und Reseune abgebrochen. Es war eine gewagte Drohung, aber Khalid wollte mit Sicherheit nur Zeit gewinnen, denn letztlich konnte nur Reseune Bänder liefern.

Außerdem schränkte das Gesetz, das Azis schützte, einen Bürgerrechtserlaß ein, bis hin zu Reseunes Anspruch auf das Monopol in der Bandproduktion, denn genaugenommen war Reseune der rechtliche Vormund aller Azis, wo sie sich auch befanden, Reseune konnte prinzipiell alle Azi-Verträge mit der Verteidigung kündigen, was man natürlich nicht tun würde, aber, wie Giraud erzählte, hatte die Verteidigung jahrelang darum gekämpft, auf die von der Geburt bis zum achtzehnten Lebensjahr verwendeten Bänder für seine Soldaten Zugriff zu haben, und Reseune würde sie nie aufgeben. Das war der Grund, warum Khalid Reseune verstaatlichen wollte. Khalid sagte, bei *›Reseunespace‹* sei Mißwirtschaft betrieben worden – womit er Jenna Schwartz meinte, aber er ließ es so klingen, als träfe das auch auf das gegenwärtige Management zu, also Ollie, und das machte Ari unheimlich wütend; die Verteidigung sagte auch, sie mache sich Sorgen über etwas, das sich in den Trainingsbändern verbarg; und Khalid drohte damit, einen Antrag vorzubringen, um Reseunes Monopol über Bänder und Lizenzen aufzuheben …

Soll er doch, meinte Giraud: Khalid fehlen die Stimmen; seine Haltung war selbst in seiner eigenen Partei unbeliebt – die sich nicht noch mehr Geburtslabors wünschte, eher weniger; die ganze Gehenna-Geschichte war also ein Hebel, dessen sich verschiedenste Interessengruppen bedienten. Corain hätte ihn gern ausgiebiger benutzt, nur sorgte er sich wegen Khalid.

Es war alles völlig verrückt. Die Börsenkurse gingen aufgrund von Gerüchten auf und ab, Chavez von der Finanz war außer sich und verhängte eine Abflugsperre, als die

Gerüchte aufkamen, damit für ein paar Tage kein Schiff den Hafen verließ, weil sie nicht wollten, daß *dieses* den Markt gefährdende Informationspaket überlichtschnell durch die Union verbreitet und bis Pell oder zur Erde getragen wurde; und darüber hatte sich das Handelsamt aufgeregt, und das Informationsamt heulte auf, weil angeblich der Handel sabotiert wurde. Es war ein völliges Durcheinander. Genaugenommen waren alle unruhig.

Der Rat wird sich derlei nicht bieten lassen, hatte Giraud gesagt. Und düster hinzugefügt: Die Sache wird sehr ernst, Ari. Sehr heikel.

Giraud hatte berichtet, daß es unter den Militärs eine auf eine harte Linie eingeschworene Fraktion gab, die sich im Laufe der Jahre herausgebildet hatte – und von denen viele der alten Garde angehörten, die Gorodin und Lu vorwarfen, sich zu intensiv mit dem Fargone-Projekt zu beschäftigen und nicht die Programme zu besorgen, die sie wollten; sie hatten Khalid bei der Wahl den Rücken gestärkt, und sie wollten mehr Schiffe bauen und mehr Verteidigungssysteme auf dem Weg zur Sonne einrichten; aber damit gerieten sie in Konflikt mit den Korridoren der Allianz, und das machte die Zentristen nervös.

Während alle glaubten, daß Jacques für Gorodin vortrat und vielleicht zurücktreten würde, um Gorodin zu seinem Vertreter zu ernennen, wenn er gewählt wurde; und Lus Freunde ärgerten sich, weil sie reingelegt worden waren.

Verrückt.

»Wir müssen uns mit dieser Krise rumschlagen«, sagte Khalid gerade, indem er sich mit Harad stritt, »weil Reseune in völliger Immunität agieren und Vorwürfe aussprechen kann, die sich auf Dokumente gründen, die nur das Wissenschaftsamt überprüfen kann. Und das Wissenschaftsamt ist natürlich ganz in Reseunes Händen!«

Giraud hatte recht. Unter Druck war Khalid eine Katastrophe, aber er war wendig, und er war clever. Man mußte mit ihm rechnen.

»Die Frage ist einfach die …« – Gott sei Dank war Lao als

nächste an der Reihe. Onkel Giraud kam aufgrund von Interessenkonflikten nicht zu Wort. Harad vom Staatsamt auch nicht, weil er den Vorsitz führte –, »... warum eine Quarantäne?«

»Weil sie unberechenbar sind, Rat. Davon rede ich die ganze Zeit. Wir haben riesige Computer, die soziologische Prognosen anfertigen, wenn wir mit Psychosets arbeiten: Wir versuchen Populationen so auszubalancieren, daß sie am Ende über einen ausreichend umfangreichen Genpool verfügen, oder wir überprüfen die eingesetzten Psychosets, um sicherzugehen, daß wir nichts zusammengefügt haben, was zu sozialen Problemen führen könnte, wenn alle ZIVs werden. Dieses Projekt – die ganze Kolonie – hat sich völlig unkontrolliert entwickelt, und es ist absolut künstlich, es steht in keinerlei Beziehung zur terranischen Geschichte – es ist einfach gehennisch. Wir wissen nicht, was daraus geworden ist. Das machte Ari nervös. Diese Azi-Sets könnten weiß Gott welchen Einflüssen ausgesetzt gewesen sein, als die Kolonisten noch Kath hatten und wußten, daß sie in Schwierigkeiten waren; wer weiß, wie die Entscheidung ihrer Aufseher ausfiel, was sie ihnen sagen sollten; oder ob es am Ende überhaupt noch Aufseher gab ...« Erzähl ihnen *das!* Bring sie von der Frage nach der prognostizierenden Soziologie ab! »Nehmen Sie diese Menschen in die Allianz oder die Union auf, werden Sie sie nicht mehr los, und sie *sind* anders. Ari hat nie gesagt, man sollte es auf keinen Fall tun. Sie meinte nur, es gäbe ein Phase, nach der es sehr viel besser wäre, Gehenna in Ruhe sich entwickeln zu lassen, um zu sehen, was von ihnen zu erwarten ist, wenn sie mit unserer Zivilisation in Berührung kommen. Vielleicht werden sie nie mit uns zurechtkommen. Vielleicht wäre es sehr bereichernd. Wir können es zur Zeit nicht sagen.«

»Wie wollen Sie das merken? Hat sie keine Tests durchgeführt?«

»Es ändert sich mit jeder Generation. Es hängt mit all diesen Psychosets zusammen. Unsere soziologischen Programme werden ständig verbessert. Ari hat es etwa alle zehn Jahre gemacht, bis sie starb. Aber ihre Daten umfaßten nur das Ausgangsmaterial; sie setzte es nur einem Test mit den neuen Programmen aus. Wir müssen einen mit den neuen Daten durchführen. Wir wollen alle Sets an dem Master-Programm überprüfen, und dann müssen wir sie integrieren – das erledigen die Soziologen. Reseune überträgt jetzt gerade die Daten, damit das in Angriff genommen werden kann. Aber sie sind äußerst umfangreich; sie erfordern eine Menge Computerzeit. Und wir brauchen aktuelle Statistiken. Wir können dem Rat viel darlegen. Aber wir schaffen's nicht über Nacht, und es gibt auch nichts, absolut nichts, was Laien mit einem solchen Zeug anfangen können, und die einzigen Computer, die damit fertig werden, sind unsere. Deshalb ist es das beste, und dafür plädiert Reseune, den Planeten genau in dem Zustand zu belassen, wie es die Allianz beabsichtigt – nur ein lockerer Kontakt ist möglich, während wir die Daten sammeln. Wenn sich Leute dort einmischen, ist das etwa so, als versuche man einen guten Mittelwert zu erhalten, während jemand an den Instrumenten rumfummelt. Wir müssen alle Einflüsse berücksichtigen – denn schon die Landung des Aufklärungsteams dürfte Auswirkungen gehabt haben.«

»Das hier ist kein Spielplatz für das Wissenschaftsamt«, rief Khalid dazwischen.

»Für die Verteidigung auch nicht, Ser«, sagte Lao scharf.

Der Hammer fuhr nieder.

Sie lag schlaff auf dem Hotelbett, während Florian und Catlin die Falten glattstrichen, und so schlief sie auch ein, von einem zum anderen Moment, ohne es zu merken.

Sie wachte unter der Decke auf, und Florian und Catlin hatten das Licht stark gedämpft. Catlin hatte sich auf dem anderen Bett ausgestreckt, und Florian saß in dem Stuhl in der Ecke.

»Gott«, rief Ari, was Catlin augenblicklich wach machte. »Geht schlafen! Es sind ganze Bataillone von Sicherheitsleuten im Flur, oder?«

»Ja, Sera«, erwiderte Florian. »Siebenundzwanzig Männer haben Dienst.«

»Also, dann geht endlich schlafen.«

Was etwas brüsk war für Leute, die sie so sehr mochten, daß sie nach einem Tag wie diesem wach blieben, aber sie wurde noch immer von ihrer Müdigkeit erdrückt und gab ihr nach, packte bloß mit einer Hand das Kissen, zog die Decke über den Kopf und vergrub sich in die Federn, bis es ganz dunkel um sie war.

Aber Florian schaltete ohnehin das Licht aus; und sie hörte, wie er das Zimmer durchschritt, sich auf das andere Bett setzte und auszuziehen anfing.

Dann trieb sie langsam wieder davon. Morgen stand Onkel Girauds Aussage an. Dann Minister Lynch vom Wissenschaftsamt; Minister Vinelli von der Verteidigung; Admiral Khalid – o Gott, Khalid und dann wieder sie, sobald sie durch waren. Sie hoffte, Giraud und Lynch machten das Richtige. Aber wenn Vinelli und schließlich Khalid vor den Rat traten, konnte Giraud sie wie jeder andere ins Kreuzverhör nehmen.

Was natürlich nicht bedeutete, daß Khalid mit Onkel Giraud und Minister Lynch nicht genauso umspringen würde wie mit ihr. Es würde eine lange Woche werden.

Oder zwei.

Wir werden die Quarantäne durchsetzen, hatte Giraud zu Beginn der Vernehmungen prophezeit. Es gibt für die Union keine Möglichkeit, beispielsweise Gehenna zu besetzen, ohne Kriegsschiffe ins Spiel zu bringen, und wir werden es auf keinen Fall auf einen Krieg mit der Allianz ankommen lassen, um Zugriff auf diesen Planeten zu haben. Was wir verlieren können, ist die Position, die die Union zu diesen Menschen auf Gehenna einnimmt – ob sie sie als Bürger der Union betrachten und das als einen Hebel gegen die Allianz benutzen; oder ob sie sich mit der Allianz darauf einigen, ein gemeinsames Protektorat zu betreiben; und daran liegt diesen Gaunern wirklich etwas: Es ist Khalids politische Stoßrichtung, die hier zur Debatte steht …

Die Zentristen- und die Expansionisten-Koalitionen waren genau das: Koalitionen. Diese Gauner versuchten etwas Neues zusammenzusetzen, indem sie von beiden Splittergruppen lösten, das war mit Khalids Aufstieg deutlich geworden. Sie nahmen in der Regierung einen zu hohen Rang ein, um sie als kuriose Randfiguren zu betrachten. Sie hatten Gewicht: All das, was Ari senior Sorgen bereitet hatte, war eingetreten, der alte territoriale Wahnsinn der Erde hatte einen Zeitpunkt und einen Gegenstand gefunden, die ihm zum Durchbruch verhalfen …

Und sie hier hielt Ari seniors Argument mit beiden Händen hinter ihrem Rücken – *Du weißt, wie es sich auf die Union auswirken würde, wenn sie herausfanden, was ich getan habe,* hatte Ari senior gesagt. Deshalb durfte sie es ihnen nicht verraten: Sie durfte nicht ausplaudern, was die Soziologen, ohne es selbst zu wissen, für Ari senior getan hatten. Sie konnte ihnen nichts über Aris Arbeit an Tiefensets oder den Umstand erzählen, daß Ari für die Azi-Arbeitscrews im Militär und an vielen anderen Einsatzorten Befehlsimpulse geplant – und eingesetzt hatte – was auch auf die Tiefensets der Gehenna-Azis zutraf.

Das Ganze war schon längst im Gange. Den Entwürfen nach zu urteilen, waren es dreißig Prozent aller Azis, die Ari senior entwickelt und aus Reseune entlassen hatte, und dreißig Prozent aller Azis überall in der Region, die Reseunes Bänder benutzten, Kinder haben und sie unterrichten würden. Ein gewisser Anteil dieser Azis hatte bereits 2384 auf Fargone die ZIV-Papiere erhalten, dann an anderen Orten. Viele von ihnen arbeiteten fürs Wissenschaftsamt, viele andere für die Verteidigung: Die Azis in der Verteidigung erhielten ihre ZIV-Papiere erst, wenn sie in den Ruhestand traten – aber sie waren meistens männlich und konnten immer noch Kinder haben oder Tank-Kinder aufziehen. Viele von ihnen würden das tun, denn genau das war in den Tiefensets enthalten. Der Rest jener Azis war über die anderen Wahlvertretungen verstreut, mit großen Anteilen an der Industrie und dem Bürgeramt, genau den Bereichen, wo die Zentristen am stärksten waren – und ihr Denkset wurde unmittelbar von ihren Tiefensets beeinflußt, um Ari seniors Zwecken zu dienen.

Und selbst andere Psychologen würden wahrscheinlich nicht erkennen, was sie getan hatte – es sei denn, sie wären dem auf der Spur –, oder sie waren so gut wie Ari senior selbst, ganz einfach, weil sie eine sehr verbreitete Art von Programm verwendet hatte, eine ganz grundlegende Art von Azi-Denkset. Ari hatte es dem Rat gezeigt, sie hatte ihnen sogar das Programm erklärt – und sie konnten nicht erkennen, wie es sich auf diese militärischen Psychosets auswirkte, weil die Verbindungen so allgemein und abstrakt waren – außer wenn ein lebender Azi sie in seinen Geist integrierte und mit ihnen in der sozialen Matrix agierte.

Das hatte Ari senior so sehr erschreckt.

Inzwischen waren es Abertausende: Sie hatten sich noch nicht gleichmäßig über die Union verteilt, aber das Programm lief, und noch immer wurden Azis mit diesen Bändern konditioniert. Selbst in den Bucher-Labors und den Lebensfarmen, wo einfachere, sanftere Typen ausgebildet wurden – es gab Eigenschaften, die sich auf eine ganz besondere Art mit den Psychosets der Reseuner Azis verzahnen sollten.

Schau unter dem Wort Pogrom *nach,* hatte Ari sie in ihren Notizen aufgefordert. *Und mach dir klar, warum ich um die Azis Angst habe, wenn die Leute zu früh herausfinden, was ich getan habe.*

Oder zu spät.

Ich weiß nicht, was ich getan habe. Aber die soziologischen Computer können in meiner Zeit nicht mehr als zwanzig Generationen vorausberechnen. Ich schon. Ich habe versucht, logarithmische Systeme zu entwickeln – aber ich verlasse mich nicht auf sie. Die Lücken in meinem Denken könnten sich als Lücken in Mustern herausstellen. ›Ein zu weites Gebiet‹ spuckt mir das verdammte Ding immer wieder aus, wenn ich eine langfristige Berechnung versuche.

Allmählich bringen mich solche Antworten um den Verstand.

Du mußt folgendes wissen: Wenn jemand damit droht, sich die Akten zugänglich zu machen, die nur du sehen sollst, dann gibt es ein Programm, das sie an anderer Stelle abspeichern, und auf eine solche Weise neu verschlüsseln wird, daß sie wie eine ganz andere Art von Aufzeichnungen aussehen, und das außerdem ständig über den Aktenumfang und andere Daten falsche Angaben machen wird, daß Neugierige nicht mehr wissen werden, wo oben und unten ist, wenn sie sie finden wollen.

Aber benutze es um Gottes willen erst dann, wenn sie dir die Türen einrennen: Es ist unheimlich gefährlich. Es hat defensive Aspekte.

Ich werde dir jetzt die Schlüsselworte nennen, um das System zu desorganisieren.

Es sind drei Teile.

Das erste Schlüsselwort: dein Geburtsjahr.

Das zweite Schlüsselwort: mein Geburtsjahr.

Das dritte Schlüsselwort: auslöschen.

Dann wird es dich um ein Schlüsselwort bitten, um die Basis Eins zu reintegrieren. Behalte eins im Kopf, und verfalle nicht in Panik.

Es war ihr ein bißchen wohler bei dem Gedanken, daß es dieses Programm gab. Daß sie verbergen konnte, was vor sich ging.

Aber mit Sicherheit hatte sie nicht bloß eine Anweisung im Computer, um etwas derart Wichtiges zu schützen. Sie traute Ari mehr zu.

Sie wälzte sich auf die andere Seite und vergrub sich wieder in den Kissen.

Und schließlich flüsterte sie: »Florian …«

VII

Ari stieg aus dem Flugzeug und in den Sicherheitstunnel, brachte den langen ermüdenden Weg zum Terminal hinter sich, um ihr Gepäck abzuholen. Nur den Aktenkoffer und ihre Tragetasche, die Florian und Catlin nahmen.

Wieder ein Nachtflug mit der Eskorte. Was für die Nachrichten eine Meldung für sich war, aber Giraud bezeichnete das einfach als ›Sicherheitsvorkehrung‹.

Und die Öffentlichkeit erfuhr nicht mehr, als daß die Quarantäne gebilligt worden war.

Es würde auch hier Leute geben, die sie filmten – der Informationsdienst Reseunes hatte der Cyteen-Station eine Liveübertragung gestattet, und von der Station aus wurde sie überallhin gesendet. Schiffe waren unterwegs, der ganze Handel Cyteens kam wieder in Gang, und überall auf der Welt atmete man auf.

Auch wenn man nicht alles wußte, spürte man, daß sich die Situation stabilisierte. Das stimmte auch. Die Märkte rangen um Verträge und waren in mancher Hinsicht gesünder als vorher, denn es hatte sich eine enorme Angst vor einem Krieg aufgestaut, die jetzt wie eine Seifenblase zerplatzte; die Aktien der Verteidigung mußten eine Schlappe hinnehmen, aber diversen anderen ging's gut, und die Schiffsaktien erholten sich wieder, der Terminwarenmarkt gestaltete sich neu: Nach einem bösen Schreck glaubte Cyteens Markt wieder an den Frieden, und in den Meinungsumfragen des Informationsdienstes kam beträchtlicher Unwillen gegen die Kriegstreiber zum Vorschein, der die zurückhaltenderen Stimmen ermutigte, sich zu Wort zu melden, und die Unentschlossenen ins friedliche Lager zurückholte.

Nach drei schlimmen Wochen konnte man sagen, daß man mit der Allianz Frieden wollte, und sich dabei wie ein auf vernünftige Weise Gemäßigter anhören – keiner dieser verschrobenen Universalisten, deren Ziel es war, daß alle menschlichen Regierungen eine gemeinsame Hauptstadt auf den Hinder-Sternen einrichteten ohne den Umstand zu beachten, daß allein die Erde der letzten Zählung nach über fünftausend Regierungen hatte; oder ein Pax-Agitator wie der, der letzte Woche in Novgorod zur Hauptverkehrszeit einen U-Bahn-Waggon in die Luft gesprengt und dabei zweiunddreißig Menschen getötet hatte.

Die Polizei fürchtete, daß es irgendeine geheime Verbindung zwischen Rochers Abolitionisten und den Paxern gab. Sie hatten den Sprengstoff möglicherweise aus einem Einbruch in eine Bergbau-Station oder vielleicht nur das Material besorgt: Es gab mögliche kriminelle Verbindungen, alles von unerlaubtem Band-Handel über illegale Drogen bis zum Menschenhandel, und viele von denen, derer die Polizei habhaft werden konnte, waren Z-Fälle, lediglich einer Gehirnwäsche unterzogene Azis, die von den wirklichen Verbrechern benutzt wurden, um die schmutzige Arbeit zu erledigen und die Schläge einzustecken.

Der vertraute Gang vom Flugzeug bis zu den Sicherheitstüren, der beruhigende beige Knüpfteppich, der Anblick der Wachen von Reseunes Sicherheitsdienst, die tatsächlich einmal mehr als die codierten Silben wechselten und sich leichtfüßig bewegten, so als läge mehr als ein Synapsensprung zwischen einem plötzlichen Geräusch und einem Abspritzen des Raums – all das brachte sie soweit, sich zu wünschen, sie könne an Ort und Stelle zu Boden sinken und eine Woche einfach nur schlafen, gleich hier, gleich jetzt, weil sie wußte, daß sie in Sicherheit war.

Aber am Ausgang zum Terminal warteten Kameras auf sie, der Sicherheitsdienst reagierte, und die wenigen Reporter, die durchgelassen worden waren, streckten ihr Mikrophone entgegen und fragten sie, warum Giraud geblieben war. »Er mußte noch einige Dinge in Ordnung bringen«, antwortete sie. »Im Büro.«

Einige geheime Treffen, das eine Personal mit dem anderen, Minister Lynchs Leute mit denen von Chavez, was gleichbedeutend war mit einer geheimen Verbindung zu Corain, aber all das war weiß Gott nicht für die Reporter geeignet.

»Stehen Sie hinter der Entscheidung?«

»Ich glaube, es wird jetzt das Richtige getan. Vielleicht habe ich dazu beigetragen, daß der Rat versteht, worum es geht – ich bin mit allem einverstanden, wenn nur diese Leute vernünftig behandelt werden ...«

»Die Gehenner, meinen Sie.«

»Ja, die Gehenner. Das Wissenschaftsamt wird den Gesandten der Allianz darüber informieren, daß wir einen wirklich engen Kontakt brauchen – das läuft im Moment. Aber das ist Sache des Amts und des Ministers; und von Rat Harads Büro. Ich glaube, alles wird einen guten Verlauf nehmen.«

Es war wirklich an der Zeit, daß die Situation sich beruhigte: Das war ihr Job; und Girauds und Harads.

»Ist nichts dran an dem Gerücht über eine geheime Basis auf Gehenna?«

Sie tat so, als sei sie überrascht. »Nicht im mindesten. Nein. Darum geht's überhaupt nicht. *Eines* kann ich dazu verlauten: Sie werden morgen früh eine offizielle Stellungnahme abgeben: Es sind dort einige illegale Dinge mit Bakterien angestellt worden. Es war unsere Schuld. Es hätte nicht passieren dürfen. Und wir können darauf verzichten, daß dieses Zeug zurückkommt.« Die Reporter gerieten aus dem Häuschen. Das sollten sie. Und es war völlig richtig, es war eine der Vorsichtsmaßnahmen, die eine, die sie offen aussprechen konnten, und eine der dringendsten. »Was für bakteriologisches Zeug denn?« wurde gefragt.

»Künstliche Organismen. Viren. Sie sind für Menschen nicht tödlich; die Gehenner tolerieren sie gut. Aber es sind noch viele Fragen offen. Sie haben damals im Krieg einige Sachen gemacht, die nicht hätten passieren dürfen. Mehr kann ich nicht dazu sagen. Rat Harad sagte, ich könne das sagen; er wird morgen früh eine Pressekonferenz abhalten. Es tut mir leid – ich bin furchtbar müde, und ich bekomme gerade ein Zeichen, daß wir jetzt gehen …«

»Noch eine Frage! Trifft das Gerücht zu, daß der Rat Gespräche mit der Allianz vorschlagen wird?«

»Ich kann darüber nicht reden.« Gott sei Dank faßte Catlin sie einfach am Arm, Florian schirmte sie mit dem Körper ab, und die Erwachsenen vom Sicherheitsdienst und Onkel Denys' Personal traten heran, Seely wie immer in einfacher Kleidung, und Amy, Maddy und Sam kamen zu ihr, um die übliche Wiedersehens-Nummer aufzuführen – um sie hier rauszubekommen.

Um sie bis zum Bus zu bringen, wo sie die drei aus ganz anderen Gründen umarmen konnte, nämlich weil sie wirklich das Bedürfnis hatte, denn Giraud hatte sie in das Geheimnis einzuweihen, daß eine familiäre Begrüßungsszene am Flughafen die beste denkbare Möglichkeit war, um einen Keil zwischen die Reporter und sie zu treiben, sie herauszubringen und den Kameraleuten dennoch ein rührendes Schlußbild zu geben, das genau den richtigen Eindruck von allen Beteiligten hinterließ – *wer* am Flughafen erschien, um sie abzuholen, hing davon ab, welchen Eindruck sie machen wollten.

Deshalb schickte Denys die Kinder, verzichtete auf offizielle Zeremonien, gab der äußeren Welt keinen Hinweis, worin Reseunes offizielle Reaktion bestand, schickte keine hochrangigen Administratoren, die von den Reportern sonst für weitere Fragen festgehalten worden wären – sondern eine richtig fröhliche Gruppe von Kindern, die mit dem Sicherheitsdienst hereinschlüpften, etwas richtig Familiäres.

Gott, und sie standen es so locker durch wie Ältere.

Und ließen die Reporter raten, wer sie waren, und sich bloß auf menschliche Aspekte Reseunes konzentrieren, auf den Umstand, daß Reseune sich nicht schwermütig und besorgt zeigte, sondern ganz gewöhnliche Kinder erschienen, um Ari willkommen zu heißen, nachdem sie soviel vom Reseuner Sicherheitsdienst gesehen und sich erkundigt hatten, was die Begleitflugzeuge sollten.

Eine letzte Einstellung mit glücklichen Kindern.

Die Leute sprangen schnell auf solche Dinge an.

»Ich will schlafen«, sagte Ari.

»Schlechte Neuigkeiten«, berichtete Amy. »Sie warten in der Eingangshalle auf dich.« Sie klopfte ihr auf die Schulter. »Alle wollen dich sehen. Nur um dich zu begrüßen. Du warst toll, Ari. Wirklich toll!«

»O Gott«, murmelte sie. Und schloß die Augen. Sie war so

müde, daß sie am ganzen Körper zitterte. Ihre Knie schmerzten.

»Was ist bei den Vernehmungen passiert?« fragte Maddy.

»Das darf ich nicht sagen. Es geht nicht. Aber es lief gut.« Selbst ihr Mund drohte seinen Dienst zu versagen. Der Bus fuhr um die Kurve und klomm den Hügel hinauf. Ari öffnete die Augen und erinnerte sich daran, daß sie ihr Haar gegen den Rücksitz drückte. Sie setzte sich auf und fühlte nach, ob es durcheinander war, und strich es mit den Fingern glatt. »Wo ist mein Kamm?«

Denn sie wollte nicht mit wirrem Haar in der Halle erscheinen, wenn Leute gekommen waren, um sie zu sehen. Selbst wenn sie aufs Gesicht fiel.

Onkel Denys wartete persönlich an der Tür; sie umarmte ihn, küßte ihn auf die Wange und flüsterte ihm ins Ohr: »Ich bin so furchtbar müde. Bring mich heim.« Aber Florian mußte vorgehen, um den Automatischen Haushälter zu überprüfen, bevor sie sich auch nur ins Bett begeben konnte. Vor allem jetzt.

Und sie ging durch die Halle, wo sie sämtliche Familienmitglieder und das Personal empfingen; und wurde umarmt, bekam Blumen geschenkt, küßte Dr. Edwards auf die Wange und umarmte Dr. Dietrich und sogar Dr. Peterson und Dr. Ivanov – ihn etwas länger, denn was immer er sonst getan hatte, er hatte sie richtig vorbereitet; und sie war wütend auf ihn gewesen, aber sie wußte, was er für sie getan hatte … »Sie und Ihre verdammten Schüsse«, sagte sie ihm ins Ohr. »Ich habe in Novgorod gut durchgehalten.«

Er umarmte sie, bis ihre Knochen knackten, und klopfte ihr auf die Schulter und sagte, er sei froh darüber.

Sie kam noch ein Stück weiter. Dann sagte sie schließlich zu Sera Carnath, Amys Mutter, sie müsse sich ausruhen, und Sera Carnath schimpfte alle aus und befahl ihnen, Ari durchzulassen.

Sie gehorchten; und Ari ging zum Lift, fuhr nach oben

und ging in ihren Flur, ihr Apartment und ihr Bett, ohne sich auszuziehen.

Sie wachte auf, als jemand ihr die Kleider vom Leib streifte, allerdings waren es Florian und Catlin, und das beruhigte sie. »Schlaft bei mir«, sagte sie, und sie krochen beide zu ihr ins Bett, bis sie wie drei kleine Kinder ein einziges warmes Bündel waren, mitten in dem großen Bett.

VIII

Das Füllen war gern im Freien – es gab eine brachliegende Weide, wo die Pferde lang laufen konnten – guter, fester Boden, und sicher genug, wenn man den Kopf des Füllens hochhielt und es nichts fressen ließ, was auf den Feldern wuchs. Manchmal benutzten die Azis, die sich um die Pferde kümmerten, wenn Florian beschäftigt war, Aris Füllen und die Tochter der Stute, um mit der Stute zu üben, statt den Trainer zu holen; aber wenn das Füllen Ari oder Florian auf dem Rücken hinaustrug, zeigte es sein eigentliches Naturell, stellte die Ohren auf, und alles in ihm wartete nur auf die Gelegenheit, zu laufen, denn es liebte nichts mehr als das.

Onkel Denys machte es unheimlich nervös, wenn man ihm berichtete, wie weit Ari ausritt.

An diesem Tag begleitete sie Florian auf dem zweiten Füllen, und beide Pferde zerrten an den Zügeln und wollten los. »Na dann lauf!« rief Ari und ritt aufs Ende des Feldes zu, wo sie an einer ähnlichen Stelle wie der haltmachen mußten, wo sie einmal fast zu Boden gefallen war und sich nur am Hals des Füllens festgehalten hatte – sie hatte sich geschworen, Andy und Florian einen Kopf kürzer zu machen, wenn sie es jemandem erzählten; und sie war sehr froh, daß niemand in der Nähe eine Kamera dabeihatte.

Auf dem ganzen Weg dorthin liefen die beiden Pferde nahezu auf gleicher Höhe; und es hätte jemanden auf dem Boden erfordert, um zu sehen, wer der Erste war. Florian konnte versuchen, diplomatisch zu sein. Aber die Füllen hatten etwas anderes im Sinn.

»Zurück etwas langsamer«, sagte Florian. Die Pferde atmeten schwer, trippelten herum und fühlten sich gut. Florian aber machte sich Sorgen, wenn sie so rannten.

»Ach, Blödsinn«, erwiderte Ari. Für einen Moment war sie so frei wie der Wind, und nichts konnte sie stören.

Aber sie waren nicht hier draußen oder unten bei AG, weil sie ein Wettrennen machen wollten, noch war es ein Grund dafür, warum Catlin oben im Haus besondere Anweisungen hatte.

Auch nicht dafür, warum Catlin jetzt aus der Scheune kam – ein ferner schwarzer Fleck mit Begleitung.

»Komm!« rief sie Florian zu und ließ dem Füllen seinen eigenen Willen, so daß es mit aufgerichteten Ohren in einem immer noch scharfen Tempo weiterlief und schließlich verlangsamte, als es auch die Leute da unten sah und auf seine eigene vorsichtige Art zu überlegen schien, was es davon halten sollte.

IX

Justin stand neben Catlins schwarzer, schlanker und unbewegter Gestalt und wartete, während die Pferde Ari und Florian zurückbrachten – große Tiere, die sich schnell näherten –, aber er nahm an, wenn Gefahr bestand, daß sie sich übernahmen, hätte Catlin nicht mit verschränkten Armen dagestanden, und er dachte – er war sich sogar sicher … daß Ari ihn bewußt erschrecken wollte, wenn sie konnte.

Deshalb blieb er ruhig stehen, während die Pferde zu ihnen heraufgaloppierten. Sie hielten rechtzeitig. Und Ari stieg ebenso wie Florian ab.

Sie gab Florian ihr Pferd, um es wegzuführen. Sie trug eine weiße Bluse, und ihr Haar war auf Emorys Art hochgesteckt; aber rings um ihr Gesicht hatten sich Strähnen gelöst. Der Geruch der Scheune, der Tiere, des Leders und der Erde – brachten Kindheitserinnerungen zurück. Brachten die Tage zurück, als er und Grant noch so frei gewesen waren, um hier herunter zu kommen …

Vor langer Zeit.

»Justin«, sagte Ari. »Ich wollte mit dir reden.«

»Das dachte ich mir«, erwiderte er.

Sie atmete schwer. Aber das war nicht anders zu erwarten, wenn man sich auf diese Weise bewegte.

Catlin hatte ihn in seinem Büro angerufen und ihn gebeten, zu den Türen zu kommen; er hatte Grant entgegen seiner Einwände weiterarbeiten lassen. Nein, hatte er gesagt; einfach nein. Und hatte seine Jacke genommen und war hinuntergegangen, wobei er dort natürlich Ari erwartete.

Statt dessen hatte Catlin ihn hier nach unten gebracht, und niemand hatte sie daran gehindert. Aber in diesen Tagen war es ziemlich unwahrscheinlich, daß sich jemand in etwas einmischte, was Ari tat.

»Setzen wir uns da drüben hin, ja?« bat Ari.

»Gut«, willigte er ein; und folgte ihr nach drüben in die Ecke, wo der Zaun auf die Scheune traf. Azi-Betreuer brachten die Pferde hinein; und Ari setzte sich auf die unterste Stange des Metallzaunes und ließ ihm die aufgestapelten Kunststoffbehälter, während Catlin und Florian ein Stück hinter ihm standen, so daß er sie nicht sehen konnte. Ihm kam das wie eine schweigende, spürbare Bedrohung vor.

»Ich werfe dir nichts vor«, sagte sie mit den Händen zwischen den Knien und sah ihn an, ohne kühl oder abweisend zu wirken. »Ich fühle mich etwas komisch – als hätte ich mir etwas überlegen müssen, weil in der Vergangenheit etwas passiert ist – aber ich dachte mir –, ich dachte, du hast vielleicht nur einen schlechten Ruf bei der Administration. Als das schwarze Schaf der Familie. Oder so was. Aber das ist alles Geschichte. Ich weiß, daß nichts deine Schuld ist. Ich habe dich gebeten herzukommen – um dich zu fragen, was du über *mich* denkst.«

Es war eine zivilisierte, sensible Frage, ein Alptraum, der sich schließlich bewahrheitete, aber bloß als eine ruhige Frage von einem hübschen jungen Mädchen unter einem sonnigen Himmel herausstellte. Aber seine Hände hätten gezittert, hätte er nicht mit verschränkten Armen hier gesessen. »Was ich über dich denke. Ich denke an das kleine Mädchen auf der Neujahrsparty. An die verdammten Guppys. Ich denke an ein süßes Kind, Ari. Das ist alles. Ich hatte Alpträume, daß du es irgendwann herausfindest. Ich wollte nicht, was passiert ist. Ich wollte nicht fünfzehn Jahre der Wahrheit ausweichen. Aber sie konnten's dir nicht sagen. Und sie befürchteten, ich würde es tun. Daß ich – auf irgendeine Weise Groll gegen dich hege. Aber das stimmt nicht. Ich habe nichts gegen dich.«

Ihr Gesicht war dem von Ari so ähnlich. Dieselben Linien und Flächen begannen sich zu entwickeln. Aber ihre Augen waren die einer jungen Frau, die Kummer erkennen ließen – derselbe unmerkliche und selten zu beobachtende Ausdruck, den er zum erstenmal an jenem Tag in seinem Büro bemerkt hatte – über einem Glas mit erstickten Guppy-Jungen. *Ich nehme an, sie waren einfach zu lang dort drin.*

»Dein Vater ist in Planys«, sagte sie. »Sie sagen, du besuchst ihn ab und zu.«

Er nickte. Ein Kloß verstopfte seine Kehle. Gott. Er wollte auf keinen Fall vor einer Fünfzehnjährigen zusammenbrechen und weinerlich werden.

»Du vermißt ihn.«

Ein zweites Nicken. Sie wußte genau, wie sie auf ihn wirkte. Sie *war* Emory. Das hatte sie in Novgorod bewiesen, und die ganze verdammte Regierung hatte sich davon einlullen lassen.

»Bist du wütend auf mich?« fragte sie.

Er schüttelte den Kopf.

»Möchtest du nicht mit mir reden?«

Verdammt. *Reiß dich zusammen, du Idiot!*

»Bist du auf meine Onkel böse?«

Er schüttelte noch mal den Kopf. Es gab überhaupt keine Möglichkeit, etwas Unverfängliches zu sagen. Keine Möglichkeit, etwas Unverfängliches zu tun. Sie war diejenige, die es wissen mußte. Er wußte alles. Und wenn es für Jordan eine Chance gab, freigelassen zu werden, dann würde *sie* eines Tages darüber entscheiden können. Wenn es überhaupt Hoffnung gab.

Sie schwieg einige Zeit. Wartete bloß auf ihn. Wußte mit Sicherheit, daß er die Fassung verlor. Er, ein Vierunddreißigjähriger; und wie schlecht es ihm ging.

Er lehnte sich vor, stützte die Ellbogen auf die Knie, betrachtete den Staub zwischen seinen Füßen, dann blickte er zu ihr auf.

Die nicht wußte, was die erste Ari ihm angetan hatte. Denys hatte es ihm geschworen. Und er ließ keinen Zweifel daran, was er tun würde, wenn Justin etwas ausplauderte.

Das werde ich nicht, hatte er zu Denys gesagt. *Gott, meinst du, ich möchte, daß sie sich dieses Band ansieht?*

Sie hat es nicht, hatte Denys ihm versichert. *Und sie wird's auch nicht bekommen.*

Noch nicht, hatte er gedacht.

Aris Blick für ihn drückte nichts als Besorgnis aus.

»Es ist nicht leicht«, erklärte er Ari, »die ganze Zeit verdächtigt zu werden. So lebe ich, Ari. Und ich habe nie etwas getan. Ich war siebzehn, als es passierte.«

»Das weiß ich«, erwiderte sie. »Ich habe mich mit Denys unterhalten. Ich werde dafür sorgen, daß du Jordan besuchen kannst, wann immer du willst.«

Das war alles, worauf er gehofft hatte. »Im Moment geht zuviel auf der Welt vor. Das Durcheinander in Novgorod. Derselbe Grund, aus dem du mit einer Eskorte fliegen mußt. In unmittelbarer Nähe von Planys liegt eine Militärbasis. Der Flugplatz befindet sich dazwischen. Dein Onkel befürchtet, sie könnten versuchen, meinen Vater zu kidnappen; oder mich. Ich kann nicht weg, solange sich die Lage nicht beruhigt hat. Ich kann nicht einmal am Telephon mit ihm reden. – Und Grant durfte noch nie hin. Dabei war Grant für ihn wie ein zweiter Sohn.«

»Verdammt«, schnaubte sie. »Das tut mir leid. Aber du wirst ihn wieder sehen können. Und Grant auch. Ich werde alles tun, was ich kann.«

»Da wäre ich dankbar.«

»Justin … haßt mich dein Vater?«

»Nein. Ganz und gar nicht.«

»Was sagt er über mich?«

»Wir vermeiden das Thema. Verstehst du – bei jedem Telephongespräch mit ihm, in jeder Sekunde, die ich mit ihm verbringe – hört immer jemand zu. Wenn ich über dich rede – könnte es sein, daß sie mich wieder einsperren.«

Sie sah ihn lange Zeit an. Nicht schockiert. Aber sie hatten es ihr vielleicht nicht gesagt. In ihrem Gesicht spiegelten sich gemischte Gefühle wider, die er nicht auseinanderhalten konnte.

»Dein Vater ist eine Sonderperson«, sagte sie. »Yanni meint, du solltest es auch sein.«

»Ich bezweifle, daß Yanni das meint. Und sie würden es nicht einmal zur Diskussion stellen, denn sie können meinem Vater aus rechtlichen Gründen nichts anhaben – deshalb wollen sie nicht, daß ich auch unantastbar bin. Verstehst du?«

Ihr ging noch eine weitere Frage durch den Kopf. Noch einen Moment Stille.

»Eines Tages«, überlegte er, »wenn die Dinge sich beruhigt haben, wenn du einmal Reseune leitest – dann, hoffe ich, wirst du dir den Fall meines Vaters noch einmal vornehmen. Du könntest etwas tun, um ihm zu helfen. Ich glaube, niemand sonst wird das je tun. Nur stelle ihm die Fragen, die du mir gestellt hast.« *Aber, o Gott, die Wahrheit … über dieses Band; über Ari; der Schock – wer weiß, wie sich das auf sie auswirken würde.*

Sie ist doch nicht wie ihre Vorgängerin. Sie ist ein anständiges Kind.

Dieses Band wäre für sie wie eine Vergewaltigung – wie für mich.

Großer Gott, wann wird sie das Ding in die Hand bekommen? In zwei Jahren?

Wenn sie siebzehn ist?

»Vielleicht mache ich das«, erwiderte sie. »Justin, warum hat er es denn getan?«

Er schüttelte heftig den Kopf. »Das weiß niemand. Niemand weiß das wirklich. Vielleicht gingen ihm die Nerven durch. Sie sind, weiß Gott, nicht miteinander ausgekommen.«

»Du bist sein Replikat.«

Ihm stockte für einen Moment der Atem. Und sie erwischte ihn, als er ihr gerade in die Augen blickte.

»Dir könnten nie so die Nerven durchgehen«, meinte sie. »Oder?«

»Ich bin nicht wie du«, erklärte er. »Ich bin nur sein Zwilling. Zwischen uns besteht nur eine physische Ähnlichkeit, mehr nicht.«

»Hatte er mit vielen Leuten Streit?«

Er versuchte sich zu überlegen, was er darauf sagen sollte; und entschied sich für: »Nein. Aber er und Ari hatten eine Menge beruflicher Streitigkeiten. Dinge, auf die es ihnen ankam. Sie unterschieden sich in ihrer Persönlichkeit sehr.«

»Yanni sagt, du bist unheimlich gut.«

Ihm schlotterten schrecklich die Knie, als sie derart das Thema wechselte, und wußte, daß sie seine Erleichterung bemerkt hatte. »Yanni ist sehr freundlich.«

»Yanni ist ein Mistkerl«, erwiderte sie lachend. »Aber ich mag ihn. – Er sagt, du arbeitest an Tiefensets.«

Er nickte. »Experimentelles Zeug.« Er war froh, über seine Arbeit zu reden. Hauptsache, sie kämen nicht wieder auf dieses Thema zurück.

»Er sagt, deine Designs sind echt gut. Aber die Computer spucken immer wieder ›Ein zu großes Gebiet‹ aus.«

»Sie haben einige andere Tests durchgeführt.«

»Es wäre schön, wenn du mich in dem unterrichten würdest, was du machst.«

»Ari, das ist nett von dir, aber ich glaube nicht, daß deinen Onkeln das gefallen würde. Ich glaube, sie wollen mich nicht in deiner Nähe sehen. Das wird sich wohl nie ändern.«

»Ich möchte, daß du mich unterrichtest«, wiederholte sie.

Er fand darauf keine schnelle Antwort. Und sie wartete, ohne ein Wort zu sagen.

»Ari, es ist *meine* Arbeit. Du weißt doch sicher, daß dabei etwas persönliche Eitelkeit mit im Spiel ist...« In Wahrheit fühlte er sich verwirrt, in die Enge gedrängt; und das Kind war unschuldig daran, dachte er, völlig unschuldig. »Ari, in meinem Leben gab es ohnehin nicht allzuviel, was ich wirklich selbst gemacht habe; ich möchte wenigstens meinen ersten Bericht über das Projekt schreiben, bevor es in der Arbeit von jemand anderem aufgeht. Wenn es überhaupt etwas wert ist. Du weißt doch, daß es so etwas wie berufliche Eifersucht gibt. Und du willst in deinem Leben noch soviel schaffen. Laß mir meine kleine Ecke.«

Das schien sie aus dem Konzept zu bringen. Zwischen ihren Brauen erschien eine Furche. »Ich würde dir nichts stehlen.«

Er nahm es heiter, mit einem kleinen Lachen, wie düster seine Stimmung auch war. »Weißt du, was wir gerade machen? Wir streiten, wie die erste Ari und mein Vater. Über dieselbe Sache. Du versuchst nett zu sein. Das weiß ich, aber...«

»Ich versuche nicht nett zu sein. Ich frage nur.«

»Schau mal, Ari...«

»Ich werde dir deine Sachen nicht wegnehmen. Mir ist egal, wer's aufschreibt. Ich möchte nur, daß du mir zeigst, was du machst und wie du's machst.«

Er setzte sich zurück. Sie trieb ihn in die Enge, ein verzogenes, reizbares Kind, das daran gewöhnt war, seinen Willen durchzusetzen. »Ari...«

»Ich *will* es wissen, verdammt noch mal!«

»Man bekommt auf der Welt nicht immer alles, was man will.«

»Du behauptest, ich würde es dir klauen.«

»Das habe ich nicht behauptet. Ich sage nur, daß ich auch ein paar Rechte habe, Ari, so wenig es hier auch sind – vielleicht will ich, daß mein Name draufsteht. Und der meines Vaters. Und sei es nur deshalb, weil's derselbe Nachname ist.«

Das brachte sie zur Besinnung. Sie dachte darüber nach und starrte ihn währenddessen an.

»Das kann ich verstehen«, sagte sie. »Und ich kann sogar dafür sorgen. Das verspreche ich dir. Ich werde nichts benutzen, was du nicht willst. *Das meine ich ehrlich,* Justin. Ich lüge niemanden an. Jedenfalls meine Freunde nicht. Nicht, wenn's um etwas wirklich Wichtiges geht. Ich will lernen. Ich möchte, daß du mich unterrichtest. Keiner im Haus kann mich davon abhalten, mir jeden Lehrer zu nehmen, den ich will. Und ich will dich.«

»Du weißt doch, Ari – wenn du mich in Schwierigkeiten bringst, was dann passieren könnte.«

»Du wirst keine Schwierigkeiten bekommen. Ich bin eine Flügel-Aufseherin. Auch wenn ich keinen eigenen Flügel habe, in dem ich arbeite. Deshalb kann ich mir selbst meine Leute auswählen, nicht? Und das sind du – und Grant.«

Sein Herz vollführte einige lange, schmerzhafte Schläge. »Ich möchte lieber nicht versetzt werden.«

Sie schüttelte den Kopf. »Du brauchst gar nicht umzuziehen. Ich habe ein Büro im Flügel Eins. Es ist bloß Papierkram. Es bedeutet nur, daß mein Personal deinen Papierkram erledigt. – Entschuldigung, aber ...« Und als er in ihrer Pause nichts sagte: »Ich hab's schon gemacht.«

»Meine Güte, Ari ...«

»Es ist bloß Papierkram. Und ich möchte nicht, daß Sachen, an denen ich arbeite, in deinem Büro rumliegen. – Ich kann's auch wieder rückgängig machen, wenn du möchtest.«

»Das wäre mir lieber.« Er stützte seine Arme auf die Knie und blickte ihr in die Augen. »Ari, ich hab's dir doch gesagt. Ich habe sowieso so wenig in meinem Leben. Deshalb würde ich mir gern meine Unabhängigkeit bewahren. Wenn du nichts dagegen hast.«

»Sie hören dein Apartment ab. Das weißt du doch wohl.«

»Das dachte ich mir.«

»Wenn du in meinem Flügel wärst, könnte ich die sicherheitsrelevanten Daten umleiten, damit sie bei mir ankommen, so wie bei Onkel Denys.«

»Ich möchte es wirklich nicht, Ari.«

Sie sah ihn kummervoll und ein wenig verletzt an. »Wirst du mich unterrichten?«

»In Ordnung«, sagte er. Weil ihm keine andere Wahl blieb.

»Du hörst dich nicht glücklich an.«

»Ich weiß nicht, Ari.«

Sie streckte einen Arm aus und drückte seine Hand. »Seien wir Freunde, ja? Richtige Freunde, möchtest du?«

Er drückte ihre. Und versuchte es zu glauben. »Wahrscheinlich werden sie mich einsperren, wenn ich ins Haus zurückkomme.«

»Nein, das werden sie nicht.« Sie zog ihre Hand zurück. »Komm schon! Wir werden alle zusammen raufgehen. Ich muß aber unbedingt duschen, bevor ich irgendwo hingehe. Du kannst mir ja erzählen, woran du arbeitest.«

X

Sie trennten sich auf dem quadratischen Innenhof. Er ging weiter, und sein Herz schlug wie irr, als er sich den Türen zum Flügel Eins näherte, wo immer die Wachen standen, und wo sie mit ziemlicher Wahrscheinlichkeit gerade eine Mitteilung übers Handfunkgerät erhielten; oder selbst etwas durchgaben und Befehle zurückerhielten.

Er hatte genug von den inneren Räumen des Sicherheitsdienstes gesehen.

Er ging durch die Tür und sah der Wache direkt in die Augen – die keinerlei Bedrohung ausdrückten, denen ohne Worte anzumerken war, daß der Mann Justin keine Schwierigkeiten machen würde: Man hatte ihn in seinem Leben oft genug mit dem Gesicht zur Wand gedreht.

»Guten Tag, Ser«, sagte der Wachmann, und sein Herz machte einen Sprung. »Guten Tag«, erwiderte er und ging durch das kleine Foyer in den Flur, bis zum Lift, und die ganze Zeit, als er dort stand, wartete er darauf, hinter sich einen scharfen Befehl zu hören, und wartete auch noch darauf, als er oben durch den Flur ging. Aber er kam bis in sein

Büro, und Grant saß dort ganz unbehelligt, sah besorgt und geschafft aus.

»Es ist nichts passiert«, sagte er, um Grants schlimmste Befürchtungen zu zerstreuen. »Es lief ziemlich gut. Sehr viel besser, als zu erwarten war.« Er setzte sich und atmete ein paarmal durch. »Sie hat mich gefragt, ob ich sie unterrichten will.«

Grant zeigte keine ausgeprägte Reaktion. Er zuckte schließlich die Achseln. »Denys wird dieser Idee den Todesstoß versetzen.«

»Nein. Ich weiß einfach nicht, was sie ist. Sie hat uns versetzt. Ich habe uns aber«, sagte er, als Grant Bestürzung zeigte, »in Yannis Flügel zurückversetzen lassen. Aber im Moment – und bis sie's mit dem Sicherheitsdienst geregelt hat – gehören wir nicht mehr zum Flügel Eins. So ernst ist die Lage – wenn Ari die Wahrheit sagt; und ich habe nicht den geringsten Grund, das zu bezweifeln. Sie möchte wirklich, daß ich mit ihr arbeite. Sie hat mit Yanni über meine Arbeit geredet, und dieser Idiot meinte zu ihr, seiner Meinung nach sei ich einer wichtigen Sache auf der Spur, und die junge Sera möchte auch wissen, was ich weiß, und ich soll ihr alles zeigen, woran ich arbeite.«

Grant atmete lange und bedächtig aus.

»Nun, also ...« Justin schwang den Stuhl herum, langte nach seiner Kaffeetasse und stand auf, um sie aus der Kanne zu füllen. »So sieht die Sache aus. Falls der Sicherheitsdienst uns hier nicht stürmt ... Möchtest du eine Tasse?«

»Danke. – Setz dich, ich mach das schon.«

»Laß mich!« Er nahm Grant seine Tasse ab und goß ihm den Rest aus der Kanne und etwas von seinem Kaffee ein. »Hier.« Er gab Grant die Tasse zurück. »Jedenfalls war sie ganz vernünftig. Sie war ...«

Nicht mehr ganz das kleine Kind.

Aber das sagte er nicht. »... ziemlich vernünftig«, fuhr er statt dessen fort. »Bemüht.« Und dann fiel ihm in einem Anflug von Panik wieder ein: Wir unterstehen im Moment ihrer Administration; wenn wir weiterhin überwacht werden, gehen die Daten nicht an Denys, sondern unmittelbar zu ihr. Mein Gott, was haben wir gesagt?

»Wir unterstehen kurze Zeit ihren Sicherheitsvorkehrungen«, erklärte er, indem er diese unauffällige Geste vollführte, die daran erinnerte, daß jemand mithörte, und Grants Augen folgten der Bewegung.

Er versuchte sich wohl auch zu erinnern, was er gesagt hatte, nahm Justin an, und vorzustellen, wie eine junge und sehr gefährliche ZIV das interpretieren mochte.

ARCHIVE: RUBIN-PROJEKT: GEHEIMHALTUNG STUFE AA

NICHT KOPIEREN
INHALT: Computer-Transkript Akte
Nr. 19031 Seq. Nr. 9
Personal-Archive
Emory II

2421: 3/4: 1945

AE2: **Basis Eins, Eingabe: Personal-Archive.**

Ich glaube, ich sollte diese Notizen behalten. Ich fühle mich etwas komisch dabei. Meine Vorgängerin hat mir nie dazu geraten. Aber sie haben alles archiviert, was ich bis vor ein paar Jahren gemacht habe. Ich nehme an, daß alles, was über die Basis Eins geht, archiviert wird. Vielleicht sollte ich meine eigenen Notizen hinzufügen. Vielleicht wird sich das eines Tages als wichtig erweisen. Denn ich glaube, daß ich wichtig bin.

Das hört sich egoistisch an. Aber das macht nichts. Das haben sie von mir erwartet.

Ich bin Ari Emory. Ich bin nicht die erste, aber ich bin auch etwas mehr als nur die zweite. Wir haben soviel gemeinsam. Manchmal hasse ich meine Onkel für das, was sie mir angetan haben – vor allem meiner Mama. Aber wenn sie's nicht getan hätten – ich weiß nicht, ob ich anders sein möchte, als ich bin. Ich möchte nicht jemand anders sein. Ganz bestimmt möchte ich nicht an der Stelle

von jemandem sein, den ich kenne. Vielleicht würde die erste Ari das auch sagen.

Da bin ich sicher. Auch wenn sie's mir nie gesagt hat.

Ich würde sagen: Das ist gespenstisch.

Sie würde sagen: Das ist verdammt gefährlich.

Und ich weiß, wie das gemeint wäre. Ich weiß genau, wie sie das meinen würde und warum sie sich um mich Sorgen macht – aber ich weiß einige Dinge, die sie nicht weiß, zum Beispiel, wie ich mich fühle und ob die Art, wie ich über sie denke, gefährlich ist, oder ob es gefährlich ist, sich ein wenig von ihr zu unterscheiden. Ich bin mir ziemlich sicher, daß ich in Ordnung bin, aber ich weiß nicht, ob ich ihr nah genug komme, um so klug wie sie zu sein oder mich um die Dinge zu kümmern, die sie mir hinterlassen hat, und ich werde erst dann die Dinge kennen, die mich klug genug gemacht haben, wenn ich so gut bin, daß ich darauf zurückblicken kann, wie sie mich gemacht haben, um zu beurteilen – ob das nötig war. Oder ob nicht.

Ich übertreffe ihre psychologischen Werte um fünfzehn bis zwanzig Punkte – im selben chronologischen Alter. Und ich übertreffe ihre Werte, als sie zwei Jahre älter war als ich jetzt, um zwei Punkte. Dasselbe gilt für einige meiner Fächer. Aber das täuscht, weil ich von dem, was sie geleistet, und ihrer Art zu arbeiten profitiere, die sich inzwischen allgemein durchgesetzt hat. Das ist auch gespenstisch. Aber anders konnte es nicht sein, oder? Die Bänder sind besser geworden, und sie haben soviel davon für mich maßgeschneidert, um ihre Stärken und Schwächen anzugleichen, daß es kein Wunder ist, wenn ich mich schneller entwickele. Aber darauf kann ich mir nichts einbilden, denn es gibt für nichts eine Garantie, auch nicht dafür, daß ich ihr zu jedem Zeitpunkt voraus sein werde.

Es ist unheimlich, zu wissen, daß man ein Experiment ist, und sich selbst funktionieren zu sehen. Es gibt diesen Jungen draußen auf Fargone, der so ist wie ich. Eines Tages werde ich ihm schreiben: Hallo, Ben, hier ist Ari. Ich hoffe, dir geht's gut.

Justin sagt, sie haben's einfacher mit ihm als mit mir. Er meint, vielleicht müßten sie gar nicht so hart sein, aber sie können mit mir kein Risiko eingehen, und vielleicht werde ich, wenn ich erwachsen bin, beurteilen können, was sie eigentlich hätten auslassen können.

Ich sagte, ich hielte das für verdammt gefährlich. Sich selbst psychologisch zu manipulieren – es ist wirklich gefährlich, vor allem wenn man psychologisch trainiert ist. Ich habe immer Angst, wenn ich darüber nachzudenken anfange, wie ich funktioniere, denn das kommt einem Eingriff gleich, wenn man sich wirklich mit Psychologie auskennt, aber eben noch nicht genug. Es ist, als ob – mein Geist so schwer auf eines zu konzentrieren ist, als wollte er immer abirren, sich nach innen oder sonstwohin wenden ...

Das habe ich Justin auch erzählt. Er sagte, er verstehe es. Wenn man jung ist, meinte er, mußt du manchmal einfach über die Dinge nachdenken, weil du deine Werte-Sets ausbildest und dauernd vor unzureichenden Daten stehst und Lücken in deinen Programmen findest. Deshalb versuchst du ständig, deine Sets zu stabilisieren. Und je mächtiger dein Verstand und je intensiver deine Konzentrationsfähigkeit wird, um so größeren Schaden kannst du dir zufügen, und das ist auch der Grund dafür, sagt Justin, warum Alphas immer Schwierigkeiten haben und einige von ihnen ziemlich abdriften und den Kontakt zur Wirklichkeit verlieren, und warum fast alle Alphas exzentrisch sind. Aber er meint, das Beste, was man zu seinem eigenen Schutz tun kann, wenn man zu klug ist, zeigen einem die Tester. Man muß sich bewußt sein, woher man welche Idee hat, ständig alles überprüfen und wissen, wie die Ideen, die man hat, untereinander und mit den Tiefensets und Werte-Sets zusammenhängen, damit man, wenn man vierzig, fünfzig oder hundertvierzig ist und etwas entdeckt, was nicht funktioniert, immer noch alle Ursachen aufspüren und korrigieren kann.

Aber das ist alles andere als einfach, wenn man nicht

weiß, wie die eigenen Werte-Sets beschaffen sind, und die meisten ZIVs wissen das nicht. ZIVs haben in der Hinsicht Schwierigkeiten, daß sie solche Dinge nicht wissen *wollen*. Denn einige von ihnen sind wirklich merkwürdig, wenn man einmal näher betrachtet, wie sie aufgebaut sind. Vor allem in Hinblick auf Sex und Ego-Netze.

Justin sagt, daß mangelnde Flexibilität eine Falle ist und die meisten Alpha-Typen introvertiert sind, weil sie so schnell Informationen verarbeiten, daß sie schon weitergehen und nachdenken, bevor ein ZIV auch nur einen Satz herausbekommt. Deshalb verfallen sie in die Angewohnheit, zu glauben, daß sie an alles gedacht haben, aber sie denken nicht daran, daß alles auf den Input zurückgeht. Man hat vielleicht eine neue Idee, aber sie geht auf etwas zurück, was ein anderer einem eingegeben hat, und das könnte falsch sein oder die Sinne könnten einen getäuscht haben. Er sagte, es könnte ein Problem der Qualität des zur Verfügung stehenden Materials oder ein Problem der Programmqualität sein, aber wenn ein Alpha einmal eine Falschinformation als die Wahrheit annimmt, ist das ein persönliches Problem.

Das gefällt mir. Ich wünschte, ich hätte das gesagt.

Und wenn ein Alpha einmal aufhört, seinen Input zu analysieren, und anfängt, nur noch Output abzugeben, driftet er völlig ab. Und das ist der Grund, sagt Justin, weshalb Alpha-Azis über einen bestimmten Punkt hinaus nicht mehr mit Bändern trainiert werden können, denn sie lernen nicht, den Input, den sie später auf einer Ebene des Fließens erhalten, zu analysieren und in Frage zu stellen, und wenn sie zu spät sozialisiert werden, wenden sie sich immer mehr nach innen, weil die Dinge einfach zu schnell und zu regellos auf sie einstürmen, also genau das Gegenteil des Problems, das sozialisierte Alphas haben – für sie ist es aber nur deshalb zu schnell, weil sie wie verrückt darum bemüht sind, mehr aus dem Input herauszuholen, als wirklich darin enthalten ist, denn sie begreifen nicht, daß wirklich kein System dahintersteckt, nicht einmal ein Mikro-System, und sie versuchen in dem Fließen, das sie nicht verstehen, eins auszumachen.

Und das ist der Grund, warum manche Alphas gefährlich werden und sich so schwer dazu bringen lassen, Hilfsbänder zu nehmen: Einige fangen an, alles mit diesem Flux-Denken anzugehen, und einige werden einfach schizophren, zergliedern ihre Tiefensets und setzen ihre eigenen zusammen, die auf dem basieren, was sie auch immer dem Fließen, das sie empfangen, an Intaktem entnehmen können. Und von da an weiß man nicht mehr, was in ihnen vorgeht. Sie werden wie ZIVS, nur mit einigen sehr seltsamen logischen Bereichen.

Das ist der Grund, weshalb ihnen so schwer zu helfen ist.

Ich glaube, Yanni hat recht mit Justin. Ich glaube, er ist unheimlich klug. Ich habe meinen Onkel Denys über ihn ausgefragt, ob sie ihn aus politischen Gründen nicht zu einer Sonderperson machen; und Denys sagte, er wüßte nicht, ob Justin dafür qualifiziert sei, aber das mit der Politik träfe sicher zu.

Ari, sagte Denys, ich weiß, daß du ihn magst. Wenn das zutrifft, tu ihm und dir selbst einen Gefallen, und rede mit niemandem vom Personal über ihn – erwähne ihn vor allem in Novgorod nicht.

Ich sagte, ich hielte das für blödsinnig, der Grund dafür sei nur das, was sein Vater getan hat, und es war genausowenig seine Schuld, wie es meine Schuld war, worüber sich meine Vorgängerin und sein Vater stritten.

Und dann sagte Onkel Denys etwas Erschreckendes: Nein. Ich sage dir das ihm zuliebe. Denk darüber nach, Ari. Er ist sehr klug. Möglicherweise trifft alles zu, was du über ihn sagst. Gib ihm Immunität, und gib ihm Macht, Ari, und Macht ist etwas, wovon er zwangsläufig Gebrauch machen würde. Denk darüber nach! Du kennst Novgorod. Du kennst die Situation. Und du weißt, daß Justin ehrlich ist. Denk darüber nach, was Macht aus ihm machen würde.

Ich dachte auch sofort darüber nach, nur war es wie ein Blitz, ein Gewitter mitten in der Nacht, wenn man alles sehen kann, die ganzen vertrauten Gebäude, aber man hat die Einzelheiten vergessen – bis der Blitz kommt –, und alles ist grau und in mancherlei Hinsicht klarer als am Tag. Als könnte es Farbe geben, aber dazu reicht das Licht nicht ganz. So kann man alles auf eine Weise sehen, wie man's am Tag nicht zu Gesicht bekommt.

So ist das wenn jemand Licht auf etwas wirft, von dem man alle Teile kennt.

Sein Vater ist in Planys.

Das ist das erste.

Dann gibt es all diese anderen Dinge – wenn er zum Beispiel mein Lehrer wäre. Wenn wir die besten Freunde wären. Aber es ist wie mit Amy. Amy ist meine beste Freundin neben Florian und Catlin. Und wir kamen nicht miteinander aus, bis sie wußte, daß ich sie hauen konnte. Als hätte sie erst gezwungen werden müssen, etwas gegen mich zu unternehmen, bevor sie wußte, daß sie es nicht konnte. Dann war alles klar zwischen uns.

Eine Frage der Macht. Damit hatte Ari auch recht, daß wir ungeheuer auf die Wahrung unseres eigenen Territoriums bedacht sind, nur ist ›Territorium‹ nicht das richtige Wort dafür. Man kann diesen Gedanken nur deshalb mit einem Territorium in Verbindung bringen, weil wir an das Boden-Konzept gewöhnt wurden, als wir mit Tieren arbeiteten.

Das meinte Ari, als sie sagte, daß die Wissenschaft sich zu einem semantischen Problem macht. Denn wenn man territorial denkt, erkennt man nicht, worum man sich wirklich sorgt. Wir sind keine Betas.

Die alten Griechen redeten über Moira. Moira bedeutet auf griechisch viel. Der Anteil zum Beispiel, den man an den Dingen hat. Man kann nicht jemand anderem einfach heimlich etwas wegnehmen – das wäre Diebstahl; und wenn man sich keinen Anteil beschaffen kann, dann gilt man als ein Feigling. Herauszufinden, was von einem selbst ist, gelingt einem nur, wenn andere Menschen und andere Tiere einem helfen, die eigenen Grenzen zu definieren, indem sie reagieren: Wenn sie's nicht tun oder nicht so reagieren, daß man's verstehen kann, zeigt man ängstliche Reaktionen, und man reagiert mit der Neigung zum Kampf oder zur Flucht, die im eigenen Psychoset angelegt ist, ob man nun ein Mensch oder ein Beta ist. Das habe ich von Sophokles. Und Aristoteles. Und von Amy Carnath und ihren Betas, denn sie war die erste ZIV-Freundin, mit der ich das je ausgefochten habe, und sie züchtet Kampffische.

Es geht nicht um Territorien. Sondern um ein Gleichgewicht. In Gleichgewichtssystemen gibt es Punkte, wo das Gleichgewicht Belastungen ausgesetzt ist, wie Träger und Gerüste in Gebäuden.

Starre Systeme sind empfindlich. Ari sagte das. Gleichgewichtssysteme sind unter Belastung biegsam.

Die alten Griechen haben bewußt biegsame Teile in ihre Gebäude eingefügt, bewegliche Verbindungen, weil sie auf Erdbeben vorbereitet sein mußten.

Ich komme allmählich zu etwas.

Ich glaube, es hat etwas mit mir und Justin zu tun.

Ich traue zuviel Biegsamkeit auch nicht mehr als zuwenig. Zuviel, und die Mauern stürzen um; zuwenig, und sie brechen zusammen.

Ich sage das für diese Aufzeichnung. Wenn ich mit Justin, Yanni oder Onkel Denys redete, würde ich's anders ausdrücken:

Nicht rückgekoppelte Bahnen müssen auf einer individuellen Ebene nicht unbedingt mit Makro-Sets versehen werden.

Es sei denn …

… man muß die soziale Matrix mit Makro-Sets einfügen, was zu schaffen ist …

… aber die Variablen machen das zu einer äußerst heiklen Angelegenheit – Justin hat das bewiesen.

Mensch, es ist schon ganz nützlich, mit sich selbst zu reden.

Das meinte Ari mit Makro-Werten. Darüber redete sie. Deshalb konnte sie bei ihren Designs um die regellosen Eingänge einen Dreck geben. Sie alle laufen zu einem einzigen Wert zusammen: Das Fließen muß die zentralen Sets immer wieder neu ausrichten. Das versuchte Justin mir zu erklären: Das Fließen stellt Funktionen neu ein.

Die auf Gehenna identifizieren sich mit ihrer Welt. Das ist der Kern dessen, was Ari mit diesem Design gemacht hat. Und kein Flux-Denken kann dagegen etwas ausrichten.

Aber wohin führt das?

Verdammt! Ich wünschte, ich könnte das Justin sagen ...

Erkläre, was das ist: die Welt. Da steckt das Virusprogranun. Gott! Es könnte eins sein, wenn man diese semantische Mutation steuern könnte.

Ein Jammer, daß unser Input aus Worten statt aus Zahlen besteht. Ein Input in ein von Hormonen im Fließen gehaltenes System.

Justin sagt das.

Justin sagt auch, daß die Semantik immer das Problem ist: Je konkreter ein Wert ist, den man mit den Sets verbindet, um so vorteilhafter weicht das Design von den Computern ab – aber das ist nicht alles. Die Verbindung muß etwas sein, das nicht im Fließen ist – meint Justin ...

Nein! Nicht etwas Nicht-Fließendes. Etwas langsam Fließendes. Ein Fließen, das relativ oder proportional dem restlichen Fließen in den Sets ist – wie ein Gelenkstück, alles kann sich bewegen, ohne seine Struktur zu verändern. Lediglich die Entfernung entlang einer Achse ändert sich ...

Nein. Nicht einmal das. Wenn das Fließen über das Makro-Set einen Zeitverzug beliebiger Art aufweist, verstärkt man das Fließen in den Mikro-Sets in jedem System. Aber wenn man diesen Einfluß in einer beliebigen Art einer symbolischen Matrix herausarbeiten könnte – dann könnte man den numerischen Wert zurückerhalten.

Oder nicht?

Trägt das nicht etwas zum Problem der Feldgröße bei? Würde das nicht wie eine Bremse wirken, wenn man die internen Veränderungsraten in den Sets steuern könnte; und dann ...

Nein, verdammt, dann ist die betreffende Welt so lange in Ordnung, bis andere Menschen einwandern; und die ersten regellosen Inputs eintreffen und auf jemanden hindeuten, der nicht dieselben Werte teilt ...

Emigration – nach Gehenna ...

Das könnte die Definition des Wortes Welt verändern ... oder nicht?

Verdammt, ich wünschte, ich könnte Justin über diese Dinge befragen. Vielleicht weiß ich etwas. Auch wenn ich erst sechzehn bin. Ich weiß Dinge, die ich niemandem sagen kann. Vor allem Justin nicht. Und sie könnten sich als ungeheuer gefährlich herausstellen.

Aber Gehenna steht unter Quarantäne. Der Planet ist sicher – vorläufig. Ich habe Zeit. Hoffe ich.

Justin nimmt mir übel, was ich unternommen habe, um ihn zu meinem Lehrer zu machen. Ich weiß es. Er sieht mich oft finster an. Manchmal scheint Grant sich über die Situation Sorgen zu machen. Grant ist auch böse auf mich. Wie nicht anders zu erwarten. Auch wenn beide versuchen, nett zu sein. Nicht bloß nett. Sie sind *höflich*. Beide. Sie sind nur beunruhigt. Justin ist jedesmal eingesperrt worden, wenn ich Ärger hatte. Es sind viele Dinge passiert, die überhaupt nicht fair waren. Ich weiß, warum sie's getan haben. Genauso wie ich weiß, warum mir meine Onkel so etwas angetan haben. Aber zu ihm waren sie nie fair.

Deshalb habe ich keinen Grund, ihm seine Wut vorzuwerfen. Er hält sie ziemlich unter Kontrolle: Davor habe ich Respekt. Ich habe selbst jemanden, dem ich nie verzeihen werde. Nicht richtig. Er weiß, daß die Sache mit seinem Vater und all das nicht meine Schuld ist. Er weiß, daß ich nicht lüge, wenn ich sage, daß er und Grant seinen Vater besuchen können, wenn dieser politische Hickhack sich geklärt hat, und ich werde ihm auf jede mir mögliche Weise helfen.

Aber das mit seinem Vater tut ihm immer noch weh. Mama war weit weg auf Fargone, und ich habe danach nicht einmal mehr von ihr gehört, aber sie befand sich eben außerhalb meiner Reichweite, und nach einiger Zeit tat es nicht mehr so furchtbar weh. *Sein* Vater ist auf Cyteen, und sie können miteinander reden, aber das ist auch schlimm, denn man muß immer daran denken, wie nah das ist. Und jetzt können sie sich nicht einmal telephonisch unterhalten, und er macht sich Sorgen um seinen Vater. Ich weiß das.

Dann gehe ich auch noch zu ihm und sage ihm, er soll mir seine Forschungen überlassen, an denen er mit seinem Vater gearbeitet hat und von denen er sich erhofft, sie könnten seinem Vater helfen – so etwas habe ich getan. Sein ganzes Leben lang sind Menschen grausam zu ihm gewesen, und um alles, was er hat, mußte er kämpfen, und dann kommt irgendein Kind daher und will alles, was er gemacht hat – und ausgerechnet ich bin diejenige, die ihn in Schwierigkeiten bringt… Das ist meine Schuld, das weiß ich, aber ich brauche seine Sachen. Sie sind wichtig. Aber ich kann ihm nicht sagen, warum, und ich kann ihm auch nicht sagen, was ich will. Deshalb verhält er sich einfach wie ein Azi zu mir. Anders kann ich's nicht beschreiben – nur sehr kühl und sehr ordentlich.

Meistens arbeitet er in seinem Büro. Er sagt, er will Zeugen dabeihaben, wenn er in meiner Nähe ist. Die Warricks hatten schon genug Ärger, meint er.

Er gibt mir wirklich etwas zu tun, denn er sagt, daß ich nicht schlecht bin und die Rahmenarbeit erledigen kann. Und dann habe ich ihn manchmal, denn wenn ich wirklich mein Bestes gebe und besonders, wenn ich etwas einbringe, das von vorn bis hinten richtig ist, vergißt er seine Wut für einige Sekunden, wird lockerer, und etwas strahlt von ihm aus (nun gut, genauer kann ich's nicht beschreiben). Aber er beginnt sich für das zu interessieren, was wir tun, das Eis schmilzt ein wenig, und er ist ganz in Ordnung zu mir. Etwa zwei oder drei Minuten lang, bis er sich erinnert, daß alles, was er mir beibringt, ihm verlorengeht und mir zuwächst. Und ich glaube, er denkt, ich raube ihm alles. Und ich wünschte, ich könnte ihm begreiflich machen, daß ich ihm helfen möchte.

Denn das möchte ich wirklich. Es tut weh, wenn er kalt zu mir ist. Wenn er zufrieden ist, ist das so angenehm.

Schlimm genug, wenn ich ihm nichts von mir geben kann, aber dafür brauche ich ihm nichts zu nehmen, was ihm gehört. Und er ist mir sehr ähnlich. Alle haben in seinem Leben herumgepfuscht.

Wenn ich irgend etwas finden könnte, irgend etwas von Ari senior, was ihm nützlich wäre, vielleicht wäre es dann fair. Denn ich weiß soviel, aber ich weiß nicht genug, damit all das überhaupt etwas wert ist. Und vielleicht gebe ich mich mit etwas zufrieden, das ich für einen wirklichen kleinen Frieden halte, denn das wäre ihm sehr viel wert.

Denn, na klar, er ist klug. Ich weiß das, denn wenn er mir seine Gründe für etwas nennt, das er tut, hat er einige Schwierigkeiten, weil er einige dieser Dinge eben nur *weiß*. Er sagte einmal, ich zwänge ihn dazu, seine Konzepte zu strukturieren. Er meinte, das sei gut. Denn wir können miteinander reden, manchmal schaltet Grant sich ein, und einmal, an dem besten Tag, an dem wir je miteinander gearbeitet haben, gingen wir alle zum Essen und redeten die ganze Zeit über ZIV- und Azi-Logik, bis ich in der Nacht nicht mehr schlafen konnte, weil es mir immer noch durch den Kopf ging. Es war einer der schönsten Tage, an die ich mich erinnern kann. Und sie waren genauso glücklich wie ich. Aber danach schlief es irgendwie ein, und alles kehrte zum Normalzustand zurück, die Dinge stellten sich uns in den Weg, und Justin war wieder so niedergeschlagen, wie er's manchmal ist, und es war vorbei. Einfach so.

An einem dieser Tage werde ich ihn aber erwischen. Ich werde beide erwischen. Und vielleicht wär's das.

Vielleicht sollte ich alles durchgehen, was ich über diese Modell-Sache vorgelegt bekommen habe, vielleicht wird's nicht funktionieren, denn wenn es funktioniert, schätze ich, hätte früher schon jemand daran gedacht …

Nein, verdammt, Ari, Justin sagte, das sollte ich mir nie einreden.

Breche keine Überlegung ab, sagt er, bevor du nicht weißt, wohin sie führt.

Wenn ich mit etwas Realem arbeiten könnte …

Was würde er machen – wütend werden, weil ich dann dem näherkommen würde, woran er arbeitet, und er etwas dagegen hat?

Oder wütend werden, weil er will, daß es allein seine Idee ist?

Vielleicht.

Aber vielleicht würde er warm mit mir werden, und es könnte die ganze Zeit so sein, wie es manchmal ist. Das ist mein Wunsch. Denn so viel Schlimmes ist passiert. Und ich möchte das ändern.

2. KAPITEL

I

Es gab neue Bänder. Maddy hatte sie gebracht, denn sie erledigte immer die Bestellungen für solche Dinge, weil ihre Mutter nichts dagegen hatte, und Onkel Denys sagte, daß es ein Skandal wäre, wenn es auf ihre Rechnung ginge: was Maddy sich vielleicht gedacht hatte, schließlich war sie nicht ganz dumm, aber es machte ihr Spaß, an Intrigen beteiligt zu sein, und manchmal machte sie es wirklich sehr gut.

Das war also ein Punkt auf Maddys Seite. Diese Art von Gefallen war etwas, das Maddy für eine Erpressung benutzen konnte, dachte Ari, nur gewann sie damit nichts. Wenn Maddy je in Novgorod davon Gebrauch machen würde, machte das nichts, Ari wäre dann erwachsen, und die Leute würden nicht das sechzehnjährige Mädchen sehen – sondern eine erwachsene Frau, die man dann weitgehend mit ihrer Vorgängerin identifizierte – deren Vorliebe für solche Dinge wohlbekannt war. Seltsam, dachte Ari, wie wenig Leute imstande sind, im Nachhinein schockiert zu werden: alte Neuigkeiten, machte das Sprichwort die Runde.

Und Maddy konnte sich beim Sex so ausleben, wie sie wollte, denn sie war bloß Maddy Strassen, und die Strassens hatten keine Macht, jemandem Angst zu machen – der nicht in Reseune lebte.

Es war ein ruhiges Treffen. Nur die Kinder. Sonst niemand. Sie wollte sich hauptsächlich entspannen, und sie saßen herum und sahen sich ruhig das Band an, ein wenig unter der Einwirkung von Tranquilizern, außer Florian und Catlin, und tranken etwas – nur Florian und Catlin nicht. Sam verschüttete einen Drink – es war ihm furchtbar peinlich. Aber Catlin half ihm aufwischen und brachte ihn ins hintere Schlafzimmer, um ihm noch auf andere Art zu helfen, was Catlins eigene Idee war, weil Sam und Amy Schwierigkeiten hatten.

Gott, das Leben wurde kompliziert. Ausgerechnet Amy war auf Stef Dietrich versessen; und das war hoffnungslos. Sam – nun, er war wohl auf Ari scharf, vermutete sie; und das war das Schwierige, daß Amy im Leben oft erst als zweite an der Reihe war. Und Amy war an vielen Dingen interessiert, aus denen Sam sich nichts machte. Und umgekehrt. Sie wünschte sich inständig, Sam würde jemanden finden. Irgendwen.

Aber er fand niemanden. Und Sam war der Hauptgrund dafür, warum sie nicht mit Tommy oder Stef oder sonst jemandem, der ins Apartment kam, ins Schlafzimmer verschwand; aber er war nicht der einzige Grund. Der Hauptgrund war derselbe wie schon immer, nämlich daß Amy, Sam und Maddy ihre besten Freunde waren und sie alle anderen auf Abstand hielt – denn Sam war immer im Weg, so daß man ihm leicht weh tat, und es gab keine Möglichkeit, ihn auszuschließen, das war auch nicht fair, und doch …

Und doch …

Von allen Jungen war er der einzige, der wirklich nur sie mochte, sie selbst, denn er wußte schon seit langem, daß sie jemand war.

Und es machte sie manchmal traurig, daß die anderen dabei an sich dachten und was es für sie bedeutete, und daß sie eine Sonderperson und reich war und eines Tages Administratorin sein würde, und daß es äußerst wichtig war, sie zufriedenzustellen …

Was ganz anderes war bei Sam, der sie liebte, wie sie annahm, der sie wirklich aufrichtig liebte. Und sie liebte ihn – wenn sie einmal nicht darüber frustriert war, daß es ihn gab, daß er sie ausgerechnet auf diese Weise liebte, daß er der Brennpunkt all ihrer anderen Frustrationen war und das nie verdient hatte …

Denn sie würde auch nicht mit Stef Dietrich schlafen, wenn es einen Sam nie gegeben hätte. Das stimmte trotzdem.

Ein Grund dafür war, daß es Amy umgebracht hätte. Amy konnte es ertragen, wenn ihr von Yvgenia eins ausgewischt wurde, aber nicht, wenn Ari das tat – auf diese Weise. Ganz gleich, ob Amy immer noch schlacksig und unbeholfen war und nie etwas für ihr Äußeres getan hatte … bis sie auf Stef ansprang, und dann war es fast pathetisch. Amy mit Lidschatten, wenn sie ihr Haar zurechtrückte, das sie jetzt offen trug, nicht in Flechten. Weil sie hinter Stef her war, der so unheimlich gut aussah und sich dessen so bewußt war.

Während Sam nicht recht wußte, was er machen sollte, sich nicht unbedingt hintergangen fühlte, aber ziemlich deprimiert war. Und wenn Stef überhaupt eine Antenne für etwas hatte, wußte er verdammt gut, daß er zwischen Yvgenia und Amy einen schmalen Grat beschreiten mußte.

Und daher blieb ihr nichts anderes übrig, als sich die Bänder anzusehen und hinterher, nachdem Florian und Catlin alle hinausbegleitet hatten, auf dem Sofa zu liegen und in einer Melancholie an die Decke zu starren, die nicht einmal sie erleichtern konnten.

»Kommen Sie ins Bett, Sera«, sagte Florian.

Besorgt um sie.

Besorgt und völlig hingebungsvoll.

Die Decke verschwamm vor ihren Augen. Wenn sie blinzelte, würden die Tränen rinnen, und die beiden würden es sehen.

Aber die Tränen sammelten sich an, rannen ihr einfach aus den Augenwinkeln, so daß sie blinzeln mußte, aber es machte keinen Unterschied.

»Sera?« Florians Stimme drückte äußerste Beunruhigung aus. Er wischte ihr die Wangen ab, seine Berührung leicht wie die einer Feder. Und sicherlich empfand er Mitleid.

Verdammt! Zum Teufel mit ihm! Zum Teufel, daß er so reagierte!

Ich bin klüger als Ari senior. Wenigstens habe ich es nicht mit Sam und Amy verdorben. Sie haben es sich untereinander verdorben.

Ich verstehe ZIVs nicht. Ich verstehe ZIVs wirklich nicht.

Azis sind sehr viel freundlicher.

Und sie können gar nicht anders.

»Sera.« Florian tätschelte ihre Wange, legte eine Hand auf ihre Schulter. »Wer hat Ihnen weh getan?«

Sollen wir ihn töten? stellte sie sich die nächste Frage vor. Aus irgendeinem Grund amüsierte sie sich hysterisch darüber. Sie fing an zu lachen und lachte weiter, bis sie die Beine anziehen mußte, damit ihr Bauch nicht schmerzte, und die Tränen liefen; und Florian hielt ihre Hände, und Catlin glitt hinters Sofa, um bei ihr zu knien und sie festzuhalten.

Was sie nur noch komischer fand.

»Es ... es tut mir leid«, keuchte sie schließlich, als sie Atem schöpfen konnte. Ihr Bauch tat weh. Und ihre beiden Azis waren völlig durcheinander. »Oh. Es tut mir leid.« Sie streckte die Hand aus und klopfte Florian auf die Schulter, Catlin aufs Bein. »Entschuldigung. Ich bin bloß müde, das ist alles. Dieser verdammte Bericht ...«

»Der *Bericht*, Sera?« fragte Florian.

Sie holte Luft und streckte sich aus, indem sie sich ein wenig von Catlin wegdrehte, und gab ein langes Seufzen von sich. »Ich habe so hart gearbeitet. Ihr müßt mir verzeihen. ZIVs machen solche Sachen nun einmal. O Gott, der Haushälter. Ich hoffe bei Gott, ihr habt das System nicht wiederbewaffnet ...«

»Nein, Sera, noch nicht.«

»Das ist gut. Verdammt. Oh, Mist, meine Seite tut weh. Diese Sache – der Anruf beim Amt – würde der ganzen Woche wohl noch die Krone aufsetzen, was? Einen Auftrag drangeben, sich die ganze elende Sache durch die Lappen gehen lassen. Amy machte sich selbst zum Deppen und Sam jammert die ganze Zeit herum ZIVs sind schon eine Plage, was? Sie sind wirklich zum Heulen.«

»Sam scheint glücklich zu sein«, sagte Catlin.

»Da bin ich froh.« Aus irgendeinem Grund kehrte der Schmerz in ihrem Herzen zurück. Und sie seufzte wieder und wischte sich die Augen ab. »Gott, ich wette, das hat mein Make-up ruiniert. Ich wette, ich sehe furchtbar aus.«

»Sie sehen immer schön aus, Sera.« Florian wischte unter ihrem linken Auge etwas mit der Fingerspitze weg, trocknete seine Hand am Ärmel und wischte das andere ab. »So.«

Daraufhin lächelte sie und lachte tonlos, ohne den Schmerz zu spüren, sah statt dessen zwei besorgte Gesichter, zwei menschliche Wesen, die sich tatsächlich jeden vornehmen würden, den sie beim Namen nannte ohne Rücksicht auf ihre eigene Sicherheit.

»Wir sollten ins Bett gehen«, sagte sie. »Ich muß diesen Bericht morgen erledigen. Ich muß. Ich hätte das wirklich nicht tun sollen. Und ich möchte nicht einmal von hier aufstehen.«

»Wir können Sie tragen.«

»Gott«, rief sie, als sie spürte, wie Florian die Hände unter sie schob. »Du wirst mich fallenlassen – Florian!« Er ließ es sein.

»Ich werde gehen«, erklärte sie, stand auf und stützte sich beim Gehen auf die beiden, aber nicht, um ihr Gleichgewicht zu halten.

Sondern weil sie jemanden nah bei sich brauchte.

Ari biß sich auf die Lippe und blieb ganz still, während Justin ihren Bericht las. Sie saß mit auf den Knien gestützten Ellbogen und verschränkten Händen da, während er den Printout durchblätterte.

»Was ist das?« fragte er schließlich und blickte sehr ernst auf. »Ari, woher hast du das?«

»Es ist eine Welt, die ich erfunden habe. Wie Gehenna. Man fängt mit diesen Sets an. Und man sagt ihnen, sie müßten diese Basis verteidigen und an ihre Kinder weitergeben, wie man sie verteidigt. Und man gibt ihnen diese Bänder. Und man erhält diese Art von Parameter zwischen A und Y in der Matrix; und man erhält dieses Set zwischen B und Y, und so weiter; und es besteht eine unmittelbare Beziehung zwischen den Veränderungen in A und den restlichen Verschiebungen, deshalb habe ich ein streng mechanisches Modell entworfen, als sei es eine fließende Struktur, aber mit all diesen Ebenen …«

»Ich verstehe das schon.« Justin zog die Brauen zusammen, und er fragte besorgt: »Aber das ist nicht Gehenna, oder?«

Sie schüttelte den Kopf. »Nein. Das ist geheim. Das ist mein Problem. Ich habe diese Sache mit einer Störung versehen, aber das macht nichts, das dient dazu, es im Rahmen einiger Generationen zu halten. Mir geht's darum, ob sich alle Sets mit derselben Rate verändern.«

»Du meinst, du gibst die ganze Kolonie auf einmal ein. *Ohne* Außenseiter.«

»Sie können in der vierten Generation dahin gelangen. Das war auf Gehenna auch der Fall. Seite 330.«

Er blätterte weiter und sah nach.

»Ich möchte nur darüber reden«, sagte sie. »Ich habe mich nur gefragt, ob einige der Probleme in den soziologischen Modellen nicht davon herrühren, weil man welche zu entwerfen versucht, die funktionieren. Deshalb arbeite ich an einem System, das einige gewollte Störungen enthält, um zu sehen, wie sie sich auswirken. Ich habe alles verändert. Du brauchst dir keine Sorgen zu machen, daß ich dir irgend etwas sage, das du nicht wissen willst. Ich habe mir nur über Gehenna und geschlossene Systeme Gedanken gemacht, und deshalb habe ich für dich ein Modell entworfen. Es steht im Anhang. Es ist eine Art von Virusprogramm darin enthalten. Ich werde dir nicht sagen, was für eins, aber ich glaube, du kannst es sehen – oder ich irre mich damit.« Sie biß sich auf die Lippe. »Seite 330. Einer dieser Absätze stammt von Ari. Über Werte und Fließen. Du erzählst mir viel. Ich habe in Aris Notizen nach Dingen gesucht, die dir helfen könnten. Das ist von ihr. Der Abschnitt über die Gruppensets auch. Es ist authentisches Material. Es stammt aus den Archiven. Ich dachte mir, du könntest es gebrauchen. Ein fairer Handel.«

Es war unheimlich gefährlich. Es kam gewissen Dingen

sehr nah, die niemand wissen sollte, die gegen die Gehenner eine Panikstimmung auslösen konnten oder Schlimmeres.

Aber in Reseune spekulierte jeder über die Gehenna-Bänder, und Leute innerhalb von Reseune redeten nicht mit Außenstehenden, die sie ohnehin nicht verstanden hätten. Ari saß mit verschränkten Händen da und hatte einen Knoten im Magen, während sie einige Sekunden lang der Gedanke quälte, ob er nicht zuviel sehen würde – so schlau, wie er war. Aber er beschäftigte sich sonst mit Mikrosystemen. In Aris Unterlagen ging's um Makrosysteme – im weitesten denkbaren Sinne.

Lange Zeit sagte er nichts.

»Du weißt wohl, daß du mir das nicht sagen darfst«, sagte er mit gedämpfter Stimme. Als würden sie abgehört; oder als sei es eine Angewohnheit, so wie bei ihr. »Verdammt, Ari, du weißt es doch … Was versuchst du mit mir zu machen?«

»Wie soll ich denn sonst etwas lernen?« zischte sie zurück, ebenso gedämpft wie er. »Wer ist denn sonst noch da?«

Er belastete den Rand des Papierbündels und starrte es an. Und blickte auf. »Du hast da eine Menge Arbeit reingesteckt.«

Sie nickte. Das war der Grund, weshalb sie den letzten Auftrag ausgeschlagen hatte. Aber das hätte weinerlich geklungen. Sie sagte es nicht. Sie wartete nur ab, was er sagen würde.

Und glücklicherweise durchschaute er nicht zuviel. Sie merkte es seinem Gesicht an. Er versuchte seine Beunruhigung nicht zu verbergen. Er starrte sie nur lange Zeit an.

»Werden wir überwacht?« fragte er.

»Möglicherweise von meinen Onkeln«, sagte sie. Ohne zu erwähnen, daß sie auch die Möglichkeit hatte. »Könnte sein, daß es ins Archiv geht: Ich könnte mir vorstellen, daß sie jede sich bietende Gelegenheit wahrnehmen, mich auf Band aufzunehmen, seit ich sie vor einiger Zeit aus meinem

Schlafzimmer vertrieben habe. Mach dir keine Sorgen deswegen. Es ist egal, was sie mitbekommen. Sie haben keine Möglichkeit, mir etwas zu verbieten, wenn ich's zum Lernen brauche. Oder dir Schwierigkeiten zu bereiten.«

»Für jemanden, der den in Novgorod kleingekriegt hat«, meinte Justin, »kannst du ganz schön naiv sein.«

»Sie werden nichts tun, das verspreche ich dir.«

»Warum? Weil du es befiehlst? Du leitest Reseune nicht, sondern deine Onkel. Und das werden sie auch noch einige Zeit. Ari ... mein Gott, Ari ...«

Er schob seinen Stuhl zurück, stand auf und ging hinaus.

Worauf sie ratlos in dem überfüllten kleinen Büro zurückblieb, während Grant ihr gegenübersaß und sie anstarrte, gar nicht wie ein Azi, sondern sehr kalt und argwöhnisch, als sei sie an etwas schuld.

»Es wird nichts passieren!« versicherte sie ihm.

Er stand auf, ging zu Justins Schreibtisch und nahm den Bericht an sich.

»Der ist für ihn«, sagte sie, indem sie eine Hand darauf legte.

»Es ist Ihrer. Sie können ihn wieder mitnehmen, oder ich kann ihn in den Safe legen. Ich glaube nicht, daß Justin Sie heute noch unterrichten möchte, junge Sera. Ich nehme an, daß er den Bericht sehr sorgfältig lesen wird, wenn Sie ihn hierlassen. Aber Sie haben es ihm unmöglich gemacht, zu reisen. Ich zweifle nicht daran, daß Sie es mir auch unmöglich gemacht haben. Der Sicherheitsdienst wird nicht glauben, daß ich nichts damit zu tun hatte.«

»Meinst du, was seinen Vater angeht?« Sie blickte zu Grant auf und fand sich in einer ungünstigen Lage wieder, weil Grant drohend über ihrem Stuhl aufragte. »Es macht keinen Unterschied. Khalid wird diesen Sitz nicht auf Dauer behalten. Noch sechs Monate, und es gibt kein Problem mehr. Die Verteidigung wird wieder vernünftig sein, und dann gibt's kein Problem mehr.«

Grant starrte sie nur für einen Moment an. Dann: »Warum befreien Sie Jordan dann nicht, junge Sera? Möglicherweise, weil Sie's doch nicht können? – Bitte gehen Sie. Ich werde das hier für ihn aufheben.«

Sie saß noch ein paar Sekunden lang da, während Grant den Bericht zum Wandsafe brachte und darin einschloß, bevor er ging. Und sie einfach zurückließ.

Deshalb verließ sie das Büro schließlich auch und ging mit einem Kloß im Hals durch den Flur.

Nach einem Drink zu Hause fühlte er sich besser. Der Bericht lag in seinem Schoß – er hatte ihn aus dem Safe geholt, und als Grant sagte, daß es gefährlich sei, ihn herumzutragen, hatte er geantwortet: Sollen sie mich doch einsperren. Ich bin dran gewöhnt. Was soll's?

So saß er da, nippte an einem reichlich mit Soda versetzten Scotch und las immer wieder den Abschnitt auf Seite 330. »Gott«, sagte er, als er ihn zum zweiten Mal durchgegangen war, bemüht darum, hinter der Beschränktheit der Worte den wertvollen Inhalt auszumachen. Es war durchaus von Gewicht, es warf ein neues Licht auf ein kleines Gebiet, aber im Grunde gab es nichts Kleines oder Irrelevantes, wenn Ideen zusammengefügt werden mußten. »Sie spricht hier über Werte. Das Ineinandergreifen des Ego-Netzes und der Werte-Sets in Azi-Psychen und die Arten der Integration warum einige besser sind als andere. Ich brauchte das – damals, als ich anfing. Ich mußte es ausarbeiten. Verdammt, Grant, wieviel von dem, was ich entwickelt habe – steht schon in den Archiven und wartet dort bloß auf mich? Das ist ein deprimierender Gedanke, was?«

»Das stimmt nicht«, erwiderte Grant. »Wenn's so wäre, hätte *Ari* die Unterlagen ausgefertigt.«

»Ich glaube, ich weiß, warum ich sie interessiert habe«, überlegte Justin. »Zumindest teilweise.« Er nahm sich noch einen Drink und blätterte flüchtig durch den Bericht. »Ich frage mich, wieviel davon von *unserer* Ari stammt. Ob es etwas ist, was Ari senior ihr vorgeschlagen hat – und wofür sie ihr die Grundlagen lieferte oder ob Ari – sich das allein ausgedacht hat. Es ist ein Abschlußprojekt. So kann man es nennen. Eine Dissertation. Und ich kann mir jetzt vorstellen, wie Ari meine betrachtet hat – als ich siebzehn war und völlig naiv, was Designs anging. Aber es steckt sehr viel mehr darin. Die Modellarbeit ist erstklassig.«

»Ihr stand dabei eine große Basis im Haussystem zur Verfügung«, unterbrach Grant. »Ihr ist Zeit zugebilligt worden, um sich in Netze einzuschalten, die du nicht einmal zu Rate ziehen konntest, als *du* in ihrem Alter warst ...«

»Und sie kann Anlagen nutzen, von denen ich in ihrem Alter nicht einmal wußte, daß sie existieren. Ja. Und ich hatte ihre Welterfahrung und viele andere Dinge nicht ... Ich war jünger – in vielerlei Hinsicht –, als sie es jetzt ist. Verdammt, sie hat eine Menge Arbeit da reingesteckt. Und es sieht ihr ganz ähnlich, daß sie nie ein Wort darüber verloren hat, woran sie arbeitete. Ich glaube, es ist wirklich von ihr. Dieses ganze Modell ist ein Ausbund an Naivität, sie hat *zwei* verheerende Zeitbomben in das Zentralset eingebaut, was zur völligen Zerstörung führen wird, wenn sie eine Fehlfunktion zu beseitigen versucht – aber wahrscheinlich wird sie bei jedem Lauf mit weniger Störungen zu kämpfen haben. Vielleicht eine Abweichung mit der anderen vergleichen.« Noch ein Drink und ein bedächtiges Kopfschütteln. »Weißt du, was das ist? Eine Bestechung. Eine verdammte Bestechung. Zwei kleine Ausblicke in diese archivierten Notizen, und beide bestehen ausschließlich aus unpubliziertem Material ... Und ich sitze hier und zerbreche mir den Kopf, was sich dort sonst noch verbergen könnte – und ob es nicht meine ganze Arbeit überflüssig macht, bevor ihre Ergebnisse publiziert sind – oder ob sie den Schlüssel dafür enthalten, was ich noch machen könnte – was ich gemacht haben *könnte* – wenn Ari nicht umgebracht worden wäre ... Und ich sehe es im Verhältnis zu den Jahren, in denen ich keinen Kontakt mit Jordan hatte. Im Verhältnis zur Möglichkeit, daß keiner von uns jemals wieder ...«

Seine Stimme erstarb. Er trank einen Schluck und starrte die Wand an.

»Denn wir haben keine Wahl«, schloß er, nachdem er

noch ein paar Schluck Whiskey hinuntergekippt hatte und wieder halbwegs betäubt war. »Ich weiß nicht einmal, warum, oder was von diesem Bericht echt ist, oder wieviel über Gehenna darin steckt.« Er sah Grant an, und haßte sich selbst für die ganze Situation, in der er steckte, denn Grants Chancen, Planys zu besuchen, waren zunichte gemacht worden, ebenso wie seine. Grant hatte während all seiner früheren Besuche zu Hause gewartet, weil die ganze Last des Gesetzes und der Gewohnheiten und die praktischen Umstände, daß Grant als Azi anfällig für Manipulationen war und die Fähigkeit besaß, sich an Instruktionen zu erinnern und sich auf sie zu konzentrieren, ihm bisher den Weg nach Planys versperrt hatte.

Nun hatten ihre Kerkermeister den universellen Vorwand, sofern sie je einen gebraucht hatten.

»Ich hatte keine Vorstellung davon«, sagte Justin. »Ich habe überhaupt nicht erkannt, woran sie arbeitete, oder wohin das führen würde.«

»Ari ist in dieser Sache nicht völlig naiv«, erwiderte Grant. »Wenn sie an Gehenna arbeitet – und wenn sie mit dir zusammen daran arbeiten will –, weiß sie, daß sie sich damit in gewissen Kreisen nicht beliebt macht; und daß du alle Aspekte dieser Designs durchschauen wirst, und auch, was damit zusammenhängt. Ari ist daran gewöhnt, ihren Willen durchzusetzen. Mehr noch, sie ist davon überzeugt, daß es nichts Wichtigeres gibt als das, was sie will. Sei auf der Hut vor ihr. Sei wirklich auf der Hut!«

»Sie weiß etwas, das mit Gehenna zu tun hat, und bisher nicht an die Öffentlichkeit gedrungen ist.«

Grant sah ihn lang und fest an. »Sei vorsichtig. Um Gottes willen, Justin, sei vorsichtig!«

»Verdammt, ich …« Die Frustration in Grants Stimme griff auf ihn über, brachte seine empfindlichen Nerven zum Vibrieren, trotz des Whiskeys. Er stellte das Glas ab und stützte die Ellbogen auf die Knie, die Hände im Nacken. »O Gott.« Seine Tränen strömten wie seit Jahren nicht mehr. Er preßte die Lider zusammen, versuchte sie zurückzuhalten, und war sich der schmerzlichen Stille im Raum bewußt.

Nach einer Weile stand er auf und goß noch etwas Whiskey zu dem geschmolzenen Eis, und stand mit starrem Blick in der Ecke, bis er Grant aufstehen und zur Bar kommen hörte; da hob er den Blick, nahm Grants Glas und füllte es mit Eis und Whiskey.

»Eines Tages wird sich die Lage ändern«, sagte Grant, nahm sein Glas und stieß es an das von Justin, ein leises, zerbrechliches Klirren von Glas gegen Glas. »Bleib ruhig. Alles andere bringt nichts ein. Die Stimmenauszählung wird im Herbst abgeschlossen sein. Vielleicht ändert sich die ganze Situation, nicht über Nacht, aber sie könnte sich trotzdem ändern.«

»Khalid könnte auch gewinnen.«

»Ein Meteor könnte uns treffen. Machen wir uns über solche Dinge Sorgen? Hör auf damit! Geh ins Bett, ja?«

Er schauderte, trank den Rest aus und schauderte erneut. Er konnte sich einfach nicht genug betrinken.

Er knallte das Glas auf die Bartheke und stieß sich von ihr ab, um Grants Rat zu folgen.

II

Ari, hatte sich Justins Stimme über den Automatischen Haushälter gemeldet. *Komm bitte morgen früh in mein Büro.*

Sie begab sich hin und wartete, bis er erschien, und als er die Tür öffnete, sagte er (diesmal war er allein gekommen, was so gut wie nie vorkam): »Ari, ich muß mich bei dir entschuldigen. Ich muß mich aufrichtig bei dir entschuldigen für gestern.« Er hatte ihren Bericht bei sich, legte ihn auf den Schreibtisch und blätterte durch die Seiten. »Das ist deine Arbeit. Deine eigene. Es war deine Idee.«

»Ja«, antwortete sie ängstlich.

»Es ist bemerkenswert. Es ist wirklich eine bemerkenswerte Arbeit. – Versteh mich richtig, ich sage nicht, daß es richtig ist, aber es wird ein wenig dauern, bis ich's durch habe, nicht allein wegen des Umfangs. Hast du das deinem Onkel gezeigt?«

Sie schüttelte den Kopf. Es war zu schwer, zusammenhängend zu reden. Sie hatte nicht viel geschlafen. »Nein. Ich hab's für dich gemacht.«

»Ich hab's nicht sehr wohlwollend aufgenommen. Verzeih mir. Ich habe ein solches Verhalten selbst schon von Yanni erdulden müssen. Es war nicht meine Absicht, dich genauso zu behandeln.«

»Ich verstehe, warum du dich aufgeregt hast«, erwiderte sie. »Bestimmt.« Grant würde wahrscheinlich jeden Moment auftauchen, und sie wollte vorher noch etwas loswerden. »Justin, Grant hat mir die Schuld gegeben. Er hatte recht. Ich aber auch. Wenn Reseune wieder sicher ist, kannst du reisen. Wenn nicht, kann man nichts daran ändern, und es wäre auch dumm, sich darüber zu beklagen – denn ihr seid dann hier sicherer, weil man weder euch noch deinem Vater etwas anhaben kann, ohne auch mir etwas vorzuwerfen, denn dein Vater hat an deinen Sachen gearbeitet, und das bedeutet, er arbeitet mit dir zusammen und du mit mir, und wenn er will, daß ich euch helfe, Justin, braucht er nicht mehr zu tun – als nichts gegen mich zu unternehmen. Mir ist sogar egal, ob er mich mag. Ich möchte nur dafür sorgen, daß es euch besser geht. Ich habe durchaus über die Gefahr nachgedacht, wenn ich mit dir arbeite, ich hab's mir überlegt, immer wieder – aber du bist der einzige, den ich gebrauchen kann, weil du langfristig arbeitest und du dich mit den Werte-Sets beschäftigst, und daran bin ich interessiert. Ich bin kein dummes kleines Mädchen, Justin. Ich weiß, woran ich arbeiten will, und Yanni kann mir nicht mehr helfen. Niemand kann das. Deshalb muß ich mich an dich wenden. Onkel Denys weiß das. Er hat mir gesagt, ich soll vorsichtig sein. Aber er sagt auch, daß du ehrlich bist. Das bin ich auch – nein!« Als er den Mund öffnete. »Laß mich ausreden. Ich werde dir wirklich nichts wegnehmen. Denk darüber nach. Wie wär's, wenn wir die Arbeit so publizieren, daß dein Name, meiner und der deines Vaters daraufsteht? Meinst du nicht, daß das die im Amt nicht aufrütteln würde?«

Er setzte sich. »Es würde an Denys vorbei müssen, Ari, und ich glaube nicht, daß er es billigen würde. Giraud sicher auch nicht.«

»Willst du wissen, was ich zu meinen Onkeln sagen würde? Daß ich eines Tages Reseune leiten muß. Ich versuche die Dinge zu richten. Ich möchte nicht, daß es so weitergeht wie bisher. Laß es mich versuchen, während du mich berätst. Oder laß es mich auch versuchen, wenn du es nicht willst.«

Er machte ihr für einen Moment Angst. Sein Gesicht wurde ganz starr und blaß. Dann erschien Grant, trat durch die Tür, so daß er tief durchatmete und statt dessen Grant seine Aufmerksamkeit zuwandte. »Guten Morgen. Ich habe noch keinen Kaffee gemacht.«

»Ich verstehe schon«, sagte Grant, zog ein Gesicht und ging mit der Kanne hinaus, um Wasser zu holen.

»Ari«, sagte Justin dann. »Ich wünsche dir viel Glück mit deinen Onkeln. Mehr als ich. Das ist alles, was ich dazu sagen kann. Eines Tages wirst du merken, daß ich verschwunden bin, weil du nicht vorsichtig warst. Ich werde mich unten in Haft befinden. Nur damit du weißt, wo. Ich wäre nicht überrascht, wenn's heute schon passierte. Und ich bin mir nicht sicher, ob du es verhindern kannst, ganz gleich wieviel Macht du deiner Ansicht nach im Haus hast. Ich hoffe, ich irre mich. Aber ich werde mit dir arbeiten. Ich werde alles tun, was ich kann. Zum Anfang habe ich ein paar Fragen an dich. Warum hast du zwei Variablen eingebaut?«

Sie machte den Mund auf. Eigentlich wollte sie über die andere Sache reden. Aber er ließ sich nicht darauf ein. Er schloß das ab wie eine Tür, die zugeworfen wurde, und konfrontierte Ari mit einer wichtigen Frage. Und Grant kam mit dem Wasser zurück. Sie bearbeiteten sie, timten alles. Er hatte gesagt, was er sagen wollte.

»Der Grund ist, daß eine für eine Handlung und die andere für ein Substantiv steht. *Verteidige* wird abweichen und ebenso *die Basis.* Und es wird keinen Feind aus dem All geben, nur die Möglichkeit eines solchen, wenn das durchgeht. Und sie werden nach den ersten paar Jahren keine Bänder mehr haben: Gehenna hatte auch keine.«

Justin nickte bedächtig. »Du weißt ja, daß mein Vater auf Ausbildungs-Sets spezialisiert ist. Diese Sache mit Gehenna hat politische Konsequenzen. Du hast erwähnt, daß ich mit ihm zusammenarbeite. Du weißt, was du tust, wenn du mir das in den Weg stellst. Du weißt, was es mich kosten könnte. Und ihm. Wenn etwas schiefgeht, wenn etwas herauskommt – fällt das auf uns zurück. Ist dir das klar?«

»Das wird nicht passieren.«

»*Das wird nicht passieren.* Junge Sera, weißt du, wie dünn sich das für mich anhört? Um Gottes willen, sei etwas weiser dabei. Nicht klüger. *Weiser.* Verstehst du mich?«

Gott. Komplikationen. Komplikationen mit der Verteidigung. Mit der Politik. Mit ihm. Mit allem.

»Also«, schloß er. »Nun weißt du's. Ich will nur, daß du dir dessen bewußt bist. – Deine Idee mit semantischen Abweichungen und Fließen ist ganz gut – aber ein wenig simpel, weil eine berufsbedingte Vielfalt zu berücksichtigen ist, die sich auf die Semantik auswirkt, und so weiter …«

Noch ein Themenwechsel. Entschlossen und bestimmt. »Sie werden bei der Landwirtschaft bleiben.« Er nickte. »Gehen wir das Schritt für Schritt durch. Ich werde dir meine Einwände erklären, und du notierst sie dir und gibst mir deine Antworten …«

Sie lenkte den Blick nach innen, so wie Florian und Catlin es ihr beigebracht hatten, versuchte ihre Aufmerksamkeit ganz auf die Sache zu konzentrieren und sich nicht ablenken zu lassen, aber es war nicht einfach, sie war kein Azi, und er hatte soviel an sich, so viele Komplikationen hingen mit ihm zusammen, und er war immer so subtil, ganz anders als Yanni. Er konnte sich aus einer unerwarteten Richtung nähern und sie überraschen, und dazu waren nur wenige Menschen imstande.

Er konnte mal wütend auf sie, mal nett zu ihr sein – von einem zum anderen Moment; und beides erschien ihr echt, beides wirkte aufrichtig auf sie.

Sie spürte Grants Mißfallen vom anderen Ende des Raums. Es gab keine Möglichkeit, ihn auf ihre Seite zu ziehen: Sie mußte erst Justin für sich gewinnen, dann gelang es ihr vielleicht auch bei Grant, so einfach war das. Und sie hatte bei Justin Fortschritte gemacht: Wenn sie unter verschiedenen Aspekten Bilanz zog, kam sie unterm Strich zu dem Ergebnis, daß er ihr, so kompliziert er auch war, einiges gegeben hatte.

III

»Er hat nett darauf reagiert«, erzählte sie Florian und Catlin beim Essen. »Wirklich. Ich glaube, es war nicht gespielt.«

»Wir werden ihn im Auge behalten«, sagte Florian.

Sie arbeiteten inzwischen sehr viel seltener in den Baracken. Nur gelegentlich gingen sie hinunter, um eine Strecke zu absolvieren, aber nur tagsüber. Heute hatten sie eine hinter sich. Catlin brüstete sich mit einer Schramme an ihrer Hand und einer Prellung an ihrem Kinn, aber sie war mit sich zufrieden, also zufrieden damit, wie die Dinge gelaufen waren.

Meistens studierten sie mit Hilfe von Bändern. Inzwischen mußten sie sich vor allem mit realen Dingen auseinandersetzen. Sie sahen sich die Berichte an, die sie übers Verteidigungsamt erhielten, und hielten sich darüber auf dem laufenden, was in den Anlagen, die an Reseune grenzten, an- und abgebaut wurde.

Es waren eine Menge schmutziger Manöver durchgeführt worden – Versuche, Reseune in einen Skandal zu verwickeln. Versuche, Mitarbeiter von Reseune zu einer öffentlichen Stellungnahme zu bewegen. Khalid ging hinter den Kulissen sehr viel geschickter vor als vor den Kameras, und er hatte Boden gutgemacht, während Giraud sie vom Gegenteil zu überzeugen versuchte; es sei sinnlos, sich auf eine

Diskussion mit ihm einzulassen. Er könne Beschuldigungen aussprechen. Aber in dem Moment, da man sie zurückweist, sei man in den Nachrichten, und die Sache wurde wieder durchgekaut.

Aber es wäre ihr lieber gewesen, wirklich in den Nachrichten zu erscheinen, damit sie Khalid Ärger machen konnte.

Letzte Woche hatte es eine Menge Aufregung gegeben, als ein Boot seine Motoren verloren hatte und unten bei der Niederschlagsstation 10 auf Grund gelaufen war: Einige ZIVs hatten an dem Aufwand an Sicherheitskräften Anstoß genommen, mit dem sie sich konfrontiert sahen, und sich entsprechend geäußert, was ein zentristischer Senator aus Svetlansk sich zunutzegemacht hatte, indem er dazu aufforderte, den brutalen Einsatz des Reseuner Sicherheitsdienstes zu untersuchen.

Ganz abgesehen davon, daß der fragliche ZIV versucht hatte, vom Sicherheitsdienst eine Tragetasche zurückzuerhalten, und es sich herausgestellt hatte, daß sie eine bedenkliche Menge rezeptpflichtiger Medikamente enthielt. Der ZIV behauptete, sie seien alle legal erworben worden und daß er an einer Erkrankung der Atemwege litt, die sich unter Stress verschlimmerte. Er klagte auf Körperverletzung.

Es war eine Direktive an den Sicherheitsdienst gegangen, der nochmals versicherte, daß Reseune auf der Hut war. Aber Florian machte sich Sorgen deswegen; und Catlin auch, als Florian darauf hinwies, daß der Vorfall beabsichtigt gewesen sein mochte, und wenn bisher niemand daran gedacht hatte, einen Zwischenfall mit dem Reseuner Sicherheitsdienst vor laufenden Kameras zu inszenieren, kam jetzt sicherlich jemand drauf, wahrscheinlich Khalid, und wahrscheinlich würde es in Novgorod passieren.

»Ich bitte euch«, hatte sie geantwortet, als die beiden sie darauf ansprachen, »macht euch keine Sorgen deswegen. Wenn das getürkt war, wäre das erst eine Auswirkung, die unseren Feinden nützen könnte. Zieht euer Band nicht in

Zweifel; reagiert, und reagiert auf jeder Ebene, die euer Band euch angibt. Solang ich lebe, kann ich alles regeln – was sich politisch daraus ergibt. Zweifelt ihr daran?«

»Nein«, hatten sie ernst versichert.

Deshalb schlug sie mit der Hand auf den Tisch, und sie sprangen auf, als sei eine Bombe explodiert, blaß vor Schreck.

»Na, seht ihr«, sagte sie. »Ihr seid immer noch schnell genug. Das war *los* und *stop*, richtig? Verdammt schnell.«

Zwei oder drei Atemzüge später hatte Florian erwidert: »Das war gut, Sera. Aber Sie sollten uns nicht so erschrecken.«

Sie hatte gelacht. Und Florian und Catlin die Hände getätschelt, wobei Catlin ganz ruhig und aufmerksam war, so wie immer, wenn sie sich im Alarmzustand befand. »Ihr seid *mein* Personal. Ihr habt auf das zu hören, was *ich* sage. Nicht auf Denys. Nicht auf eure Instruktoren. Auf niemanden sonst.«

Als Florian also sagte: *Wir werden ihn im Auge behalten,* klang ein gefährlicher Unterton mit.

»Er ist mein Freund«, erinnerte sie ihn.

»Ja, Sera«, sagte Catlin. »Aber wir betrachten nichts als selbstverständlich.«

»Auf Feinde kann man sich viel leichter vorbereiten«, fügte Florian hinzu. »Feinde kommen nicht hier rein.« Die beiden hielten sie bei Vernunft. Sie gehörten zu dem, was sie von früher kannte, als sie noch Kinder waren, damals in Onkel Denys' Apartment.

»Hormone sind eine üble Sache«, sagte sie. » Sie wirken sich verheerend aufs Denken aus. Natürlich habt ihr recht. Tut, was ihr für nötig haltet.«

»Hormone, Sera?« fragte Florian.

Sie zuckte die Achseln, fühlte sich unwohl. Aber bei ihm war keine Eifersucht im Spiel. Nur Sorge. »Er sieht gut aus«, erklärte sie. »Das macht es wohl so schwierig, was? Aber ich bin auch nicht verrückt.«

Sie fühlte sich seltsam, nachdem sie es ausgesprochen

hatte. Erschrocken. Und sie dachte an Zeiten, als in ihr viel weniger am Fließen gewesen war.

Dabei fiel ihr Nelly ein; und sie dachte, daß viel zuviel Zeit vergangen war, seit sie sie das letzte Mal gesehen hatte; und sie traf sie am nächsten Morgen, eine etwas molligere Nelly, die sehr von ihren Pflichten in der Kinderstation beansprucht wurde.

Nelly hatte ein wenig Schwierigkeiten, sie wiederzuerkennen, als sei sie zu unmittelbar mit den Veränderungen konfrontiert oder als sei seit dem letzten Mal zuviel Zeit vergangen. »Junge Sera?« fragte sie und blinzelte einige Male. »Junge Sera?«

»Ich habe an dich gedacht«, sagte Ari. »Wie geht's dir? Bist du glücklich?«

»O ja. Ja, junge Sera.« Ein Säugling fing an zu weinen. Nelly warf ihm über die Schulter einen zerstreuten Blick zu. Jemand anders sah nach ihm. »Sie sind so groß geworden.«

»Das stimmt. Ich bin sechzehn, Nelly.«

»Ist das lang her?« Nelly blinzelte wieder und schüttelte den Kopf. »Sie waren mein erstes Baby.«

»Ich bin dein ältestes Kind. Darf ich dich zum Essen einladen, Nelly? Zieh deinen Mantel über, und geh mit mir essen, ja?«

»Nun, ich ...« Nelly blickte zur Reihe der Wiegen zurück.

»Ich hab's mit deinem Aufseher besprochen. Er hat nichts dagegen. Komm.«

Es war sehr seltsam. In mancher Hinsicht war Nelly noch die alte, sehr auf ihr eigenes – und sehr auf Aris Äußeres bedacht. Nelly streckte eine Hand aus und richtete ihren Kragen, und Ari lächelte, obwohl sie zusammenzuckte, als müsse sie sich jemanden vom Hals halten, denn es gab im ganzen Universum niemanden mehr, der das gewagt hätte.

Aber noch bevor sie halb aufgegessen hatte, wußte sie, daß ihr kleiner hoffnungsvoller Gedanke von vorhin, Nelly ins Apartment mitzunehmen, nicht zu verwirklichen war.

Die arme Nelly würde nie begreifen, unter welchem

Druck sie stand – und, bei Gott, gewiß auch nie, was sie mit der Bandbibliothek wollte.

Nelly war nur froh, eins ihrer Babies wiedergefunden zu haben. Und Ari machte sich eine Notiz, um dem Aufseher der Kinderstation mitzuteilen, daß Nelly ein Belohnungsband bekommen sollte: Das war das Beste, was sie für Nelly tun konnte – außer sie wissen zu lassen, daß es ihrem ältesten Baby gut ging.

Daß ihr ältestes Baby – jemand wie sie war ... das würde Nelly kaum verstehen können.

Nur daß Nelly noch mal ihren Kragen richtete, bevor sie sich trennten, blieb ihr. Es hinterließ einen kleinen Kloß in ihrer Kehle, und sie fühlte sich auf dem ganzen Weg durch den Flur noch warm.

Sie ging hinaus auf den Friedhof, wo auf einem kleinen Schild ›Jane Strassen, 2272–2414‹ stand. Dort saß sie lange Zeit.

»Ich weiß, warum du nicht geschrieben hast«, sagte sie zu niemandem, weil Mama in die Sonne befördert worden war, so wie Ari Emory. »Ich weiß, daß du mich geliebt hast. Ich wünschte, Ollie würde schreiben. Aber ich kann mir vorstellen, warum er's nicht tut – und ich habe Angst, ihm zu schreiben, weil er zuviel über Menschen weiß, die mir soviel wert sind wie er.

Ich habe heute Nelly gesehen. Sie ist glücklich. Sie hat so viele Babies, auf die sie aufpassen muß – aber sie macht sich keine Gedanken darüber, was aus ihnen werden wird, nur daß sie Babies sind, das ist alles. Sie ist wirklich lieb – auf eine Art, wie es nur wenige Leute sind.

Ich weiß, warum du versucht hast, mich von Justin fernzuhalten. Aber wir sind Freunde geworden, Mama. Ich erinnere mich an das erste Mal, als ich ihn sah. Das ist das früheste, woran ich mich erinnern kann – als wir durch den Saal gingen und Ollie mich trug. Und die Punsch-Schale, und Justin und Grant am anderen Ende des Raums; und ich. Ich erinnere mich noch daran. Ich erinnere mich auch noch an Valerys Party danach.

Es geht mir gut, Mama. Ich bin in jeder Hinsicht so geworden, wie du das gewollt hast. Ich wünschte, es gäbe etwas, das du mir hinterlassen hast, so wie es Ari senior tat. Denn ich würde gern so viele Dinge wissen.

Meistens geht's mir gut. Ich dachte mir, du würdest das gern wissen.«

Was dumm war. Natürlich wußte Mama nichts. Sie brachte sich nur selbst zum Weinen und saß dort lange Zeit auf der Bank, und erinnerte sich daran, wie sie den Arm gebrochen hatte, an Tante Victoria, an Novgorod und Giraud, und an alles, was geschehen war.

Sie war einsam. Das war ihr Problem. Florian und Catlin konnten nicht verstehen, wie sie das Fließen empfand, und wenn es so schlimm wurde, wie jetzt gerade, wünschte sie sich immer, daß Mama da wäre, um zu sagen: Verdammt, Ari, was, zum Teufel, ist mit dir los?

»Meistens bin ich einsam, Mama. Florian ist gut. Aber er ist nicht wie Ollie. Er gehört vor allem zu Catlin. Und ich darf mich da nicht einmischen.

Ich wünschte, man würde mir auch einen Ollie machen. Jemanden, der nur mir gehört. Aber wenn es jemanden gäbe, würde Florian eifersüchtig auf ihn sein, nicht weil er auch ein ZIV und mir so nahe ist – aus keinem Grund, warum ZIVs eifersüchtig sind.

Ich bin nicht ganz wie Ari senior. Ich habe mich, was Sex angeht, sehr viel vernünftiger verhalten. Ich hab's mir nicht mit meinen Freunden verdorben. Dafür haben sie's sich untereinander verdorben. 'Stasi spricht nicht mit Amy. Wegen Stef Dietrich. Und Sam ist verletzt. Und Maddy einfach angewidert. Ich verabscheue das.

Und ich gehe so im Flux auf, daß ich sterben könnte. Ich will Florian, und ich weiß, daß es klug ist, sich auf ihn zu verlassen. Aber ich spüre, daß es etwas in mir gibt, was einfach – die ganze Zeit allein ist.

Aber es ist mir unangenehm, darüber nachzudenken, denn Florian hilft diesem Gefühl der Einsamkeit nicht ab. Wenn ich mit ihm zusammen bin, ist mir nur für eine gewisse Zeit wohler. Und selbst während ich's tue, weißt du, ist manchmal alles in Ordnung, und manchmal habe ich das Gefühl, ganz allein zu sein. Er kennt nicht alle meine Probleme, aber er gibt sich Mühe, und er verweigert sich mir nie. Manchmal muß ich selbst an seiner Stelle nein sagen. Ich muß immer vorsichtig sein. Das ist das Schwierige.

Es ist, als ob man durch den Raum treibt, Mama. In Lichtjahren Umkreis ist nichts um mich. Es gibt Zeiten, da ist mir Florian lieber als jeder andere, weil mich niemand so versteht wie er, wenn ich niedergeschlagen bin oder Angst habe. Aber einem Teil von mir kann er einfach nicht helfen, das ist das Problem. Und ich glaube, er weiß es.

Das ist das Furchtbare. Er fängt an, sich Sorgen um mich zu machen. Als sei es seine Schuld. Und ich weiß selbst nicht, warum ich ihm das antue. Ich bin so wütend auf mich selbst. Ari hat erzählt, wie Florian weh getan wurde – ihrem Florian. Und das hat mich furchtbar erschreckt, Mama. Ich möchte das auf keinen Fall. Aber ich tue es, wenn ich ihm das Gefühl gebe, daß meine Probleme seine Schuld sind.

Hattest du je solche Schwierigkeiten mit Ollie?

Vielleicht sollte ich einfach hinunter in die Stadt gehen und es mit einem dieser Azis da unten tun, die darauf spezialisiert sind. Vielleicht einem aus der Mu-Klasse, wer weiß? Einen Erwachsenen jedenfalls. Jemanden, den ich nicht durcheinanderbringen kann.

Aber das wäre mir irgendwie peinlich. Onkel Denys würde einen passenden haben. Er würde sagen – o Gott, ich könnte mit ihm nicht darüber reden. Abgesehen davon würde es Florians Gefühle verletzen. Wenn ich's mit Stef machen würde, wäre Florian entrüstet, aber nicht wirklich verletzt.

Irgendein Azi aus der Stadt, aber – ich könnte Florian das nicht antun. Ich glaube nicht, daß Ari senior jemals so etwas gemacht hat. Ich habe in den Aufzeichnungen nichts dergleichen gefunden. Und ich habe nachgesehen.

Ich glaube, ich benehme mich wie eine Idiotin. Ich liebe

Florian wirklich. Wenn es Schwierigkeiten gibt, sind es *meine,* nicht seine. Ich sollte zurückgehen und doppelt so nett zu ihm sein und aufhören, nur an mich zu denken, das wäre meine Pflicht. Ist die Einsamkeit vielleicht nur in meinem Kopf?

Vor allem. Vor allem dort, schätze ich.

Verdammt Mama. Ich wünschte, du hättest geschrieben. Ich wünschte, Ollie würde schreiben.

Er ist jetzt ein ZIV. Oliver AOX Strassen heißt er. Vielleicht meint er, es wäre anmaßend, jetzt zu schreiben, als sei ich seine Tochter.

Vielleicht hat er das einfach verworfen. Unten in seinen Tiefensets wird er nie aufhören, ein Azi zu sein, stimmt's?

Ich habe mir überlegt, die Labors zu beauftragen, einen weiteren wie ihn zu zeugen.

Aber du hast ihm so wichtige Dinge beigebracht. Und ich bin nicht du, und ich kann ihn nicht zu einem Ollie machen. Außerdem wären Florian und Catlin schrecklich eifersüchtig, so wie es Nelly war, als ich sie bekam. Und das würde ich ihnen nie antun.

Ich wünschte, du wärst hier. Verdammt, manchmal hättest du mir sicher am liebsten den Hals umgedreht. Aber du hast gute Arbeit geleistet, Mama. Mir geht's gut.

Alles in allem geht's mir gut.«

IV

»Das wird nicht funktionieren«, sagte Justin. »Schau mal. In den Mikrosets wird das Fließen zunehmen. Ich kann dir sagen, was passieren wird.«

»Aber es könnte proportional sein. Das wollte ich wissen. Wenn es proportional ist, verhält es sich so, wie ich meine, stimmt's?«

Er nickte. »Ich weiß, wie du's meinst. Ich will dir nur verständlich machen, daß es komplizierter ist. Schau her. Du bist von einer über die Mutter vermittelten Erziehung ausgegangen. Das heißt, du hast die AJ-Gruppe, da, das wird mit PA gehen – das ist dein Problem, du verfügst über eine beträchtliche Anzahl an Alphas, vielleicht mehr, als du haben solltest. Gott weiß, wie sie deine Instruktionen verstehen werden.«

»Ich habe Florian und Catlin gefragt, wie sie diese Instruktion, die Basis zu verteidigen, interpretieren würden. Florian sagt, man baut ringsum einfach Absperrungen und wartet, bis man sich sicher ist, daß man die einzige Intelligenz dort ist. Catlin meinte, das sei vernünftig, aber man bildet seine Leute für die nächste Generation aus. Florian stimmte dem zu, aber er sagte, es könnten nicht alles Spezialisten sein, es müßten sich auch welche um die anderen Arbeiten kümmern. Aber ihre Psychosets gehören nicht zu der Gruppe. Frage Grant.«

»Grant?«

Grant drehte seinen Stuhl um und lehnte sich zurück. »Ich bin etwa derselben Meinung, denn jeder muß bis zu einem gewissen Ausmaß trainiert werden, sonst kann man der zentralen Direktive nicht folgen, oder man hat einige, die sie nur abstrakt auffassen. Wenn sich einmal die Auffassung durchgesetzt hat, daß das Anpflanzen von Kartoffeln zur Verteidigung beiträgt, ist eine beträchtliche Abweichung in Gang gekommen. Dann hängt *alles* mit allem zusammen. Deine Definition von *Basis* kann beibehalten werden oder nicht, und wenn ich für das Ganze verantwortlich wäre, würde mir das Kopfzerbrechen bereiten.«

Das war eine gute Antwort. Sie atmete tief durch und dachte darüber nach.

Gott, er ist klug, überlegte sie dabei. *Und sozial. Und in seinen Dreißigern. Vielleicht ist das das Schwierige zwischen mir und Florian. Florian und Catlin lernen ihren eigenen Job noch. Und ich auch. Aber Grant …*

Grant ist ein Designer. Das ist ein Unterschied.

»Ich habe diese Abstraktion berücksichtigt«, erwiderte sie, »so daß eine solche Möglichkeit besteht. Weil sie nicht unter Stress stehen und es anfangs keinen Feind gibt. Aber ich glaube, du hast recht, zwei Variablen werden die ganze Sache höchst unsicher machen.«

»*Behaupten* wäre ein viel variableres Wort gewesen als *verteidigen*«, sagte Justin. »Aber *verteidigen* bringt alle möglichen Begleiterscheinungen mit sich, *falls* irgendwelche in deiner Gruppe sozialisiert sind. Und du sagst, auf drei träfe das zu. Der Aj, der BY und einer von den IUs. Und du hast ganz recht, das bedeutet, daß du drei hast, die wahrscheinlich die Interpretation und das anfängliche Flux-Denken übernehmen werden; das heißt, deine Werte-Sets werden sehr stark von diesen drei Faktoren beeinflußt werden. Was sie in einem für den Anfang vertretbaren Rahmen zusammenhalten wird, weil sie alle drei über militärische Sets verfügen. Und sie werden wahrscheinlich begreifen, daß es ein Problem mehrerer Generationen ist, ›die Basis zu verteidigen‹. Aber dein Alpha wird wahrscheinlich weniger zur Kommunikation befähigt sein als der Beta. Deshalb würde ich sagen, daß er als dein Anführer fungiert. Der Beta.«

»Was? Aber der Alpha kann sie überlisten.«

»Als ein Berater. Das ist mein Vorschlag. Aber je klüger der Alpha ist, um so weniger wahrscheinlich ist es, daß seine Anweisungen unmittelbar sinnvoll erscheinen. Er wird so lange dominieren, wie es eine Sache der Azi-Psychosets ist. Aber er wird seine Macht verlieren, wenn die nächste Generation aufwächst. Meinst du nicht? Es sei denn, er ist in höherem Maße sozialisiert als die Beta.«

»Ihnen steht keine Rejuvenilisierung zur Verfügung. Es ist ein hartes Leben. Sie werden zwischen fünfzig und sechzig sterben. Deshalb werden die Kinder nicht viel älter als zwanzig oder so sein, bevor sie sich mit dem begnügen müssen, was sie allein lernen können.«

»Die Anweisungen deiner Beta werden sicher kurzfristiger angelegt sein, weniger abstrakt, verständlicher für die jüngeren.«

»Mein Alpha begründet eine Religion.«

»Gott. Er wird unheimlich gut sozialisiert sein müssen.

Und geradezu ein Machiavellist. Abgesehen davon ist derlei für Azis untypisch.«

»Nur aus praktischen Gründen.«

»Aber, selbst angenommen, er tut es, würden die Kinder die Bedeutung dieser Anweisung wirklich verstehen? Oder würde es nicht bloß auf das Erlernen der Bräuche und Rituale beschränkt? Ein Ritual ist ein sehr unzureichendes Mittel zur Überlieferung, und es wirft seine eigenen Probleme auf. – Ich glaube, wir sollten uns daran machen, dies in Form von Zahlen und Sets aufzuarbeiten und einige solide Daten zu gewinnen, bevor wir uns in Spekulationen verrennen. Ich bin mir nicht sicher, ob dein Alpha sich in irgendeiner Hinsicht gegen die Beta behaupten kann. Wahrscheinlich wirst du praktisch seinen gesamten Input einbüßen. Und vermutlich wirst du in diesem Fall am Ende eine matriarchale Kultur haben – und eine sehr kleine Führungsschicht, wenn die Blutsverwandtschaft eine Rolle spielt. Die Frage ist nur, ob die Verwandtschaft instinktiv oder kulturell bestimmt wird ... Ich mogele dabei etwas, weil ich die Berichte des Amts über Gehenna gelesen habe. Aber die beweisen auch nichts, weil es in der Gehenna-Kolonie ZIVs gab.«

Sie hatte mit Maddy zu Mittag gegessen; und das Neueste über die Auseinandersetzung zwischen Amy und 'Stasi erfahren. Was sie wütend gemacht hatte. »Ich könnte Stef Dietrich umbringen«, sagte Maddy.

»Mach dir keine Mühe«, beruhigte Ari sie. »Ich wette, Yvgenia hat auch schon daran gedacht.«

Meist dachte sie noch über das Problem der Kolonie nach, wenn sie sich mit der Sache zwischen Amy und 'Stasi beschäftigte. *Mein Gott,* dachte sie dabei, *in dem Moment, wo nur noch ZIVs im Spiel sind, drehen alle durch, stimmt's?*

Das Büro war abgeschlossen, als sie zurückkam. Sie wartete eine Weile an der Tür, bis Justin außer Atem eintraf.

»Entschuldigung«, keuchte er und schloß auf. (Mit Hilfe der Basis Eins und des Sicherheitsprogramms 10 hätte sie das zwar selbst tun können, aber das wäre übertrieben gewesen und vom Sicherheitsdienst aufgezeichnet worden. Deshalb ließ sie es.)

»Grant hat drüben in der Soziologie zu tun«, erklärte er. »Er arbeitet für mich an ein paar Unterlagen. Neben unserem Unterricht kriege ich wirklich noch andere Dinge erledigt …«

Er war bei guter Laune. Sie nahm die Tasse Kaffee, die er für sie gekocht hatte, setzte sich, und sie setzten ihr Gespräch fort. »Nehmen wir einmal an«, sagte er, »daß deine sozialisierten Azis, unabhängig davon, ob die Verwandtschaft instinktiv bestimmt wird oder nicht, wahrscheinlich die Kultur der Elterngeneration fortführen wird.«

»Gut möglich«, bemerkte sie.

»Wahrscheinlich werden sie einige Gewissenhaftigkeit darauf verwenden. Denn sie werden ihr einen abstrakten Wert als der Herkunft ihrer Befehle zumessen.«

Sie hatte nie bemerkt, wie er sich auf die Lippe biß, wenn er nachdachte. Es war eine kindliche Angewohnheit, auch wenn er sonst so reif wirkte. Und er roch gut. Fast so wie Ollie. Beinahe so wie Ollie.

Und sie konnte nicht anders, als darüber nachzudenken.

Er und Grant liebten sich. Sie wußte das von dem Tratsch im Haus. Sie konnte es sich nicht vorstellen.

Nur nachts, wenn sie im Dunkeln lag, an die Decke starrte und sich fragte, was sie dazu gebracht hatte und ob sie …

… wirklich etwas für sie empfanden, oder nur die Sorge wegen dem Sicherheitsdienst dafür verantwortlich war, daß er Grant die ganze Zeit bei sich haben wollte. Als brauche er Schutz.

Sie genoß es, ihm nah zu sein. Sie hatte es immer schon genossen.

Endlich wußte sie, was los war. Sie spürte das Fließen so übermächtig werden, daß es alles auf den Kopf stellte, hatte einen Kloß im Hals und überhörte sogar Justins nächste Frage.

»Äh … Entschuldigung.«

»Ich rede von der zweiten Generation. Du gehst von einer matriarchalen Kultur aus.«

Sie nickte. Er machte sich eine Notiz. Tippte auf das Papier. Sie stand auf, um es sich anzusehen, lehnte sich über den Arm seines Stuhls. »Du hättest in der Gemeinschaft ein Instruktionsband einsetzen sollen, um Familienbande aufzulösen. Möchtest du eins dazunehmen?«

»Ich ...«

Er blickte sie über die Schulter an. »Ari?«

»Entschuldigung. Ich war einen Moment mit den Gedanken woanders.«

Er legte die Stirn in Falten. »Stimmt etwas nicht?«

»Äh ... ein paar meiner Freunde haben einen Streit miteinander. Das ist alles. Ich schätze, ich bin ein bißchen kaputt.« Sie betrachtete den Printout. Und spürte Schweiß auf ihren Schläfen. »Justin ... hattest du jemals ... hattest du jemals Schwierigkeiten, weil du so klug bist?«

»Ich denke schon.« Zwischen seinen Brauen erschien wieder eine Furche, und er drehte sich in seinem Stuhl um und stützte sich mit einem Arm auf den Schreibtisch, als er sie ansah. »Ich hab's noch nie so betrachtet, aber ich denke, das war einer der Gründe.«

»Hast du ...« O Gott, es machte ihr Angst. Es konnte schiefgehen. Aber jetzt hatte sie es einmal angefangen. Sie lehnte sich gegen den Stuhl, an ihn. »Hattest auch schon mal Schwierigkeiten, weil du der Älteste warst?« Sie holte Luft und ließ ihre Hand auf seine Schulter gleiten, ehe sie sich auf die Armlehne setzte.

Aber er fuhr so rasch auf, daß sie aufstehen mußte, um nicht zu fallen.

»Ich glaube, darüber solltest du dich besser mit deinem Onkel unterhalten«, sagte er.

Er war nervös. Richtig nervös. Wahrscheinlich, vermutete sie, hatte Onkel Denys ihn wirklich irgendwie gewarnt. Das machte sie wütend. »Denys hat nicht im mindestens zu bestimmen, was ich tun soll«, erwiderte sie, schmiegte sich an ihn und hielt seinen Arm fest. »Justin – in meinem Alter gibt's niemanden, an dem ich interessiert bin. Wirklich niemanden. Ich meine, es tut mir nicht weh, ich gehe mit jedem ins Bett, den ich haben will. Die ganze Zeit.«

»Fein.« Er befreite seinen Arm, drehte sich um und hob einige Unterlagen von seinem Schreibtisch auf. Seine Hände zitterten. »Geh zurück zu ihnen. Ich bin angestellt worden, um dich zu unterrichten, nicht … ah … für irgend etwas anderes.«

Sie hatte Schwierigkeiten, Atem zu schöpfen. Das war eine furchtbare Reaktion. Sie fand es erschreckend, daß ein Mann so auf sie reagierte. Er suchte einfach sein Zeug zusammen und ging zur Tür.

Im selben Moment wurde sie geöffnet, und Grant stand vor ihnen, der mit kleinen Bewegungen seiner Augen alles in sich aufnahm, was er sah.

»Ich gehe nach Hause«, erklärte Justin. »Wir haben heute früher Schluß gemacht. Wie lief das Programm?«

»Gut«, sagte Grant, trat ein und legte das Material auf den Tisch, ignorierte Ari, ignorierte alles, was vorgefallen war.

»Zum Teufel«, rief Ari, und zu Justin: »Ich will mit dir reden.«

»Nicht heute.«

»Was soll das heißen? Schmeißt du mich raus?«

»Ich schmeiße dich nicht raus. Ich gehe nach Hause. Gib uns beiden ein wenig Zeit, um abzukühlen, in Ordnung? Wir sehen uns morgen früh.«

Ihr Gesicht brannte. Sie zitterte sogar. »Ich weiß nicht, was mein Onkel dir gesagt hat, aber *ich* kann etwas herausfinden, was ich ihm erzählen kann, du mußt mich bloß sitzenlassen. Geh raus hier, Grant! Justin und ich reden miteinander!«

Grant ging zur Tür, faßte Justins Arm und schob ihn zur Tür hinaus. »Raus hier«, forderte Grant ihn auf. Und als Justin protestierte: »*Raus!* Geh nach Hause! Sofort!«

Sie hatten die Tür blockiert. Plötzlich hatte Ari Angst – noch mehr, als Grant auf Justin so lange einredete, bis er mit hinausging, und sie allein im Büro zurückließ.

Wenig später kam Grant zurück. Allein. Und schloß wieder die Tür.

»Ich kann den Sicherheitsdienst rufen«, warnte sie. »Rühr mich nur einmal an, und ich schwöre, daß Justin es gewesen ist. Paß bloß auf!«

»Nein«, erwiderte Grant und hob eine Hand. »Nein, junge Sera. Ich bedrohe Sie nicht. Das würde ich nie wagen. Ich bitte Sie nur, mir zu sagen, was passiert ist.«

»Ich dachte, *er* hätte dir alles erzählt.«

»Was ist passiert?«

Sie sog erschrocken Luft ein und lehnte sich gegen den Stuhl zurück. »Ich habe gesagt, die Jungs langweilten mich. Ich sagte, ich wollte herausfinden, ob's mit einem Mann anders ist. Vielleicht hat er mich geschlagen. Vielleicht hat er mich angefaßt. Wer weiß? Sag ihm, er soll sich zum Teufel scheren!«

»Hat er wirklich so etwas gemacht?«

»Er hat alles vermasselt. Ich brauche ihn, damit er mich unterrichtet, und ich habe ihn nur gefragt, ob er mit mir ins Bett gehen will. War das etwa eine Beleidigung?« Verdammt, innerlich tat es ihr weh. Ihr Blick war verschwommen. »Sag ihm, er sollte mich besser unterrichten. Er täte gut daran. Ich brauche ihn, diesen Mistkerl.«

Grant gab sich daraufhin wieder wie ein Azi, und ihr fiel ein, daß er ja tatsächlich ein Azi war, was man bei ihm leicht vergaß; und sie tat etwas Falsches, wenn sie ihn und nicht Justin anschrie; sie hatte eine Lizenz, die ihr Verantwortung übertrug, und dennoch hätte sie ihn am liebsten geschlagen.

»Junge Sera«, sagte er. »Ich werd's ihm sagen. Bitte nehmen Sie's ihm nicht übel. Ich bin mir sicher, daß es kein Problem geben wird.«

»›Es wird kein Problem geben.‹ Zum Teufel!« Sie überlegte, wie es wäre, Tag für Tag mit ihm zu arbeiten, schüttelte den Kopf und geriet außer sich. »Verdammt!« Als ihre Augen sich mit Tränen füllten. Sie drückte sich von dem Stuhl ab und ging zur Tür, aber Grant hielt sie auf, indem er sich ihr in den Weg stellte. »Laß mich durch!«

»Junge Sera, bitte. Gehen Sie nicht zum Sicherheitsdienst.«

»Ich habe nie darum gebeten. Ich habe nur höflich eine Frage gestellt.«

»*Ich* werde alles tun, was Sie wollen, junge Sera. Jederzeit. Ich habe nichts dagegen. Hier, wenn Sie wollen. Oder in Ihrem Apartment. Sie müssen mich nur fragen.«

Grant war groß, sehr groß. Sehr ruhig und sanft, als er einen Arm ausstreckte und ihre Hand faßte. Und zwischen ihr und dem Schreibtisch war nur wenig Platz. Sie wich dagegen zurück, und ihr Herz hämmerte wild.

»Wollen Sie es, junge Sera?«

»Nein«, erwiderte sie, als sie wieder zu Atem gekommen war.

Und so meinte sie es auch, denn er war zu alt, zu fremd, zu kalt.

»Die Sera ist kein Kind mehr. Die Sera hat genug Macht, um zu bekommen, was sie will, mit welchen Mitteln auch immer. Die Sera sollte besser lernen, sich über das klarzuwerden, was sie will, bevor sie mehr bekommt, als sie erwartet hat. Verdammt, Ihretwegen hat er seinen Vater verloren, seine Freiheit und seine Arbeit. Was wollen Sie noch?«

»Laß mich gehen!«

Schließlich gehorchte er. Er verbeugte sich einmal knapp, ging und öffnete die Tür.

Sie merkte, daß sie zitterte.

»Jederzeit, junge Sera. Ich stehe immer zur Verfügung.«

»Sprich nicht in einem solchen Ton mit mir!«

»Was immer die Sera wünscht. Bitte kommen Sie morgen. Ich verspreche es Ihnen – niemand wird die Sache je zur Sprache bringen, wenn Sie's nicht tun. Niemals.«

»Zum Teufel!«

Sie ging hinaus, durch den Flur. Ihre Brust schmerzte. Alles tat ihr weh.

Als sei der Teil von ihr, der sie selbst und nicht Ari senior war – einfach zusammengebrochen.

Ich verliebe mich so oft wie jeder normale Mensch. Ich habe alles gegeben, was ich kann. Und ich erfahre Abneigung. Echten Haß.

... isoliert von meinesgleichen ...

Sie atmete durch, erreichte den Aufzug, trat ein und drückte den Knopf.

Sie weinte nicht. Nein. Sie wischte sich vorsichtig ihre Lippen mit dem Finger ab, versuchte ihre Make-up nicht zu verschmieren und war sehr gefaßt, als sie unten in den Flur trat.

Sie wußte, was die erste Ari ihr sagen würde. Sie hatte es immer wieder gelesen. *Nun gut, Ari senior, du hattest recht. Ich habe mich einmal wie eine Idiotin benommen. Das wird kein zweites Mal passieren. Was jetzt?*

V

Grant ging in das Kämmerchen des Ruheraums im zweiten Stock und fand Justin am Waschbecken, wo er sein Gesicht wusch. Im flackernden Licht, über das sich die Leute im zweiten Stock seit einer Woche beschwerten, perlte Wasser von seiner blassen Haut. »Sie ist nach Hause gegangen«, sagte Grant, und Justin zog ein Handtuch aus dem Regal und verhüllte damit sein Gesicht.

»Was hat sie gesagt?« fragte er. »Und was hast du gesagt?«

»Ich habe ihr einen zweideutigen Antrag gemacht«, sagte Grant. »Ich glaube, so kann man's nennen.«

»Mein Gott, Grant ...«

Grant riß sich zusammen, blieb so ruhig er konnte, trotz des Gefühls in seinem Magen. »Die junge Sera brauchte etwas anderes zum Nachdenken. Sie hat es abgelehnt. Ich war mir nicht sicher, ob sie das tun würde. Überflüssig zu erwähnen, daß ich erleichtert war. Eine überraschend schnelle Entscheidung für die junge Sera. Ich war mir so sicher, du würdest für eine Stunde sicher sein.«

Justin warf das Handtuch in den Wäschekorb und verschränkte die Arme vor der Brust. »Mach keine Witze. Das ist nicht lustig.«

»Geht's dir gut?«

»Ich habe Flashbacks. O Gott, Grant, ich … *Verdammt!*«

Er fuhr herum, schlug mit der flachen Hand gegen die Wand und lehnte sich dagegen, steif, schwer atmend, in dieser Haltung, die unmißverständlich zu verstehen gab, daß er nicht angefaßt werden wollte.

Aber Grant hatte das früher schon ignoriert. Er ging zu ihm, drehte ihn um und schloß ihn in die Arme, hielt ihn einfach fest, bis sich sein Atem beruhigt hatte.

»Ich … ich habe mein Gefühl dafür verloren, wo ich war«, erzählte Justin schließlich zwischen zwei kläglichen Versuchen, nach Luft zu schnappen. »Gott, ich bin einfach – abgetrieben. Ich konnte es nicht steuern. Sie ist – Gott weiß was. Gott weiß, was ich gesagt habe. Ich bin einfach durchgedreht … sie …«

»… sie *brauchte* ein klares Nein. Das ist zweifellos eine neue Erfahrung für sie. Beruhige dich. Vorbei ist vorbei.«

»Dabei ist sie noch ein Kind! Ich hab's ihr einfach nicht schonend beibringen können, es ging nicht, ich konnte bloß …«

»Als ich hereinkam, hast du auf freundliche und zivilisierte Weise zu verstehen gegeben, daß du nicht willst. Die junge Sera erkennt einfach nicht an, daß dir das zusteht. Vielleicht ruft sie den Sicherheitsdienst an, und vielleicht zeigt sie dich an, ich weiß es nicht. Aber wenn sie's tut, hast du einen Zeugen, und ich scheue mich nicht, mich mit einer Psychosonde verhören zu lassen. Ich habe ihr höflich vorgeschlagen, darüber nachzudenken, welchen Ärger sie verursacht hat, und sie gebeten, morgen mit etwas zivilisierterem Benehmen hier zu erscheinen – zu einem Zeitpunkt, da *ich* hiersein werde; und das werde ich von nun an immer, das versichere ich dir.« Er schob Justin eine Armlänge von sich. »Sie ist sechzehn. Wenn man eure Persönlichkeiten nicht berücksichtigt, ist sie jetzt die Verführte – sogar ein Jahr jünger, als du es warst. Zwar in jeder Hinsicht sehr viel erfahrener, aber ohne … ohne das Benehmen einer Erwachsenen. Habe ich recht? Sie hat keine Ahnung, womit sie es zu tun hat. Nicht mehr, als das bei dir der Fall war.«

Justin blinzelte. Ein flüchtiger Gedanke, Grant kannte den Blick. »Geh zurück ins Büro.«

»Und was hast du vor?«

»Ich werde jemanden anrufen.«

»Denys?«

Justin schüttelte den Kopf.

»Großer Gott«, stöhnte Grant. Und hatte dabei das Gefühl, als wanke der Boden unter seinen Füßen. »Das meinst du doch nicht ernst.«

»Ich geh allein, wenn sie mich sehen will. Was zum gegenwärtigen Zeitpunkt alles andere als wahrscheinlich ist.«

»Nein. Hör auf mich! Tu das nicht! Wenn du einen Flashback hast – um Gottes willen, laß es sein!«

»Ich werde die Sache klarstellen. Ein für allemal. Ich werde ihr erzählen, was passiert ist …«

»Nein!« Grant packte seinen Arm und hielt ihn eisern fest. »Die Administration wird dich einen Kopf kürzer machen – *hör mir zu!* Selbst wenn du sie auf deine Seite ziehst, hat sie nicht die Autorität, dich zu beschützen. In Wirklichkeit hat sie nichts. Nicht innerhalb dieser Mauern.«

»Was sollen wir denn sonst machen? Was tun wir, wenn sie uns festnehmen und wegen einer aus den Fingern gesaugten Vergewaltigung anklagen – was passiert, wenn wir nach Reseunes Gesetz drüben in der Klinik im Gewahrsam landen? Dafür brauchen sie nur eine Aussage von ihr …«

»Und du gehst rüber in ihr Apartment und redest mit ihr. Das ist doch nicht dein Ernst.«

»Nicht in ihr Apartment. Ich glaube, das könnte ich nicht aushalten. Irgendwo anders werde ich sie treffen.«

VI

Justin trank einen Schluck Scotch, als der Kellner des *Changes* die drei an ihren Tisch brachte – Ari in einer eisgrünen Bluse mit metallisch grauer Perlenstickerei, Florian und Catlin in abendlichem Schwarz.

Ein Abend im *Changes* war eine Gelegenheit, zu der man sich in Schale warf. Er und Grant hatten es auf sich genommen, ihre besten Sachen anzuziehen. Anzughemden und Jackets.

»Danke«, sagte Ari, als der Kellner ihr den Stuhl zurückzog. »Wodka mit Orangensaft für uns drei, bitte.«

»Ja, Sera«, murmelte der Kellner. »Wünschen Sie zu speisen?«

»Später«, sagte Justin. »Wenn du erlaubst, Ari.«

»Ist mir recht.« Sie machte es sich auf dem Stuhl bequem und verschränkte ihre Hände auf dem Tisch.

»Danke, daß du gekommen bist«, begann Justin, sobald der Kellner gegangen war. »Ich muß mich für diesen Nachmittag entschuldigen. Für Grant und mich. Es war mein Fehler. Nicht deiner. Nicht im mindesten.«

Ari rückte auf ihrem Platz hin und her, preßte die Lippen zu einer schmalen Linie aufeinander und sagte kein Wort.

»Hat dein Onkel Denys dich angerufen?«

»Hast du ihn denn angerufen?«

»Nein. Ich glaube nicht, daß er hören will, was passiert ist. Ich weiß nicht, in welchem Ausmaß er dir etwas anhaben kann ...«

»Nur insofern er der Administrator ist«, erklärte Ari. »Er kann nichts gegen mich ausrichten.«

»Das wußte ich nicht genau.« Er sah den Kellner mit den Drinks kommen und schwieg, während serviert wurde.

Ari nippte an ihrem und seufzte. »Auf wessen Rechnung geht das?«

»Auf meine«, erwiderte Justin. »Trink ruhig.« Als der Kellner sich diskret zurückzog. Es war eine intime Ecke, sehr intim: Der beträchtliche Aufschlag auf die Rechnung stellte das sicher. »Zuerst möchte ich dir versichern, daß ich ohne Abstriche bereit bin, weiterhin mit dir zu arbeiten. Ich muß dir gestehen, daß deine Arbeiten noch voller Probleme stecken. Aber es ist keine sinnlose Übung, sich mit ihnen zu beschäftigen. Du hast einige Ideen, die im Moment noch recht unausgereift sind. Ich weiß noch immer nicht, in welchem Ausmaß du das der Realität – oder den Aufzeichnungen deiner Vorgängerin entlehnt hast. Auch wenn es sich in nennenswertem Ausmaß auf vorhandenes Material stützt – wäre es bemerkenswert genug, daß ein so junger Mensch überhaupt solche Integrationen zustandebringt. Wenn irgendein Teil davon auf deinen eigenen Gedankengängen beruht – muß ich gestehen, daß ich beeindruckt bin; denn es steckt etwas drin, das ich, wenn ich schneller vorankäme und nicht Zeit damit verwenden würde, dir deine Probleme zu erläutern, in die Forschung einbeziehen würde, weil ich glaube, daß es ein hilfreiches Modell ist.«

»Das kannst du machen, wenn du magst.« Kein bißchen gehässig. Sondern vernünftig. Ruhig.

»Vielleicht werde ich beides tun. Mit deiner Erlaubnis. Ich fürchte nämlich, daß es geheim ist.«

»Grant könnte es machen.«

»Könnte er. Mit deiner Erlaubnis. Und Yannis. Wir arbeiten für ihn.«

»Weil ihr euch nicht versetzen lassen wollt. Ich kann's immer noch machen.«

Das hatte er nicht erwartet. Er trank etwas Scotch. Und war sich Grant an seiner Seite bewußt, der jeden Fehler ausbaden würde, den er machte. »Ich hätte nicht gedacht«, sagte er, »daß du das nach der Szene heute nachmittag in Erwägung ziehst.«

Das Thema wechseln. Eine andere Richtung einschlagen.

Sie nippte an ihrem Wodka mit Orangensaft. Sechzehn Jahre alt und so zerbrechlich – physiologisch gesehen. Mit Gefühlen, die der Alkohol betäuben oder aufputschen konnte. Denken im Flux in seiner reinsten Ausprägung, war

Grant versucht zu sagen. Die Pubertät; Hormone, die verrückt spielten, und Äthylalkohol.

O Gott, Kind, halt dich zurück! Du tust mir keinen Gefallen damit.

Macht. Politische Macht, die noch immer in Schockwellen die Union durcheilte; angedrohte Anschläge. Und der ganze Stress, von dem das begleitet wurde.

»Ich bin froh, daß du darüber reden möchtest«, sagte Ari nach einem leichten Seufzer, der dem Wodka folgte. »Denn ich brauche dich. Ich studiere gerade die Notizen meiner Vorgängerin über Kath. Ich weiß gewisse Dinge. Und ich habe mit Denys darüber gesprochen, das Zeug zu veröffentlichen. Alles zu organisieren. Ich sagte, ich möchte, daß du das machst, aber er hatte etwas dagegen. Zum Teufel, meinte ich dazu.«

»Ari, du sollst nicht fluchen.«

»Entschuldigung. Aber das habe ich gesagt. Ich hätte mich auch hinsetzen und sagen können, daß ich nichts unternehmen werde. Aber es ist politisch gesehen von großem Nutzen, wenn das Amt es jetzt verbreitet. Eine Art Beweis dafür, daß es mich wirklich gibt. Deshalb wirst du ziemlich bald erfahren, was von mir und was von Ari ist. Ich kann dir noch etwas verraten, was du sicher schon vermutet hast: Nicht alle Notizen gehen raus. Einige sind nicht abgeschlossen. Und andere sind geheim.« Sie nahm noch einen Schluck. Der Pegel im Glas nahm kaum ab. »Ich habe darüber nachgedacht. Ich habe mir wirklich den Kopf darüber zerbrochen. Und ich habe ein Problem, weil du derjenige bist, der an Tiefensets arbeitet, der mir die Dinge beibringen kann, die ich wirklich brauche … Gut, Giraud ist sehr klug; aber er ist nicht derselben Sache auf der Spur. Überhaupt nicht. Ich möchte mich gar nicht mit dem beschäftigen, was er macht. Denys ist intelligent. Er arbeitet sehr kurzfristig und in Echtzeit. Willst du die Wahrheit wissen? Giraud ist nicht wirklich eine Sonderperson. *Irgend jemand* mußte es sein, um etwas von dem Schutz zu gewährleisten, den Reseune damals brauchte. Eigentlich ist es Denys; aber er wollte es nicht; das hätte ihn zu bekannt gemacht. Deshalb arrangierte er es so, daß Giraud den Status zugesprochen bekam.«

Er starrte sie an und fragte sich, ob es stimmte, ob es überhaupt sein konnte.

»Es steht in Aris Notizen«, fuhr sie fort. »Jetzt weißt du etwas über Denys. Aber ich würde dir nicht empfehlen, es ihm zu sagen. Er würde sich über mich aufregen, weil ich's dir verraten habe. Aber das ist der Grund, warum du vorsichtig sein solltest. Ich habe jahrelang von Onkel Denys gelernt. Ich lerne immer noch von ihm. Aber eigentlich möchte ich an Makro- und Werte-Sets arbeiten. Du bist der einzige, der an den Dingen arbeitet, die Ari von mir erwartet hat. Ich höre auf sie.«

»Du hörst auf sie …?«

»Ihre Notizen. Sie hatte mir viel zu sagen. Eine Menge Ratschläge. Manchmal höre ich nicht auf sie, und das tut mir sehr leid. Wie heute nachmittag.«

»Steht … über mich etwas in den Notizen?«

»Ein paar Sachen über dich schon. Daß sie Jordan überredet hat, ein PR zeugen zu lassen. Daß sie und Jordan sich oft über das Problem des Bok-Clons und über die Psyche eines PRs unterhalten haben, der mit seinem Elternteil unmittelbaren Kontakt hat – und einem wie den Bok-Clon, bei dem das nicht der Fall ist. Es sind interessante Sachen. Du kannst sie lesen, wenn du willst.«

»Würde mich interessieren.«

»Auch was über Grant. Ich kann's dir zeigen. Sie werden es nicht in die Notizen fürs Amt aufnehmen, weil sie nicht wollen, daß etwas über dich drinsteht. Weil dein Vater es nicht will, sagt Onkel Denys.«

Er nahm einen Mundvoll Scotch, aus dem Gleichgewicht gebracht, und wußte, daß sie ihn soweit gebracht hatte, Schritt für Schritt.

Sie ist überhaupt kein Kind. Wach auf, du Idiot! Denk daran, mit wem du es zu tun hast. Du hast achtzehn Jahre lang geschlafen.

Wach auf!

»Ihr seid wohl nicht unbewaffnet hergekommen«, sagte er. »In beider Hinsicht nicht, könnte ich mir vorstellen.«

Bis auf einen kurzen, aber intensiven und direkten Augenkontakt ignorierte sie die Bemerkung. »Warum magst du mich nicht, Justin?« fragte sie. »Hast du Schwierigkeiten mit Frauen?«

Ein zweites Mal geriet er schwer aus dem Gleichgewicht. Und dann zog er aus seinem Zorn einen gewissen Nutzen, eine gewisse Beharrlichkeit, noch bevor er Grants Berührung an seinem Knie spürte. »Ari, ich bin in dieser Diskussion in einer ungünstigen Lage, denn du bist erst sechzehn.«

»Chronologisch.«

»Emotional auch. Du solltest diesen verdammten Wodka nicht trinken.«

Das regte sie etwas auf. »Das hält mich ruhig. Das hält mich davon ab, mich mit Idioten zu langweilen. Betrunken bin ich genauso ein Schwachkopf wie jeder andere.«

»Da irrst du dich.«

»Du bist nicht meine Mutter.«

»Möchtest du darüber reden?« Um dem anderen Thema auszuweichen. »Das kann ich mir nicht vorstellen. Da sieht man, was das Zeug mit dir macht.«

Sie schüttelte den Kopf. »Nein. Schlag mich deswegen, wenn du willst. Ich hab's dich wissen lassen. Deshalb bist du so nett zu mir. Reden wir wieder über die andere Sache. Ich will nur eine klare Antwort – weil du so nett bist. Ist es, weil ich eine Frau bin, die klüger ist als du, oder liegt es daran, daß du meine Gegenwart nicht aushältst?«

»Du suchst Streit, was? Dafür bin ich nicht hergekommen.«

Nochmals schüttelte sie den Kopf. »Ich bin sechzehn, denk daran. Ari meinte, die Pubertät sei die Hölle. Sie sagte, daß man immer einen Freund verliert, wenn man eine Beziehung mit einem ZIV eingeht. Weil Menschen es nicht mögen, wenn man ihnen so nah ist. Unter keinen Umständen. Sie sagte, ich würde ZIVs nie verstehen. Ich möchte –

zu meiner eigenen Erziehung – einmal jemanden haben, der mir erklärt – warum du mich nicht magst.«

Der Geruch von Orangensaft. Eines moschusartigen Parfüms.

Das reicht schon aus, Liebling. Besser kann's nicht sein.

O Gott, Ari.

Er schnappte nach Luft. Spürte seine Panik, den betäubenden Griff um sein Handgelenk.

»Sera«, sagte Grant.

»Nein«, widersprach Justin ruhig. »Nein.« Weil er über die Frau vor achtzehn Jahren mehr wußte, als er in dieser Nacht und all den Jahren darauf gelernt hatte.

Und er zeigte die Reaktion, zu der sie ihn präpariert hatte, so wie sie ihn von jener Zeit an auf sich fixiert hatte …

»Deine Vorgängerin«, erklärte er ruhig und zivilisiert, »hatte eine Vorliebe für halbwüchsige Jungen. So wie ich damals einer war. Sie hat mich erpreßt. Meinen Vater auch. Sie hat Grant damit gedroht, Programme an ihm zu testen – an einem Alpha, der wie ein ZIV aufgezogen wurde. Vor allem, glaube ich – um mich in die Hände zu bekommen, auch wenn ich es damals nicht verstand. Nichts davon – absolut nichts – ist deine Schuld. Das weiß ich. Sagen wir, ich habe, als ich etwa in deinem Alter war, einen Fehler gemacht, als ich glaubte, ich könnte mit dieser Situation klarkommen. Sagen wir, daß ich einen gewissen Widerwillen empfinde, wenn sich mir ein Mädchen nähert, das jünger ist, als ich es damals war, ganz gleich, ob du ihr Gesicht und ihre Stimme hast und ihr Parfüm trägst. Es hat nichts mit dir zu tun. Es hat etwas damit zu tun, was sie getan hat. Ich würde dir die Einzelheiten lieber ersparen, aber das sollte ich wohl nicht. Sie hat ein Band aufgenommen. Soweit ich weiß, müßte es in deinem Apartment sein. Vielleicht kann's dir auch dein Onkel geben. Wenn du es angesehen hast, hast du alles, was du brauchst, um mich fertigzumachen. Aber das macht nichts. Das trifft auf andere Leute auch zu. Das hat wirklich nichts mit dir zu tun.«

Ari saß lange Zeit da, die Ellbogen auf dem Tisch. »Warum hat sie das gemacht?« fragte sie schließlich.

»Das müßtest eher du wissen. Viel eher als ich. Vielleicht weil sie starb. Sie litt unter einer fehlgeschlagenen Rejuvenilisierung, Ari. Sie hatte Krebs; und sie war hundertzwanzig Jahre alt. Weshalb sie sich keine Hoffnungen machen konnte.«

Das hatte sie nicht gewußt. Für ein PR war das ein gefährliches Wissen – die zeitlichen Begrenzungen im Genset.

»Es gab äußere Einflüsse«, erklärte Justin. »Cyteen war seinem ursprünglichen Zustand näher, als sie jung war. Sie hatte irgendwann in ihrem Leben etwas ungefilterte Luft eingeatmet. Daran wäre sie gestorben.«

Sie klemmte ihre Lippe zwischen die Zähne. Keine Feindseligkeit jetzt. Keine Gegenwehr. »Danke, daß du's mir gesagt hast.«

»Trink aus«, sagte er. »Ich gebe dir noch einen Drink aus.«

»Ich wußte, wann sie gestorben ist. Aber nichts von dem Krebs.«

»Dann verraten dir deine Notizen nicht alles. Aber ich werde es tun. Frag mich wieder, wenn ich bereit bin, mich versetzen zu lassen.«

»Willst du?«

»Frage Grant.«

»Was immer Justin sagt«, sagte Grant.

VII

»Wir haben einen Kontaktmann«, berichtete Wagner auf dem Weg von der Bibliothek zum Staatsamt, »im Wartungsstab in Planys. Geld zählt, nicht das Gewissen.«

»Ich möchte das nicht hören«, sagte Corain. »Und ich möchte nicht, daß Sie davon gehört haben. Halten wir das sauber.«

»Ich hab's nicht gehört und Sie auch nicht«, stimmte Wagner zu. Eine untersetzte Frau mit mandelförmigen Augen und gelocktem schwarzen Haar, die Stellvertreterin der Rechtsabteilung in Bürgeramt, komplett mit Aktentasche und konservativem Kleid. Ein kleiner Spaziergang von der Bibliothek aus, wo beide sich zufällig getroffen hatten – was natürlich arrangiert worden war. »Nehmen wir an, unser Mann arbeitet im Laborbereich. Nehmen wir an, er redet mit Warrick. Zeigt ihm Bilder der Kinder – verstehen Sie? Damit sich Warrick aufgeschlossener zeigt.«

»Wir reden über das, was passiert ist.«

»Wir reden über das, was passiert ist. Ich glaube nicht, ob Sie etwas über die ganze Kette der Kontaktleute wissen wollen ...«,

»Nein. Verdammt, ich will wissen, ob Warrick ansprechbar ist.«

»Er ist über ein Jahr lang streng abgeschirmt worden. Er hat einen Sohn, der noch immer in Reseune festgehalten wird. Er ist das Druckmittel.«

»Ich erinnere mich an den Sohn. Wie ist er?«

»Ganz anders als er. Eine Unperson, soweit unsere Kenntnisse reichen, nur eine aktive PR ZIV-Nummer. Die Verteidigung weiß sehr viel mehr über ihn. Ein Doppelgänger für Papa, das steht fest. Aber offensichtlich haben weder Warrick senior noch junior Reseune genug unter Druck gesetzt, um für den Sohn eine Reiseerlaubnis zu erhalten. Er ist fünfunddreißig. Staatsangehöriger Reseunes. Reseune hat für ihn, als er nach Planys kam, derartige Sicherheitsvorkehrungen getroffen, daß man den Eindruck hatte, es handele sich um den Vorsitzenden. Es gibt auch einen Azi. Einen Alpha – erinnerst du dich an das Massaker der Abolitionisten drüben in der Nähe von Big Blue?«

»Der Winfield-Fall. Ich erinnere mich dran. Hatte etwas mit Emorys Ermordung zu tun. Das war einer der Streitpunkte zwischen Warrick und Emory.«

»Was Warrick angeht, ist er ein Pflegekind. Sie lassen ihn nicht aus Reseune raus. Wir können überhaupt keine Daten über ihn gewinnen, nur daß er am Leben ist, mit Warricks Sohn zusammenlebt und Warrick ihn noch immer als Teil der Familie betrachtet. Ich kann Ihnen das ganze Dossier geben.«

»Nicht mir! Das bleibt tieferen Ebenen vorbehalten.«

»Na also, Sie haben verstanden.«

»Aber Sie können an Warrick rankommen.«

»Ich glaube, er kann mit seiner Situation nicht mehr unzufriedener sein. Wie lang geht das schon so, achtzehn Jahre? Er arbeitet an Projekten für die Verteidigung; aber Reseune hält zwischen ihm und denen eine dichte Barriere aufrecht, durch die nichts dringen kann. Den Arbeiter an den Luftsystemen hatten wir für achtzehn Monate, so ungefähr. Sie müssen verstehen, Ser, daß Reseune äußerst gründliche Sicherheitsvorkehrungen trifft. Aber andererseits haben sie's auch nicht mit einem gewöhnlichen Häftling zu tun. Sondern mit einem Psycho-Operateur. Einem Kliniker. Eine schwierige Sache, könnte ich mir vorstellen, eine Wache zu finden, die gegen ihn immun ist. Die Frage ist, ob wir jetzt etwas unternehmen oder abwarten. Das sollte ich Sie von Gruen fragen.«

Corain nagte an seiner Lippe. Zwei Monate waren seit der Wahl fürs Verteidigungsamt vergangen, und die Ergebnisse mochten sich als eine Zeitbombe entpuppen ...

Jacques würde Khalid wahrscheinlich den Sitz fürs Verteidigungsamt wegschnappen und sehr wahrscheinlich Gorodin zum Minister ernennen.

Aber Jacques' Position wurde schwächer. Von den Kriegstreibern in der Verteidigung schlug ihm ein strenger Wind entgegen – und es kursierten hartnäckige Gerüchte über Gorodins Gesundheitszustand – und Gegenbehauptungen, daß Khalid, der schon früher mit solchen Gerüchten in Verbindung gebracht worden war, erneut ihr Ursprung war.

Aber Khalid *konnte* gewinnen: Die Zentristen-Partei hätte Khalids konservativen Flügel gern ausgeschlossen – aber sie konnte die Möglichkeit in keiner Planung unberücksichtigt lassen. Der Kompromiß, Jacques als Rat und Gorodin als Minister einzusetzen, den Corain mit Nye, Lynch und den Expansionisten ausgehandelt hatte – war Corain von allen denkbaren Umständen am liebsten, wenn die Gerüchte zutrafen und Gorodins Gesundheit nachließ, denn Gorodin war der Anteil der Expansionisten an der Vereinbarung.

Warten – und hoffen, daß ein neuer Einfluß in den Kreisen der Militärs es ihnen ermöglichen würde, *mit* der Verteidigung zu arbeiten, um an Warrick in Planys heranzukommen; oder auf ihre Weise weiterzumachen und sich auf ihre eigenen Möglichkeiten zu verlassen. Und einen Riesenskandal zu riskieren. Das war das Problem.

Wenn Khalid wieder gewann – würde er sich daran erinnern, daß seine eigene Partei die Herausforderung um seinen Sitz unterstützt hatte. Dann würde er niemandem mehr einen Gefallen tun.

Dann konnte er wirklich zu einem sehr gefährlichen Mann werden.

»Ich glaube, wir sollten jetzt den Kontakt suchen«, meinte Corain. »Seien Sie bloß um Gottes willen vorsichtig. Ich möchte nicht, daß irgendwelche Spuren aufs Amt hindeuten, haben Sie verstanden?«

VIII

»Ich hatte das gar nicht vor«, erklärte Justin und warf den Koi ein Stück Brot zu. Diesmal schoß der Goldene an die Oberfläche und erwischte es, während der Weiße unter einem Lotosbüschel lauerte. »Ich hatte es nicht geplant. Es lag nur daran, daß sie kurz davor war, das mit dem Band herauszufinden, stimmt doch, oder? Eines Tages. Dann besser jetzt – solange sie noch naiv genug ist, um schockiert zu sein. Gott hilf uns – wenn's sich anders verhält.«

»Ich fühle mich viel sicherer«, sagte Grant, »seit du dich dazu entschlossen hast.«

»*Ich* nicht, verdammt, ich hatte kein Recht, das ohne Warnung zu tun – aber ich war in die Enge gedrängt, es lag an dem Augenblick – es war die einzige Gelegenheit, die andere Situation klarzustellen …«

»Wegen dem Band?«

»Siehst du, du verstehst mich.«

»Ich verstehe nur, daß wir es mit der aggressivsten Persönlichkeit zu tun haben, der ich je begegnet bin. Nicht einmal Winfield und seine Leute haben einen derartigen Eindruck bei mir hinterlassen. Um dir die Wahrheit zu sagen: Ich habe mich früher schon gefürchtet. Vor Winfield zum Beispiel. Oder den Sicherheitskräften, die mich dort rausgeholt haben – ich habe gedacht, sie würden mich vielleicht umbringen, weil so ihre Befehle lauten mochten. Ich habe zu analysieren versucht, wie ich die Situation erlebte, als ich das Büro betrat, das Fließen war in mir in diesem Moment so extrem … ich kann's nicht genau beschreiben. Ich weiß nur, daß dieses Mädchen etwas … so Gewalttätiges an sich hatte … daß es mir schwerfiel, ohne Fließen zu reagieren.« Grants Stimme war klinisch, kühl, weich und präzise, so wie immer, wenn er vernünftig nachdachte. »Aber in diesem Moment mag mein Eindruck etwas mit meinem eigenen Adrenalinspiegel zu tun gehabt haben – und der Tatsache, daß das Mädchen nun einmal eine Aufseherin ist. Vielleicht habe ich mich über die Ebene geirrt, über die ich wahrgenommen habe.«

»Nein. Du hast ganz recht. Ich habe versucht, mir ein bestimmtes Bild von ihr zu machen … insgeheim. Ebenso wie es ihre Vorgängerin mit mir tat. Die Auswahl, die sie in ihrem Modell trifft, die Dinge, die sie tun würde, wenn sie an dem Gehenna-Szenario beteiligt wäre – sie ist ungeheuer aggressiv und auf ihren eigenen Schutz bedacht. Ich habe ihre Verhaltens-Phasen graphisch dargestellt – den Menstruations-Zyklus, die Hormonschübe –, und ich kann allenfalls vermuten, daß sie momentan durch die Hormone völlig ins Fließen geraten ist; ich habe mir die Tabellen und Graphiken im*mer* mit ihr gemeinsam angesehen. Aber das erklärt nicht alles.« Er brach noch ein Stück Brot ab und warf es dahin, wo der gefleckte Koi es erwischen konnte. »Zumindest hätte das bei ihrer Vorgängerin nicht alles erklärt. Ihr Verstand ist brillant. Wenn er ins Fließen gerät, verfallen die analogen Funktionen in wilde Spekulationen – und die Unterseite des Fließens integriert höllisch. Ich hab's beobachtet. Mehr noch, sie hat die ganze Flux-Matrix-Theorie *selbst entwickelt;* meinst du, sie verstünde ihre Zyklen nicht? Und benutzte sie gleichzeitig? Die *junge* Ari aber hat mir etwas begreiflich gemacht, das ich hätte sehen müssen – daß wir andere Menschen mit einer Präzision behandeln, an der es uns selbst mangelt … Ari hat Schwierigkeiten mit Ego-Definitionen. Bei einem PR ist das die Regel, das weiß ich nur zu gut; und es kann nur schlimmer werden für sie. Deshalb habe ich um die Versetzung gebeten.«

»Um sie an uns zu binden?«

Er atmete einige Male tief durch. Blinzelte rasch, um das Gesicht der älteren Ari zu vertreiben, die Erinnerung an ihre Hände auf ihm.

»Sie ist jetzt verwundbar«, brachte er mühsam hervor. »Sie sucht nach einem Zeichen der menschlichen Rasse – auf dem Niveau, auf dem sie lebt. Diesen Eindruck habe ich gewonnen – daß sie in diesem Augenblick so offen war wie ich – damals. Deshalb habe ich mir die momentane Bande zunutze gemacht. Das waren meine Gedanken. Weil sie derart auf ihren Schutz bedacht ist, gab es vielleicht nur diese eine Gelegenheit in diesem Moment – in diesen zwei Sekunden.« Er schauderte, ein kleines, unwillkürliches Zucken im Nacken. »Gott, ich hasse Echtzeit-Arbeit.«

»Nur weil du sie haßt«, meinte Grant, »bedeutet das nicht, daß du nicht gut darin warst. Ich sage dir, was diese Azi befürchtet – daß sie es *bereuen* würde, wenn einem von uns etwas zustieße. Ich glaube nicht, daß das auf einen ZIV zuträfe. Wenn sie jemals auf meinen Vorschlag zurückkommt … Nein«, sagte er, als Justin zu einem Einwand ansetzte, und hob einen Finger. »Erstens glaube ich nicht, daß sie's tut. Und zweitens: wenn doch – dann verlaß dich darauf, daß ich damit fertig werde. In Ordnung?«

»Es ist nicht in Ordnung.«

»Nein, aber du hältst dich zurück: Du gibst ihr Rätsel auf, und verlaß dich drauf, daß ich das auch tue. Ich glaube, du hast ganz recht. Rätsel regen den Intellekt an – und ich würde viel lieber auf einer rationalen Ebene mit ihr zu tun haben, das kann ich dir versichern. Wenn du uns in der einen Hinsicht deinem Urteil unterwerfen kannst – verlaß dich auch auf meines, und gib mir keinen Anlaß zur Sorge. Ich hätte mich nicht halb so auf das Fließen eingelassen, wenn ich nicht sicher gewesen wäre, daß du ins Büro zurückkommen und gleich dort alles platzen lassen würdest. Ich kann nicht denken und meine Flanke decken, wenn du beteiligt bist. In Ordnung? Versprich mir das!«

»Verdammt, ich kann ein verzogenes Kind nicht …«

»Doch. Das kannst du. Weil ich in der Lage bin, selbst auf mich aufzupassen. Und in manchen Dingen bin ich besser als du. Nicht in vielen. Aber hierbei schon. Erlaube mir meine kleine Überlegenheit. Du kannst bei allem anderen besser sein.«

Er blickte Grant lange Zeit starr an, ein Gesicht, in dem sich mit den Jahren Spannungen abgezeichnet hatten, denen Azis normalerweise nicht ausgesetzt waren. Er hatte ihm das zugefügt. Und das Leben unter ZIVs.

»Abgemacht?« fragte Grant. »Sei nicht so, verlaß dich auch mal auf mein Urteil. Ich verlasse mich auf deins, was die Versetzung angeht. So können wir beide über etwas beunruhigt sein. Wie sehr vertraust du mir?«

»Es steht nicht zur Debatte, ob ich *dir* vertraue.«

»Doch. Genau das steht zur Debatte. Azi an Aufseher … hörst du mich?«

Er nickte schließlich. Denn was immer Ari auch tun konnte – er jedenfalls konnte ihn verletzen.

Er log natürlich. Vielleicht wußte Grant das auch.

IX

»Es gibt ein Band«, hatte Ari in seinem Büro zu Denys gesagt und ihm erklärt, welches Band sie meinte.

»Wie hast du davon erfahren?« hatte er gefragt.

»Über meine Basis.«

»Das hat also nichts mit dem Essen im *Changes ge*stern abend zu tun?«

»Nein«, antwortete sie ohne ein Wimpernzucken. »Wir haben über kulturelle Emanzipation geredet.«

Denys haßte Scherze, wenn er etwas ernst meinte. Das hatte er schon immer. »In Ordnung«, sagte er und zog ein finsteres Gesicht. »Ich will's dir auf keinen Fall vorenthalten.«

So ließ er es von Seely holen. Und riet ihr: »Benutze bloß kein Kath, wenn du dir das hier ansiehst, setze Florian und Catlin dem nicht aus, und laß es, um Gottes willen, nirgendwo liegen, wo ein anderer es finden kann.«

Sie hatte sich überlegt, ihn zu fragen, was darauf zu sehen war. Aber die Lage war ohnehin gespannt genug. Deshalb redete sie über andere Dinge – über ihre Arbeit, über das Projekt, über Justin – ohne die Meinungsverschiedenheit zu erwähnen.

Sie trank anderthalb Tassen Kaffee und tratschte über belangloses Zeug. Und weniger belangloses: über die Wahl; über die Situation in Novgorod; über Girauds Büro – und Corain –, bis Seely das Band brachte.

Sie nahm es in Catlins Begleitung mit nach Hause, denn sie war die ganze Zeit gespannt darauf, während sie es in ihrer Tragetasche hatte; und sie war noch immer gespannt, als sie zu Hause ankam und sich überlegte, es ins Abspielgerät zu schieben.

Dank ihrer Unsicherheit in dieser Situation wollte sie Florian und Catlin bei sich haben, wenn sie es abspielte …

Aber das, fand sie, war unverantwortlich. Emotionale Situationen fielen in *ihre* Zuständigkeit, nicht in die ihrer Azis, ganz gleich, ob es sie beunruhigte, ganz gleich, ob die Sera wie ein Baby jemanden bei sich haben wollte.

Ich würde es dir nicht empfehlen, hatte Denys gesagt entnervt, wie ihr aufgefallen war. Aber nicht völlig überrascht. *Aber ich kenne dich gut genug, um zu wissen, daß es kein Halten mehr für dich gibt, wenn du einmal angefangen hast, eine Frage zu stellen. Ich möchte nichts dazu sagen. Aber wenn du etwas wissen willst, nachdem du's dir angesehen hast – kannst du Fragen an meine Basis schicken, wenn du sie zu persönlich findest. Und ich werde auf demselben Wege antworten. Wenn du möchtest.*

Was bedeutete, daß Denys die Situation auch nicht aufhellte.

Deshalb schloß sie die Tür zur Bibliothek und versperrte sie; und schob das Band ins Abspielgerät – ohne eine Pille zu schlucken. Sie war keine solche Idiotin, daß sie irgendein Band blind und ohne es vorher anzusehen auf einer Tiefenebene studierte, und ohne es auf unterbewußte Impulse zu überprüfen.

Sie setzte sich und verschränkte die Hände, als es anfing – zunächst fasziniert vom Anblick eines vertrauten Schauplatzes und vertrauter Gesichter – Florian und Catlin, als sie mindestens hundertzwanzig waren; und Justin – bei dem Jungen handelte es sich unzweifelhaft um Justin, was selbst aus diesem ungünstigen Winkel zu erkennen war – der mußte siebzehn gewesen sein; und Ari selbst – elegant und selbstsicher: Sie hatte etwa ebenso alte Nachrichtenaufnahmen von ihr gesehen, aber keine, auf der sie nicht einfach nur Fragen beantwortete.

Sie hörte zu – bemerkte die Nervosität in Justins Stimme, die feinfühlige Kontrolle in der von Ari. Seltsam, diese Stimme so gut zu kennen, und im Innern zu spüren, was sie anrichtete – und zu begreifen, was Kath aus dieser Erfahrung für jemanden machen würde, der sich aufs Bandlernen verstand – sie spürte ein Kribbeln ihren Rücken hinunterlaufen, ein Gefühl von Gefahr und persönlicher Verstrickung – *bedingter Reflex*, erklärte ein düsterer, analytischer Teil ihres Denkens: die Gewohnheiten in diesem Zimmer, die physiologische Reaktion des endokrinen Systems auf ihre Angewohnheit, hier Kath einzunehmen, und die lebenslange Angewohnheit, auf ein Band zu reagieren – was daran lag, ein Azi zu sein, dachte sie. Und: Der emotionelle Kontext gibt den Anstoß. Gott sei Dank habe ich dafür keine Tranquilizer geschluckt.

Als Muskeln den sympathischen Reiz von Nerven empfingen, die wußten, was für ein Gefühl es war, zu gehen, zu sitzen und zu sprechen, und eines Gehirns, das aus dem Gesamtzusammenhang begriff, daß Ari auf Draht war, und ihr Puls sich beschleunigte, und daß das Ziel ihrer Absichten ein sehr junger, sehr verwundbarer Justin war, der die Signale empfing, die Ari sendete, und mit extremer Nervosität reagierte …

Zieh dich zurück! schärfte sie sich ein, während sie versuchte, sich von der Aggression, die Ari ausstrahlte, zu distanzieren. *Reiß dich davon los!*

Der Schalter war neben ihr. Sie mußte nur die Hand ausstrecken und ihn drücken, um es auszuschalten. Aber das sexuelle Gefühl war zu stark, auf ein Objekt gerichtet, das sonst nicht erreichbar war – auf einen nicht ganz wirklichen Justin, nicht den Mann, den sie kannte, aber dennoch Justin.

Sie sah das Glas hinunterfallen – bemerkte dann, was Ari ihm angetan hatte, und daß er in schrecklicher Gefahr schwebte. Sie hatte Angst um ihn; aber die Muskeln, die sie in Reaktion auf das fallende Glas sich rühren spürte, gehörten Ari, der Impuls, den sie durch die Hitze der Erregung spürte, betraf die Lache Orangensaft auf dem verdammten Polster – *ihrem* Sofa …

O Gott, sie mußte es ausschalten. Sofort!

Aber sie sah weiter zu.

X

Es war eine einfache, vom Computer übertragene Mitteilung gewesen – *Komm in mein Büro. Um 09.00. – Denys Nye.* –, die ihn in den administrativen Flügel geführt hatte und bis vor die Tür, die er fürchtete.

Sie hatte also das Band, dachte Justin; Denys wußte also von dem Abendessen im *Changes.*

Giraud hatte er allerdings nicht bei Denys erwartet. Er erstarrte in der Tür, Seely in seinem Rücken, dann ging er hinein und setzte sich.

»Sparen wir uns, was wir beide schon wissen«, sagte Denys, »und streiten wir uns nicht über Einzelheiten. Was, zum Teufel, hast du überhaupt vor?«

»Ich habe überlegt, zu dir zu kommen«, sagte er, »aber ihr war es ebenso peinlich, wie sie wütend war. Ich habe angenommen, wenn ich es täte … zu dir käme … würde sie durchdrehen. Ich dachte, du wolltest das vermeiden.«

»Deshalb hast du drauflos gequatscht. Nach eigenem Gutdünken.«

»Ja, Ser.« Denys klang gefaßt – zu gefaßt, gemessen daran, daß Giraud neben ihm saß und ihn mit einer Feindseligkeit anstarrte, die sich in jeder Falte seines Gesichts abzeichnete. »Und ich wußte dabei, daß du mich herbestellen würdest.«

»Sie hat das Band«, erklärte Denys. »Das hat mich überrascht, Justin, das hat mich wirklich überrascht.«

Giraud ist nicht die Sonderperson. Sondern Denys …

»Das schmeichelt mir. Ich habe nicht erwartet, dich zu überraschen. Aber deswegen habe ich's nicht getan. Ich wünschte, du würdest es mich erklären lassen. Ari …«

»Deine Erklärung interessiert mich nicht. Keinen von uns.«

»Es ist bloß eine pubertäre Schwärmerei …«

»Sie ist seit ihrem dreizehnten Lebensjahr sexuell aktiv. Mindestens. Und diese Faszination entspricht völlig dem Programm. Darüber machen wir uns keine Sorgen. Ihre Vorgängerin wies ein entsprechendes Muster auf. Du bist jung, männlich und arbeitest eng mit ihr zusammen … Keine Frage.«

»Ich habe sie nicht dazu ermutigt!«

»Natürlich nicht. Aber du hast sie auf diesem Wege zu manipulieren versucht.«

»Das stimmt nicht. Nein.«

»Eine Sünde des Herzens, wenn nicht des Intellekts. Du bist auf sie eingegangen, du hast sie unterrichtet, du hast versucht, sie zu lenken – gib's zu!«

»Um sie von solchen Dingen abzulenken …«

Denys beugte sich auf seine verschränkten Arme vor.

»Das ist für sich genommen schon ein Eingriff«, betonte Giraud.

»Nur um sie nicht zu verletzen«, verteidigte sich Justin. »Oder mich.« Giraud mußte nur etwas sagen, und schon machten sich in seinem ganzen Körper Reaktionen bemerkbar, kehrten aus seinem Innersten Kath-Träume zurück. Er konnte dem Flattern seiner Nerven nicht abhelfen, konnte den peitschenartigen Klang nicht vergessen, den diese Stimme bisweilen annahm … in seinen Träumen. Er sah Denys an und spürte ein Zittern in seinen Muskeln. »Ich habe versucht, es auf einer niedrigen, nichtfließenden Ebene zu halten.«

»Bis gestern«, behauptete Denys, »als du dich entschieden hast, die Situation selbst in die Hand zu nehmen. Als du eine Situation zugespitzt hast – die du dir dann zunutze machen konntest … indem du ihr einen wichtigen Schlüssel gegeben hast. Das ist ein Eingriff. Du bist ein Operateur, du hast genau gewußt, was du tust, und ich erwarte, daß du mir das in klaren Worten erläuterst – bewußt und unbewußt.«

»Warum sollte ich?« Sein Herz hämmerte gegen die Rippen. »Das wäre doch ein doppelter Aufwand, oder? Warum gehen wir nicht einfach rüber zum Sicherheitsdienst und sparen uns die Zeit und die Mühe?«

»Du verlangst nach einer Psychosonde.«

»Nein. Keineswegs. Aber das hat euch noch nie davon abgehalten.«

»Gönne uns eine kleine Pause zum Nachdenken, mein Junge.«

Jordan. O Gott.

Er meint, ich sollte darüber nachdenken.

»Beantworte die Frage!« verlangte Giraud.

»Ich hab's getan, um meinen Hals zu retten. Weil sie ein verdammt gefährlicher Feind ist. Weil sie ihre Wut genausogut an euch auslassen könnte. Was hätte denn sonst ausgereicht, damit sie zurückschreckt und noch mal darüber nachdenkt?«

»Das ist eine einigermaßen akzeptable Antwort«, sagte Denys und verwirrte ihn damit. Er wartete auf einen Richtungswechsel und einen Angriff von der Seite. »Die Frage ist nur – was ging deiner Meinung nach von dir aus? Wie weit reicht dein Eingriff? Wie sieht ihr gegenwärtiger Geisteszustand aus?«

»Ich hoffe bei Gott«, sagte er, und seine Stimme geriet außer Kontrolle. »Ich hoffe bei Gott, daß es sie vorsichtig macht.«

»Und sympathisch?«

»*Vorsichtig* würde schon reichen.«

»Du umwirbst sie, nicht wahr?«

»Gott, nein!«

»Doch, das tust du. Nicht sexuell, obwohl ich mir vorstellen kann, daß du auch das in Kauf nimmst, wenn's sein muß – wenn du genug innere Sicherheit gewinnen kannst, um diese Begegnung zu verkraften. Aber du würdest es viel lieber vermeiden. In der Hölle gibt's keine Rache, was? Spielt etwas in der Art in deinen Überlegungen eine Rolle? Die Politik führt seltsame Bettgefährten zusammen, aber wenn Bettgefährten Politik machen, endet das verheerend.«

»Ich möchte hier bloß überleben.«

»In ihrer Administration. Ja. Natürlich willst du das. Dich selbst beschützen – und Grant. Die Konsequenzen einer Feindschaft mit uns halten nur ein paar Jahre an, sind das deine Gedanken? Ein paar alte Männer im Verhältnis zur Lebensspanne einer Sechzehnjährigen, deren Macht dir möglicherweise sehr dienlich sein kann, wenn es dir gelingt, in ihre Pläne einbezogen zu werden. Ein sehr gefährlicher Kurs. Ein höchst gefährlicher Kurs, selbst für einen Mann, der zu verkaufen bereit ist – was du ihrer Vorgängerin zu verkaufen bereit warst …«

Verliere bloß nicht die Nerven. Das will er doch nur.

»… aber dann hättest du wirklich kaum eine Wahl mehr.«

»Eine Psychosonde erübrigt sich«, sagte Giraud, und seine tiefe Stimme klang dabei ganz sanft. »Wir wissen auch so, wo deine Interessen liegen. – Und was jüngst auf meinem Schreibtisch gelandet ist, wirst du, glaube ich, einerseits ganz amüsant finden. Andererseits auch erschreckend. Die Paxer – du weißt doch, die Leute, die in Novgorod U-Bahnen in die Luft sprengen – haben sich auf deinen Vater berufen …«

»Er hat überhaupt nichts damit zu tun!«

»Natürlich nicht. Das wissen wir. Aber die Polizei in Novgorod hat einige interessante Dokumente gefunden, die deinen Vater als einen politischen Märtyrer für ihre Sache nennen und behaupten, daß diese neue Monstrosität in Reseune eine Schöpfung des Militärs ist – und daß die Ermordung Aris und der Ausbruch eines völligen Chaos zu einer Paxer-Regierung führen würde …«

»Das ist verrückt!«

»Natürlich ist es das. Natürlich weiß dein Vater nichts davon.«

»Mit Sicherheit nicht! Mein Gott, er …«

»Ich sagte ›natürlich‹. Reg dich deswegen nicht auf! Das geht schon seit einigen Jahren so. Oh, nicht mit den Paxern. Sie sind vergleichsweise neu. All diese Organisationen sind miteinander verbunden. Das macht es so schwierig, ihnen auf die Schliche zu kommen. Das und der Umstand, daß es sich bei den Leuten, die die Bomben legen, um Z-Fälle handelt. Drogenabhängige oder ganz einfach Idioten, deren Hingabe an die Sache so weit geht, daß sie von Amateur-Operateuren eine teilweise Gehirnwäsche bei sich vornehmen lassen. *Solche* Idioten. Ich denke, du solltest wissen, daß es auf dieser Welt Menschen gibt, denen ihr eigenes Leben genausowenig wert ist wie das eines sechzehnjährigen Mädchens, gegen das sich ihre Feindseligkeit richtet. Und sie benutzen den Namen deines Vaters in ihrer Literatur. Es tut mir leid. Das, nehme ich an, findest du nicht amüsant.«

»Nein, Ser.« Er zitterte fast. Giraud fügte ihm das zu. Ohne Drogen. Aber auch das würde nicht mehr lang auf sich warten lassen, das wußte er; und es gab keine Fähigkeit, die das verhindern konnte. »Das finde ich nicht amüsant. Jordan sicher auch nicht, wenn er davon gehört hat, was sicher nicht der Fall ist, außer ihr habt's ihm gesagt.«

»Wir haben's ihm gegenüber erwähnt. Er hat uns gebeten, dir auszurichten, daß es ihm gut geht. Ich könnte mir vorstellen, daß er sich auf einen Wechsel an der Spitze der Verteidigung freut. – Ebenso wie wir. Bestimmt. Ich wollte dich nur über den gegenwärtigen Stand der Dinge unterrichten, weil dieser Fall Dinge nach sich zieht, über die du vielleicht informiert sein möchtest. Daß dein Vater Ari umgebracht hat – ist gar nicht so inaktuell. Es hat zu Morddrohungen gegen ihre Nachfolgerin geführt. Und Ari wird sich dieser Dinge bewußt sein. Wir müssen es ihr klar machen – zu ihrem eigenen Schutz. Vielleicht können du und sie es auf eine zivilisierte Art austragen. Ich hoffe es.« *Was hat er vor? Was versucht er zu erreichen?*

Was erwartet er von mir?

Bedroht er Jordan?

»Wie steht dein Vater zu Ari? Kannst du dazu etwas sagen?«

»Nein, Ser. Ich weiß es nicht. Er ist ihr nicht feindlich gesinnt. Das kann ich mir nicht vorstellen.«

»Vielleicht kannst du's herausfinden. Wenn diese Wahl zufriedenstellend verläuft.«

»Wenn, Ser. Vielleicht kann ich darauf Einfluß nehmen, wie er zu ihr steht.«

»Das ist unsere Hoffnung«, sagte Giraud.

»Ich würde die Sache jedenfalls nicht gegenüber Ari zur Sprache bringen«, mahnte Denys.

»Nein, Ser.«

»Du spielst hierbei eine wichtige Rolle«, erklärte Giraud. »Es tut mir leid, daß du, ich nehme es an, eine so starke Abneigung gegen mich empfindest. Ich bin natürlich daran gewöhnt, aber ich bedauere es trotzdem. Ich bin nicht dein Feind; aber das glaubst du mir wahrscheinlich nicht. Ich möchte nicht einmal von dir etwas dazu hören – damit würde ich dein Entgegenkommen ausnutzen. Diesmal stehe ich auf deiner Seite. Das geht so weit, daß ich dir ein sehr langes Leben wünsche. Und der Ausschuß ist übereingekommen: fünfunddreißig ist zwar ein wenig jung für eine Rejuvenilisierung – aber andererseits scheint es auch keine negativen Auswirkungen zu haben …«

»Nein, danke.«

»Es steht nicht zur Diskussion. Du hast einen Termin in der Klinik. Du und Grant.«

»Nein!«

»Es gilt das übliche Angebot: Melde dich zum angegebenen Termin, oder der Sicherheitsdienst wird dafür sorgen, daß du hingehst.«

»Es ist doch völlig überflüssig, mich einer Rejuvenilisierung zu unterziehen – darüber habe ich zu entscheiden, verdammt!«

»Der Ausschuß hat es schon beschlossen. Dagegen gibt es keinen Einspruch mehr. Du brauchst davor überhaupt keine Angst zu haben. Medizinische Studien deuten auf keine Verringerung der Lebensdauer bei frühen Anwendern hin …«

»In der Studie, die sie bekommen haben. Es ergibt überhaupt keinen Sinn. Ari bekommt doch Schüsse verabreicht, da bin ich mir ganz sicher …«

»Völlig richtig.«

»Warum, zum Teufel, macht ihr das denn?«

»Weil du wertvoll bist. Und wir uns um dich sorgen. Du kannst dich drüben melden. Oder du kannst den schweren Weg einschlagen und Grant aus der Fassung bringen – was ich an deiner Stelle nicht tun würde.«

Er sog vorsichtig Luft ein. »Habt ihr etwas dagegen, wenn ich's Grant selber sage? Eine halbe Stunde. Mehr brauche ich nicht.«

»Dagegen ist nichts einzuwenden. Mach dich sofort auf den Weg. In einer halben bis dreiviertel Stunde. Sie werden euch erwarten!«

XI

Noch mal warten. Justin lag ausgestreckt auf dem Tisch und starrte an die Decke, versuchte alle Gedanken aus seinem Hirn zu verscheuchen, betrachtete das Muster der Deckenplatten, versuchte herauszufinden, was sich darin wiederholte.

Sein ganzer Körper wurde gründlich untersucht, eine hämatologische Studie angefertigt, Indikatoren in seine Blutbahn geschossen und noch mehr Blut abgezapft. Dentale Untersuchungen. Atmung, Blutdruck… *ihr Blutdruck ist leicht erhöht,* hatte Wojkowski gesagt, und er hatte erwidert: *Gott, ich frage mich, warum wohl.*

Was Wojkowski nicht lustig fand.

Noch mehr Zeug wurde in seine Venen gespritzt, noch mehr Untersuchungen, noch mehr Fühler an intimen Stellen und noch längeres Herumsitzen – und längeres Herumliegen, während man ihn soweit zu beruhigen versuchte, daß sie saubere Werte ablesen konnten.

Ich versuch's, hatte er das letzte Mal versichert, als sie ihn untersuchten. *Ich versuch's wirklich. Glauben Sie etwa, es macht mir Spaß, die ganze Zeit zu warten und mir den Arsch abzufrieren?*

Woraufhin sie ihm einen Bademantel brachten. Mehr nicht. Sie schlossen ihn schließlich an ein Biofeedbackgerät an, bis er seinen Herzschlag verlangsamen konnte, und führten die beabsichtigten Tests durch.

Warum? hatte Grants erste und einzige Frage gelautet – ein besorgter Gesichtsausdruck, ein Achselzucken und: *Nun, wenigstens wissen wir, daß wir sie bekommen, nicht?*

Was für einen Azi nicht selbstverständlich war. Daran hatte er nie gedacht, auch nicht daran, daß Reseune so weit gehen konnte, ihm oder Grant eine Rejuvenilisierung zu verweigern, wenn es für sie soweit war, oder sie aus Rache über den Punkt hinaus zu verschieben, da sie angeraten war, um ein Nachlassen der Körperfunktionen zu verhindern.

Wenn er das bedachte, konnte er die Prozedur gelassener hinnehmen. Trotzdem hatte er eine Mitteilung an die Basis Eins geschickt: *Ari, hier ist Justin.*

Grant und mir ist aufgetragen worden, uns in der Klinik zu melden. Wir müssen uns gegen unseren Protest einer Rejuvenilisierung unterziehen lassen. Ich möchte, daß du weißt, wo wir sind und was passiert ist …

Was ihnen nichts einbrachte. Basis Eins empfing die Botschaft. Niemand las sie. Sie konnten sich um eine Zugangserlaubnis in Aris Stockwerk bemühen, aber eine offene Auseinandersetzung mit der Administration würde auch für Ari zuviel sein. *Es antwortet niemand,* hatte er zu Grant gesagt.

Es ist nur eine Behandlung, hatte Grant erwidert.

Das hieß, daß man es sich immer noch anders überlegen konnte. Die Behandlung brauchte etwa drei bis acht Wochen, bis der Körper sich angepaßt hatte – und abhängig wurde.

Bis jetzt war es noch nichts Dauerhaftes.

»Du wirst zur Behandlung hierher kommen«, hatte Wojkowski erklärt.

»Wozu?« hatte er wissen wollen. »Damit ihr mir zuseht, ob ich die verdammte Pille schlucke? Oder was gebt ihr mir?«

»Der Grund ist, daß es nicht Ihre Entscheidung war. Verstehen Sie – die Drogen abzusetzen, zieht schwere Konsequenzen nach sich. Einen Zusammenbruch des Immunsystems.«

»Ich bin ein geprüfter Paramediziner«, hatte er zurückgeschnauzt. »Ein klinischer Psychologe. Sie können sicher sein, daß ich die Gefahren kenne. Ich will nur wissen, Doktor, was Sie mir sonst noch verabreichen.«

»Nichts.« Wojkowski hatte sich nicht aus der Ruhe bringen lassen. »Sie können die Anweisungen lesen, wenn Sie möchten. Und sich die Rezepte ansehen … was immer Sie wollen. Neantol. Es ist eine neue Kombinationsdroge: Der Hersteller ist Novachem. Ich werde Ihnen alle Unterlagen darüber zur Verfügung stellen. Es ist momentan das stärkste Zeug, gerade erst auf dem Markt. Es vermeidet viele Nebenwirkungen.«

»Wunderbar, ich bin also ein Versuchskaninchen.«

»Es ist sicher. Es ist sogar noch sicherer als die alten Mittel. Es vermeidet das Problem der dünnen Haut, die schweren Blutungen und Verletzungen; den Calciumrückgang und die Ergrauung. Sie behalten Ihre Haarfarbe, Sie werden in keinem nennenswerten Ausmaß an Muskelmasse einbüßen oder an brüchigen Knochen oder vorzeitiger Ermattung leiden. Die Sterilität ist unglücklicherweise noch immer ein Problem.«

»Damit kann ich leben.« Er fühlte sich etwas ruhiger. Verdammt, er wollte gern glauben, was Wojkowski da sagte. »Und welche neuen Nebenwirkungen hat das Zeug?«

»Trockner Mund und vereinzelte Klagen über Hyperaktivität. Möglicherweise einige schädliche Auswirkungen auf die Nieren. Denken Sie vor allem daran, reichlich Wasser zu trinken. Vor allem, wenn Sie Alkohol getrunken haben. Sie werden zu Flüssigkeitsverlusten neigen und einen schrecklichen Kater haben. Wir kennen allerdings nicht die Auswirkungen, wenn man von der üblichen Droge auf dieses Mittel wechselt. Oder umgekehrt. Wir befürchten, damit könnten einige ernste Probleme verbunden sein. Außerdem ist es teuer, etwa zehntausend Credits pro Dosis, und es dürfte in nächster Zeit nicht billiger werden. Aber vor allem bei jüngeren Patienten, ist es ohne Frage den Preis wert.«

»Bekommt Grant dasselbe?«

»Ja. Selbstverständlich.«

Mit dieser Versicherung fühlte er sich insgesamt besser. Er konnte sich weitgehend auf Wojkowskis ethische Grundsätze verlassen. Aber das half auch nicht, seinen Puls zu verlangsamen.

Zehntausend pro Dosis. Reseune gab viel für sie aus, für eine Droge, die Reseune sich leisten konnte – er allerdings nicht.

Nichts, was man auf dem Schwarzmarkt bekommen konnte.

Ohne empfehlenswerte Ersatzstoffe.

Reseune sorgte für die Abhängigkeit von einer Droge, die Reseune ihm auch vorenthalten konnte – mit verheerenden Auswirkungen; die wahrscheinlich niemand – weder die Paxer noch die Abolitionisten – sonst besorgen konnte.

Unsichtbare Fesseln. Zum Teufel mit ihren Ungewißheiten. Als ob sie die nötig hätten. Aber es beraubte ihn trotzdem um etwas: ließ ihn mit dem klaustrophobischen Gefühl zurück, daß ihm nach dieser Behandlung noch weniger Möglichkeiten blieben; und der quälenden Befürchtung, daß die Droge doch noch Nebenwirkungen zeitigen könnte, ganz gleich, wie die Laborratten mit ihr gediehen.

Verdammt, einen Tag hatte es gedauert, um das Selbstbild eines jungen Mannes und einen kräftigen, gesunden Körper aufzugeben und sich Schmerzen auszusetzen, damit dieser Zustand erhalten blieb – und dabei die Gewißheit, steril zu werden, und einige körperliche Veränderungen in Kauf zu nehmen; nicht so viele, wie er befürchtet hatte, wenn die Ärzte recht behielten; aber dennoch ein Nachlassen der Körperfunktionen. Eine Konservierung des gegenwärtigen Zustands, solang die Droge wirksam war. Eine Liste von Vorkehrungen, mit denen man leben mußte.

In mancherlei Hinsicht eine nützliche Prozedur, wenn sie hielt, was die Ärzte versprachen.

Aber dennoch ein psychischer Schock, wenn man sich dem auf fremde Anweisung unterzog, wenn ein verdammter Ausschuß es beschlossen hatte …

Warum? Um ihn und Grant an die Kette zu legen? Für den Fall, daß sie zu fliehen versuchten, um sich den Paxern anzuschließen, in U-Bahn-Tunneln Bomben zu legen und Kinder umzubringen?

Gott. Sie waren alle von Sinnen.

Die Tür öffnete sich. Der Techniker trat ein und bat ihn, sich nochmals auszuziehen.

Gewebeproben. Spermaproben. »Wozu das denn, zum Teufel?« keifte Justin den Mann an. »Gott, ich bin ein PR!«

Der Techniker sah auf seine Liste. »Das steht hier«, erklärte er. Ein Azi, der mit hündischer Ergebenheit seinen Anweisungen folgte.

Also bekam er beides. Und ließ Justin mit wunden Stellen am Bein und im Mund zurück, wo er die Gewebeproben entnommen hatte.

Wahrscheinlich war seine Pulsrate wieder in die Höhe geschnellt. Er versuchte sie zu senken, weil er davon ausging, daß die Ärzte sie noch mal messen würden, bevor sie ihn gehen ließen, und wenn ihnen das Resultat mißfiel, konnten sie ihn in die Klinik stecken, wo er alles über sich ergehen lassen mußte, was irgendwer ausheckte, ohne daß Grant sein Zeuge war, wo keiner von beiden auf den anderen aufpassen konnte, um Protest zu erheben.

Verfluchter Mist, du mußt den Puls ruhigkriegen.

Du mußt heute abend hier rauskommen. Nach Hause. Das ist jetzt das Wichtigste.

Die Tür ging auf. Noch mal Wojkowski.

»Wie geht's uns denn?« fragte sie.

»Uns platzt gleich der Kragen«, sagte er mit übertriebener Freundlichkeit und setzte sich auf dem Tisch auf, lächelte Wojkowski an und versuchte zu verhindern, daß sein Puls sich beschleunigte, klammerte seine Gedanken hartnäckig an das Bild von ein paar Blumen. Oder der Strömung eines Flusses. »Mir sind ein paar Hautfetzen abgerissen worden, und meine Würde spielt hier offenbar keine wesentliche Rolle. Aber das macht alles nichts.«

»Hmmm«, machte Wojkowski und stellte eine Hypopistole auf den Tisch, warf einen Blick auf die Unterlagen. »Ich werde Ihnen ein Medikament verschreiben, das Sie einnehmen sollten, und wir werden Sie noch mal durchchecken, wenn Sie für die zweite Behandlung herkommen. Wollen mal sehen, ob wir etwas für den Blutdruck tun können.«

»Soll ich Ihnen sagen, was Sie dafür tun können?«

»Tun Sie sich selbst einen Gefallen. Nehmen Sie das Mittel. Nehmen Sie nicht öfter als zweimal pro Woche Kath ein – verwenden Sie übrigens Aspirin?«

»Gelegentlich.«

»Wie oft?«

»Es steht in …«

»Bitte.«

»Zwei-, vielleicht viermal pro Woche.«

»Das geht. Aber nicht öfter. Wenn Sie Kopfschmerzen haben, kommen Sie zu mir. Wenn Sie irgendwelche Schwindelgefühle haben, melden Sie sich unverzüglich bei mir. Das gilt auch, wenn der Puls rast.«

»Natürlich. – *Wissen Sie überhaupt, was im Haus vor sich geht, Doktor? – Oder auf diesem Planeten, um es deutlicher zu sagen?*«

»Ich bin mir Ihrer Situation bewußt. Trotzdem, vermeiden Sie Stress.«

»Danke. Vielen herzlichen Dank, Doktor.«

Wojkowski kam mit dem Hypo herüber. Sie machte eine Schulter frei und desinfizierte den Bereich. Der Schuß wurde gegen Justins Arm abgedrückt und schmerzte höllisch.

Er sah hin und bemerkte eine blutige Wunde.

»Verdammt, das ist ja …«

»Es ist ein Gel-Implantat. Es hält vier Wochen. Gehen Sie nach Hause. Legen Sie sich sofort ins Bett. Trinken Sie reichlich Flüssigkeit. Die ersten paar Implantate könnten bei Ihnen eine leichte Übelkeit oder Benommenheit verursachen. Wenn Sie einen Ausschlag bekommen oder das Gefühl haben, daß sich Ihre Brust zusammenzieht, verständigen Sie sofort die Klinik. Für den Arm können Sie ein Aspirin nehmen. Wir sehen uns im August.«

Im Haussystem wartete eine Botschaft auf ihn, als er die Apotheke erreichte. *In meinem Büro. Ari Emory.*

Sie benutzte ihr Büro im Flügel Eins nicht. Das hatte sie gesagt. Sie beschäftigte dort ein paar Angestellte, die ihren Bürokram für das Haussystem erledigten, und das reichte.

Aber jetzt wartete sie dort. In ihrem Büro. Ari seniors Büro. Er ging mit Grant durch die Tür, sah sich dem schwarzen Schreibtisch gegenüber, an den er sich erinnerte und an dem jetzt Florian saß – mit einem jungen Gesicht, in dem sich ernste Besorgnis abzeichnete, als er aufstand und sagte: »Grant soll hier warten, Ser. Die Sera möchte Sie unter vier Augen sprechen.«

Der Kaffee tat seinen Nerven gut. Er war dankbar, daß Ari welchen für ihn zubereitet hatte, dankbar für die Gelegenheit, sich zu sammeln, in dieser Umgebung, während Ari hinter Ari seniors Schreibtisch saß – in einem nicht sonderlich beeindruckenden Büro, das nicht einmal an das von Yanni heranreichte. Die Wände standen voller Bücherregale, und bei den meisten dieser Bücher handelte es sich um Arbeitsanleitungen. Diese Ordnung. Das war der verblüffende, irreal wirkende Unterschied. Aris Büro hatte immer ein wenig unordentlich ausgesehen, und der Schreibtisch war viel zu sauber.

Und das Gesicht dahinter – verwirrend wegen seiner Ähnlichkeiten und verwirrend wegen der Besorgnis, die sich auf ihm widerspiegelte.

Vergangenheit und Zukunft.

»Ich habe deine Mitteilung erhaltene«, erzählte Ari. »Danach bin ich gleich zu Denys gegangen. Das hat nichts genützt. Wir hatten eine Auseinandersetzung. Als nächstes habe ich Ivanov angerufen. Er konnte auch nicht helfen. Und als nächstes könnte ich den Familienrat einberufen. Und danach beim Wissenschaftsamt und dem Rat in Novgorod Beschwerde einlegen. Was ganz schön gefährlich wäre – bei dem, was zur Zeit so läuft.«

Er erwog die Gefahr, die damit verbunden sein würde, und wußte die Antwort, so wie er sie schon gewußt hatte, als er auf dem Tisch lag.

»Es hätte schlimmer kommen können«, sagte er. Sein Arm

hatte fürchterlich zu schmerzen angefangen, bis in die Knochen, und er verspürte Übelkeit im Magen, so daß seine Hände im Begriff waren, zu zittern. Es fiel ihm schwer, überhaupt zu denken.

Aber der Familienrat würde auf der Seite von Denys und Giraud stehen, vermutete er, selbst jetzt noch; und das konnte psychologisch eine Gefahr für Aris Fähigkeit bedeuten, in Zukunft Autorität auszuüben, wenn sie die erste Runde verlor.

Eine Beschwerde beim Amt würde die ganze Geschichte des Falls Warrick neu aufrollen. Das war Aris Meinung. Es würde den Fall wieder ins Gerede bringen, während Leute in U-Bahnen Bomben legten, die sich auf Jordans Namen beriefen, und die Wahl fürs Verteidigungsamt auf der Kippe stand, und Ari war noch zu jung, um mit einigen der Dinge fertig zu werden, die sich aus einer solchen Auseinandersetzung ergeben konnten – einschließlich der Frage nach dem Mörder ihrer Vorgängerin.

Sie würden vielleicht gewinnen, wenn es auf die Ebene des Amtes kam – aber das war nicht sicher. Sie gingen ein sehr großes Risiko ein, während der Gewinn minimal war.

»Nein«, sagte Justin. »Es geht nicht um die Pillen. Es ist eines dieser verdammten sich langsam auflösenden Gele, und sie hätten reichlich Zeit, um das Zeug rauszufiltern.«

»Mist! Ich hätte hinkommen sollen. Ich hätte unbedingt den Rat verständigen und es unterbinden müssen ...«

»Vorbei ist vorbei, also mach dir keine Gedanken. Die Ärzte behaupten, daß sie uns etwas Neues verabreichen; kein Pigmentverlust mehr, und keine brüchigen Knochen. So was. Ich würde gern die Unterlagen darüber lesen, ehe ich mich endgültig entscheide, ob ich gegen die Behandlung protestiere. Wenn alles zutrifft, was Dr. Wojkowski behauptet – ist es den Ärger nicht wert, den auch nur das kosten würde. Wenn es soviel kostet, wie sie sagen – schadet das nichts; denn *ich* könnte es mir nicht leisten. Ich kann nur vermuten, daß unausgesprochene Beweggründe dahinterstecken – denn wenn *ich* es mir nicht leisten kann, können sie mir jederzeit den Hahn zudrehen.«

Ihr Gesicht verriet keinen Schock. Nicht im mindesten. »Das werden sie nicht wagen.«

»Ich hoffe nicht.«

»Ich habe das Band«, erklärte sie.

Das beschleunigte seinen Puls derart, daß er glaubte, er müsse sich übergeben. Es lag an dem Schmerz, vermutete er. In seinem Mund mischte sich an der Stelle der Geschmack von Kaffee mit dem von Blut, wo sie an der Innenseite seiner Wange die Probe entnommen hatten. Es ging ihm überhaupt nicht gut. Er wollte nach Hause, in seinem Bett all die wunden Stellen an seinem Körper abheilen lassen; sein Arm schmerzte derart, daß er nicht sicher war, ob er die Tasse mit dieser Hand halten konnte.

»Bevor sie starb«, erklärte Ari, »hat sie gewisse Phasen durchgemacht, in denen sie eine Menge Probleme hatte. Ich weiß inzwischen über viele Dinge Bescheid, von denen mir niemand etwas sagen wollte. Ich möchte nicht, daß Vergleichbares noch mal geschieht. Deshalb habe ich dafür gesorgt, daß ihr jetzt in meinen Flügel umzieht. Gott sei Dank, meinte Yanni. Er sagte, er wird dir für die Rechnung aus dem *Changes* noch den Hals umdrehen.«

Das veranlaßte ihn zu einem leichten Lachen, auch wenn es weh tat.

»Ich habe Onkel Denys gesagt, daß du aus meinem Etat bezahlt wirst, und er wollte ihn auf jeden Fall erhöhen. Außerdem habe ich ihn für das zur Rede gestellt, was er mit dir gemacht hat, deshalb ließ er sich auf keinen Streit ein; und ich habe deine monatliche Vergütung auf zehntausend Credits zuzüglich einer vollen medizinischen Betreuung und der Miete für euer Apartment raufgesetzt.«

»Mein Gott, Ari.«

»Es reicht, um einen Angestellten zu bezahlen, der dir und Grant den Kleinkram abnimmt. Das wäre pure Zeitverschwendung für euch. Es ist für Reseune wesentlich besser, wenn ihr euch voll der Forschung widmet und mich unterrichtet. Denys hat nichts dazu gesagt. Er hat bloß unterschrieben. Soweit es mich betrifft, widmet sich mein ganzer Flügel der Forschung. Grant braucht keine klinischen Sachen zu erledigen, es sei denn, er möchte es.«

»Das wird ihn sehr freuen.«

Ari hob einen Zeigefinger. »Ich bin noch nicht fertig. Ich habe Onkel Denys gefragt, warum du noch kein Doktor bist, obwohl du schon soviel gelernt hast, daß Yanni dir nichts mehr beibringen kann, und er sagte, der Grund dafür sei, daß du aus politischen Gründen nicht im Amt aufgelistet sein möchtest. Ich sagte, das sei widerlich. Wenn Onkel Denys einen so weit treibt, wie er glaubt, daß er es sich erlauben kann, und man sich wehrt, kann man aus ihm etwas rausholen, solange man ihn nicht aufregt. Auf jeden Fall sagte er, wenn wir die Wahl für die Verteidigung überstehen, würden sie die Papiere ausstellen.«

Er starrte sie betäubt an, einfach betäubt von dem Fließen.

»Bist du einverstanden mit dem, was ich gemacht habe?« fragte sie und wirkte plötzlich besorgt. Wie ein kleines Kind, das fragte, ob ihm etwas Bestimmtes erlaubt sei.

»Ja … äh … ganz gut. – Danke, Ari.«

»Du siehst nicht aus, als ob du dich gut fühlst.«.

»Ich bin in Ordnung.« Er atmete tief durch und stellte die Tasse ab. »Es verändert sich bloß so viel, Ari. Und sie haben ein paar Stücke aus mir rausgerissen.«

Sie stand auf, kam hinter dem Schreibtisch hervor und legte vorsichtig und sanft die Arme um seine Schultern – die verletzte schmerzte ihm bis in die Knochen. Ari küßte ihn ganz sanft und zärtlich auf die Stirn. »Geh nach Hause«, sagte sie. Eine Wolke ihres Parfüms hüllte ihn ein.

Aber durch den Schmerz empfand er es als ziemlich bemerkenswert, daß ihn ihre Berührung nicht zusammenfahren ließ – keine Flashbacks auslöste, zumindest nicht in diesem Moment, denn er wußte, daß er sie noch nicht überwunden hatte. Vielleicht blieb ihm das für einen Moment erspart, weil er derartige Schmerzen hatte, vielleicht weil er für einen Moment emotional unfähig war, auf irgend etwas zu reagieren.

Sie ging, und er hörte, wie sie Florian auftrug, ihn und Grant zu begleiten, um sicherzugehen, daß sie wohlbehalten zu Hause ankamen, sie ins Bett zu bringen und auf sie achtzugeben, bis sie sich besser fühlten.

Was er in diesem Moment für eine gute Idee hielt.

XII

B/1: *Ari, hier ist Ari senior.*

Du wolltest etwas über die Administration Reseunes wissen.

Mein Vater, James Carnath, hat sie aufgebaut. Mir wurde erzählt, daß er ein besonderes Organisationstalent hatte. Meine Mutter Olga Emory hatte dagegen kein Interesse an der Organisation alltäglicher Kleinigkeiten.

Nicht einmal an der alltäglichen Betreuung ihrer Tochter, aber das ist ein anderes Thema.

Ich erwähne das, weil ich irgendwo zwischen ihnen beiden rangiere: Ich habe immer ein Laissez-faire-Management vertreten, das heißt, so lange ich Reseune leitete, genügte es mir, gelegentlich zu erfahren, was in den Küchen oder den Geburtslabors vor sich ging, aber immer zu wissen, wie es um die Finanzen stand.

Als Administrator einer Einrichtung wie Reseune hat man besondere moralische Verpflichtungen, die an erster Stelle kommen: eine moralische Verpflichtung gegenüber der Menschheit, den Azis, der lokalen wie der breiteren Öffentlichkeit, den jeweiligen Kunden und dem Personal, etwa in dieser Reihenfolge.

Wie mit genetischen oder biologischen Materialien verfahren wird, oder welche psychologischen Techniken und Therapien eingesetzt werden, fällt in die Zuständigkeit des Chefadministrators, und Entscheidungen in diesen Bereichen dürfen niemals delegiert werden.

Besonders wichtig ist, daß der Administrator sich von den Flügelaufsehern und Abteilungsleitern dabei beraten lassen sollte.

Alle anderen Entscheidungen und alltäglichen Aufgaben können kompetentem Personal anvertraut werden.

Ich habe für das Haussystem unter dem Code MANAGEINDEX ein Unterprogramm entworfen, das nach Belieben benutzt werden kann. Wende dich ans Exekutivprogramm 1, und es wird dich informieren über Ausgaben, Ausgang, Anzahl erteilter Rügen, Anzahl von Geldbußen, Anzahl der erbetenen Versetzungen, Anzahl der Ausfälle, gesundheitlich bedingter Abwesenheiten, mit der Arbeit zusammenhängender Unfälle, Beschwerden gegen das Management und sicherheitsrelevanter Vorfälle für jedes Individuum, jede Gruppe von Individuen, jedes Büro, jede Abteilung oder jeden Flügel in Reseune. Mach von diesen Angaben Gebrauch, um die Qualität des Managements und der Beschäftigten auf jeder Ebene zu beurteilen. Das Programm kann Vergleiche zwischen unterschiedlichen Flügeln oder Abteilungen anstellen oder die effektivsten Manager und Beschäftigten in dem System herausfinden.

Es wird außerdem eine unauffällige Sicherheitsüberprüfung jedes Individuums vornehmen, die einen Vergleich zwischen den Daten über die Lebensführung mit dem Einkommen und Ausgang einschließt.

Es arbeitet, ohne im System eine Spur zurückzulassen.

Berücksichtige bitte, daß es als ein Werkzeug gedacht ist, das bei weiterführenden Untersuchungen und Verhören benutzt werden kann, aber nicht völlig zuverlässig ist. Persönliche Gespräche sind immer geboten.

Ich arbeitete sowohl als Wissenschaftlerin wie als Chefadministratorin – was gewöhnlich, wie ich bald herausfand, auf fünfzehn Stunden Arbeit pro Tag hinauslief. Ein Taschenkommunikator und hervorragendes Personal hielten mich über Ereignisse auf dem laufenden, die unbedingt mein persönliches Eingreifen erforderten, und das bezog sich sowohl auf die Forschung wie auf meine administrativen Pflichten. Normalerweise erschien ich um 07.00 im Büro, stellte einen Zeitplan für den Tag auf, setzte mich mit Hilfe der Basis Eins über die dringendsten Dinge und laufenden Arbeiten in Kenntnis, und brachte das Büro in Gang, wenn das Personal eintraf, bevor ich mich gegen 09.00 an meine eigene

Arbeit begab, um im allgemeinen kurz nach dem Mittagessen noch mal im Büro vorbeizugehen, wo ich alles Anstehende erledigte, ehe ich wieder ging.

Ich folgte einigen Regeln, die mir gute Dienste leisteten:

Ich erledigte meine eigene Büroarbeit, während niemand da war, weshalb ich auch so effizient arbeitete, ich hatte Florian und Catlin eingeschärft, zu verhindern, daß ich mich in müßige Konversation verwickelte – oder von Leuten angesprochen wurde, die mich mit Geschäftskram belästigen. Kümmere du dich darum, sagte ich zu Florian immer. Was normalerweise bedeutete, daß es an den zuständigen Abteilungsleiter ging; aber manchmal überprüft er es selbst und fragt mich persönlich um Rat. Was er immer noch tut. Nun, da ich Rätin fürs Wissenschaftsamt bin, läuft's etwa genauso. Ich weigere mich entschieden, von Lobbyisten zugequatscht zu werden. Denen steht mein Personal zur Verfügung. Und es ist auch dazu da, um Untersuchungsberichte mit Zahlen und Graphiken an mich weiterzuleiten; die ich dann vom Reseuner Sicherheitsdienst gegenlesen lasse, und schließlich, ganz zum Schluß, wenn genug Substanz daran zu sein scheint, die mich interessiert, rufe ich mein gesamtes Personal zu einer Zusammenkunft mit dieser Interessengruppe ein; und ich gebe meine Zustimmung, falls die Berichte sich vernünftig anhören – aber nicht ohne dem Geschäft angemessene Vereinbarungen und einen strengen Zeitrahmen für die Antragsteller. Es erstaunt einen immer wieder, wieviel Zeit man verschwenden kann.

Laß den Papierkram von anderen erledigen. Bestehe darauf, daß Verfasser von Berichten eine kurze Zusammenfassung des Inhalts, Schlußfolgerungen und/oder empfohlene Maßnahmen beifügen; und daß sie sich an strenge Richtlinien des Stils halten; das mag pedantisch erscheinen, aber ich weigere mich, einen Bericht nach Informationen zu durchsuchen, die besonders gekennzeichnet sein müßten.

Gib deine Anweisungen und Maßregeln frühzeitig unmißverständlich bekannt: Ein Administrator, dem es nicht gelingt, seine Erwartungen und seine Vorschriften deutlich zu machen, ist zum Scheitern verurteilt; ein Administrator, der von einem Untergebe-

nen erwartet, unausgesprochenes Mißfallen wahrzunehmen, verschwendet seine Zeit.

Mach dich über jeden Arbeitsschritt ein wenig kundig. Die Leute erinnern sich noch daran, wie ich einmal in der Klinik erschien und mich zwei Stunden lang in Begleitung der Krankenschwestern umsah. Dabei stieß ich nicht nur auf gewisse Probleme an beiden Enden der Leitung, sondern der ganze MANAGEINDEX Reseunes kletterte in den nächsten zwei Wochen vier Punkte nach oben. Vor allem aber solltest du deine Grenzen kennen und dir darüber im klaren sein, auf welchen Gebieten du keine Expertin bist. Verzichte nicht auf Kenntnisse solcher Gebiete: Studiere sie, und sei äußerst vorsichtig, was die Qualität deiner Abteilungsleiter angeht.

Dieses Programm hat festgestellt, daß du den Rang eines Flügelaufsehers hast.

Du bist siebzehn Jahre alt; du bist seit einem Jahr und vier Monaten volljährig.

Dein Personal umfaßt sechs Personen.

Du hast einen Abteilungsleiter: Justin Warrick für die Forschung.

Sein Personal umfaßt zwei Personen.

Zur Zeit arbeitet dieses Programm mit dem MANAGEINDEX

Es sind 0 Beschwerden und 0 Rügen vorgekommen.

Es sind 0 Personen abwesend.

In der Forschung sind 2 Personen in ärztlicher Behandlung.

Über das Personal deiner Forschungsabteilung sind insgesamt 187 sicherheitsrelevante Vorfälle gespeichert, von denen 185 geklärt wurden. Brauchst du eine statistische Analyse?

AE2: **Nein. Ich habe die Akte gelesen. Nichts davon ist unter meiner Administration vorgekommen.**

B/1: *Hinter dem Zeitplan zurückliegende Projekte: 0.*

Übers Budget hinausgehende Projekte: 0.

Projektanträge: 12.

Projektausgang: 18.

Laufende Projekte: 3.

Ausgaben des Flügels, quartalsweise Berechnung: C 688.575,31.

Einnahmen des Flügels, quartalsweise Berechnung: C 6.658.889,89.

Im Flügel sind folgende Probleme aufgetreten:

1. In der Forschung sind zwei Personen sicherheitsdienstlich gekennzeichnet worden: Justin Warrick, Grant ALX.

2. In der Administration wird eine Person vom Sicherheitsdienst überwacht: Ariane Emory.

3. Der Sicherheitsdienst ist in Alarmbereitschaft: Eine Kennzeichnung zieht rasch eine Überwachung nach sich.

Der aktuelle Status: Die Administration Reseunes hat eine Verzichtserklärung unterzeichnet.

Der MANAGEINDEX verfügt über insgesamt 4368 von 5000 Zugriffsmöglichkeiten. Der MANAGEINDEX gratuliert dir und deinem Personal und wird die Administration Reseunes auf deine hohen Verdienste aufmerksam machen.

Die erstklassigen Leistungen deines Personals werden gemeldet und werden in einer dauerhaften Akte lobend Erwähnung finden.

XIII

Die Abstimmungsergebnisse tickten auf dem oberen Rand des Bildschirms vorbei, und Giraud nahm noch einen Drink. »Wir werden's schaffen«, sagte er zu Abban.

Ein paar Drinks nach dem Essen in seinem Apartment in Novgorod. Eine privates Wahltreffen mit seinem Gefährten Abban, der sich selten etwas gönnte. Aber der Pegel in Abbans Glas war um die Hälfte abgesunken, seit die Zahlen aus Pan-Paris eingetroffen waren. Pan-Paris hatte sich beim letzten Mal für Khalid entschieden. Diesmal hatte Jacques dort einen Vorsprung von zwei Prozent.

»Es ist noch nicht vorbei«, bemerkte Abban auf seine mürrische Art. »Wyatts Station steht noch immer aus.«

Die von der möglichen Richtung weiterer Expansion entfernteren Sterne waren für jeden Sitz sehr unsichere Wahlvertretungen. Die Truppen dort neigten dazu, lokale Interessen höher zu bewerten, lehnten einen Zusammenschluß mit anderen Einheiten ab und stimmten regelmäßig für die Zentristen.

Aber Pan-Paris war ein gutes Omen ... das in den blinden Speichern der Cyteen-Station schon gewartet hatte: Zum selben Zeitpunkt, als auf Cyteen und in der Station die Wahllokale schlossen, spuckten die Computer die gespeicherten Ergebnisse der anderen Stationen aus, und die Prozentzahlen wurden durchgegeben.

»Ich hab's dir gesagt«, rief Giraud, als er sich schließlich sicher genug fühlte. »Nicht einmal bei Gorodins angeschlagener Gesundheit. Khalid ist weit davon entfernt, eine dritte Partei zu bilden. Er kann's jedenfalls nicht schaffen, wenn innerhalb seiner eigenen Wahlvertretung die Unterstützung für ihn abbröckelt. Dann brauchen wir uns nur noch über Jacques Sorgen zu machen.«

»Nur Jacques«, echote Abban. »Meinst du, er wird sich an die Vereinbarung halten? Ich nicht.«

»Er wird Gorodin ernennen. Er weiß verdammt gut, was er davon hätte, diese Abmachung zu verraten. Wir wollen nur hoffen, daß Gorodin am Leben bleibt.« Er nahm sich selbst einen Drink. »Und daß er sich beeilt und sich bald sehen läßt. Hoffen wir inständig, daß er nicht allzu lang aus Gründen des Anstands warten wird.«

Der gemäßigte, unentschlossene Simon Jacques sollte Rat werden, Gorodin zum Verteidigungsminister ernennen und dann zurücktreten und Gorodin als seinen Nachfolger einsetzen, wieder auf seinem alten Platz – wonach es unweigerlich zu einer weiteren Auseinandersetzung mit Khalid kommen würde.

Aber bis dahin hätten sie einen ernstzunehmenden expansionistischen Kandidaten bereit, um es mit Khalid aufzunehmen. In diesem Fall wurde die Zweijahres-Verordnung angewendet: Das bedeutete, daß Kahlid nach einer verlorenen Wahl erst nach dem Ablauf von zwei Jahren erneut gegen den Gewinner antreten konnte; Jacques würde den Sitz also zwei Jahre innehaben, ohne daß besondere Gefahr bestand, von jemandem herausgefordert zu werden – aber wenn Jacques unmittelbar nach der Wahl zurücktrat, würden sich die anderen darum prügeln, als erste einen Antrag zu stellen: Wer immer es zuerst tat, Gorodin oder Khalid, konnte den Antrag des anderen verhindern, denn sie hatten beide noch einen Monat bis zum Ende der Sperre von der Wahl, die *Khalid* auf seinen Posten gebracht hatte, was mit Sicherheit darauf hinauslief, daß der Oberste Gerichtshof die Sache regeln würde – die Verordnung wurde normalerweise nur auf Verlierer angewendet, ließ aber die Möglichkeit offen, einen Einspruch zur Herstellung rechtlicher Gleichberechtigung einzulegen.

Das bedeutete, daß es klüger war, Jacques so lange in dem Büro zu lassen, wie die Zweijahres-Verordnung ihn unangreifbar machte, während Gorodin – die Gerüchte um seine Gesundheit waren nichts Neues – die ihm verbleibende Zeit nutzte, um einen eigenen Nachfolger einzuarbeiten ... denn niemand glaubte daran, daß er selbst die vollen zwei Jahre durchhalten würde.

Einen Nachfolger, den Jacques natürlich auch unterstützen würde. Mit allen Mitteln. Jacques wußte selbst, daß er eine Galionsfigur war, daß sein Vermögen stark von mit den Zentristen verbundenen Firmen abhing, und die nächsten beiden Jahre würden heftige Auseinandersetzungen innerhalb der Verteidigung bringen, während Khalid, seines Postens beim Geheimdienst beraubt, noch immer genug Einfluß aufs militärische System hatte, um Schwierigkeiten zu machen. Allgemein vertrat man die Ansicht, daß Lu, behaftet mit dem Makel der administrativen Entscheidungen, die er dank Gorodins Kriegsaufzeichnungen in gewissem Ausmaß überstand, einen Ruf als unzuverlässiger Partner hatte, der ihm für einen gewählten Posten nicht sonderlich zustatten kam; außerdem war er alt, zu alt, wie die Dinge lagen.

»Uns gehen die Kriegshelden aus«, meinte Abban. »Es ist zweifelhaft, ob Gorodin irgend jemanden aus dieser Generation finden kann, der der Aufgabe gewachsen ist. Bei dieser neuen Wahlvertretung bin ich mir nicht sicher, ob sie an den alten Geschichten Interesse haben. Das ist das Problem.«

Siebzig Jahre seit Kriegsende – und in letzter Zeit wurden

mit deprimierender Häufigkeit Nachrufe auf berühmte Namen veröffentlicht.

»Diese jungen Kriegstreiber«, sagte Giraud, »verkörpern ein bestimmtes Denkset. Sie sind pessimistisch, sie rechnen immer mit dem Schlimmsten, und sie fühlen sich nur sicher auf der Seite derer, die sie für stark halten. Khalid macht mir mehr als ein Aufrührer denn als Held einer einzelnen Wahlvertretung Sorgen. Er spricht diese Typen an – die Krieger in allen Wahlvertretungen, nicht bloß die, die zufällig für die Verteidigung arbeiten. Es ist immer so nach Kriegen – in Zeiten der Verwirrung – oder bei ökonomischen Talfahrten, es ist genau das, worauf ein cleverer Taktiker wie Khalid bauen kann. Es sind alarmierende Vorzeichen zu beobachten. Lu wäre der Beste für den Sitz, noch immer der Beste, und der Beste in dieser Zeit – aber diese verdammte Wahlvertretung würde nie für einen Mann stimmen, der den Leuten sagt, daß man ein Problem unter vier oder fünf Gesichtspunkten betrachten kann. Es besteht zuviel Ungewißheit. Die Wahlvertretung will nicht die Wahrheit hören, sie will Antworten, die ihrem Denken nicht zuwiderlaufen.«

»Man könnte einfach eine direkte Lösung wählen«, sagte Abban. »Ich verstehe Zivilisten nicht, insbesondere keine zivilen ZIVs. In diesem Fall ist nicht das Gesetz am Werk. Es ist Wahnsinn, der ihm folgt. Schaff dir das Problem unauffällig vom Hals. Dann kannst du das Gesetz wieder in Kraft setzen.« Abban war tatsächlich ein wenig angetrunken. »Beseitige diesen Khalid. Ich könnte es machen. Und niemand würde es herausfinden.«

»Ein gefährlicher Präzedenzfall.«

»Das wäre eine Niederlage auch – gefährlich, was unsere Sache angeht.«

»Nein. Die Politik funktioniert schon. Wenn die Expansionisten stark aussehen, werden diese pessimistischen Typen für die Expansionisten stimmen. Und wir werden sie umstimmen. Wir hatten sie schon einmal. Wir können sie wieder haben.«

»Wann?« fragte Abban.

»Wir werden es schaffen. Ich sag's dir: Denys hat recht. Das Image der jungen Ari ist insgesamt zu harmlos gewesen.« Abban hatte sein Glas geleert. Giraud füllte es und goß noch etwas in seins, indem er die Flasche leerte. »Als unser Mädchen vor laufenden Kameras Khalid reinlegte, hat das viele von denen, die an Khalid glaubten, unsicher gemacht, aber versteh mich nicht falsch, sie haben's den Medien vorgeworfen. Denk daran, daß sie überall Verschwörungen vermuten. Sie waren nicht bereit, Ari als etwas Reales zu akzeptieren als etwas, das ihre Zukunft garantieren kann. Und sie werden's auch nicht, solange sie sie nicht davon überzeugt.«

»Was die Pazifisten ins Abseits stellt.«

»O ja. Als sie dort in unmittelbarer Nähe Khalids vor die Kameras trat, war das verdammt gefährlich. Sie hat's hingekriegt – aber nicht ohne Risiken einzugehen. Ich habe mich mit Denys darüber gestritten. Daß sie darauf bestand, Gehenna wieder an die Öffentlichkeit zu bringen, hat die Kriegstreiber mit Sicherheit wütend gemacht und den Pazifisten einen Riesenschrecken eingejagt – genug, um die Paxer zu Aktionen zu veranlassen. Sie hat vielleicht die paar Friedensfreunde angesprochen, die vor ihr nicht mehr Angst haben als vor ihm, und einige ihrer vergrault, aber sie hat keine von *seinen* Leuten für sich gewonnen. Sie sind gerade dabei, Gorodin wiederzuwählen. Gorodin ist ein alter Name, ein vertrauenswürdiger Name. Sie werden sich nicht nach der Meinung eines jungen Mädchens richten. Die Angstsüchtigen bestimmt nicht.«

Noch mehr Zahlen tickten vorbei. Ein immer größerer Vorsprung für Jacques.

»Ich sag dir, was mir Sorgen macht«, fuhr Giraud schließlich fort. »Der junge Warrick. Er wird sich sehr schwer halten lassen. Was macht unser Mann – der Kontakt zu Planys hat?«

»Er kommt voran.«

»Wir werden belegen, daß wir eine klare Verbindung zur Rocher-Bande oder den Paxern gefunden haben, und mehr brauchen wir nicht. Oder wir werden eine herstellen. Ich möchte, daß du dich darum kümmerst.«

»In Ordnung.«

»Wir müssen die Zentristen mit äußerst peinlichen Verbindungen beschäftigen – es muß Verbindungen geben. Das wird Corain in Atem und den jungen Warrick stillhalten, wenn er eine Spur von Verstand hat.«

»Direkte Lösungen sind ebenso denkbar«, meinte Abban.

»O nein. Jordie Warrick kann selbst ganz hilfreich sein. Wir werden ihm weiterhin die Reiseerlaubnis vorenthalten. Am Flughafen von Planys einen Skandal um den Sicherheitsdienst anzetteln. Das müßte reichen. Und wir lassen durchsickern, daß der junge Warrick sich einer Rejuvenilisierung unterzieht. Unser Jordie ist verdammt clever. Wir müssen nur den Druck aufrecht erhalten, und er wird leichtsinnig werden – er wird den Zentristen etwas zukommen lassen; und unser Mann leitet es direkt an die Paxer weiter. Dann stellen wir einfach das Licht an – und können zuschauen, wie sie nach Deckung suchen.«

»Und der junge Warrick?«

»Denys möchte ihn retten. Ich halte das für Wahnsinn. Wenigstens hat er auf meinen Rat gehört – für den Fall, daß wir wirklich ein Problem haben. Die Paxer haben uns einen wunderbaren Vorwand geliefert. Die Pazifisten hassen sie, weil sie mit Gewalt vorgehen, und die Kriegstreiber hassen sie für den Wahnsinn, den sie verkörpern. Soll unsere Ari doch herausfinden, daß die Paxer planen, sie umzubringen, und daß Jordan Warrick mit ihnen zu tun hat; dann können wir erleben, wie diese Instinkte im Handumdrehen die Kontrolle übernehmen. Und wie sich ihr Image verändert – weil hier von Bürgern Gewalttaten begangen und Verschwörungen geplant werden. Genau das, was wir brauchen. Damit wird sie sowohl die Friedens-Partei wie die Kriegstreiber für sich gewinnen – und Feinde für sich einnehmen, die ihr politisch nur von Nutzen sein können.«

»Versteh mich bitte nicht falsch, aber der junge Warrick ist in dieser Gleichung eine unsichere Größe.«

»Nun gut. Aber wir haben uns sehr um sein Wohlergehen gekümmert. Für sein langes Leben Pläne gemacht. Wenn wir ihn einer Rejuvenilisierung unterziehen, geht das alles in die Aufzeichnungen ein, nicht? Und wenn Ari sich bedroht fühlt – wird sie reagieren. Wenn Jordan sich bedroht fühlt – wird der junge Warrick zusammenzucken. Arrangiere den Vorfall, den ich brauche, und du wirst die Fetzen fliegen sehen. Und erleben, wie unsere junge Frau eine wertvolle Lektion lernt.« Einen Moment lang starrte er den Bildschirm an und nippte an seinem Wein. »Ich sag dir eins, Abban, aber das weißt du wohl schon: Sie ist mir wichtig. Auf *sie* kommt's mir an. Und auf Reseune. Es wäre zum Kotzen, wenn Jordie Warricks Sohn dabei auch ein Wörtchen mitzureden hätte. Wirklich zum Kotzen.«

Die Resultate der Cyteen-Station blitzten auf, zeigten ein deutliches Schwergewicht.

»Das ist es«, sagte Abban. »Jetzt hat er's geschafft.«

»Na klar. Ich hab's dir doch gesagt. Jacques ist drin.«

XIV

Catlin brachte der Sera Kaffee in das Heimbüro, wo sie die Guppys in dem kleinen Tank fütterte, den sie aus dem Gartenzimmer hergeschoben hatte. Die Sera war ruhig, ganz ruhig, als sie das tat. Manchmal schien es sie zu beruhigen, ihre Gedanken ganz zu beanspruchen. Catlin merkte das. Sie wußte auch, daß die Sera eine schwierige Zeit durchmachte, auf Antworten auf einen Protest wartete, den sie in der Administration eingereicht hatte; sie hatte – so sehr ihr Äußeres auch das Gegenteil vermuten ließ – schreckliche Laune, und Catlin hätte lieber darauf verzichtet, ihr nahe zu kommen. Aber sie versuchte es.

»Danke«, murmelte die Sera, nahm die Kanne und stellte sie auf den Rand des Schreibtischs, und fummelte mit dem Netz und einer Wasserpflanze herum.

Sie sah nicht einmal in Catlins Richtung. Nach einer Weile

kam Catlin zu dem Schluß, daß die Sera sie absichtlich ignorierte und einfach angestrengt nachdachte, drehte sich um und ging wieder hinaus.

Oder machte zumindest ein paar Schritte. Sie kam bis in den Flur, wo sie sich dem gequälten, gereizten Blick ihres Partners gegenübersah.

Deshalb hielt sie inne, atmete tief durch und ging zurück, um sich neben den Schreibtisch der Sera zu stellen, fest entschlossen, sie auf sich aufmerksam zu machen.

Lieber hätte sie ein Feld in Brand gesetzt, dachte sie dabei.

»Was ist los?« fragte die Sera plötzlich, indem sie aus ihrer Konzentration aufschreckte.

»Sera ... ich muß mit Ihnen reden. Über die Sache mit Planys. Florian sagte ... ich war diejenige, die's gehört hat. Deshalb muß ich es sagen.«

Manchmal brauchte die Sera einen Moment, um zurückzukommen, wenn sie richtig über etwas nachdachte, und besonders wenn sie wütend war, und sie brachte etwas von dieser Laune mit zurück. Weil sie so klug war, dachte Catlin, weil sie so angestrengt nachdachte, verfiel sie fast in ein Tiefenstudium, nur gelang es ihr aus sich selbst heraus.

Planys aber war ein Schlüsselwort. Genau deswegen war die Sera so wütend; und sie war sofort wieder da und starrte Catlin an.

»Was ist mit Planys?«

Catlin verschränkte die Hände. Du kannst am besten etwas erklären, hätte sie Florian gegenüber eingewandt. Aber du hast es gehört, hatte Florian erwidert, also solltest du es erklären.

Denn Florian machte sich in die Hose, wenn es zu einer Auseinandersetzung mit der Sera kam.

Und das war jetzt durchaus möglich.

»Diese Paxer-Gruppe in Novgorod«, begann Catlin.

In einer U-Bahn in Novgorod war ein weiterer Bombenanschlag verübt worden. Zwanzig Menschen waren getötet, achtundvierzig verletzt worden.

»Was hat das mit dem Flughafen von Planys zu tun?«

»Unter Sicherheitsaspekten sind sie beide ...« Sie konnte nichts darstellen, ohne in die Einzelheiten zu gehen. Sie wußte nie, was sie bei einem ZIV auslassen konnte, nicht einmal bei der Sera, deshalb entschied sie, gleich zum Kern der Sache vorzustoßen. »Sera, man ist sich ziemlich sicher, daß irgendeine Verbindung besteht. Die Paxer sind diejenigen, die Gewalttaten verüben. Aber es gibt noch eine Gruppe, die sich das ›Komitee für Gerechtigkeit‹ nennt und ...«

»Ich habe davon gehört.«

»Beide Gruppen überschneiden sich. Der Sicherheitsdienst sagt, das steht zweifelsfrei fest. Im großen und ganzen ist die eine die andere. Sie hängen in Novgorod Plakate auf, verstehen Sie – jemand geht einfach durch einen U-Bahn-Waggon und hängt eins auf – ›Komitee für Gerechtigkeit‹ steht auf den meisten. Oder ›Befreit Jordan Warrick‹. Aber auf ein paar steht auch ›Keine Eugenik‹ und ›Warrick hatte recht‹.«

Die Sera zog ein finsteres Gesicht.

»Es ist sehr ernst«, sagte Catlin. »Der Sicherheitsdienst ist furchtbar besorgt.«

»Verdammt, ich weiß, wie ernst es ist. – Aber was hat das mit der Sicherheit auf dem Flughafen von Planys zu tun?«

»Es ist kompliziert.«

»Erklär's mir! Ich höre zu. Erzähl mir alle Einzelhei*ten*. *Was* weiß der Sicherheitsdienst?«

»Die Polizei in Novgorod weiß, daß der von den Paxern verwendete Sprengstoff privat hergestellt wurde. Das ist das erste.

Es gibt wahrscheinlich nur eine Handvoll echter Paxer in Novgorod. Die Polizei ist sich ziemlich sicher, daß sie für Rocher arbeiten. Aber sie können Rocher nicht finden. Deshalb nehmen sie an, daß er mit der Karte von jemand anderem lebt. *Das* ist nicht schwierig. Nichts ist schwierig, wenn so viele Menschen auf so engem Raum zusammengepfercht leben. Es gibt wahrscheinlich eine Reihe von Verbindungen zwischen dem Komitee, den Paxern und Rocher. Deshalb hat die Polizei über das Cyteener Amt das Amt für Innere Angelegenheiten der Union eingeschaltet, mit der Begründung, daß es ein Problem ist, das die Grenzen zwischen Cyteen und ...«

»Ich weiß, daß sich Reseunes Sicherheitsdienst mit dem Fall beschäftigt. Aber sag's auf deine Weise.«

»... zwischen Cyteen und Reseune überschreitet. Woraufhin das Justizamt uns gebeten hat, der Polizei in Novgorod zu helfen. Sie haben nicht dieselben Möglichkeiten wie wir – Novgorod ist einfach zu groß. Die Polizei spricht sogar davon, daß man sich an jedem U-Bahnhof Karten besorgen kann, und das bedeutet nichts anderes, als daß diese Leute immer die Karten von anderen haben werden und Leute umbringen, um an sie heranzukommen. Viel von dem, was die Polizei machen könnte, um die Attentate zu unterbinden, ist wirklich teuer, und es würde alles zum Erliegen bringen, weil die Leute dann Stunden brauchten, um zur Arbeit und zurück zu kommen. Sie sagen, auf der Cyteen-Station wird man sehr nervös, und sie überprüfen Schlüsselkarten und bauen Handabdruck-Schlösser ein und dergleichen. Deshalb sind sie zu dem Schluß gekommen, daß man nur an die Paxer herankommen kann, indem man sie infiltriert. Und das haben sie getan. Man schleust einfach jemanden ein, erhält so gute Personenbeschreibungen und durchsucht auf Grundlage dieser Merkmale das Schlüsselkartensystem, ehe man damit anfangen kann, einzelne von ihnen auszuschalten und interne Auseinandersetzungen zu verschärfen – man sorgt dafür, daß sie sich gegenseitig bekämpfen, und schleust immer mehr Leute ein, bis man sich ein Bild von ihren Verflechtungen machen kann. Auf diese Art wollen sie's versuchen.«

»Du meinst, du weißt, daß sie schon damit angefangen haben.«

Catlin nickte. »Ich sollte es nicht wissen. Aber ja, Sera, es stimmt. Und sie wissen, daß die Flughäfen zu den Orten gehören, wo einiges von dem illegalen Zeug, das diese

Leute brauchen, zu ihnen durchgeschleust wird, und auf diese Weise verbreitet es sich außerhalb von Novgorod, so lautet zumindest das Gerücht. Daß sie irgendwo anders zuschlagen werden. *Das* geht da draußen vor.«

»Sie erteilen doch kein Startverbot, oder?«

»Nein, Sera. Die Leute wissen nicht, was da läuft. Sie brauchen es nicht zu wissen. Aber die Sicherheitskräfte machen sich vor allem um Planys und Novgorod Sorgen. Um Novgorod, weil es die größte Stadt ist, und weil es dort einen Flughafen gibt. Und um Planys, weil sie glauben, daß es dort ein Problem gibt.«

Die Sera schloß den Deckel des Tanks und legte das Netz hin. »Weiter. Nimm dir Zeit.«

»Sie sind schrecklich besorgt«, erzählte Catlin. »Sera, auf den Plakaten ist nicht von Jordan Warrick die Rede. Sie sind gegen *Sie* gerichtet. Die Leute haben Angst vor den U-Bahnen. Dort regieren die Paxer. Die Leute sind nicht besonders klug. Überall hängen diese Schilder, die einen darauf hinweisen, daß man auf Leute achten soll, die irgendwo Pakete liegenlassen, und es sind Gerüchte im Umlauf, daß die Polizei in den U-Bahn-Stationen diese Geräte installiert hat, die Explosivstoffe in die Luft gehen lassen, wenn sie an diesen Stellen vorbeigetragen werden, aber das ist nicht der Fall. Die Leute rufen die Büros in der Stadt an und bitten um mehr Fußwege, aber das ist idiotisch – man kann in einem Fußgängertunnel Bomben verstecken, die genauso viele Menschen umbringen. Die Polizei kann also nichts weiter tun, als sich damit abzufinden, aber die Leute sind wirklich außer sich, das sagen sie jedenfalls, und das Komitee läßt immer häufiger von sich hören und verbreitet die Lügen über Sie, die es gerade braucht. Die Polizei ist sich nicht einmal sicher, ob nicht auch dahinter Khalid steckt, aber das ist bloß etwas, das der Sicherheitsdienst gern beweisen würde. Aber das ist auch der Grund, warum sie all diese Dinge auf den Flughäfen anstellen, und warum Justin keine Reiseerlaubnis bekommt. Und das ist nicht einmal das Schlimmste, Sera. Es gibt wirklich jemanden in Planys, der Sachen herein- und hinausschmuggelt. Er muß etwas mit Jordan Warrick zu tun haben. Das ist es, was vor sich geht. Deshalb gestatten sie Justin und Grant nicht, dorthin zu reisen.«

Die Sera blieb einen Moment lang ganz ruhig. Sie war wütend. Schrecklich wütend und aufgeregt.

Es war nicht schwer, sich zu denken, warum die Sera mit Justin Warrick zusammenarbeitete: Catlin kannte die Gründe, so wie sie wußte, seit sie gesehen hatte, wie Florian ein Problem in den Angriff nahm, daß sie Florian mehr als alles andere auf der Welt brauchte.

Und wenn man jemanden zum Partner hatte, fühlte man sich ihm verbunden, und kein Gedanke war einem so verhaßt wie der, von ihm im Stich gelassen zu werden.

Lange Zeit stand die Sera da und setzte sich schließlich an den Schreibtisch. »Ich glaube nicht, daß sie's wissen«, sagte sie.

»Es sei denn, jemand innerhalb von Reseune arbeitet für sie, Sera. Und das ist unwahrscheinlich. Aber nicht jeder in Planys gehört zum Personal von Reseune. Das ist die Schwachstelle. Und die werden sie nicht ausbessern. Sie werden erst sehen, was läuft. Jordan Warrick hat Verbindungen mit den Abolitionisten. Und vielleicht auch zu angesehenen Personen. Das weiß noch niemand. Der Sicherheitsdienst versucht herauszufinden, ob diese Gruppen dafür verantwortlich sind.«

Das Gesicht der Sera war schrecklich blaß geworden, spiegelte eine entsetzliche Sorge wider.

»Sera?« fragte Catlin, setzte sich auf den Stuhl für den Gesprächspartner und legte die Hand auf Seras Knie. »Florian und ich werden versuchen, uns auf dem laufenden zu halten über das, was los ist, wenn Sie Denys nicht sagen, was wir wissen. Das ist das beste. Das ist geradezu unsere Pflicht.«

Die Augen der Sera schienen sich wieder auf etwas zu richten. Und sahen Catlin an. »Justin weiß nicht im mindesten etwas darüber.«

»Sie werden ihm erlauben, mit seinem Vater zu reden,

Sera. Natürlich werden sie das Gespräch sehr aufmerksam überwachen. Und sie werden seinem Vater eine Menge Platz lassen, sie haben sogar vor, die Sicherheits ...«

»Um ihm eine Falle zu stellen, meinst du. Mein Gott, Catlin, eine Falle, in die sie ihn selbst hineinstoßen werden. Was meinen sie, woraus Menschen gemacht sind?«

»Vielleicht tun sie das. Aber darüber mache ich mir keine Sorgen. Ich mache mir eher deswegen Sorgen, weil Justin hier ist. Weil er sich aufregen wird, wenn er nicht zu seinem Vater kann. Sera ...« Es fiel ihr ungeheuer schwer, das zu sagen. Plötzlich hatte sie es vor sich, das ganze Bild, das ihr Sorgen bereitet hatte, und sie vollführte eine barsche Geste, um der Sera das Wort abzuschneiden, bevor sie selbst den roten Faden verlor. »Das Problem ist Novgorod. Es gibt dort Menschen, die Sie hassen. Und Jordan Warrick hatte mit diesen Leuten lange Zeit zu tun. Es kommt nicht darauf an, ob es seine oder ihre Schuld war – entscheidend ist, daß sie ihn zum Vorwand nehmen. Und das bedeutet Macht. Und wenn er die hat ...«

»... wird er irgendwie Gebrauch von ihr machen«, schloß die Sera.

Catlin nickte. »Und Justin ist Ihnen ganz nah, Sera. Justin ist drin. Und sein Vater ist eine Sonderperson, eine Kapazität der Psychologie – und er ist Ihr Feind. Das ist sehr gefährlich. Unheimlich gefährlich, Sera.«

»Ja«, erwiderte sie ganz ruhig. »Ja, richtig.« Und nach einem weiteren Augenblick: »Verdammt, warum hat Denys es mir nicht gesagt?«

»Vielleicht dachte er, Sie würden mit Justin reden, Sera.«

»Dabei könnte ich das in Ordnung bringen«, sagte die Sera. »Ich könnte es in Ordnung bringen ... Verdammt, ich würde ...«

»Was würden Sie tun, Sera?« Daß die Sera möglicherweise eine Idee hatte, überraschte sie ganz und gar nicht. Aber es beunruhigte sie, ihre Schultern herabsacken und sie den Kopf schütteln zu sehen.

»Politik«, murmelte sie. »Po-li-tik, Catlin. Schmutzige Politik. Wie bei unseren Freunden, die nicht miteinander reden. Als seien sie Idioten, Catlin, die niemandem verraten werden, was sie wirklich wollen – wie die Leute, die Reseune aus einer Vielzahl von Gründen zerstören wollen, und von denen einige geistig gesund und andere üble Gauner sind. So wie diese Verrückten, die U-Bahnen in die Luft sprengen, um für den Frieden zu kämpfen. Was zählt da noch die Vernunft?«

Catlin schüttelte verwirrt den Kopf.

»Ich möchte wissen, wer diese Leute sind«, sagte die Sera in hartem Ton. »Catlin, ich möchte wissen, ob von ihnen welche von Azis abstammen. Ob unter ihnen Azis sind, oder ob dies eine Verrücktheit von ZIVs ist, für die Reseune nichts kann.« Und nach einer Pause: »Ich muß über das andere nachdenken. Ich muß wirklich noch darüber nachdenken, Catlin.«

»Sera, gehen Sie damit bitte nicht zu Justin. Erzählen Sie's ihm nicht.«

Ein langes Schweigen. »Nein«, versicherte sie dann. »Nein. Das ist nicht der richtige Weg.«

ARCHIVE: RUBIN-PROJEKT: GEHEIMHALTUNG STUFE AA

NICHT KOPIEREN
INHALT: Computer-Transkript Akte
Nr. 78346 Seq. Nr. 7
Personal-Archive
Emory I / Emory II

2423: 11/5: 2045

AE2: **Basis Eins, welche Informationen hast du zu folgendem: Schlüsselwort: Attentat; Schlüsselwort: Ariane Emory; Schlüsselwort: Tod?**

B/1: *Ari senior hat eine Botschaft.*

Warte.

Ari, hier ist Ari senior.

Du hast dich nach dem Attentat erkundigt.

Dieses Programm wird deine gegenwärtigen Sicherheitsprobleme einschätzen, während die Botschaft abgespielt wird.

Hüte dich vor allem vor den Menschen, die du kennst. Bei allen anderen wäre es nicht ratsam, sie in deine Nähe zu lassen.

Du willst etwas über den Tod wissen. Begehe zunächst einmal nicht den Irrtum, meine Begrenzungen für deine eigenen zu halten.

Wenn ich dies schreibe, weiß ich nicht, wieviel Zeit mir noch bleibt. Immerhin weiß ich, daß die Rejuvenilisierung versagt hat. Das weiß auch Petros Ivanov, der garantieren mußte, es für sich zu behalten.

Wie sehe ich dem Tod entgegen? Mit schweren Ängsten. Mit Ängsten, weil ich weiß, wieviel noch zu tun ist.

Gott, wenn ich noch einmal leben könnte.

Aber dafür bist du da, Liebling. Und ich werde nie erfahren, was dabei herausgekommen ist, nicht wahr?

Basis Eins hat seine Einschätzung beendet.

Du bist siebzehn Jahre alt. Du bist rechtlich erwachsen.

Die Register, die dieses Programm in den Sicherheitsaufzeichnungen benutzt hat, deuten auf eine schwierige Phase hin. Hältst du das für eine angemessene Beschreibung?

AE2: **Ja.**

B/1: *Ist dein Leben in Gefahr?*

AE2: **Ja.**

B/1: *Wirst du von jemandem innerhalb oder außerhalb von Reseune bedroht?*

AE2: **Ich weiß nicht.**

B/1: *Glaubst du, daß du dem Wissenschaftsamt vertrauen kannst?*

AE2: **Ich weiß nicht. Ich brauche mehr Informationen. Ich möchte, daß meine Freigabe ausgeweitet wird; Basis Eins.**

B/1: *Wird bearbeitet.*

Beschreibe, was du wissen willst.

AE2: **Alles. Ich möchte, daß dieses Programm für mich alles tut, was es für Ari senior getan hat, und ich möchte, daß dabei keine Spuren im System zurückbleiben.**

B/1: *Deine Anfrage wird bearbeitet.*

Ari senior hat eine Botschaft.

Warte.

Ari, hier ist Ari senior.

Du hast Basis Eins gebeten, sämtliche Funktionen anzunehmen. Das Programm beurteilt gerade dein psychologisches Profil, deine gegenwärtigen Testergebnisse und den Zustand der Büros und Abteilungen im Haus.

Hast du berücksichtigt, daß die Sicherheitssperre, die dies ins Haussystem einfügen wird, von anderen Basen entdeckt werden könnte? Verfügst du über genügend Kenntnisse, um dich dagegen zu sichern?

AE2: **Ja.**

B/1: *Ich kann nicht vorhersehen, in welcher Situation du diese Anfrage machst. Deshalb kann ich dir keinen speziellen Rat geben.*

Das Programm ist jedenfalls grundsätzlich bereit, dir auf Grundlage deine Anfrage eine Erweiterung deines Zugriffs zu genehmigen, nach einem gründlichen Abwägen verschiedener Aspekte: der Zeitspanne, die du rechtlich volljährig bist, dem Ausmaß und der Form der Sicherheitmaßnahmen anderer Basen, deiner eigenen Testergebnisse und psychologischen Profile, und einer Anzahl anderer Faktoren, mit denen du dich bei Gelegenheit beschäftigen kannst.

Ich hatte daran gedacht, die Macht der Basis Eins zu teilen, dir vorerst nur die Möglichkeit zu geben, Informationen abzurufen – aber nicht die, über die Zugriffe der Basis Eins bestimmte Handlungen zu vollziehen, was deinem und dem Schutz Reseune dienen sollte.

Aber ich habe mich dagegen entschieden, einfach aus dem Grund, weil ich nicht vorhersehen konnte, in welcher Lage du dich befinden würdest. Aber das Programm läuft so, wie es ist, weil du Eingriffsmöglichkeiten ins Haussystem verlangst, die die des gegenwärtigen Administrators Reseunes übersteigen.

Das könnte notwendig sein. Das könnte auch ein schwerer Fehler sein.

Bevor du weitermachst, bedenke bitte, daß du, je mehr reale Macht du gewinnst, eine immer größere Gefahr für andere wirst. Dein jetziger Schritt, wenn man auf ihn aufmerksam wird, könnte die Zahl und die Entschlossenheit der Menschen erhöhen, die gegen dich arbeiten.

Möchtest du trotzdem weitermachen?

AE2: **Ja.**

B/1: *Ich rate dir dringend, beanspruche die interaktiven Funktionen der Basis Eins nicht übers bisherige Maß hinaus, bevor du keine politische Grundlage geschaffen hast, die dir den Rücken stärkt: Ich meine damit besondere Sicherungsmaßnahmen auf einer Ebene, die Denys und Giraud Nye, Petros Ivanov, Yanni Schwartz, Wendell Peterson oder John Edwards ausschließt, weil sie sehr wahrscheinlich sehr schnell merken werden, was du vorhast, und zwar nicht auf Wegen, die etwas mit dem Haussystem zu tun haben. Du magst genauso brillant sein wie ich, junge Ari, aber du bist auf dieser Ebene unerfahren. Bedenke, wie wenig eine Siebzehnjährige der Erfahrung und dem politischen Sachverstand dieser Leute entgegensetzen kann.*

Es ist allerdings völlig ungefährlich, auf der neuen Ebene die Funktionen zur Informationsgewinnung zu benutzen: Mach auf jeden Fall von ihnen Gebrauch, um zu erfahren, was im Haus vor sich geht, bloß unternimm nichts dagegen, bis du dir ganz sicher bist, daß du deine Maßnahmen völlig geheimhalten kannst oder bis deine Position wesentlich stärker ist als die jeglicher Opposition innerhalb von Reseune – oder im Amt, oder wo auch immer. Ich bin nicht völlig davon überzeugt, daß eine unerfahrene Person innerhalb dieses Systems ihre Handlungen verbergen kann.

Ich bin, wie du bemerkt haben wirst, äußerst unsicher, was diesen Schritt angeht. Zu meiner Zeit barg Reseune Geheimnisse, die über Krieg und Frieden entscheiden konnten.

Ich hatte über die Basis Eins erst volle Kontrolle, als ich zweiundsechzig war. Ich schätze, daß ich ab dreißig imstande war, mit ihr umzugehen. Aber ich hätte damals mit derselben Vorsicht und ebenso maßvoll begonnen, wie ich's dir als Siebzehnjährige empfehle. Wenn du mit Verstand und Kenntnissen allein nicht überleben kannst, ist entweder deine Situation schlimmer als meine, oder du bist nicht so clever, wie ich es war.

Möchtest du trotz dieser Warnungen weitermachen?

AE2: **Ja.**

B/1: *Sei dir bewußt, daß du mit dieser Anfrage den ersten Schritt getan hast, um die Autorität über Reseune zu erlangen. Durchdenke die Situation innerhalb und außerhalb von Reseune, und frage dich, wozu sie führen könnte und ob du bereit und in der Lage bist, mit ihr fertig zu werden.*

Bedenke bitte, daß andere diesen Schritt vorhergesehen und ihre Spuren verwischt haben könnten. Aber bis du dem System nicht bestimmte Maßnahmen anordnest – oder bis du, hör mir genau zu, dir nicht anmerken läßt, daß du etwas weißt, das du nur von einer höheren Basis erfahren haben kannst, wirst du selbst keine Spuren hinterlassen. Nutze diese Verborgenheit, solange du kannst.

Sieh dir genau an, wie andere das System angelogen haben, damit du, wenn du's tust, zu clever bist, als daß sie's merken könnten.

Ich habe nur eine Vorkehrung getroffen, unter der das System arbeiten wird, bis du die Administration kontrollierst. Basis Eins wird Informationen ohne zusätzliche Kennzeichnung nur abrufen können, und anzeigen, welche Informationen dir vor dieser Ausweitung nicht zugänglich gewesen wären.

Es wird dir anzeigen, wo Fehlinformationen in das System geschleust worden sind und dir beide Informationssätze zeigen.

Ich habe speziell für dich eine Fehlersicherung eingebaut, für den Fall, daß du um diese Möglichkeiten bittest, bevor du die Administration Reseunes übernommen hast. Das System wird unterbrechen und um eine besondere Kennzeichnung bitten, bevor es auf irgendeiner Ebene aktiv wird, die dir möglicherweise erst als Ergebnis dieser Ausweitung zugänglich ist – einfacher ausgedrückt, es wird so arbeiten wie bisher, nur wird es bestimmte Informationspartikel identifizieren und markieren, die dir Hinweise darauf geben, was andere Leute glauben, vor dir zu verbergen; und es wird dich davor bewahren, zufällig etwas zu tun, was den Rahmen dessen sprengt, wovon sie ausgehen. Der Schlüsselbegriff, der dem System eigene Handlungen ermöglicht, lautet: Zerstörung. Du kannst ein eigenes Schlüsselwort programmieren, das dir besser gefällt. Aber du solltest auch über dieses Wort nachdenken und die Konsequenzen, die es hätte, wenn du meinen Rat mißachtest, ganz gleich, wie heiß dir der Boden unter den Füßen wird.

Langes Nachdenken läßt sich in der Regel durch eine überlegte Handlung ergänzen; aber unüberlegte Handlungen können selten durch langes Nachdenken berichtigt werden.

Verstehst du mich, Ari?

AE2: **Ich verstehe, Basis Eins.**

B/1: *Dein Zugriff ist ausgeweitet worden. Diese Basis ist nun voll funktionstüchtig. Basis Eins übertrifft nun alle anderen Basen in allen Reseuner Systemen.*

AE2: **Bitte rufe alle bisher unzugänglichen medizinischen und sicherheitsdienstlichen Aufzeichnungen aller Personen unter meiner Aufsicht ab.**

B/1: *Wird bearbeitet.*

Akte: Justin Warrick
Emory I
2404: 11/S: 2045

Warrick, Justin.

Gesch(ätzter) Rez(ner-Index von) 180+ schn(eidet) im Ver(gleich) m(it) sein(em) Pat [Vater] gut ab (aber) m(it) niedr(iegerem) Aggres(sionspegel) auf(grund) der Gegenwart dom(inanten) g(enetisch) i(dentischen) E(lternteils) ergo [befahl ich die Zeugung von] G(rant) ALX [als Justin Warricks Gefährte]...

Akte: Justin Warrick
Emory II
2423: 11/10: 2245

Warrick, Justin.

Kennzeichnung: Psychogenese.

Nach allen Hinweisen, auf die ich bisher in den Akten gestoßen bin, war Justin Warrick in seiner Konzeption ein Testfall.

Ari I behauptet, sie habe Jordan mit psychologischen Tricks dazu gedrängt, sich ein PR zuzulegen. Sie sagte Dinge wie: »Ich bin von der Veranlagung nicht geeignet, mein eigenes aufzuziehen ...« – ihr eigenes PR, meinte sie, glaube ich. Und sie meinte, Jordan sei ein Verlust, womit sie etwas meinte, das ich nicht verstehe; entweder konnte sie nicht mit ihm arbeiten, oder seine Arbeit schlug eine Richtung ein, die ihr nicht recht war. Ich glaube, das letztere traf eher zu. Aber er verfügte über Fähigkeiten, die ihren ebenbürtig waren. Das muß sie erkannt haben.

Sie hatte früher mit Jordan zusammengearbeitet. Sie ergänzten sich anfangs sehr gut. Aber Jordans Erziehung machte ihn zu einer ebenso dominanten Person wie sie, und beide hatten eine Menge Probleme, die von einem se-

xuellen Kontakt herrührten, den sie hatten, als er siebzehn und sie zweiundneunzig war. Das war seine einzige heterosexuelle Beziehung, und was damit schiefging, hatte mehr mit dem Umstand zu tun, daß er zunächst einmal kein Hetero war, und mit siebzehn als Student für Ari zu arbeiten angefangen hatte – das ganze Muster stimmt mit dem überein, was später mit Justin passierte.

Aber in Jordans Fall hatte *er* einen Antrag gestellt, mit Ari arbeiten zu dürfen, wahrscheinlich aus aufrichtiger Bewunderung für ihre Arbeit. Er war jung und attraktiv, und Aris Neigung und seine Bewunderung führten zu einer ernüchternden Erfahrung.

Aber jetzt kommt das, worauf niemand achtet: Jordan Warricks Index legte in den nächsten zehn Jahren um sechzig Punkte zu. Dabei hatte er bereits einen respektablen Wert. Aber niemand wußte, was in ihm steckte, ehe er mit Ari arbeitete – denn die Publicity und die Gelegenheit, mit ihr zu arbeiten, bestimmten in jenen Tagen die öffentliche Meinung. Aber Tatsache ist, daß er damals noch nicht die Sonderperson Jordan Warrick war. Er war nur verdammt klug und außerdem Aris Student.

Deshalb erkundigte ich mich nach Jordans Eltern. Seine Mutter hatte ihn nicht haben wollen, nachdem er zur Welt gekommen war. Sie war eine Forscherin. Sie war nur an den Vorteilen interessiert, die man damals genoß, wenn man in Reseune ein Baby hatte. Aber das Baby selbst wollte sie nicht. Sie suchte sich nur seinen Vater aus, wurde etwa so termingerecht schwanger, wie man es schaffen und trotzdem weiter Geschlechtsverkehr haben kann, brachte Jordan zur Welt und gab ihn seinem Vater, der ihn aufziehen sollte. Sein Vater war ein Spezialist für Ausbildungspsychologie, der jede neue Theorie an seinem Kind erprobte, ihn früh zum Lernen brachte und ihm viele Dinge kaufte – ein Riesenaufwand für den kleinen Jordan. Sein Vater war vernarrt in ihn.

Das war jedenfalls Jordan Warrick – nicht zu vergessen sein Gefährte Paul, den er ein Jahr nach seiner Affäre mit

Ari anforderte, als er immer noch mit ihr arbeitete – aber nachdem er aus der Wohnung seines Vaters ausgezogen war.

Von da an schossen seine Testergebnisse in die Höhe.

Ich glaube, Ari mischte sich regelmäßig in seine Angelegenheiten ein. Sie half ihm, Paul zu bestellen. Sie behauptet auch, sie habe ihn dazu überredet, ein PR von ihm zeugen zu lassen, als er dreißig war, ein Jahr, nachdem sein Vater bei einem Versagen der Isolierung starb – und außer einer Tante hatte er keine weiteren Familienangehörigen. Also arbeitete sie sicherlich mit ihm zusammen. Sie hatte es ohne Frage mit einem Mann zu tun, der jemanden verloren hatte, den er sehr liebte, und es stimmt, daß sie in derselben Woche mit Justin Warrick anfingen, und *sie* mit Grant ALX. In dieser Zeit liefen die Dinge zwischen ihr und Jordan ziemlich gut, und sie erzählte Jordan ein paar Jahre später, daß sie eine Alpha-Versuchsperson habe, die sie sozialisieren wolle, und es wäre ihr sehr recht, wenn er sich darum kümmerte und damit zugleich einen Spielkameraden für seinen Sohn hätte.

Jordan stimmte zu. Aber Ari hatte Grant sehr sorgfältig ausgewählt, und sie hatte an seinem Set einige äußerst geringfügige Korrekturen an ein paar Dingen vorgenommen, die nicht weiter ins Gewicht fielen – vor allem deshalb, weil jede Veränderung des ursprünglichen Gensets einer Sonderperson bedeutete, daß sie sich nicht an den Rat wenden mußte, um eine Erlaubnis zu erhalten, und daß Grant außerdem als Experimenteller eingestuft sein würde, was darauf hinauslief, daß Reseune immer seinen Vertrag behielt, was keiner Privatperson gestattet war. Ari entwarf Grants frühe Bänder. Sie benutzte die Basis Eins, um alles über Jordans Vergangenheit und seinen Vater herauszubekommen, während sie etwa zur selben Zeit nach geeignetem Material für Grants Genset suchte und alles für ihn vorbereitete. Und falls Grant je Teil eines anderen Forschungsprojekts war, ist davon nichts in den Aufzeichnungen oder ihren Notizen zu finden.

In einer Notiz berichtet sie, daß Jordan ein dominanter Mann war, der aber, wenn ihm jemand überlegen gewesen wäre, in sich zusammengebrochen und untergegangen wäre, denn anders konnte er darauf nicht reagieren. Es steht da etwas von Pflanzen und höheren Pflanzen, die die ganze Sonne bekämen. Das heißt, wenn Justin ein PR war, konnte er sich nicht zu etwas Ähnlichem wie sein Vater entwickeln, denn sein Lehrer war nicht Jordans Vater Martin. Martin war nicht so dominant gewesen, aber er hatte einen starken, von sich selbst sehr eingenommenen dominanten Menschen aufgezogen, der mit seinem Vater dennoch die Neigung teilte, seinem Sohn ein Übermaß an Zuneigung und materiellen Dingen angedeihen zu lassen. *Das* spielte die entscheidende Rolle, als Justin Warrick aufwuchs. Außerdem war Jordan sehr viel klüger als Martin Warrick, er hatte eine professionelle Begabung zur Manipulation, hatte aber in der Hinsicht einen eigentümlichen emotional blinden Fleck, daß er seinen Sohn als eine Verlängerung seiner selbst betrachtete – das heißt, daß sein Sohn *er selbst* sein und dem Problem des Bok-Clones ausweichen sollte, das bisher jedes PR eines begabten Elternteils heimgesucht hatte.

Ari sagte über Justin in seinen Schulunterlagen: Solange du deinen Vater mit dem lieben Gott verwechselst, wirst du nicht weiterkommen, und das wäre ein Jammer. Ich habe darum gebeten, dich in meinen Flügel aufzunehmen. Es wird dir zustatten kommen, die Dinge aus einer anderen Perspektive zu betrachten.

Ich weiß nicht, wieviel von dem, was passiert ist, geplant war, aber viel davon entsprang Berechnung. Sie bestärkte ihn darin, eine Abhandlung abzufassen. Sie ermutigte ihn; sie schleppte ihn in ihren Flügel, setzte ihn an ihre Forschungen und nahm einen Eingriff an ihm vor.

Ich habe das Band gesehen (siehe Band 85899), und ich weiß, daß es ein Eingriff war. Sie wußte, daß sie sterben würde. Ihr blieben allenfalls noch ein paar Jahre. Justin

Warrick war der Test, der ihr Aufschluß geben sollte, ob es oder ob es mich nicht geben würde – so wie ich bin.

Sie hat ihre Vorgehensweise immer so genau, für alle offensichtlich vorbereitet; aber wenn sie anfing, schien sie jedesmal ihre eigenen Vorschriften zu verletzen. Das lag daran, daß sie dazu neigte, Schritte zusammenzufassen und Operationen zu kombinieren, weil sie mit Fluß-Zuständen so gut zurechtkam wie niemand, den ich je kennengelernt habe.

Das Band mit ihr und Justin beunruhigt mich in vielerlei Hinsicht. Aber ich nehme es mir immer wieder vor, weil es ein paar Bänder aus allen Phasen ihres Lebens gibt, auf denen sie unter kontrollierten Bedingungen klinische Eingriffe vornimmt. Aber bei dem, was ich alles über Justin und Psychogenese weiß, zeigt mir dieses Band, so schrecklich es auch ist, eine Ari ohne Unterstützung durch Bänder, in keiner klinischen Situation, ohne jede Absicherung; und weil ich, das ist das Furchtbare daran, genau weiß, wie die Situation war, ihre Reaktionen aus ihrer eigenen Sicht kenne, kann ich auch genau das sehen, was sie gesehen hat, wie schnell sie sich aufs Fließen einstellen und wie schnell sie ein ganzes Programm verändern konnte ...

Denn ich habe ihre Notizen zu dem, was sie vorhatte, und ich kann ihre Körpersprache so gut lesen wie niemand sonst.

Justin hat nicht so funktioniert, wie es der Fall gewesen wäre, wenn sie mit ihm hätte weiterarbeiten können. Das weiß ich. Ich glaube, ich weiß auch, was meine Onkel gegen ihn haben.

Ihre Arbeit einem jungen Forscher wie Justin Warrick zu überlassen, ist ganz typisch für Ari, entspricht ganz diesem Eingriff, der auf dem Band zu sehen ist. Sie ging bei ihrer Arbeit Risiken ein, angesichts derer ein ethisches Gremium die Hände über dem Kopf zusammengeschlagen hätte, die mich aber vielleicht weniger erschrecken, als sie sollten, denn ich kann wenigstens etwas von dem sehen, was sie gesehen hat. Und ich weiß, warum sie jemanden haben wollte, der nach ihr kommt – jemand mit einer besonderen Sensibilität und einer besonderen Vision. Ihre Eingriffe ins Makro-System waren es, die sie erschreckten – und die mich auch erschrecken, mir immer mehr Angst machen und mich manchmal so belasten, daß ich's nicht mehr aushalten kann.

Ich brauche ihn. Ich kann meinen Onkeln nicht mehr erklären, als Ari es konnte. Wenn ich ihnen unumwunden von den Eingriffen ins Makro-System erzählen würde: Hör mir zu, Denys: Ari hat ein Virusprogramm ins System eingeschleust, es ist echt, es wirkt sich aus, und ich brauche Zeit am Computer, und ich brauche Justin Warricks Arbeit – ich kann ihn schon sagen hören: Selbst Ari hegte gewisse abwegige Vorstellungen, Liebling, denn es gibt keine Möglichkeit, eine Integration in diesem Ausmaß exakt zu steuern. Es wird einfach nicht funktionieren. Und Giraud würde hinzufügen: Wie immer es sich auswirkt, wir verdienen unser Geld mit kurzfristigen Projekten.

Genau das würde ich zu hören bekommen.

Und nachdem ich das Zimmer verlassen hätte, würde Giraud zu Denys sagen: Wir müssen etwas wegen Justin Warrick unternehmen.

3. KAPITEL

I

Das Fahrgestell wurde ausgefahren, als sie sich Planys näherten, und Grant blickte aus dem Fenster, während die blaugrauen und braunen Flecken des ursprünglichen Cyteen unter der rechten Tragfläche hinwegschossen. Sein Herz schlug sehr schnell. Seine Hände schwitzten, und er preßte sie zusammen, als die Räder aufsetzten und das Flugzeug bremste.

Er reiste mit dem Reseuner Sicherheitsdienst: Der Sicherheitsdienst begleitete jeden, der nach Planys flog oder Planys verließ, hatten sie ihm gesagt. Aber er hatte trotzdem Angst – Angst vor unbenennbaren Dingen, denn seine Erinnerung an Flüge schlossen ihm entgegengebrachtes Mißtrauen, Winfield und Kruger, die Verrückten, die ihn zu reprogrammieren versucht hatten, und einen entsetzlichen Alptraum ein, als der Reseuner Sicherheitsdienst ihn, unter Drogen und halb bewußtlos, befreit und in die Klinik geflogen hatte, wo er verhört worden war.

Zwölf Stunden in der Luft, ein Schnitzel und schließlich die Monotonie über einem endlosen Ozean in der Dunkelheit hatten ihn etwas beruhigt. Er hatte Justin nicht sagen wollen – und es auch nicht getan –, in welch eine irrationale, vom Flux bestimmte Furcht er sich bei der Vorbereitung auf diese Reise hineingesteigert hatte.

Die Umstellung, so stellte er sich selbst eine Diagnose, nichts weiter als die klassischen Symptome, wenn eine ZIV-Psyche sich umstellen muß. In ihm hatten sich die schlimmsten Befürchtungen über Justins Sicherheit zu Hause, seine eigene Verwundbarkeit, wenn er allein nach Planys reiste, und darüber aufgehäuft, daß er, wie sehr Justin und Jordan auch darauf bestanden hatten, nicht derjenige war, den Jordan am liebsten sehen wollte – und der Flug war der geeignete Anlaß dazu.

Das Flugzeug würde in den Ozean stürzen. Jemand würde Sabotage begehen. Es gab Verrückte, die versuchen würden, es abzuschießen ... Die Triebwerke würden einfach versagen, und die Maschine würde auf der Landebahn zerschellen.

Er hatte einen Großteil des Fluges damit verbracht, die Hände um die Armlehnen zu klammern, als könne er so das Flugzeug in der Luft halten.

Er war schon als Siebzehnjähriger nervös gewesen, wenn er flog, aber ihm war nicht der kalte Schweiß ausgebrochen – was bewies, daß er im Laufe der Jahre immer mehr zu einem ZIV geworden war.

Nun, nachdem die Räder auf dem Boden aufgesetzt hatten, gab es für ihn keine Entschuldigungen mehr. Seine Befürchtungen kehrten zwangsläufig zu dem zurück, dem sie wirklich entsprangen, seinem Treffen mit Jordan und dem Umstand, daß er, der Azi, der er war, nicht wußte, was er zu dem Mann sagen sollte, den er einmal seinen Vater genannt hatte; und der während seiner Kindheit, welche Stellung er auch sonst eingenommen hatte, sein Aufseher gewesen war.

Der Gedanke, Jordan zu enttäuschen, selbst eine Enttäuschung für ihn zu sein, reichte fast schon aus, daß er sich wünschte, die Maschine sei abgestürzt.

Nur gab es da Justin, der ihn genug liebte, um ihm die Gelegenheit zu geben, Jordan zu besuchen, der dafür gekämpft und trotz all der böswilligen Verzögerungen, der Unterbrechungen ihres Kontakts darauf bestanden, alles dafür getan hatte, so daß er, als sie die Erlaubnis bekamen, wieder zu reisen, Grant den Vorzug ließ. Grant hoffte, sie würden unmittelbar danach wieder Gelegenheit zu einem Besuch haben. Aber dafür gab es keine Garantie, es gab nie für etwas eine Garantie.

Bitte, hatte er zu Jordan beim letzten Telephongespräch vor dem Flug gesagt. Mir ist das wirklich unangenehm. Justin sollte zuerst kommen.

Halt den Mund, hatte Justin über seine Schulter gesagt. Diesmal bist du dran. Ich kann später noch fliegen.

Ich möchte, daß du kommst, hatte Jordan versichert. Ich möchte dich auf jeden Fall sehen.

Was ihm nähergegangen war, als ihm bekommen konnte, glaubte er. Es verursachte einen leichten Schmerz in seiner Brust. Es war ein ZIV-artiges Gefühl, reines Fließen, das darauf hindeutete, daß er ein Band nehmen, sich in seine Tiefen versenken und Justin versuchen lassen sollte, ihn von dieser Unentschlossenheit zu befreien, bevor sie seine Werte-Sets beschädigte. Aber Justin hätte mit ihm gestritten. Und dieser eigentümliche Schmerz war etwas, was er verstehen wollte: Er schien ihm ein Fenster in die ZIV-Mentalität zu öffnen, und ein Indiz zu sein, das zu begreifen sich für jemanden lohnte, der einen solchen Beruf hatte, an solchen Projekten wie er mit Justin arbeitete. Deshalb ließ er dieses Gefühl gären und dachte, als er imstande war, es vernünftiger zu betrachten, daß es vielleicht vom Fundament seiner Tiefenset-Verknüpfungen ausginge. Oder bloß von einem oberflächlichen Flux in den Sets ausgelöst wurde: Aber hätte es dann solche psychologischen Reaktionen hervorgerufen?

Das Flugzeug rollte zum Terminal. Justin hatte gesagt, es gäbe keine Röhrenverbindung, aber es war doch eine da, und er mußte geraume Zeit warten, bis das Personal das Flugzeug abgespritzt und den Anschluß der Röhre versiegelt hatten.

Woraufhin schließlich alle aufstanden und sich die D-Anzüge überstreiften, wie Justin es vorhergesagt hatte.

Er tat es ebenfalls, als sein Begleiter vom Sicherheitsdienst ihn darum bat. Er zog den lockeren Schutzanzug über seine Kleider, trat in die Röhre und ging bis zur Dekontamination.

Noch mal warten und noch mal absprühen, und dann eine Sicherheitssperre, wo er den Anzug abstreifen mußte, ohne die Außenseite zu berühren.

An manchen Orten schien er schon gewesen zu sein, es war wie bei den Krugers, wenn man schnell irgendwohin wollte, die Luft anhalten, sich in Deckung begeben, mit einer Hand eine Sauerstoffmaske vors Gesicht halten und sich mit der anderen unter einem Ansprühgerät ausziehen mußte, das jede Faser Wollholz fortspülen sollte.

In Planys ging's furchtbar kompliziert zu, man mußte eine lange Reihe von Prozeduren über sich ergehen lassen, die Grant zur der Überlegung veranlaßte, welchen Dingen er ausgesetzt gewesen war, oder ob all das nur dazu diente, daß Menschen sich an diesem verlassenen Ort sicherer fühlten.

»Hier entlang, Ser«, sagte einer der Dekon-Arbeiter, nahm ihn am Ellbogen und brachte ihn zur Seite in eine kleine Nische.

Er wurde von Kopf bis Fuß durchsucht. Er hatte auch damit gerechnet, zog sich ganz aus, als sie ihn dazu aufforderten, und ließ die Prozedur über sich ergehen, ein wenig kalt, ein wenig besorgt, aber selbst die Leute vom Reseuner Sicherheitsdienst wurden nicht anders behandelt, wenn sie in Planys eintrafen oder Planys verließen.

Ganz zu schweigen, was mit dem Gepäck angestellt wurde.

»Grant«, rief Jordan, der ihn persönlich in der Halle abholte.

»Hallo, Ser«, erwiderte er, plötzlich scheu und förmlich, wobei seine Oberflächen-Sets wußten, daß er gehen und Jordan umarmen sollte, während seine Tiefensets ihn als einen Aufseher kannten, seit seiner Kindheit, als alle Anweisungen von ihm gekommen waren und er zugleich Gott und Lehrer war.

Das war der Mann, zu dem Justin geworden wäre, wenn die Rejuvenilisierung sie beide nicht ein Jahrzehnt zu früh aufgehalten hätte.

Er rührte sich nicht. Er kam auf einmal nicht mehr mit der Situation klar. Statt dessen kam Jordan auf ihn zu und umarmte ihn.

»Mein Gott, was bist du groß geworden«, sagte er und klopfte ihm auf den Rücken. »Auf dem Videogerät konnte ich nicht erkennen, wie du gewachsen bist. Mann, was hast du für Schultern! Was machst du, arbeitest du auf den Docks?«

»Nein, Ser.« Er ließ sich von Jordan in sein Büro führen, wo Paul wartete – Paul, der seine und Justins aufgeschrammte Knie verarztet hatte. Paul umarmte ihn auch. Dann drang durch das Fließen die Realität seines Aufenthaltsorts zu ihm durch, und er konnte allmählich glauben, daß er wirklich hier und willkommen war, daß er sich vor nichts zu fürchten brauchte.

Aber in dem Büro hielten sich keine Wachen auf. Dabei hatte Justin ihn gewarnt, daß immer jemand dabeisein würde.

Jordan lächelte ihn an und sagte: »Sie werden die Papiere raufschicken, sobald sie sie durchgesehen haben – Justin hat dir den Bericht doch mitgegeben, oder?«

»Ja, Ser. Selbstverständlich.«

»Verdammt, es tut gut, dich zu sehen.«

»Ich dachte, es würden mehr Sicherheitsvorkehrungen getroffen.« *Werden wir überwacht, Ser? Was geht vor sich?*

»Ich sagte dir doch, daß man hier vernünftiger ist. Das ist einer der Vorteile. Komm, wir schließen das Büro. Wir gehen nach Hause und machen uns was zu essen – es gibt hier nicht so Ausgefallenes wie in Reseune, aber wir haben echte Lebensmittel. Wir haben einen Schinken für eine solche Gelegenheit. Und Wein von Pell, nicht das synthetische Zeug.«

Seine Stimmung hellte sich auf. Er war noch immer beunruhigt, aber Jordan, nahm er an, war für die Dinge verantwortlich; er fand in der Abhängigkeit eines Azis von seinem Aufseher ein wenig Entspannung, was ihm bei Justin nicht mehr gelungen war …

… seit er in der Klinik gelegen hatte, wo er sich von Girauds Sonden erholte. Danach hatte er das nie mehr getan, weil er immer entweder Justins Aufpasser oder Justins Partner war.

Es war, als sei der Druck von Jahren von ihm abgefallen,

als er Jordan folgte, wohin er ihn führte, bei jemandem, dem er vertrauen konnte, in die übliche Einfachheit eines Azis zurückfiel – weil es neben Justin endlich noch jemanden gab, der ihn nicht verletzen würde, der diesen Ort besser kannte als er, und dessen Wünsche vernünftig und nachvollziehbar waren.

Es war nach all den Jahren ein kurzes Zwischenspiel, in dem er einmal keine Verantwortung trug.

Aber als ihm das durch den Kopf ging, dachte er gleich: *Nein, ich kann nicht aufhören, auf die Dinge acht zu geben. Ich kann mich auf nichts verlassen. Nicht einmal auf Jordan – zumindest im Moment nicht.*

Daraufhin fühlte er sich erschöpft, als hätte er am liebsten, und sei es nur für ein paar Wochen, unter Leitung eines anderen geistlose Arbeit verrichtet, sich beköstigen lassen und geschlafen, ohne für etwas Verantwortung tragen zu müssen.

Aber diese Möglichkeit hatte er nicht.

Er ging mit ihnen in ihr Apartment; und sah sich um … *Es geht da ziemlich rauh* zu, hatte Justin gesagt. Es *ist alles sehr primitiv.*

Es war ganz sicher nicht Reseune. Die Stühle bestanden aus Plastik und Metall, die Tische aus Plastik, so wie die ganze Ausstattung, bis auf eine Ecke voller echter Geranien, die beleuchtet wurden, und einem Fischtank, und einer allgemeinen angenehmen Unordnung, die typisch für eine Wohnung von ZIVs war. Justin beschrieb das als eine gemütliche Atmosphäre, die seinen Worten nach auf den Zwang von ZIVs zurückging, Dinge zu sammeln, denen etwas Fließendes und Fraktales anhaftete. Geranien in einem Topf standen für die freien Felder. Die Fische verkörperten die regellosen Bewegungen des Lebendigen. Das Wasser versicherte einem, daß das Lebensnotwendige anderswo in reicher Fülle zur Verfügung stand; und es verursachte ein immer gleichbleibendes, fraktales Geräusch, das ein ans Fließen gewöhnter, nicht analytischer Geist beruhigend finden mochte. Gott weiß, was sonst noch. Grant wußte nur, daß Justin alle Pflanzen hatte eingehen lassen, nachdem Jordan fort war, aber als die Dinge sich wieder besserten, versuchte es Justin mit neuen Pflanzen, die immer wieder mal eingingen und mal üppig gediehen – je nach Justins Seelenzustand.

Gesunde Pflanzen, schloß Grant, waren unter ZIVs ein sehr gutes Zeichen.

Die Dinge kommen einem hier sicher vor, dachte er, als er seine Jacke auszog und sie von Paul in den Schrank hängen ließ. Die Leute sind hier verhältnismäßig zufrieden.

Was sich in der Welt gebessert hatte, die Veränderungen, die sein Leben in den letzten paar Jahren lebenswerter, ja sogar glücklich gemacht hatten – sie hatten also auch auf Planys übergegriffen, ungeachtet der Rückschläge, die die Aktionen der Paxer bedeuteten. Trotz allem wünschte er sich, daß Jordan wenigstens einige der vielfältigen Signale kannte, auf die er und Justin gestoßen waren, die kleinen Anhaltspunkte, die einem verrieten, ob man einer Sache trauen konnte.

Vielleicht bemerkte Jordan seine Nervosität, denn er sah ihn an, lachte und sagte: »Entspanne dich. Gelegentlich überwachen sie uns. Aber das macht nichts. Hallo, Jean!« Zur Decke gerichtet.

»Wir kennen uns«, erklärte er darauf. »Planys ist eine sehr kleine Einrichtung. Setz dich! Wir machen Kaffee. Gott, es gibt soviel, worüber wir uns unterhalten müssen.«

II

Es war sehr einsam in dem Apartment ohne Grant. Es gab reichlich Grund zur Sorge, aber Justin schwor sich, nicht vier Tage ununterbrochen auf diese Weise zu verbringen.

Deshalb las er ein wenig, sah sich eine Weile ein Band an, nur eine seichte U-Dosis, ein Stück Schaum aus der Bibliothek. Und las wieder. Ari hatte ihm ein Vorausexemplar von Emorys *IN PRINCIPIO* geschenkt, dem ersten Teil einer dreibändigen kommentierten Ausgabe von Emorys archivierten Notizen, die das Wissenschaftsamt in Zusammenarbeit mit dem Informationsamt herausbrachte, und die sich inzwischen so schnell verkaufte, wie die Druckerpressen sie in der Cyteen-Edition produzieren konnte, und die bereits auf Schiffen unterwegs war, die enorme Preise dafür geboten hatten; ein Informationspaket, das für verschiedene Stationen bestimmt war, die für die Lizenzen bezahlen würden, um Printouts und elektronische Reproduktionen an ihre eigene Bevölkerung und weitere Rechte an Schiffe zu verkaufen, deren Ziele noch entfernter lagen.

Möglicherweise, sehr wahrscheinlich sogar an die Erde.

Während Reseune in erstaunlichem Ausmaß Kredit gewährte.

Jede Bibliothek wollte einige Exemplare. Wissenschaftler desselben Fachgebiets ohnehin. Auf dem allgemeinen Markt traf die Ausgabe aber auf eine Nachfrage, die man nur hysterisch nennen könnte: und das bei einem eigentlich extrem schwer verständlichen Band mit Schaubildern, Illustrationen und derart ausführlichen Anmerkungen, daß Emorys Text nur etwa drei Zeilen pro Seite ausmachte und der Rest aus Kommentaren bestand, die unter anderem er und Grant verfaßt hatten: Er verbarg sich hinter dem Kürzel JW und Grant hinter GALX; YS war Yanni Schwartz; und WP Wendell Peterson; und AE2 war Ari, die den Originaltext aus den Archiven kopiert und einige der dunkelsten Passagen mit Quellenangaben versehen hatte. DN war Denys Nye, GN Giraud, JE John Edwards und PI Petros Ivanov, neben zahllosen Technikern und Assistenten, die bei der Zusammenstellung und Bearbeitung geholfen hatten – jeder Abteilungsleiter und Administrator hatte das Material seines eigenen Personals zu lesen und zu prüfen.

›Dr. Justin Warrick‹ stand in deutlich lesbaren Buchstaben auf der Liste der Mitarbeiter. Was er insgeheim, wie ein kleines Kind, immer wieder las, um es bestätigt zu finden. Grant listeten sie als Grant ALX Warrick, E.P. auf, also *emeritius psychologiae,* womit ein Azi bezeichnet wurde, dem ein

Doktortitel in Psychologie zustand, den er auch automatisch verliehen bekommen würde, wenn er ein ZIV wurde. Es erfreute Grant mehr, als er erkennen lassen wollte.

Eine ZIV-Dummheit, hatte er gesagt. Meinen Patienten ist das sicher gleichgültig.

Aber es stand dort schwarz auf weiß. Und inzwischen kaufte die breitere Öffentlichkeit die Ausgabe in solchen Massen, daß bei den Buchhändlern lange Wartelisten geführt wurden – das Amt hatte mit einem großen Interesse der Bibliotheken gerechnet, sich aber nie vorgestellt, daß durchschnittliche Bürger sie kaufen würden, und war offensichtlich verblüfft, daß sie sich bei einem Subskriptionspreis von 250 Credits pro Band in solcher Stückzahl verkaufte – bis ein peinlich berührtes Informationsamt auf der Grundlage von Vorbestellungen den Preis auf 120 und schließlich auf 75 senkte; und das löste eine wahre Sintflut von Bestellungen aus. Außer an die Bibliotheken wurden erstaunlich wenig Fiche- oder Bandausgaben verkauft: Die echten, auf dauerhaftem Papier gedruckten Bücher galten als Statussymbole, denn mit einem Mikrofilm konnte man schwerlich seine Nachbarn neidisch machen.

Die junge Ari gab zu erkennen, daß der phänomenale Erfolg sie völlig verblüffte.

Die Leute wissen, hatte Justin ihr erklärt, daß deine Vorgängerin ungeheuer wichtige Dinge gemacht hat. Sie wissen aber nicht, *was* das war. Sie können mit Sicherheit nichts mit den Notizen anfangen. Aber sie haben das Gefühl, sie müßten sie verstehen. Weißt du, was du machen solltest? Einen Band deiner eigenen Notizen herausgeben: deine eigenen Beobachtungen bei der Herausgabe dieser Bände. Mit den Dingen, die du von deiner Vorgängerin gelernt hast. Frage doch, ob das IA an den Rechten *daran* interessiert ist.

Es überraschte niemanden, daß die Information die Gelegenheit beim Schopfe faßte.

Und nun rang Ari darum, ihre eigenen Notizen in druckreife Form zu bringen. »Meinst du, ich könnte …«, fragte sie ihn oft, und manchmal plapperte sie nur drauflos – über die verborgenen Notizen, über Dinge, die so voller Enthüllungen waren wie die Bücher, bei denen er ein Jahr geholfen hatte, sie mit Anmerkungen zu versehen, die wenigstens das Nötigste über die zugrundeliegenden Prinzipien erklärten.

Ari hatte ein Exemplar von *IN PRINCIPIO* an Jordan geschickt.

»Weil dein Name drinsteht«, hatte sie Justin erklärt. »Und Grants.«

»Wenn's durchkommt«, hatte er erwidert. »Dem Sicherheitsdienst in Planys gefällt's vielleicht nicht. Ganz zu schweigen vom Zoll.«

»Na gut«, hatte sie gesagt. »Dann schicke ich's eben mit dem Sicherheitsdienst. Sollen die sich doch damit herumärgern.«

Sie kam oft auf so gute Ideen. In den anderthalb Jahren in ihrem Flügel hatte sie jedes Versprechen einhalten können, das sie machte, ihm und Grant einen Sekretär besorgt, den Druck von ihnen genommen …

Wenn etwas schiefging oder ein Fehler auftrat, hing Florian ganz schnell am Telephon; und wenn Florian das Problem nicht beseitigen konnte, sagte er immer: »Warten Sie, Ser, die Sera wird das regeln«, worauf Ari an der Strippe hing, denn sie hatte eine Technik entwickelt, rasch zwischen Sprüchen wie *Da ist wohl jemandem ein Irrtum unterlaufen* und einem plötzlichen Wutausbruch zu wechseln, vor dem sich die Abteilungsleiter bald hüteten. Vielleicht fürchteten sie, Ari mochte sich später an derartige Vorfälle erinnern. Vielleicht – Justin nahm es an – lag es daran, daß diese Stimme am Anfang so weich klingen und dann eine kontrollierte tiefe Resonanz annehmen konnte, die für ihr Alter ungewöhnlich war, um schließlich in einem Sprung ein Volumen anzunehmen, das die Nerven zum Erzittern brachte: zumindest seine, und das auf eine Weise, die Erinnerungen zutage förderte. Ihm gegenüber erhob sie die Stimme aber nie, sie drängte ihn zu nichts, sagte immer bitte und danke – bis er merkte, daß er wirklich in einen sicheren Zirkel aufgenommen worden war und sogar Gefallen daran fand, wo er arbeitete – trotz einer leichten, nagenden Furcht, daß er seinen gesunden Argwohn einbüßte, sich zuwenig Sorgen machte, zuwenig verteidigungsbereit war und zu sehr auf Aris Versprechungen baute …

Du Idiot, sagte er sich.

Aber er wurde des Kämpfens so müde und glaubte, eine Situation erreicht zu haben, in der er eine Weile Luft holen konnte, die ihm endlich einmal wirkliche Sicherheit brachte, selbst wenn damit künftige Schwierigkeiten verbunden waren … später machte ihm das nichts aus.

Ari war sich wohl bewußt, was in ihrem Flügel ein- und ausging, wachte eifersüchtig über die Zeit ihres Personals – ihre Aufmerksamkeit für Kleingeld und Minuten war, weiß Gott, ein lebendes Echo von Jane Strassen; so daß sie, abgesehen von den Kommentaren, von denen Justin und Grant insgesamt hundertzwanzig Seiten verfaßt hatten, was auf drei Monate intensive Arbeit hinauslief, nur Design-Arbeit für ihren eigenen Flügel akzeptierte, nur Fehlersuchen, nachdem andere die groben Arbeiten erledigt hatten, und derlei ging, Gott sei Dank, immer gleich an die untergeordneten Ebenen zurück, nachdem Justin oder Grant Angaben zur Ausbesserung gemacht hatten, wurde dann nicht mehr angenommen, und Sprüche wie: »Würden Sie's nicht gern machen?« oder: »Aber wir dachten, Sie könnten das erledigen, wir hängen zurück.« wurden abgeschmettert.

So kritisierte er Aris Arbeit, beantwortete ihre Fragen, erledigte die wenigen Reparaturen, die ihr Flügel übernahm, und hatte den Großteil seiner Zeit frei, um sich eigenen Projekten zu widmen – ebenso wie Grant, der sich mit Studien über die Anwendung der endokrinen Matrix-Theorie auf Azi-Bänder beschäftigte, und er würde eine Gelegenheit bekommen, sich darüber mit Jordan zu unterhalten – worauf er sich sehr freute.

Alles in allem waren sie so glücklich wie seit langem nicht mehr; und es gab nichts Unangenehmeres, als so wie er mitten in der Nacht aus Alpträumen aufzuwachen, an die er sich nicht erinnern konnte.

Oder manchmal mitten in der Arbeit oder auf dem Heimweg oder wo auch sonst innezuhalten, von sekundenlanger Panik übermannt, aus keinem erkennbaren Grund außer der Furcht, daß der Boden unter seinen Füßen unsicher sei, er selbst ein Idiot, und Furcht, weil er nicht die Wahl hatte, irgendwo anders zu sein.

Vielleicht auch der Furcht, daß er nicht gewonnen hatte; daß er durch die Entscheidungen, die er getroffen hatte, sogar verloren hatte und es nur ein paar Jahre dauern würde, bis ihm das klar wurde.

Aber all das, versicherte er sich immer wieder, entsprang einem neurotischen, zwanghaften Gemütszustand, gegen den er sich wehrte, den er niederzukämpfen versuchte, wenn er in Erscheinung trat. Aber er wollte kein Band deswegen nehmen; nicht einmal von Grant einen geringfügigen, aber beruhigenden posthypnotischen Eingriff an sich vornehmen lassen – weil er das auch fürchtete.

Idiot, schalt er sich, verärgert über die Richtung, die seine Gedanken zuweilen einschlugen, schob ein Lesezeichen in das Buch und legte es beiseite.

Emory als Bettlektüre.

Vielleicht lag es an dem Umstand, daß er diese Stimme noch immer hören konnte, die exakte Modulation, mit der sie die Zeilen immer vortrug, die er gerade las.

Und die noch immer an seinen Nerven zerrte.

Am Morgen stakste er nervös durch ein leeres Apartment, toastete sich zum Frühstück eine Scheibe Brot und ging ins Büro – nicht in das vollgestopfte, kleine Zimmer, in dem er und Grant jahrelang gearbeitet hatten, sondern in eine Suite mit drei Räumen, die von Ari gemietet worden war –, gelegen im Ausbildungsflügel, womit sie in gewisser Weise zu ihren Anfängen zurückkehrten – was aber einfach daran lag, daß nur in diesem Flügel Platz war: je ein Büro für ihn und Grant, und eins für Ein, den Sekretär, den der Verband geschickt hatte, ein untersetzter, beflissener alter Knabe, der ganz froh war, eine dauerhafte Stellung anzunehmen, wo er möglicherweise mit der Zeit mehr verdienen konnte.

Er las die allgemeinen Gutachten, die monatlichen Entschuldigungen, warum große Buchbestellungen nicht eine Woche vorher ausgeliefert werden konnten; eine Beschwerde von Yanni über den Durchgangsverkehr in Flügel Eins, Leuten, die durch den unteren Flur marschierten. Em kam um 09.00, sichtlich erleichtert, das Büro bereits offen vorzufinden, und machte sich ans Sortieren der Akten, während Justin sich dem aktuellen Design zuwandte.

Sie machten bis zur Mittagspause und sogar während dieser weiter – ein Happen zu essen und eine Tasse Kaffee fanden sich im Büro; und in einer Konzentration, die ihn mit verspannten Schultern und einem Blinzeln aufschrecken ließ, als mit einem hartnäckigen Piepsen in der linken oberen Ecke des Bildschirms das Signal für Dringende Mitteilung zu blinken anfing.

Er rief sie ab. Auf dem Bildschirm erschienen die Worte:

Ich muß mit dir reden. Ich arbeite heute zu Hause. – AE.

Er hob den Telephonhörer. »Ari, Basis Eins«, verlangte er.

Florian antwortete. »Ja, Ser, einen Moment bitte.« Und gleich darauf Ari: »Justin. Es hat sich etwas ergeben. Ich muß dich sprechen.«

»In Ordnung, ich komme in dein Büro.« *Geht's um Grant? Mein Gott, ist etwas passiert?*

»Komm in mein Apartment. Du kommst mit deiner Karte rein. Bis gleich.«

»Ari, ich komme nicht ...«

Die Basis hatte die Verbindung unterbrochen. Verdammter Mist.

Er traf sich nur in Grants Dabeisein mit Ari; und nur in den Büros; außer gelegentlich, wenn Catlin und Florian dabei waren, am Mittagstisch oder bei einem frühen Abendessen. So wollte er es belassen.

Aber wenn etwas passiert war, wollte sich Ari sicher nicht

am Telephon über Nebensächlichkeiten streiten; wenn etwas mit Grant passiert war …

Er schaltete das Gerät aus, stand auf und machte sich auf den Weg, nachdem er seine Jacke genommen und Em gebeten hatte, abzuschließen und nach Hause zu gehen, alles sei in Ordnung.

Er eilte hinüber in den Flügel, in dem sich Aris Apartment befand, zeigte den Sicherheitsbeamten an den Türen seine Karte und wurde ohne Kommentar durchgelassen.

Verdammt, dachte er, und sein Herz schlug heftig dabei, ich hoffe, sie hat einen triftigen Grund dafür, ich hoffe, es geht um etwas Geschäftliches …

Ich hoffe, der Grund ist nicht der, daß Grant momentan von der Bildfläche verschwunden ist.

»Kommen Sie rein«, begrüßte Florian ihn an der Tür. »Die Sera wartet auf Sie.«

»Was will sie?« fragte er und gab sich dabei keine Blöße. »Florian – war das eine gute Idee?«

»Ja, Ser«, antwortete er, ohne zu zögern.

Darauf trat er schweißnaß ein, nicht bloß, weil er sich beeilt hatte. Der Raum, der Travertinboden, das Sofa verursachten bei ihm einen lebhaften Flashback. »Geht's um Grant?«

»Darf ich Ihnen Ihre Jacke abnehmen, Ser? Die Sera muß dringend mit Ihnen sprechen.«

»Über was? – Was ist passiert?«

»Ihre Jacke, Ser.«

Er zog die Jacke aus, riß sich von einem widerspenstigen Ärmel los, und reichte sie Florian, als Ari aus dem Flur rechter Hand ins Wohnzimmer trat.

»Was, zum Teufel, ist überhaupt los?« fragte er.

Sie bat ihn mit einer Geste in die vertieft angelegte Sitzecke, aufs Sofa; und trat die Stufen hinunter, um dort Platz zu nehmen.

Er folgte ihr und ließ sich auf der gegenüberliegenden

Ecke nieder. Gott sei Dank war das nicht ihr privates Wohnzimmer. Er bezweifelte, ob er das ausgehalten hätte.

»Danke, daß du gekommen bist, Justin«, begann sie. »Ich weiß ... ich weiß, wie du dich hier fühlst. Aber es ist der einzige Ort, wirklich der einzige, an dem ich mir sicher bin, daß dort keine anderen Überwachungsanlagen als meine eigenen installiert sind. Ich möchte, daß du mir jetzt die Wahrheit sagst, die reine Wahrheit: Grants Sicherheit hängt davon ab. Arbeitet dein Vater mit den Paxern zusammen?«

»Mein Gott, nein. Nein! Wie sollte er?«

»Ich verrat's dir: Ich habe einen Bericht auf meinem Schreibtisch liegen, demzufolge etwas aus Planys heraussickert. Demzufolge dein Vater – mit einem Verdächtigen gesprochen hat. Der Sicherheitsdienst beobachtet Grant sehr aufmerksam. Sie sind sich ganz sicher, daß Jordan versuchen wird, mit seiner Hilfe ins politische Geschehen einzugreifen ...«

»Niemals! Nicht mit solchen Leuten. Das würde er Grant nicht antun.«

»Dein Vater könnte dergleichen ohne ein Band schaffen, er braucht dazu nur ein Schlüsselwort, wenn ihm jemand mit Grants Fähigkeiten zur Verfügung steht. Ich weiß, über welches Erinnerungsvermögen Grant verfügt.«

»Das würde er nie tun. Das ist eine verdammte Lüge.«

»Kann sein«, erwiderte sie ruhig. »Das ist der Grund, warum ich dich sofort sprechen wollte, bevor der Sicherheitsdienst die Gelegenheit dazu hat, denn ich bin entschlossen, die ganze Wahrheit zu erfahren. Ich bin diejenige, gegen die sich das richtet. Und dessen bin ich mir schon seit einiger Zeit bewußt; schon bevor Grant seine Reiseerlaubnis erhielt: Grant ist mitten in eine Operation des Sicherheitsdienstes hineingeraten, die ich nicht so einfach hinnehmen werde. Ich kann mir nicht vorstellen, daß Grant gegen mich arbeiten könnte, oder daß du das könntest, aber ich muß mich schützen – deshalb habe ich diese Gelegenheit wahrgenommen.«

»Ich verstehe das nicht.« Er spürte die alte Panik, war

aber zu erfahren, um ihr nachzugeben. Reg dein Gegenüber nicht auf; heb nicht die Stimme; füg dich den Dingen. Er glaubte nicht, daß Ari für das verantwortlich war, was vor sich ging, nicht angesichts dessen, was er über jene wußte, die im Haus die Autorität besaßen. »Ari, sag mir, was los ist.«

»Leute, die mich beschützen … wollen dich nicht in meiner Nähe sehen. Deshalb habe ich gewartet und Grant gehen lassen – weil ich wußte, weil ich verdammt gut wußte, daß eine Verschwörung gegen dich läuft, und genau aus dem Grund habe ich dich hergebeten.«

»Wie soll ich das verstehen? Was erwartest du?«

»Zunächst einmal muß ich Bescheid wissen. Ich weiß zwar, wie sehr du dieses Apartment haßt, aber es ist der einzige Ort, dem ich trauen kann, wirklich der einzige.« Sie langte in ihre linke Tasche und holte eine kleine Phiole hervor. Aus Bernstein. »Das ist Kath. Es ist eine Tiefendosis. Du kannst mir helfen, oder du kannst jetzt gehen. Aber das ist die einzige Chance, die ich habe. Du gehst ins Bandlabor, schluckst dies hier und erlaubst mir, deine Gedächtnisinhalte auf Band aufzunehmen ich verspreche dir, ich verspreche dir aufrichtig, Justin, keine schmutzigen Tricks. Nur die Wahrheit auf Band, zu meinem Gebrauch. Das brauche ich. Ein solches Dokument kann ich dem Amt vorlegen, wenn ich soweit gehen muß. Das ist die Chance, daß ich dir glauben *muß.*«

Er erlebte einen schlimmen Flashback, war völlig desorientiert, einige Atemzüge lang unfähig zu denken. Dann streckte er die Hand nach der Phiole aus, und Ari gab sie ihm.

Denn er hatte keine andere Wahl. Er konnte sonst nichts tun. Er dachte nur … *Mein Gott, ich weiß nicht, ob ich dazu imstande bin. Ich weiß nicht, ob ich dabei meine geistige Gesundheit bewahren kann.*

»Wo?« fragte er.

»Florian«, rief sie; und er stand zitternd auf und folgte Florian in den rechten Flur, in den er deutete.

Eine offene Tür wiederum rechts führte in die Band-Bibliothek, in der ein Sofa mit all den eingebauten Geräten für Tiefenstudien stand. Er ging hinein und setzte sich, stellte die Phiole neben sich aufs Sofa und zog seinen Pullover aus, fühlte sich dabei schwindlig. »Ich will, daß Ari dabei ist«, sagte er. »Ich will mit ihr reden.«

»Ja, Ser«, erwiderte Florian. »Da ist keine Leitung, Ser. Kommen Sie, ich helfe Ihnen.«

»Ich will mit Ari reden.«

»Ich bin hier«, sagte sie von der Tür. »Ich bin gleich hier.«

»Paß auf«, befahl er knapp, öffnete den Verschluß der Phiole und schluckte seine Pille, während das Herzkontrollgerät alarmrot blinkte. Er betrachtete die aufblitzende Lampe und konzentrierte sich, wollte unbedingt ruhiger werden. »Ihr Patient neigt zur Panik, Sera. Ich hoffe inständig, Sie vergessen das nicht.«

»Ich werde daran denken«, sagte Ari ganz ruhig.

Er arbeitete mit dem Monitor, starrte ihn an, konzentrierte sich nur auf das Tempo der Blitze. Gedanken an seinen Vater, an Grant keimten auf, nur für eine Sekunde, und das Licht blitzte schneller; langsam, dachte er nur, während die Betäubung einsetzte und Panik sich zu behaupten versuchte. Er spürte eine Berührung an seiner Schulter, hörte Florian, der ihm zuredete. »Legen Sie sich hin, Ser, lehnen Sie sich bloß zurück. Ich halte Sie fest.«

Er blinzelte, dachte einen Moment an den jungen Florian, ging in Gedanken die Jahre durch, in denen Florian stark genug geworden war, um mit seinem Gewicht fertig zu werden, jener Florian, der sich gerade über ihn beugte …

»Bleiben Sie ruhig, Ser«, hörte er seine sanfte Stimme. »Bleiben Sie ruhig. Liegen Sie bequem?«

Er spürte eine untergründige, sehr diffuse Panik. Die Betäubung nahm zu, und sein Augenlicht verblaßte. Sein Herz begann vor Angst zu rasen.

»Ruhig«, sagte Ari, eine Stimme, die seine Panik mit vollkommener Autorität durchdrang. »Nicht aufregen. Kein Grund zur Besorgnis. Alles ist in Ordnung. Hörst du mich?«

III

»Hat dein Vater je mit diesen Leuten zusammengearbeitet?« fragte Ari, die auf dem Rand des Sofas saß und Justins schlaffe Hand hielt.

»Nein«, antwortete er. Das bedeutete natürlich, soweit Justins Kenntnisse reichten. Nein, nein und nochmals nein. Sie sah das Herzkontrollgerät in einer sehr starken Beschleunigung des Herzschlags aufblitzen.

»Hat er sich mit irgend jemandem gegen Reseune verschworen?«

»Nein.«

»Und du?«

»Ich auch nicht.«

Er hatte sich mit niemandem verschworen. Nicht gegen Reseune. Und auch nicht gegen Ariane Emory.

Justin zumindest wußte von keinem Komplott.

»Hat dich der Sicherheitsdienst nie gestört?«

»Doch.«

»Meinst du, daß sich die Dinge jemals ändern werden?«

»Ich ... hoffe es.«

»Was hoffst du?«

»Daß sich alles normalisiert. Daß ich in Frieden leben kann. Daß die Leute mir glauben. Und daß sich dann die Dinge ändern.«

»Hast du Angst?«

»Immer.«

»Wovor?«

»Vor Fehlern. Vor Feinden.«

Wenn er mit ihr arbeiten konnte, hoffte er – würde es etwas über ihn und seinen Vater beweisen, in einer friedlicheren Welt ...

Er hatte mehr um Grant als um Jordan Angst. Jordan hatte seinen Status als Sonderperson, der ihn beschützte. Grant – wenn sie ihn verhörten – wäre das Opfer von Dingen, die sie versuchen würden, ihm einzuimpfen, Ideen und Verhaltensweisen, die sie zu formen versuchen würden –

Grant würde ihnen widerstehen. Er würde sich in den Nullzustand versenken und darin verharren, das hatte er früher schon getan. Aber wenn sie weiter an ihm arbeiteten ...

Wenn er hier in Reseune festgehalten wurde, wenn die Administration Reseunes entschlossen war, Anklage zu erheben, dann konnten sie das tun. Justin hielt das für möglich – die Politik zählte immer mehr als die Wahrheit. Und auf jeden Fall mehr als das Leben eines Warrick.

»Jordan ist kein Mörder«, sagte Justin. »Dazu ist er nicht fähig. Was immer passiert ist, war ein Unfall. Sein Fehler bestand darin, es vertuschen zu wollen. Das ist meines Wissens nach passiert.«

»Woher weißt du das?«

»Ich kenne meinen Vater.«

»Selbst nach zwölf Jahren noch?«

»Ja.«

Er war dem Umkippen nahe, dem Punkt, da die Wirkung der Droge nachlassen würde. Und sie war ganz heiser vom Fragen und von der Anstrengung.

Ich weiß fast genug, um mich auf das einzulassen, was Ari getan hat, dachte sie. *Fast. Aber er ist nicht der Junge, mit dem sie gearbeitet hat.*

Ich könnte ihn so bearbeiten, daß er mich begehrt. Ganz einfach. Ohne Mühe.

Sie dachte an das Band, und die Erinnerung war von sexuellen Flashbacks begleitet, die sie ziemlich beunruhigten.

Verdammt, nein, ging es ihr durch den Kopf, als sie über die möglichen Überschneidungen mit so vielen Knotenpunkten in seinen Sets nachdachte. Verdammt, Ari, *verdammt,* nicht so schnell, nicht so rücksichtslos.

Ich könnte ihn glücklich machen. Ich könnte all das von ihm nehmen ...

Die Politik ist das Wichtigste; alles andere kommt erst an zweiter Stelle ... Das steht an der Spitze von all dem, was in ihm nicht in Ordnung ist.

Ich könnte darauf hinwirken, daß er sich weniger Sorgen macht. Und daß er mir mehr vertraut.

Wäre das denn fair? Oder sicher – in der Welt, so wie sie ist, oder in Reseune?

Sie stand auf, stellte den Recorder ab und setzte sich auf den Rand des Sofas neben ihn. Ganz sanft berührte sie sein Gesicht und sah das Kontrollgerät schneller blinken. »Pscht, es ist alles in Ordnung, keine Angst«, sagte sie, bis sich das Piepsen wieder beruhigt hatte.

»Justin«, begann sie, als sein Herz schließlich gleichmäßig schlug. »Ich glaube dir. Du würdest mich nie verletzen. Du würdest auch nie zulassen, daß mich jemand verletzt. Das weiß ich alles. Ich glaube nicht, daß sie sich an Grant herantrauen werden – nicht jetzt, wo ich eine Aufzeichnung über dich habe. Ich kann meinem Onkel sagen, was ich habe, und gleichzeitig werde ich ihm sagen, daß Grant zu meinem Flügel gehört und er gut daran tut, die Finger von ihm zu lassen. Darauf bin ich vorbereitet, denn ich glaube dir. Verstehst du mich?«

»Ja.« Ein leichtes Flackern vom Kontrollgerät.

»Habe keine Angst vor dieser Wohnung. Es ist mein Zuhause. Meine Vorgängerin ist nicht mehr da. Es ist alles vorbei. Du brauchst keine Angst mehr zu haben. Du bist sicher hier. Ich möchte, daß du dich an alles erinnerst. Ich kann nicht alles aus der Klinik besorgen, was ich gerne hätte, ohne daß sie's merken – aber ich möchte, daß du die Tiefenkorrektur für mich vornimmst, so wie Grant es könnte. Kannst du das? Du mußt dich anstrengen, dich gut fühlen, und daran denken …«

»Ja …«

»Ich möchte, daß du denkst: Ich werde das immer glauben. Ich verspreche es dir, wenn du mir vertraust, wenn du zu mir kommst, und wenn Grant zu mir kommt, wenn ihr Hilfe braucht, werde ich tun, was ich kann. Du kannst dich jetzt ausruhen. Wenn du aufwachst, wirst du dich gut fühlen und keine Beschwerden haben. Hörst du mich?«

»Ja.«

Kein Herzflattern mehr, sondern ein kraftvoller, beständiger Schlag. Sie stand auf, bedeutete Florian und Catlin, ganz ruhig zu sein, und tätschelte Justin sanft die Schulter. Du bleibst bei ihm, gab sie Florian zu verstehen.

Und Catlin fragte sie im Flur: »Was gibt's Neues?«

»Seitdem nichts mehr«, berichtete Catlin.

»Halte dich zur Verfügung, falls Florian dich braucht.« Ari ging in ihr Büro und rief Denys direkt an.

»Seely«, sagte sie. »Ich muß Denys sprechen, und zwar sofort.« Und als Denys an den Apparat kam: »Onkel Denys, wie geht's dir?«

»Ganz gut. Und dir, Ari?«

»Ich möchte dir etwas sagen. Weißt du, mir ist sehr unwohl dabei geworden, daß Grant da draußen ist und all das, und weil Grant angreifbar ist, habe ich Justin zu mir gebeten, um mit ihm darüber zu reden ...«

»Ari, dafür ist der äußere Sicherheitsdienst zuständig. Ich rate dir dringend, die Finger davon zu lassen.«

»Ich hab's schon getan. Onkel Denys, ich möchte, daß der Sicherheitsdienst darauf hingewiesen wird, daß Grant immun ist, und dabei ist es mir gleichgültig, ob in Planys etwas mit Jordan läuft. Ich habe mich mit Justin darauf geeinigt ...«

»Entschuldige, Ari, aber das wäre alles andere als klug. Man kann die Leute vom Sicherheitsdienst nicht einfach so an die Kette legen. Du hast gar nicht die Berechtigung, Justin irgendwelche Versprechungen zu machen, vor allem Justin nicht. Darüber haben wir uns schon einmal unterhalten.«

»Wir haben uns auf Folgendes geeinigt, Onkel Denys: Justin ist damit einverstanden, sich meiner Sicherheit zuliebe mit einer Psychosonde verhören zu lassen.«

»Ari, du mischst dich da in etwas ein, in dem du überhaupt nicht ausgebildet bist, und das betrifft deine Sicherheit. Damit kann ich nicht einverstanden sein.«

»Onkel Denys, ich habe viel nachgedacht. Es sieht wohl so aus: Ich werde allmählich erwachsen. Die Leute hätten nie jemanden damit gewinnen können, ein süßes Mädchen umbringen zu wollen. Die Paxer und all diese Gruppen sind nicht zufällig alle auf einmal ans Licht getreten. Sie sehen, daß ich älter werde, sie wissen, daß es mich wirklich gibt, und daß ich ihnen eines Tages eine Menge Ärger machen werde, und sie werden in den nächsten Jahren alles, was sich anbietet, mir in die Schuhe schieben. Aber weißt du, was ich denke, Onkel Denys? Das könnte auch auf das Personal hier in Reseune zutreffen. Und ich werde bestimmt nicht zulassen, daß ein Wildfremder an meinen Leuten herumpfuscht.«

»Ari, das ist zwar halbwegs vernünftig, aber du mischst dich da in eine Situation ein, mit der du nicht klarkommen kannst.«

»Doch, das kann ich durchaus, Onkel Denys. Ich will in dieser Sache nicht vernünftig sein. Ich will, daß Grant ohne Schwierigkeiten zurückkommt. Florian wird zum Flugplatz gehen und ihn hier heraufbringen, und ich werde mit ihm reden, ich selbst, mit Tranquilizern. Wenn ich herausfinde, daß ein anderer das schon gemacht hat, werde ich ganz schön wütend sein. Es ist mir egal, ob Jordan etwas damit zu tun hat oder Reseunes Sicherheitsdienst, ganz gleich wer, ich werde mich trotzdem mächtig aufregen.«

»Ari …«

»Ich sag's dir nur, Onkel Denys. Ich weiß, daß dir das nicht gefällt. Und ich will mich nicht mit dir streiten. Betrachte es aus meiner Sicht. Du kommst allmählich in die Jahre, du könntest einen Herzschlag erleiden – und was würde dann aus mir werden, wenn ich nicht die Kontrolle über meinen eigenen Flügel habe? Ich müßte mich dann einfach auf die Leute verlassen, ohne zu wissen, was vor sich geht. Und in diese Lage möchte ich nicht kommen, Onkel Denys.«

»Wir müssen uns darüber unterhalten.«

»Meinetwegen. Nur sollst du mir dafür versprechen, daß du dem Sicherheitsdienst verbietest, Grant anzufassen, selbst wenn du glaubst, daß Jordan etwas mit ihm gemacht hat. Ich kann dir sagen, wie Justin dazu steht: Wenn Jordan etwas dergleichen tun würde, wäre Justin außer sich. Und das würde bedeuten, er wäre, was das angeht, auf meiner Seite. Es gibt doch dieses alte Sprichwort über das Wasser, das trübe gemacht wird, kennst du es? Ich bin allmählich alt genug, daß ich mir nicht mehr von den Vorstellungen anderer Leute, was gut für mich sei, das Wasser trüben lasse, in dem ich für den Rest meines Lebens schwimmen muß, Onkel Denys. Genau darauf läuft es hinaus.«

»Ich habe Verständnis für deine Empfindungen, Ari, aber du solltest besser deine Daten sammeln, bevor du dich in eine Operation einmischst, nicht danach.«

»Wir können uns so lange darüber unterhalten, wie du willst, und du gibst mir Ratschläge, die, wie ich weiß, des Zuhörens wert sind. Aber vorbei ist vorbei. Jetzt werde ich nicht zulassen, daß jemand an ihnen herummurkst. Sie gehören zu meinem Flügel, und ich habe Versprechen gemacht, die ich einhalten werde. Wenn du etwas anderes machst, bringst du mich bei meinem eigenen Personal in Mißkredit, und das werde ich nicht zulassen, Onkel Denys. Das verspreche ich dir.«

Am anderen Ende entstand langes Schweigen. *»Hast du mit Justin über die Möglichkeit gesprochen, daß an Grant herumgepfuscht worden ist?«*

»Davor hat er Angst. Er ist derjenige, der mich darauf angesprochen hat. Er ist bereit, mir in dieser Hinsicht zu vertrauen, nicht dem Reseuner Sicherheitsdienst, so seltsam das auch erscheinen mag – aber nach dem, was er mir sagt, ist der Sicherheitsdienst Reseunes wohl nicht besonders umgänglich. Er hat mir glaubhaft versichert, daß Grant sauber war, als er Reseune verlassen hat, Onkel Denys. Er hat's mir unter Einwirkung einer Tiefensonde gesagt, und ich bin mir dessen ziemlich sicher. Also werden wir's herausfinden, wenn Grant zurückkommt, nicht? Ich bin froh, dir ein Transkript dieses Gesprächs leihen zu können.«

Wieder langes Schweigen. *»Das ist sehr freundlich von dir. Verdammt, Ari, Justin ist von seinen Ärzten gewarnt worden, er hat große Probleme, und es ist mir egal, ob er glaubt, das wäre besser. Du bist erst siebzehn Jahre alt …«*

»Achtzehn in zwei Monaten; so wie es die Basis Eins rechnet sogar schon zwanzig. Und verdammt gut, mein Onkel, *verdammt gut …* wozu ist deine ganze Arbeit sonst gut, willst du mir diese Frage beantworten, Onkel Denys? Ich nehme schon seit über fünf Jahren an Florian und Catlin Eingriffe vor, deshalb ist es doch wohl ziemlich unwahrscheinlich, daß ich mich hier vertue, oder?«

»Ich sag dir eins, Ari: Du hast doch das Band gesehen, das Ari aufgenommen hat, deshalb müßtest du doch wissen, daß du es mit einem Mann zu tun hast, der nur eine Handbreit vom Wahnsinn entfernt ist, was dich angeht, und du willst an ihm Eingriffe vornehmen? Wir reden über einen sechsunddreißig Jahre alten Mann, der sich sein halbes Leben lang mit diesem Problem herumgeschlagen hat, und du möchtest dich da einmischen, ohne Schutz für dich oder ihn, falls er einen Herzanfall hat oder einen seelischen Kollaps erleidet. Du willst doch wissen, worin du dich einmischst, nicht wahr, junge Sera? Es könnte sein, daß du eines Tages in deinem Büro sitzt, dich um deinen Kram kümmerst, und dieser Mann kommt mit einem Messer durch die Tür. Damit spielst du. Wir hatten mit diesem erwachsenen Mann lange Zeit und bei vielerlei Anlässen zu tun gehabt, nicht nur nach diesem Zwischenfall, als er in deinem Alter war – er hat sich verändert. Was Ari ihm ins Gehirn pflanzte, hatte Zeit, unbeobachtet zu mutieren. Er wollte sich keiner Therapie unterziehen, und ich bin ein Idiot gewesen, als ich ihm beipflichtete, daß er sein Leben selbst in den Griff bekommen muß. Ich hab's zugelassen, daß er eine Therapie ablehnt. Das hat sich jetzt als schwerer Fehler herausgestellt. Ich hatte ja keine Ahnung, daß meine Nichte ihre Gelüste über ihren gesunden Menschenverstand stellen würde, mein Schatz, ich hätte nie gedacht, daß sie diesen unausgeglichenen jungen Mann ins Bett zerren und eine Närrin aus sich machen würde, nein wirklich, das konnte ich nicht ahnen. Und ich darf nicht daran denken, unter welchen Druck du diesen jungen Mann durch dein absichtliches Einmischen setzt … Verstehst du nicht, Kind, daß Reseune nie die Absicht hatte, Justin Warrick Schaden zuzufügen? Wir wissen, was er wert ist, wir haben mit ihm gearbeitet, wir haben unser Möglichstes getan, um seine Zukunft zu sichern und ihn vor einem solchen Schlamassel zu bewahren, in den du ihn jetzt hineinreitest. Und wessen Schuld wäre das dann?«

»Das ist alles ganz nett, Onkel Denys, aber ich weiß, was ich tue, und mein Entschluß ist unumstößlich.«

Langes Schweigen.

»Wir werden uns darüber unterhalten«, sagte Denys dann.

»Ja. Das werden wir. Aber in der Zwischenzeit rufst du Planys und den dortigen Sicherheitsdienst an und sagst diesen Leuten, sie sollen aufpassen, daß sie Grant kein Haar krümmen.«

»Gut, Ari. Diesmal bekommst du deinen Willen. Wir reden noch darüber. Aber ich bekomme nicht bloß das Transkript. Ich will auch das Band der Sitzung. Du weißt, was ein Transkript wert ist. Wenn du in dieser Sache meine Unterstützung brauchst, solltest du etwas entgegenkommend sein, in Ordnung?«

»Mehr wollte ich gar nicht, Onkel Denys. Du bist immer noch ein Schatz.«

»Mensch, Ari, wir reden hier nicht über eine Kleinigkeit.«

»Ich habe bald Geburtstag, Onkel Denys. Du weißt doch, daß ich dieses Jahr gern eine Party veranstalten würde. Unbedingt.«

»Ich glaube nicht, daß jetzt der richtige Zeitpunkt ist, darüber zu reden.«

»Dann beim Mittagessen am Achzehnten?«

Danach schaltete sie sich wieder in die Basis Eins ein, um sicherzugehen, daß Onkel Denys auch wirklich anrief.

Sei vorsichtig, hatte Ari senior gesagt, wenn du die Informationen der erweiterten Basis benutzt, denn es rutscht einem so leicht etwas heraus und verrät, daß man etwas weiß, das man nicht wissen sollte – zum Beispiel, was der Sicherheitsdienst am anderen Ende der Welt gerade macht.

Deshalb log man. Und versuchte, möglichst gut zu lügen.

Sie ging zurück in die Bibliothek, denn Catlin berichtete, daß Justin allmählich wieder zu sich kam, auch wenn er noch etwas benommen war – also nicht der schlechteste Zeitpunkt, etwas zu erklären.

So setzte sie sich auf das Sofa, wo Justin im gedämpften

Licht döste. Florian hatte eine leichte Decke über ihn gezogen und wachte in seiner Nähe.

»Wie geht's dir?« fragte Ari.

»Nicht schlecht«, murmelte Justin, und eine kleine Furche grub sich zwischen seine Brauen, als er sich zu bewegen versuchte. Er gab's auf. »Ich bin noch etwas matt. Laß mich ausruhen. Ich kann jetzt nicht mit dir reden.«

Er wollte niemanden an sich herankommen lassen. Also war es doch nicht der richtige Zeitpunkt bei ihm. Sie legte eine Hand auf seine Schulter. »Du kannst versuchen, etwas wacher zu werden«, sagte sie. Das war auch ein Eingriff, aber ein freundlicher. »Alles ist gut gelaufen. Ich wußte, daß du's gut überstehen würdest. Und ich habe mit Onkel Denys gesprochen und ihm gesagt, er soll die Finger von Grant lassen, deshalb wird Grant sicher sein, aber ich muß trotzdem mit dir reden. Bis dahin kannst du für die Nacht im Gästezimmer bleiben. Ich denke, du solltest nicht in dein Apartment zurückgehen, bevor du nicht richtig wach bist.«

»Ich kann aber gehen«, sagte er.

»Natürlich kannst du gehen, wenn du imstande bist, dich zu streiten, aber nicht heute abend. Wenn du möchtest, laß ich Florian die ganze Nacht deine Tür bewachen, damit du vor nichts Angst zu haben brauchst. Mein Zimmer ist am ganz anderen Ende. Gut? Sobald du ohne Schwierigkeiten laufen kannst, bringt Florian dich zu Bett.«

»Ich will nach Hause.«

»Es tut mir leid, ich muß morgen früh mit dir reden. Du solltest bis dahin hier bleiben. Geh jetzt schlafen.«

Das war in seinem Zustand ein sehr überzeugender Vorschlag. Seine Lider sanken weiter, zuckten und fielen ganz zu.

»Ins Gästezimmer«, sagte Ari zu Florian. »Sobald er kann. Ich möchte, daß du bei ihm bleibst, nur damit er auch wirklich sicher ist.«

IV

Er lag in einem fremden Bett, was ihn für einen Moment mit Panik erfüllte. Justin wandte den Kopf und sah Florian auf dem Bauch auf dem zweiten Bett liegen, ganz angezogen, das kindliche Gesicht im Licht der einzigen Wandlampe mit einem unschuldigen Ausdruck. Die Augen geöffnet.

Er glaubte sich erinnern zu können, wie er in dieses Zimmer gegangen war, daß es am Ende eines Flurs lag, den er noch vor Augen hatte, aber er war immer noch desorientiert und empfand nach wie vor einen Anflug von Panik, als er an die Drogen dachte. Er dachte, daß er sehr beunruhigt sein müßte, hier zu sein, so mit Tranquilizern betäubt, wie er es war. Er lag im Halbschlaf da und dachte daran, daß Reaktionen einsetzen würden, wenn die Taubheit nachließ. Bis auf den Pullover und die Schuhe war er immer noch angezogen. Jemand hatte eine Decke über ihn gebreitet und ein Kissen unter den Kopf geschoben. Er befand sich Gott sei Dank nicht in Aris Schlafzimmer.

»Sind Sie wach, Ser?«

»Ja«, brummte er, und Florian rappelte sich auf, um auf der Kante des anderen Bettes zu sitzen.

»Weck Ari auf!« befahl er dem Automatischen Haushälter laut. »Sag ihr, Justin ist wach.«

Justin stemmte sich auf den Händen auf, fand sein Gleichgewicht und rieb sein stoppeliges Gesicht.

»Wie spät ist es?«

»Wie spät?« fragte Florian den Haushälter.

»04.36«, lautete die Antwort.

»Wir sollten gleich frühstücken«, meinte Florian. »Es ist fast die Zeit, zu der die Sera normalerweise aufsteht. Im Bad liegt eine Gästegarnitur, Ser. Und ein Morgenmantel, wenn Sie mögen, aber die Sera wird sich wahrscheinlich anziehen. Kommen Sie zurecht, solange ich nach meiner Partnerin sehe?«

»Die Sera ist fast fertig«, sagte Catlin und goß ihm Kaffee ein – Catlin, die ihr blondes Haar einmal nicht hochgesteckt trug, sondern als hellen, gewellten Schleier über ihren schwarzuniformierten Schultern. »Sahne, Ser?«

»Nein, danke.«

Kinder, dachte er. Die ganze Situation war eigentlich zum Brüllen komisch: ein Mann in seinem Alter wurde von einer Bande von Kindern praktisch gekidnappt, auf einen Trip geschickt und schließlich eifrig mit einem Frühstück beköstigt ...

Dabei fühlte er sich nicht allzu schlecht, dachte er. Nicht so übel wie nach einem von Girauds Trips, in keiner Hinsicht. Aber er war ausgemergelt, seine Lungen fühlten sich zu offen an, und seine Gliedmaßen kamen ihm wäßrig und ganz unzuverlässig vor ...

Was kein falscher Eindruck sein mochte, wenn man bedachte, welch ein physiologischer Schock eine derartige Injektorendosis bedeutete; weshalb ihm Catlin auch eine Vitamin- und Mineraltablette auf den Teller legte, die er ohne Kommentar mit einem Schluck Kaffee hinunterspülte.

Das half zumindest den Nachwirkungen des Kath ab.

Ari erschien in einem einfachen blauen Pullover und blauer Hose, das schwarze Haar offen, so wie sie es kaum noch trug. Wie das Kind Ari. Sie zog den Stuhl zu seiner Rechten zurück und nahm Platz. »Guten Morgen. – Danke, Catlin.« Als Catlin ihr Kaffee eingoß und Sahne hinzufügte. Und zu ihm: »Wie geht's dir? Fühlst du dich gut?«

»Du sagtest, du hättest mir etwas Wichtiges zu sagen.«

»Über Grant«, erwiderte sie ohne Umschweife. Dann: »Wir können zum Frühstück alles machen, was du möchtest.«

»Nein, danke. Verdammt, Ari, machen wir keine Spielchen, in Ordnung?«

»Das war nicht meine Absicht, Ich wollte mich nur vergewissern, daß du etwas zu essen bekommst. Nimm wenigstens einen Toast. Das da ist echter Honig.«

Er griff danach und versuchte, seine schlechte Laune zu

unterdrücken, strich betont ruhig Butter auf die Scheibe und probierte es mit etwas Honig. Drüben in Moreyville hatte man eine ganze Bienenzuchtstation eingerichtet, neben einigen anderen vielversprechenden kommerziellen Zuchtanlagen für Fische, exotische Früchte und Frösche. In Moreyville redete man davon, sich den Fluß hinauf auszudehnen, an der Volga Land zu gewinnen und neue Flächen für die landwirtschaftliche Nutzung anzulegen.

»Es geht um Folgendes«, begann Ari. »Ich habe gestern abend mit Onkel Denys gesprochen, und er hat den Sicherheitsdienst von Grant abgezogen. Wir hatten deswegen eine kleine Auseinandersetzung, aber ich sagte ihm, ich könne mich in meinem Flügel nicht auf Leute verlassen, an denen andere herumgemurkst haben, die ich nicht kenne. Darauf lief es hinaus. Deshalb haben wir folgende Vereinbarung getroffen: Ich führe meine eigenen Sicherheitsüberprüfungen durch, und wenn ich zufrieden bin, braucht weiter nichts gemacht zu werden. Du mußt dich nur damit einverstanden erklären, daß ich, wenn Unklarheiten bestehen – ein Verhör durchführe und es auf diese Weise regele.«

Er starrte ohne Appetit das Stück Toast in seiner Hand an. »Das heißt, daß du dann noch einmal eine Sonde ansetzt.«

»Justin, ich hoffe, es werden keine weiteren Unklarheiten auftauchen. Aber die Sache mit den Paxern ist wirklich gefährlich. Und es wird schlimmer – weil sie merken, daß ich's ernst meine. Es gibt nicht mehr allzu viele Menschen, denen ich trauen kann. Es gibt auch nicht mehr allzu viele Menschen, denen du trauen kannst, denn wenn es in der Politik zu derartigen Verstrickungen kommt wie zur Zeit – weißt du besser als ich, wie sehr Unschuldige zu den Leidtragenden werden können. Du weißt doch noch, daß du mich gebeten hast, etwas für deinen Vater zu tun. Nun, das habe ich: Ich habe möglicherweise verhindert, daß er gestern abend inhaftiert wurde, zumindest auf den Verdacht hin, und ich weiß, daß ich Grant davor bewahrt habe, mit einer Sonde verhört zu werden. Wahrscheinlich wird dein Vater nicht einmal erfahren haben, wie eng es wurde, und wenn ich dir einen Rat geben darf, dann sag's ihm auch nicht. Grant wird unbeschadet heimkommen. Dein Vater ist in Sicherheit. Und dir wird's nach diesem Morgen auch nicht schlechter gehen als gestern, oder?«

»Ich weiß nicht.« *Ich bin bloß aufgeschreckt, was ich gestern noch nicht war. Ich weiß nicht, ich weiß nicht, ich weiß nicht, aber Gott, was für eine Wahl habe ich?*

»Du willst nichts mit dem Sicherheitsdienst zu tun haben«, sagte Ari. »Giraud mag dich nicht, Justin, er mag dich wirklich nicht. Ich brauche kein professioneller Psychologe zu sein, um das zu merken. Ich möchte, daß du bleibst; und das bedeutet, jeder im Universum wird wissen, daß du ein Druckmittel gegen mich sein könntest – sie könnten dich, Grant oder Jordan unter Druck setzen. Giraud wird sicher der Drahtzieher sein und etwas gegen dich oder deinen Vater in die Hände zu bekommen versuchen – wenn wir ihm nicht entgegenhalten können, daß du mit mir zusammenarbeitest. Dessen muß ich mir sicher sein. Ich brauche eine Zusage von dir und von Grant, und wenn ihr dazu bereit seid, dann seid ihr meine Freunde, und der Sicherheitsdienst wird dazu da sein, euch zu beschützen. Wenn nicht – werde ich dich und Grant entlassen müssen – und dann seid ihr draußen, wo ihr niemandem trauen könnt, weil jeder meiner Feinde euch als mögliche Hebel gegen mich betrachten wird. Deshalb hast du mir gestern abend gesagt, du hoffst, wenn du in meiner Nähe bleibst, die Dinge bessern zu können. Das hast du gesagt. Weißt du das noch?«

»Daran erinnere ich mich nicht. Aber es kann schon sein.«

»Ich möchte, daß du in meinem Flügel bist und daß du mit mir zusammenarbeitest – aber sich in meinem Sicherheitsbereich zu befinden bedeutet, wenn ich den geringsten Hinweis habe, daß etwas nicht stimmt, muß ich Fragen stellen. Anders geht's nicht.«

»Da habe ich keine große Wahl, was?« Er biß ein Stück von dem Toast ab, schluckte es hinunter und stellte fest, daß der Honig seinem Magen doch besser bekam, als er befürchtet hatte. »Du erwartest von mir, daß ich Grant befehle, sich von einem siebzehnjährigen Kind mit einer Psychosonde verhören zu lassen?«

»Ich möchte nicht, daß er sich aufregt. Ich wünschte, du würdest es ihm wenigstens erklären.«

»Mein Gott, ich …«

»Er ist doch sicher, oder? Wenn du ihn aus dem Flugzeug steigen siehst, wirst du wissen, daß ich mein Versprechen gehalten habe; und dann kannst du ihm sagen, warum ich's mache. Dann werdet ihr von niemandem mehr etwas zu befürchten haben. Dann braucht ihr euch keine Sorgen mehr zu machen, daß Leute Fehler machen, die sie euch in die Schuhe schieben, oder anderer Dinge anklagen. Ich bin kein Kind mehr, Justin. Ich weiß, was ich tue. Ich habe bloß noch nicht allzuviel echte Macht. Darum kann ich nicht über meinen Flügel hinaus meine Freunde beschützen, deshalb bleibt nichts anderes als etwas so Dummes übrig, euch in den Be*reich meines* Sicherheitsdienstes zu bringen – euch und einige andere meiner Freunde.«

»Uns. Grant und mich. Na klar, Ari. Seien wir einen Moment mal ehrlich. Führst du hinter dem Rücken deiner Onkel irgendein Manöver durch – oder hat Giraud das vorgeschlagen?«

»Nein. Ich vertraue euch.«

»Dann wärst du ziemlich blöd. Und das kann ich mir nicht vorstellen.«

»Du hast es erfaßt. Du und Grant seid die einzigen erwachsenen Mitarbeiter, die ich einstellen kann; erstens weil mir nichts anderes übrig bleibt, denn ich brauche euch; und zweitens seid ihr die einzigen, die ich ständig überprüfen kann, weil ihr auf etwas angewiesen seid, das nur ich bieten kann und wozu nur ich bereit bin. Natürlich kann ich mir Hilfe holen. Aber das kann meine Gegenseite auch.«

»Das kann deine Gegenseite auch – meinen Vater bedrohen.«

»Nicht an meinen Leuten vorbei. Und zu denen gehörst du auch. Du brauchst es mir nur zu sagen, wenn du meinst, daß er bedroht wird. Und überlege dir eins: Bist du auf dich gestellt sicherer? Oder Grant? Auf keinen Fall. Abgesehen davon: Wenn deine Sicherheit von meiner abhängt, ist es doch nicht sehr wahrscheinlich, daß dein Vater etwas gegen Reseune unternehmen würde, oder?«

Justin starrte sie schockiert an; und zuckte schließlich die Achseln, biß noch ein Stück Toast ab und spülte es hinunter.

»Weißt du, ich habe dasselbe bei deiner Vorgängerin versucht, als ich siebzehn war«, sagte er. »Erpressung. Du weißt, was mir das eingebracht hat.«

»Das ist keine Erpressung. Ich sage nur, was der Fall ist. Ich sage, wenn du durch diese Tür gehst und ich dich aus meinem Flügel entlasse …«

»… werde ich's von Giraud schneller bekommen, als ich mich umschauen kann, ich und Grant, sobald er einen Vorwand findet. Das ist ganz klar. Danke.«

»Justin – es könnte sein, daß Giraud einen Fall *fingiert.* Es ist mir unangenehm, dies zu sagen. Giraud hat einiges für sich. Aber er ist zu solchen Dingen fähig. Und er wird bald sterben. Sag das aber niemandem. Ich dürfte es nicht wissen. Aber dieser Umstand hat viele seiner Motive verändert. Er und Jordan sind nie miteinander ausgekommen – weder persönlich noch beruflich, überhaupt nicht; sie hatten einen furchtbaren Streit, als Jordan noch mit Ari zusammenarbeitete – einen wirklich schrecklichen, erbitterten Streit. Er lehnt das ab, was er als eine typische Haltung der Warricks betrachtet – ein Einfluß auf den ganzen Gang der Arbeit, eine Art interventionistische Vorgehensweise, die seiner Meinung nach die Ausbildungsabteilung unterwandert und durch, seinen Worten nach, ›Warricks Einfluß‹ in die Bänder eingegangen ist. Was nicht stimmt. Ari wußte, was sie tat. Sie wußte ganz genau, was sie tat, und was Giraud eigentlich zuwider ist, ist *ihre* Vorgehensweise – aber das kann man ihm nicht begreiflich machen. In Girauds Augen war Jordan der Ausgangspunkt der ganzen Entwicklung – ich glaube sogar, daß Jordan aus seiner Sicht dasselbe annimmt –, was aber nie zutraf. Aber Giraud würde das nicht glauben. Er will unbedingt die

Zentristen etablieren, bevor er stirbt, weil Denys auch in die Jahre kommt, und weil er eine Zeit voraussieht, da seine Generation ausgestorben sein wird, und ich immer noch angreifbar sein werde. Er betrachtet deinen Vater als eine Schachfigur, die die Zentristen benutzen können. Und dich als ein Reservoir des Warrickschen Einflusses in Reseune, mich als ein Kind, das sich von seinen Gelüsten leiten läßt, und er setzt alles daran, dich von mir fernzuhalten. Deshalb muß ich mich nun selbst davon überzeugen, daß du sauber bist, und Denys und Giraud klarmachen, daß ich ganz genau weiß, was ich tue. Ich kann's mit ihnen aufnehmen, so verrückt sich das auch anhören mag ... ich werde ihnen nämlich sagen, daß ich Aris Notizen über deinen Fall habe.«

Er schluckte heftig.

»Stimmt das?«

»Das werde ich ihnen jedenfalls sagen.«

»Ich habe schon gehört, was du ihnen sagen willst! Ich weiß auch, daß du mir gerade ausgewichen bist. Du hast sie wirklich, was?«

»Du weißt auch, daß ich, ganz gleich, was ich mir gelegentlich auch als die Wahrheit wünsche, manchmal lüge. Yanni meint, es gäbe professionelle Lügen, und gegen die sei nichts einzuwenden. Die haben ihre guten Gründe.«

»Verdammt ...«

»Ich lüge, um dich zu beschützen.«

»Und wen belügst du? Du hast dieselben Marotten wie *sie*, junge Sera. Ich hoffe inständig, das wird nicht noch schlimmer.«

»Ich bin dein Freund. Ich wünschte, ich wäre mehr als das. Aber das geht nun einmal nicht. Verlaß dich darin auf mich. Wenn du das nicht kannst – so wie du es sagst – wem kannst du dann vertrauen? Ich habe dafür gesorgt, daß du nicht inhaftiert wirst. Und ich werde dir das während der Sitzung aufgenommene Band geben, auch bei allen späteren Gelegenheiten. Und auch von Grant. Ich möchte nicht, daß ihr je Zweifel aneinander habt.«

»Verdammt, Ari.«

»Seien wir doch ehrlich. Das ist ein Angebot, das nur ich dir machen kann. Versuchen wir's miteinander. Du meinst, ich würde mich in deine Angelegenheiten einmischen – indem ich Denys etwas erzähle. Dabei weißt du – sehen wir das doch mal ganz klar –, daß es sicherer für dich ist, für mich ohne Aufsicht zu arbeiten, als für Giraud, wo dich all die Wachen im Auge behalten. Es bereitet dir Kopfzerbrechen, dich und Grant einem Kind anzuvertrauen. Aber ich bin Aris Studentin. Unmittelbar. Und die von Yanni. Ich bin nicht geprüft … nicht nur aus dem Grund, weil ich mich nie darum bemüht habe. Es gibt viele Dinge, die ich tun kann, von denen ich mir aber wünsche, daß sie noch nicht in die Aufzeichnungen des Amts eingehen. Ich gebe zu, daß mir einige unausgegorene Ideen durch den Kopf gegangen sind. Und einige sehr egoistische Gedanken. Aber ich habe mich nicht von ihnen hinreißen lassen. Du bist doch am Ende des Flurs aufgewacht, oder?«

Er spürte sein Gesicht erröten. Und erwartete einen Flashback, an diesem Ort, unter derart belastenden Begleitumständen, aber er war schwach und verblaßte nahezu folgenlos, nur das ältere Gesicht, Ari, die sich für die Arbeit zurechtmachte, als sei es die selbstverständlichste Sache der Welt, und ihn mit der Verletzung zurückließ, die sie ihm zugefügt hatte …

Er empfand Abneigung, das war alles … viel mehr Abneigung als Scham.

»Du hast es doch getan«, sagte er zu der Siebzehnjährigen. Seiner Siebzehnjährigen.

»Ich sagte dir doch, du brauchst dich vor dieser Wohnung nicht mehr zu fürchten«, erwiderte sie. »Ich dachte mir schon, daß es dir unangenehm sein würde. Ich hielt das aber nicht für unmoralisch.«

»Das hat mit Moral gar nichts zu tun, Sera. Ebensowenig wie mit ihr.«

Sie wirkte ein wenig schockiert und verletzt. Und er wünschte sich inständig, er hätte sich das verkniffen.

»Entschuldigung«, sagte er. »Das habe ich nicht so gemeint. Aber, zum Teufel, Ari! Wenn du unbedingt auf diesen Trip gehen mußt, dann halte mich da raus!«

»Es ist dir peinlich, weil ich so jung bin, nicht wahr?«

Er dachte darüber nach. Versuchte sich zu beruhigen. Und die Ruhe zu bewahren. Keine Angst zu haben. Auch nach dem, was sie gesagt hat. »Ja, es ist mir peinlich.«

»Mir auch. Weil du soviel älter bist. Ich habe das Gefühl, du würdest alles kritisieren, was ich tue, die ganze Zeit. Es macht mich nervös, ist das nicht komisch?«

»Das ist nicht das Wort, das ich dafür verwenden würde.«

»Ich werde dir wirklich zuhören.«

»Komm schon, Ari, machen wir keine Spielchen, habe ich das nicht schon gesagt? Versuch nicht, mir ein kleines Mädchen vorzuspielen. Du hörst doch auf niemanden mehr.«

»Auf meine Freunde schon. Ich bin nicht wie meine Vorgängerin. Du erinnerst dich wohl, daß ich das auch schon gesagt habe – nicht wahr?«

Noch ein Ruck ging durch seine Nerven. »Ich glaube, das ist nur eine Frage der Semantik.«

Sie reagierte mit einem leichten Augenflattern und einem Lachen. »Treffer. Aber ich merke schon, du bist heute morgen ganz schön schlagfertig, stimmt's?«

Durchaus. Die Selbstanalyse bewahrte ihn vor einer totalen Panik. »Du bist weniger rauhbeinig als Giraud«, sagte er. »Das muß ich dir zugestehen, junge Sera.« *Junge Sera* hörte sie nicht gern. Das wußte er. Er bemerkte auch darauf eine leichte Reaktion. Mit einer *jungen Sera* ging ein Mann nicht ins Bett. Er bemerkte den finsteren Blick, den er erwartet hatte, und der verriet, falls all das zutraf, was er übers Fließen wußte, daß sie heute morgen völlig aufrichtig war – ihre Reaktionen hätten sonst das Gegenteil bewiesen. »Aber ich will das Band, das du aufgenommen hast. Und ich will mit Grant sprechen.«

V

An diesem Nachmittag ritt sie mit Amy aus – sie selbst auf dem Füllen, Amy auf dem Pferd, das sie Bayard nannten – Amy hatte das aus einer Geschichte, deshalb hatte das dritte Füllen einen Namen, anders als die Ziegen und Schweine, die gemeinhin nur Nummern trugen, außer ein paar ganz besonderen Tieren.

Das Füllen ist einfach das Füllen, hatte Ari beschlossen. Und die Tochter der Stute nannte sie die Tochter oder Füllen Zwei, und Füllen Zwei gehörte Florian, auch wenn er es nicht besitzen konnte: Kein ZIV würde je auf ihm reiten. Aber das dritte hieß Bayard, und das war Amy Carnaths Pferd; und das vierte, fünfte und sechste gehörten Maddy, Sam und 'Stasi, wenn sie nicht gerade über die Felder ritten, Arbeit erledigten und dort Sachen ablieferten, wo Lastwagen die Pflanzen niedergewalzt hätten und ein Mensch zu Fuß zu langsam war.

Eines Tages würde es für die Pferde allein einen Stall und einen Parcours geben, hatte Ari beschlossen. Platz in den sicheren Zonen war allerdings seit jeher Mangelware, und Denys bezeichnete die Pläne als extravagant und weigerte sich, seine Zustimmung dafür zu geben …

Aber sie hatte die Idee, nach Novgorod Tiere zu exportieren, die für einige Jahre nur zum Ansehen und Aufpassen da waren, sich aber eines Tages gut verkaufen würden, so wie die Talentbänder über das Reiten und die Tierbetreuung, die so reißenden Absatz fanden, daß sie kaum mit dem Produzieren nachkamen – und die von Leuten gekauft wurden, die wissen wollten, was für Tiere Schweine, Ziegen und Pferde waren und wie sie sich bewegten, und was für ein Gefühl das war, auf einem Pferd zu reiten. Raumfahrer kauften diese Bänder, die als Gefühlsbänder zur Unterhaltung vertrieben wurden. Das Stationspersonal ebenso. Menschen am anderen Ende des Weltraums wußten, wie man ritt, obwohl sie nie ein Pferd gesehen oder berührt hatten.

Das wog den Stall und den Parcours bei weitem auf, hatte Ari eingewandt; und selbst noch das zu bewegende Erdreich und die Ausweitung von Reseunes flachem Gelände: Die Pferde brauchten keinen derart tiefen Boden, wie ihn die Landwirtschaft erforderte, und der Mist garantierte einen guten Boden.

Sie verfressen ihr Gewicht, in Gold aufgewogen, hatte Denys dagegengehalten, indem er sein Nein mehrmals unterstrich.

Getreide ist ein erneuerbarer Rohstoff, hatte sie aus Gemeinheit gesagt. Ihm bekommt der Mist gut.

Nein, beharrte Denys. Wir werden keine Ausweitung vornehmen; wir werden in dieser politisch gespannten Atmosphäre keine Schlagzeilen riskieren, die uns solcher Extravaganzen bezichtigen; das gebietet einfach die Besonnenheit, Ari.

Eines Tages hatte sie sich geschlagen gegeben.

Bis dahin gehörten die Pferde ihr, ein einzigartiger Besitz, und leisteten ihren kleinen Anteil an der Arbeit.

Wobei das Reitgehege draußen neben ihrem Apartment der beste Ort in Reseune war, wo man sich unterhalten konnte, ohne vor dem Sicherheitsdienst Angst haben zu müssen; der außerdem seine eigenen Vorzüge hatte, wenn Ari sich einen zwanglosen Rahmen wünschte, wo Amy Carnath sich entspannen und über wirklich heikle Dinge sprechen konnte.

Denn Amy war in letzter Zeit ziemlich unglücklich. Sam hatte mit Maria Cortez-Campbell etwas angefangen, die ein nettes Mädchen war; Stef war wieder mit Yvgenia zusammen; und Amy ritt häufig aus und verbrachte viel Zeit damit, zu studieren und die Exportgeschäfte zu tätigen, was sie beinahe zwangsläufig in den Rang eines vollwertigen Sub-Managers in der großen Expeditionsabteilung Reseunes und dem eines provisorischen Projektaufsehers in der Genetischen Forschungsabteilung befördert hatte.

Amy war immer die Klügste. Mit siebzehn bekam sie jetzt endlich Figur, zumindest ansatzweise. Sie wurde auf eine schlacksige Art hübsch, was nicht bedeutete, daß sie wirklich hübsch war, aber sie sah interessant aus und konnte in der Hinsicht vielleicht noch gewinnen.

Doch Amy war einfach zu klug, um glücklich zu sein, denn in ihrer Generation herrschte zufällig ein Mangel an Jungen, die ihr ebenbürtig waren. Tommy reichte als einziger an sie heran, aber er war Amys Cousin, nicht an denselben Dingen interessiert und hatte sowieso schon ein Auge auf Maddy Strassen geworfen. *Diesem* Paar war es einigermaßen ernst, und zwar beiden Seiten.

»Wie läuft's denn?« fragte Ari, als sie weit draußen waren, wo niemand sie hören konnte, unter einem friedlichen Himmel. Und machte sich auf eine lange Geschichte gefaßt.

»Ganz gut«, sagte Amy und seufzte. Das war alles.

Das sah ihr gar nicht ähnlich. Ari sah sie durch die Lücke zwischen den beiden Pferden an und sagte: »Das hört sich aber nicht so an.«

»Immer das gleiche«, brummte Amy. »Stef. Mama. Mehr brauche ich gar nicht zu sagen.«

»Du wirst diesen Monat volljährig. Du kannst tun, was dir paßt. Und in meinem Flügel ist Platz für dich. Das habe ich dir immer gesagt.«

»Ich kann überhaupt nichts machen«, sagte Amy. »Justin – ihn gibt's wirklich. Ich habe im Export einen Haufen zu erledigen. Ich beschäftige mich nur mit kaufmännischem Kram. Das ist alles, worauf ich meine Geisteskräfte verwende. Du machst ganz andere Sachen. Ich weiß nicht, wofür du mich brauchen könntest.«

»Du hast eine saubere Sicherheitsfreigabe, die sauberste von allen meinen Freunden. Du bist geschäftstüchtig. Du bist eine gute Aufseherin, und du wärst bei fast allem gut, was du anpacken wolltest, das ist dein Problem. Du konzentrierst dich zu sehr darauf, etwas zu leisten, als etwas zu lernen; und ich möchte, daß du eine Weile lernst. Weißt du noch, wie ich euch in die Tunnel geschleppt habe, und wie wir mit der ganzen Bande anfingen? Deshalb bin ich mit dir hier rausgeritten, bevor ich mit jemand anderem rede. Du warst immer die erste.«

»Was meinst du?« Amy wirkte plötzlich erschrocken. »Die erste wobei?«

»Diesmal erfährst du als erste, daß es jetzt ernst wird. Diesmal spielen wir keine kindischen Streiche mehr, sondern wir wollen uns unsere Position im Haus erkämpfen. Die Dinge verändern sich, sogar sehr schnell. Deshalb fange ich mit dir an, so wie ich's damals auch gemacht habe. Willst du für mich arbeiten, Amy?«

»Was soll ich denn tun?«

»Als Genetikerin arbeiten. An jedem beliebigen Projekt, mit dem du zur Tarnung hervortreten willst. Ein echtes. Oder ein fingiertes, bis du dich entschieden hast. Mir ist's gleich. Du bekommst von jetzt an ein Gehalt und darüber hinaus einen Anteil an den von dir erwirtschafteten Gewinnen.«

Amys Augen wurden ganz groß.

»Ich möchte, daß ihr beide, du und Maddy, in zwei verschiedenen Abteilungen arbeitet«, fuhr Ari fort. »Denn ich werde nicht einen von euch über den anderen stellen. Das würde nie funktionieren. Aber unter uns gesagt, du bist klüger als sie, du bist beständiger, und du bist diejenige, der ich unangenehme Sachen anvertrauen könnte. Und so was könnte auf uns zukommen. Giraud ist am Ende seiner Rejuvenilisierung. Das ist ein Geheimnis. Nur sehr wenige Leute wissen es, aber wahrscheinlich werden es immer mehr vermuten. Wenn er stirbt, kommt es im Wissenschaftsamt zur Wahl. Das ist auch der späteste Zeitpunkt, zu dem ich nach dem Willen der Paxer und manch anderer Leute tot sein soll – das meine ich ernst, Amy.«

»Ich weiß, daß du das ernst meinst.«

»Du weißt, warum man mich gemacht und wie man mich unterrichtet hat, und du weißt auch, was ich bin. Und daß meine Vorgängerin Feinde hatte, die sie tot sehen wollten, und einen, der sie tatsächlich umbrachte. Je näher ich dem komme, was sie war, um so mehr Angst haben die Leute vor mir – weil ich für sie irgendwie gespenstisch bin, Amy, weil ich für viele Leute ein Gespenst bin, die vor meiner Vorgängerin nicht halb soviel Angst hatten … Hast du denn Angst vor mir? Sag mir die Wahrheit, Amy.«

»Nein – *Angst* habe ich nicht. Wirklich nicht. *Gespenstisch* ist ein gutes Wort dafür. Denn du bist nicht so, wie man in deinem Alter normalerweise ist; aber es gibt dich wirklich, und du bist mit uns zusammen. Maddy und ich haben uns ab und zu darüber unterhalten. Wir beide wollen manchmal … irgend etwas Verrücktes machen, nur zur Entspannung. Zum Beispiel gelegentlich …« Amy verfiel für einen Moment in Schweigen und tätschelte Bayards Schulter. »Meine Mama ist oft so wütend auf mich, weil ich gespenstische Dinge tue, denn sie betrachtet mich immer noch als Kind, um das sie sich Sorgen macht, und sie behandelt mich auch wie ein Kind. Einmal hat sie mich angeschrien: Amy, es ist egal, was Ari Emory tut oder was Ari Emory sagt, du bist meine Tochter – schau mich nicht so an, und mach mir keine Vorschriften, wie ich dich großziehen soll. Und dann hat sie mir ins Gesicht geschlagen. Und ich konnte bloß dastehen. Ich … ich wußte nicht, was ich tun sollte. Ich konnte sie doch nicht schlagen. Und ich konnte auch nicht weinend weglaufen und Dinge nach ihr werfen. Ich … ich stand bloß da. Deshalb hat sie geweint. Und dann weinte ich auch, aber nicht weil sie mich geschlagen hat, sondern weil … weil ich wußte, daß ich nicht das bin, was sie haben wollte.« Amy blickte zum Himmel auf. Im Sonnenlicht glitzerten Tränen. »Nun ja, Mama nimmt an, daß ich gehen werde, sobald ich kann, und das möchte sie nicht. Wir haben uns schließlich darüber unterhalten. Sie ist diejenige, die Angst vor dir hat. Sie versteht mich nicht, und sie meint, sie müßte dir vorwerfen, daß ich keine Kindheit gehabt habe. Das sagt sie jedenfalls. Du hattest nie eine Chance, ein Kind zu sein. Ich weiß nicht, ich denke schon, daß ich eine Kindheit gehabt habe. Wir hatten viel Spaß miteinander. Von all dem weiß Mama ja nichts. Aber ich mag das nicht mehr. Ich habe keine Lust mehr auf *kleine* Spielchen, Ari, du weißt wohl, was ich meine. Ich habe Stef Dietrich satt. Ich hab's satt, mich mit Mama zu streiten. Ich hab's satt, zum Unterricht zu gehen und mit Windy Peterson Ratespielchen zu machen, mit diesen nämlichen Fangfragen und komischen Regeln. Ich glaube, Maddy geht's genauso.«

»Kannst du mit Sam arbeiten?«

»Gott, er ist doch ein solcher Schwachkopf – aber das ist nicht nett, was? Ich begreife nicht, was er an ihr findet.«

»Wisch ihm bloß keins aus, Amy.«

»Das werde ich nicht. Ich hab die Nase voll von all dem. Weißt du, was ich will? Ich will genau das, was du mit Florian hast. Keinen Krach. Keine kleinlichen Streitereien. Keine Eifersucht. Sobald ich mir das leisten kann ...«

»Wenn du mein Angebot annehmen willst, könnte ich mir vorstellen, daß du mit einem Assistenten noch viel leistungsfähiger wärst. *Ich* habe das Gefühl, du wärst völlig frustriert mit etwas anderem als einem Alpha, und von denen sind wahrscheinlich nur eine Handvoll noch nicht unter Vertrag. Ich werde dir ein Printout mit den Nummern geben, die mir vorliegen. Im Grünen Barackenkomplex findest du wahrscheinlich am ehesten welche. Das heißt jemanden, der mehr wie Catlin ist, aber trotzdem: Du könntest das hinbekommen.«

Amy starrte sie bloß an. Und wurde ein wenig rot.

»Eines Tages wirst du selbst eine Flügelaufseherin sein«, sagte Ari. »Das habe ich mit dir vor. Eines Tages werde ich Reseune leiten, und das nehme ich jetzt nicht einfach so an, sondern wir schmieden langfristige Pläne. Ich möchte, daß du die Art von Unterstützung bekommst, die du brauchen wirst; ich möchte, daß du jemanden hast, der dich beschützen und gleichzeitig Arbeiten erledigen kann, für die du zu beschäftigt bist, und in deinem Fall wäre es unbedingt notwendig, daß es ein Mann und daß er klug ist. Einer anderen Frau würdest du den Hals umdrehen. Habe ich dich durchschaut?«

Amy lachte plötzlich und errötete noch mehr. »Ich weiß nicht. – Ich brauche Zeit, um darüber nachzudenken.«

»Sicher. Du hast fünf Minuten.«

»Das ist nicht fair, Ari.«

»Es ist genauso wie damals im Keller. Ich brauche meine Freunde jetzt, und in erster Linie brauche ich dich. Es ist echte Gefahr im Verzug – und wenn ich das Ziel bin, könnte es dich auch treffen.«

Amy biß sich auf die Lippe. »Das ist mir egal. Wirklich. Ich habe nur Angst vor dem Krach, den Mama deswegen machen wird. Weißt du, was ich glaube? Sie möchte mich an sich binden. Sie sieht, daß du mehr Einfluß auf mich hast als sie, und sie hatte immer vor, mich im Ausbildungsflügel unterzubringen, ganz gleich, ob ich für andere Dinge besser geeignet bin.«

»Zum Teufel, sieh mich an! Meinst du, ein PR müßte erst lang überlegen, wer er ist?«

»Das weiß ich doch. Aber deine … deine Vorgängerin ist nicht da und sieht dich am Frühstückstisch böse an.«

»Wessen Leben lebst du? Deines oder ihres?«

Amy nickte schließlich. »Oder meines oder deins? Ich will *meins* leben, Ari. Ich möchte nicht, daß du mich unterstützt. Wenn's ein echter Job ist, wenn ich mein eigenes Geld verdiene, bin ich dabei.«

»Abgemacht.«

»Abgemacht«, sagte Amy.

»Dann holen wir uns jetzt Maddy. Und dann Sam. Und Tommy.«

»'Stasi ist in Ordnung«, meinte Amy. »Ich habe nichts gegen sie. Aber Stef Dietrich kann sich zum Teufel scheren, wenn's nach mir geht.«

»Stef gehört nicht zu meinem Team«, beruhigte sie Ari. »Er ist ganz nett, aber er macht immer Schwierigkeiten, und ich brauche ihn nicht.« Sie streckte sich in den Steigbügeln, sackte wieder in den Sattel und fuhr fort: »Wir holen uns Maddy, Sam und Tommy. Gegen 'Stasi habe ich nichts einzuwenden. Aber alle kommen genau in derselben Reihenfolge dazu wie sonst. Das geht nach dem Alter. Etwas in der Art. Ich muß dir eines verraten: Ich habe ein großes Problem, eine schwache Stelle und eine große Hilfe – und Justin Warrick ist all das in einer Person. Er wird uns helfen. Aber es kommt demnächst viel auf ihn zu. Und er und Grant sind die einzigen in unserem Team, die nicht zu uns gehören, du weißt wohl, wie ich das meine.«

»Er ist klug genug, um Ärger zu machen.«

»Darüber habe ich nachgedacht. Meine Onkel möchten ihn nicht in meiner Nähe sehen. Sie reden vom Einfluß der Warricks. Sie behaupten, er sei gefährlich. Ich weiß andere Dinge. Ich könnte dir einiges erzählen, Amy, wenn du dich mir anschließt.«

»Das tue ich.«

»Denys ist an Aris Notizen interessiert – an den Notizen und an dem Psychogenese-Projekt –, aber ich habe sie ihm vorenthalten. Ich habe das Material in drei Rubriken sortiert: Über die eine sage ich nichts. Dann die allgemeinen Notizen – das sind die veröffentlichten oder zur Veröffentlichung bestimmten Sachen. Und das Material zum Rubin-Projekt: Das ist zum Großteil geheim, aber die ganze Sicherheitssperre ist eine Farce – ich trete an die Öffentlichkeit, und jeder, der die endokrine Theorie versteht, kann sich eine Menge von dem zusammenreimen, was mit mir passiert ist. Weißt du, was zu den Dingen gehört, die sie wirklich geheimhalten wollen? *Justin Warrick.* Denn er ist nicht wie Jordan, aber er ist auch sicher nicht wie Boks Clon, und seine Stimme könnte in Reseune an Gewicht gewinnen wenn sie es jemals zulassen, daß er ein Forum bekommt; denn er ist sehr begabt, er begreift, was ich bin, und er ist in jeder Hinsicht eine Sonderperson, nur trägt er diesen Titel nicht, einer von Aris Studenten – das wird auch nicht veröffentlicht –, eine weitere Sonderperson, das PR einer Sonderperson, sehr viel wichtiger als Rubin, ganz gleich, was sie der Verteidigung untergejubelt haben. Ari hat mit ihm gearbeitet, als sei er ihr sehr wichtig – aber das sagen sie der Verteidigung auch nicht, denn sie haben höllische Angst vor ihm und seinem Einfluß. Ich glaube, Denys ist sicher, daß Ari mit ihm gearbeitet hat. Denys ist derjenige, der verhindert hat, daß er eine Behandlung bekommt – um Dinge zu lindern, die ihn sehr quälen und die Ari ihm angetan hat –, und der Mord an ihr hat ihn völlig durcheinandergebracht, nicht bloß weil sein Vater es getan hat, sondern weil er sie so sehr brauchte.«

»Was hat sie gemacht?«

»Einen ganz entscheidenden Eingriff vorgenommen. Kurz bevor sie ermordet wurde. Etwas, das sie nicht mehr beenden konnte und das Justins Lebensweg maßgeblich bestimmt hat. Abgesehen davon – es ist etwas sehr Intimes für ihn, und ich möchte es nicht weitererzählen. Jedenfalls war es hart.«

»Wie das, was man mit dir gemacht hat?«

Sie dachte einen Moment lang darüber nach. »Ja, etwa. Etwa so. Mit einigen Unterschieden. *Jordan* wollte, daß Justin ihm ähnelt. Aber das war gar nicht möglich. Ari wußte, was sie mit diesem Genset vorhatte, und es gelang ihr auch. Das ist die Wahrheit. Sie hat ZIV-Tiefensets manipuliert ... mit unheimlicher Genauigkeit.«

Amy sah sie verwirrt an.

»Wie jede andere Art des Clonings«, erklärte Ari, »kann die Psychogenese zwei Wege einschlagen. Entweder ein identisches Individuum schaffen – oder ein neues entwerfen. Identischer als mich kann man einen Clon wahrscheinlich nicht hinbekommen. Ich sagte Justin einmal, ich sei nicht meine Vorgängerin, und er meinte, das sei nur eine Frage der Semantik. Und ich glaube, damit hat er recht. Es gab echte Unterschiede: meine Mama, Ollie, Denys – er war eben nicht Geoffrey Carnath, nicht annähernd, Gott sei Dank. Viele Dinge sind anders gelaufen. Aber ich hatte Florian und Catlin; und ich hatte keinen Zweifel, daß die Theorien zutrafen, mit denen ich zu tun hatte. Ich spürte es. Ich weiß, warum ich einen Vorsprung vor Ari habe. Ich mußte arbeiten. Ich hatte Angst. Ich konnte nicht einfach abdriften und mich darauf verlassen, daß sich schon jemand um mich kümmert. Statt dessen habe ich gelernt, mich in mein Inneres zu versenken und in Echtzeit zu arbeiten, und dennoch alles aus der Distanz zu betrachten. Das war die eigentliche Lektion. Boks Clon kam nie aus dem Dunkel heraus, hat nie etwas besessen, ist nie etwas *gewesen*. Weißt du, was ich auf solche Fragen geantwortet hätte, wie sie dieser armen Frau gestellt wurden? Schert euch zum Teufel! Und wenn ich unbedingt Klavier spielen wollte, hätte ich's auch getan! Und vielleicht hätte ich den Mathelehrern ins Gesicht gespuckt, die mir nicht solche Sachen beibrachten, wie Bok sie hätte lernen sollen – zum Beispiel wie's im Weltraum ist. Oder wie man als Raumfahrer lebt. Oder daß die Mathematik über Leben und Tod entscheidet. – Boks Clon bekam nur trockene Theorie zu hören. Sie war kreativ, und sie haben ihr derart trockenes Zeug vorgesetzt. Auf diese Weise haben sie sie in Watte verpackt. Und sie konnten ihre Musik nicht verstehen. Sie war eine lausige Pianistin. Sie brachte einfach nichts zustande. Aber ich frage mich, was für Musik sie *im Kopf* hatte, und warum sie immer mehr Zeit darauf verwendete. Ich bin mir nicht sicher, ob sie wirklich gescheitert ist. Vielleicht hatten diese verdammten Genies ihr nichts zu sagen. Vielleicht war ihre Notation nicht das Richtige für sie. Ich frage mich, was diese Symphonie war, und ob sie die Begleitung spielte. – Hm.« Sie schüttelte sich. »Das ist auch gespenstisch, was?«

»Sie haben ihr Zeug von Computern analysieren lassen. Dabei kam nichts raus.«

»Mit Boks Theorien. ja. Aber sie hat nie ihre genetische Mutter gekannt.«

»Mit dem Zeug ihrer Lehrer?«

»Kann sein. Oder etwas völlig Abwegiges.«

»Ich würde mir diese Akten gern anschauen. Nur um zu sehen, was sie versucht haben.«

»Mach das! Tu, was du willst, ganz gleich, was. Wir sind doch Forscher, nicht? Du ziehst all deine Projekte aus dem anderen Flügel ab, finanzierst sie aus meinem Budget, und unser Kreditrahmen wird für solche Sachen schon ausreichen. Die Guppys und die Betas bringen reichlich Computerzeit ein.«

VI

Das Foyer des Flughafens war nahezu menschenleer, die planmäßigen Flüge der ›*Reseuneair*‹ bereits in der Luft, und die Passagiere, die in diesem kleinen öffentlichen Bereich Reseunes kamen und gingen, waren alle unterwegs nach Novgorod, Svetlansk oder Gagaringrad. Der Sicherheitsdienst des Flughafens war in üblicher Stärke zugegen, und aus dem Haus waren einige schwarz uniformierte Leute von Reseunes Sicherheitsdienst heruntergekommen, die darauf warteten, ihre Kameraden aus Planys zu treffen. So wie er auf Grant wartete, dachte Justin; mehr nicht.

Aber Florian war in dem Bereich verschwunden, wo die Flugzeuge abgefertigt wurden, obwohl er keine Erlaubnis dazu hatte, und hatte ihm versichert: »Sera Amy Carnath ist am anderen Ende des Saals, Ser, und Sam Whitley auch. Es sind beides Freunde der Sera: Ich habe sie gebeten, auf Abstand zu bleiben, damit sie, wenn Sie hier in Schwierigkeiten geraten, von ihren Taschenkommunikatoren Gebrauch machen und mich verständigen können, aber ich bin auf dem üblichen Frequenzband des Sicherheitsdienstes ...« Dabei berührte er den kleinen Knopf, der neben seiner Schlüsselkarte angebracht war. »Ich werde den Sicherheitsdienst überwachen. Wenn etwas passieren sollte, lassen Sie sich nichts anmerken und verlassen Sie sich darauf, daß wir es regeln.«

Die beiden Beobachter blieben auf ihrer Seite der Wartehalle, darunter ein grobschlächtiger, bereits sehr großer und muskulöser Jugendlicher, der auf eine Weise dasaß, der man entnehmen konnte, daß er kein Buchhalter war – Whitley lautete sein Reseuner Name, aber er stammte aus der Stadt, nicht aus dem Haus; Justin erinnerte sich, ihn unter Aris Leuten gesehen zu haben. Und Julia Carnaths Tochter Amy, Aris ständiger Schatten, dünn und intellektuell, und äußerst wachsam, wenn man ihrem Ruf unter dem Personal glauben konnte. Außerdem Denys Nyes Nichte und ein Junge, der aussah, als könnte er mit bloßen Händen Leitungsrohre verbiegen – eine Kombination, die zumindest dem Sicherheitsdienst, dem laute Zwischenfälle zuwider waren, eine Pause einbringen würde.

Justin fühlte sich in der Nähe dieser Kinder sicherer.

Verdammt, wie tief mußte ein Mann in seinem Alter sinken, um sich von Kindern beschützen zu lassen? Und sich von einem Kind dirigieren zu lassen, das in demselben Alter war wie er, als er das Opfer ihrer Vorgängerin geworden war – das störte ihn besonders. Nicht daß er eine andere Wahl gehabt hätte, als für eine Ari auf der Höhe ihres Könnens zu arbeiten, aber daß ihre Nachfolgerin es sich so einfach machte, ihn so ohne weiteres zu sich holte und ihn in diese Situation brachte, während Grant sich wahrscheinlich auf der anderen Seite dieser Türen wunderte, warum Aris persönlicher Leibwächter sich in die Gepäcküberprüfung und Leibesvisitation einmischte, auf der Florian bestanden hatte … Grant würde anfangs etwas besorgt aussehen, sofort merken, daß etwas nicht stimmte, und sich vor Schreck immer mehr nach innen wenden, weil ihm nichts anderes zu tun blieb in einer Situation, in der er nichts gewinnen konnte, außer zu hoffen, daß er zu seinem Partner durchkommen und sein Partner nicht schon in Haft sein würde.

Florian hatte sich geweigert, all das zur Kenntnis zu nehmen: Es tut mir leid, Ser; ich muß mich hier an die Vorschriften halten. Ich werde ihn so schnell durchbringen, wie ich kann.

Ohne zu wissen, was ihm bevorstand, ohne zu wissen, was mit seinem Partner passiert sein mochte, mußte er darauf warten, seinem Partner zu berichten …

Gott, zu berichten, daß er sich in Aris Stockwerk begeben mußte. Daß er sich mit einer Psychosonde verhören lassen mußte. Daß er dabei nichts zu befürchten hatte – was Justin ihm bestätigen würde, weil er es selbst gerade hinter sich hatte.

Er fand es bemerkenswert, daß er diesen Alptraum durchstehen und einfach dasitzen und die kleine Gruppe der Wachen beobachten konnte, den beiden Kindern, die sich unterhielten, und den alltäglichen Geräuschen aus der Gepäckabteilung lauschten, die darauf hindeuteten, daß man da hinten wahrscheinlich damit beschäftigt war, das Gepäck auf Tischen aufzureihen, wo der Reseuner Sicherheitsdienst es durchgehen und Stück für Stück überprüfen würde, in diesem Fall nicht so oberflächlich, vermutete Justin. Die Durchsuchung würde sich bis zu den Nähten an der Tasche, die das Rasierzeug enthielt, und dem Inhalt der undurchsichtigen Flaschen erstrecken.

Er war daran gewöhnt, für die Überprüfungen des Sicherheitsdienstes zu packen. Kein Futter, alles in durchsichtigen Flaschen und Tüten, so wenig Kleidung wie möglich, Dokumente nur in der Aktentasche und nur lose Blätter, damit sie in die Scanner geschoben werden konnten.

Dazu zog man einen Pullover an. Hemden wurden bei der Leibesvisitation immer zerknittert, und der Sicherheitsdienst wurde bei doppelten Nähten und Kragen stets mißtrauisch.

Er streckte die Beine von sich weg, lehnte sich zurück und versuchte sich zu entspannen, wobei er die alte Panik spürte, während die Minuten verstrichen wie Stunden.

Natürlich ist alles in Ordnung, Grant. Ich bin mir sicher, daß an mir keiner rumgepfuscht hat.

Zum Teufel!

Aber was bleibt uns sonst? Was können wir sonst tun, außer zu hoffen, daß Aris Reinkarnation nicht ihrem Weg folgt?

Verdammt, wenn sie diese Notizen hat, dann weiß sie, was ihre Vorgängerin mit mir vorhatte. Sie kann es ändern – oder sie kann es so zu Ende bringen, wie es die erste Ari getan hätte, mich zu dem machen, was die erste Ari geplant hat. Was immer das sein mag. Ich dachte einmal, das wäre vielleicht das Beste gewesen – wenn Ari weitergelebt hätte. Falls es je ein Design gab. Jetzt ist es mir zu unheimlich. Jetzt ist es nicht mehr das, was Ari mir gegeben hätte. Jetzt bin ich der Erwachsene. Ich habe meine eigene Arbeit, meinen eigenen Tagesablauf …

Und Grant, mein Gott, Grant – in was habe ich ihn da hineingezogen? Was kann ich tun?

Die Türen öffneten sich, und Grant kam heraus, trug seine Aktentasche selbst, während Florian ihm mit dem Gepäck folgte.

»Zum Bus, Ser«, sagte Florian und deutete auf die Türen, während Justin aufstand und zu ihnen hinüberging. Ihre Wege überschnitten sich auf dem Weg dorthin.

»Was bin ich froh, dich zu sehen«, sagte Grant. Er hatte diesen leicht schläfrigen Blick, der mit Interkontinentalflügen und einer Zeitverschiebung von mehreren Stunden einherging. Justin legte einen Arm um ihn und klopfte ihm auf die Schulter, als sie gingen.

»Wie war die Reise?«

»Oh, nachdem wir gelandet waren, war alles gut. Jordan und Paul geht's prima. Ich habe die Zeit wirklich genossen. Wir haben bloß geredet, die ganze Zeit geredet ...« Hinter ihnen öffneten sich Türen, und Grants Aufmerksamkeit wurde sofort abgelenkt, er blickte zurück und vergaß, was er hatte sagen wollen. »Ich ...«

Die Türen vor ihnen öffneten sich automatisch, erst die inneren und dann die anderen auf den Säulengang hinaus, wo der Bus wartete.

»Sind wir sicher?« fragte Grant.

»Ari hat keinen Zweifel daran«, erwiderte Justin und hielt eine Hand auf Grants Rücken, um ihn am Innehalten zu hindern. Florian hob das Gepäck gleich auf das Deck des Busses und stieg danach ein, bevor er den Fahrer mit scharfer Stimme anwies, den Motor zu starten, als Grant aufs Deck trat und Justin ihm auf den Stufen folgte.

»Wir haben noch zehn Fahrgäste«, wandte der Fahrer ein.

»Wir haben Vorrang«, erklärte Florian. »Steigen Sie ein, Ser!«

Justin wurde eine Stufe höher geschoben, als Grant sich vorbeidrängte und Florian die Tür selbst schloß.

Der Fahrer startete den Motor und brachte sie in Bewegung.

»Sie können die anderen hinterher abholen«, sagte Florian, der neben dem Fahrer stand, während Grant auf der erstbesten Bank Platz nahm und Justin sich neben ihn setzte.

»Was machen wir?« fragte Grant ruhig und gefaßt.

»Nichts Dramatisches«, sagte Justin und nahm Grants Hand, um die Finger zweimal an die Stelle zu pressen, wo er den Puls spürte. Nur um sich zu vergewissern. Er spürte, wie Grant sich daraufhin ein wenig entspannte.

Florian kam zurück und nahm ihnen gegenüber Platz. »Catlin wird den Aufzug für uns freihalten«, sagte er. »Der Haussicherheitsdienst an den Türen wird nur etwas verdutzt sein, wenn der Bus ohne den Rest der Passagiere ankommt. Wir haben nichts zu befürchten. Sie werden sich wahrscheinlich an den Fahrer wenden, um zu erfahren, was los ist, und wir gehen einfach an ihnen vorbei – wir lassen uns damit nichts zuschulden kommen, Ser, wir können bloß keine Kompetenzstreitigkeiten oder einen Krach um die Volljährigkeit gebrauchen. Wenn wir aufgehalten werden, ist das auch kein Problem, seien Sie ganz unbesorgt, werden Sie nicht nervös, wir kommen ganz glatt durch, wenn Sie einfach mir das Reden überlassen und bereit sind, meinem Wink zu gehorchen. Im Idealfall marschieren wir einfach durch die Türen bis zum Aufzug – Catlin und ich haben die Erwachsenen vom Sicherheitsdienst schon oft reingelegt.«

»Auf dem Weg kommen wir in den Wohnbereich von Flügel Eins«, bemerkte Grant ruhig.

»Da wollen wir hin«, sagte Justin. »Es ist eine kleine Auseinandersetzung über die Abgrenzung im Gange. Ari hat das Ganze übers Haussystem koordiniert, damit wir nicht bei Giraud landen.«

»Danach habe ich keine Sehnsucht«, sagte Grant und gab einen zittrigen kleinen Seufzer von sich. Justin tätschelte sein Knie.

»Eine wenig erfreuliche Heimkehr. Es tut mir unheimlich leid.«

»Das macht nichts«, murmelte Grant so niedergeschlagen, wie Justin ihn so manches Mal erlebt hatte. Er nahm seine Hand, drückte sie fest, und Grant sank einfach mit einem

Seufzer in den Sitz zurück, während der Bus den Hügel emporklomm.

Florian empfing etwas über den Hörer in seinem linken Ohr. Er zog die Stirn ein wenig kraus, dann hob er die Brauen. »Ah.« Ein unvermitteltes Zwinkern und ein Grinsen. »Der Sicherheitsdienst hat sich beschwert, daß der Bus weggefahren ist. Der Haussicherheitsdienst hat nur durchgegeben, daß die Sera darum gebeten hat; Ser Denys hat sich gerade ins System eingeschaltet, um zu bestätigen, daß die Sera berechtigt ist, Grant in ihre Obhut zu nehmen. Wir werden ganz leicht durchkommen.«

»Wir sind wirklich in Schwierigkeiten, was?« fragte Grant.

»Ziemlich«, erwiderte Justin. »Hattest du in Planys Ärger?«

»Nein. Überhaupt nicht.«

»Gut«, sagte Justin, und weil sie sich in Hörweite des Azi-Fahrers befanden, versuchte er nicht auf den Blick zu antworten, den Grant ihm zuwarf.

Die Aufzugstüren öffneten sich in die große, kahle Ausdehnung von Aris Eingangsflur, in der bereits das Gepäck stand – wofür Catlin und Florian gesorgt hatten, und Florian sprach ruhig in die leere Luft, um Ari zu informieren, daß sie auf ihrem Stockwerk waren.

Am Ende des Flurs öffnete sich für sie die Apartmenttür.

Und Justin tastete mit der Hand nach Grants Arm, als sie losgingen. »Wir haben ein bißchen Ärger gehabt«, erklärte Justin in der Sicherheit von Aris privatem Flur. »Giraud ist uns im Nacken. Wir sind uns fast sicher, daß sie etwas gegen dich im Schilde führten. Deshalb haben wir mit Ari eine Abmachung getroffen.«

»Was ... was für eine Abmachung?«

Er drückte fester, einmal, zweimal. »Dich mit einer Psychosonde untersuchen zu lassen. Du brauchst keine Angst davor zu haben, das schwöre ich dir.«

»Gilt für dich dieselbe Vereinbarung?« fragte Grant. Besorgt. Schrecklich besorgt. Nicht: *Versprichst du* mir, *daß ich keine Angst davor zu haben brauche?* Aber: *Bist du in Ordnung?*

Justin drehte Grant um und schlang seine Arme um ihn, eine kurze, heftige Umarmung. »Mach dir keine Sorgen, Grant. Sie ist *unser Kind,* in Ordnung? Keine Spielchen, kein Ärger, sie stellt sich nur auf unsere Seite, das steckt dahinter.«

Darauf sah Grant ihn an und nickte. »Ich habe nichts zu verbergen«, sagte er. Seine Stimme klang dünn und etwas heiser. »Mußt du hierbleiben?«

»Nein«, erwiderte Justin. »Ari sagt ... sie sagt, ich mache sie nervös. Aber ich werde mich draußen in dem Zimmer aufhalten. Die ganze Zeit.«

Justin blätterte die Seiten in dem Hardcover durch, den Florian ihm dankenswerterweise besorgt hatte – die jüngsten *Berichte des Wissenschaftsamts,* in denen er sich von Zeit zu Zeit festlas, aber die physikalischen Berichte waren schwer verständlich, und im genetischen Teil berichtete der bei Reseune angestellte Franz Kennart über das Design tierischen Planktons, und er hatte Franz schon einmal darüber referieren gehört. Während ein Biologe aus Svetlansk einen Artikel über das zunehmende Artensterben in Cyteens ursprünglichen Ökosystemen und der Schaffung toter Zonen beigesteuert hatte, in denen bestimmte anaerobe Bakterien in den Tälern in der Nähe von Svetlansk große Methanvolumina produzierten.

Es reichte letztlich nicht aus, um seine Aufmerksamkeit zu fesseln. Nicht einmal den Bildern gelang es, und er las bloß die Überschriften und vereinzelte Abschnitte in einem Zustand mangelnder Aufnahmefähigkeit und die Magennerven reizender Beunruhigung, eine Situation, die ihm sehr vertraut war – Berichte zu lesen, während er darauf wartete, eingesperrt zu werden, Designs in Echtzeit zu bearbeiten, wenn es um Leben und Tod ging, während er auf die neueste Marotte der Administration auf die Frage wartete, ob er in dem jeweiligen Monat noch etwas über die Gesundheit seines Vaters erfahren würde.

Er blätterte hin und zurück durch die Seiten, vertiefte sich einen Moment lang in die graphischen Darstellungen der Geologie Svetlansks und betrachtete die Photos toter Platytheren. Der Anblick hatte etwas Trauriges an sich – ganz gleich, ob auf diese Weise Platz für Felder und grüne Pflanzen, Schweine, Ziegen und Menschen geschaffen wurde. Das Photo eines Menschen, der einen geeigneten Maßstab abgab, zu einem Zwerg geschrumpft neben dem verwesenden Kadaver des Kolosses, der Jahrhunderte gelebt haben mußte – wirkte auf ihn ebenso abstoßend wie die Photos von der alten Erde, auf denen Jäger mit einem Lächeln vor aufgehäuften Kadavern, Tigerschädeln und Elfenbein posierten.

Aus irgendeinem Grund rollten ihm Tränen übers Gesicht, bestürzten ihn, und seine Kehle schmerzte. Für nichts weiter als eine tote Platythere. Denn er war so angespannt, und er konnte nicht um Grant weinen, weil Grant ihn neugierig angesehen und gefragt hätte: *Das Fließen hat schon merkwürdige Wirkungen, was?*

Er wischte sich die Augen ab, blätterte um und blätterte weiter, bis er sich beruhigt hatte; und als er schließlich nichts mehr fand, was seine Aufmerksamkeit fesseln konnte; dachte er: *O Gott, wie lang dauern denn ein paar Fragen?*

Die erste Ari hat Grants Designs entworfen. Der neuen Ari sind sie zugänglich. Sie besitzt das ganze Handbuch. Ebenso wie Giraud.

Giraud ließ ihm einen Z-Fall zurück.

Hat er sich ihr offenbart?

Sie würden mich rufen. Sie würden mich sicher rufen.

Er legte das Magazin vor sich auf den Tisch und stützte die Ellbogen auf die Knie, rieb die Augen mit den Handballen und verschränkte die Hände im Nacken, um sie hinunterzuziehen, damit der wachsende Schmerz nachließ.

Angenommen, daß Jordan etwas tief in ihm eingepflanzt hat –

Grant wäre dazu imstande, es in sich aufzunehmen und zu verteilen …

Aber das würde Jordan nicht tun. Nein, bestimmt nicht.

Die Tür öffnete sich in den Flur; Justin blickte auf und hörte Aris Stimme und ihre leichtfüßigen Schritte.

Sie kam ins vordere Zimmer, wirkte aber nicht beunruhigt. Nur müde.

»Er schläft«, sagte sie. »Es ist alles in Ordnung.« Sie ging zu dem Sofa hinüber, auf dem er saß, und fügte hinzu: »Er ist völlig sauber. Es ist nichts passiert. Er schläft jetzt. Er war sehr aufgeregt – wofür er natürlich einen guten Grund hatte. Er hat sich Sorgen um dich gemacht. Ich möchte nicht, daß du ihn weckst. Aber ich habe ihm gesagt, er sei sicher, und er werde hier gut betreut. Ich werde das Band Giraud geben; das muß ich. Wenn's um das geht, was er als euren Einfluß bezeichnet, hat Giraud wirklich einen Knick in seinem Denkset. Und du weißt, was er glauben würde, wenn ich's nicht täte.«

»Das wird er trotzdem glauben, ob du's tust oder nicht. Wenn dieses Band ohne jeden Zweifel unsere Unschuld beweist, wird er immer noch etwas finden.«

Sie schüttelte den Kopf. »Erinnerst du dich, daß ich Denys gesagt habe, ich hätte Aris Arbeitsnotizen? Ich sage ihm einfach, daß ich die Situation durchaus im Griff habe, und daß, wenn ich fertig bin, es keinen Unterschied mehr machen wird, was Jordan gemacht hat oder nicht, und daß er, wenn er sich über den Einfluß der Warricks sorgt, aufhören kann, sich Sorgen zu machen, denn ich arbeite an euch beiden.«,

Es klang glaubwürdig, dachte er; und es klang so sehr nach der Wahrheit hinter der vorgeblichen Wahrheit, daß es zu seinen quälenden Sorgen beitrug und ihn an Emorys ganze Gerissenheit erinnerte – wie sie, um andere auszutricksen, eine Wahrheit auf die andere häufte und welchen makabren Sinn für Humor sie hatte. Er rieb sich den Nacken und versuchte nachzudenken, aber seine Gedanken nahmen vor der Panik Reißaus bis auf den einen, der ihn gemahnte, daß er keine Wahl habe, daß dieses Kind die einzige Kraft im Haus war, auf die es letztlich ankam, keine Wahl, keine Wahl, keine Wahl.

... abgesehen davon, hörte er sie am Frühstückstisch sagen, *wenn deine Sicherheit von meiner abhängt, ist es doch ziemlich unwahrscheinlich, daß dein Vater etwas gegen Reseune unternehmen würde, oder?*

»Ich erzähle dir etwas über Giraud«, sagte sie. »Manchmal hasse ich ihn. Manchmal liebe ich ihn fast. Er empfindet absolut nichts für Menschen, deren Gegner er ist. Er ist fasziniert von kleinen Modellen, Mikrokosmen und wissenschaftlichen Tricks. Sich selbst betrachtet er als einen Märtyrer. Es ist ihm zuwider, schmutzige Arbeit zu erledigen und gehaßt zu werden. Er hat sehr wenige weiche Stellen – eine davon ist seine Auseinandersetzung mit deinem Vater, in der eine Menge persönlicher Abneigung mitspielt; eine andere bin ich – ich, weil ich das einzige Objekt bin, an dem er je gearbeitet hat, das seine Arme um ihn legen und ihm etwas zurückgeben kann. So ist Giraud. Wir stehen auf entgegengesetzten Seiten von ihm. Ich sage das nicht, damit er dir leid tut. Ich möchte nur, daß du weißt, wie er ist.«

»Ich weiß, wie er ist, danke.«

»Wenn Menschen einem etwas Schlimmes antun – ruft das dieses kleine Ego-Netz-Problem hervor, nicht wahr, lernen wir das nicht in der Psychologie? Es kommen diese kleinen Ego-Netz-Krisen vor, wenn man das Gefühl hat, man sei selbst schuld, oder alle glaubten, man habe unrecht – läuft das nicht so? Und das Ego muß sich neu strukturieren, die Zweifel hinunterspülen und dem Feind einen einzigen Wert zuordnen, damit kein Zweifel mehr besteht, daß er unrecht und man selbst recht hat. Funktioniert das nicht so? Das weißt du alles. Wenn du über diese Zuordnung eines einzelnen Werts nachdenkst, fängt das Fließen wieder an, und es tut höllisch weh. Aber was ist, wenn du ein vollständiges Bild Girauds gewinnen mußt, um zu wissen, was du wissen solltest?«

»Wahrscheinlich bleibt niemand ganz objektiv«, erwiderte Justin, »wenn's um seinen Arsch geht.«

»Giraud hat dich zum Fließen gebracht. Ganz schön. Willst du ihn damit durchkommen lassen, oder wirst du mir zuhören?«

»Machst du das unter Einfluß von Kath, Sera?«

»Nein. Du würdest den Widerhall spüren, wenn das der Fall wäre – oder nicht? Du gerätst in meiner Gegenwart so ins Fließen, daß du nicht geradeaus denken kannst. Das gilt für Giraud und Jordan genauso. Und wenn's um dich selbst geht. Bei allen außer Grant. Deshalb sollst du ihn beschützen. Das ist mein Vorschlag, und ich bin langfristig die einzige, die dir dieses Angebot machen kann. Giraud stirbt bald.«

Er stand da, und ein Adrenalinschub machte ihm zu schaffen, aber sein Körper wurde durch die Überlastung unempfindlicher. Ebenso sein Gehirn. Und das Fließen geriet wieder in Gang, auch wenn er wußte, daß es ihre Taktik war, auch wenn er Schritt für Schritt voraussah, was sie tat, auch wenn er bemerkte, daß Stiche auf einer tiefen Ebene dies vorbereitet hatten, auch wenn er es erstaunlich fand, daß sie aus dem Verborgenen agierte und improvisieren mußte.

Der Knoten löste sich. Für einen schwindelerregenden Augenblick war er so weit offen, wie es sonst nur mit Hilfe von Drogen gelang.

»In Ordnung«, sagte er. »Die Sache hat nur einen Haken: Grant ist nicht sicher, wenn du an ihm herumpfuschen kannst.«

»Grant würde nie etwas gegen dich unternehmen. Mehr Kontrolle kann ich mir nicht wünschen. Ich wäre eine Idiotin, wollte ich dir den einzigen festen Bezugspunkt nehmen, den du hast – wenn mein eigentliches Anliegen ist, mich zu vergewissern, wo *du* stehst. Du wärst derjenige, den ich mir vornehmen würde – wenn ich derlei vorhätte. Aber wenn Grants Sicherheit gewährleistet ist, wirst du daran denken, solltest du je auf die Idee kommen, etwas gegen mich zu unternehmen, was dein Vater auch immer vorhaben mag, er hat nicht die Macht, sich selbst zu beschützen, und dich erst recht nicht; ich aber schon. Ich werde Jordan nichts tun. Grant auch nicht. Was dich angeht, kann ich das nicht versprechen. Und im Moment weißt du genau, warum – denn du bist mein Hebel gegen etwas, das weit mehr als nur mich bedroht.«

Es war seltsam, daß er keine Panik empfand. Das Tiefenset arbeitete wieder. Er spürte das durch eine Art Nebel, in dem der Intellekt wieder die Oberhand gewann und ihr entgegenhielt. *Und du bist mein Hebel, nicht wahr?*

Aber laut fragte er: »Kann ich Grant sehen?«

Sie nickte. »Das sagte ich schon. Aber du wirst hierbleiben – wenigstens für ein paar Tage. Zumindest bis ich's mit meinen Onkeln hingebogen habe.«

»Das ist wahrscheinlich ganz sinnvoll«, sagte er ruhig, sogar erleichtert, trotz eines unwillkürlichen beunruhigten Herzflatterns. Das Fließen drängte sich mit Gewalt dazwischen. Alles in ihm sträubte sich dagegen. Aber er dachte an die Möglichkeit, daß Giraud sie gegen Denys' Einwände einsperren würde.

Oder ein Attentat auf sie organisieren. Giraud war kein Mann, der auf sein eigenes Ansehen Rücksicht nahm. Sondern ein Profi – auf seine eigene skrupellose Art –, der nur ein bestimmtes Ziel im Auge hatte; in dieser Hinsicht hatte Ari recht. Giraud würde sogar Aris Rücksicht für ihn opfern – um für sich selbst sicherzugehen, daß Ari keine Gefahr drohte.

Giraud würde auch vor schmutzigen Tricks nicht zurückschrecken. Es war Aris Sorge um Justin und Grant, die er torpedieren wollte. Es waren Justins Ideen, die er in Mißkredit bringen mußte.

Es hatte wirklich eine Verschwörung stattgefunden, um ihn über Grant zu belasten. Daran zweifelte Justin nicht. Jede Reise nach Planys war ein Risiko. Sie waren wieder abgeschnitten. Keine Besuche mehr. Keine Möglichkeit, Jordan zu sehen. Sie waren froh, daß sie Grant unversehrt zurückbekamen. Und wenn Giraud indirekt gegen Jordan arbeiten konnte ...

Jordan, der wußte, daß sich sein Sohn und sein Adoptivsohn Aris Nachfolgerin angeschlossen hatten ...

Die Eventualitäten fanden kein Ende, und es gab keine

Möglichkeit, Wahrheit und Lüge zu entwirren. Jeder konnte lügen. Alle hatten einen Grund dafür. Jeder Schritt, den Jordan in Planys unternahm, war ein Risiko. Wenn es ihm nicht gelang, Justin und Grant zu erwischen, mochte sich Giraud durchaus Jordan zuwenden, um in Reseune etwas gegen sie in der Hand zu haben und in Ari Zweifel aufkommen zu lassen ...

Und Ari sagte: *Ich arbeite an euch beiden ...*

Gott.

Er ging durch den Flur zur offenen Tür der Bibliothek; und in das düstere Zimmer, in dem Grant, mit Tranquilizern betäubt, auf dem Sofa lag. Florian war als ein Schatten in der Ecke zugegen und hielt Wache. Catlin nicht. Sie hielt sich sonst irgendwo in dem Apartment auf, für den Fall, daß er sich nicht an die Anweisung gehalten hatte, in den vorderen Zimmern zu bleiben, dachte er.

Er legte eine Hand auf Grants Schulter und sagte: »Grant, hier ist Justin. Ich bin da, wie ich's versprochen habe.«

Grant runzelte die Stirn, atmete tief durch und bewegte sich etwas; ehe er die Augen einen Spaltbreit öffnete.

»Ich bin da«, wiederholte Justin. »Alles ist in Ordnung. Sie sagte, dir ginge es gut.«

Ein längerer Atemzug. Seine Augen zeigten abwechselnd das Weiße und die Pupillen, als Grant gegen die Tranquilizer ankämpfte und eine Hand nach ihm ausstreckte. Justin ergriff sie. »Hörst du mich?« Zweimal drückte er die Innenseite des Handgelenks. »Es ist alles in Ordnung. Möchtest du, daß Florian und ich dich tragen? Möchtest du ins Bett?«

»Ich will nur hier liegen«, murmelte Grant. »Nur hier liegen. Ich bin so müde. So müde ...« Er schloß wieder die Augen.

VII

»Ich komme ganz gut zurecht«, erzählte Ari über einem Stück Salat, als sie am 18. Dezember im *Changes* zu Mittag aßen. »Sie sind wieder in ihrem eigenen Wohnbereich. Alle sind zufrieden. Mit Jordan gibt's keine Probleme, er führt nichts im Schilde. Ich wollte sie bloß nicht rauslassen, damit Giraud sie nicht kriegt. Du brauchst dir keine Sorgen zu machen. Ich kann auf mich selbst aufpassen. Reicht dir das?«

»Du weißt, was ich darüber denke«, erwiderte Denys. »Ich weiß deine Sorge zu schätzen. Aber«, fügte sie hinzu, indem sie leicht mit den Brauen zuckte und wissend lächelte, »wahrscheinlich hast du dich um Ari senior genauso gesorgt.«

»Ari ist ermordet worden«, sagte er.

Treffer.

Und welchen Eindruck machte er? Denys war beunruhigt. Giraud ebenso. Giraud haßte nichts so sehr wie Unordnung, und sein eigener bevorstehender Tod schuf maximale Unordnung: Obwohl nichts durchgesickert war, begannen sich im Haus Gerüchte zu verbreiten; Girauds eigenes Erscheinungsbild, seine zunehmende Gebrechlichkeit trotz der grobschlächtigen Statur ließen keinen Zweifel daran, daß seine Gesundheit nachließ.

»Man glaubt, sie sei ermordet worden«, erwiderte Ari. »Aber wer weiß das? Vielleicht ist das Rohr einfach geplatzt. Ich habe mir diese Tür angesehen. In bestimmten Positionen würde sie ein Luftzug aus dem Gleichgewicht bringen. Eine gebrochene Kühlleitung würde ausreichen. Habe ich recht? Die Leitung platzt, Ari wird eingenebelt, stürzt hin und schlägt mit dem Kopf auf. Und die Tür fällt zwangsläufig zu. Vielleicht war Mord eine willkommene Erklärung. Ein Mord gab euch den Vorwand, extreme Maßnahmen zu ergreifen.«

»Hat Justin das behauptet?«

»Nein. Dr. Edwards.«

»*Wem* hat John etwas derart Idiotisches erzählt?«

»Niemand im besonderen. Er hat mir bloß die wissenschaftliche Methodik beigebracht. Ich schließe nie eine Möglichkeit aus. Ich denke nur, daß für einige Hypothesen mehr spricht als für andere.«

»Ein Geständnis macht einen Mord doch wahrscheinlicher, oder?«

»Das sollte es, schätze ich. Damit sind alle Möglichkeiten gleich wahrscheinlich.« Sie schnitt eine Gurkenscheibe durch. »In der Küche werden sie auch immer fauler, weißt du. Schau dir das an.« Sie spießte eine große Salatrippe auf. »Serviert man so etwa Salat?«

»Bleiben wir beim Thema, Liebling, zum Beispiel bei der Frage, warum, zum Teufel, du an diesem Mann einen Narren gefressen hast. Das muß mehr aus dem Unterleib kommen, als du zugeben willst. Wenn du deine Verletzlichkeit nicht erkennst, kann ich dir versichern, daß er es merken wird, sobald sich die Wogen geglättet haben.«

»Du vergißt nur eines, Onkel Denys: Justin ist nicht Jordan. Und er kann nicht töten. Dazu ist er einfach nicht imstande, und zwar aus demselben Grund, warum er nicht in Echtzeit arbeiten kann. Ihm würde das Blut in den Adern gefrieren. Er kann nicht einmal Giraud hassen. Er spürt den Schmerz der anderen. Ari hat diese Tendenz verstärkt. Sie hat sich sehr darauf verlassen. Du siehst, ich habe diese Notizen wirklich. Ich weiß noch etwas anderes: Sie hatte Jordan in der Hand. Sie konnte nur seine Einstellung zu den Dingen nicht gebrauchen, deshalb hat sie Jordan zu einem Replikat überredet, und sie nahm sich seiner an, sie hat ihn geformt. Wenn sie nicht gestorben wäre, hätte Justin sich ihr im Laufe der Jahre immer weiter angenähert – und entweder den Zwist mit Jordan überbrückt, oder mit ihm gebrochen – denn seine Beziehung zu Jordan war sehr deprimierender Art, und das wäre ihm klargeworden.«

»Was meinst du damit?«

»Jordan hätte ihn unterdrückt. Ari dagegen hatte nie Angst vor Konkurrenz. Jordan schon; und die Beziehung zwischen ihm und seinem Sohn wäre unter Aris Einfluß immer mehr Spannungen ausgesetzt gewesen. Genau darauf ziele ich ab. Jordan ist ein arroganter, voreingenommener Mann, der von seinem Replikat etwas erwartete, was sich als Illusion erwiesen hat, denn sein Sohn, dem Ari einiges an Unabhängigkeit mitgegeben hatte, wäre sein direkter Widersacher geworden und hätte ihm das Leben schwergemacht; und ich glaube, Jordans Ego hätte ihm diese Einsicht nie gestattet.«

»Du kennst Jordan Warrick nicht einmal.«

»Aber Ari. Das sind jetzt die Worte meiner Vorgängerin. Sie hat sein ganzes Leben gestaltet. Sie hat Justin als einen fördernden Einfluß Grant zur Seite gestellt, der das gleiche Potential hatte – Grants Vorgänger war schließlich auch eine Sonderperson, erinnerst du dich? –, aufgrund seines Tiefensets aber grundlegend vom Wohlergehen seines Vertragspartners abhängig war, was einem Jungen, der von seinem Vater unter Druck gesetzt wurde, Erfolg zu haben, genau jene unqualifizierte moralische Unterstützung sicherte, auf die er sich verlassen konnte, oder irre ich mich? Grant ist immer der Hebel gewesen, den Ari benutzen konnte, um Justin von Jordan fernzuhalten, wenn die Zeit reif war; und jetzt habe ich ihn. Ich werde mich dabei an Aris Anweisungen halten. Sie hat Jordans Fähigkeiten hochgeschätzt, sie wollte nur, daß die beiden ihre Arbeit unterstützen – was nach allem, was ich erfahren konnte, genau der Punkt ist, über den sie und Jordan aneinandergerieten: Jordan beschuldigte sie, seine Ideen gestohlen und für sich beansprucht zu haben. Justin hat natürlich ähnliche Vorbehalte artikuliert. Und er hat sich zu seinen Vorbehalten bekannt. Aber das habe ich unter den Tisch gekehrt.«

»Verrätst du mir, wie?«

»Ich bin etwas klüger als meine Vorgängerin. Ich bin nicht mit ihm ins Bett gegangen und habe mich ausschließlich mit seinen beruflichen Qualitäten beschäftigt.«

»Das erleichtert mich.«

»Das dachte ich mir. Ich weiß, daß Giraud außer sich sein wird. Ich kann mir vorstellen, was seiner Ansicht nach passiert ist, als Justin sich in meinem Apartment aufhielt. Du kannst ihm sagen, daß er sich irrt. Ich habe Justin vielleicht aus gutem Grund Angst eingejagt, aber immer in Maßen. Ich habe mich zusammengerissen, mir Aris Eingriff zunutze gemacht, um ihn psychologisch zu zwicken, während er unter Einfluß der Sonde war, und er ist sehr froh, daß ich ihn in Ruhe lasse. Bald schon wird er mir richtig dankbar sein.«

»Weißt du, junge Sera, für dein Alter bist du allmählich viel zu selbstsicher.«

»Ich bin in vielerlei Hinsicht meinem Alter voraus, Onkel Denys. Den meisten Leuten ist das sehr unangenehm. Ich weiß es wirklich zu schätzen, daß ich mich bei dir nicht zu verstellen brauche. Und bei Giraud. Das meine ich ernst. Ich weiß es auch zu schätzen, daß du mit mir vernünftig reden kannst. Du hast es nicht mehr mit der kleinen Ari zu tun. Ich bin viel mehr wie meine Vorgängerin. Mehr, als ich es mir öffentlich anmerken lassen würde, und genau das würde sie an meiner Stelle natürlich auch tun. Meine Feinde glauben, sie hätten mehr Zeit, als ihnen tatsächlich bleibt, was eine Methode ist, mit dem Problem fertigzuwerden. – Das ist auch der Grund, warum ich mit dir dringend über Giraud reden muß, Onkel Denys.«

»Was ist mit Giraud?«

»Du hältst viel von ihm, was? Er ist fast so etwas wie deine rechte Hand. Was machst du, wenn er stirbt?«

Denys holte tief Luft und legte die Hand neben den Teller. *Ein Punkt für mich.* Er schien so aus der Fassung gebracht, wie Ari ihn noch nie erlebt hatte. Er schnitt ein finsteres Gesicht, dann folgte ein heiterer Ausdruck. »Was soll ich denn tun?«

»Ich weiß es nicht. Ich frage mich, ob du schon darüber nachgedacht hast.«

»Ich denke darüber nach. Wir beide denken darüber nach.« Der Zorn hielt an. »Deine Vorgehensweise ist da nicht sehr hilfreich. Du weißt, wie unberechenbar die Situation im Rat werden wird.«

»Ich weiß, daß Giraud sich Sorgen macht. Ich weiß, wie besorgt er um mich ist. ›Der Warricksche Einfluß.‹ Gott, ich kann das schon nicht mehr hören … Ich sage dir eins: Justin schmiedet kein Komplott gegen mich.« Sie sah, wie Denys'

Blick abirrte, und sie klopfte mit den Knöcheln deutlich vernehmbar auf den Tisch. »Hör mir jetzt zu, Onkel Denys!« Sein Blick konzentrierte sich wieder auf sie. »Glaub bloß nicht, daß ich eine Idiotin bin. Ich brauche ihn aus sehr speziellen, rein beruflichen Gründen. Er arbeitet auf einem Gebiet, das ich brauche, oder zumindest in Zukunft brauchen werde.«

»Nichts, was du nicht selbst tun könntest, junge Sera.«

»Kann sein. Aber warum sollte ich, wenn ich jemandem von seinem Niveau haben kann, meine Zeit damit verschwenden?«

»Das wird ihm gefallen.«

»Nun, er wird Anerkennung finden. Das habe ich ihm gesagt. Und anders als Jordan ist er daran gewöhnt, immer in der zweiten Reihe zu stehen. Er ist wesentlich anpassungsfähiger als sein Vater.«

»Was wirst du mit Jordan in deiner Administration machen, sagst du mir das bitte? Ihn schalten und walten lassen? Das wäre ein Zeichen abgrundtiefer Dummheit, Ari. Aber genau darum wird dich dieser junge Mann bitten – falls er's nicht schon getan hat. Ich zweifle jedenfalls nicht daran, genausowenig wie daran, daß er sich schon dein Vertrauen erschlichen hat.«

»Er hat darum gebeten. Und ich habe ihn gefragt, ob er glaubt, daß Jordan sicher wäre – oder ob er sich gegen Leute verteidigen könnte, die ihn benutzen wollen. Wie die Paxer.«

»Junge Frau, du mischst dich wirklich in alles ein.«

»Man braucht nicht unbedingt meine Fähigkeiten, Onkel Denys, um zu erraten, welche Dinge Giraud Grant und Jordan gern eingepflanzt hätte – etwa zu der Zeit, als du die Nachricht verbreitet hast, daß die Zentristen mit ihm in Kontakt stehen. Ich rege Giraud nicht gern auf. Ich weiß, daß er wütend auf mich ist. Das tut mir leid. Aber Giraud mischt sich in etwas viel Wichtigeres ein – in mein Projekt. Und das werde ich nicht zulassen.« Sie goß sich noch etwas Wein ein. Sie hatten den Kellner fortgeschickt und ihn gebeten, nur zu kommen, wenn sie den Knopf am Tisch drückten. »Du erkennst meine Leistung einfach nicht an, Onkel Denys. Denk daran, was ich über das trübe Wasser gesagt habe. Ich mag das nicht. Überhaupt nicht. Giraud denkt nicht mehr geradeaus, und ich wünschte, du würdest ihn zur Vernunft bringen; er ist krank, müde, und ich weiß einfach nicht, wie ich in diesem Zustand mit ihm reden soll.«

»Ich dachte, du wüßtest alles.«

»Nun, sagen wir, ich weiß genug, um zu sehen, daß es ihm nicht gut geht, auch wenn er's vor der Welt zu verbergen versucht und mir gegenüber nicht zugeben will, und ich bin mir völlig sicher, daß er aus der Haut fahren würde, wenn ich mit ihm vernünftig darüber zu reden versuchte. Außer unter Einwirkung von Tranquilizern, was ich meinem Onkel nicht antun werde. Du bist der einzige, auf den er unter diesen Umständen hören wird, du bist der einzige, der ihn beruhigen kann, weil er weiß, daß du objektiv bist, und das würde er von mir nicht glauben. Und es gibt noch etwas, das du ihm sagen solltest. Ich möchte, daß du ihm sagst, der Warricksche Einfluß sei nicht das einzige, was in Reseune zählt. Er soll glauben ... er soll unbedingt glauben, daß der Einfluß des Nyes unheimlich wichtig für mich ist. Unverzichtbar für mich ... und für Reseune.«

»Das ist ja erfreulich.«

»Das ist noch nicht das, worauf ich hinauswill. Es ist furchtbar heikel, Onkel Denys. Ich möchte nicht, daß du das falsch verstehst. Und man kann mit Giraud so schwer darüber diskutieren – aber ... Giraud ist ein solch nüchterner Praktiker, und er hat einen solchen Einfluß auf mich ausgeübt; und auf Reseune ... Was, meinst du, würde er davon halten, ein Replikat von sich machen zu lassen – eins wie mich?«

Denys saß einen längeren Augenblick wortlos da. »Ich glaube, er wäre überrascht«, sagte er. »Er würde auch darauf hinweisen, daß sein Leben nicht in dem Ausmaß dokumentiert ist wie deins.«

»Möglicherweise wird's trotzdem funktionieren. Ich brauche nur das übliche Material aus dem Haus. Verdammt, es ist so schwierig! Ich weiß nicht, wie ich ihn darauf ansprechen soll. Ich weiß nicht, wie er zum Tod steht. Er ... er hat's mir gegenüber nie angeschnitten. Ich schätze, er möchte nicht, daß ich's weiß. Aber ich weiß sehr viel mehr über Psychogenese als ihr, als ihr angefangen habt; ich weiß viel, was ich nicht aufgeschrieben habe – aus meinem Innern heraus weiß ich, worauf es ankommt und worauf nicht und wo ihr fast einen schweren Fehler gemacht habt. Und ich glaube wirklich, es könnte mir mit Giraud gelingen. Wenn er es mir erlaubt.«

»Liebling, wenn man tot ist, kann man nicht allzuviel machen, um dich von einer derart dummen Sache abzuhalten, nicht wahr?«

»Es kommt darauf an, was du willst. Und was Giraud will. Ich meine, seine Meinung ist am wichtigsten, denn es hat etwas mit seinen Psychosets zu tun, und damit, ob sein Nachfolger sich in seiner Haut wohl fühlen würde. Das ist die entscheidende Frage. Außerdem ist noch zu klären, wer der Vormund sein soll. Du selbst bist nicht mehr jung genug, um noch ein Kind aufzuziehen. Deshalb habe ich an Yanni gedacht, er hat die entsprechenden Fähigkeiten und die Härte. Vielleicht Gustav Morley. Aber du wärst der Beste, weil du Dinge über eure Erziehung weißt, an die sich niemand sonst erinnern kann, und weil du objektiv sein kannst, zumindest warst du's bei mir. Aber mit mir warst du nicht verwandt. Den Unterschied sollten wir berücksichtigen. Das könnte eine Menge Stress mit sich bringen, und ich bin mir nicht sicher, ob du dich dem noch aussetzen willst, auch wenn's um Giraud geht.«

Denys hatte die Gabel ganz weggelegt. »Ich muß darüber nachdenken.«

»Red wenigstens mit ihm. Mach es ihm begreiflich. Ich möchte auf keinen Fall Krach mit ihm haben. Ich brauche ihn. Ich brauche ihn für Dinge, die ich noch nicht voraussehen kann. Deshalb möchte ich das tun. Sag ihm ... sag ihm, daß ich ihn liebe und wisse, warum er mich aufzuhalten versucht, aber sag ihm, daß ich auch etwas weiß und daß er mich in Ruhe arbeiten lassen soll. Sag ihm … sag ihm, ich habe all seine Lektionen begriffen. Ich habe von ihm genug gelernt, um auf mich selbst aufzupassen. – Und sag ihm, wenn er wissen will, wie es ist, ein Nachfolger zu sein – dann soll er sich an mich wenden.«

»Es macht mich auch neugierig, zu erfahren, in welchem Maße eine Integration erreicht worden ist«, sagte Denys nach einer kurzen Pause. »Besteht wirklich Identität?«

Ein sanftes Lächeln. »Der Profile? Sagen wir, sie kommen sich ziemlich nahe. Was für ein Gefühl das ist, Denys, man hat das Gefühl … man denkt, *das könnte man nie tun.* Aber letztlich würde man es doch. Man … man *erinnert* sich fast an bestimmte Dinge. Denn sie sind Teil einer ganzen Ereigniskette, die zu dem Punkt geführt haben, von dem man weitermacht. Denn man ist eine Fortführung, und was die Vorgängerin getan hat, war wichtig, und die Leute, die sie kannte, sind immer noch da, ihre Freunde und Feinde sind immer noch aus Gründen da, die mit dem zu tun haben, was sie war und was sie getan hat – mehr noch, man *versteht,* wie sie zu den Dingen stand und wie alles zusammenpaßte, aus dem Bauch heraus, aus dem Unterleib, man hat's im Blut, und man sieht sich auf einem Band aus dem Archiv und hat dieses unbeschreibliche Gefühl, mit dieser Person identisch zu sein. Man sieht, wie sie sich hängen läßt, und strafft seine eigenen Schultern. *Steh aufrecht, Ari, nicht so krumm.* Man merkt ihr eine gewisse Beunruhigung an – und fühlt sich persönlich bedroht. Man erlebt sie wütend, und der eigene Puls beschleunigt sich. Eines Tages werde ich darüber einen Artikel schreiben, wenn das Thema tiefer ins öffentliche Bewußtsein eingedrungen ist. Aber ich glaube nicht, daß ich's jetzt schon gerne in den *Berichten aus dem Wissenschaftsamt* lesen möchte. Ich glaube, es ist eines dieser Verfahren, die Reseune für andere Stellen abwandeln kann, die es mit einfachen Typen durchführen möchten. Aber sie werden die Sonderpersonen immer zu uns schicken, denn die werden die wirklichen Problemfälle sein: Das ist bei Alphas immer der Fall. Selbst bei ZIVS. Und das bedeutet, daß immer mehr der fähigsten Leute – in Reseune gezeugt werden.«

Denys sah sie lange nachdenklich an, ohne etwas zu sagen.

»Ich komme der Frau sehr nahe, die du gekannt hast«, fuhr Ari fort. »Ungeachtet des kindlichen Gesichts. Oder der Tatsache, daß sich meine Stimme noch nicht geformt hat. Es findet eine Art Verschmelzung statt. Nur arbeite ich schon mit Aris letzten Notizen, nicht mit ihren Anfangshypothesen. Die Psychogenese gereicht mir zum Vorteil. Ich leiste mehr, wesentlich mehr als meine Vorgängerin. War es das nicht, was ihr gewollt habt?«

»Es ist viel mehr, als wir erwartet haben.«

Sie lachte. »Wie darf ich das verstehen?«

»Daß wir sehr stolz auf dich sind. Ich persönlich bin jedenfalls sehr stolz auf dich.«

»Das freut mich. Sehr sogar. Ich bin dir sehr dankbar, Onkel Denys. Und Giraud auch. Das werde ich immer sein. Verstehe mich: Ari war ein solch kaltes Biest. Das hat sie sich aus guten Gründen angewöhnt. Aber in dieser Hinsicht brauche ich mit ihr nicht übereinzustimmen. Ich kann meine Onkel lieben, und ich kann trotzdem ein kaltes Biest sein, wenn's drauf ankommt, einfach weil ich sehr auf meinen eigenen Schutz achte, weil ich, unabhängig davon, welche Vorteile ich genossen habe, eine Zielscheibe bin, und das weiß ich. Mich wird niemand bedrohen. Ich werde allen zuvorkommen. So bin ich. Ich möchte, daß du das weißt.«

»Du beeindruckst mich sehr, junge Sera.«

»Danke. Meine Onkel beeindrucken mich auch. Und ihr seid beide lieb, und ich habe euch gern. Ich möchte, daß du über mein Vorhaben mit Giraud nachdenkst; und mit Giraud sprichst und mir sagst, was er davon hält.«

Denys räusperte sich. »Ich glaube nicht … ich glaube nicht, daß er es dir ausschlagen wird.«

Besteht wirklich Identität?

Sie wußte verdammt gut, daß er sich im eigenen Interesse danach erkundigte.

Was ist das für ein Gefühl?

Werde ich mich … erinnern können? Das war eine seltsame Frage für einen Mann, der das zu genau wußte, um sich darüber den Kopf zu zerbrechen. Deshalb umging Ari die Frage einfach und brachte ihn zum Schwitzen.

»Weißt du, was ein interessantes Thema für Studien wäre, Onkel Denys? Wenn ich und Giraud uns eines Tages zusammensetzen und unsere Notizen vergleichen würden. Ich habe die Illusion von Erinnerungen. Ich frage mich, ob's bei ihm auch so wäre.«

Denys hatte seit Minuten keinen Happen mehr gegessen. Er hockte da wie eine unbewegliche Masse.

Schäm dich, dachte Ari bei sich. *Das war übel, Ari.*

Aber etwas in ihr war äußerst zufrieden.

Was, zum Teufel, ist mit mir los?

Ich bin außer mir vor Wut, das muß es sein. Wütend, weil ich jung und abhängig bin, weil ich hier in der Falle sitze und weil Denys Denys ist, und wütend, weil Giraud ein mieses Timing hat, mich zurückzulassen, wenn ich noch keine Chance habe, den Sitz zu erlangen. Verdammt, ich bin noch nicht soweit, daß er sterben kann!

Denys' Gabel klirrte, noch ein Bissen. Er war sichtlich außer Fassung.

Wie kann ich Spaß daran haben, so etwas zu tun? Mein Gott, er ist ein alter Mann. Was ist in mich gefahren?

Ihr selbst verging der Appetit. Sie stocherte in dem Salat herum und führte ein Stück Tomate zum Mund.

Am Abend dachte sie darüber nach, verteilte ihre lustlose Aufmerksamkeit auf ein leichtes Sandwich, das Florian ihr gemacht hatte, die Abendnachrichten und einer Routineeingabe an der Tastatur – die sie dem Schreibautomaten vorzog, wenn sie etwas mithörte: Ihre Finger gaben nur aus, und was sie ausgaben, riefen sie irgendwo aus einem mentalen Speicher ab. Pause. Tick-tick-tick. Pause. Während der visuelle Speicher das Mittagessen mit Onkel Denys abspielte und die logische Funktion die politischen Aspekte analysierte. Besteht wirklich Identität? Im ersten Moment eine eigenartige Frage, ganz gleich, ob sie in Ari selbst eigenartige Gefühle auslöste – sie wußte, wie sie sie in klaren und akzeptablen Begriffen beschreiben konnte: Sie war an Tiefenstudien gewöhnt und konnte ihre Schwelle willentlich tiefer absenken, als es den meisten Menschen mit Kath-U-Dosen gelang, auf den Bändern agierte eine mit ihr identische Person in einer identischen Umgebung, und die eigentliche Frage war, ob der ständige Wechsel zwischen den Bildern vom Band und der alltäglichen Erfahrung mit denselben Fluren, denselben Menschen, denselben Situationen – beides in einem ans Fließen gewöhnten Hirn nicht durcheinanderbringen würde.

Auf einer verstandesmäßigen Ebene begriff Denys das sicher.

Die Leute verstanden das bestimmt.

Verdammt, dieser Aspekt behagte ihr überhaupt nicht. Sie hatte es mit massiven Bewegungen in der Bevölkerung zu tun. Der Blick auf den Einzelnen fehlte ihr.

Auf den durchschnittlichen, gehetzten, für tiefere Gedanken zu beschäftigten Arbeiter in Novgorod.

Hör zu und lerne, Ari, Liebling: Gewöhnliche Menschen werden dir die wahrsten, vernünftigsten Dinge auf der Welt beibringen. Danke Gott für sie.

Die Menschen waren sich Reseunes Macht bewußt, einer Macht, die ihre Vorgängerin ausgeübt hatte.

IN PRINCIPIO war ein Phänomen, Ariane Emorys grundlegende Theorien und Methoden und der Charakter des jungen Reseune, soeben in der geistigen Reichweite des gebildetsten Laien angesiedelt, so daß die Öffentlichkeit wenigstens einen Hauch von dem mitbekam, was kein Demagoge hätte darstellen können, bevor dieses Buch auf ein so erstaunliches, so breites Interesse auf dem allgemeinen Markt traf.

Es hatte eine ganz neue und lästige Generation verschrobener Denker hervorgebracht, die Emory als ihre Bibel betrachteten und aneinander experimentelle sogenannte Integrationen vornahmen, um ihr Bewußtsein zu erweitern, was immer das sein mochte. Unten in der Krankenstation wurden bereits drei Fälle betreut, ZIVs aus Novgorod, die sich alle mit starken Überdosen auf einen ewigen Trip gebracht, aneinander schwere Eingriffe vorgenommen hatten und nun den gesetzten alten Gustav Morley beleidigten, indem sie seine Methode kritisierten. Eine Handvoll Bewunderer hatten auch den Reseuner Sicherheitsdienst beleidigt, indem sie die Wartehalle unten am ›Reseuneair‹-Terminal zu verlassen und hinauf zum Haus zu marschieren versuchten, wobei sie verkündeten, Ariane Emory besuchen zu wollen – mit dem Ergebnis, daß in Reseune umgehend darüber beraten wurde, ein neues Terminal für kommerzielle Flüge zu bauen, weiter unten als das alte, wo sich früher Familienmitglieder und gewöhnliche Durchreisende, die ›Reseuneair‹ benutzen, mit beiläufigem Interesse aneinander vermischt hatten. Eine Handvoll dieser Möchtegern-Schüler war unten in Moreyville aufgetaucht und hatte sich nach einem Boot umgesehen, bis einige wachsame Einheimische Gott sei Dank begriffen, was sie vorhatten, und die Polizei verständigten.

Mein Gott, was soll ich machen, wenn ich wirklich einmal einem dieser Verrückten begegne? Worauf sind sie aus?

Aber es ist nur eine Mode. Ein vorübergehender Trend. Nichts auf Dauer. Wenn's das nicht wäre, würden sie mit ihren Videogeräten auf Botschaften von Außerirdischen lauschen.

Warum haben wir das nicht kommen sehen?

Aber natürlich haben wir's kommen sehen. Justin hat's gewußt. Es gibt immer auch solche, die die einfachste Antwort suchen, den kürzesten Weg gehen wollen – auf welches Ziel auch immer. In Novgorod herrscht das Chaos, die Menschen werden von den Paxern bedroht, und die Gehälter steigen nicht, um ökonomische Engpässe zu überbrücken …

Schlechte Zeichen. Die Menschen sehnen sich nach Antworten. Erwarten schnelle Hilfe.

Suchten sie in dem Werk einer ermordeten Sonderperson …

In der Person ihres Replikats, während die Nyes dahinscheiden und die unsichere Phase nach diesem Attentat neue Unsicherhei-

ten nach sich zieht, eine Wahl nach der anderen, Bombenattentate, Engpässe, und das Kind – das Kind selbst an Reife und Kompetenz gewinnt und sich mit der Entdeckung von Ari seniors legendären verschollenen Notizen zu Wort meldet …

Ich habe eigentlich erwartet, daß das Wissenschaftsamt das versteht …

Aber was Novgorod davon versteht, spielt sich auf einer ganz anderen Ebene ab …

Die Kinder von Azi-Kindern – die Wählerschaft Reseunes: Aris eigene Schöpfung, keine Theorie in einem Soziologencomputer. Es gibt sie. Und sie ist bereit.

Und dieser verdammte Giraud kann nicht lange genug auf seinem Platz bleiben, daß es für mich reicht.

»Videogerät aus«, sagte sie, lehnte sich zurück, schloß die Augen und spürte das Kribbeln am ganzen Körper, das darauf hindeutete, daß ihre Periode genau nach Plan einsetzte.

Morgen sollte ich allein arbeiten und mich von anderen Menschen fernhalten.

Ich habe Denys heute weh getan. Dabei hatte ich ihn, ich brauchte es nicht mit einem solchen Trick zu versuchen. Warum, zum Teufel, habe ich das getan?

Worüber bin ich wütend?

Der Adrenalinspiegel ist hoch, daran wird's liegen. Ganz zu schweigen vom Rest des monatlichen endokrinen Cocktails.

Verdammt, das war ein heimlicher Schuß, den ich mir gesetzt habe. Denys hat das nicht verdient.

Ich weiß, was Ari zu Bewußtsein gekommen ist. Ihre Reizbarkeit, ihre verfluchte Reizbarkeit – der Zorn, vor dessen Ausbruch sie sich immer gefürchtet hat …

Ihre Frustration angesichts des Irrationalen – angesichts eines Universums, das sich für ihren Geist zu langsam bewegte …

Gott, was geht mit mir vor?

Sie schmeckte Blut, bemerkte, daß sie sich in die Lippe gebissen hatte, und ihr Blick wurde unklar.

Sie preßte die Hände gegen die Stirn, lehnte sich in dem Stuhl zurück, schloß die Augen … und dachte an das Band, das Band mit Justin, dachte daran …

Gott, nein. Nicht, wenn sie derart vom Flux bestimmt wurde. Nicht, wenn sie es als einen Ersatz betrachten konnte. Laß das verdammte Ding im Schrank, hinter verschlossenen Türen, wo es sicher ist! Laß die Finger davon!

O Gott! Es war nicht zur Unterhaltung da …

Verdammt, Ari, schlag dir das aus dem Kopf!

Schau dir die nämlichen Fische an. Schau zu, wie sie sich fortpflanzen, sich paaren, Laich ablegen und ihre kurzen Leben leben, immer wieder dasselbe in diesem Tank neben dem Tisch.

Sex und Tod. Pflanzen sich fort und verschlingen ihre eigenen Jungen, wenn Gott keine Vorkehrungen trifft und mit dem Netz eingreift. Wie lang kann ein Ökosystem überleben, wenn sowohl die Biomasse seiner eigenen Toten wie die Nachkommen zurückgeführt werden und künstliches Sonnenlicht zur Verfügung steht?

Wenn man sie mit einem großen Fisch zusammenlegt, gibt's überhaupt keine blauen Fische mehr …

Weißt du, ob ein Fisch Farben sehen kann?

Ihr Atem beruhigte sich. Die Zeit raste nicht mehr so schnell dahin. Schließlich konnte sie seufzen, den Aufruhr der Gefühle in ihrem Innern lindern und das Nachdenken verschieben. Sie stand auf, schaltete sich aus und ging leise ins Bad, damit Florian und Catlin nicht auf sie aufmerksam wurden.

Sie wollte nur ins Bett, mehr nicht. Aber sie saß nur da und starrte auf die Ecke des Toilettentischs, wo Poo saß, abgenutzt und wenig beachtet. Dabei war an ihm nichts auszusetzen.

Ari überlegte, ihn in die Schublade zu legen. Was wäre, wenn sie Justin mit in ihr Zimmer genommen hätte, als er da war; und er Poo gesehen und sie ausgelacht hätte?

Das war das große Problem – daß es keine Spiele mehr gab, keinen Austausch mehr mit Freunden, daß sie nichts mehr abfeuern konnte, um zu sehen, was sie zurückbekam, und Denys sie nicht mehr zurechtwies, nicht mehr der Mann mit dem scharfen Verstand war, der ihr ihre Grenzen aufzeigte. Sie versuchte ihn aus der Reserve zu locken, aber er schlug nicht zurück, zeigte keinen Humor, nichts als die argwöhnische Zurückhaltung eines alten Mannes, der nicht mehr an der Macht war – sondern nur noch bedroht wurde.

Als trieb er durch eine schwarze Leere.

Willkommen in der Wirklichkeit. Poo ist abgenutzt. Denys ist ein verängstigter alter Mann. Und du bist das, wovor er Angst hat. Die Leute streiten sich nicht gern mit dir: Wer will schon immer der Verlierer sein?

Ich könnte in Reseune einfach alles tun, was ich will. Ich könnte jeden und alles haben, ich könnte ihnen sogar beibringen, wozu ich imstande bin – eines Tages könnte ich an diesem Ort Angst und Schrecken verbreiten, wenn ich ihnen begreiflich mache, was ich in der Hand habe …

Dann würden mich alle lieben, nicht?

Poo starrte sie mit weitaufgerissenen schwarzen Augen an.

Ich sollte dich zur Arbeit mitnehmen und auf meinen Schreibtisch setzen. Du bist der beste Unterhalter in Reseune.

Verdammt, jemand soll mir einen Streich spielen, mich zum Lachen bringen, jemand soll mir um Gottes willen antworten.

Ich sehe alle Stern-Stationen vor mir, alle Azi-Sets, das Ganze in langsamem Fließen begriffen, so verdammt langsam, und so gefährlich …

Wer kann mir einen Rat geben, Poo?

Amy, Maddy, Tommy und Sam. Florian und Catlin. Justin und Grant. Yanni. Und Andy unten bei AG.

Es ist nur Gerede, du Idiotin. Das ganze Universum ist nur Gerede. Hör hin und staune!

Nelly. Mama und Ollie. Denys. Giraud jetzt, und Giraud, wie er bald sein wird.

Die Statik der Sonnen.

»… Sera?«

Sie atmete tief durch.

Ihr Blick klärte sich wieder, machte die schwarzgekleidete Gestalt in der Tür aus, groß und blond und mit besorgtem Blick.

»Es geht mir gut«, antwortete Ari und stellte fest, daß ihre Beine eingeschlafen waren. Eine aufschlußreiche Antwort, eine wirklich ungeheuer aufschlußreiche Antwort. Sie rieb ihre schmerzenden Oberschenkel und stemmte sich ohne jede Eleganz auf, indem sie sich auf das Kopfbrett stützte.

Als sie stehen konnte, ging sie zum Toilettentisch, nahm Poo und legte ihn in die Schublade.

Auch das entlockte Catlin einen seltsamen Blick. Aber Ari bezweifelte, ob Catlin überhaupt je verstanden hatte, was Poo für sie bedeutete.

VIII

Punsch und süße Kekse. Ari klaubte selbst einen vom Tisch, überging die viel edleren Süßwaren, die die Küche geliefert hatte, genoß den einfachen Geschmack, und nahm sich ein Glas von dem grünen Punsch, den sie bevorzugte. Nein, danke, aus der alkoholfreien Schale.

Ein kleines Mädchen schlüpfte durch die Reihen der Älteren und griff sich eine Handvoll; und noch eine. Dann machte sie sich rasch davon. Das war die sechsjährige Ingrid Kennart. Ari schmunzelte über eine flüchtige Erinnerung an sich selbst. Und konnte sich einen Moment lang beim besten Willen nicht erinnern, ob es ein Flashback irgendeines Archivbandes war oder ob es aus ihrer eigenen Vergangenheit stammte.

Die Neujahrsparty, natürlich, es war auf der Neujahrsparty gewesen. Die Musik hatte sich geändert, wurde in diesem Jahr live gespielt – ein paar Techniker hatten eine Band, die gar nicht mal schlecht war. Aber das Glitzern war dasselbe. Und Mama und Ollie …

In ihrem Augenwinkel blitzte silberner Schmuck auf und für einen Augenblick sah sie einen Geist – aber es war nur Connie Morley, die groß und schmal war und ihr Haar elegant hochgekämmt trug …

Einen Moment lang fühlte sie sich ohne Grund traurig und blickte nur über den Fußboden in die Richtung, wo die Älteren saßen: Denys (Giraud hielt sich in diesem Jahr in Novgorod auf), Petros Ivanov, Dr. Edwards, den sie, das schwor sie sich, nie *John* nennen würde, ganz gleich wie alt sie wurde. Und der alte Windy Peterson und seine Tochter auf der Tanzfläche. Peterson gab sich redliche Mühe, einen neuen Schritt zu lernen.

Maddy sah in dem metallisch-blauen Satinkleid wirklich reizend aus – ihr und 'Stasi, ihrem treuen Schatten, mangelte es nicht an Tanzpartnern. Auch Amy Carnath nicht – sie tanzte mit einem sehr korrekten, sehr verwirrt wirkenden jungen Azi, der die Schritte doch recht gut beherrschte – mit blondem Bürstenschnitt und außerordentlich hübsch: Er gehörte zum Sicherheitsdienst, war erwartungsgemäß steif gewesen, als Amy ihn in die Hände bekommen hatte, lockerte zur Belustigung aller und zur offenkundigen Besorgnis von Amys Mutter auf. Der Bursche war ein Alpha und soweit sozialisiert, wie es im Grünen Barackenkomplex möglich war. »Ja, Sera«, sagte er immer mit einer merklichen Zackigkeit in der Stimme. Sein Name lautete Quentin: Quentin AQ-8, dessen Vertrag nur unter besonderen Umständen vom Haussicherheitsdienst, ›Reseunespace‹ oder jemandem draußen aufgekauft worden wäre, falls eine der wenigen qualifizierten Einrichtungen Gründe gefunden hätte, die eineinviertel Millionen für seinen Vertrag auf den Tisch zu legen, für einen Azi, der direkt aus Reseune von einem Aufseher betreut werden mußte und der über gefährlich schnelle Reflexe verfügte. Quentin AQ wäre nach einem Jahr bei irgend jemandem als persönlicher Angestellter gelandet.

Quentin war, wie Florian und Catlin berichteten, ein sehr zufriedener, wenn auch übervorsichtiger junger Mann. Und Amy war …

… verliebt, konnte man es nennen. Zumindest war es eine sehr gesunde Dosis an Vernarrtheit, die Amy darauf bestehen ließ, daß Quentin mit ihr Partner war, sie aufs Parkett begleitete, nachdem die Moden und Sitten sich geändert hatten, und die Leute vergaßen, *warum es* seit den ersten Azis die alten Vorschriften gab: Inzwischen gab es ganz andere Gründe dafür, und die Zeit würde sie überholen. Die

Jüngsten taten es auf ihren Parties, und die Älteren akzeptierten es allmählich, so auch hier; deshalb konnte Amy Carnath mit ihm tanzen.

Ari hatte daraufhin Florian gebeten, damit Amy und Quentin nicht die einzigen auf der Tanzfläche waren. Und nach einer Weile schlossen sich einige weitere an.

Aber die meiste Zeit wurde sie von Florian und Catlin streng bewacht, und Florian verweigerte sich 'Stasi mit einem äußerst ernsten: *Es tut mir sehr leid. Ich bin im Dienst.*

So änderte sich die Welt. Florian und Catlin bewachten sie im Haus mit derselben Aufmerksamkeit wie in Novgorod. Ohne zu entspannen. Ohne nachzulassen.

Die Autoritäten in Novgorod hatten höllische Angst vor dem Neujahrsgedränge und der Möglichkeit eines Zwischenfalls.

Eine üble Sache. Die Paxer entstammten *nicht* den Designs ihrer Vorgängerin, davon war Ari mehr und mehr überzeugt. Es mußte sich um ein zivilisatorisches Erbe handeln, eine unangenehme kleine Begleiterscheinung der auf Unabhängigkeit ausgerichteten Denksets, die die Union begründet hatten. Die Enkel und Enkelinnen rebellierender Wissenschaftler und Ingenieure sprengten heute in den U-Bahn-Stationen Kinder in die Luft und wollten die Regierung übernehmen.

Man redete über mögliche Virusprogramme in *Justins* Designs, die sich in zwanzig oder dreißig Generationen auswirken würden. In der Union waren ein paar nach drei Generationen aufgetreten, sehr ernste Fälle, und es erschreckte Ari, daß zum Beispiel die Neujahrsparty mit der Familie und dem Personal unter geregelten Umständen stattfand, und Florian und Catlin dabei mit trainiertem Auge auf alles Ungewöhnliche achtgaben. Dieselbe Wahl wie ein Bürger Novgorods zu haben – entweder Kilometer durch die Fußgängertunnel zu marschieren oder sich zweimal täglich auf die Schlagzeilen und die Laune der Politiker zu verlassen, um zu entscheiden, ob eine zehnminütige Fahrt mit der U-Bahn zu verantworten war – ganz zu schweigen von der

Möglichkeit, an einen der üblichen Z-Fälle zu geraten, die einem eins überzogen, um an eine Schlüsselkarte zu kommen – eine furchtbare Art zu leben. Aber die Einwohner Novgorods hielten nichts von der Idee, ein Master-System für die Schlüsselkarten einzurichten: Das sei eine Gefahr für ihre Freiheit, behaupteten sie.

Sie hatten, dachte Ari, eine höhere Angstschwelle als sie selbst; aber sie behaupteten sich, das war das Gute daran, zum Teufel mit den Paxern, die Leute hielten stand; und sie, Ariane Emory, sie fügte sich der Situation und fragte sich, ob vielleicht etwas für die Idee eines Großprogramms sprach, um Tausende von militärischen Azis loszukaufen, die noch rejuvenilisierbar waren, und sie in Reseune neu auszubilden, wie man es schon einmal getan hatte, bevor Ari auf die Welt gekommen war …

Es konnte also nicht die Rede davon sein, den ungünstigen Präzedenzfall eintreten zu lassen, daß bewaffnete Truppen in Novgorod die Ordnung aufrechterhielten, dafür billigte eine zivile Dienststelle von Reseunes Administrativem Territorium der Stadtverwaltung von Novgorod ein Darlehen zu. Wenn das die Zeiten waren, in denen sie lebten, für die sie sogar Verantwortung trugen, dann mußten sie sich auch der Notwendigkeit stellen, in jedem Fußgänger- und U-Bahn-Tunnel Novgorods in Sichtweite voneinander Wachen aufzustellen.

Menschliche Arbeitskraft war der ursprüngliche Zweck Reseunes gewesen; und Ari arbeitete den Antrag aus, der auf Denys' Schreibtisch landen würde. Und rechnete damit, daß er ihn ablehnte. Reseune erwirtschaftete wieder Profit, und Denys war entschlossen, gegen ihre, wie er es nannte, abwegigen Ideen am bisherigen Kurs festzuhalten.

Sie seufzte, hielt nach Onkel Denys am anderen Ende des Raums Ausschau und erblickte ein ausgemergeltes Bündel von einem Mann, der einige sehr seltsame Neigungen hatte: von dem, was sie über Denys' Basis vom Haussystem erfahren hatte, eine umfangreiche Sammlung unveröffentlichter Arbeiten vorlag, über die sie sich brennend gern mit ihm unterhalten hätte, Arbeiten über die wirtschaftlichen Beziehungen zwischen den Stationen, die unweigerlich Aufsehen erregen würden, wenn sie ans Licht kämen ... Ari verstand es nicht, aber es war äußerst umfangreich und voller Statistiken; ein voluminöses Werk über das Verhältnis der Wirtschaft zur expansionistischen Regierungstheorie, die Ari absolut faszinierend fand; eine umfangreiche Studie über die Entwicklung von Verbrauchergemeinschaften in von Azis abstammenden Bevölkerungsgruppen, einschließlich einer detaillierten Aufstellung über die Psychosets eingegebener Werte in verschiedenen Testgenerationen; eine Studie der replikativen Psychologie; eine Geschichte Reseunes von seiner Gründung an; und eine Arbeit über militärische Systeme, dessen Stil stark an Girauds Arbeiten erinnerte – bis Ari ihre Finger an die verräterischen Phrasen und Wendungen legte und zu ihrem Entsetzen feststellte, daß nicht Giraud die Dinge schrieb, die unter seinem Namen veröffentlicht wurden. Sie stammten von Denys. Und dieses gemeinsame Lager, diese wahre Schatzkammer an Ideen – wurde im Archiv versteckt? Nie vorangebracht, nur ab und zu korrigiert, bearbeitet – ein gewaltiges im Entstehen begriffenes Werk von einem Mann, der Aufsehen um seine Person derart scheute, daß er seinem Bruder den Status einer Sonderperson zuschanzte, damit Giraud die Reputation genießen und die Auftritte an der Öffentlichkeit übernehmen konnte, während Denys sich im Hintergrund hielt, sich scheinbar ausschließlich der administrativen Arbeit und den alltäglichen Entscheidungen und Genehmigungen für Forschungsprojekte und bestimmte Verfahren widmete.

Und daneben für ein paar Jahre ein Kind bei sich aufnahm – *sie* in dieses streng abgeschirmte Privatleben einließ, Geburtstagsparties veranstaltete und Nelly und zwei junge Rekruten des Sicherheitsdienstes bei sich unterbrachte – während er Dinge schrieb, die nie erschienen, nur immer umfangreicher wurden.

Ein seltsamer Mann, dachte sie, zum ersten Mal in ihrem Leben objektiv, was Denys anging. Und durchaus bereit, Girauds Replikat aufzunehmen. Ohne Frage. Ein Mann, der Girauds Tod nicht unbedingt mit Kummer entgegensah: sondern mit dem Gefühl einer über ihnen schwebenden Katastrophe.

Die Frage war nicht schwierig zu beantworten, warum Denys sie so bereitwillig aufgenommen, warum er ganz Reseune in Aufruhr versetzt hatte, um Ariane Emorys Fähigkeiten für Reseune zu retten: Denys war ein brillanter Kopf, und er hatte ein altes Problem mit Alphas – der Mangel an Überprüfungen und an Grenzen, an die sie stoßen konnten, das Problem, daß sie leicht in wirklichkeitsferne Bereiche abdrifteten, das auftrat, weil sie sich mit niemandem messen konnten, weil ihnen Mauern fehlten, die ein Echo zurückwarfen. Denys war zwar ein brillanter Kopf, aber dennoch verschroben und auf seine eigene Unantastbarkeit bedacht; und vielleicht unfähig, seine Arbeit als vollendet zu betrachten – deshalb besserte er sie ständig nach. Ein Geist, der sich Makro-Systemen verschrieb, die sich immer mehr ausweiteten ... ein Perfektionist mit dem Bedürfnis, zu definitiven Feststellungen zu gelangen.

Jemand, der keinen anderen Menschen brauchte. Der sie nur studierte.

Und dem Tod – seinem eigenen und dem von Giraud – mit Ungläubigkeit entgegensah. Denys war der Mittelpunkt seines privaten Universums, Giraud sein bereitwilliger Satellit, und selbstverständlich zeigte Denys Interesse an Psychogenese, sogar in einem solchen Maße, daß er bei Ari beinahe sein Gleichgewicht verlor. Er wünschte sich die Unsterblichkeit, selbst ohne den persönlichen Fortbestand – und sie mußte ihn nur mit dem Versprechen locken: Wenn Giraud für das Universum unverzichtbar war – galt das dann für Denys nicht um so mehr?

Sie drehte sich um, stellte die Tasse an den Tischrand und war im Begriff, weil sie damit rechnete, daß es sich bei der Person hinter ihr um Florian handelte, sie wieder in die Hand zu nehmen; aber es war Justin; und für den Bruchteil einer Sekunde ärgerte sie sich, derart nervös zu sein, in einem solch ungünstigen Moment ertappt zu werden.

Justin nahm ihre Hand, sagte: »Ich glaube, ich erinnere mich, wie's geht«, und bot ihr auch die andere an.

Sie starrte ihn an, dachte: *Wieviel hat er wohl intus?* und hob die Hand, verhakte ihre Finger mit seinen und bewegte sich zu den Klängen einer älteren, langsamen Nummer gemeinsam mit ihm auf die Tanzfläche hinaus. Er hatte ganz sicher getrunken, wahrscheinlich nicht bloß ein paar Drinks, aber er bewegte sich mit einer gewissen Eleganz, war sich sicherlich ebenso wie sie des Umstands bewußt, daß andere Tänzer innehielten, um sie anzuglotzen, und die Musik einen Moment lang schief klang, ehe die Musiker wieder den Ton trafen.

Er lächelte sie an. »Ari hat nie getanzt. Aber ihre Essen waren immer für eine Woche Bürotratsch gut.«

»Was, zum Teufel, hast du vor?«

»Eben das. Was du auch getan hast – mit Florian und der jungen Amy. Gut für dich. Gut für dich, Ari Emory. Verdammt richtig. – Ich dachte … eine kleine soziale Rehabilitation … zweimal an einem Abend … dachte mir, daß du Sinn für Humor hast …«

Die anderen Tänzer bewegten sich wieder, erlangten ihre Grazie zurück. Und Justin hielt verbissen an seinem dünnen Lächeln fest.

»Du hast nicht irgendwelche Schwierigkeiten, oder?«

»Nein. Ich habe nur überlegt … daß ich einen Großteil meines Lebens damit verschwendet habe … unauffällig zu bleiben. Aber was soll's? Warum nicht?«

Sie warf einen Blick zu Denys' Stuhl nah der Tür. Er war leer.

Gott, dachte sie. *Worauf lasse ich mich damit bloß ein?*

Die Musik verklang. Die Leute applaudierten. Sie starrte Justin einen Augenblick lang an, eine viel zu lange Spanne, in der sie sich den Blicken aller ausgesetzt fühlte.

Ich habe einen schweren Fehler gemacht.

Um Gottes willen, überspiele es, es ist wie die Sache zwischen

Amy und Quentin, die Leute werden's in ihrer guten Laune so hinnehmen …

Sie ging mit Justin Hand in Hand von der Tanzfläche, direkt auf Catlin zu. »Hier ist eine, die dir den neuen Schritt beibringen kann. Sie ist wirklich fabelhaft. Catlin, zeigst du's ihm?«

Als die Band wieder zu spielen anfing, lächelte Catlin und nahm ihn an der Hand zurück aufs Parkett.

Grant stand drüben an der Wand und beobachtete sie mit offenkundiger Beunruhigung.

»Florian«, sagte Ari. »Geh Grant fragen, was, zum Teufel, Justin vorhat.«

»Ja, Sera«, erwiderte Florian und ging hinüber.

Denys hatte den Saal verlassen. Seely auch.

Justin hat sich in aller Öffentlichkeit zusammen mit mir gezeigt. Nicht daß schon jeder wüßte, daß wir miteinander zu tun haben. Aber daß ich das zugelassen habe – daran wird sich der Klatsch entzünden.

Sie warf einen Blick zur Tanzfläche, wo Justin sich redlich und sogar einigermaßen erfolgreich bemühte, mit Catlin mitzuhalten. Und in die Ecke des Saals, wo Florian und Grant ernst miteinander debattierten.

Denys ist rausgegangen.

Florian kam vor Ende dieser Nummer zurück. »Grant meint, das sei die übliche ZIV-Verrücktheit. Er hatte keine Ahnung, daß das passieren würde. Grant bittet um Ihre Hilfe, aber er sagt, wenn er eingriffe, würde das in aller Öffentlichkeit zu Spannungen führen. Er erzählt, Justin sei emotional aufgewühlt gewesen, seit er und Grant in ihren eigenen Wohnbereich zurückkehrten er sagte, er würde sich mit Ihnen gern darüber unterhalten, aber dann fügte er hinzu: Die Sera hat sich eingemischt; frag sie einmal, ob das nicht das Ergebnis ist.«

Ari schnitt ein finsteres Gesicht. »Verflucht!«

»Maddy«, schlug Florian vor.

Womit er eine bessere Idee hatte als sie, so sehr war sie ins Fließen geraten. »Maddy«, wiederholte sie. »Dann los!«

Elender Mist! Er will mich austricksen, es müßte mit dem Teufel zugehen, wenn das ganz harmlos war. Denys war dabei, die ganze Familie hat zugesehen ...

Sie atmete tief durch. *Es wird immer schwieriger. Er ist kein Kind. Denys auch nicht. Und sie behandeln mich jetzt auch nicht mehr als Kind, nicht? Grant glaubt, das sei eine emotionale Verwirrung – vielleicht hat Justin ihm auch aufgetragen, das zu sagen.*

Er hat mir nie über den Weg getraut, er wird nie mehr derselbe Justin sein.

Catlin und Justin verließen die Tanzfläche. Maddy Strassen schwebte auf ihre eigene graziöse Art herbei, flüsterte Catlin etwas zu und hakte sich bei Justin unter, um sie zur Theke mit den Erfrischungen zu führen, während die Band eine Pause einlegte; und 'Stasi Ramirez näherte sich von der anderen Seite.

Gott sei Dank.

Ari atmete flacher, in der Gewißheit, daß Denys Spione im Saal aufgestellt hatte, Leute, die ihm in allen Einzelheiten berichten würden, wie die Dinge sich entwickelt hatten.

Dasselbe galt für Petros Ivanov.

Was in dieser Lage nur hilfreich sein konnte.

Grant blieb so unauffällig, wie es seiner eleganten rothaarigen Gestalt zu eigen war, stand mit einem Stück Kuchen und einer Tasse Punsch drüben in der Ecke des Saals. Und unterhielt sich mit Melly Kannart, einer Zwölfjährigen. Ganz unbeteiligt.

Maddy tanzte zwei Nummern mit Justin. Ari ging bei der zweiten mit Tommy Carnath aufs Parkett, der etwas mißgelaunt wirkte. »Immer mit der Ruhe«, sagte Ari. »Auch wenn wir, weiß Gott, ein Problem haben.«

»Er ist unser Problem«, knurrte Tommy. »Ari, er provoziert dich. Dein Onkel ist wütend.«

Wenn Tommy es merkte, dann auch viele andere.

Und nichts konnte darüber hinwegtäuschen. Sie konnte nichts weiter tun, als zu verstehen geben, daß sie auf die Annäherungsversuche nicht einzugehen gedachte.

Soll ich ihn bloßstellen, indem ich ihn wegschicke? Darauf würde er ungeheuer empfindlich reagieren. Er ließ sich mit Haut und Haaren auf die Aktion ein. Setzte seine ganze Karriere und vielleicht sogar sein Leben aufs Spiel, und dabei war er nicht dumm, kein Mann, der sein ganzes Leben lang einem schmalen Grat gefolgt war, um plötzlich, aus einer bloßen emotionalen Anwandlung heraus, mit seinen Gewohnheiten zu brechen. Wie betrunken er auch sein mochte. Ganz gleich, was geschah. Justin hatte sich mit Sicherheit gut überlegt, was er tat.

Und brachte sie damit in Verlegenheit. Entweder bekennst du dich vor der ganzen Familie zu mir, oder du erteilst mir eine Abfuhr. Auf der Stelle!

Dafür werde ich ihm den Hals umdrehen.

Dafür werde ich ihn einen Kopf kürzer machen.

IX

»Ser Justin ist da«, meldete Florian über den Automatischen Haushälter, und Ari erwiderte, ohne von ihrem Schreibtisch aufzublicken:

»Reichlich spät. Bring ihn in den Aufenthaltsraum! Nur ihn, nicht Grant.«

»Grant ist nicht bei ihm«, sagte Florian.

Florian hatte ihn noch nicht eingelassen; der Automatische Haushälter piepste jedesmal, wenn jemand von außen, dem der Zutritt gestattet war, ihren Bereich betrat. Das tat er auch jetzt; und sie nahm sich Zeit, den Rest ihrer Notiz in das System einzugeben, ehe sie sich von ihrem Stuhl erhob, der Basis Eins erklärte, sie wolle sich ausschalten, und durch den Flur zur Bar und dem Aufenthaltsraum ging.

Justin hielt sich bereits in dem Zimmer auf, das mit so vielen unangenehmen Erinnerungen verbunden war, ging die schmale Galerie hinter dem wuchtigen, mit Messing verzierten Sofa entlang und betrachtete die Gemälde. Während Florian unauffällig an der Bar wartete – er spielte nur unbewußt die alte Rolle: Er und Catlin hatten das Band nie gesehen.

Ari hatte diesen Treffpunkt ausgewählt.

Eine Gefälligkeit für die andere.

»Ich würde gern wissen«, sagte sie hinter seinem Rücken über die breite, holzgetäfelte Senke hinweg, »was, zum Teufel, du dir gestern abend vorgestellt hast, erreichen zu können.«

Er wandte ihr sein Gesicht zu. Und deutete auf das Gemälde, das er sich angeschaut hatte. »Das gefällt mir am besten. Ein Blick auf Bernards Stern. Es ist so schlicht. Aber es berührt einen, nicht?«

Sie holte Luft. *Es berührt einen, na klar. Er bearbeitet mich, das ist seine Absicht.*

»Grant hat mich um Hilfe gebeten«, erklärte sie. »Du hast in erster Linie ihm einen Schreck eingejagt. Was hast du vor? Alles aufzudecken? Das ist verdammt undankbar. Ich habe dir Giraud vom Hals gehalten. Ich habe dafür gesorgt, daß du nicht eingelocht wirst. Ich bin Risiken für dich eingegangen ... Was erwartest du noch von mir, soll ich's durch den Saal brüllen? Ich tu dir einen Gefallen. Ich tu einfach alles, was in meiner Macht steht, um dir zu helfen. Und was tust du für mich? Setzt mich öffentlich unter Druck. Bringst mich in eine peinliche Lage. Ich selbst glaube nicht, daß ich so viel klüger bin als du, Justin Warrick, deshalb versuche mir nicht weiszumachen, du hättest dich nur von deinen Gefühlen leiten lassen. Ich bin mir sicher, du wolltest mich in die Enge drängen. Entweder stärke ich dir den Rücken oder nicht, wann's dir gerade paßt; und wenn Tommy Carnath und Florian und 'Stasi Ramirez es gemerkt haben, wirst du mir doch nicht erzählen wollen, es sei Yanni Schwartz oder Petros Ivanov oder meinem Onkel entgangen.«

Sie ging um den Rand der Senke zur Bar.

»Es tut mir leid.«

»›*Es tut mir leid*‹ reicht nicht. Ich möchte schlicht und einfach erfahren, was du willst.«

»Das kannst du immer fragen. Haben wir uns darauf nicht geeinigt?«

»Treib's nicht zu weit mit mir! *Treib's bloß nicht zu weit!* Ich versuche immer noch, deinen Arsch zu retten, verstehst du?«

»Ist mir klar.« Er lehnte sich an die Bar und sah Florian an. »Florian.«

»Ser?«

»Ein Scotch mit Soda bitte. Was dagegen?«

»Sera?«

»Für mich das Übliche. Schenk ihm einen ein. Ist schon in Ordnung, Florian.« Sie schritt die Stufen hinunter und setzte sich aufs Sofa, und Justin folgte ihr und nahm seinerseits Platz. Und stützte seinen Ellbogen auf den Rücken des Sofas, wie er es in all den Jahren zuvor auch schon getan hatte. Ob es eine unbewußte Angewohnheit oder eine ebenso bewußte Selbstinszenierung war, wie Ari sie vorspielte, wußte sie nicht zu sagen. »In Ordnung«, brummte sie. »Ich höre zu.«

»Da gibt's nicht viel zu sagen. Nur daß ich dir vertraut habe.«

»*Mir* vertraut? – Warum, weil ich eine verdammte Idiotin bin?«

»Es war einfach da. Das ist alles. Was soll ich tun? In deinem Flügel arbeiten, noch zwanzig Jahre dein Partner sein, bis Denys stirbt? Den Kopf gesenkt und den Mund geschlossen halten und all diese nämlichen Parties besuchen, noch zwanzig Jahre, in denen ich alle sozialen Stellungen einnehme, alle Funktionen in den Abteilungen durchlaufen all das – während jeder ZIV im Haus das Gefühl hat, sich vor dem Sicherheitsdienst oder deinem Onkel rechtfertigen zu müssen, falls er einmal dabei erwischt wird, sich mit mir zu unterhalten? Ein beschissenes Leben wäre das, Ari.«

»Tut mir leid«, sagte sie knapp. Was sie ehrlich meinte: Sie hatte ähnliches empfunden, während sie aufgewachsen war; und sie hatte gesehen, was mit ihm passierte, und konnte es nachempfinden. »Aber das erklärt immer noch nicht, warum du's getan hast. Warum du einen so ungünstigen Zeitpunkt abpassen mußtest – ich hatte gerade die Wogen zwischen mir und Denys geglättet, ich hatte gerade alles wieder hinbekommen, und du fällst mir so in den Rücken.«

»Es tut mir leid«, sagte er betrübt.

»Es tut dir leid?«

»Der Zeitpunkt ist immer ungünstig – immer. Es steht immer etwas an. Verdammt, nur wegen Giraud bin ich wieder von meinem Vater abgeschnitten. Ich habe dein Wort, daß er sicher ist. Mehr nicht.«

Seine Stimme bebte. Florian stellte das Glas auf das Bord hinter dem Sofa neben seine Hand und schwebte geisterhaft zu ihr, um den Wodka mit Orangensaft neben ihren zu stellen.

»Ich ziehe es auch nicht in Zweifel«, fuhr er nach einem Schluck fort. »Aber gerade darum geht's ja. Andere zweifeln an der Sicherheit meines Vaters. Giraud zum Beispiel. Es ist so verdammt einfach, einen Zwischenfall zu arrangieren – es braucht nur so ein armer Kerl von einer Azi-Wache mal einen schlechten Moment zu haben – nicht? Ein schrecklicher Verlust, eine Sonderperson. Aber wie du selbst sagst – Giraud stirbt bald. Was kümmert's ihn? Du unterschätzt ihn, wenn du glaubst, er könne nicht versuchen, meinen Vater loszuwerden – es sei denn … es sei denn, er findet heraus, daß die Dinge in Reseune *nicht* geregelt sind, und ich eine Bedrohung bin, gegen die er nicht ankommt. Gleich nach dir. *Dann* wird er Zweifel haben. Und dieser hinterlistige Dreckskerl von Giraud unternimmt nie etwas Überstürztes oder Leichtsinniges. *Ich* will seine Aufmerksamkeit auf mich lenken. Ich will, daß es so bleibt, bis er stirbt. So einfach ist das.«

Es ergab einen Sinn, auf die verworrene, einem anderen Denkset entsprechende Art, auf die man die Dinge betrachtete, wenn man Justin Warrick war, wenn man Giraud kannte, wenn man keine Macht und nichts zum Bluffen hatte außer Ari Emory, und die Möglichkeit, Ärger zu machen.

»Deshalb habe ich bloß eine Chance gesehen«, erklärte er. »Ich hab's nicht im Detail geplant. Ich habe nur gesehen, was du mit dem Carnath-Mädchen – Amy – gemacht hast und mir gedacht, wenn du einen Wutanfall kriegst, nun, könnte ich's vielleicht kitten. Wenn du mich schützt, wird Giraud davon erfahren. Vielleicht würde es nach mehr aussehen, als tatsächlich der Fall ist, und ihm schwere Sorgen bereiten. Es tut mir leid, wenn ich dir etwas verdorben habe; aber ich bezweifle, ob das der Fall ist; vielleicht habe ich deine Pläne verdorben, um in den Augen des Sicherheitsdienstes sauber dazustehen; sicher habe ich Denys Sorgen bereitet; aber ob ich dir persönlich alles verdorben habe – bezweifle ich doch sehr.«

»Kein Vergleich mit dem Ärger, den du dir selber eingehandelt hast.«

»Gut. Trifft beides zu.«

»Du bist ein verdammter Idiot! Du hättest mir etwas sagen können, weißt du, du hättest dich darauf verlassen können, daß ich ein Auge auf Jordan werfe …«

»Nein, darauf konnte ich mich nicht verlassen. Ich kann mich nicht darauf verlassen, solange du nicht mit dem Militär Kontakt hast, solange du nicht in Girauds Position bist und auch nicht auf Denys' Stuhl sitzt. Ich kann mich nicht davon abhängig machen, ob du auch wirklich weißt, was sie vorhaben, tut mir leid.«

Er wußte nicht, was der Basis Eins alles zugänglich war. Hatte keine Ahnung. Und es war unmöglich, es ihm zu verraten. Auf keinen Fall. Sie nippte an ihrem Wodka mit Orangensaft, stellte ihn hin und schüttelte den Kopf.

»Du hättest dich wenigstens mit mir beraten können.«

»Um dich vorzuwarnen? Nein. Jetzt ist es geschehen. Ich bin ehrlich, weil du mich gefragt hast. Ich möchte dich um noch etwas bitten: Verhöre mich meinetwegen mit einer Psychosonde, aber gib bloß nicht Denys das Band.«

»Wer sagt, daß ich das getan habe?«

»Ich weiß es nicht. Ich habe nur meine Vermutungen, was Denys beschwichtigen würde. Mach das nicht bekannt. Es kann nur meinem Vater schaden. Und ganz sicher würde es mich in den Augen der Nyes auch nicht besser aussehen lassen.«

»Wenn ich's nicht tue, werden sie bloß annehmen, ich sei mit dem einverstanden, was du getan hast.«

»Du gibst also die Bänder weiter.«

»Diejenigen, von denen ich zugebe, daß ich sie habe mitlaufen lassen. Ich habe ihnen nie Aris Notizen über dich preisgegeben. Ich habe ihnen nie gezeigt, was ich getan habe, um einige der Schäden zu beheben, die Ari angerichtet hat. Die ungelösten Sachen. Ich habe ihnen nie etwas über diesen kleinen Eingriff erzählt, der es dir erlaubt, hier zu sein, so nah bei mir, ohne zu schwitzen.«

»Ohne schlimmeres als das. Ohne viel schlimmeres als das. Ich habe immer noch dann und wann Band-Flashbacks. Aber der Großteil der Spannung ist weg. Ich erinnere mich nur – aus viel größerer Distanz, als ich sie jemals hatte – oder ich hätte nie tun können, was ich auf der Party getan habe; ich hätte nie herkommen können; und ich hätte nie meinen eigentlichen Plan schmieden können, Giraud zu irritieren.«

»Der wäre?«

»Mit dir ins Bett zu gehen.«

Das versetzte ihr einen Schlag. Es klang so wahrheitsgetreu, daß es ihr fast peinlich war, und sie fühlte sich im ersten Moment nur peripher angegriffen.

»Dabei wäre ich nur auf etwas eingegangen, was du mir schon mehrmals rundheraus vorgeschlagen hast«, sagte er, »erst kürzlich noch. Wenn man dich glücklich macht, macht man Giraud ziemlich unglücklich. Ohne dir dabei weh zu tun … Das wollte ich auch nie. Um ehrlich zu sein, ich war mir nicht sicher, ob ich's könnte. Deshalb habe ich einfach einen anderen Kurs eingeschlagen, als es sich anbot, das ist alles. Ich hoffe, ich trete dir damit nicht zu nahe. Und ich würde es nicht erwähnen, nur erkläre ich es lieber, solange ich meine fünf Sinne beisammen habe, um wenigstens die Dinge zu meinem Schutz zusammenzuhalten. So sieht's also aus. Das ist der Grund.«

Es war ein wohlüberlegter Schritt, der es für Ari psychologisch schwieriger machte, auf einer Psychosonde zu bestehen ... die Wogen glättete, die Situation entschärfte. Und genug von der Wahrheit verriet, um alles vernünftig erscheinen zu lassen.

Außerdem war er ohne Grant hergekommen. Und das zu einem Zeitpunkt, da er wußte, potentiell in Schwierigkeiten zu sein.

Verdammt, die Möglichkeiten vervielfältigten sich ad infinitum, wenn solche Motive und eine nicht anerkannte Sonderperson im Spiel waren, die von allem und jedem unter Druck gesetzt wurde, nicht zuletzt von dem Umstand, daß Ari ihn unter Einfluß von Kath bearbeitete, Dinge, die von grundlegender Bedeutung für ihn waren, in den Griff bekommen und zumindest versucht hatte, an die alten Fäden anzuknüpfen – soweit das bei einem Geist möglich war, der sich seit der Entstehungszeit von Aris Notizen derart verändert hatte; und unter Berücksichtigung der psychologischen Kluft, die sie ihrem Altersunterschied verdankte.

Sehr verwickelt. Wirklich sehr verwickelt.

»Du hast meine Arbeit durcheinandergebracht«, sagte sie. »Du hast mir Probleme eingebrockt. Ich habe guten Grund, wütend zu sein. Und dennoch habe ich dich dort draußen unterstützt.«

»Ja«, erwiderte er. »Das habe ich gehofft.«

»Ist das ein verdammter Schlamassel.« Sie schluckte jegliche Versicherung hinunter, die sie zu Jordans Sicherheit abgeben konnte. Oder woher sie die Gewißheit hatte. So frustrierend es auch sein mochte, wie ein Idiot dazustehen, immer noch besser, als tatsächlich einer zu sein. »Mensch, du hast mich bei Giraud unbeliebt gemacht. Ich sehe keinen Grund, warum ich mich mit Problemen auseinandersetzen soll, die du mir eingebrockt hast, weil du meinen Interessen zuwiderhandeln und dich darauf verlassen konntest, daß ich dir verzeihen würde. Das fände ich zum Kotzen.«

»Ich hatte keine andere Wahl.«

»Natürlich hattest du eine Wahl! Du hättest mir etwas sagen können.«

Er schüttelte langsam den Kopf.

»Du bringst mich zur Weißglut, Justin. Ich warne dich!«

»Ich hatte keine andere Wahl.«

»Und jetzt soll ich mich verständig zeigen und verhindern, daß Giraud dich in die Finger bekommt, damit er deinen ganzen feinen Plan nicht hinfällig werden läßt, geht's darum?«

»Etwas in der Art. Was soll ich sonst sagen? Ich hoffe, du wirst es tun. Ich hoffe es wirklich sehr; und es gibt nicht viel in meinem Leben, worauf ich hoffe.«

»Danke.«

Er nickte einmal ironisch.

»So kommst du dann ganz einfach davon. Du bekommst alles, was du willst und brauchst dafür nicht einmal mit mir ins Bett zu gehen.«

»Ari, ich habe das nicht so gemeint.«

»Ich weiß. Das war nicht fair.«

Seine Sets waren auf einer tiefen Ebene mit Ari verknüpft. Und sie wußte das. Wußte, daß sich das noch immer auswirkte, an diesem Ort, in dieser Stunde.

Daß es eine doppelte Verbindung war. Er hoffte, ihr damit eine Falle zu stellen – um Giraud zu reizen. Er versuchte sie immer noch auszuspielen, und sie merkte, worauf es hinauslief.

Aber es bestanden auf einer tieferen Ebene mehr Verbindungen, als er ahnte.

»Möchtest du, daß ich's tue?« fragte er.

»Ich weiß nicht«, murmelte sie. Dann: »Nein. Nicht wenn es wie eine Bezahlung für etwas ist. Am Ende des Flurs ist eine Sicherheitswand. Auf der anderen Seite befindet sich eine Unterbringung für Gäste. Du ziehst dort ein. Florian bringt dich hin. Ich werde Grant verständigen, damit er raufkommt. Florian und Grant werden die Verwaltung verständigen, euer Apartment abschließen und alles zusammenpacken, was ihr braucht. Wenn sie etwas vergessen, kannst du mit ihnen zurückgehen, um es zu holen.«

Er sah sie schockiert an.

»Du möchtest meine Hilfe«, erklärte sie. »Aber die hat ihren Preis. Sie kostet euch euer Apartment. Und eure Unabhängigkeit. Der Preis sind Unbequemlichkeiten für euch wie für mich. Aber dafür wirst du nicht dem Sicherheitsdienst in die Arme laufen und auch ganz bestimmt nicht an Giraud oder sonstwen verraten, was du über mich weißt. Was die andere Seite deiner Drohung ist, habe ich recht?«

»Ich weiß nicht, was ich wissen ...«

»Ich bin mir sicher, du kannst es dir denken. Ihr kommt und geht durch diese Sicherheitstür; eure Karten werden es euch gestatten. Ihr zieht in den Flügel Eins um, auch wenn ich noch nicht weiß, wen ich rausschmeißen muß, um Platz für euch zu schaffen, aber ihr werdet den Sicherheitsvorkehrungen von Flügel Eins und meinen unterstellt; und ich möchte keine Widerrede hören!«

»Keine«, sagte er ruhig.

X

»Grant ist da«, sagte der Automatische Haushälter, und Justin sprang vom Sofa auf und war fast schon an der Tür, als Grant aufmachte und ins Apartment trat.

»Bist du in Ordnung?« war das erste, was er fragte.

»Alles klar«, sagte Justin und umarmte ihn. »Gott sei Dank. Keinen Ärger gehabt?«

Grant schüttelte den Kopf und atmete durch. »Ich habe den Anruf erhalten und Em gesagt, er soll sich um das Büro kümmern – dann bin ich in den Flur gegangen, und Catlin hat mich mitgenommen. Und bis zum Aufzug begleitet. Sie sagte, sie würde ins Apartment gehen, um alles Nötige und alles, worum wir bitten, zu holen.«

Keine Fragen, nichts. Die Gewöhnung eines halben Lebens. »Wir können reden«, sagte Justin, als er sich des Umstands bewußt wurde, daß es hier an diesem Ort nichts gab, was sie geheimhalten konnten, wenn Ari es nicht wollte, und daß niemand außer Ari etwas von dem erfahren würde, was sie sprachen. Für einen Moment erfaßte ihn Schwindel, alte Vorbehalte trudelten durch das Dunkle auf der anderen Seite davon. Der Gedanke erschütterte ihn, verdammte ihn aus Gründen zur Einsamkeit, die er nicht begreifen konnte. »Gott, es ist nicht unser Zuhause, nicht?«

Grant hielt ihn fest. Er spürte, wie er plötzlich zitterte, hatte keine Ahnung warum, oder wovor er sich eigentlich fürchtete, nur daß nichts mehr gewiß zu sein schien … nicht einmal ihre dem eigenen Schutz dienenden Gewohnheiten.

Es war nicht sein Zuhause. Nicht der Ort, wo er immer gelebt hatte, nicht die Verborgenheit, die sie beizubehalten versucht hatten. Sie näherten sich immer mehr dem Zentrum Reseunes.

»Keine Psychosonde«, berichtete er. »Ari hat gefragt, warum – eine verständliche Frage. Ich hab's ihr gesagt. Das ist ihre Vorstellung von verstärkten Sicherheitsvorkehrungen. Ich soll dich durch die Wohnung führen. Du wirst deinen Augen nicht trauen.«

Er bekam seine Nervosität unter Kontrolle, drehte Grant um und gewährte ihm den vollen Überblick über das Wohn- und Speisezimmer.

Es war nach jedem Maßstab ein riesiges Apartment: ein vornehmlich mit Stein verkleideter Eingangsflur mit kunststoffbeschichteter Wollholztäfelung an der Decke; einem Ruhezimmer mit grau gemusterten schwarzen Glastischen; und dahinter ein Speisesaal mit weißen Kacheln, weißen Wänden und schwarzen und weißen Möbeln – *Mein Gott*, war Justins erster Gedanke gewesen, ein emotionaler Eindruck einer statischen Kühle, ein irrationaler Anflug: *ein rotes Kissen, irgend etwas, um in dieser wahnsinnigen Wohnung bei Verstand zu bleiben …*

»Es ist … ziemlich groß«, sagte Grant – diplomatisch, dachte Justin. »Nicht wahr?«

»Komm!« sagte Justin, und führte Grant herum.

Es war besser in den Fluren, wo pastellblaue und -grüne

Töne in eine frostgrüne Küche und ein weißer Flur in eine Reihe grau und blau gestalteter Zimmer führte – mit viel grauem, stellenweise braunem Stein. Ein verschwenderisches Bad in Schwarz und Silber, mit verspiegelten Wänden. Noch eins mit weißem und frostgrünem Glas.

»Mein Gott«, entfuhr es Grant, als er eine weitere Tür in das schwarz und mit schwarzem Glas und einem riesigen weißen Bett ausgestattete Hauptschlafzimmer öffnete. »Da drin könnten fünf Leute auf einmal schlafen.«

»Das ist wahrscheinlich schon vorgekommen«, sagte Justin. Und erlitt für einen Moment einen üblen Flashback. »Sie haben uns Decken und Vorräte versprochen. Sie haben eine Art Scanner, durch den sie alles schicken, selbst unsere Kleidung. Er versieht sie mit irgendeiner Markierung. Wenn wir die Tür mit irgendeinem Gegenstand durchqueren, der nicht überprüft worden ist …«

»Erklingt ein Alarmton. Catlin hat's mir erklärt. Bis hin zu den Socken und der Unterwäsche.« Grant schüttelte den Kopf und sah Justin an. »War sie wütend?«

Er meinte nicht Catlin. Justin nickte. »Ziemlich. Wenn man überlegt, hatte sie dafür weiß Gott einen Grund. Aber sie ist bereit zuzuhören. Zumindest dazu.«

Grant sagte nichts. Aber schon sein Schweigen war so vielsagend wie das leichte Zucken der Augenwinkel in Richtung der Decke. *Müssen wir befürchten, überwacht zu werden?*

Denn Grant wußte Bescheid – er wußte alles, was Justin Ari gestanden hatte, und noch viel mehr, bis hin zu ihrem Vorhaben, Giraud abzulenken. Aber es gab Dinge zwischen ihm und Ari, die er nicht an Orten aussprechen konnte, wo sie möglicherweise überwacht wurden, Dinge, die sie vielleicht mit einer Psychosonde aufzuspüren versuchen würde, aber er konnte sie nicht kühl über die Lippen bringen und Ari wissen lassen, daß auch Grant davon wußte: das Gefühl, das ihn in jenem Raum in Aris Apartment überkommen hatte, der Wechsel zwischen damals und jetzt …

Dieses an sein Innerstes rührende Gefühl, das damals und

heute bei jedem flüchtigen Blick zwischen ihnen übersprang; wenn er in Aris Augen blickte, die mal jung und mal alt erschienen – zum erstenmal seit der Zeit, da er jünger gewesen war als sie heute, in dem Wissen, daß dieses sexuelle Gefühl, das jede Berührung durch einen anderen Menschen begleitete, jede Handlung, die er im Umgang mit anderen Menschen vollzog – einen Brennpunkt hatte, einen einzigartigen, unter dem Einfluß von Drogen eingebrannten Fokus …

Er wäre vielleicht mit ihr ins Bett gegangen. Er hätte mit ihr ins Bett gehen können – ein Teil seiner Vorstellungskraft ließ davon nicht ab. Mehr noch, ein paar Herzschläge lang hatte er es sogar gewollt – bis er einen schlimmen Flashback erlebt hatte, als er auf ihre Antwort gewartet und gewußt hatte, daß ihn Panik übermannen würde; und war irgendwo zwischen einem fiebrigen Verlangen nach ihr und einer schweißtreibenden Angst gefangen gewesen. Als sei sie der Schlüssel.

Oder sein Untergang.

Gott, was hat sie mit mir gemacht?

Welche Schlüssel hat sie in der Hand?

»Justin?« sagte Grant und faßte seinen Arm. »Justin …«

Er hielt sich an Grants Schulter fest und zitterte. »O Gott, Grant …«

»Was ist los?« Grants Finger schlossen sich um seinen Nacken, drückten fest zu. »Justin?«

Sein Herzschlag raste. Er konnte für einen Moment nichts sehen, brach in Schweiß aus, hätte das Gefühl gehabt; nirgendwo mehr zu sein, wäre Grant nicht bei ihm gewesen.

Das hat Ari gewollt – damals, vor so vielen Jahren. Daß ich auf sie fixiert bin …

Ich habe alles verloren und Grant und Jordan mit mir hinabgezogen …

Mehr wird es nie geben, Liebling …

Ein Virusprogramm. Die Herrin meiner Psyche. Sie war die beste, die es je gab …

Lust und Schmerz. *Verbindungen auf einer tiefen Ebene …*

Sein Herz vollführte einige heftige, schmerzhafte Schläge. Aber er konnte sich daran gewöhnen, so wie er sich immer an alles gewöhnt hatte. Das Leben war es, worauf es ankam. Er konnte froh sein, wenn man überlebte.

Selbst wenn er wußte, daß das Schlimmste, was man ihm je angetan hatte, nichts Sexuelles war. Sex war nur das Mittel zum Zweck.

Endokrines Lernen und das Fließen, in voller Stärke angewandt, waren die geeigneten Methoden, um ein verletzliches, erschrockenes Kind auf ein anderes Forschungsgebiet zu lenken, seinen ganzen Lebensweg zu ändern.

Sie hat dafür gesorgt, daß ich auf die Welt kam.

Doch man konnte überleben. Selbst wenn einem der Boden unter den Füßen weggezogen wurde. Selbst wenn ringsum nur dunkle Leere war.

»Was hat sie gemacht?« fragte Grant, eine vernünftige, besorgte Stimme aus jener Dunkelheit in seiner Seele, die von einem festen Druck in seinem Nacken unterstrichen wurde. »Justin?«

»Sie hat mir vor langer Zeit den Schlüssel gegeben«, murmelte er. »Ich wußte es, verdammt, ich wußte es ... ich hätte es sehen müssen ...«

Dann wurden die Dinge ringsum wieder klarer. Sein Sehvermögen kehrte zurück, er sah den Rand von Grants Schulter, den sterilen schwarzweißen Raum, der nicht zu seinem Zuhause gehörte, wußte wieder, daß sie voraussichtlich nie in dieses freundliche, vertraute Apartment mit dem braunen Stein und der kleinen Frühstücksecke zurückkehren würden, das immer sicher erschienen war, ganz gleich, ob der Sicherheitsdienst sie überwachte ...

»Sie wußte, daß sie sterben würde, Grant. Was Diagnosen anging, konnte ihr niemand etwas vormachen ... Sie wußte Menschen zu durchschauen, wie ich es seitdem bei keinem Menschen erlebt habe. Meinst du etwa, sie hätte nicht über Giraud Bescheid gewußt?«

»Ari senior?« erkundigte sich Grant.

»Ari. Sie wußte, daß Giraud kein Genie ist. Sie wußte,

wer ihr nachfolgen würde. Meinst du, Ari kannte die Nyes nicht besser als wir? Ari sagte, ich sei der einzige, der sie unterrichten könne. *Der Einzige.* Daß sie meine Arbeit brauche. Und sie arbeitet nach Aris Notizen, folgt dem, was Ari ihr aufgetragen hat ... bis zur letzten Konsequenz.«

Grant stieß ihn zurück. Er starrte in Grants besorgtes Gesicht, sah es wie ein Fremder, so objektiv, wie er Grant noch nie betrachtet hatte, erkannte seine unwahrscheinliche Perfektion – die auch Aris Handschrift trug, von den Gensets bis zum Psychoset.

Alles kam von ihr, einfach alles. Es hatte keinen Sinn mehr, gegen das Design anzukämpfen. Selbst Grant war Teil davon. Justin zappelte in der Falle, wie sein ganzes Leben schon.

Sie wollte Jordan. Jordan hat sie zurückgewiesen. Deshalb hat sie auf meine Schöpfung gedrängt. Und Grant entworfen.

Mich auf sich fixiert – mit einer einzigen Aktion ...

Alles ist mit allem verbunden ...

Ein zu weites Gebiet, ein zu weites Gebiet ...

»Justin?«

Gott, ist das Kind so gut, weiß sie, was sie mit mir macht?

Wer hatte dabei die Hand am Schalter? Welche Ari?

Vielleicht kommt es darauf nicht einmal an – vielleicht kann einer einen Weg so genau festlegen, daß der eine nur dort weitermachen muß, wo der andere aufgehört hat ...

Grant nahm sein Gesicht zwischen die Hände und schlug ihm leicht gegen die Wange. »Justin!«

»Ich bin in Ordnung«, sagte er.

Ich jage ihm einen furchtbaren Schreck ein. Aber ich selbst habe keine Angst. Ich bin nur ...

... eiskalt jetzt. Ruhig.

Es hilft einem, wenn man die Wahrheit kennt, nicht?

»... bin in Ordnung. Ich war nur einen Moment ... mit den Gedanken woanders.« Er klopfte Grant auf die Schulter, trat ein paar Schritte zurück und blickte durch den Flur, den fremden Korridor, der nicht zu ihrem Zuhause gehörte. »Als sei ich gerade aufgewacht. Als hätte ich das alles für einen

Moment nicht von mir abschütteln können. Mach dir keine Gedanken darüber.« Er spürte Grants Hand auf seiner Schulter und würdigte Grants Sorge, indem er den Druck erwiderte – wieder in Angst, weil er dort allein war, wo er stand, und Grant bei ihm sein wollte, aber er wußte nicht genau, ob es Grant möglich war – ob es überhaupt jemandem möglich war. Und Ari war so weit weg von ihm, in ihrem und dem Reich ihrer Vorgängerin, an Orten, die er nicht erreichen konnte.

An Orten, wo Jordan nie gewesen war.

In völliger Isolation.

»Ein bedauernswertes Kind, unsere Ari«, murmelte er. »Ja, das ist sie. Niemand hat je mit ihr Schritt halten können. Sie reist in Gebiete, in die ihr niemand folgen und wo sie mit niemandem wirklich reden kann. Das ist es, was mit ihr geschehen wird. Und was auch mir manchmal passiert.« Er blinzelte und versuchte zurückzukommen. Die Lampen wieder zu sehen. Das kühle Dekor, das ihm so zuwider war. Das schwarz und weiß ausgestattete Eßzimmer am Ende des Flurs. »Gott, die Verwaltung muß doch eine rote Vase oder so etwas haben, meinst du nicht? Kissen. Bilder. Irgendwas.«

»Worüber redest du?« fragte Grant.

Das Verantwortungsgefühl eines Aufsehers versuchte sich wieder durchzusetzen. *Reiß dich zusammen! Du machst ihm Angst.* »Etwas Fließendes. In diesem verdammten Apartment gibt es nichts Menschliches. Bis wir nicht ein paar Sachen von uns oben haben. Dinge mit Farbe. Dinge, die etwas über uns ausdrücken. Gott, hier sieht's aus wie in einem Bad mit Eis an den Wänden.«

»Hat dich *das* so geschockt?«

»Unter anderem.« Er blinzelte rasch, versuchte den Nebel vor seinen Augen und die vorübergehende Kurzsichtigkeit zu vertreiben. »Vielleicht habe ich bloß daran gedacht, daß wir hier gelandet wären, hätte Ari etwas länger gelebt. Dann wäre das unser Apartment gewesen.«

»Justin, wovon, zum Teufel, redest du?«

»Das liegt auf der Hand. Ari wollte Jordan nicht ruinieren. Sie brauchte seine Fähigkeiten. Sie wäre bald gestorben. Und sie wußte, daß die Nyes elende Pragmatiker sind. Restlos konservativ. Was sie ganz und gar nicht war. Und *sie* sollten ihre Nachfolgerin beaufsichtigen. Meinst du nicht, daß ihr das Sorgen bereitet hat? Wenn sie noch zwei Jahre gehabt hätte, oder wenigstens sechs Monate, dann, glaube ich, ich bin mir sogar verdammt sicher, wäre ich nicht der geblieben, den sie eingestellt hat. Ich wäre vielleicht imstande gewesen, mich mit Giraud zu messen. Hätte vielleicht zu Aris Erziehung etwas beitragen können. Hätte in der Administration gesessen, inzwischen vielleicht einen hohen Posten im Wissenschaftsamt bekleidet, würde vielleicht auf Petersons Stuhl sitzen, wer weiß?«

Aber dieser Mensch bin ich nicht geworden.

Doch Ari folgt dem Programm ihrer Vorgängerin. Hält sich an ihre Notizen.

Es ist ein gefährlicher Weg für sie. Wenn es Ari am Überblick fehlt, dies zu erkennen, sich über meine Rolle klar zu werden – dürfte es sehr gefährlich werden.

Nicht, weil ich ihr Schaden wünsche.

Sondern weil ich nicht helfen kann. Weil ich gefesselt bin – und meine Fesseln nicht sprengen kann.

»Ich möchte ihr nicht weh tun, Grant.«

»Hat das jemand bezweifelt?«

Er konnte es nicht aussprechen. Ari hatte versprochen, sie nicht zu überwachen, aber das war nur die Wahrheit, die ihr gerade recht war; wozu sie imstande sein würde, stand auf einem anderen Blatt. Ari log oft, indem sie erzählte, was sie sich wünschte, nicht was sie tat; Ari hatte es ihm gegenüber selbst zugegeben – und selbst dieses Geständnis hatte ihr wie alles, was sie tat, nur zur Manipulation gedient. *Unterschätze mich nie … in keiner Hinsicht.*

»Nein«, antwortete er. »Dazu besteht, was mich angeht, kein Anlaß.«

Hörst du zu, Ari?

Hörst du, was ich sage?

XI

»Eine Mitteilung«, sagte der Automatische Haushälter und riß Ari und Florian aus dem Schlaf.

»Privatcode, Basis Drei.«

Giraud.

Giraud war in Novgorod. Oder zumindest dort gewesen, als sie sich schlafen legte.

»Verdammt«, sagte sie, rollte aus dem Bett und suchte nach ihren Pantoffeln und ihrem Bademantel.

»Soll ich aufstehen, Sera?«

»Geh wieder schlafen«, erwiderte sie. »Es ist bloß Giraud an der Antenne. Mit etwas anderem habe ich nicht gerechnet. Allenfalls mit einem Anruf von Denys ...«

Sie fand einen der Pantoffeln und den anderen, als sie ihre Arme in die Ärmel steckte, ertastete die Schärpen und schlug sie um. »Ein bißchen Licht«, sagte sie. »Los, Haushälter! Acht Sekunden. Mach's im Flur an!«

In dem Zimmer wurde es hell genug, daß sie ihren Weg zur Tür erkennen konnte, während Florian, wie sie mit einem Blick über die Schulter bemerkte, die Decke über den Kopf zog und sich in den Kissen vergrub. Acht Sekunden. Sie öffnete die Tür nach draußen, blinzelte im helleren Licht und rieb sich die Augen, während das Licht hinter ihr schwächer wurde.

Sie schloß die Tür und sah Catlin im Nachthemd und mit offenem Haar im Flur. »Zurück ins Bett!« befahl Ari. »Es ist nur Giraud.«

Catlin verschwand.

Ari wünschte sich etwas Warmes zum Trinken. Aber sie wollte keinen von beiden aus dem Bett holen: Sie hatten selbst bis zur Erschöpfung gearbeitet, um Justins Kram zu packen und nach oben zu schaffen, ehe der Rest vom Haussicherheitsdienst Justins Habseligkeiten oder Notizen in die Hände bekommen konnte, und das Nötigste durch den Scanner zu schicken, damit Justin und Grant eine Auswahl an Kleidungsstücken, das Wichtigste fürs Frühstück und ihre Arbeitsunterlagen wieder in den Händen hatten – wonach Justin, nahm sie zumindest an, sehr viel glücklicher sein würde.

Giraud dagegen mit Sicherheit nicht.

Sie ging in ihr Büro, hockte sich auf ihren Stuhl und sagte: »Ich bin dran, Haushälter. Ich bin allein.«

»Eine Mitteilung, Basis Drei an Basis Eins. Ari, hier ist Giraud.«

Schon gut, schon gut. Wer auch sonst?

»Abban fliegt mit diesem Band zu euch runter und fliegt heute abend gleich wieder zurück. Er wird zu dem Zeitpunkt, wenn das System dich aufgeweckt hat, wahrscheinlich schon wieder auf dem Weg zum Flughafen sein. Ich kann die Zeit nicht abzweigen. Er auch nicht. Aber ich nehme an, du weißt, worüber ich mich aufgeregt habe.«

Darf ich dreimal raten, Onkel Giraud? Geht's darum?

Oder ist dir das Neueste über deine Nichte zu Ohren gekommen?

»Ich bin schrecklich besorgt, Ari. Ich habe mehrere Anläufe gemacht, um diese Mitteilung aufzunehmen. Beim ersten Mal war ich nicht sehr freundlich. Aber ich denke, ich kann wenigstens deine Beweggründe begreifen.

Ich werde dich nicht anschreien. Hast du das nicht immer gesagt: Wenn du mich anschreist, Onkel Giraud, dann höre ich einfach nicht zu.

Dafür sind wir beide zu alt, und diese Sache ist zu wichtig, als daß man seine Gefühle mit einem durchgehen lassen sollte. Also bitte, hör dir all das bis zum Schluß an! Es wird im System gleich wieder gelöscht, es sei denn, du sicherst und kopierst es – wogegen ich nichts habe. Wenn du's tust, überlasse ich es deiner Diskretion, es im Archiv abzuspeichern, aber ich rate dir aus Gründen, die du dir denken kannst, das Gegenteil. Diese Mitteilung ist nur über die Basis Eins abrufbar. Nur wenn ich mich furchtbar irre, stellt das nicht sicher, daß du außer mir der einzige mögliche Empfänger bist.

Es ist wieder ein Bombenanschlag verübt worden. Du hast vielleicht davon gehört.«

Verdammt. Nein.

»In einem großen Restaurant. Fünf Tote, neunzehn Verletzte. Neujahrsbummler. Damit haben wir es zu tun. Mit Wahnsinnigen, Ari. Menschen, denen es egal ist, wer ihnen zum Opfer fällt.

Erlaube mir, das Punkt für Punkt durchzugehen, so logisch, wie ich kann, um dir die Gründe zu verdeutlichen, warum es nicht ratsam war, was du mit dem jungen Warrick gemacht hast.

Ich habe dir von vornherein abgeraten, nach Novgorod zu kommen. Ich habe einen Presserummel vorhergesehen, der durchaus zu weiteren Attentaten führen konnte, und die Öffentlichkeit ist verdammt gereizt – man findet sich zwar damit ab, wenn man überlebt hat, sucht aber nach einem Verantwortlichen, und ich möchte nicht, daß an dir das Blut klebt, verstehst du? Wir können alles andere gebrauchen, als dich zum Brennpunkt einer Kontroverse zu machen.

Dein Vorschlag, unter Reseunes Ägide Truppen und Polizei hinzuschicken, ist verdammt gut. Ich bin beschämt, daß ich nicht selbst darauf gekommen bin: Die Stadtverwaltung von Novgorod ist empfindlich und mißtrauisch gegenüber allem, was so deutlich Reseunes Stempel trägt, aber sie ist verzweifelt, und dieses Angebot ist eine Alternative zu verschiedenen anderen Maßnahmen, die sie nicht ergreifen will – sie will nicht den Präzedenzfall eintreten lassen, das reguläre Militär einzuschalten; und sie verfügt nicht über die finanziellen Mittel, mehr Personal unter Vertrag zu nehmen. Leute vom Reseuner Sicherheitsdienst in den U-Bahnen sind zwangsläufig ein Ziel, allerdings ein bewegliches – und wir können genug aufbieten, um damit klarzukommen; die Transportmittel und Waffen können wir uns von Militär leihen, auf Wegen, daß man in Novgorod nicht sofort merkt, daß eine solche Verbindung besteht; das stützt auch Jacques: Die bewaffneten Truppen beschweren sich über ihre Dienststelle über die, wie sie es nennen, Stillhaltepolitik. Wenn wir Erfolg haben, wenn irgendeine Besserung der Lage eintritt, würde die ganze Administration der Union sehr viel besser dastehen.

Was uns zu einem weiteren Punkt bringt, Ari. Einem, über den ich auch nicht viel lieber rede, wie du dir vorstellen kannst – aber du und ich wissen beide, daß ich auf dem absteigenden Ast bin.«

Wie bedauerlich, Onkel Giraud.

Schade um dich.

»Entschärf einfach die Situation und hör mir zu. Ich möchte, daß du ganz gründlich darüber nachdenkst, was du überhaupt tun willst, wenn ich sterbe, denn du kannst dir sicher sein, daß deine Feinde sich bereits darauf vorbereiten.

Khalid ist von der Zweijahres-Vorschrift nicht mehr betroffen. Er könnte Jacques jetzt wieder herausfordern. Er könnte es, aber er hat noch keinen entsprechenden Antrag gestellt. Die Zentristen stellen sich öffentlich hinter Jacques. Sie fürchten Khalid: Er gehört nicht zu denen, die sie kontrollieren können, und vor allem Corain betrachtet Khalid als eine klare Bedrohung für sich selbst, als jemanden, der gern von ihm das Ruder übernehmen würde – und Corain ist auch kein junger Mann mehr. Khalid bezeichnet Corain als einen müden alten Opa – hinter verschlossenen Türen, aber in privatem Kreis sickern solche Dinge durch.

Mich nennt er einen Toten. Das ist nicht besonders freundlich, aber ich gewöhne mich an den Gedanken. Khalid weiß noch nicht, wie recht er hat.«

Mein Gott, Onkel Giraud. Was für eine Betrachtungsweise!

»Schau dich im Rat um, Ari! Catherine Lao ist fast in meinem Alter. Sie ist dein wertvollster Verbündeter neben Harad und mir. Ich bin bald nicht mehr da. Jacques ist eine sehr schwache Gestalt, und Gorodin zieht sich unter den erfahrenen Leuten der Admiralität einen Nachfolger heran, einen Mann namens Spurlin, zwar fähig, aber in der Mitte des Spektrums, einer, der aber streng den Interessen seines eigenen Amts dient, von den anderen ganz zu schweigen. Kannst du mir folgen?«

Und ob ich das kann. Ich bin dir voraus.

»Ich habe einen schrecklichen Fehler gemacht, Ari, als ich etwas gegen Justin unternahm, ohne mich vorher mit dir abzusprechen. Wir sind einander in die Quere gekommen, und das zu deinem Schaden. Ich habe einen weiteren Fehler gemacht, als ich danach nicht mit dir gleichzog. Nun habe ich Grund zur Vermutung, daß du zumindest meine Basis hinter dir gelassen hast …«

Oh. Du liebe Zeit!

»... und möglicherweise auch die von Denys – entweder das, oder du hast ein unheimliches Timing.

Ich gebe zu, das hat mich rasend vor Wut gemacht. Ich wußte nicht mehr, was ich tun sollte. Ich bin alt und krank, und ich habe Angst, Ari. Aber ich will nicht weinerlich werden. Gerade mit deinem so ungemein wachen Verstand solltest du erkennen, daß deine Onkel menschliche Schwächen haben. Ich hätte sofortige Maßnahmen ergreifen müssen, auf die ich nicht kam. Wenn ich jünger gewesen wäre, hätte ich es vielleicht besser gemacht, aber dessen bin ich mir nicht sicher. Derartige Zweifel, verstehst du, sind der Tod jedes vernünftigen Verstandes. Handle ich deshalb nicht, weil ich zu viel sehe und zu viele Entscheidungsmöglichkeiten bestehen – oder weil ich einfach keine Entscheidung treffen kann?

Ich treffe jetzt eine. Eine verzweifelte. Ich lege dir die Wahrheit dar. Jordan Warrick steht in direktem Kontakt mit einem Mann namens McCabe, der für die Wartung der Luftanlagen zuständig ist, und er hat unmittelbare Verbindungen zu Mikhail Corains Büro. Ich schicke sämtliche Berichte an die Basis Eins ...«

Du hättest alle sicherheitsrelevanten Berichte ins Haussystem einspeisen müssen, Onkel Giraud. Außerdem ist mir das völlig neu. Wieviel hast du sonst noch zurückgehalten?

»... zusammen mit all unseren aktuellen Akten, die die Sicherheit in Planys betreffen. Es ist ein enormes Informationspaket. Es genügt zu sagen, ganz ehrlich, daß Warrick ein altes Muster wiederholt. Du wirst in dem Material ein Transkript eines Treffens zwischen Warrick und dem Verteidigungsminister Lu finden, damals in Gorodins Amtszeit, ein streng geheimes Transkript, das bei den Verhören nie zur Sprache kam. Kurz vor dem Tod deiner Vorgängerin verhandelte Warrick um seine Versetzung nach Fargone, und alles andere hängt damit zusammen. Warrick wurde bei seiner Intrige ertappt. Die Sache flog auf. Alles ging in Rauch auf. Ari erwischte ihn dabei, wie er mit Corain verhandelte, und ich kann mir vorstellen, daß Ari ihm erzählte, was wirklich mit seinem Sohn vor sich ging.

Jordan Warrick hat das Band gesehen. Dafür verbürge ich mich. Was er mit seinen beruflichen Fähigkeiten genau daraus geschlos-

sen hat, mit dem, was er über seinen Sohn weiß, kann ich nicht sagen – aber ich weiß, du weißt, der junge Warrick weiß, und ich bin mir verdammt sicher, auch Jordan Warrick weiß – daß es mehr als sexuelle Gymnastik und mehr als eine bloße Erpressung war. Er wußte zu diesem Zeitpunkt, daß erstens: Denys und ich verhindert hätten, daß er seinen Sohn wieder in die Hände bekam, um mit ihm zu arbeiten, und daß zweitens: Ari ihn in einer Anzahl von Sitzungen bearbeitet hatte, die er nicht schätzen konnte. Zu welchem Schluß würdest du an Jordan Warricks Stelle kommen?«

Mein Gott, Giraud.

»Jordan Warrick ist sich durchaus deiner Verbindung mit seinem Sohn bewußt. Wir haben ihn sehr genau überwacht, um zu erfahren, was er wirklich weiß. Und er kann beobachten, daß die Beziehung zwischen dir und Justin immer enger wird, wobei er immer mehr verlieren kann, wenn dir etwas zustößt. In dieser Hinsicht hast du instinktiv richtig gehandelt, Ari. Ich habe es ursprünglich zu verhindern versucht, weil ich befürchtete, du seist für diese Sache wirklich noch zu unreif, aber irgendwo im Flux weisen dir deine Instinkte den richtigen Weg. Und jetzt erinnere ich mich daran, so wie es bei einem alten Mann so kommt, daß Ari ganz ähnlich war. Deshalb vertraue ich darauf; und warne dich zugleich: Jordan hat seinem Sohn nie vertraut. Und Justin hat seinen Vater nie verstanden. Justin ist ein Idealist und ein ehrlicher Mensch und daher sehr brauchbar als ein Werkzeug. Aber er ist anfällig für seinen Vater, und sein Vater ist dein unversöhnlichster Feind, dein Feind aus prinzipiellen Gründen, dein Feind seiner Opposition zu Reseune und allem, wofür es steht. Es macht mir weniger Sorgen, wenn du mit diesem Mann Geschlechtsverkehr hast, als wenn du ihn öffentlich verteidigst – indem du ihn der politischen Isolation enthebst, in die wir ihn geschickt haben. Wir haben ihm nie die Möglichkeit gegeben, dir zu schaden. Daß du vielleicht mit ihm schläfst, ist zum gegenwärtigen Zeitpunkt belanglos. Wenn es die sexuelle Anziehung beseitigen könnte, würde ich mich freuen.

Aber diesen Mann in Reseune herauszustellen – ist tödlich.

Laß mich einen Moment abschweifen. Ich weiß, daß du in der Lage bist, den Zusammenhang dieser Fakten zu erfassen.

Gorodins medizinische Berichte sehen schlimmer aus als meine. Bei Lao weiß ich's nicht. Ich nehme an, daß ich, falls nichts katastrophal schiefgeht, noch dieses Jahr einigermaßen gesund überstehe. Von da an wird Lynch immer mehr Operationen leiten und mir die Entscheidungen überlassen müssen. Was ich vorhabe, dir und Denys im gegebenen Fall vertraulich mitzuteilen.

Wenn ich sterbe … falls ich meinen Bruder überzeugen kann, Reseune zu verlassen, soll er mein Nachfolger werden und sich der Wahl stellen. Wenn. *Denys betrübt mein naher Tod.*

Ich habe mich bei dir noch nicht angemessen für dein Vertrauensvotum bedankt. Offen gestanden weiß ich nicht recht, was die angemessene Reaktion ist, wenn man herausfindet, daß man repliziert werden soll – sich vielleicht etwas geschmeichelt fühlen, nehme ich an, keine große persönliche Anteilnahme zeigen, es sei denn, daß es Denys tröstet. Eigentlich möchte ich es persönlich nicht erfahren. Ich bin mir nicht einmal sicher, daß es stimmt, oder ob ich so wichtig bin, auch wenn Denys es ganz sicher ist, und wenn ich meine Bedeutung für ihn berücksichtige – könnte durchaus etwas dafür sprechen. Aber wenn es stimmt, dann bring es um Gottes willen nicht an die Öffentlichkeit. Die Öffentlichkeit kann ein Wesen wie ein niedliches kleines Kind akzeptieren. Aber ich war immer ein störrisches Kind, deine Vorgängerin wird dir das sicher bestätigen; und ich bin mir sicher, du kannst dir vorstellen, welche Wut es auslösen könnte, wenn meine Feinde sich auf eine weitere Runde mit Giraud Nye gefaßt machen müßten. Ich schätze, Justin weiß nicht, was du vorhast. Er hat einen viel zu tiefen Einblick in deine Angelegenheiten; und ich hoffe inständig, er hat diese Neuigkeit nicht an Jordan weitergeben können; denn in diesem Fall ist es inzwischen in Corains Büro gelandet, denn ich bin mir ziemlich sicher, daß es so laufen wird.

Ich möchte nicht, daß Denys mein Replikat zum Mündel nimmt. Überlaß das Yanni. Er ist wenigstens so dickköpfig wie dein Vater; und ich möchte unbedingt, daß Denys dieses Büro und diesen Posten in Novgorod übernimmt, wenn ihn irgend etwas dazu bewegen kann. Du bist nicht imstande, Reseunes Administration zu übernehmen; du wirst allenfalls zwanzig sein, und dazu braucht man einen erfahreneren Kopf. Der logischste Kandi-

dat, um Reseune zu leiten, ist Yanni Schwartz. Aber vor allem mußt du in der Öffentlichkeit eine wichtigere Rolle spielen und dir ein professionelleres Image zulegen. Du mußt dich selbstständig um diesen Platz bewerben, wenn die Zeit reif ist.

Aber zähle nicht darauf, daß deine Feinde bis dahin stillhalten. Khalid, da bin ich mir sicher, hat nie vergessen, was du und ich ihm angetan haben. Ich bin mir praktisch sicher, auch wenn ich's nicht beweisen kann, daß einige sehr vage Verbindungen zwischen den Paxern, der Rocher-Partei, den Abolitionisten und manchen angeblich vertrauenswürdigen Personen in der Zentristen-Partei bestehen, von denen einige bis zu den Inhabern hoher Ämter reichen. Ich behaupte nicht, daß Khalid U-Bahnen in die Luft sprengt. Ich glaube auch nicht, daß er bereit ist, alles, was mit deiner Existenz zusammenhängt, und die Paxer-Bewegung, die Angst vor Reseunes schürt, all das gegen dich zu verwenden …

In dem Moment, wenn ich sterbe, nehme ich an, wird es nicht bloß zu einer Wahl im Wissenschaftsamt kommen, sondern Khalid wird auch Jacques herausfordern. Das steht uns unweigerlich bevor. Wir sind nicht sehr begeistert von Spurlin, Gorodins Mann. Gorodins Gesundheit wird ihm keine weitere Kandidatur erlauben. Lu ist ein unzufriedener, verbitterter Mann. Wir drängen Jacques, jetzt zurückzutreten und Spurlin zu seinem Stellvertreter zu ernennen. Er sieht darin ein expansionistisches Komplott – zu Recht. Aber er will nicht zugeben, daß er Khalid nicht noch einmal schlagen kann; und er weigert sich, die Umfragen zu seiner Person zur Kenntnis zu nehmen, die einen starken Abwärtstrend aufweisen. Auch das ist der Fall eines Mannes, der von Corain so unter Druck gesetzt wird, daß er an der Hoffnung festhält, die Ergebnisse könnten sich ändern; oder er ist einfach ein Idiot. Corain hat mir vertraulich gesagt, er habe Jacques aufgefordert zurückzutreten. Er sagt, Jacques weigere sich, er wehre sich aus eigenem Entschluß gegen seine Rolle als Gorodins Platzanwärmer und Sprachrohr. Er sei entschlossen, das Büro allein weiterzuführen, wenn Gorodin stirbt – ein Beispiel dafür, wie die Eitelkeit eines einzelnen Mannes die Zukunft der Union gefährden kann.

Was, wie ich befürchte, passieren wird, ist folgendes: Zwei

Wahlen werden laufen, und niemand wird wissen, wie es um Gorodins Gesundheit bestellt ist. Und im Kielwasser des Medienspektakels um meinen Tod und Denys' Nachfolge, wird das, fürchte ich, für Jordan Warrick genau der richtige Zeitpunkt sein, um sein Schweigen zu brechen und mit eigenen Anschuldigungen hervorzutreten, wozu sehr wahrscheinlich gehören wird, daß er behauptet, unschuldig und von mir dazu erpreßt worden zu sein, die Schuld an Aris Tod auf sich zu nehmen. Ich glaube, du kannst jetzt absehen, wie wir uns in die Nesseln setzen, wenn wir seinen Sohn rehabilitieren. Ich hoffe es inständig. Deine Vorgängerin hätte mich in dieser Hinsicht nicht enttäuscht.«

O Gott!

Ist er denn wirklich unschuldig?

»Es gibt beim besten Willen keine Möglichkeit, Jordan Warrick zu verhören oder zu befragen, ohne das Gesetz entscheidend zu ändern. Er genießt, wenn er Anschuldigungen ausspricht, dieselbe Immunität, als wenn er weiter schweigt. Er kann alles behaupten. Und er ist ein Mann, der zwei Jahrzehnte lang auf seine Chance gewartet hat ... und der diese Chance nun haben wird, weil wir es versäumt haben, ihn mit den Paxern in Verbindung zu bringen. Wir können es aber immer nur, wenn du willens bist, deinen Kopf zu benutzen. Ich fürchte, du wirst bei dem jungen Warrick damit nicht unbedingt Dankbarkeit ernten. Aber ich sage es noch einmal, junge Sera, du bist wesentlich cleverer als ich. Und vielleicht kannst du diese Klippen umschiffen.

Du hast die Notizen deiner Vorgängerin zum Fall Justin Warrick. Ich habe Grund zur Vermutung, daß du einen Eingriff an ihm vorgenommen hast, von welcher Art, möchte ich nicht spekulieren; ich weiß nur, daß seine Geste auf der Party kürzlich früher für ihn undenkbar gewesen wäre. Ich habe ihn selbst einige Male mit einer Psychosonde untersucht, daher kenne ich ihn und die Art seiner Probleme, von denen nur einige auf diese Sitzung mit deiner Vorgängerin zurückgehen ...«

Zum Teufel. Fahr zur Hölle, Giraud!

»Ich möchte keiner jungen Liebe im Weg stehen, Ari, aber Justins Vater hat ihm eine schwere Bürde auferlegt. Wenn du Aris Notizen hast, weißt du das. Du hältst dich für qualifiziert genug,

um dich mit einem Fall zu befassen, von dem Petros und Gustav die Finger gelassen haben, und ich vertraue darauf, daß du dir ausrechnen kannst, welchem Stress Justin Warrick ausgesetzt ist und was in ihm vorgeht. Und du wirst dir den Stress vorstellen können, den die Behauptung seines Vaters in ihm auslösen wird, daß er zu Unrecht beschuldigt und verurteilt worden ist.

Ich bin an einem Punkt angelangt, wo ich viele Dinge den Händen von Jüngeren übergeben muß. Offen gestanden habe ich gehofft, dich von einer sehr unklugen Entscheidung abbringen zu können. Du hast sie von deinen eigenen Überlegungen abhängig gemacht, indem du mir zuvorgekommen bist und verhindert hast, daß ich Jordan Warrick diskreditiere. In dieser Sache bitte ich dich weder um etwas, noch appelliere ich an dich. Ich bin daran gewöhnt, der Bösewicht der Familie zu sein. Ich habe nichts dagegen, mich auch in dieser Rolle zu verabschieden. Wenn du bereit wärst, die Sache mit Jordan Warrick fallenzulassen, könnte ich mir vorstellen, daß du aus einem Beweis für seine Aktivitäten in beträchtlichem Maße Kapital für deinen Umgang mit Justin Warrick schlagen könntest. Ich bin sicher, du verstehst mich. Wenn du dich zu dieser Vorgehensweise entschließen solltest, genügt ein Anruf bei mir.

Du begreifst jetzt sicher, weshalb ich alle Vorkehrungen getroffen habe, damit dieses Band nicht ins Archiv kommt. Es ist potentiell tödlich für uns. Trotz meiner Reputation. Deine eigene Sicherheit steht auf dem Spiel, und wenn du von deinem berühmten scharfen Verstand Gebrauch machst, wirst du alles andere dahinter zurückstellen.

Vor allem rate ich dir, keinem Menschen Macht zu geben, den du schützen willst. Nach einem hundertdreiunddreißigjährigen Leben, Liebling, ist das die höchste Einsicht, die ich dir mitgeben kann.

Ich werde dich auf dem laufenden halten. Abban wird möglicherweise viele solcher Flüge hinter sich bringen müssen. Ich vertraue den konventionellen Kommunikationsmitteln nicht. Vertraue du ihnen auch nicht.

Verstehe, diese Mitteilung ist erster Linie als eine Sturmwarnung. Ich kann sehr gut auf mich selbst aufpassen. Ich habe dei-

netwegen meine wenigen Laster aufgegeben, um dir Zeit zu sparen. Denke über mein Angebot nach. Such dir deinen Platz sorgfältig aus, und überleg dir genau, wen du ins Vertrauen ziehst. Gerechtigkeit, Schuld oder Unschuld sind bedeutungslos. Motive und Möglichkeiten sind die Dinge, auf die du achten mußt. Alles andere ist ohne Wert.

Ende.«

Sie saß lange Zeit still da.

»Ausschalten«, sagte sie schließlich.

Und stand auf, um in ihr Schlafzimmer zurückzugehen.

Florian wachte auf, als sie eintrat. Vielleicht hatte er auch gar nicht geschlafen.

Sie kroch unter die Decke. Und starrte in die Dunkelheit.

»Gibt's Ärger, Sera?«

»Es war nur Giraud«, sagte sie, rollte herum und legte den Arm um ihn, barg den Kopf an seiner Schulter und unterdrückte ihren Zorn, bekämpfte ihn mit allem, was sie hatte. »Mein Gott, Florian. Mach etwas, ja?«

ARCHIVE: RUBIN-PROJEKT: GEHEIMHALTUNG STUFE AA

NICHT KOPIEREN
INHALT: Computer-Transkript Akte
Nr. 1655646 Seq. Nr. 5
Personal-Archive
Emory I / Emory II

2424:2/3:2223

B/1: *Ari senior hat eine Botschaft.*

Warte.

Ari, hier ist Ari senior.

Du willst etwas über Macht wissen.

Das ist ein magisches Wort, Liebling. Bist du allein?

AE2: **Ja.**

B/1: *Du bist achtzehn Jahre alt. Du bist rechtlich erwachsen. Du hast die Autorität eines Flügel- und eines Alpha-Aufsehers.*

Du läßt folgende Personen vom System überwachen: Denys Nye; Giraud Nye; Petros Ivanov; Yanni Schwartz; Wendell Peterson; John Edwards; Justin Warrick; Jordan Warrick; Gustav Morley; Julia Carnath; Amy Carnath; Maddy Strassen; Victoria Strassen; Sam Whiteley; Stef Dietrich; Yvgenia Wojkowski; Anastasia Ramirez; Eva Whiteley; Julia Strassen; Gloria Strassen; Oliver AOX Strassen; und alle mit ihnen verkehrenden Personen.

Außerdem hast du die externe Überwachwng sowie die Durchsicht der Nachrichten nach Informationen über folgende Personen angeordnet: Prioritätsstufe Eins: Mikhail Corain; Vladislaw Khalid; Simon Jacques; Giraud Nye; Leonid Gorodin; James Lynch;

Thomas Spurlin; Ludmilla deFranco; Catherine Lao; Nasir Harad; Andrew McCabe; und all ihrer Haushalte.

Möchtest du etwas hinzufügen oder löschen?

AE2: **Weiter.**

B/1: *Ari, hier ist Ari senior.*

Du überwachst Personen innerhalb und außerhalb von Reseune. Du verfügst innerhalb von Reseune über eine ökonomische und administrative Macht, die du dir mit dem Prädikat hervorragender Leistungen erworben hast.

Auf Grund deines chronologischen Alters rate ich dir aber von jedem Schritt gegen die Administration ab.

Der Nachrichtenscanner deutet auf keinerlei Abweichungen vom Sicherheitsstandard im internen Überwachungsbereich Reseunes hin. Bist du anderer Meinung?

AE2: **Nein.**

B/1: *Du willst etwas über Macht wissen. Sie setzt sich aus dreierlei zusammen. Aus der Erlangung, der Behauptung und dem Gebrauch der Macht. Erlangung und Behauptung sind eng miteinander verbunden; wenn du dem letzteren weniger Beachtung als dem ersten widmest, gerätst du unweigerlich in Schwierigkeiten, denn dieselben dynamischen Prozesse, die dich an die Macht gebracht haben, können von einem gegen dich verwendet werden.*

Laß dir eines gesagt sein: Physische Gewalt ist nicht nur auf den unteren Ebenen wirksam. Schätze sie nicht zu gering ein. Aber das wirkungsvollste Mittel auf dem Wege zur Macht ist Überzeugungskraft. Das heißt, sowohl auf den einzelnen wie auf die Masse angewandtes psychologisches Geschick. Wenn du meiner Arbeit bis hierher folgen konntest, wirst du verstehen, warum die Presse eines der wertvollsten Werkzeuge ist, das du einzusetzen haben wirst.

Die Presse kann sich in mindestens drei verschiedenen möglichen Situationen befinden, erstens völlig frei, zweitens in einigen Gebieten frei, in anderen kontrolliert, und drittens völlig kontrolliert sein. Im ersten Fall ist die Presse anfällig für direkte Manipulationen; im zweiten für direkte Manipulationen auf einigen Gebieten, aber auch anfällig für Taktiken, die das Mißtrauen der

Öffentlichkeit gegenüber offiziell verbreiteten Informationen fördern; und im dritten sind Gerüchte potentiell mächtiger als die Presse, und mit einer effektiven Organisation kannst du diese Situation durchaus zu deinem Vorteil wenden. Welcher von den drei Fällen trifft deiner Einschätzung nach gegenwärtig zu?

AE2: **Der zweite.**

B/1: *Die Analyse deutet auf eine unruhige Phase hin.*

Die aus der Gesamtheit der Daten zu ziehenden Schlüsse geben Anlaß zur Besorgnis.

Dein Nachrichtenscanner-Profil erweckt den Eindruck geringer Aktivität, stellt dich aber vornehmlich günstig dar. Überlege dir genau, welche Auswirkungen es hätte, dieses Profil zum gegenwärtigen Zeitpunkt zu ändern.

Behalte immer die Macht der öffentlichen Meinung im Blick. Muß ich das einer in Reseune erfahrenen Vorgesetzten eigens sagen?

Denk daran, daß Änderungen eines sozialen Makrosystems sich selten wie Erdbeben, sondern eher wie unterirdische Eismassen auswirken, das Terrain durch Gravitation und topologische Gegebenheiten grundlegend verändern. Das Potential für kataklysmische Ereignisse ist vergleichsweise einfach zu erkennen; den Moment oder Auslöser eines Bruchs genau zu bestimmen, dagegen nicht; während die zeitliche Komponente einer langsamen Veränderung verhältnismäßig einfach zu bestimmen ist, ist die Gesamtrichtung der Veränderung komplex, schließt mehr individuelle Handlungsweisen ein. Politiker lassen sich häufig von den Erdbeben mitreißen; während Reseune immer am besten im Untergrund gearbeitet hat, langsam und mit häufigen kleinen Kurskorrekturen.

Ich mißtraue solchen Modellen. Aber ich verlasse mich darauf, daß eine Erwachsene, zu deren Schulung ich es benutze, mich versteht.

Ich rate dir dringend, die Veränderungen in Novgorod und auf Cyteen allgemein im Laufe deines Lebens zu durchdenken, im Vergleich zu den Veränderungen in meinem und Olgas Leben. Ich prophezeie, daß sie extrem sein werden, und ich empfehle dir, einige Gebiete besonders zu beachten.

a) Ein frühes Problem wird der Druck sein, der aus dem Anwachsen des ZIV-Anteils an der Bevölkerung erwächst, insbesondere in Novgorod und in Stationen wie Esperance und Pan-Paris, die nicht an den Routen der vorgesehenen Expansion liegen: Die ZIVs werden mit der Zeit herausfinden, daß nicht mehr so einfach Jobs zu bekommen sind, und das wird die Position der Abolitionisten stärken, die für die Einstellung der Azi-Produktion eintreten.

b) Eine interstellare Regierung, die ihren Amtssitz in einer auf einem Planeten gelegenen Stadt hat, wird zunehmend mit Problemen zu kämpfen haben, so günstig die Situation für Reseune auch gewesen sein mag. In deiner Lebenszeit könnten daraus Schwierigkeiten erwachsen, die die ganze Union bedrohen: den Regierungssitz ausgerechnet in Novgorod statt in der Cyteen-Station anzusiedeln, hat die Politik der Union auf eine Weise dem Einfluß Cyteens und der Cyteener Wirtschaft ausgesetzt, die ich für krankhaft halte. Denk an meine Worte. Sie könnten sich bestätigen, wenn auch vielleicht nicht mehr in deiner Lebenszeit.

Es ist denkbar, daß Novgorod in Zukunft aus Gründen, die gegenwärtig nicht vorhersehbar sind, an Macht und Einfluß auf Cyteen einbüßen und dementsprechend weniger Probleme machen wird, aber das bezweifle ich; die geographische Lage begünstigt und die Anwesenheit der Unionsregierung mästet *diese Stadt. Ich kann mir vorstellen, daß man dort mit allen Mitteln versuchen wird, die Regierung vor Ort zu halten, einschließlich schmutziger Politik und Manipulationen, die die Union bedrohen könnten. Achte besonders auf das Zusammentreffen der Punkte a) und b) oder b) und c).*

c) Die Entdeckung, daß Reseune in die soziale Dynamik auf Gehenna und anderswo eingegriffen hat, könnte breite Panik und Mißtrauen gegenüber dem Einfluß Reseunes hervorrufen.

d) Die bloße Möglichkeit, die Erde könnte sich weiter in Angelegenheiten der Allianz oder des Raums jenseits der menschlichen Zone einmischen, wirkt als destabilisierender Faktor in den Beziehungen zwischen der Allianz und der Union; eine wirkliche oder eingebildete Bedrohung von dort könnte die Beziehungen verschlechtern.

e) Die Chancen für die politische Opposition, in der Zeit der

Übergangsregierung deiner Vormünder große Gewinne zu verbuchen, und der zwischenzeitige Tod oder die Niederlage meiner eigenen Verbündeten, werden wahrscheinlich zur Formierung neuer politischer Kräfte beitragen, von denen einige durchaus radikale Abolitionisten sein könnten. Ich rechne damit, daß innerhalb eines Jahrzehnts nach meinem Tod Mikhail Corain als zu gemäßigt betrachtet werden wird, um seine eigenen Verbündeten zu kontrollieren, und es ist voraussehbar, daß eine radikalere Gestalt ihn von seinem Platz verdrängen und die Zentristen möglicherweise entscheidend beeinflussen wird. Achte besonders auf die Auswirkungen, die dein Eintritt ins öffentliche Leben hat. Ich hatte Feinde. Du wirst dich einer Opposition gegenübersehen, die auf einer abergläubischen Furcht vor dem Unbekannten, Furcht vor dir als einer politischen Kraft und Furcht vor dem beruhen mag, was eine Wissenschaft, die dich hervorgebracht hat, für eine Gesellschaft bedeuten könnte, die sich gerade erst an die Rejuvenilisierung angepaßt hat. Ungewißheit, ganz gleich welcher Art, bringt Demagogen hervor.

f) Eine bahnbrechende Neuentdeckung nichtmenschlicher Intelligenzen könnte die Situation destabilisieren, die ich hinterlassen habe, und kann jederzeit erfolgen. Ich empfehle dir, dahin zu drängen, daß in sichere Bereiche expandiert und die nötigen Vorkehrungen gegen feindliche Kontakte getroffen werden. Wir kennen unser Zeitlimit nicht, und wir sind in meiner Zeit kaum stabil genug, um mit dieser Eventualität fertig zu werden.

g) Es könnte sein, daß man in Reseune stark von meiner Politik abgewichen ist, und es besteht die Möglichkeit, daß du dir ebenso wie ich im Personal persönliche Feinde gemacht hast oder als jemand betrachtet wirst, der eine Politik vertritt, gegen die andere opponieren.

h) Innerhalb einer Azi-Bevölkerung könnte ein schwerer Einbruch erfolgen, oder es könnten große Schwierigkeiten bei der Integration von ZIVs und Azis in einer gegebenen Bevölkerung vorkommen. Ich hoffe, daß es nicht dazu kommt, aber meines Erachtens besteht die größte Wahrscheinlichkeit, daß Pan-Paris zu einer solchen Problemzone wird, wo die ökonomischen Zwänge und militärischen Pensionäre die Lage verschärfen könnten; fast ebenso-

viel spricht für Novgorod, in der dritten Generation ... wo der alte Rebellen-Ethos der Begründer der Union mit den auf die Verfassung eingeschworenen Nachkommen der Azi-Arbeiter aus den Kriegsjahren gefährlich aneinandergeraten könnten, und wo der Druck durch den Bevölkerungszuwachs und Cyteens Möglichkeiten, im umgebenden Gelände durch Terraformen neuen Lebensraum zu schaffen, zu einem Kopf-an-Kopf-Rennen führen könnte.

Ich hoffe, die Zeit hat mich in einigen dieser Punkte widerlegt.

Aber ich rate dir dringend, diese möglichen Fälle zu durchdenken und Gegenmaßnahmen vorzubereiten, bevor du eigene Schritte unternimmst.

Vermeide überstürzte Aktionen, damit meine ich: Laß dich nicht zu schnell auf etwas ein, wozu du nicht bereit bist; aber laß auch nicht soviel Zeit verstreichen, daß du hastig und ohne angemessene Vorarbeiten handeln mußt.

Macht, gleich welcher Art, bürdet dir eine enorme Verantwortung auf; und sie verändert deine Freunde ebenso wie die Art, wie deine Freunde dich betrachten. Sei in dieser Hinsicht nicht naiv. Setze nichts voraus. Bürde deinen Freunden nicht die Last zu großen Vertrauens auf.

Denke vor allem an das, was ich zu Beginn gesagt habe: Behalte die Macht der öffentlichen Meinung im Blick.

Der Nachrichtenscanner hat festgestellt, daß du in den letzten drei Monaten in drei Artikeln erwähnt worden bist.

Erwähnungen Giraud Nyes: 189 Artikel in den letzten drei Monaten.

Erwähnungen Mikhail Corains: 276 Artikel in den letzten drei Monaten.

Erwähnungen Reseunes: 597 in den letzten drei Monaten.

Erwähnungen der Paxer: 1058 Artikel in den letzten drei Monaten.

Weiter?

AE2: **Basis Eins, gib mir Informationen über die Art, den Ort und die Zeit von Ari seniors letzter Eintragung ins Haussystem.**

B/1: *Wird bearbeitet.*

Eingabe über Transfer-Tafel, 1004A, 2404: 10/22: 1808.

AE2: **Nenn mir den Ort und die Zeit von Ari seniors Tod.**

B/1: *Wird bearbeitet.*

1004A.

Den Ergebnissen der Autopsie nach: 2404: 10/22: schätzungsweise 1800 bis 1830.

AE2: **1004A ist das Kältelabor im Kellergeschoß von Flügel Eins, richtig?**

B/1: *Richtig.*

AE2: **Wer hat diese Informationen sonst noch abgerufen?**

B/1: *Noch niemand.*

AE2: **Ruf den Eintrag ab.**

B/1: *Wird bearbeitet.*

Befehl: Sicherheitsprogramm 10: Kommunikationsverbindungen unterbrechen: Jordan Warrick, alle Gespräche nach draußen. Fehlfunktion vorgeben. Befehl gilt bis Widerruf.

AE2: **Basis Eins, ist das der letzte überhaupt verfügbare Eintrag von Ari?**

B/1: *Wird bearbeitet.*

Bestätigt.

AE2: **Basis Eins, um welche Zeit am 10/22, 2404 hat Jordan Warrick die Sicherheitstür im Kellergeschoß von Flügel Eins betreten?**

B/1: *Wird bearbeitet.*

Die Sicherheitstür im Kellergeschoß von Flügel Eins war mit 14 codiert. Jordan Warricks Schlüssel hat T14 gegen 17.43 dieses Datums geöffnet.

AE2: **Ende des Besuchs?**

B/1: *18.08 dieses Datums; Dauer des Besuchs: 25 Minuten …*

AE2: **Speichere die laufende Sitzung im Personal-Archiv ab. Gib mir das ganze Transkript, Autopsie, Ariane Emory; alle Aufzeichnungen, Jordan Warrick, Schlüsselwort: Emory; Schlüsselwort: Prozeß; Schlüsselwort: Ermordung; Schlüsselwort: Verhöre; Schlüsselwort: Rat; Schlüsselwort: Untersuchung.**

4. KAPITEL

I

»Der erste Antrag auf der Tagesordnung ist Nummer 6789 für das Handelsamt«, sagte Nasir Harad. »Ludmilla deFranco und Simon Jacques schlagen gemeinsam vor, das Kreditsystem von Pan-Paris neu zu strukturieren. Ich bitte um Wortmeldungen.«

»Das Bürgeramt ist für den Antrag«, sagte Mikhail Corain und hob die Hand.

»Die Finanz ist ebenfalls für den Antrag«, fügte Harogo hinzu.

»Wenn keine Einwände bestehen«, schloß Harogo, »kann auf eine Aussprache verzichtet werden.«

Corain warf Nye, der nach seinem Wasserglas die Hand ausstreckte, über den Tisch einen Blick zu.

Es war ein Handel von der Art, wie man sie einging, um Zeit zu sparen. Die Zustimmung der Expansionisten zu der Maßnahme, die gedacht war, um die kränkende Zentralbank von Pan-Paris zu entlasten, das Versprechen militärischer Verträge, die private Zusicherung, daß Reseune Pan-Paris für die beträchtliche Schuldsumme eine längere Laufzeit bewilligen würde – natürlich würde Reseune das tun: In Pan-Paris lebte der Großteil von Laos Wählerschaft, und der Antrag war der erste Schritt einer lang vorgesehenen Vereinbarung über die Wyatts Paradise/Pan-Paris-Schleife, die eine fusionsbetriebene Station am Maronne-Point verlangte, wo es nur dunkle Materie gab, aber genug, um ein Schiff hineinziehen zu können.

Es standen heute vier Anträge an, und nach Jahrzehnten der Opposition überschlugen sich die Expansionisten fast, zweigten endlich von der Einrichtung des Hope-Korridors, der nur langsame Fortschritte machte, finanzielle Mittel für dringendere Probleme des heimischen Weltraums und einer

Handelsschleife, in der seit dem Krieg exportreife Güter äußerst knapp geworden waren.

Endlich wurden im Großmaßstab neue Anlagen eingerichtet, neben der Neukonstruktion von Stationen, die bei Azovs verzweifeltem Vorstoß in den letzten Phasen des Krieges beschädigt worden waren; neben der nicht endenwollenden Neuverteilung der Schulden und Anpassungen, die notwendig geworden waren, nachdem die Handelsschiffe sich zur Allianz zusammengeschlossen und die Unionsbanken mit enormen Schulden zurückgelassen hatten.

Siebzig Jahre später wurde nur deshalb ein politischer Umschwung zur Rettung der Handelsschleife möglich, weil die einzelnen Interessengruppen, die sie verhindert hatten, plötzlich feststellten, daß ihnen nichts mehr anderes übrig blieb.

»Eine Aussprache bleibt hiermit offen«, erklärte Harad auf seine übliche brummige Art. »Der zweite?«

»Der zweite«, sagte Corain.

»Ich bitte um Abstimmung.«

Ein Klirren vom anderen Ende des Tischs. Nye hatte das Wasserglas über seine Unterlagen umgestoßen, und während das Wasser über seine Notizen lief, saß er in einer erstarrten Haltung da, die zuerst den Eindruck der Unentschlossenheit erweckte, als lausche er etwas.

Dann zuckte Corains Herz einen Schlag lang zusammen, einen bangen Augenblick, als er den Kollaps kommen sah, Lao, der neben Nye saß, sich in dem Bemühen erhob, ihn festzuhalten, und sich plötzlich alle in Bewegung setzten, einschließlich der Assistenten.

Aber Giraud Nye sackte über seinen Papieren zusammen und rutschte vom Stuhl, völlig schlaff, als der Azi Abban Lao zur Seite schob und Nye bei seinem Sturz zwischen den Stühlen auffing.

Die Ratsmitglieder, die Assistenten, alle brachen in Tumult aus, und Corains Herz schlug heftig. »Hol einen Arzt!« befahl er Dellarosa, befahl es jedem, der gehen konnte, während Abban Nye auf den Boden gelegt und seinen Kragen aufgeknöpft hatte und mit geübten Fingern Erste Hilfe leistete.

Dann war es ruhig, bis auf die Schritte der Assistenten, die aus dem Saal strömten – seltsam, daß sich niemand bewegte, sich alle in einem Schockzustand zu befinden schienen, bis auf einen jungen Assistenten, der sich anbot, den Azi abzulösen.

Ärzte erschienen, Menschen liefen die Treppen hinauf und hinunter, per Hand transportierte Geräte klapperten und klirrten, Räte und ihre Assistenten machten hastig Platz, um die Helfer durchzulassen und dann zu warten, während weitere Sanitäter eine Bahre durch die Gasse zwischen ihnen trugen und das Einsatzteam und Abban, die sich um Nye drängten, ihn auf die Bahre hoben und hinaustrugen.

Er lebt, dachte Corain erschüttert: Er begriff seine eigene Reaktion nicht, oder warum er zitterte, als Nasir Harad, der immer noch stand, mit einem Hammerschlag dazu aufforderte, aus Rücksicht auf den unerwarteten Zwischenfall die Sitzung zu unterbrechen.

Einen Moment lang machte niemand Anstalten, zu gehen. Zentristen und Expansionisten blickten einander in einer Art vagem menschlichen Schock an, für vielleicht ein halbes Hundert Herzschläge.

Dann sammelte Simon Jacques seine Unterlagen ein, andere taten es ihm gleich, und Corain gab seinen eigenen verbliebenen Assistenten ein Zeichen.

Danach hatten alle nichts Eiligeres mehr zu tun, als sich zurückzuziehen, um die Lage neu zu durchdenken und in der gebotenen Diskretion zu erkundigen, wie ernst es war, ob Nye sich davon erholen würde.

Oder nicht.

Wenn nicht – war nichts mehr so wie vorher.

II

»... *in der Ratskammer zusammengebrochen*«, war über die Lautsprecheranlage zu hören, überall in Reseune, und die Leute blieben stehen, verharrten, wo sie gerade waren, an ihren Schreibtischen, in den Fluren, und warteten; und Justin blieb stehen, die Arme voller Printouts vom letzten Durchlauf bei den Soziologen und in der Herzgegend ein vages, kaltes Gefühl, das ihm sagte, welche Beziehung er persönlich auch immer zu Giraud hatte ...

... es gab viel Schlimmeres.

»*In der Notstation der Staatshalle hat sich sein Zustand stabilisiert, und zur Zeit wird er auf dem Luftweg in die Intensivstation der Mary-Stamford-Klinik in Novgorod gebracht. Das ursprüngliche Vorhaben, ihn in Reseunes medizinische Einrichtungen zu überführen, wurde nicht verwirklicht, weil das zur Verfügung stehende Flugzeug nicht über die nötige Ausstattung verfügt.*

Sein Gefährte Abban war zum Zeitpunkt des Kollaps bei ihm und begleitet ihn bei der Überführung.

Minister Lynch ist informiert und als zwischenzeitiger Stellvertreter vereidigt worden, um dringende Amtsgeschäfte tätigen zu können.

Administrator Nye bittet darum, Genesungswünsche und Anfragen nach dem Zustand seines Bruders an die Verwaltung der Reseuner Klinik zu richten, die in ständigem Kontakt mit Stamford in Novgorod steht, und sich nicht direkt in Novgorod zu erkundigen.

Das Reseuner Personal ist angehalten, sich weiter an die üblichen Zeitpläne zu halten. Bulletins werden herausgegeben, sobald Informationen verfügbar sind.«

»Verdammter Mist«, rief jemand am anderen Ende des Raums. »Jetzt hat's ihn erwischt, was?«

Justin nahm seine Printouts und ging in den Flur hinter der Glastrennwand hinaus, wo sich Leute in kleinen Gruppen zum Diskutieren zusammenfanden.

Er spürte in seinem Rücken, wie sie ihn anstarrten,

merkte, daß er eine Aufmerksamkeit auf sich zog, die er nicht wollte.

Hatte das Gefühl, als sei der Boden unter seinen Füßen unsicher geworden, obwohl alle gewußt hatten, daß dies kommen mußte.

»Die Vorbereitung dauert ihre Zeit, daran liegt's«, sagte ein Techniker in seiner Hörweite. »Vielleicht ist er schon tot. Sie werden's nicht zugeben, bis das Amt den Nachfolger eingesetzt hat. Bis dahin können sie nichts zugeben.«

Sie fand es schrecklich, jetzt zu Denys zu gehen. Aber ein Anruf über den Automatischen Haushälter war zu kalt und zu distanziert; und Ari sah die Apartmenttür vor sich und ließ sich vom Automatischen Haushälter identifizieren, während Florian und Catlin hinter ihr standen, und nichts konnte sie vor dem bewahren, was sie an Ungewissem vor sich hatte – ein drohender Trauerfall für einen alten Mann, der einer Einsamkeit entgegensah, mit der er – Giraud hatte das selbst gesagt – nie in Berührung gekommen war.

Wenn Denys weinte, dachte sie, wenn er vor ihr zusammenbrach, würde er sich schrecklich schämen; und wütend auf sie sein; aber sie war die einzige nahe Verwandte, die er noch hatte, auch wenn sie heute nicht hier sein, nicht erwachsen und verantwortungsbewußt sein wollte, wenn sie überlegte, als welch ein Fehler sich dieser Besuch herausstellen konnte.

Aber sie mußte es wenigstens versuchen, dachte sie. »Onkel Denys«, brachte sie hervor. »Hier ist Ari. Brauchst du jemanden, der dir Gesellschaft leistet?«

Eine kurze Verzögerung. Dann öffnete sich plötzlich die Tür, und Seely stand vor ihr.

»Sera«, murmelte er. »Kommen Sie rein.«

Das Apartment wirkte so klein, so schlicht neben ihrem eigenen. Denys hätte immer ein größeres haben können, sich in seiner langen Amtszeit jeden Luxus leisten, den er wollte. Aber in einem Anflug von Nostalgie hatte sie das

Gefühl, hier eigentlich zu Hause, aber zu alt und eine Fremde geworden zu sein, als Florian und Catlin mit ihr eintraten … erwachsen und mit den Maßstäben dieser Wohnung nicht vertraut: das kleine Wohnzimmer, die Ecke, wo gespeist wurde, die Zimmerfolge rechter Hand, in der sie, ihre Begleiter und Nelly gewohnt hatten; der Flur zur Linken, in dem sich Denys' Büro und Schlafzimmer und Seelys spartanisches Quartier befanden.

Sie blickte in diese Richtung, als Denys blaß und ausgemergelt aus seinem Büro trat und von ihrem Anblick verwirrt schien.

»Onkel Denys«, sagte sie sanft.

»Hast du die Neuigkeiten gehört?« fragte er.

Sie nickte. Und versuchte, ihre Gefühle dabei zu verarbeiten – sie, die in der Union als ein Genie galt, was den Umgang mit komplexen Emotionen anging, das Arrangement, die Löschung und Neugestaltung menschlicher Reaktionen – aber es war etwas völlig anderes, wenn diese komplexen Emotionen sich um den eigenen Ursprung rankten. Die Richtung ihrer Gefühle zu ändern, war das einzige, was sie auf logischem Wege erreichen konnte. Ihre Richtung zu ändern, um sie auf etwas anderes zu lenken: *Schmerz ist eine selbstreferentielle Funktion, und das Fließen belegt Momente, in denen wir uns um uns selbst kümmern, mit starken Schuldgefühlen …* »Geht's dir denn gut, Onkel Denys?«

Er atmete durch, und dann noch ein paarmal, und sah für einen Moment verzweifelt aus. Dann hob er entschlossen das Kinn und erklärte: »Er stirbt, Ari.«

Daraufhin ging sie auf ihn zu und legte die Arme um ihn, dabei mehr auf sich selbst bedacht. Gott, sie hatte Schuldgefühle, weil sie so berechnend war, viel zu fachmännisch handelte, zu kühl in ihrem Innern war, als sie ihm auf die Schulter klopfte, sich aus seiner Umarmung löste und Seely fragte: »Hat Onkel Denys immer noch den Brandy?«

»Ja«, bestätigte der Azi.

»Ich habe zu arbeiten«, widersprach Denys.

»Ein Brandy schadet dir nicht«, erwiderte sie. »Seely.«

Er ging; und sie hakte sich bei ihrem Onkel unter und brachte ihn zum Eßtisch, wo er normalerweise arbeitete.

»Es hilft nichts, wenn du dir den Kopf zerbrichst«, sagte sie. »Damit erreicht niemand etwas. Giraud wußte, was auf ihn zukam. Hör mal, du weißt doch, wie er vorgesorgt, wie er die Dinge arrangiert hat. Was er von dir erwartet ...«

»Ich kann's einfach nicht!« schneuzte er und schlug mit der Faust auf den Tisch. »Ich will nicht darüber diskutieren. Lynch wird sein Stellvertreter. Vielleicht erholt Giraud sich noch. Beerdigen wir ihn nicht vorzeitig, einverstanden?«

»Ich hoffe natürlich, du behältst recht.« *Er will es nicht wahrhaben. Er akzeptiert es nicht.*

Gott sei Dank erschien daraufhin Seely mit dem Brandy, während Florian und Catlin sich an der Tür herumdrückten, so unauffällig verhielten, wie sie konnten.

Ari nahm ihr Glas, trank einen Schluck, und auch Denys trank, viel mehr als nur einen Schluck; und ein langer Schauer durchlief ihn.

»Ich kann nicht nach Novgorod«, sagte er. Sein Mund wirkte ausgesprochen zerbrechlich, und seine Haut wies trotz der kühlen Luft in dem Zimmer eine schweißige Blässe auf. »Das weißt du doch.«

»Du kannst tun, was immer du für richtig hältst, Onkel Denys. Aber jetzt ist nicht der geeignete Zeitpunkt, um über solche Dinge zu reden.«

»Ich kann's nicht«, wiederholte Denys und umklammerte sein Glas mit beiden Händen. »Ich hab's Giraud gesagt. Er weiß es. ›Nimm ein Band‹, sagt er. Dabei weiß er verdammt gut, daß ich nicht geeignet bin, ein solches Amt zu bekleiden.«

»Das steht jetzt noch nicht zur Debatte.«

»Verdammt noch mal, er *stirbt.* Du weißt es, und ich weiß es. Und seine Idee, ich ginge nach Novgorod ... er weiß wie du, daß das Unsinn ist.«

»Du bist sehr gut.«

»Mach dich nicht lächerlich! Ich und gut? Als öffentlicher Redner? Als jemand, der sich Pressekonferenzen stellen soll? Es ist niemand so wenig wie ich dafür geeignet, ein öffentliches Amt zu bekleiden. Klar, hinter den Kulissen bin ich ziemlich gut. Aber ich bin viel zu alt, um mich an neue Gegebenheiten anzupassen. Ich bin kein Mann für die Öffentlichkeit. Und das werde ich nie sein. In meinem Alter bekommt man das mit einem Band nicht mehr hin. Es gibt kein Band, das aus mir noch einen Redner macht ...«

»Dafür ist Giraud auch kein Fachmann, trotzdem ist er ein guter Rat.«

»Weißt du«, sagte Denys, »als ich damals, als das passierte, zu der AG-Einheit hinunter mußte, war das das erste Mal, seit ich neun war, daß ich dieses Gebäude verlassen habe.«

»Mein Gott, Onkel Denys.«

»Hast du etwas anderes vermutet? Schäm dich! Ich bin runtergekommen, um zu sehen, wie mein Mündel seinen hübschen Hals riskiert, so wie ich in einiger Entfernung vom Flughafen immer zugesehen habe, wie deine Vorgängerin mit diesem verdammten Jet herangebraust kam. Ich hasse Katastrophen. Dabei habe ich immer mit ihnen gerechnet. Das ist meine Art, Courage zu beweisen, verstehst du? Aber erwarte nicht von mir, mich Pressekonferenzen zu stellen.« Denys schüttelte den Kopf und stützte sich mit den Ellbogen auf den Tisch. »Junge Leute. Sie riskieren so leichtfertig ihr Leben, und sie wissen gar nicht, wieviel es wert ist.«

Dann weinte er, seine Schultern und sein Gesicht verkrampften sich etwas, und Ari nahm die Karaffe und schenkte ihm noch etwas ein, die einzige freundliche Geste, die ihr einfiel.

Eine Viertel-, vielleicht eine halbe Stunde sagte sie nichts, saß nur da, während Denys ein weiteres Glas leerte.

Dann meldete sich der Automatische Haushälter. *»Eine Mitteilung von Abban AA an Basis Zwo, Sonderkanal.«*

Denys antwortete nicht sofort. Dann fragte er: »Was gibt's?«

»Ser Denys«, sagte Abbans Stimme mit der Kühle, die ihr

die Entfernung und die Wiedergabe durch den Haushälter verlieh, *»Giraud ist gerade gestorben. Ich werde mich darum kümmern, daß er seinen Befehlen gemäß nach Hause gebracht wird. Er hat Sie gebeten, seine Basis zu übernehmen.«*

Denys barg das Gesicht in die Hände.

»Abban«, ergriff Seely das Wort. »Hier ist Seely AA. Der Ser bedankt sich bei dir. Gib die Einzelheiten an mich durch; ich stehe ihm zur Seite.«

Ari saß lange Zeit da und wartete, bis Denys sich die Augen abwischte und zitternd durchatmete.

»Lynch«, sagte er. »Jemand muß Lynch verständigen. Sag Abban, er soll sich darum kümmern. Er muß an Girauds Stelle treten. Dafür muß er einen entsprechenden Antrag stellen. Und zwar sofort.«

III

In Zweier- und Dreierreihen trotteten die Familienmitglieder in den Westgarten, trugen in der Strenge des Herbstnachmittags Mäntel und Jacken.

Wobei einige auffälligerweise fehlten, was Ari ihre Position an der Spitze der Familie doppelt bewußt machte – achtzehn, in makelloser Trauer, und so pietätvoll gekleidet, wie man es von ihr erwartete – mit der Topas-Nadel am Revers, die Giraud ihr geschenkt hatte … *etwas, das dir ganz allein gehört …*

Die Beerdigung gehörte auch zu den Pflichten, vor denen sie sich gedrückt hätte, wenn es ihr möglich gewesen wäre.

Denn Denys hatte ein furchtbares Durcheinander angerichtet. Er hatte die Nerven verloren, sich nicht an die Vereinbarung gehalten, als Nachfolger seines Bruders Rat fürs Wissenschaftsamt zu werden, und sich außerdem geweigert, an der Beerdigung teilzunehmen. *Denys* saß drüben im alten Labor von Flügel Eins und überwachte die Bereitstellung und Implantation des ZIV-Gensets 684-044-5567 … genau zu dieser Stunde – was Ari, auch wenn sie seine

Beweggründe nachempfinden konnte, mit einem vagen Schauder des Ekels erfüllte.

So blieb sie, das Pflegekind, als die nächste Verwandte zurück – obwohl sie nicht einmal direkt mit Giraud verwandt war, rangierte sie in der unmittelbaren Rangfolge der Familie vor Emil Carnath-Nye, Julia Carnath-Nye und Amy. Ihr war diese Rolle unangenehm, auch wenn sie wußte, daß sich Julias Bindung an Giraud eher dem persönlichen Ehrgeiz als den Zufälligkeiten des Blutes verdankte. Zum Teufel mit Julia! Bei ihr war es eine Prestigefrage, und es mißfiel ihr sehr, Amy aus ihrer vertrauten Umgebung zu holen; das war das Unangenehme daran. Die Carnath-Nyes bildeten eine bunt zusammengewürfelte kleine Fraktion, die heutzutage weit mehr von Blut- als von freundschaftlichen Banden zusammengehalten wurde. Amy hatte Quentin mitgebracht, so wie Ari Florian und Catlin mitgebracht hatte, zu ihrer persönlichen Sicherheit in schwierigen Zeiten, nicht um ihn den Augen der Familie und dem Mißfallen ihrer Mutter auszusetzen; Julia Carnath sah das allerdings mit Sicherheit nicht so.

Julia und ihr Vater Emil waren dagegen, daß Abban neben ihnen stand und nahmen kleinlich Anstoß an ihm – ausgerechnet an dem Mann, der Giraud in vielerlei Hinsicht näher gewesen war als alle seine nahen Verwandten, selbst Denys; der seine Hand gehalten hatte, als er starb, und mit einer zurückhaltenden Sorgfalt die förmlichen Anzeigen und Mitteilungen besorgt hatte, als kein Familienmitglied etwas zu tun imstande gewesen war.

Diese Haltung würde mit Sicherheit bald aussterben: Ari hatte schon vorher darauf aufmerksam gemacht und sich über die alte Reserviertheit entrüstet. Die anderen sollten ruhig wissen, was sie tun würde, wenn sie im Haus an der Macht war; ganz gleich, wie sehr sie das beleidigte.

Amy war da. Maddy Strassen stand in der vordersten Reihe neben Tante Victoria, Mamas Schwester und mit hundertfünfundvierzig Jahren eine der ältesten lebenden Menschen überhaupt, von den Raumfahrern abgesehen.

Die Rejuvenilisierung schien an Victoria Strassen nicht zu versagen: Sie schmolz eher wie ein Stück Eis in der Sonne dahin, wurde mit jedem Jahr dünner und zerbrechlicher, bis sie nur noch aus Energie statt aus Fleisch zu bestehen schien. Sie benutzte inzwischen einen Stock, und der Anblick ging Ari ans Herz. *Mama wäre jetzt auch so alt. Und so gebrechlich.* Sie ging Victoria nicht nur deshalb aus dem Weg, weil Victoria sie haßte und ihr Julia Strassens Exil auf Fargone vorwarf.

Die Whitely-Sippe war zugegen: Sam und seine Mutter; außerdem die Ivanovs und die Edwardses; dann Yanni Schwartz und Suli; und die Dietrichs.

Justin und Grant dagegen nicht. Justin hatte unter Berücksichtigung aller Umstände in einem teilnahmsvollen Brief sein Bedauern ausgedrückt, nicht kommen zu können, und Ari eine sehr peinliche Situation erspart. Das war der einzige Gefallen, den ihr jemand aus der Familie oder ein Außenseiter erwiesen hatte. Seit einer halben Stunde an diesem Morgen sammelten sich unten im Pressebereich des Flugplatzes bereits Reporter, für die am Nachmittag eine Pressekonferenz anberaumt war, nachdem ein halbes hundert frustrierter Journalisten um ein Interview mit Denys gebeten hatten …

Es tut mir leid, hatte sie hinter den Kulissen und vor laufenden Kameras gesagt. *Selbst jene von uns, die ein Leben lang mit psychologischen Phänomenen zu tun haben, empfinden persönliches Bedauern.* Kühl, präzise, und ihr eigener Unwillen weit genug unterdrückt, um – wie Giraud gesagt hätte – Reseunes menschliches Antlitz zu wahren. *Mein Onkel Denys war seinem Bruder sehr eng verbunden, und er ist selbst nicht mehr jung. Er überläßt aus gesundheitlichen Erwägungen die Nachfolge Minister Lynch … Nein. Ganz und gar nicht. Reseune hat nie ein Monopol auf den Sitz fürs Wissenschaftsamt beansprucht. Als die älteste wissenschaftliche Institution auf Cyteen haben wir einen Beitrag zu leisten, und ich bin mir sicher, daß es später wieder Kandidaten aus Reseune geben wird, aber im Moment beabsichtigt, soweit ich weiß, niemand in Reseune, sich um das Amt zu bewerben. Schließlich – Dr. Nye war nicht gezwungen, Minister Lynch zu ernennen: Er hätte einen anderen aus dem Wissenschaftsamt auswählen können. Minister Lynch ist selbst ein sehr angesehener und qualifizierter Abteilungsleiter in unserem Amt.*

Und auf eine Reihe hartnäckiger Fragen: *Seri, Dr. Yanni Schwartz, der Leiter von Flügel Eins in Reseune wird alle näheren Fragen dazu beantworten …*

… Nein, Sera, das ist im Moment kein Thema. Natürlich hatte meine Vorgängerin das Amt inne. Gegenwärtig bin ich eine Flügelaufseherin im Forschungsbereich, ich habe eigenes Personal, und unter meiner Administration laufen verschiedene Projekte …

Jeder Reporter im Saal war darauf angesprungen, wißbegierig und hartnäckig, hatte eine Story gewittert, die mit ihrer gegenwärtigen, dringenderen Aufgabe nichts zu tun hatte. Ari hatte absichtlich diesen Köder ausgeworfen, und sie hatten nichts Eiligeres zu tun, als ihn zu schlucken, ungeachtet des Umstands, daß live gesendet wurde, mit ernsten, den Ereignissen angemessenen Einleitungen und Trauermusik. Sie deutete ihnen gegenüber eine Story an, der sie, nach allen Regeln des Anstands, auf keinen Fall nachgehen konnten; und sie ließ ihrem Gesicht nicht die Spur anmerken, daß es Berechnung war.

Aber die Reporter waren darauf eingegangen, sobald die Live-Ausstrahlung vorüber war; wollten wissen, in welchem Maße sie an der Administration beteiligt war, um welche Projekte es sich handelte, wie nun in Reseune Entscheidungen getroffen würden und ob sie überhaupt daran beteiligt war.

Gefährliche Fragen. Äußerst gefährlich. Ihr waren dabei blutüberstömte Körper, zertrümmerte U-Bahn-Waggons und Standphotos des Nachrichtendienstes von einem Kinderspielzeug, das im Schutt lag, durch den Kopf gegangen.

Seri, hatte sie daraufhin direkt, ohne zimperlich zu sein, erwidert; mit Ari seniors starrem Blick und den wohlüberlegten Pausen, bevor sie antwortete. *Jeder Flügel-Aufseher ist in diesen Prozeß eingebunden.*

Sehen Sie mich an, Seri: Ich bin kein Dummkopf. Ich offenbare mich nicht über der Asche meines Onkels.

Aber unterschätzen Sie mich nicht für die Zukunft.

Ich bin als Sprecherin der Familie hergekommen, erinnerte sie sie in diesem Zusammenhang. *Das ist meine dringendste Aufgabe. Ich muß jetzt gehen, Seri. In dreißig Minuten muß ich zum Gottesdienst auf dem Hügel sein. Bitte entschuldigen Sie mich …*

Es war das erste Begräbnis, an dem sie teilnahm, bei dem wirklich etwas begraben wurde, ein kleiner Behälter voll Asche, der im Boden verschwinden sollte, und zwei starke Gärtner nahmen teil, um das Basaltzenotaph vom Boden zu heben und mit einem endgültigen dumpfen Laut auf das Grab zu setzen.

Bei dem Geräusch fuhr sie innerlich zusammen. Ein so kleiner Behälter für den großen Onkel Giraud.

Und statt in die Sonne geschossen, wurde er im Boden vergraben. Ari wußte nicht, was sie für sich vorgezogen hätte – dasselbe wie ihre Vorgängerin und wie ihre Mama. Aber für Giraud war es vielleicht das Richtige.

Emil Carnath bat Verwandte und Kollegen zu Wort. »Ich habe etwas zu sagen«, meldete sich Victoria Strassen sofort.

O Gott, dachte Ari.

Und riß sich zusammen.

»Giraud hat verhindert, daß ich an der Beerdigung meiner Schwester teilnehme«, begann Victoria mit einer Stimme, die schärfer und stärker klang, als man es ihrem dürren Leib je zugetraut hätte. »Das habe ich ihm nie verziehen.«

Maddy warf Ari entlang der vordersten Reihe der Versammelten einen Blick zu. *Tut mir leid, daß sie das gesagt hat.*

Das ist nicht deine Schuld, dachte Ari.

»Was ist mit dir, Ariane Emory PR? Wirst du mich rausschmeißen lassen, weil ich die Wahrheit gesagt habe?«

»Ich werde später mit dir sprechen, Tante Victoria. Mama hat mir Manieren beigebracht.«

Das saß. Victoria preßte die Lippen zu einer schmalen Linie zusammen und umfaßte ihren schwarzen Stock mit beiden Händen. »Meine Schwester war nicht deine Mama«, sagte sie. »Das ist das Problem im Haus. Tot ist tot, fertig. So läuft es am besten. So hat es in allen menschlichen Kulturen funktioniert. Das Alte macht Platz für das Neue. Es mästet sich nicht an den Toten. Ich habe nichts gegen dich, junge Sera, überhaupt nichts. Du hast niemanden darum gebeten, auf die Welt zu kommen. Wo ist Denys? Hä?« Sie blickte sich um, indem sie mit dem Stock eine weitschweifige Geste vollführte. »Sera«, flüsterte Florian Ari ins Ohr, aus Unsicherheit, was zu tun sei.

»Ich werde euch erzählen, wo Denys ist«, keifte Victoria. »Denys hockt im Labor und schafft sich einen neuen Bruder, so wie er eine neue Ariane geschaffen hat. Denys hat die größte wissenschaftliche und ökonomische Macht in der Geschichte der Menschheit genommen und unter seiner Administration beinahe ruiniert – daran war nicht der arme Giraud schuld, das wissen wir alle – nur für seine verrückte Idee der persönlichen Unsterblichkeit hat er uns alle so gut wie ruiniert. Sag mir, junge Sera, erinnerst du dich an das, woran sich Ariane erinnern konnte? Hast du überhaupt Erinnerungen an ihr Leben?«

Gott. Das war wirklich keine Frage, auf die sie hier und jetzt antworten wollte, wenn sie so herausgefordert wurde, in einem so metaphysischen Zusammenhang. »Bei einem Drink, Tante Victoria. Ich nehme an, das ist als eine wissenschaftliche Frage gemeint und du möchtest nicht etwas über Reinkarnation wissen.«

»Ich frage mich, wie Denys das meint. Ruf deine Begleitpersonen, wenn du willst. Ich habe in meinem Leben genug Verrücktes erlebt, Leute im Krieg, die Stationen gesprengt haben, Leute, die Kinder in U-Bahnen in die Luft jagten, Leute, die nicht mehr damit zufrieden sind, daß die Natur die Würfel wirft, die keine Kinder wollen, sondern kleine Kopien ihrer selbst, die ihre Phantasien ausleben sollen, ganz gleich, was die armen Kinder wollen. Geben wir demnächst Beerdigungen überhaupt auf? Denken das hier alle in diesem verdammten Haus: Ich brauche nicht zu sterben, ich kann meine Ideen einem armen Kerl von einem Replikat aufdrücken, der nichts mitzureden hat, damit meine Ideen auch noch nach meinem Tod in der Welt verbreitet werden?«

»Du bist hier, um etwas über Giraud zu sagen«, rief Yanni Schwartz. »Tu's und halt den Mund, Vickie!«

»Das habe ich. Leb wohl, du menschliches Wesen. Willkommen Gerry PR. Gott, hilf der menschlichen Rasse!«

Die übrigen Reden waren Gott sei Dank pietätvoller – ein paar Sätze wie: *Wir waren unterschiedlicher Ansicht, aber er hatte Prinzipien,* von Petros Ivanov, oder: *Er hat Reseune in Gang gehalten,* von Wendell Peterson.

Es ging weiter bis zu den unmittelbaren Verwandten, die immer zuletzt sprachen. Um den anderen zu widersprechen, vermutete Ari, ob im Guten oder im Schlechten.

»Ich kann euch verraten, daß es eine Zeit gab, als ich meinen Onkel gehaßt habe«, sagte Ari, als sie an der Reihe war, unter den Anwensenden diejenige, die am nächsten mit Giraud verwandt war, während Denys sich tatsächlich dort aufhielt und das tat, was Victoria behauptet hatte. »Ich glaube, er wußte das. Aber in den letzten paar Jahren habe ich viel über ihn erfahren. Er sammelte Hologramme und Miniaturen; er liebte Mikrokosmen und zarte, ruhige Dinge, aus dem Grund, glaube ich, weil er bei seiner Arbeit nie das Gefühl hatte, fertig zu werden, nur ein fortlaufendes Fließen erlebte und Entscheidungen fällen mußte, die niemand sonst fällen wollte. Es ist nicht wahr, daß er nur Befehle ausgeführt hat. Er hat sich mit Denys über die Vorgehensweise beraten; er führte Entscheidungen des Amts aus; aber er kannte den Unterschied zwischen einer guten und einer schlechten Idee und hat nie gezögert, seine eigenen Ideen zu verteidigen. Er hat nur kein Aufhebens darum gemacht, das ist alles. Er hat den Kern eines Problems erkannt und nach Lösungen gesucht, die Erfolg versprachen.

Er hat der Union bei den Kriegsanstrengungen gedient. Er hat ein wichtiges Werk über die menschliche Persönlichkeit und über das Gedächtnis geschrieben, das heute noch zu den Standardwerken auf diesem Gebiet gehört. Mitten in einer nationalen Krise übernahm er den Ratssitz und vertrat zwei kritische Jahrzehnte lang die Interessen des Amts – bis in meine Generation hinein, der ersten Generation in der Union, die nicht in direkte Berührung mit der Begründung oder dem Krieg gekommen ist.

In diesem letzten Jahr hat er viel mit mir geredet: Abban ist oft hin und her geflogen ...« – sie suchte Abbans Blick, aber er starrte ins Nichts, wie es typisch für einen leidenden Azi war – »... und hat Botschaften von einem zum anderen transportiert. Er wußte durchaus, daß er bald sterben würde; und die Frage, ob es ein Replikat von ihm geben solle, hat ihn nicht sonderlich interessiert. Wir haben uns darüber unterhalten, wie über viele Dinge, von denen manche privater, manche allgemeiner Natur waren. Er hat es alles sehr ruhig hingenommen. Sein Bruder war ihm sehr wichtig. Am meisten hat mich beeindruckt, wie er alles vorbereitet, wie übersichtlich er alles arrangiert hat ...«

Ganz gleich, welchen Schlamassel Denys aus diesen Arrangements gemacht hat.

»Während des letzten halben Jahres hat er alles so gut organisiert, daß diejenigen von uns, die von ihm instruiert wurden, in sein Büro gehen, einen Blick auf die Tagesordnung werfen und genau feststellen konnten, wo alle Akten lagen und was am dringendsten war. Er hat zugegeben, daß er Angst vor dem Sterben hatte. Mit Sicherheit wäre er froh gewesen, noch fünfzig Jahre bei uns bleiben zu können. Er hat nie Bedauern für irgend etwas gezeigt, das er getan hat; und nie jemanden um Verzeihung gebeten; er übergab mir nur die Schlüssel und die Akten und schien davon berührt zu sein, daß ich ihm verzieh. Das war Giraud, wie ich ihn kannte.«

Dabei beließ sie es.

Ich habe die Akten. Das war auch Berechnung. So wie sie es mit der Presse gemacht hatte.

Auf keinen Fall, um Lynch zu unterminieren. Denys schlug den Posten aus, und jemand mußte ihn besetzen;

Reseune stand unter einem schweren Schock. Es gab Leute, die Yanni bedrängten, sich um den Sitz zu bewerben und Lynch herauszufordern.

Nein, hatte Denys gesagt, der noch besonnen genug war, um diese Möglichkeit vorauszusehen. Lynch soll von niemandem herausgefordert werden. Er ist harmlos. Laßt ihn in Frieden!

Was Yanni darüber dachte, stand nicht fest. Ari glaubte nicht, daß er sich um diese Ehre riß.

Aber Denys' Weigerung hatte Yanni um die Chance gebracht, die Administration Reseunes zu übernehmen. Und *das,* dachte sie, wie sehr man auch in Reseune damit gerechnet haben mochte, daß Denys sich weigerte, war mit Sicherheit eine Enttäuschung.

Sie überlegte sich, nach dem Gottesdienst zu Yanni hinüberzugehen, ihn am Arm zu fassen, ihm für seine Unterstützung zu danken und sich zu vergewissern, daß die ganze Familie es sah.

Um sicherzugehen, daß die ganze Familie wußte, daß Yanni nicht aus dem Rennen war, weil ihre Zeit schließlich noch kam. »Ich weiß, was du tust«, sagte sie leidenschaftlich, ohne darauf zu achten, ob jemand sie hörte. Einige hörten sie bestimmt, das wußte sie. »Das werde ich nicht vergessen, Yanni. Hörst du?«

Sie drückte seine Hand. Yanni sah sie an, als habe er einen Augenblick lang nicht für möglich gehalten, daß es mehr als ein Trostpflaster für seine verletzte Eitelkeit war, und dann gemerkt, daß es viel mehr war, auf jene subtile Art, wie man das in der Familie einander anmerkte.

Ohne daß sie ein direktes Wort geäußert hatte. Aber es gab genug Zeugen. Und Yanni war zutiefst berührt.

Ihretwegen, schätzte Ari, als die anderen es merkten, auf dieselbe Art wie Amy, Maddy und die jüngere Generation.

Auch andere im Haus würden die Anzeichen dafür klar vor Augen haben, daß sie sich an verschiedenen Fronten offenbart hatte und zu investieren begann, nicht in ein Futterkrippensystem für die Jungen und Aufstrebenden, sondern in einen vorübergehenden Administrator, der im Haus mehr Ansehen genoß, als er sich vorstellen konnte.

Sie hatte deutlich zu verstehen gegeben, daß Yanni zu ihr gehörte und sie ihn seine eigene Gefolgschaft sammeln lassen würde: Yanni ließ sich nichts gefallen und von niemandem hereinlegen. *Yanni* war es gewesen, der seine eigene Tochter ihres Postens enthoben hatte, als sie ihre Macht mißbrauchte, und er beurteilte jeden nur nach seinen Verdiensten; das war sein Ruf – auch wenn Yanni sich selbst schlicht für einen knallharten Geschäftsmann hielt.

Yanni mußte einiges neu einschätzen. Damit war zu rechnen.

Er würde sich nicht von den Speichelleckern und Stef Dietrichs im Haus oder anderswo reinlegen lassen.

Er war einer von Mamas Freunden gewesen. Mit einiger persönlicher Befriedigung dachte sie daran, daß Mama es gebilligt hätte.

IV

Sie ging durchs Freie zurück ins Haus, um die Gartenmauer auf die fernen Türen zu; Gott sei Dank war es ruhig, nach dem Druck der Interviews. *Verdammte Victoria,* dachte sie und vermutete, daß Maddy vor Scham am liebsten in den Boden versunken wäre.

»Fragst du dich, warum wir solche Dinge tun?« murmelte sie zu Florian und Catlin. »Ich auch.«

Sie sahen sie nacheinander an. Dann bemerkte Catlin in Florians Schweigen: »Es ist seltsam, wenn jemand stirbt. Man denkt, er müßte noch da sein. So war es unten im Grünen Barackenkomplex.«

Ari legte ihre Hand auf Catlins Schulter, während sie gingen. Erinnerungen. Catlin war diejenige, die Menschen sterben gesehen hatte. »Du läßt nicht nach, was?«

»Nein, Sera«, erwiderte Catlin. »Ich möchte nicht, daß über mich geredet wird.«

Sie lachte schwach. *Auf Catlin kannst du zählen.*

Florian sagte überhaupt nichts. Er war derjenige, der in der Menge wohl jedes Signal aufgenommen hatte; und sich alles immer wieder durch den Kopf gehen ließ, um einen Sinn zu finden. Er war es, der sich um die Lebenden sorgte.

»Er ist fort«, sagte Ari an den Türen schließlich. »Mein Gott, das ist wirklich seltsam.« Und sie sah Florian an, dessen Gesicht sich gerade angespannt hatte, diesen aufmerksamen Ausdruck annahm, der immer zu beobachten war, wenn etwas über das Überwachungsgerät des Sicherheitsdienstes seine Aufmerksamkeit fesselte. Einer von beiden war immer auf Empfang.

»Novgorod«, erklärte Florian. »Jordan Warrick hat erklärt... er sei unschuldig. Er sagt, man habe ihn zu einem Geständnis gezwungen. Der Sicherheitsdienst Reseunes ordnet gerade an, ihn in Haft zu nehmen...«

Aris Herz machte einen Sprung. Aber dann erschien ihr alles ganz klar. »Florian«, sagte sie, während sie die Türen durchquerten. »Code J Rot, los! Wir sind auf A; geh nach Q und wir sind Con2.«

Kümmere dich um Justin und Grant; Catlin und ich sehen nach Denys; sichere die Heimbasis und bleibe dort; Gewaltanwendung ist erlaubt, aber nur als Notwehr.

Sie hatte es ausgesprochen, ehe sie durch die Türen waren, während ein Wachmann vom Sicherheitsdienst, dessen Kommunikationsgerät wohl nicht auf diese Kommando-Priorität eingestellt war, etwas verwirrt beobachtete, wie sie sich teilten und ihre verschiedenen Wege gingen.

»Sie sagen nicht viel«, berichtete Catlin unterwegs.

»Ist es an die Nachrichtendienste raus?«

»Sofort. Über Kanal 14 kommt dauernd was.«

Reporter auf dem Flughafen in Erwartung einer Neuigkeit, die ein großes Medienspektakel auslösen würde, aber im Zaum gehalten von wachsamen, nicht ansprechbaren Sicherheitsbeamten.

»Mist, hat Denys das mitgekriegt? Was, zum Teufel, macht er gerade?«

Catlin tippte an die Einheit in ihrem Ohr. »Denys ist noch

immer im Labor; Basis Eins, können wir eine neue Verbindung mit Basis Zwei haben? – Bestätigt, Sera. Er hat angeordnet, noch keine Frage zu beantworten; er sagt, die Behauptungen seien ein politischer Schachzug und ... – ich zitiere – kämen zu einem denkbar unpassenden Zeitpunkt und ließen menschliche Anteilnahme vermissen. Die Familie kehre gerade vom Begräbnis zurück, und kein Büro sei besetzt; Reseune gibt in einer halben Stunde eine weitere Stellungnahme ab.«

»Gott sei Dank«, atmete Ari auf.

Denys war wach. Und er feuerte zurück.

Gerade noch rechtzeitig.

V

Es war ein guter Tag, um zu Hause zu bleiben, nahm Justin an – angesichts der Situation im Haus, angesichts einer allgemein unsicheren Lage im Sicherheitsdienst, nun da sein Leiter tot war. *Ich will kein Panikmacher sein,* hatte Ari in einer Mitteilung gesagt, die sie im Automatischen Haushälter hinterlassen hatte, *aber mir wäre sehr viel wohler, wenn du und Grant in den nächsten Tagen nirgendwo hingingt, wo ihr nicht unbedingt hingehen müßt arbeitet zu Hause, wenn's geht. Ich werde viel zu tun haben; ich kann nicht auf alles achten; und der Sicherheitsdienst ist völlig durcheinander – dort läuft ein kleiner Machtkampf. Hast du etwas dagegen? Ihr könnt durchaus die Gottesdienste besuchen. Aber bleibt in der Nähe anderer Leute.*

Ich werde deinen Rat befolgen, hatte er ihr geantwortet. *Danke dir. Ich weiß, daß du im Moment viel im Auge behalten mußt. Ich glaube nicht, daß unsere Anwesenheit bei den Gottesdiensten sinnvoll oder seinen Freunden willkommen wäre; aber wenn es irgendwelche Kleinigkeiten gibt, um die Grant und ich uns im Flügel kümmern können, helfen wir natürlich gern.*

Ari hatte sie um nichts gebeten, sie mehr oder weniger vergessen, vermutete Justin, was kein Wunder war bei dem Druck, unter dem sie stand. Die Nachrichten waren voller Spekulationen über Denys' Gesundheit, über die politischen

Konsequenzen, wenn Reseune den Sitz im Rat aufgab, den seit der Gründung Leute aus Reseune innegehabt hatten – ob die Zentristen einen fähigen Kandidaten im Wissenschaftsamt plazieren konnten, oder ob der Minister und nun Stellvertretende Rat Lynch die persönlichen Qualifikationen hatte, die Partei so zu führen, wie es Giraud getan hatte.

»Mit Denys' Gesundheit ist alles in Ordnung«, warf Grant ein, als die beiden sich im Wohnzimmer die Nachrichten ansahen.

»Ich weiß nicht, was er vorhat«, sagte Justin. Und verließ sich dann auf Aris Versprechen, daß sie nicht überwacht wurden. »Aber daß er Giraud verloren hat, ist ein schwerer Schlag für ihn. Ich glaube, das ist das erste Mal, daß Denys mir leid tut.«

»Sie arbeiten an diesem PR«, erwiderte Grant; dann: »Denys brauchte Aris Unterstützung, ist das nicht furchtbar ironisch?«

»Wie alt war er doch gleich – um die hundertzwanzig Jahre, stimmt's? Und das Gewicht, das er mit sich rumschleppt, ist für seine Gesundheit auch nicht förderlich. Er kann von Glück reden, wenn er noch zehn, fünfzehn Jahre lebt. Also braucht er wohl Aris Zustimmung, nicht?«

»Es wird nicht funktionieren«, meinte Grant.

Justin sah ihn an, wie er – sie hatten hier und da ein paar rote und blaue Kissen gefunden – in einem Nest in der Ecke des Sofas saß. Sein rotes Haar stand in Kontrast zu den Bezügen.

»Denys muß das Muster entwerfen«, sagte Grant, »die Grundlagen für ihn schaffen, sonst gibt es keine Hoffnung für Giraud. Davon bin ich überzeugt. Yanni hat vielleicht noch ihren Vater in seinen letzten Lebensjahren gekannt, aber er ist viel zu jung, um für Giraud zu tun, was Jane Strassen getan hat – ganz zu schweigen davon, wie sie ihn behandelt haben ...«

»Er schuldet ihnen verdammt wenig, das steht fest.«

»Und es besteht immer die Frage, was in diesen Notizen, die die junge Ari von ihrer Vorgängerin bekommen hat, enthalten ist und was nicht. Ich glaube, Ari weiß viel, was sie nicht in Form von Notizen festhält. Sie ist, vermute ich, sehr vorsichtig mit dem gewesen, was sie ihren Vormündern anvertraut.«

»Manchmal sagte Ari, nicht alles sei nötig gewesen.«

»Aber was immer tatsächlich nötig ist, darauf kann nicht verzichtet werden. Und Denys kann's nicht wissen. Er ist nicht in der Position, das wissen zu können, das ist meine Vermutung. Und sie beläßt es dabei.«

»Dieser Rubin-Junge wird Chemiker, stimmt's?«

»Ein guter Student, aber seine Testergebnisse sind nicht spektakulär.«

»Noch nicht.«

Grant vollführte eine abschätzige Geste. »Keine Stella Rubin. Niemand, der ihm sagt, wann er atmen muß. Können wir davon ausgehen, daß ein ZIV auf überhaupt nichts verzichten kann? Du hast sie gewarnt, ihm nicht zuviel aufzubürden – aber das Projekt benutzt ihn immer noch zur Kontrolle. Bürdet Ari die ganze Last auf; laßt Rubin seine Freiheit; schaut euch an, was notwendig ist … Ich wette mit dir um alles, was du willst, daß Denys Nye mehr mit dieser Entscheidung zu tun hatte als Yanni Schwartz. Yanni wollte nie jemandem seine Freiheit lassen.«

»Es sei denn, Yanni hatte aus familiären Gründen eine Beziehung zu dem Fall. Rubins Selbstmord hat ihm ziemlich zu schaffen gemacht, und erinnere dich, Jenna Schwartz war daran nicht ganz unbeteiligt. Es kann gut sein, daß Yanni sich schonen mußte.«

»Aber Rubin ist immer noch eine Kontrolle«, sagte Grant. »Und was er beweist …«

»Was er beweist, ist erstens: daß man's nicht mit allen Gensets machen kann, und zweitens: daß einige Gensets Stress gut verarbeiten, und andere nicht …«

»Gut, nehmen wir mal an, aber in beiden Fällen haben wir …«

»… und drittens: Es gibt schwere Auseinandersetzungen zwischen dem Surrogat und dem Subjekt. Unterschätze nicht den Schaden, den jenna Schwartz angerichtet hat, und auch nicht den Schaden, den der Kontrast zwischen jenna Schwartz und Ollie Strassen dem jungen zugefügt hat.«

»Ganz zu schweigen von der Tatsache«, sagte Grant und hob einen Finger, »daß Oliver AOX männlich und ein Alpha ist; und Stella Rubin weiblich und nicht so begabt. Ich würde über den jungen Rubin gern eine Studie schreiben. Er hat kein Durchsetzungsvermögen, ist vom Flux völlig unberührt. Die Instabilität geht einher mit dem Selbstmord und seiner Brillanz ... Unter uns gesagt, du weißt ja, daß man's für ein mangelhaftes Set hält.«

»Deshalb wird's auch korrigiert.«

»Und büßt ebensooft an Schärfe ein. – Womit wir wieder bei der jungen Ari sind, die dem Ausschuß möglicherweise alles dargelegt hat, was sie weiß – aber daran glaube ich nicht, wenn sie Ari so nahekommt, wie es den Anschein hat. Außerdem setzt unsere Ari nicht ihre Sicherheit aufs Spiel. Ich bin mir ziemlich sicher, daß der Zugriff auf diese Programme für sie eine Art Hebel ist – und weißt du, ich glaube auch, daß Denys das allmählich gemerkt hat.«

Grant ließ sich den Gedanken mit einem leichten, unfreiwilligen Achselzucken durch den Kopf gehen. »Der Ausschuß schwört, niemand kann etwas von Aris Programmen abrufen ohne Aris ID. Und möglicherweise war das immer so.«

»Möglicherweise noch mehr als das. Möglicherweise kann diese Basis, wenn sie einmal aktiviert ist, auch in anderer Hinsicht nicht mehr überlistet werden. Möglicher weise hat sie die Möglichkeit, sich selbst zu decken.«

»Du meinst, sie kann über den Umfang der Akten falsche Angaben machen?«

»Und vielleicht in andere Basen eindringen. Eingebaute Tests, Parameter ... Ich überlege gerade, wie ich ein solches Programm schreiben würde ... wenn sie ein Azi wäre. Die erste Ariane hat mich entworfen. Vielleicht ...« Grants Mundwinkel zuckten etwas. »Vielleicht habe ich – du würdest sagen, ein angeborenes ... nein, das ist falsch, eine *ein-*

gebaute Resonanz mit Aris Programmen. Mir fällt meine erste Integration wieder ein. Ich erinnere mich daran, daß es für mich – selbst als Kind – mit einem *sinnlichen* Vergnügen verbunden war, wie die Dinge zusammenpaßten, mit welcher Präzision sich die Teile meines Verstandes zusammenfügten. Sie war derart gut. Meinst du nicht, sie hätte die beiden darauf vorbereitet, sie zu replizieren? Oder daß sie bei einem Kind mit ihren eigenen Sets nicht weniger sorgfältig gewesen wäre als bei einem Azi mit ihrem Design?«

Justin dachte darüber nach. Dachte über den Ausdruck in Grants Gesicht nach, den Klang seiner Stimme – ein Mann, der über seinen Vater sprach ... oder seine Mutter. »Denken im Flux«, sagte er. »Ich wollte es gern wissen ... Liebst du sie, Grant?«

Grant lachte in einem Anflug von Verblüffung. »Ob ich sie *liebe?*«

»Ich halte das nicht für unmöglich. Ich halt's überhaupt nicht für unwahrscheinlich.«

»Reseune hält meinen Vertrag, und ich kann nie von hier weg?«

»Reseune hält auch meinen Vertrag; sollte ich etwas dagegen haben? – Ich rede über ZIV-artiges Fließen. Von der Art, wie es für Ambivalenzen verantwortlich ist. Liebst du sie?«

Daraufhin zog er die Stirn kraus. »Mir macht die Tatsache Angst, daß Ari mit einer Psychosonde gearbeitet hat. Ich habe deshalb Angst, weil Ari die Notizen ihrer Vorgängerin hat – wozu sicher auch die Unterlagen über mich gehören, daran habe ich keinen Zweifel. Und was wäre, wenn ... wenn ... Das ist mein Alptraum, Justin; was wäre, wenn ... Ich stelle mir immer vor, wenn ich am stärksten ins Fließen gerate, daß Ari etwas für ihre Nachfolgerin vorbereitet hat; was wäre, wenn sie mir etwas eingepflanzt hat, das mit dem passenden Auslöser auf sie reagiert? – Aber dann läßt das Fließen nach, und ich halte das für kompletten Unsinn. Ich verrate dir noch einen Alptraum: Ich habe Angst vor meinem eigenen Programmband.«

Justin lief es aus Mitgefühl kalt den Rücken hinunter. »Weil Ari es geschrieben hat.«

Grant nickte. »Ich möchte es heutzutage nicht noch einmal unter Einfluß von Tranquilizern benutzen. Ich weiß, daß ich genug Kath schlucken könnte, um meine Schwelle so weit zu senken, daß ich's aufnehmen kann – aber dann denke ich, daß ich auch ohne zurechtkomme. Ich schaff's schon. Ich brauche das Band nicht. Gott, ZIVs gewöhnen sich an das Fließen, und sie lernen davon. Und ich lerne auch davon, so weit bin ich schon.«

»Es ärgert mich, daß du mir das nicht gesagt hast.«

»Du hättest dir Sorgen gemacht. Und dafür gibt es keinen Grund. Es geht mir gut – außer wenn du mir Fragen wie die stellst, ob ich Ari liebe. Gott, ist das verdreht. Das ist das erste Mal, daß ich in ZIV-Begriffen darüber nachdenke. Und du hast recht, es geht auf allen Ebenen ein Fließen von ihr aus, das mir überhaupt nicht gefällt.«

»Schuldgefühle?«

»Komm mir nicht so!«

»Entschuldigung. Es hat mich nur interessiert.«

Grant rückte auf dem Stapel der Kissen gegen die Rückenlehne. »Hast du mein Band jemals auf Probleme hin überprüft?«

»Ja«, antwortete Justin nach einem kurzen Zögern, das von der Zeit so gedehnt wurde, daß es viel zu lang und viel zu bedeutungsvoll erschien. »Ich wollte nicht, daß es jemand merkt – du solltest dir keine Sorgen deswegen machen.«

»Ich mache mir aber Sorgen. Ich kann nicht anders. Das liegt in meiner Natur.«

»Du ... du machst dir darüber Sorgen.«

Grant hob auf eine melancholische Art die Augenbrauen und schien einen Moment lang zu grübeln, indem er sich mit einer Hand durchs Haar fuhr. »Ich glaube, sie hat etwas gefragt, was mir tief drin einen Schlag versetzte. Ich glaube, ich weiß, wo. Ich glaube, sie hat sich nach meinem Band erkundigt – an das ich wirklich nur mit einem gewissen

Schuldgefühl denken kann: Ich benutze es nämlich nicht auf die Art, wie ich soll; ich glaube, sie wollte wissen, ob ich Kontakt mit subversiven Kräften habe; und ich habe in letzter Zeit von Winfield geträumt. Der ganzen Szene draußen bei Big Blue. Das Flugzeug und der Bus mit diesen Männern, und dieses Zimmer …«

»Warum hast du mir nichts darüber gesagt?«

»Sind Träume etwas Krankhaftes?«

»Rede nicht einen solchen Unsinn. Warum hast du's mir nicht gesagt?«

»Weil es nicht so wichtig ist. Weil ich – wenn ich nicht gerade im Flux bin – daß mir nichts fehlt. Wenn du willst, daß ich das Band nehme, tu ich's. Wenn du selbst eine Psychosonde einsetzen willst – bitte. Ich habe ganz und gar keine Vorbehalte dagegen. Vielleicht solltest du das sogar. Es ist lange her. Vielleicht würde ich mich sicherer fühlen, wenn du's tust. – Wenn …«, fügte Grant mit leicht geneigtem Kopf hinzu, einem Blick von der Seite, einem Lachen ohne Humor. »Wenn ich mich dann nicht fragen würde, ob mit dir noch alles stimmt. Verstehst du? Es ist eine geistige Falle.«

»Weil du eine Chance hattest, Jordan zu sehen. Weil hier alle verrückt sind!« Vom einem zum anderen Moment überkam ihn schwere Frustration, eine irrationale Unruhe von solcher Heftigkeit, daß er aufstand und durch das Wohnzimmer auf- und abging und mit dem plötzlichen Gefühl zu Grant zurückblickte, daß sich die Wände um ihn schlossen, daß sein Leben bei jeder Gelegenheit eingeengt und behindert wurde.

Was natürlich nicht stimmte. Die Dinge besserten sich. Auch wenn er ein weiteres Jahr von seinem Vater getrennt war, ein weiteres Jahr vorüberging, ohne daß sich etwas Entscheidendes änderte – aber die Zukunft versprach Besserung; Ari war der Machtübernahme näher als je zuvor, und er hoffte inständig, daß sich unter ihrer Regierung, wenn es soweit war, etwas verändern würde.

Sie beerdigen Giraud heute.

Warum, zum Teufel, macht mir das Angst?

»Ich wünschte, du hättest auf mich gehört«, sagte Grant. »Ich wünschte, du wärst nach Planys geflogen.«

»Was macht das für einen Unterschied? Wir wären trotzdem noch getrennt. Wir würden uns immer noch Sorgen machen, ob …«

»Was hast du dann? Was stört dich?«

»Ich weiß nicht.« Er rieb sich den Nacken. »Daß ich hier eingesperrt bin, glaube ich. Diese Wohnung. Diese …« Er dachte an ein in Beige und Blau eingerichtetes Wohnzimmer; und bemerkte, als sich in ihm leicht etwas verschob, daß es nicht Jordans Apartment war, das ihm mit einem warmen Gefühl wieder ins Gedächtnis gekommen war: »Gott. Weißt du, wohin ich gern zurückgehen würde? In *unsere* Wohnung. In die Wohnung, wo …« Sein Gesicht in einem Spiegel, aber nicht sein heutiges. Das des jungen Justin. Siebzehn und unschuldig, über dem üblichen Durcheinander der Flaschen auf der Badezimmerablage, als er sich für den Abend fertigmachte …

Ein drohender und chaotischer Band-Flashback. Der Geschmack von Orangensaft.

»… bevor all das passiert ist. Das ist aber sinnlos, nicht? Ich möchte gar nicht mehr dieser Junge sein. Ich wünsche mir nur, ich hätte damals gewußt, was ich jetzt weiß.«

»Es war gut dort«, sagte Grant.

»Ich war so ein verdammter Idiot.«

»Das denke ich nicht.«

Justin schüttelte den Kopf.

»Betrachte es mal anders herum«, schlug Grant vor. »Versetze dich an Aris Stelle. Und frage dich, was aus dir geworden wäre … mit ihrem Zeitplan, mit ihren Begünstigungen, mit dem, was man mit ihr gemacht hat … Du wärst …«

»Anders. Härter. Älter.«

»… ein anderer. Ein ganz anderer. Bei ZIVs hängt nun einmal vieles vom Zufall ab. Ihr seid unbeabsichtigt so grausam zueinander.«

»Meinst du, es sei notwendig? Können wir nicht lernen, ohne unsere Hand ins Feuer zu halten?«

»Denk dran, du fragst einen Azi.«

»Ich weiß, daß ich einen Azi frage. Gibt es eine Möglichkeit, aus diesem Genset eine Ariane Emory zu machen … oder mich – aus meinem …?«

»Ohne den Stress?« fragte Grant. »Können Flux-Zustände auf intellektuellem Wege erreicht werden, wenn sie eine endokrine Basis haben? Können über Band eingegebene Stress-Situationen – ohne die reale Möglichkeit, sich den Hals zu brechen – weniger real, weniger schmerzhaft sein als die echte Erfahrung? Was wäre, wenn das Band, das Ari angefertigt hat, eben nur ein Band war? Was wäre, wenn all das nie passiert wäre aber du genau diesen Eindruck hast? Worin würde der Unterschied bestehen? Was wäre, wenn Aris Mama nie gestorben ist, sondern sie es sich nur einbildete? Wäre sie geistig gesund? Könnte sie der Wirklichkeit trauen? Ich weiß es nicht, ich weiß es wirklich nicht. Mir würde es mißfallen, wenn ich herausfinden würde, daß alles, was ich bisher erlebt habe – vom Band stammt; und daß ich geradewegs aus der Stadt komme und alles nur geträumt habe.«

»Gott, Grant!«

Grant drehte sein rechtes Handgelenk ins Licht, über das seit dem Zwischenfall mit Winfield und den Abolitionisten eine Narbe verlief. »Das ist echt. Allerdings nur, wenn es sich nicht um eines der Kennzeichen handelt, die ich mit dem Band verpaßt bekommen habe.«

»Du solltest nicht so reden.«

Grant lächelte. »Das ist das erste Mal seit Jahren, daß du mich ausgeschimpft hast. Habe ich dich erwischt?«

»Mach nicht solche Witze!«

»Ich habe keine Probleme mit der Wirklichkeit. Ich spür's einfach, wenn's ein Band ist. Und denk daran, ich bin dank meiner Schöpfer mit der richtigen Seite nach oben entwickelt worden, meine Logiksets dort, wo sie hingehören. Aber das Fließen kommt dem Träumen zu nahe. Über Band eingespeistes Fließen hätte keine logische Struktur. Es ähnelt zu sehr dem, was Giraud im Krieg gemacht hat und worüber ich nicht einmal nachdenken möchte – einen Geist aufbauen und wieder zerlegen; Gehirnwäsche und Rekonstruktion … und dabei wurde, wohlgemerkt, jedesmal etwas gemacht, das der Betroffene nachträglich nicht mehr überprüfen konnte; und viel blieb der Vorstellungskraft überlassen. Ich weiß es wirklich nicht, Justin. Wenn es eine Möglichkeit gibt, diese Erfahrungen über Band einzugeben – könnte *Giraud* einige Einblicke darin gehabt haben, ist das keine Ironie?«

Es ergab auf eine vage, bizarre Art einen Sinn, und ließ es ihm ein weiteres Mal kalt den Rücken hinunterlaufen, während er in den Gliedern ein frostiges Gefühl hatte.

»Mit Giraud über Theoretisches zu reden …« Aber Giraud war tot. Und sollte doch wieder auferstehen. »Das ist uns nie gelungen.«

»Die Frage ist im Grunde nur die, ob ein Band die Realität ersetzen kann. Ich bin sehr fähig, Justin; aber ich habe auf diesem Flug nach Planys Blut und Wasser geschwitzt, ich war während der ganzen Reise zu verdammt hilflos. Das ist es, was man aufgibt: die Überlebensfähigkeit in der realen Welt.«

Justin schnaubte verächtlich. »Du meinst, es kümmert mich nicht.«

»Aber man könnte sehr viel rascher lernen. Damit sind wir wieder beim alten Unterschied: Du lernst durchs Fließen; ich gehe logisch vor. Und keine Ansammlung von ZIVs ist logisch. Siehst du, ich habe dich wieder erwischt.«

Justin dachte darüber nach; und lächelte schließlich, in diesem verdammten grauen Apartment, in dem eleganten Gefängnis, das Ari ihnen eingerichtet hatte. Einen Moment lang fühlte er sich zu Hause. Einen Moment lang erinnerte er sich daran, daß sie seit dem ersten Apartment, an das er sich so gern erinnerte, nirgendwo mehr so sicher gewesen waren.

Dann wurde er sich seiner Lage wieder bewußt, der großen Stille über Reseune, der verwaisten Flure, alles im Fließen begriffen.

Auf dem Videogerät wurde der Kommentar des Nachrichtensprechers plötzlich mitten im Wort abgeschnitten.

Der Infinite erschien auf dem Bildschirm. Musik spielte. Über solche Dinge machte man sich nie Gedanken. Jemand trat auf ein Kabel, und Reseunes ganzes Videosystem hatte einen Aussetzer.

Es sei denn, wenn der Sicherheitsdienst etwas damit zu tun hatte, ausgewählte Apartments und ausgewählte Zuschauer lahmlegte.

Mein Gott, dachte er in einem plötzlichen Anflug von Sorge, eine lebenslange Angewohnheit. *Sind wir überwacht worden? Sind Aris Sicherheitsvorkehrungen unterlaufen worden? Was haben sie mitgehört?*

VI

»Onkel Denys«, hatte Ari unterwegs über die Basis Eins und Catlins Kommunikationseinheit durchgegeben. »Ich muß sofort mit dir reden.«

»Er ist im Laborbüro«, hatte Seely geantwortet.

Seit sie eingetreten waren, folgten ihnen schockierte Blicke durch die Labors, von Technikern, die wußten, daß Denys bereits zu kämpfen hatte, und von Azis, die die Techniker, wenn auch nicht die Situation durchschauten, und sich ungeheure Sorgen machten; und nun tauchten plötzlich direkt vom Begräbnis Familienmitglieder in Trauerkleidung hier auf, die eilig auf die Laborbüros zuhielten – kaum verwunderlich, dachte Ari, daß alle im Labor ihre Arbeit unterbrachen und sie anstarrten; und wenigstens konnte sie offen zugeben, wieviel sie wußte, mit Ausnahme dessen, was Planys unternahm.

Vorbei an den Tanks, den Technikern, dem Ort, wo sie zur Welt gekommen war, und wo inzwischen wahrscheinlich ein halbes Dutzend Girauds heranreiften; die kleinen Treppen mit den Metallgeländern hinauf in das kleine Verwaltungsbüro, das Denys in Beschlag genommen hatte; Seely hielt offensichtlich alles durch das halbdurchsichtige Glas der Laborbüros im Auge, denn er öffnete ihnen die Tür, bevor sie die letzten Stufen hinaufgestiegen waren.

Denys saß hinter dem Schreibtisch und telephonierte mit dem Sicherheitsdienst, so hörte es sich zumindest an. Ari riß sich zusammen, indem sie tief Luft holte. »Das ist nett«, sagte sie, als Catlin ihr einen Stuhl hinschob, zog ihre Brille und ihre Jacke aus und gab sie Catlin, um Platz zu nehmen, als Denys auflegte.

»Nun, Sera«, begann er. »Wir wissen jetzt, was du damit erreicht hast, dem Sicherheitsdienst in Planys Steine in den Weg zu legen.«

»Wo ist Jordan?«

»Er ist in Planys inhaftiert worden. Er und sein Gefährte. Zum Teufel mit ihm!«

»Mhmmm, und Justin ist verantwortlich dafür.«

»Bist du sicher?«

»Ziemlich. Justin ist derjenige, über den ich mit dir reden möchte.«

»Ser«, sagte Florian, als sie ihn eingelassen hatten. Er trug seine Hausuniform, aber nicht den Mantel, deshalb nahm Justin an, daß er und Ari wahrscheinlich Zeit gehabt hatten, kurz in ihre Wohnung nebenan zu gehen.

Aber es beunruhigte ihn, daß er nicht über den Automatischen Haushälter anrief oder ihn in Aris Apartment oder Büro bat, sondern sich über das Gerät an der Tür meldete, um eingelassen zu werden.

Und das Videogerät zeigte von Nachrichten noch immer nicht mehr als das Pausenbild.

»Es ist etwas vorgefallen«, warnte Florian ihn vor, und in der halben Sekunde, die Florian zum Luftschnappen brauchte, dachte Justin: *O Gott, Ari muß etwas passiert sein;* und war noch im selben Moment verwirrt, warum er um sie Angst hatte, um ihr Wohlergehen, das mit seinem eigenen verbunden war. »Ihr Vater«, erklärte Florian, und Justins Ängste wurden in eine andere Richtung gelenkt, »hat den Zentristen eine Botschaft übermittelt, in der er seine Unschuld behauptet.«

»Seine Unschuld woran?« fragte Justin, noch immer das Wort *Zwischenfall* im Ohr, in dem er keinen Sinn sah.

»Am Mord an Dr. Emory, Ser.«

Er stand da, ohne zu wissen wie lang, in einem Schockzustand, wollte das zumindest glauben, wollte glauben, daß ...

... aber, mein Gott, während Girauds Begräbnis – was hat er sich dabei gedacht? Was geht hier vor?

»Wir kennen noch nicht alle Einzelheiten«, berichtete Florian. »Die Sera möchte gegenüber Ser Denys nicht erkennen lassen, wie weit ihre Überwachung reicht, bitte haben Sie Verständnis dafür, Ser, aber sie weiß, daß Ihr Vater im Moment in Sicherheit ist. Sie bittet Sie dringend darum, Ser, die enorme Gefahr nicht zu ignorieren – für Sie, für die Sera und für Ihren Vater, ganz gleich, ob diese Behauptung der Wahrheit entspricht oder nicht; diese Aussage hat politische Konsequenzen, die sehr gefährlich sein könnten. Ich weiß nicht, ob sie Ihnen erklären muß ...«

»Gott.« *Aris Sicherheit, alles ...* Er fuhr sich mit der Hand durchs Haar und spürte Grants Hand auf seiner Schulter. Florian wirkte irgendwie älter, sein Gesicht hatte völlig den Humor eingebüßt, der so charakteristisch für ihn war, als sei endlich eine Maske gefallen, als habe die Zeit alles durcheinandergewirbelt ... *Könnte das stimmen?*

»Sie möchte, daß Sie sich ein paar Sachen zusammenpacken, Ser. Seras Vertretung ist gerade auf dem Weg in dieses Stockwerk, und die Sera bittet darum, daß Grant hier bleibt und ihren Anordnungen genau folgt ...«

»Wofür soll ich packen?«

Uns trennen? Gott, nein!

»Die Sera möchte, daß Sie sie mit nach Novgorod begleiten, um die Lage zu entschärfen. Um mit der Presse zu reden. Sie möchte die Politik aus der Sache raushalten – Ihrem Vater zuliebe, und auch ihr zuliebe. Verstehen Sie, Ser? Es werden am Flughafen von Reseune nur ein paar Fragen gestellt und beantwortet; das ist am sichersten. Sie bittet um ein Treffen mit Rat Corain und Minister Lynch. Sie hofft inständig, daß Sie sie dabei nicht enttäuschen ...«

»Mein Gott. Gott, Grant ...« *Was soll ich tun?*

Aber Grant hatte keine Antworten. *ZIVs sind alle verrückt,* hätte er gesagt.

Ari hat den Verstand verloren? Mich nach Novgorod mitzunehmen? Das wagen sie nicht.

Sie brauchen *mich. Darum geht's. Mein Vater ist eingesperrt worden. Sie wollen nun, daß ich ihn als Lügner bezeichne.*

Reseunes Sicherheitsdienst braucht ihn nicht umzubringen. Sie können Drogen verwenden. Das kostet Zeit. Zeit, die ich für sie gewinnen könnte, um auf ihn einzuwirken ...

Würde Ari uns das antun?

Wäre Florian ohne ihren Befehl hier?

Vor den Kameras dort – wenn ich so weit komme ... Wie wollen sie verhindern, daß ich irgendwelche Anklagen erhebe?

Grant.

Grant bleibt hier in Aris Gewahrsam. Das ist ihr Angebot – Grants Wohlergehen – oder das meines Vaters.

Er blickte in Grants Gesicht auf – weit ruhiger, dachte er, als sein eigenes. Grants vom Fließen unbelastete Logik hat wahrscheinlich schon längst den Schluß gezogen, daß er keine andere Wahl hatte.

Ich habe Vertrauen in meine Schöpfer.

»Grant kommt mit mir«, sagte Justin zu Florian.

»Nein, Ser«, widersprach Florian. »Ich habe definitive Anweisungen. Packen Sie bitte nur das Nötigste zusammen. Alles wird inspiziert. Grant wird hier mit Sera Amy in Sicherheit sein. Es ist jemand vom Sicherheitsdienst dabei: Quentin AQ ist sehr zuverlässig, und Sera Amy wird hier von ihren Freunden unterstützt. Der allgemeine Sicherheitsdienst hat keine Möglichkeit, in dieses Stockwerk zu gelangen oder in die Systeme einzugreifen. Sera Amy wird Grant nichts tun.«

Eine begabte Achtzehnjährige mit einem schmalen, ernsten Gesicht und der Neigung, Probleme beim Schopf zu packen; eine Achtzehnjährige, von der er immer angenommen hatte, daß sie ihn und Grant mochte. Aufrichtig. Und so vernünftig, wie man es von einer Achtzehnjährigen erwarten konnte.

Gott, das waren sie alle. »Das ist ja geradezu ein Kinderkreuzzug«, sagte Justin und faßte Grants Arm. »Tu, was sie sagen. Ich komme schon zurecht.«

»Nein«, erklärte er im Foyer des Reseuner Flughafens vor laufenden Kameras. »Nein, ich hatte keinen Kontakt mit meinem Vater. Ich hoffe, daß ich einen Anruf durchbekomme, wenn wir in Novgorod sind. Drüben ist es mitten in der Nacht. Sie …« Er versuchte verzweifelt, nicht nervös zu erscheinen. *Mach keinen schuldbewußten Eindruck,* hatte Ari ihm geraten, bevor sie den Bus verließen. *Mach nicht den Eindruck, etwas zu verbergen. Du kannst ganz offen zu ihnen sein, aber denke, um Gottes willen, nicht an die politischen Zusammenhänge, wenn du das tust. Sei sehr vorsichtig, wenn du Vorwürfe erhebst, das kann nur Verwirrung stiften, und wir müssen uns auf Onkel Denys verlassen – wir können ihn nicht vor den Kopf stoßen, verstehst du?*

»Mein Vater ist gegenwärtig in Haft«, fuhr er fort, fand dabei den Gang der Dinge zu schnell, die dunklen Zonen zu ausgedehnt. Die Wahrheit schien leichter erkennen zu sein als Lügen, wenn man sie auf ein Minimum beschränkte. »Ich kann Ihnen nur sagen …« Nein. *Kann* war gefährlich. »Ich weiß nur, daß eine Untersuchung läuft. Mein Vater hat mir – zu der Zeit, als es passierte – genau dasselbe gesagt wie dem Rat. Aber zu dieser Zeit waren Dinge im Gang, die ein Beweggrund gewesen sein könnten. Deshalb fliege ich nach Novgorod. Ich weiß nicht – nicht einmal Ari weiß es –, wer im Moment die Wahrheit sagt. Ich möchte es herausfinden. Die Administration Reseunes möchte es herausfinden.«

»Ich kann Ihnen versichern«, sagte Ari neben ihm, »daß ich sehr gute Gründe habe, in diesem Fall die Wahrheit erfahren zu wollen.«

»Eine Frage an Dr. Warrick. Werden Sie von jemandem dazu genötigt?«

»Nein«, antwortete Justin bestimmt.

»Sie sind ein PR. Sind Sie – in irgendeiner Hinsicht – mehr als das?«

Er schüttelte den Kopf. »Ein Standard-PR. Nichts Ausgefallenes.«

»Ist an Ihnen je ein Eingriff vorgenommen worden?«

Mit dieser Frage hatte er nicht gerechnet. Im ersten Moment erstarrte er, dann raffte er sich zu einer Antwort auf. »Ein Verhör mit einer Psychosonde ist ein Eingriff. Ich war auch von den Ermittlungen betroffen. Es gab mehrere Verhöre.« Sie würden aus diesem Grund seine geistige Gesundheit in Frage stellen; und seine Glaubwürdigkeit. Das wußte er. Es würde seine Lizenz für die klinische Praxis fragwürdig erscheinen lassen und einen Schatten auf seine Forschungen werfen. Das wußte er auch. Das Ganze nahm eine alptraumhafte Qualität an, die Scheinwerfer, der Halbkreis der Reporter. Er wurde ganz gelassen, ganz kühl. »Es ist ein illegaler Eingriff vorgenommen worden, als ich noch minderjährig war. Ich bin deswegen behandelt worden. Gegenwärtig stehe ich nicht unter Drogen; ich bin von niemandem mit einem Eingriff auf diesen Auftritt vorbereitet worden. Ich sorge mich nur um meinen Vater, und ich kann es kaum erwarten, nach Novgorod zu kommen und alle Fragen zu beantworten, die der Rat mir stellt. Es geht mir vor allem um das Wohlergehen meines Vaters ...«

»Wird er auf irgendeine Weise bedroht?«

»Ser, ich weiß so wenig wie Sie. Ich möchte unbedingt mit ihm reden. Auch deshalb, um sicher zu sein, was er überhaupt gesagt hat ...«

»Sie haben Zweifel, ob er sich wirklich so geäußert hat, wie Rat Corain mitteilt?«

»Ich möchte mich vergewissern, daß er wirklich diese Botschaft abgeschickt hat. Ich möchte es von ihm hören. Es gibt viele unbeantwortete Fragen. Ich kann Ihnen nicht sagen, was Sie wissen wollen. Ich weiß es selbst nicht.«

»Sera Emory, wissen Sie etwas?«

»Ich habe gewisse Vermutungen«, antwortete Ari, »aber damit bin ich sehr vorsichtig. Das könnte dem Ansehen einiger Personen schaden ...«

»Lebender?«

»Lebender und toter. Bitte haben Sie Verständnis. Wir nahmen gerade an einer Beerdigung teil. Es sind Behauptungen aufgestellt und Fragen aufgeworfen worden, zu deren Klärung entlegene Aufzeichnungen herangezogen werden müssen, die sehr persönliche Dinge über mich und Justin enthalten ...« Sie legte ihre Hand auf die von Justin und preßte sie zusammen. »Wir haben unseren Frieden mit dem geschlossen, was passiert ist. Justin ist mein Freund und mein Lehrer, und nun fragen wir uns, was vor all den Jahren passiert ist, und warum Justins Vater *ihm* nicht die Wahrheit gesagt haben sollte, wenn wirklich mehr dahintersteckte. Wir verstehen es beide nicht. Deshalb verlassen wir Reseune. Wir werden das auf der Amtsebene untersuchen – nötigenfalls auch auf Ratsebene, weil dort diejenigen sitzen, die die ersten Ermittlungen durchgeführt haben. Aber wir halten es nicht für zweckmäßig, dies ausschließlich auf einer internen Ebene zu behandeln. Dr. Warrick hat Anklagen erhoben; die müssen im Amt angehört werden. Dahin werden wir uns wenden und ich glaube, wir sollten uns jetzt auf den Weg machen, Seri, bitte. Ich danke Ihnen. Wir werden später weitere Stellungnahmen abgeben.«

»Dr. Warrick«, rief ein Journalist. »Haben Sie eine Erklärung abzugeben?«

Justin sah den Mann einen Sekundenbruchteil verständnislos an, bis ihm klar wurde, daß man ihn auf der ganzen Welt nur als Dr. Warrick kannte. »Im Moment nicht. Ich habe Ihnen alles gesagt, was ich weiß.«

Florian berührte ihn am Arm, als er aufstand, und zeigte ihm den Weg durch den Abfertigungsbereich zum Flugzeug, das auf sie wartete. Die ›Reseune Eins‹.

Eine solide Phalanx von offiziellen Vertretern des Sicherheitsdienstes bahnte ihnen eine Gasse, ein so starkes Aufgebot an Männern, das unmißverständlich zu verstehen gab: Dies ist eine offizielle, von der Administration organisierte Veranstaltung.

Dafür hatte Ari gesorgt. Giraud war ein Häufchen Asche und ein Zellknäuel, das menschliche Züge anzunehmen versuchte; und bis dahin trug Ariane Emory die Verantwortung, mit dem ganzen Schutzwall von Reseunes Autorität, der sie umgab.

Er ging rasch durch die Türen und durch den Korridor in den abgesperrten Gang und ins Flugzeug, wo er verwirrt innehielt, bis Florian ihn am Arm nahm und zu einer Gruppe von Ledersitzen führte, wo er Platz nehmen sollte.

»Möchten Sie etwas trinken, Ser?«

»Ohne Alkohol, bitte«, antwortete er, während Ari ihm gegenüber Platz nahm, das Flugzeug die Turbinen startete und weitere Männer vom Sicherheitsdienst einstiegen.

»Wodka mit Orangensaft«, bat Ari. »Danke, Florian.« Sie sah Justin direkt ins Gesicht und sagte: »Bei dir bedanke ich mich auch. Du hast das sehr gut hinbekommen.«

Er erwiderte ihren Blick beinahe in einem Schockzustand, während seine Gedanken in Panik um die Sicherheitsleute ringsum kreisten, voller Furcht, einer von ihnen könne einfach eine Pistole ziehen und die Kabine mit Schüssen durchlöchern; Angst um Grant daheim in dem Apartment, für das, ganz gleich, ob Florians Worten nach dem allgemeinen Sicherheitsdienst dieses Stockwerk nicht zugänglich war, ein achtzehnjähriges Mädchen, das Verantwortung trug, unterstützt von einem Wachmann des Sicherheitsdienstes, der nicht älter war als sie; unter diesen Umständen konnte alles passieren; Angst, daß Jordan etwas zustoßen würde; oder daß die wahnsinnigen Paxer irgendwie ein Geschoß zusammengebaut haben mochten, mit dem sie die Maschine vom Himmel holen wollten …

Er konnte beim bestem Willen nichts tun, außer zu sagen, was er zu sagen hatte, und auf alles andere zu vertrauen … Und das war das eigentlich Schwierige. Mach dir über deine Sicherheit keine Gedanken, tu alles, was Ari dir aufgetragen hat, und hoffe darauf, daß eine andere Achtzehnjährige besser als du weiß, wie man mit der Situation klarkommt.

»Ich war siebzehn«, sagte er ruhig zu Ari, während die Turbinen warmliefen, »als ich glaubte, ich wüßte gut genug, was ich tat, um Grant zu den Krugers zu schicken. Du weißt ja, was dabei rausgekommen ist.«

Ari schloß die Schnalle ihres Sicherheitsgurts und streckte die Hand nach dem Drink aus, den Catlin ihr hinhielt. »Ich habe die Warnung zur Kenntnis genommen. Ich weiß das. Aber manchmal hat man keine Wahl, nicht?«

VII

Die ›Reseune Eins‹ hatte ihre Reiseflughöhe erreicht. Ari nahm einen Schluck von ihrem Drink und überprüfte die kleine Einheit, die sie an der Lehne ihres Sitzes befestigt hatte, die Fernsteuerung für die komplexere Elektronik in der Aktentasche in der Sicherheitsablage neben Aris Sitz. Zum erstenmal hatte sie es selbst getragen. Sie drückte den Prüfknopf und war erleichtert, als zur Bestätigung ein Lämpchen aufblitzte und ein Piepsen zu hören war.

Das System war betriebsbereit, die Verbindung funktionierte.

Ihr gegenüber saß Florian auf dem Platz neben Justin, reagierte auf ihr Lächeln mit einem Nicken und nickte Justin zu. Florian hatte das Code-System auf den neuesten Stand gebracht – und natürlich funktionierte es; und solange Ari keine Fragen hatte, arbeitete es als sehr gründliches Überwachungssystem des Systemzustandes in Reseune, indem es einfach alle von Ari markierten Namen verfolgte und Ari aktuelle Informationen überspielte, wenn sie im Fluß der Daten auftauchten.

Nicht einmal die Verteidigung hatte diesen Fluß übereinander geschichteter Codes durchschaut, den der Sicherheitsdienst Reseunes benutzte; man hoffte es zumindest.

Ari nahm ihren Drink in die Hand und lehnte sich zurück. »Es ist alles in Ordnung«, sagte sie zu Justin. »Uns ist keinerlei Ärger zu Ohren gekommen, und in fünf Minuten schließt sich uns die Eskorte an, die das Amt gestellt hat.«

Justin wandte den Blick vom Fenster zu seiner Rechten

Ari zu und sah sie wirklich an, von Angesicht zu Angesicht über den flachen Tisch hinweg, der die Sitze voneinander trennte. Wann immer sich in dem Flugzeug etwas rührte, hatte er erschrocken hingesehen, so angespannt wie Florian und Catlin, wenn sie unter Strom standen; er achtete selbst auf die Betriebsgeräusche der Hydraulik der Maschine, und durchs Fenster strichen Lichtstrahlen über seine angespannten Kiefermuskeln, die tiefen Sorgenfalten um die Brauen und den Mund; die Jahre hatten ihn gezeichnet, trotz der Rejuvenilisierung. Er sorgt sich zuviel, dachte Ari. Er ist zu klug, jemandem zu vertrauen. Jedenfalls Reseune nicht. Und jetzt nicht einmal mehr seinem Vater. Er zweifelt selbst an Grant, wenn er zu lang fort ist.

Das versucht er herauszubekommen – er versucht abzuschätzen, wo ich in dieser Sache stehe, und ob Grant sicher ist, und wie sehr ich eine junge Idiotin bin, wie sehr ich ihn zum Fließen gebracht habe, und wie weit er jetzt noch irgend etwas glauben kann, was ich sage oder tue.

Ich bin nicht mehr das Kind, das er kannte. Das wird ihm allmählich klar; und er hat angefangen zu überlegen, wann das passiert ist, und wie weit es geht, und wer an ihm gearbeitet hat, als er unter Einfluß von Kath stand. Er hat Angst und zugleich ist es ihm peinlich, daß er Angst vor mir hat; aber er weiß, daß er jetzt allen Grund hat, sich zu fürchten.

Das Gehirn muß das Fließen beherrschen, alte Ari; ich glaube, ich habe endlich begriffen, was du meinst. Ob ich mit ihm geschlafen hätte oder nicht, es wäre auf jeden Fall soweit gekommen, da bin ich mir ganz sicher: Du hättest keine Idiotin aufgezogen, alte Ari. Meine Mama und meine Onkel gewiß auch nicht.

Ollie schreibt deshalb nicht, weil er seinen Hals riskiert, das ist die Wahrheit. Das Universum ist ein gefährlicher Ort, und Ollie ist ebenso beunruhigt wie Grant zu Hause in Reseune, allein in der Obhut von Fremden. Er hat sich auf nichts mehr verlassen, seit Mama gestorben ist. Dabei arbeitet er für die Administration Reseunes.

»Wir können jetzt reden«, sagte sie und warf aus den Augenwinkeln einen Blick in den Fond der Maschine, wo die üblichen Sicherheitsleute saßen. Der Turbinenlärm ersetzte jeden Schallschlucker, vorausgesetzt allerdings, daß der Sicherheitsdienst hier keine ungemeldeten elektronischen Gerätschaften einsetzte; aber die Tragetasche zu Füßen verfügte selbst über ein Sortiment an Geräten, denen man etwas in dem Maße vertrauen konnte, wie Florian versicherte – und seine Freigabe über die Basis Eins reichte völlig aus, daß er herausfinden konnte, ob ihre Ausrüstung auf dem neuesten Stand war.

»Eine Erklärung würde reichen«, sagte Justin. »Was hast du vor?«

»Ich wünsche mir nichts so sehr, als daß ich das wüßte. Ich habe mir den Zeitpunkt für diese Reise nicht ausgesucht. Rat Corain, fürchte ich, allerdings schon, und das sieht ihm nicht ähnlich. Ich befürchte, die Information ist zu jemand anderem durchgedrungen, zum Beispiel Khalid, und deshalb mußte Corain sich beeilen, der Erste zu sein – deshalb rückte er während des Begräbnisses damit heraus, nicht erst heute abend.«

Justin schien das aus der Fassung gebracht zu haben. »Du kennst dich mit solchen Dingen aus. Ich bestimmt nicht.«

»Doch, du auch, Justin, du weißt verdammt gut Bescheid, du hattest bloß nicht Onkel Girauds Anweisungen; und trotzdem sind wir davon überrascht worden. Giraud wußte, daß irgendwo eine undichte Stelle war. Er wußte, was dein Vater sagen wollte; er hat mich davor gewarnt, mit welchen Behauptungen dein Vater an die Öffentlichkeit treten würde, wenn er die Gelegenheit dazu bekäme. Die Frage ist nicht einmal, ob es stimmt. Nehmen wir einmal an, es stimmt.« Justin war im Begriff, den roten Faden zu verlieren, und sie sah es kommen und hielt seine Aufmerksamkeit aufrecht, indem sie einen Finger hob, was ganz genau Ari seniors Manieriertheit entsprach; das wußte sie. »Was bringt das deinem Vater?«

»Dann kann er endlich aus Planys raus. Dann ist er frei – verdammt, dann hat er im Amt wieder den alten Ruf ...«

»Wogegen ich nichts habe – wenn meine Zeit gekommen

ist. Aber soweit ist es noch nicht. Es ist der falsche Zeitpunkt. Denk bitte darüber nach, Justin! Du kannst mit soziologischen Gleichungen umgehen. Versuch's jetzt mal, versuche diese Situation ein wenig weiterzudenken, vielleicht ein paar Jahre – und sag mir, was passieren und wozu es führen wird! Das ist das Wichtigste. Darauf kommt es an. Was bringt es deinem Vater, und was wird passieren? Die zweite Frage: Wo steht er, wo glaubt er, daß er steht, auf wessen Seite hat er sich gerade gestellt? Und sag mir bloß nicht, dein Vater sei naiv. In Reseune ist niemand naiv, sondern nur falsch unterrichtet.«

Er sagte nichts. Aber er dachte angestrengt und ernsthaft über das nach, was sie gesagt hatte, und über das, was am Rande damit zusammenhing: Mit wem habe ich es zu tun, was hat sie vor, hat Denys das Ganze inszeniert? Er war viel zu klug, um irgend etwas nur unter einem Gesichtspunkt zu betrachten.

»Hast du es an Corain durchsickern lassen?« fragte er.

Oh. Das war eine sehr gute Frage. Das brachte sie auf einen Gedanken. »Ich nicht. Aber, nun, Denys könnte es gewesen sein, nicht?«

»Oder Giraud«, sagte Justin.

Sie atmete tief durch und lehnte sich zurück. »Ein interessanter Gedanke. Wirklich sehr interessant.«

»Vielleicht ist das die Wahrheit. Vielleicht ist derjenige, der es hat durchsickern lassen, in der Position, zu wissen, daß es die Wahrheit ist.«

Florian interessierte das; er beobachtete Justin mit äußerster Aufmerksamkeit. Ari nahm an, daß Catlin das auch tat. Gott, dachte sie und merkte, daß sie lächelte. Er ist noch lange nicht am Ende. Ich sehe, wie er's verkraftet hat.

»Darauf wäre einfacher zu antworten«, sagte sie, »wenn ich eine Vorstellung davon hätte, was an jenem Abend geschehen ist, aber dafür gibt es keine Anhaltspunkte. Ich bin auf die Idee gekommen, es könne eine Aufzeichnung eines Schreibautomaten vorliegen. Aber sie hat nur eine Transfer-Tafel benutzt. Sonst war nichts zu finden. Die Personenspürgeräte waren nutzlos; es hatten schon zu viele Menschen den Raum betreten und wieder verlassen, ehe man daran dachte. Eine Psychosonde wäre die einzige Möglichkeit gewesen. Und die wurde nicht wahrgenommen. Und das wird auch nicht nachgeholt. Sei's drum. Giraud hat über den ›Warrick'schen Einfluß‹ gesprochen. Er hat sich einen Feind herangezogen. Was fangen wir nun mit diesem Feind an?«

Ein weniger bedächtiger, emotionalerer Mensch wäre jetzt herausgeplatzt: *Laß ihn frei!* Sie saß da und sah Justin nachdenken, und er mußte sich einiger Spuren verhältnismäßig sicher sein – der Tatsache, daß Jordans Name in der Paxer-Graffiti auftauchte; daß Jordan ihrer Vorläuferin zuwiderlaufende Ideen vertreten hatte; daß im Wissenschaftsamt eine Wahl abzusehen und in der Verteidigung eine nahezu sicher war, die beide kritisch waren, die beide, wenn die Zentristen gewannen, Reseunes Untergang bedeuten, den Lauf der Geschichte ändern, alle Projekte Reseunes und alle Pläne Aris gefährden könnten …

Er saß vielleicht drei, vier Minuten da, in sich versunken und so still, als habe er Kath geschluckt. Dann, um Beherrschung bemüht:

»Hast *du* Jordans Input manipuliert?«

Sie holte tief Luft, als habe sich einer von Dutzenden Knoten um ihre Brust gelöst. Es gibt wirklich ein Echo, dachte sie, indem sie sich den dunklen Raum vorstellte, in dem man in einen Null-Zustand versank. Sie nahm sich für ihre Antwort Zeit. »Das ist ein zu weites Gebiet«, antwortete sie schließlich. »*Ich* hab's nicht auf ihn abgesehen. Ich möchte, daß er sicher ist. Das Problem ist nur – er ist ziemlich intelligent, sehr entschlossen, und selbst wenn er die Botschaft nicht hat durchsickern lassen –, was wird er tun, wenn er vor den Kameras der Nachrichtendienste steht? Was wird er aus irgendeinem Plan machen, den ich ihm vorlege, um aus dieser Sache herauszukommen?«

»Dafür kann ich sorgen. Ich brauche nur fünfzehn Minuten am Telephon mit ihm.«

»Es gibt immer noch ein Problem. Er wird kein Wort davon glauben. Giraud hat's gesagt: Dieses Band kam einem Eingriff gleich. Dein Vater hat es gesehen …«

Er reagierte darauf, als habe es ihn wie ein Schlag in die Magengrube getroffen.

»Du nicht, oder?« fragte sie. »Niemals. Du weißt nicht, was Ari getan hat. Du hättest darum bitten sollen, es dir anzusehen. Du hättest dich mit diesem verdammten Ding so oft wie nötig beschäftigen müssen. Es hat mich auch zum Fließen gebracht, so sehr, daß ich nicht mehr geradeaus denken konnte; es brachte Giraud dazu, auf das Offensichtliche hinzuweisen. Wenn ich erkennen konnte, was Ari getan hat, dann konnte es dein Vater auch. Dein Vater hat es nicht mit den Augen eines siebzehnjährigen Jungen, sondern mit denen eines Psychochirurgen, der sich nur noch zu fragen brauchte, wie oft und wie tiefe Eingriffe Ari vorgenommen hat. Er mußte sich fragen, wie weit sie gingen. Du und Grant macht euch oft übereinander Sorgen, wenn ihr drei Tage getrennt seid. Das weiß ich. Du weißt, daß sie an Jordan keinen Eingriff unternehmen dürfen – aber meinst du nicht, daß er sich – nach zwanzig Jahren – einfach einmal fragen muß, wessen Kind du bist?«

Justin lehnte sich vor und hob seinen Drink vom Tisch, atmete schwerer; sie bemerkte das Beben seiner Nasenflügel, das Einatmen und das heftige Ausstoßen der Luft. Und die leichten Bewegungen seines Körpers, die darauf hinwiesen, daß er dieses Gespräch am liebsten abgebrochen hätte. »Florian«, sagte sie, »würde es dir sehr viel ausmachen, wenn … Ich glaube, ich brauche etwas Härteres.«

Ihr blieben auch Florians Reaktionen nicht verborgen, sein sofortiges Mißtrauen; ihm behagten solche kleinen Ablenkungsmanöver nicht, die ihn auf Gedanken brachten, die sich einem lebenslangen Training verdankten. Er hatte nicht vor, einem Feind seinen Rücken zuzuwenden.

»Florian«, fügte Ari hinzu. »Für ihn das übliche.«

Ihre Blicke trafen sich, er nickte daraufhin respektvoll und stand auf, ohne Catlin auch nur anzusehen, die neben

Ari saß; es stand außer Zweifel, daß Catlin unter Spannung stand und auf den winzigsten Auslöser reagieren würde.

»Du kannst mit deinem Vater reden«, versprach Ari Justin, »aber ich bezweifle, ob er dir seit einigen Jahren überhaupt noch alles glaubt. Zumindest nicht alles. Er weiß schließlich, daß du immer wieder mit Psychosonden verhört worden bist; und er glaubt nicht an Reseunes Rechtschaffenheit. Wenn du mit ihm vernünftig zu reden versuchst, habe ich Bedenken angesichts dessen, was ihm durch den Kopf gehen wird, verstehst du? Und das sage ich nicht bloß, um dir eins auszuwischen, Justin, ich habe einfach Angst vor dem, was er sagen wird, und ich glaube nicht, daß du etwas tun kannst, um ihn aufzuhalten, zumindest nicht mit vernünftigen Argumenten.«

»Du vergißt eines«, sagte er und sank in seinen Sitz zurück.

»Und was?«

»Dasselbe, was Grant und mich am Leben hält. Daß es dir über einen gewissen Punkt hinaus gleichgültig ist. Über einen gewissen Punkt hinaus ...« Er schüttelte den Kopf und blickte auf, als Florian den Drink brachte. »Danke.«

»War mir ein Vergnügen, Ser.« Florian setzte sich.

»Wenn er an die Öffentlichkeit tritt«, nahm Ari den roten Faden wieder auf, »kann er sich selbst Schaden zufügen, und mir natürlich auch – was ich nicht will. Es ist denkbar, daß dein Vater für lange Zeit psychologisch völlig isoliert war, abgeschnitten und losgelöst von den Problemen der übrigen Welt. Wenn er dich vor der Freigabe dieses Bandes bewahren wollte – was wirklich ein Motiv dafür gewesen sein mag, warum er bisher gelogen hat –, nimmt er offensichtlich an, daß du damit umzugehen in der Lage bist, oder jemand hat etwas gesagt, das ihn verzweifelt genug macht, deinen Hals ebensosehr aufs Spiel zu setzen wie deinen – *falls* diese Botschaft überhaupt von ihm stammt – was zweifelhaft ist ... aber darauf kommt's gar nicht an. Es kommt darauf an, was er tun wird. Und wir haben in diesem Durcheinander ein Imageproblem, verstehst du?«

Justin verstand sie durchaus, das sah sie an den unmerklichen Bewegungen seiner Augen, der Anspannung in seinem Gesicht. »Was sollen wir also machen?« fragte er. »Du hast Grant zu Hause zurückgelassen; und ich weiß nicht, was sie mit meinem Vater in Planys anstellen werden ...«

»Nichts. Sie werden überhaupt nichts mit ihm machen.«

»Kannst du das garantieren?«

Darauf zögerte sie einen Moment lang mit ihrer Antwort. »Kommt darauf an«, sagte sie. »Kommt sehr darauf an. Deshalb begleitest du mich. *Irgendwer* muß etwas tun. Ich würde gern noch etwas länger im Hintergrund bleiben, aber ich bin das einzige Gesicht, das die Medien kennen, und ich bin die einzige Person, die genug Ansehen bei ihnen genießt, um dieses Durcheinander auszumisten – aber dafür brauche ich dich, deine Hilfe. Möglicherweise hast du Zweifel an mir. Ich weiß es nicht. Aber ob es nun die Wahrheit ist oder nicht, was sie behaupten, es wird furchtbar schwer für deinen Vater, damit zurechtzukommen oder sich vor den Kameras zurückzuziehen, wenn er die Gelegenheit hat. Du bist meine Chance, all das zu verhindern.«

Noch ein kurzes Schweigen. Dann: »Wie hast du Denys' Erlaubnis zu diesem Schritt bekommen?«

»Etwa mit denselben Argumenten, mit denen ich dich in meinen Wohnbereich geholt habe. Ich habe Denys gesagt, du gehörst mir, daß ich an dir einen schweren Eingriff vorgenommen hätte, und daß Grant ein viel größerer Halt für dich sei als dein Vater; daß du dich für ihn entscheiden würdest, wenn du müßtest, weil dein Vater auf sich selbst aufpassen kann; wogegen Grant ...« Sie zuckte die Achseln. »Solche Sachen. Er hat's mir abgenommen.«

Das drang zu ihm durch, war soeben Drohung genug, um sicherzustellen, daß er verstand. Justin saß da und starrte sie wütend an, sehr wütend. Und sehr besorgt. »Du bist ziemlich gerissen, junge Sera.«

Das Kompliment entlockte ihr ein Lächeln, wenn auch ein trauriges. »Giraud ist zu früh gestorben. Die Paxer werden sich in all dem Durcheinander nicht ruhig verhalten. Die

Wahlen werden zu einem Chaos führen, vielleicht wird es weitere Bombenanschläge geben, werden noch mehr Menschen sterben – die ganze Sache wird fatale Auswirkungen haben, wenn wir nicht frühzeitig eingreifen. Das weißt du ja alles. Du arbeitest schließlich in meinem Fachbereich. Das ist ein Punkt auf unserem Konto. Daher kannst du deinen Vater in eine Lage bringen, wo er etwas Verzweifeltes tun und sich an die Spitze von etwas stellen muß, was er nicht kontrollieren kann und von dessen Existenz er wohl nichts ahnt; oder du kannst mir helfen, das Ganze zu entschärfen und ihn zu beruhigen, während ich Denys austrickse – sag's deinem Vater ganz offen, wenn du kannst, ich habe nichts dagegen; mach deinem Vater Mut, so lange zu warten, bis ich wirklich Reseune leite. Wir können Denys überlisten, oder du kannst uns mit den Nachrichtendiensten alles verderben – indem du darum bittest, deinen Vater vor die Kameras zu bekommen; indem du Dinge tust, die den Eindruck erwecken, du stündest unter Druck ...«

»Die Wahrheit, meinst du.«

»... oder indem du Dinge tust, die dir ein schlechtes Image verschaffen. Du darfst nicht wie ein Verräter an deinem eigenen Vater wirken. Du kommst sehr gut mit klugen Menschen und Design-Systemen zurecht; aber du weißt nicht, wo die Fallen sind, du bist nicht über die äußere Welt auf dem laufenden, du bist nicht mit der Presse vertraut und nicht daran gewöhnt, an deinem eigenen Image in der Öffentlichkeit zu feilen. Hör, um Gottes willen, auf meinen Rat und sei vorsichtig. Wenn du hierbei störrisch bist, kannst du jeden Hebel verlieren, den du hast.«

Er starrte sie lange Zeit an und nippte an seinem Whiskey. »Erkläre mir«, sagte er schließlich, »was das genau ist, worauf ich achten soll.«

Faszeniert von ihrer Präzision, sah Grant zu, wie das Mädchen mit einem gleichmäßigen Prasseln die Karten mischte. »Das ist erstaunlich«, sagte er.

»Das?« Sera Amy schien erfreut und tat es noch einmal. »Gott, ich glaube, das hat meine Mutter mir schon beigebracht, als meine Finger gerade groß genug waren.« Sie warf ihm und sich selbst eine Reihe von Karten hin. Quentin AQ war schweigend im gleichen Zimmer zugegen, ein großer, gut gebauter junger Mann in der Uniform des Sicherheitsdienstes, der nur dasaß und sie beobachtete – ein junger Mann, der aber durchaus schon imstande war, einem auf verschiedene Arten den Hals zu brechen; Grant machte sich keine Illusionen, was seine Chance bei einem direkten Vorgehen gegen Amy anging. Er hatte sich darauf gefaßt gemacht, im günstigsten Fall eingesperrt in seinem Zimmer die Zeit herumzubringen, im schlimmsten Fall unter Tranquilizern oder in Haft; aber die junge Sera hatte statt dessen von Anfang an alles versucht, ihm zu versichern: *Es wird nicht lange dauern, sie werden sich mit den Leuten im Amt treffen, und ich habe keinen Zweifel, daß sie innerhalb von ein paar Tagen alles geregelt haben werden;* und sie hatte ihm schließlich nach einem Essen am späten Nachmittag erklärt, daß sie ihm das Kartenspielen beibringen würde.

Er war berührt und amüsiert. Die junge Amy nahm ihre kürzlich erworbene Alpha-Lizenz sehr ernst, und sie tat es außerordentlich gut: Das Spiel lenkte ihn ein wenig von dem ab, was er, halb unter Tranquilizern und allein eingesperrt, als die reinste Hölle empfunden hätte – eine Situation, die ihn noch immer sehr belastete, wann immer er es sich erlaubte, darüber nachzudenken, ob das Flugzeug schon gelandet und ob Justin sicher war, und was mit Jordan in Planys geschah.

Er wünschte, er säße auch in dem Flugzeug; aber er nahm an, daß er Justin als Geisel sehr viel nützlicher war, wenn er sich zivilisiert benahm, einen kühlen Kopf bewahrte und nicht Öl ins Feuer der jugendlichen Aufregung goß – oder der Paranoia der Administration.

Außerdem war Poker ein interessantes Spiel, bei dem Amys Worten nach ein Azi zwei entscheidende Vorteile hatte, erstens seine enorme Konzentrationsfähigkeit, und zweitens seine Fähigkeit, die eigenen Reaktionen zu verbergen. Die Sera hatte recht. Er wollte es unbedingt mit Justin ausprobieren.

Wenn Justin heimkam.

Es waren beiläufige Gedanken wie diese, die ihn in Panik versetzten und fürchten ließen, etwas könne passieren, irgendwie könne ein Befehl durchkommen, dem sich Amy nicht widersetzen konnte, oder andere Autoritäten könnten Justin in Haft nehmen; und weil Reseune über Grants Vertrag verfügte, würden sie sich vielleicht nicht wiedersehen. Niemals.

Dann würde er vielleicht nicht geduldig auf eine Neuausbildung warten. Dann würde er vielleicht etwas für einen Azi-Designer völlig Unwahrscheinliches tun und von einer Waffe Gebrauch machen: Unter Eindruck des Fließen schien es das zu sein, was vielleicht auch ein ZIV getan hätte und was das beste war. In anderen Momenten – er war derart im Fließen begriffen – wußte er, daß sein eigener persönlicher ZIV vielleicht darum kämpfen würde, frei zu sein, aber er würde nie eine Waffe gegen Sera Amy, nicht einmal gegen Quentin AQ richten, und Justin – in dieser Hinsicht hatte er Ser Denys die Wahrheit gesagt – war einfach außerstande, irgendeinen Menschen zu verletzen, auch wenn dieser ihn verletzt hätte. Sein ZIV mochte jemanden mit einer Waffe bedrohen, aber den Abzug drücken – das konnte Justin nicht, selbst wenn er Giraud vor sich hätte, der sowieso schon tot war.

Nein, wenn es dazu kam, dachte Grant, während er das Blatt studierte, das die Sera ihm gegeben hatte, konnte er nicht zulassen, daß er in die Klinik eingeliefert wurde; er durfte sich aber auch nicht erschießen lassen.

Die junge Sera erklärte ihm, das Geheimnis des Spiels, das sie ihm beibrachte, bestünde darin, sich nicht anmerken zu lassen, welche Absichten man hatte, oder ob man sich in einer mißlichen Lage befände. Die junge Amy war sehr intelligent und selbst ganz gut für einen ZIV. Möglicherweise spielte sie mehr als ein Spiel und versuchte mehr zu erfahren, als ihr die Karten verrieten, so wie er versuchte, ihr mehr an Informationen zu entlocken, als sie preiszugeben bereit war.

Deshalb spielte er in der Zwischenzeit um kleine Beträge, denn es wurde von einem erwartet, daß man um Geld spielte, aber er hatte kein eigenes, alles gehörte Justin; und das wollte er nicht aufs Spiel setzen, nicht einmal in dem bescheidenen Ausmaß, das die Sera vorschlug. Er riskierte nichts, was Justin gehörte, war sehr froh, in dem Apartment genug Freiheit zu haben, um sich zu vergewissern, daß Justins Unterlagen in Sicherheit waren, und überhaupt alles aufzuschnappen, was er an Informationsfetzen mitbekam … er verstand sich nach wie vor darauf, die Rolle eines dummen Annie zu spielen. *Mir wird schon nichts passieren,* hatte Justin ihm gesagt. Und nachdem alles gesagt und getan worden war, mußte er sich darauf verlassen, so wie jeder Azi während er sich im Fließen an Winfield und die Abolitionisten und die Tatsache erinnerte, daß er mit siebenunddreißig Jahren rechtlich noch immer als minderjährig galt; während Amy Carnath als Achtzehnjährige bereits rechtlich volljährig war. *Verdammt,* wollte er sie anschreien. *Laß dir etwas sagen! Sag mir, was vor sich geht, und hör auf jemanden, der erfahrener ist als du!*

Aber dazu würde es wahrscheinlich nicht kommen. Amy Carnath nahm Ari Emorys Befehle entgegen; und ob Denys Nye oder Ari Emory jetzt die Dinge im Griff hatten – das konnte er beim besten Willen nicht feststellen.

VIII

Der Flughafen rührte an Erinnerungen an seine Kindheit, als er im Andenkenladen im Terminal gestanden und Jordan um ein paar Credit-Gutscheine für Kinkerlitzchen und Geschenke für zu Hause angebettelt hatte; Justin dachte daran, als sie durch den abgeschirmten Tunnel vom Flugzeug zum Terminal Novgorods gingen, während vor und knapp hinter ihnen bewaffnetes Sicherheitspersonal Schulter an Schulter voranmarschierte.

Sie würden den öffentlich zugänglichen Teil des Terminals nicht durchqueren, hatte Ari ihm erklärt; und auch nicht in einen im Freien stehenden Wagen steigen. Dazu war es in diesen Tagen zu gefährlich. Sie gingen statt dessen durch eine Seitentür und eilten in eine Garage hinunter, wo Wagen mit gepanzerten Fenstern auf sie warteten.

Dort übernahm ihn der Sicherheitsdienst und trennte ihn von Ari, Catlin und Florian. Ari hatte ihn gewarnt, daß das passieren würde, und ihn gebeten, den Anweisungen des Sicherheitsdienstes genau Folge zu leisten, aber sie waren sehr grob zu ihm und gingen hastiger und mit mehr Gewalt zu Werke, um ihn in den Wagen zu bekommen, als es nötig gewesen wäre.

Er gab deswegen keinen Ton von sich, als er zwischen zwei Wachen eingezwängt auf dem Rücksitz saß und eine schwere Hand auf der Schulter spürte und die Türen zugeworfen wurden. Dann ließ ihn der Mann los, und er lehnte sich zurück und sah zu, wie die ersten Wagen die Garage verließen. Ihr Fahrer schloß sich der Kolonne an, zwischen deren einzelnen Wagen nicht viel Platz blieb, und raste am Flügel der ›Reseune Eins‹ vorbei, an der Landebahn entlang und durch ein bewachtes Tor, wo sich ihnen eine weitere Eskorte anschloß.

Es war jene Art von offiziellem Schutz, dachte er, die Giraud Nye in diesen schwierigen Jahren begleitet haben mußte. Er saß zwischen den muskulösen Körpern zweier Erwachsener von Reseunes Haussicherheitsdienst, während ein anderer bewaffnet den Beifahrersitz einnahm und einer fuhr. Er sah die Straße, die sich zum Fluß hinwand, die Brücke und die Auffahrt, die – wie er sich erinnerte – zum Regierungssitz hinaufführte. An den Kreuzungen waren grüne Flecken zu erkennen. Ein paar Bäume wuchsen dort, die in den Jahren prächtig gediehen waren, seit er an Jordans Seite diese Straße entlanggefahren war, auf dem Weg nach …

Hinter einer Biegung ragte die Staatshalle auf und füllte mit einemmal die ganze Windschutzscheibe aus; und Justin spürte ein Frösteln und einen Anflug von Panik. »Fahren wir nicht ins Amt?« fragte er seine Wachen ruhig und beherrscht. »Ich dachte, wir fahren ins Wissenschaftsamt.«

»Wir folgen dem Wagen vor uns«, erklärte der Mann zu seiner Linken.

Das hatte er auch schon gemerkt: Verdammter Mist, dachte er, saß da und sah zu und wünschte sich, er hätte Grants Fähigkeit, für eine Weile die äußeren Eindrücke abzuschalten. Er wollte diesen Tag hinter sich haben. Er wollte …

Gott, er wollte heim.

Er wünschte sich ein Telephon und die Gelegenheit, mit Jordan zu sprechen, um die Wahrheit herauszufinden, auch wenn Ari gesagt hatte, daß es auf die Wahrheit jetzt am wenigsten ankam.

Die Überforderungen und das haltlose Fließen betäubten ihn. Er versuchte Antworten zu finden, doch es gab keine Informationen, denen er eine entnehmen konnte, bis auf die, die Ari selbst an ihn weitergab, versuchte Ordnung zu finden, wo es keine mehr gab oder den einzigen Weg, all das durchzustehen, den er nicht mehr wußte. Er erinnerte sich, damit einverstanden gewesen zu sein, die Presse zu belügen, die Unschuld seines Vaters zu bezweifeln – obwohl er keinen Anhaltspunkt dafür hatte …

Dann merkte er, daß er längst an Jordan zweifelte, an seinen Motiven, an seiner Liebe zu ihm, an allem in der Welt außer Grant. Sogar an seiner eigenen Zurechnungsfähigkeit und der Integrität seines eigenen Verstandes.

Nicht einmal Giraud hat mir so etwas angetan. Nicht einmal Giraud.

Bilder huschten an seinem geistigen Auge vorbei, Bilder der alten Ari, und der jungen; er erinnerte sich an die Panik, die ihn in Aris Büro erfaßt hatte:

Du bringst Ruhe in mein Leben, Liebling, und stehst zwischen mir und Jordan, und ich werde seine Freunde nicht einsperren lassen, ich werde Grant keiner Gehirnwäsche unterziehen, ich werde nicht einmal aufhören, dir im Büro die Hölle heiß zu machen. Du weißt, was der Preis für all die Versetzung ist, die du dir wünschst ...

... ich habe Denys gesagt, du gehörst mir, daß ich an dir einen schweren Eingriff vorgenommen habe, und daß Grant ein viel größerer Halt für dich ist als dein Vater, daß du dich für ihn entscheiden würdest, wenn du müßtest ...

Die Kolonne kam neben dem Säulengang an der Seite der Staatshalle zum Stehen. Er bewegte sich, als seine Wachen die Türen aufrissen und ihn hastig aus dem Wagen zogen und ins Gebäude brachten – diesmal weniger grob, denn diesmal liefen die Kameras der Nachrichtendienste mit.

Ari hielt inne und faßte seinen Arm. Der Gedanke schoß ihm durch den Kopf, sie wegzustoßen, sich zu weigern, noch einen Schritt weiterzugehen, und vor laufenden Kameras alles zu berichten, was mit ihm passiert war, die Tatsache hinauszuschreien, daß Reseune Grant als Geisel hielt, daß sie an ihm selbst gearbeitet hatten, um ihn von seinem Vater zu trennen, daß Jordan höchstwahrscheinlich wegen einer Lüge zwanzig Jahre lang in Gefangenschaft gelebt hatte ...

Er zögerte, während Ari an seinem Arm zog und jemand ihn von hinten anstieß.

»Wir treffen uns gleich mit Minister Lynch«, erklärte Ari. »Oben. Komm schon! Mit der Presse sprechen wir später.«

»Ist Ihr Vater unschuldig?« rief ihm jemand durch den ohrenbetäubenden Lärm zu.

Er sah diesen Reporter an. In einem Sekundenbruchteil, der sich wie in einem Alptraum dehnte, versuchte er zu überlegen, ob er die Antwort überhaupt wußte, dann ignorierte er die Frage und ließ sich von Ari führen, um zu sagen, was immer er zu sagen hatte.

»Das mußt du allein schaffen«, sagte Ari, als sie das entsprechende Stockwerk erreichten, wo sie ihn dem Personal des Amts übergab. »Ich werde das Verhör auf dem Monitor verfolgen, aber niemand aus Reseune wird dabei sein. Das Amt möchte nicht, daß du dich unter Druck gesetzt fühlst. Alles klar?«

So ging er mit den blau uniformierten Fremden, die auch aus Reseunes Produktion stammten, auch mit Reseunes Bändern ausgebildet worden waren, in einen großen Konferenzraum und zu einem Tisch gegenüber drei Halbkreisen von Tischen auf einem Podium, wo weitere Fremde in einem verschwommenen Stimmengewirr ihre Plätze einnahmen …

Fremde bis auf den Minister und jetzigen Stellvertreter fürs Wissenschaftsamt Lynch, den er aus den Nachrichtensendungen kannte. Er machte es sich auf seinem Stuhl bequem, dankbar dafür, wenigstens eine bekannte Größe in diesem Saal auszumachen, an der Spitze des Ausschusses, nahm er an. Vor ihm stand ein Krug Wasser, und er füllte ein Glas und trank, um seinen Magen zu beruhigen. Aris Leute hatten ihn im Flugzeug einen Imbiß angeboten, aber er war nicht in der Lage gewesen, mehr als die Chips und ein Stück vom Sandwich zu essen; und er hatte nach dem Whiskey noch etwas Alkoholfreies getrunken. Nun fühlte er sich benommen und elend. Verdammter Idiot, rügte er sich im verwirrenden Gemurmel der Leute, die in dem großen Saal durcheinander redeten; hör auf mit dem Schlafwandeln! Wach auf und konzentrier dich, um Gottes willen, sie werden meinen, du hättest Drogen geschluckt.

Aber das Fließen hielt an, erfaßte jeden Gedanken, jede Nuance dessen, was Jordan zuletzt zu ihm gesagt hatte; alles, was Ari gesagt hatte und was vielleicht ein Hinweis darauf war, was vor sich ging und ob die Drohung wirklich eine Drohung oder nur eine Show für Denys und den Sicherheitsdienst gewesen war.

Minister Lynch kam an den Tisch, an dem er saß, und hielt ihm die Hand hin. Justin stand auf und schlug ein, spürte die Freundlichkeit der Geste, sah in ein Gesicht, das bisher nur ein Bild auf dem Videoschirm gewesen war, das menschliche Anteilnahme für ihn zeigte; und diese kleine Ermutigung traf ihn in seinem Innersten, ohne daß er wußte, warum.

»Geht's Ihnen gut?« fragte der Minister und Stellvertreter.

»Ein bißchen nervös«, antwortete er und spürte, wie sich Lynchs Finger fester um seine schlossen. Er tätschelte leicht seinen Arm. Girauds Vertrauter während seiner ganzen Karriere, kam ihm plötzlich mit einem Schock wieder zu Bewußtsein, daß ihm beinahe übel wurde, und er spürte dabei, wie der ganze Saal in die Entfernung rückte und in Einklang mit seinem Herzschlag die Geräusche durch seinen Schädel hallten. *Wie steht Ari zu ihm? Ist das alles hier inszeniert?*

»Sie befinden sich jetzt im Verwaltungsbereich des Amts«, erklärte Lynch. »Kein Mitarbeiter Reseunes ist hier. Drei Räte sind in der Stadt; sie haben darum gebeten, das Verfahren zu beaufsichtigen: Vorsitzender Harad, Rat Corain und Rat Jacques. Wünschen Sie sich noch jemanden als Zeugen? Oder haben Sie gegen einen der Anwesenden etwas einzuwenden? Sie wissen doch wohl, daß Sie das Recht haben, einzelne Mitglieder des Untersuchungsausschusses abzulehnen.«

»Ich habe keine Einwände, Ser.«

»Geht's Ihnen gut?« Es war das zweite Mal, daß Lynch das fragte. Justin atmete durch und befreite seine Hand.

»Bloß ein bißchen ...« *Schwindlig. Nein. Gott, sag das bloß nicht.* Er befürchtete, sein Gesicht sei blaß. Er spürte den Luftstrom der Klimaanlage an den Schweißtröpfchen an seinen Schläfen. »Ich war zu nervös, um etwas zu essen. Ich nehme nicht an, daß ich hier noch etwas Alkoholfreies zu trinken bekommen kann, ehe wir anfangen. Vielleicht ein paar Kekse oder so etwas.«

Lynch schien leicht verblüfft; dann klopfte er ihm auf die Schulter und rief einen Assistenten.

Wie ein verdammtes Kind, dachte er. Eine Viertelstunde, etwas Gebäck und eine Tasse Kaffee, nur die paar Minuten, um in einem angrenzenden Konferenzraum Atem zu schöpfen, aber das reichte, um einen klareren Kopf zu bekommen; danach war er imstande, in den Vernehmungssaal zurückzugehen und sich von Minister Lynch nacheinander zu Mikhail Corain, Simon Jacques und Nasir Harad bringen zu lassen, deren Gesichter er erkannte, obwohl die Überforderung nach wie vor seinen Blick trübte, wenn auch nicht mehr so stark; Gott, das Fließen hatte ihn voll erfaßt. Die Öffentlichkeit hatte ihm ein Leben lang Alpträume bereitet, und er war immer noch der Panik nah, erlebte immer noch Flashbacks mit dem Sicherheitsdienst, der Zelle, den Verhören vor dem Rat …

Girauds Stimme, die Dinge sagte, an die er sich nicht genau erinnern konnte, die ihn aber zutiefst erschreckten.

Wach auf, verdammt noch mal! Du hast keine Zeit mehr zum Nachdenken. Jetzt mußt du handeln!

»Dr. Warrick«, sagte Corain und ergriff seine Hand. »Freut mich, Sie endlich kennenzulernen.«

»Danke, Ser.«

Wann ist diese Botschaft von meinem Vater tatsächlich eingetroffen? Das war es, was er fragen wollte.

Aber er tat es nicht, schließlich war er kein Idiot. *Beaufsichtigen,* hatte Lynch gesagt; also waren die Räte nicht hier, um selbst Fragen zu stellen.

»Wenn Sie etwas brauchen«, sagte Corain, »wenn Sie das Gefühl haben, Schutz zu brauchen – dann bitten Sie ruhig darum, ja?«

»Im Moment nicht, Ser. – Aber ich weiß Ihre Aufmerksamkeit zu schätzen.« *Das ist ein Mann, der Jordan benutzen will. Und mich. Was bin ich ihm wert? Was würde sein Schutz mir noch lassen?*

Ich bin raus aus Reseune. Und Grant sitzt drin.

Corain tätschelte seinen Arm. Simon Jacques hielt ihm die Hand hin und stellte sich vor, ein dunkelhaariger, unauffälliger Typ von einem Mann mit einem festen Händedruck und einer Neigung, seinem Blick auszuweichen. »Rat … Vorsitzender Harad«, stotterte Justin, während er Harads dünne Hand schüttelte und sich mit grauen Augen kühl und feindselig gemustert sah. *Einer von Reseunes Freunden.*

»Dr. Warrick«, sagte Harad. »Ich hoffe, Sie können die allgemeine Konfusion etwas lichten. Danke, daß Sie bereit waren, zu kommen.«

»Ja, Ser.« … *bereit waren, zu kommen – Wer hat mich denn gefragt? Wer hat sich in meinem Namen bereit erklärt? Wieviel ist in meinem und Jordans Namen rausgegangen?*

»Dr. Warrick«, unterbrach Lynch und faßte seinen Arm. »Wenn wir jetzt beginnen können …«

Er nahm an seinem Tisch Platz; und beantwortete Fragen: Nein, ich habe keine Möglichkeit, über die Stellungnahmen meines Vaters hinaus etwas zu erfahren. Er hat seitdem, kurz vor dem Verhör, nicht mehr mit mir über die Sache geredet. Bevor er fort mußte. Nein, ich stehe nicht unter Drogen; niemand hat mich unter Druck gesetzt. Ich bin durcheinander, und ich mache mir Sorgen. Ich glaube, das ist unter den gegebenen Umständen eine normale Reaktion … Seine Hand zitterte, als er das Glas Wasser hochhob. Er trank etwas und wartete ab, während die Ausschußmitglieder sich berieten, so leise miteinander redeten, daß er es gerade nicht mehr verstehen konnte.

»Warum glauben Sie«, fragte ihn danach ein Dr. Wells, »oder haben Sie überhaupt je dem Geständnis Ihres Vaters geglaubt?«

»Ich glaube es. Er hat es so gesagt. Und weil …« *Spiel auf etwas Sexuelles an,* hatte Ari ihm auf dem Flug empfohlen. *Das kommt in der Presse gut an. Skandale erregen immer Aufmerksamkeit, und man kann die Menschen sehr viel leichter en masse bearbeiten, weil sie Sex interessiert: Dazu hat* jeder *eine Meinung. Erwähne bloß das Band nicht, dann erwähne ich auch nicht die Drogen, in Ordnung?* »Weil es ein Motiv gab, dem ich glauben konnte – dem jeder in Reseune glauben konnte. Mich nämlich. Ariane Emory hat mich dazu erpreßt, eine Beziehung mit ihr einzugehen. Das hat mein Vater herausgefunden.«

Es reagierte niemand überrascht. Der Fragesteller nickte bedächtig.

»Sie erpreßt – wie?«

Justin warf einen Blick zu Mikhail Corain, obwohl es ein

Mitglied des Ausschusses war, das die Frage gestellt hatte. Indem er aus den Augenwinkeln auf Corains Reaktionen achtete, antwortete er: »Es gab eine geheime Abmachung für Jordans Versetzung zu ›Reseunespace‹. Ari fand heraus, daß Jordan sie hintergangen hatte, um von ihr freizukommen, und sie hat mit mir einen Handel getroffen – nicht die Versetzung meines Vaters zu verhindern.« Corain gefiel diese Art der Befragung nicht. *Aha,* dachte Justin und sah zum Fragesteller zurück. »Sie sagte mir, daß sie mich in Reseune behalten wollte; sie hatte vor, mich auszubilden; sie hat ein Potential in meiner Arbeit gesehen, das sie entwickeln wollte, und sie wollte eine Garantie dafür, daß Jordan das Psychogenese-Projekt nicht sabotierte. Es sah aus, als würde es nur ein paar Jahre dauern. Dann sagte sie, sie würde meine Versetzung genehmigen, um ihn zu begleiten. Wahrscheinlich hätte sie das auch getan. Normalerweise hielt sie ihre Versprechen.«

Allmählich begannen die Ratsmitglieder sich zu beraten. *Sie wußten es,* dachte Justin. *Sie wußten es, der ganze verdammte Ausschuß – selbst Corain ... Mein Gott, sie haben es all die Jahre gewußt, alle im Rat und im Amt ... Die Sache zwischen mir und Ari war kein Geheimnis. Aber etwas von dem, was ich gesagt habe, wußten sie nicht.*

Gott! In was bin ich da hineingeraten? Welche Vereinbarungen hat Giraud getroffen, womit habe ich es hier zu tun?

»Sie wollten die sexuelle Beziehung geheimhalten«, sagte Wells. »Wie lang ging das so weiter?«

»Ein paar Mal.«

»Wo?«

»In ihrem Büro. Und in ihrem Apartment.«

»Wer hat damit angefangen?«

»Sie.« Er spürte die Hitze in seinem Gesicht und stützte sich mit den Armen auf dem Tisch ab. »Darf ich etwas sagen, Ser? Ich bin fest davon überzeugt, daß der Sex nur ein Mittel zum Zweck war – um mich schuldig genug zu machen, um einen Keil zwischen mich und meinen Vater zu treiben. Es ging nicht bloß um diese Treffen selbst. Sondern um die Beziehung zwischen ihr und meinem Vater. Ich bin ein PR, Ser. Und sie war meinem Vater nicht freundlich gesinnt. Ich glaubte, ich könnte mit dem Schuldgefühl fertig werden. Ich dachte, es würde mich nicht stören. Nach den Vorkommnissen sah es ganz anders aus; und sie war eine meisterhafte Klinikerin – sie hatte vollkommen unter Kontrolle, was vor sich ging, und ich war ein Student, der seine Grenzen weit überschritten hatte. In dieser Hinsicht hätte mein Vater mich verstanden, was ich zu dieser Zeit nicht konnte. Ich wollte verhindern, daß er es herausfand. Aber er hat's doch erfahren.«

Aus dem Flux heraus schoß ihm ein Gedanke mit absoluter Gewißheit durch den Kopf: Er *hat's nicht getan. Er konnte niemanden umbringen. Er hätte sich um mich Sorgen gemacht. Er hätte die Situation mit mir zu bereinigen versucht, bevor er etwas getan hätte – und ich kann ihm das nicht sagen …* – doch einen Moment später überlegte er es sich anders: *jeder kann unter dem entsprechenden Druck alles tun. Falls das für ihn der entsprechende Druck war, der Moment, indem er's nicht mehr aushalten konnte …*

»Hat Ihr Vater Sie mit seiner Entdeckung konfrontiert?« fragte Lynch.

»Nein. Er ist gleich zu ihr gegangen. Ich hatte mich später am Abend mit Ari verabredet. Ich wußte nicht, daß sie tot war, bis man es mir sagte, nachdem ich inhaftiert worden war.«

Dann – auf einmal – schnappte das Stück, das sich einzupassen versucht hatte, ganz klar und deutlich ein, genau an der Stelle, wo der Ausweg war: *Weigere dich, das zu akzeptieren, was Jordan gesagt hat – sei der empörte Sohn, der seinen Vater verteidigt; bring dich nicht in die Situation, zwischen zwei Fronten zu stehen. Das ist die Antwort.*

Das mußte er aus all dem schließen, was Ari ihm im Flugzeug gesagt hatte, und er sah deutlich, wohin sie ihn lenken wollte. All die Brocken, die sie ihm nacheinander vorgeworfen hatte – *verdammt, sie ist wirklich gerissen.* Aber es gab eine Möglichkeit, all das so hinzubekommen, daß er an beide Ufer treten und den emotional Berührten und Empörten spielen konnte – entweder stellte er sich gegen Jordan und ließ sich auf eine Seite ziehen; oder er gewann Jordan für sich – was immer funktionierte, zum Teufel mit Corain, zum Teufel mit all den Möchtegern-Manipulatoren, die in diesem Durcheinander ihre Finger hatten: Er konnte manövrieren, fände er nur eine Position, in der er die Anstrengungen aller, ihn zu überreden, auf sich konzentrieren konnte. Auf diese Weise würde er Informationen sammeln, in einem beschränkten Ausmaß Kontrolle gewinnen können, und er hielt es durchaus für möglich, so die Grenzen zu überschreiten, die Ari für ihn hatte ziehen wollen; aber gerade so weit, daß sie sich Sorgen machte und weiter an ihm und seiner Position arbeitete, nicht solang er einem schmalen Grat zwischen Opposition und Kooperation folgen konnte.

Er stand unter Beschuß. In solchen Momenten konnte er immer am besten nachdenken. Er hob das Glas und trank noch einen Schluck, und auf einmal war seine Hand ruhig, auch wenn sein Herz noch schwer schlug: *Verdammt, Giraud hat an mir ganze Arbeit geleistet. Ich bin mit den Nerven am Ende. Aber der Verstand arbeitet.*

»Ist Ihnen irgendeine andere Person bekannt, die ein Motiv für den Mord gehabt haben könnte?«

»Ich wüßte nicht«, sagte er, runzelte die Stirn und fuhr ungefragt fort. »Ich muß Ihnen sagen, Ser, ich habe einen schweren Verdacht, was hier vor sich geht.«

»Welchen Verdacht?«

»Daß mein Vater benutzt wird. Daß, falls er seine Behauptung widerruft – das ebensowenig überprüft werden kann wie die Behauptung selbst. Niemand weiß, was die Wahrheit ist. Und niemand kann es wissen. Er ist ein Forscher. Er war zwanzig Jahre lang nicht in Berührung mit der Tagespolitik. Natürlich kann er eine Stellungnahme abgeben. Er kann alles behaupten. Gott weiß, was ihm gesagt worden ist oder was vor sich geht, aber ich traue der Sache nicht, Ser. Ich weiß nicht, ob man ihm etwas gesagt hat, was ihn zu diesen Anschuldigungen veranlaßte, oder ob man ihm dafür etwas versprochen hat, aber ich mache mir größte Sorgen, Ser, und ich ärgere mich darüber, daß sein Name in politische Vorgänge verwickelt wird, über die er nichts weiß – er wird *benutzt*, Ser, vielleicht zu etwas getrieben, vielleicht machen sich Leute diese Sache zunutze, die vor zwanzig Jahren kein Wort über die Lippen bekommen haben, um ihm zu helfen, und ganz plötzlich ist jeder an ihm interessiert, nicht weil man weiß, ob er schuldig oder unschuldig ist, sondern weil er politisch als Hebel für Angelegenheiten dient, die sich ihm entziehen, aus Gründen, die mit seinem Wohlergehen nichts zu tun haben. Dagegen werde ich etwas unternehmen, Ser.«

Etwa zwei Atemzüge lang herrschte Schweigen, dann erhob sich Stimmengewirr im Saal.

Nun würde man die Messer zücken, dachte Justin. Jetzt hatte er seine Stellung gefunden und um Jordan eine Barriere errichtet, ganz gleich, was er gesagt hatte.

Seine Hand zitterte derart, daß er beinahe das Wasser verschüttete, als er das nächste Glas leerte, aber es war eine jener Erschütterungen nach einem Kampf. Im Innern hegte er für sich, Jordan und Grant größere Hoffnung als zum Zeitpunkt, als er erfahren hatte, wohin man seinen Vater brachte.

Corain biß sich auf die Lippe, als die junge Ari ihm während der Sitzungsunterbrechung freundlich die Hand schüttelte, und in der Abschirmung seiner und ihrer eigenen Sicherheitsvorkehrungen in ernstem Ton sagte: »So ist die Politik; Reseune versteht das, aber für Justin ist es etwas sehr Persönliches. Er ist unpolitisch. Er betrachtete es zunächst als politisch, was mit seinem Vater passiert ist, und jetzt sieht er, wie alles wieder von vorn losgeht, da Giraud tot ist und die Wahlen laufen. Ich habe ihm geraten, ruhig zu bleiben, aber er ist schrecklich aufgeregt.«

»Sie sollten ihm den Rat geben«, erwiderte Corain kühl, »daß er sich von den Medien fernhalten sollte, junge Sera, wenn das sein Hauptanliegen ist. Wenn er Anschuldigungen ausspricht, wird das vor den Rat kommen.«

»Ich werd's ihm ausrichten, Ser.« Wobei sie leicht das Kinn hob. Nicht Ari seniors Lächeln, nicht dieses überlegene Lächeln, das einen so wütend machte; bloß ein direkter Blick. »Möglicherweise ist meine Vorgängerin ausgerutscht und gestürzt. *Ich* habe keine Ahnung. Ich bin an der Wahrheit interessiert, allerdings glaube ich wirklich nicht, daß sie im Laufe dieser Vernehmung ans Licht kommt.«

Wenn Ari senior das gesagt hätte, hätte sicher noch viel mehr mitgeschwungen. Corain blickte dieser Inkarnation in die Augen und war sich völlig sicher, daß das auch bei ihr zutraf. Im Wissenschaftsamt zog Reseune an den Fäden, daran gab es keinen Zweifel.

»Es ist mir sehr unangenehm«, erklärte Ari Emory, indem sie einen vertraulichen Ton wie unter Freunden anschlug, »daß das aufgeflogen ist. Die Politik ändert sich, die Standpunkte ändern sich – und man entwickelt gemeinsame Interessen. Es wird nur noch ein paar Jahre dauern, bis ich Reseune leite; es gibt viel, was ich dann tun kann, und ich möchte manches ändern. Bitte verstehen Sie, Ser, daß ich nicht an die Vergangenheit gekettet bin.«

»Sie haben noch ein paar Jahre«, sagte Corain. *Gott sei Dank,* dachte er dabei.

»Noch ein paar Jahre. Aber ich beteilige mich schon seit langem an der Politik. Wenn meine Vorgängerin jetzt am Leben wäre, würde sie die Gesamtsituation betrachten und etwas anordnen, das getan werden muß, um sie zu beruhigen. Gegenwärtig aber tragen beide Seiten nur Nachteile davon. Der einzige, der davon profitiert, ist Khalid.«

Corain blickte eine Weile in das junge Gesicht. »Wir haben immer eine gemäßigte Position vertreten.«

»Wir sind völlig einer Meinung, wenn es darum geht, Novgorods Problem zu lösen. Und die Probleme mit der Pan-Paris-Schleife. All das. Ich denke, Sie haben mit diesen Anträgen völlig recht – so wie ich weiß, daß ich mit Dr. Warrick recht habe.«

»Sie haben keine Macht, junge Sera.«

»Doch, durchaus«, widersprach sie. »Zumindest innerhalb von Reseune. Das ist nicht wenig. Im Moment bin ich hier, weil ich bestimmte Leute kenne, die Justin nicht kennt; und weil Justin mein Freund ist, und ich, ehrlich gesagt, nicht glaube, daß sein Vater in irgendeiner Hinsicht eine Gefahr für mich persönlich ist, und dasselbe gilt für die Administration Reseunes. Es ist also gewissermaßen eine psychologische Taktik: Ich möchte den Leuten zu verstehen geben, daß ich Justin unterstütze. Er sieht die Gefahr, daß sein Vater in Angelegenheiten verstrickt wird, die er, wie er weiß, nicht unterstützen würde; und deshalb wird Reseune auf seine Souveränität pochen, um seine Bürger zu beschützen, sowohl ihn wie seinen Vater. Es kann vor Gericht enden; und das könnte verwickelt werden und würde nur den Paxern helfen, nicht wahr, die ihn, wie ich annehme, auch nicht mögen. Also, wie kommen wir da raus? Sie haben die Erfahrung im Rat. Sagen Sie's mir!«

»Erst einmal«, erwiderte Corain mit einem bitteren Geschmack im Mund, »muß der junge Warrick die Behauptungen zurücknehmen, die er aufgestellt hat.«

Ari nickte. »Ich glaube, das ist eine gute Idee.«

»Ich habe im Ausschuß den Eindruck hervorgerufen, daß ich Rat Corain etwas vorwerfe«, erklärte Justin ruhig und vorsichtig. »Das ist mir in der Pause bewußt geworden, und ich möchte mich sehr dafür entschuldigen. Ich zweifle nicht daran, daß ihm das Wohlergehen seines Vaters am Herzen liegt. Aber ich befürchte starke Einflüsse, die in dieses Verfahren hineingewirkt haben könnten ...«

IX

Es dauerte bis nach Mitternacht, ehe sie durch den unterirdischen Eingang das Hotel betraten und mit dem Sicherheitslift direkt in die oberen Stockwerke fuhr, die der Reseuner Sicherheitsdienst okkupiert hatte; Ari seufzte vor Erleichterung, als der Aufzug im achtzehnten Stock anhielt und in eine einzige zusammenhängende, ausgedehnte Suite auf dieser VIP-Ebene an der Flußseite ausstiegen, die auf Girauds Namen ohnehin noch für Monate reserviert war, in einem Hotel, das der Reseuner Sicherheitsdienst bis zu den Grundmauern und Leitungsrohren kannte.

Kein Geringerer als Abban holte sie am Lift ab, und Ari blinzelte in der Überraschung des ersten Augenblicks, dann empfand sie ungeheuere Erleichterung darüber, daß Abban mit seiner Kompetenz das erledigte, wozu Florian und Catlin keine Gelegenheit gehabt hatten. Er verrichtete ohne zu murren seinen Job, ganz gleich, ob man an diesem Morgen Giraud begraben hatte, und ganz gleich, was Abban in dieser Woche durchgemacht hatte. Er mußte an diesem Nachmittag aus Reseune herübergeflogen sein, als das übrige Personal schon in Novgorod war.

»Junge Sera«, begrüßte Abban sie. »Florian, Catlin, ich habe die Überprüfungen schon vorgenommen; die Sera möchte sicher das Hauptschlafzimmer beziehen; Ser Justin das weiße oder das blaue Zimmer – wenn die Sera nichts dagegen hat.«

Das blaue Schlafzimmer lag auf der anderen Seite der Suite, am Ende eines Flurs und hinter dem Bandstudio; das weiße lag neben der Hauptsuite und war durch eine seitliche Tür mit ihr verbunden, wenn sie nicht gerade verschlossen war; in dem weißen hatte sie bis vor kurzem noch gewohnt, wenn sie mit Onkel Giraud Novgorod besucht hatte. *Ich hätte lieber mein altes Zimmer, dach*te sie; aber etwas so Emotionales durfte sie nicht äußern. Abban war nicht sonderlich sozial, selbst nach all den Jahren, und es waren der Druck des Tages und ihre Erschöpfung, daß sie sich wünschte, wieder ein Kind zu sein und Giraud schliefe eine Tür weiter, um gegebenenfalls alle Probleme auszuräumen. »Er kann das weiße nehmen«, sagte sie und sah Justin an, der völlig erschöpft war. »Geh mit Kelly, Justin, er wird dir alles zeigen! – Gibt's hier etwas zu essen, Abban? Justin ist halb verhungert.«

»Wir dachten, für ein komplettes Menü reiche die Zeit nicht aus. Deshalb hat das Personal ein kaltes Abendessen vorbereitet, das aus jedem Zimmer bestellt werden kann: Weißwein, Käse und Schinken; wenn die Sera es allerdings vorzieht ...«

»Du bist ein Schatz, Abban.« Sie tätschelte seinen Arm und schritt müde durch die Haupttüren der VIP-Suite, Abban zu ihrer Rechten, Florian zu ihrer Linken und Catlin ein Stück hinter ihnen, als sie an den Wachen vorbei in den langen Eingangsflur aus Volga-Sandstein gingen. »Ich weiß wirklich zu schätzen, was du für uns tust. Das mußtest du nicht.«

»Giraud hat mich gebeten, sein Büro zu schließen und seine persönlichen Papiere zu sammeln. Und Ser Denys bat mich, den Haussicherheitsdienst zu leiten, etwa mit den Kompetenzen Girauds, auf einer hoffentlich einigermaßen dauerhaften Grundlage. Das gehört zu meinem Job.«

»Ich bin froh, daß sich jemand um dich kümmert. Geht's dir gut, Abban?«

Abban war selbst über hundert Jahre alt und hatte den Großteil seines Lebens einen Aufseher gehabt. Er war jetzt sehr allein, dachte Ari, weil Denys sich auf den kommenden Giraud konzentrierte. Jemand mußte sich seiner annehmen – oder ihm das Letzte Band und eine ZIV-Nummer geben, wofür Abban kaum geeignet war. Seit Girauds Tod schien er von der Familie nur Rüffel gehört und die Verantwortlichkeit für alle Kleinigkeiten zugesprochen bekommen zu haben, ein schöner Dank für das, was er erlitten hatte, und das machte sie wütend.

»Sehr gut. Danke, Sera. Ser Denys hat mir einen Platz in seinem Haushalt angeboten.«

»Gut.« Sie war überrascht und erleichtert. »Gut für Denys. Ich mache mir nur Sorgen um dich.«

»Sie sind sehr freundlich, junge Sera.«

»Ich mache mir wirklich Sorgen. Ich weiß, daß alles in Ordnung ist; das Personal hat sich drum gekümmert. Du kannst dich jetzt auch etwas ausruhen.«

»Es geht mir sehr gut, junge Sera, danke; ich bleibe lieber beschäftigt.« Sie hielten an der Tür des Hauptschlafzimmers inne, einer kleinen Suite für sich in dem großen Flügel, und Abban öffnete mit der Hand die Tür. »Ich werde das Personal einweisen und ihre Abendessen bestellen. Florian und Catlin bleiben doch in Ihrem Schlafzimmer, ja? Ich würde das empfehlen.«

»Ja. Mach dir keine Sorgen deswegen. Wir machen das immer so.« Abban hätte es vorgezogen, vermutete sie, wenn Justin im blauen Zimmer am anderen Ende des Stockwerks schliefe; und wahrscheinlich hatten Giraud und deshalb auch Abban nie geglaubt, daß im Bett nichts zwischen ihnen lief. »*Nur* Florian und Catlin, das versichere ich dir. Es ist alles bestens. Hol uns unser Essen, und wir werden uns für die Nacht zurückziehen.«

»Denken Sie daran, daß auch der zentrale Automatische Haushälter ein begrenztes System ist; Ihre Tür läßt sich manuell öffnen. Bitte vergessen Sie nicht, sie abzuschließen.«

»Ja«, versprach sie. Das würde Florian und Catlin ärgern – Abbans pedantische Überheblichkeit, als seien sie alle noch Kinder. Sie lächelte, froh darüber, daß Abban zumindest in dieser Hinsicht keinen Schaden genommen hatte. »Geh jetzt«, sagte sie. »Wir kommen schon zurecht.« Und Abban nickte, verabschiedete sich mit einem höflichen ›Sera‹ und überließ sie Florian und Catlin.

»Er macht das gut«, sagte Florian mit genau dem Maß an Ungehaltenheit, das sie erwartet hatte. »*Abban als* Leiter des Sicherheitsdienstes …«

Florian fühlte sich von Abbans Kleinigkeitskrämerei beleidigt; Catlin dagegen hielt seine Erinnerung für pure Zeitverschwendung und behandelte ihn mit kühler Geringschätzung. Das war der Unterschied zwischen ihnen. Ari lächelte, schüttelte den Kopf und ging in den Wohnbereich der Hauptsuite, übergab Catlin dankbar ihre Aktentasche und sank mit einem Ächzen in einen benutzerflexiblen Sessel, während Justin direkt zum Automatischen Haushälter ging, um die Einträge abzulesen, die seit Abbans Programmierung im Laufe des Tages entstanden waren.

»Mein Gott«, seufzte sie und lehnte sich in dem weichen Sessel zurück, der sich ihrem Körper anpaßte, als sie die Füße hochlegte. »Wie sieht's aus bei uns, alles sauber genug?«

»Hier kann nichts sauber genug sein«, meinte Catlin. Sie stellte die Aktentasche auf den Tisch am Eingang, öffnete sie, drückte einen Knopf und prüfte die interne Elektronik. »Hier sind alle ziemlich nervös. Ich bin froh, wenn wir hier wieder raus sind.«

Florian nickte. »Der Automatische Haushälter ist um 17.47 eingestellt worden. Seitdem wurde nur Personal eingelassen.«

»Er hätte um 15.00 eingestellt werden sollen«, bemerkte Catlin mit kühler Mißbilligung.

»Abban hat es gemacht.« Ein Seitenhieb. »Wahrscheinlich neu eingestellt, als er ankam.« Ein zweiter Hieb. »Ich werde ihn fragen. – Sera, bleiben Sie eine Weile einfach hier sitzen. Lassen Sie uns Zeit, alles zu überprüfen.«

»Mein Gott«, murrte Ari, beugte sich vor und zog ihre Schuhe aus. »Wenn hier eine Bombe liegt, ist es mir auch egal. Ich möchte duschen, zu Abend essen und ins Bett, ganz gleich, ob schon jemand drinliegt.«

Florian lachte. »Wir machen's, so schnell wir können«, versprach er, wandte sich von dem Automatischen Haushälter ab und sah sich die von Catlin gemessenen Werte an, dann packte er seinen eigenen Koffer aus und verteilte seine Hilfsmittel um sich.

Die Aufforderung zur Sorglosigkeit war der einzige direkte Befehl, dem sie nie folgen würden. Niemand außer ihnen überprüfte ihre Unterkünfte, und das entsprach auch der Vorschrift. Catlin hatte sie vor Jahren aufgestellt, und sie hielten sich immer noch daran, ganz gleich, wie lästig es war.

Deshalb zog sie die Beine an, stützte die Knie an die Lehne und schloß die Augen, sah dabei noch immer den zylindrischen Behälter im Boden versinken, die Steinplatte auf das Grab schmettern; Abbans blasses Gesicht; das Gesicht von Justin, der im Flugzeug auf dem Platz ihr gegenüber saß, so blaß und so voller Sorge …

Ein verdammt langer Tag. Ein mieser Tag. Corain war zu einem Handel bereit, aber er verhielt sich vorsichtig, er spielte so hart und rücksichtlos wie möglich. Er hatte sich mit Wells vom Amtsausschuß beraten, und nach der Pause waren die Fragen brutal und detailliert geworden.

Welche Position nehmen Sie gegenwärtig in Reseune ein? Wer hat das zu verantworten?

Wann haben Sie das letzte Mal mit Ihrem Vater gesprochen? In welchem seelischen Zustand befand er sich?

Sind Sie jemals auf Grund psychischer Probleme behandelt worden? Wer hat das verfügt?

Sie haben einen Azi zum Gefährten, Grant ALX-972. Hat er Sie begleitet? Warum nicht?

Sind Sie jemals einem psychologischen Verfahren unterzogen worden, das Sie diesem Ausschuß gegenüber bisher noch nicht erwähnt haben?

Justin hatte sich behauptet, indem er den Ausschuß zuweilen offen anlog, oder auch indirekt, eine deutliche Herausforderung an die Opposition im Amt, um zu sehen, ob sie die Stimmen hatten, um auf ein weiteres Verhör mit einer Psychosonde zu drängen; die hatten sie natürlich nicht, hatte Ari ihm in der Pause versichert; aber wir sollten es um Gottes willen nicht auf einen Versuch ankommen lassen.

Er hatte standgehalten, nicht im mindesten Risse gezeigt, bis ihm allmählich die Stimme versagte; er hatte an Gelassenheit gewonnen und seine Nerven beruhigt – so war das immer bei ihm; er war ungeheuer nervös, weil Politik bei ihm Flashbacks auslöste, denn sein Geist sah in allem so viele Möglichkeiten und sortierte und prüfte Einzelheiten von solcher Bandbreite, daß er Schwierigkeiten hatte, im Kopf zu behalten, wo er war und was um ihn herum vor sich ging, aber er hatte sich gefestigt und sein Gleichgewicht gefunden – sie hatte dieses kurze Luftholen, die Haltung der Schultern in dem Moment erkannt, als sie ihn auf dem Bildschirm im angrenzenden Raum sah, und ganz plötzlich war ihr klar geworden, daß der Ausschuß es mit einem Justin Warrick zu tun hatte, der in diesem Saal saß und allmählich zur Offensive überging.

Gut, hatte sie dabei gedacht. *Gut. Sie meinen, sie könnten ihn in die Mangel nehmen. Er ist vorher noch nie hier gewesen. Jetzt haben sie ihn endlich vor sich. Er ist zu klug, um sich Corain anzuschließen. Auf keinen Fall wird er jemandem folgen, der Fehler gemacht hat; dafür ist er viel zu unduldsam gegenüber Schlampereien, und das hat er gesagt, als er unter Einfluß von Kath stand: Damals hat niemand meinem Vater geholfen. Keiner seiner verdammten Freunde. Das hat ihn sehr feindselig gemacht.*

Sie werden feststellen, daß sie's mit einer Sonderperson zu tun haben, nachdem er sich mit ihren Schlüsseln und Credit-Scheinen davongemacht hat – verdammt, er ist gut, wenn man ihm freie Bahn läßt; dann hat er alles, was man seinem Vater nachsagt, einschließlich des Temperaments – wenn man ihm einmal die Zügel locker läßt und dazu bringt, mit dem Analysieren aufzuhören und zu handeln. Er versucht diese Leute immer noch zu durchschauen, und er haßt Echtzeit-Arbeit leidenschaftlich. Ein zu weites Gebiet. Im Gegensatz zu mir hat er nie gelernt, den Durchschnitt zu ermitteln und zu improvisieren; Justin verlangt nach exakten Werten, und die bekommt man in der Echtzeit-Arbeit ebensowenig wie in der Politik. Dieselbe Genauigkeit, die ihn für Designs so wertvoll macht – weshalb seine Designs so sauber sind –, ist der Grund dafür, warum er so elend langsam ist, und warum er zu ihnen so weitschweifig ist, zwischen Informationsfetzen Zusammenhänge knüpft, die andere Designer, selbst Yanni, ebensogut erkennen können wie er …

Irgendwann, wenn wir zurück sind und all das hinter uns haben, werden wir darüber reden müssen …

Er muß von einem Such-Muster Gebrauch machen, das nicht im Programm enthalten ist, auch wenn er sich bis an die letzten Kleinigkeiten dieser Sets erinnern kann …

Wenn er es erklären könnte …

Ich ahne es fast. Es hat etwas mit der Natur der Designer selbst zu tun, ihrer Art, ein Problem anzufassen – er denkt auf einer begrifflichen Ebene. Aber er trägt es in die Arbeit an ZIVs ...

»Sie schicken ein Tablett rauf«, sagte eine fremde Stimme, und Justin, der auf dem Bett lag und fast eingeschlafen war, spürte einen Anflug von Panik; es sollte Grants Stimme sein, aber es war eine andere.

Kelly hieß dieser Mann. Einer vom Sicherheitsdienst. Justin strich sich mit der Hand über die Augen, fuhr sich mit den Fingern durchs Haar und brummte eine Antwort.

Es ging ihm gut, redete er ständig auf sich ein; er war in Sicherheit. Kelly stand auf seiner Seite und war nur dazu da, um ihn zu beschützen.

Benommen vor Erschöpfung stemmte er sich aus dem Bett. Jetzt spürte er die negativen Auswirkungen des hohen Adrenalinpegels, dem er stundenlang ausgesetzt gewesen war. »Ich glaube nicht, daß ich etwas essen kann.«

»Ich bin angewiesen worden, darauf zu achten«, erwiderte Kelly in einem Ton, der erkennen ließ, daß er ihn notfalls füttern würde.

»Mist!« Ihm schoß ein Gedanke durch den Kopf. »Ich habe morgen einen Termin in der Klinik. Rejuvenilisierung. Mein Gott.« Er überlegte, Kelly eine entsprechende Anfrage übermitteln zu lassen, aber seinen Erfahrungen nach lief über tiefere Ebenen nichts. »Sind Florian oder Catlin noch im Netz?«

»Ja, Ser.«

»Sag ihnen, sie sollen mich anrufen. Sag ihnen, ich hätte keine Medikamente mehr.« Er ging ins Bad und befeuchtete Gesicht und Nacken, machte sich jetzt Sorgen um Grant. Er hatte keinen Bedarf, sich aus einem beliebigen Lager in Novgorod Medikamente zu besorgen; er dachte an Aris ausgefeilte Sicherheitsvorkehrungen für Grant und sorgte um den Bruch, den das hervorrufen konnte, und ob irgend jemand in Reseune ein Motiv hatte, Drogen auszutauschen.

»Ser Justin?« Florian sprach ihn aus dem Wandlautsprecher an. »Hier ist Florian. Meinen Sie die verschreibungspflichtigen Mittel? Dafür haben wir gesorgt.«

»Danke. Ist auch für Grant gesorgt? Er folgt demselben Zeitplan.«

»Wir haben daran gedacht. Es wird dafür gesorgt, Ser. Brauchen Sie's noch heute abend?«

»Danke«, sagte er erleichtert. Verlaß dich ruhig auf Florian. Er vergißt nichts. »Nein, ich werde mich heute abend ausruhen, das Zeug macht mich nur ... jedenfalls brauche ich's nicht vor dem Schlafengehen.« Außerdem tat es höllisch weh; und er freute sich nicht darauf. Er konnte morgen nicht mit Schmerztabletten in die Sitzung gehen.

»Ja, Ser. Dann ist also alles in Ordnung. Schlafen Sie gut.«

»Ende«, sagte Justin zum Automatischen Haushälter. Und hörte, wie sich die Tür der Suite öffnete. Sein Herz machte einen Sprung.

Kelly, dachte er. Fürs Essen war's ein bißchen früh. Er trocknete sich das Gesicht ab, hängte das Handtuch an den Haken und ging ins Schlafzimmer.

Kein Kelly.

Keiner vom Sicherheitsdienst. »Haushälter«, sagte er. »Haushälter, hol Florian AF. Gleich nebenan.«

Kein Laut.

»Haushälter, gib mir eine Antwort.«

Nichts.

O mein Gott.

»Hier ist Abban, Ser«, war aus dem Automatischen Haushälter zu hören; und Ari stemmte sich aus dem Stuhl, um die Tür eigenhändig zu öffnen, während Florian und Catlin im Schlafzimmer noch immer mit ihren Checks beschäftigt waren.

»Sera!« rief Florian hinter ihr, und sie hielt inne, als er loslief, um die Tür selbst zu öffnen. Auch das war ganz nach Vorschrift. »Ich werde das Abendessen servieren«, sagte er dann ruhig und fügte mit einem leichten Lächeln hinzu: »Die Dusche ist sicher.«

»Da bin ich ja froh.« Sie wollte sich hinbegeben, blickte aber zurück, als die Tür sich öffnete und Abban mit dem Servierpersonal erschien.

Da pochte plötzlich jemand gegen die Tür zu Justins Suite. »Florian!« hörte sie ihn rufen.

Dann wurde die ganze Wand im Aufflammen einer Feuerwand und mit einer Wucht nach innen gedrückt, die Ari wie ein Faustschlag traf; sie fiel über einen Lehnstuhl und rutschte auf den Knien in den schmalen Winkel an der Wand, als die Flammen zur Decke loderten, zu ihrer Rechten unvermittelt eine Salve von Pistolenschüssen abgefeuert wurde und zu ihrer Linken Granaten explodierten, und konnte für den Bruchteil einer Sekunde nur starr vor Schrecken zusehen und die Arme hochreißen, als ein Körper sich auf sie warf, sie unter sich begrub und ihren Kopf auf den Boden schmetterte.

Eine zweite Explosion, die ihr bis in die Knochen ging. »Sera!« keuchte Florian ihr ins Ohr, und sie versuchte sich zu bewegen, instinktiv mitzuhelfen, als er sich abmühte, sie über den Boden hinter den Sessel zu zerren, während das Feuer den Rauch durchflackerte und die Hitze nahezu unerträglich wurde. Ein weiteres Geschoß wurde abgefeuert und explodierte, und Florian ließ sich auf sie fallen, schirmte sie mit seinem Körper ab und schützte ihren Kopf mit seinen Armen.

Einen Augenblick darauf herrschte schreckliche Stille, bis auf das Prasseln des Feuers, das den absinkenden Rauch erhellte – dann riß jemand den Sessel weg und schleuderte ihn beiseite. Florian rührte sich, und Ari sah Catlins starres, finsteres Gesicht umgekehrt über sich im orangefarbenen Licht, spürte Florians Knie gegen ihr Bein und seine Hand gegen ihre Schulter drücken, als er aufzustehen und sie voneinander loszukommen versuchten; er zog sich auf die Beine und legte einen Arm um sie, während Catlin auf der anderen Seite half, geriet dabei ins Stolpern und stützte sich an der Wand ab.

Ein undurchdringlicher Flammenvorhang versperrte den

Weg durch die offene Tür. Draußen schrien Stimmen durcheinander. *Ihre oder unsere Leute?* fragte sich Ari verzweifelt. Das Feuer schloß halbzerfetzte Körper auf dem Boden ein, erkennbar nur an den schwarzen Uniformen des Sicherheitsdienstes – dort, wo Abban gestanden hatte –, und die Hitze vermengte Aris Hände und ihr Gesicht …

Wer ist unser Feind? Was wartet da draußen auf uns? Was sollen wir zuerst machen? Kann man durch ein so dichtes Feuer laufen? Brennt es im Flur?

Sie merkte, daß Florian und Catlin zögerten, wenn auch nur für einen Moment; dann keuchte Florian jemandem etwas zu, der nicht im selben Raum war. »Florian an Wachmannschaft Zwei – jemand hat die Feuerschutzanlage lahmgelegt. Stellt das System Zwei wieder an. Eine Brandbombe ist hochgegangen. Bitte bestätigen.«

»Sie antworten«, sagte Catlin.

»Wer ist *sie?*« fragte Ari und röchelte von dem Rauch. Das Feuer machte sie blind, drohte sie zu verbrennen, und es wurde mit jeder Sekunde schlimmer. »Verdammte Scheiße, wo ist der Handfeuerlöscher?«

Im selben Moment wurde mit einem schrillen Sirenenton die Feuerschutzanlage eingeschaltet.

Es brannte. Das merkte Justin zuerst an der sengenden Hitze, die ihn zum Handeln trieb, bevor er ganz bei Bewußtsein war, und am Rauch, der in seiner Nase, im Rachen und in der Lunge brannte – so tödlich wie das Feuer und schwerer zu entrinnen. Er kletterte über Schutthaufen aus zerschmetterten Strukturpaneelen und heißem Metall, spürte ein Stück in sein Bein schneiden, als er daran entlangstrich, verlor sein Gleichgewicht und kroch auf dem Bauch unter dem schweren Schreibtisch hindurch, der auf das Ende des Bettes gestürzt war – nur weg vom Feuer, an mehr konnte er im Moment nicht denken, bis sein Sichtfeld sich klärte und er durch den Rauch die Tür zum Flur sehen konnte, hinter den Trümmern der Decke und Wandtäfelung auf den Möbeln.

Dann verlor er das Bewußtsein. Er kam auf den Knien wieder zu sich, klammerte sich an den Türgriff und versuchte wieder, auf die Beine zu kommen, während zu seiner Rechten Feuer loderte, die Lichter wie zusammengeballte Sonnen in einem Universum, das zu einem Chaos aus Rauch, Feuer und Schreien geworden war, die von irgendwoher ertönten. Er zog an dem manuellen Riegel, löste ihn und zog die Tür gegen den überall aufgehäuften Schutt auf.

Eine weitere kurze Bewußtlosigkeit. Er schwankte durch den Flur, und dunkle Gestalten hasteten auf ihn zu, von denen eine ihn mit einem Hieb gegen den rauhen Stein der Wand schleuderte. Aber der Mann hörte sofort auf, zog ihn hoch und schrie: »Laufen Sie zum Ausgang! Da lang …«

Er spürte das steife Material eines Feuerschutzanzugs, spürte, wie ihm eine Maske vors Gesicht gepreßt und er weggeschleift wurde, während er die saubere Luft atmete. Dann sah er den Notausgang vor sich und versuchte aus eigener Kraft zu gehen, durch die Türen in saubere Luft. Der Mann rief ihm etwas zu und schob ihn durch …

Dann verlor er wieder für kurze Zeit das Bewußtsein. Jemand hielt ihn fest. Er befand sich im Treppenhaus, und ringsum standen Leute.

»Wie weit oben ist es?« schrie ihn jemand an. »Woher sind Sie gekommen?«

Er konnte nicht antworten. Er keuchte und stürzte fast hin; aber sie halfen ihm, und er ging weiter.

X

»Kelly EK ist tot«, berichtete Catlin ruhig, als sie gerade nicht dem Netz lauschte.

Auf dem Landeplatz vor der Mary-Stamford-Klinik trafen noch immer Rettungshelikopter ein, und Ari verscheuchte wütend den Krankenpfleger, der nachsehen wollte, ob die Beule an ihrem Kopf geröntgt werden mußte. »Zum Teufel, laß mich in Ruhe! *Wo, Catlin, in dem Zimmer?*«

»Im Flur«, erklärte Catlin. »Allein. Sie haben ihn an seinen Abzeichen identifiziert. Zur Zeit suchen sie die andere Seite des Gebäudes ab, wohin man durchs Treppenhaus kommt. Viele Gäste haben sich auf dem Weg in Sicherheit gebracht.«

»Gott.« In einer Reflexbewegung wischte sich Ari mit einer Hand übers Gesicht; an ihrer Hand haftete Kunsthaut, und der Schweiß brannte.

Die Löschmannschaften hatten den Brand unter Kontrolle, verlautete der Bericht. Es waren an verschiedenen Stellen in diesem Stockwerk Ladungen explodiert, im blauen Zimmer und im weißen. *Die Brandsätze sind im weißen angebracht worden,* hatte Florian verdrießlich festgestellt. *Bei einer oberflächlichen Durchsuchung hätte man sie nicht gefunden, aber wir wären darauf gestoßen, wenn wir alle Checks selbst durchgeführt hätten. Aber Abban hat uns psychologisch überlistet. Er hatte den Auslöser; ich habe den Blitz von der Aktentasche auf dem Tisch aus gesehen; und das Ding war auf dem neuesten Stand der Technik.*

Es war so schnell gegangen. Justins verzweifelte Rufe durch die Verbindungstür, die wenigen Sekundenbruchteile als Vorwarnung, die Florians Reflexe davon überzeugten, daß etwas nicht stimmte, und Catlin einen Herzschlag nach der ersten Explosion bewaffnet aus dem Schlafzimmer stürmen ließ, als Ergebnis etwa folgender Gedankenkette: *Nach gründlichen Checks kann nichts mehr explodieren – Abban hat die Checks vorgenommen – also: Feuer!* – Und das etwa eine Nanosekunde, bevor Abbans Schuß sie um Haaresbreite verfehlte. Es endete mit einem gezielten Schuß aus einer gewöhnlichen Pistole und einem besseren mit Explosivgeschossen, während Abban einen verhängnisvollen Synapsensprung lang gezögert hatte, ob er auf Ziel A oder Ziel B anlegen sollte.

Girauds Befehl, dachte Ari. *Giraud hat befohlen, mich umzubringen …*

Rettungsmannschaften waren in Justins ausgebranntes Zimmer vorgedrungen. Sie durchsuchten gerade die Trümmer; aber bisher hatten sie lediglich berichtet, die schwere Gerätekonsole sei neben der Verbindungstür zu Boden gestürzt und habe diesen Bereich von der Wucht der Explosion abgeschirmt, und daß sie die Tür zum Flur offen vorgefunden hätten, deshalb war Ari davon überzeugt, daß Justin hatte entkommen können. Zwei von den Toten, die sie gefunden hatten, waren an Rauchvergiftung gestorben; Kelly war bis zur Unkenntlichkeit verbrannt, hatte sich aber nicht in Justins Nähe befunden, wie er hätte sollen; einige Männer hatten schwere Verbrennungen erlitten, als sie zu Ari durchzukommen versuchten – hoffentlich überstanden sie es; aber der Sicherheitsdienst vom Stockwerk darunter war, für den Notfall ausgerüstet, nach oben gekommen, und ein sehr besonnener Einsatzleiter hatte Florians Warnung aufgefangen, daß die Feuerschutzanlagen nicht funktionierten, und sich zum Kontrollsystem durchgeschlagen, um sie wieder anzustellen – Abban hatte auch dieses kleine Detail nicht außer acht gelassen –, während ein anderer allen verfügbaren Leuten, die Löschgeräte in Reichweite hatten, befohlen hatte, sofort raufzukommen – eine kluge Entscheidung, denn die meisten von ihnen waren Azis, die möglicherweise ohne Schutz vor dem Feuer versucht hätten, Ari zu helfen, und bei dem Versuch umgekommen wären.

»*Verdammter Mist!*« In der Wunde an ihrem Kopf brannte das Adstringens. Man hatte schon einen fingerbreiten Plastiksplitter aus ihrer Schulter gezogen. Florian sah schlimm aus, er hatte einige abbekommen und reichlich Blut verloren und war eigentlich nicht in der Verfassung, Eingangskontrollen durchzuführen, dennoch stand er an der einen und ein zuverlässiger Wachmann an der anderen Tür, und vergewisserte sich, daß Abzeichen überprüft wurden und daß Reseuner Personal als solches erkannt wurde.

Abban und seine beiden Begleiter waren tot. *Ich weiß nicht, ob sie zu ihm gehörten,* hatte Catlin gesagt. *Es blieb keine Zeit, danach zu fragen.*

Ein eintreffender Krankenwagen fuhr einen Bordstein hinunter, und Justin wich zurück, geriet ins Stolpern und erholte sich im Dunkeln vom Chaos der Lichter, Löschgeräte, Lautsprecherdurchsagen und Gästen in Nachthemden und Pyjamas, die sich draußen auf der Straße oder auf den Kieswegen der Gartenanlage sammelten. Feuer flackerte durch den Rauch, der die Notscheinwerfer und das Flutlicht am Eingang und entlang der Auffahrt verfinsterte.

Dann stand er auf der Straße. Er wußte nicht, wie er dorthin geraten war oder wo sich das Hotel befand. Ihm schlotterten die Knie, und er fand im Dunkeln eine Bank, auf die er sich setzen konnte. Er barg das Gesicht in den Händen und spürte trotz der nächtlichen Kühle klebrigen Schweiß.

Ein weiteres Mal verlor er vorübergehend das Bewußtsein. Dann ging er wieder, geriet in eine Sackgasse zwischen zwei Gebäuden und sah eine abwärts führende Treppe. *Fußweg,* stand auf dem Schild.

Ich muß ein Telephon finden, dachte er. *Hilfe holen. Ich habe mich verlaufen.*

Und dann überlegte er: *Ich kann nicht klar denken. Gott, was ist, wenn …*

Es war jemand vom Personal. Der Sicherheitsdienst hatte alles überprüft.

Abban – hat es überprüft.

Ging es gegen mich? War ich der einzige?

Ari …

Er stolperte die Stufen hinunter, hielt sich am Geländer fest und schaffte es bis zu den Sicherheitstüren unten, die sich bei seinem Erscheinen in einen beleuchteten Tunnel öffneten, der in eine unheimliche Leere hineinführte.

»Onkel Denys«, stammelte Ari; und von einem zu anderen Moment war ihr die Belastung zuviel … *Onkel Denys*, so wie sie ihn damals in der Klinik angesprochen hatte, als sie sich den Arm brach und man ihr ein Telephon gab, damit sie Denys sagen konnte, welch eine Idiotin sie gewesen war. Diesmal traf das nicht zu, beruhigte sie sich; sie hatte Glück, noch am Leben zu sein. Aber der Bericht war auch nichts, worauf sie stolz sein konnte. »Onkel Denys, mir geht's gut. Florian und Catlin auch.«

»Gott sei Dank. Sie behaupten, du seiest getötet worden, verstehst du?«

»Ich bin noch ganz munter. Ein paar Kratzer und einige Verbrennungen. Aber Abban ist tot. Und fünf andere. Verbrannt.« Sie konnten sich nicht erlauben, alles über die kleinen Sender, die Florian ans mobile System angeschlossen hatte, durchs Netz zu schicken. »Ich werde hier selbst den Oberbefehl über den Sicherheitsdienst übernehmen. Ich gebe Befehle übers Netz durch. Der Sicherheitsdienst steht jetzt schlecht da, verstehst du. Jemand hat sich eingeschlichen.« Ihre Hand fing an zu zittern. Sie biß sich auf die Lippe und atmete tief durch. »Es sind heute nacht noch zwei weitere Bombenattentate verübt worden – die Paxer haben ein U-Bahn-Gleis in der Innenstadt in die Luft gesprengt, sie bekennen sich zu dem Anschlag auf das Hotel, und sie drohen noch Schlimmeres an; ich stehe mit der Polizei Novgorods und all unseren Systemen in Kontakt.«

»Verstanden«, antwortete Denys, bevor sie mehr sagen mußte, als sie wollte. *»Ich bin erleichtert. Wir haben das im Netz. Mein Gott, Ari, was für ein Wahnsinn!«*

»Sei nicht allzu überrascht, egal, was passiert. Wir kriegen das schon hin, in Ordnung? Das Amt hat Helfer zum Hotel geschickt. Achte aufs Netz!«

»Verstanden. Werde ich auf jeden Fall tun. Wir hören jetzt besser auf. Ich werde mit sofortiger Wirkung deine Kompetenzen erweitern. Gott sei Dank bist du in Sicherheit.«

»Das will ich auch bleiben. Paß auf dich auf, ja?«

»Du auch. Bitte.«

Sie unterbrach die Verbindung und gab Florian das tragbare Gerät zurück.

»Wir haben eine Bestätigung«, sagte er. »Das Flugzeug ist in Planys gestartet. Die Landung wird morgen um 14.50 erwartet.«

»Gut«, murmelte sie. »Gut.« Angesichts der geringen Kontrolle, die sie hatte.

»Rat Harad wartet am anderen Ende der Leitung; Rat Corain auch. Sie haben sich erkundigt, ob Sie in Sicherheit sind.«

Seltsame Bettgefährten, dachte Ari. Aber natürlich wollten sie das wissen – Harad, weil er ein Verbündeter war; Corain, weil er, was immer er von ihr befürchtete, von den Paxern, den Radikalen in seinen eigenen Reihen und den Radikalen in der Verteidigung noch mehr zu fürchten hatte.

»Ich werde mit ihnen sprechen. Stehen unten Reporter?«

»Ein Haufen.«

»Mit ihnen rede ich auch.«

»Sera, Sie stehen unter Schock.«

»Das trifft auf einige von uns zu, was? Verdammt, hol mir einen Spiegel und etwas Make-up! Wir befinden uns im Krieg, verstehst du mich?«

Der Spiegel in der Toilette des Fußgängertunnels zeigte ein rußverschmiertes Gesicht, das Justin einen Herzschlag lang kaum als sein eigenes erkannte. Seine Hände und Arme, der Geruch von Rauch an seiner Kleidung reichten schon aus, um das fraglich erscheinen zu lassen, hatte er gedacht; und nun drehte er das Wasser voll auf, nahm eine Handvoll Seife und begann sich zu waschen. Wann immer er die Prellungen und angesengten Stellen berührte, zuckte er zusammen.

An dem dunkelblauen Pullover und der Hose haftete Ruß, aber mit Wasser und indem er rieb, bekam er das Gröbste weg und schmierte das Übrige fest. Er verbrauchte einen ganzen Stapel von Seifenpäckchen, trocknete sein Haar und seine Schultern unter dem Gebläse, blickte dann wieder auf und sah in ein erschreckend blasses Gesicht. Er brauchte allmählich eine Rasur. Sein Pullover war angesengt und zerfetzt, über dem Knie hatte seine Hose einen Riß, und darunter hatte er eine klaffende Wunde. Jeder, der ihn sah, dachte er, würde ihn der Polizei melden.

Und dann würde ihn auch das Gesetz Cyteens einholen.

Er stützte sich auf das Becken und befeuchtete sein Gesicht mit kaltem Wasser, biß die Zähne zusammen, um ein unangenehmes Gefühl zu unterdrücken, das ihm zu schaffen machte, seit er zu sich gekommen war. Unterdrückte Gedanken versuchten sich auf eine bewußte, emotionale Ebene zu stehlen: *Es war Aris Wand; wer immer es getan hat, muß zum Personal gehört haben ... wer immer es getan hat ...*

Abban. Girauds Befehle. Aber ich bin nur ein Nebenziel gewesen. Wenn sie tot ist ...

Der Gedanke war unfaßbar für ihn. Niederschmetternd. Ariane Emory hatte noch viele Jahre zu leben, noch ein ganzes Jahrhundert. Sie war ein Teil der Welt, Teil seines Denkens, war wie die Luft und die Schwerkraft einfach da.

... jemand anderes ist verantwortlich, jemand anderes, der irgend jemand die Schuld zuschieben wollte.

Den Paxern. Jordan.

Amy Carnath wartet in dem Apartment, mit Grant und dem Sicherheitsdienst ... Wenn Ari tot ist – was soll man dann tun ...

Sie haben Jordan, und sie haben Grant. Ich bin als einziger noch frei, der einzige, der ihnen Schwierigkeiten machen kann ...

Etwas stimmte nicht. Grant hörte das Signal des Automatischen Haushälters im anderen Schlafzimmer. Sie hatten ihn in dem von Justin schlafen lassen, das genausogut seins war, aus Wohlwollen, wie er glaubte, weil es das größere Zimmer war, oder vielleicht wußten sie auch Bescheid. Florian hatte den Automatischen Haushälter neu programmiert, so daß er auf Amy Carnath reagierte, damit nichts von dem, was er meldete, zu Grant durchdrang, aber er ging davon aus, daß es etwas Wichtiges sein mußte, wenn er die junge Sera dafür in den frühen Morgenstunden weckte. Danach hörte er sowohl Amy wie Quentin umhergehen und so leise miteinander reden, daß er es nicht ganz verstehen konnte, auch wenn er das Ohr an die Tür legte.

Er schlug mit den Handflächen dagegen. »Junge Sera, stimmt etwas nicht?«

Keine Antwort. »Junge Sera? Bitte!«

Verdammt!

Er ging zu dem großen und ungewohnt leeren Bett zurück, legte sich hin, ohne das Licht zu löschen, und starrte an die Decke, während er sich einzureden versuchte, es sei nichts. Aber schließlich meldete sich die Sera über den Automatischen Haushälter. »Grant, bist du wach?«

»Ja, Sera.«

»Es gab einen Zwischenfall in Novgorod. Jemand hat im Hotel einen Bombenanschlag verübt. Ari ist nichts passiert. Wir können sie gleich übers Videogerät empfangen. Möchtest du ins Wohnzimmer kommen?«

»Ja, Sera.« Er ließ sich nicht von Panik übermannen. Er stand auf, zog sich den Morgenmantel über und ging zur Tür, die Quentin ihm öffnete. »Danke«, sagte er und ging Quentin bis in sein eigenes Wohnzimmer voraus, wo Amy auf dem Sofa saß.

Er nahm an der anderen Seite der U-förmigen Sitzgarnitur Platz, und Quentin setzte sich in die Mitte, zwischen ihn und Amy; und er wartete ab mit verschränkten Armen, um nicht zu sehr zu frösteln, und sah die Aufnahmen von Rettungsfahrzeugen und Rauch, der durch schmorende Fensterdichtungen in den beiden oberen Stockwerken des Hotels quoll.

»Gab es Tote?« fragte er ruhig und unterdrückte sein Entsetzen. Sera Amy war nicht grausam. Sie hätte ihn nicht hergeholt, um ihn psychisch durch den Wolf zu drehen; er glaubte zwar daran, aber es war ein dünner Hoffnungsfaden.

»Fünf vom Sicherheitsdienst«, berichtete Amy. »Es wird behauptet, die Paxer hätten eine Bombe reingeschmuggelt. Sie sagen aber nicht, wie. Mehr weiß ich noch nicht. Es ist uns nicht erlaubt, Dinge übers Telephon durchzugehen, die Hinweise darauf geben, wo sich bestimmte Leute befinden, was vor sich geht oder wann jemand irgendwo eintreffen wird. So lautet die Vorschrift.«

Grant sah sie an Quentin vorbei an. Keine Panik, bloß

jetzt nicht; aber der Adrenalinausstoß war enorm, drohte ihn zittern zu lassen, der alte Konflikt zwischen dem Flucht- und dem Kampfinstinkt.

»Ich habe einen Anruf von Dr. Nye, der mich davor warnte, dich aus den Augen zu lassen«, fuhr Amy fort. »Er sagt, ihm wäre es lieber, wenn ich dich unten zum Sicherheitsdienst schicke, aber das habe ich abgelehnt. Ich habe ihn angelogen. Ich sagte, wir hätten dich eingesperrt.«

»Danke«, sagte Grant, weil es ihm irgendwie ratsam erschien.

Und sah weiter auf den Videoschirm.

Mit dem Make-up konnte sie die kleineren Verbrennungen übertünchen, aber eine Schramme und die Verbrennung auf ihre Wange blieben sichtbar; sie steckte sich zwei Spangen ins Haar, ließ es aber offen ihr Gesicht umspielen. In ihrem Gepäck befand sich ein sauberer Pullover, den der Sicherheitsdienst aus der Suite gerettet hatte, aber sie entschloß sich dazu, in dem, was sie jetzt trug, vor die Kameras zu treten, in der maßgeschneiderten grauen Satinbluse, mit den Blut- und Rußflecken, den verbrannten Stellen und dem feuchten Fleck, den der Löschschaum hinterlassen hatte.

Nachdem sie die Presse zweimal abgewimmelt hatte, war sie sich außerdem sicher, daß die Filmberichte in den Morgennachrichten in Novgorod mächtiges Aufsehen erregen würden.

»Sie haben's versucht«, antwortete sie grimmig auf die erste Frage, wie ihre Reaktion auf die Ereignisse sei; und schoß vor den Kameras eine wahre Salve von Antworten auf die kluge Frage ab, wer es getan haben mochte. Das war das Stichwort, das sie hören wollte …

»Es geht uns sehr gut, danke. Und ich habe eine persönliche Stellungnahme, die ich zuerst abgeben möchte. Dann können Sie Ihre Fragen stellen.

Ich weiß noch nicht, warum das passiert ist. Zumindest nur teilweise; und es war kein Versuch, mich zum Schweigen zu bringen, denn ich bin noch keine bedeutende

Stimme in der Politik – sondern ein Versuch, mich umzubringen, bevor ich alt genug bin, um es zu werden.

Es war in gewisser Weise ein Versuch, Macht zu erlangen, denn wer immer es getan hat, wollte ohne rechtmäßiges Verfahren an die Macht. Es kostete das Leben tapferer Menschen, die trotz des Feuers und der Gefahr weiterer Explosionen mich und die anderen zu retten versuchten; mehr noch, es war ein eindeutiger Angriff gegen die politische Ordnung, ganz gleich, wer dazu angestiftet, und ganz gleich, wer ihn verübt hat. Ich glaube nicht, daß die Paxer etwas damit zu tun hatten. Daß sie so eifrig sind, sich dazu zu bekennen, ist typisch für diese Bande; und sie hoffen, davon zu profitieren – davon zu profitieren, weil genau das läuft: daß eine Handvoll Individuen, die nicht genug Anhänger finden können, um eine Partei zu gründen, und deshalb nicht in der Lage sind, nach einer sachlichen Auseinandersetzung Abstimmungen zu gewinnen, der Ansicht sind, sie könnten die Mehrheit durch Terror kleinkriegen – eine Atmosphäre schaffen, in der jeder Idiot mit einem verqueren Weltbild dasselbe versuchen und zu der Verwirrung beitragen kann, die sie sich zunutze zu machen hoffen. Ich sage Ihnen eines: Ob dies die Paxer waren oder eine einzelne Person, die meint, ihre persönliche Überzeugung stehe über dem Gesetz, es ist in jedem Fall ein Anschlag auf den Frieden, ein Anschlag auf unsere Freiheit, oder jeder dieser Angriffe, wie auch immer er motiviert sein mag, bestärkte den gesetzestreuen Rest von uns mehr darin, daß wir die Verantwortung über unser Leben keinen Killern anvertrauen werden, und daß wir auch gern auf ihren Rat verzichten, wie wir unsere Angelegenheiten regeln sollen.

Ich möchte Ihnen auch sagen, daß innerhalb einer Stunde nach der Katastrophe Vorsitzender Harad und zwei Mitglieder des Rats, Simon Jacques und Mikhail Corain, mich angerufen haben, um ihre Empörung auszudrücken. *Jeder,* gleich welcher politischen Partei, muß begreifen, was durch solche Aktionen bedroht ist. Ich brauche das sicher nicht den Menschen in Novgorod zu sagen, die sich gegen die

Taktik der Extremisten behauptet haben, und die ebenso jedes Hilfsangebot der Zentralregierung ablehnten. Ich werde mir an Novgorod ein Beispiel nehmen. Man kann mich mit Argumenten überzeugen, aber man wird mich nie mit Gewalt oder der Androhung von Gewalt zu etwas zwingen können.

Das ist nicht das erste Mal in der Geschichte, daß jemand dergleichen versucht; und nach allem, was ich gelernt habe, ist der beste Weg, mit solchen Leuten zu verfahren, genau jene Art von Verachtung, die ihnen und ihren Ideen in Novgorod entgegenschlägt – Verachtung, aber keine Nachsicht, keine Spur von Nachsicht. Wann immer im Rat über ernste Differenzen diskutiert wird, gewinnt *jeder,* eben weil die Zivilisation funktioniert und die Mehrheit und die Minderheit einen fairen Kompromiß zu finden versuchen, der die Menschen schützt, die sie vertreten. Das ist der Grund, warum jene, die ihr Wollen über alles stellen, dieses System zerstören wollen; und das ist auch genau der Grund, weshalb die beste Antwort die Übereinstimmung aller gewählten Organe dahingehend ist, daß Ideen wertvoll sind, friedliche Stimmen ernsthafte Berücksichtigung verdienen, den menschlichen Bedürfnissen mit einer besonnenen Verteilung der Ressourcen gedient werden und daß die Achtung des Lebens der höchste Wert von allem beigemessen werden muß, unmittelbar vor unserer Verantwortung für die Qualität des Lebens und der Freiheit, seine Meinung zu äußern. Wer immer das getan hat, von welch abwegiger Vorstellung eines über dem Gesetz stehenden Rechts er auch ausgegangen ist, er hat mich nicht in die Flucht geschlagen, er hat mir nur um so bewußter gemacht, wie wichtig das Gesetz ist; und eines Tages werde ich für ein Amt kandidieren; und ich werde das Votum meiner Wahlvertretung respektieren, wie es auch ausfällt, denn ein ehrlicher Wettbewerb ist das eine, aber ein Chaos zu schaffen, um die gewählten Repräsentanten der Bevölkerung zu unterminieren, ist kein Protest, sondern eine Sabotage der politischen Ordnung, so wie es auch diese Bombenleger versuchen, und dafür bringe ich ebensowenig Verständnis auf.«

Hör gut zu, Khalid!

»Wenn meine Wahlvertretung der Ansicht ist, daß ich im Rat sitzen soll, werde ich mich daran erinnern, was es kostet, daß es überhaupt einen Rat gibt; und ich werde daran denken, daß wir ihn brauchen, ganz gleich, ob es Individuen gibt, die glauben, sie stünden über dem Gesetz und hätten daher das Recht, ungestraft Menschenleben auszulöschen.

Soweit meine persönliche Stellungnahme. Ich bin bisher sehr glücklich dabei gewesen, so zurückgezogen zu leben; das ist jetzt nicht mehr möglich, weil jemand entschlossen ist, Menschen zu töten, um zu verhindern, daß ich mich je zu Wort melde. Deshalb spreche ich jetzt, laut und deutlich und so oft es etwas zu sagen gibt, denn das ist die beste Art, die ich mir vorstellen kann, um die zu bekämpfen, die mich zum Schweigen bringen wollen.

Ich möchte nun auf Ihre Fragen antworten.«

Das reichte, dachte sie. Sie entschuldigte sich damit, daß ihre Stimme nachließe, und mit einem Zittern der Hand, mit der sie sich gewöhnlich lose Strähnen aus dem Gesicht strich – letzteres brauchte sie nicht vorzugeben; sie hatte es bisher versteckt, entkam so den Kameras und mußte sich schnell irgendwo setzen, aber sie hatte es hinter sich gebracht und genau das gesagt, was sie hatte sagen wollen.

»Ist was durchgekommen?« fragte sie Catlin, die das Netz überwacht hatte.

»Nichts, Sera«, antwortete sie.

Sie ließ Atem ab und nahm das Glas Wasser, das Florian ihr hinhielt. »Verdammt.« Vor Schmerz, Erschöpfung und der Frustration über die Situation drohte sie in Tränen auszubrechen. Es dämmerte. Seit dem Morgen von Girauds Begräbnis hatte sie nicht mehr geschlafen. Gestern. Mein Gott! »Ich werde Amy gleich anrufen«, sagte sie in einer kontrollierten, ruhigen Stimme. »Bitte Lynch darum, ein ganz kurzes Treffen mit den Räten und Stellvertretern zu arrangieren; und mit dem Amt; ich möchte um 09.00 am Flughafen sein.«

»Sera, Sie haben nicht geschlafen. Nehmen Sie sich die Zeit.«

Sie saß einen Moment lang da und dachte darüber nach. Vor ihrem geistigen Auge wurde der Moment der Explosion immer wieder von vorn abgespult. Die verbrannten Körper. Die mit Rauch gefüllten Flure, das Licht, das den Dunst durchdrang.

Im Moment hatte sie keine Sehnsucht, die Augen zu schließen, oder etwas zu sich zu nehmen, oder ihre Wunden zu reizen, indem sie sich in den Pullover zwängte, den sie mitgebracht hatte; solch kleine Schmerzen entnervten sie, wenn es so viel Übles gab, was ihr durch den Kopf ging.

Deshalb dachte man besser nicht darüber nach, was wäre, wenn, oder was hätte sein können. Man widmete sich den Dingen in der Gegenwart und vertraute den Entscheidungen, die man seit langem vorbereitet hatte.

Man bearbeitete die ganze Union, wenn das nötig war. Man versprach Ordnung, wo es keine Ordnung gab; man stellte Mäßigung und eine politische Wiederannäherung in Aussicht, um Corain zu unterstützen, den sie Khalid als Opposition vorzog.

Man näherte sich für eine Weile der politischen Mitte, um die Opposition der eigenen Position anzunähern natürlich unter der Voraussetzung, daß sie dasselbe zu tun versuchten; und unter der Voraussetzung, daß die Cleveren und die Schnellen den nächsten Schritt tun und die Opposition verblüfft in der neuen Mitte zurücklassen würden.

Das Makrosystem bearbeiten, hätte Ari senior gesagt.

Während alles andere zum Teufel ging, und nichts, was man wollte, lang blieb.

Außer Florian und Catlin. Außer der einen makellosen Loyalität – dem einzigen, was Aris Mörder nicht zu begegnen gewagt hatten.

Als Justin erwachte, zuckte er zusammen, weil seine Gelenke steif geworden waren in der verkrampften Haltung, die die dünn gepolsterte Bank in dem Aufenthaltsraum lediglich zuließ; er wurde wach und versuchte möglichst schnell hochzukommen, als er das Geräusch der äußeren Türen hörte, sein Haar halbwegs in Ordnung zu bringen, indem er mit den Fingern durchfuhr, und aufzustehen, ehe der Störenfried die zweite Tür durchschnitt; aber er war erst halb auf den Beinen und hatte sein Gleichgewicht noch nicht gefunden, als er sich zwei Männern in Arbeitskleidung gegenübersah, die ihn einen Herzschlag lang verblüfft ansahen. Er wandte sich nur dem Waschbecken zu, als sei es das Selbstverständlichste auf der Welt, drehte das Wasser auf, befeuchtete seine Hände und strich sich mit ihnen übers Haar.

In dem Moment erschienen die beiden Männer nah hinter ihm im Spiegel.

Einen Augenblick erfaßte ihn Panik. Dann dachte er: *Zum Teufel, sie sind nicht vom Reseuner Sicherheitsdienst,* und fuhr herum, indem er mit aller Kraft mit dem rechten Ellbogen zustieß – schockiert darüber, daß er wie automatisch so reagierte, streng nach der Abfolge, die er vom Band gelernt hatte, mit voller Wucht gegen das Brustbein.

Für den Bruchteil einer Sekunde beobachtete er das Resultat, ein Mann, der rückwärts in die Ecke geschleudert wurde, der andere, der zu Boden stürzte. *Mein Gott,* dachte er und sah dann, wie der erste Mann sich aufraffte, um ihn anzugreifen, hetzte zur Tür und warf sie krachend zu, durchquerte die zweite auf dieselbe Weise und geriet in einen Tunnel, in dem es mit dem morgendlichen Verkehr bereits lebhafter wurde.

Was ist, wenn ich mich geirrt habe? Dieser Mann könnte sterben. Vielleicht habe ich jemanden getötet.

Dann: *Nein. Ich habe richtig reagiert.*

Und: *Ich habe das Band nicht mehr studiert, seit ich ein Kind war. Ich wußte nicht, daß ich dazu imstande bin.*

Er verfiel in einen schnellen Schritt, die Knie weich und

mit Schmerzen in den Schultern und im Rücken, und wußte, daß er mit seinem unrasierten Gesicht und in seiner Aufregung Aufsehen erregte; er bemühte sich, sein Tempo dem der übrigen Fußgänger anzugleichen, steckte die Hände in die Taschen und versuchte unauffälliger zu wirken, während er die ganze Zeit daran dachte, daß jetzt Männer hinter ihm her sein könnten, die mehr als einen Raubüberfall im Sinn hatten.

Verdammt, ich hätte ihnen die Schlüsselkarte geben und viel Glück damit wünschen sollen. Sollen sie doch die Polizei in die Irre führen …

Gott. Nein. Novgorod verfügt über kein Check-System. Sie haben auch kein Spurensystem, dagegen haben sie sich verwahrt.

Er drehte sich auf einem Fuß um – sein Hals und seine Schultern waren zu steif –, fand sein Gleichgewicht, blickte zurück und ging weiter. Er war sich nicht sicher, ob er die Männer in der Menge überhaupt erkannt hätte …

Ich habe in meinem ganzen Leben noch nie so viele Fremde gesehen – zu viele Gesichter, zu viele Menschen in Kleidung, die sich zu sehr ähnelt …

Leute rempelten ihn an und fluchten über ihn. *Verdammter Z-Fall,* sagte ein Mann. Justin rieb sein unrasiertes Kinn und fand, da in diesem Bereich des Tunnels schon Rolladen hochgezogen wurden und in Geschäften Licht anging, eine Drogerie, in der er ein Rasierset kaufte; und einen Frühstücksstand, wo er eine Gemüserolle und ein Glas synthetischen Orangensaft kaufte. Aber der Junge, der bediente, warf einen zweiten Blick auf seine Schlüsselkarte und machte ihn nervös.

Justin Patrick Warrick, stand drauf, *ZIV 976-0882355PR,* was mehr als genug war; aber in blassen Umrissen erkannte man im Hintergrund das Unendlich-Emblem von Reseunes Administrativem Territorium.

»Reseune«, sagte der Junge, blickte auf und verglich das Bild mit seinem Gesicht, nahm Justin an – falls die Karte gestohlen war. »Ich habe noch nie einen von denen gesehen: Stammen Sie von da?«

»Ich ...« Er hatte noch nicht zu reden versucht. Seine Stimme war heiser und kratzig. »Ich arbeite in den Büros in der Stadt.«

»Aha.« Der Junge steckte die Karte in den Kassenschlitz und gab sie ihm mit der Tasse und der Rolle auf dem Teller zurück. »Wenn Sie die Tasse und den Teller zurückgeben, wird nur die Hälfte berechnet.« Auf beiden stand die Nummer 3.

»Danke.« Er ging zum Tisch hinüber und spülte die Rolle Biß für Biß mit großen Schlucken des süßlichen, gekühlten Drinks hinunter, ungeachtet der Rauheit seiner Kehle. Im ersten Moment drohte ihm davon übel zu werden, dann schmeckte es ihm genausogut wie alles, was das *Changes* zum zwanzigfachen Preis anzubieten hatte. Einen Moment lang stützte er sich mit wäßrigen Augen auf, atmete nur und ließ seinem Magen Zeit, sich an die neue Kost zu gewöhnen.

Wo, zum Teufel, soll ich hingehen? Was soll ich machen?

Er wischte sich seine tränenden Augen, ging mit der Tasse und dem Teller zur Theke zurück, wo die anderen Kunden standen, und wartete einen Moment lang, bis sie bedient worden waren. »Wo erfährt man hier die Nachrichten?«

»Auf dem Weg zur U-Bahn unten ist eine Tafel.«

»Wo?«

»Geradeaus in ihren Winfried-Tunnel, dann rechts. – Haben Sie das Feuer am Flußufer gesehen?«

»Ich war deshalb die ganze Nacht wach. Haben Sie was gehört – wer's getan hat und warum?«

Der Junge schüttelte den Kopf und bediente einen weiteren Gast. Justin wartete.

»Emory war heute morgen auf dem Video«, berichtete der Junge, und Justins Herz machte einen Sprung. »Ist ganz schön sauer gewesen.«

»Ist Emory wohlauf?«

»Hhm, *sie* schon.« Der Junge unterbrach, um eine Karte entgegenzunehmen und einen Drink einzugießen. »Und Sie sind aus Reseune?«

Justin nickte. »Kann ich ein Telephon benutzen? Bit*te*.«

»Das kann ich nicht erlauben.« Noch ein Kunde. Der junge rief Justin etwas zu, indem er an der Frau vorbei deutete. »Unten an der Ecke ist ein öffentliches Telephon.«

»Danke!«

Er ging weiter, schneller jetzt, folgte dem Fußgängerstrom in die Richtung, die der Junge angegeben hatte, und drängte sich an einigen gemächlichen Fußgängern vorbei. *Ruf das Amt an. Bitte um Schutz. Sie dürfen auf keinen Fall glauben, daß ich der Verantwortliche bin. Sie dürfen niemanden außer dem Reseuner Sicherheitsdienst verdächtigen ...*

Abban, der Leiter des ...

Er sah ein Schild mit der Aufschrift *Telephon* und hielt seine Schlüsselkarte in der Hand. Die Nummer des Amts wußte er auswendig; er hatte sie sich vor Jahren eingeprägt – aber er hatte noch nie außerhalb von Reseune ein Telephon benutzt. Während er den Hörer abhob, las er die Bedienungsanweisung: *Hörer abheben, Karte einstecken, Rufnummer oder 0 wählen, Stimme ...*

»Ser.«

Als er sich umdrehte, sah er eine graue Uniform und einen hochgewachsenen, grobschlächtigen Körper.

Ein Beamter von Novgorods Polizei.

Justin ließ den Hörer fallen und versetzte dem Mann einen schnellen Schlag, um an ihm vorbeizukommen; dann rannte er verzweifelt in die Menge.

Seine Schlüsselkarte aber, wurde ihm zu seinem Entsetzen bewußt, als er sich an eine Gruppe von Arbeitern vorbeidrängte und in einen seitlichen Tunnel lief – seine Schlüsselkarte steckte noch im Schlitz des Telephons!

XI

»... Mein eigener Sicherheitsdienst war höchstens etwas nachlässig«, sagte Ari, indem sie das bemühte, was von ihrer Stimme noch übrig war. Sie saß an dem Tisch im Konferenzraum, wo Justin gesessen hatte. »Reseune wird eine interne Untersuchung durchführen. Ich kann Ihnen versichern, Seri ...« Ihre Stimme klang kratzig, und sie trank einen Schluck Wasser. Sie hatte sich umgezogen und ihre Haare hochgesteckt – Catlin und Florian hatten ihr helfen müssen; und sie zitterte – auch nachdem sie ihr eine Tasse Kaffee und ein flüssiges Frühstück gebracht hatten, was alles war, was sie ihrer vom Rauch angegriffenen Kehle zumuten konnte. »Entschuldigung. Ich bekomme kaum noch einen Ton raus. – Ich wollte gerade sagen: Ich fungiere als vorübergehende Leiterin des Reseuner Sicherheitsdienstes; ich ordne Versetzungen an, ich besetze Stellen und vergebe Aufträge. Ich bin bereit, in dieser Position zumindest administrativ weiterzuarbeiten, wenn der Familienrat es bestätigt, obwohl ich mir durchaus bewußt bin, daß mein Alter und meine geringe Erfahrung im Sicherheitsdienst auf Skepsis stoßen; ich betrachte mich als jemanden, der geeignet ist, die für einzelne Operationen zuständigen Personen zu beurteilen und dafür zu sorgen, daß die Verständigung funktioniert. Der Tod meines Onkels hat – um es vorsichtig auszudrücken meinem Eindruck nach eine gewisse Verwirrung in der Abteilung hinterlassen; der Tod des leitenden Angestellten im Feuer ist sehr bedauerlich.«

»Haben Sie das Gefühl«, fragte Lynch, »bei dem Anschlag könne es sich um eine rein interne Aktion gehandelt haben?«

Sie holte Luft und trank noch einen Schluck. »Ja. Diese Möglichkeit schließe ich nicht aus. Reseune befindet sich im Umbruch. Dr. Nye – meinen einzigen noch lebenden Onkel – hat der Tod seines Bruders sehr mitgenommen. Seine Gesundheit ist in Gefahr. Aber ganz sicher gibt es erfahrene Administratoren, die mit den Problemen fertig werden können, wenn Reseunes eigener Rat ihnen das Mandat dazu gibt.«

»Kurz gesagt, sind Sie der Ansicht, Reseune könne seine Probleme bewältigen.«

»Davon bin ich überzeugt.«

»Intern«, murmelte Dr. Wells, Corains Stimme im Wissenschaftsamt. »Aber ich habe da, entschuldigen Sie, Sera Emory, eine Frage im Kopf, die Dr. Warricks Verschwinden betrifft. Sie sagen, er sei in dem Zimmer neben Ihnen einquartiert worden – aber Sie wüßten, er habe diesen Bereich verlassen.«

»Ja.«

»Halten Sie es für möglich, daß er geflohen ist?«

»Das kommt mir unwahrscheinlich vor, nein.«

»Warum? Weil sein Vater von Reseune festgehalten wird?«

»Weil er«, konterte sie, »vor diesem Ausschuß aussagen muß. Die Paxer waren verdammt … – entschuldigen Sie – äußerst schnell damit, den Anschlag auf das Hotel für sich auszuschlachten; der Gedanke erschreckt mich sehr, daß sich durchaus einige ihrer Agenten in der Nähe des Hotels herumgetrieben haben könnten, und daß sie, ob sie es nun waren, die die Bombe gelegt haben oder nicht, vielleicht imstande sind, Dr. Warrick unter den Evakuierten zu erkennen und zu kidnappen.«

»Manche Leute würden andere Gruppen verdächtigen.«

»Wir haben gewiß kein Motiv dafür. Schließlich haben wir ihn hergebracht.«

»Sein Vater bleibt in Haft.«

»Unter Sonderbewachung in Anbetracht der undichten Stelle in den Sicherheitsvorkehrungen, die es ihm erlaubte, mit nicht autorisiertem Personal Kontakt aufzunehmen. Wir wissen nicht, was sonst noch zu ihm durchgedrungen sein könnte. Der Anschlag auf mein Leben macht das zu einer mehr als peripheren Möglichkeit. In der Zwischenzeit mache ich mir große Sorgen um Justin Warricks Verbleib und seine physische Verfassung.«

»Während Dr. Jordan Warrick weiter unter Arrest steht.«

»Sie können es nennen, wie Sie wollen, Ser; die Fakten sind so, wie ich sie Ihnen dargelegt habe.«

»Unter Ihrem Kommando über den Sicherheitsdienst.«

»Unter meinem Kommando.«

»Von wem erhalten Sie Ihre Befehle?«

»Ich operiere im Rahmen der Anweisungen der Reseuner Administration. Ich kümmere mich um Jordan Warricks Sicherheit, und ich werde mit ihm Kontakt aufnehmen; und mit der Administration Reseunes; ich bin nicht ermächtigt, ohne Rücksprache etwas zu verändern.«

»Hat er vom Verschwinden seines Sohnes erfahren?«

»Nein, Ser. Wir hoffen, bald bessere Neuigkeiten für ihn zu haben. Justin ist sich durchaus der Gefahr für ihn bewußt – vielleicht hat er sich irgendwo versteckt, bis er die Situation überblicken kann. Ich hoffe es sehr.«

»Besteht die Wahrscheinlichkeit«, fragte Lynch, »daß eine der Explosionen ihn töten sollte?«

»Es handelte sich um eine gerichtete Brandbombe; sie ist in seinem Zimmer versteckt worden, weil mein Sicherheitsdienst sie sofort entdeckt hätte, wäre es in meinem gewesen. Sie war sorgfältig versteckt, meinem Sicherheitsdienst zufolge höchstwahrscheinlich hinter dem großen, von Boden bis zur Decke reichenden Schrank angebracht, direkt an der Wand.« Ihre Stimme versagte. Sie trank noch einen Schluck. »Entschuldigen Sie. Justin stand zu diesem Zeitpunkt an der Verbindungstür, eben an dieser Wand – er versuchte mich oder mein Personal vor etwas zu warnen; wir wissen nicht, was. Die Wand explodierte, der Schrank wurde halb herumgedreht und fiel zwischen ihm und dem Explosionszentrum gegen das Bett; und das Brandmittel traf nur das Möbelstück und die gegenüberliegende Wand. Er war geschützt. Wir wissen, daß er auf diese Weise die Detonation überlebt hat, und wir wissen, daß er das Zimmer verlassen konnte. Vielleicht hat er etwas *in* dem Zimmer gesehen, das nicht hätte da sein dürfen. Ich will ihn das fragen. Ich will von ihm auch wissen, warum sein Leibwächter tot im Flur gefunden wurde, nicht in dem Zimmer. Es gibt eine Menge unbeantworteter Fragen, die sich um Justin Warrick drehen.«

»Nur für die Aufzeichnung: Sie halten es nicht für möglich, daß Dr. Justin Warrick etwas mit der Verschwörung zu tun hatte?«

»Ganz und gar nicht. Für die Aufzeichnung: Ich mache mir über ein Problem in unserem eigenen Personal Sorgen, unter den Leuten, die persönlich mit meinem verstorbenen Onkel zu tun hatten – und selbst vor diesem verdienstvollen Ausschuß und seinen Gästen bin ich sehr unschlüssig, genauer zu werden. Ich bin weiter bereit, jede Frage zu beantworten, nur möchte ich möglichst bald zum Flughafen und nach Hause kommen, um den Mitgliedern des Reseuner Personals Bericht zu erstatten, die sich zum Handeln entschließen könnten. Der Anschlag hat zur Genüge bewiesen, daß Leben in Gefahr sein könnten.«

»Und wer könnte der Drahtzieher sein?« fragte Wells.

»Auch diesmal, Ser, bin ich nicht der Ansicht, daß ich Anschuldigungen aussprechen sollte; der nächste Schritt ist eine interne Untersuchung, woraufhin die entsprechenden Autoritäten aus meinem Territorium mit dem Amt Kontakt aufnehmen werden.«

»Sie sind reichlich jung, um diesem Ausschuß Vorträge über juristische Fragen zu halten.«

»Ich glaube, Ser, daß die Tatsachen für mich sprechen; und ich habe in Reseune einen administrativen Posten inne, der juristische Fachkenntnisse erfordert. Ich beziehe mich auf meinen Rang als Flügel-Aufseherin, Ser. Es ist meine Pflicht, den Autoritäten in Reseune zu erläutern, was ich weiß; ich kann mich nur in einer persönlichen Angelegenheit an das Amt wenden, und es wäre unverantwortlich, dies als einen Zwischenfall zu betrachten, der nur mich persönlich betrifft; seine Verwicklungen reichen viel weiter.«

»Das heißt?«

»Es ist möglich, daß das Reseuner Gesetz verletzt worden ist und die Sicherheitsmaßnahmen in einem Maße unterminiert worden sind, daß ich um das Wohlergehen meines Administrators fürchten muß. Entweder hatte er damit zu tun – oder er wird von Leuten bedroht, auf die das zutreffen könnte. Ich muß soviel sagen, um ihnen begreiflich zu machen, daß es Menschenleben kosten könnte, wenn wir uns mit dieser Sitzung allzulang aufhalten, oder wenn eine Mitteilung von hier nach Reseune geht.« *Gott, bloß nicht darüber diskutieren. Wir können nicht durchsickern lassen, daß Jordan Warrick in einem Flugzeug sitzt, es ist einfach ein zu leichtes Ziel, solange es nicht gelandet ist; und danach …*

Es landet um 15.00. Gott weiß, was dann auf uns wartet …

»Dann sollte Reseune das Amt bitten, Bereitschaftskräfte zur Verfügung zu stellen.«

»Vielleicht werden wir das tun. Aber im Moment bitte ich Sie, sich klarzumachen, daß Reseunes innere Stabilität bedroht ist. Seine Souveränität steht auf dem Spiel. Ich hoffe, ich behalte unrecht. Es wäre mir lieber, wenn dies eine ausschließlich von außen gelenkte Aktion war. Ich bin aber nicht der Ansicht, daß etwas dafür spricht.«

»Sie haben über Leute gesprochen, die persönlich mit Ihrem verstorbenen Onkel, dem Rat, zu tun hatten. Darüber möchte ich mehr wissen.«

Wie viele im Amt hatten Verbindungen zu Giraud?

Lynch selbst?

Gott, habe ich einen Fehler gemacht?

»Unter Berücksichtigung von Sera Emorys Gesundheit«, sagte Lynch, »und ihrer Bitte, sich mit ihren Mitarbeitern beraten zu dürfen …«

»Herr Vorsitzender …«, wandte Wells ein.

»… werden wir jetzt eine Pause einlegen.« Der Hammer fuhr nieder. »Der Ausschuß wird um 19.30 wieder zusammentreten, wenn Sera Emorys Zustand es erlaubt.«

Sie ließ den Atem ab, den sie angehalten hatte, und schob den Stuhl vom Tisch zurück. »Danke, Ser Minister«, brachte sie gerade noch hervor; und blickte zur Seite, als Florian herantrat, um das Mikrophon auszuschalten.

»Sera«, sagte er mit gedämpfter Stimme. »Er ist in den Tunneln. Die Polizei von Novgorod hätte ihn fast erwischt. Er hat seine Schlüsselkarte zurückgelassen. Sie sind sicher, daß er es ist.«

Sie mußte sich fast wieder setzen. Statt dessen stützte sie sich auf den Tisch. »Ist er entkommen?«

Aber sie konnten sich nicht darüber unterhalten; von der

anderen Seite näherte sich Lynch. Ari drehte sich um und gab ihm die Hand. »Danke.«

Er nickte. »Passen Sie auf, Sera.«

Harad wünschte ihr so ziemlich dasselbe.

»Sera«, sagte Jacques steif und unverbindlich.

Und Corain? Er sah sie lang und argwöhnisch an, als er ihre Hand schüttelte.

XII

»Noch einen, Ser?« fragte der Wachmann, der neben Jordans Sitz erschien.

»Ich kann noch einen vertragen«, meinte Jordan. »Paul?«

»Ja«, sagte er. Und nachdem der Wachmann durch den Gang zur Bar gegangen war: »Über den Service kann man sich nicht beklagen.«

»Da rechts ist die Sonne untergegangen«, bemerkte Jordan. Sie erreichten wieder die Reiseflughöhe, nachdem sie in, wie er vermutete, Pytho aufgetankt hatten. Im Dunkeln. Aber das Glühen der Dämmerung war vor dem Flugzeug noch sichtbar, und ebenso schwach zur Rechten.

Von Pytho hätte das Flugzeug sowohl nach Novgorod wie nach Reseune fliegen können. Wenn es den Kurs hielt, was sie annahmen, war es Reseune – und Jordan zweifelte nicht daran, daß das alles andere als gute Neuigkeiten waren.

Paul schien seine Gedanken zu ahnen. Er war so gefaßt wie immer, eine Stütze in den vielen Jahren; so auch jetzt.

Jordan wollte Reseune sehen. Es war seltsam, daß er so empfinden konnte. Aber es war Teil seines Lebens; es stand für die Zivilisation; und er war in gewisser Weise froh, nach Hause zu kommen. Er hoffte, Justin zu sehen.

Er fürchtete allerdings viel Schlimmeres.

»Wir sind in einen Rückenwind geraten«, hatte einer der Wachmänner erklärt, als er einen Moment aufmerksamer als sonst war. »Wir werden früher als erwartet da sein.«

Die Tunnel boten wenig Gelegenheit, sich zu verstecken, nur Nischen, die dunklen Winkel neben dem Nachrichten-Center; man mußte Eintritt bezahlen, um hineinzukommen, aber der Menschenauflauf vor der Tür gab Justin für einige Sekunden die Gelegenheit, von einem sicheren Standort auf und ab in den Tunnel zu spähen. Dann ging er noch mal in eine öffentliche Toilette und rasierte sich schnell; er hatte das Rasierset behalten und die verdammte Schlüsselkarte zurückgelassen; aber er hatte Angst, lang dort zu bleiben …

Die Menschenmenge in einem Restaurant, ein ganzer Pulk von Fußgängern, der dem nächsten Korridor zustrebte; dann noch einmal die Bitte an einen Ladeninhaber: »Kann ich Ihr Telephon benutzen? Ich bin ausgeraubt worden. Ich muß mein Büro anrufen …«

»Rufen Sie besser die Polizei an«, meinte der Besitzer.

»Nein«, beharrte Justin und bemerkte den Ausdruck des Mißtrauens in Gesicht des Mannes. »Bitte.«

»Die Polizei, bitte«, sprach der Mann in die Muschel.

Justin drehte sich um und ging hinaus, verschwand rasch in der Menge und machte sich davon, während sein Herz heftig schlug. Die Kraft, die das Frühstück ihm verschafft hatte, war verschwunden. Er spürte die Steifheit und die Verstauchungen, und sein Schädel schmerzte. Schließlich stellte er fest, daß er weiter durch den Korridor gelaufen war, als er gedacht hatte, und eine weitere Lücke in seinen Erinnerungen klaffte; und sah sich in Panik um.

An der Kreuzung standen Polizeibeamte. Er sah, daß sie in seine Richtung blickten.

Daraufhin drehte er sich wieder um und hastete eine Treppe hinunter. *U-Bahn,* stand darüber. Er drängte sich an anderen Fußgängern vorbei und kam unten an.

»He!« rief jemand hinter ihm.

Er lief hinaus auf den Bahnsteig, konnte gerade noch einen Frontalzusammenstoß mit jemandem vermeiden und sprang hinter eine Stützsäule.

Menschen wichen vor ihm aus, brachten sich auf allen vieren in Sicherheit, bis der ganze Betonstreifen wie leergefegt war. »Bleiben Sie sofort stehen!« dröhnte hinter ihm eine Stimme, und die Schreie warnten ihn, daß eine Waffe gezogen worden war.

Er warf sich ungestüm zur Seite, und etwas traf ihn wie ein Faustschlag im Rücken; aber vor sich sah er jemanden, der ihn retten konnte, einen Mann in der schwarzen Uniform des Reseuner Sicherheitsdienstes. *»Nicht schießen!«* gellte er, und Justin sah, daß er auch eine Pistole auf ihn richtete.

Aber von der Schulter breitete sich Taubheit über seinen Rücken aus, und er verlor das Gleichgewicht. Er stürzte auf den Beton, zwar bei Bewußtsein, aber er verlor das Gefühl in seinen Gliedern.

»Ich bin Justin Warrick«, sagte er zu dem schwarz uniformierten Beamten, der sich zu ihm hinkniete. »Verständigen Sie Ari Emory!«

»Nein!« hörte er den anderen Beamten rufen, der damit, wie er annahm, nicht ihn meinte. »Dieser Mann ist ein Bürger Reseunes. Er untersteht unserer Autorität. Reichen Sie Ihre Beschwerde bei meinem Vorgesetzten ein.«

Sie wollten ihn in die Klinik bringen. Und ins Polizeipräsidium Novgorods. Sie erklärten ihm, es sei keine Kugel gewesen, sondern ein Pfeil mit einem starken Betäubungsmittel, der sich in seine Schulter gebohrt hatte. »Freut mich, das zu erfahren«, sagte er, oder versuchte es zu sagen, was ihm die Taubheit in seinem Mund erschwerte. Und ebenso erleichtert war er, als der Agent ihm mitteilte daß er Ari erreicht hatte, und daß die ›Reseune Eins‹, die schon auf der Startbahn stand, umgekehrt war, um auf ihn zu warten.

XIII

»Ich schaff's schon allein«, sagte er und machte sich daran, die Rampe hinaufzusteigen; aber Florian kam ihm auf halbem Wege entgegen, um ihm zu helfen, und Ari wartete oben in der Tür, mit dem düsteren Gesichtsausdruck, den er befürchtet hatte.

Ari legte den Arm um ihn, als er durch die Tür wankte; Catlin tat dasselbe, indem sie das übrige Sicherheitspersonal zurücktrieb; und sie steuerten ihn auf den nächsten Platz zu. Aber er hielt inne, wehrte für einen Moment ihre Hilfe ab und versuchte festzustellen, ob sich unter dem Sicherheitspersonal Abban oder Fremde befanden. »Ari, wer hat das Flugzeug durchsucht, weißt du das?«

»Der Pilot und der Copilot«, antwortete Ari mit einer Stimme, die nur etwas weniger heiser war als seine. »Und Leute, auf die wir uns verlassen können.«

»Abban ...«

»... ist tot«, sagte Catlin und klopfte ihm auf die Schulter. »Wir haben nicht geschlafen, Ser. Kommen Sie!«

Daraufhin ließ er den Sitz herunter, machte es sich darin bequem, lehnte sich zurück und starrte Ari in einer alles umfassenden düsteren Stimmung an, als sie ihm gegenüber Platz nahm. »Danke, daß du das Flugzeug aufgehalten hast«, sagte er zwischen zwei Atemzügen.

»Wo, zum Teufel, warst du?«

»Einkaufen«, sagte er, als die Tür zuschlug und abgedichtet wurde. Für einen Moment verlor er die Orientierung. »Entschuldigung.« Er kannte ihren Verdacht und den von Florian und Catlin. Er war milde überrascht, daß sie ihn in ihre Nähe ließen. »Ich war nirgendwo. Ich war nur völlig durcheinander. Bin rumgelaufen.« Das Flugzeug begann anzurollen. Am Rande seines Gesichtsfeldes huschte die farblose Landschaft an den Fenstern vorbei. »Ich bin bloß umhergeirrt, bis ich merkte, daß ich mich in den Tunneln befand; dann bin ich auf einen vom Sicherheitsdienst gestoßen und habe ihm gesagt, er soll dich ausfindig machen.«

»Da habe ich etwas ganz anderes gehört. Novgorod ist ziemlich nervös, was Leute angeht, die in U-Bahnhöfen Ärger machen.«

Er schloß die Augen und war für einen Moment weggetreten, erschöpft, und der Sitz war so weich, so bequem, als sei er in ein riesiges Kissen versunken, während er seine Gedanken zu ordnen versuchte. Die Turbinen begannen zu dröhnen, ein gewaltiges Brausen. Jemand beugte sich über ihn und zog den Gurt über ihn. Er blickte zu Catlin auf, als die Schnalle einschnappte. Das Flugzeug wurde schneller. Ari schnallte sich an. Catlin und Florian ließen sich in die Sitze neben ihn fallen.

Als die Maschine abhob, wurde es ihm für einen Moment besonders schlecht. Vielleicht war es die Droge, die ihn benommen machte; vielleicht war es die starke Schräglage, in der der Pilot die Maschine herumzog, ein abruptes Manöver, das ganz anders war als alles, was er bisher erlebt hatte. Er klammerte sich die Lehnen des Sitzes, erinnerte sich an die Möglichkeit einer Sabotage, erinnerte sich an das Feuer …

»Wes da hinten ist ein erstklassiger Sanitäter«, erklärte Ari, wofür sie ihre Stimme über den Turbinenlärm erheben mußte. »Er hat alles Nötige dabei. Wenn wir wieder geradeaus fliegen, können wir dich in ein fast echtes Bett bringen. Wie geht's dir denn?«

»Ziemlich benommen. Sie haben mich mit einem Betäubungsgewehr erwischt.« Er versuchte sich aufs Hier und Jetzt zu konzentrieren, die Liste von Dingen, die er sie fragen wollte. »Giraud … Jordan … könnte in Gefahr sein.«

»Ich leite im Moment den Sicherheitsdienst«, erklärte Ari. »Ich kann dir versichern, daß ich mir unserer Probleme durchaus bewußt bin. Ich bin ins Amt gegangen, habe unsere Schwierigkeiten erläutert, und wenn wir landen, werden wir den Familienrat einberufen. Deshalb möchte ich unbedingt, daß du dabei bist. Unter anderem deshalb, weil du eine Stimme hast. Aber auch, weil du Dinge berichten kannst, die ich nicht weiß zum Beispiel, was in all den Jahren gelaufen ist.«

»Forderst du Denys heraus?«

Sie nickte. »Ich bringe deinen Vater rein. Er hat Phyto schon verlassen. Das diente zu seinem Schutz, um ihn nach Hause zu bringen, wo es Zeugen gibt. Ich könnte das Flugzeug umleiten. Aber das wäre zu auffällig. Sagen wir, ich kann bestimmte Befehle vor Denys verbergen. Aber nicht ein ganzes Flugzeug. Es dürfte um 15.00 ankommen. Wir selbst wollen gegen 14.00 landen. Es wird sehr knapp. Ich kann seine Landung der anderen Maschine zwar hinausschieben und es nach Svetlansk oder so umleiten, aber erst nachdem wir gelandet sind. Ich hoffe, Denys nimmt mir ab, daß ich aus Sicherheitsgründen zurückkomme. Aber wahrscheinlich akzeptiert er das nicht.«

Justin hatte geglaubt, er habe schon alles hinter sich, was ihm passieren konnte. Er saß da, während Adrenalin in sein erschöpftes System ausgestoßen wurde, und fragte sich, warum er verhältnismäßig ruhig war. Wir *werden sterben,* dachte er. *Irgendwann im Laufe dieser Aktion werden sie uns erwischen. Irgendwo im Netzwerk der Sicherheitsmaßnahmen, des Flughafens, des Militärs, des Amtes, der Hausadministration …*

»Die ersten, auf die er sich stürzen wird«, sagte er, »sind mein Vater und deine Freunde. Und sie haben keine Möglichkeit, es herauszufinden.«

»Ich habe Amy heute morgen eine ganz einfache Mitteilung geschickt. Sie enthielt ein Codewort. Es bestehen gute Aussichten, daß sie die anderen warnen kann; sie hat sich gerade in die Basis Eins eingeschaltet, und das ist für sich schon eine Verteidigung. Mach dir keine Sorgen.«

»Gut.« Er atmete einige Male langsam durch. »Warum vertraust du mir?«

Ari lächelte mit einem Mundwinkel – ein Ausdruck, der ihrer Vorgängerin so nahekam, daß sich Justins Puls beschleunigte. »Ich könnte sagen, weil du weißt, wie sicher dein Vater und Grant bei Denys im Moment wären. Oder weil du dich entschieden hast, als du ihnen sagtest, sie sollen mich anrufen. – Aber der wahre Grund ist, daß ich dich immer schon durchschauen konnte – besser als jeder andere im Haus: Du bist mein Freund. Das vergesse ich nie.«

»Du hast eine ziemlich merkwürdige Art, einem das zu zeigen.«

Das Lächeln verhärtete sich. »Ich tue das, was funktioniert. Ich lasse keinen Freund von mir draufgehen, weil er sich in eine Situation begibt, die ich vorhersehen kann und er nicht. Über solche Dinge streite ich mich nicht. Ich passe auf meinen Hals auf. Aber du bist etwas Besonderes für mich. Ich hoffe, wir geraten uns nie in die Haare.«

Das bereitete ihm ein sehr unangenehmes Gefühl. Und er nahm an, daß sie das beabsichtigt hatte.

»Ich möchte deinem Vater helfen«, sagte sie. »Aber du mußt ihn davon abhalten, daß er diese Sache vor den Rat bringt. Du mußt mir die Zeit verschaffen. Gib ihm Zeit, mich kennenzulernen, nicht die Ari, an die er sich erinnert.«

»Für mich wird er das tun.«

»Er wird dir nicht trauen.«

Das tat weh. Doch es stimmte. »Aber er wird mir die Zeit geben. Er wird seine Freunde nicht verraten, aber wenn ich ihn frage, kann ich ihn dazu bringen, mir das zu versprechen. Schließlich ist er ein vernünftiger Mensch, Ari. Und es ist ihm nicht gleichgültig, was mit mir geschieht.«

»Das ist natürlich klar.« Sie lehnte den Kopf zurück und drehte ihr Gesicht Florian neben ihr zu. »Sag Wes, er soll ihm helfen kommen. Ich werde mich eine halbe Stunde oder so ausruhen. Ich hab's nötig.«

Justin dachte dasselbe. Er löste den Gurt, stemmte sich aus dem Sitz und ließ sich von dem Sanitäter des Sicherheitsdienstes am Arm fassen und nach hinten führen.

XIV

Grant stützte den Kopf auf die Hände und strich sich mit ihnen das Haar zurück. »Hier«, sagte Quentin und bot ihm einen alkoholfreien Drink aus ihrer eigenen Küche an.

»Danke.« Er nahm ihn und nippte daran, während er auf dem Sofa hockte und Amy über dem Output brütete, den sie auf den Monitor im Wohnzimmer gelegt hatte.

Justin ging's gut, das Flugzeug befand sich in der Luft. Sie waren auf dem Heimweg; die schlimmsten ihrer Befürchtungen hatten sich nicht bewahrheitet; aber sie waren noch nicht zu Hause.

Ari hatte die Pressekonferenz bis zur Dämmerung hinausgezögert, eine schriftliche Mitteilung nach der anderen verbreitet, von denen eine mehr erschreckte als die letzte, bis sie persönlich erschienen war und einen ganzen Wust neuer Spekulationen ungeheizt hatte, indem sie den Anschlag nicht unumwunden den Paxern antastete, sondern durchblicken ließ, daß sie Khalid verdächtigte, vielleicht sogar Komplizen in hohen Ämtern für möglich hielt, womit sie sich praktisch um einen entsprechenden Posten bewarb …

Dann, nach der Pressekonferenz, empfing Amy über die Basis Eins eine Mitteilung, und die Basis fing an, sie buchstäblich mit Anweisungen zu überschütten …

Amy, hier ist Ari über Basis Eins. Diese Mitteilung ist schon vorher aufgezeichnet worden, so daß du keine Fragen stellen kannst, deshalb höre nur zu und handle entsprechend!

Etwas ist passiert. Ich kann vorher nicht wissen, was, aber wenn du diese Mitteilung empfängst, muß etwas Dramatisches passiert sein, und ich liege entweder in der Klinik, bin tot oder befinde mich irgendwo außerhalb von Reseune und habe Schwierigkeiten.

Sorge zunächst einmal für deine eigene Sicherheit!

Zweitens: Das Haussystem gibt zur Zeit das Warnsignal aus, über das wir gesprochen haben, damit jeder weiß, daß Vorkehrungen zu treffen sind.

Hilf ihnen, wenn du kannst! Basis Eins steht dir jetzt auf der Ebene von Florian und Catlin zur Verfügung, und das bedeutet, du kannst Informationen gewinnen und Operationen durchführen, ohne daß auch nur für Denys und Giraud eine Spur zurückbleibt. Die Hilfsfunktion ist über das Lehrprogramm abrufbar, wenn du sie brauchst.

Ich glaube nicht, daß sie etwas gegen dich unternehmen werden. Sie wissen, daß Basis Eins von tödlicher Gewalt Gebrauch macht. Ich rate dir davon ab, andere Personen in unser Stockwerk mitzubringen, aber in äußersten Notfällen kannst du nach eigenem Ermessen handeln.

Benutze Basis Eins nicht, um von außerhalb Reseunes Informationen anzufordern! Mir ist das zwar möglich, aber aus verschiedenen Gründen habe ich dir dieses Unterprogramm nicht zugänglich gemacht – hauptsächlich deshalb, weil es schwierig ist, sich nicht erkennen zu geben. Ich habe jede einzelne Eventualität codiert, die mir in den Sinn kommt, und wenn ich diese Mitteilung einspiele, habe ich dir wahrscheinlich durch eine codierte Übertragung über das Netz an Basis Eins eine ganze Liste zur Sache gehörender Hinweise übermittelt.

Das sind wie folgt:

Mordversuch; von jemandem in Reseune, Jordan Warrick; nicht beteiligt; Jordan Warrick verlegt; nach Reseune, Grant vertrauenswürdig; aber, Justin Warrick; Verbleib unklar, in Novgorod; aufpassen auf Denys.

Grant trank seinen Drink und starrte düster auf die langen Listen auf dem Computerbildschirm, großteils Codes, die er nicht lesen konnte, Amy sehr wahrscheinlich auch nicht, aber das sehr ausgereifte System, das sich an ihr Heimgerät angekoppelt hatte, war vermutlich schon dazu imstande, und die Basis Eins antwortete auf Amys Fragen.

»Verdammt«, sagte Amy.

Grant gefiel das nicht. Er wartete auf eine Erklärung und stand schließlich auf, zog aber sofort Quentins mißtrauische Aufmerksamkeit auf sich, so daß er es vorzog, in keine Richtung einen Schritt zu tun.

»Was ist los?« fragte er ruhig. »Sera?«

»Oh, so ein Mist!« Sie fuhr in ihrem Stuhl herum. »Der Sicherheitsdienst kann plötzlich nicht mehr senden. Das ganze Netz ist zusammengebrochen.«

»Denys hat's gemerkt«, flüsterte Grant schaudernd; und dann sah er, daß der schwarze Bildschirm wieder zum Leben erwachte.

Hier ist die Notfunktion des Haussystems. Jemand hat versucht, eine Störung zu verursachen. Das Amt ist verständigt und die Störung erläutert worden.

Das System wird gegenwärtig neu integriert. Ursprung der

Störung: die Hauptbüros des Sicherheitsdienstes. Die Kontrolle über das System ist jetzt an Ariane Emory übergeben worden.

Das ganze Sicherheitspersonal erwartet weitere Befehle über die normalen Kanäle; die Hauptbüros des Sicherheitsdienstes werden als unzuverlässig heruntergestuft; die Administrationsbüros des Hauses werden ebenfalls als unzuverlässig heruntergestuft; neuer Sitz der Kontrollstelle ist jetzt die ›Reseune Eins‹.

»Gott«, keuchte Grant und setzte sich.

»Nun, Denys hat's getan«, sagte Ari und lehnte sich in ihren Sitz zurück, indem sie den Datenstrom auf dem Flachbildschirm des Aktenkoffers betrachtete, während Florian und Catlin über ihre Schulter mitlasen.

»Hört sich an, als sei das die Arbeit meines Vorgängers«, meinte Florian.

»Gut möglich. Meine war auch beteiligt. – Ich bin überrascht, weshalb Seely zugelassen hat, daß Denys das versucht.«

»Seely befolgt wahrscheinlich nur Befehle«, bemerkte Catlin. »Er hätte davon abgeraten.«

»Vielleicht ist er auch nicht da.«

»Möglicherweise nicht. Aber ich vermute eher, daß sie sich darauf vorbereiten, den administrativen Flügel zu verteidigen.«

»Das ergibt einen Sinn«, sagte Florian. »Das System hat möglicherweise seine Basis heruntergestuft, Sera, aber ich bin mir sicher, er hat diese Schlösser schon auf manuelle Bedienung umgestellt.«

»Verhandlungen über das, worauf er aus ist. Etwas anderes hat er nicht mehr zu gewinnen. Denys möchte auch unsterblich sein. Giraud steckt da unten in diesem Tank, und Denys kann nicht alles unter Kontrolle halten.«

»Dem Sicherheitsdienst würde es nicht gefallen, gegen das Haus eingesetzt zu werden«, meinte Catlin. »Abban kann ich verstehen. Seely auch. Einige von den anderen …«

»Yakob?« schlug Florian vor.

»Es könnte ein speziell dafür präpariertes Band sein. Ein

Band, das den ganzen Seniorflügel umgepolt hat. Sie hatten zwanzig Jahre, um es vorzubereiten. Ich traue keinem von ihnen.«

»Rechnen Sie nicht damit, daß die administrativen Systeme zusammengebrochen sind, Sera«, warnte Florian. »Es könnte eine Möglichkeit geben – nachzuprüfen, ob irgendwelche Befehle für die Teile des Q-Systems auf die Administration zurückgehen.«

»Sicherheitsprogramm 10: Erfassung: Administration: Computer-Systemteile: Durchsuchung. – Weshalb? Weshalb meinst du, jemand könnte so in den Sicherheitsdienst eingegriffen haben?«

Florian lehnte sich gegen die Rückenlehne und nickte energisch, als sie über die Schulter zu ihm aufblickte. »Die Erfassung bringt es vielleicht auch nicht an den Tag«, meinte er. »Man kann Module bauen, die man in einem Koffer transportieren könnte, bis hin zu einem Speicher. Für Giraud wäre das eine Kleinigkeit gewesen. Kein Problem, sie an der Dekontamination und allen anderen vorbeizuschmuggeln.«

»Sicherheitsprogramm 10: Durchsuchung erweitern: Computer-Systemteile: Umfang zwanzig Jahre: Durchsuchung. – Du hast recht. Denys ist nicht dumm, nicht einmal, wenn's um die Haussysteme geht. Es paßt wirklich alles zusammen. Wenn man die Basis Zwei auf ein Alternativsystem legt, ist ein Ausgang möglich, ohne die Eingangsbefehle zu beachten – als sei es ein nur von einer Seite durchlässiger Filter, damit das Haussystem ausgeschlossen wird und das Ganze trotzdem funktioniert, stimmt's?«

»Es ist noch etwas komplizierter, aber das ist etwa die Idee. Ihre Vorgängerin hatte alle möglichen Tricks auf Lager. Denys mußte wissen, daß es Vorkehrungen gab ...«

»Er *weiß* es. Was ist mit Abwehrstellungen am Flughafen? Können wir da reinkommen?«

»Solange unsere Befehle bestätigt werden, während wir reingehen, und das System uns antwortet«, erklärte Florian und zuckte dann die Achseln. »Es sei denn, das System kann etwas, worüber ich keine Kenntnis habe. Das ist immer möglich. Normalerweise trägt Jeffrey BJ für den Flughafen die Verantwortung, und ich weiß nicht, ob etwas nicht mit ihm stimmt; aber ich würde sagen, das beste ist es, die Flugpläne zu überprüfen, sich zu vergewissern, daß niemand im Anflug ist, und uns dann auf unseren Vorrang zu berufen, um Verwirrung zu schaffen, ehe wir runtergehen; auf diese Weise gehen wir sicher, daß wir keinen Treffer abbekommen, wenn Denys' Basis etwas abfeuert.«

»Ich kann Ihnen eine Handvoll nennen«, sagte Catlin, »die sich darum kümmern können, daß der Strom abgestellt wird.«

»*Ihr* zwei erledigt das.«

Florian kam herum, setzte sich vorsichtig auf den Platz neben ihr und nahm das Mikrophon. Catlin hockte sich auf die ledergepolsterte Armlehne; und ein paar Momente hörte Ari nichts als ihren eigentümlichen Jargon und Namen, die sie nicht kannte, dafür aber Catlin und Florian.

In der Zwischenzeit beobachtete sie den Datenstrom. Die Suche blieb erfolglos. Das interessierte sie nur beiläufig. Die Erklärung, die Florian vorschlug, schien sehr plausibel; und Giraud hätte die Geräte schon vor Jahren hereinschaffen können. Sie hatten Aris ganze Kindheit gehabt, um sie zu installieren und sich zu vergewissern, daß sie funktionierten.

Zuerst mußten sie die Verteidigungslinien am Flughafen durchbrechen und das Flugzeug zu Boden bringen; und dann war zu berücksichtigen, daß etwas mit den Niederschlagstürmen schiefgehen konnte; sollte die Abschirmung Schaden nehmen, würde es für jeden sehr unangenehm werden, der zum Haus zu gelangen versuchte, wenn man sich vorstellte, Denys hätte einfach angeordnet, alle Busse oben auf dem Hügel zu parken.

Durchsuchung, tippte sie ein. *Flughafen: Busse: Ser …?; graphische Darstellung.*

Auf dem Grundriß Reseunes war zu erkennen, daß beide Busse vor dem administrativen Flügel standen.

Sie tippte Befehle für die Hauptaufseher der Niederschlagstürme ein. Sie lagen eine Stunde von der Rollbahn entfernt.

Dann stand sie auf und begab sich persönlich nach hinten, wo ihr Sicherheitspersonal zusammensaß und diskutierte; sie hatten gehört, daß das Netz zusammengebrochen war und sich gerade wieder aufbaute, zumindest jeder von ihnen, der im Netz mitgehört hatte, und das waren alle, nahm sie an.

»Wir schaffen's schon«, sagte sie. »Bleibt sitzen. Hört zu! Florian beseitigt die Abwehrstellungen. Wes und Marco, ihr bleibt bei mir und Dr. Warrick im Flugzeug; wir werden höllisch zu tun haben, und jemand muß koordinieren, was immer zu unserem Schutz unternommen werden kann. Dr. Warrick ist ein Freund, aber er kennt die Vorschriften nicht; wenn es dazu kommt, daß wir laufen müssen, achtet ihr darauf, daß er tut, was ihr ihm sagt. Der Stoßtrupp wird in die Administration eindringen müssen, und Florian und Catlin werden seine Anführer sein. Tyler, du bist der Ranghöchste nach ihnen.«

»Ja, Sera«, sagte Tyler, ein kleiner, drahtiger Mann mit weißen Haaren und einem Bürstenschnitt. Tyler hatte in Aris Seniorpersonal gedient. Zwei von den anderen waren pensionierte Marines, Wes ein Instrukteur aus dem Grünen Barackenkomplex, und der Rest rangierte von Sicherheitsfachleuten für diplomatische Einsätze bis zu Marco, einem Systemprogrammierer.

»Wir werden eine Anzahl weiterer Sicherheitsleute auf Abruf bereit haben«, fuhr Ari fort. »Hört auf Catlins Anweisungen! Sie ist für die Organisation zuständig; Florian erledigt die spezielleren Sachen, die Catlin für euch kurz zusammenfassen wird. Wir waren in den letzten beiden Jahren ständig auf eine derartige Operation vorbereitet, also ist es nicht ganz so, als improvisierten wir, in Ordnung? Wir kannten bloß unseren Gegner nicht. Jetzt kennen wir ihn. Und wir wissen genau, wo wir ansetzen müssen. Alles klar?«

»Ja, Sera.«

Sie klopfte Tyler auf die Schulter, ging durch den schmalen Gang an der Küche und den Mannschaftskabinen vorbei zurück und öffnete die Tür zur Schlafkabine. Justin schlief. Er bekam überhaupt nichts mehr mit.

Verbrennungen und Prellungen, hatte Wes gesagt. Die Gedächtnislücken waren das Problematischste, aber Wes meinte, es sei kein Wunder, daß einem ein paar Sachen entfielen, wenn neben einem eine Bombe hochgeht. Das sei nichts Ungewöhnliches.

»Wach auf!« sagte sie. »Justin, ich brauche dich jetzt.«

XV

»Sie sind drin«, rief Amy. »Das ist der Tower. Sie sind gelandet.«

Grant, der sich gegen die Rückenlehne des Sofas stützte, atmete auf.

Amy hatte den Sicherheitsdienst völlig verwirrt, indem sie als Sicherheitsmaßnahme den Aufenthaltsort jeder Person auf ihrer Liste änderte und über den einen Ausgang Falschinformationen verbreitete, während sie den Aufenthaltsort jeder Sicherheitseinheit in dem Gebäude überwachte, auf die sie Zugriff hatte, Sicherheitsleute auf der Liste der als zuverlässig Geltenden in Flügel Eins setzte und die Türen sicherte.

Während Sam Whitely unten beim Fahrzeugpark den Transport von Personal aus dem Grünen Barackenkomplex arrangierte, und Maddy Strassen, 'Stasi Ramirez und Tommy Carnath einfach in den unmöglichsten Verstecken verschwanden, während Falschinformationen im Netz jeden Verfolger davon überzeugen mußten, daß sie im B-Labor und unten im Agrarlabor Zuflucht gesucht hatten.

Antrag an den Familienrat, blitzte die Anweisung aus dem Netz auf den Bildschirm, *Ariane Emory erbittet über das Haussystem Einberufung einer Krisensitzung, um über folgenden*

Punkt zu beraten: Ernennung von Dr. Yanni Schwartz zum Nachfolger von Denys Nye als Administrator von Reseune. Zusammenkunft um 17.00 oder sobald wie möglich.

Grant trat zurück und verschränkte die Arme. Er hatte keine Stimme. Er verfolgte den raschen Wechsel der Textzeilen auf dem Monitor, der sich merklich beschleunigt hatte, seit die ›Reseune Eins‹ sich dem Flughafen näherte. Diese letzte Anweisung war nicht nur für ihn eine große Erleichterung, vermutete er, eine kalkulierte kleine Manipulation, ein Zeichen grimmigen Humors: Emory in Höchstform.

Plötzlich spuckte das System überall Befehle an den Sicherheitsdienst aus, die von Basis Eins stammten.

Ari blickte nicht vom Bildschirm auf; und Justin sagte nichts, während er den Datenstrom auf einem Zusatzgerät beobachtete, das Florian benutzt hatte. Gelegentlich machte sie eine vokale Eingabe oder drückte eine Taste, und es veränderte sich etwas. Rückfragen kamen an: die Crew der ›Reseune Eins‹ blieb vorn auf ihren Plätzen und hielten die Maschine startbereit, um sofort abzuheben, wenn der Flughafen unsicher schien.

Justin zog es vor, auf dem Boden zu bleiben; und er wünschte sich nichts so sehr, als sich etwas mit den Codes auszukennen, die ihm vielleicht Aufschluß gegeben hätten, wie die Dinge standen.

»Es läuft alles gut«, sagte Ari. »Sam hat die Lastwagen vom Grünen Barackenkomplex hochgeholt; sie fahren gerade den Hügel rauf. Bisher sind sie noch nicht bedroht worden. Er versteckt sich in der Administration, vielleicht sogar in den Räumen des Sicherheitsdienstes.«

Sie nahm weitere Veränderungen vor.

Sie konnte, hatte sie gesagt, jede Tür öffnen, die nicht beschädigt oder unter Kontrolle einer unzulässigen Basis war.

Das macht es einfacher, hatte Florian gesagt, als er seine Jackentaschen mit diversen Kleinteilen aus seinem Werkzeugkasten vollstopfte – vor allem Sonden und Kabel, wie man sie voraussichtlich für das System brauchte. Außerdem hatte er eine kleine Tasche aus einem Schließfach und eine zweite aus einem weiteren geholt, mit denen er sehr vorsichtig umging, während Catlin mit den Sicherheitsagenten hinten alles besprochen hatte.

Inzwischen mußten sie auf halbem Wege den Hügel hinauf sein, dachte Justin.

»*Sera*«, meldete sich plötzlich jemand aus dem Sprechgerät, dem Kommunikationsmittel der ›Reseune Eins‹-Crew. *»Wir haben eine Telephonverbindung mit der Administration. Dr. Nye möchte Sie persönlich sprechen, Sera.«*

»Lassen Sie sich nicht ablenken!« murmelte Justin.

»Auf keinen Fall. – Leg's auf das Sprechgerät! Wir sind hier alle gute Freunde. – Justin, drück mal den gelben Knopf auf deiner Armlehne, und gib mir das Mikro, ja? Das hier ist angeschlossen.«

»*Ari*«, tönte Denys' Stimme aus dem Sprechgerät. *»Ich habe wirklich das Gefühl, du regst dich leicht auf.«*

Ari lachte, ohne auch nur für einen Moment ihren Blick von dem Bildschirm abzuwenden. Sie streckte die linke Hand aus, und Justin legte den Griff des Mikrophons hinein. »Hörst du mich, Onkel Denys?«

»Ich verstehe dich sehr gut, Liebes. Ich hoffe, du erklärst mir genau, was hier los ist, und pfeifst deine Leute zurück, ehe sie im Flügel ernsthaften Schaden anrichten.«

»Öffnest du auch alle Türen, Denys? Wir können darüber reden. Ich garantiere für deine Sicherheit. Ich werde sogar an Giraud weiterarbeiten.«

»Ich weiß nicht, was in Novgorod passiert ist; ich bin sicher, es ist mehr, als du mir gesagt hast. Können wir darüber reden?«

»Ich habe nichts dagegen.«

»Ich bin bereit zurückzutreten. Ich verlange Schutz für mich und meine Leute. Das ist doch vernünftig.«

»Völlig, Onkel Denys. Wie machen wir das offiziell?«

»Du hältst deine Leute auf. Du garantierst mir die Vormundschaft über Girauds Replikat. Ich bin durchaus bereit, in den Ruhestand zu treten. Andererseits verfüge ich aber über Mittel, damit ihr schwere Verluste erleidet, wenn ihr hier eindringt; aber

das wird nicht nötig sein. Ich habe das Gefühl, du erhebst gegen mich Vorwürfe wegen der Ereignisse in Novgorod ...«

Ari lachte wieder, aber mit weniger Humor, dachte Justin. »Ich weiß es wirklich nicht, Onkel Denys. Es ist mir ziemlich gleichgültig. Ich habe mich viel schneller entwickelt, als du angenommen hast; und jetzt bin ich dran. Ein neues Zeitalter bricht an. Das ist ganz natürlich. Du kannst einen Flügel und deinen Luxus haben, ich weiß, daß dir das wichtig ist, Onkel Denys. Du kannst an deinen Büchern arbeiten – davon weiß ich auch. Sie sind wundervoll. Du hast noch so viel Wertvolles zu tun ...«

»Du schmeichelst mir sehr, junge Sera. Ich will Seely.« Ari schwieg einen Moment lang. »Unter gewissen Bedingungen könnte ich dem zustimmen.«

»Laß die Finger von ihm!«

»Ich werde Seely nicht weh tun, Onkel Denys. Wir können uns auf etwas einigen. Ich verspreche es dir. Ich werde keine Anklagen erheben. An deinem Leben wird sich nichts ändern. Du reist sowieso nicht; und du wirst Giraud haben, der dich und Seely beansprucht, nicht? Du bist ein verdammt guter Vormund, weißt du; ein sehr netter, wirklich. Du hättest mir viel zufügen können, was Geoffrey mit Ari senior gemacht hat; aber du hast es mit dem Programm versucht und das andere bleiben lassen. Ich habe dich wirklich ganz gern, Onkel Denys; und Seely auch; und Giraud. Giraud und ich kamen uns am Ende richtig nahe; und ich glaube nicht, daß er es war, ich glaube eher, daß in Abbans Bändern ein Virusprogramm war. Ich glaube, es war etwas, das du arrangiert hast. Vielleicht auch nicht. Vielleicht habe ich eine zu lebhafte Phantasie. – Sie werden die Türen einrennen, Onkel Denys; und ... um dich zu warnen: Deine Zeit wird knapp.«

»Halte sie auf!«

»Wirst du auch rauskommen, Onkel Denys? Mit Seely?«

»In Ordnung. Wenn du hier hochkommst. Du mußt für meine Sicherheit garantieren.«

»Du hast mein Wort, Onkel Denys.«

»Ich möchte, daß du hier bist, um deine Leute zu kontrollieren. Dann mache ich die Türen auf.«

Justin schüttelte den Kopf. Ari sah ihn an und sagte: »Gut, Onkel Denys, ich komme rauf.« Sie deutete auf den Knopf an Justins Sitz. Justin drückte ihn und unterbrach damit die Verbindung.

»Ari?«

Ari drückte einen Knopf an ihrer Armlehne. »Wir sind fertig. Verbindung unterbrechen.«

»Ari!« warnte Justin. »Er will dich nur in Reichweite haben.«

Ari betrachtete den Bildschirm und erwiderte: »Das könnte sein, aber er ist in einer verteufelt schlechten Position.« Sie nahm ihr Mikrophon in die Hand. »Wir hatten Kontakt mit Denys. Er sagt, wir sollen uns zurückhalten, dann gibt er auf. Bitte bestätigen. – Justin, du bleibst hier!«

»Verdammt, Ari …«

»Ich würde dort nicht raufgehen, wenn ich nicht hoffte, wir könnten das ohne einen Schuß erledigen. Es reicht, wenn der Sicherheitsdienst sich um mich Sorgen machen muß; sie brauchen nicht noch jemanden. Wenn etwas völlig schiefgeht, fliegt diese Maschine zurück nach Novgorod, und du kannst dem Amt die ganze verdammte Geschichte erzählen und dann machen, was du willst. Aber es wäre mir lieber, wenn du nach Reseune zurückkämst und noch eins meiner Sets einpflanztest. Ich überlasse es sogar dir, die Reserven auszusuchen.«

Er starrte sie an.

»Ich habe noch vieles zu vollenden«, erklärte sie und stand dabei neben dem Sitz. »Wenn ich aus der Sache nicht lebend rauskomme – dann hat es höchste Priorität, mich zurückzuholen. Gehenna ist nur *eines* der Probleme. Und du brauchst mich genauso wie ich dich.«

Sie holte Marco, und Wes öffnete die Luke und schloß sie wieder.

Es stimmt, dachte Justin, als sie sich geschlossen hatte. Wenn man alles andere berücksichtigte, stimmte es.

Dann fiel ihm wieder ein, was sie gesagt hatte: *... nur eines der Probleme,* und: *... genauso wie ich dich.*

XVI

»Mir gefällt das nicht«, sagte Florian, eng neben Catlin, als sich in der Kurve für einen Moment der Hügel zwischen sie und die Glastüren des Haupteingangs schob. Seine Hände waren kalt, der Luft ausgesetzt; er schützte die rechte unter seinem Arm und beobachtete den Datenfluß auf dem Handmonitor, den er in der Rechten hielt.

»Es kommt darauf an, was ihm zur Verfügung steht«, meinte Catlin, die sich tief heruntergeduckt hatte, die Brust an die Knie und Arme gedrückt.

»Seely ist nicht Seras Problem.«

Catlin warf ihm einen raschen und verbissenen Blick zu. »Ein Heckenschütze oder noch was Schlimmeres da oben. Willst du durch diese Türen?«

»Mit einer Granate müßte es gehen. Sie treffen da drin die letzten Vorbereitungen, da bin ich mir sicher, wo die Sera jetzt den Flughafen verlassen hat. Das ist eine Falle.«

»Also los! Du bestimmst den Zeitpunkt. In dem Flur da muß ein Auslöser sein.«

Florian holte Luft und massierte seine steif gewordene Hand und seine verletzte Schulter. »Wahrscheinlich eine Lichtschranke. In Boden- und in Körperhöhe, die einen elektrischen Zünder auslöst, wenn sie unterbrochen wird, könnte ich mir denken – ich gehe als erster raus.«

Die Schockwelle erfaßte den Bus; und Ari duckte sich schon, als Marco sie packte und mit sich hinunterzog, aber sie rang darum, einen Blick hinauszuwerfen, als der Bus um die Kurve war.

Von dort, wo sich die Eingangstüren des Administrationsflügels befanden, stieg Rauch auf. Sie konnte den anderen Bus erkennen, der auf dem Hang parkte. Die schwarz uniformierte Gruppe dort setzte sich plötzlich in Bewegung und rannte den Hügel hinauf.

Ihr Fahrer hielt an.

Marco zog sie ganz flach hinunter und warf sich auf sie.

Im selben Moment erzitterte die Luft, und Erdklumpen prasselten gegen die Fenster.

Florian rappelte sich auf, wischte sich die Augen und kam schwankend auf die Beine, als jemand ihm half – er wußte nicht, wer, aber jemand griff ihm von hinten unter die Arme, und es mußte freundlich gemeint sein, wenn es ihn wieder auf die Beine brachte.

Er sah Catlin vor sich in dem düsteren Flur, sah sie eine Granate vorbereiten und mit dem scharfen Ding in der Hand warten – denn jemand wie Seely konnte es einem zurückwerfen.

Sie warf sie, aber aus dieser Tür kam etwas Dunkles.

Florian zog seine Pistole und feuerte, und die Granate sprengte die ganze Tür in die Luft. Catlin hatte auch gefeuert. Sie schoß noch einmal, ohne auf etwas anzulegen, nur um sicherzugehen.

Florian lehnte sich an die Wand und schöpfte Atem. Übers Netz erfuhr er, daß die Teams aus dem Grünen Barackenkomplex in den Sicherheitsdienst eingedrungen waren – durch die Aufzugschächte aus dem Tunnelsystem, eine leichte Sache, bis sie die Fallen und die Abwehranlagen erreichten.

Der ganze Flur füllte sich mit bläulichem Rauch. Die Sirenen hatten schon lang vorher losgeheult.

Catlin kam zu ihm zurück und hielt dabei ihr Gewehr in Anschlag, um den Flur hinter ihnen zu sichern, während er den Bereich beobachtete, den sie nicht gleichzeitig im Auge behalten konnte. »Noch einer«, sagte sie.

Er nickte.

Über diesen war er nicht froh. Denys war immer freundlich zu ihnen gewesen. Er erinnerte sich an das Speisezimmer, an Denys' Lachen.

Aber die Sicherheit der Sera stand auf dem Spiel, und er hatte nur einen Moment lang Gewissensbisse.

Catlin noch weniger.

Die Eingangstüren waren völlig zerstört, und noch immer stieg Rauch auf, als Ari aus dem Bus stieg; und Florian und Catlin kamen aus dem Säulengang, um sie zu begrüßen.

»Denys ist tot«, berichtete Florian ihr zuerst. »Es tut mir leid, Sera. Es war eine Falle.«

»Was ist mit Seely?«

»Auch tot«, sagte Catlin.

Ari ging in die Vorhalle hinauf und blickte in den Flur. In der düsteren Notbeleuchtung lagen unter einem sich setzenden Baldachin aus Rauch Leichen verstreut umher. Ari hatte diesen Ort seit ihrer Kindheit gekannt. Er wirkte unwirklich auf sie.

Denys ist fort ...

Sie sah zu Florian und Catlin zurück. Catlins Gesichtsausdruck verriet Aufmerksamkeit und kühle Distanz. Nur Florian sah besorgt aus. Florian, der an der Schläfe eine klaffende Wunde hatte, aus der Blut rann, und eine weitere an der Wange, ganz zu schweigen von dem, was er in Novgorod abbekommen hatte.

Ari stellte keine Fragen. Nicht in der Nähe von Zeugen.

XVII

Der zu Reseune gehörende Jet setzte sauber auf, bremste und rollte in flottem Tempo zum Terminal und zur Dekontamination, eine Sonderbehandlung für alle Flugzeuge und Passagiere, die aus Übersee eintrafen.

»Es wird eine Weile dauern«, sagte Justin, eine Hand auf Grants Schulter; und sie hätten jetzt gehen und sich in den komfortablen VIP- und Presseraum setzen können. Aber er sah zu, wie die Maschine bis zu dem abgeschirmten Tunnel rollte, und beobachtete die Fenster, nachdem sie zum Stehen gekommen war. Er sah, wie sich im Innern Schatten bewegten, doch mehr nicht.

Aber einer von ihnen war Jordan, und ein anderer Paul.

Alles ist in Ordnung, hatte er gesagt, als er von der ›Reseune Eins‹ mit dem sich nähernden Flugzeug hatte sprechen dürfen und Grant vom Hügel zu ihnen unterwegs war, während Reseune wieder zum Leben erwachte, um seine Wunden zu heilen. *Mach dir keine Sorgen. Yanni Schwartz ist der neue Administrator Reseunes. Willkommen zu Hause!*

Er selbst machte sich schon Sorgen. Die meiste Zeit sah er aus dem Fenster, während die Leute von der Dekontamination ihre Arbeit taten und das Flugzeug mit Schaum absprühten. Er und Grant erzählten sich auf eine bruchstückhafte, verwirrte Art, was sie gewußt hatten und wann, und was sie auf ihrer Position hatten mitbekommen können.

Justin sorgte sich, bis die Luken sich öffneten und zwei müden Reisenden den Weg freimachten.

Und von da an hatten sie das Foyer für sich allein, hatte Ari versprochen, solange sie wollten; und der einzige verbliebene Bus wartete draußen unter dem Säulengang, um sie wieder den Hügel hinaufzubringen.

Von

Caroline Janice CHERRYH

erschien in der Reihe

HEYNE SCIENCE FICTION & FANTASY:

Brüder der Erde · 06/3648
auch in Chroniken der Zukunft,
hrsg. von Wolfgang Jeschke, Band 1 · 06/1001
Weltenjäger · 06/3772
Der Biß der Schlange · 06/4081
Die letzten Städte der Erde · 06/4174
Das Kuckucksei · 06/4496
Der Engel mit dem Schwert · 06/4526
Der Paladin · 06/5169

DIE MORGAINE-TRILOGIE:
Das Tor von Ivrel · 06/3629
Der Quell von Shiuan · 06/3732
Die Feuer von Azeroth · 06/3921
Alle drei Romane in einem Band als illustrierte Sonderausgabe:
Tore ins Chaos · 06/4204

DER EALD-ZYKLUS:
Stein der Träume · 06/4231
Der Baum der Schwerter und Juwelen · 06/4514

DIE DUNCAN-TRILOGIE
(auch ZYKLUS DER STERBENDEN SONNEN):
Kesrith – die sterbende Sonne · 06/3857
Shon'jir – die sterbende Sonne · 06/3936

Kutath – die sterbende Sonne · 06/3948
Alle drei Romane in einem Band als illustrierte Sonderausgabe:
Sterbende Sonnen · 06/4763

ZYKLUS DIE COMPANY-KRIEGE
(auch DER PELL-ZYKLUS):
Pells Stern · 06/4038
Kauffahrers Glück · 06/4040
40 000 in Gehenna · 06/4263
Yeager · 06/4824
Schwerkraftzeit · 06/5017
Höllenfeuer · 06/5062

DIE CYTEEN-TRILOGIE
(gehört lose zum Zyklus DIE COMPANY-KRIEGE):
Der Verrat · 06/4710
Die Wiedergeburt · 06/4711
Die Rechtfertigung · 06/4712
Alle drei Romane in einem Band als Sonderausgabe:
Geklont · 06/5287

DER FRÜHE CHANUR-ZYKLUS:
Der Stolz der Chanur · 06/4039
Das Unternehmen der Chanur · 06/4264
Die Kif schlagen zurück · 06/4401
Die Heimkehr der Chanur · 06/4402

DER SPÄTE CHANUR-ZYKLUS:
Chanurs Legat · 06/5126

DER ATEVI-ZYKLUS:
Fremdling · 06/5651
Eroberer · 06/5652
Erbe · 06/5653 (in Vorb.)